MOBY DICK

CLÁSSICOS ZAHAR
em EDIÇÃO COMENTADA E ILUSTRADA

Sherlock Holmes (9 vols.)*
Arthur Conan Doyle

As aventuras de Robin Hood*
O conde de Monte Cristo*
Georges
Os três mosqueteiros*
Vinte anos depois
O visconde de Bragelonne (2 vols.)
Alexandre Dumas

Os livros da Selva*
Rudyard Kipling

O Lobo do Mar*
Jack London

Jaqueta Branca
Herman Melville

Rei Arthur e os cavaleiros da Távola Redonda*
Três grandes cavaleiros da Távola Redonda
Howard Pyle

A Ilha do Tesouro
Robert Louis Stevenson

Aventuras de Huckleberry Finn*
As aventuras de Tom Sawyer
Mark Twain

20 mil léguas submarinas*
A ilha misteriosa*
Viagem ao centro da Terra*
A volta ao mundo em 80 dias*
Jules Verne

O Homem Invisível*
A máquina do tempo
H.G. Wells

* Disponível também em edição bolso de luxo
Veja a lista completa da coleção no site zahar.com.br/classicoszahar

Herman Melville

MOBY DICK
OU A BALEIA

EDIÇÃO COMENTADA E ILUSTRADA

Tradução, apresentação, notas e glossário:

Bruno Gambarotto

Posfácio:

Ligia Gonçalves Diniz

2ª reimpressão

ZAHAR

Grafia atualizada segundo o Acordo Ortográfico da Língua Portuguesa de 1990, que entrou em vigor no Brasil em 2009.

Título original
Moby-Dick, or The Whale

Capa, mapa e ilustrações
Rafael Nobre

Preparação
Juliana Romeiro

Revisão
Valquíria Della Pozza
Luís Eduardo Gonçalves

Dados Internacionais de Catalogação na Publicação (CIP)
(Câmara Brasileira do Livro, SP, Brasil)

Melville, Herman, 1819-1891
Moby Dick, ou a baleia / Herman Melville ; tradução, apresentação, notas e glossário Bruno Gambarotto ; posfácio Ligia Gonçalves Diniz. — 1ª ed. — Rio de Janeiro : Clássicos Zahar, 2022.

Título original : Moby-Dick, or The Whale.
ISBN 978-65-84952-00-3

1. Ficção norte-americana I. Gambarotto, Bruno. II. Diniz, Ligia Gonçalves. III. Título.

21-121281 CDD: 813

Índice para catálogo sistemático:
1. Ficção : Literatura norte-americana 813

Eliete Marques da Silva — Bibliotecária — CRB-8/9380

EDITORA SCHWARCZ S.A.
Praça Floriano, 19, Sala 3001 — Cinelândia
20031-050 — Rio de Janeiro — RJ
Telefone: (21) 3993-7510
www.companhiadasletras.com.br
www.blogdacompanhia.com.br
facebook.com/editorazahar
instagram.com/editorazahar
twitter.com/editorazahar

Em sinal de minha admiração por seu gênio,
este livro é oferecido a Nathaniel Hawthorne

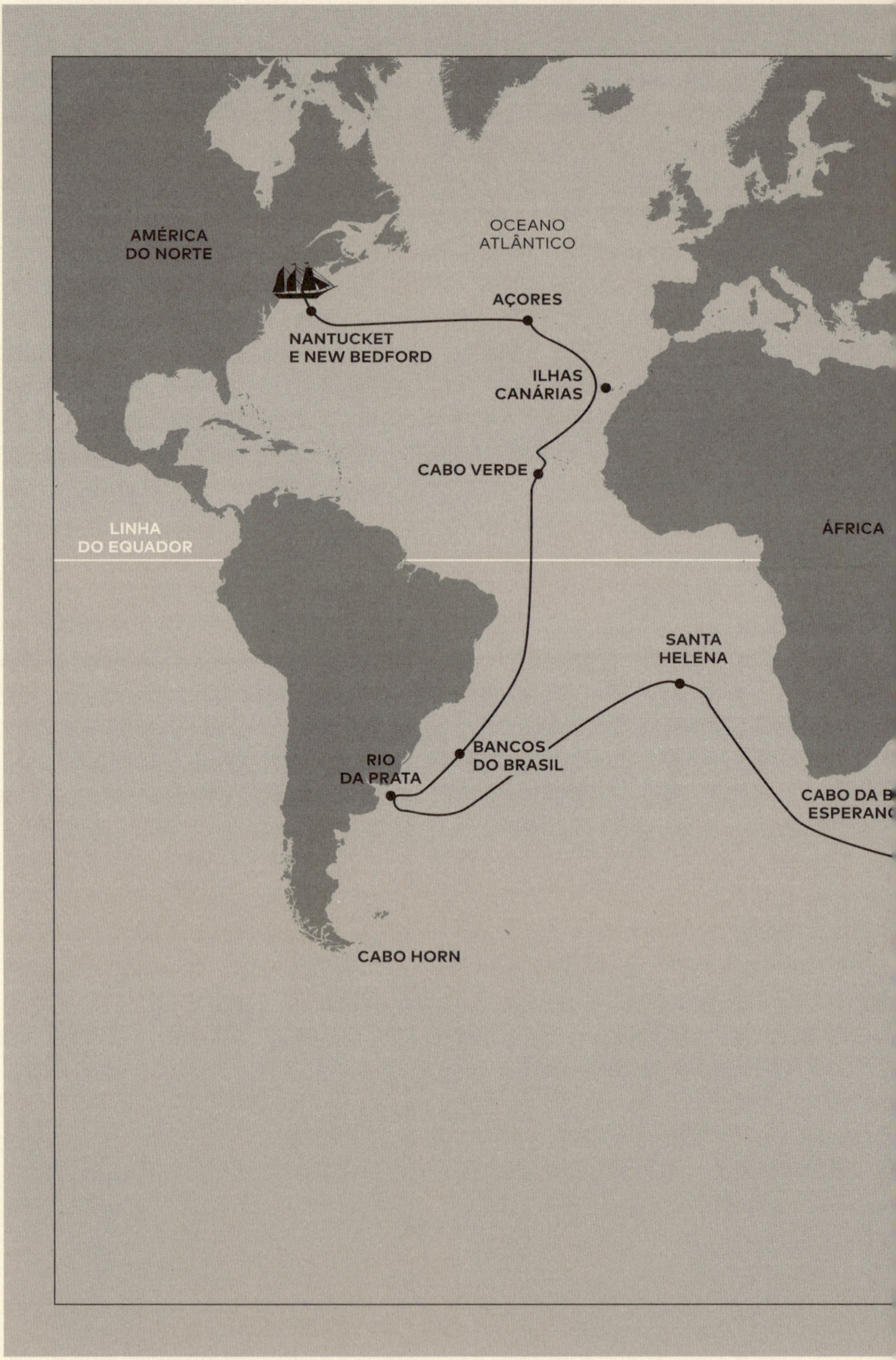
AMÉRICA
DO NORTE
OCEANO
ATLÂNTICO
AÇORES
NANTUCKET
E NEW BEDFORD
ILHAS
CANÁRIAS
CABO VERDE
LINHA
DO EQUADOR
ÁFRICA
SANTA
HELENA
BANCOS
DO BRASIL
RIO
DA PRATA
CABO HORN

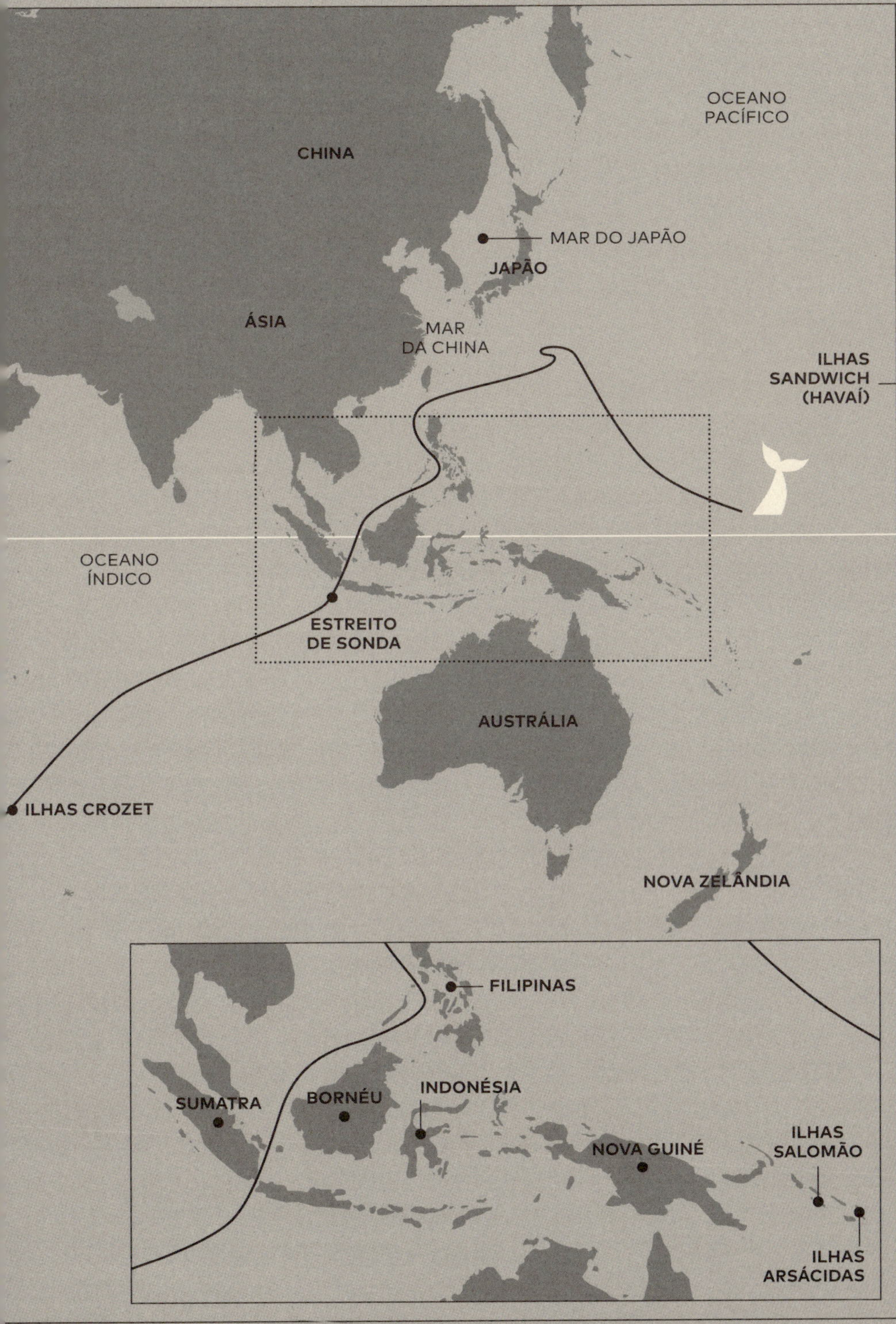
OCEANO
PACÍFICO
CHINA
MAR DO JAPÃO
JAPÃO
ÁSIA
MAR
DA CHINA
ILHAS
SANDWICH
(HAVAÍ)
OCEANO
ÍNDICO
ESTREITO
DE SONDA
AUSTRÁLIA
ILHAS CROZET
NOVA ZELÂNDIA
FILIPINAS
INDONÉSIA
SUMATRA
BORNÉU
NOVA GUINÉ
ILHAS
SALOMÃO
ILHAS
ARSÁCIDAS

SUMÁRIO

APRESENTAÇÃO

Nas profundezas da brancura: *Moby Dick* como tragédia da alteridade

1

Este é um dos poucos testemunhos remanescentes de Herman Melville sobre o processo de escrita de um dos maiores clássicos da literatura ocidental, *Moby Dick, ou a Baleia*:

> Sobre a "viagem baleeira" — já me encontro no meio do trabalho e fico feliz de ver que sua sugestão tem muita afinidade com as minhas ideias. Temo, no entanto, que me saia um livro estranho... gordura é gordura, você sabe como é: ainda que dela se extraia óleo, a poesia se arrasta como a seiva de um plátano congelado... e para dar liga, é muito importante que se misture um pouco de fantasia, que pela natureza do assunto, não vai ser menos desajeitada que as próprias baleias em suas brincadeiras. Mas, a despeito disso, quero entregar toda a verdade da coisa.

Embora breve, o parágrafo, escrito em carta de 1º de maio de 1850 ao escritor Richard Henry Dana — cuja carta infelizmente não foi preservada por Melville —, dá uma amostra da irreverência bem-humorada com que Melville encantava as influentes rodas literárias de Nova York e negociava contratos relativamente vantajosos de publicação para obras de indiscutível talento, porém, para usar palavras do autor, "difíceis de vender". O contexto do diálogo remonta a esse mundo de salões literários e às particularidades desse pequeno universo de gente tradicionalista e ilustrada que forma as elites pensantes de Nova York e Boston, frequentadas desde meados da década anterior por aquele jovem intrépido e genial, oriundo de família tradicional (porém falida), que atraíra a atenção dos públicos inglês e local com relatos de veracidade questionável e inequívoca força literária. A eles, Melville — recém-retornado de longa viagem pelo Pacífico Sul (1841-4) — apresentara-se com relatos de uma paradisíaca porém inquietante Polinésia literária, espaço em que as noções do civilizado e do selvagem constituíam uma incômoda e tentadora zona cinzenta. Conquistadas as atenções com duas obras de feitio documentário e um bom tempero de ficção — *Taipi, uma espiadela na vida polinésia*, de 1846, e *Omoo, ou uma narrativa de aventuras nos Mares do Sul*, de 1847 —, o incansável escritor investe-se da imaginação de um Marco Polo ou de um Jonathan Swift para lançar-se, cheio de confiança, a uma empreitada das mais ambiciosas: o caudaloso e alegórico *Mardi, e uma viagem além*, de 1848. Nele, Melville extrapola os limites da literatura de feições realistas e se arrisca em uma ousada travessia romântica por águas exóticas para a fabulação de um arquipélago fantástico, de escrita exuberante, porém constituído de questionamentos de ordem moral e política. O tremendo e doloroso fracasso que resulta de *Mardi* (obra que talvez mereça melhor apreciação em nosso tempo: não é má ideia imaginá-lo como um precursor de *As cidades invisíveis*, de Italo Calvino) faz tremer suas incipientes relações literárias, em especial com os editores, à época mais interessados nas chamadas "narrativas de fatos", capazes de fazer o leitor palpitar com tensão e perigos *reais*, fosse em terra firme, fosse nos mares — ou ainda em meio a marinheiros humilhados, animais esquartejados, talhas e caldeirões de gordura fervente, implícitos na expressão "viagem baleeira" citada acima. Aos fatos, o escritor se recolherá muito a contragosto, como revelam suas menções ao processo de escrita de *Redburn*, de 1849, e *Jaqueta Branca*, publicado em janeiro de 1850, poucos meses antes da carta endereçada a Dana. Mas, com o perdão do clichê, certos remédios, ainda que amargos, podem fazer muito bem.

A carta que Melville escreve a Richard Henry Dana em maio de 1850 é um documento de grande interesse para a compreensão do conflito que cerca o projeto de escrita de *Moby Dick* e as feições que a obra assume. A essa altura um destacado advogado, dedicado à defesa de marinheiros vítimas de maus-tratos e à causa abolicionista, Richard Henry Dana fizera-se conhecido como autor do que, já então, se reconhecia como uma das grandes obras da literatura náutica norte-americana, *Two Years Before the Mast*. Publicada em 1840, a obra traz a lume o diário de uma viagem de dois anos (1834-6) a bordo de um brigue mercante, o *Pilgrim*, rumo à Califórnia — ainda parte do território mexicano — com o intuito de negociar peles produzidas em ranchos da região. Acometido das sequelas de um severo sarampo, o rapaz de boa família havia decidido seguir em travessia marítima como forma de recuperar a saúde; e ao registrar com estrita objetividade o dia a dia a bordo sob a perspectiva de quem se entrega à lida pesada do convés, com diligente observação das dificuldades brutais e as violências cotidianas, torna-se responsável por uma renovação de perspectiva na literatura de informação náutica, que embora já contasse com relatos de oficiais e marujos, ainda não havia adentrado as águas turbulentas da questão social e da luta de classes. Como escritor mais velho e bem-sucedido nos trânsitos entre a escrivaninha e a realidade, Dana era sem dúvida um bom interlocutor ao jovem contrariado, e o contato entre ambos era cordial. Haviam sido pessoalmente apresentados um ao outro em 1847; em 1849, Melville chega a recorrer à influência editorial e pública de Dana,[1] a quem pede auxílio caso viesse a ter problemas com a publicação do polêmico *Jaqueta Branca* — a propósito, o romance de Melville em que mais se faz sentir a presença do autor de *Two Years Before the Mast*, embora não possamos dizer que, da parte do jovem escritor, houvesse em relação ao colega veterano algum sentimento próximo de uma sincera admiração. No afã de mapear o que fosse imprescindível ao resgate de algum prestígio junto ao público e aos editores, era preciso aceitar e interiorizar o desenvolvimento do gênero em que se fizera conhecer — gênero do qual Dana era inquestionável referência, mas que parecia caminhar em sentido oposto às verdadeiras aspirações literárias do jovem escritor.

A opinião pessoal de Melville sobre *Two Years Before the Mast* não era das mais elogiosas. Em resenha publicada anonimamente em 1847 na *Literary World* (editada então por Evert Duyckinck, cicerone de Melville na vida literária nova-iorquina e um de seus primeiros entusiastas) sobre o importante *Etchings of a Whaling Cruise*, de J. Ross Browne, de 1846 — o primeiro livro a trazer, sob a influência da obra de Dana, as duras condições de trabalho a bordo de navios baleeiros —, o escritor se queixa do que chama de "livro de fatos nus e crus". Diz que, se por um lado, este "apresenta inquestionavelmente, em que pese a aplicação geral de um exemplo individual, um retrato fiel da vida vivida pelos 20 mil marinheiros empregados nos setecentos navios baleeiros que perseguem sua caça sob a bandeira americana", por outro revela que "a poesia da água salgada" — do "próprio oceano, como teatro particular do romântico e do maravilhoso" — "encontra-se em franca decadência". "A leitura atenta de *Two Years Before the Mast*, de Dana", arremata Melville, "de algum modo enfraquece o gosto com que lemos a exortação espiritual de Byron ao oceano."[2] Não resta dúvida de que Melville queria reavivar um tal romantismo com seu *Mardi*; nesse sentido, Dana — muito mais do que Browne — não era menos do que seu antagonista.

1. Carta de Melville a Richard Henry Dana, Jr., 6 out. 1849. In: Herman Melville, *Correspondence*. Evanston/Chicago: Northwestern University Press and The Newberry Library, 1993, p. 140.
2. Citado por Hershel Parker, *Herman Melville: A Biography, vol. 1, 1819-1851*, p. 490.

Com a chave de leitura proporcionada pela revelação do autor da resenha ao livro de Browne (à época, desconhecida), não se lê sem ironia a "felicidade" com que Melville recebe as sugestões de Dana. "Viagem baleeira" é, decerto, a designação "nua e crua" utilizada por Dana para se referir ao novo projeto de Melville. Conservar o caráter de citação permite a Melville marcar alguma distância da expressão — para não falarmos do cadinho de veneno que se entrevê e é o bastante para converter a reverência estapafúrdia com que Melville abre a carta em corrosiva ironia. Em resposta aos elogios de Dana a *Redburn* e *Jaqueta Branca* presentes na carta, Melville declara-se "mais grato do que [podia] bem expressar ao pensar que qualquer coisa que haja escrito sobre o mar tenha de qualquer maneira correspondido às próprias impressões" que Dana tinha dele. Em seguida, confessa-se

> especialmente feliz ante o pensamento de que *aqueles estranhos e congeniais sentimentos* com os quais, depois de minha primeira viagem [remissão às experiências autobiográficas que dão substância a *Redburn*], eu pela primeira vez li *Two Years Before the Mast*, estando enquanto o fazia, digamos, *atado e soldado a você por uma espécie de elo siamês de afinidade afetiva* — ante o pensamento de que esses sentimentos encontraram reciprocidade em você e foram evocados por qualquer *Redburn* ou *Jaqueta Branca* que eu tenha escrito sinto-me especialmente feliz.[3]

Dana pensa em uma "viagem baleeira" como uma nova narrativa de fatos e denúncias, na esteira dos dois romances que o precediam e julgava de interesse público; Melville via em uma narrativa nos moldes de Dana (e não sem alguma injustiça) uma mistura de demagogia, sensacionalismo e oportunismo comercial. Em carta escrita alguns meses antes ao sogro, o juiz Lemuel Shaw, Melville se refere a *Redburn* e *Jaqueta Branca* como "dois *serviços* feitos por dinheiro", aos quais fora "forçado, da mesma forma que outros homens [são forçados] a rachar lenha", enquanto, "com o perdão da arrogância", sentia-se "compelido a privar-[se] de escrever o tipo de livro que desejaria escrever [...] o

3. Grifos meus. O parágrafo termina com: "Na verdade, meu querido Dana, não tivesse escrito esses meus livros unicamente por 'lucro' — pelo serviço, como um lenhador serra madeira — eu chego a pensar que deveria agora mesmo — no caso de um livro marítimo — mandar um escrevente copiar em bela e legível caligrafia meu manuscrito — enviar-lhe essa cópia — e julgar nesse procedimento a melhor publicação". Voltaremos à imagem do lenhador.

tipo de livro que dizem que 'fracassa'".[4] Isso parece o bastante para iluminar o ressentimento e o desprezo com que Melville recebe o interesse e a celebração de Dana, mas não resolve o problema: é preciso dar conta das arestas entre a poesia e uma verdade que se pretende, apesar dos pesares, "entregar toda". Em que consiste a difícil "poesia da gordura" ou a fantasia que, mesmo temperando a realidade e quedando desprovida de graça, insiste em se fazer presente? Provocações à parte, é da reconfiguração da poesia e suas potencialidades em face da realidade — no choque entre fantasia e análise social — que Melville chegará ao auge de sua realização literária.

2

É importante contextualizar e dar um pouco mais de concretude a algo que já pertence à ordem abstrata do mito. Publicado em outubro de 1851 na Inglaterra sob o título *A Baleia* e, nos Estados Unidos, em novembro do mesmo ano, com o título *Moby Dick, ou a Baleia*, o sexto romance de Herman Melville tornou-se, ele próprio, "um colossal fantasma encapuzado, como uma montanha de neve no ar", para usarmos as palavras de seu narrador, Ismael. A simplicidade da história, não mais que um conto de pescador — a perseguição implacável e vingativa de um capitão baleeiro, Ahab, e sua tripulação a um cachalote branco conhecido de marinheiros dos quatro cantos do mundo pelo nome de Moby Dick —, faz desaparecer todo o esforço de reflexão social, moral e filosófica que a narrativa encerra, e não só: ao almejar e tocar as profundezas conhecidas daqueles que chamava de "pensadores-mergulhadores" ("Qualquer peixe pode nadar próximo à superfície", escreve Melville a seu amigo Evert Duyckinck, "mas é preciso uma grande baleia para descer cinco milhas ou mais; e se ela não chega ao fundo, nem todo o chumbo das minas de Galena é capaz de fornecer a sonda que o faça"), a narrativa se desgarra de seu tempo, público e autor para integrar o rol das grandes obras definidoras de um sentimento do mundo moderno. *Dom Quixote* traz a grande narrativa da desilusão, a cujo protagonista só resta, revelado o engano das batalhas e as verdadeiras e prosaicas feições de seus inimigos, a percepção do mundo em sua crua contingência e pequenez; *Robinson Crusoé* funda o romance inglês moderno a partir do mito de uma individualidade absoluta, a do homem isolado em sua própria ilha, a construir

---

4. Carta a Lemuel Shaw, 6 out. 1849. In: Melville, op. cit., pp. 138-9.

sua existência sem a necessidade dos laços estáveis e tradicionais de uma comunidade; em *Moby Dick*, por sua vez, encontramos o mito da incompletude constitutiva dessa mesma individualidade, condenada a uma perpétua busca do que a faça inteira e a uma dor que, convertida em obsessão e fúria, desvela a fragilidade do que separa liberdade e servidão, racionalidade e loucura, posse e destruição, civilização e barbárie. Mais do que histórias memoráveis, esses são romances que assinalam encruzilhadas de uma experiência do mundo: em alguma medida, os destinos daqueles que formam a chamada civilização ocidental se realizam em algum lugar do cruzamento desses três grandes percursos. Apenas *Moby Dick*, porém, pode ser chamado de trágico — e essa, infelizmente, é a característica que mais o aproxima de nossos tempos.

Antes de adentrarmos as águas profundas da tragédia, façamos uma concessão a Richard Henry Dana e apresentemos a *realidade* em que ela tem lugar. Nos dias atuais, são raras e bastante localizadas as notícias de caça a baleias para fins comerciais: os excessos da atividade constituíram motivo de preocupação ao longo de todo o século XX e, desde 1986, suas operações foram proibidas mediante a instauração de uma Comissão Baleeira Internacional, fundada a partir de um acordo anterior — a Convenção Internacional para a Regulamentação da Caça à Baleia, de 1946 — no qual se estabelecem normas de captura por espécie e região do globo (geralmente restritas a comunidades tradicionais, cuja organização depende da caça, e a um número reduzido de animais), bem como áreas de preservação específicas, demarcadas a partir da observação científica de suas diversas populações espalhadas pelos cinco oceanos. Notícias de comunidades empenhadas na caça à baleia remontam à Idade Média; foi, porém, entre meados dos séculos XVIII e XIX que a baleação conheceu seu apogeu, com o início dos longos cruzeiros que perseguiam suas presas por águas de todo o planeta e o aumento de demanda dos produtos derivados do esquartejamento e processamento do corpo do animal — mais especificamente, da baleia-franca e do cachalote. Do derretimento da gordura dos animais derivava um tipo de óleo utilizado na iluminação pública e na construção civil, bem como (no caso específico do óleo extraído da gordura do cachalote, por sua menor viscosidade) na lubrificação de maquinário têxtil, que em fins do século XVIII já contava com mecanismos de ferro. Havia ainda dois produtos específicos de cada espécie: as longas cerdas (barbas) da boca da baleia-franca, das quais se fabricavam a estrutura de corpetes e guarda-chuvas; e o mais do que estimado espermacete, substância viscosa localizada na cabeça do cachalote, do qual se produziam velas de altíssima qualidade, além de cosméticos e lubrificantes.

O combustível do mito da perseguição obsessiva e desenfreada não poderia ser outro: em seu auge, a indústria baleeira constituía um segmento essencial ao desenvolvimento industrial e urbano da modernidade capitalista e, portanto, uma das mais lucrativas atividades econômicas abertas a quem tivesse meios e disposição de nela se aventurar. No enfrentamento dos perigos da caça, os norte-americanos não conheciam rivais: nos portos de New Bedford e Nantucket, na costa leste do país, concentravam-se as mais tradicionais armações responsáveis pelo que, entre meados do século XVIII e meados do século XIX, formou o mais pujante setor da riqueza nacional. O romance de Melville surge, portanto, em um momento bastante significativo da história da atividade: na década de 1850 o óleo norte-americano derivado da indústria baleeira iluminava o mundo, e graças a esse óleo a economia do país prosperava; no entanto, nessa mesma década, o óleo extraído das baleias conheceria um fortíssimo rival, cujo advento assinalaria a decadência de toda a atividade. Em 1859, são perfurados com sucesso, no estado da Pensilvânia, os primeiros poços de extração em larga escala de petróleo — produto inflamável conhecido desde a Antiguidade, porém de exploração até então restrita. Em um curtíssimo intervalo de tempo, a produção de petróleo cru norte-americana saltou de milhares a milhões de barris por ano, e o querosene, produto derivado da destilação do petróleo cru, não tardou a servir de substituto ao óleo de baleia na iluminação pública e privada. O marco do nascimento da indústria petrolífera, nova *obsessão destrutiva* da economia norte-americana e uma das fontes do poder imperialista que despontaria nas décadas seguintes, coincide com o marco da decadência da indústria baleeira no país.

Se Melville se queixava a Dana — e com justiça — das dificuldades da “extração de poesia” do que não era menos que o produto asqueroso de uma carnificina em alto-mar, o que não diria das guerras, dos horrores e da trágica destruição em escala planetária perpetrados em nome da indústria do petróleo, sua sucedânea direta no fornecimento da commodity, o óleo, que à época lubrificava e iluminava (e, algumas décadas mais tarde, literalmente moveria) o mundo? Richard Henry Dana pensava na *realidade* brutal dos conveses — no azorrague que fustigava as costas dos marinheiros, nos vícios que acomodavam o corpo ao trabalho insano e faziam esquecer a morte sempre iminente, nas iniquidades e vilanias que marcavam as relações entre oficiais e marinheiros. Melville não ignorava tamanha violência: muito pelo contrário, dela fora ao menos testemunha, como marinheiro de três baleeiros — os veleiros *Acushnet*, *Lucy Ann* e *Charles & Henry* — nos quais realizou sua longa viagem pelas zonas de caça à baleia no oceano Pacífico, tocando o litoral da América do Sul e a Polinésia, retornando aos Estados Unidos em um navio de guerra, o *USS United States*, a partir do Havaí. A realidade que mirava, porém, era outra e não menos brutal: sem recorrer a cenas cotidianas de violência entre oficiais e marinheiros, mas a um *pacto* que os transformou à imagem e semelhança de um só homem — seu capitão e senhor, Ahab —, Melville trouxe a lume não uma denúncia aos tribunais do país, mas um espelho da catástrofe que ainda ronda nosso mundo. "Ahab é de fato Ahab? Sou eu mesmo, Deus, ou que força ergue este braço?", pergunta-se o capitão do *Pequod* no limiar da caçada final. Ali, o "Grão-Mogol", como era chamado — "um Khan sobre tábuas, um rei do mar, um grande senhor dos leviatãs" —, não conhece arbítrio, racionalidade ou autocontrole. Cativo de sua obsessão e dirigindo toda a sua ciência a uma finalidade descabida, só resta a Ahab ser escravo do que cobiça e que, se por acaso não se mede em dólares — assim o dirá o imediato Starbuck, contraponto sensato de seu capitão —, tampouco é menos irracional. Dos postes de iluminação pública, das lamparinas domésticas, das velas que traziam brilho às reuniões sociais, projetava-se também a sombra de um mundo de absoluta desumanidade. Melville sabia que a verdadeira brutalidade costuma ostentar hábitos educados, deliberar nas tribunas e tomar decisões em tribunais. A civilização e o progresso que o óleo move — seja o extraído da gordura, seja o arrancado à terra — têm o rosto da destruição e da barbárie que hoje vão chegando a capítulos decisivos e já nos ameaçam como espécie. Essa era a *realidade* que Melville tinha em vista.

3

Por um lado, a indústria baleeira apontava a um futuro tão trágico quanto os incidentes que acometem o *Pequod* e sua tripulação; por outro, entretanto, ela encontrava fundamentos em um ofício tradicional, em torno do qual se estabeleciam comunidades costeiras com cultura e costumes próprios. Antes de se fazer indústria, a baleação norte-americana dependeu do encontro fortuito e do convívio dos colonos puritanos da Nova Inglaterra com comunidades nativas do continente que faziam grande proveito da captura e da caça das baleias que habitavam em profusão a costa do continente e se aventuravam nas proximidades da praia. Tal encontro foi particularmente próspero na ilha de Nantucket — Natockete, "a terra distante", como os nativos wampanoag a chamavam —, que por sua localização, voltada a um só tempo ao continente e ao Atlântico, formaram um posto avançado das tentativas de baleação de um tipo especial, o cachalote, que se revelara bastante presente em águas mais profundas e distantes da costa. A transfiguração da pesca baleeira artesanal em uma região específica da costa do continente americano, resultado de demandas derivadas de um estágio particular do desenvolvimento das relações econômicas no mundo ocidental, configura apenas um aspecto de questões de tema e forma do romance que merecem algumas palavras introdutórias.

A "viagem baleeira" da qual o autor de *Two Years Before the Mast* pedia notícias é bem mais do que o simples relato de uma travessia marítima e seus apuros. Antes de tudo, *Moby Dick* se faz de um turbilhão de referências culturais e históricas que transformam o percurso do *Pequod* em uma alentada reflexão acerca de um mundo em transição — um mundo em que velhos modos de vida e projetos sociais transfiguram-se, reordenam-se, ganham novos sentidos e possibilidades. Sob esse viés, "Ismael" — o marinheiro que assim se identifica e a quem cabe contar a história de Ahab e sua tripulação, da qual fizera parte — explora um modelo tradicional de narrativa, tomando para si a postura de um contador de "casos", "anedotas" ou (mais literalmente) "histórias de pescador", ao melhor estilo de "quem conta um conto aumenta um ponto"; e, ao mesmo tempo, antecipa noções modernas de narrativa ficcional, em um arrojado entrelaçamento de linhas de ação e digressão, nas quais o percurso do navio e os eventos a ele relacionados surgem entremeados por considerações sobre a natureza técnica e social do ofício baleeiro e ponderações acerca das características anatômicas da baleia, nas quais a objetividade dá lugar a um humor subversivo e a descrições marcadas por índices metafóricos cuja motivação cultural encerra, indiretamente, uma perspectiva da experiência que o esforço de narrar recupera. Atenção às metáforas e às analogias descritivas, caro leitor: por meio delas se diz muita coisa.

Passadas as curiosas seções intituladas "Etimologia" e "Excertos" — já indicativas do caráter enciclopédico que assinala uma das facetas da narrativa, mas também da *natureza humana* que se pretende analisar —, entra em cena o narrador: "Chamem-me Ismael". Como em outros momentos, a singeleza engana: estamos diante de um homem que não revela seu nome próprio (dele, saberemos apenas que é filho de família tradicional norte-americana), adotando em seu lugar um apelativo de conotação fundamentalmente bíblica e que de cara produz um duplo movimento — pois, ao pressupor em sua autonomeação um conhecimento compartilhado com seu público, que saberá reconhecer o sentido do nome escolhido, Ismael também acaba por implicitamente circunscrever e tipificar seu público. A escolha do nome Ismael remete esse público aos capítulos 16 a 25 do Gênesis, do Velho Testamento, e à história de Abrão e sua esposa, Sarai. Recém-chegado da Babilônia ao local que Deus lhe indicou ser a Terra Prometida, o casal não tinha herdeiros; assim, recorre a um antigo preceito babilônico, que permitia ao senhor gerar um herdeiro com a escrava de sua mulher. Abrão recorre, então, a Agar; esta dá à luz Ismael, que, reza o versículo (Gênesis 16,12), "será homem feroz, e a sua mão será contra todos, e a mão de todos contra ele; e habitará diante da face de todos os seus irmãos". O nascimento de Ismael a partir de preceito não constituído pelo próprio Povo Escolhido leva Deus a mais uma vez manifestar-se diante de Abrão e Sarai, mudando-lhes os nomes para Abraão e Sara (Gênesis 17) e profetizando-lhes que logo conceberiam um novo herdeiro, do qual descenderiam muitos reis e nações. Com o nascimento de Isaac, surge uma rixa entre Ismael e o irmão mais novo, bem como entre as mães, Sara e Agar. A senhora exige que Abraão expulse a escrava e seu filho, ao que o patriarca hesita. Porém, "Deus disse a Abraão: Não te pareça mal aos teus olhos acerca do moço e acerca da tua serva; em tudo o que Sara te diz, ouve a sua voz; porque em Isaac será chamada a tua semente" (Gênesis 21,12).

A expulsão de Ismael e Agar será um capítulo secundário da história do primeiro patriarca do povo judeu, de resto disseminada entre os puritanos ingleses que constituíram os primeiros assentamentos do conjunto de colônias norte-americanas ao norte da Virgínia que, regionalmente, ficariam conhecidas como Nova Inglaterra. Para esses colonos, personagens e episódios do Velho Testamento serviam como metáforas organizadoras de um sentido universal de missão no Novo Mundo, temperando momentos de crise do tecido social (decorrentes de períodos de seca, pestes ou dos violentos conflitos com nativos, por exemplo) à luz da doutrina cristã da Salvação e, sobretudo, normalizando a conduta social individual a partir dos *exempla fidei* (exemplos de fé) extraídos da Bíblia. Almejava-se, com isso, a criação de uma sociedade de "homens santos" que mimetizasse o texto bíblico em seus mínimos gestos (vide o costume do uso de nomes de batismo derivados do Velho Testamento, o que o texto de Melville explora, sob chave cômica ou trágica, à exaustão) e entendiam a si próprios como instrumentos de Deus e objetos de sua eleição. A cultura puritana, cujo radicalismo religioso se dilui em fins do século XVII, tem um papel decisivo na construção ideológica norte-americana e, no século XIX, na justificativa de um projeto expansionista e imperialista agressivo que, sob a égide do "Destino Manifesto" (expressão de forte conotação religiosa), confere aos Estados Unidos o papel (destino) de liderança hegemônica (a manifestação da "eleição") no continente americano. Ao tomar para si a orfandade e a ferocidade de Ismael, que recorre ao mar como "substituto para a pistola e a bala", o narrador se coloca em posição de *dissidência* em relação a "Abraão" e ao "povo escolhido" — ao *público* a quem endereça sua narrativa. Em sua solidão, Ismael vê a "Terra Prometida" a distância.

Mais do que efeito da memória, portanto, o esforço de rememorar não se afasta de um empenho de interpretação, que atualiza os acontecimentos à luz do que estes devam representar a esse público. É fundamental, portanto, qualificar o tipo de trabalho que Ismael faz desse elenco de personagens e episódios bíblicos — trabalho que, quanto a esse elemento específico da narrativa, opera nos limites da paródia e da sátira, quando sugere a provocação aberta. O nome "Ismael", é bom que se diga, não só ecoa o abandono a que a figura ungida do grande patriarca o condena em nome de Deus como traz em sua origem o sangue de uma escrava, de simbologia forte em um país que, à época de Melville, vive os estertores do modo de produção escravista — e, por isso mesmo, seu momento reativo mais brutal, que culminará em uma guerra civil (1861-65) —, além de culturalmente se formar ao arrepio do contato pacífico e da troca equânime com todo aquele que não pertença, por origem de sangue, ao "povo escolhido". No que toca ao negro e seu lugar no convés, veremos poucas, porém significativas aparições: seja na imensa e nobre figura do africano Daggoo, arpoador do terceiro imediato, o pequeno e mesquinho Flask, seja no cozinheiro Ovelhinha e sua sutil filosofia política, cuja crítica da cobiça desenfreada iguala baleeiros e tubarões, seja no menino Pip, o jovem menestrel que, não por menos, será a primeira grande vítima da insensatez que move a "peregrinação" do *Pequod*. Como se dá com os demais membros dessa comunidade de "vis marinheiros, náufragos e renegados" dos quatro cantos do mundo — nativos norte-americanos, polinésios, asiáticos e europeus de variada procedência —, todos serão reduzidos a "músculos" submetidos ao "cérebro norte-americano", que como um trem em seu "caminho férreo", reto e fatal, busca não um "Santo Graal" ou "Cidade Celestial" — para lembrarmos de outra importante referência puritana, a narrativa alegórica *The Pilgrim's Progress*, de John Bunyan —, mas sua própria aniquilação.

Nesse sentido, a figura de Ahab também traz em seu bojo importantes elementos interpretativos, uma vez recuperada à luz de seus usos no discurso religioso-político dos tempos de Melville. A figura do Ahab bíblico (em nossa versão vernacular, Acabe), o sétimo dos reis de Israel, surge no discurso religioso-político da década de 1840 diretamente relacionada a um dos principais acontecimentos do turbulento século XIX norte-americano, a Guerra Mexicano-Americana (1846-8), conflito definidor não só das atuais fronteiras dos Estados mexicano (que perdeu mais da metade de seu território como resultado do embate) e norte-americano (que consolidou sua presença soberana nas costas dos dois grandes oceanos do planeta), mas também da natureza da política externa estadunidense. O conflito expôs pela primeira vez o caráter imperialista e agressivo do Estado norte-americano e encontrou forte oposição interna, à medida que feria os ideais e a própria estruturação institucional da República, concebida como um projeto de defesa da autodeterminação política, legal e econômica de treze ex-colônias britânicas, com suas constituições e interesses próprios. Sob um claro projeto de expansão territorial, a guerra com o México escancara a crise desse pacto político, que vê surgir em seu lugar o poder centralizador da União — o governo localizado em Washington, DC. Com isso, as cortes e decisões executivas federais passam a determinar cada vez mais os destinos dos membros fundadores da República em temas sensíveis, sendo o mais importante deles a manutenção ou não da escravidão como questão de foro estadual e suas implicações decorrentes.

A história de Acabe (usemos aqui o nome em português para diferenciá-lo do personagem) tem lugar entre os capítulos 16 e 22 do primeiro Livro dos Reis — crônica dos reinos de Israel e Judá desde a morte de Davi e a ascensão de Salomão à libertação de Joaquim, o último dos reis de Judá, do cativeiro da Babilônia, cobrindo um período de aproximadamente quatro séculos. Não obstante o registro de um reinado próspero, Acabe não se afasta do problemático roteiro dos soberanos israelitas em seu fracasso em não fazer cumprir a promessa fundadora de Davi de fidelidade a um único Deus. Sob forte influência da esposa, a sidônia Jezabel, Acabe toma decisões arbitrárias ou contrárias aos ditames da fé judaica. Os episódios do destempero de Acabe são muitos; dentre os piores, porém — o culto a Baal, divindade babilônica, a construção de templos aos deuses cananeus e a perseguição aos profetas de Javé —, está o roubo da vinha de Nabote. Dono de terras vizinhas às de Acabe, nas quais cultivava uma vinha, Nabote recebe do rei propostas de aquisição de sua plantação; o proprietário, contudo, não podia negociá-la, pois as terras eram herdadas do pai e, segundo as prescrições da lei mosaica, não podiam ser transferidas a outrem. A irritação de Acabe com a intransigência de Nabote chega ao conhecimento de Jezabel, que usa de estratagemas para construir uma falsa acusação contra Nabote. O homem é julgado e executado, e Jezabel faz com que suas terras sejam concedidas ao rei.

Na condição de cobiçoso usurpador, Acabe será invocado, nos termos da tradição tipológica puritana, por adversários do projeto imperialista norte-americano manifesto no conflito contra o México. Na tradicionalíssima Igreja Unitária de Boston, por exemplo, o aclamado pastor Theodore Parker inicia seu inflamado *Um sermão sobre a guerra mexicana*, proferido em 25 de junho de 1848, com uma citação dos dezenove primeiros versículos do capítulo 21 do Primeiro Livro dos Reis (1 Reis 21,1-19), em que se expõe o desejo de Acabe de tomar posse da vinha de Nabote e as maquinações de Jezabel para que o rei a possuísse — analogia para o que chama de uma "guerra ilegal".[5] Já o pastor E. Edwin Hall, da Primeira Igreja de Cristo de Guildford, Massachusetts, publica em 1847 o sermão *Acabe e Nabote; ou os Estados Unidos e o México*, em que retoma o episódio bíblico do roubo da vinha de Nabote por Acabe, "uma exibição de grande egoísmo" em que o rei israelita, "insatisfeito com suas enormes e abundantes posses", toma por "força e fraude" ao "nobre e patriótico Nabote" terras que significavam sua própria dignidade e respeito às leis de Deus. Depois de expor o episódio bíblico, diz Hall:

> Sua vileza e insatisfação [de Acabe], que não encontram lugar em um coração verdadeiramente agradecido, levaram-no a encher seu copo de maldade e trazer a si e a sua casa o justo julgamento de Deus.
>
> Se vocês agora conservarem nos pensamentos o breve relato que fiz da conduta de Acabe, repetirei o texto, com algumas alterações verbais, e vocês terão o assunto de nossas reflexões do momento. "E o Governo dos Estados Unidos foi ao Governo do México e disse, dê-me o Texas para que eu o ocupe com plantações de algodão e cana, porque está próximo do meu território."[6]

O uso público da figura da história bíblica de Acabe e Nabote como metáfora do conflito movido por um Estado desvirtuado em sua missão histórica mostra o quanto Melville mobiliza o discurso social de seu tempo e elementos fundamentais da formação cultural norte-americana para a composição de *Moby Dick*. O recurso à tipologia bíblica, porém, não se esgota em si mesmo: ainda que,

5. Theodore Parker, *A Sermon of the Mexican War: Preached at the Melodeon, on Sunday, June 25th, 1848, by Theodore Parker, Minister of the XXVIII Congregational Church in Boston*. Published by Request. Boston: Coolidge and Wiley, 12 Water Street, 1848.

6. E. Edwin Hall, *Ahab and Naboth: or, The United States and Mexico. A Discourse, Delivered in the First Church of Christ in Guilford, on the Annual Thanksgiving of 1846*. New Haven: Published by A. H. Maltby. Printed by J. H. Benham, 1847.

nesse sentido, a narrativa de Ismael possa ser compreendida como um longuíssimo sermão sobre a condução da "nau da República" (lugar-comum literário que remonta à Antiguidade clássica) rumo à destruição, a questão é que Ismael vale-se, antes de tudo, de um *método tipológico*, de base metafórica, para dar notícia de quaisquer "fatos" de sua narrativa. Por método tipológico, entende-se a possibilidade de remissão de qualquer elemento de realidade objetiva a um correlato simbólico-fabular que organiza a interpretação do acontecimento; no caso especificamente puritano, esse método permitia que a comunidade preservasse, a partir da narrativa do Velho Testamento, um sentido de coesão e missão a partir dos eventos que marcassem sua história. É a articulação desse método, que em *Moby Dick* extrapola a cultura bíblica e dela extrai concretude cultural — uma dimensão, afinal, da formação social norte-americana —, a responsável pelas feições simbólico-alegóricas da narrativa. No caso especial do capitão do *Pequod*, a carga simbólica se traduz em um acúmulo de referências que jamais encerram uma interpretação final de sua figura. Como tivesse à mão uma paleta de cores, Ismael aplicará a Ahab matizes que irão variar segundo as circunstâncias da viagem: elas serão seculares, como a equiparação (bastante clara aos contemporâneos norte-americanos) entre o capitão do navio e o senador da República John C. Calhoun, o "homem de ferro" do escravismo norte-americano, do qual Ahab traz não apenas as características fisionômicas, mas também a postura autocrática e a retórica virulenta; ou literárias, como a de um lendário e romântico Fausto em seu pacto com Mefistófeles (no caso, o malaio Fedallah), ou de um rei Lear, cuja desrazão às vésperas da caçada final só encontra interlocução na loucura de Pip. As "diferentes versões" de Ahab abrem múltiplas possibilidades de interpretação: se o apelo à figura histórica do senador norte-americano estende o diálogo com a escalada da crise institucional do país, ao invocar os interesses sulistas escravagistas na ocupação e anexação do território mexicano, a assimilação da figura do capitão do *Pequod* a Fausto e Lear faz com que orbitem em torno desse Ahab personagens que encarnam, de um lado, as profundas relações entre o esclarecimento e a loucura e a desrazão inerente à realização do poder, e de outro o desatino derivado da vaidade e da arrogância política. Nenhuma delas define Ahab por completo: todas se aproximam, por outro lado, da catástrofe que a desilusão dos ideais políticos, morais e científicos do Iluminismo encerra.

O método tipológico de Ismael tem muito do caráter ambíguo da indústria baleeira, essa atividade a um só tempo arcaica e moderna, cujo auge corresponde ao instante de sua decadência. Ele próprio é um indicador da realidade a que pertence — arcaico no que se refere a suas origens religiosas e aos princípios de um modo de ser e pensar que se estabelece com os primeiros colonos naquelas terras, porém moderno uma vez que se ajusta perfeitamente ao modo de crise de uma sociedade que já não se pauta pela estabilidade, confrontada incessantemente pelas exigências do progresso científico, da mobilidade social e do acúmulo de riqueza. Podemos identificar a partir dos usos de determinadas figuras certa predominância de umas em relação a outras, mas nenhuma delas permite ao leitor uma interpretação final da história. Na profusão de significados que Ismael mobiliza diante de seu público, a narrativa de *Moby Dick* reproduz algo de um turbilhão que tudo arrasta para seu interior. No centro da catástrofe encontramos o *Pequod*, a "nau da República" que, longe de refletir a razão ilustrada ou a pureza pacífica dos santos, era um "navio trajado como qualquer imperador bárbaro da Etiópia, em cujo pescoço pendessem pesados pingentes de marfim polido", um navio "coberto de troféus; um navio-canibal que se enfeitava dos ossos dos inimigos caçados".

4

No vórtice da narrativa de Ismael tudo perde seu lugar estável e tradicional. O acúmulo de sentidos e a prosa caleidoscópica derivam não do recurso ao que, em termos ideológicos, houvesse sobrevivido incólume à modernidade no âmbito da cultura; pelo contrário, apontam muito mais aos destroços que o autoproclamado Ismael recolhe a um universo de ilusões perdidas — destroços que, se por um lado trazem vestígios de sua antiga plenitude e do mundo a que serviram, por outro são ressignificados em um novo horizonte da experiência. Em sua irônica defesa da veracidade da narrativa (ver capítulo 45, "A declaração juramentada"), ao sugerir que muitos, ignorantes "quanto a algumas das mais simples e palpáveis maravilhas do mundo [...], poderiam menosprezar Moby Dick como fantasia monstruosa, ou ainda pior e mais detestável, hedionda e intolerável alegoria", Ismael acusa o esgotamento do procedimento figurativo em sua remissão ao universo puritano, no qual a alegoria tinha um papel discursivo fundamental, de controle e justificativa da ordem social a partir da atualização constante do texto bíblico — mas não dentro dessa *nova ordem social* que marca a perspectiva do narrador. O raciocínio fica claro na diferenciação que o narrador propõe entre o que a Baleia Branca era para Ahab (capítulo 41, "Moby Dick") e para si próprio (capítulo 42, "A brancura da baleia"): objeto da vingança monomaníaca do capitão, para quem sua morte representaria restauração e poder, da perspectiva de Ismael a Baleia Branca perde o atributo próprio para se tornar exemplo de um *fenômeno* e problema mais amplos, o da *brancura*, "mortalha" que, supõe o narrador sobrevivente da catástrofe, reduziria toda a variedade da vida e da experiência a um vazio desprovido de sentido ou propósito. A reflexão de Ismael sobre a brancura dá substância ao absurdo da vingança de Ahab e expõe algo da essência trágica inerente à figura do capitão do *Pequod* e sua tripulação. Cego em um projeto de vingança e aniquilação que lhe mobiliza todas as forças físicas, emocionais e intelectuais, Ahab é incapaz de enxergar que sua perda não conhece retribuição, resgate ou perdão, que de sua mutilação nada há que se restitua. No universo vazio permeado pela brancura, "a baleia albina era o símbolo", como explicita Ismael, não há vida que se manifeste em qualquer plenitude, particularidade ou diferença. Neste ponto, *Moby Dick* é uma catástrofe distópica muito atual: o que Ahab não suporta é a *alteridade*, a existência de limite a seus desígnios e desejos que, feridos, mobilizam racionalidade e arbítrio em um projeto de vingança contra um "monstro" que nada mais é do que a projeção da própria bestialidade inerente à dominação e ao poder que pretende impor a tudo e todos — sejam humanos ou não humanos. Não que outros a bordo sejam menos suscetíveis a tal cegueira, como mostra o próprio antagonista de Ahab a bordo do *Pequod*, o primeiro imediato Starbuck. "Estou aqui para caçar baleias, não para realizar a vingança de meu capitão. Quantos barris de óleo tua vingança te renderá se a chegares a levar a cabo, capitão Ahab? Não renderá grande coisa a ti no mercado de Nantucket." Para Starbuck, Moby Dick era apenas uma baleia — e como *todas* as baleias, nada mais do que recurso natural que, dominado, se torna passível de uso e troca em moeda. A conversão de baleias em valor monetário — a exemplo de toda a natureza — diferiria do absurdo de conferir vilania a um animal? O mercado de Nantucket — e com ele toda a ordem econômica moderna, do qual é parte — não se funda também sobre um procedimento simbólico arbitrário e vazio, outra "detestável, hedionda e intolerável alegoria?".

A noção de brancura oferece outra camada interpretativa, basilar: a da exploração e destruição encampadas pelo homem branco em nome de um "processo civilizatório". O olhar crítico aos interesses inerentes à universalização de um modo de vida "esclarecido", que se entenda por burguês, científico, liberal e cristão, ao redor do globo, e a seus catastróficos resultados — basicamente a devastação colonizadora de populações e espaços até então intocados pela transformação destrutiva da natureza em recurso e a exploração do homem pelo homem, fundamentos da forma de vida ocidental —, faz-se presente na obra de Melville desde sua estreia, com seus relatos polinésios *Typee* e *Omoo*. "A habilidade demoníaca que ostentamos na invenção de toda sorte de mecanismos de morte, a vingança com que conduzimos nossas guerras e a infelicidade e a desolação que se seguem em sua esteira, são o bastante para identificar o homem branco civilizado como o animal mais feroz da face da terra", escreve o jovem romancista em seu volume de estreia. Na etnografia que fundamenta esses romances se fazem presentes os primeiros esboços de uma ideia de brancura, à qual Melville contrapõe a dignificação do "inculto" e do "selvagem", cujos hábitos cada vez mais ameaçados não apenas se apresentam como índice de um bom-senso e humanidade já perdidos na cultura do Ocidente (em uma releitura do mito do "bom selvagem"), como propõem — e aqui ouviremos a face mais subversiva de Melville como pensador — o questionamento de convenções sociais vazias e falsas convicções de verniz racional, cuja finalidade será invariavelmente a de justificar o humanamente injustificável, e a transformação da relação violenta com aquele que se entende como o *outro* em contato pacífico e equânime. Como observa a escritora afro-americana e prêmio Nobel de Literatura Toni Morrison, está na obra de Melville o "reconhecimento do momento quando a brancura se transforma em ideologia" — seja na sujeição de nativos polinésios à palavra repressora de um deus puritano, na escravização dos negros, cujos corpos se convertem em máquinas condenadas ao cativeiro e ao trabalho compulsório, ou na matança e esquartejamento de baleias reduzidas à mercadoria.

A brancura que havia sido o motor da catástrofe nos relatos da miséria e da destruição nas ilhas do Pacífico Sul torna-se, em *Moby Dick*, o centro nervoso de uma tragédia em que se desvelam os horrores inerentes à noção ilustrada de civilização. De arbitrariedade em arbitrariedade acumulam-se catástrofes no convés do *Pequod*: assim como a razão descamba em loucura, o esclarecimento em cegueira, a civilização em barbárie, a liberdade converte-se em tirania. É a necessidade de dar contornos à "ditadura irresistível" de Ahab não como "caso" entre vários dos descalabros da vida em alto-mar, mas como ponto privilegiado de análise do elo entre progresso e devastação em seus mais variados níveis — científico, econômico, social, natural —, que leva o narrador a aproximar as ações de suas personagens a uma tragédia barroca de moldes elisabetanos, gênero por excelência de personagens despóticos cujos apetites, paixões e intrigas por poder levam à subversão e à dissolução da ordem social mais profunda.

O recurso de Melville à dramaturgia trágica e, em particular, à tragédia elisabetana pode ser compreendido sob diferentes perspectivas. Em um sentido mais básico, a dramaturgia trágica pertence ao catálogo de referências literárias mobilizadas pelo jovem autor em seu esforço de produzir "grande literatura" em solo carente de tradição. Embora não se possa elencar Melville entre os pioneiros da literatura norte-americana, que à época já contava com o sucesso nacional e internacional do romance histórico e da literatura de fronteira de James Fenimore Cooper e seus *Leatherstocking Tales* (sendo o mais conhecido da pentalogia *O último dos moicanos*) e com a figura eminente de Edgar Allan Poe, fato é que a obra de Melville surge em meio a um processo de atualização da inteligência nacional. Encabeçada pelo teólogo, filósofo e poeta Ralph Waldo Emerson, a acomodação (via Inglaterra) do organicismo espiritualista da filosofia romântica europeia em solo norte-americano abre novas perspectivas ao literato local, sobretudo no sentido de dar expressão ao que seria a experiência autóctone do Novo Mundo, tão legítima e universal quanto mais autêntica — o que tanto gerou movimentos de afastamento radical do tesouro literário europeu quanto ensejou posturas mais combativas de assimilação e emulação desse acervo a partir dessa mesma experiência particular e espiritual da "América", termo que à época ganha aura mística. Se Walt Whitman é a grande expressão do primeiro movimento, Melville representa o segundo — o que explica a profusão de referências literárias eruditas e o trabalho de subversão imposto a partir da experiência local.

Em seu celebrado ensaio "Hawthorne e seus musgos" (1850), Melville lança a partir da obra do amigo e escritor Nathaniel Hawthorne a senha para seu cerco particular à obra de Shakespeare. O que, na perspectiva de Melville, se apresenta na obra de Hawthorne como "negrume", aspecto sombrio que "tira sua força de seus apelos àquela ideia calvinista da Inata Depravação e do Pecado Original, de cujas visitações, de uma forma ou de outra, nenhuma mente de pensamentos profundos está livre para sempre",[7] remonta a um substrato humano comum e atemporal ao qual o antigo bardo inglês recorreria em suas mais imponentes criações. Tal substrato não escapa à experiência mais prosaica: "Há mentes que penetram tão longe quanto Shakespeare no universo. E dificilmente existe um mortal que, num momento ou noutro, não tenha sentido em si tão grandes pensamentos quanto alguns daqueles que se encontram em Hamlet. [...] Creiam-me, meus amigos, Shakespeares estão nascendo neste dia às

7. Cito a tradução de Luiz Roberto Takayama (Hedra, 2009, p. 40).

margens do Ohio".[8] Essa é, em essência, a ideia que norteia a importante invocação do "justo Espírito da Igualdade" enunciada à apresentação dos "Cavaleiros e escudeiros" do *Pequod* —

> Se, portanto, aos mais vis marinheiros, náufragos e renegados, doravante atribuir, ainda que sombrios, os mais elevados predicados; se os investir de trágicas dignidades; se mesmo o mais melancólico, porventura o mais humilhado, dentre todos por vezes se elevar aos mais sublimes cumes; se hei de tocar o braço de um trabalhador com alguma luz etérea; se hei de estender um arco-íris sobre um desastrado sol crepuscular; então, contra todos os críticos mortais, dá-me força, Ó justo Espírito da Igualdade, que com um nobre manto de humanidade cobriste toda a minha espécie!

— assim como a apresentação de Ahab:

> Mas Ahab, meu capitão, ainda se move diante de mim em toda a severidade e aspereza do nantucketense; e neste episódio que toca a imperadores e reis, não devo omitir que o centro de minha atenção é tão somente um pobre e velho caçador de baleias; donde toda a majestade de mantas e arções exteriores me é negada. Oh, Ahab! O que existe de imenso em ti há de ser arrancado aos céus, buscado às profundezas, representado em ar etéreo!

A transposição do monárquico Shakespeare à América democrática segue a recepção romântica que observara no dramaturgo inglês não meramente o "gênio natural" do século XVIII, mas o mestre poético do qual pouco interessavam as superficiais e formais hierarquias que exigiam a instalação dos conflitos em ambiente aristocrático, um dramaturgo capaz de dar expressão ao nobre e ao vil, ao delicado e ao rude, ao etéreo e ao telúrico — amplitudes presentes em outros clássicos também caros a Melville, como Cervantes e Boccaccio, com seus registros linguísticos de igualmente grande variedade e flexibilidade. A leitura desses autores e o horizonte de motivos literários que deles recolhe integram, sem dúvida, o que Melville concebe como o "tratamento poético" extraviado pelas necessidades documentárias da literatura náutica da década de 1840; da variedade linguística que traz a seus exemplos (em particular, os ingleses), Melville encontra permissão para a construção da "linguagem de

8. Ibid., p. 44.

arrebatamentos, toda ela fibra e coragem" que marca a elevação das falas do "linguajar quacre" de Ahab e Starbuck e seu uso de uma solene segunda pessoa (tu/vós), bem como dos registros baixos de personagens como Ovelhinha, Flask ou Pip, aos quais tampouco faltarão dignidade (vide o sermão do cozinheiro do *Pequod* aos tubarões), verdade (presente no arrivismo ressentido do terceiro imediato do navio) ou grandeza sublime (demonstrada na loucura do jovem menestrel do convés depois de seu abandono em mar aberto). Para além, contudo, da construção dos personagens — cujas ações serão ironicamente acompanhadas das rubricas teatrais de um Shakespeare nascido em Manhattan —, a forma trágica é uma perspectiva do mundo: o herói trágico não se caracteriza, como o herói épico, por feitos cujas consequências, incorporadas ao mundo, ampliam os horizontes da sociedade humana por ele transformada; ao herói trágico competem os erros e equívocos que revelam os limites de um mundo que, em razão de seus atos, corre o risco do colapso. A ação épica é digna de celebração; a trágica, como ensina Aristóteles, inspira terror e piedade, pois os heróis trágicos se fazem dessa ambiguidade: movidos por paixões ou cegueiras que acabam por desafiar a ordem do mundo, quedam vítimas de seus próprios e reconhecidos enganos, como bodes expiatórios de um estado de coisas. Ahab, o pobre capitão baleeiro de Ismael, é feito dessa mesma matéria. Incapaz de enxergar verdadeiro o combustível de sua obsessão — o impulso despótico e cego inerente à expansão de um modo de vida que rejeita o outro e qualquer forma de alteridade —, o capitão do *Pequod* torna-se o retrato de uma desumanização que não conhece os vernizes da hipocrisia, revelando de quebra as fundações carcomidas de sua ambição: com o afundamento do *Pequod* e seus homens, é um mundo inteiro que colapsa. Na construção trágica de Ahab, Melville demonstra uma sensibilidade particular ao espírito dos tempos. Não havia sido apenas a burguesia francesa que, em época recente (1848), traíra definitivamente sua missão histórica ao voltar as costas e as armas ao *povo* de que havia se erguido; também a democracia norte-americana demonstrava seu pouco apreço aos ideais de autodeterminação e igualdade com que havia marchado por sua independência. A primeira metade da década de 1850 havia liquidado a verve heroica dos feitos revolucionários, das grandes mobilizações que haviam refeito o mapa político da Europa e das Américas. A épica emancipatória dos povos e a grandeza do espírito dos heróis românticos davam lugar ao espírito trágico da modernidade, em que as promessas de um novo mundo sustentado pela liberdade e a razão revelavam o aprofundamento de velhas injustiças, violências, mistificações e desigualdades.

5

As publicações de *Moby Dick* na Inglaterra e nos Estados Unidos se deram com cerca de um mês de diferença. O lapso de tempo se devia a importantes divergências legais quanto ao recolhimento de direitos autorais e o combate à pirataria em ambos os países. Assim, o sexto romance de Melville veio a lume na Inglaterra em 18 de outubro de 1851 — mesmo dia em que entrava em impressão nos Estados Unidos, sob o olhar atento e ansioso de seu autor, confiante de que havia atingido o auge de suas forças criativas. Sem condições de acompanhar o processo de composição nas prensas inglesas, mas seguro de que seu editor inglês — o afamado Richard Bentley, por cuja casa editorial haviam passado nomes como Mary Shelley e Charles Dickens — faria um bom trabalho, Melville só veio a saber posteriormente dos problemas de edição que acompanhariam a versão inglesa de seu romance — do título reduzido a *The Whale* e da censura a capítulos e passagens de cunho supostamente imoral à supressão do epílogo, que traz nada menos do que o rescaldo da catástrofe.

Os problemas da edição britânica não impediram que o livro conhecesse leitores impressionados com a "elevada filosofia, o sentimento esclarecido, a metafísica intrincada ao alcance do vulgo, a especulação audaz, um estilo tão colorido quanto o tema, porém sempre bom e muitas vezes admirável", dotado de "fantasia fértil, construção engenhosa, erudição divertida e um poder pouco comum de encantar o interesse" (*Morning Advertiser*, 24 out. 1851), ou ainda com "suas descrições dos personagens, suas análises das razões por trás das ações e o frescor dos detalhes de uma expedição baleeira", nos quais "o autor demonstra não apenas considerável conhecimento do coração humano, combinado a um amplo saber da matéria que aborda, como uma rara versatilidade de talento" (*Brittania*, 8 nov. 1851). A resenha do *Leader* 2 de Londres (8 nov. 1851) diz no título: "Fascinação que crítica alguma irá deter", e aponta não só a originalidade do autor em meio a seus conterrâneos como a sua destreza em lidar com os "terrores do mar" em um livro no qual "a razão se rebela" e "a imaginação é absoluta". "A crítica pode encontrar muitos buracos na obra", também alerta o entusiasmado resenhista, e de fato ela se manifestou em dois artigos de corte mais conservador, publicados em periódicos de peso — "Uma mistura malfeita", publicado no *Athenaeum*, e "Uma miscelânea peculiar", do *Spectator*, ambos da capital inglesa e publicados em 25 de outubro de 1851. Nos dois textos, a ausência do epílogo se faz sentida (sem ele, como ter notícias da sobrevivência de Ismael?), e a crítica à "inverossimilhança" não só modula os comentários ao que um deles chama de "fantasmático", no que toca à ação, quanto engrossa o azedume do coro contra os excessos da fantasia em meio à matéria factual.

Melville nunca veio a conhecer a boa recepção de seu romance na Inglaterra; já os dois artigos de tom bastante crítico não só chegaram aos Estados Unidos como lá foram impressos antes mesmo que o romance chegasse às livrarias, criando um ruído que acabou por marcar a primeira recepção da obra, a despeito de alguns artigos generosos e do esforço dos companheiros de pena mais próximos. O mau resultado comercial de *Moby Dick* se torna um importante ponto de inflexão na vida literária de Melville em seu esforço de sustentar a si e a sua família pela escrita, bem como em suas pretensões à fama literária. Após *Moby Dick*, o galante e promissor autor de aventuras náuticas viria a conhecer um gradual desinteresse de leitores e editores, o que se fez acompanhar de crises nervosas que o levaram, com o fracasso de seu último romance, *The Confidence-Man* (*O vigarista*, em português), de 1857, ao abandono da carreira profissional de escritor.

É difícil julgar o fracasso de Melville, que, em grande medida, o escritor compartilha com seu público, incapaz de compreendê-lo. Há uma curta, porém (literalmente) saborosa resenha inglesa de *Moby Dick*, que diz: "Existem pessoas que adoram *mulligatawny*. Elas apreciam o curry mais forte. Não existe gengibre capaz de lhes arder na boca. Essas são as pessoas, eu diria, que constituem os admiradores de Melville". A analogia culinária é propícia: os excessos de Melville só se fazem mais sentidos em meio ao acanhamento insípido, academicista e moralizante de seu ambiente literário. Com a sensibilidade de um moderníssimo sismógrafo e uma inteligência ímpar, coube ao autor de *Moby Dick* registrar os mais significativos abalos de um momento tão curto quanto decisivo da história e da vida social e intelectual norte-americana. Fala-se aqui do espaço de pouco mais de uma década, um entreguerras que se inicia com a afirmação dos Estados Unidos como potência hegemônica do continente americano (1846-8) e termina com uma crise institucional brutal que leva o país a uma guerra civil (1861-5) e um longo processo de construção e reconstrução, social e material, que só viria a conhecer seu verdadeiro termo (se é possível dizê-lo) com as lutas pelos direitos civis da população negra na década de 1960. Não impressiona que *Moby Dick* tenha conhecido poucos leitores à época de seu lançamento; impressiona, sim, que o romance tenha encontrado, a partir dos anos 1920, quando volta a ser lido com grande interesse crítico, sustentação e consolidação como o grande clássico da literatura norte-americana a cada momento desse conturbado processo. No convés do *Pequod* encontramos a ganância e a loucura dos donos do poder, assim como uma variedade social e um sentimento democrático de igualdade na diferença que permitem pensar em alternativas ao caminho de destruição que hoje percorremos. Na voz do sobrevivente, aprendemos sobre a mentalidade que preside a devastação — fundamental para se pensar no mundo que queremos.

BRUNO GAMBAROTTO

Bruno Gambarotto é doutor em Teoria Literária e Literatura Comparada (FFLCH-USP) e tradutor de autores consagrados das literaturas norte-americana e inglesa, como Walt Whitman, Herman Melville, Nathaniel Hawthorne, Harriet Beecher Stowe, Louisa May Alcott, Aldous Huxley, George Orwell e Mary Shelley.

Nota sobre a recepção e as traduções de *Moby Dick* no Brasil — e breve comentário sobre o leviatanismo em língua portuguesa

A recepção de *Moby Dick* no Brasil remonta aos anos 1930, com a parceria de Monteiro Lobato e Rochsteiner Adalberto em uma adaptação do romance, destinada ao público infantojuvenil, publicada em 1935 pela Companhia Editora Nacional. Haja vista o ostracismo a que Melville e sua obra foram relegados por toda a segunda metade do século XIX, e do qual começam a ressurgir com os influentes *Studies in American Literature*, de D. H. Lawrence (1921), e um esforço acadêmico norte-americano, contemporâneo à obra do literato britânico, de construção de um cânone literário propriamente nacional, é preciso reconhecer que a primeira introdução do romance de Melville ao público brasileiro não chega a padecer de grande atraso. Tanto a relativa sintonia com o novo interesse de que o romance de Melville desfrutava nos Estados Unidos quanto a especificidade da sua primeira publicação no Brasil, sob a forma de uma adaptação juvenil, estão relacionadas às particularidades intelectuais de Lobato — seja seu misto de fascinação e crítica pela cultura norte-americana, desconhecida de seus principais contemporâneos e cultivada em seus anos de adido comercial do Consulado do Brasil em Nova York (1927-31), seja seu trabalho editorial, de forte preocupação com a formação de jovens leitores.

A influência dos rumos que a obra-prima de Melville tomava nos Estados Unidos também marca o segundo momento da recepção brasileira, datada de fins da década de 1950, quando podemos pela primeira vez falar em uma tradução integral do romance (1957), realizada por Berenice Xavier (1899-1986). Se no primeiro caso o original leva à adaptação, agora é uma adaptação que enseja finalmente a retomada do original — a adaptação fílmica de John Huston, de 1956, com roteiro do já aclamado romancista Ray Bradbury (autor do clássico distópico *Fahrenheit 451*, de 1953), elenco encabeçado por Gregory Peck (Ahab) e participação especial de Orson Welles (pastor Mapple). Berenice entrega uma versão integral na prosa elegante que caracteriza o primeiro time de tradutores de seu tempo, com especial atenção aos padrões estilísticos que assinalam a escrita mais castiça em nosso idioma — com atenção à variação vocabular (o inglês "oil", por exemplo, que se poderia classificar, antes de tudo, como termo técnico da mercadoria derivada da manipulação do corpo da baleia e que não conhece flutuação no romance de Melville, se traduzirá tanto por "óleo" quanto por "azeite") e uma tendência geral à elevação dos registros linguísticos, sem respeito às clivagens existentes no original. A tradução de Péricles Eugênio da Silva Ramos, encomendada à coleção Clássicos Abril e publicada em 1972, não obstante traga algumas correções ao vocabulário técnico baleeiro, por vezes equivocado na versão de Berenice, e marque algumas clivagens apagadas na primeira versão, conserva a forte elevação do tom — o que, é interessante lembrar, é uma reconhecida tendência do gesto tradutório em face do original. Berenice e Péricles Eugênio consolidam um primeiro trabalho de apresentação da obra-prima de Melville ao leitor brasileiro. Em 2008 é publicada pela Cosac Naify uma terceira tradução do romance, dobradinha da estudiosa das traduções e versões de *Moby Dick* no Brasil Irene Hirsch e do poeta, tradutor e editor Alexandre Barbosa de Souza (projeto do qual fiz parte, na condição de preparador de texto), responsáveis pela depuração de arestas remanescentes de ambos os trabalhos e um cuidado especial com as variações de registros de enunciado.

Dentro de um horizonte específico de leitura e interpretação do romance, o tradutor desta edição segue tendências que já se firmam ao longo dos três trabalhos mencionados, tanto no sentido de um estabelecimento preciso dos diferentes níveis de fala do original, identificáveis nas várias máscaras de Ismael — pregador, marinheiro contador de história, cientista, dramaturgo trágico —, como no tratamento entre marinheiros (com especial atenção às falas de Ahab e Starbuck, em que fiz valer uma versificação branca equivalente ao cuidado dramatúrgico de Ismael) ou no uso de jargões que remetem ora ao universo da objetividade científica, ora às particularidades da vida baleeira. No que toca a esse último, um desafio se colocava: não obstante a imensa presença de baleias na costa brasileira, da Bahia à costa sul do país, pouco pujante foi a história da baleação no Brasil. Confinada a investidas na costa em uma época em que navios ingleses e norte-americanos iniciavam sua jornada Atlântico e, depois, Pacífico adentro, acompanhando a retração das populações de baleias derivada da matança, a baleação brasileira foi importante para o povoamento de regiões do litoral brasileiro, sem, porém, deixar registro de um tesouro lexical que oferecesse equivalência à profusão dos termos "repletos de leviatanismo", para lembrarmos Ismael, que dão nome a instrumentos e gestos da caça no inglês das comunidades baleeiras de Nantucket e New Bedford.[1]

A pesquisa sobre a caça à baleia no universo lusófono levou-me, contudo, à história das armações dos Açores, que durante os séculos XVIII e XIX não só forneceu importantes contingentes de marinheiros à frota baleeira mundial como constituiu uma comunidade que, até o tempo das proibições internacionais, teve seu modo de vida em uma baleação de técnica artesanal bastante próxima à descrita pelo narrador de *Moby Dick*. A esperança de encontrar na literatura náutica açoriana terminologia que traduzisse a um só tempo com precisão e "leviatanismo", por assim dizer, os momentos técnicos da narrativa de Ismael me levou à descoberta de obras que vim a conhecer ora integralmente (como *Mar pela proa*, de Dias de Melo), ora apenas por nome (como *Mau tempo no Canal*, romance do poeta Vitorino Nemésio, açoriano de origem). A dificuldade de chegar a essas obras (como de resto à literatura publicada em Portugal) exigiu superação no caso de *Memórias de um baleeiro*, do açoriano Nun'Álvares de Mendonça, dado o que, segundo as resenhas que encontrava, rezava ser o conteúdo documental da obra.[2] Graças ao contato com bibliotecários do Museu do Pico (localizado em Lajes do Pico, vilarejo da ilha de mesmo nome pertencente ao arquipélago),[3] obtive acesso ao glossário baleeiro da obra e a idiossincrasias do jargão baleeiro açoriano que eu sequer podia suspeitar — como o fato (talvez um tanto decepcionante para quem buscava leviatanismo em língua portuguesa) de séculos de contato entre baleeiros açorianos, ingleses e norte-americanos terem deixado profundas marcas no jargão baleeiro açoriano. Parte considerável do vocabulário baleeiro da principal

1. Registro alguns trabalhos que me instruíram na história da baleação na costa brasileira: "A pesca da baleia no Brasil: um estudo de história e meio ambiente", de João Rafael Moraes de Oliveira e Denílson Carignatto (Unesp/Assis, 2002); "Histórias conectadas por mares revoltos: uma história da caça de baleias nos Estados Unidos e no Brasil (1750-1850)" (2015) e "Baleias e Império: os Estados Unidos e a expansão baleeira nos Mares do Atlântico Sul (1761-1844)" (2021), de Wellington Castellucci Junior (Universidade Federal do Recôncavo da Bahia), importante referência na história da baleação no Brasil.
2. Gostaria de registrar aqui o trabalho de António Maria Gonçalves, ao que tudo indica habitante da ilha das Flores, nos Açores, que em blog dedicado exclusivamente à matéria tradicional da ilha produz um relato fictício de uma caçada à baleia "baseado nas memórias de muitos baleeiros florentinos ao longo dos tempos [...] imaginado a partir de uma 'narrativa' de alguém que, presenciando, vivenciando, conta de forma fidedigna, com algum pormenor, como era a faina da baleia nas Flores no começo do século passado" (Disponível em: <antoniomariagoncalves.blogspot.com/2017/11/a-pesca-da-baleia-o-texto-que-sesegue-e.html>. Acesso em: 13 jun. 2022).
3. Deixo aqui meus agradecimentos à gentileza de Fátima Rodrigues e Filipe Barbosa, funcionários do museu.

comunidade de caçadores de baleia falantes de língua portuguesa consiste em aportuguesamentos da terminologia baleeira consolidada em língua inglesa; seu uso poderia, por vezes, causar algum estranhamento ao leitor desavisado, que poderia jurar que o tradutor havia decidido ele mesmo, à falta de nomes, aportuguesar a terminologia técnica do original.

Enquanto sonhava com as possibilidades de um tradutor açoriano de *Moby Dick*, dotado com licença poética para colocar em operação todo o jargão e fraseado aprendido à localidade, fazia triagens com o intuito de utilizar, nesses momentos, uma terminologia constituída na espontaneidade do contato e da troca e eivada da história de uma comunidade linguística. Os usos desse vocabulário, que dá conta de momentos em que caberia ao tradutor somente recorrer a equivalências sem maior conexão com a matéria traduzida, vêm acompanhados de nota explicativa quando se faz necessário.

Bruno Gambarotto

MOBY DICK

Etimologia

(*Fornecida por um já falecido assistente tísico a uma escola pública*)

O lívido assistente — de casaco, coração, corpo e cérebro tão gastos; eu o vejo agora. Cuidava sempre de tirar o pó de seus velhos dicionários e gramáticas. Usava para tanto um estranho lenço, ironicamente enfeitado de todas as alegres bandeiras de todas as nações conhecidas do mundo. Tirar o pó de suas gramáticas era a alegria que tinha; de forma um tanto leve, o gesto o fazia lembrar da própria mortalidade.

"Ao tomares para ti a incumbência de instruir outros e ensiná-los o nome pelo qual um peixe-baleia [*whale-fish*] há de ser designado em nossa língua, caso negligencies, por ignorância, a letra H, que quase por si só produz o sentido da palavra, terás transmitido o que verdade não é." — *Hackluyt*.

"WHALE: Sueco e dinamarq. *hval*. O animal recebe nome a partir de sua rotundidade ou redondeza; pois em dinamarq. *hvalt* significa arcado ou abobadado." — *Dicionário Webster*.

"WHALE: Deriva mais imediatamente do holandês e alemão *Wallen*; anglo-saxão *Walw-ian*, rolar, chafurdar." — *Dicionário Richardson*.[1]

חו, hebraico.

κητος, grego.

CETUS, latim.

WHŒL, anglo-saxão.

---

1. Melville refere-se nesta seção às seguintes obras: *An American Dictionary of the English Language*, do lexicógrafo e pedagogo norte-americano Noah Webster (Springfield, 1828); *A New Dictionary of the English Language*, do lexicógrafo inglês Charles Richardson (Filadélfia, 1848). A citação de *The Principal Navigations, Voyages and Discoveries of the English Nation* (1598), do geógrafo, tradutor e diplomata inglês Richard Hakluyt, é indireta e consta da obra de Richardson.

HVALT, dinamarquês.

WAL, holandês.

HWAL, sueco.

HVALUR, islandês.

WHALE, inglês.

BALEINE, francês.

BALLENA, espanhol.

PEKEE-NUEE-NUEE, fijiano.

PEHEE-NUEE-NUEE, erromangoano.[2]

2. Charles Feidelson Jr. aponta erro no termo hebraico mencionado por Melville: וח significa "além-mar". Há imprecisões também nas formas grega (*κήτος*), anglo-saxã (*hwæl*), dinamarquesa (*hval*) e holandesa (*walvis*; *wal* é a forma alemã). Quanto às formas do fijiano (relativo às ilhas Fiji) e do erromangoano (Erromango é uma das Novas Hébridas, nome colonial das ilhas de Vanuatu, no Pacífico Sul), estas são provavelmente invenções de Melville.

Excertos

(*Fornecidos por um sub-sub-bibliotecário*)

Não escapará aos olhos de quem quer que seja que este Sub-Sub — não mais do que um coitado, um escavador incansável, um rato de estantes — dá a impressão de ter percorrido todas as imensas Vaticanas e bancas de livreiros do planeta, a recolher sem qualquer critério quaisquer alusões a baleias que lhe pudessem cair em mãos, fosse o livro sagrado ou profano. Por isso, não recomendo — ao menos não em todos os casos — que se tome a barafunda de declarações acerca de baleias desta seção de excertos, a despeito de sua autenticidade, como um verdadeiro evangelho da cetologia. Pelo contrário. No que toca aos autores antigos em geral, bem como aos poetas que desta seção constam, os excertos são tão somente valiosos ou divertidos à medida que oferecem uma visão panorâmica do que foi dito, pensado, imaginado e cantado sem qualquer compromisso ou responsabilidade sobre o leviatã por muitas nações e gerações, incluindo a nossa.

Dito isto, adeus, Sub-Sub, pobre-diabo de quem preservo a memória. Pertenceis àquela tribo pálida e sem esperança que nenhum vinho deste mundo jamais aquecerá; e para quem mesmo um xerez branco seria encorpado demais; mas com quem por vezes é gostoso se sentar e compartilhar um pouco também desse sentimento de ser um pobre coitado; e ver a proximidade crescer junto com as lágrimas; e dizer a eles sem rodeios, de olhos cheios e copos vazios, e uma tristeza não de todo desagradável: Desisti, Sub-Subs! Pois quanto mais vos esforçardes para agradar o mundo, tanto mais quedareis sem receber um único agradecimento! Quem dera eu pudesse esvaziar o Hampton Court e as Tulherias para vós![3] Mas engoli vossas lágrimas e subi ao mastro real com vossos corações; pois vossos amigos que já partiram estão esvaziando os sete

3. O Hampton Court e as Tulherias são, respectivamente, residências das famílias reais inglesa e francesa.

andares dos céus e enxotando Gabriel, Miguel e Rafael, que por tanto tempo foram mimados, para receber-vos. Aqui, brindareis apenas com corações estilhaçados — lá, conhecereis cristais inquebráveis!

"E Deus criou as grandes baleias." GÊNESIS[4]

"Após ele alumia o caminho; parece o abismo tornado em brancura de cãs." JÓ

"Deparou, pois, o Senhor um grande peixe, para que tragasse a Jonas." JONAS

"Ali passam os navios; e o leviatã que formaste para nele folgar." SALMOS

"Naquele dia, o Senhor castigará com a sua dura espada, grande e forte, o leviatã, a serpente veloz, e o leviatã, a serpente tortuosa, e matará o dragão que está no mar." ISAÍAS

"E o que quer que o caos da boca deste monstro alcance, seja fera, barco ou pedra, incontinente desce por aquela sua imensa e pútrida goela e no abismo sem fundo de seu bucho perece." PLUTARCO, *Moralia*, por Holland

"O mar Índico gera a maior parte dos peixes que há, e os maiores; entre os quais os Caxarelos e Redemunhos, chamados *Balaenae*, chegam de comprimento a ter quatro acres ou jeiras de terra." PLÍNIO, por Holland

"Mal chegado havíamos a dois dias no mar quando no alvorecer muitas baleias e outros monstros do mar se revelaram. Entre as primeiras, uma era dotada de muito monstruosa grandeza. [...] A nosso encontro ela veio, com a bocarra aberta, erguendo ondas dum lado e doutro, e fazendo espuma do mar que tinha ante si." LUCIANO, *História verdadeira*, por Tooke

"Esta terra também ele visitou por obra de caçar baleias-cavalo, que haviam ossos de muita estima pelos dentes que em elas se encontram, alguns de os quais ao rei ele ofertou. [...] As baleias de maior estima eram em sua terra capturadas, de as quais umas tinham em grandeza quarenta e oito jardas, outras cinquenta. Disse ele que era um de os seis que haviam matado sessenta de elas em dois dias." *A narrativa verbal de Other or Octher*, recolhida à boca do mesmo pelo rei Alfred, 890 d.C.

4. Para as citações da Bíblia, usamos como referência a versão Almeida Revista e Corrigida, de 1898, por ser mais ligada à comunidade protestante brasileira e ter um tom que se aproxima da versão King James usada por Melville. Disponível em: <bibliaonline.com.br>.

"E, enquanto tudo o que, bicho ou barco, adentra o medonho golfo da boca do monstro (da baleia) de pronto se extravia e engolido é, o caboz penetra-a sossegadamente e nela dorme." MONTAIGNE, *Apologia de Raymond Sebond*

"Fujamos! Fujamos! Que me carregue o diabo se não for este o leviatã descrito pelo divo profeta Moisés na vida do paciente Jó." RABELAIS

"O fígado desta baleia enchia duas carroças." STOWE, *Anais*

"O grande leviatã que faz se agitarem os mares como caldeirão fervente." LORD BACON, Versão dos Salmos

"No tocante ao monstruoso volume da baleia ou orca, a nós nada chega de preciso. Quando crescem, ficam gordas em excesso, de modo que se extrai óleo em grande monta de uma baleia." ID., *História da vida e da morte*

"A mais soberba coisa para os males internos é o esperma de baleia." *Henrique* IV

"A baleia demasiado semelhante." *Hamlet*

"A se recorrer, as artes da sanguessuga/ Não se lhe estarão disponíveis, restando-lhe/ Tornar àquele que com amorosa seta/ Se fez o artífice da tão pungente dor/ Que lhe acossa o peito, como a baleia ferida/ Que do distante mar acorre ao continente." SPENSER, *A rainha das fadas*

"Imensas como baleias, cujo movimento dos vastos corpos pode em calmaria pacífica perturbar o oceano até que o faça ferver." SIR WILLIAM DAVENANT, prefácio a *Gondibert*

"Que é a semente de baleia, os homens podem duvidar com razão, já que o erudito Hofmann em seu trabalho de trinta anos disse claramente: *Nescio quid sit*." SIR T. BROWNE, "Do espermacete e da baleia de espermacete". Vide seu *Erros vulgares*

"Tal como o Talus de Spencer,/ Com seu ferrenho mangual,/ A cauda é anúncio da ruína./ [...]/ Leva lança ao flanco presa,/ E no dorso um bosque de aço." WALLER, "Batalha das Ilhas Summer"

"Por arte é criado aquele grande Leviatã, chamado Cidade ou Estado (em latim, *Civitas*) que não é senão um homem artificial." HOBBES, frase de abertura de *Leviatã*

"A néscia Alma Humana as engoliu sem mastigar, como fosse um arenque na boca de uma baleia." BUNYAN, *A Guerra Santa, movida pelo rei Shaddai contra*

Diabolus para reconquistar a metrópole do Mundo, ou, a perda e retomada da cidade da Alma Humana

"Aquela marítima besta,/ O leviatã, dentre as obras de Deus/ É das maiores a nadar os mares." *Paraíso perdido*

"Ei-lo, o leviatã, a maior/ Das criaturas vivas no fundo do mar/ Largo como um promontório nada ou dorme,/ À terra em movimento semelhante;/ Como o peixe inspira e pelo tronco jorra." IBID.

"As poderosas baleias que nadam em um mar de água e têm um mar de óleo a nadar dentro de si." FULLER, *O Estado profano e sagrado*

"Nas proximidades d'algum promontório/ 'Stá o imenso leviatã, que cerca a sua presa,/ Em vias de engoli-la, sem que guerra faça,/ Pois lhe confunde boca com o mar aberto." DRYDEN, *Annus Mirabilis*

"Enquanto flutua a baleia à popa do navio, eles lhe cortam a cabeça e a rebocam com um bote o mais próximo possível da costa; mas esta há de encalhar com água a doze ou treze pés." PURCHAS, "Dez viagens de Thomas Edge a Spitsbergen"

"Em seu caminho, viram muitas baleias a recrear-se no oceano e em promiscuidade a espargir água através de seus tubos e respiradouros, que a natureza lhes colocou nos ombros." *Viagens de Sir T. Herbert na Ásia e África*. Col. Harris

"Aqui avistaram baleias em imensas hordas, tão grandes que foi mister proceder com muita cautela, sob o risco que pudessem dar com os cascos sobre elas." SCHOUTEN, *Sexta circum-navegação*

"Partimos do rio Elba, com ventos noroeste, em navio batizado *Jonas na Baleia*. [...] Dizem alguns que a baleia não é capaz de abrir a boca, mas isso é fábula. [...] Eles sobem com frequência nos mastros com tenção de avistar baleias, pois seu primeiro descobridor ganha um ducado por seu esforço. [...] Ouvi relação de uma baleia capturada próximo a Shetland, a qual trazia mais de um barril de arenques na barriga. [...] Contou-me um de nossos arpoadores que houve ocasião em Spitsbergen em que pescou uma baleia toda branca." *Uma viagem à Groenlândia*, 1671 d.C., Col. Harris

"Muitas baleias hão dado a esta praia (Fife). Anno 1652; e uma do tipo de barba, com oitenta pés de comprimento, que na areia encalhou, forneceu, segundo me foi dito, além de óleo em grande quantidade, quinhentos pesos de osso de baleia.

As mandíbulas dela se instalaram à guisa de portão no jardim de Pitfirren." SIBBALD, *Fife e Kinross*

"Eu mesmo acordei na tenção de dominar e matar essa baleia de espermacete, pois nunca ouvira relação de nenhuma dessa espécie que houvesse sido morta por qualquer homem, tão grande é sua ferocidade e rapidez." RICHARD STRAFFORD, "Carta das Bermudas", *Phil. Trans.*, 1668 d.C.

"As baleias que no mar existem/ À voz do Senhor atendem." CARTILHA DA NOVA INGLATERRA

"Vimos também abundância de grandes baleias, havendo delas mais naqueles Mares do Sul, em número de cem para uma, digamos, do que em nossos mares do Norte." *A viagem do capitão Cowley à volta do globo*, 1729 d.C.

"E o hálito da baleia é amiúde acompanhado de odor tão insofrível que provoca desordem no cérebro." ULLOA, *América do Sul*

"As cinquenta caras sílfides de especial condão/ Encarregamo-las da anágua, sua máxima missão,/ Não raro nos dito foi ceder muro sete vezes reforçado/ Ainda que de arganéus e costelas de baleia armado." POPE, *O roubo da madeixa*

"Se em relação à magnitude compararmos os animais terrestres com aqueles que fazem morada nas profundezas, descobriremos que os primeiros parecerão desprezíveis no contraste. A baleia é sem dúvida o maior animal da criação." GOLDSMITH, *História natural*

"Se tu escrevesses uma fábula para peixinhos, farias com que falassem como grandes baleias." GOLDSMITH, para Johnson

"À tarde, avistou-se o que se supôs ser uma rocha, mas descobrimos ser uma baleia morta, que alguns asiáticos mataram e rebocavam para a praia. Parecia que eles se esforçavam em se esconder atrás da baleia, a fim de evitar serem vistos por nós." COOK, *Viagens*

"As baleias maiores, eles raramente se aventuram a atacar. Eles têm tanto medo de algumas delas que, quando estão no mar, temem até mesmo mencionar seus nomes e carregam em seus barcos esterco, calcário, galhos de zimbro e artigos da mesma natureza com o intuito de aterrorizar e impedir-lhes a aproximação." Cartas de UNO VON TROIL sobre a viagem de Banks e Solander à Islândia, em 1772

"A baleia de espermacete encontrada pelos nantuckois é um animal ativo, feroz e exige dos pescadores um imenso preparo e valentia." THOMAS JEFFERSON, Memorial baleeiro ao ministro francês, em 1778

"E, dizei-me, senhores, o que no mundo é igual a isso?" EDMUND BURKE, no Parlamento, referindo-se à pesca baleeira de Nantucket

"Espanha — uma grande baleia encalhada nas costas da Europa." EDMUND BURKE (em algum lugar)

"Uma décima parte da receita ordinária do rei, que se diz fundada no provimento oriundo de sua guarda e proteção dos mares da ação de piratas e ladrões, advém do direito aos peixes *reais*, que são a baleia e o esturjão. E estes, quando arrojados à praia ou capturados perto da costa, são propriedade do rei." BLACKSTONE

"Não tarda que se aprume a marujada/ Para os trabalhos que a morte solicita:/ Rodmond certeiro sobre a própria tez/ Ergue o arpão farpado, e o tiro é fatal." FALCONER, *O naufrágio*

"Brilham telhados, cúpulas, pináculos,/ E ao alto se disparam os foguetes,/ Pra fazer erguer o seu fugaz estouro/ Por todo o domo que o céu ostenta./ Eis que as águas com o fogaréu emulam,/ E os alegres mares ao celeste erguem,/ Com os jorros que a baleia ao ar espirra,/ Sua grã felicidade incontida." COWPER, sobre a visita da rainha a Londres

"Dez ou quinze galões de sangue são bombeados do coração de uma só vez a grande velocidade." Relato de JOHN HUNTER sobre a dissecação de uma baleia (de tamanho pequeno)

"A aorta de uma baleia é maior em diâmetro do que o cano central do sistema hidráulico da ponte de Londres, e a água que ruge em sua passagem por esse cano é inferior em ímpeto e velocidade ao sangue que jorra do coração da baleia." PALEY, *Teologia*

"A baleia é um animal mamífero sem patas traseiras." BARÃO CUVIER

"A quarenta graus a sul, anunciamos baleias de espermacete, mas não capturamos nenhuma senão em primeiro de maio, pois o mar estava coalhado delas." COLNETT, *Viagem com o propósito de ampliar a pesca das baleias de espermacete*

"No livre elemento que sob mim havia,/ Nadavam, singravam, mergulhavam/ Peixes de variada cor, contorno e espécie;/ Peixes entretidos em brinquedos e lutas,/ Desconhecidos da vista de um marujo/ E que nenhuma língua pode retratar —/ Do temido e feroz leviatã a um exército/ De insetos que aos milhões cada onda habitavam:/ Em grandes cardumes, como ilhéus a flutuar,/ Por obscuro instinto guiados p'lo deserto/ D'um país sem trilhas, ainda que atacados/ Por vorazes inimigos em toda a parte —/ Tubarões e monstros, de fronte e boca armados,/ Com espadas, serras, chifres espirais e ganchos." MONTGOMERY, *O mundo antes do dilúvio*

"Io! Canta o teu hino! Io estelar!/ Àquela que dos mares é rainha/ A singrar o Mar Polar!/ No Atlântico imenso não há;/ Mais poderosa baleia que esta/ Nem peixe mais farto existe." CHARLES LAMB, *O triunfo da baleia*

"No ano de 1690, algumas pessoas estavam no alto de uma colina observando as baleias bufando e brincando umas com as outras, quando uma delas observou: ali — apontando para o mar —, há um pasto verde onde os netos de nossos filhos vão comer pão." OBED MACY, *História de Nantucket*

"Construí uma cabana para Susan e para mim e fiz um portão na forma de um arco gótico usando ossos da queixada de uma baleia." HAWTHORNE, *Histórias duas vezes contadas*

"Ela veio requisitar ser um monumento ao seu primeiro amor, que havia sido morto por uma baleia no oceano Pacífico, não menos de quarenta anos atrás." IBID.

"'Não, senhor, é uma baleia-franca', respondeu Tom; 'eu vi o bufo dela; ela espirrou dois arco-íris tão bonitos quanto um cristão ia gostar de olhar. É uma bela barrica de óleo, aquela ali!'" COOPER, *O piloto*

"Os jornais foram trazidos, e vimos na *Berlin Gazette* que as baleias haviam sido introduzidas no palco de lá." ECKERMANN, *Conversações com Goethe*

"'Meu Deus! Sr. Chase, qual é o problema?' Respondi: 'Fomos atacados por uma baleia.'" "Narrativa do naufrágio do navio baleeiro *Essex*, de Nantucket, que foi atacado e finalmente destruído por um grande cachalote no oceano Pacífico", por OWEN CHASE, de Nantucket, primeiro imediato do referido navio. Nova York, 1821

"Soprava sem maior estorvo a leve brisa;/ Era noite, e um marujo nos brandais havia;/ A pleno lume ou sob nuvens, era pálido o luar/ Sobre a baleia em sua esteira lisa/ A seguir pelo oceano em lenta via." ELIZABETH OAKES SMITH

"A quantidade de linha retirada dos diferentes botes envolvidos na captura desta única baleia totalizou 10 440 jardas ou quase seis milhas inglesas. [...] Às vezes a baleia sacode sua tremenda cauda no ar, que, estalando como um chicote, ressoa a uma distância de três ou quatro milhas." SCORESBY

"Louco das agonias que suporta depois dos novos ataques, o cachalote enfurecido rola sem parar; ele ergue a enorme cabeça e, com suas mandíbulas largas e escancaradas, procura morder tudo ao seu redor; arroja-se na direção dos botes com a cabeça; eles recebem um violento impulso, e não raro são totalmente destruídos. [...] Causa enorme espanto que a consideração dos hábitos de um animal tão interessante e, do ponto de vista comercial, tão importante [quanto o cachalote] tenha sido tão completamente negligenciada, ou tenha despertado tão pouca curiosidade entre os numerosos e muitos deles competentes observadores, que nos últimos anos devem ter possuído as mais abundantes e convenientes oportunidades de testemunhar seus hábitos." THOMAS BEALE, *História do cachalote*, 1839

"O Cacharreu [cachalote] não só está mais bem armado do que a Verdadeira [baleia-da-groenlândia ou baleia-franca] ao dispor de armas formidáveis em ambas as extremidades de seu corpo como também exibe com mais frequência uma disposição para empregar essas armas ofensivamente e de maneira ao mesmo tempo tão astuta, ousada e maliciosa, que veio a ser considerada a mais perigosa de todas as espécies conhecidas da tribo das baleias." FREDERICK DEBELL BENNETT, *Viagem baleeira ao redor do globo*, 1840

"13 de outubro. 'Baleia à vista', anunciou-se do tope do mastro. 'Quão distante?', quis saber o capitão. 'Três pontos da proa a sotavento, senhor.' 'Meter o leme a barlavento. Já!' 'Feito, senhor.' 'Ó do mastro! Vocês veem a baleia agora?' 'Sim, senhor! Um cardume de cachalotes! Ela bufa! Ela salta!' 'Anunciem! Anunciem sem cessar!' 'Sim, sim, senhor! Ela bufa! Ali! Ali! Aliii — buuufa!' 'A que distância?' 'Duas milhas e meia.' 'Por raios e trovões! Muito perto! Convocar toda a marujada!'" ROSS BROWNE, *Quadros de um cruzeiro baleeiro*, 1846

"O baleeiro *Globe*, a bordo do qual ocorreram os terríveis eventos que vamos relatar, pertencia à ilha de Nantucket." "Narrativa do motim do *Globe*", por LAY e HUSSEY, sobreviventes, 1828 d.C.

"Sendo uma vez perseguido por uma baleia que havia ferido, ele conseguiu por algum tempo conter o ataque com uma lança; o monstro furioso, porém, avançou finalmente na direção do bote; ao que ele e os companheiros só conheceram salvação saltando à água quando perceberam que o assalto era inevitável." TYERMAN e BENNETT, *Diário missionário*

"'A própria Nantucket', disse o sr. Webster, 'é parte muito viva e particular do interesse nacional. Eis aqui uma população de oito ou nove mil pessoas a tirar do mar seu sustento, contribuindo a cada ano para o expressivo aumento da riqueza nacional pela indústria mais ousada e perseverante.'" DANIEL WEBSTER, discurso no Senado dos Estados Unidos, acerca do pedido de construção de um quebra-mar em Nantucket, 1828.

"A baleia caiu diretamente sobre ele e provavelmente de imediato." REV. HENRY T. CHEEVER, "A baleia e seus captores, ou As aventuras do baleeiro e a biografia da baleia, tal como coligidas no cruzeiro de torna-casa do comodoro Preble"

"'Se você fizer o menor maldito barulho', respondeu Samuel, 'vou mandar você para o inferno.'" "Vida de Samuel Comstock (o amotinado)", por seu irmão, WILLIAM COMSTOCK. Outra versão da narrativa do baleeiro *Globe*.

"As viagens dos holandeses e ingleses ao oceano do Norte, para, se possível, descobrir uma passagem para a Índia, embora tenham fracassado em seu principal intento, expuseram sítios frequentados da baleia." MCCULLOCH, *Dicionário comercial*

"Essas coisas são recíprocas: uma coisa à outra; pois, ao expor os sítios frequentados da baleia, os baleeiros parecem ter indiretamente apontado a novas pistas para aquela mesma passagem mística do Noroeste." De "Alguma coisa" não publicada

"É impossível encontrar um navio baleeiro no oceano sem que este o impressione por sua mera aparência. A embarcação de vela curta, com vigias nos topes dos mastros a esquadrinhar avidamente a vasta extensão ao seu redor, tem um ar totalmente diferente dos navios empenhados em viagens regulares." *Correntes e baleeiros*. Expedição de exploração norte-americana

"Pedestres nas proximidades de Londres e em outros lugares podem se lembrar de ter visto grandes ossos curvos erguidos na terra, tanto para formar arcos sobre portões como entradas para alcovas, e talvez tenham sido informados de que eram costelas de baleias." Contos de um viajante baleeiro ao oceano Ártico

"Apenas quando os botes retornaram da perseguição às baleias foi que os brancos viram seu navio na posse sangrenta dos selvagens que compunham a tripulação." Relato jornalístico da tomada e retomada do baleeiro *Hobomack*

"É de conhecimento geral que das tripulações dos navios baleeiros (norte-americanos) poucos retornam nos navios a bordo dos quais partiram." *Cruzeiro num baleeiro*

"De repente, uma massa poderosa emergiu da água e disparou perpendicularmente no ar. Era a baleia." *Miriam Coffin ou o pescador de baleias*

"A baleia é arpoada com firmeza; mas pense: como você lidaria com um potro poderoso e selvagem apenas com uma corda presa à raiz de sua cauda." *Ribs and Trucks*, capítulo sobre a caça à baleia

"Certa vez vi dois desses monstros (baleias), provavelmente macho e fêmea, nadando lentamente, um após o outro, a menos de um arremesso de pedra da praia [Terra do Fogo], sobre a qual a faia estendia seus galhos." DARWIN, *Viagem de um naturalista*

"'Todos para a popa!', exclamou o imediato, assim que, ao virar a cabeça, deu com as mandíbulas distendidas de um imenso cachalote próximas à proa do bote, ameaçando-o de destruição instantânea; 'Todos para a popa, por suas vidas!'" *Wharton, o assassino de baleias*

"Alegria, alegria! Que nunca falhem vossos corações, meus rapazotes,/ No instante em que o valente arpoador enviar o ferro ao cachalote!" CANÇÃO DE NANTUCKET

"Oh, Baleia rara e ancestral!/ Em tua oceânica casa,/ em meio a raios e vendaval/ és da mais poderosa raça,/ onde a lei se afirma sem rival —/ Senhora de infinitas vagas." CANÇÃO DA BALEIA

1
Miragens

CHAMEM-ME ISMAEL.[5] Alguns anos atrás — há quanto tempo, precisamente, não vem ao caso —, tendo pouco ou nenhum dinheiro no bolso e sem o que me despertasse qualquer interesse em terra firme, decidi partir para navegar um pouco e ver a parte líquida do mundo. É um jeito meu de sacudir o tédio e regular a pressão. Sempre que começo a sentir um travo amargo na boca; sempre que minha alma se transforma em um novembro úmido e chuvoso; sempre que me vejo parado na frente de casas funerárias, ou acompanhando pela retaguarda, sem me dar conta, o passo de um cortejo fúnebre; e sobretudo quando sinto a melancolia e os nervos me derrotarem, e de tal forma que só mesmo um forte princípio moral me impede de ir à rua com o deliberado e metódico intuito de dar na cara de cada um que cruze meu caminho — pois bem, eis quando concluo que é mais do que chegada a hora de partir para o mar. É meu substituto para a pistola e a bala. Com largos gestos filosóficos, Catão[6] se lança sobre a própria espada; de minha parte, embarco sem alarde em um navio. Não há nada de espantoso nisso. Eles não sabem, mas quase todos os homens, a despeito de sua posição, cedo ou tarde, comungam praticamente desses mesmos sentimentos em relação ao oceano.

Eis aí a cidade insular dos manhattos,[7] cingida pelas docas como as ilhas selvagens o são pelos recifes de coral — o comércio a cerca com a espuma da rebentação. À direita e à esquerda, as ruas os levarão às águas. No extremo da cidade estão as muralhas do antigo forte,[8] onde o nobre quebra-mar é lavado pelas

5. Sobre a figura de Ismael e os critérios de adoção ou não de versões vernaculares dos nomes bíblicos, ver Apresentação.

6. Catão, o Jovem (século I a.C.), foi um senador da República romana. Conhecido por sua integridade, suicidou-se com a própria espada ante o assédio político de Júlio César, seu adversário.

7. Melville se vale do nome indígena da ilha de Manhattan para designar os habitantes de Nova York à maneira de uma tribo pagã.

8. Posteriormente batizado em homenagem ao herói da independência norte-americana, George Washington, o forte Washington, localizado ao norte da ilha de Manhattan, foi importante para o rechaço das tropas britânicas em suas tentativas de avanço naval pelo rio Hudson durante a guerra de independência do país.

ondas e refrescado pela brisa, que poucas horas antes se encontravam distantes de terra. Observe as multidões de contempladores do mar que ali se reúnem.

Caminhem sem rumo pela cidade em uma tarde de descanso e devaneio. Sigam de Corlears Hook a Coenties Slip e, dali, para a Whitehall, ao norte.[9] O que vocês veem? Parados como silenciosas sentinelas por toda a cidade, lá estarão milhares e milhares de mortais fitos em fantasias oceânicas. Alguns apoiados nos batoques; outros sentados nas pontas do píer; outros observando por sobre as amuradas de navios chegados da China; outros no alto dos cordames, como procurassem uma perspectiva ainda melhor das águas. Mas todos eles são homens de terra firme; em dias de semana confinados por ripas e gesso, amarrados a balcões, pregados a bancos, presos a escrivaninhas. Qual é a razão disso? Acabaram-se os verdes campos? Por que estão ali?

Mas vejam! Aí vêm mais multidões, caminhando direto para a água, como que prontas para um mergulho. Que coisa estranha! Seu único contentamento é chegar ao extremo limite de terra firme. Vagar sob o abrigo umbroso dos armazéns não basta. Não. Elas precisam se aproximar das águas tanto quanto possam sem que estas as engulam. E ali ficam — aos milhares, aos milhões. Homens de terra, eles vêm de alamedas e becos, ruas e avenidas — de norte, sul, leste e oeste. E ali todos se reúnem. Contem-me: é a força magnética das agulhas das bússolas de todos aqueles navios que os atrai?

Digo de outro modo: suponham que estamos no campo, em região serrana, servida de lagos. Sigam o caminho que quiserem, e aposto dez para um que esse caminho o fará descer por um vale e o deixará ali, diante de um remanso no rio. É como mágica. Que o mais avoado dos homens esteja mergulhado em seus mais profundos sonhos — coloquem esse homem de pé, bote suas pernas para funcionar, e ele infalivelmente os levará à água, se houver água em um tal lugar. Se vocês algum dia estiverem morrendo de sede no grande deserto americano, façam esse experimento, se por acaso sua caravana estiver munida de um professor metafísico. Sim, como todo mundo sabe, a meditação e a água têm um elo indissolúvel.

---

9. Antiga localidade da cidade, situada próximo dos estaleiros da cidade, Corlears Hook era um ponto de grande concentração de trabalhadores de terra e mar, além de espaço de entretenimento e prostituição. Às prostitutas do local dava-se o nome de *hookers*, termo que se tornou corrente para designar as mulheres ligadas ao negócio. Coenties Slip era um ponto de carga e descarga de navios localizado no sul da ilha, desativado e aterrado para o passeio público em 1835. Whitehall Street é uma das mais antigas ruas de Manhattan, construída pelos holandeses que, no século XVII, haviam fundado na ilha a colônia de Nova Amsterdam.

Mas ali está um artista. É a vontade dele pintar a mais etérea, umbrosa, tranquila e encantadora paisagem romântica de todo o vale do Saco.[10] De que elemento fundamental ele lança mão? Ali estão as árvores, cada qual com seu tronco oco, como se trouxessem dentro de si um crucifixo e um ermitão; num ponto dorme a relva, noutro dorme a vaca; e da cabaninha logo ali sobe uma fumacinha preguiçosa. Nas profundezas do bosque distante serpenteia uma trilha labiríntica, que alcança os picos sobrepostos das montanhas, de encostas banhadas de azul. Mas embora o quadro permaneça como que sob um transe, e embora um pinheiro balance suspiros como folhas sobre a cabeça de um pastor, tudo seria vão se os olhos do pastor não estivessem fitos em um riacho mágico diante de si. Visitem as Pradarias em junho, quando por dezenas e dezenas de quilômetros se caminha por entre lírios-tigrados — qual é a única ausência de encanto sentida? Água — não existe uma gota naquele lugar! Fosse o Niágara apenas uma catarata de areia, vocês viajariam milhares de quilômetros para admirá-la? Por que o pobre poeta do Tennessee,[11] depois de receber subitamente dois punhados de prata, deliberou entre a compra de um casaco, do qual estava tristemente necessitado, ou o investimento de seu dinheiro em uma prosaica viagem a Rockaway Beach?[12] Por que quase todo rapaz forte e cheio de saúde com uma alma vigorosa dentro de si põe-se doido, cedo ou tarde, para ir ao mar? Por que em sua primeira viagem como passageiro você é acometido de grande vibração mística quando lhe dizem que você e seu navio se encontram fora da visão de terra firme? Por que os antigos persas julgavam o mar sagrado?[13] Por que os gregos atribuíram a ele uma divindade própria, e não menos do que um irmão de Júpiter?[14] É certo que tudo isso tem lá sua razão de ser. E ainda mais profundo é o sentido da história de Narciso, que por não conseguir agar-

---

10. O rio Saco corre entre os estados de New Hampshire e do Maine, na Nova Inglaterra, a norte de Nova York. Já em meados do século XIX, a região era procurada para temporadas de veraneio.

11. A exemplo de outros comentadores do romance, não fomos capazes de determinar a referência, possivelmente uma brincadeira particular de Melville.

12. A Rockaway Beach é uma área peninsular no extremo sul da cidade de Nova York, no *borough* de Queens em Long Island. Na primeira metade do século XIX, foi um espaço de veraneio bastante popular.

13. Segundo o Vendidad, um dos livros do Avestá, que reúne os textos sagrados do Zoroastrismo (ver nota 448), a divindade suprema Ahura Mazda enviou as águas do mar à terra (Vourukasha) para lavar o mundo de suas impurezas, levando-as de volta ao céu para o mar celeste (Puitika).

14. Na mitologia romana, Júpiter é o equivalente do deus grego Zeus, a divindade mais poderosa entre os deuses. Seu irmão Posêidon, chamado Netuno pelos romanos, é o senhor dos mares.

rar a imagem tormentosa e gentil que via na fonte mergulhou nela e se afogou.[15] Mas essa mesma imagem, nós vemos em todos os rios e oceanos. É a imagem do inalcançável fantasma da vida; e essa é a chave do mistério de tudo isso.

Pois bem, quando digo que tenho o hábito de ir ao mar sempre que sinto a vista ficar turva e começo a ficar mais consciente da respiração do que o recomendável, não é minha vontade que se subentenda que sempre vou ao mar como passageiro. Pois para ir como passageiro, é preciso ir com uma bolsa, e uma bolsa não é mais do que um trapo se você não leva nela alguma coisa. Além disso, passageiros ficam enjoados, irritadiços, não dormem à noite, não se divertem muito, de forma geral; não, nunca viajo como passageiro; nem, embora tenha lá meu traquejo no convés, viajo como comodoro, capitão ou cozinheiro. Abdico da glória e da distinção de tais investiduras para aqueles que as apreciam. De minha parte, tenho aversão a quaisquer trabalhos, testes e tribulações, sejam o que for. Para mim, já me basta cuidar de mim mesmo, sem ter de cuidar de navios, barcas, brigues, escunas e sabe-se lá mais o quê. E quanto a viajar como cozinheiro, embora confesse que nisso existe considerável glória, sendo o cozinheiro uma espécie de oficial sobre as tábuas do navio, ainda assim não saberia dizer a razão, mas nunca me encantou cozinhar um frango — embora, uma vez cozido, devidamente amanteigado e salgado e apimentado com bom senso, não há quem fale mais respeitosamente, para não dizer reverencialmente, de um frango cozido do que eu. Deriva do mais elevado apreço dos antigos egípcios por íbis cozida e hipopótamo assado o fato de se encontrarem as múmias dessas criaturas naqueles imensos fornos que são as pirâmides.

Não, quando vou ao mar, vou como marinheiro comum, dos que ficam no chão do convés, que vão às profundezas do castelo de proa e sobem às alturas do sobrejoanete. É verdade que eles não raro me dão ordens e me fazem saltar de verga em verga como um gafanhoto no relvado de abril. E, no começo, isso é bem desagradável. Toca um certo senso de honra, principalmente quando você pertence a uma velha e tradicional família do país, os Van Rensselaer, ou os Randolph, ou os Hardicanute.[16] E mais do que tudo, quando em tempos exa-

15. Mito grego ligado à vaidade. Muito belo, Narciso apaixonou-se pela própria imagem, refletida na superfície de um lago.

16. As duas primeiras famílias mencionadas correspondem a clãs tradicionais da vida nacional. Radicados na região de Nova York (então Nova Amsterdam) no século XVII, os Van Rensselaer (dos quais o próprio autor é descendente) tiveram membros destacados na política e no comércio do país. Provenientes da Virgínia, os Randolph foram uma das mais ricas e influentes famílias do sul dos Estados Unidos, integrando os círculos mais restritos do poder em Washington. Na sequência da passagem, o narrador faz menção

tamente anteriores a enfiar as mãos em um balde de alcatrão você tinha pleno domínio delas na condição de mestre-escola no interior, botando medo no mais alto dos garotos. A transição de mestre-escola a marinheiro é bem pouco suave, posso lhes garantir, e exige uma forte decocção de Sêneca e dos estoicos[17] para aguentar calado. Contudo, mesmo isso passa com o tempo.

Mas e daí, se um velhaco da monta de um capitão do mar ordena que eu pegue uma vassoura e varra o convés de ponta a ponta? Qual é a relevância dessa indignidade, pesada, quero dizer, nas balanças do Novo Testamento? Acha que o arcanjo Gabriel vai pensar pouco de mim, porque eu, pronta e respeitosamente, obedeci às ordens do velhaco em determinada circunstância? Quem não é um escravo?[18] Responda essa. Pois então, ainda que um velho capitão me dê ordens — ainda que ele possa me tratar a socos e pontapés, guardo comigo a satisfação de saber que está tudo bem; que todo mundo de um jeito ou de outro serve exatamente da mesma forma — de uma perspectiva física ou metafísica, vale dizer; e assim a bordoada universal passa por cada um de nós, e todos podemos aplicar tapinhas nos ombros uns dos outros e nos darmos por satisfeitos.

Voltando, sempre vou ao mar como marinheiro porque eles se dão ao trabalho de me pagar, enquanto nunca pagam aos passageiros um centavo que seja, tanto quanto sei. Pelo contrário, são os passageiros que pagam. E não é pouca a diferença que existe entre pagar e ser pago. O ato de pagar é talvez a mais desconfortável aflição que os dois larápios do paraíso legaram a nós.[19] Mas *ser pago* — o que se compara a isso? A atividade urbana com que o homem ganha dinheiro é de fato maravilhosa, considerando que acreditamos profundamente ser o dinheiro a raiz de todos os males terrenos e que um homem endinheirado

---

não a uma família local, mas ao nome de um rei dinamarquês, Hardicanute, ou Canuto III, cujo poder entre 1040 e 1042 se estendeu à Inglaterra. O arremate do elenco com uma figura histórica ligada ao medievo e a uma sociedade aristocrática e monárquica pré-moderna é a primeira manifestação de uma analogia que se desenvolve de forma mais alentada quando a narrativa se voltar à "tragédia de Estado" a bordo do *Pequod*, em que, sob a perspectiva da imposição do poder, o "homem democrático" equivale a um dos nós de uma longa história de barbárie e autoritarismo que forma o panorama mais amplo da consolidação da civilização, tema que perpassa a obra de Melville (ver Apresentação).

17. Sêneca, o Jovem, foi um filósofo, dramaturgo, poeta e homem de Estado romano do século I d.C. Sua obra constitui um dos grandes desenvolvimentos do estoicismo, escola filosófica formada na Grécia, em III a.C., e desde então bastante influente nas elites políticas grega e romana, que entre seus pilares traz o cultivo do autocontrole como forma de sobrepujar a violência das paixões humanas.

18. Leia-se na pergunta do narrador lançada a seus interlocutores (o leitor) uma provocação em relação ao problema da escravidão nos Estados Unidos (ver Apresentação).

19. Isto é, Adão e Eva.

não pode em hipótese alguma adentrar o reino dos céus.[20] Ah! Com que alegria nos entregamos à perdição!

Por fim, sempre vou ao mar como marinheiro pelo exercício salutar e o ar puro do castelo de proa. Pois, no que toca a este mundo, ventos de vante predominam sobre os ventos de ré (quero dizer, desde que jamais se viole a máxima pitagórica),[21] de modo que o comodoro no tombadilho recebe sua atmosfera de segunda mão dos marinheiros no castelo de proa. Ele acha que respira primeiro; mas não é bem isso que acontece. Do mesmo modo, a plebe conduz seus líderes em muitas outras coisas, ao mesmo tempo que os líderes pouco o suspeitam. Mas por que razão, depois de ter sentido repetidas vezes os perfumes do mar como marinheiro mercante, eu teria enfiado na cabeça de seguir em uma viagem baleeira; isso, o invisível agente policial a serviço das Parcas,[22] que me tem em constante observação e, sem que eu o perceba, segue todo o tempo em meu encalço e me influencia das maneiras as mais imponderáveis — ele pode responder a essa pergunta melhor do que ninguém. E, sem dúvida, meu embarque nessa viagem baleeira faz parte do grande programa da Providência que foi montado há muito tempo. Ele ocorreu como uma espécie de breve interlúdio e solo entre apresentações mais extensas. Presumo que essa parte da programação deva trazer algo como:

Grande disputa eleitoral pela Presidência dos Estados Unidos

VIAGEM BALEEIRA DE UM TAL DE ISMAEL

BATALHA SANGRENTA NO AFEGANISTÃO

Embora eu não possa dizer com precisão por que essas diretoras de palco, as Parcas, me atribuíram esse papel tão secundário em uma viagem baleeira, enquanto outros foram destinados a esplêndidos papéis em elevadas tragédias ou papéis curtos e leves em comédias cortesãs ou alegres papéis em farsas — embora eu não possa dizer com precisão por que isso se deu; no entanto, agora que rememoro todas as circunstâncias, creio que possa vislumbrar um pouco

20. Menções indiretas a dois versículos bíblicos, 1 Timóteo 6,10 e Mateus 19,24. Daqui em diante, as menções à Bíblia (ver Apresentação) serão feitas apenas mediante indicação do versículo.
21. Referência irônica de Ismael; a máxima de Pitágoras, escrita pelo filósofo grego ou por um de seus discípulos, propõe que não se coma feijão a fim de evitar a flatulência.
22. Nos mitos romanos, as Parcas são as personificações femininas do Destino que dirige as vidas e as mortes de deuses e humanos.

dos mecanismos e motivos que, apresentados obliquamente a mim sob vários disfarces, induziram-me a assumir a interpretação de um tal papel, além de me engambelar com a ilusão de que se tratava de uma escolha derivada do meu próprio e imparcial livre-arbítrio e judicioso bom senso.

Superior dentre tais motivos era a esmagadora ideia da grande baleia em si. O mistério e o portento de um tal monstro mobilizavam toda a minha curiosidade. Assim, os mais selvagens e longínquos mares onde ela rolava com suas insulares dimensões; os indizíveis e inomináveis perigos a ela atribuídos; isso tudo, com todas as maravilhas de milhares de panoramas e sons patagônicos,[23] inclinou-me aos meus desejos. Com outros homens, talvez coisas desse gênero não resultariam em qualquer incentivo; mas quanto a mim, qualquer coisa remota me atormenta com uma comichão eterna. Adoro navegar por mares proibidos e desembarcar em praias bárbaras. Sem ignorar o que é bom, sou ligeiro na hora de perceber o horror e ainda seria capaz de ser cordial com ele — caso me permitissem —, uma vez que é ótimo tratar em termos de amizade com todos aqueles que nos hospedam.

Em razão disso tudo, portanto, a viagem baleeira foi bem-vinda; as grandes comportas do mundo das maravilhas se abriram; e nas loucas fantasias que me fascinavam e seduziam a meu intento, baleias flutuavam de duas em duas em um infindável desfile para junto do mais íntimo de minha alma — e, ocupando o centro, um colossal fantasma encapuzado, como uma montanha de neve no ar.

---

23. A referência à Patagônia, região localizada no extremo sul do continente sul-americano, diz respeito a um ponto de passagem de uma viagem baleeira tradicional. A travessia do oceano Atlântico ao Pacífico, onde se encontravam os principais sítios de caça baleeira no início do século XIX, era feita à época pelo cabo Horn, localizado no arquipélago da Terra do Fogo, uma região de clima instável e mares agitados.

2
O bornal

ENFIEI UMAS DUAS CAMISAS no meu velho bornal, ajeitei-o debaixo do braço e coloquei-me a caminho do cabo Horn e do Pacífico. Deixando a boa cidade dos antigos manhattos, cheguei a New Bedford[24] em boa hora. Era uma noite de sábado em dezembro. Não foi pouca a frustração que senti ante a notícia de que o pequeno paquete para Nantucket[25] já havia partido, e que não se ofereceriam meios de chegar àquele lugar senão na manhã de segunda-feira.

Uma vez que os jovens candidatos às agruras e punições da vida baleeira param nessa mesma New Bedford para dali embarcar em sua viagem, talvez seja necessário dizer que eu, de minha parte, não tinha qualquer intenção de fazer o mesmo. Pois estava decidido a navegar em uma embarcação de Nantucket, e somente nela — havia algo de belo e áspero em tudo quanto dissesse respeito àquela famosa e velha ilha que me agradava loucamente. Ademais, embora New Bedford tenha nos últimos tempos monopolizado pouco a pouco o negócio baleeiro, e embora a esse respeito a pobre e velha Nantucket esteja muito atrás, Nantucket ainda era seu grande modelo — a Tiro dessa Cartago —;[26] o lugar onde a primeira baleia americana morta encalhou. De onde mais, senão de Nantucket, aqueles baleeiros nativos, os peles-vermelhas, partiram em canoas para dar caça ao leviatã? E de onde, senão também de Nantucket, aquela primeira chalupinha muito venturosa partiu, parcialmente lastreada de para-

24. New Bedford é conhecida como "A cidade baleeira". Localizada no estado de Massachusetts, foi um dos mais importantes portos de pesca e comércio de produtos da indústria baleeira, junto com a ilha de Nantucket e New London, em Connecticut.

25. Espaço de tradicional ocupação nativa e colonizado, a partir do século XVII, por ingleses, a ilha de Nantucket constituiu o primeiro centro da indústria baleeira norte-americana. Foi onde práticas de caça desenvolvidas pelos indígenas locais ganharam desenvolvimento técnico derivado da integração com pescadores europeus. A partir de Nantucket, a pesca baleeira deixa de ser realizada com base na observação costeira e no emprego de botes de pequeno alcance para ganhar alto-mar.

26. Tiro e Cartago são cidades de origem fenícia localizadas nas costas oriental (atual Líbano) e africana, respectivamente, do mar Mediterrâneo. Durante séculos, Cartago disputou o comércio mediterrâneo com os romanos, o que desencadeou as chamadas Guerras Púnicas, que tiveram por desfecho a destruição total da cidade fenícia. Sobre o sentido deste e de outros símiles, ver Apresentação.

lelepípedos importados — assim reza a lenda — para que fossem arremessados contra as baleias e assim se descobrisse quando estavam próximas o bastante para que se lançasse mão de um arpão do gurupés?

Tendo agora diante de mim uma noite, um dia e ainda outra noite em New Bedford, antes de poder embarcar rumo a meu porto de destino, tornou-se questão de interesse onde comer e pernoitar nesse ínterim. Era uma noite de aparência bastante suspeita — na verdade, uma noite muito escura e horripilante, de completo desalento e fria de rachar. Não conhecia vivalma na cidade. Com nervosas fateixas, sondei as profundezas de meus bolsos para encontrar não mais do que umas poucas moedas. Portanto, não importa para onde você vá, Ismael, disse para mim mesmo, parado no meio de uma rua sombria com o bornal no ombro e comparando a escuridão da direção norte com o breu da direção sul; onde quer que, em seu bom juízo, você decida pernoitar, meu caro Ismael, certifique-se do preço e não seja muito exigente.

Com hesitação no passo, palmilhei as ruas e passei pela placa da "Os Arpões Cruzados", mas tudo parecia muito caro e animado ali. Adiante, das iluminadas janelas vermelhas da "Estalagem do Peixe-Espada", irradiavam luzes tão quentes que pareciam ter derretido a neve compacta e o gelo de diante da casa, pois em todas as outras partes havia uma camada de vinte e cinco centímetros de gelo que formava um revestimento duro e asfáltico — um tanto penoso para mim, quando pisava em suas rijas protuberâncias, pois as solas de minhas botinas, em razão de duros e inclementes serviços prestados, encontravam-se em petição de miséria. Caro e animado demais, pensei mais uma vez, parando um instante para ver as largas luzes lançadas à rua e escutar o retinir das taças do lado de dentro. Em frente, Ismael, disse eu por fim; não escutou? Saia da frente da porta; suas botinas remendadas estão atrapalhando o trânsito. E então segui adiante. Por instinto, caminhei pelas ruas que me levavam ao mar, pois ali, sem dúvida, estavam as mais baratas, se não as mais animadas, estalagens.

Que ruas medonhas! De ambos os lados se estendiam quarteirões de escuridão, não de casas, e aqui e ali uma vela, como uma vela que bruxuleasse sobre um túmulo. A essa hora da noite, no último dia da semana, aquele pedaço da cidade estava completamente deserto. Foi quando me deparei com uma luz esfumaçada que vinha de uma construção baixa e ampla, cuja porta permanecia convidativamente aberta. Tinha uma aparência despretensiosa, como se estivesse a serviço do público; ao entrar, a primeira coisa que fiz foi tropeçar numa caixa de cinzas no avarandado. Rá, pensei, rá, enquanto as partículas suspensas quase me sufocavam, essas são as cinzas daquela cidade destruída,

Gomorra?[27] Uma chamava "Os Arpões Cruzados", a outra, "O Peixe-Espada"? Essa então só pode se chamar "A Armadilha", mas me recompus e, ouvindo uma voz alta vinda de dentro, avancei e abri uma segunda porta interna.

Era como se estivesse diante do Parlamento Negro reunido em Tofet.[28] Uma centena de rostos negros virou-se de suas fileiras para ver; e, adiante, um Anjo do Apocalipse negro batia em um livro no púlpito. Era uma igreja de negros; e o sermão do pastor era sobre o negrume das trevas, e sobre o pranto e o ranger de dentes que ali se escutavam.[29] Rá, Ismael, murmurei, saindo sem lhes dar as costas. Que triste divertimento sob a placa "A Armadilha"!

Seguindo em frente, deparei-me por fim com uma espécie de luz opaca não distante das docas, e escutei um ranger medonho no ar; e olhando para o alto, vi uma placa balançando sobre a porta; nela, pintada em branco, via-se a vaga representação de um jorro comprido e vertical de espuma nebulosa e o seguinte letreiro à base: "A Estalagem do Baleeiro: Peter Coffin".[30]

Coffin? Baleeiro? Um tanto sinistro nessa relação em particular, pensei. Mas é um nome comum em Nantucket, assim dizem, e suponho que ele vem de lá. Como a luz era fraquíssima; e o lugar, pelo menos naquele momento, se mostrava bem quieto; e a casinha de madeira em si, bastante decadente, me parecia ter sido transportada das ruínas de um distrito incendiado sobre uma carroça até ali; e a placa que balançava tinha em seu ranger uma espécie de nota miserável; concluí que ali estava um lugar onde encontraria um quarto barato e um excepcional chá de ervilha.[31]

Era um lugar bem esquisito — uma velha casa com empena, como que paralisada de um lado e, por isso, tristemente inclinada. Ficava em uma esquina muito sombria, onde o tempestuoso Euroaquilão uivava constantemente e pior do que jamais o fizera sobre a embarcação agitada de Paulo.[32] O Euroaquilão,

---

27. Junto com Sodoma, Gomorra foi uma das cidades que, segundo a Bíblia (Gênesis 18 e Gênesis 19), foram destruídas por Deus com fogo e enxofre caídos do céu em razão de seus pecados e de práticas contrárias à moral dos antigos israelitas.

28. Tofet foi o cenário da imolação das crianças em sacrifício a Moloque (Jeremias 7,31-32; 19,6.11-14; 2 Reis 23,10). A tradição o transformou em sinônimo do inferno. Melville invoca nesta passagem o parlamento de demônios em *Paraíso perdido*, do poeta inglês John Milton.

29. Referência a Mateus 8,12.

30. Coffin era uma tradicional família de Nantucket. O nome significa "caixão" em português.

31. O chá de ervilha era um substituto barato para o café.

32. O Euroaquilão é um tipo de vento ciclônico que ocorre no outono e no inverno mediterrâneo. O vento é mencionado na difícil viagem de Paulo a Roma (Atos 27,14-18), em que seu navio acaba sendo forçado na ilha de Malta, onde o apóstolo realiza alguns de seus milagres.

não obstante, é um zéfiro bem do agradável para quem está no aconchego de casa, com os pés nas saliências da lareira cozinhando pacificamente antes de ir para a cama. "Tratando-se do tempestuoso vento Euroaquilão", diz um velho autor — de cuja obra possuo a única cópia que resta —, "maravilhosa diferença faz se o admiras quando protegido através da face interna da janela, com o lado de fora coberto pela geada, ou se o admiras através de janelas sem caixilhos, cobertas de geada de ambos os lados, e da qual a valorosa Morte é a única vidraceira." Bastante verdadeiro, pensei, quando essa passagem me veio à cabeça — antiga autoridade, elaboraste muito bem. Sim, meus olhos são janelas, e meu corpo, a casa. Mas que pena que não se vedem as rachaduras e fissuras e não se coloquem uns fiapinhos de pano aqui e ali. Já é tarde demais para realizar melhorias. O universo está terminado; os retoques já foram feitos, e o entulho varrido e descartado há um milhão de anos. Coitado deste pobre Lázaro,[33] batendo queixo tendo o meio-fio por travesseiro e sacudindo as roupas velhas que veste com seus calafrios — que ele enfiasse trapos nos ouvidos e um sabugo de milho na boca! Ainda assim, o Euroaquilão não permaneceria do lado de fora. Euroaquilão!, celebra o velho Dives em seu roupão de seda vermelho (ele teria um ainda mais vermelho posteriormente), ora, ora! Que bela noite gelada; como Órion brilha; que linda aurora boreal![34] Que falem de seus verões orientais em seus perenes jardins de inverno; deem-me o privilégio de produzir meu próprio verão com as brasas de meu carvão.

Mas o que pensa Lázaro? Pode aquecer suas mãos roxas erguendo-as em direção à grande aurora boreal? Lázaro não teria preferido estar em Sumatra, em vez de aqui? Não teria preferido se esticar sobre a linha do Equador? Sim, ó deuses! Descer às profundezas do inferno para fugir deste frio?

Ora, que Lázaro fique ali encalhado no meio-fio diante da porta de Dives, isso é ainda mais inacreditável do que um iceberg fundear em uma das Molucas.[35] Mas o próprio Dives também vive em um palácio de gelo feito de suspiros

---

33. Ismael faz referência à parábola de Lázaro e do Rico, reproduzida em Lucas 16,19-31. Em algumas tradições, o "Rico" recebe o nome de Dives.

34. Na mitologia grega, Órion foi um gigante caçador a serviço de Artemísia, deusa ligada às matas e à caça. Órion foi colocado por Zeus entre as estrelas sob a forma da constelação de Órion. A aurora boreal é um fenômeno luminoso da região polar Norte, no qual luzes de tom esverdeado (formadas por ventos solares, partículas decorrentes de explosões solares atraídas pelos polos magnéticos da Terra) tingem o céu noturno dos extremos do planeta. Recebe o nome de aurora austral no hemisfério Sul.

35. A exemplo da ilha de Sumatra, as ilhas Molucas se localizam na região equatorial no oceano Índico e pertencem ao conjunto de ilhas da Indonésia, região que será atravessada pelo *Pequod* em sua viagem em busca de Moby Dick, ver capítulo 87.

congelados, e como presidente de uma associação de abstêmios, bebe unicamente das tépidas lágrimas dos órfãos.

Mas chega desse palavrório, estamos saindo para uma viagem baleeira e sobre isso tem muita coisa a vir. Vamos limpar o gelo dos pés congelados e ver que tipo de lugar é essa tal de "Estalagem do Baleeiro".

3
A Estalagem do Baleeiro

ENTRANDO PELA EMPENA da Estalagem do Baleeiro, o visitante se deparava com um amplo, baixo e não muito asseado vestíbulo com velhos painéis de madeira nas paredes, lembrando a quem ali estivesse a amurada de uma velha embarcação condenada. De um lado se via uma pintura a óleo muito grande, tão inteiramente desfigurada e enegrecida pela fumaça que, sob as luzes cruzadas em que era contemplada, só se alcançava de algum modo o entendimento de seu propósito mediante diligente estudo e uma série sistemática de visitas à obra, além de cuidadosa investigação junto aos vizinhos. Era uma tal massa indescritível de tons e sombras que, a princípio, você podia pensar que algum jovem e ambicioso artista, nos idos da bruxaria da Nova Inglaterra, houvesse tentado dar forma ao caos enfeitiçado. Mas à força de muita e séria observação, e não raro repetidas reflexões, e, em especial, ao abrir a janelinha próxima ao fundo do vestíbulo, chegava-se por fim à conclusão de que essa ideia, ainda que louca, não era de todo descabida.

Mas o que mais intrigava e confundia era uma longa, ágil, formidável e negra massa de algo que pairava no centro do quadro, acima de três linhas azuis opacas e perpendiculares, que flutuavam em meio a uma agitada espuma. Uma imagem ensopada, encharcada e encardida o bastante para causar mal-estar a um homem nervoso. No entanto, encontrava-se cercada de uma espécie indefinida, incompleta e inimaginável de sublime que o fazia de fato congelar diante dela até jurar involuntariamente descobrir o que aquela maravilhosa pintura significava. Vez por outra se era trespassado pelo brilho de alguma ideia que — ai! — se provava mera ilusão. É o mar Negro durante um vendaval à meia-noite. A caótica e desesperada luta entre os quatro elementos. Um pântano estéril.[36] Uma cena hiperbórea de inverno. O irromper do rio congelado do Tempo. Todos esses devaneios, porém, levavam à formidável incógnita que ocupava o

36. Neste momento da interpretação do quadro, Ismael arrola duas referências shakespearianas — a primeira, à convulsão dos elementos da natureza, que se apresenta no terceiro ato de *Rei Lear* (III.ii.1-8), e a segunda, ao local em que vivem as bruxas de *Macbeth* (I.iii.77).

centro do quadro. Uma vez que esta fosse desvelada, todo o resto se esclarecia. Espere: ela não carrega uma vaga semelhança com um peixe gigante? Com o grande leviatã?

Na verdade, o intento do artista parecia ser — uma teoria de minha própria autoria, parcialmente baseada nas opiniões compiladas de muitas pessoas em idade avançada com as quais conversei sobre o assunto — o seguinte: o quadro representa um navio atravessando o cabo Horn em meio a um imenso furacão; o navio, praticamente afundado, feito joguete da fúria do mar, visível apenas em seus três mastros a nu; e uma baleia em desespero, determinada a saltar sobre a embarcação, leva a cabo o formidável ato de empalar-se nos três mastros.

A parede oposta a essa entrada encontrava-se inteiramente ocupada com uma exposição selvagem de porretes e lanças monstruosas. Alguns se apresentavam cravejados de dentes reluzentes que faziam lembrar serras de marfim; outros apareciam enfeitados de mechas de cabelo humano; um tinha o formato de uma foice, com um enorme cabo, e se estendia em lua como o rasgo produzido na relva recém-ceifada por um camponês de braços longos. Era uma visão de fazer tremer e suscitava muita reflexão — que espécie de canibal monstruoso, que espécie de selvagem poderia ter ido a uma colheita mortal com um instrumento tão afiado e medonho? Misturados a eles se viam velhos piques e arpões baleeiros, todos deformados e partidos. Algumas eram armas célebres. Com esse pique longo, agora brutalmente envergado, havia cinquenta anos Nathan Swain matara quinze baleias entre o nascer e o pôr do sol. E aquele arpão — agora tão parecido com um saca-rolhas — fora lançado nos mares de Java e se perdera com uma baleia anos depois abatida em cabo Blanco.[37] O ferro original havia penetrado a região próxima à cauda e, como uma agulha inquieta que habitasse o corpo de um homem, viajara nada menos que doze metros para ser, por fim, encontrada alojada na corcova.

Atravessando essa entrada escura e, em seguida, uma passagem em arco — aberta no que em outros tempos provavelmente fora uma grande chaminé central com lareiras em torno —, chegava-se ao salão. Era um lugar ainda mais escuro, com enormes vigas baixas no teto e umas tábuas velhas e encarquilhadas no piso, que praticamente se tinha a impressão de que se caminhava na cabine de uma antiga embarcação, em especial durante uma noite de vento forte, enquanto esta ancestral arca ancorada balançava com fúria. De um lado havia uma mesa longa e baixa, como uma prateleira, coberta de caixas de vidro

37. Refere-se, provavelmente, a cabo Blanco, na costa peruana.

quebrado, cheias de raridades empoeiradas reunidas nos mais ermos recantos deste imenso mundo. Projetando-se do canto mais distante do salão, via-se um covil sombrio — o bar —, uma grosseira representação da boca de uma baleia--franca. Fosse como fosse, lá estava o enorme arco do osso da mandíbula da baleia, tão grande que um coche era capaz de passar por baixo dele. Havia em seu interior prateleiras em triste condição, ocupadas em toda a sua extensão de velhas garrafas, frascos, licoreiras; e nessas mandíbulas de repentina perdição,[38] como outro amaldiçoado Jonas (nome pelo qual o chamavam),[39] agitava-se de um lado para o outro um homenzinho velho e ressequido, que, uma vez pago, entregava aos marinheiros uma cara provisão de delírios e morte.

Abomináveis são os copos em que ele serve seu veneno. Embora sejam verdadeiros cilindros por fora — por dentro, esses vis recipientes verdes, de um vidro grosso, afunilam-se velhacamente em direção ao fundo. Meridianos paralelos rusticamente picados no vidro cingiam esses recipientes traiçoeiros. Encha até *este* ponto, e a conta é de um penny; até *este outro*, um penny a mais, e assim até que se complete o copo — a medida cabo Horn, que você pode mandar goela abaixo por um xelim.

Ao entrar nesse lugar, deparei-me com um grupo de jovens marinheiros reunidos em torno de uma mesa, examinando sob a luz mortiça amostras de *skrimshander*.[40] Procurei o senhorio e, tendo-lhe dito que buscava um quarto, ouvi como resposta que a casa estava cheia — não havia camas desocupadas.

"Mas alto lá!", acrescentou ele, batendo com a mão na testa, "você não ia se incomodar de dividir a coberta com um arpoador, ia? Imagino que tá saindo pra caçar baleia, então é melhor ir se acostumando com esse tipo de coisa."

Eu lhe disse que nunca gostei de dormir em dois em uma cama; que se viesse a fazer isso, dependeria de quem fosse o arpoador, e que se ele (o senhorio)

---

38. *Swift destruction*, no original. Trata-se de citação textual de 2 Pedro 2,1, em que se fala dos "falsos doutores" (relacionados à figura do atendente do bar e sua função).
39. Sobre Jonas, profeta bíblico cuja imagem será abordada e referida sob inúmeras perspectivas ao longo de todo o romance, ver capítulo 9, nota 66.
40. O *skrimshander* era uma espécie de artesão que tinha por matéria-prima os ossos e dentes remanescentes de baleias cachalote e franca capturadas e esquartejadas no processo de produção do óleo derivado do derretimento da gordura do animal. O *skrimshaw* — termo sem tradução precisa em português e que no vocabulário luso-açoriano (ver Apresentação) é referido como "dentes marcados" — consistia em trabalhos de escultura e gravação. Era amplamente praticado em navios baleeiros norte-americanos e ingleses e tem por motivos de figuração um amplo horizonte náutico (cenas de caça e divertimento de marinheiros, navios, baleias) que documenta as práticas e o imaginário que cercavam os trabalhadores da indústria baleeira, ver capítulo 57, segundo parágrafo.

realmente não tivesse outro lugar para mim, e que se o arpoador não fosse de todo repulsivo, ora, em vez de continuar perambulando por uma cidade estranha em uma noite tão dura, suportaria ficar com meio cobertor de um homem decente.

"Foi o que pensei. Tudo bem; senta aí. Jantar? Quer jantar? A janta já vai ser servida."

Sentei-me em um velho banco de madeira, entalhado por toda a parte como um banco do Battery.[41] Em uma ponta, um marujo pensativo lhe acrescia novos ornamentos com o canivete, curvado e trabalhando com afinco no espaço entre as pernas. Tentava representar um navio a toda vela, mas não me parecia que fizesse grande progresso.

Por fim, uns quatro ou cinco de nós fomos chamados para a refeição na sala ao lado. Era fria como a Islândia — não havia fogo —, e o senhorio nos disse que não tinha dinheiro para isso. Nada, senão duas horríveis velas de sebo envoltas numa mortalha de gordura derretida. Tivemos de nos resignar a abotoar os corta-ventos e levar o chá fervente aos lábios com mãos praticamente congeladas. Mas a comida era farta — não só de carne e batata, mas com bolinhos; meu bom Deus! Bolinhos na janta! Um jovem num sobretudo verde atacou tais bolinhos da forma mais horrível.

"Meu jovem", disse o senhorio, "você vai ter um pesadelo, ô se vai."

"Meu senhor", sussurrei, "esse aí não é o arpoador, é?"

"Ah, não", disse ele, com uma graça diabólica nos olhos, "o arpoador é um camarada de pele escura. Nunca come bolinho, ele só... só come filé, e gosta malpassado."

"Aposto que sim", disse eu. "Onde está o arpoador? Está aqui?"

"Logo mais ele chega", foi a resposta.

Foi impossível para mim não começar a alimentar suspeitas acerca desse arpoador "de pele escura". De qualquer modo, decidi que, se fosse mesmo o caso de dormirmos juntos, ele se despiria e se deitaria antes de mim.

Terminado o jantar, o grupo retornou ao salão, quando, já sem saber como me distrair, decidi passar o restante da noite como observador.

---

41. Localizado no sul da ilha de Manhattan, o Battery foi nos séculos XVII e XVIII um espaço fortificado com vistas à defesa, primeiramente, da colônia holandesa fundada na ilha e, posteriormente, a inglesa. Já na década de 1820, a região foi convertida em parque e tornou-se destino de passeio e entretenimento, com a conversão de sua fortaleza, o Castelo Clinton, em teatro. Em meados do século XIX até a década de 1890, a região converteu-se em espaço de recepção e documentação de imigrantes, até ser substituído pela Ellis Island.

Foi quando se ouviram os ruídos de uma agitação do lado de fora. Erguendo-se, o senhorio exclamou:

"É a tripulação do *Grampus*. Escutei que tinham avistado ele da praia hoje de manhã; três anos de viagem, e um navio carregado. Que beleza, rapazes! Agora vamos ficar sabendo as últimas notícias de Fiji."

Escutou-se à entrada um tropel de botas marítimas; a porta se escancarou, e um grupo selvagem de marinheiros invadiu o salão. Cobertos por seus casacos puídos da vigília e com as cabeças embrulhadas em cachecóis de lã inteiramente remendados e rotos, trazendo as barbas congeladas, pareciam mais uma erupção de ursos de Labrador. Haviam acabado de desembarcar, e aquela era a primeira casa em que entravam. Não surpreende que tenham seguido direto para a boca da baleia — o bar —, onde o velho e ressequido Jonas, fazendo ali as vezes de autoridade, não demorou a servir-lhes copos cheios até a boca. Um deles se queixou de um resfriado tremendo, ao que Jonas lhe preparou uma poção de gim e melaço que mais parecia piche e que jurou ser a cura soberana para todos os resfriados e catarros existentes, a despeito de sua persistência ou de ter sido contraído na costa de Labrador ou a barlavento de uma geleira.

A bebida logo lhes subiu à cabeça, como sói mesmo aos mais rematados beberrões recém-chegados do mar, e todos começaram uma tremenda algazarra.

Notei, contudo, que um deles permanecia em alguma medida indiferente, e embora parecesse desejoso de não estragar a graça dos companheiros de convés com a sobriedade de suas feições, de forma geral não se permitia fazer tanto barulho quanto os demais. Esse homem me interessou de pronto; e uma vez que os deuses dos mares haviam determinado que não tardaria a ser meu companheiro de embarcação (embora um companheiro um tanto silencioso, tanto quanto concerne a esta narrativa), arriscarei aqui uma breve descrição dele. Chegava a um metro e oitenta de altura, tinha ombros nobres e um peito forte que mais parecia uma ensecadeira. Poucas vezes havia visto tamanha força muscular em um homem. O rosto era profundamente moreno e queimado, o que, por contraste, infundia enorme encanto aos dentes brancos; enquanto nas profundas sombras de seus olhos pairavam reminiscências que não lhe pareciam trazer muita alegria. Sua voz anunciava sem demora que se tratava de homem criado no Sul, e por sua bela compleição imaginei que pudesse ser um daqueles altos montanheses do espinhaço dos Allegheny, na Virgínia. Quando os devaneios de seus companheiros chegaram ao ápice, esse homem se retirou sem ser notado, e não o vi novamente, senão quando se tornou meu companheiro de bordo. Em poucos minutos, porém, a marujada ressentiu-se de sua ausência, e sendo, como parecia, por alguma razão bastante querido de todos, puxaram, como que em coro: "Bulkington! Bulkington! Pra onde foi o Bulkington?", e dispararam para fora da estalagem em busca dele.

Eram quase nove da noite, e com o salão se mostrando quase sobrenaturalmente tranquilo depois de tamanha orgia, comecei a celebrar o plano ligeiro que me ocorrera imediatamente antes da entrada dos marinheiros.

Não há homem que prefira dormir a dois numa cama. Na verdade, seria preferível não dormir sequer com o próprio irmão. Não sei a razão, mas as pessoas gostam de privacidade enquanto dormem. E quando acontece de se dormir com um estranho, em uma estalagem desconhecida, numa cidade desconhecida, e o estranho ser um arpoador, então as objeções se multiplicam. Nem havia qualquer razão deste mundo para que eu, como marinheiro, compartilhasse a cama com alguém, não mais do que para qualquer outro; pois a marujada não divide a cama em alto-mar, como tampouco o fazem os reis solteiros em terra. Verdade seja dita, todos dormem juntos em uma só peça, mas você tem sua própria maca e se cobre com o próprio cobertor e dorme na própria pele.

Quanto mais refletia sobre esse arpoador, mais abominava a ideia de dormir com ele. Era justo presumir que, sendo um arpoador, suas roupas, de algodão ou lã, fossem o que fossem, não seriam das mais asseadas, nem das melhores. Só de pensar, comecei a me coçar inteiro. Além disso, estava ficando tarde, e meu bom e honesto arpoador devia estar em casa pronto para ir para a cama. Imagine que caísse em cima de mim à meia-noite — como eu ia saber de que antro estava chegando?

"Senhor! Mudei de ideia em relação ao arpoador. Não vou dormir com ele. Prefiro este banco aqui."

"Como quiser; desculpa não ter uma toalha de mesa pra servir de colchão, e essa tábua aqui tá áspera que tá uma desgraça", passando os dedos pelos nós e nas fendas. "Mas dá um minuto, Skrimshander; tenho uma plaina de carpinteiro aqui no bar. Espera, que vou dar uma bela ajeitada nela." E, tendo dito, trouxe a plaina; e, usando seu velho lenço de seda para tirar o pó do banco, pôs-se a aplainar minha cama, sorrindo para mim como um macaco. As lascas voavam por toda parte, até que por fim a lâmina da plaina começou a pular sobre um nó indestrutível. O senhorio estava perto de romper o pulso, e pedi que pelo amor de Deus parasse — a cama estava confortável o bastante para me servir, e eu não tinha ideia de como qualquer plaina deste mundo seria capaz de produzir um edredom a partir de uma tábua de pinho. Recolhendo então as lascas com outro sorriso, e lançando-as no grande fogão no meio do salão, ele foi cuidar da própria vida e me deixou a ruminar meus pensamentos.

Tomei, então, as medidas do banco e descobri que era uns dois palmos menor que eu; o que poderia ser contornado com uma cadeira. Mas era uns dois palmos mais estreito, e o outro banco do salão era cerca de meio palmo mais alto do que o aplainado — de forma que não havia como uni-los. Coloquei então o primeiro banco de comprido, ao longo do único espaço vazio junto à parede, deixando um pequeno vão entre eles para acomodar as costas. Não tardei a descobrir, porém, que era tal a corrente de ar frio que recebia por baixo do peitoril da janela que esse plano jamais funcionaria, especialmente quando outra corrente, que penetrava a frágil estrutura da porta, encontrava a da janela, e ambas formavam uma série de pequenos redemoinhos na imediata proximidade do lugar onde eu havia pensado em passar a noite.

O diabo que carregue o arpoador, pensei — mas espere, não podia eu passar a perna nele — trancar a porta por dentro e pular na cama, para não acordar nem mesmo com as mais violentas batidas? Não me pareceu má ideia; mas logo em seguida desisti. Pois quem poderia me dizer se, na manhã seguinte, tão logo eu desse com a cara fora do quarto, o arpoador não estaria me esperando na porta, pronto para me dar uma surra!

No entanto, olhando ao redor e não vendo possibilidade de passar uma noite aceitável a não ser na cama de outra pessoa, comecei a pensar que talvez estivesse, enfim, alimentando intoleráveis preconceitos contra esse arpoador desconhecido. Pensei comigo: vou esperar um pouco; logo mais ele chega. Vou dar uma bela olhada nele, e quem sabe não nos tornemos bons companheiros de cama, afinal? É impossível saber.

Mas embora os outros hóspedes continuassem chegando sozinhos, ou em duplas ou trios, sempre no caminho da cama, não havia sinal de meu arpoador.

“Senhor!”, chamei, “que tipo de sujeito ele é? Sempre chega tarde?” Já era perto de meia-noite.

O senhorio inclinou-se e entregou-se mais uma vez a suas risadinhas, e parecia divertir-se muitíssimo com algo que ia além da minha compreensão.

“Não”, respondeu, “no geral é feito passarinho — dorme cedo, acorda cedo. Pois é, do tipo de passarinho que pega a minhoca. Mas hoje saiu pra fazer negócio, sabe, e não vejo por que diacho tá fora tão tarde da noite, a não ser, talvez, que não tenha conseguido vender a cabeça.”

“Vender a cabeça? Que história maluca é essa?”, respondi, à medida que a raiva crescia dentro de mim. “Quer dizer, senhor, que esse arpoador está mesmo empenhado nesta abençoada noite de sábado, ou manhã de domingo, em vender a cabeça pela cidade?"

"Isso mesmo", confirmou o senhorio, "e avisei que não ia conseguir vender aqui, o mercado tá com muita oferta."

"De quê?", exclamei.

"De cabeça, claro; já não tem cabeça demais nesse mundo?"

"Vou dizer uma coisa, senhor", falei, calmamente, "melhor parar de me contar lorota, não sou verde."

"Talvez não", sacando um pedaço de pau e cortando uma lasca para palitar os dentes, "mas acho que ia virar *cinza* se esse arpoador ouvisse você fazendo chacota da cabeça dele."

"Eu a quebraria por ele", disse eu, sentindo mais uma vez a testa ferver diante da conversa incompreensível do senhorio.

"Já tá quebrada", ele respondeu.

"Quebrada", repeti. "*Quebrada*, você disse?"

"Certeza, e essa é a razão de ele não conseguir vender, acho."

"Senhor", disse eu, aproximando-me dele tão frio quanto o monte Hecla em uma tempestade de neve, "senhor, chega de arrancar lascas desse pedaço de madeira. Nós precisamos nos entender e sem demora. Venho a sua estalagem e necessito de uma cama; o senhor me diz que só pode me oferecer metade; que a outra pertence a um certo arpoador. E sobre esse arpoador, que não vi ainda, insiste em me contar a mais absurda e irritante das histórias, que tende a suscitar em mim um sentimento de desconforto em relação ao homem que designou para ser meu companheiro de cama, uma espécie de relação, senhor, que é íntima e confidencial no mais alto grau. Exijo que me conte quem e o que é esse arpoador e se estarei a salvo sob todos os aspectos ao passar a noite com ele. E antes de tudo, faça a bondade de retirar toda essa história sobre vender a cabeça, que se é verdadeira tomarei por evidência de que esse arpoador é completamente louco, e não tenho qualquer pretensão de passar a noite com um louco; e *você* — quero dizer, *o senhor*, ao tentar me induzir deliberadamente a fazê-lo, poderia por isso tornar-se passível de processo criminal."

"Ora", retrucou o senhorio, respirando fundo, "tá aí um belo de um sermão para um sujeito que gosta de levar a melhor de vez em quando. Mas se acalma, se acalma, que esse arpoador de quem tô falando acabou de chegar dos Mares do Sul, onde comprou um lote de cabeças da Nova Zelândia[42] embalsamadas

---

42. "*New Zealand heads*" era uma expressão usada para designar o que, na cultura maori do Pacífico Sul, conhecia-se por mokomokai, ou toi moko. A tatuagem (moko) do rosto e

(olha, bem curiosas...) e já vendeu todas, falta só uma, e essa ele tá tentando vender hoje à noite, porque amanhã é domingo e não vai dar certo vender cabeças humanas pela cidade enquanto as pessoas estão indo pra igreja. Ele queria no domingo passado, mas parei ele bem na hora que tava passando pela porta com quatro cabeças amarradas numa corda, feito uma réstia de cebola."

O relato esclareceu o de outro modo insondável mistério e mostrou que o senhorio, afinal, não tinha qualquer intenção de me enganar — mas ao mesmo tempo o que eu poderia pensar de um arpoador que passava a noite de sábado nas ruas, adentrando o sagrado dia de descanso, empenhado em um negócio absolutamente canibal como o de vender cabeças de idólatras mortos?

"Acredite, senhor, esse arpoador é um homem perigoso."

"Ele paga direitinho", foi a resposta. "Mas vem, tá tarde que só, é hora de afundar na cama — e é uma boa cama; a Sal e eu dormimos nela na noite que a gente juntou os trapos. Tem bastante espaço, dá pra dois se mexerem bem ali: é uma cama bem da grande, isso sim. Antes da gente arrumar outra, a Sal costumava colocar o Sam e o nosso pequeno, o Johnny, no pé dela. Mas acabei sonhando e me esticando uma noite e, sei lá como, o menino se estatelou no chão e quase quebrou o braço. Depois disso, a Sal disse que não dava mais. Vem cá, que vou botar uma luz aqui num instantinho"; e ao dizê-lo acendeu uma vela e a ergueu em minha direção, convidando-me a assumir a dianteira. Mas permaneci impassível; quando ele olhou na direção de um relógio num canto e exclamou, "Diacho, já é domingo — você não vai ver esse arpoador hoje; ele vai deitar âncora em algum lugar... vem cá, anda; não quer vir?".

Refleti sobre a proposta por um momento, e então subimos as escadas e fui conduzido a um quartinho, frio como uma ostra, e provido, evidentemente, de uma prodigiosa cama, quase grande a ponto de quatro arpoadores dormirem nela lado a lado.

"Aqui", disse o senhorio, colocando a vela sobre um estranho e gasto baú marítimo que servia duplamente de mesa de centro e lavatório; "aqui, fique à vontade, e boa noite." Quando me virei, pois examinava a cama, ele já havia desaparecido.

---

da cabeça era um rito importante dessas populações; seus padrões condensavam informações sobre linhagem, feitos e excelência e eram exclusividade de pessoas de grande distinção social. Era costume das famílias maori a preservação das cabeças daqueles que em vida haviam sido dignos de tal honraria. A desestruturação social das comunidades das ilhas polinésias, decorrente da ocupação europeia da região nos séculos XVIII e XIX, levou, entre outras coisas, à transformação dos mokomokai em artigo de comércio e troca, atingindo elevados preços em seus mercados de destino no Ocidente.

Dobrando a colcha, curvei-me sobre a cama. Embora não fosse a mais elegante das camas, suportou a avaliação bastante bem. Olhei, então, à minha volta no quarto; e além da estrutura da cama e da mesa de centro, não se viam outras peças de mobília no lugar, senão uma prateleira rudimentar, as quatro paredes e o consolo da lareira, coberto com um papel de parede em que se via um homem atacando uma baleia. Dentre as coisas que não pertenciam propriamente ao quarto, havia uma maca amarrada, largada no chão a um dos cantos; também se via uma sacola grande de marujo, contendo sem dúvida o guarda-roupa do arpoador e fazendo as vezes de mala. Além disso, havia também um punhado de ganchos de espinha de peixe muito esquisitos na prateleira sobre a lareira e um arpão alto encostado na cabeceira da cama.

Mas o que é isso sobre o baú? Ergui, levei para perto da luz, senti, cheirei e, de todas as formas possíveis, tentei chegar a uma boa conclusão a seu respeito. Não sou capaz de compará-lo a nada senão a um enorme capacho de porta, enfeitado nas bordas com agulhetas tilintantes — algo como os espinhos malhados de um ouriço em torno de um mocassim indígena. Havia um buraco ou abertura no meio desse capacho, como se vê nos ponchos sul-americanos. Mas era possível que qualquer arpoador em sã consciência se vestisse com um capacho de porta e desfilasse pelas ruas de uma cidade temente a Deus nesse tipo de fantasia? Vesti, para experimentá-lo, e pesava como chumbo, sendo incrivelmente áspero e grosso, e um tanto úmido, me pareceu, como se o misterioso arpoador o tivesse vestido em um dia de chuva. Coberto por ele, aproximei-me de um pedaço de espelho preso à parede — jamais havia visto nada como aquilo na vida. Desfiz-me dele com tanta pressa que ganhei um torcicolo.

Sentei-me na beirada da cama e me pus a pensar sobre esse arpoador vendedor de cabeças e seu capacho. Depois de refletir um tanto na cama, levantei-me e tirei o corta-vento e então me postei no meio do quarto, pensando. Em seguida, tirei o casaco, e em mangas de camisa dei prosseguimento a meus pensamentos. Começando, porém, a sentir muito frio, semidespido como estava, e recordando o que o senhorio me dissera sobre o arpoador não retornar à estalagem naquela noite, uma vez que já estava tarde, não restava mais do que me ocupar senão de tirar as calças e botas, e soprando a vela capotei na cama, não sem pedir a Deus por minha segurança.

Se o colchão era preenchido de sabugos de milho ou cacos de cerâmica, é impossível saber, mas rolei pela cama um bocado de tempo sem conseguir cair no sono. Por fim, caí em um cochilo leve e havia conhecido ótimos avanços rumo à terra dos sonhos quando escutei passos pesados no corredor e vi um brilho de luz passando por debaixo da porta quarto adentro.

Deus me ajude, pensei, deve ser o arpoador, o demônio vendedor de cabeças. Permaneci, porém, absolutamente imóvel, decidido a não dizer uma palavra até que ele se dirigisse a mim. Segurando uma vela em uma das mãos e a tal cabeça neozelandesa na outra, o estranho entrou no quarto e, sem olhar na direção da cama, depositou a vela bem distante de mim, a um canto no chão, e então se dedicou a desfazer os nós dos cordões de seu imenso saco antes que notasse minha presença no quarto. Eu era inteiro curiosidade e interesse de ver seu rosto, mas ele o conservava fora do alcance de meus olhos enquanto cuidava de desamarrar o saco. Feito isso, contudo, virou-se — quando, meu Deus do céu! Que visão! Que rosto! Tinha uma coloração a um só tempo escura, púrpura e amarela, aqui e ali marcado por grandes quadrados pretos. Sim, exatamente como pensei — um companheiro de cama terrível; envolveu-se numa briga, foi brutalmente ferido e aqui está, retornando do cirurgião. Mas foi no instante em que ele virou o rosto na direção da luz que vi claramente que aqueles quadrados pretos em seu rosto estavam bem longe de serem curativos. Eram como manchas. De início não era capaz de compreendê-los, mas logo uma vaga ideia da verdade me ocorreu. Lembrei-me da história de um homem branco — também baleeiro — que, feito prisioneiro pelos canibais, havia sido tatuado por eles. Concluí que esse arpoador, no decorrer de suas viagens distantes, devia ter se deparado com aventura similar. E ademais, qual é o problema disso? É só a sua aparência; um homem pode ser honesto sob qualquer tipo de pele. Mas então como compreender sua compleição extraordinária — quero dizer, toda aquela parte circundante, livre dos quadrados da tatuagem. Em verdade, podia não ser mais do que uma boa demão de bronzeado tropical; porém jamais ouvira falar de uma queimadura de sol que tingisse um homem branco de amarelo purpúreo. No entanto, nunca havia estado nos Mares do Sul; e talvez o sol ali produza esses efeitos extraordinários sobre a pele. Ora, enquanto todas essas ideias me atravessavam como raios, o arpoador não tinha dado por minha presença. Mas, depois de sofrer um pouco para abrir o saco, ele se pôs a fuçá-lo, e então sacou uma espécie de machadinha[43] e uma carteira de pele de foca revestida de pelos. Colocando essas coisas sobre o velho baú no meio do quarto, pegou a cabeça neozelan-

43. A espécie de machadinha em questão é um *tomahawk pipe*, uma combinação de cachimbo e arma branca utilizada pelos povos nativos da América do Norte.

desa — uma coisa realmente medonha — e a enfiou no saco. Em seguida, tirou o chapéu — um chapéu novo, de castor —, e cheguei perto de assoviar de surpresa. Não havia cabelo em sua cabeça — nada digno do nome, ao menos —, nada senão um pequeno tufo amarrado na testa. A cabeça púrpura e careca lembrava, em verdade, um crânio mofado. Não estivesse o estranho parado entre mim e a porta, teria me mandado do quarto com a mesma velocidade com que era capaz de mandar um almoço para dentro.

Ao mesmo tempo, pensava em escapar pela janela, mas estávamos no segundo andar, nos fundos. Não sou covarde, mas como reagir diante daquele velhaco púrpura vendedor de cabeças escapava ao meu entendimento. A ignorância é irmã do medo, e estando completamente perplexo e confuso acerca do estranho confesso que sentia tanto medo dele quanto se o próprio demônio tivesse invadido meu quarto no meio da noite. De fato, sentia tanto medo que não tinha forças para falar-lhe e exigir uma boa explicação relativa ao que me parecia insondável nele.

Enquanto isso, ele seguia em seu esforço de despir-se, e por fim revelou o peito e os braços. Juro, essas partes expunham os mesmos quadrados do rosto; as costas, também, eram igualmente tomadas pelos mesmos quadrados escuros; ele parecia ter estado em uma Guerra dos Trinta Anos[44] e acabado de escapar dela com uma camisa de curativos. Além disso, as próprias pernas estavam marcadas, como se um bando de sapos verde-escuros subisse pelo tronco de duas jovens palmeiras. Estava agora bastante claro que devia ser algum abominável selvagem embarcado em um navio baleeiro nos Mares do Sul e nele chegado a este país cristão. Tremi ao pensar nisso. Ainda por cima, um vendedor de cabeças — talvez as cabeças dos próprios irmãos. Pode ser que se encante com a minha. Deus do céu! Dá uma olhada nessa machadinha!

Mas não havia tempo para tremores, pois o selvagem passou a se dedicar a algo que me fascinou por completo e convenceu-me de que certamente era pagão. Indo a seu pesado *grego*, ou sobretudo ou gabardina,[45] que havia antes pendurado em uma cadeira, fuçou os bolsos e deles tirou uma curiosa imagem, pequena e deformada, com uma corcova nas costas e com a precisa cor de um bebê de três dias nascido no Congo. Lembrando-me da cabeça embalsamada,

44. Guerra dos Trinta Anos (1618-48) é o nome genérico que se dá a uma série de guerras travadas por diversas nações europeias a partir de 1618, envolvendo em especial a Alemanha e tendo por estopim uma variedade de disputas religiosas, dinásticas e comerciais.
45. No original, *grego, wrapall, dreadnaught*, apelidos para sobretudo grosso de marinheiro.

de início cheguei a pensar que o boneco negro era um bebê de verdade preservado de maneira similar. Mas vendo que não era de forma alguma flexível, e que brilhava bastante, como ébano polido, concluí que não deveria ser mais do que um ídolo de madeira, o que de fato se provou ser. Pois o selvagem foi à lareira vazia e, removendo o consolo forrado com papel de parede, arrumou a imagenzinha corcunda como um pino de boliche entre os trasfogueiros. Uma vez que as jambas da lareira e seus tijolos internos se mostravam todos bastante cobertos de fuligem, concluí que a lareira se revelava um pequeno e muito apropriado altar para o ídolo do Congo.

Permaneci com os olhos fitos na imagem parcialmente velada, não sem sentir entrementes algum desconforto — queria saber o que viria a seguir. Primeiramente, ele sacou do bolso do *grego* um punhado de lascas e as depositou cuidadosamente diante do ídolo; na sequência, colocou um pedaço de biscoito em cima delas e, aplicando-lhe a chama da lamparina, acendeu as lascas e produziu uma chama sacrificial. Então, depois de levar os dedos rapidamente algumas vezes ao fogo, e tirá-los dali com rapidez ainda maior (donde ele aparentemente os queimou bastante), ele por fim conseguiu tirar o biscoito; e, soprando-o para mitigar um pouco o calor e limpá-lo das cinzas, ofereceu-o educadamente ao negrinho. O diabinho, contudo, não parecia muito agradado com uma refeição tão seca; não movia os lábios. Todo esse bizarro ritual fez-se acompanhar de sons guturais ainda mais estranhos do devoto, que parecia rezar num cantochão ou salmodia pagã, durante a qual seu rosto se contorcia das mais esquisitas maneiras. Por fim, apagando o fogo, ele ergueu o ídolo sem qualquer cerimônia e o enfiou novamente no bolso do casaco com o mesmo cuidado que um caçador enfiaria uma galinhola num saco.

Todos esses gestos estapafúrdios aumentaram meu desconforto, e observando-o a manifestar fortes sintomas de ter concluído seus procedimentos e estar prestes a entrar na cama comigo, julguei ser chegada a hora — agora ou nunca! —, antes de a luz se apagar, de quebrar o encanto ao qual já estava preso havia tanto.

Mas o intervalo de tempo que passei deliberando sobre o que dizer foi fatal. Tomando sua machadinha à mesa, ele examinou por um instante sua cabeça, e então, segurando-a diante da luz com a boca no cabo, baforou grandes nuvens de fumaça de tabaco. No instante seguinte, a luz se apagou, e esse canibal selvagem, com a machadinha entre os dentes, saltou para a cama comigo. Gritei, não fui capaz de me conter; e grunhindo subitamente de espanto, ele começou a me apalpar.

Gaguejando alguma coisa, não sei o quê, rolei para longe contra a parede e então pedi que ele, fosse quem ou o que fosse, ficasse quieto e me deixasse me levantar e acender a lamparina novamente. Mas suas respostas guturais me mostraram de pronto que ele me compreendia mal.

"Que diavo ser você?", ele perguntou, por fim. "Se você não falar, vô matar você." E ao dizê-lo, brandiu a machadinha reluzente na minha direção, na escuridão.

"Senhorio, pelo amor de Deus, Peter Coffin!", gritei. "Senhorio! Guarda! Coffin! Anjos! Socorro!"

"Fala! Fala quem ser, que ó senão matar você!", mais uma vez grunhiu o canibal, enquanto o brandir medonho da machadinha espalhou brasa de tabaco ao meu redor a ponto de eu pensar que minhas roupas pegariam fogo. Mas graças aos céus o senhorio chegou ao quarto com uma lamparina em mãos e, saltando da cama, alcancei-o.

"Não precisa ter medo", disse ele, com seu sorriso arreganhado, "Queequeg não vai fazer mal a um fio de cabelo seu."

"Pare de rir!", gritei. "Por que não me disse que aquele seu arpoador do inferno era um canibal?"

"Pensei que tivesse entendido. Não disse que tava vendendo cabeças por aí? Mas volta pra cama e vai dormir. Queequeg, olha aqui, você me entender, eu entender você; esse homem dormir aqui, entender?"

"Entender tudo", grunhiu Queequeg, sentado na cama baforando o cachimbo. "Você entrar aí", ele acrescentou, apontando para mim com a machadinha e colocando as roupas de lado. Fez isso não só de forma polida, mas com alguma gentileza e caridade. Por um instante, fiquei observando-o. Apesar das tatuagens, era no conjunto um canibal de aparência asseada e bela. Por que arrumei tanta confusão, pensei comigo, o homem é um ser humano assim como eu; tem tantos motivos para me temer quanto eu para temê-lo. Melhor dormir com um canibal sóbrio do que com um cristão bêbado.

"Senhorio", pedi, "diga a ele para guardar a machadinha dele ali, ou cachimbo, enfim, o nome que dê, e eu ficarei com ele. Apenas não gosto de ter um homem fumando na cama comigo. É perigoso. Ademais, não estou assegurado."

Tendo-o dito a Queequeg, ele de pronto obedeceu e, mais uma vez gentilmente, gesticulou para que fosse à cama, ajeitando-se num dos lados como sugerisse: "Não vou tocar uma perna em você".

"Boa noite, senhorio", disse eu. "Pode ir."

Fui para a cama, e nunca dormi tão bem na vida.

4
A colcha

Ao acordar na manhã seguinte, ao romper do dia, deparei-me com o braço de Queequeg estirado sobre mim da maneira mais carinhosa e afetuosa. Vocês teriam pensado que eu era sua esposa. A colcha era de retalhos, cheia de pequenos quadrados e triângulos das mais variadas cores; e aquele braço dele, todo tatuado com um interminável labirinto de Creta,[46] sem que sequer duas cores nele coincidissem — o que se devia, segundo suponho, à permanência do braço em alto-mar sob sol e sombra sem qualquer método, com as mangas de camisa arregaçadas de modo irregular —, o braço dele, como ia dizendo, parecia uma tira daquele mesmo xadrez de retalhos. De fato, parcialmente sobre a colcha, como estava o braço quando acordei, não era capaz de dizer o que era braço e o que era colcha, tão misturados estavam seus matizes; e era apenas por um senso de peso e pressão que podia dizer que Queequeg me abraçava.

Minhas sensações eram estranhas. Deixe-me tentar explicá-las. Quando criança, lembro-me bem de uma circunstância de algum modo similar que me acometeu; se era realidade ou sonho, nunca fui capaz de determinar inteiramente. A circunstância era a seguinte: estava aprontando uma das minhas — creio que tentando escalar a chaminé, como havia visto um limpador fazer uns dias antes —, e minha madrasta, que, de um jeito ou de outro, passava boa parte do tempo me açoitando ou me mandando para a cama sem jantar, me arrastou pelas pernas para fora da chaminé e me mandou direto para a cama, embora fossem apenas duas da tarde de 21 de junho, o dia mais longo do ano em nosso hemisfério.[47] Senti-me péssimo, porém não havia o que fazer; assim, subi as escadas e fui para o meu quartinho no terceiro andar, despi-me tão lentamente

---

46. Como consta da mitologia grega, o labirinto de Creta foi construído pelo arquiteto Dédalo a pedido do rei Minos, da ilha grega de Creta, com o objetivo de ali prender o Minotauro, monstro com corpo humano e cabeça de touro nascido da relação entre Pasífae, rainha de Creta e esposa de Minos, com o touro branco presenteado por Posêidon para que fosse sacrificado em sua homenagem.
47. Isto é, o dia em que começa o verão no hemisfério Norte. No hemisfério Sul, a data coincide com o solstício de inverno, data do dia mais curto do ano.

quanto me foi possível, de forma a matar o tempo, e, com um suspiro dolorido, entrei debaixo dos lençóis.

Ali fiquei, calculando com absoluta tristeza que dezesseis horas inteiras se passariam antes que pudesse ter a esperança de uma ressurreição. Dezesseis horas na cama! Minhas costas, tão pequenas, doíam só de pensar. E estava tão claro também — o sol brilhando na janela, o forte chacoalhar das carruagens nas ruas, e o vozerio alegre por toda a casa. Sentia-me cada vez pior — por fim, me levantei, me vesti e, descendo sem alarde, com os pés em meias, procurei minha madrasta e subitamente me lancei a seus pés, implorando-lhe que me fizesse o grande favor de me dar umas boas chineladas por meu mau comportamento — qualquer coisa, de fato, que não me condenar a ficar na cama por um intervalo tão insuportável de tempo. Mas ela era a melhor e mais responsável das madrastas, e assim tive de voltar ao quarto. Por muitas horas permaneci ali, absolutamente desperto, sentindo-me ainda pior do que jamais me sentiria, mesmo quando estive depois diante de maiores dissabores. Por fim devo ter caído num cochilo repleto de agitados pesadelos; e lentamente acordando deles — ainda parcialmente imerso em sonhos —, abri os olhos, e o quarto antes iluminado pelo sol encontrava-se envolto na escuridão que vinha de fora. De pronto senti um frêmito que me atravessou o corpo inteiro; nada se via, e nada se ouvia; mas havia uma espécie de mão sobrenatural que parecia pousada sobre a minha. Meu braço estava sobre a colcha, e a inominável, inimaginável, silenciosa forma ou fantasma ao qual a mão pertencia parecia bem próxima, sentada à beira da cama. Por um tempo que me pareceu feito de eras sobre eras permaneci ali, congelado de tão terríveis medos, sem ousar mover a mão; sem deixar, porém, de pensar que, se a movesse ainda que um centímetro, aquele terrível feitiço se quebraria. Não sei como essa consciência por fim se afastou de mim. Mas, ao acordar de manhã, não me recordava de tudo sem sentir um calafrio, e por dias e semanas e meses depois do episódio me perdi em perplexas tentativas de explicar o mistério. Sim, até este presente instante, muitas vezes me vejo desnorteado diante dele.

Ora, tire o medo terrível e minhas sensações ao sentir a mão sobrenatural sobre a minha eram muito similares, em sua estranheza, às que experimentei ao despertar e dar com o braço pagão de Queequeg me cingindo. Mas por fim, com todos os acontecimentos da noite anterior sobriamente recobrados, um a um, em realidade tangível, restou-me apenas o embaraço cômico. Pois, muito embora tentasse mover seu braço — desfazer-me do abraço de noivo —, ele me envolvia, ainda que dormindo como estava, com muita força, como se nada senão a morte pudesse nos separar em nossa união. Lutei para acordá-lo — "Queequeg!" —, mas não me respondeu com mais do que um ronco. Virei de lado, sentindo em meu pescoço o peso de uma canga de cavalo; e de repente senti um leve arranhão. Levantando a colcha, lá estava a machadinha dormindo ao lado do selvagem, como se fosse um bebê com cara de machado. Que situação, pensei; na cama de uma casa estranha, em pleno dia, com um canibal e uma machadinha.

"Queequeg! Por tudo que há de sagrado, Queequeg, acorde!"

Por fim, depois de sentir muita agitação e protestos incessantes e em alto e bom som acerca da falta de decoro de abraçar um homem à maneira matrimonial, consegui extrair dele um grunhido; e então ele recolheu o braço, chacoalhou-se inteiro como se fosse um terra-nova que tivesse acabado de sair da água e sentou-se na cama, duro como uma estaca, olhando para mim e esfregando os olhos como se não recordasse como havia acontecido de eu estar ali, embora uma vaga consciência de saber alguma coisa a meu respeito parecesse aos poucos acender-se nele. Enquanto isso, permaneci observando-o tranquilamente, já sem qualquer séria desconfiança, e inclinado a examinar com afinco aquela criatura tão pitoresca. Quando, por fim, seus pensamentos pareciam definidos quanto a seu companheiro de cama, e ele, digamos, reconciliou-se com o fato, saltou ao chão e, por certos sinais e sons, deu-me a entender que, se fosse do meu agrado, ele se vestiria primeiro e então sairia para que eu me vestisse, deixando o cômodo inteiro à minha disposição. Pensei comigo; dadas as circunstâncias, Queequeg, esse é um início muito civilizado; digam o que quiserem, mas a verdade é que esses selvagens têm um senso inato de delicadeza; é maravilhoso o quanto são essencialmente educados. Faço esse especial elogio a Queequeg pois me tratou com muita civilidade e consideração, enquanto eu carregava a culpa da grande grosseria; observando-o da cama e examinando todos os seus movimentos de toilette; minha curiosidade ganhando momentaneamente a dianteira em relação a minha educação. Um homem como Queequeg, porém, não se encontra todo dia; ele e seus modos mais do que valiam um exame incomum.

Ele começou a se vestir a partir da cabeça, colocando o chapéu de castor (aliás, bem comprido), e então — ainda sem as calças — saiu à cata das botas. Por que diabos fez isso, não sei dizer, mas seu próximo movimento foi se enfiar — botas nas mãos e de chapéu — debaixo da cama; quando, por meio de uma variedade de violentos resfolegares e esforços, deduzi que se dedicava duramente à faina de calçar as botinas; embora por nenhuma lei de decoro de que tenha notícia exija-se de qualquer homem que seja reservado ao calçar as botas. Mas Queequeg, como se pode notar, era uma criatura em estágio de transição — nem lagarta, nem borboleta. Era civilizado o bastante para exibir seu desajuste das maneiras as mais estranhas possíveis. Sua educação ainda não se havia concluído. Era um estudante. Se não fosse minimamente civilizado, muito provavelmente não teria se dado ao trabalho de usar botinas; por outro lado, não fosse ainda um selvagem, jamais teria sonhado em se enfiar debaixo da cama para calçá-las. Por fim, emergiu com o chapéu muito amassado, cobrindo os olhos, e começou a ranger e mancar pela sala, como se, não estando muito acostumado com as botinas — as suas, um par de couro úmido e enrugado, que provavelmente não fora feito sob medida —, as sentisse beliscar e aborrecer já no despertar de uma manhã fria e amarga.

Ao ver, então, que não havia cortinas na janela, e que a rua era muito estreita, de forma que a casa em frente dispunha de clara vista do quarto, e observando cada vez mais a figura indecorosa que Queequeg fazia, indo de um lado para outro com pouco mais do que chapéu e botas, implorei-lhe tão bem quanto pude que acelerasse de algum modo a *toilette* e, em especial, vestisse as calças o mais rápido possível. Ele assentiu e, então, começou a se lavar. Àquela hora da manhã, qualquer cristão teria lavado o rosto; mas Queequeg, para minha surpresa, contentou-se em restringir as abluções ao peito, braços e mãos. Ele vestiu, então, o colete e, pegando um pedaço de sabão duro na mesa de centro do lavatório, mergulhou-o na água e começou a ensaboar o rosto. Eu o observava para ver onde guardava a navalha, quando — muita atenção agora — ele pega o arpão da cabeceira da cama, tira o longo cabo de madeira, desembainha a ponta, afia-a um pouco na bota e, caminhando até o caco de espelho preso na parede, dá início a uma vigorosa raspagem, ou melhor, arpoagem das bochechas. Pensei eu, Queequeg, isso é que significa fazer pouco das melhores lâminas da Rogers. Posteriormente a operação já não me causou tanta surpresa, ao descobrir de que belo aço a ponta de um arpão é feita e quão afiadas são conservadas as longas lâminas.

O restante da *toilette* logo chegou ao fim, e ele orgulhosamente marchou para fora do quarto, embrulhado em seu grande sobretudo de prático e ostentando o arpão como um bastão de marechal.

5
Café da manhã

Rapidamente lhe segui os passos e, descendo ao salão do bar, dirigi-me muito alegre ao sorridente senhorio. Não guardava rancor contra ele, embora não tivesse zombado pouco com a minha cara no que se referia a meu companheiro de cama.

Contudo, uma boa risada é algo poderosíssimo e artigo raro no mercado; todo o mais é tristeza. Assim, se qualquer homem traz em sua própria pessoa material para uma boa piada a quem quer que seja, não permitam que hesite, apenas criem condições para que ele com alegria seja autor e objeto de tais gracejos. E o homem que tem algo de generosamente risível em si — estejam certos de que há mais nesse homem do que talvez vocês presumam.

O salão se encontrava repleto dos hóspedes chegados na noite anterior e os quais não havia podido examinar adequadamente. Eram praticamente todos baleeiros; primeiros e segundos imediatos, mestres-carpinteiros, mestres-tanoeiros e mestres-ferreiros, arpoadores e vigilantes de bordo — um grupo de homens viris, de peles bronzeadas e barbas bastas; um bando desgrenhado e descabelado, para os quais não existiam camisolas de dormir, apenas sobretudos de vigília.

Era possível dizer com clareza quanto tempo cada um se encontrava em terra firme. O rosto cheio de saúde daquele jovem ali ostentava os matizes de uma pera curtida ao sol e parecia exalar o perfume do almíscar; impossível que tenha desembarcado há mais de três dias da viagem à Índia. Já aquele outro parece alguns tons mais claro; seria possível identificar nele um toque de pau-cetim. Na compleição do terceiro ainda resiste um toque tropical, mas levemente desbotado; sem dúvida, sua estadia em terra já tem algumas semanas. Mas quem seria capaz de exibir um rosto como o de Queequeg?, que atravessado de nuances várias parecia a face oeste dos Andes, a expor em um só conjunto climas contrastantes, zona a zona.

"Rango!", bradou o senhorio, escancarando uma porta, e atravessando-a fomos ao café da manhã.

Dizem que homens que viram o mundo se tornam bastante serenos em seus modos e em absoluta posse das emoções quando acompanhados. Nem sempre é o caso, porém; Ledyard,[48] o grande viajante da Nova Inglaterra, e Mungo Park,[49] o escocês, dentre todos os homens, eram os que se revelavam mais inseguros no salão. Mas talvez a simples travessia da Sibéria em um trenó arrastado por cães, como o fez Ledyard, ou uma longa e solitária caminhada com o estômago vazio pelo coração negro da África, ponto alto das realizações deste pobre Mungo — esse tipo de viagem, quero dizer, talvez não seja a melhor maneira de cultivar elevado polimento social. No entanto, em grande medida, é o que se espera das pessoas onde quer que estejam.

As reflexões aqui expostas têm por ocasião a circunstância de que, depois de termos todos nos sentado à mesa, e eu me preparava para escutar algumas boas histórias sobre a pesca de baleias; para minha não pouca surpresa, praticamente todos os homens conservaram-se em profundo silêncio. E não apenas isso: todos pareciam constrangidos. Pois então; ali estava um bando de lobos do mar, muitos dos quais sem o menor acanhamento haviam confrontado grandes baleias em mar aberto — absolutamente estranhas a eles — e duelado com elas até a morte, sem pestanejar; e, no entanto, ali estavam, à mesa do café da manhã, todos homens de uma só vocação e gostos similares, olhando ao redor como cordeirinhos uns aos outros, como se nunca tivessem se desgarrado de seu rebanho nas montanhas Verdes. Uma visão curiosa; esses ursos acanhados, esses tímidos guerreiros baleeiros!

Mas quanto a Queequeg — ora, Queequeg lá estava, sentado entre eles, ocupando, por acaso, a ponta da mesa; frio como um sincelo. Em verdade, não posso dizer muito em favor de sua boa educação. Seu maior admirador não teria sido capaz de justificar cordialmente a razão de ele ter levado o arpão ao café da manhã e o usado sem cerimônia; alcançando a mesa com ele, para a iminente ameaça de muitas cabeças, e usando-o para trazer os bifes para si. Decerto que o fazia com bastante cálculo, e todos sabemos, segundo estimam as pessoas em sua maioria, que tudo que se faz com cálculo se faz com elegância.

---

48. John Ledyard (1751-89) foi um aventureiro e explorador norte-americano. Entre suas enormes viagens, está a participação na terceira e última das viagens do capitão inglês James Cook a serviço da Marinha inglesa, com a qual desbravou o Índico e o Pacífico.
49. Mungo Park (1771-1805) foi um explorador escocês conhecido por sua viagem incompleta de desbravamento do rio Níger, cujo curso permaneceu desconhecido dos europeus até 1830. Morreu durante sua segunda expedição, quando já havia percorrido cerca de dois terços do rio.

Não trataremos das peculiaridades de Queequeg neste ponto; sobre como ele evitava o café e os bolinhos quentes e aplicava sua atenção integralmente aos bifes malpassados. Basta que, quando se encerrara o café da manhã, ele se retirou com os demais para o salão, acendeu sua machadinha e ali permaneceu, sentado tranquilamente, digerindo e fumando com o inseparável chapéu na cabeça, quando me aventurei numa caminhada.

6

A rua

Se me surpreendi ao deparar com um tipo tão exótico quanto Queequeg circulando em meio à sociedade educada de uma cidade civilizada, a surpresa logo se desfez durante minha primeira caminhada pelas ruas de New Bedford.

Nos passeios próximos às docas, qualquer porto de tamanho considerável frequentemente oferecerá à vista os mais bizarros passantes do estrangeiro. Mesmo na Broadway e na Chestnut Street, marinheiros do Mediterrâneo por vezes avançam aos atropelos sobre senhoritas assustadas. A Regent Street não é desconhecida de malaios e indianos; e em Bombaim, na praça Apolo, ianques agitados muitas vezes assustam os nativos. Mas nem Water Street e Wapping chegam aos pés de New Bedford.[50] Nesses últimos locais mencionados veem-se apenas marinheiros; em New Bedford, verdadeiros canibais param para conversar nas ruas; selvagens por completo; muitos dos quais carregando ainda em seus ossos carne não consagrada. É de arregalar os olhos.

Mas, além de fijianos, tonganeses, erromangoanos, panangianos e brighggianos,[51] e além dos espécimes selvagens da indústria baleeira que circulam despreocupados pelas ruas, veem-se outras cenas ainda mais curiosas, certamente mais cômicas. Chegam semanalmente àquela cidade dezenas de inexperientes jovens naturais de Vermont e New Hampshire, todos sedentos de ganhos e glória na caça. São em sua maioria jovens, de forte compleição, que derrubaram florestas e agora desejam deixar o machado e agarrar a lança baleeira. Muitos não são menos verdes do que as montanhas Verdes de onde vieram. Em alguns aspectos, talvez você julgasse que não têm mais do que algumas horas de vida. Vejam ali aquele camarada, virando a esquina cheio de si. Usa um chapéu de castor e fraque, cingido com um cinto de marinheiro e uma faca embainhada.

---

50. Logradouros de Nova York, Filadélfia, Londres, Bombaim, Liverpool e mais uma vez Londres, respectivamente.

51. Nativos polinésios, respectivamente, das ilhas Fiji, Tonga e das Novas Hébridas. A denominação panangiano pode remeter a alguma etnia polinésia, embora não seja localizável; já o termo brighggiano não encontra qualquer paralelo em línguas do arquipélago, soando mais como chiste do narrador, em uma referência a um povo imaginário, a exemplo do que faz Swift em suas *Viagens de Gulliver*.

Do outro lado vem mais um, usando um chapéu impermeável de marinheiro e uma capa de bombazina.

Nenhum dândi criado na cidade se compara ao que teve sua criação no campo — refiro-me a um dândi absolutamente caipira —, um sujeito que, em dias de canícula, ceifará os dois acres de sua plantação com luvas de couro de veado para não bronzear as mãos. Ora, quando um dândi caipira como esse enfia na cabeça construir uma grande reputação e se une à caça baleeira, vocês precisam ver as coisas engraçadas que faz ao chegar ao porto. Para dar garbo aos trajes de marinheiro, encomenda botões em formato de sino para o colete; suspensórios para as calças de lona. Ah, pobre sementinha de feno! Com que tristeza o primeiro vendaval estourará esses suspensórios, quando fores tragado — com suspensórios, sininhos dos botões, tudo — pela garganta da tempestade.

Não pense que as atrações dessa famosa cidade se limitam apenas a arpoadores, canibais e caipiras. De forma alguma. Mas New Bedford é um lugar esquisito. Não fosse por nós baleeiros, esse pedaço de terra talvez estivesse ainda hoje em uma condição tão inóspita quanto a costa de Labrador. Tal como se encontram, suas cercanias botam medo, tão agrestes são; é possível, porém, que a cidade seja o lugar mais caro de se viver em toda a Nova Inglaterra. É uma terra de óleo, verdade seja dita; mas não como Canaã; uma terra também de milho e vinho. Nas ruas, o leite não corre; nem na primavera eles as pavimentam com ovos frescos.[52] A despeito disso, em nenhum outro lugar da América você encontrará mais casas de estilo patriarcal e parques e jardins mais opulentos do que em New Bedford. De onde vieram? Como se instalaram neste que antes era um fim de mundo pedregoso?

Observem os emblemáticos arpões de ferro ali em torno daquela pomposa mansão e encontrarão resposta à pergunta. Sim; todas essas altivas casas e jardins floridos vêm dos oceanos Atlântico, Pacífico e Índico. Cada uma delas recebeu o ferro do arpão e foi arrastada até ali do fundo do mar. Herr Alexander[53] seria capaz de uma proeza dessas?

Dizem que, em New Bedford, os pais dão baleias às filhas como dote e destinam como herança às sobrinhas algumas toninhas por cabeça. Vocês precisam

52. Canaã é a antiga denominação da região que, designada por Deus como a terra prometida do povo hebreu, em seu caminho de retorno do Egito guiado por Moisés, abrigaria o futuro reino de Israel. Em Êxodo 3,8.17, faz-se menção à terra de que “mana leite e mel”; em 2 Crônicas 31,5, fala-se de “trigo, mosto, azeite”.
53. Mágico alemão que se apresentava em Nova York na década de 1840.

ir a New Bedford para ver um casamento iluminado — pois, segundo se diz, eles têm reservatórios de óleo em todas as casas, e todas as noites queimam sem preocupação suas velas de espermacete.

No verão, é uma delícia ver a cidade; repleta de belos bordos — longas avenidas de verde e ouro. E em agosto, como candelabros elevados ao céu, os belos e fartos castanheiros-da-índia oferecem em riste aos passantes os delgados cones de seus buquês. Onipotente é a arte que, em muitos distritos de New Bedford, acrescentou belos terraços de flores àquilo que não passava de refugo de rochas abandonadas no último dia da Criação.

E as mulheres de New Bedford, elas vicejam como suas próprias rosas vermelhas. Mas rosas florescem apenas no verão; enquanto a bela carnação de seus rostos é perene como a luz do sol no sétimo céu. Impossível encontrar algo similar a seu frescor senão por Salem, onde, segundo me contaram, as meninas exalam tal almíscar que seus amados marinheiros o sentem a milhas de distância da costa, como se se aproximassem das perfumadas Molucas, e não das areias puritanas.

7
A capela

NESTA MESMA NEW BEDFORD fica a Capela do Baleeiro,[54] e poucos são os pescadores soturnos, em véspera de viagem ao oceano Pacífico ou Índico, que deixam de fazer-lhe uma visita dominical. Certamente não foi o meu caso.

Retornando de minha primeira caminhada matinal, apressei-me novamente rumo a essa especial missão. O sol frio encobrira-se, e o céu aberto tornara-se nebuloso, com chuva e neve. Enrolando-me no casaco hirsuto de pele, abri caminho em meio à tempestade implacável. Ao entrar no recinto, deparei-me com uma pequena congregação espalhada de marinheiros e viúvas e esposas de marinheiros. Reinava um silêncio abafado, quebrado vez por outra apenas pelos guinchos da tempestade. Cada devoto calado parecia deliberadamente distante um do outro, como se cada dor muda fosse insular e incomunicável. O capelão ainda não havia chegado; e as silenciosas ilhas de homens e mulheres ficavam sentadas ali, com os olhos fitos nas várias placas de mármore, com suas bordas negras, cimentadas na parede de cada lado do púlpito. Em três delas, se lia mais ou menos (não pretendo citá-las) o seguinte:

Consagrado à memória de
JOHN TALBOT,
que, contando dezoito anos, perdeu-se no mar,
próximo à ilha da Desolação, nos mares da Patagônia,
em 1º de novembro de 1836.
Este cenotáfio
foi erigido à sua memória
por sua irmã.

---

54. Seaman's Bethel, em Johnny-Cake Hill, fundada em 1830 pelo pastor Edward Taylor, de Boston, e reconstruída em 1866 após um incêndio. Alguns dos cenotáfios de mármore (como os mencionados pelo narrador) foram reconstituídos e existem até os dias de hoje como parte da memória da indústria baleeira, preservada pela cidade.

Consagrado à memória de
ROBERT LONG, WILLIS ELLERY,
NATHAN COLEMAN, WALTER CANNY,
SETH MACY E SAMUEL GLEIG,
que formavam a tripulação de um dos botes
do navio *Eliza*, arrastado por uma baleia
no litoral do Pacífico, em 31 de dezembro de 1839.
Este cenotáfio foi aqui erigido por
seus companheiros sobreviventes.

Consagrado à memória do finado
CAPITÃO EZEQUIEL HARDY,
que, na proa de seu bote, foi morto por um cachalote
na costa do Japão, em 3 de agosto de 1833.
Este cenotáfio foi erigido em sua memória
por sua viúva.

Batendo a neve do chapéu e do casaco reluzentes do gelo que trazia, sentei-me próximo à porta e, voltando-me ao lado, surpreendeu-me ver Queequeg perto de mim. Tocado pela solenidade da cena, havia um olhar surpreso de incrédula curiosidade em seu semblante. O selvagem parecia ser o único a notar minha presença, por ser o único que não sabia ler, e, portanto, não estava absorto pelas frígidas inscrições na parede. Se havia ali, na congregação, parentes dos marinheiros cujos nomes apareciam nas placas, não sabia dizer; mas tantos são os acidentes sem registro na pesca, e tão claramente muitas mulheres presentes ostentavam o semblante, senão os acessórios, de uma infindável dor que tenho certeza de que ali, diante de mim, estavam reunidos aqueles em cujos corações feridos a visão daquelas melancólicas placas, por compaixão, fazia as velhas chagas sangrarem novamente.

Oh! Vocês cujos mortos jazem sob a verde relva; que estando entre flores podem dizer — aqui, *aqui* jaz meu amor; vocês não sabem a desolação que cala fundo em peitos como esses. Que amargos vazios nessas placas de mármore, com suas bordas negras que sequer cobrem cinzas! Que desespero naquelas inscrições inalteráveis! Que abismos mortais e inquestionadas blasfêmias naquelas linhas que parecem minar toda a fé, e recusar a ressurreição a seres que, num deslugar, morreram sem conhecer túmulo. Aquelas placas poderiam tão bem estar na gruta de Elefanta[55] quanto aqui.

Em que censo de criaturas vivas os mortos da humanidade estão incluídos; qual é a razão de um provérbio universal dizer que eles não dão com a língua nos dentes, embora carreguem consigo mais segredos do que Goodwin Sands;[56] como se explica que, ao nome daqueles que ontem mesmo partiram para o outro mundo, nós prefixamos palavra tão significante e infiel, embora assim não o intitulemos, quando ele apenas embarca rumo às mais remotas Índias deste mundo vivo; por que as companhias de seguro de vida pagam indenizações a imortais; em que paralisia imóvel e eterna, em que transe de morte e desesperança ainda jaz o ancestral Adão, que morreu há exatos sessenta séculos; o que se passa que ainda recusamos a ser confortados por aqueles que, não obstante os conservemos, estão vivendo em um inexprimível êxtase; por que todos os vivos lutam para calar os mortos; por que o simples rumor de um ruído em um túmulo será capaz de aterrorizar uma cidade inteira? Todas essas coisas têm um sentido próprio.

Mas a fé, como um chacal, se alimenta entre os túmulos, e mesmo dessas dúvidas mortas ela obtém a esperança mais vital.

Não preciso dizer com que sentimentos, às vésperas de uma viagem a Nantucket, vi essas placas de mármore, e à luz lúgubre daquele dia escuro e doloroso li o destino dos baleeiros que se foram antes de mim. Sim, Ismael, pode ser teu esse mesmo destino. Mas, não sei como, fiquei feliz de novo. Agradáveis estímulos para embarcar, boas oportunidades de promoção, parece-me — sim, um bote avariado vai me transformar em imortal por *brevet*.[57] Sim, existe a morte nesse negócio baleeiro — uma maneira indizível, caótica e rápida de empurrar o homem para a eternidade. Mas e daí? Sou da opinião de que temos compreendido mal esse negócio de vida e morte. Sou da opinião de que o que chamamos de minha sombra aqui na terra é minha verdadeira substância. Sou da opinião de que, ao olhar para as coisas espirituais, somos mais ou menos como ostras observando o sol através da água e pensando que a água, em

---

55. As grutas de Elefanta, localizadas na ilha de mesmo nome, na região de Mumbai, são um conjunto de galerias rochosas transformadas, a partir de um trabalho de escultura em relevo que remonta ao século II a.C., em templo dedicado ao deus hindu Shiva, embora algumas seções do complexo indiquem sincretismo das religiões hinduísta e budista.
56. Goodwin Sands é um banco de areia próximo à foz do rio Tâmisa, em razão do qual se registraram muitos naufrágios na região.
57. Graduação honorária conferida a um oficial.

sua densidade, é a mais leve atmosfera. Sou da opinião de que meu corpo não é mais que a borra do meu melhor ser. Na verdade, que leve meu corpo quem o queira, ele não sou eu. E três vivas a Nantucket; e que venham um bote e um corpo avariados, pois avariar minha alma, nem mesmo Júpiter é capaz.

8
O púlpito

NÃO ESTAVA SENTADO HAVIA muito tempo quando entrou na capela um homem de certa e venerável corpulência; assim que a porta, na qual a tempestade deixava suas marcas, se abriu para admiti-lo, um rápido e atento vislumbre dele por toda a congregação foi o bastante para atestar que o belo senhor era o capelão. Sim, era o famoso pastor Mapple, assim chamado pelos baleeiros, entre os quais era tido na mais alta estima. Havia sido marinheiro e arpoador na juventude, mas já havia algum tempo que dedicava a vida ao ministério. Neste momento sobre o qual escrevo, o pastor Mapple estava no difícil inverno de uma velhice saudável; o tipo de velhice que se parece metamorfosear em uma segunda e vicejante juventude, pois apesar das fissuras de suas rugas, reluziam leves brilhos de um novo florescer em curso — o verdor da primavera se insinua mesmo sob a neve de fevereiro. Ninguém que tivesse previamente ouvido sua história poderia pela primeira vez observar o pastor Mapple sem enorme interesse, pois havia algumas peculiaridades clericais arraigadas nele, imputáveis à vida marítima de aventuras que havia levado. Quando entrou, notei que não trazia guarda-chuva e certamente não havia chegado em uma carruagem, pois a neve escorria do chapéu impermeável, e seu grande casaco de prático parecia quase afundá-lo ao chão com o peso da água que absorvera. Entretanto, chapéu, casaco e galochas foram um a um removidos e pendurados em um espacinho, em um canto adjacente; depois, vestindo um belo paletó, ele tranquilamente aproximou-se do púlpito.

Como a maioria dos púlpitos antigos, este era bem elevado, e uma vez que, a tal altura, escadas comuns poderiam, por seu amplo ângulo com o chão, contrair seriamente o espaço já reduzido da capela, o arquiteto, segundo parecia, havia trabalhado sob orientação do pastor Mapple e concluído o púlpito sem a escada usual, colocando em seu lugar uma escada perpendicular lateral, como as que são usadas para embarcar de um bote em alto-mar em um navio. A esposa de um capitão baleeiro havia fornecido à capela um par de belas cordas de segurança em estambre vermelho para essa escada, que, sendo ela própria belamente encimada e provida de matizes de mogno, tinha uma aparência em geral, a se considerar o tipo de capela, de forma alguma desagradável. Parando por um instante ao pé da escada, e com ambas as mãos presas aos nós ornamentais das cordas de estambre, mão após mão, ele subiu os degraus como se subisse à gávea do mastro principal de seu navio.

As partes perpendiculares dessa escada lateral, como é em geral o caso com escadas suspensas, eram de corda envolta em tecido, apenas os degraus eram de madeira, de forma que a cada um deles havia uma articulação. À primeira vista, não havia me escapado que, embora conveniente para um navio, essas articulações pareciam desnecessárias na presente situação. Mas não estava preparado para ver o pastor Mapple, depois de chegar ao topo, virar-se lentamente e, curvando-se no púlpito, deliberadamente puxar a escada degrau a degrau, até que ela inteira fosse acomodada do lado de dentro, deixando-o intocável em sua pequena Quebec.[58]

Refleti algum tempo sem compreender inteiramente a razão para isso. O pastor Mapple desfrutava de tal reputação por sua sinceridade e santidade que não podia imaginar que granjeasse notoriedade unicamente por truques de palco. Não, pensei, há de existir alguma séria razão para isso; ademais, deve simbolizar alguma coisa invisível. Será que pelo ato do isolamento físico quer sugerir o distanciamento espiritual momentâneo de todas as relações e ligações externas e mundanas? Sim, pois abastecido com o vinho e a carne da palavra, para esse fiel servidor de Deus, o púlpito, eu vejo, era uma fortaleza autocontida — uma elevada Ehrenbreitstein,[59] com um poço de água perene na face interior dos muros.

Mas essa escada lateral não era o único objeto estranho do lugar, emprestado às antigas viagens marítimas do capelão. Entre os cenotáfios de mármore de cada lado do púlpito, a parede que formava o fundo era adornada com uma enorme pintura que representava um belo navio sacudido por uma terrível tempestade, nas imediações de uma costa umbrosa e rochosa a sotavento e de ondas brancas. Mas no alto, acima da tormenta e das grandes nuvens negras, flutuava o sol em uma pequena ilha de luz, da qual reluzia o rosto de um anjo; e esse rosto radiante conferia um ponto distinto de iluminação sobre o convés

---

58. A cidade de Quebec é capital da província canadense de mesmo nome e um dos mais antigos assentamentos europeus no norte do continente americano. Foi fundada por franceses no século XVII e seus muros (ainda preservados em parte do centro histórico da cidade), responsáveis pelo sucesso de suas defesas em situações de conflito.

59. Erguida na margem direita do Reno em montanha homônima, a fortaleza de Ehrenbreitstein está localizada na cidade de Coblenz, na Alemanha. Melville visitou o local em 1849.

sacudido do navio, algo como a placa de prata hoje inserida na tábua do *Victory* em que Nelson[60] tombou. "Ah, nobre navio", parecia o anjo dizer, "aguenta, aguenta, nobre navio, e segura o leme com firmeza. Pois ali! O sol está surgindo, as nuvens estão se dissipando; o mais sereno azul não tarda."

O próprio púlpito não era desprovido de um traço daquele mesmo gosto de mar que cercava a escada e a imagem. Sua parte frontal, coberta com um painel de madeira, se assemelhava à proa larga e alta de um navio, e a Bíblia Sagrada jazia sobre uma peça proeminente de *rollwerk*,[61] talhada à maneira de um bico ornamental de navio.

O que poderia ser mais significativo? Pois o púlpito é sempre a vanguarda da terra; todo o resto fica em sua retaguarda; o púlpito lidera o mundo. Dali que a tempestade da rápida fúria de Deus é pela primeira vez avistada, e a proa precisa suportar o primeiro impacto. Dali que o Deus dos bons e maus ventos é pela primeira vez invocado em nome de ventos favoráveis. Sim, o mundo é um navio em travessia, não uma viagem que se encerra; e o púlpito é a proa.

---

60. Horatio Nelson, primeiro visconde Nelson (1758-1805), foi almirante da Marinha britânica e liderou a esquadra britânica em importantes vitórias durante as Guerras Napoleônicas. Foi morto durante sua mais importante vitória, a Batalha de Trafalgar, em 1805, a bordo do navio *Victory*.

61. *Rollwerk* é um tipo de ornamentação artística e arquitetônica característico do Renascimento e bastante utilizado entre os séculos XVI e XVII, caracterizado por formas espiraladas, circulares e arabescos.

9
O sermão

O PASTOR MAPPLE SE LEVANTOU E, numa voz tranquila de despretensiosa autoridade, ordenou que as pessoas espalhadas se reunissem.

"Passadiço de bombordo, aqui! Passar a estibordo. Passadiço de estibordo a bombordo! Meia-nau! Meia-nau!"

Fez-se um baixo tropel de pesadas botinas marítimas entre os bancos, e um ainda mais leve arrastar de sapatos de mulher, e tudo ficou em silêncio novamente, e todos os olhos no pregador.

Ele parou por um instante; então, ajoelhando-se na proa do púlpito, cruzou as grandes mãos morenas no peito, ergueu os olhos fechados e ministrou uma oração tão profundamente devota que parecia estar ajoelhado e rezando no fundo do mar.

Tendo isso chegado ao fim, em solenes e prolongados tons, como o contínuo dobrar de um sino em um navio que afunda em meio ao nevoeiro — em tais tons ele começou a ler o seguinte hino; mas mudando seus modos à medida que se aproximava das estrofes finais, numa explosão de alegria e retumbante exaltação:

Costelas e terrores da baleia —
Escuridão que sobre mim se dobra!
E Deus q'em vagas luminosas rola
Deixou-me afundar em sua esteira.

Vi abertas as entranhas do inferno
Com infindas dores e mais tristezas —
Destas, sabe somente quem as sente!
Oh, esperavam-me vis asperezas!

Em negra agrura por meu Deus clamei,
Quando mal podia crê-lo do meu lado;

Ouvidos ele deu a meus queixumes
E à baleia não mais me vi atado.

Célere, pôs-se ele ao meu socorro
Como cavalgasse um luzente peixe;
Tremendo, mas iluminado, um raio –
Eis o rosto de meu Deus – não me deixes!

Minha canção registra para sempre
O instante de dor e felicidade
Em que dei minha glória e vida a Deus –
Dele é todo o poder, toda a piedade![62]

Praticamente todos cantaram o hino, que se elevou sobre os uivos da tempestade. Uma breve pausa teve lugar; o pastor virou lentamente as páginas da Bíblia, e, por fim, pousando as mãos unidas sobre a página correta, disse:

"Amados companheiros de bordo, agarrem o último versículo do capítulo final do Livro de Jonas: 'Deparou, pois, o Senhor um grande peixe, para que tragasse a Jonas'.[63]

"Companheiros de bordo, este livro, trazendo apenas quatro capítulos – quatro casos –, é um dos menores cordões da poderosa amarra das Escrituras. Mas que profundezas da alma o cabo marítimo de Jonas alcança! Que lição cheia de significado nos traz esse profeta! Que coisa nobre é esse cântico na barriga do peixe! Imenso, tumultuado como um vagalhão! Sentimos as inundações se encastelarem sobre nós; mergulhamos com ele no fundo lodoso das águas; algas e limo do mar nos rodeiam! Mas *qual* é a lição que o Livro de Jonas ensina? Companheiros, é uma lição feita de dois cordões; uma lição para todos nós, pecadores, e uma lição para mim como prático[64] do Deus vivo. Como pecadores, é uma lição a todos, pois é uma história do pecado, de um coração duro, de medos subitamente despertos, de rápida punição, arrependimento, preces e, por

62. Trata-se de uma adaptação de uma versão rimada do Salmo 18, intitulado "Livramento do desespero", impresso no livro de hinos da Igreja Holandesa Reformada Protestante na América do Norte, da qual a família materna de Melville (Gansevoort) era frequentadora e onde o escritor foi batizado.
63. O versículo completo (Jonas 1,17) é: "Deparou, pois, o Senhor um grande peixe, para que tragasse a Jonas; e esteve Jonas três dias e três noites nas entranhas do peixe".
64. Aquele que pilota navio mercante, como oficial de náutica ou como prático de porto, subordinado ao comandante.

fim, da salvação e da alegria de Jonas. Como com todos os pecadores entre os homens, o pecado desse filho de Amitai[65] estava em sua teimosa desobediência ao chamamento de Deus — não importa agora o que era esse chamamento, ou o que transmitia —,[66] que ele considerou uma ordem difícil. Mas todas as coisas que Deus deseja que façamos são difíceis — lembrai-vos disso —, e, portanto, ele muito mais ordena do que tenta nos persuadir. E se obedecemos a Deus, devemos desobedecer a nós mesmos; e é nesse desobedecer a nós mesmos que a dureza de obedecer a Deus está.

"Com esse pecado da desobediência consigo, Jonas insiste em seu desprezo a Deus, procurando fugir dele. Pensa que um navio feito pela mão do homem o levará a lugares onde Deus não reina, apenas os capitães deste mundo. Perambula furtivo pelas docas em Jopa e procura um navio com destino a Társis. Existe aqui, talvez, um sentido até hoje insuspeito. Segundo consta, Társis não teria sido outra cidade senão a moderna Cádiz. Essa é a opinião dos doutos. E onde fica Cádiz, companheiros? Fica na Espanha; tão longe de Jopa por mar quanto Jonas podia ter possivelmente navegado naqueles tempos, quando do Atlântico praticamente nada se sabia. Porque Jopa, a moderna Jafa, companheiros, está na costa a extremo leste do Mediterrâneo, na Síria;[67] e Társis, ou Cádiz, a mais de duas mil milhas a oeste dela, imediatamente depois do estreito de Gibraltar. Não percebeis, companheiros, que Jonas quis fugir de Deus atravessando o mundo? Homem miserável! Oh! Tão desprezível e digno de escárnio quanto ele, não há! De chapéu a cobrir a testa e o olhar culpado, escondendo-se de seu Deus; esquivando-se em meio à carga como um reles ladrão apressando-se em cruzar os mares. Tão perturbada é sua aparência — traz a

65. Amitai é mencionado como pai do profeta Jonas. No Velho Testamento, seu nome é citado em referência ao profeta em duas ocasiões, 2 Reis 14,25 e Jonas 1,1.

66. O profeta Jonas é protagonista de um dos livros do Velho Testamento, ao qual dá nome. Nele se narram as agruras de Jonas em sua recusa de levar a palavra de Deus a Nínive para alertar sua população quanto a suas ofensas aos preceitos divinos, ante as quais Deus planeja destruir a cidade. Para evadir as ordens de Deus, Jonas decide fugir da "presença do Senhor" viajando à cidade de Jafa, de onde tomaria um navio com destino a Társis (que a tradição assimila à cidade atlântica de Cádiz, na Espanha, próxima ao estreito de Gibraltar). A presença de Jonas leva Deus a submeter o navio a uma grande tempestade; reconhecido como o mal a acometer a embarcação, Jonas é lançado ao mar, de onde é salvo ao ser engolido por um "enorme peixe", dentro do qual permanece por três dias e três noites. Na barriga do peixe, Jonas ora a Deus em sua aflição e se compromete a agradecer e a pagar o que prometeu, ao que Deus ordena que o peixe vomite Jonas. As palavras de Deus são, por fim, levadas por Jonas a Nínive, cuja população se arrepende e é salva.

67. Uma das mais antigas cidades portuárias do mundo, Jafa hoje faz parte de Tel Aviv, em Israel.

culpa estampada na postura! — que, se policiais houvesse naqueles tempos, Jonas, sob a simples suspeita de algo errado, teria sido preso antes de chegar ao convés. É um fugitivo, sem dúvida! Não leva bagagem, sequer uma caixa para o chapéu, uma valise ou bornal — não tem amigos que o acompanhem até a doca com seus *adieux*. Por fim, depois de muita busca discreta, ele se depara com o navio de Társis recebendo os últimos itens de sua carga; e quando pisa a bordo para ir ao encontro do capitão na cabine, todos os marinheiros por um instante interrompem o içamento da mercadoria apenas para examinar o semblante agourento do estranho. Jonas percebe; tenta parecer tranquilo e confiante, mas de nada adianta; assim como ensaia inutilmente um triste sorriso. O homem apresenta fortes evidências aos marinheiros de que não pode ser inocente. Com um jeito brincalhão, mas ainda sério, um sussurra para o outro: 'Ei, Jack, tá com cara de que esse aí roubou uma viúva', ou 'Joe, você percebeu? É bígamo, na certa', ou 'Harry, rapaz... acho que ele é o adúltero que escapou da prisão na antiga Gomorra, ou talvez um dos assassinos fugidos de Sodoma'.[68] Outro corre para ler o cartaz colado em um batoque do cais onde o navio está atracado, que oferece quinhentas moedas de ouro pela prisão de um parricida e traz uma descrição de sua pessoa. Ele lê e olha de Jonas para o cartaz; enquanto os demais marinheiros, em apoio ao companheiro, agora se aglomeram ao redor de Jonas, prontos para capturá-lo. Assustado, Jonas treme; e ao reunir toda a sua empáfia no rosto, só consegue parecer mais covarde. Ele não vai trair a si mesmo; mas isso apenas já suscita forte suspeita. Ele procura, então, tirar o melhor proveito da situação; e quando os marinheiros descobrem que ele não é o homem procurado, deixam-no passar, e ele desce para a cabine.

"'Quem está aí?', grita o capitão em sua mesa abarrotada, despachando apressadamente a documentação para a alfândega. 'Quem está aí?' Oh! A pergunta é inofensiva, mas como fere Jonas! Por um instante, ele quase se vira para fugir novamente, mas se controla. 'Procuro uma passagem neste navio para Társis; em quanto tempo partireis, senhor?' Até então, o atarefado capitão não havia dirigido os olhos a Jonas, embora o homem estivesse então diante dele; mas assim que lhe escuta a voz oca, ele ergue um olhar pronto ao exame. 'Largaremos velas com a maré que se aproxima'; respondeu por fim, lentamente, sem lhe desviar os olhos atentos. 'Não antes, senhor?' 'Cedo o bastante para qualquer homem honesto que embarque como passageiro.' Ah, Jonas, aguente mais essa estocada; no entanto, ele rapidamente atrai o capitão para longe de tais suspei-

68. Ver nota 27.

tas. 'Sigo viagem convosco', diz; 'e a passagem, quanto custa? Quero pagar agora.' Pois atenção, companheiros de bordo: esse é um detalhe registrado, como se não pudesse ser esquecido nesta história: ele 'pagou, pois, a sua passagem'[69] antes que a embarcação zarpasse. E interpretado nesse contexto, está repleto de significado.

"Ora, o capitão de Jonas, companheiros de bordo, era aquele cujo discernimento identifica o crime em qualquer um, mas cuja ganância o expõe apenas nos que não têm um tostão. Neste mundo, companheiros, o pecado que paga pela passagem pode viajar sem impedimentos nem passaporte; ao passo que a Virtude, se pobre, será parada em todas as fronteiras. Então o capitão de Jonas se prepara para experimentar a profundidade da bolsa de Jonas antes de o julgar abertamente. Ele cobra três vezes a quantia de costume; e não conhece protestos. O capitão sabe, assim, que Jonas é um fugitivo; ao mesmo tempo, porém, decide auxiliar uma fuga que pavimenta sua retaguarda com ouro. No entanto, enquanto Jonas saca a bolsa educadamente, prudentes suspeitas ainda acometem o capitão. Ele faz soar cada moeda com o intuito de encontrar uma falsa. Não é um falsificador, de qualquer forma, murmura para si; e a passagem de Jonas é aceita. 'Leva-me a meu camarote, senhor', diz Jonas então; 'estou cansado da viagem; preciso dormir.' 'Parece mesmo cansado', diz o capitão, 'eis aí teu quarto.' Jonas entra, e teria trancado a porta, mas na fechadura não havia chave. Ao ouvi-lo vasculhar o camarote em vão, o capitão ri baixinho para si mesmo e murmura algo sobre nunca se permitir que as portas das celas dos condenados sejam fechadas por dentro. Vestido e empoeirado como está, Jonas se joga em seu leito e descobre que o teto baixo do camarote quase pousa em sua testa. O ar está viciado, e Jonas engasga. Então, naquele buraco acanhado, também afundado abaixo da linha-d'água do navio, Jonas sente o pressentimento mensageiro do instante sufocante em que a baleia o prenderá na menor das alas de suas entranhas.

"Aparafusada em seu eixo contra a parede lateral, uma lamparina oscilante bruxuleia ligeiramente no camarote de Jonas; e com o navio, adernando ao cais sob o peso dos últimos fardos recebidos, a lamparina, a chama e tudo, embora em um leve movimento, ainda se mantém em permanente obliquidade em relação ao quarto; embora, na verdade, infalivelmente vertical em si mesma, apenas explicitasse a falsidade e a mentira dos níveis entre os quais estava pendurada. A lamparina assusta e sobressalta Jonas; enquanto se encontra deitado

69. Jonas 1,3.

no beliche, seus olhos atormentados rolam em torno do espaço, e o fugitivo até então bem-sucedido não encontra refúgio para o olhar inquieto. A contradição na lamparina, sim, o apavora cada vez mais. O chão, o teto e a parede estão fora do prumo. 'Ai! É assim que minha consciência paira em mim!', geme ele, 'vertical, ela queima; mas as câmaras da minha alma estão todas fora do prumo!'

"Como alguém que, depois de uma noite de folia e bebedeira, se apressa para a cama ainda cambaleante, mas sentindo as pontadas da consciência, como as investidas do cavalo de corrida romano, que servem apenas para que as pontas de aço dos arreios o fustiguem mais e mais; como alguém que em triste infortúnio revira-se em vertiginosa angústia orando a Deus pela aniquilação até que o ataque passe; e, por fim, em meio ao turbilhão de aflição em que se encontra, um profundo estupor recai sobre ele, como sobre o homem que sangra até a morte, pois a consciência é a ferida, e nada há para estancá-la; então, depois de dolorosos embates em seu leito, o prodígio das formidáveis tribulações de Jonas o arrasta e afoga no sono.

"E agora é chegada a hora da maré; o navio solta amarras; e do cais deserto, o navio para Társis, adernando, desliza sem vivas e despedidas ao mar. Esse navio, meus amigos, é o primeiro navio de contrabandistas de que se tem notícia! Pois o contrabando era Jonas. O mar se rebela; ele não suportará o vil fardo. Uma terrível tempestade se forma, o navio está prestes a partir-se. Mas agora, que o contramestre convoca toda a tripulação para aliviar-lhe o peso; que caixas, fardos e cântaros são lançados ao mar; que o vento uiva, e os homens estão aos berros, e cada tábua troveja com o tropel dos pés sobre a cabeça de Jonas; em meio ao tumulto e à fúria, Jonas dorme seu sono hediondo. Ele nada vê do negrume do céu e da revolta do mar, não sente o balanço vacilante das vigas e pouco tem de atenção e ouvidos ao avanço distante da tremenda baleia, que com a bocarra já aberta cinde o mar em dois em seu encalço. Sim, companheiros de bordo, Jonas permanecia lá embaixo, num dos flancos do navio — um leito na cabine, como o compreendi, e dormia profundamente. Mas o capitão, assustado, vai a seu encontro e grita-lhe no ouvido mouco, 'Que pretendes, ó dorminhoco! Levanta-te!'. Despertado da letargia por aquele terrível grito, Jonas se levanta infirme e, cambaleando até o convés, agarra-se a um ovém para olhar o mar. Mas, naquele instante, é atacado por uma onda que, como uma pantera, salta sobre a amurada. Ondas e mais ondas invadem, então, o convés, e sem encontrar escoadouro veloz, rugem de vante a ré a ponto de quase afogar os marinheiros que, no entanto, ainda estão sobre as tábuas do navio. E sempre, quando das íngremes ravinas da escuridão em que habita a branca lua revela o semblante transido de pavor, o aterrorizado Jonas vê o gurupés que empina e aponta ao alto para, logo a seguir, mergulhar nas tormentosas profundezas.

"Terrores após terrores atravessam-lhe a alma aos gritos. Em todas as suas tímidas atitudes, o fugitivo de Deus agora se dá claramente a conhecer. Os marinheiros o observam; crescem mais e mais suas desconfianças e, por fim, como teste cabal da verdade, encaminhando toda a questão ao alto Céu, decidem lançar a sorte para descobrir o responsável pela grande tempestade que estava sobre eles. A sorte recai sobre Jonas; isto descoberto, com que ira os marinheiros o cercam com perguntas. 'Que ocupação é a tua? E donde vens? Qual é a tua terra? E de que povo és tu?'[70] Mas observai agora, tripulação, o comportamento do pobre Jonas. Os marinheiros angustiados apenas lhe perguntam quem ele é e de onde vem; mas não só recebem respostas a essas perguntas como também outra a uma pergunta por eles não colocada — a resposta não solicitada lhe é arrancada pela mão dura de Deus que está sobre ele.

"'Eu sou hebreu', grita ele, e então: 'Temo ao Senhor, o Deus do céu, que fez o mar e a terra seca!'[71] Tens medo d'Ele, ó Jonas? Era melhor que tivesses temido ao Senhor Deus *antes*! Sem demora, ele inicia uma confissão completa; com o que os marinheiros se enchem de um horror cada vez maior, mas não sem piedade. Pois quando Jonas, ainda sem suplicar a Deus por misericórdia, visto que conhecia muito bem as trevas de sua infâmia — quando o infeliz Jonas clama para que o levem e o joguem ao mar, pois sabia ser *ele* mesmo a razão de a grande tempestade se abater sobre eles; eles misericordiosamente se afastam e procuram outros meios de salvar o navio. Tudo é vão; a procela irada uiva mais alto; assim, com uma das mãos erguida, invocando a Deus, com a outra eles não sem hesitação agarram Jonas.

"E agora vede Jonas ser erguido como uma âncora e lançado ao mar; e como que instantaneamente uma untuosa paz flutua de leste, e o mar se acalma, enquanto Jonas carrega o vendaval consigo, deixando tranquilas águas em sua esteira. Ele afunda no coração rodopiante de uma comoção tão ingovernável que mal se apercebe do instante em que adentra em meio ao caos as mandíbulas abertas que o aguardavam; e, como uma enfiada de ferrolhos brancos, a baleia tranca todos os dentes de marfim de sua prisão. Eis então que da barriga do peixe Jonas orou ao Senhor. Mas observem sua oração e aprendam uma lição de peso. Ainda que seja rematado pecador, Jonas não chora e clama lamentoso

70. Jonas 1,8.
71. Jonas 1,9.

por pronta libertação. Ele sente a justiça de seu terrível castigo. Ele deixa a Deus todo o seu salvamento, contentando-se com isso — que, apesar de todas as agruras e angústias, ele ainda se dirigirá a Seu santo templo. E aqui está, companheiros, o verdadeiro e fiel arrependimento — é o que não clama por perdão, mas é grato pela punição. E Deus estimou a postura de Jonas — como se verifica quando, por fim, este conhece salvamento do mar e da baleia. Companheiros de bordo, não coloco Jonas diante de vós para que o imiteis em seu pecado, mas para que vos seja modelo de arrependimento. Não pequeis; mas, se o fizerdes, cuidai que vos arrependeis como Jonas."

Ao pronunciar essas palavras, o uivar da tempestade, estridente e oblíqua, parecia dotar de novos poderes o pregador, que, ao descrever a tempestade marítima de Jonas, parecia ele próprio acossado por outra. Seu peito profundo se ergueu como um vagalhão; seus braços, que lançava ao ar, pareciam o próprio tumulto dos elementos em ação; e os trovões que rolavam de sua testa morena e a luz que coruscava em seus olhos fizeram com que todos os seus ouvintes, gente simples como era, olhassem para ele com um temor que lhes era estranho.

Fez-se então calmaria em seu semblante, enquanto silenciosamente virava as folhas das Escrituras mais uma vez; e, por fim, imóvel, de olhos fechados, por um instante, parecia estar em comunhão com Deus e consigo mesmo.

Mas novamente ele se dirigiu ao auditório e, inclinando a cabeça humildemente, com um aspecto da mais profunda e viril deferência, disse estas palavras:

"Tripulação, Deus colocou apenas uma mão sobre vós; no meu caso, ambas as mãos Dele pesam sobre mim. Ministrei-vos, quiçá por minhas turvas luzes, a lição que Jonas ensina a todos os pecadores; e, portanto, para vós, e ainda mais para mim, pois sou um pecador maior do que vós. E agora com que prazer desceria deste mastro e me sentaria nas tampas das escotilhas onde vos sentais, e ouviria como ouvis, enquanto alguém dentre vós ministraria para *mim* aquela outra lição mais terrível que Jonas ensina *a mim*, como prático do Deus vivo. Como, na condição de profeta-prático ungido, ou orador de coisas verdadeiras, e tendo do Senhor recebido ordens para fazer essas verdades indesejáveis soarem aos ouvidos de uma vil Nínive, Jonas, horrorizado com a hostilidade que deveria suscitar, evadiu a missão que lhe coubera e procurou escapar a seu dever e seu Deus embarcando em Jopa. Mas Deus está em toda parte; a Társis, ele jamais chegou. Como vimos, Deus se abateu sobre ele sob a forma da baleia e o fez descer goela abaixo até os mais profundos abismos da condenação, e oblíqua e veloz o arrastou ao 'coração dos mares',[72] onde insondáveis turbilhões o tragaram dez mil braças mais fundo, e 'as algas se enrolaram em sua cabeça',[73] e todo o mundo líquido da dor rolou sobre ele. Mesmo assim, fora do alcance de qualquer sonda — 'do ventre do inferno'; quando a baleia tocou os ossos mais recônditos do oceano, mesmo então, Deus ouviu o profeta tragado e arrependido quando este O chamou. Então Deus falou ao peixe; e do frio tiritante e negror do mar, a baleia disparou em direção ao sol quente e agradável, e todas as delícias do ar e da terra; e 'vomitou a Jonas na terra';[74] quando a palavra do Senhor veio uma segunda vez; e Jonas, machucado e surrado — suas orelhas, como duas conchas do mar, ainda murmurando as miríades de sons do oceano —, cumpriu as ordens do Todo-Poderoso. E quais eram, companheiros? Pregar a verdade diante da falsidade! Era isso!

"Esta, companheiros, esta é aquela outra lição; e ai daquele prático do Deus vivo que a despreza. Ai daquele que este mundo encanta e afasta do dever do Evangelho! Ai daquele que procura derramar óleo sobre as águas quando Deus as transforma em um vendaval! Ai daquele que procura agradar em vez de apavorar! Ai daquele cuja reputação é mais para ele do que a bondade! Ai daquele que, neste mundo, não corteja a desonra! Ai daquele que não seria verdadeiro, ainda a falsidade fosse o livramento! Sim, ai daquele que, como disse o grande Prático Paulo, enquanto prega a outros, é ele mesmo um náufrago!"[75]

Ele se curvou e assumiu outra postura por um instante; assim, ao erguer o rosto aos ouvintes novamente, demonstrava alegria profunda nos olhos, enquanto clamava com um entusiasmo celestial:

"Mas oh! companheiros de bordo! A estibordo de cada desgraça, há um deleite certo; e mais alto é o topo desse deleite do que profundo é o leito da desgraça. O garlindéu não é mais alto do que profunda é a carlinga? Para aquele que, contra os deuses orgulhosos e comodoros desta terra, sempre se apresenta com seu próprio eu inexorável — para ele o deleite é muito, muito elevado e interior. O deleite é daquele que conhece o sustento dos próprios braços fortes mesmo quando o navio deste mundo traiçoeiro e mau naufragou sob ele. Conhece o deleite aquele que não faz concessões no que diz respeito à verdade e mata, queima e destrói todo o pecado, ainda que o arranque das vestes de senadores e juízes. O deleite — um deleite de joanete — pertence àquele que

72. Jonas 2,3.
73. Jonas 2,5.
74. Jonas 2,10.
75. 1 Coríntios 9,27.

não reconhece nenhuma lei ou senhor, mas o Senhor seu Deus, e é patriota unicamente ao paraíso. O deleite pertence àquele a quem todas as ondas dos vagalhões dos mares da violenta turba nunca podem balançar na fortaleza da Carlinga dos Séculos. E deleite e delícias eternas serão daquele que, a ponto de conhecer o descanso final, possa dizer com seu último suspiro — Ó Pai! Que Te fazes conhecer sobretudo por Tua vara — mortal ou imortal, aqui morro. Esforcei-me para ser Teu, mais do que deste mundo ou de mim mesmo. No entanto, isso não é nada: deixo a eternidade para Ti; pois o que é o homem a ponto de poder viver tanto quanto seu Deus?"

Ele nada mais disse. Acenando lentamente em uma bênção, cobriu o rosto com as mãos e permaneceu ajoelhado até que todos partiram, e ele foi deixado sozinho no local.

10

Um amigo do peito

Ao RETORNAR DA CAPELA à Estalagem do Baleeiro, encontrei Queequeg ali sozinho — ele havia deixado a capela em algum momento antes da bênção. Estava sentado em um banco próximo ao fogo, com os pés diante da lareira, e segurava em uma das mãos, bem perto do rosto, aquele seu idolozinho negro; de olhos fitos em seu rosto como o inquirisse, e lascando-lhe suavemente o nariz com um canivete, enquanto murmurava consigo mesmo à sua maneira pagã.

Diante da interrupção, contudo, guardou a imagem; e quase imediatamente foi à mesa, pegou um livro volumoso e, colocando-o no colo, começou a contar as páginas com deliberada regularidade; parando por um instante a cada quinquagésima página — tal como me pareceu —, lançando um olhar vazio ao redor e proferindo um longo e gorgolejante assovio de espanto. Recomeçava ele, então, com as cinquenta páginas seguintes; parecendo reiniciar a cada vez no um, como se não conseguisse passar do número cinquenta, e fosse apenas o grande número de cinquentas reunidos que excitasse seu espanto com a multidão de páginas.

Com muito interesse, fiquei a observá-lo. Ainda que fosse tão selvagem e tivesse o rosto tão horrivelmente marcado — ao menos para o meu gosto —, seu semblante trazia algo que de forma alguma era desagradável. Não se pode esconder a alma. Subtraídas todas as tatuagens assustadoras, julgava identificar as evidências de um coração simples e honesto; e em seus olhos grandes e profundos, de um vivo e intrépido negror, parecia haver sinais de um espírito que desafiaria mil demônios. E, além de tudo isso, havia no pagão certa postura majestática, que mesmo a ausência de cultivo não era capaz de suprimir por completo. Queequeg parecia um homem que jamais baixara a cabeça, tampouco conhecera credor. Se, porém, sendo sua cabeça raspada, ele tinha uma testa desenhada em relevos mais livres e acentuados, parecendo mais expansiva do que seria de outra forma, isso não me arriscarei a cravar; mas não tenho dúvida de que era dotado de uma cabeça frenologicamente[76] excepcional. Pode parecer

76. A frenologia é uma pseudociência criada em 1796 pelo alemão Franz Joseph Gall e bastante em voga no século XIX. Segundo sua doutrina, cada faculdade mental se localiza

ridículo, mas me lembrava a cabeça do general Washington, como a podemos ver em seus populares bustos.[77] Tinha a mesma inclinação em forma de recuo, longa e regular, acima das sobrancelhas, estas também muito salientes, como dois extensos promontórios no topo cobertos de uma densa mata. Queequeg era um George Washington canibal.

Enquanto o examinava detidamente, um tanto fingindo olhar a tempestade na janela, ele não prestou atenção à minha presença em momento algum, tampouco se preocupou com um único olhar; parecia apenas se ocupar por completo da contagem das páginas do livro maravilhoso. Considerando a cordialidade com que havíamos dormido juntos na noite anterior, e em especial o afetuoso braço que encontrei lançado sobre mim ao acordar pela manhã, julguei um tanto estranha essa indiferença. Mas os selvagens são seres estranhos; há momentos em que não se sabe bem ao certo como compreendê-los. De início, são intimidadores; o calmo autocontrole inerente a sua simplicidade parece uma sabedoria socrática. Havia percebido também que Queequeg jamais se relacionava, ou muito pouco, com os demais marinheiros da estalagem. Não fazia qualquer aproximação; parecia não ter desejo de alargar o círculo de conhecidos. Tudo isso me pareceu bastante singular; no entanto, pensando melhor, havia nisso algo quase sublime. Ali estava um homem a cerca de vinte mil milhas de casa, isto é, tomando o caminho do cabo Horn — que era a única maneira de chegar lá —, lançado em meio a pessoas tão estranhas para ele quanto se estivesse em Júpiter; e mesmo assim se apresentava como que inteiramente à vontade; preservando a máxima serenidade; feliz de sua própria companhia; sempre idêntico a si mesmo. Decerto que havia ali uma pitadinha de boa filosofia; embora, sem dúvida, ele nunca tivesse ouvido falar na existência de algo como ela. Mas, talvez, para sermos verdadeiros filósofos, nós mortais não devêssemos ter consciência de que pela filosofia vivemos ou lutamos. Assim que ouço que esse ou aquele sujeito se declara filósofo, concluo, como a velha dispéptica, que deve estar "com o digestor quebrado".

Enquanto permaneci sentado naquele aposento agora isolado; o fogo ardendo baixo, naquele estágio brando quando, depois de ter aquecido o ar em sua

---

em uma parte do córtex cerebral, e o tamanho de cada parte é diretamente proporcional ao desenvolvimento da faculdade correspondente, sendo este tamanho indicado pela configuração externa do crânio.

77. George Washington (1732-99), herói da Guerra de Independência Americana (1776-83) e primeiro presidente norte-americano, de 1789 a 1797, foi retratado em uma infinidade de bustos.

primeira intensidade, ele então apenas brilha aos olhos de quem o vê; as sombras e fantasmas da noite reunindo-se em torno das janelas, e olhando para nós dois, dupla silenciosa e solitária; a tempestade se avolumando em ondas solenes; vi-me propenso a sentimentos estranhos. Sentia um derretimento em mim. Meu coração despedaçado e minha mão enlouquecida não se voltariam mais contra o mundo lupino. O conforto restaurador que esse selvagem transmitia o acabava de redimir. Ali estava ele: sua própria indiferença falava de uma natureza na qual não se dissimulavam hipocrisias civilizadas e insípidos ardis. Ele era selvagem — o que, por si só, rendia uma bela visão; no entanto, comecei a me sentir misteriosamente atraído por ele. E essas mesmas coisas que teriam repelido a maioria das outras pessoas eram os próprios ímãs que me atraíram. Um amigo pagão, ora, por que não?, pensei comigo, já que a bondade cristã se me havia revelado mera cortesia vazia. Aproximei meu banco dele e fiz alguns sinais e sugestões amigáveis, buscando o possível entrementes para travar com ele alguma conversa. A princípio, ele pouco deu atenção a essas investidas; mas logo depois de me referir às suas hospitalidades na noite anterior, tentou me perguntar se seríamos novamente companheiros de cama. Disse a ele que sim — pelo que julguei que pareceu satisfeito, talvez um pouco lisonjeado.

Em seguida, viramos as páginas do livro juntos e me esforcei para explicar-lhe o propósito da impressão e o significado das poucas imagens que ele continha. Assim, logo lhe prendi o interesse — e daí passamos a tagarelar, tão bem quanto podíamos, sobre os vários pontos a serem vistos naquela famosa cidade. Logo propus que fumássemos; e, sacando a bolsa e a machadinha, ele me ofereceu tranquilamente uma baforada. E assim permanecemos, trocando baforadas daquele seu cachimbo selvagem, que não parava de passar de um ao outro.

Se algum gelo de indiferença em relação a mim ainda espreitava no peito do pagão, a fumaça agradável e amigável que compartilhamos logo o derreteu e nos fez camaradas. Ele parecia simpatizar comigo tão natural e espontaneamente quanto eu com ele; e quando fumamos o tabaco, ele pressionou a testa contra a minha, agarrou-me pela cintura e disse que dali em diante éramos casados; significando, segundo expressão de sua gente, que éramos amigos do peito; morreria por mim de bom grado, se necessário fosse. Em um conterrâneo, uma tão súbita chama de amizade teria parecido muito prematura, algo indigno de confiança; mas a este selvagem simples, velhas regras como essas não se aplicavam.

Depois do jantar, e outra conversa social acompanhada de fumos, recolhemo-nos ao nosso quarto juntos. Ele me deu de presente sua cabeça embalsamada; sacou a enorme carteira de fumo e, tateando sob o tabaco, retirou cerca de trinta dólares em prata; em seguida, espalhando-os sobre a mesa e dividindo-os mecanicamente em duas partes iguais, empurrou uma delas na minha direção e disse que era minha. Quis recusar; mas ele me silenciou, despejando o dinheiro nos bolsos de minhas calças. Então aceitei. Em seguida, ele se dedicou a suas orações noturnas, sacou o ídolo e removeu da lareira o consolo decorado. Por certos sinais e sintomas, entendi que parecia ansioso para que eu me unisse a ele; mas sabendo perfeitamente o que viria a seguir, ponderei por um instante se, no caso de receber um convite, aceitaria ou não.

Eu era um bom cristão; nascido e criado no seio da infalível Igreja presbiteriana. Como poderia me unir a esse idólatra selvagem na adoração de um pedaço de madeira? Mas o que é a adoração?, pensei. Ora, Ismael: você por acaso acha que o magnânimo Deus do céu e da terra — incluindo pagãos e sabe-se lá mais o quê — ia ter ciúme de um pedaço insignificante de madeira negra? Impossível! Mas o que é a adoração? Fazer a vontade de Deus — *isso* é adoração. E qual é a vontade de Deus? Fazer ao meu próximo o que gostaria que ele fizesse a mim — *essa* é a vontade de Deus.[78] Ora, Queequeg é meu companheiro. E o que desejo que esse Queequeg faça em relação a mim? Que se una a mim em minha forma particular de adoração presbiteriana. Devo, portanto, unir-me a ele na sua forma em particular; logo, devo me tornar um idólatra. Acendi, então, as lascas; ajudei a sustentar o inocente idolozinho; ofereci-lhe biscoito queimado com Queequeg; fiz salamaleques diante dele duas ou três vezes; beijei-lhe o nariz; e feito isso, nos despimos e fomos para a cama, em paz com as próprias consciências e com todo o mundo. Mas não fomos dormir sem, antes, bater um papinho.

Não sei a razão, mas não há lugar como uma cama para confidências entre amigos. Marido e mulher, segundo se diz, abrem o fundo de suas almas um para o outro; e alguns casais idosos costumam ali ficar e conversar sobre os velhos tempos até quase de manhã. Assim nos encontrávamos, portanto, na lua de mel de nossos corações, eu e Queequeg — um casal carinhoso e cheio de amor.

---

78. Eco de um dos ensinamentos de Jesus, como se lê em Mateus 22,37-40: "E Jesus disse-lhe: Amarás o Senhor, teu Deus, de todo o teu coração, e de toda a tua alma, e de todo o teu pensamento. Este é o primeiro e grande mandamento. E o segundo, semelhante a este, é: Amarás o teu próximo como a ti mesmo. Desses dois mandamentos dependem toda a lei e os profetas".

11
Camisola

NA CAMA ASSIM FICAMOS, papeando e cochilando de pouco em pouco, com Queequeg vez e outra atirando afetuosamente as bronzeadas pernas tatuadas sobre as minhas e depois as recolhendo; tão inteiramente sociáveis, livres e tranquilos nos sentíamos; quando, por fim, por causa de nossas confabulações, o pouco de sono que nos restava desapareceu por completo, e tivemos vontade de nos levantar de novo, embora o amanhecer ainda estivesse um pouco distante no futuro.

Sim, ficamos muito despertos; e tanto que começou a nos aborrecer a posição horizontal e, aos poucos, começamos a nos sentar; bem embrulhados em nossas cobertas, recostados na cabeceira da cama, com os quatro joelhos dobrados e encostados uns nos outros, e os dois narizes curvados sobre eles, como se nossas patelas fossem aquecedores. Sentíamo-nos muito bem e confortáveis, ainda mais pelo frio intenso que fazia do lado de fora — em verdade, do lado de fora das cobertas, visto que não havia fogo no quarto. E ainda mais porque, para de fato se desfrutar do calor do corpo, uma pequena parte de você deve permanecer fria, pois não existe qualidade neste mundo que não se estabeleça senão por contraste. Nada existe em si mesmo. Caso venhamos a nos gabar de estarmos absolutamente confortáveis, e assim permanecermos por algum tempo, então não poderemos mais dizer que estamos confortáveis. Mas se, a exemplo de Queequeg e eu na cama, a ponta do seu nariz ou o cocuruto estiverem ligeiramente gelados — então, na verdade, na consciência geral vocês estarão deliciosa e inconfundivelmente aquecidos. É por essa razão que um quarto de dormir nunca deve ser mobiliado com lareira, que é um dos desconfortos luxuosos do rico. Pois o cúmulo desse tipo de deleite é não ter nada além do cobertor entre o aconchego sentido e o frio do ar exterior. Eis que então você é como uma centelha de calor no coração de um cristal ártico.

Havia algum tempo que estávamos sentados assim, praticamente agachados, quando de repente pensei que abriria os olhos; pois quando entre lençóis, seja de dia ou de noite, e dormindo ou acordado, tenho um jeito de ficar com os olhos fechados, para tornar ainda mais vivo o conforto de estar na cama. Porque nenhum homem pode sentir a própria identidade corretamente, a menos que seus olhos estejam fechados; como se as trevas fossem de fato o elemento apropriado a nossas essências, embora a luz seja mais adequada ao barro de nosso ser. Ao abrir os olhos então, deixando minha própria escuridão, agradável e por mim criada, pela penumbra externa, grosseira e imposta, da meia-noite que luz nenhuma tocava, experimentei uma desagradável repulsa. Nem cheguei a fazer objeções à sugestão de Queequeg de que talvez fosse melhor acender uma luz, visto que estávamos tão acordados; além disso, ele sentia forte desejo de dar algumas tragadas silenciosas em sua machadinha. A propósito: embora eu tivesse sentido uma forte repugnância por ele fumar na cama na noite anterior, veja como nossos rígidos preconceitos se tornam maleáveis quando o amor vem a dobrá-los. Pois, naquele momento, nada me agradava mais do que ter Queequeg fumando perto de mim, mesmo que na cama, porque ele parecia cheio de uma doméstica e serena alegria. Deixei de lado minha indevida preocupação com a apólice de seguro do proprietário. Só me interessava o conforto íntimo e condensado de compartilhar um cachimbo e um cobertor com um amigo de verdade. Com nossos casacos desgrenhados sobre os ombros, passávamos agora a machadinha de um para o outro, até que pouco a pouco se estendeu sobre nós um dossel de fumaça azul que a chama da lamparina recém-acesa iluminava.

Se foi esse dossel ondulante que transportou o selvagem a tão distantes cenários, não sei, mas ele agora falava de sua ilha natal; e, ansioso para lhe ouvir a história, insisti que prosseguisse e contasse. Ele assentiu de bom grado. Embora na ocasião eu não tivesse entendido algumas das palavras, revelações subsequentes, de quando me tornei mais familiarizado com sua fraseologia truncada, hoje me permitem apresentar toda a história, tal como pode atestar o simples esqueleto que dela ofereço.

12
Biográfico

QUEEQUEG ERA NATURAL DE KOKOVOKO, uma ilha muito distante a sudoeste. Não está registrada em nenhum mapa; os verdadeiros lugares nunca estão.

Mesmo quando selvagem recém-saído do ovo, correndo solto pelos bosques nativos em cueiros de folha, seguido pelas cabras, que o mordiscavam como se ele próprio fosse uma muda verde — mesmo então se espreitava na ambiciosa alma de Queequeg um forte desejo de ver da cristandade algo mais do que um ou outro baleeiro. Seu pai era um grande chefe, um rei; o tio, um sumo sacerdote; e, do lado materno, ostentava tias esposadas por guerreiros invencíveis. Havia excelente sangue em suas veias — material da maior nobreza; embora tristemente viciado, temo, pelas propensões canibais que nutriu em sua juventude inculta.

Um navio de Sag Harbor[79] visitou a baía de seu pai, e Queequeg requisitou uma travessia rumo às terras cristãs. Mas o navio, tendo sua tripulação completa, rejeitou-lhe o pedido, sem que mesmo toda a influência de seu pai, o rei, pudesse prevalecer. Queequeg, no entanto, fez um juramento. Sozinho em sua canoa, remou até um estreito distante, pelo qual sabia que o navio deveria passar quando deixasse a ilha. De um lado, havia um recife de coral; do outro, um braço de terra baixa, coberta pela mata de manguezais que cresciam na água. Escondendo a canoa em meio a essa mata, onde ainda flutuava, com a proa voltada para o mar, ele se sentou na popa, com o remo baixo à mão; e quando o navio surgiu em seu caminho, ele disparou como um raio; ganhou seu costado; com um golpe de seu pé, virou e afundou a própria canoa; escalou a mesa de guarnição; e atirando-se de corpo inteiro sobre o convés, agarrou-se a um arganéu e jurou não o largar, mesmo que o rasgassem em pedaços.

---

79. A cidade portuária de Sag Harbor foi fundada por colonos ingleses no início do século XVIII. No início do século XIX, viria a se tornar um dos principais portos baleeiros norte-americanos, sobretudo pelas funções de recepção, processamento e comércio do produto, no que se fez uma região portuária internacionalizada e, na década de 1840, tão movimentada quanto a de Nova York.

Em vão, o capitão ameaçou jogá-lo ao mar; suspendeu um cutelo sobre seus pulsos nus; Queequeg era filho de um rei, e Queequeg não se moveu. Tocado por sua bravura desesperada e seu louco desejo de visitar a cristandade, o capitão finalmente cedeu e disse-lhe que poderia se sentir em casa. Mas este belo jovem selvagem — este príncipe de Gales[80] do mar nunca viu a cabine do capitão. Eles o colocaram entre os marinheiros e fizeram dele um baleeiro. Como o tsar Pedro, no entanto, feliz em trabalhar nos estaleiros navais de cidades estrangeiras,[81] Queequeg não fazia pouco de nenhuma aparente ignomínia, se dessa maneira pudesse talvez ganhar o poder de ilustrar seu povo inculto. Pois, no fundo — assim me disse —, era movido por um intenso desejo de aprender entre os cristãos as artes pelas quais fizesse seu povo ainda mais feliz do que era; e, mais do que isso, ainda melhor do que era. Mas, ai!, as práticas dos baleeiros logo o convenceram de que até mesmo os cristãos podiam ser mesquinhos e cruéis; infinitamente mais do que todos os pagãos governados por seu pai. Por fim, chegou ao velho Sag Harbor; e vendo o que os marinheiros lá faziam; e depois indo para Nantucket, e vendo como *ali* também gastavam seus salários, o pobre Queequeg deu seu projeto por perdido. Pensou: é um mundo perverso em todos os meridianos; morrerei pagão.

E, assim, conservando-se um velho idólatra de coração, ainda vivia entre esses cristãos, usava suas roupas e tentava falar como falavam. Daí seus estranhos modos, embora há algum tempo distante de casa.

Valendo-me de sinais, perguntei-lhe se não tinha em mente retornar e ser coroado; uma vez que já podia considerar seu pai morto, muito velho e fraco que se mostrara nos últimos relatos. Ele respondeu que não, ainda não; e acrescentou temer que o cristianismo, ou melhor, os cristãos, o tivessem incapacitado para ascender ao trono puro e imaculado dos trinta reis pagãos que o antecediam. Mas, por fim, disse, voltaria — assim que se sentisse batizado novamente. Por ora, entretanto, propunha-se a navegar e deitar suas sementes nos quatro oceanos. Haviam feito dele um arpoador, e aquele ferro farpado fazia então as vezes de cetro.

Perguntei-lhe se tinha algum objetivo imediato, no que dizia a respeito a seus movimentos futuros. Ele respondeu: retornar ao mar, em sua antiga vocação. Depois disso, disse-lhe que sair à caça de baleias era também minha vontade e informei-o da minha intenção de partir em viagem, embarcando em

---

80. Príncipe de Gales é o título que se dá ao herdeiro do trono britânico.
81. Pedro, o Grande (1672-1725), foi tsar e imperador russo entre 1682 e sua morte.

Nantucket por ser o porto mais promissor para um baleeiro aventureiro. Ele imediatamente decidiu me acompanhar até a ilha, embarcar no mesmo navio, pertencer ao mesmo turno de vigília, ao mesmo rancho — em suma, compartilhar da sorte que me coubesse; com as minhas mãos ambas presas às suas, mergulhar corajosamente no acaso de ambos os mundos. Com tudo isso, concordei com alegria; pois além do afeto que agora sentia por Queequeg, ele era um arpoador experiente e, como tal, não poderia deixar de ser de grande utilidade para alguém que, como eu, era totalmente ignorante dos mistérios da baleação, embora não sem algum contato com o mar, tal como este se apresenta aos marinheiros mercantes.

Terminada a história com a última baforada de seu cachimbo, Queequeg me abraçou, encostou a testa na minha e, apagando a lamparina, rolamos um do outro, de um lado e de outro, e sem demora caímos no sono.

13
Carrinho de mão

Na manhã seguinte, segunda-feira, depois de entregar a cabeça embalsamada a um barbeiro para lhe servir de porta-peruca, fechei a minha conta e a de meu companheiro; usando, no entanto, o dinheiro dele. O sorridente senhorio, assim como os hóspedes, mostrou-se em polvorosa com a repentina amizade surgida entre mim e Queequeg — sobretudo pelo fato de as histórias fantasiosas de Peter Coffin terem suscitado em mim tanta apreensão em relação à mesma pessoa a quem então me associava.

Tomamos de empréstimo um carrinho de mão, carregamos nossas coisas, incluindo meu pobre bornal e o saco de lona e a rede de Queequeg, e seguimos direto ao *Musgo*, a escuna paquete de Nantucket atracada no cais. À medida que avançávamos, as pessoas olhavam; não tanto por Queequeg — pois estavam acostumadas a ver canibais como ele nas ruas da cidade —, mas por nos ver sob tamanha confidência. Não lhes demos atenção, caminhando com o carrinho de mão, ora conduzido por um, ora pelo outro, e com Queequeg parando vez por outra para ajustar a bainha nas farpas do arpão. Perguntei-lhe por que carregava uma coisa tão desajeitada consigo para terra firme e se os navios baleeiros não forneciam arpões. A isso, em suma, respondeu que, embora o que eu insinuasse fosse verdade, ele tinha particular afeição por seu próprio arpão, porque era de material testado e aprovado em muitos combates mortais, profundo conhecedor dos corações das baleias. Em poucas palavras, a exemplo de muitos ceifadores e colhedores de terra firme, que vão para o campo dos fazendeiros armados das próprias foices — embora não sejam de forma alguma obrigados a fornecê-las —, Queequeg, por motivos pessoais, preferia seu próprio arpão.

Enquanto passava o carrinho de mão a seus cuidados, Queequeg me contou uma história engraçada sobre o primeiro carrinho de mão que viu. Foi em Sag Harbor. Os proprietários de seu navio, ao que parece, lhe emprestaram um, para que carregasse seu pesado baú até a estalagem. Para não trair sua ignorância sobre o objeto — embora fosse, em verdade, um completo ignorante quanto à maneira precisa de manejá-lo —, Queequeg colocou o baú nele, prendeu-o bem à caçamba e, então, colocou esta sobre os ombros e saiu em marcha pelo cais.

“Mas, Queequeg”, comentei, “você devia saber que não era para fazer assim. As pessoas não riram?”

Em seguida, ele me contou outra história. O povo da ilha de Kokovoko, ao que parece, em suas festas de casamento extrai a perfumada água de coco verde e a deposita em uma cabaça pintada, grande como uma poncheira; e tal poncheira sempre faz as vezes de principal ornamento na esteira trançada sobre a qual se oferece o banquete. Ora, ocorreu que certa feita um grande navio mercante tocou as praias de Kokovoko, e seu comandante — ao que tudo indica, um cavalheiro bastante meticuloso e altivo, ao menos para um capitão do mar —, esse comandante foi convidado ao banquete de casamento da irmã de Queequeg, uma jovem e bela princesa que acabava de completar dez anos. Pois bem; quando todos os convidados da festa se encontravam reunidos na cabana de bambu da noiva, este capitão adentra o local e, sendo designado ao lugar de honra, acomoda-se bem diante da poncheira, entre o sumo sacerdote e sua majestade o rei, o pai de Queequeg. Feitas as preces — pois essas pessoas têm suas preces tanto quanto nós, embora Queequeg me tenha dito que, diferentemente de nós, que nessas horas olhamos para baixo, na direção de nossas travessas, eles, à maneira dos patos, olham para cima, ao grande Benfeitor de todos os banquetes —; feitas as preces, como ia dizendo, o sumo sacerdote abre o banquete com a imemorial cerimônia da ilha, isto é, mergulhando os dedos consagrados e consagradores na cabaça antes que a bebida abençoada circule. Encontrando-se sentado ao lado do sacerdote, atento à cerimônia e pensando que, sendo capitão de um navio, tinha plena precedência sobre um mero rei insular, sobretudo estando na própria casa do rei, o capitão começa friamente a lavar as mãos na poncheira, tomando-a, como posso supor, por uma enorme tigela de dedos.

“Ora”, arrematou Queequeg, “o que achar disso? Nosso povo não riu?”

Por fim, com a passagem paga e a bagagem a salvo, embarcamos no paquete. Içando a vela, ele deslizou pelo Acushnet.[82] De um lado, as ruas de New Bedford se erguiam em seus terraços, com suas árvores cobertas de gelo reluzindo no

---

82. Correndo pela região sudeste do estado de Massachusetts, o rio Acushnet tinha a importante função de ligar a cidade de New Bedford (localizada em sua margem oeste) ao interior do estado, além de prover os reservatórios de água da cidade, antes de desaguar no oceano Atlântico.

ar frio e limpo. Imensas colinas e montanhas de barris empilhavam-se no cais, e, perfilados, navios baleeiros de tantas voltas pelo mundo jaziam silenciosos e, por fim, atracados em segurança; enquanto de outros surgia o som do trabalho de carpinteiros e tanoeiros, misturados aos ruídos de fogos e forjas que derretiam o piche — tudo indicativo da partida a novas travessias; pois tão logo termina uma longa viagem de grandes perigos, uma segunda se inicia; e concluída a segunda, inicia-se uma terceira, e assim sucessivamente para todo o sempre. Eis a infinitude, o intolerável dos trabalhos deste mundo.

Ao tocar águas mais abertas, a revigorante brisa ganhou força; e de sua proa o pequeno *Musgo* lançava espuma ligeira como um jovem potro que bufasse. Como eu respirava aqueles ventos tártaros! Com que desprezo avistava a terra com seus pedágios, as ordinárias estradas cravadas de cascos e calcanhares escravos; e me virava para admirar a dádiva e a grandeza do mar, que não permite registros.

Da mesma fonte espumosa, Queequeg parecia beber e embriagar-se comigo. Suas escuras narinas se dilatavam; punham-se à mostra seus dentes polidos e pontiagudos. E além, sempre além navegávamos; e chegando a mar aberto, o *Musgo* prestou homenagens à força do vento; abaixando e mergulhando a proa como um escravo diante do sultão. Inclinando-nos para o lado, para o lado disparávamos; como arames, os cabos do massame vibravam; e os dois elevados mastros dobravam-se como a cana sob um tornado em terra. Tão impregnados dessa inebriante cena estávamos, parados próximos ao gurupés, que por algum tempo não notamos os olhares zombeteiros dos que conosco viajavam, assembleia de gente tola, ignorante das coisas do mar, pasma com o fato de dois semelhantes serem tão companheiros; como se um homem branco fosse alguma coisa mais digna do que um negro caiado de branco. Mas havia ali gente matuta e bronca, gente que, de tão verde que era, só podia ter sua origem no coração e centro de toda a verdura. Queequeg flagrou um desses novatos, imitando-o pelas costas. Pensei comigo, havia chegado a hora do matuto. Largando o arpão, o selvagem musculoso ergueu-o do chão e, com uma destreza e força quase fantásticas, lançou-o ao alto de corpo inteiro; depois, não sem bater o traseiro em uma meia cambalhota, o sujeito aterrissou de pé aos gritos, enquanto Queequeg, virando-se de costas para ele, acendeu a machadinha e a passou para mim, para uma baforada.

"Capetão! Capetão!", berrava o caipira, correndo em direção ao oficial. "Capetão, capetão, olha ali o diabo."

"Olá, *olá*, senhor", exclamou o capitão, uma costela emaciada do mar, indo ao encontro de Queequeg, "que raio você quis com aquilo? Não sabe que podia ter matado o camarada ali?"

"O que ele disse?", perguntou Queequeg, virando-se tranquilamente para mim.

"Ele disse", expliquei, "que você quase matar aquele homem ali", apontando ao matuto ainda trêmulo.

"Matar", gritou Queequeg, torcendo o rosto tatuado em uma expressão de indescritível desdém. "Ah! Esse aí peixe pequeno; Queequeg não matar peixe assim pequeno; Queequeg matar a baleia grande!"

"Atenção", rugiu o capitão, "eu matar *você*, seu canibal, se aprontar mais alguma aqui a bordo. Cuidado!"

O caso foi que, naquele instante, havia chegado a hora de o capitão cuidar de si mesmo. A pressão prodigiosa sobre a vela havia arrebentado o braço, e a retranca imensa agora voava de um lado para o outro, varrendo completamente o convés de popa. O pobre sujeito que Queequeg havia tratado com tanta dureza havia sido lançado ao mar; a tripulação estava em pânico; e parecia loucura tentar agarrar a retranca e detê-la. Ela voava da direita para a esquerda e da esquerda para a direita, quase como o pêndulo de um relógio, e a todo instante parecia prestes a partir-se em pedaços. Nada se fez, nem parecia passível de ser feito; os que estavam no convés correram para a proa e ficaram olhando a retranca como se fosse a mandíbula de uma baleia em desespero. Em meio a tamanha consternação, Queequeg pôs-se habilmente de joelhos e, rastejando sob a área varrida pela retranca, agarrou-se a uma corda, amarrou uma das pontas à amurada e, em seguida, atirou a outra como um laço e prendeu-a à retranca assim que esta passou por cima de sua cabeça; na investida seguinte, a retranca ficou presa e todos, então, viram-se a salvo. O paquete foi lançado contra o vento e, enquanto a tripulação liberava o bote de popa, Queequeg, despido até a cintura, saltou como uma flecha de cima da amurada, desenhando em seu salto um claro e longo arco. Por três minutos ou mais, viu-se Queequeg nadando como um cachorro, arrojando os compridos braços para a frente e, alternadamente, revelando os musculosos ombros através da espuma congelante. Eu olhava para o grande e glorioso sujeito, mas não via ninguém a ser salvo. O novato havia se perdido. Erguendo-se perpendicularmente da água, Queequeg mirou então ao redor por um instante e, parecendo ter visto o estado de coisas, mergulhou e desapareceu.

Alguns minutos mais e ressurgiu, batendo um braço enquanto, com o outro, arrastava uma forma inerte. O bote logo os resgatou. O pobre matuto foi reanimado. Toda a tripulação declarou Queequeg um sujeito da mais absoluta confiança; o capitão implorou seu perdão. Daquele momento em diante, prendi-me a Queequeg como uma craca; sim, até que o pobre Queequeg desse seu último e longo mergulho.

Há notícia de um tamanho desinteresse? Ele não parecia pensar merecer uma medalha das Sociedades da Mais Nobre Humanidade. Apenas pediu água – água potável –, algo para se lavar da salmoura. Feito isso, vestiu roupas secas, acendeu o cachimbo e, encostado contra a amurada, olhando tranquilamente aos que estavam ao seu redor, parecia dizer a si mesmo: "Este mundo é uma sociedade anônima, em todos os meridianos. É dever de nós, canibais, ajudar esses cristãos".

14
Nantucket

NADA MAIS DIGNO DE MENÇÃO se passou na travessia; então, feita uma boa viagem, chegamos a salvo a Nantucket.

Nantucket! Pegue o mapa, olhe para ela. Veja o lugar que ocupa — um verdadeiro rincão do mundo! Veja como está ali, distante da costa, mais solitária do que o farol de Eddystone.[83] Olhe para ela — não mais do que um outeiro e um cotovelo de areia; uma ilha só praia, sem interior. Há mais areia ali do que se poderia usar em vinte anos como substituto ao mata-borrão. Viventes dados à brincadeira lhe dirão que ali é preciso plantar ervas daninhas, pois não crescem naturalmente; que importam cardos do Canadá; que precisam atravessar o mar por uma rolha que estanque o vazamento de um barril de óleo; que lascas de madeira em Nantucket são carregadas como pedaços da verdadeira cruz em Roma; que as pessoas ali plantam cogumelos diante de suas casas para ter uma sombra no verão; que uma lâmina de capim produz um oásis, e três folhas em uma caminhada, um dia na pradaria; que ali se usam sapatos para areia movediça, mais ou menos como os sapatos para neve na Lapônia; que se encontra tão fechada e cingida, tão cercada e isolada — ilha absoluta, criada pelo oceano —, que por vezes se veem mexilhões agarrados a cadeiras e mesas como fossem as costas das tartarugas marinhas. Mas essas extravagâncias servem unicamente para se dizer que Nantucket não é Illinois.[84]

Atenção agora à maravilhosa lenda popular que narra como a ilha foi colonizada pelos pele-vermelhas. Escute: em priscas eras, uma águia desceu num voo rasante sobre a costa da Nova Inglaterra e, com suas garras, capturou um bebê

83. O farol de Eddystone está construído no grupo de rochas marinhas conhecido por The Eddystone ou Eddystone Rocks. Tais rochas constituíram tradicionalmente um grande perigo para as embarcações que tinham por destino as cidades costeiras inglesas do canal da Mancha. Foram quatro os faróis instalados nas rochas ao longo da história.

84. Estado localizado na região centro-oeste norte-americana. Banhado pelo lago Erie e integrado à União em 1818, o estado torna-se palco de conflitos com populações nativas, por fim expulsas para oeste do rio Mississippi, e passa a conhecer grande crescimento demográfico e econômico com a abertura do canal do Erie, que liga a região ao Atlântico, e sua integração à bacia dos rios Mississippi e Missouri, com a construção do canal Illinois-Michigan.

nativo. Num doloroso e elevado lamento, os pais viram o filho desaparecer de vista sobre as águas do mar. Decidiram, então, seguir na mesma direção. Partindo em suas canoas, descobriram a ilha após uma perigosa travessia, e ali encontraram um estojinho de marfim vazio — o esqueleto do pobre indiozinho.[85]

Não surpreende, então, que esses habitantes de Nantucket, nascidos em uma praia, recorram ao mar para viver! No início, pegavam caranguejos e amêijoas na areia; ganhando coragem, chapinharam pela água com redes para pescar cavalas; mais experientes, saíram em botes para capturar bacalhau; e, por fim, lançando ao mar uma frota de grandes navios, exploraram o mundo das águas; deram-lhe voltas e mais voltas, vestindo o globo com um cinturão incessante de circum-navegações; deram uma espiadinha no estreito de Bering; e em todas as estações e oceanos declararam uma guerra eterna contra a mais poderosa massa animada que sobreviveu ao dilúvio; a mais monstruosa, a mais montanhosa! Um Himalaia, um mastodonte do mar, investido de tamanho prodígio de poder inconsciente, que seus ataques de pânico são mais dignos de terror do que suas mais destemidas e maliciosas investidas!

E assim esses nantucketenses nus, esses ermitões do mar, lançando-se de seu pequeno formigueiro ao mar, avançaram sobre o mundo das águas e o conquistaram como se fossem muitos Alexandres;[86] dividindo entre si os oceanos Atlântico, Pacífico e Índico, como as três potências piratas fizeram com a Polônia.[87] Que a América some o México ao Texas, empilhe Cuba sobre o Canadá; que os ingleses cubram toda a Índia e hasteiem seu resplandecente estandarte ao sol — dois terços deste globo terráqueo são de Nantucket. Pois do nantucketense é o mar; ele o possui, como imperadores possuem impérios — outros marinheiros não têm mais do que direito de passagem. Os navios mercantes são apenas pontes estendidas; os navios de guerra, fortes flutuantes; mesmo piratas e corsários, embora atravessem o mar como salteadores as estradas — ambos apenas saqueiam outros navios, meros fragmentos de terra como os seus, sem buscar tirar sustento do próprio abismo insondável. O nantucketense — so-

---

85. Lenda recontada em *Collections of the Massachusetts Historical Society*, 2nd Series, III (1815), p. 34.

86. Referência a Alexandre, o Grande, ou Alexandre III da Macedônia (356 a.C.-323 a.C.), rei do antigo reino grego da Macedônia que, com uma série de campanhas militares, criou um dos maiores impérios do mundo antigo.

87. O narrador se refere às sucessivas Partições do reino da Polônia e do Grão-ducado da Lituânia entre o Império Habsburgo, a Prússia e a Rússia em fins do século XVIII, uma série de acordos entre as três potências litigiosas que levaram a Polônia, em 1795, a perder sua autonomia por mais de um século.

mente ele vive e descansa no mar; somente ele, na linguagem da Bíblia, desce ao mar em navios;[88] arando-o de um lado para o outro como fosse sua própria e especial gleba. *Lá* está seu lar; *lá* está seu negócio, que um dilúvio de Noé jamais interromperia, ainda que engolfasse multidões na China. Ele vive no mar como os galos-da-pradaria na pradaria; ele se esconde entre ondas, ele as escala como caçadores de camurça o fazem nos Alpes. Por anos nada sabe de terra; de modo que, quando finalmente a toca, esta tem o cheiro de outro mundo, tão estranho quanto seria a Lua para um terráqueo. Como a gaivota marinha, que ao pôr do sol dobra as asas e encontra embalo para o sono entre ondas; então, ao cair da noite, o nantucketense, longe de terra à vista, recolhe suas velas e se deita para descansar, enquanto sob seu travesseiro correm rebanhos de morsas e baleias.

88. Citação de Salmos 107,23-24: "Os que descem ao mar em navios, mercando nas grandes águas, esses veem as obras do Senhor e as suas maravilhas no profundo".

15
Caldeirada

JÁ ERA TARDE DA NOITE quando o pequeno *Musgo* encontrou o aconchego do ancoradouro, e Queequeg e eu desembarcamos; por isso, de nada podíamos cuidar naquele dia, ao menos nada que não fossem jantar e ir para a cama. O senhorio da Estalagem do Baleeiro recomendou-nos a seu primo Hosea Hussey,[89] do Caldeirões,[90] que afirmou ser proprietário de um dos hotéis mais bem cuidados de toda a Nantucket; ademais, garantiu-nos que o primo Hosea, como o chamava, era famoso por suas caldeiradas. Em suma: deu-nos a entender que a melhor coisa a se fazer ali era experimentar a caldeirada do Caldeirões. Mas as instruções que nos deu sobre como seguir tendo sempre a estibordo um armazém amarelo até que avistássemos uma igreja branca a bombordo, e então mantê-la a bombordo até guinarmos numa esquina três pontos a estibordo[91] e, feito isso, perguntar ao primeiro homem que encontrássemos onde ficava o lugar; essas orientações tortuosas muito nos intrigaram, sobretudo porque, de início, Queequeg insistiu que o armazém amarelo — nosso ponto de partida — devia permanecer a bombordo, ao passo que eu havia entendido que Peter Coffin dissera a estibordo. À força de perambular um pouco sem rumo e, vez por outra, bater à porta de algum habitante pacífico para indagar-lhe o caminho, por fim chegamos a um lugar que nos parecia inequívoco.

Dois enormes caldeirões de madeira pintados de preto e suspensos pelas alças, pendurados nas cruzetas de um velho mastaréu de sobrejoanete plantado em frente a uma velha porta. Os braços das cruzetas estavam serrados de um dos lados, de modo que o velho mastaréu não chegava a se distinguir

---

89. Oseias, no texto bíblico em português. Oseias foi profeta em Israel no século VIII a.C. e consta como um dos doze profetas menores da Bíblia hebraica judaica e do Antigo Testamento cristão.

90. Caldeirão é o recipiente de ferro instalado no traiol, estrutura em que se derrete a gordura da baleia a ser transformada em óleo, ver capítulo 96.

91. Bombordo e estibordo são, respectivamente, os lados esquerdo e direito de uma embarcação olhando-se de ré para vante. Aqui também parte do jargão náutico, "ponto" indica as coordenadas (longitude e latitude) com que se identificam as posições de embarcações ou acidentes geográficos nas cartas de navegação.

de uma forca. Talvez eu fosse sensível demais a essas impressões na época, mas me era impossível não olhar para a dita forca com alguma apreensão. Senti uma espécie de cãibra no pescoço quando olhei os dois braços restantes; sim, *dois* — um para Queequeg, o outro para mim. É sinistro, penso eu. Um Coffin por estalajadeiro, ao desembarcar em meu primeiro porto baleeiro; lápides me encarando na capela dos baleeiros; e aqui uma forca! E um par de prodigiosos caldeirões pretos! Por acaso estariam fazendo oblíquas sugestões a Tofet?[92]

Despertei dessas reflexões pela visão de uma mulher sardenta, de cabelos loiros e vestido amarelo, parada na varanda da estalagem sob uma lamparina vermelha opaca que ali balançava e muito se assemelhava a um olho ferido, enquanto passava um belo sabão em um homem de camisa de lã roxa.

"Cai fora", disse ela ao homem, "ou acabo com a tua raça."

"Vamos, Queequeg", disse eu, "tudo bem. Essa aí é a sra. Hussey."

E assim viemos a saber: ausentando-se o sr. Hosea Hussey de casa, todas as suas tarefas ficavam sob os cuidados da sra. Hussey, investida de plena autoridade para administrá-las. Dando-lhe a saber nossa vontade de jantar e dormir, a sra. Hussey, suspendendo por ora quaisquer reprimendas, conduziu-nos a uma pequena sala, acomodou-nos a uma mesa repleta das relíquias de um recém-concluído repasto, virou-se para nós e perguntou: "Marisco ou bacalhau?".

"Como é o bacalhau, senhora?", perguntei, com muita educação.

"Marisco ou bacalhau?", repetiu ela.

"Um marisco para o jantar? Um marisco frio; é *isso* que a senhora quer dizer?", quis saber. "Uma recepção um tanto úmida e gelada no inverno, não acha, sra. Hussey?"

Estando, porém, apressada para retomar a reprimenda ao homem de camisa roxa, que para tanto a esperava na entrada, e parecendo não ouvir nada além da palavra "marisco", a sra. Hussey correu em direção a uma porta aberta que levava à cozinha, gritou "marisco para dois" e desapareceu.

"Queequeg", perguntei, "acha que conseguimos jantar nós dois um só marisco?"

No entanto, um vapor quente e saboroso veio da cozinha e desmentiu a perspectiva a princípio desalentadora que tínhamos diante de nós — e quando aquela sopa fumegante apareceu o mistério deliciosamente se desvelou. Ah, meus caros amigos, escutem essa! Era uma caldeirada feita de amêijoas peque-

92. Ver nota 28.

nininhas e suculentas, um pouco maiores do que avelãs, misturadas a biscoito salgado triturado e charque de porco cortado em pedacinhos; sendo o conjunto acrescido de manteiga e generosamente temperado com sal e pimenta. Com nossos apetites aguçados pelo frio congelante da viagem, e em particular em razão de Queequeg se ver diante de seu fruto do mar favorito, e o ensopado ser excelente para além de qualquer comparação, nós o despachamos num instante. Quando nos recostamos por um instante, e me coloquei a pensar no anúncio "marisco ou bacalhau" da sra. Hussey, decidi realizar um pequeno experimento. Aproximando-me da porta da cozinha, pronunciei a palavra "bacalhau" com grande ênfase e voltei ao meu lugar. Não levou mais do que alguns instantes para sentirmos o gostoso vapor, porém com sabor diferente, e sem demora um bom ensopado de bacalhau foi colocado diante de nós.

Retomamos as atividades; e diante de nosso laborioso trabalho com as colheres na tigela, ponho-me a refletir se a comida tem qualquer efeito na cabeça. Que ditado estúpido é aquele que associa burrice a uma cabeça de bagre?

"Veja, Queequeg, não é uma enguia viva na sua tigela? Onde está seu arpão?"

O Caldeirões era o mais piscoso dos lugares pesqueiros e era mais do que digno do nome; pois os caldeirões ali nunca paravam de ferver caldeiradas. Caldeiradas para o desjejum, caldeiradas para o almoço e caldeiradas para o jantar, até que se começasse a procurar espinhas de peixe lhe atravessando as roupas. O espaço diante da casa era pavimentado de conchas de amêijoas. A sra. Hussey usava um colar de vértebras de bacalhau polidas; e Hosea Hussey tinha seus livros contábeis encadernados em uma boa e bela pele de tubarão. Havia também sabor de peixe no leite, o que eu não era de forma alguma capaz de explicar, até que uma manhã, acontecendo de passear pela praia entre alguns barcos de pescadores, vi a vaquinha malhada de Hosea alimentando-se de restos de peixes e marchando ao longo da areia com cada pata enfiada na cabeça decapitada de um bacalhau, no que, a propósito, pareciam-lhe pantufas muito desajeitadas, posso lhes garantir.

Concluída a ceia, recebemos uma lamparina e instruções da sra. Hussey sobre o caminho mais curto até a cama; mas, quando Queequeg estava prestes a assumir a dianteira escada acima, a senhora estendeu-lhe o braço e exigiu o arpão; ela não permitia nenhum arpão nos quartos.

"Por que não?", perguntei. "Todo baleeiro digno do nome dorme com o arpão; por que não?"

"Porque é perigoso", disse ela. "Desde que o jovem Stiggs veio daquela viagem amargurosa dele, depois de ficar quatro anos e meio no mar e chegar com só três barris de *oio*, e foi encontrado morto nos fundos do meu primeiro andar, com o arpão enfiado no flanco — desde então, não permito que nenhum hóspede fique com armas tão perigosas nos quartos à noite. Então, sr. Queequeg", (ela havia aprendido o nome dele), "vou pegar este ferro aqui e guardar para você até de manhã. Mas e a caldeirada — marisco ou bacalhau amanhã, no café da manhã, marujos?"

"Os dois", disse eu; "e uns arenquezinhos defumados pra dar uma variada."

16

O navio

Na cama, preparamos nossos planos para o dia seguinte. Para minha surpresa, porém, e não pouca preocupação, Queequeg deu-me a entender, então, que havia realizado atenta consulta a Yojo — o nome de seu pequeno deus negro —, e Yojo lhe dissera duas ou três vezes, insistindo fortemente nisso de toda maneira, que, em vez de irmos juntos até a frota baleeira no porto e escolhermos em conjunto nossa embarcação; em vez disso, Yojo deu ordens precisas de que a escolha do navio deveria recair inteiramente sobre mim, visto que fora por esse motivo que Yojo nos aproximara; e, para tal, já havia elegido um navio, com o qual, uma vez deixado por minha própria conta, eu, Ismael, infalivelmente me depararia, como se seu aparecimento não fosse mais que um acaso; e nesse navio deveria eu mesmo embarcar de imediato, a despeito de Queequeg.

Esqueci de mencionar que, em muitas coisas, Queequeg depositava grande confiança na excelência do julgamento de Yojo e sua surpreendente previsão das coisas; e tinha Yojo em considerável estima, como uma espécie de deus bastante bom, que talvez tivesse boas intenções de um modo geral, mas que nem sempre conhecia sucesso em seus desígnios benevolentes.

Pois bem, não me agradou em nada esse plano de Queequeg — ou melhor, de Yojo — quanto à escolha da embarcação. Confiava não pouco na sagacidade de Queequeg para determinar o navio mais bem preparado para levar a nós e a nossos destinos em segurança. Mas como todas as minhas objeções não produziram qualquer efeito sobre Queequeg, fui obrigado a concordar; e, assim, preparei-me para dar cabo da tarefa com energia e vigor um tanto impetuosos e determinados, com os quais deveria resolver sem demora aquela pequena questão. Na manhã seguinte, bem cedo, deixando Queequeg trancado com Yojo em nosso quartinho — pois Queequeg e Yojo pareciam dedicados naquele dia a uma espécie de Quaresma ou Ramadã, ou dia de jejum, humilhação e oração; *como* se dava nunca fui capaz de compreender, pois, embora tenha muitas vezes me debruçado sobre seus Trinta e Nove Artigos,[93] jamais consegui dominar suas

93. Os Trinta e Nove Artigos da Religião são os termos historicamente definidores das doutrinas e práticas da Igreja da Inglaterra em relação às controvérsias da Reforma in-

liturgias —, deixando Queequeg, então, jejuando com sua machadinha, e Yojo se aquecendo em seu fogo sacrificial de aparas, parti intrepidamente na direção dos navios. Depois de longo caminhar e muita investigação fortuita, descobri serem três os navios disponíveis para viagens de três anos — o *Mãe do Tinhoso*, o *Mordiscada* e o *Pequod*.[94] De onde veio o nome do *Mãe do Tinhoso*, não sei dizer; do *Mordiscada*, é óbvio; *Pequod*, vocês sem dúvida se lembrarão, era o nome de uma famosa tribo de índios de Massachusetts, hoje tão extinta quanto os antigos medos.[95] Dei uma espiadela e procurei obter informações sobre o *Mãe do Tinhoso*; dele, fui ao *Mordiscada*; e, por fim, subindo a bordo do *Pequod*, avaliei-o por um instante e decidi, então, que aquele era o navio certo para nós.

É possível que vocês tenham visto muitas embarcações pitorescas à sua maneira; lugres antiquados;[96] imensos juncos japoneses;[97] galeotas holandesas, e sabe-se lá o que mais; mas acreditem no que lhes digo: vocês nunca viram nau tão firme e curiosa quanto este firme e curioso *Pequod*. Era um navio de outro tempo; talvez houvesse quem o julgasse bastante pequeno; tinha a aparência antiquada dos pés de mesa entalhados em forma de garra. Muito endurecido e curtido por tufões e calmarias de todos os quatro oceanos, seu velho casco trazia a tez escurecida de um granadeiro francês que tivesse lutado tanto no Egito quanto na Sibéria.[98] A venerável proa parecia barbada. Os mastros — cortados em algum ponto da costa do Japão, onde os originais haviam se perdido no mar durante um vendaval — erguiam-se rijos como as espinhas dos três velhos reis de Colônia.[99] O convés antigo tinha as tábuas gastas e enrugadas

---

glesa. Eles integram o Livro da Prece Comum, utilizado na Igreja da Inglaterra e na Igreja episcopal norte-americana.

94. Os esclarecimentos sobre a terminologia náutica e baleeira devem ser conferidos na seção Glossário de termos náuticos, ao fim do volume.

95. Os pequots são um povo nativo da região que atualmente forma o estado de Connecticut. O grupo foi extinto como tal ainda no século XVII no conflito conhecido como Guerra Pequot (1636-38), tendo suas populações dizimadas fosse em batalha, fosse pela escravização e deportação de seus remanescentes (sobretudo para as Bermudas e para as Índias Ocidentais) ou assimilação dos sobreviventes a outras tribos.

96. Antigo navio a vela, geralmente munido de três mastros, podendo ter velas redondas no mastro de vante (traquete) e latinas no do meio (grande) e no de ré (mezena).

97. Qualquer de várias embarcações a remo ou a vela chinesas, com popa elevada, outrora empregadas na guerra ou no comércio, com de um a cinco mastros. Atualmente é nome genérico para qualquer embarcação chinesa a vela, com popa mais elevada do que a proa e velas latinas ou movida a motor.

98. Melville refere-se à Campanha do Egito, durante a Revolução Francesa, lançada para fazer frente ao domínio britânico da Índia; e à invasão francesa da Rússia, em 1812, durante as Guerras Napoleônicas.

99. A história da construção da catedral de Colônia, iniciada em 1248, confunde-se com a invasão de Milão pelo imperador do Sacro Império Romano-Germânico, Frederico Barba-

como os lajedos da catedral da Cantuária, venerados por tantos peregrinos, onde Becket sangrou.[100] Mas a todas essas suas velhas antiguidades se haviam acrescido novos e fantásticos elementos, próprios do negócio selvagem a que por mais de meio século ele se havia dedicado. O velho capitão Peleg,[101] que por muitos anos ali ocupara o posto de primeiro imediato antes de ser capitão de outra embarcação, e na ocasião um marinheiro aposentado e um dos principais proprietários do *Pequod*; este velho Peleg, durante seu serviço como primeiro imediato, havia feito acréscimos ao grotesco original e o revestido, por toda parte, de materiais e mecanismos pitorescos que não conheciam rivais, exceto talvez pelo broquel — ou armação de cama — de Thorkill-Hake.[102] Era um navio trajado como qualquer imperador bárbaro da Etiópia, em cujo pescoço pendessem pesados pingentes de marfim polido. Era coberto de troféus; um navio-canibal que se enfeitava dos ossos dos inimigos caçados. Em torno, as amuradas abertas e desprovidas de painéis eram decoradas como uma mandíbula contínua, com os grandes e afiados dentes do cachalote enfiados ali à guisa de malaguetas para prender seus músculos e tendões de cânhamo.[103] Esses tendões não corriam por poleames ordinários de madeira terrestre; antes, viajavam com precisão por roldanas de marfim do mar. Desprezada a roda de um molinete para seu reverendo leme, ostentava ali uma cana; e a cana era de uma peça inteiriça, curiosamente esculpida da longa e estreita mandíbula inferior de seu rival hereditário. O timoneiro que governava a nau durante uma tempestade com aquela cana sentia-se como o tártaro que segura seu corcel de fogo agarrando-lhe a mandíbula. Uma embarcação dotada de nobreza, mas, à sua maneira, também de imensa melancolia! Como tudo que é nobre.

-Ruiva, e o saque das relíquias dos Reis Magos, que se encontravam desde o século VI na igreja de Santo Eustórgio. Transformada, então, em ponto de peregrinação de cristãos de toda a Europa, a antiga catedral da cidade precisou dar lugar a uma edificação de maiores proporções. Sua construção só se completou seiscentos anos depois.

100. Localizada na cidade da Cantuária, em Kent, a catedral da Cantuária é uma das mais antigas e conhecidas estruturas eclesiásticas inglesas. Nela, em 1170, foi morto o arcebispo Thomas Becket (1128-70), após conflito com o rei Henrique II pelo controle da Igreja no país. Considerado mártir e canonizado, foi enterrado na igreja, que então se tornou local de peregrinação.

101. Peleg é personagem do Velho Testamento, mencionado nos capítulos 10 e 11 do livro de Gênesis como um dos descendentes de Sem.

102. Thorkel Foulmouth Hakr (e não Hake, como coloca o texto de Melville) foi um herói islandês. Teve seus grandes feitos entalhados em sua cama e em um banco que permanecia diante de seu assento. O epíteto se refere ao destempero de suas palavras.

103. Fio natural, produzido das fibras de mesmo nome, utilizado para confeccionar cabos utilizados a bordo de navios.

Ora, quando olhei em volta do tombadilho em busca de alguém com autoridade, a fim de me fazer candidato à viagem, a princípio não encontrei ninguém; não pude ignorar, porém, um tipo bem peculiar de tenda, ou melhor, *wigwam*,[104] armada um pouco atrás do mastro principal. Parecia apenas temporariamente levantada para o uso no porto. Era cônica e tinha cerca de três metros de altura; consistindo nas longas e enormes placas de osso negro e flexível retiradas da parte média e mais alta das mandíbulas da baleia-franca. Com as extremidades largas apoiadas no convés, essas placas formavam um círculo, uma amarrada à outra e apoiadas entre si, e no cume unidas em uma ponta tufada, onde as fibras cabeludas soltas ondulavam como o topete que encimasse a cabeça de algum velho cacique pottawattamie.[105] Uma abertura triangular voltava-se à proa do navio, de modo que de dentro se podia ter uma visão completa da proa.

E meio escondido nesse alojamento um tanto bizarro encontrei por fim alguém que, por seu aspecto, parecia investido de autoridade; e que, com os trabalhos do navio suspensos, uma vez que era meio-dia, desfrutava de algum descanso do peso do comando. Ele se acomodava em uma cadeira de carvalho antiquada, toda ela contorcida em entalhes curiosos; e com o assento constituído de uma trama robusta do mesmo material elástico com o qual a cabana foi construída.

Nada havia de muito peculiar, talvez, na aparência do homem idoso com que me deparei; era bronzeado e forte, como a maioria dos marinheiros de mais idade, e estava pesadamente embrulhado em um grosso casaco índigo, cortado ao estilo quacre;[106] apenas uma rede fina e quase microscópica de rugas mínimas que se entrelaçavam ao redor de seus olhos, surgidas provavelmente da contínua navegação sob vendavais violentos, e sempre com os olhos a barlavento; pois isso faz com que os músculos ao redor dos olhos se franzam. Tais rugas nos olhos são muito eficazes quando uma carranca se forma.

---

104. Um *wigwam* é uma edificação semipermanente de forma abobadada utilizada por algumas etnias nativas da América do Norte para fins cerimoniais.
105. Os pottawattami são um povo nativo americano das Grandes Planícies, do alto rio Mississippi e do oeste da região dos Grandes Lagos. No século XIX, foram empurrados para o oeste pela invasão europeia e americana do final do século XVIII e removidos para reservas em Oklahoma.
106. Os quacres são os membros do grupo cristão fundado por George Fox em 1652 conhecido como Sociedade Religiosa dos Amigos. A seita tem por fundamentos o pacifismo e a busca da manifestação divina de maneira pessoal, sem a mediação de pastores ou igreja. Perseguidos pelo rei inglês Carlos II, emigraram em massa para os Estados Unidos, onde fundaram, em 1681, sob a liderança de William Penn, a cidade da Pensilvânia.

“Falo com o capitão do *Pequod*?”, perguntei, avançando para a porta da tenda.

“Supondo que seja o capitão do *Pequod*, que queres dele?”, quis saber.

“Estava pensando em embarcar.”

“Estavas, é? Vejo que não és de Nantucket... já estiveste em um bote de caça?”

“Não, senhor.”

“Nada sabes sobre caçar uma baleia, suspeito...”

“Nada, senhor; mas não tenho dúvidas de que logo aprenderei. Já fiz várias viagens como marinheiro mercante e acho que...”

“Para o diabo com a marinha mercante. Não uses desse palavreado comigo. Vês essa tua perna? Pois te arranco a perna da popa se alguma vez voltares a mencionar a marinha mercante em minha presença. Marinha mercante, ora essa! Suponho que te sintas muito orgulhoso de ter servido nesses tais navios mercantes. Mas ora! Diz, homem, o que te dá ganas de sair numa viagem de caça a baleias?... Parece meio suspeito, não?... Foste pirata, é isso?... Roubaste teu último capitão? Pensas em matar os oficiais quando chegar ao mar?”

Afirmei veementemente minha inocência dessas coisas. Percebi que, sob a máscara de tais insinuações meio humorísticas, aquele velho marinheiro, como um quacre nantucketense em sua insularidade, estava cheio de seus preconceitos ilhéus e bastante desconfiado de todos os forasteiros, a menos que fossem de Cape Cod ou de Vineyard.

“Mas o que te leva a caçar baleias? Quero sabê-lo antes de pensar em embarcar-te.”

“Bem, senhor, quero ver o que é a caça às baleias. Quero ver o mundo.”

“Ora, quer ver o que é a caça às baleias? Já encaraste o capitão Ahab olho no olho?”

“Quem é o capitão Ahab, senhor?”

“Sim, sim, foi o que pensei. O capitão Ahab é o capitão deste navio.”

“Estou enganado, então. Pensei que estivesse falando com o próprio capitão.”

“Estás tratando com o capitão Peleg, é com quem falas, meu jovem. Cabe a mim e ao capitão Bildad ver o *Pequod* armado para a viagem e suprido em todas as suas necessidades, incluindo a tripulação. Somos coproprietários e agentes. Mas, como estava prestes a dizer, se queres saber o que é a caça à baleia, como disseste que desejas, posso colocar-te em condições de descobrir antes de te ligares a ela sem que a desistência te seja uma possibilidade. Dá uma olhada no capitão Ahab, jovem, e descobrirás que ele tem apenas uma perna.”

“Como assim? Perdeu a outra por causa de uma baleia?”

"Perdeu por causa de uma baleia! Jovem, aproxima-te: ela foi devorada, mastigada, triturada pelo mais monstruoso cachalote a já lascar um barco! Ha, ha!"

Fiquei um pouco assustado com seus modos enérgicos, talvez também um pouco tocado pela tristeza viril de sua risada final; disse, porém, com toda a calma que pude reunir: "O que o senhor diz é sem dúvida verdade, senhor; mas como eu poderia saber que havia qualquer ferocidade peculiar naquela baleia em particular, ainda que o pudesse ter inferido do simples fato do acidente?".

"Atenção, meu jovem, tens a voz delicada; não falas com firmeza. Mas *claro*, já estiveste no mar, é mesmo?"

"Senhor", retorqui, "pensei lhe ter contado que estive em quatro viagens na marinha..."

"Cala-te! Lembra-te o que falei sobre a marinha mercante. Não me aborreças, não o permitirei. Mas vamos nos entender. Dei-te uma ideia do que é a pesca de baleias; ainda te sentes disposto a isso?"

"Sim, senhor."

"Muito bem. És tu o homem que lança um arpão na garganta de uma baleia viva e depois salta atrás dela? Responde, depressa!"

"Sim, senhor, se for absolutamente imprescindível fazê-lo; quero dizer, para que não fosse dispensado; o que não considero ser o caso."

"Mais uma vez, ótimo. Pois bem, não apenas queres ir à caça de baleias, para descobrir por experiência o que é a caça baleeira; também queres ir a fim de ver o mundo? Não foi isso que disseste? Foi o que pensei. Bem, então, apenas dá um passo à frente e espia por cima da proa a barlavento; depois volta para mim e me diz o que vês ali."

Por um instante, fiquei um tanto intrigado com o pedido curioso, sem saber exatamente como atendê-lo, fosse com humor ou com seriedade. Mas concentrando todos os seus pés de galinha em uma carranca, o capitão Peleg me compeliu à tarefa.

Indo à frente e olhando por cima da proa a barlavento, percebi que o navio ancorado balançava ao sabor da maré cheia e apontava obliquamente a mar aberto. A perspectiva era ilimitada, mas extremamente monótona e assustadora; não era capaz de ver a menor variedade.

"Bem, qual é o relatório?", quis saber Peleg quando voltei. "O que viste?"

"Não muita coisa", respondi, "nada além de água; um horizonte considerável, porém, e uma tempestade se aproximando, acho."

"O que pensas, então, de ver o mundo? Queres dar a volta ao cabo Horn para ver mais? Não consegues ver o mundo de onde estás?"

Fiquei um pouco atordoado, mas caçar baleias era um imperativo — eu devia e o faria; e o *Pequod* era um ótimo navio — o melhor, segundo o entendia —, e tudo isso repeti a Peleg. Vendo-me tão determinado, ele expressou o desejo de me contratar.

"E poderias assinar o contrato agora mesmo", acrescentou. "Vem comigo." E assim dizendo tomou a frente e me conduziu à cabine sob o convés.

Sentado no gio estava o que me parecia ser a mais incomum e surpreendente figura. Vim a saber que era o capitão Bildad,[107] que ao lado do capitão Peleg era um dos proprietários majoritários do navio; sendo a outra parte, como às vezes é o caso nesses portos, mantida por uma multidão de antigos pensionistas, viúvas, órfãos de pai e guardas de arquivo público, cada qual tendo posse do valor correspondente a uma ponta de tábua, ou um pé de prancha, ou uns dois pregos no navio. As pessoas em Nantucket investem seu dinheiro em navios baleeiros da mesma forma que pessoas como vocês investem em títulos da dívida pública a bons juros.

Pois bem: Bildad, a exemplo de Peleg e, de fato, muitos outros naturais de Nantucket, era um quacre, uma vez que a ilha foi originalmente colonizada por essa seita; e até hoje seus habitantes retêm, de modo geral e em notável medida, as particularidades do quacre, apenas variada e anormalmente modificadas por coisas a um só tempo alheias e heterogêneas. Pois alguns desses quacres são os mais sanguinários dentre todos os marinheiros e caçadores de baleias. São quacres guerreiros; são quacres *ao extremo*.

De modo que há casos entre eles de homens que, batizados com nomes bíblicos — hábito singularmente comum na ilha — e tendo absorvido, ao natural e desde a infância, as imponentes e dramáticas segundas pessoas do idioma quacre;[108] mesmo assim, a partir das audácias e ousadias da aventura sem limites que perfez suas vidas subsequentes, misturaram-se estranhamente a essas peculiaridades inexploradas mil traços ousados de caráter, não indignos de um rei do mar escandinavo ou de um poético romano pagão. E quando essas coisas se unem em um homem de força natural muito superior, dotado de um cérebro globular e um coração poderoso; que igualmente formou, na

---

107. No Velho Testamento, Bildad aparece como um dos três companheiros de Jó. Junto com Elifaz e Zofar, pretendeu consolar Jó quando este estava em aflição, não obstante seus discursos, baseados via de regra nas palavras de Elifaz, fossem curtos e agressivos.
108. Referência ao socioleto quacre, que conserva como forma de tratamento os pronomes em segunda pessoa do inglês (*thou* e *ye*, tu e vós) a partir de seu uso bíblico na versão conhecida como King James.

quietude e reclusão de muitas e longas vigílias noturnas nos mares mais remotos e sob constelações nunca vistas nos céus setentrionais, um pensamento independente e livre; recebendo da natureza todas as impressões, melífluas ou selvagens, diretamente de seu próprio seio virgem, seguro e dadivoso e, graças a isso, sobretudo — mas com o concurso de vantagens derivadas do acaso —, e assim aprendendo uma linguagem de arrebatamentos, toda ela fibra e coragem: isso faz de um homem um ser único no censo de uma nação inteira — uma potente e espetacular criatura, constituída para as nobres tragédias. Tampouco o diminui, em termos dramáticos, se por nascimento ou outras circunstâncias ele tiver o que se apresenta, no fundo da natureza, uma morbidez dominante e quiçá obstinada. Pois todos os homens de grandeza trágica são trespassados de certa morbidez. Esteja certa disso, ó jovem ambição: toda grandeza mortal é apenas doença. Mas por enquanto nada temos a tratar com um tal homem, mas com outro completamente diverso; e mesmo assim um homem que, se de fato singular, só resulta novamente de outra faceta do quacre, modificada por circunstâncias individuais.

Como o capitão Peleg, o capitão Bildad era um próspero baleeiro aposentado. Mas, diferentemente do capitão Peleg — que pouco ou nada se importava com o que se chamam coisas sérias, e na verdade considerava essas mesmas coisas sérias as mais categóricas de todas as ninharias —, o capitão Bildad não só havia conhecido sua formação no coração da seita mais estrita dos quacres de Nantucket como toda a sua vida oceânica subsequente e a visão de muitas adoráveis criaturas insulares nuas ao redor do Horn — todas essas coisas jamais chegaram a comover esse quacre nativo, tampouco moveram um centímetro de seu colete. Não obstante, apesar de toda essa imutabilidade, havia certa ausência de uma consistência comum no digno capitão Bildad. Embora se recusasse, por escrúpulos de consciência, a empunhar armas contra invasores de terra, ele mesmo havia invadido ilimitadamente o Atlântico e o Pacífico; e embora inimigo jurado do derramamento de sangue humano, ainda tinha em seu casaco de corte reto derramado tonéis e mais tonéis do sangue do leviatã. Como então, na noite contemplativa de seus dias, o devoto Bildad reconciliava essas coisas em suas lembranças, não sei; elas, porém, não pareciam preocupá-lo muito, e provavelmente havia bastante tempo que chegara à conclusão sábia e sensata de que a religião de um homem é uma coisa, e este mundo prático é outra completamente diferente. Este mundo paga dividendos. Elevando-se de um pequeno aprendiz de roupas curtas do tecido mais grosseiro a um arpoador em um colete bem cinturado; daí se tornando chefe de tripulação de bote, imediato e capitão e, finalmente, armador; Bildad, como sugeri antes, havia concluído a carreira de aventuras aposentando-se totalmente da vida ativa na idade de sessenta anos e dedicando o restante de seus dias ao recebimento tranquilo da mais do que merecida renda.

Pois bem: Bildad, lamento dizê-lo, tinha a reputação de ser um velho sovina incorrigível e, em seus dias de convés, um capitão que exauria seus homens. Contaram-me em Nantucket, embora certamente pareça uma história curiosa, que quando navegou a bordo do velho baleeiro *Categut* a tripulação, ao chegar em casa, foi quase toda carregada para o hospital em terra, alquebrada e exausta. Para um homem devoto, em especial um quacre, decerto tinha um coração duro, para dizer o mínimo. Jamais xingava seus homens, segundo diziam; mas de alguma forma lhes arrancava uma quantidade excessiva de trabalho duro, cruel e intenso. Enquanto Bildad foi primeiro imediato, ter seus olhos castanhos fitos em você era o bastante para deixá-lo completamente nervoso, até que se pudesse agarrar algo — um martelo ou um agulhão — e ir trabalhar como um louco, em uma coisa ou outra, não importando no quê. Indolência e ociosidade sucumbiam em sua presença. Sua própria pessoa era a personificação exata de seu caráter utilitário. Em seu corpo esguio, não carregava qualquer carne sobressalente, nenhuma barba supérflua, o queixo trazia uma espécie de lanugem macia e econômica, como a lanugem gasta de seu chapéu de aba larga.

Foi essa, portanto, a pessoa que vi sentada no gio quando segui o capitão Peleg para dentro da cabine. O espaço entre os conveses era pequeno; e ali, ereto como se tivesse acabado de levar um susto, estava sentado o velho Bildad, que sempre permanecia daquela forma e jamais se inclinava, para assim poupar as abas do fraque. Tinha o chapéu posto a um lado; as pernas estavam rigidamente cruzadas; suas vestes desbotadas iam abotoadas até o queixo; e de óculos no nariz, parecia absorto na leitura de um pesado volume.

"Bildad", gritou o capitão Peleg, "nisso de novo, Bildad? Tens estudado as Escrituras agora, nos últimos trinta anos, até onde sei. Quão longe foste, Bildad?"

Como estivesse há muito habituado a tais conversas profanas do antigo companheiro de navio, Bildad, sem perceber sua irreverência de momento, ergueu os olhos sem agitação e, ao me ver, lançou um semblante interrogativo na direção de Peleg.

"Diz que é nosso homem, Bildad", disse Peleg, "que quer embarcar."

"Queres?", perguntou Bildad em um tom sem vida, virando-se para mim.

"Sim, eu *queres*", respondi sem perceber, tão quacre ele era.

“Que achas dele, Bildad?”, perguntou Peleg.

“Servirá,” concluiu Bildad olhando em minha direção, para então prosseguir na leitura de seu livro num tom murmurante bastante audível.

Bildad era o quacre mais estranho que eu já havia conhecido, ainda mais porque Peleg, seu amigo e antigo companheiro de convés, se mostrava um perfeito falastrão. Mas nada disse, apenas lancei um olhar atento ao redor. Peleg abriu então uma arca e, sacando dali o contrato de trabalho, colocou pena e tinta diante de si e sentou-se a uma mesinha. Comecei a achar que era hora de acertar comigo mesmo os termos em que estaria disposto a me engajar na viagem. Já sabia que no negócio baleeiro não se pagavam salários — toda a tripulação, inclusive o capitão, recebia uma fração dos lucros chamada *quinhão*, e que esses quinhões eram proporcionais ao grau de importância pertencente aos respectivos deveres da companhia do navio. Também tinha consciência de que, sendo um novato na caça às baleias, meu próprio quinhão não seria muito grande; mas, considerando que estava acostumado ao mar, podia guiar um navio, emendar um cabo e tudo o mais, não tive dúvidas de que, por tudo o que ouvi, deveria receber ao menos o 275º quinhão — ou seja, a 275ª parte dos ganhos líquidos da viagem, a despeito do que estes pudessem por acaso significar. E embora o 275º quinhão fosse o que chamam de um *quinhão pequeno*, ainda assim era melhor do que nada; e se fizéssemos uma viagem de sorte, ela poderia praticamente pagar pelas roupas que gastaria no caminho, sem falar nos meus três anos de carne e hospedagem, pelos quais não teria que pagar um centavo.

Pode-se pensar que se tratava de uma maneira ruim de acumular uma fortuna principesca — e de fato era ruim, sem sombra de dúvida. Mas estou entre aqueles que jamais têm no horizonte fortunas principescas, e já fico bastante contente se o mundo estiver disposto a me receber como hóspede ou inquilino enquanto me acomodo sob a lúgubre placa Nuvens Negras. No geral, pensei que o 275º quinhão seria justo, mas não me surpreenderia se me tivesse sido oferecida a ducentésima parte, considerando que tinha ombros largos.

Uma coisa, porém, me deixou um pouco desconfiado quanto a receber uma parte generosa dos lucros. Foi o seguinte: em terra, ouvira algo sobre o capitão Peleg e seu incompreensível e bom camarada Bildad; que, sendo ambos os principais proprietários do *Pequod*, os demais proprietários, dispersos e minoritários, deixavam quase toda a gestão dos negócios do navio a seus cuidados. E tudo que me ocorria era que Bildad, sovina que era, decerto teria muito a dizer sobre o embarque da tripulação, especialmente ao encontrá-lo ali, a bordo do *Pequod*, bastante à vontade na cabine, e lendo sua Bíblia como se estivesse diante da própria lareira. Naquele momento, enquanto Peleg tentava em vão afiar uma pena com o canivete, o velho Bildad, para minha grande surpresa, considerando que era uma parte muito interessada no processo, não nos prestava atenção, seguindo com o rumorejar de si para si diante de seu livro:

"Não *aquinhoeis* tesouros na terra..."[109]

"Pois bem, capitão Bildad", interrompeu Peleg, "que dizes, que quinhão daremos a este jovem?"

"Confio em teu juízo", foi a resposta sepulcral, "a 777ª parte[110] não seria muito, seria? 'Onde a traça e a ferrugem tudo consomem, mas *aquinhoei*...'"[111]

Aquinhoar, de fato, pensei comigo — e que quinhão! A 777ª parte! Pois bem, meu bom Bildad, você está verdadeiramente determinado a que eu, ao menos, não *aquinhoe* muitos *quinhões* aqui embaixo, onde a traça e a ferrugem tudo consomem. Era um quinhão *muito* pequeno, sem dúvida; e embora a magnitude do número possa de início enganar um homem de terra firme, ainda assim a menor consideração mostrará que, embora 777 seja um número muito grande, quando se o transforma em *avos*, percebe-se que 777 *avos* de um *farthing*[112] é bem menos do que 777 dobrões de ouro; e essa foi minha reflexão na ocasião.

"Ora, que se escureçam os teus olhos, Bildad",[113] exclamou Peleg, "não queres enganar este jovem! Ele deve receber mais do que isso."

"O 777º quinhão", tornou a dizer Bildad, sem erguer os olhos; e então seguiu em seu murmúrio, "porque onde estiver o vosso tesouro, aí estará também o vosso coração."[114]

---

109. Mateus 6,19. A passagem na versão Almeida Corrigida Fiel é: "Não ajunteis tesouros na terra, onde a traça e a ferrugem tudo consomem, e onde os ladrões minam e roubam". Optamos pela manutenção do trocadilho entre o termo que designa o quinhão da pesca em inglês — *lay* — e o início do versículo citado por Bildad: "*Lay not up for yourselves treasures upon earth, where moth and rust doth corrupt, and where thieves break through and steal*".

110. Referência a Gênesis 5,31: "E foram todos os dias de Lameque setecentos e setenta e sete anos; e morreu". Lameque é um patriarca antediluviano do Velho Testamento, filho de Matusalém (o patriarca mais longevo de toda a Bíblia) e pai de Noé.

111. Referência a Mateus 6,20: "Mas ajuntai tesouros no céu, onde nem a traça nem a ferrugem consomem, e onde os ladrões não minam, nem roubam". A mudança para "aquinhoai" acompanha a anterior, como se explicou na nota 109.

112. Moeda de um quarto de penny, unidade básica do sistema pré-decimal da libra britânica. O penny equivale à décima segunda parte de um xelim, este por sua vez a décima segunda parte de uma libra esterlina.

113. Na tradução, optou-se por uma citação de Lamentações 5,17 — "Por isso, desmaiou o nosso coração; por isso, se escureceram os nossos olhos" —, reforçando o jogo de citações bíblicas com que os proprietários do *Pequod* justificam seus pontos de vista.

114. Mateus 6,3.1.

“Vou oferecer a tricentésima parte”, respondeu Peleg, “Escuta, Bildad! A tricentésima parte, eu disse.”

Bildad largou o livro e, voltando-se solenemente em sua direção, disse:

“Capitão Peleg, tens um coração generoso; mas deves considerar o dever que tens para com os outros proprietários deste navio — viúvas e órfãos, muitos deles —; e que, se recompensarmos abundantemente os labores deste jovem, talvez estejamos tirando o pão dessas viúvas e órfãos. O 777º quinhão, capitão Peleg.”

“Ó Bildad!”, rugiu Peleg num salto e exasperando-se de forma ruidosa pela cabine. “Maldito sejas, capitão Bildad, se tivesse seguido teu conselho nessas questões teria hoje uma consciência a arrastar pesada o bastante para levar a pique o maior navio que já navegou ao redor do cabo Horn.”

“Capitão Peleg”, disse Bildad com firmeza, “se tua consciência tem um calado de dez polegadas ou dez braças, não sei dizer; mas como ainda és um homem impenitente, capitão Peleg, temo muito que tua consciência esteja fazendo água e por fim te afunde nas profundezas do fogo do inferno.”[115]

“Fogo do inferno, fogo do inferno! Tu me insultas, homem; para além de tudo que se pode suportar naturalmente, me insultas! É uma ofensa extrema dizer a qualquer criatura humana que ela vai para o inferno. Farpas e chamas! Bildad, diz isso mais uma vez — e ainda que os parafusos da minha alma estourem, eu... eu... sim, vou engolir uma cabra viva com pelo e chifres. Sai da cabine — vais conhecer o que existe no fundo do caldeirão de gordura, seu hipócrita modorrento!”

Enquanto trovejava, Peleg arrojou-se contra Bildad; mas com uma admirável celeridade, oblíqua e deslizante, Bildad, ao menos naquele momento, escapou.

Assustado com a terrível explosão entre os dois principais proprietários e responsáveis do navio, e sentindo-me inclinado a desistir de qualquer ideia de navegar em uma embarcação de tão questionável propriedade e sob um tal comando temporário, afastei-me da porta para o egresso de Bildad, que, eu não tinha dúvida, era inteiro desejo de evadir a ira despertada de Peleg. Para meu espanto, porém, ele permaneceu no gio, onde tornou a sentar-se muito silenciosamente, sem aparentar a menor intenção de se retirar. Parecia bastante habituado ao impenitente Peleg e seus modos. Quanto a Peleg, depois de liberada a raiva, como fizera, parecia mais nada restar dentro de si, e ele também

---

115. Fogo do inferno é uma expressão que aparece em muitos versículos bíblicos, como em Marcos 9,47 e Mateus 5,22 e 18,9.

se sentou, como um cordeiro, embora acometido vez por outra de contorções, como se ainda estivesse nervosamente agitado.

"Fiu", assobiou por fim, "a tempestade seguiu a sotavento, penso eu. Bildad, costumavas ser bom em afiar uma lança; ajeita a pena, por favor; meu canivete aqui precisa de amolador. Obrigado, Bildad. Pois bem, meu jovem: Ismael é o teu nome, foi o que disseste, não? Pois vem cá, Ismael, a ti cabe o tricentésimo quinhão."

"Capitão Peleg", disse eu, "tenho um amigo comigo que também quer embarcar... posso trazê-lo amanhã?"

"Certamente", disse Peleg. "Trá-lo contigo e daremos uma olhada nele."

"Que quinhão *ele* quer?", gemeu Bildad, erguendo os olhos do livro no qual tornavam a se enterrar.

"Ah! Não te preocupes com isso, Bildad", disse Peleg. "Ele já saiu em baleação?", perguntou, voltando-se para mim.

"Matou mais baleias do que posso contar, capitão Peleg."

"Trá-lo, então."

E, assinados os papéis, fui embora; sem duvidar de que havia feito um bom trabalho naquela manhã e que o *Pequod* era o navio que Yojo assinalara para nos transportar, a Queequeg e a mim, ao redor do cabo.

Não tinha ido muito longe quando me ocorreu que o capitão com quem eu seguiria viagem ainda me permanecia invisível; embora, de fato, em muitos casos, navios baleeiros só recebam seu capitão para que este assuma o comando e se torne visível quando já completamente armado e com toda a tripulação a bordo; pois às vezes essas viagens são tão prolongadas, e os intervalos em terra firme a serem vividos em casa tão excessivamente breves, que, se o capitão tem uma família, ou qualquer grande interesse de uma tal espécie, não se preocupa muito com o navio no porto, deixando-o aos proprietários até que tudo esteja em ordem para a partida. No entanto, é sempre bom dar uma olhada nele antes de entregar-se irrevogavelmente a seus cuidados. Dando meia-volta, abordei o capitão Peleg e perguntei-lhe onde o capitão Ahab estava.

"E o que queres do capitão Ahab? Está tudo certo; embarcarás."

"Sim, mas gostaria de vê-lo."

"Mas não acho que terás condições no momento. Não sei exatamente o que se passa com ele; mas permanece fechado dentro de casa; com uma espécie de doença, embora não a aparente. Em verdade, não está doente; mas também não se encontra bem. De qualquer maneira, meu jovem, nem sempre ele me vê, então não creio que contigo seja diferente. Ahab é um homem muito singular —

assim pensam alguns —, mas um bom homem. Tê-lo-ás em grande estima; não tenhas medo, não tenhas medo. É um homem imenso, como um deus sem deus; não é de muitas palavras; mas, quando fala, é bom que lhe dês ouvidos. Atenção, fica avisado; Ahab está acima do ordinário; Ahab conheceu faculdades, assim como a vida entre os canibais; está acostumado a maravilhas mais profundas do que as ondas; cravou sua lança de fogo em inimigos mais poderosos e estranhos do que baleias. Sua lança! Sim, a mais aguda e certeira de toda a nossa ilha! Ah, ele não é o capitão Bildad; nem o capitão Peleg; *ele é Ahab*, garoto; e Ahab, bem o sabes, foi um rei coroado!"

"E dos piores. Quando aquele rei perverso foi morto, os cães... eles não lhe lamberam o sangue?"[116]

"Vem até aqui, meu rapaz, aqui", disse Peleg, com os olhos prenhes de um significado que quase me assustava. "Olha, rapaz; nunca digas isso a bordo do *Pequod*. Nunca digas isso em lugar nenhum. O capitão Ahab não deu a si o próprio nome. Foi um capricho tolo e ignorante de sua mãe louca e viúva, que morreu quando ele tinha apenas doze meses. Embora a velha Tistig, a índia, em Gayhead,[117] tenha dito que o nome de alguma forma se provaria profético. E, talvez, outros tolos como ela pudessem te dizer o mesmo. Quero que estejas avisado: é uma mentira. Conheço bem o capitão Ahab; naveguei com ele como imediato anos atrás; sei o que ele é. É um bom homem — não um bom devoto, como Bildad, mas um bom imprecador, em alguma medida como eu, apenas com muito mais densidade. Sim, sim, sei que nunca foi muito dado à alegria; e sei que na travessia para casa ficou um pouco fora de si por um período; mas foram as dores agudas em seu coto sangrando que causaram aquilo, como qualquer um era capaz de ver. Sei também que, desde que perdeu a perna na última viagem por causa daquela baleia maldita, tem sido acometido de algo como um mau humor — um mau humor desesperado e às vezes selvagem; mas tudo isso vai passar. E de uma vez por todas, deixa-me dizer e garantir a ti, jovem: é melhor navegar com um capitão bom e temperamental do que com um capitão alegre

---

116. Referência ao encontro entre o profeta Elias e Ahab, como se lê em 1 Reis 21,17-19: "Então, veio a palavra do Senhor a Elias, o tisbita, dizendo: Levanta-te, desce para encontrar-te com Ahab, rei de Israel, que está em Samaria; eis que está na vinha de Nabote, aonde tem descido para a possuir. E falar-lhe-ás, dizendo: Assim diz o Senhor: Porventura, não mataste e tomaste a herança? Falar-lhe-ás mais, dizendo: Assim diz o Senhor: No lugar em que os cães lamberam o sangue de Nabote, os cães lamberão o teu sangue, o teu mesmo".
117. Aquinnah é uma cidade localizada na ponta oeste da ilha de Martha's Vineyard, em Massachusetts. É considerado um dos primeiros sítios de caça baleeira sistemática, levada a cabo a partir da costa pelos nativos wampanoags, que habitavam a região.

e ruim. E o tenho dito — adeus. Não entendas mal o capitão Ahab, unicamente por seu nome perverso. Além disso, meu filho, ele tem esposa — casou-se há três viagens —, uma mocinha doce e resignada. Pensa nisso; e com essa mocinha tão doce, o velho tem um filho; pode então haver qualquer mal absoluto e desesperador em Ahab? Não, não, meu rapaz; ainda que abatido e destruído, Ahab tem suas humanidades!"

Afastei-me cheio de pensamentos; o que me havia sido por acaso revelado sobre o capitão Ahab encheu-me de certa angústia a seu respeito — uma angústia vaga, porém furiosa. E de alguma forma, na ocasião, senti compaixão e piedade dele — sobre o quê não sabia dizer, exceto pela terrível perda de sua perna. E, no entanto, também senti um estranho temor por ele; mas esse tipo de temor, que não consigo descrever, não era exatamente temor; não sei o que era. Mas senti. Não que isso tenha me indisposto em relação a ele; embora me sentisse impaciente com o que me parecia um mistério que lhe era inerente, ainda que tão imperfeitamente o conhecesse então. Meus pensamentos foram, por fim, levados em outras direções, de modo que, por ora, o sombrio Ahab dissipou-se em minha mente.

17

O Ramadã[118]

COMO O RAMADÃ DE QUEEQUEG, ou Jejum e Humilhação, continuaria pelo dia inteiro, decidi não o perturbar até o cair da noite; pois cultivo absoluto respeito pelas obrigações religiosas de todos, por mais cômicas que sejam, e de forma alguma me poderia ocorrer subestimar mesmo uma congregação de formigas adorando um cogumelo; ou aquelas outras criaturas que, em certas partes da nossa Terra, com um grau de servilismo inaudito em outros planetas, se curvam diante do busto de um finado proprietário de terras unicamente em razão do sem-número de bens cuja posse e arrendamento ainda recaem em seu nome.

Sou da opinião de que, nós, bons cristãos presbiterianos,[119] devemos ser caridosos nessas questões e não nos imaginarmos tão superiores a outros mortais, pagãos e sabe-se lá que outros, por causa de suas ideias meio doidas sobre esses assuntos. Queequeg cultivava em si as ideias mais absurdas acerca de Yojo e seu Ramadã, mas e daí? Queequeg julgava saber o que estava fazendo, penso eu; parecia estar contente; e que ali ficasse em paz. Toda a nossa argumentação de nada serviria; não o incomodemos, é o que penso — e que o céu tenha misericórdia de todos nós, presbiterianos e pagãos, pois todos temos algo na cabeça que não funciona muito bem e, para nossa infelicidade, precisamos de conserto.

Ao anoitecer, quando tinha para mim que todos os seus atos e rituais já teriam se encerrado, subi ao seu quarto e bati à porta; sem qualquer resposta. Tentei abri-la, mas estava trancada por dentro.

"Queequeg", disse baixinho pelo buraco da fechadura, mas tudo permanecia em silêncio. "Queequeg, ei! Por que não responde? Sou eu, Ismael."

Mas tudo permanecia imóvel como antes. Comecei a ficar assustado. Havia o deixado com tempo de sobra — pensei que pudesse ter tido um ataque apo-

118. O Ramadã corresponde ao nono mês do calendário islâmico. É durante esse mês que a maioria dos muçulmanos pratica o seu jejum ritual, o quarto dos cinco pilares do Islã. Ficam proibidas por esse período as refeições sob a luz do dia.

119. O presbiterianismo abrange as Igrejas cristãs protestantes que aderem à tradição teológica reformada segundo a tradição calvinista e cuja forma de organização eclesiástica se caracteriza pelo governo de uma assembleia de presbíteros ou anciãos.

plético. Olhei pelo buraco da fechadura; a porta, porém, se abria a um canto estranho do quarto, e a perspectiva do buraco era apenas enviesada e lúgubre. Não se via mais do que parte do pé da cama e uma faixa de parede. Surpreendeu-me ver encostada na parede a haste de madeira do arpão de Queequeg, que a senhoria havia recolhido antes de subirmos a nossos aposentos, na noite anterior. Que estranho, pensei; de qualquer forma, uma vez que o arpão esteja lá — e ele nunca sai sem o arpão —, Queequeg deve estar ali dentro, sem sombra de dúvida.

"Queequeg! Queequeg!" Nada se movia. Alguma coisa devia ter acontecido. Apoplexia! Tentei arrombar a porta; esta, porém, resistiu obstinadamente. Descendo as escadas, sem demora expus minhas suspeitas à primeira pessoa que encontrei, a camareira. "Ah!", gritou ela, "bem que pensei que tinha coisa errada ali. Fui arrumar a cama depois do café da manhã, e a porta estava trancada; não se ouvia nem um ratinho; e continua assim silencioso desde aquela hora. Mas pensei que, talvez, vocês dois tivessem saído e trancado a bagagem para mantê-la segura. Ah, senhora! Senhora! Assassinato! Sra. Hussey! Apoplexia!" E com esses gritos, correu para a cozinha, comigo atrás.

A sra. Hussey não tardou a aparecer, com um pote de mostarda em uma das mãos e um vidro de vinagre na outra, tendo acabado de abandonar a arrumação do galheteiro e repreender o negrinho que lhe servia de ajudante.

"A despensa de lenha!", gritei, "onde fica? Corra, pelo amor de Deus, e pegue algo para abrir a porta. O machado! O machado! Ele teve um derrame, acreditem!" E assim dizendo, abalava-me em desespero escadas acima, com as mãos vazias, quando a sra. Hussey se interpôs com o pote de mostarda, o vidro de vinagre e toda a galheta de seu semblante.

"Qual é o seu problema, jovem?"

"Pegue o machado! Pelo amor de Deus, alguém busque o médico, enquanto arrebento a porta!"

"Ei", disse a senhoria, largando rapidamente o vinagre para ter uma das mãos livre; "ei, você está falando em arrombar uma das minhas portas?" E com isso ela agarrou meu braço. "Perdeu a cabeça? Perdeu a cabeça, marujo?"

Com toda a calma que pude reunir, mas sem perder um segundo sequer, coloquei-a a par do caso. Levando energicamente, porém sem que percebesse, o pote de mostarda a um dos lados do nariz, ela ruminou seus pensamentos por um instante, e então exclamou: "Não! Não o vejo desde que guardei ali". Correndo a um armarinho sob o patamar da escada, ela olhou para dentro e, voltando, disse-me que o arpão de Queequeg havia sumido. "Ele se matou", gritou. "É o caso do infeliz do Stiggs de novo. Lá se vai outra manta. Deus tenha piedade de sua pobre mãe! Será a ruína de minha casa. O pobre rapaz tem uma irmã? Onde está aquela garota? Ei, Betty, vá ao Snarles, o pintor, e diga para me pintar uma placa com: 'Proibido suicídios neste estabelecimento – Não é permitido fumar na sala de estar.' Podemos perfeitamente matar os dois coelhos de uma vez. Matar? O Senhor tenha misericórdia de seu fantasma! Que barulho é esse? Ei, meu jovem, alto lá!"

E correndo atrás de mim, ela me pegou enquanto tentava novamente abrir a porta à força.

"Não permito; não quero que minhas instalações sejam danificadas. Vá ao chaveiro, existe um a cerca de um quilômetro daqui. Mas alto lá!", acrescentou, levando a mão ao bolso lateral. "Tenho uma chave que vai caber, acho; vamos ver." Dito isso, ela a girou na fechadura; mas, ai! O ferrolho suplementar de Queequeg permaneceu imóvel do lado de dentro.

"Tenho que arrombar", disse eu, e estava me afastando um pouco da porta para ganhar embalo quando a senhoria me pegou, novamente alegando que eu não podia causar dano a suas instalações; mas me desvencilhei dela e, com uma súbita investida de corpo inteiro, arremeti contra o alvo.

Com um barulho prodigioso, a porta se escancarou; a maçaneta, batendo contra a parede, mandou o gesso para o teto; e ali, céus!, ali estava Queequeg, absolutamente impassível e em completa posse de si; bem no meio da sala; agachado sobre as coxas e conservando Yojo no topo da cabeça. Ele não olhou nem para um lado, nem para o outro; era como se fosse uma imagem esculpida, sem quase nenhum sinal de vida ativa.

"Queequeg", chamei-o, aproximando-me dele, "Queequeg, o que aconteceu com você?"

"Ele não ficou assim acocorado o dia todo, né?", perguntou a senhoria.

Apesar de tudo que se disse, não fomos capazes de arrancar-lhe uma palavra que fosse; cheguei a ter vontade de empurrá-lo para mudar de posição, pois era quase insuportável, tão dolorosa e anormalmente restrita ela parecia; e, sobretudo, porque era mais do que certo que ficara sentado por mais de oito ou dez horas, passando esse tempo também sem suas refeições regulares.

"Sra. Hussey", disse eu, "ele está *vivo*, isso é fato; deixe-nos, então, por favor, e eu mesmo cuidarei desse estranho caso."

Fechando a porta para a senhoria, esforcei-me a convencer Queequeg a pegar uma cadeira – em vão. Dali, Queequeg não arredava; e a despeito de tudo o que fizesse – a despeito de toda a minha lisonja e cortesia –, ele não movia uma perna, não dizia uma única palavra, nem mesmo olhava em minha direção, nem notava minha presença da maneira que fosse.

Pensei: será que isso pode ser parte de seu Ramadã? Será que eles jejuam acocorados dessa forma em sua ilha nativa? Deve ser isso; sim, é parte de sua fé, suponho; pois que seja: fique quieto, então; mais cedo ou mais tarde vai se levantar, sem dúvida. Não pode durar para sempre, graças a Deus, e seu Ramadã só acontece uma vez por ano; e não creio que seja muito pontual.

Desci para jantar. Depois de ficar muito tempo escutando as longas histórias de alguns marinheiros que acabavam de chegar de uma viagem delicinha, como a chamavam (ou seja, uma viagem curta de baleação em uma escuna ou brigue, restrita ao norte do Equador e apenas ao oceano Atlântico); depois de ouvir os delicinhas até quase onze horas, subi as escadas para me recolher à cama, sentindo-me quase convicto de que a essa altura Queequeg decerto havia encerrado seu Ramadã. Mas não; lá estava ele, exatamente onde o havia deixado — não se mexera um centímetro. Comecei a ficar irritado com ele; parecia-me completamente sem sentido, uma loucura, ficar sentado ali o dia todo e mais metade da noite acocorado em uma sala fria com um pedaço de madeira equilibrado na cabeça.

"Pelo amor de Deus, Queequeg, levante-se, mexa-se; levante-se, vá comer alguma coisa. Você vai morrer de fome; você vai se matar, Queequeg." Mas ele não respondeu uma palavra.

Exasperado, decidi ir para a cama e dormir; e sem dúvida não tardaria até que ele me seguisse. Antes de me deitar, porém, peguei meu pesado casaco de pele e joguei sobre ele, pois a noite prometia ser muito fria; e ele não estava usando mais do que seu poncho ordinário. Por algum tempo, por mais que tenha me esforçado, não consegui pegar no mais leve cochilo. Havia apagado a vela; e o mero pensamento de Queequeg — a menos de um metro de distância —, sentado naquela posição desconfortável, totalmente sozinho no frio e na escuridão; aquilo realmente estava acabando comigo. Pensem nisso; dormir a noite inteira no mesmo quarto com um pagão totalmente acordado e acocorado num Ramadã sombrio e inexplicável!

Não sei como, mas por fim apaguei, e não soube de mais nada até o amanhecer; quando, olhando para o lado da cama, ali avistei o acocorado Queequeg, como se estivesse aparafusado ao chão. Assim que o primeiro raio de sol atravessou a janela, porém, ele se levantou, com as juntas duras e aos estalos, mas um olhar alegre; manquitolou na direção onde eu estava deitado; pressionou a testa novamente contra a minha; e disse que seu Ramadã havia acabado.

Ora, como antes sugeri, não faço objeções à religião de quem quer que seja e seja ela qual for, desde que a pessoa não mate ou insulte outra pessoa pelo simples fato de comungar de outra crença. Mas quando a religião de um homem se torna realmente extrema; quando se torna um absoluto tormento para ele; e, em suma, faz desta nossa terra uma estalagem desconfortável para nossa acomodação; penso então que é hora de chamar esse sujeito de lado e discutir com ele o problema.

E foi exatamente o que fiz com Queequeg. "Queequeg", comecei, "vá para a cama agora, deite-se e me escute." E prossegui, iniciando com a ascensão e o progresso das religiões primitivas, e me dirigindo às várias religiões da época; e durante o arrazoado me esforcei para demonstrar a Queequeg que todo tipo de Quaresma e Ramadã e esses prolongados acocoramentos em quartos frios e sem vida eram absolutamente sem sentido; péssimos para a saúde; inúteis para a alma; opostos, em suma, às óbvias leis da higiene e do bom senso. Disse-lhe também que, sendo ele em outras coisas um selvagem extremamente sensível e sagaz, doía-me, doía-me muitíssimo, vê-lo em uma tão deplorável estupidez a respeito de seu ridículo Ramadã. Ademais, argumentei, o jejum faz o corpo desmoronar; donde também o espírito desmorona; e todos os pensamentos nascidos de um jejum necessariamente padecem de fome. Essa é a razão pela qual a maioria dos religiosos dispépticos acalenta noções tão melancólicas sobre a vida futura. Em uma palavra, Queequeg, disse eu, um tanto digressivamente: o inferno é uma ideia nascida de uma tortinha de maçã que desceu mal; e desde então perpetuada em hereditárias dispepsias promovidas pelos Ramadãs.

Perguntei então a Queequeg se ele próprio alguma vez fora acometido de dispepsia; dando expressão clara à ideia, para que ele a pudesse compreender. Ele respondeu que não; exceto por uma ocasião memorável. O incidente se dera na sequência de um grande banquete oferecido por seu pai, o rei, ao vencer uma grande batalha em que cinquenta inimigos foram mortos por volta das duas horas da tarde, e todos assados e comidos naquela mesma noite.

"Chega, Queequeg", exclamei, tremendo; "já basta"; pois era capaz de fazer as inferências sem que ele prosseguisse. Havia conhecido um marinheiro que visitara aquela mesma ilha, e ele me disse que era costume, quando venciam uma grande batalha por lá, assar todos os mortos no pátio ou jardim do vencedor; e então, um por um, eles eram colocados em grandes tabuleiros de madeira, onde eram decorados como um *pilaf*,[120] com fruta-pão e coco; sendo servidos, com

---

120. *Pilaf* é um arroz frito, preparado sobre um refogado de cebola e banha e temperado com especiarias, popular no Oriente Médio.

um pouco de salsinha na boca, aos amigos do vencedor com os cumprimentos deste, como se tais presentes fossem perus de Natal.

Não creio que, afinal, meus comentários sobre religião tenham causado grande impacto sobre Queequeg. Em primeiro lugar, ele parecia aborrecido de ouvir sobre aquele assunto importante quando não sob seu próprio ponto de vista; em segundo, não compreendia mais do que um terço do que eu dizia, ainda que me expressasse com simplicidade; e, finalmente, ele sem dúvida julgava saber muito mais do que eu sobre a verdadeira religião. Ele me fitava com uma espécie de preocupação e compaixão transigentes, como se achasse uma grande pena que um jovem tão sensível estivesse tão terrivelmente perdido para a devoção evangélica pagã.

Por fim nos levantamos e nos vestimos; e Queequeg, tomando um desjejum prodigiosamente farto de caldeiradas de toda espécie — a senhoria não lucrou muito com seu Ramadã —, saímos para embarcar no *Pequod*, caminhando sem pressa e palitando os dentes com espinhas de linguado.

18

Sua marca

ENQUANTO CAMINHÁVAMOS PELA PONTA do cais rumo ao navio, com Queequeg carregando seu arpão, fomos saudados pela voz áspera do capitão Peleg, postado à frente do *wigwam*, dizendo não ter suspeitado que meu amigo fosse um canibal e, ademais, declarando que não permitia que canibais embarcassem no *Pequod*, a menos que apresentassem documentação.

"O que o senhor quer dizer com isso, capitão Peleg?", perguntei, saltando a amurada e deixando meu companheiro parado no cais.

"Quero dizer que ele precisa mostrar a documentação", insistiu ele.

"Sim", reforçou o capitão Bildad com a voz oca, esticando a cabeça para fora da cabana, por trás da de Peleg. "Ele deve comprovar que é convertido. Filho das trevas", acrescentou, voltando-se para Queequeg, "estás em comunhão com alguma igreja de Cristo?"

"Mas ora", respondi, "ele é membro da Primeira Igreja Congregacional." Que se registre que muitos selvagens tatuados navegando em navios de Nantucket conheceram por fim a conversão em igrejas.

"Primeira Igreja Congregacional", exclamou Bildad. "O quê? A do culto na capela do diácono Deuteronômio Coleman?"[121] E, tendo-o dito, tirou os óculos e esfregou-os com a grande bandana amarela e, devolvendo-os aos olhos com muito cuidado, saiu da cabana. Inclinando-se rigidamente sobre a amurada, dedicou a Queequeg um bom e demorado exame. "Diz; há quanto tempo ele é membro?", perguntou, virando-se para mim. "Não me parece que faça muito, meu jovem."

"Não", disse Peleg, "e também não foi batizado de forma apropriada, pois o batismo teria lavado um pouco do azul demoníaco do rosto."

"Diz sem demora", exclamou Bildad, "esse filisteu é membro regular do culto do diácono Deuteronômio? Nunca o vi lá, e passo ali todo santo dia."

---

121. Na Igreja ocidental, diácono é um clérigo que tem a segunda das três maiores ordens sagradas, aquela imediatamente inferior à de sacerdote, e cuja função é assistir um sacerdote ou bispo, pregar, batizar e distribuir a comunhão.

"Não sei nada sobre o diácono Deuteronômio ou sobre o seu culto", retorqui. "Sei apenas que Queequeg aqui é um membro nato da Primeira Igreja Congregacional. Ele próprio é diácono, Queequeg é."

"Jovem", retorquiu Bildad com rispidez, "estás de pilhéria comigo... explica-te, jovem hitita.[122] A que igreja te referes? Responde."

Vendo-me sob pressão, respondi: "Quero dizer, senhor, a mesma antiga Igreja católica à qual pertencemos você e eu, e o capitão Peleg ali, e Queequeg aqui, e todos nós, e cada qual nascido do ventre de uma mãe e cada alma que temos — a grande e eterna Primeira Congregação de todo este mundo de devoção; todos nós pertencemos a ela; apenas alguns de nós nutrimos algumas excentricidades e esquisitices que de forma alguma ferem a grande crença; *nela* todos nos damos as mãos".

"*Costuramos*, queres dizer '*costuramos* as mãos'",[123] exclamou Peleg, aproximando-se. "Jovem, é melhor embarcares como missionário, em vez de marinheiro do traquete — que belo sermão acabei de ouvir. O diácono Deuteronômio — ora, mesmo o pastor Mapple não conseguiria retrucá-lo, e ele tem valor. Sobe, sobe a bordo; esquece os documentos. Sim, diz a Quohog — como é que o chamas? Diz a Quohog para vir aqui. Pela grande âncora, que arpão ele tem ali! Belo material; e ele o maneja como se deve. Quohog — ou qualquer que seja o teu nome —, já te puseste de pé na proa de um bote de caça? Já trancaste[124] um peixe?"

Sem dizer uma palavra, Queequeg, a sua maneira selvagem, saltou sobre a amurada, dela para a proa de um dos botes presos sobre o costado; e então apoiando o joelho esquerdo e preparando o arpão, gritou algo como:

"Capitão ver gotinha alcatrão na água ali? Ver bem? Então imaginar ela olho de baleia!", e, fazendo nela boa mira, arremessou o ferro por sobre a aba larga do chapéu de Bildad, atravessando o convés do navio e acertando a gota brilhante de alcatrão, fazendo-a desaparecer. "Ora", arrematou Queequeg, recolhendo tranquilamente o cabo, "imaginar ela olho baleia; então baleia morta."

"Rápido, Bildad", disse Peleg a seu parceiro, que, apavorado com a proximidade do arpão voador, recuara em direção ao passadiço da cabine. "Rápido, Bil-

---

122. Os hititas são um povo que habitou a região da Anatólia, onde chegaram a ter um grande império. São mencionados em diversas passagens da Bíblia como um povo que habitava uma região próxima a Canaã e contados entre os cananeus, embora tivessem leis, reis e território próprios.

123. Peleg prefere o termo técnico "splice", relacionado à emenda ou costura dos cordões que formam os cabos do massame do navio.

124. Sobre o uso do verbo trancar como sinônimo de arpoar, ver nota 331.

dad, busca os documentos do navio. Precisamos do Hedgehog lá, quero dizer o Quohog, em um de nossos botes. Olha, Quohog, vamos te dar o nonagésimo quinhão, e isso é mais do que já se deu a qualquer arpoador de fora de Nantucket."

Assim, descemos à cabine e, para minha grande alegria, Queequeg logo foi alistado na mesma companhia do navio a que eu pertencia.

Quando todas as preliminares terminaram e Peleg já tinha tudo pronto para a assinatura, ele se virou para mim e perguntou:

"Talvez Quohog não saiba escrever, sabe? Ou melhor, Quohog, raios! Assinas teu nome ou deixas tua marca?"

Mas, diante da pergunta, Queequeg, que duas ou três vezes antes fora partícipe de cerimônias semelhantes, não pareceu de forma alguma acanhado; tomando a pena oferecida, reproduziu no papel, no local destinado à assinatura, uma contrapartida exata de uma estranha figura redonda tatuada em seu braço; de modo que, devido ao teimoso equívoco do capitão Peleg em relação a seu apelativo, o resultado foi mais ou menos o seguinte:

Quohog.
Sua ✠ marca

Enquanto isso, o capitão Bildad fitava Queequeg seriamente; por fim, levantando-se solenemente e remexendo os enormes bolsos do casaco marrom de longas fraldas, sacou um maço de folhetos e escolheu um intitulado *O último dia se aproxima; ou sem tempo a perder*, colocou-o nas mãos de Queequeg e, então, agarrando-lhe as mãos e unindo-as ao livro com ambas as suas, mirou-o com o semblante sisudo e declarou:

"Filho das trevas, cabe a mim cumprir meu dever para contigo. Sou coproprietário deste navio e me preocupo com as almas de todos os seus tripulantes; se ainda te aferras a teus modos pagãos, o que infelizmente temo, imploro a ti: não permaneças sob o jugo de Belial.[125] Rejeita o ídolo Bel e o hediondo dragão;[126] afasta-te da ira vindoura; cuidado, repito. Oh! Pela graça dos céus! Fica longe do fogo do inferno!"

---

125. Belial é um demônio presente na mitologia canaanita, adversário do "povo escolhido". Também é mencionado no Novo Testamento pelo apóstolo Paulo como o oposto da luz, do bem e de Jesus Cristo (2 Coríntios 6,15).

126. A história de Bel e o Dragão é uma das três Adições ao Livro de Daniel, narrativas não universalmente aceitas entre os cristãos como pertencentes às obras do cânon bíblico que compõe a Bíblia. Aqui, Daniel demonstra à corte babilônia a falsidade (Bel) e a fragilidade (o Dragão) dos ídolos que adoravam — razão pela qual será lançado à cova

Algo da vida em mar aberto ainda se fazia presente na linguagem do velho Bildad, misturando-se de maneira heterogênea a frases bíblicas e domésticas.

"Alto lá, alto lá, Bildad, estás estragando nosso arpoador", gritou Peleg. "Arpoadores devotos nunca fazem boa viagem — a devoção mata o tubarão que trazem dentro de si; um arpoador que não seja um tubarão não vale uma palha. Havia o Nat Swaine, um jovem que foi o chefe de bote mais corajoso de Nantucket e Vineyard; começou a ir ao culto e se perdeu. Ficou tão assustado com o tormento da alma que se encolhia e se afastava das baleias, com medo de algum sucesso ruim, feito ter o bote destruído e bater um papo com Davy Jones."[127]

"Peleg! Peleg!", disse Bildad, erguendo olhos e mãos, "como eu próprio, conheceste muitos perigos; sabes, Peleg, o que é ter medo da morte; como podes, então, tagarelar sob esses ímpios disfarces? Dás falso testemunho de teu próprio coração, Peleg. Diz-me, quando este mesmo *Pequod* aqui perdeu os três mastros sob aquele tufão no Japão, na mesma viagem em que foste o primeiro imediato de Ahab — não pensaste então na Morte e no Juízo?"

"Escutai-o, escutai-o agora", gritou Peleg, marchando pela cabine e enfiando as mãos nos bolsos. "Escutai-o, todos vós. Pensai nisso! Quando a cada momento pensávamos que o navio afundaria! Na Morte e no Juízo? O quê? Com todos os três mastros produzindo estrondo eterno contra o costado; e o mar quebrando inteiro sobre nós, a vante e a ré. Na Morte e no Juízo? Não! Não havia tempo para pensar na Morte. Capitão Ahab e eu estávamos pensando na vida; e em como salvar a tripulação — como aparelhar os mastros sobressalentes —, como chegar ao porto mais próximo; era nisso que estava pensando."

Bildad se calou; abotoando o casaco, porém, caminhou ao convés, aonde o seguimos. Lá estava ele, observando muito silenciosamente alguns mestres-veleiros que consertavam uma vela de gávea a meia-nau. De vez em quando, abaixava-se para pegar um retalho ou guardar uma ponta de barbante alcatroado, que de outra forma poderia ter sido desperdiçada.

---

dos leões. O texto é considerado apócrifo pelos protestantes e raramente encontrado em bíblias protestantes atuais; no entanto, foi fixado como parte da edição original de 1611 da versão King James e é listado no artigo VI dos Trinta e Nove artigos da Igreja anglicana, sendo portanto parte da tradição bíblica de língua inglesa.

127. "Davy Jones' Locker", ou o baú de Davy Jones, é um eufemismo metafórico que designa o fundo do mar como espaço de navios naufragados e a morte de marinheiros afogados.

19
O profeta

"MARUJOS, engajastes naquele navio?"

Queequeg e eu havíamos acabado de deixar o *Pequod*, e caminhávamos distraídos para longe da água, cada qual ocupado por um instante dos próprios pensamentos, quando as palavras acima nos foram ditas por um estranho que, parando diante de nós, apontou o enorme indicador ao navio em questão. Era um homem em andrajos, com uma jaqueta desbotada, calças remendadas e um lenço preto que aos farrapos lhe cobria o pescoço. A bexiga se espalhara em seu rosto por todas as direções, marcando-lhe a pele como as intrincadas estrias do leito de um rio que tivesse secado.

"Engajastes naquele navio?", repetiu ele.

"Está falando do *Pequod*, suponho", respondi, tentando ganhar um pouco mais de tempo para dar uma olhada nele.

"Sim, o *Pequod* — aquele navio ali", confirmou, fazendo com que o braço inteiro recuasse para, em seguida, arremetê-lo célere à frente, com o dedo pontudo e rijo disparando como uma baioneta contra o objeto.

"Sim", confirmei, "acabamos de assinar a documentação."

"Dizia alguma coisa sobre vossas almas?"

"Sobre o quê?"

"Oh, talvez nem as tenham", emendou ele rapidamente. "Não importa, conheço muitos camaradas que não têm, boa sorte para eles; aliás, vão muito bem sem ela. Uma alma é uma espécie de quinta roda para uma carroça."

"Por que toda essa tagarelice, companheiro?", quis saber.

"Mas *ele* tem o bastante pra compensar qualquer deficiência desse tipo em outros camaradas", comentou o estranho, de supetão, imprimindo uma ênfase nervosa na palavra *ele*.

"Vamos, Queequeg", chamei; "o camarada aí deve ter fugido de algum lugar; está falando de alguém e alguma coisa que não conhecemos."

"Espera!", gritou o estranho. "O que dissestes é verdadeiro, ainda não vistes o Velho Trovão, não é?"

"Quem é o Velho Trovão?", quis saber, novamente fascinado com a seriedade arrebatada de seus modos.

"O capitão Ahab."

"O quê? O capitão do nosso navio, o *Pequod*?"

"Sim, tem esse nome entre alguns de nós, velhos marinheiros. Ainda não o vistes, não é?"

"Não, não vimos. Está doente, dizem, mas melhorando; logo ficará bem."

"Logo ficará bem!" O estranho riu, com uma risada a um só tempo solene e zombeteira. "Vede, quando o capitão Ahab estiver bem, então este meu braço esquerdo ficará bem; não antes."

"O que sabe sobre ele?"

"O que *eles* disseram sobre ele? Diz?

"Não disseram muita coisa; só ouvi dizer que é um bom caçador de baleias e um bom capitão de sua tripulação."

"Isso é verdade, isso é verdade... sim, as duas coisas, bastante verdadeiras. Mas tu deves pular quando ele der uma ordem. Dar o passo e rosnar; dar o passo e rosnar — assim se fala com o capitão Ahab. Mas nada sobre o que lhe aconteceu no cabo Horn, há muito tempo, quando ficou deitado como morto por três dias e três noites; nada sobre aquele jogo mortal com o espanhol diante do altar em Santa?[128] Não ouviu nada sobre isso, hein? Nada sobre a cabaça de prata na qual ele cuspiu? E nada sobre ter perdido a perna na última viagem, confirmando a profecia? Não ouvistes uma palavra sobre esses assuntos, nem outra coisa? Não, creio que não; como te seria possível? Quem sabe? Nem toda a Nantucket, acho. Mas, de qualquer maneira, é possível que tenha ouvido falar da perna e de como ele a perdeu; sim, já tivestes notícia disso, imagino. Ah, sim, *isso* quase todo mundo sabe — quero dizer, sabe que ele tem apenas uma perna; e que um cachalote arrancou a outra."

"Meu amigo", disse eu, "não sei que palavreado todo é esse, mas não estou me importando muito; porque me parece que você não bate muito bem da cabeça. Mas se está falando do capitão Ahab, daquele navio ali, o *Pequod*, fique sabendo que sei tudo sobre a perda de sua perna."

"*Tudo*; tem certeza? Tudo?"

"Tenho."

Com o dedo apontado e os olhos voltados ao *Pequod*, o estranho andrajoso permaneceu imóvel por um instante, como que mergulhado em agitados devaneios; assustando-se um pouco em seguida, virou-se e disse:

---

128. A província de Santa é parte do litoral peruano.

"Já engajaste, não é? Documentação assinada? Pois bem, o que se assinou, assinado está; e o que há de ser, será; mas talvez não seja, afinal. De qualquer forma, já está tudo acertado e organizado; e um ou outro marinheiro deve ir com ele, claro; estes como quaisquer outros, que Deus tenha misericórdia deles! Tende um bom dia, companheiros, um bom dia; que os inefáveis céus vos abençoem; lamento vos ter interrompido."

"Olhe aqui, amigo", disse eu, "se tem alguma coisa importante a nos contar, que nos diga logo; mas se está apenas tentando nos enrolar, está se perdendo no seu próprio jogo; isso é tudo o que tenho a dizer."

"E foi muito bem dito, gosto de ouvir um sujeito falar desse jeito. És o homem certo para ele — gente como tu. Bom dia para vós, companheiros, bom dia! Oh! Quando chegardes lá, dizei a eles que decidi não me tornar um deles."

"Ah, meu caro amigo, você não pode enganar a gente assim, não mesmo. É a coisa mais fácil do mundo para um homem fazer parecer que possui um grande segredo."

"Bom dia para vós, companheiros, bom dia!"

"Bom dia", disse eu. "Venha, Queequeg, vamos deixar esse maluco. Mas pare, diga-me seu nome."

"Elias."[129]

Elias!, pensei, e nos afastamos, ambos comentando, cada um à sua maneira, sobre aquele velho marinheiro maltrapilho; e concordamos que ele não era nada além de um impostor que queria nos importunar. Mas não havíamos caminhado mais de cem metros quando, dobrando uma esquina e olhando por acaso para trás, quem não vi senão Elias nos seguindo, embora a distância. Vê-lo causou-me tamanha impressão que nada disse a Queequeg, seguindo adiante com meu companheiro, ansioso para ver se o estranho viraria a mesma esquina que nós. Ele o fez; e então tive a impressão de que nos perseguia; com que intenção, porém, não me era possível saber, por nada neste mundo. A circunstância, combinada àquela conversa ambígua e velada, a um só tempo cheia de insinuações e revelações, despertava então em mim toda sorte de vagos questionamentos e leves temores, todos relacionados ao *Pequod*; e ao capitão Ahab; e à perna que havia perdido; e à crise no cabo Horn; e à cabaça de prata; e às palavras de capitão Peleg a seu respeito, quando deixei o navio no dia anterior;

129. Elias foi um importante profeta do chamado período dos reis do Antigo Testamento. Sua eloquência destemida se provou contra idólatras e reis, entre os quais Ahab, como se lê em passagem do Livro dos Reis (1 Reis 21,20.21).

e à profecia da índia Tistig; e à viagem com que nos havíamos comprometido; e a uma centena de outras coisas sombrias.

Estava decidido a me certificar se aquele andrajoso Elias nos seguia ou não, e com esse intento atravessei a rua com Queequeg, e daquele lado fizemos o caminho no sentido inverso. Elias, porém, passou por nós como se não nos notasse. Senti-me aliviado; e mais uma vez e por fim, como me pareceu, declarei em meu coração, um impostor.

20
Tudo em movimento

Um ou dois dias transcorreram e havia muita atividade a bordo do *Pequod*. Não apenas as velas antigas estavam passando por consertos como as novas estavam chegando a bordo, e rolos de lona e molhos de cordame — em suma, tudo indicava que os preparativos do navio estavam chegando ao fim. Eram raras as oportunidades em que o capitão Peleg desembarcava, permanecendo no *wigwam* e observando atentamente a marujada; Bildad fazia todas as compras e provisões nos armazéns; e os homens empregados no porão e no cordame trabalhavam até muito depois do cair da noite.

No dia seguinte à assinatura do contrato por Queequeg, correu por todas as estalagens em que a companhia do navio se hospedava a mensagem de que seus baús deveriam estar a bordo antes do anoitecer, pois não havia como precisar quão cedo o navio partiria. Então Queequeg e eu embarcamos nossos pertences, decidindo, porém, dormir em terra até o fim. Aparentemente, contudo, eles sempre avisavam com bastante antecedência nesses casos, pois o navio levou vários dias até recolher âncoras. Mas não é de se admirar; havia muito a ser feito, e é impossível dizer quantas coisas precisavam ser lembradas antes que o *Pequod* estivesse totalmente equipado.

Todos sabem a miríade de coisas — camas, panelas, facas e garfos, pás e tenazes, guardanapos, quebra-nozes e tudo o mais — indispensáveis ao trabalho doméstico. O mesmo ocorre com a caça às baleias, que exige administração doméstica de três anos no vasto oceano, longe de todos os merceeiros, vendedores ambulantes, médicos, padeiros e banqueiros. E embora isso também valha para os navios mercantes, de forma alguma vale na mesma extensão do que se passa com os baleeiros. Pois, além da longa duração da viagem baleeira, os numerosos itens próprios ao bom andamento da pesca e a impossibilidade de substituí-los nos portos remotos de costume frequentados, é preciso lembrar que, dentre todos os navios, os baleeiros são os mais expostos a acidentes de toda sorte, e especialmente à destruição e perda das mesmas coisas das quais o sucesso da viagem mais depende. Daí os botes sobressalentes, mastros e cabos sobressalentes e arpões sobressalentes — um sobressalente para quase tudo, exceto o capitão e o navio.

Nos dias de nossa chegada à ilha, o carregamento mais pesado do *Pequod* estava quase concluído; o que compreendia carne, pão, água, combustível e aros de ferro e aduelas. Mas, como sugerido anteriormente, houve por algum tempo um contínuo buscar e carregar a bordo das mais variadas coisas, grandes e pequenas.

Entre os mais empenhados nesse buscar e carregar estava a irmã do capitão Bildad, uma senhora esguia de espírito muito determinado e infatigável e, ao mesmo tempo, muito generosa, aparentemente decidida — desde que estivesse ao *seu* alcance — a que nada faltasse no *Pequod* uma vez que este adentrasse mar aberto. Certa feita, subiu com um pote de picles para as provisões do despenseiro; noutra, com um maço de penas para a escrivaninha do imediato, onde este mantinha o diário de bordo; numa terceira ocasião, com um rolo de flanela para o dorso das costas reumáticas de alguém. Nunca uma mulher foi mais merecedora de seu nome, que era Caridade — tia Caridade, como era chamada por todos. E como uma irmã de caridade, essa caridosa tia Caridade alvoroçava-se de um lado para outro, pronta a empenhar mãos e coração em qualquer coisa que trouxesse promessas de segurança, conforto e consolo a todos a bordo de um navio que era negócio de seu irmão Bildad, no qual ela própria possuía uns vinte ou quarenta dólares bem economizados.

Era surpreendente ver aquela quacre de tão bom coração subindo a bordo, como o fez no último dia, com uma longa concha de óleo em uma das mãos e uma lança baleeira ainda mais longa na outra. Nem o próprio Bildad nem o capitão Peleg fugiam a essa responsabilidade. Quanto a Bildad, carregava consigo uma longa lista dos artigos necessários e, a cada nova chegada, sua marca incidia ao lado do item no papel. Vez por outra, Peleg saía aos berros de sob as barbatanas de baleia de sua toca, dirigindo-se aos homens nas escotilhas e aos responsáveis pelo aparelhamento dos mastros, para enfim retornar aos berros de volta ao *wigwam*.

Durante esses dias dedicados aos preparativos, Queequeg e eu visitávamos a embarcação com frequência, e com frequência eu perguntava sobre o capitão Ahab, sobre seu estado de saúde e sobre quando iria embarcar no navio. A essas perguntas, respondiam que estava cada vez melhor e era esperado a bordo todos os dias; enquanto isso, os dois capitães, Peleg e Bildad, cuidariam de tudo quanto fosse necessário para o equipamento do navio. Se eu tivesse sido totalmente honesto comigo mesmo, teria visto muito claramente em meu coração que não fazia boa ideia do que era estar comprometido de tal forma com uma viagem tão longa sem colocar uma única vez os olhos no homem que haveria de ser seu ditador absoluto tão logo o navio zarpasse rumo a alto-mar. Mas quando um homem suspeita da existência de algo errado, às vezes ocorre que, se ele já estiver envolvido no assunto, ele insensivelmente luta para encobrir até de si mesmo as suspeitas que carrega. E assim foi comigo. Não disse nada e tentei não pensar em nada.

Por fim, anunciou-se que no dia seguinte o navio certamente partiria. Então, na manhã seguinte, Queequeg e eu acordamos bem cedo.

21
Embarcando

Eram quase seis horas, e não mais do que um imperfeito amanhecer, nublado e cinzento, quando nos aproximamos do cais.

"Acho que vejo ali à frente alguns marinheiros se apressando", disse a Queequeg, "não podem ser sombras; o navio parte ao amanhecer, acho; vamos!"

"Alto lá!", exclamou uma voz, cujo dono se aproximou de nós pelas costas, colocou a mão em nossos ombros e então, insinuando-se entre nós, parou um pouco inclinado para a frente, à luz incerta do crepúsculo, olhando estranhamente de Queequeg para mim. Era Elias.

"Embarcando?"

"Tire as mãos, por favor", respondi-lhe.

"Olhar aqui", disse Queequeg, sacudindo-se, "ir embora!"

"Não embarcarão, então?"

"Vamos embarcar", retruquei, "mas que negócio é esse? O senhor sabe que o considero um pouco impertinente?"

"Não, não, não; eu não sabia", exclamou Elias, voltando-se com surpresa e lentamente de mim para Queequeg, lançando olhares atônitos.

"Elias", disse eu, "faça o favor de sair da nossa frente. Estamos de partida para os oceanos Índico e Pacífico e preferiríamos que ninguém nos parasse."

"Ah, estais? Estais? E voltareis antes do café da manhã?"

"É doido, Queequeg", disse eu, "vamos."

"Ei!", gritou Elias, parado, chamando-nos, assim que havíamos distanciado alguns passos.

"Não dê atenção. Vamos, Queequeg."

Mas ele novamente se enfiou entre nós e, subitamente me agarrando pelo ombro, perguntou: "Viste por acaso alguma coisa como homens indo em direção àquele navio agora há pouco?".

Impressionado com a pergunta simples e direta, respondi: "Sim, pensei ter visto quatro ou cinco homens; mas estava muito escuro para ter certeza".

"Muito escuro, muito escuro", concordou Elias. "Bom dia para vós."

Mais uma vez o deixamos; e mais uma vez ele veio de mansinho atrás de nós; e tocando meu ombro novamente, disse: "Vede se conseguis encontrá-los agora".

"Encontrar quem?"

"Bom dia para vós! Bom dia para vós!", tornou a dizer, novamente se afastando. "Ah! Estava para alertar-vos contra... Mas não importa, não importa... É tudo um, tudo na família também... Geada forte esta manhã, não é? Até mais. Não vos verei de novo muito em breve, acho; a menos que seja perante o Grande Júri."[130] E com essas palavras entrecortadas, finalmente partiu, deixando-me, por um instante, não pouco espantado com a agitadíssima impudência.

Por fim, subindo a bordo do *Pequod*, encontramos tudo em profundo silêncio, sem que uma alma se movesse. A entrada da cabine estava fechada; as escotilhas, todas abertas e atulhadas de molhos de cordame. Indo para o castelo de proa, encontramos a escotilha aberta. Vendo uma luz, descemos e encontramos apenas um velho aparelhador do cordame ali, embrulhado em uma jaqueta esfarrapada. Estava deitado de corpo inteiro sobre dois baús, com o rosto voltado para baixo sobre os braços cruzados. O sono mais profundo se abatera sobre ele.

"Os marinheiros que vimos, Queequeg, para onde podem ter ido?", perguntei, olhando em dúvida para o homem que dormia. Mas me parecia que, quando no cais, Queequeg não dera pelos homens a que eu me referia; assim, eu teria sido acometido de uma ilusão de óptica, não fosse pela pergunta de outro modo inexplicável de Elias. Mas esqueci o assunto; e, novamente observando o adormecido, insinuei jocosamente a Queequeg que talvez fosse melhor nos sentarmos com o corpo ali estendido; dizendo-lhe para se acomodar da maneira adequada. Ele colocou a mão no traseiro do dorminhoco, como que para sentir se era macio o suficiente; e então, sem mais delongas, sentou-se em silêncio sobre ele.

"Santo Deus! Queequeg, não sente aí", exclamei.

"Ah! Cadeira muito boa", respondeu Queequeg, "do meu jeito do meu país; não machucar cara dele."

"A cara!", exclamei. "Chama isso de cara? Ora, que semblante benevolente; mas veja como ele está com dificuldade para respirar, está resfolegando; saia daí, Queequeg, você é pesado, está esmagando a face do aflito.[131] Saia, Queequeg! Olhe, ele vai tirar você daí à força. Não creio que ainda não acordou."

Queequeg sentou do lado da cabeça do dorminhoco e acendeu a machadinha. Sentei aos pés do homem. Passávamos a machadinha por sobre o dorminhoco, de um para o outro. Entrementes, ao questioná-lo, Queequeg me deu a

130. Isto é, no dia do Juízo Final.
131. Isaías 3,15.

entender, à sua maneira truncada, que em sua terra natal, devido à ausência de sofás e assentos de qualquer espécie, o rei, os chefes e grandes pessoas em geral tinham o costume de engordar alguns entre as castas inferiores de forma a transformá-los em almofadas; e para mobiliar uma casa com conforto nesse aspecto, bastava comprar oito ou dez sujeitos preguiçosos e colocá-los em torno de pilares e alcovas. Ademais, era muito conveniente em uma excursão — muito melhores do que aquelas cadeiras de jardim que se podem converter em bengalas; uma vez que, dado o ensejo, bastava que o chefe ordenasse a seu criado que fizesse um assento de si mesmo sob uma árvore frondosa, ou quiçá nalgum lugar úmido e pantanoso.

Enquanto narrava essas coisas, toda vez que Queequeg recebia a machadinha de mim ele brandia a lâmina sobre a cabeça do adormecido.

"Por que isso, Queequeg?"

"Muito fácil, matar. Oh! Muito fácil!"

Ele discorria sobre algumas reminiscências selvagens a propósito de sua machadinha-cachimbo, que, ao que parecia, tinha por utilidade tanto descerebrar inimigos quanto trazer paz ao espírito quando nossa atenção se voltou ao homem adormecido. A fumaça forte preenchia por completo o pequeno compartimento e começou a afetá-lo. Ele respirava com uma espécie de abafamento; em seguida, pareceu sentir um incômodo no nariz; depois, girou uma ou duas vezes; então se sentou e esfregou os olhos.

"Ora!", exclamou por fim. "Quem sois vós, fumantes?"

"Tripulantes embarcados", respondi, "quando zarpamos?"

"Sim, sim, estais embarcando, certo? Parte hoje. O capitão subiu a bordo ontem à noite."

"Que capitão? Ahab?"

"Quem, senão ele, de fato?"

Estava a ponto de fazer-lhe mais algumas perguntas a respeito de Ahab quando ouvimos um barulho no convés.

"Ora! Starbuck está agitado", disse o armador. "É um primeiro imediato com ganas; um homem bom e devoto; mas está na hora, tenho que ir." E assim dizendo subiu ao convés, e nós o seguimos.

Era um claro raiar de dia. A tripulação não tardou a subir a bordo em grupos de dois ou três; os aparelhadores se levantavam; os imediatos trabalhavam a todo vapor; e diversas pessoas da costa se ocupavam de levar várias últimas coisas a bordo. Enquanto isso, o capitão Ahab permanecia invisível, encerrado no templo de sua cabine.

22

Feliz Natal

POR FIM, perto do meio-dia, depois da dispensa final dos aparelhadores do navio, e depois de o *Pequod* se afastar do cais, e depois de a sempre cuidadosa Caridade abordar o navio com seus derradeiros mimos — um barrete para Stubb, o segundo imediato e seu cunhado, e uma Bíblia sobressalente para o despenseiro —; depois de tudo isso, os dois capitães, Peleg e Bildad, deixaram a cabine e voltaram-se ao primeiro imediato. Peleg disse:

"Sr. Starbuck, tem certeza que está tudo certo? O capitão Ahab é todo prontidão — acabei de tratar com ele —, nada mais a receber da costa, não é? Pois bem, conclama toda a tripulação. Reúne-os na popa aqui. Malditos!"

"Não há necessidade de profanidades, por maior que seja a pressa, Peleg", disse Bildad, "mas vai, amigo Starbuck, e cumpre nossa ordem."

Mas ora! Bem no instante de iniciar a viagem, o capitão Peleg e o capitão Bildad nos pilotavam com postura de comando no tombadilho, como se fossem comandantes conjuntos no mar, bem como, ao que parecia, no porto. E, quanto ao capitão Ahab, não se via sinal dele; disseram-nos apenas que estava na cabine. A ideia era, porém, que sua presença não se fazia de maneira alguma necessária ao içamento da âncora e à condução do navio a mar aberto. Em verdade, como isso não era assunto seu, mas do prático; e como ele ainda não estava completamente recuperado — assim diziam —, o capitão Ahab permaneceu na cabine. E tudo isso parecia bastante natural — na marinha mercante, em especial, muitos capitães nunca se mostram ao convés por um tempo considerável depois de içada a âncora, permanecendo à mesa da cabine em meio a uma festa de despedida com os amigos de terra firme até que estes deixassem o navio com o prático.

Mas não havia muita oportunidade de pensar no caso, pois o capitão Peleg agora era todo ação. Parecia o que mais falava e dava as ordens, e não Bildad.

"Para a popa, seus filhos da mãe", gritou, enquanto os marinheiros se demoravam no mastro principal. "Sr. Starbuck, leva-os à popa."

"Derrubai a tenda!", foi a ordem que se sucedeu. Como sugeri antes, a barraca de barbatanas de baleia só ficava armada no porto; e a bordo do *Pequod*, por trinta anos, a ordem de derrubar a tenda era bem conhecida por ser o mesmo que levantar a âncora. "Homens, ao cabrestante! Quero sangue, quero fúria! Mexei-vos!", foi o comando seguinte, e a tripulação saltou às barras.

Ora, durante o içamento da âncora, o posto geralmente ocupado pelo prático é a proa do navio. E aqui Bildad, que, ao lado de Peleg, é bom que se diga, além de seus outros oficiais, era um dos práticos licenciados do porto — suspeita-se que exercesse o ofício para economizar a taxa de prático de Nantucket em todos os navios em que tinha negócios, pois nunca pilotava quaisquer outras embarcações —; Bildad, como ia dizendo, podia então ser visto em plena atividade, com os olhos para fora da amurada, observando a subida da âncora e, de tempos em tempos, cantando o que parecia uma estrofe lúgubre de cantochão para animar a marujada no molinete, ela que, por sua vez, rugia cheia de disposição numa espécie de coro que versava sobre as moças de certa Casa da Luz Vermelha. No entanto, havia menos de três dias, Bildad lhes dissera que nenhuma canção profana seria permitida a bordo do *Pequod*, em especial no momento de levantar âncora; e Caridade, sua irmã, deixara uma bela copiazinha dos hinos de Watts[132] no beliche de cada marinheiro.

Enquanto isso, examinando a outra parte da tripulação, o capitão Peleg ralhava e praguejava à popa da maneira mais assustadora. Estive a ponto de pensar que afundaria o navio antes que se pudesse içar a âncora; involuntariamente, parei em meu molinete e disse a Queequeg que fizesse o mesmo, pensando nos perigos que ambos corríamos ao iniciar a viagem com um tal demônio por prático. Consolava-me, entretanto, com o pensamento de que no piedoso Bildad se poderia encontrar alguma salvação, apesar do 777º quinhão, quando subitamente senti uma cutucada no traseiro e, ao me virar, fiquei horrorizado com a aparição do capitão Peleg no instante em que recolhia a perna de minha vizinhança imediata. Foi o primeiro chute que recebi.

"É assim que se trabalha na marinha mercante?", rosnou ele. "Mexe-te, ó cabeça de vento; mexe-te até que se te arrebentem as costas! Por que não vos mexeis — todos vós —, mexe-te, Quohog! Mexe-te, amigo da suíça vermelha; mexe-te, ô da boina xadrez; mexe-te, calças verdes. Mexei-vos todos, até que vos saltem os olhos das órbitas!" E assim dizendo ele percorria o molinete, usando da perna aqui e ali muito à vontade, enquanto o imperturbável Bildad seguia entoando o cantochão. Talvez o capitão Peleg tenha bebido alguma coisa, pensei comigo.

---

132. Isaac Watts (1674-1748), autor de hinos e de versões rimadas de salmos.

Por fim, a âncora foi içada, e as velas desfraldadas, e partimos. Foi um Natal breve e frio; e, à medida que o dia curto das altas latitudes se fundia à noite, vimo-nos quase que por inteiro no oceano invernal, cujos borrifos congelantes nos envolviam em gelo, como em uma armadura polida. As longas fileiras de dentes na amurada brilhavam ao luar; e como as presas de marfim branco de um imenso elefante, enormes pingentes de gelo curvados pendiam da proa.

O esguio Bildad, como prático, chefiou o primeiro quarto e, vez por outra, quando a velha embarcação imergia em profundos mergulhos nos verdes mares, cobrindo de uma geada enregelante todo o *Pequod*, e os ventos uivavam, e o cordame ressoava, ouviam-se suas firmes notas:

Doces campos para além da cheia,
Preservai o verde vivo que vos cobre.
Era assim a velha Canaã judaica
Que o rio Jordão inteira percorria.[133]

Nunca essas doces palavras soaram mais doces para mim do que então. Estavam prenhes de esperança e fruição. Apesar da gélida noite de inverno no turbulento Atlântico, apesar dos pés molhados e da jaqueta ensopada, ainda havia, pareceu-me então, muitos portos aprazíveis a esperar; e prados e clareiras tão eternamente vernais que a grama nascida na primavera, intocada e viçosa, conserva-se a mesma em pleno verão.

Por fim, havíamos avançado para tão longe da costa que os dois práticos já não se faziam necessários. O robusto bote à vela que nos acompanhava aproximou-se do costado do navio.

Era curioso e de forma alguma desagradável observar como Peleg e Bildad se mostravam tocados então, especialmente o capitão Bildad. Em sua relutância em partir — enorme relutância em deixar de vez um navio que rumava a viagem tão longa e tão cheia de perigos, para além de ambos os tormentosos cabos;[134] um navio em que estavam investidos alguns milhares de seus dólares arduamente ganhos; um navio no qual um velho companheiro de bordo

133. Do hino de Isaac Watts "There's a land of pure delight" [Existe uma terra de puro aprazimento].

134. Para o cabo Horn, ver nota 23. O cabo das Tormentas está localizado no extremo sudoeste do continente africano. Foi assim batizado no século XV por ser região bastante acometida de tempestades e, portanto, muito temida pelos navegadores. O navegador português Bartolomeu Dias (1450-1500) foi o primeiro a cruzá-lo, em 1488, rebatizando-o cabo da Boa Esperança.

navegava como capitão; um homem quase tão velho quanto ele e novamente de partida para confrontar todos os terrores da mandíbula impiedosa; relutante em dizer adeus a algo tão repleto de todos os seus interesses, Bildad, pobre capitão, retardava-se. Caminhou pelo convés com passadas ansiosas; correu à cabine para dizer nova palavra de adeus; outra vez subiu ao convés e mirou a barlavento; mirou à amplidão e infinitude das águas, delimitadas unicamente pelos distantes e invisíveis continentes a leste; mirou a terra; olhou para cima; olhou para a direita e para a esquerda; olhou tudo e olhou nada; e, por fim, prendendo mecanicamente um cabo a uma malagueta, agarrou convulsivamente o robusto Peleg pela mão e, segurando uma lamparina, por um instante o fitou heroicamente, como se dissesse: "Apesar de tudo, amigo Peleg, ainda sou capaz; ainda sou capaz".

Quanto ao próprio Peleg, tomou tudo mais filosoficamente; mesmo assim, apesar da filosofia, uma lágrima reluziu em seus olhos quando a lamparina se aproximou demais. E também ele não correu pouco da cabine ao convés — ora uma palavrinha escotilha abaixo, ora uma conversa com Starbuck, o primeiro imediato.

Mas, por fim, virou-se para seu camarada, com uma espécie de olhar final sobre ele:

"Capitão Bildad, vem, velho companheiro, é hora de partir. Cambar a verga principal! Bote à vista! Preparar-se para abordagem, agora! Cuidado, cuidado! Vem, Bildad, garoto; diz teu último adeus. Boa sorte, Starbuck; boa sorte, sr. Stubb; boa sorte, sr. Flask. Adeus e boa sorte para todos; e neste dia, daqui a três anos contados, tereis um jantar quente fumegante esperando por vós na velha Nantucket. Viva! E parti!"

"Que Deus vos abençoe, homens; mantende-vos sob Sua guarda sagrada", murmurou o velho Bildad, quase num balbucio. "Espero que logo conheceis bom tempo, para que o capitão Ahab possa guiar-se entre vós — um sol resplandecente é tudo de que ele precisa, e muitos conhecereis na viagem tropical que vos espera. Tende cuidado na caça, companheiros. Não avarieis os botes sem necessidade, arpoadores; o preço de uma boa prancha de cedro branco subiu três por cento em um ano. Tampouco vos esqueçais de orar. Sr. Starbuck, admoesta o tanoeiro: que não se desperdicem as aduelas sobressalentes. Oh! As agulhas de vela estão no baú verde! Não saiais demasiado à caça nos dias do Senhor, homens; mas também não percais uma boa oportunidade, que isso é desdenhar das boas dádivas dos céus. Fica de olho na pipa de melaço, sr. Stubb; vazou um pouco, creio. Se desembarcardes nas ilhas, sr. Flask, evita a fornicação. Adeus, adeus! Não deixes o queijo por muito tempo no porão, sr. Starbuck; ele se estraga. Cuidado com a manteiga — custou vinte centavos a libra, e lembra-te, se…"

"Vem, vem, capitão Bildad; para de tagarelar; fora!", e com isso Peleg apressou-o por sobre a amurada, e ambos desceram ao bote.

Navio e barco se afastaram; a fria e úmida brisa noturna soprou entre eles; uma gaivota grasnando sobrevoou-os; os dois cascos rolaram sobre as roucas ondas; bradamos três vivas com nossos corações partidos e, cegos, mergulhamos como o destino na solidão do Atlântico.

23
A costa a sotavento

HÁ ALGUNS CAPÍTULOS, fiz menção a certo Bulkington, marinheiro alto e recém-desembarcado, que encontrara na estalagem em New Bedford.

Quando, naquela noite fria de inverno, o *Pequod* arrojou a proa vingativa contra os vis e gélidos rolos das ondas, quem avistei de pé ao leme senão Bulkington! Maravilhado e com uma mistura de temor e compaixão, admirei aquele homem, que, em pleno inverno, tendo acabado de desembarcar de uma perigosa viagem de quatro anos, era capaz de partir em seu desassossego rumo a novo e tormentoso termo. A terra parecia escaldar-lhe os pés. Tudo que existe de absolutamente formidável é desde sempre o indizível; as memórias profundas não ensejam epitáfios — este capítulo de quinze centímetros é o túmulo sem lápide de Bulkington. Que se me permita dizer apenas que, para ele, tudo era como para o navio batido pela tempestade, que miseravelmente navega ao longo da costa a sotavento. O porto lhe daria generoso socorro; o porto é misericordioso; no porto há segurança, conforto, lareira, ceia, cobertores quentinhos, amigos, tudo que nos apascenta a mortalidade. Naquele vendaval, porém, o porto — a terra — assoma ao navio a maior das tribulações; a ele cabe a recusa de toda hospitalidade; mesmo um singelo contato com a terra, ainda que somente lhe roce a quilha, o fará estremecer de vante a ré. Sem medir esforços, ele navega a toda vela para longe da costa; ao fazê-lo, luta contra os próprios ventos que de bom grado o soprariam de volta para casa; outra vez busca o furioso desterro do mar; à procura de refúgio, avança em desespero rumo à tribulação; seu único amigo, o mais duro inimigo!

Entendeste agora, Bulkington? Terias vislumbrado algo dessa verdade intolerável e fatal — que todo pensamento profundo e sisudo nada mais é do que o intrépido esforço da alma para conservar a vasta independência de seu mar, enquanto os mais selvagens ventos de céu e terra conspiram para lançá-la à costa traiçoeira e servil?

Como, porém, só na ausência de terra reside a mais elevada verdade, sem limites, indefinida como Deus; então, melhor é perecer sob os uivos de tal infinito do que ser ingloriosamente arrojado a sotavento, ainda que este representasse a segurança! Vermes são, oh!, os que covardemente rastejariam para a terra! Horrores do terrível! Toda essa agonia é vã? Coragem, coragem, ó Bulkington! Conserva a austeridade, ó semideus! Dos borrifos de tua morte oceânica — ao alto irrompe, direta e reta, tua apoteose!

24
O defensor[135]

Uma vez que Queequeg e eu encontramo-nos neste momento devidamente embarcados nessa atividade de caçar baleias; e como tal atividade, a baleação, de algum modo passou a ser vista entre as gentes de terra firme como ofício pouco poético e de má reputação — diante disso, tenho a imensa vontade de persuadi-lo, distinto público de terra firme, da injustiça que nos é imposta, a nós, caçadores de baleias.

Em primeiro lugar, pode-se julgar quase desnecessário colocar o fato de, entre as pessoas em geral, a baleação não ser reputada em pé de igualdade com as ditas profissões liberais. Se um estranho fosse introduzido ao convívio de qualquer sociedade urbana em sua variedade, pouco ou nada acrescentaria à opinião geral acerca de seus méritos se ele fosse, digamos, apresentado como um arpoador; e se, emulando os oficiais da Marinha, acrescentasse as iniciais CBC (Caçador de Baleia Cachalote) ao seu cartão de visita, tal procedimento seria considerado acima de tudo presunçoso e ridículo.

Sem dúvida, uma importante razão pela qual o mundo nos nega a homenagem a nós, baleeiros, é esta: pensa-se que, na melhor das hipóteses, nossa vocação se irmana às carniçarias em geral; e que, quando ativamente engajados nela, encontramo-nos cercados de toda sorte de imundície. Açougueiros somos, é verdade. Mas açougueiros também são — e açougueiros da mais sangrenta estirpe — todos os capitães de guerra que o mundo via de regra se refestela em celebrar. E no tocante à suposta imundície de nossa atividade, vocês conhecerão em breve a devida iniciação a fatos até o presente momento bastante desconhecidos do público em geral, e que, em conjunto, instituirão triunfalmente o navio baleeiro no mínimo entre as coisas mais limpas desta asseada terra. Mas mesmo supondo a veracidade da acusação supramencionada; como se compara o pandemônio escorregadio de um convés baleeiro à abjeta carniça que cobre aqueles campos de batalha de onde tantos soldados retornam para

135. Sobre as referências náuticas e baleeiras de Melville para a elaboração deste e outros capítulos, ver Apresentação.

beber sob aplausos femininos? E se a ideia do perigo dá tão vivos contornos à noção popular do ofício do soldado; permiti que vos assegure que são muitos os veteranos que, tendo marchado desimpedidamente de encontro a uma bateria, recuariam de pronto ante o aparecimento da imensa cauda do cachalote a agitar torvelinhos no ar de sobre suas cabeças. Pois quais são os palpáveis terrores do homem quando comparados à união dos terrores e maravilhas de Deus?

Mas, embora o mundo só nos destine o desprezo, a nós, caçadores de baleias, ele nos presta a mais profunda e inconsciente homenagem — sim, uma profusa adoração! —, visto que quase todos os círios, lampiões e velas que ardem ao redor do globo queimam, ao fazê-lo sobre tantos altares, em nossa glória!

Investiguemos esse assunto, porém, sob diferentes luzes; pesemo-lo em todos os tipos de balanças; vejamos o que nós, baleeiros, somos e temos sido.

Por que os holandeses da época de De Witt tinham almirantes em suas frotas baleeiras?[136] Por que Luís XVI da França equipou navios baleeiros de Dunquerque às suas próprias custas e educadamente convidou para habitar a mencionada cidade algo entre vinte e quarenta famílias de nossa própria ilha de Nantucket?[137] Por que a Grã-Bretanha, entre os anos de 1750 e 1788, pagou aos seus baleeiros recompensas de mais de um milhão de libras? E, por fim: como é que nós, baleeiros da América, hoje superamos em número todo o resto dos baleeiros do mundo reunidos; navegamos uma frota de mais de setecentos navios; tripulados por dezoito mil homens; consumindo anualmente quatro milhões de dólares; com os navios valendo, na hora da partida, vinte milhões de dólares, e desembarcando anualmente em nossos portos uma safra muito bem colhida de sete milhões de dólares. Como tudo isso é possível senão porque há algo de pujante na caça às baleias?

Mas não chegamos nem mesmo à metade; examinemos mais uma vez.

---

136. Johan de Witt (1625-72) foi membro de uma importante família holandesa e uma das principais lideranças políticas responsáveis pela modernização administrativa dos Países Baixos.

137. Após a derrota na Guerra de Independência, os britânicos impuseram duras leis de importação a produtos norte-americanos que afetavam diretamente o comércio baleeiro. Em busca de alternativas para tangenciar as sanções impostas, baleeiros de Nantucket e New Bedford buscaram novos espaços para a instalação de suas armações e portos de comércio. Assim, em 1785, algumas das principais famílias baleeiras dos respectivos portos, lideradas pelo maior armador da época, o nantucketense William Rotch, travaram negociações com o rei Luís XVI para estabelecer suas operações na França. A solução, porém, foi temporária: com a eclosão da Revolução Francesa em 1789 e a escalada dos acontecimentos, foram forçados a deixar o país, estabelecendo-se brevemente no País de Gales e retornando aos Estados Unidos em 1794.

Afirmo sem medo que o filósofo cosmopolita não pode, por sua vida, apontar uma única influência pacífica que nos últimos sessenta anos tenha sido mais potencialmente ativa sobre todo o vasto mundo, este considerado em seu conjunto, do que o imenso e formidável negócio da caça baleeira. De uma forma ou de outra, ela gerou tão notáveis eventos em si mesmos, e tão continuamente importantes em seus desdobramentos, que não há erro em comparar a caça baleeira àquela mãe egípcia que deu à luz uma prole grávida já em seu ventre.[138] Seria uma desesperada e infinda tarefa catalogar cada uma dessas coisas. Umas poucas bastarão. Por muitos anos, o navio baleeiro foi pioneiro na descoberta dos cantos mais remotos e menos conhecidos da Terra. Explorou mares e arquipélagos desconhecidos da cartografia, onde nenhum Cook ou Vancouver já haviam navegado.[139] Se os navios de guerra americanos e europeus hoje navegam portos outrora selvagens, que disparem saudações à honra e glória do navio baleeiro, que originalmente lhes mostrou o caminho e antes de todos lhes serviu de intérprete ante os selvagens. Eles podem comemorar como quiserem os heróis de Expedições Exploratórias, seus Cooks, seus Krusensterns;[140] mas afirmo que dezenas de capitães anônimos navegaram de Nantucket — capitães de grandeza idêntica, senão maior do que a de vossos Cooks e Krusensterns. Pois, sem o que os socorresse e de mãos vazias, eles, nas águas de tubarões pagãos, em praias de ignotas ilhas repletas de lanças, depararam-se com a virgindade de maravilhas e terrores diante dos quais Cook, com todos os seus mosquetes e fuzileiros, não teria ousado. Tudo isso que se mostra com tamanha ostentação nas velhas viagens aos Mares do Sul não são mais do que lugares-comuns cotidianos de nossos heroicos habitantes de Nantucket. Não raro, aventuras às quais Vancouver dedica três capítulos, esses homens julgavam indignas de registro nos diários de bordo. Ah, o mundo! Oh, o mundo!

---

138. Melville é aqui ligeiramente impreciso: na mitologia egípcia, Nut é a mãe de Osíris e é sua irmã gêmea, Ísis, que Osíris engravida ainda no útero de Nut.

139. James Cook (1728-79) foi um explorador, navegador e cartógrafo inglês que por seus importantes serviços prestados à Coroa alcançou a patente de capitão na Marinha Real Britânica. Cook esteve à frente de três expedições ao oceano Pacífico, durante as quais tocou pela primeira vez a costa leste da Austrália e o arquipélago do Havaí, além de ter realizado a primeira circum-navegação registrada da Nova Zelândia; oficial britânico da Marinha Real Britânica, George Vancouver (1757-98) ficou conhecido por sua expedição de 1791 a 1795, responsável pela exploração e cartografia das regiões da costa do Pacífico noroeste da América do Norte.

140. Adam Johann von Krusenstern (1770-1846) foi um almirante e explorador russo que liderou a primeira expedição de circum-navegação russa.

Até que a pesca baleeira circundasse o cabo Horn, nenhum comércio além do colonial, quase nenhum contato além do colonial, era praticado entre a Europa e a longa e opulenta enfiada de províncias espanholas na costa do Pacífico. Foi o baleeiro quem primeiro rompeu a ciosa política da Coroa espanhola em relação àquelas colônias; e, se o espaço permitisse, poderia claramente demonstrar como, da ação daqueles baleeiros, finalmente resultaram as libertações do Peru, do Chile e da Bolívia do jugo da Velha Espanha e o estabelecimento da eterna democracia nesses lugares.

Aquela grande América do outro lado do globo, a Austrália, foi entregue ao mundo esclarecido pelo baleeiro. Depois do desastre de sua primeira descoberta por um holandês,[141] todos os outros navios por muito tempo julgaram aquelas praias nocivamente bárbaras e as evitaram; mas o baleeiro as tocou. A nau baleeira é a verdadeira mãe daquela que hoje é uma exuberante colônia. Ademais, na infância do primeiro assentamento australiano, os emigrantes foram muitas vezes salvos da fome pelo generoso biscoito do navio baleeiro que, por felicidade, fundeava em suas águas. As incontáveis ilhas de toda a Polinésia confessam a mesma verdade e fazem homenagem comercial ao baleeiro, que abriu caminho ao missionário e ao mercador e, em muitos casos, transportou os primeiros homens de Deus aos seus destinos iniciais. Se aquela terra fechada a dupla tranca, o Japão,[142] algum dia se tornar hospitaleira, apenas ao navio baleeiro será devido o crédito; pois ele já se encontra à porta.

Mas, se diante de tudo isso, vocês ainda declararem que a caça à baleia não conhece associações esteticamente nobres a ela relacionadas, então estou pronto a arrebentar cinquenta lanças em vocês e desmontá-los com um elmo partido a cada confronto.

A baleia não tem autor famoso, e a caça à baleia não tem cronista famoso, vocês dirão.

---

141. Como defensor do baleeiro, Ismael distorce fatos. De fato, o primeiro desembarque europeu nas terras da Austrália ocorreu em 1606 e foi obra de um navegador holandês, Willem Janszoon (1570-1630). Este se deparou (a nordeste do continente) com uma terra pantanosa e povos hostis, tendo dez de seus marinheiros mortos em várias incursões à costa; no entanto, o continente ganhou suas primeiras colônias europeias por obra dos ingleses, que primeiramente transformaram seus domínios na Oceania em colônia penal.

142. Passados os idos da chegada de missionários portugueses ao Japão, no século XVI, à qual se sucederam conflitos que levaram à sua expulsão e ao fechamento das ilhas japonesas a navios ocidentais, o país permaneceu fechado ao contato com europeus por 250 anos. Os registros de cruzeiros de navios baleeiros ingleses por águas japonesas remontam, porém, a 1788, mais de cinquenta anos antes de os navios da Marinha norte-americanos, liderados pelo capitão Matthew Perry, tocarem portos do Japão e iniciarem um contato que levaria à abertura do país ao Ocidente, em 1854.

A baleia não tem autor famoso, e a caça à baleia não tem cronista famoso? Quem escreveu o primeiro registro de nosso leviatã? Quem, senão o poderoso Jó?[143] E quem compôs a primeira narrativa de uma viagem baleeira? Quem, senão um príncipe da grandeza de Alfredo, o Grande,[144] que, com a própria pena real, anotou as palavras de Other, o caçador de baleias norueguês de seu tempo? E quem pronunciou nosso glorioso elogio no Parlamento? Quem, senão Edmund Burke?[145]

Verdade; mas os próprios baleeiros são pobres-diabos; não há bom sangue correndo em suas veias.

Não há bom sangue correndo em suas veias? Nelas corre algo melhor do que o sangue real. A avó de Benjamin Franklin era Mary Morrel; que mais tarde, por casamento, tornou-se Mary Folger, esteve entre os mais antigos colonizadores de Nantucket e foi ancestral de uma longa linhagem de Folgers e arpoadores — todos amigos e parentes do nobre Benjamin —, os quais lançam ainda hoje o ferro farpado de um lado ao outro do mundo.[146]

Mais uma vez, ótimo; mas todos dirão que, de uma forma ou de outra, a caça à baleia não é respeitável.

A caça à baleia não é respeitável? A caça à baleia é imperial! Pela antiga lei estatutária inglesa, a baleia é declarada "peixe real".[147]

Ora, mas isso é meramente formal! A baleia propriamente dita jamais figurou em cerimonial grandioso e imponente.

A baleia propriamente dita jamais figurou em cerimonial grandioso e imponente? Em um dos mais grandiosos triunfos oferecidos a um general romano,[148]

---

143. O Livro de Jó é o primeiro dos livros poéticos e sapienciais do Antigo Testamento. Ele aborda o problema da justificação da justiça de Deus à luz do sofrimento humano. O narrador menciona especificamente o capítulo 41, em que Deus se compara ao leviatã: "Poderás pescar com anzol o leviatã ou ligarás a sua língua com a corda?" (Jó 41,1).
144. O rei Alfredo (849-99) fez uma versão da *História do mundo*, do historiador e sacerdote cristão Paulo Orósio (385-420), à qual acrescenta um relato de certo viking Octher (ver Excertos) sobre a caça à baleia na costa norueguesa.
145. Edmund Burke (1729-97) foi um filósofo, teórico político e orador de origem irlandesa, membro do Parlamento pelo Partido Conservador (Whig). A referência ao discurso "Conciliação com as colônias americanas", aqui mencionado, ecoa o trecho disponível na seção de "Excertos" do romance.
146. Benjamin Franklin foi um dos pensadores e cientistas norte-americanos de maior destaque do século XVIII e primeiro embaixador do país recém-independente na França.
147. Ver os capítulos subsequentes para mais informações sobre o tema. (N. A.)
148. O general em questão parece ser Marco Emílio Escauro. Comandou as hostes romanas em nome de Pompeu à época do Triunvirato na Terceira Guerra do Ponto (74-63 a.C.), travada na Anatólia, e granjeou poder na região. A anedota, verossímil no que toca ao uso do espetáculo como forma de garantir os favores populares, foi provavelmente extraída da *Enciclopédia da literatura bíblica*, de John Kitto (1846). Ver nota 489.

em sua chegada à capital do mundo, os ossos de uma baleia, trazidos para tanto da costa síria, figuravam como o mais exuberante objeto do desfile cimbálico.[149]

Damos-lhe crédito, uma vez que você o menciona; mas, diga o que quiser, não há dignidade real na caça à baleia.

Não há dignidade real na caça à baleia? A dignidade de nossa vocação, os próprios céus a atestam. Cetus é uma constelação do hemisfério Sul! Basta! Enterrem os chapéus na cabeça quando diante do tsar, mas o tirem diante de Queequeg! Basta! Conheço um homem que, em sua vida, capturou trezentas e cinquenta baleias — pois julgo esse homem mais digno de louvor do que aquele grande capitão da Antiguidade que se gabava de ter tomado o mesmo número de cidades muradas.[150]

E, quanto a mim, se por acaso ainda se reserva algo de excepcional a se descobrir em mim; se hei de algum dia ser merecedor do real respeito daquele pequeno porém elevado mundo silencioso, ao qual possa almejar não de maneira descabida; se deste momento em diante farei qualquer coisa que, de maneira geral, um homem poderia preferir ter feito a ter deixado por fazer; se, na hora de minha morte, meus testamenteiros, ou mais propriamente meus credores, encontrarem algum precioso manuscrito em minha mesa — pois então atribuo, de antemão, toda a sua honra e glória à vida baleeira; pois um navio baleeiro foi minha Yale e minha Harvard.

149. Ver capítulo 82.

150. Referência a Demétrio Poliórcetes (segundo seu epíteto, o "Sitiador de Cidades"), rei macedônio que sucedeu a Alexandre, o Grande, e cuja vida foi abordada pelo historiador grego Plutarco.

25

Pós-escrito

Em nome da dignidade da vida baleeira, é minha vontade apresentar a vossa consideração não mais do que fatos comprovados. Mas depois de os perfilar, um advogado que acabasse por suprimir por completo uma suposição de todo razoável, capaz de falar com eloquência em favor de sua causa — um tal advogado não seria digno de reproche?

É sabido que nas cerimônias de coroação de reis e rainhas, mesmo as modernas, tem lugar um curioso processo de os temperar para suas funções. Existe um saleiro do Estado, digamos, e talvez exista um galheteiro do Estado. Como usam o sal, precisamente — quem sabe? Certo estou, porém, de que a cabeça de um rei é solenemente untada com óleo em sua coroação, como se faz com um pé de alface. Mas será que eles são ungidos com o propósito de promover o bom funcionamento do que levam dentro, como se faz com as máquinas? Muito pode ser aqui elucubrado acerca da dignidade essencial desse régio procedimento, porque no dia a dia não julgamos bom, mas desprezível e vulgar, o sujeito que besunta o cabelo e recende fortemente a dita unção. Na verdade, um homem maduro que usa óleo para o cabelo, a menos que seja para fins medicinais, esse homem provavelmente guarda um ponto fraco em algum lugar. Via de regra, não pode valer grande coisa.

Mas a única questão a ser considerada aqui é: que tipo de óleo é usado nas coroações? Certamente não o óleo de oliva, nem o óleo de macassar, tampouco o óleo de rícino, o óleo de urso, o óleo de baleia-franca ou o óleo de fígado de bacalhau. Qual poderia ser, portanto, senão o óleo de cachalote em seu estado natural e impoluto, o mais aprazível de todos os óleos?

Pensai nisso, leais ingleses! Nós, baleeiros, fornecemos a vossos reis e rainhas material para a coroação!

26

Cavaleiros e escudeiros

O PRIMEIRO IMEDIATO DO *Pequod* era Starbuck, nativo de Nantucket e de família quacre. Era um homem esguio e sisudo que, embora nascido em uma costa gelada, parecia bem-adaptado aos rigores das latitudes quentes, dono de uma carne dura como biscoito duas vezes assado. Se transportado para as Índias, seu sangue vivo não azedaria como cerveja engarrafada. Provavelmente nascera em algum período de seca e fome generalizadas, ou num daqueles dias de jejum pelos quais seu estado é famoso.[151] Conhecera não mais do que trinta áridos verões — e neles o que havia de supérfluo em seu corpo tinha secado. Mas isso — sua magreza, assim a chamemos — não parecia sinal de ansiedades e preocupações que o consumissem, tampouco de qualquer praga corporal. Era apenas a condensação do homem. Não era de forma alguma feio; pelo contrário. Sua pele impoluta e tesa lhe tinha um caimento perfeito; e totalmente envolto nela, embalsamado com saúde e força interiores, como um egípcio redivivo, Starbuck parecia pronto a resistir por muitas eras vindouras, e a resistir sempre como então; pois fosse sob a neve dos polos, fosse sob o sol equatorial, como um cronômetro de metal patente, sua vitalidade interior tinha garantia de ir bem sob quaisquer climas. Fitando-lhe os olhos, parecia possível ver neles como que ainda impressas as imagens dos mil perigos que enfrentara com serenidade ao longo da vida. Um homem sóbrio, rijo, cuja vida havia sido quase sempre uma formidável pantomima de ação, não um manso arrazoado de palavras. No entanto, apesar de toda a resistente sobriedade e fortaleza, constituíam-no certas qualidades que por vezes o afetavam e, em algumas circunstâncias, pareciam quase sobrepujar todo o resto. Dotado de excepcional prudência para um marinheiro e imbuído de profunda reverência

151. O dia do Jejum foi um feriado celebrado nos estados que formam a Nova Inglaterra, entre 1670 e 1991. Fora instituído pelos governadores das colônias que se pedisse a Deus proteção contra calamidades e por boas colheitas. Ao longo do século XIX, a data, comemorada no início da primavera, perdeu seu sentido religioso e foi paulatinamente renovada sob novos temas festivos. Em Massachusetts, estado ao qual pertence a ilha de Nantucket, ele se transforma em 1894 no Dia do Patriota.

natural, a selvagem solidão líquida de sua vida acarretou-lhe forte inclinação à superstição — àquele tipo de superstição, porém, que em alguns organismos parece de alguma forma derivar mais da inteligência do que da ignorância. Era dado a presságios exteriores e pressentimentos interiores. E se por vezes tais coisas dobravam as soldas do ferro de sua alma, as longínquas lembranças domésticas de sua jovem esposa e filho no cabo[152] tendiam a vergá-lo ainda mais na aspereza original de sua natureza, abrindo-o às influências latentes que, em alguns homens sinceros, reprimem o ímpeto de temerária ousadia tantas vezes manifestada por outros nas mais perigosas vicissitudes da pesca. "Não levo em meu bote homem que não tenha medo de baleia", dizia. Com isso, parecia querer dizer não apenas que a mais confiável e útil coragem era a surgida da justa avaliação do perigo que se confronta, mas que um homem de todo destemido é um sujeito muito mais perigoso do que um covarde.

"Sim, sim", dizia Stubb, o segundo imediato, "Starbuck é o sujeito mais cuidadoso que você vai encontrar por aí nesse negócio de caçar baleia." Logo veremos o que a palavra "cuidadoso" significava com exatidão quando dela se valia um homem como Stubb, ou quase qualquer outro caçador de baleias.

Starbuck não era um cruzado em busca de aventuras; nele a coragem não era um sentimento, mas algo simplesmente útil, e sempre disponível em todas as ocasiões eminentemente letais. Além disso, era possível que pensasse que no negócio de caça à baleia a coragem era um dos itens indispensáveis ao navio, como a carne e o pão, e não devia ser estupidamente desperdiçada. Daí que não tinha qualquer gosto em fazer descer os botes para perseguir baleias depois do pôr do sol; tampouco em insistir na luta com um peixe que teimasse demais em resistir. Pois, pensava Starbuck, estou aqui neste oceano de dificuldades matando baleias para ganhar a vida, e não para perdê-la enquanto elas defendem a própria; e quantas centenas de homens assim morreram, Starbuck bem o sabia. Que fim seu próprio pai conheceu? Onde, nas insondáveis profundezas, ele poderia encontrar os membros dilacerados do irmão?

Carregando consigo memórias como essas, e dado, além disso, a certa supersticiosidade, como já foi dito; a coragem desse Starbuck, que poderia, não obstante, conhecer manifestações dramáticas, devia ser extrema. Mas não era natural que um homem com uma tal organização, e com experiências e lembranças tão terríveis como as dele — não era natural que essas coisas faltassem com o engendramento latente de um elemento que, sob determinadas

152. Cape Cod, em Massachusetts.

circunstâncias, deixava seu confinamento e reduzia a cinzas toda a coragem que trazia. E por mais corajoso que pudesse ser, era o tipo de bravura, visível sobretudo em alguns homens intrépidos, que, embora permanecessem em geral firmes no enfrentamento de mares, ventos, baleias, ou qualquer um dos horrores irracionais do mundo, mesmo assim não tinham forças para resistir àqueles mais terríveis terrores — os do espírito — que às vezes os ameaçam sob a forma do semblante concentrado de um homem enfurecido e poderoso.

Mas se a narrativa que se avizinha revelasse, em qualquer medida, a completa degradação da fortaleza do pobre Starbuck, eu não teria forças para escrevê-la; pois é muito doloroso, para não dizer estarrecedor, expor a queda do valor no íntimo da alma. Que os homens se mostrem deploráveis enquanto sociedades anônimas e nações; que entre eles existam falsários, tolos e assassinos; que tenham rostos vis e esquálidos; no ideal, porém, o homem é tão nobre e cintilante, criatura tão imensa e brilhante, que ante qualquer mancha de ignomínia que nele aparecesse todos os seus companheiros deveriam acorrer para cobri-la com suas mais refinadas capas. A virilidade imaculada que sentimos em nossos íntimos, tão profunda em nosso ser que permanece intacta, a despeito do perecimento de todo o caráter externo — ela sangra com a mais aguda aflição ante o espetáculo a nu de um homem valoroso que se quebra. Tampouco a própria compaixão é capaz, em face de tão penosa visão, de conter inteiramente a censura aos astros que lhe deram ensejo. Mas essa augusta dignidade de que trato não é a dignidade de reis e mantos — é, antes, a abundante dignidade que não conhece a investidura dos mais ricos trajes. O brilho que ela ostenta, tu o verás no braço que empunha a picareta ou bate o cravo — a infinita dignidade democrática que, em todas as mãos, irradia de Deus; Dele mesmo! Do grande Deus absoluto, centro e circunferência de toda democracia! Sua onipresença, nossa igualdade divina!

Se, portanto, aos mais vis marinheiros, náufragos e renegados, doravante atribuir, ainda que sombrios, os mais elevados predicados; se os investir de trágicas dignidades; se mesmo o mais melancólico, porventura o mais humilhado, dentre todos por vezes se elevar aos mais sublimes cumes; se hei de tocar o braço de um trabalhador com alguma luz etérea; se hei de estender um arco-íris sobre um desastrado sol crepuscular; então, contra todos os críticos mortais, dá-me força, Ó justo Espírito da Igualdade, que com um nobre manto de humanidade cobriste toda a minha espécie! Dá-me força, Ó grande Deus democrático!, que ao perigoso Bunyan,[153] mesmo condenado, não recusaste a clara pérola poética; que vestiste com folhas do mais belo ouro duplamente marteladas o braço mutilado e depauperado do velho Cervantes;[154] que ergueste Andrew Jackson[155] das pedras; que o puseste sobre um cavalo de guerra; que num trovão o ergueste mais alto do que um trono! Tu que, em todas as Tuas poderosas e terrenas marchas, sempre eleges Teus mais excelentes defensores em meio ao régio vulgo; dá-me força, Ó Deus!

153. Escritor e pastor puritano, John Bunyan (1628-88) é autor de uma das mais influentes obras religiosas do protestantismo, a narrativa alegórica cristã *O peregrino*. Sua obra-prima era tida em grande estima pelo público norte-americano ainda no século XIX e sua escrita foi iniciada pelo autor ainda no cárcere, no qual viveu entre 1660 (com a Restauração monárquica na Inglaterra) e 1672.

154. Autor da obra-prima da literatura ocidental *O engenhoso fidalgo Dom Quixote de la Mancha*, Miguel de Cervantes é aqui lembrado a partir de comentário de Laurence Sterne, em seu *Tristram Shandy* (1760-65), no qual o espírito do humor cobre de um "místico manto" o "coto seco" da mão esquerda amputada do autor espanhol. Embora tenha conhecido a pobreza, como aqui lembrado, Cervantes jamais teve a mão amputada; perdera seus movimentos em decorrência de um tiro.

155. Andrew Jackson (1767-1845) foi advogado, general de destaque na Guerra de 1812 (que consolidou o poder norte-americano em face das potências militares europeias) e homem de Estado. Ocupou a presidência dos Estados Unidos entre 1829 e 1837. Foi o primeiro presidente norte-americano de origem declaradamente humilde e personificou a figura do *self-made man* que dominaria a ideologia liberal no país a partir de sua administração.

27
Cavaleiros e escudeiros [II]

STUBB ERA O SEGUNDO IMEDIATO. Natural de Cape Cod, era chamado, segundo os usos locais, de "homem de Cape Cod". Nunca esquentava a cabeça; não era covarde, nem valente; assumia com indiferença os perigos tal como viessem; no momento em que se envolvia na crise mais iminente da caça, seguia em sua dura faina com a calma e serenidade de um ajudante de carpinteiro com um ano de trabalho garantido. Bem-humorado, tranquilo e despreocupado, comandava o bote como se o encontro mais mortal não fosse mais do que um jantar, e a tripulação, os convidados. Era tão meticuloso com o conforto do lugar que ocupava no bote quanto um velho cocheiro com o conforto da boleia. Quando próximo da baleia, no desfecho mortal da luta, manejava a lança impiedosa com a frieza e o sossego de um funileiro assobiando enquanto trabalha com o martelo. Murmurava suas velhas e alegres melodias lado a lado com o monstro mais desesperado. Para Stubb, o costume de longa data convertera as mandíbulas da morte em poltrona. Qual era a ideia que tinha da própria morte, isso é impossível dizer. Tampouco se chegou sequer a pensar no assunto; porém, se alguma vez teve a oportunidade de debruçar-se sobre o tema depois de um agradável jantar, sem dúvida, como bom marinheiro, compreendeu que seria uma espécie de ordem para subir ao topo do mastro e ali guardar vigília acerca de algo que descobriria tão logo obedecesse à ordem, não antes.

Entre outras coisas, o que fazia de Stubb um homem de tão pouco medo e tão fácil trato, arrastando-se tão alegremente com o fardo da vida em um mundo cheio de empedernidos vendedores ambulantes, todos curvados até o chão com suas sacolas — o que sustentava seu bom humor quase desrespeitoso era, certamente, seu cachimbo. Pois, como seu nariz, seu cachimbinho, curto e preto, era um dos elementos permanentes de seu rosto. As possibilidades de ele deixar o leito sem o cachimbo ou sem o nariz eram as mesmas, estejam certos. Tinha uma fileira inteira de cachimbos carregados, todos presos em uma prateleira ao alcance da mão; e, sempre que se recolhia, fumava todos em sucessão, acendendo um no outro até que chegassem ao fim; e carregando-os todos em seguida para estarem prontos novamente. Pois, quando Stubb se vestia, em vez de colocar primeiro as pernas nas calças, levava o cachimbo à boca.

Penso que esse fumo contínuo deve ter sido ao menos uma das causas da peculiaridade de seu humor; pois todos sabem que os ares deste mundo, seja em terra firme, seja sobre as águas, estão terrivelmente infectados das misérias sem nome dos inúmeros mortais que morreram exalando-o; e, assim como em tempo de cólera algumas pessoas saem à rua com lenços impregnados de cânfora na boca; da mesma forma, contra todas as tribulações mortais, a fumaça do tabaco de Stubb poderia ter funcionado como uma espécie de agente desinfetante.

O terceiro imediato era Flask, um nativo de Tisbury, em Martha's Vineyard.[156] Um rapaz baixo, forte e corado, muito combativo em relação às baleias, que de alguma forma parecia pensar que os grandes leviatãs o haviam afrontado pessoal e hereditariamente; e, portanto, era uma espécie de ponto de honra para ele aniquilá-los sempre que os encontrasse. Tão totalmente indiferente era a qualquer noção de reverência às muitas maravilhas de suas majestáticas proporções e modos místicos, e tão absolutamente insensível a qualquer coisa que se assemelhasse ao temor de qualquer potencial perigo de enfrentá-los, que, em sua amesquinhada opinião, a prodigiosa baleia não passava de uma espécie de camundongo hiperbolizado, ou ratazana aquática, que exigia uns poucos rodeios e uma pequena aplicação de tempo e trabalho para matar e ferver. Tal destemor ignorante e inconsciente tornava-o um tanto zombeteiro no que se referia às baleias; ele perseguia esses peixes por diversão; e uma viagem de três anos contornando o cabo Horn não passava de uma piada divertida com essa duração. Assim como os pregos de um carpinteiro estão divididos em pregos de corte artesanal e fabricado, assim se pode dividir a humanidade. O pequeno Flask era um prego artesanal; feito para pregar firme e durar muito. A bordo do *Pequod*, chamavam-no de Cabeço; porque, na forma, poderia ser bem comparado à peça curta e quadrada de madeira que se conhecia por esse nome nos navios baleeiros do Ártico; e que, com os muitos paus laterais que nele se encaixam e dele irradiam, tem a função de proteger o navio contra as geladas pancadas daqueles mares violentos.

Ora, esses três imediatos — Starbuck, Stubb e Flask — eram homens de enorme importância. Eram eles que, por prescrição universal, comandavam

156. Ilha da costa de Massachusetts, localizada ao sul de Cape Cod e próxima a Nantucket, tendo sido outro importante porto baleeiro da Costa Leste norte-americana.

três dos botes do *Pequod* como patrões de embarcação. Na grande ordem de batalha com que o capitão Ahab provavelmente reuniria seus homens com o intuito de dar caça às baleias, os três patrões faziam as vezes de capitães de companhias. Ou, armados com suas longas e afiadas lanças baleeiras, eram como um trio escolhido de lanceiros; assim como os arpoadores eram os lançadores de dardos.

E uma vez que, nessa famigerada pescaria, cada imediato ou patrão, como um antigo cavaleiro gótico, está sempre acompanhado por seu timoneiro ou arpoador, que em certas circunstâncias lhe estende uma lança novinha em folha quando a primeira foi entortada ou dobrada no assalto; e, ademais, como geralmente subsiste entre ambos uma intimidade e amizade estreitas; é apropriado, portanto, que a esta altura registremos quem eram os arpoadores do *Pequod* e a que patrão cada qual pertencia.

Em primeiro lugar, estava Queequeg, que Starbuck, o primeiro imediato, havia escolhido para seu escudeiro. Queequeg já é conhecido de todos.

Em seguida vinha Tashtego, um índio puro-sangue de Gay Head, o promontório mais ocidental de Martha's Vineyard, onde ainda residem os últimos remanescentes de uma antiga aldeia de peles-vermelhas que há muito abastece a ilha vizinha de Nantucket com muitos de seus mais ousados arpoadores. Na pescaria, geralmente atendem pelo nome genérico de Gay-Headers. Os cabelos longos, magros e zibelinos de Tashtego, suas maçãs do rosto salientes e seus redondos olhos negros — para um índio, oriental em sua grandeza, mas antártico no brilho da expressão —, tudo isso bastava para que fosse proclamado herdeiro do sangue castiço daqueles altivos caçadores guerreiros, que, em busca do grande alce da Nova Inglaterra, haviam vasculhado, de arco em punho, as florestas aborígines do continente. Não mais farejando, porém, a trilha dos animais selvagens da floresta, Tashtego caçava, então, na esteira das grandes baleias do mar; o arpão certeiro do filho substituindo apropriadamente a infalível flecha dos pais. Olhando aos fulvos músculos de seus flexíveis membros serpentinos, vocês teriam chegado perto de dar crédito às superstições de alguns dos primeiros puritanos e quase acreditado que esse índio selvagem era filho do Príncipe das Potestades do Ar.[157] Tashtego era o escudeiro de Stubb, o segundo imediato.

157. Os antigos puritanos acreditavam que os indígenas eram possuídos pelo demônio, cujo título "Príncipe das Potestades do Ar" aparece em Efésios 2,2.

O terceiro entre os arpoadores era Daggoo, um gigante selvagem, negro como o carvão e com as passadas de um leão — um Assuero[158] aos olhos de quem o via. Trazia presas às orelhas duas argolas douradas, tão grandes que os marinheiros as chamavam de arganéus e falavam em prender nelas as adriças das velas de gávea. Na juventude, Daggoo havia embarcado voluntariamente a bordo de um navio baleeiro que fundeara em uma baía solitária de sua costa natal. E nunca tendo estado em nenhum lugar do mundo a não ser na África, Nantucket e nos portos pagãos mais frequentados por baleeiros; e tendo, àquela altura, conhecido já de muitos anos a vida de riscos da pesca em navios de proprietários invulgarmente cuidadosos com o tipo de homens que embarcavam; Daggoo conservou todas as suas virtudes bárbaras e, ereto como uma girafa, movia-se pelo convés com toda a pompa de seus quase dois metros de altura, de meias. Sentia-se uma humildade física ao fitá-lo; e um homem branco que se postasse diante dele mais parecia uma bandeira branca que se aproximasse para implorar a trégua de uma fortaleza. É curioso que esse negro imperial, Assuero Daggoo, era o escudeiro do pequeno Flask, que ao lado dele lembrava um peão de xadrez. Quanto aos demais homens da tripulação do *Pequod*, registre-se que nos dias de hoje nem um a cada dois dos muitos milhares de homens empregados nos conveses dos navios baleeiros americanos são nascidos americanos, embora praticamente todo o corpo de oficiais o seja. Dá-se com a baleação americana o mesmo que se verifica no Exército americano, nas Marinhas militar e mercante e nas forças de engenharia empregadas na construção dos canais e ferrovias do país. O mesmo, digo eu, porque em todos esses casos o nascido no país fornece liberalmente o cérebro, enquanto o restante do mundo generosamente oferece os músculos. Parte considerável da marinhagem desses navios baleeiros é formada de açorianos, cuja ilha os navios baleeiros de Nantucket com destino ao exterior frequentemente tocam para reforçar suas tripulações dos rijos camponeses daquelas costas rochosas. De maneira similar, os baleeiros da Groenlândia que partem de Hull ou Londres lançam âncora nas ilhas Shetland para receber tripulações inteiras; e durante a travessia de retorno, largam-nas lá novamente. Não é possível determinar a razão, mas os ilhéus parecem ser os melhores baleeiros. A bordo do *Pequod* eram quase todos ilhéus, *isolões*, como os chamo, visto que não reconhecem o continente co-

158. Em Ester 1,1, Assuero é o rei persa que se casa com a hebreia Ester e, graças à intervenção desta, poupa os judeus de um genocídio. O narrador equivale aqui as grandezas do arpoador negro e do império de Assuero, que se estendia da Índia à Etiópia.

mum dos homens e vivem — cada *isolão* — em um continente próprio. Aqui, no entanto, federação sobre uma única quilha, que grupo formavam esses isolões! Uma delegação de Anacharsis Clootz[159] de todas as ilhas do mar, e de todos os confins da terra, acompanhando o velho Ahab a bordo do *Pequod* para denunciar as injúrias deste mundo àquele tribunal de onde não muitos retornaram. Pip, o negrinho do Alabama — este nunca retornou! Pobre menininho! No sinistro castelo de proa do *Pequod*, logo o vereis tocando o pandeiro; em prelúdio ao tempo eterno, quando enviado ao grande tombadilho celeste, foi convidado a acompanhar os anjos e fazer soar seu pandeiro em glória; aqui chamado de covarde, lá foi celebrado como herói!

---

159. Jean-Baptiste du Val-de-Grâce, barão de Cloots (1755-94), foi um nobre prussiano que teve papel importante na Revolução Francesa. Intelectual anticlerical, apelidado de "orador da humanidade", defendia a criação de um parlamento mundial.

28
Ahab

POR VÁRIOS DIAS APÓS deixarmos Nantucket, nada se soube do capitão Ahab acima das escotilhas. Os imediatos rendiam-se regularmente nas vigílias e, à falta do que pudesse ser visto em sentido contrário, pareciam ser os únicos comandantes do navio; apenas ocorria que por vezes chegavam da cabine com ordens tão repentinas e arbitrárias que, por fim, ficava claro que serviam a outro senhor. Sim, seu senhor e ditador supremo estava ali, embora até então invisível a quaisquer olhos não autorizados a penetrar-lhe o então sagrado retiro da cabine.

Toda vez que eu subia ao convés para render o quarto de vigília, de pronto me voltava atento à popa para verificar se havia algum rosto estranho à mostra; pois minha primeira e vaga inquietação no que dizia respeito ao capitão desconhecido se me tornara, no isolamento do mar, quase um tormento. Em certas circunstâncias, este era estranhamente amplificado pelas diabólicas incoerências do maltrapilho Elias, que involuntária e recorrentemente me retornavam aos pensamentos com uma energia traiçoeira e surpreendente. Simplesmente não tinha forças para refreá-las, muito embora, em outros estados de espírito, me sentisse quase pronto a sorrir ante a extravagante solenidade daquele bizarro profeta do cais. A despeito, porém, daquela apreensão ou inquietude — assim a chamemos —, sempre que observava ao meu redor no convés parecia-me absolutamente injustificado alimentar tais sentimentos. Pois, embora os arpoadores, junto com o grande corpo da tripulação, formassem um conjunto de selvageria, paganismo e variedade que jamais havia testemunhado em qualquer uma das dóceis equipagens da marinha mercante com que a experiência me havia posto em contato, ainda atribuía minhas emoções — e com razão — à feroz singularidade inerente à natureza do selvagem ofício escandinavo em que havia embarcado tão impetuosamente. Era, porém, o aspecto dos três principais oficiais do navio, os imediatos, que era mais poderosamente calculado para dirimir essas dúvidas sem nome e estimular a confiança e a alegria ante cada manifestação nefasta na viagem. Não se podia encontrar facilmente três oficiais de maior excelência e credibilidade, cada qual à sua maneira, e todos americanos — homens de Nantucket, Martha's Vineyard e Cape Cod. Ademais, sendo Natal quando o navio partiu, por algum tempo conhecemos um clima polar cortante, embora todo o tempo dele nos afastássemos em direção ao sul; e a cada grau e minuto de latitude navegado, deixássemos pouco a pouco aquele inverno inclemente e todo o seu clima intolerável para trás. Foi numa daquelas manhãs de transição, já não tão pesadas, porém ainda lúgubres e nubladas o bastante; quando, movido por vento forte, o navio avançava a saltos sugestivamente vingativos e melancólica celeridade, que subi ao convés ante a convocação para o quarto do meio-dia e, ao erguer os olhos à grinalda, fui atravessado por um calafrio prenhe de agouro. A realidade superava a apreensão: o capitão Ahab estava no tombadilho.

Ele não parecia trazer sinal de doença física comum, nem de convalescença. Era como um homem tirado da fogueira quando o fogo já lhe havia estendido a língua vermelha por todos os membros sem os devastar nem incinerar uma partícula sequer da virilidade envelhecida e compacta. A compleição alta e larga parecia forjada na solidez do bronze e modelada em formas perenes, como o Perseu moldado por Cellini.[160] Insinuando-se de entre os cabelos grisalhos e descendo por um lado do rosto e pescoço, de pele morena e ressequida, para então desaparecer sob as roupas, via-se um sinal delgado, em forma de vara, de lívido alvor. Parecia a escara perpendicular que por vezes marca o tronco reto e elevado de uma grande árvore quando do alto cai um relâmpago violento, mas, sem arrancar-lhe um único galho, descasca e vinca o tronco de cima a baixo antes de recolher-se ao solo, deixando a árvore ainda verde e viva, porém marcada. Se a dita marca havia nascido com ele, ou se era a cicatriz deixada por algum ferimento lancinante — era impossível saber. Por algum tácito consenso, fez-se pouca ou nenhuma alusão a ele durante a viagem, especialmente da parte dos imediatos. Certa feita, porém, o pai de Tashtego, um velho índio de Gay Head presente entre os tripulantes, supersticiosamente afirmou que Ahab fora daquela maneira marcado só depois de completados quarenta anos, e que a marca resultava não da fúria de qualquer rinha mortal, mas do enfrentamento de forças da natureza. No entanto, essas loucas insinuações foram presumidamente negadas pelo que sugeriu um marujo da ilha de Man —[161] homem de cãs sepulcrais que, nunca antes tendo navegado a partir

---

160. Benvenuto Cellini (1500-71) foi um artista da Renascença, escultor, ourives e escritor. Na obra em bronze de Cellini, Perseu aparece triunfante segurando em uma das mãos erguidas a cabeça de Medusa.
161. Ilha no mar da Irlanda, dependência da Coroa britânica.

de Nantucket, nunca antes pusera os olhos no selvagem Ahab. Havia, porém, antigas tradições marítimas, credulidades imemoriais que, na boca do vulgo, investiam esse velho marujo de sobrenaturais poderes de discernimento. Daí que nenhum marinheiro branco o confrontou a sério quando disse que, se algum dia o corpo do capitão Ahab fosse pacificamente preparado para seu funeral — o que dificilmente aconteceria, murmurou ele na ocasião —, então, quem quer que prestasse esse último serviço pelo morto encontraria nele uma marca de nascença atravessando-o da cabeça aos pés.

O aspecto furioso de Ahab e o alvo sinal que o marcava afetaram-me tão poderosamente em sua inteireza que nos primeiros momentos mal percebi que não pouco dessa fúria dominante se devia à bárbara perna branca sobre a qual ele parcialmente se apoiava. Já havia chegado antes a meus ouvidos que tal perna de marfim fora feita no mar a partir do osso polido da mandíbula de um cachalote.

"Sim, ele perdeu o mastro no Japão", disse certa vez o velho índio de Gay Head; "mas, como seu navio desmastreado, ele trazia outro mastro, não precisava retornar para casa para pegá-lo. Ele tem um estoque delas."

Fiquei impressionado com a particularidade da postura que ele conservava. De cada lado do tombadilho do *Pequod*, bem perto dos ovéns do mastro de mezena, havia um buraco, de um centímetro e meio ou mais, aberto por uma verruma. Sua perna de osso se firmava nesses buracos; e com um braço erguido, agarrado a um ovém de mezena, o capitão Ahab permanecia ereto, olhando sem desvios para além da proa sempre inclinada do navio. Havia uma infinitude da mais sólida fortaleza, uma obstinação determinada e insuperável no fito e destemido empenho daquele olhar que sempre avante se arrojava. Não dizia uma palavra; nem seus imediatos lhe diziam alguma coisa; embora por todos os seus mínimos gestos e expressões demonstrassem claramente a inquietante, senão dolorosa, consciência de estar sob os olhares intranquilos do superior. E não apenas isso: o mal-humorado Ahab permanecia diante deles como trouxesse a crucificação no rosto — em toda a inominada dignidade, régia e dominante, de uma poderosa desgraça.

Não levou muito tempo para que Ahab se retirasse à sua cabine. Depois dessa primeira visita ao ar livre, porém, passou a se deixar ver todos os dias pela tripulação; ora de pé em seu orifício de apoio, ora sentado em um banquinho de marfim que tinha; ora caminhando pesadamente no convés. À medida que o céu ficava menos carregado; na verdade, à medida que ficava mais agradável, Ahab ficava menos recluso; como se, quando o navio iniciara viagem, nada além da mortal desolação invernal do mar o tivesse mantido tão isolado. E, aos poucos, ocorreu que ele começara a passar quase todo o tempo ao ar livre; mas, então, apesar de tudo o que dizia, ou perceptivelmente fazia, no convés finalmente ensolarado, parecia tão desnecessário ali quanto outro mastro. O *Pequod*, porém, estava fazendo apenas uma travessia, e não um cruzeiro regular — quase todos os preparativos para a caça às baleias que precisavam de supervisão eram feitos pelos imediatos, inteiramente competentes, de modo que havia pouco ou nada, fora de si mesmo, que suscitasse o empenho ou o interesse de Ahab no momento e assim afugentasse, por um breve instante, as nuvens que camada sobre camada amontoavam-se sobre seu semblante, uma vez que todas as nuvens escolhem os picos mais elevados para se acumular.

Não tardou muito, porém, para que a calorosa e cantante influência do clima agradável de feriado a que chegávamos parecesse aos poucos arrancá-lo de seu estado de espírito. Pois, da mesma forma que, quando as ninfas dançantes de faces rosadas que habitam os meses primaveris retornam aos bosques outrora invernais e misantrópicos, mesmo o mais velho, desfolhado e rugoso carvalho fendido pelo trovão exibe uns poucos brotos verdes para dar as boas-vindas a tais visitantes de coração feliz; assim também Ahab, por fim, correspondeu um pouco às seduções lúdicas daquela atmosfera jovial. Mais de uma vez ele lançou o sutil botão de um olhar, que, em qualquer outro homem, logo teria desabrochado em um sorriso.

29

Entra Ahab; Stubb dirige-se a ele

TRANSCORRERAM-SE ALGUNS DIAS; deixados gelo e icebergs à ré, o *Pequod* já navegava pela luminosa primavera equatorial, que, no mar, reina quase perpetuamente à entrada do eterno agosto do trópico. Os dias aprazíveis, vibrantes, reluzentes, perfumados, transbordantes e copiosos eram como cálices de cristal cheios de *sherbet* persa, cobertos por flocos de neve de água de rosas. As majestosas noites estreladas mais pareciam damas altivas vestidas em veludos e joias, cultivando em solitário e doméstico orgulho as lembranças de seus condes guerreiros e ausentes, os sóis com seus elmos dourados! Para o homem adormecido, era difícil escolher entre dias tão cativantes e noites tão sedutoras. Mas todas as bruxarias daquele tempo perene não emprestavam novos feitiços e potências apenas ao mundo exterior; interiormente, tocavam a alma, sobretudo quando chegavam as horas ainda amenas do entardecer; então, a memória produzia seus cristais como de translúcido gelo em muitas formas de silenciosos crepúsculos. E todas essas sutis influências moldavam mais e mais a textura de Ahab.

A velhice é sempre insone; como se, quanto mais ligado à vida, menos o homem se ocupasse de qualquer coisa que se parecesse com a morte. Entre os comandantes do mar, os velhos marujos de barbas grisalhas são os que mais deixam seus beliches para visitar o convés que o manto da noite cobre. O mesmo se dava com Ahab; com a diferença de que, mais recentemente, o capitão parecia sempre tão presente ao ar livre que, a bem da verdade, suas visitas se davam muito mais à cabine do que da cabine às tábuas superiores.

"Para um velho capitão de minha estirpe", murmurava ele para si mesmo, "descer por escotilha tão estreita é como ir dar ao próprio leito tumular."

Desse modo, de vinte e quatro em vinte e quatro horas, quando se iniciavam as vigílias noturnas, e o grupo no convés velava o sono do grupo nas macas; ocasião em que, se fosse o caso de um cabo ser puxado sobre o castelo de proa, os marinheiros não o largavam rudemente, como o fariam de dia, depositando-o em seu lugar com alguma cautela, como temessem perturbar os companheiros adormecidos — quando esse tipo de sóbria quietude dava o tom, era costume que o timoneiro vigiasse silenciosamente a escotilha da cabine; e não demorava muito para que o velho emergisse, agarrando-se ao corrimão de ferro e nele encontrando auxílio a seus modos de aleijão. Havia nele um cuidadoso toque de humanidade; pois em tais momentos ele em geral se abstinha de patrulhar o tombadilho; pois, para seus imediatos cansados, que buscavam repouso a quinze centímetros de seu calcanhar de marfim, tamanha teria sido a reverberação dos estalos e ruídos daquele passo ossudo que todos teriam sonhado com dentes trituradores de tubarões. Certa vez, porém, estava ele com humores muito profundos para o ordinário; e como medisse com o passo pesado e desajeitado o navio da grinalda à meia-nau, Stubb, o extravagante segundo imediato, veio da coberta inferior, com humores um tanto inseguros e humildes, sugerindo que, se fosse da vontade do capitão Ahab caminhar sobre as pranchas do convés, que então ninguém poderia dizer não; mas que poderia haver alguma maneira de abafar o barulho; sugerindo confusa e hesitantemente algo acerca de uma bola de estopa, com sua inserção no calcanhar de marfim. Ah! Stubb, não conhecias teu capitão àquela altura!

"Sou, por acaso, uma bala de canhão, Stubb", respondeu Ahab, "para que me trates com estopa? Vai-te, Stubb; tinha me esquecido. Desce a teu túmulo noturno; onde dormem teus iguais como que cobertos por mortalhas para assim se acostumarem com a derradeira. Desce ao teu canil, cachorro!"

Assustado com o imprevisto e tão repentinamente desdenhoso arremate do velho, Stubb ficou sem fala por um momento; então declarou, agitado:

"Não estou acostumado a que falem assim comigo, senhor; aliás, gosto muito pouco, senhor."

"Alto!", bradou Ahab entre os dentes cerrados, e afastou-se violentamente, como se para evitar as tentações de algum arroubo.

"Não, senhor; ainda não", insistiu Stubb, enervado. "Não serei mansamente chamado de cão, senhor."

"Sê chamado então dez vezes de jumento, asno e mula, e vai-te, ou não pesarás mais sobre este mundo!"

Ao dizê-lo, Ahab avançou sobre o imediato com tão tirânicos terrores em seu aspecto que Stubb recuou involuntariamente.

"Nunca fui tratado assim sem aplicar um belo troco", murmurou Stubb enquanto se flagrava descendo a escotilha da cabine. "É muito estranho. Pare, Stubb; não sei bem se volto e arrebento com ele, ou se... Mas que negócio é esse? Se me coloco de joelhos aqui e rezo por ele? É esse o pensamento que passa pela minha cabeça; mas ia ser a primeira vez que eu ia rezar *na vida*. É estranho; muito estranho; e ele é estranho também; sim, de vante a ré, o velho mais estranho com quem Stubb já navegou. Que negócio foi aquele de vir pra cima de mim? Os olhos feito duas tinas de pólvora! Ele é louco? De qualquer forma, existe alguma coisa naquela cabeça, do mesmo jeito que existe em um convés quando ele estala. Ele agora também não passa na cama mais do que três das vinte e quatro horas; e mesmo assim não dorme. O camareiro do velho, o Bolinho, não me contou que de manhã sempre encontra as roupas da maca e os lençóis do velho no chão, amarfanhados, e a colcha quase amarrada em nós, e o travesseiro, quente de botar medo, como se tivessem cozinhado um tijolo nele? Um velho pegando fogo! Acho que ele tem o que o pessoal em terra chama de consciência; é mais ou menos um tique nervoso, como dizem por aí — nem dor de dente é pior. Muito bem; não sei o que é, mas o Senhor me impede de entender. Ele está cheio de enigmas; queria saber que diacho faz toda noite no porão a ré, como diz o Bolinho; qual é a razão, eu me pergunto? Quem marca encontros com ele no porão? Esquisito, não? Mas não há como saber, é o antigo jogo. Agora uma soneca. Diacho, nascer nesse mundo vale a pena, nem que seja para adormecer. E pensando bem, essa é a primeira coisa que os bebês fazem, e isso também é meio esquisito. Diacho, mas tudo fica bem esquisito quando a gente começa a pensar. Mas isso é contra meus princípios. Não pensarás, é meu décimo primeiro mandamento; e dormirás quando puderes, o décimo segundo — e aqui vamos nós de novo. Mas como é isso? Ele não me chamou de cachorro? Maldição. Ele não me chamou dez vezes de burro e empilhou um monte de asnos em *cima*? Ele poderia muito bem ter me chutado e acabado com a história. Talvez ele *tenha* me chutado e não prestei atenção, de tão assustado que fiquei com o rosto dele. Luzia feito um osso lavado. Que diabo está acontecendo comigo? Não me aguento nas pernas. Trombar com aquele velho meio que me virou do avesso. Meu Deus do céu, devo ter sonhado, mas — como? como? como? —, mas o melhor é engolir esse negócio; e lá vamos nós para a maca; e pela manhã vejo como esse malabarismo medonho se mostra à luz do dia."

30

O cachimbo

Quando Stubb partiu, Ahab passou um tempo debruçado sobre as grinaldas; e então, como vinha se tornando seu costume mais recentemente, chamou um marinheiro da vigília e ordenou que descesse para buscar seu banquinho de marfim e o cachimbo. Acendendo o cachimbo na lamparina da bitácula e fixando o banquinho a barlavento do convés, sentou-se e fumou.

Nos velhos tempos dos nórdicos, os tronos dos reis dinamarqueses, que tanto amavam o mar, eram fabricados, reza a tradição, com as presas do narval.[162] Como se poderia olhar para Ahab ali, sentado naquele tripé de ossos, sem lembrar da realeza nele simbolizada? Pois um Khan[163] sobre tábuas, um rei do mar, um grande senhor dos leviatãs era Ahab.

Transcorreram alguns momentos, nos quais um vapor espesso saiu-lhe pela boca em baforadas rápidas e constantes, que retornavam ao seu rosto.

"Ao fim e ao cabo", refletia à maneira de solilóquio, afastando o cachimbo da boca, "o fumo já não acalma. Oh, meu cachimbo! Que dura quadra enfrentarei se teus encantos se perderem! Inconsciente de mim mesmo, não mais fiz que dar-me à faina, ao prazer jamais — e fumando todo o tempo contra o vento; contra o vento, e com nervosas baforadas, como se, feito a baleia moribunda, fossem os mais fortes e inquietos os meus jorros derradeiros. Que tenho eu com este cachimbo? Coisa feita para a hora amena, para que delicados vapores brancos subam por entre brancos cabelos delicados, não por entre mechas cinza-ferrosas, como as minhas desgrenhadas cãs. Chega de fumar..."

Lançou o cachimbo ainda aceso ao mar. A brasa assoviou nas ondas; no mesmo instante, o navio passou por sobre a bolha que o afundamento do cachimbo produziu. Com o chapéu caído sobre a cabeça, Ahab caminhou cambaleante pelas tábuas.

---

162. Ver capítulo 32.

163. Khan é um título originário das tribos nômades das estepes eurasianas e significa chefe ou governante, equivalente de imperador em algumas culturas da região. No Império Mongol, que tornou o título célebre a partir do mais imponente de seus membros, Gengis Khan, significava general, enquanto o equivalente de imperador era conhecido como grão-khan.

31

Rainha Mab[164]

Na manhã seguinte, Stubb abordou Flask.

"Sonho esquisito feito esse, Cabeço, nunca tive antes. Você sabe da perna de marfim do velho. Pois é, sonhei que ele tinha me chutado com ela; e quando tentei dar o troco, juro pela minha alma, meu caro homenzinho, chutei minha própria perna! E então, num estalar de dedos, Ahab parecia uma pirâmide, e eu, como um idiota completo, não parava de chutar ela. Mas o que era ainda mais curioso, Flask — você sabe como todos os sonhos são curiosos —, era que, apesar de toda essa raiva que sentia, parecia que, no fundo, no fundo, aquele chute de Ahab não era um grande insulto. Pensei comigo: 'Ora, qual é a briga? Não é uma perna real, só uma perna falsa'. E tem uma grande diferença entre um golpe vivo e um golpe morto. É isso que torna um soco cinquenta vezes mais insuportável do que uma bengalada. É o membro vivo que torna a ofensa viva, meu caro homenzinho. E enquanto isso pensava comigo, gastando meus dedões idiotas contra aquela pirâmide amaldiçoada — e era tão grande a contradição e perplexidade de tudo o tempo todo que eu pensava comigo: 'Que perna é essa, se não é só uma bengala, uma bengala de osso de baleia. É isso', pensei, 'foi só uma porretada de brincadeira. Na verdade, o que ele me deu foi uma baleiada, não um chute de verdade. Além disso', continuei, 'examine bem a coisa; ora, a ponta dela — a parte do pé — não é de nada; já um fazendeiro de pés largos, se ele me chuta, *isso* sim é uma baita de uma ofensa do inferno. A ofensa dele se reduzia a um pontinho só'. Mas agora vem a maior piada do sonho, Flask. Enquanto eu dava na pirâmide, uma espécie de tritão velho com cabelo de texugo e uma corcunda nas costas me pega pelos ombros e me faz girar. 'O que você está fazendo?', ele disse. Meu Deus, como fiquei com medo! Não sei como, mas de alguma forma, no instante seguinte eu já tinha superado o susto. Devolvi a pergunta: 'O que estou fazendo? Eu é que quero saber o que tem com isso, sr. Corcunda! O *senhor* quer um chute?'. Meu Deus, Flask; mal tinha dito isso,

---

164. Alusão às palavras de Mercúcio sobre os sonhos, em *Romeu e Julieta* (I.IV). A fada rainha Mab levava sonhos apropriados a cada tipo de homem.

ele virou a popa para mim, curvou-se e ergueu as algas marinhas que usava como roupa — e o que acha que eu vi? Por mil trovões, meu caro, a popa dele estava cheia de espichas enfiadas com as pontas pra fora. Eu disse, pensando melhor: 'Acho que não vou chutá-lo, meu velho'. 'Sábio Stubb', disse ele, 'sábio Stubb'; e ficou resmungando isso o tempo todo, como se estivesse mastigando as próprias gengivas como uma velha bruxa de chaminé. Vendo que ele não ia parar de dizer 'sábio Stubb, sábio Stubb', pensei que era uma boa ideia voltar a chutar a pirâmide. Mal ergui o pé, ele gritou: 'Nada de chutar!'. 'Oi?', perguntei, 'qual é o problema agora, meu velho?' 'Olha aqui', disse ele, 'vamos discutir o insulto. O capitão Ahab chutou você, não foi?' 'Sim, chutou', eu disse, '*bem* aqui.' 'Ótimo', ele respondeu, 'ele usou a perna de marfim, não foi?' 'Sim, usou', eu disse. 'Pois bem, meu sábio Stubb, por que a queixa, então? Ele não chutou com benevolência? Não foi com uma perna de pinheiro comum que ele chutou, foi? Não, você foi chutado por um grande homem e com uma bela perna de marfim, Stubb. É uma honra; considero uma honra. Escute aqui, sábio Stubb, na velha Inglaterra os maiores senhores consideram um bofetão de uma rainha uma grande glória; com ele, se fazem os cavaleiros da Jarreteira;[165] *vanglorie-se*, Stubb, de ter sido chutado pelo velho Ahab e transformado em um homem sábio. Lembre-se do que digo; *seja* chutado por ele; considere seus chutes honrarias; e de forma alguma devolva o chute; porque é maior do que você, sábio Stubb. Não vê aquela pirâmide?' Com isso, de repente ele pareceu — não sei como, mas de uma forma estranha — nadar no ar. Eu ronquei; mudei de posição; e lá estava eu na minha maca! O que acha desse sonho, Flask?"

"Não sei; mas parece bastante tonto para mim."

"Talvez; talvez. Mas fez de mim um homem sábio, Flask. Você vê Ahab parado ali, olhando de esguelha por cima da popa? Pois bem, a melhor coisa que você pode fazer, Flask, é deixar o velho em paz; nunca dê uma resposta ríspida, não importa o que ele diga. Ei! Ele está gritando o quê? Escute!"

"Gajeiros, quero a atenção de todos! Existem baleias por aqui! Se avistardes uma branca, arrebentem os pulmões para anunciá-la."

"O que acha disso, Flask? Não tem uma gotinha de algo estranho nisso, hein? Uma baleia branca — você prestou atenção? Olha, há algo especial no vento. Prepare-se, Flask. Ahab tem algo de sanguinário em mente. Opa, feche a matraca; ele está vindo pra cá."

---

165. A mais antiga ordem militar de cavalaria britânica e do sistema de honras britânico, a Ordem da Jarreteira foi fundada em 1348, criada por Eduardo III da Inglaterra. É dedicada à imagem e às armas de são Jorge, patrono da Inglaterra, e se baseia nos ideais de nobreza da corte do rei Artur e da demanda ao Santo Graal.

32
Cetologia[166]

ENCONTRAMO-NOS INTRÉPIDA e devidamente navegando sobre águas profundas; logo estaremos perdidos em suas imensidões sem praias e sem porto. Antes que isso se dê; antes que o casco coberto de algas do *Pequod* role lado a lado com o casco coberto de cracas do leviatã; é importante que de imediato nos debrucemos sobre tema quase indispensável a um entendimento criterioso das mais do que extraordinárias revelações e sugestões leviatânicas de toda sorte que se seguirão.

É minha intenção agora lhes apresentar uma exposição sistematizada da baleia na amplitude de seus *genera*. Não se trata, porém, de tarefa fácil. Ensaia-se aqui não menos do que a classificação dos elementos constituintes de um caos. Atenção às declarações das melhores e mais recentes autoridades:

"Nenhum ramo da zoologia é tão intrincado quanto aquele a que chamamos cetologia", diz o capitão Scoresby, em 1820 d.C.

"Não é minha intenção, como tivesse forças para tanto, enveredar por questionamentos acerca do verdadeiro método de divisão dos cetáceos em grupos e famílias. [...] Existe enorme confusão entre os historiadores deste animal [cachalote]", diz o cirurgião Beale, em 1839 d.C.

"Incapacidade de dar sequência a nossas pesquisas em insondáveis profundezas." "Véu impenetrável cobre o conhecimento de que dispomos sobre os cetáceos." "Um campo coberto de espinhos." "Tantos apontamentos incompletos tão somente servem para torturar a nós, naturalistas."

Assim falam da baleia o grande Cuvier, John Hunter e Lesson, luminares da zoologia e da anatomia.[167] Não obstante, da mesma forma que a inexistência de

---

166. Ramo da zoologia dedicado ao estudo das baleias. Este capítulo está baseado nas vinte e sete páginas do artigo "Baleias", de *The Penny Cyclopedia of the Society for Diffusion of Useful Knowledge* (Londres, 1833-43, v. 27, pp. 271-98), das quais Melville extrai citações de autores, bem como o modelo de sistematização dos diferentes grupos de baleias, humoristicamente subvertido pelo narrador.

167. Todos os três são citados em *História natural do cachalote* (1835), do médico inglês Thomas Beale (1807-49), uma das fontes fundamentais de Melville para os capítulos cetológicos. O barão Georges Cuvier (1769-1832) foi um paleontologista e zoologista francês.

conhecimento real é inversamente proporcional à quantidade de livros existentes; o mesmo se dá, à sua maneira, com a cetologia, ou a ciência das baleias. Muitos foram os homens — grandes e pequenos, velhos e novos, de terra e de mar — que dedicaram palavras à baleia, de forma ampla ou pontual. Passemos os olhos por alguns de seus nomes: os autores da Bíblia; Aristóteles; Plínio; Aldrovandi; Sir Thomas Browne; Gesner; Ray; Lineu; Rondelet; Willoughby; Green; Artedi; Sibbald; Brisson; Marten; Lacépède; Bonnaterre; Desmarest; o barão de Cuvier; Frédéric Cuvier; John Hunter; Owen; Scoresby; Beale; Bennett; J. Ross Browne; o autor de *Miriam Coffin*; Olmsted; e o reverendo T. Cheever.[168]

O dr. John Hunter (1728-93) foi autor de um estudo preliminar sobre a anatomia da baleia publicado em *Transactions of the Royal Society*. René-Primevère Lesson (1794-1849) foi um viajante e zoologista francês.

168. Da lista de autores citados pelo narrador, Melville conhecia diretamente apenas a sequência de nomes a partir de Scoresby. William Scoresby (1789-1857) foi um caçador baleeiro, explorador do Ártico, cientista e clérigo, autor de uma das obras de consulta constante de Melville para *Moby Dick*, *Journal of a Voyage to the Northern Whale Fishery, Including Researches and Discoveries on the Eastern Coast of Greenland*, de 1823. Para Beale, ver nota 167; Frederick Debell Bennett (1806-59) é o autor de *Narrative of a Whaling Cruise Round the Globe*, de 1840; J. Ross Browne, de *Etchings of a Whaling Cruise*, de 1846 (ver nota 386); o autor de *Miriam Coffin* é o romancista Joseph C. Hart (1798-1855), cuja ausência de nome indica a reserva que Melville tinha em relação a sua obra; Francis Allyn Olmsted (1819-44) é autor de *Incidents of a Whaling Voyage*, de 1841; e o reverendo Henry T. Cheever (1814-97), de *The Whale and His Captors*, de 1850. De resto, todos os autores mencionados (à exceção de Sir Thomas Browne) são mencionados no verbete "Baleia" da *The Penny Cyclopedia*, ao lado de suas respectivas opiniões e hipóteses sobre a natureza do animal — incluindo "os autores da Bíblia", que dão ares pouco científicos (para não dizer humorísticos) ao catálogo do narrador. Na sequência dos autores não debatidos pelo narrador no texto e somente mencionados no catálogo, temos: Aristóteles (filósofo grego do século III a.C.); Plínio, o Velho (naturalista romano do século I d.C.); Ulisse Aldrovandi (naturalista italiano, século XVI, fundador do jardim botânico de Bolonha, um dos primeiros da Europa); Sir Thomas Browne (polímata inglês do século XVII); Conrad Gesner (naturalista suíço do século XVI e um dos fundadores da zoologia moderna); John Ray (naturalista inglês do século XVII, responsável por importantes desenvolvimentos na área da taxonomia); Carlos Lineu (botanista, naturalista e médico sueco do século XVIII, a quem se deve a consolidação da taxonomia moderna); Guillaume Rondelet (naturalista do século XVI e autor do *Livro dos peixes marinhos*, obra precursora da ictiologia); Francis Willoughby (ornitologista e ictiologista inglês do século XVII); Green — que não consta do verbete da enciclopédia — pode se referir a J. E. Gray, não mencionado pelo narrador, mas presente no artigo (naturalista britânico do século XIX); Peter Artedi (ictiologista sueco do século XVIII); Robert Sibbald (médico e antiquário escocês do século XVII); Mathurin Jacques Brisson (naturalista francês do século XVIII); William Marten (paleontologista e naturalista inglês dos séculos XVIII e XIX); Bernard Germain Lacépède (naturalista e político francês do século XVIII); o abade Pierre Joseph Bonnaterre (naturalista francês do século XVIII, responsável por importantes estudos na área da cetologia, entre outros); Anselme Gaëtan Desmarest (zoólogo francês dos séculos XVIII e XIX); Frédéric Cuvier (zoologista e paleontólogo francês dos séculos XVIII e XIX) e Richard Owen (biólogo e paleontologista inglês do século XIX). Para o barão de Cuvier e John Hunter, ver nota 167.

A que objetivo generalizante e final todos almejavam, porém, os excertos anteriormente arrolados o demonstram.

Dentre os nomes da mencionada lista de autores, apenas os que se seguem a Owen viram baleias vivas; e apenas um deles foi de fato arpoador e baleeiro profissional. Refiro-me ao capitão Scoresby. No que toca ao assunto específico da baleia-franca ou da groenlândia, ele é a principal autoridade existente. Scoresby, porém, nada sabe e nada diz sobre o formidável cachalote, comparado ao qual a baleia-da-groenlândia é quase indigna de menção. A propósito, que se registre: a baleia-da-groenlândia é uma usurpadora do trono dos mares. Nem mesmo chega a ser, e sob qualquer perspectiva, a maior das baleias. No entanto, devido à autoridade de suas afirmações há muito consolidada e à profunda ignorância que, até cerca de setenta anos atrás, envolvia o então fabuloso ou totalmente desconhecido cachalote e que, até a presente data, é soberana, senão em alguns poucos retiros científicos e portos baleeiros — em razão de tamanha ignorância, a dita usurpação se efetivou sem conhecer qualquer oposição. A consulta a quase todas as alusões leviatânicas presentes nos grandes poetas de outrora irá convencê-lo de que a baleia-da-groenlândia, sem rivais, era para eles a monarca dos mares. É chegada a hora, porém, de uma nova proclamação. Estamos em Charing Cross;[169] escutai a nova, meu povo! A baleia-da-groenlândia foi deposta — reina agora o grande cachalote!

São dois apenas os livros que têm a ambição de colocar o cachalote vivo diante de seus olhos e, mesmo assim, logram senão minimamente em seu intento. Trata-se das obras de Beale e de Bennett; ambos, em seu tempo, cirurgiões de navios baleeiros ingleses em viagem nos Mares do Sul, e ambos homens exatos e confiáveis. Os achados relacionados ao cachalote presentes em seus volumes são necessariamente poucos; não obstante a escassez, porém, são de excelente qualidade, ainda que restritos sobretudo à descrição científica. Por ora, o cachalote, científico ou poético, não vive inteiro em literatura alguma. Muito superior a todas as baleias caçadas, sua vida ainda está por se escrever.

Pois bem: as baleias em suas várias espécies precisam de algum tipo de classificação abrangente e popular, ainda que sob a forma de um esquema simples a ser posteriormente preenchido em todas as suas divisões por futuros investigadores. À falta de homem melhor que tome para si a responsabilidade de dar tratos ao tema, ofereço eu, adiante, meus próprios e modestos esforços. Nada

---

169. Localidade no centro histórico de Londres, é considerada o marco zero da cidade, ponto onde os novos monarcas eram anunciados.

prometo de completo; pois qualquer coisa humana que se declare completa decerto é, pela mesma razão, defeituosa. Não pretendo realizar uma minuciosa descrição anatômica das várias espécies, ou — neste lugar, pelo menos — descrição de qualquer tipo. Meu objetivo aqui é tão somente projetar o esboço de uma sistematização da cetologia. Sou o arquiteto, não o construtor.

É, no entanto, uma tarefa extraordinária — não há mera classificação de cartas em agência postal que a ela se equipare. Descer às apalpadelas ao fundo do mar em sua busca; ter as mãos entre os alicerces inexprimíveis, as costelas e a própria pelve do mundo — que coisa formidável! Quem sou eu para colocar um anzol no nariz do leviatã? O terrível escárnio em Jó poderia perfeitamente me apavorar. "Fará ele [o leviatã] aliança contigo? Eis que é vã a esperança de apanhá-lo!"[170] Mas já nadei por bibliotecas e naveguei por oceanos; tive com estas mãos visíveis de dar tratos à baleia; estou decidido; e vou tentar. É preciso esclarecer alguns princípios, contudo.

Primeiro: a incerteza e a instabilidade da ciência da cetologia manifesta-se já ao vestíbulo pelo fato de ainda se debater em alguns lugares se a baleia é um peixe. Em seu *Sistema da natureza*, de 1776 d.C., Lineu declara: "Eu doravante separo baleias e peixes". Mas, de meu próprio conhecimento, sei que até o ano de 1850 ainda se encontravam tubarões e sáveis, savelhas e arenques, a despeito do edito expresso de Lineu, dividindo com o leviatã a posse dos mesmos mares.

As razões pelas quais Lineu teria de bom grado banido as baleias das águas, ele as afirma da seguinte maneira: "Em razão de seu coração bilocular quente, seus pulmões, suas pálpebras móveis, suas orelhas ocas, *penem intrantem feminam mammis lactantem*"; e, finalmente, "*ex lege naturæ jure meritoque*".[171] Apresentei tudo isso a meus amigos Simeon Macey e Charley Coffin, de Nantucket, ambos meus companheiros de rancho em certa viagem, e eles foram unânimes na opinião de que as razões apresentadas eram totalmente insuficientes. Charley profanamente sugeriu que não passavam de uma farsa.

Esclareço desde já: dispensando toda discussão, recupero o bom e antigo fundamento de que a baleia é um peixe e invoco o profeta Jonas em meu apoio. Estabelecida essa premissa fundamental, a próxima questão é: em que aspectos internos a baleia difere dos demais peixes. Acima, Lineu oferece-lhes esses

---

170. Jó 41, 4.9.

171. O latim de Lineu é convocado neste ponto para fins eufemísticos (para não dizer humorísticos, dada a sensibilidade do público): "Um pênis que penetra a fêmea de mamas lactantes", ao que se segue o comentário "segundo a lei da natureza, justa e gentil".

pontos. Em suma, são eles: pulmões e sangue quente; ao passo que todos os demais peixes não dispõem de pulmões e têm sangue frio.

A seguir, como definiremos a baleia, segundo seu distinto corpo exterior, de modo a dar-lhe claros contornos para sempre? Para sermos breves: *a baleia é um peixe que jorra e tem cauda horizontal*. Ei-la. Ainda que compacta, é definição resultante de ampla meditação. Uma morsa jorra água como uma baleia; mas a morsa não é um peixe, porque é anfíbia. O último termo da definição é, porém, ainda mais convincente, quando associado ao primeiro. Creio que a poucos tenha escapado que todos os peixes conhecidos de terra firme não dispõem de cauda horizontal, mas vertical, isto é, um rabo que vai de cima para baixo. Ao passo que, entre os peixes que jorram, a cauda, ainda que de tipo semelhante, invariavelmente assume uma posição horizontal.

Pela definição dada acima do que é uma baleia, de forma alguma excluo da irmandade leviatânica qualquer criatura marinha até hoje identificada com a baleia pelos mais bem informados habitantes de Nantucket; nem, por outro lado, vinculo a ela qualquer peixe até aqui considerado, sob argumento de autoridade, estranho.[172] Portanto, todos os peixes menores, jorrantes e de cauda horizontal, devem ser incluídos nesta primeira esquematização da cetologia. Apresento, agora, as grandes divisões de toda a hoste de baleias.

Primeiro: Segundo a magnitude, divido as baleias em três LIVROS primários (subdivisíveis em CAPÍTULOS), e estes compreenderão todas elas, as pequenas e as grandes.

A BALEIA IN-FÓLIO;
A BALEIA IN-OITAVO;
A BALEIA IN-DUODÉCIMO.[173]

Do tipo IN-FÓLIO, apresento o cachalote; do IN-OITAVO, o golfinho-grampo; do IN-DUODÉCIMO, a toninha.

---

172. Estou ciente de que, até os dias de hoje, os peixes denominados manatins e dugongos (peixe-porco e peixe-porca, segundo os Coffins, de Nantucket) estão incluídos por muitos naturalistas entre as baleias. Mas por formarem esses peixes-porco um grupo barulhento e abjeto, que mormente espreita a boca dos rios e se alimenta de feno úmido, e especialmente por não jorrarem água, nego-lhes a nacionalidade cetológica; e lhes ofereço passaporte para que deixem o reino da cetologia. (N. A.)

173. In-fólio, in-oitavo e in-duodécimo são termos técnicos sob os quais impressores e livreiros classificavam o tamanho dos livros e suas páginas, das maiores às menores. Em nota de próprio punho, Melville justifica a ausência das baleias in-quarto (ver nota 187).

IN-FÓLIOS. Entre as baleias deste tipo, incluo aqui os seguintes capítulos: I. Baleia-espermacete;[174] II. Baleia-franca; III. Baleia de barbatana dorsal; IV. Baleia-corcunda; V. Baleia-de-gume; VI. Baleia-barriga-de-enxofre.

LIVRO I (In-fólio), CAPÍTULO I (Baleia-espermacete, ou cachalote). — Esta baleia — vagamente conhecida dos ingleses de outrora como *Trumpa* —, a *Physeter* e a baleia-cabeça-de-bigorna, são o *cachalot* atual dos franceses, o *Pottsfich* dos alemães e o *macrocephalus* da nação de fala difícil.[175] É, sem dúvida, o maior habitante do globo;[176] no confronto, a mais formidável de todas as baleias; em aspecto, a mais majestosa; e no comércio, por fim, de longe a mais valiosa; sendo a única criatura da qual aquela valiosa substância, o espermacete, é obtida. Em outros lugares, todas as suas particularidades serão detalhadas. Tenho de tratar agora, sobretudo, de seu nome. Sob uma perspectiva filológica, é um absurdo. Alguns séculos atrás, quando a baleia-espermacete era quase totalmente desconhecida em sua individualidade, e seu óleo obtido apenas ocasionalmente de peixes encalhados; naquela época, ao que parecia, supunha-se popularmente que o espermacete derivava de criatura idêntica àquela então conhecida na Inglaterra como baleia-franca, ou baleia-da-groenlândia. Compreendia-se também que esse mesmo espermacete era o humor fecundante da baleia-da-groenlândia, que a palavra em seu radical literalmente dá ao entendimento. Naqueles idos, também, o espermacete era extremamente escasso, não sendo usado para fins de iluminação, mas unicamente como unguento e medicamento. Podia ser obtido apenas com farmacêuticos, da mesma forma que hoje em dia se compra trinta gramas de ruibarbo. Embora, tal como o suponho, com o passar do tempo a verdadeira natureza do espermacete se tenha feito conhecida, seu nome original foi conservado pelos negociantes; sem dúvida para aumentar seu valor por uma noção estranhamente significativa de sua escassez. E assim a denominação provavelmente chegou a ser conferida à baleia da qual esse espermacete de fato derivava.

---

174. Embora não seja comum a designação "baleia-espermacete" para o cachalote, ela consta dos usos da baleação açoriana (referência que tomamos para o vocabulário técnico em língua portuguesa, ver Apresentação e Glossário) como denominação genérica, em oposição às "baleias de barba". Utilizamos neste ponto a designação por estar mais próxima de seu nome em inglês, *sperm whale*, e assim preservar com clareza a exposição etimológica do nome.

175. *Long words*, no original. O narrador faz troça da taxonomia, que aplica o latim e o grego para o batismo científico das espécies catalogadas.

176. Melville já estava a par do fato de a baleia-azul (ou *sulphur bottom whale*, mencionada por Ismael mais adiante) ser a maior das espécies de baleia. A "grandeza" aqui se mede pelos critérios da caça.

LIVRO I (In-fólio), CAPÍTULO II (Baleia-franca). — Por um lado, este é o mais venerável dos leviatãs, tendo sido o primeiro a ser regularmente caçado pelo homem. Ele oferece o item comumente conhecido como barba de baleia ou barbatana; e o óleo especialmente conhecido como "óleo de baleia", artigo inferior no comércio. Entre os pescadores, é indistintamente designado por todos os seguintes títulos: baleia; baleia-da-groenlândia; baleia-negra; grande baleia; baleia-verdadeira; baleia-franca. Não falta obscuridade a envolver a identidade de espécies assim tão diversamente batizadas. Qual é, portanto, esta baleia que incluo na segunda espécie de meus in-fólios? É a grande *mysticetus* dos naturalistas ingleses; a baleia-da-groenlândia dos baleeiros ingleses; a *baleine ordinaire* dos baleeiros franceses; a *grönlands valfisk* dos suecos. É a baleia que, por mais de dois séculos, foi caçada por holandeses e ingleses nos mares árticos; é a baleia que os pescadores americanos há muito perseguem no oceano Índico, nos Bancos do Brasil,[177] na costa noroeste do Atlântico Norte e em várias outras partes do mundo, designadas por eles como Regiões de Cruzeiro da Baleia-Franca.

Alguns têm a pretensão de observar diferenças entre a baleia-da-groenlândia dos ingleses e a baleia-franca dos americanos. Elas coincidem, porém, em todas as suas grandes características; e não se apresentou ainda um único fato determinante a partir do qual se pudesse fundamentar uma distinção radical. É por subdivisões infinitas, baseadas nas mais inconclusivas diferenças, que alguns departamentos da história natural se tornam tão repulsivamente intrincados. A baleia-franca será mais adiante tratada de maneira mais alentada, relacionada a esclarecimentos quanto ao cachalote.[178]

LIVRO I (In-fólio), CAPÍTULO III (Baleia de barbatana dorsal).[179] — Sob tal designação, compreendo um monstro que, pelos vários nomes de barbatana dorsal, jato-comprido e joão-grande, já foi vista em quase em todos os mares e

---

177. A designação "Brazil Banks", do original, refere-se a uma faixa de litoral de baixa profundidade que se estende do sul da Argentina (entre Puerto Deseado e a região das ilhas Malvinas) à desembocadura do rio da Prata, subindo ao litoral de Santa Catarina.
178. Ver capítulos 74 e 75.
179. Para além das baleias de nomenclatura comum já consolidada à época de Melville, é por vezes tarefa difícil determinar a que espécie de baleia o narrador se refere. Aqui, pela descrição oferecida por Ismael, é possível sugerir que a "baleia de barbatana dorsal" é a baleia-sei (*Balaenoptera borealis*), também chamada de baleia-boreal, baleia-glacial, baleia-espadarte ou baleia-sardinheira, considerada o segundo maior dos cetáceos misticetos (isto é, as baleias de barbatana), atrás apenas da baleia-azul. O cachalote, que pertence a outra subordem de cetáceos, os *odontoceti* (isto é, dentados), é o terceiro maior animal entre os cetáceos.

é comumente a baleia cujo jato distante tantas vezes os passageiros nas rotas dos paquetes de Nova York cruzando o Atlântico avistam. No comprimento que alcança e em sua barba, a baleia de barbatana dorsal se assemelha à franca, mas tem circunferência menos portentosa e cor mais clara, aproximando-se do azeitonado. Seus enormes lábios apresentam aspecto de cabo, formado pelas dobras de grandes rugas, entrelaçadas e inclinadas. Sua grande característica distintiva, a barbatana dorsal, da qual deriva seu nome, é não raro um objeto notável. Ela tem em torno de um metro de comprimento, crescendo verticalmente a partir da parte posterior do dorso, com forma angular e uma extremidade pontiaguda muito afiada. Ainda que nenhuma outra parte da criatura se dê aos olhos, vê-se por vezes essa barbatana isolada a projetar-se claramente da superfície. Quando o mar está moderadamente calmo e ligeiramente marcado com encrespações esféricas, e essa barbatana se ergue semelhante a um gnômon[180] projetando sombras sobre a superfície ondulada, pode-se com clareza ver no círculo de água que o rodeia a semelhança de um mostrador, com seu pino e linhas horárias onduladas nele gravadas. Nesse relógio de Acaz, a sombra frequentemente retrocede.[181] A baleia de barbatana dorsal não é gregária. Ela parece odiar as baleias, assim como existem homens que odeiam os homens. Muito tímida; sempre solitária; subindo inesperadamente à superfície nas mais remotas e melancólicas águas; seu jato alto e reto elevando-se como lança misantrópica sobre uma planície árida; dotada de força e velocidade tão formidáveis em seu nadar que desafia qualquer perseguição humana — esse leviatã parece o proscrito e invencível Caim de sua raça,[182] carregando como estigma a protuberância nas costas. Por ter a barba na boca, a baleia de barbatana dorsal é por vezes incluída, ao lado da baleia-franca, em uma espécie teórica denominada baleia de barba, ou seja, baleia com barbatana na boca. Dentre elas, parece haver muitas variedades, a maioria das quais, no entanto,

180. Objeto (estilete, coluna etc.) que, pela direção ou pelo comprimento de sua sombra no plano horizontal, indica a altura do Sol ou da Lua acima do horizonte e, por conseguinte, a hora do dia.

181. O nome Acaz é uma abreviatura de Jeoacaz, décimo segundo rei de Judá e contemporâneo do profeta Isaías. Segundo o texto bíblico, Acaz foi um mau soberano por ter promovido a idolatria, fechado as portas do Templo de Deus e sacrificado o próprio filho aos deuses pagãos. Em Isaías 38,8, Deus faz o relógio de Acaz recuar dez graus, em sinal de que pouparia Ezequias, filho de Acaz e futuro rei de Judá, da morte.

182. Segundo o Velho Testamento, revoltado com a preferência de Deus por Abel, Caim arma uma emboscada para o seu irmão e o mata com uma pedra, tornando-se o primeiro assassino da Criação. Deus pune Caim com a maldição de um desterro perpétuo e uma marca na testa para que não seja morto e cumpra a punição (ver Gênesis 4,10-15).

é pouco conhecida. Baleias de nariz largo e baleias de bico; baleias cabeça de lança; baleias de bossa; baleias de beiço e baleias de focinho são os nomes dos pescadores para alguns tipos.

Em relação à expressão "baleias de barba", é de grande importância mencionar que, embora tal nomenclatura possa ser conveniente para facilitar alusões a um ou outro tipo de baleia, é inútil tentar uma classificação clara do leviatã fundamentada em suas barbas bucais, corcundas, barbatanas ou dentes; não obstante o fato de essas partes ou características assinaladas parecerem muito obviamente mais bem adaptadas para fornecer a base de um sistema regular de cetologia do que quaisquer outras distinções corporais que a baleia, em suas espécies, apresente. E então? A barba bucal, a corcunda, a barbatana de dorso e os dentes — esses são elementos cujas peculiaridades estão indiscriminadamente dispersas entre todos os tipos de baleias, sem qualquer consideração quanto a qual possa ser a natureza de sua estrutura em outros detalhes mais essenciais. Assim, o cachalote, como a baleia-corcunda, tem uma saliência no dorso; mas aí a semelhança cessa. A baleia-corcunda, por sua vez, assim como a baleia-franca, tem a barba na boca — e novamente a semelhança cessa. E o mesmo se dá com as outras partes acima mencionadas. Em vários tipos de baleias, elas formam tamanha irregularidade de combinações; ou, no caso de qualquer uma delas assim destacado, um tamanho isolamento irregular; que por fim desafiam toda e qualquer normatização geral formada sob tais fundamentos. Nessa rocha, naufragam todos os naturalistas dedicados à baleia.

É possível, porém, aventar-se que, nas partes internas da baleia, em sua anatomia — ali, ao menos, seremos capazes de atingir a classificação correta. Não é o caso; que coisa, por exemplo, há na anatomia da baleia-da-groenlândia mais impressionante do que suas barbas bucais? Vimos, no entanto, que a partir de tal elemento é impossível classificar corretamente a baleia-da-groenlândia. Mas caso vocês desçam às entranhas dos vários leviatãs, ora — ali vocês não encontrarão distinções uma quinquagésima parte tão disponíveis ao sistematizador quanto aquelas externas já enumeradas. Que resta, então? Nada além de capturar as baleias em seu corpo, em todo o seu volume liberal, e corajosamente classificá-las dessa maneira. E este é o sistema bibliográfico aqui adotado; e é o único que pode ter sucesso, pois só ele é praticável. Sigamos em frente.

LIVRO I (In-fólio), CAPÍTULO IV (Baleia-corcunda).[183] — Esta baleia é frequentemente vista na costa norte da América. É muitas vezes capturada ali e

183. Em português, a *humpback whale* é conhecida como baleia-jubarte.

rebocada ao porto. Carrega consigo uma grande mochila, como um mascate; ou vocês poderiam chamá-la baleia-elefante ou baleia-castelo. De qualquer forma, seu nome popular não a distingue suficientemente, uma vez que o cachalote também tem uma corcunda, embora menor. Seu óleo não é muito valioso. Ela tem barbas. É a mais brincalhona e alegre de todas as baleias, fazendo mais espuma festiva e água branca do que qualquer outra.

LIVRO I (In-fólio), CAPÍTULO V (Baleia-de-gume).[184] — Sobre esta baleia pouco se sabe além do nome. Avistei-a a distância no cabo Horn. De natureza retraída, foge a caçadores e filósofos. Embora não seja covarde, nunca mostrou outra parte do corpo além das costas, que se erguem em uma longa crista afiada. Que se vá. Não sei muito mais dela, nem qualquer outro.

LIVRO I (In-fólio), CAPÍTULO VI (Baleia-barriga-de-enxofre).[185] — Outro cavalheiro retraído, provido de uma barriga de enxofre, sem dúvida conquistado à longa raspagem dos lajedos do Tártaro[186] em alguns de seus mergulhos mais profundos. Raramente é visto; pelo menos nunca o vi, exceto nos mares mais remotos do Sul, e sempre a uma distância muito grande para lhe estudar o semblante. Nunca se lhe damos caça — ele fugiria com uma quantidade sem fim de cabo. Contam-se prodígios a seu respeito. Adeus, barriga-de-enxofre! Nada mais posso dizer a seu respeito que seja verdade, nem o mais velho pescador de Nantucket.

Assim termina o LIVRO I (In-fólio), e agora começa o LIVRO II (In-oitavo).

IN-OITAVOS.[187] Estas abrangem as baleias de magnitude média, entre as quais os presentes podem ser numerados: I. Golfinho-grampo; II. Peixe preto; III. Narval; IV. Baleia assassina; V. Baleia surradora.

LIVRO II (In-oitavo), CAPÍTULO I (Golfinho-grampo). — Embora este peixe, cuja alta e sonora respiração — ou melhor, sopro — tenha inspirado um dito aos homens da terra[188] seja um bem conhecido habitante das profundezas, não

---

184. Aparentemente, a *razor-back whale* de Ismael é a baleia-comum, ou rorqual, o segundo maior dos cetáceos.
185. Trata-se da baleia-azul.
186. O inferno, na mitologia grega.
187. É evidente a razão de este livro das baleias não ser denominado in-quarto. Porque, não obstante as baleias desta ordem, embora menores que as da ordem anterior, mantenham semelhança proporcional com elas na figura, o volume in-quarto do encadernador em sua forma diminuta não preserva a forma do volume do fólio, ao passo que o volume in-oitavo sim. (N. A.)
188. O provérbio em inglês diz: "Bufa e sopra como um golfinho-grampo", o que significa "perder o fôlego".

é popularmente classificado entre as baleias. Possuindo, no entanto, todas as grandes características próprias ao leviatã, a maioria dos naturalistas o tem reconhecido como tal. Seu tamanho in-oitavo é moderado, variando de cinco a oito metros de comprimento e com dimensões de cintura correspondentes. Vive em manadas; jamais é caçado regularmente, embora renda óleo em considerável quantidade e muito bom para iluminação. Para alguns pescadores, sua abordagem é considerada presságio do avanço do grande cachalote.

LIVRO II (In-oitavo), CAPÍTULO II (Peixe preto).[189] — A todos esses peixes dou os nomes populares dos pescadores, pois geralmente são os melhores. Onde qualquer nome por acaso se mostre vago ou inexpressivo, devo dizê-lo e sugerir outro. É o que faço agora, no que diz respeito ao chamado peixe preto, pois a pretidão é regra entre quase todas as baleias. Assim sendo, chame-a baleia-hiena, por favor. Sua voracidade é bem conhecida e, pelo fato de os ângulos internos de seus lábios formarem uma curva para cima, traz um eterno sorriso mefistofélico[190] no rosto. Esta baleia mede cerca de cinco metros de comprimento. É encontrada em quase todas as latitudes. Ao nadar, tem uma maneira bastante peculiar de mostrar a barbatana do dorso, em forma de gancho, similar a um nariz romano. Quando não estão empregados em algo mais lucrativo, os caçadores de cachalotes capturam por vezes a baleia-hiena para manter o suprimento de óleo barato para uso doméstico — assim como algumas donas de casa econômicas, na ausência de convivas, e sozinhas, queimam o desagradável sebo no lugar da cera odorífera. Embora sua gordura seja muito fina, algumas dessas baleias renderão mais de trinta galões de óleo.

LIVRO II (In-oitavo), CAPÍTULO III (Narval, isto é, baleia de nariz). — Outro exemplo de baleia com nome curioso, assim chamada, suponho, por seu chifre tão próprio ter sido originalmente confundido com um nariz pontudo. A criatura tem cerca de cinco metros de comprimento, enquanto o chifre se alonga em média por um metro e meio, embora alguns excedam três metros, e outros cheguem a mais de quatro. Estritamente falando, esse chifre nada mais é do que uma presa alongada, que cresce da mandíbula em ligeiro declive na horizontal. Ela só é encontrada do lado esquerdo, acarretando um efeito nocivo, visto que confere a esta baleia aspecto análogo ao de um canhoto desajeitado.

---

189. Ismael se refere à baleia-piloto, também conhecida como *blackfish* em língua inglesa.
190. Personagem surgido na Idade Média, Mefistófeles é uma das encarnações do mal, aliado de Lúcifer na captura de almas inocentes através da sedução. Conhece seu desenvolvimento literário na tragédia de Fausto, lenda que tem sua principal representação na obra-prima de Goethe, *Fausto* (1808, 1832).

Seria difícil precisar o propósito específico a que esse chifre ou lança de marfim responde. Não parece ser utilizada como a lâmina do marlim e do espadarte; embora alguns marinheiros me digam que o narval o emprega como um ancinho para revirar o fundo do mar em busca de comida. Charley Coffin me disse que é usado à guisa de perfurador de gelo; pois o narval, subindo à superfície do mar polar e encontrando-a coberta de uma calota de gelo, arroja o chifre contra ela, rompendo-a dessa forma. Não é possível, contudo, provar a veracidade de nenhuma dessas hipóteses. Minha opinião é que, a despeito de como esse chifre unilateral pudesse ser usado pelo narval — a despeito de como seja —, decerto seria muito conveniente que lhe servisse de virador de página na leitura de panfletos. Ouvi dizer que o narval é chamado de baleia de presa, baleia de chifre e baleia unicórnio. Sem sombra de dúvida, é um exemplo curioso do unicornismo a ser encontrado em quase todos os reinos da natureza animada. De alguns antigos autores de claustro, aprendi que no passado esse mesmo chifre de unicórnio-marinho era considerado grande antídoto contra veneno e, como tal, seus preparados alcançavam preços imensos. Também era destilado em sais voláteis para mulheres dadas a desmaios, da mesma forma que os chifres dos cervos machos são transformados em sal de amônio. Originalmente, era em si mesmo considerado objeto de grande curiosidade. Fonte antiga me ensina que Sir Martin Frobisher,[191] ao retornar de viagem, ocasião na qual a rainha Bess[192] majestosamente lhe acenou a mão enfeitada de joias de uma janela do palácio de Greenwich[193] enquanto sua intrépida embarcação cruzava o Tâmisa — "Em haver retornado de viagem", reza a fonte antiga, "Sir Martin prostrou-se ante Sua Alteza e agraciou-a com longo e prodigioso

---

191. Sir Martin Frobisher (*c.* 1535-94) foi um marinheiro inglês que, comissionado pela Coroa britânica, fez três viagens à América do Norte com o intuito de encontrar uma passagem norte para o Pacífico, através do oceano Ártico. O caso mencionado pelo narrador é, porém, inventado. Consta, sim, dos relatos de viagem de Frobisher, coligidos na obra de Hakluyt, que a rainha tivesse um "chifre", mas este não lhe havia sido oferecido pelo navegador; consta tão somente da obra que o navegador tenha recebido "um aceno" da rainha. Tampouco é verídica a história do "autor irlandês" que menciona o primeiro conde de Leicester, Robert Dudley, aristocrata próximo à rainha e, segundo registros, seu amante por toda a vida — o que coloca o "outro chifre" em questão sob uma perspectiva evidentemente erótica.

192. Elizabeth I (1533-1603) foi rainha da Inglaterra e Irlanda de 1558 até sua morte e a quinta e última monarca da dinastia Tudor. Sob seu reinado, a Inglaterra deu passos importantes para se estabelecer como potência naval europeia. O apelido "Bess", embora conste de seus epítetos — "A Rainha Virgem", o mais conhecido deles —, aqui tem o tom provocativo de alguém que não reconhece a legitimidade dos protocolos aristocráticos.

193. O palácio de Greenwich foi uma residência real inglesa construída em 1443, localizada às margens do rio Tâmisa, nas imediações de Londres.

chifre de narval, que por largo período subsequente ficou exposto em parede do castelo de Windsor". Um autor irlandês professa que o conde de Leicester, ajoelhado, também presenteou sua alteza com outro chifre, pertencente a uma besta terrestre de natureza unicórnia.

Observa-se no narval uma aparência muito pitoresca de leopardo, tendo uma cor de fundo branco-leitosa coberta de manchas pretas redondas e ovaladas. Seu óleo é de qualidade superior, claro e fino; mas dele pouco há, e ele raramente é caçado. É encontrado principalmente nos mares circumpolares.

LIVRO II (In-oitavo), CAPÍTULO IV (Baleia assassina).[194] — Sobre esta baleia, pouco sabe precisar o pescador de Nantucket, e absolutamente nada sabe o declarado naturalista. Tendo-a visto ao longe, digo-lhes que não era maior do que um golfinho-grampo. É muito selvagem — uma espécie de peixe polinésio. Vez por outra prende-se ao lábio das grandes baleias in-fólio e fica ali pendurada como uma sanguessuga, a ponto de causar grande incômodo à poderosa besta. A baleia assassina nunca é caçada. Nunca soube que tipo de óleo ela tem. Que se faça objeção ao nome dado a esta baleia em razão de sua indeterminação. Pois todos somos assassinos, na terra e no mar. Bonapartes e tubarões inclusos.

LIVRO II (In-oitavo), CAPÍTULO V (Baleia surradora).[195] — Este cavalheiro é famoso pela cauda, que usa à guisa de férula, para espancar os inimigos. Ele monta nas costas da baleia in-fólio e, enquanto esta nada, o dito cavalheiro abre caminho açoitando-a; alguns mestres-escolas sobrevivem no mundo por processo semelhante. Sobre a surradora, sabe-se ainda menos do que sobre a assassina. Ambas são bandoleiras, mesmo em mares sem lei.

Assim termina O LIVRO II (In-oitavo) e começa O LIVRO III (In-duodécimo).

IN-DUODÉCIMOS. Incluem as baleias menores. I. Toninha hurra-hurra. II. Toninha-argelina. III. Toninha-boca-de-farinha.

Para aqueles que não tiveram a oportunidade de estudar detidamente o assunto, pode parecer estranho que peixes que normalmente não excedem um metro e meio estejam perfilados entre as BALEIAS, palavra que, no sentido popular, sempre transmite uma ideia de grandeza. Mas as criaturas colocadas

---

194. Chamada por vezes de baleia assassina, a orca (*Orcinus orca*) não é uma baleia de fato, mas sim a maior representante da família dos golfinhos (*Delphinidae*), conhecida por sua bela coloração alvinegra, longa barbatana dorsal e pela agilidade que a torna um dos maiores predadores do reino animal.

195. Provavelmente se refere à falsa-orca, que no século XIX participava do gênero *Orca*, hoje *Orcinus*, mas tem seu parentesco mais próximo com o golfinho-grampo.

acima como in-duodécimos são de fato baleias, segundo os termos de minha definição do que é uma baleia, a saber: um peixe com jato de água e cauda horizontal.

LIVRO III (In-duodécimo), CAPÍTULO I (Toninha hurra-hurra).[196] – Esta é a toninha comum encontrada em quase todo o mundo. O nome é de minha própria outorga; pois há mais de uma espécie de toninha, e algo deve ser feito para distingui-las. Eu a chamo assim porque sempre nada em cardumes hilariantes, que na amplidão do mar lançam-se continuamente aos ares como os gorros em uma multidão do Quatro de Julho. Sua manifestação é via de regra comemorada pelo marinheiro. Cheias de alegria, elas invariavelmente vêm a barlavento com as ondas e a brisa que as acompanha. São os jovens que sempre vivem para onde o vento leva. São consideradas um bom augúrio. Se por acaso tendes a cara de recusar três vivas ao entusiasmo desses peixes, então que o céu vos ajude – não tendes convosco o espírito da boa brincadeira. Uma toninha hurra-hurra gordinha e bem alimentada renderá um bom galão de óleo de qualidade. Mas o fluido fino e delicado extraído de suas mandíbulas é extremamente valioso. É bastante requisitado por joalheiros e relojoeiros. Os marinheiros o utilizam em sua pedra de afiar. A carne da toninha é bem saborosa, como se sabe. Pode nunca ter ocorrido a vocês que uma toninha jorra água. Na verdade, seu orifício respiratório é tão pequeno que chega a ser difícil identificá-lo de pronto. Da próxima vez que surgir uma oportunidade, prestem atenção – e vocês verão o grande cachalote em miniatura.

LIVRO III (In-duodécimo), CAPÍTULO II (Toninha-argelina).[197] – Uma pirata. Muito selvagem. Encontrada apenas, acho, no Pacífico. É um pouco maior do que a hurra-hurra, mas segue as formas desta de modo geral. Provoque-a, e ela se transforma em um tubarão. Já participei de muitas arriadas para persegui-la, mas ainda nunca a vi capturada.

LIVRO III (In-duodécimo), CAPÍTULO III (Toninha-boca-de-farinha).[198] – O maior tipo de toninha; e tanto quanto se tem notícia, só encontrada no Pacífico.

196. Possivelmente o cetáceo conhecido como toninha-comum.
197. Não é possível localizar a espécie a que o narrador se refere. A ver pelo critério de nomeação utilizado no caso da toninha hurra-hurra, pode-se dizer que se trata de uma diferenciação mediada pela experiência e não por qualquer critério científico, ainda que indireto. A designação "argelina" deriva do fato de os portos da Argélia (parte de uma região mais ampla conhecida por Barbária ou Berbéria e que incluía as costas do Marrocos, da Tunísia e da Líbia) terem sido por séculos, até meados do século XIX, base de operações de navios piratas.
198. Pelas características do focinho, trata-se do golfinho-liso-do-sul.

O único nome pelo qual foi até agora designada é dos pescadores — toninha-franca, pelo fato de ser encontrada sobretudo nas proximidades desse in-fólio. Na forma, difere em certa medida da hurra-hurra, tendo circunferência menos rotunda e alegre; e compondo, na verdade, figura bastante elegante e cavalheiresca. Não tem nadadeiras no dorso (a maioria das demais toninhas tem), ostenta uma cauda adorável e os olhos amendoados e sentimentais de um indiano. É a boca mosqueada que lhe estraga tudo. Embora seu dorso inteiro até as nadadeiras laterais seja coberto de um profundo azeviche, constitui-se uma linha limite, distinta como a marca no casco de um navio, chamada de "cintura brilhante"; tal fronteira se desenha de proa a popa, separando duas cores, preto acima e branco abaixo. O branco abrange parte da cabeça e toda a boca, aparência que nos leva a imaginar que acabou de escapar de uma visita criminosa a um saco de farinha. Um aspecto muito feio e farinheiro! Seu óleo não difere muito do da toninha comum.

Visto que a toninha é a menor das baleias, este sistema não vai além do in-duodécimo. Acima, vocês têm todos os leviatãs dignos de menção. Existe, porém, uma turba de baleias indeterminadas, fugitivas, meio fabulosas, as quais eu, na condição de baleeiro americano, conheço de reputação, mas não pessoalmente. Enumero-as a seguir sob suas alcunhas de tombadilho, uma vez que seja possível que uma tal lista possa ser de grande valia para futuros investigadores, talvez aptos a completar o que comecei aqui. Se doravante qualquer uma das seguintes baleias for capturada e identificada, pode ser prontamente incorporada a este sistema, segundo sua magnitude in-fólio, in-oitavo ou in-duodécimo: baleia-de-bico-de-garrafa; baleia-charque; baleia-miolo-mole; baleia-do-cabo; baleia-líder; baleia-canhão; baleia-magrela; baleia-cobreada; baleia-elefante; baleia-iceberg; baleia-molusco; baleia-azul;[199] etc. A partir de autoridades islandesas, holandesas e inglesas antigas, outras listas podem ser citadas, sugerindo baleias improváveis, batizadas com variada e inculta nomenclatura. Omito-as, porém, em sua absoluta obsolescência; e não consigo

199. Das diferentes denominações acima citadas, apenas as da baleia-de-bico-de-garrafa e a da baleia-azul correspondem a espécies específicas, reforçando a autoridade empírica dos baleeiros e de seu jargão em contraponto à ciência, da qual Ismael se serve formalmente para a estruturação enciclopédica do capítulo.

evitar a suspeita de que sejam meros sons, repletos de leviatanismo, porém significando nada.[200]

Concluindo: afirmou-se de início que este sistema não se apresentaria aqui e de uma vez completo. Não lhes resta dúvida de que mantive minha palavra. Deixo aqui, portanto, meu sistema cetológico inacabado, assim como a grande catedral de Colônia foi deixada, com o guindaste ainda em pé no topo da torre incompleta. Pois tudo que de pequeno se levanta pode ser concluído por seus primeiros arquitetos; os grandes, os verdadeiros erguimentos, sempre deixam a pedra final para a posteridade. Deus me impeça de completar qualquer coisa. Todo este livro não é mais do que um esboço — não: o esboço de um esboço. Oh, Tempo, Força, Dinheiro e Paciência!

---

200. O arremate do parágrafo ecoa *Macbeth* v, v. 26-28: "A vida é uma história/ contada por um idiota, repleta de som e fúria/ significando nada".

33
O *Specksynder*

No que diz respeito aos oficiais da embarcação baleeira, este nos parece momento tão propício quanto qualquer outro para o registro de uma pequena peculiaridade doméstica, decorrente da existência da classe de oficiais arpoadores, classe desconhecida, evidentemente, de qualquer outra marinha que não a dedicada à baleação.

A grande importância atribuída ao ofício do arpoador se manifesta no fato de que, originalmente na antiga pescaria holandesa, há mais de dois séculos, o comando de um navio baleeiro não residia inteiramente na pessoa agora chamada de capitão, mas se dividia entre este e um oficial chamado *specksynder*.[201] A palavra significa, literalmente, cortador de gordura; o uso, entretanto, com o tempo a fez equivalente de mestre-arpoador. Naqueles idos, a autoridade do capitão restringia-se à navegação e ao gerenciamento geral da embarcação; enquanto no que concernisse à caça e a todas as suas necessidades, o *specksynder* ou mestre-arpoador reinava supremo. Na pesca groenlandesa dos britânicos, sob o título corrompido de *specksioneer*, ainda se conserva esse velho oficial holandês, com sua antiga dignidade, porém tristemente abreviada. Em nossos dias, ele ocupa a patente de um mero arpoador veterano; e, como tal, é apenas um dos subalternos mais baixos do capitão. No entanto, como é da boa conduta dos arpoadores que em grande parte o sucesso de uma viagem baleeira depende; e uma vez que na pesca americana ele não é apenas um oficial importante a bordo do bote, como em certas circunstâncias (vigílias noturnas em região de cruzeiro baleeiro) também compete a ele o comando do convés do navio; portanto, a grande máxima política do mar exige que ele viva nominalmente separado da arraia-miúda e seja de alguma forma distinguido como seu superior profissional; embora sempre estimado por eles como seu igual social.

Ora, a grande distinção que se traça entre oficial e marujo é: este vive na proa, aquele na popa. Daí que tanto nos navios baleeiros quanto nos mercantes

---

201. Em holandês, a palavra se escreve *speksnijder* e tem o significado mencionado pelo narrador.

os imediatos têm seu alojamento com o capitão; e assim, também, na maioria dos baleeiros americanos, os arpoadores ficam alojados na parte de trás do navio. O que significa dizer: eles fazem suas refeições na cabine do capitão e dormem em local que se comunica indiretamente com ela.

Não obstante o dilatado período de uma viagem baleeira pelos Mares do Sul (sem dúvida a mais longa de todas as viagens feitas pelo homem, hoje ou em qualquer período), os perigos a ela inerentes e a comunidade de interesses dominantes em uma companhia dentro da qual todos, da mais alta à mais baixa patente, dependem em sua recompensa não da paga fixa, mas da sorte e, com ela, de vigilância, intrepidez e duras tarefas comuns — não obstante todas essas coisas tendam, em alguns casos, a gerar disciplina menos rigorosa do que nos navios mercantes em geral; não importa a semelhança que o modo de vida desses baleeiros guarde, em alguns casos mais primitivos, com os de uma antiga família mesopotâmica; dadas tais circunstâncias, pelo menos as meticulosas formalidades do tombadilho raramente são afrouxadas e de maneira nenhuma eliminadas. Na verdade, muitos são os navios de Nantucket nos quais vocês verão o comandante desfilando em seu tombadilho com um fausto de altivez que nenhuma marinha militar supera; ou ainda arrancando à tripulação tamanha deferência que mais parecerá investido da púrpura imperial, não do mais surrado traje de piloto.

E embora dentre todos os homens o temperamental capitão do *Pequod* fosse o menos dado a esse tipo de orgulho superficial; e embora a única deferência que exigisse fosse a da obediência inquestionável e imediata; e embora não intimasse a homem algum que tirasse os sapatos antes de pisar no tombadilho; e embora houvesse ocasiões nas quais, em razão de circunstâncias peculiares, relacionadas a eventos que merecerão detalhamento posterior, ele se dirigisse à maruja em termos excepcionais, seja por complacência, seja *in terrorem*,[202] ou o que fosse; mesmo assim, o capitão Ahab jamais deixava de observar a galhardia dos usos e costumes do mar.

Talvez não escape à observação, cedo ou tarde, que por vezes muito possivelmente ele se dissimulasse por trás de tais usos e costumes; servindo-se ocasionalmente deles para fins mais particulares do que aqueles aos quais eles legitimamente se destinavam. O sultanismo que lhe era tão próprio ao cérebro e, doutro modo, teria permanecido em grande medida latente; através desses usos, esse mesmo sultanismo ganhava as formas de uma ditadura irresistí-

---

202. Em latim no original, "para aterrorizar".

vel. Pois seja a superioridade intelectual de um homem o que for, ela jamais é capaz de impor propriamente sua hegemonia sobre os demais sem o auxílio de algum tipo de engenho e fortaleza exterior, sempre em si mesmo mais ou menos ordinário e reles. É tal engenho e fortaleza que mantém para sempre os verdadeiros príncipes do Império de Deus a distância dos palanques eleitorais do mundo; e reserva as mais altas honrarias que este ar pode oferecer àqueles que se fizeram famosos mais por sua infinita inferioridade em meio ao invisível punhado de escolhidos do Divino Inerte do que por sua inquestionável superioridade ante a platitude da massa. Tão imensa virtude subjaz a essas trivialidades quando investidas de superstições políticas extremas que, como se verifica em alguns exemplos da realeza, elas conferem potência até mesmo a uma aparvalhada imbecilidade. Mas quando, como no caso de Nicolau, o tsar,[203] a coroa anelada do império geográfico cinge um cérebro imperial; então, os rebanhos plebeus se curvam humilíssimos ante a formidável centralização. Um dramaturgo trágico que retratasse a indomabilidade mortal em sua mais completa amplitude e catastrófica oscilação jamais esquecerá uma sutileza, de resto tão cara a sua arte, como a que agora se alude.[204]

Mas Ahab, meu capitão, ainda se move diante de mim em toda a severidade e aspereza do nantucketense; e neste episódio que toca a imperadores e reis, não devo omitir que o centro de minha atenção é tão somente um pobre e velho caçador de baleias; donde toda a majestade de mantas e arções[205] exteriores me é negada. Oh, Ahab! O que existe de imenso em ti há de ser arrancado aos céus, buscado às profundezas, representado em ar etéreo!

203. Nicolau I (1796-1855) foi imperador da Rússia e grão-duque da Finlândia de 1825 até sua morte. O reinado de Nicolau foi marcado pela tirania com que tratou dissidentes e o conservadorismo ante reformas administrativas de cunho modernizador.

204. Ismael sugere que essa será sua função, o que explicará a inserção, ao longo da narrativa, de rubricas teatrais quando a ação a bordo do navio for pautada.

205. Armação da sela de montaria, de madeira revestida de couro, formada por uma arcada na dianteira e outra na traseira.

34
A mesa da cabine

É MEIO-DIA; e Bolinho, o camareiro, projetando o rosto pálido feito um filão para fora da escotilha da cabine, anuncia a refeição a seu amo e grão-senhor; que, a sotavento, sentado no bote de ré, acabara de concluir as medições do sol e agora, em silêncio, calcula a latitude na tabuleta lisa em forma de medalhão reservada a esse propósito diário na parte superior de sua perna de marfim. De sua total desatenção ao que lhe era informado, vocês pensariam que o temperamental Ahab não dera ouvidos ao criado. De pronto, porém, agarrando-se aos ovéns de mezena, ele claudica ao convés e, com voz vazia de qualquer emoção ou nuança, diz: "Almoço, sr. Starbuck", para em seguida desaparecer na cabine.

Extinto o último eco dos passos de seu sultão, e inferindo, portanto, que este já se encontra devidamente acomodado, Starbuck, o primeiro emir,[206] levanta-se de sua quietude, caminha de um lado a outro pelo convés e, depois de uma grave espiadela na bitácula, diz, não sem gentileza, "Almoço, sr. Stubb", e desce pela escotilha. O segundo emir demora-se um instante no cordame e, em seguida, sacode levemente o braço do mastro principal para verificar se tudo se encontra em ordem com aquele importante cabo, toma para si o velho refrão e, com um rápido "Almoço, sr. Flask", segue seus predecessores.

Mas o terceiro emir, encontrando-se então a sós no tombadilho, parece sentir-se aliviado de alguma curiosa restrição; pois, lançando piscadelas sugestivas em todas as direções e arrancando os sapatos, põe-se a dançar um *hornpipe* agitadíssimo,[207] porém silencioso, bem em cima da cabeça do grão-turco; e então, por um truque bastante habilidoso, jogando o gorro no cesto de mezena, como fizesse dele prateleira, desce alegre enquanto permanece visível ao convés, revertendo as demais procissões ao imprimir música à retaguarda. Antes

206. Título árabe de natureza aristocrática, equivalente do príncipe europeu, mas historicamente com aplicação também militar. Na sequência, Ahab será referido como o "grão-turco", título dado ao sultão do Império Otomano e equivalente do rei europeu.
207. O *hornpipe* designa um rol de danças praticadas sobretudo por ingleses, escoceses e irlandeses, cujas primeiras referências datam do século XVI, já relacionadas ao divertimento de marinheiros em navios de bandeira britânica.

de chegar ao limiar da porta da cabine, porém, para, investe o rosto de nova expressão e, então, o pequeno Flask, independente e gozador, chega à presença do rei Ahab encarnando a personagem de *Abjectus*, ou o Escravo.

Dentre todas as coisas estranhas às quais a intensa artificialidade dos costumes do mar dá ensejo, não é a menor delas que alguns oficiais, quando ao ar livre, sobre as tábuas do convés, comportem-se com desafiadora coragem ante seu comandante, uma vez provocados; e, no entanto, basta que desçam no instante seguinte para o tradicional almoço na cabine do mesmo comandante para que adotem de pronto — é quase certo — um ar inofensivo, para não dizer autodepreciativo e humilde, diante dele, enquanto este preside a mesa; é uma cena maravilhosa, quando não muito engraçada. Por que essa diferença? Algum problema? Talvez não. Ter sido Belsazar rei da Babilônia,[208] e tê-lo sido não com arrogância, mas gentileza, nisso decerto devia haver algum toque de grandeza mundana. Mas aquele que com espírito de régia justiça e inteligência preside a própria mesa de almoço acompanhado dos seus — o poder inconteste desse homem e o domínio de sua influência individual durante a ocasião; o estado de realeza desse homem transcende o de Belsazar, pois Belsazar não foi o maior. Aquele que uma só vez ofereceu um almoço a seus amigos provou o que é ser César. É um feitiço do tsarismo social ao qual não se tem como resistir. Agora, se a essa consideração vocês acrescentarem a superioridade oficial de um comandante de navio, então, por inferência, derivarão a causa dessa peculiaridade da vida em alto-mar acima mencionada.

Ante a mesa incrustada de marfim, Ahab presidia a reunião como um silencioso leão-marinho de juba sobre brancos arrecifes de coral, cercado da prole guerreira e deferente. Cada oficial esperava o momento de ser servido. Diante de Ahab, eram como criancinhas; e, no entanto, em Ahab não parecia haver a menor arrogância social. Num só pensamento, com os olhos atentos fitos na faca do velho, enquanto este fatiava o prato principal diante de si. Não consigo conceber que tivessem profanado aquele instante com a menor observação, ainda que sobre assunto tão neutro quanto o tempo. Não! E ao estender garfo e faca, entre os quais se prendia a fatia de carne, Ahab sinalizou a Starbuck que aproximasse o prato; e o imediato recebeu sua posta como quem recebesse uma esmola; e a cortou com delicadeza; e não sem o temor de,

---

208. Referência ao banquete do rei babilônio Belsazar, descrito em Daniel 5,1. Durante o banquete, surgem palavras escritas em uma das paredes do palácio. O profeta Daniel é chamado a interpretá-las, informando ao rei que elas vaticinavam sua destruição. Ver nota 646.

por acaso, a faca arranhar o prato; e mastigou silenciosamente; e engoliu, não sem cautela. Pois, à maneira do banquete da coroação em Frankfurt, onde o imperador alemão se regala de profundo almoço com os sete Eleitores Imperiais,[209] tais refeições na cabine eram de alguma medida refeições solenes, realizadas em assombroso silêncio, embora o velho Ahab não proibisse as conversas à mesa — fato apenas era que permanecia calado. Que alívio sentiu Stubb, que mal respirava, quando um rato fez um súbito ruído no porão abaixo. E pobre Flask, ele que era o filho mais novo, o garotinho dessa aborrecida reunião familiar. A ele couberam os ossos da tíbia da carne salgada; suas teriam sido as pernas do frango. Tivesse Flask ousado servir-se, isso lhe teria parecido o equivalente a um flagrante de furto. Tivesse Flask se servido naquela mesa, sem dúvida nunca mais teria sido capaz de conservar a cabeça erguida neste honesto mundo; e, no entanto, é estranho dizer, Ahab nunca o proibira; e se Flask tivesse de fato se servido, o mais provável é que Ahab não o notasse. Flask ousava ainda menos servir-se de manteiga. Talvez pensasse que os donos do navio lha negavam sob o risco de que com ela barrasse sua tez clara e ensolarada; talvez julgasse que, numa viagem tão longa em águas desprovidas de feira, a manteiga fosse uma raridade e, portanto, não lhe coubesse, ele que era um subalterno; de uma forma ou de outra, Flask — pobre Flask! — era um homem desamanteigado!

Outra coisa. Flask era a última pessoa a descer ao almoço, e Flask era o primeiro a se levantar. Pensem! Ora, por essa razão, o tempo de Flask para o rancho era apertadíssimo! Tanto Starbuck quanto Stubb começavam antes; e, no entanto, tinham o privilégio de subir depois. Se o próprio Stubb, que está logo acima de Flask, por acaso se vê com pouco apetite e logo apresenta sinais de concluir a refeição, então Flask precisa se apressar — em um dia assim, ele não vai levar à boca mais do que três garfadas; pois é contra a liturgia que Stubb preceda Flask no convés. Daí que certa feita Flask confessou em privado que, desde que alcançara a dignidade de oficial, daquele momento em diante nunca mais soubera o que era sentir outra coisa que não fome, em maior ou menor medida. Pois o que comia não chegava exatamente a aliviar sua fome, pelo contrário, a preservava em uma espécie de imortalidade. Ficar em paz e satisfeito, duas coisas que sumiram do meu estômago, pensava Flask. Sou um

209. No Sacro Império Romano-Germânico, os banquetes de coroação ocorriam em Frankfurt, em um salão do palácio da cidade conhecido como Kaisersaal, ou Salão do Imperador. Ali se dava a eleição do imperador, realizada por um grupo de nobres e clérigos.

oficial; mas como gostaria de poder catar um pouco daquele charquezinho velho de guerra no castelo de proa como fazia quando era marujo de convés. Veja o que são os frutos da promoção; veja o que é a vaidade da glória; veja o que é a insanidade da vida! Além disso, se fosse o caso de qualquer reles marinheiro guardar rancor de Flask na qualidade de oficial, tudo o que esse marinheiro precisava fazer para se vingar era ir à popa na hora do almoço e dar uma espiada pela claraboia da cabine, vendo Flask sentado feito um idiota abobalhado diante do terrível Ahab.

Ora, Ahab e seus três imediatos formavam o que se podia chamar de primeira mesa na cabine do *Pequod*. Depois de sua partida, que se dava em ordem inversa à de chegada, a toalha de lona era limpa, ou antes recomposta apressadamente pelo pálido camareiro. E então os três arpoadores eram convidados ao banquete, sendo eles os legatários das sobras. Eles convertiam a alta e poderosa cabine em uma espécie de refeitório temporário para a criadagem.

Em estranho contraste com as quase intoleráveis restrições e a invisível e inominada ditadura que se impunha à mesa do capitão, havia a paz e a permissividade despreocupadas, a democracia quase frenética daqueles camaradas inferiores, os arpoadores. Se, por um lado, seus senhores, os imediatos, pareciam temerosos ante o som das dobradiças das próprias mandíbulas, os arpoadores por sua vez mastigavam a comida com tanto gosto que se ouvia seu estalar. Almoçavam como senhores; enchiam as barrigas como aqueles navios em portos da Índia que passam dias inteiros sendo carregados de especiarias. Queequeg e Tashtego tinham apetites tão exuberantes que, para preencher o vazio deixado pela refeição anterior, muitas vezes o pálido Bolinho era obrigado a servir uma peça inteira de charque, aparentemente arrancada ao boi vivo. E quando ele não se mostrava atento em torno da mesa, quando não saltitava como um gafanhoto de um lado para outro, então Tashtego tinha uma maneira em nada cavalheiresca de fazê-lo apressar-se arremessando-lhe um garfo nas costas como um arpão. E uma vez Daggoo, acometido de súbito bom humor, auxiliou a memória de Bolinho erguendo-o de corpo inteiro e deitando sua cabeça sobre uma enorme travessa de madeira vazia, enquanto Tashtego, faca na mão, pôs-se a traçar o círculo preliminar do escalpo. Esse camareiro com cara de pão era, por natureza, um sujeitinho muito trêmulo e sobressaltado — filho de um padeiro falido com uma enfermeira de hospital. E com o espetáculo fixo do sombrio e terrível Ahab e as tumultuadas e periódicas visitas desses três selvagens, a vida de Bolinho era um contínuo tremor de lábios. Normalmente, depois de ver os arpoadores servidos de tudo que exigiam, fugia de suas garras correndo a sua pequena despensa adjacente e espiando dali, pelas venezianas da porta, com medo, até que tudo acabasse.

Que espetáculo era ver Queequeg sentado diante de Tashtego, opondo seus dentes afiados aos do índio; enquanto Daggoo, sentado transversalmente no chão, uma vez que um banco teria levado sua cabeça emplumada como um féretro a tocar as sobrequilhas baixas; fazendo a estrutura da cabine tremer a cada movimento de seus membros colossais, como quando um elefante africano se encontra embarcado como passageiro em um navio. Apesar de tudo isso, porém, o prodigioso negro era maravilhosamente moderado, para não dizer delicado. Parecia impossível crer que, com garfadas tão diminutas, pudesse conservar a propagação do princípio vital por massa tão larga, soberba e varonil. Não restava dúvida, porém, que esse nobre selvagem se alimentava com vigor e sorvia profundamente do elemento abundante do ar; e através de suas narinas dilatadas aspirava a vida sublime dos mundos. Não são carne e pão que fazem e alimentam os gigantes. Os lábios de Queequeg, por sua vez, produziam um bárbaro estalo mortal ao comer — um som bastante feio —, a tal ponto que o assustadiço Bolinho quase olhava para ver se alguma marca de dente não se desenhava em seus próprios braços macilentos. E quando ouvia Tashtego exigir-lhe a presença para que os ossos em seu prato fossem recolhidos, o camareiro simplório tinha súbitos ataques de pânico que quase o faziam estilhaçar a louça que o rodeava na despensa. O mesmo valia para as pedras de amolar, que os arpoadores carregavam nos bolsos para o uso em suas lanças e outras armas e com as quais afiavam ostensivamente as facas — o som abrasivo que produziam em nada ajudava a trazer paz ao pobre Bolinho. Como podia ele não esquecer que Queequeg, por exemplo, em seus tempos polinésios, decerto fora autor de festivas impudências assassinas? Ai, Bolinho! Quão difícil é a lide do camareiro branco que serve canibais. A teu braço não cabia toalha, mas escudo. Em boa hora, porém, e para seu grande deleite, os três guerreiros dos mares salgados se levantavam e partiam; enquanto a seus ingênuos ouvidos, entupidos de crendices, todos os seus ossos marciais retiniam a cada passo, como cimitarras mouras em suas bainhas.

Mas, embora esses bárbaros fizessem suas refeições na cabine e, nominalmente, lá vivessem; uma vez que eram tudo, exceto sedentários em seus hábitos, quase nunca se encontravam ali, exceto à hora de comer e pouco antes de dormir, quando passavam por ali no caminho dos próprios aposentos.

Nesse ponto específico, Ahab não parecia exceção à maioria dos capitães de navios baleeiros americanos, que, em conjunto, preferem acreditar que, por direito, a cabine do navio lhes pertence; e que somente por cortesia qualquer outra pessoa tem a autorização de ali estar a qualquer momento. De modo que, a bem da verdade, era mais justo dizer que os imediatos e arpoadores do *Pequod* viviam mais fora do que dentro da cabine. Pois quando entravam, era algo como a porta da rua de uma casa — voltando-se para dentro por um instante somente, para ser expulsa no seguinte; e conhecendo por condição permanente viver ao ar livre. Não se podia dizer que perdessem muito com isso; na cabine não havia companhia; socialmente, Ahab era inacessível. Embora para todos os efeitos incluído no censo da cristandade, era a ele inteiramente alheio. Vivia no mundo como o último dos ursos-pardos viveu no Missouri colonizado. E como quando primavera e verão são findos, aquele Logan[210] selvagem da floresta, enterrando-se no oco de uma árvore, ali permanecia por todo o inverno, chupando as próprias patas; assim, em sua velhice inclemente e uivante, a alma de Ahab, encerrada no tronco cavoucado de seu corpo, ali se alimentava das taciturnas patas de seu crepúsculo!

210. Chefe Logan (1725-80) foi uma liderança nativa norte-americana da nação Mingo, estabelecida no espaço ocupado pela colônia da Virgínia, cuja comunidade estabeleceu relação amistosa com colonos europeus até que sua família inteira foi morta em um massacre. Depois do assassinato, sua nação declarou guerra contra os colonos e comandou ataques a assentamentos, o que desencadeou um conflito maior, a Guerra de Dunmore (1774).

35
O topo do mastro

Foi em clima dos mais aprazíveis que, no devido rodízio com os demais marinheiros, conheci minha primeira ida ao topo do mastro.

Na maioria dos navios baleeiros americanos, os topos dos mastros são equipados quase que simultaneamente ao momento em que o navio deixa o porto, ainda que este tenha quinze mil milhas ou mais para navegar antes de chegar à região de cruzeiro propriamente dita. E se, depois de uma viagem de três, quatro ou cinco anos, o navio se aproxima do porto natal carregando algum recipiente vazio — um frasquinho que seja —, seus mastros permanecerão equipados até o fim; e é só quando seus paus de cutelo de sobrejoanete se encontrarem entre os pináculos do porto que a nau perderá por completo a esperança de capturar mais uma baleia.

Ora, como o negócio de ocupar os topos de mastros, em terra ou alto-mar, é muito antigo e interessante, discorramos um tanto sobre o assunto. Suponho que os antigos egípcios estejam entre os primeiros ocupantes dos topos de mastro — visto que, em minhas pesquisas, não encontro quem os anteceda. Pois embora seja certo que seus progenitores, os construtores de Babel,[211] tenham pretendido erguer, com sua torre, o mastro mais alto de toda a Ásia, ou mesmo da África; uma vez que (antes que a última borla o encimasse) seja possível dizer que aquele imenso mastro de pedra veio a pique no terrível vendaval da ira divina; assim sendo, não podemos conceder a esses construtores de Babel a primazia sobre os egípcios. E que os egípcios tenham constituído uma nação de gajeiros é uma afirmação baseada na crença geral entre os arqueólogos de que as primeiras pirâmides foram erigidas para fins astronômicos — teoria singularmente sustentada pela particular construção em escada de todos os quatro lados de tais edificações,[212] através das quais, mediante longos e prodigiosos

211. Em Gênesis 11,1-9, a narrativa da Torre de Babel concentra o mito explicativo do surgimento das diferenças linguísticas entre os povos, consequência do projeto humano de construir uma torre que alcançasse o céu. Para que a ideia não tivesse êxito, Deus embaralhou as línguas faladas, desfazendo a mútua compreensão entre as pessoas.
212. Ismael omite o fato de que as pirâmides, em sua construção, eram revestidas de calcário branco polido e tinham suas faces lisas.

erguimentos de suas pernas, aqueles velhos astrônomos costumavam subir ao mirante e anunciar a descoberta de novas estrelas, de modo não diverso com que se anunciam dos mirantes dos navios modernos o surgimento de outras embarcações ou baleias. Em são Estilita,[213] famoso eremita cristão da Antiguidade que construiu para si um elevado pilar de pedra no deserto e passou toda a última quadra da vida em seu cume, içando sua comida do chão com uma talha — nele temos notável exemplo de intrépido gajeiro; que não conhecendo nevoeiro ou nevasca, chuva, geada ou granizo que o fizesse evadir o posto; e enfrentando tudo com brio até o fim, literalmente morreu em seu posto. Dos ocupantes modernos dos topos de mastro, resta-nos um embotado conjunto, meros homens de pedra, ferro e bronze que, embora bastante capazes de enfrentar fortes vendavais, são absolutamente incapazes de anunciar qualquer estranha aparição. Lá está Napoleão, que no topo da coluna de Vendôme se conserva de braços cruzados erguido a quase cinquenta metros no ar, indiferente a que Luís governa os conveses abaixo — se Felipe, Blanc ou o Diabo.[214] O Grande Washington também se levanta bem alto em seu imponente mastro principal em Baltimore;[215] como um dos pilares de Hércules,[216] sua coluna as-

---

213. São Simeão Estilita, o Antigo (389-459), foi um asceta cristão que viveu por 36 anos no cimo de um pilar de pedra que se tornou espaço de peregrinação.

214. Erigida por ordem de Napoleão Bonaparte em 1806 em comemoração a sua vitória na Batalha de Austerlitz, tendo no topo uma estátua de si mesmo com trajes de imperador romano, a coluna de Vendôme é um monumento parisiense situado na praça de mesmo nome. Conhecido como "Rei Cidadão" e "Rei Burguês", Luís Filipe I (1773-1850) esteve à frente do governo francês entre 1830 e 1848. Seu reinado teve forte influência burguesa e foi marcado por políticas conservadoras, que levaram a sua queda na Revolução de 1848, quando se proclamou a Segunda República francesa. Louis Blanc (1811-82) foi um socialista francês com participação de destaque na Revolução de 1848, quando suas ideias — entre as quais a fundação de associações de trabalhadores, as Oficinas Nacionais, de financiamento estatal e tendo fins assistenciais — foram colocadas em prática, em um pacto entre liberais e socialistas que, por fim, teve curta duração. Luís, o Diabo, refere-se ao apelido conferido a Luís Napoleão, sobrinho de Napoleão Bonaparte, que assumiu papel de destaque pós-Revolução de 1848 e, uma vez eleito presidente, em um autogolpe instituiu-se imperador, posição que ocupou, sob o título de Napoleão III, entre 1852 e 1870, com a derrota da França na Guerra Franco-Prussiana e o estabelecimento da Terceira República francesa.

215. Em moldes similares à coluna de Vendôme francesa, o monumento a Washington consiste em uma elevada torre no topo da qual se instalou uma estátua do general e presidente norte-americano. A construção teve início em 1815 e foi concluída em 1829.

216. Os promontórios existentes nas pontas do estreito de Gibraltar — o africano, monte Musa, e o europeu, o rochedo de Gibraltar — são conhecidos por Colunas de Hércules, assim chamadas a partir da mitologia grega: um dos trabalhos do herói grego era transpor um estreito marítimo, o que fez abrindo a passagem entre os continentes africano e europeu.

sinala o cume da grandeza humana além do qual poucos mortais irão. Também o almirante Nelson, em um cabrestante de ferro de canhão, ocupa seu topo de mastro em Trafalgar Square[217] e, mesmo quando velado pela fumaça londrina, ainda resta o sinal de que um herói ali se esconde; pois onde há fumaça, há fogo. Contudo, nem o grande Washington, nem Napoleão ou Nelson responderão a um único apelo de baixo, por mais loucamente que sejam invocados a auxiliar com seu bom conselho os conveses enfurecidos acima dos quais conservam olhos fitos; pode-se supor, entretanto, que seus espíritos penetrem a densa névoa do futuro e vislumbrem quais rochas e recifes hão de ser evitados.

Pode parecer insustentável aproximar, sob qualquer aspecto, os topos de mastro de terra e de mar; que, na verdade, não seja bem esse o caso, isso claramente se evidencia por achado do qual Obed Macy, o único historiador de Nantucket,[218] é responsável. O louvável Obed nos ensina que, nos primeiros tempos da pesca baleeira, antes que os navios fossem com regularidade lançados ao mar em demanda da caça, o povo daquela ilha erguia elevados paus na linha da costa, a cujos mirantes subiam os observadores por meio de ferros cravados, no que se assemelhavam a galinhas subindo as escadas em um galinheiro. Há alguns anos, essa mesma estratégia foi adotada pelos baleeiros da baía da Nova Zelândia, os quais, avistada a caça, anunciavam-na aos botes de prontidão próximos à praia. Tal costume tornou-se, hoje, obsoleto; voltemo-nos, portanto, ao único mastro adequado, o de um navio baleeiro no mar. Os três topos de mastro permanecem guarnecidos do nascer ao pôr do sol, com os marinheiros assumindo regularmente seus turnos (como ao leme) e rendendo uns aos outros a cada duas horas. No clima sereno dos trópicos, o topo do mastro é um lugar agradabilíssimo. Exato — para um homem dado a devaneios e meditação, delicioso. Lá você fica a trinta metros do convés silencioso caminhando a passos de gigante por sobre as profundezas, como fossem os mastros imensas palafitas, enquanto abaixo de você e entre suas pernas, por assim dizer, nadam os maiores monstros do mar, da mesma forma que navios outrora navegaram por entre as botas do famoso Colosso da antiga Rodes.[219]

---

217. A coluna de Nelson é um monumento que celebra a figura do almirante Horatio Nelson (1758-1805), um dos proeminentes comandantes britânicos que lutaram nas Guerras Napoleônicas. Está localizada na Trafalgar Square, praça que recebeu este nome em lembrança da batalha que o vitimou.
218. Obed Macy foi um mercador quacre que publicou, em 1835, uma história de Nantucket.
219. Erigido em homenagem ao titã-deus do sol, Hélio, e em comemoração à vitória da cidade-Estado contra o assédio macedônio (século III a.C.), o Colosso de Rodes foi um dos mais extraordinários monumentos da Antiguidade. Segundo descrições de contemporâneos

Ali está você, perdido na infinita sucessão de um mar inteiro inércia, senão pelo marulhar das águas. Em transe, rola preguiçosamente o navio; os alísios sopram sonolentos; tudo se resolve em letargia. Em grande medida, nessa vida baleeira tropical, uma sublime monotonia o recobre; não se ouvem notícias; não se leem jornais; edições extras com assombrosos relatos do óbvio nunca fazem com que se incorra em desnecessária agitação; tampouco se ouve falar de aflições domésticas; de títulos de dívida vencidos; da queda das ações; o que se comerá no almoço nunca constitui uma preocupação — pois todas as suas refeições por três anos ou mais estão confortavelmente armazenadas em tonéis, e o cardápio é pétreo.

Nesses navios baleeiros que seguem pelos Mares do Sul, no decorrer de uma longa viagem de três ou quatro anos, como costuma ser, a soma das horas que você passa no topo do mastro equivale a vários meses inteiros. E não se pode deixar de lamentar que um tal lugar ao qual você dedica parcela tão substancial de todo o termo de sua vida natural seja tão tristemente destituído de qualquer coisa que sugira o aconchego de uma habitação ou que se adapte para constituir local acolhedor ao sentimento, tal como se pensa uma cama, uma rede, um caixão, uma guarita, um púlpito, um coche ou qualquer outro desses pequenos e confortáveis engenhos nos quais os homens temporariamente se isolam. Empoleirado, seu ponto de apoio mais comum é o topo do mastaréu de sobrejoanete, onde você fica sobre duas finas varas paralelas (praticamente exclusivas dos navios baleeiros) chamadas de cruzetas de sobrejoanete. Ali, sacudido de um lado para o outro pelo mar, o aspirante sente conforto idêntico ao de se colocar de pé sobre os chifres de um touro. Claro que, em tempo frio, é possível carregar sua casa no alto sob a forma de um casaco de vigília; mas, estritamente falando, mesmo o mais espesso casaco de vigília não se assemelha a uma casa mais do que o próprio corpo nu; pois como a alma se encontra colada no interior de seu tabernáculo de carne,[220] dentro do qual não pode se mover livremente, tampouco sair dele, sem correr grande risco de perecer (como um peregrino desavisado que cruze a neve dos Alpes no inverno); do mesmo modo, um casaco de vigília não chega a ser uma casa, mas um mero envelope ou pele adicional que o envolve. Não se pode instalar uma prateleira ou cômoda em seu corpo, nem se pode fazer um armário conveniente com um casaco de vigília.

---

que chegaram a nossos tempos, a estátua tinha aproximadamente trinta metros de altura. Foi destruída por um terremoto em 226 a.C. e nunca mais reconstruída.

220. Sobre a analogia entre corpo e templo ou tabernáculo, ver 1 Coríntios 6,19 e 2 Pedro 1,13.14.

Diante de tudo isso, é de se lamentar que os mastros de um navio baleeiro meridional sejam desprovidos daquelas invejáveis tendinhas ou púlpitos — os *ninhos de corvo* —, responsáveis pela proteção dos mirantes dos navios baleeiros da Groenlândia ante o clima severo dos mares congelados. Na narrativa tão quentinha do capitão Sleet,[221] que se intitula "Uma viagem entre icebergs, em demanda da baleia-da-groenlândia e, incidentalmente, para a redescoberta das colônias islandesas perdidas da antiga Groenlândia"; nesse admirável volume, todos os ocupantes de topo de mastro são apresentados a um relato encantadoramente circunstancial da então recente invenção do "ninho de corvo" do *Geleira*, nome da boa embarcação do capitão Sleet. Ele o batizou "ninho de corvo de Sleet" em homenagem a si mesmo, sendo ele o inventor original e detentor da patente e argumentando, livre de toda a ridícula falsa modéstia, que, se batizamos nossos próprios filhos com nossos próprios nomes (uma vez que nós, pais, somos os inventores originais e detentores da patente), do mesmo modo devemos batizar qualquer outro aparato que possamos conceber a partir de nós mesmos. Em forma, o ninho de corvo de Sleet é algo como um grande casco ou pipa; dispõe, no entanto, de abertura superior, onde é provido de uma tela móvel lateral, a ser conservada a barlavento de sua cabeça durante um forte vendaval. Fixo no topo do mastro, chega-se a ele através de uma pequena escotilha de fundo. No lado à ré, ou que aponta à popa do navio, há um assento confortável, com um bauzinho debaixo para guarda-chuvas, cachecóis e casacos. À frente, encontra-se uma prateleira de couro, em que se pode deixar um porta-voz, cachimbo, telescópio e outros utensílios náuticos. Quando o capitão Sleet em pessoa ocupava o ninho de corvo de seu topo de mastro, conta-nos ele que sempre tinha consigo um rifle (também preso à prateleira), junto com chumbo e um frasco de pólvora, com o fito de abater narvais desgarrados — unicórnios marinhos sem rumo — que infestam aquelas águas; pois não se consegue alvejá-los com sucesso do convés em razão da resistência da água; mas disparar neles do alto é coisa muito outra. Ora, é impossível duvidar do amor e do cuidado com que o capitão Sleet descreve em detalhe todas as singelas conveniências de seu ninho de corvo; mas, embora discorra pormenorizadamente sobre muitas delas e nos regale com um relato bastante científico dos experimentos que levou a cabo nesse ninho de corvo com uma bussolazinha que conservava ali com o propósito de neutralizar os erros

221. Literalmente, "capitão Granizo". Aqui o narrador se refere jocosamente a William Scoresby, Sr., cujo filho escreveu *Um relato das regiões árticas*. Melville parodia uma passagem em que o jovem Scoresby celebra o ninho de corvo desenvolvido pelo pai.

resultantes do que se chama de "atração local" de todos os ímãs de bitácula; erro atribuível à vizinhança horizontal do ferro nas tábuas do navio e, no caso do *Geleira*, talvez, ao fato de haver muitos ferreiros tristes em sua tripulação; pois bem, embora o capitão seja muito preciso e científico neste ponto, ainda assim, apesar de todos os seus "desvios da bitácula", "observações da bússola azimutal" e "erros aproximados", ele sabe muito bem, o capitão Sleet, que não estava assim tão imerso nessas profundas meditações magnéticas a ponto de não se deixar atrair, vez por outra, por aquela garrafinha bem reabastecida, tão bem enfiada num cantinho do seu ninho de corvo e tão ao alcance da mão. Embora, de modo geral, admire muito esse capitão tão corajoso, honesto e cultivado — e até sinta afeição por ele —, incomoda-me o fato de ter tão completamente ignorado aquela garrafinha, amiga fiel que tanto consolo lhe deve ter trazido enquanto, com dedos enluvados e cabeça encapuzada, estudava a matemática lá no alto, naquele ninho de pássaro a três ou quatro varas[222] do polo.

Mas se nós, pescadores de baleias dos Mares do Sul, não nos encontramos tão confortavelmente alojados no alto quanto estiveram o capitão Sleet e seus homens da Groenlândia; essa desvantagem, porém, é enormemente compensada pela serenidade amplamente contrastante daquelas águas sedutoras nas quais nós, pescadores do Sul, mormente navegamos. Eu, por exemplo costumava relaxar no cordame, descansando ali em cima para bater um papo com Queequeg ou qualquer outro camarada de folga que calhasse de encontrar; em seguida, subindo um pouco mais e jogando uma perna preguiçosa sobre a verga de gávea, tinha uma visão preliminar das pastagens aquáticas e, por fim, subia ao meu destino final.

A propósito, preciso dizer a verdade quanto a este ponto: eu montava guardas sofríveis. Com o problema do universo revolvendo em mim, como podia — ali, deixado por minha própria conta em alturas tão propícias ao pensamento —, como podia, senão muito avoadamente, cumprir com as obrigações de observar as ordens permanentes de todo e qualquer navio baleeiro: "Olho vivo e língua a postos".

E, neste ponto, que meu conselho vos toque o coração, ó armadores de Nantucket! Cuidado ao alistar em vossas zelosas pescarias qualquer rapaz de testa larga e olhar perdido; dado a meditações fora de hora; e que se oferece para embarcar com o *Fédon*, e não com o Bowditch, na cabeça.[223] Cuidado, é o que

222. Antiga unidade de comprimento, equivalente a 1,10 metro.
223. Trata-se de *The New American Practical Navigator*, obra do navegador Nathaniel

vos digo: vossas baleias precisam ser avistadas antes de serem mortas; e um tal jovem platônico de olhos fundos vos rebocará por dez esteiras ao redor do mundo sem jamais vos fazer uma pinta[224] de espermacete mais ricos. Estes não são conselhos desnecessários. Hoje em dia, a pesca de baleias fornece asilo para muitos jovens românticos, melancólicos e distraídos, os quais os onerosos cuidados da terra exasperam e que buscam o sentimento do mundo no alcatrão e na gordura. Não raro, Childe Harold se empoleira no topo do mastro de algum pobre navio baleeiro em dificuldade, e exulta em melancólico fraseado:

Rola, ó oceano de turvas e insondáveis profundezas!
Mil caçadores de gordura em vão te varrerão![225]

Os capitães de tais navios não raro repreendem severamente esses distraídos jovens filósofos, censurando-os por não sentirem "interesse" o bastante pela viagem; insinuando que tão irremediavelmente perdidos estão para qualquer ambição honrosa que, no íntimo das almas, antes preferissem não avistar as baleias do que o contrário. Mas tudo em vão; esses jovens platônicos conservam a ideia de que sua visão é imperfeita;[226] de que são míopes; por que, então, forçar o nervo óptico? Deixaram os óculos de ópera em casa.

"Ora, seu tapado", disse um arpoador a um desses rapazes, "estamos há três anos viajando em dura lide e não avistaste uma baleia sequer. Em tuas vigílias, baleias são tão raras quanto dentes de galinha." Talvez fossem; ou talvez houvesse bandos delas no horizonte distante; mas a consciência desse jovem distraído encontra-se de tal maneira mergulhada numa insensibilidade opiácea, em seu devaneio vazio e inconsciente, pela cadência sobreposta de ondas e pensamentos, que ele finalmente perde a identidade; toma o oceano místico a seus pés como a imagem visível daquela alma profunda, azul e abissal, que permeia a humanidade e a natureza; e cada aparição estranha, tão somente

---

Bowditch (1773-1838), publicada em 1802 e usada até os dias de hoje como referência para navegadores norte-americanos. *Fédon* é um dos diálogos do filósofo grego Platão que abordam a morte de Sócrates e versa sobre a alma e sua imortalidade.

224. Unidade de medida anglo-saxã para líquidos e sólidos, equivalente à oitava parte de um galão (aproximadamente meio litro).

225. Paródia de trecho de *A peregrinação de Childe Harold*, do poeta inglês Percy Bysshe Byron (Canto IV, estrofe 179). Onde se lê "Mil caçadores de gordura", o original traz "Dez mil esquadras".

226. Faz-se uma piada com o mito da caverna, de Platão, segundo o qual o que vemos são apenas sombras da realidade projetadas nas paredes de uma caverna da qual somos prisioneiros, sendo necessário deixar a caverna para ter acesso à verdade em sua inteireza.

vislumbrada, deslizante e bela que lhe escapa, cada barbatana, sinal de alguma forma indiscernível, que se levanta e só muito sutilmente se desvela, parece-lhe a personificação daqueles pensamentos fugidios que só povoam a alma em seu constante bruxulear. Nesse estado de encantamento, teu espírito se esvai para o lugar de onde veio; dissipa-se no tempo e no espaço; como as cinzas panteístas de Wickliff,[227] que espalhadas passaram por fim a integrar uma parte de cada praia do globo.

Não há vida em ti, agora, exceto a que balança, infundida em ti por um navio que joga tranquilamente; e que, por sua vez, a recebeu do mar; que a toma às misteriosas marés de Deus. Mas enquanto tal sono, tal sonho habita em ti, move o pé, move a mão um centímetro, abandona tudo o que te prende; e tua identidade retorna em horror. Pairas acima de vórtices cartesianos.[228] E talvez, ao meio-dia, no mais belo dos dias, com um grito um tanto estrangulado atravesses a transparência do ar do verão para mergulhar no mar e não emergir nunca mais. Atentai ao que vos digo, ó panteístas!

---

227. John Wycliffe (meados da década de 1320-84) foi um reformador e crítico da Igreja católica romana. Depois de morto em razão de um derrame, o papa ordenou que seu corpo fosse exumado e queimado e as cinzas lançadas em um rio.
228. Segundo o filósofo francês René Descartes (1596-1650), o universo se fez de uma só matéria a sofrer atrito em constante rotação. Nesse imenso vórtice teriam se formado a partir dessa matéria pulverizada o fogo e o ar, enquanto restavam blocos maiores que constituíam os planetas seguindo o mesmo movimento rotativo.

36

O tombadilho

(*Entra Ahab: em seguida, todos.*)

Passado não muito tempo depois do incidente do cachimbo, certa manhã, logo após o desjejum, Ahab, como era seu costume, galgou o passadiço da cabine e chegou ao convés. Ali, a essas horas, é costume da maioria dos capitães do mar perfazer caminhada, no que não diferem de cavalheiros no campo, que depois de realizada a mesma refeição dão algumas voltas no jardim.

Logo se fez ouvir o marfim de suas firmes passadas, enquanto ia de um lado para o outro naquelas contumazes rondas sobre tábuas tão íntimas de seus passos que todas, como pedras geológicas, se encontravam gravadas da peculiar marca de seu andar. Tivessem vocês os olhos igualmente fitos naquele semblante coberto de rugas e nervuras, ali também identificariam impressões ainda mais estranhas — as pegadas de sua ideia fixa, insone, em sua intranquila mania ambulatória.

Naquela manhã, porém, tais rugas pareciam mais profundas, assim como os passos nervosos deixavam mais fundos talhos na madeira. E, tão mergulhado em seus pensamentos Ahab estava que, a cada volta uniforme que perfazia, ora no mastro principal, ora na bitácula, era quase possível ver nele a dita ideia voltear no mesmo movimento em que ele volteava, e nele caminhar enquanto ele caminhava; possuindo-o tão completamente, de fato, que ela mais parecia o molde interno de cada movimento externo.

"Tá prestando atenção, Flask?", sussurrou Stubb. "O pintinho que mora dentro dele tá bicando a casca. Não demora, e ele aparece."

As horas transcorriam lentas; com Ahab ora encerrado na cabine; ora atravessando o convés de ponta a ponta; com o semblante assinalado do mesmo propósito obsessivo.

O fim do dia se aproximava. De repente, ele parou próximo à amurada e, inserindo o osso da perna em um dos trados, enquanto com uma das mãos se prendia a um ovém, ordenou que Starbuck convocasse todos à popa.

"Senhor!", respondeu o imediato, surpreso com a ordem, que nunca ou raramente se dava a bordo, exceto em circunstâncias extraordinárias.

"Convoque todos à popa", repetiu Ahab. "Ó gajeiros, descei!"

Reunida a marujada — e com semblantes curiosos e não sem alguma agitação todos os olhos se voltavam ao capitão, pois ele não lhes parecia dessemelhante ao horizonte a barlavento quando uma tempestade se avizinha —, Ahab, depois de lançar breve olhar por sobre a amurada e, em seguida, dirigi-lo à tripulação, deixou o trado de apoio; e como se não tivesse alma alguma por perto, retomou as pesadas voltas no convés. De cabeça baixa e o chapéu cobrindo-lhe parcialmente o rosto, prosseguiu em seu caminhar, desatento aos sussurros cheios de conjectura trocados entre os homens; a ponto de Stubb murmurar a Flask, com cautela, que Ahab talvez os tivesse convocado com o propósito de que testemunhassem um feito pedestre. Mas isso durou pouco. Estacando com veemência, Ahab bradou:

"Homens, que fazeis quando avistais uma baleia?"

"Anunciamos!", foi a réplica impetuosa de um grupo de vozes em concerto.

"Bom!", exclamou Ahab, em tom de feroz aprovação; observando a espontânea excitação a que sua pergunta inesperada os havia lançado tão magneticamente.

"E a seguir, que fazeis?"

"Arriamos botes, damos combate!"

"E remais ao som de que bordão, homens?"

"Baleia morta ou casco furado!"

A cada clamor, assomava no semblante de aprovação do velho uma alegria estranha e feral; enquanto os marinheiros trocavam entre si olhares perplexos, como maravilhados com a própria excitação ante aquelas perguntas sem propósito aparente.

Mas todos tornaram a se ver arrebatados de entusiasmo quando Ahab, agora num meio giro em seu trado e com uma das mãos alcançando um ovém ao alto, agarrando-o com força quase convulsiva, dirigiu-se a eles assim:

"Todos vós, gajeiros, já me ouvistes dando ordens a respeito de uma baleia branca. Atenção! Vedes esta onça espanhola de ouro?",[229] segurando ao sol uma moeda larga e reluzente. "Esta é uma moeda de dezesseis dólares, meus homens. Vedes? Sr. Starbuck, alcança-me o malho ali."

---

229. O dobrão de oito escudos emitido em Quito, no Equador, foi uma moeda existente, cunhada pela Casa da Moeda do país entre os anos de 1838 e 1843 (ver capítulo 99).

Enquanto o imediato pegava o malho, Ahab, sem falar, esfregava com vagar a peça de ouro nas fraldas da jaqueta, como assim quisesse realçar-lhe o brilho, enquanto, sem pronunciar palavra, cantarolava baixinho para si mesmo, no que produzia um som tão estranhamente abafado e inarticulado que este sugeria, antes, o zumbido mecânico das engrenagens da vitalidade que trazia dentro de si.

Recebido o malho das mãos de Starbuck, Ahab avançou em direção ao mastro principal, com o martelo erguido em uma das mãos e a moeda de ouro, exposta aos olhos de todos, na outra, ao que clamou:

"Qualquer um dentre vós que avisteis uma baleia de cabeça branca, fronte enrugada e queixada torta; qualquer um dentre vós que avisteis aquela baleia de cabeça branca, com três buracos perfurados no lobo da cauda a estibordo; vede, qualquer um dentre vós, meus rapazes, que avisteis a dita Baleia Branca receberá esta onça de ouro!"

"Hurra! Hurra!", berraram os marinheiros, agitando os chapéus de oleado enquanto o capitão pregava o ouro no mastro.

"Repito, é uma baleia branca", retomou Ahab, desfazendo-se do malho, "uma baleia branca. Não poupeis vossos olhos, homens; aguçai as vistas quando virdes água branca; ainda que virdes uma única bolha, anunciai!"

Entrementes, Tashtego, Daggoo e Queequeg o observavam com interesse e surpresa ainda mais intensos do que os demais, e à menção da fronte enrugada e da queixada torta eles se viram sobressaltados, como se cada um tivesse sido acometido de uma lembrança específica.

"Capitão Ahab", chamou Tashtego, "a tal Baleia Branca deve ser a mesma que alguns chamam de Moby Dick."

"Moby Dick?", exclamou Ahab. "Então conheces a Baleia Branca, Tash?"

"Quando ela mergulha, o leque da cauda dela abana de um jeito um pouco curioso, não é?", acrescentou Gay-Header.

"E também tem um jorro engraçado", comentou Daggoo, "bem espesso e espalhado, mesmo pra um cachalote; e é muito rápida, não é, capitão Ahab?"

"E ela tem um, tem dois, tem três... Oh! Um bom bocado de ferro também nela se esconder, capitão", gritou Queequeg sem qualquer articulação, "todo nhec-nhec-nhec, igual... igual...", vacilando à cata de uma palavra e fazendo a mão girar como se abrisse uma garrafa, "igual... igual..."

"Um saca-rolhas!", arrematou Ahab. "Sim, Queequeg, nela os arpões jazem torcidos e retorcidos; sim, Daggoo, o jorro dela é dos grossos, como um feixe de trigo inteiro, e branco como as pilhas de lã da nossa Nantucket quando se dá a grande tosquia anual das ovelhas; sim, Tashtego, e abana a cauda como uma bujarrona rasgada em uma borrasca. Morte! Demônios! Homens, vistes Moby Dick... Moby Dick... Moby Dick!"

"Capitão Ahab", disse Starbuck, que, com Stubb e Flask, havia até então observado seu superior com crescente surpresa, mas por fim parecia cultivar um pensamento que explicava de certa forma todo o espanto. "Capitão Ahab, já ouvi falar de Moby Dick... não foi ela que te arrancou a perna?"

"Como soubeste?", exclamou Ahab; parando por um instante. "Sim, Starbuck; sim, meus valentes; foi Moby Dick que me desmastrou; foi Moby Dick que me pôs em cima deste toco morto em que me apoio; sim, sim!", declarou aos brados com um urro animal, tão alto e assustador quanto o de um alce abatido. "Sim, sim! Foi essa Baleia Branca maldita que me demoliu; que me reduziu a esse miserável aleijão para todo o sempre!" Erguendo ambos os braços, com incomensuráveis imprecações, ele bradou: "Sim, sim! E por ela sem descanso atravessarei o cabo das Tormentas, e o cabo Horn e as voragens do mar norueguês e as chamas do inferno. É por ela que estamos aqui, meus marujos! Aqui estamos para caçar a Baleia Branca, de norte a sul da Terra e pelos quatro cantos deste mundo, até que verta um negro jorro de sangue e boie com a barbatana à mostra. Que dizeis, meus homens, estaremos em acordo quanto a isso? Vejo em vós coragem."

"Estamos, sim, estamos!", gritavam arpoadores e marujos, correndo para mais perto do velho em seu arrebatamento: "Olhos atentos à Baleia Branca; lanças afiadas para Moby Dick!".

"Que Deus vos abençoe", disse Ahab, cuja voz se desdobrara em um urro e um brado. "Que Deus vos abençoe, marujos. Camareiro! Busca o grogue desses homens, e sem miséria na medida! Mas por que essa cara emburrada, sr. Starbuck; não caçarás a Baleia Branca? Não tens ganas de enfrentar Moby Dick?

"Tenho ganas de encarar a queixada torta de Moby Dick, assim como tenho ganas de enfrentar as mandíbulas da morte, capitão Ahab, desde que apareçam em nosso caminho e assim se fizer necessário; mas estou aqui para caçar baleias, não para realizar a vingança de meu capitão. Quantos barris de óleo tua vingança te renderá se a chegares a levar a cabo, capitão Ahab? Não renderá grande coisa a ti no mercado de Nantucket."

"Mercado de Nantucket! Só me faltava essa! Chega mais perto, Starbuck; me obrigas a ir um pouco mais fundo contigo. Que o dinheiro seja a medida, homem, e os contadores tenham convertido o globo em um grande escritório contábil, cobrindo-o de guinéus, um para cada dois centímetros; pois me permita a dizer-te que minha vingança renderá um grande prêmio *aqui*!"

"Ele bate no peito", sussurrou Stubb, "mas para quê? Parece soar imenso, mas vazio."

"Vingar-se de um paquiderme que não conhece razão!", exclamou Starbuck. "Que tão somente te atacou por seu mais cego instinto! Loucura! Enfurecer-se contra uma criatura estúpida parece-me, capitão Ahab, blasfêmia."[230]

"Escuta mais uma vez... chegamos ao mais fundo. Todos os objetos visíveis, homem, não são mais do que máscaras de papelão. Mas em cada acontecimento... na ação vigorosa, em uma proeza... ali, algo que não conhecemos, mas que pensa, imprime os contornos de suas feições por trás da máscara irracional. Se o homem ataca, que o faça atravessando a máscara! Como pode o prisioneiro conhecer a liberdade senão saltando o muro? Para mim, eis o que a Baleia Branca representa — esse muro, empurrado para perto de mim. Por vezes penso que nada por trás existe. Mas é o bastante. Ela me desafia, me excede; nela vejo um poder ultrajante, com uma maldade insondável a dar-lhe fibra. Essa coisa insondável é o que, acima de tudo, eu odeio; e que seja a Baleia Branca o agente, ou a própria coisa, farei a vingança abater-se sobre ela. Não me fales de blasfêmia, homem; eu me lançaria contra o sol se ele me afrontasse. Pois, se o sol o fizer, posso revidar; uma vez que sempre existe aqui uma espécie de embate justo, que cioso exerce autoridade sobre cada criatura. Mas mesmo esse justo embate não me domina. Quem estará sobre mim? A verdade não conhece limites. Abaixa esse olhar! Mais intolerável do que os olhos fitos dos demônios é esse olhar abobalhado, Starbuck! Ora, ora; tu és rubor e palor; meu calor se misturou ao brilho de teu pavor. Mas olha aqui, Starbuck, o que se diz no calor se desdiz em si. Existem homens para os quais palavras calorosas são um pequeno insulto. Não quero com isso enfurecer-te. Deixa estar. Olha! Vê ali aqueles rostos selvagens manchados do sol — figuras que vivem e respiram, figuras que o sol pinta. Os leopardos pagãos — coisas que não conhecem nossa atenção e adoração, mas vivem; e almejam e não atribuem qualquer razão ao fogo do que sentem! A tripulação, homem, a tripulação! Não são esses marujos e Ahab um só, no que se refere à baleia? Vê Stubb! Ele ri! Vê ali o chileno! Para ele, é como se nada fosse. Erguer-se em meio ao furacão geral, tua frágil muda de árvore soprada pela ventania não consegue, Starbuck. E do que se trata tudo isso? Pensa bem. Não é mais do que ajudar a acertar uma barbatana; nada de

---

230. A blasfêmia se dá por Ahab usurpar um privilégio de Deus, segundo a Epístola aos Romanos, do apóstolo Paulo (12,19): "Não vos vingueis a vós mesmos, amados, mas dai lugar à ira, porque está escrito: Minha é a vingança; eu recompensarei, diz o Senhor".

mais para Starbuck. E o que existe além? Não é possível que de nossa modesta caçada a melhor lança de toda a Nantucket vá recuar, quando cada marujo de traquete já traz à mão a pedra de amolar... Ah! Vejo-te preso a amarras; o vagalhão te ergue! Fala, apenas fala!... Sim, teu silêncio é eloquente. (*à parte*) Seus pulmões inalaram alguma coisa disparada de minhas narinas dilatadas. Starbuck me pertence; não poderá opor-se a mim sem se rebelar."

"Que Deus me proteja... que Deus nos proteja a todos!", murmurou Starbuck, com humildade.

Mas em seu júbilo ante o tácito consentimento arrebatado do imediato, Ahab não escutou sua invocação de mau pressentimento; nem as risadas baixas que vinham do porão; nem a vibração agourenta do cordame; nem o chicotear vazio das velas contra os mastros, quando por um instante os corações da tripulação gelaram. Pois logo os olhos baixos de Starbuck se iluminaram com a tenacidade da vida; as risadas subterrâneas se calaram; os ventos sopraram; as velas se enfunaram; o navio balançou como antes. Ah, admonições e advertências! Por que não vos fixais quando vos manifestais? Ó sombras, sois mais vaticínios do que admonições! E não tanto o vaticínio exterior, mas a verificação de coisas pregressas e internas. Pois com pouca coisa exterior a nos dar balizas, as mais íntimas necessidades de nosso ser nos compelem adiante.

"A medida! A medida!"

Recebendo o peltre transbordante e dirigindo-o aos arpoadores, ordenou que apresentassem suas armas. Então, perfilando-os diante de si próximos ao cabrestante, com seus arpões na mão, enquanto seus três imediatos permaneciam ao seu lado com suas lanças, e o restante da tripulação do navio formando um círculo ao redor do grupo; por um instante ele conservou os examinadores olhos fitos nos olhos de cada membro da tripulação. Esses olhares revoltos encontravam o seu como os olhos injetados dos lobos da pradaria encontram os do líder da matilha, antes de este arrojar-se à frente no encalço de um bisão; mas, ai!, só para cair na armadilha escondida do índio.

"Bebei e passai!", bradou, entregando a pesada jarra cheia ao marinheiro mais próximo. "Somente a tripulação bebe agora. Fazei circular, circular! Doses curtas... tragos longos, meus homens; isso é forte feito o casco do demônio. Assim... está circulando muito bem. A bebida espiraliza em vós; bifurca-se à tona nos olhos agudos da serpente. Muito bem, quase no fim. Cheio foi, vazio chega. Dai-me aqui... eis um vazio! Homens, pareceis os anos; e assim a vida transbordante desaparece num gole. Camareiro! Outra rodada!

“Atenção, meus valentes. Reuni-vos todos em torno do cabrestante; e vós, imediatos, flanqueai-me com vossas lanças; e vós, arpoadores, ficai aí com vossos ferros; e vós, fortes marinheiros, circundai-me, pois é possível que eu reviva uma nobre tradição dos pescadores que me precederam. Ó homens, vereis ainda que... ah, camareiro, de volta? Um tipinho à toa não chega tão depressa... Dá-me cá. Ora, não fosse por ti, diabinho de são Vito, o peltre já teria corrido cheio novamente... arreda, desgraça!

“Aproximai-vos, imediatos! Cruzai vossas lanças diante de mim. Muito bem! Permitam que eu toque o eixo.”

Assim dizendo, com o braço estendido, ele agarrou as três lanças cruzadas como raios horizontais no ponto em que se tocavam; ao fazê-lo, súbita e nervosamente lhes aplicou um tranco; fitando, entrementes, com toda a atenção de Starbuck a Stubb e de Stubb a Flask. Era como se, por alguma íntima e inominada volição, ele os tivesse intencionalmente atravessado com a mesma ígnea emoção acumulada no interior do vaso de Leyden[231] de sua própria vida magnética. Os três imediatos intimidaram-se ante o aspecto forte, impávido e místico do capitão. Stubb e Flask viraram os rostos; os honestos olhos de Starbuck baixaram.

“É inútil!”, exclamou Ahab. “Mas talvez seja melhor assim. Pois tivessem os três sentido de uma só vez o choque em sua plenitude, então minha própria eletricidade tivesse se extinguido em meu corpo. Também é possível que ela vos tivesse matado. Talvez não precisásseis disso. Abaixai as lanças! E agora vós, imediatos, nomeio-vos copeiros de meus três irmãos pagãos aqui... estes três cavalheiros, homens de grande honra e nobreza, meus valorosos arpoadores. Desdenhais vossa tarefa? E quanto ao magnânimo papa que lava os pés do mendigo e usa a coroa de jarro?[232] Oh, meus caros cardeais! Vossa empáfia vos fará assentir com a tarefa. Não vos ordeno; vós a fareis por vós mesmos. Cortai as amarras e empunhai as varas, ó arpoadores!”

Obedecendo silenciosamente à ordem, os três arpoadores então deixaram a parte de ferro de seus arpões, com um metro de comprimento, à mostra, com as pontas farpadas ao alto, diante de Ahab.

“Não me estoqueis com esse ferro afiado! Virai-os; virai-os! Não conheceis o fundo em forma de taça? Colocai a empunhadura para cima! Isso, isso; agora, copeiros, avançai. Os ferros! Tomai-os; segurai-os enquanto os encho!”

---

231. O vaso de Leyden é um recipiente especial capaz de conservar eletricidade estática.
232. Fala-se aqui do ritual do lava-pés, observado por diversas denominações cristãs e baseado no relato que dele faz o apóstolo João (13,1-17), que menciona Jesus realizando-o durante a Última Ceia. A cerimônia é realizada na quinta-feira da Semana Santa.

Em seguida, caminhando lentamente de um oficial ao outro, ele encheu as embocaduras dos arpões com a aguardente do peltre.

"Agora, três e três perfilados, uns diante dos outros, assim permaneceis. Entregai os cálices assassinos! Oferecei-os, vós assim tornados membros dessa aliança que nada dissolverá. Rá! Starbuck! Está feito! O sol que tudo ratifica ali demora para coroar o momento. Bebei, arpoadores! Bebei e jurai, vós homens que ocupareis a proa do bote mortífero — Morte a Moby Dick! Que Deus nos cace a todos, se não caçarmos Moby Dick até sua morte!" Os longos e farpados cálices de aço foram erguidos; e sob gritos e imprecações contra a Baleia Branca, a bebida lhes desceu chiando pelas gargantas. Starbuck empalideceu, virou-se e sentiu um calafrio. Mais uma e derradeira vez o peltre cheio correu pela tripulação em frenético transe; e ao sinal da mão livre de Ahab, todos se dispersaram; e o capitão recolheu-se a sua cabine.

37
Pôr do sol

(*A cabine; próximo às janelas de popa, Ahab, sozinho, olha para fora.*)

Deixo um rastro branco e turvo; são pálidas as águas por onde navego — e os rostos ainda mais pálidos. Invejosas ondas se erguem pelos flancos para apagar meu rastro; que o façam; antes, passo.

Ali, próximas ao sempre transbordante cálice, as cálidas ondas ruborizam como vinho. O semblante em ouro toca o seio azul do mar. O sol mergulhador — em seu lento mergulho desde o meio-dia — põe-se; é quando minha alma ascende... e exaure-se em sua colina infinda. Será, então, muito pesada a coroa que carrego? Esta Coroa de Ferro Lombarda.[233] No entanto, são muitas as gemas que nela brilham; eu, que a ostento, não vejo o que ao longe dela luz; é com melancolia que a sinto ter comigo, ela que perturba em seu deslumbre. É ferro — eu sei —, não ouro. Está também rachada — isso sinto; denteada, a borda fere-me; é como se meu cérebro batesse contra o sólido metal; sim, crânio de aço, o meu; do tipo que não necessita de elmo na mais sangrenta luta cerebral!

Calor seco em minha testa? Oh! Foi-se o tempo em que o nobre nascer do sol me esporeava, e o pôr do sol me acalentava. Não mais. A mim tão delicada luz já não ilumina; tudo que é delicadeza me angustia, pois dela jamais posso desfrutar. Dotado de elevados sentidos, falta-me o humilde poder de gozar; amaldiçoado fui, com sutileza e vileza sem par! Amaldiçoado no meio do Paraíso! Boa noite... Boa noite! (*Acenando com a mão, sai da janela.*)

Não foi tarefa tão dura. Pensei encontrar ao menos um teimoso; mas minha roda dentada encaixou-se em cada engrenagem que encontrou, e tudo girou. Ou, caso se queira de outra forma, como muitos montinhos de pólvora, todos eles se puseram a minha frente; e eu era o fósforo. Oh, quão difícil é: para acen-

233. Feita no início da Idade Média, a Coroa de Ferro da Lombardia é uma das mais antigas insígnias reais da cristandade. Rezava a tradição que a faixa de ferro que unia as placas de ouro cravejado de pedras preciosas era feita de um dos cravos da cruz de Jesus. Era usada na coroação dos imperadores do Sacro Império Romano-Germânico quando eram feitos reis da Itália e conservada na catedral de Monza.

der os outros, o próprio fósforo há de consumir-se! O que ousei, desejei; e o que desejei, farei! Acham que sou louco... Starbuck acha; mas sou demoníaco, sou a loucura enlouquecida! Essa loucura selvagem que só encontra paz na própria compreensão de si! Rezava a profecia que eu seria mutilado; e... sim! Perdi uma perna. Agora profetizo: mutilarei meu mutilador. Serei mais do que vós, grandes deuses, jamais fostes — serei profeta e executor! Rio-me e escarneço-me de vós... não passais de ordinários jogadores de críquete, pugilistas, Burkes surdos e Bendigos cegos![234] Não direi como as criancinhas de colégio dizem aos valentões: "Briguem com alguém do seu tamanho; não *me* batam!". Não, vós me derrubais, e cá estou de pé; mas vós correstes, vós vos escondeis. Saí de trás de vossos sacos de algodão! Não tenho rifle para alcançar-vos. Vinde, com os cumprimentos de Ahab; vinde e vede se sereis capazes de desviar-me. Desviar-me? Não podeis me desviar... vós, sim, vos desviareis! Eis aqui o homem. Desviar-me? O caminho de meus fixos propósitos é construído como ferrovia, sobre os quais as goivas de minha alma correm. Sobre insondáveis desfiladeiros, através dos corações talhados das montanhas, sob o leito das corredeiras, meu deslocamento é reto, é fatal! Nada é obstáculo, nada é desvio em meu caminho férreo!

234. James "Deaf" Burke (1809-45) foi um dos primeiros campeões de boxe ingleses, derrotado por Bendigo — William Abednego Thompson (1811-80) —, lutador (não cego) que lhe tomou o título em 1839.

38
Crepúsculo

(*Junto ao mastro principal; Starbuck encostado nele.*)

Minha alma não encontrou apenas um antagonista; ela foi subjugada... e por um louco! Ver a sanidade deitar ao chão as armas num tal campo de batalha... não há mais lancinante ferroada! Mas a verruma desceu fundo, e acabou com minha capacidade de pensar! Creio que entendo o ímpio fim que o velho almeja; mas sinto ser o meu dever o ajudar em sua empresa. Querendo ou não, amarrou-me a ele algo de inefável... e me reboca com um cabo que não tenho faca para cortar. Velho horrível! "Quem está acima de mim?", é seu brado; pois sim, perante todos que estão acima, seria um perfeito democrata; mas vede como impõe-se a tudo quanto abaixo encontra! Oh! Que triste posto é o que me cabe: o da obediência conflagrada; e, ainda pior, o de odiar enquanto me apiedo! Pois em seus olhos li uma dor de tanta intensidade... que ela me faria seco e murcho, caso em mim a carregasse. No entanto, há esperança. São imensas as correntezas do tempo e das marés. A odiada baleia tem um globo de águas para nadar, assim como o peixinho-dourado tem um vítreo aquário para si. O propósito de Ahab, que se ergue aos céus como uma afronta, que Deus lhe imponha limites. Meu coração teria uma tal coragem, não pesasse como chumbo. Mas meu relógio está perto de parar; e meu coração, o peso que lhe dá corda... não tenho chaves que me permitam erguê-lo novamente.

(*Escuta-se uma irrupção de folia do castelo de proa.*)

Ai, meu Deus! Navegar com uma tal tripulação pagã, que mal conhece os zelos de uma mãe humana! Paridos na praia de um mar que os tubarões infestam. A Baleia Branca é seu *demogorgon*.[235] Escuta! As orgias infernais! A folia está na proa... mas observa à popa o silêncio inabalável! Eis aí um retrato da vida. À

235. Deus demoníaco atribuído à mitologia grega e representado de modo distinto por diferentes poetas de língua inglesa, como Spenser, Milton e Byron.

frente, singrando o cintilante mar, arroja-se a proa, feliz, armada e zombeteira, mas apenas para arrastar o merencório Ahab a ré, onde medita enclausurado em sua cabine, erguida sobre o rastro de águas mortas e, ademais, acossada por um gorgolar lupino. Longuíssimo, o uivo me atravessa como um calafrio! Acalmai-vos! Ei, foliões, montai vigília! Oh, vida! É numa hora como esta, com a alma abatida e apegada aos pensamentos... enquanto o selvagem e inculto sai em busca de alimento... oh, vida! É agora que sinto o horror latente em ti! Horror que não sou, horror que está fora de mim! E com o plácido sentimento do humano em mim, tentarei não obstante confrontar-vos, ó sombrios e fantasmais futuros! Mantende-vos junto a mim, afastai de mim a perdição, protegei-me da desagregação, ó benfazejas influências!

39
Primeira vigília noturna

(*Gávea de traquete. Stubb, sozinho, fazendo reparos em um braço do cordame.*)

Ha! Ha! Ha! Ha! Rã... rã, para limpar a garganta! Não tenho pensado em outra coisa desde então, e esse "ha, ha" é o que se tira disso. E por quê? Porque rir é a resposta mais sábia e fácil para tudo que se estranha; e aconteça o que acontecer, sempre resta um aconchego... e um aconchego infalível: tudo está predestinado. Não escutei toda a conversa dele com Starbuck; mas, se bem o vi, Starbuck não estava diferente de mim na outra noite. Certo é: o velho Khan também lhe deu um jeito. Eu percebi, eu soube; se tivesse o dom, poderia ter até profetizado... pois vi, quando dei com os olhos no crânio dele. Ora, Stubb, *sábio* Stubb... esse é meu epíteto... ora, Stubb: e daí, Stubb? Eis aqui uma carcaça. Não tenho ideia do que vai acontecer, mas seja o que for, vou enfrentar dando risada. Um olharzinho safado e irônico desses se esconde em tudo quanto é coisa horrível! Tenho uma sensação engraçada. Uh! La-ra-lá, la-lá! O que minha perinha suculenta deve estar fazendo agora em casa? Chorando muito? Ou fazendo festa pros arpoadores que acabaram de chegar, alegre como um galhardete ao vento, e assim eu vou... Uh! La-ra-lá, la-lá! Oh.

Bebemos esta noite co' a alma alegre,
Brindamos a leves paixões fugazes,
Borbulhas que flutuam pelos copos cheios,
E estouram sobre os lábios mais vorazes.[236]

Tá aí uma rima que ilumina... quem chama? Sr. Starbuck? Sim, sim, senhor... (*à parte*) ele é meu superior, e ele tem o dele também, se não me engano... Sim, sim, senhor, já estou terminando o serviço aqui... estou descendo.

236. Estrofe do poema "Borbulhando e brilhante", de Charles Fenno Hoffman (1806-84), escritor amigo de Melville. Em 1849, Hoffman teve a primeira de uma série de crises de sanidade que o levaram a ser diagnosticado com graves distúrbios psíquicos e hospitalizado por trinta anos em um sanatório.

40

Meia-noite, castelo de proa

ARPOADORES E MARINHEIROS

(*A vela de traquete se levanta e revela os marinheiros do turno nas mais variadas posturas – de pé, recostados e deitados –, todos cantando em coro.*)

Adeus, *adieu*, senhoritas de Castela!
Adeus, *adieu*, senhoritas de Aragão!
Agora nosso leme quem governa é o capitão –

PRIMEIRO MARINHEIRO DE NANTUCKET

Oh, rapazes, não sejam sentimentais; não faz bem pra digestão! Tomem um tônico e me acompanhem!

(*canta, e todos o acompanham*)

O capitão caminha no convés
A luneta – ele sempre traz à mão!
Avistam-se baleias de bom garbo
Das que sopram em toda a região!

Selhas nos botes! Velejai a toda brida!
As braças, não largueis por nenhum não!

Uma baleia já traremos pro costado –
Força! Será grande o galardão!
E da coragem não se tenha falta –
Na baleia pregaremos nosso arpão![237]

237. Trata-se de uma versão de uma canção popular chamada "Capitão Bunker".

VOZ DO IMEDIATO NO TOMBADILHO

Oito badaladas, ó de vante![238]

SEGUNDO MARINHEIRO DE NANTUCKET

Alto lá com o refrão! Oito badaladas! Escutou, sineiro? Toca as oito badaladas, Pip! Anda, negrinho! Que vou chamar o outro turno. Boca eu tenho para isso, uma boca de canhão! Um, dois e (*enfia a cabeça na escotilha*) Quaaaaaarto de eeeeeestibooooordo, atenção! Oito badaladas! Todo mundo pra cima!

MARINHEIRO HOLANDÊS

Que bela noite prum cochilo, meu chapa. O vinho do nosso velho Khan tem uma coisa: pra uns, é sonífero; pra outros, um piparote. A gente canta; eles dormem... sim, e como dormem, feito fossem uma fileira de barricas no fundo de um porão! Melhor gritar de novo! Isso, pegue a bomba de cobre, serve bem de porta-voz. Diz pra eles que chega de sonhar com a namorada! Diz que é hora da Ressurreição! Que deem logo esse último beijo e venham pro juízo final! Só assim... e é *isso*; e você nem acabou com a garganta comendo manteiga rançosa de Amsterdam.

MARINHEIRO FRANCÊS

Ei, rapazes! Que tal uma ou duas jigas antes de zarpar pra ilha das Cobertas? Que me dizem? Aí vem o outro quarto. Todos de pé! Pip, meu Pipzinho! Vem pra cá com o pandeirinho!

PIP

(*carrancudo e sonolento*)

Não sei onde tá.

MARINHEIRO FRANCÊS

Bata na barriga, abane as orelhas... não importa! Bora dançar, marujada! Alegria é a palavra; viva! Mas que diacho... vocês não querem dançar? Vamos lá... fila indiana e já caindo no sapateado! Bora mexer essas pernas!

---

238. O sistema de toques de sino para o estabelecimento das horas a bordo de um navio segue o padrão de um toque para cada meia hora, sem ultrapassar oito toques; dados os oito toques, a meia hora seguinte volta a ser indicada com um toque. Assim, tendo por referência a meia-noite, os oito toques anunciam 4h, depois 8h, 12h, 16h, 20h e novamente meia-noite — como é o caso nesta cena.

MARINHEIRO ISLANDÊS

Não sou chegado nesse chão, amigo; molinho demais pro meu gosto. Estou acostumado a chão de gelo. Foi mal jogar esse balde de água fria no assunto; mas com licença.

MARINHEIRO MALTÊS

Nem eu; onde estão as garotas? Só uma besta ia pegar a própria mão esquerda com a direita e dizer a si mesmo: oi, tudo bem? Pares! Preciso de pares!

MARINHEIRO SICILIANO

Sim; umas meninotas e um relvado! Aí eu pulo com vocês; opa! Viro um gafanhoto!

MARINHEIRO DE LONG ISLAND

Que gente mais amargurada... tem mais gente pra querer. Tem hora pra pegar na lida; e logo todo mundo vai pra colheita. Pronto! Aí vem a música. Bora lá!

MARINHEIRO AÇORIANO

(*subindo e jogando o pandeiro pela escotilha*)

Aí está, Pip; e olha o sarilho aí do seu lado — sobe nele! É agora, marujada!

(*Metade deles dança ao som do pandeiro; alguns descem para as macas; outros dormem ou ficam deitados entre as aduchas do cordame. Não é pouco o que se xinga.*)

MARINHEIRO AÇORIANO

(*dançando*)

Bora, Pip! Toca, sineiro! Bate na palma, no pulso, no dedo! Até fazer faísca; até rebentar a pratinela!

PIP

Você disse pratinela? Lá se vai outra, caiu... mas toco do mesmo jeito.

MARINHEIRO CHINÊS

Então faz teus dentes retinirem, menino, e toca pra valer; quero ver-te ressoar como um pagode chinês!

MARINHEIRO FRANCÊS

Que loucura! Ergue esse aro, Pip, que vou saltar por dentro dele! É pra rasgar o couro! É pra dançar até explodir!

TASHTEGO

(*fumando tranquilamente*)

Isso é um homem branco; isso é o que ele chama de diversão... hunf! Eu poupo meu suor.

VELHO MARINHEIRO DA ILHA DE MAN

Eu me pergunto se esses rapazes alegres param pra pensar sobre o lugar onde dançam tanto. "Vou sapatear em cima do seu túmulo" — essa é a ameaça mais amarga das damas da noite, dobrando a esquina contra o vento. Ó Cristo! Pensar nessas marinhas e nessas tripulações tão inocentes de tudo! Que seja, que seja... talvez o mundo todo seja redondo feito uma bola, como os eruditos pensam; nada mais justo, então, do que ele ser palco de uma ciranda. Sigam a dançar, rapazes, vocês são jovens. Eu também já fui.

TERCEIRO MARINHEIRO DE NANTUCKET

Dá um tempo! Ufa! Isso é pior do que remar atrás de baleias numa calmaria... dê-nos um trago, Tash.

(*Eles param de dançar e se reúnem em grupos. Enquanto isso, o céu escurece — o vento fica mais forte.*)

MARINHEIRO INDIANO

Por Brahma! Rapazes, logo é hora da rizadura. O Ganges, de grandes cheias, nascido dos céus, se transformou em vento! É Shiva revelando a fronte negra!

MARINHEIRO MALTÊS

(*reclinando-se e sacudindo o gorro*)

São as ondas... essas cristas de espuma começam a entrar no balanço. Não tarda para elas sacudirem as borlas! Se todas as ondas fossem mulheres, então me afogava e dançava com elas pra sempre! Não há nada tão delicioso na terra, nem o céu pode se igualar a isso, do que ver, por um instante, no meio de uma dança, o tumulto de um colo quente, quando os braços recobrem, feito um pergolado, um par de bagas suculentas a ponto de estourar.

MARINHEIRO SICILIANO

(*reclinado*)

Nem me fale! Preste atenção, garoto — um entrelaçamento rápido dos membros... a leveza do balanço... a brejeirice... a palpitação! Lábios... coração... quadris; tudo que se roça; o toque incessante... e pronto! Não prove... que fique claro! Senão tudo se acaba na saciedade. Que você acha, pagão? (*cutuca*)

MARINHEIRO TAITIANO

(*reclinado em uma esteira*)

Um viva à santa nudez de nossas dançarinas! A Hiva-Hiva![239] Ah! Taiti de baixos vales e altas palmeiras! Ainda descanso em sua esteira, mas o solo macio me escapou! Vi quando foste tecida no bosque, esteira minha! Verde no primeiro dia em que dali a trouxe; agora já bastante gasta e esgarçada. Pobre de mim! Nem tu, nem eu conseguimos suportar a mudança! Como seria, então, ser transplantado para aquele céu? Ouvir de novo os rios que rolam ruidosos das alturas espetadas de Pito-iti, quando descem dos penhascos e inundam as aldeias? A ventania, a ventania! Ergue-te, espinha, e a enfrenta! (*levanta-se de um salto*)

MARINHEIRO PORTUGUÊS

Vejam como o mar rola e quebra no costado! Preparem-se para a rizadura, homens! Agora os ventos apenas afiam suas espadas... em breve e furiosamente eles avançarão com suas estocadas.

MARINHEIRO DINAMARQUÊS

Enverga, enverga, velho navio! Se envergas, é porque aguentas! Muito bem! O imediato ali o segura com firmeza. Ele desconhece o medo, assim como a ilha fortaleza em Kattegat, ali colocada para enfrentar o Báltico com canhões açoitados por tempestades, nos quais o sal do mar empedra!

QUARTO MARINHEIRO NANTUCKET

Ele segue ordens, lembra-te disso. Ouvi o velho Ahab dizer que ele tem de aniquilar a borrasca, mais ou menos como derrubasse uma tromba-d'água com uma pistola... disparando o navio no coração dela!

---

239. Hiva-Hiva é uma dança cerimonial taitiana celebratória da paz. Aos olhos dos ocidentais, porém, era vista como lasciva, em razão da nudez das dançarinas.

MARINHEIRO INGLÊS
Diabos! Que grande sujeito é aquele velho! E nós somos os rapazes que darão cabo de sua baleia!

TODOS
Sim! Somos nós!

VELHO MARINHEIRO DA ILHA DE MAN
Como tremem os três pinheiros! Os pinheiros são o tipo de árvore mais difícil de sobreviver quando transferidos para qualquer outro solo, e aqui tudo que existe é o barro amaldiçoado da tripulação. Aguenta firme, timoneiro! Aguenta! É sob um tempo desses que os mais valentes corações se arrojam na costa, e cascos virados se partem no mar. Nosso capitão tem sua marca de nascença; olhem ali, rapazes, há outra no céu... sombria, como vocês veem, e tudo o mais preto como breu.

DAGGOO
E daí? Quem tem medo do preto tem medo de mim! Foi dele que nasci!

MARINHEIRO ESPANHOL
(*à parte*)
Ele quer intimidar, ah! O antigo rancor me deixa sensível. (*avança*) É isso mesmo, arpoador, tua raça é o lado negro da humanidade, isso é inegável... a escuridão diabólica dela. Sem ofensas...

DAGGOO
(*sóbrio*)
Claro que não...

MARINHEIRO DE SANTIAGO
Esse espanhol está louco ou bêbado. Mas não pode ser... ou então, em seu caso, as aguardentes do nosso velho Khan demoram um pouco a fazer efeito.

QUINTO MARINHEIRO DE NANTUCKET
Que foi que eu vi... um raio? Sim, um raio.

MARINHEIRO ESPANHOL
Não; foi Daggoo mostrando os dentes.

DAGGOO
(*num salto*)
Pois engula os teus, nanico! Você é branco de medo!

MARINHEIRO ESPANHOL
(*enfrentando-o*)
Passo-te na faca com gosto! A carcaça pode ser grande, mas a alma é pequena!

TODOS
É briga! É briga! É briga!

TASHTEGO
(*soltando uma baforada*)
Uma briga aqui embaixo, uma briga lá em cima... Deuses e homens... quem é mais dado à valentia? Hunf!

MARINHEIRO DE BELFAST
É briga! É briga! É briga! Minha Nossa Senhora, uma briga! É pular pra dentro!

MARINHEIRO INGLÊS
Jogo limpo! Tomem a faca do espanhol! Abram a roda! Abram a roda!

VELHO MARINHEIRO DA ILHA DE MAN
Num segundo, a roda está feita... e ali, a roda aberta no horizonte. Naquela roda, Caim derrubou Abel. Bom trabalho, belo trabalho! Não? Por que então, Deus, fizeste a roda?

VOZ DO IMEDIATO DO TOMBADILHO
Mãos nas adriças! As velas de gávea! Preparem-se para rizar as velas de gávea!

TODOS
A borrasca! A borrasca! Salvem-se, amigos! (*eles se espalham*)

PIP

(*encolhido sob o molinete*)

Amigos? Deus ajude esses amigos! Crec-crec! Tchauzinho, estai de bujarrona! Bum-bang! Deus! Saia de baixo, Pip, que aí vem a verga real! É pior do que estar numa floresta no meio do redemoinho, no derradeiro dia do ano! Quem vai subir pra colher as castanhas, agora? Mas lá vão eles, eles sobem... não tem quem não blasfeme, mas eu não. O que podia ser melhor numa hora dessas, se não é estar mais perto do céu? Aguenta firme! Meu filho, que borrasca! Mas esses camaradas aí em cima são ainda piores... eles são a sua borrasca branca.[240] Borrasca branca? Baleia Branca, xiii! xiii! Daqui ouvi toda a conversa deles, agora mesmo, e a Baleia Branca... xiiii! xiiii! Só de ouvir falar dela uma vez, agorinha há pouco, já fiquei tilintando feito meu pandeiro... e aquela cobra velha jurou que ia dar cabo dela! Ai, grande Deus branco aí em cima, em algum lugar dessa escuridão! Tenha misericórdia deste pretinho aqui embaixo; proteja ele desses homens todos que não têm coração para sentir medo!

---

240. As borrascas brancas são súbitas tempestades de vento que não vêm acompanhadas das características nuvens negras. Seu nome tem por referência as cristas brancas das ondas que marcam o fenômeno.

41
Moby Dick

Eu, Ismael, era parte dessa tripulação; meus gritos se elevaram junto aos gritos dos demais; meu juramento fundiu-se ao deles em um só; e se mais forte gritei, e mais forte martelei e preguei meu juramento, foi pelo pavor que sentia na alma. Trazia em mim um sentimento ensandecido, místico e solidário; a rixa implacável de Ahab parecia ser minha. Insaciáveis, meus ouvidos ouviam a história daquele monstro assassino contra o qual eu e todos os outros bradamos nossas juras de violência e vingança.

Já havia algum tempo, embora apenas circunstancialmente, que a Baleia Branca, solitária e reclusa, assombrava aqueles mares intocados pela civilização e frequentados, sobretudo, pelos caçadores do cachalote. Nem todos, porém, sabiam de sua existência; apenas uns poucos o tinham reconhecidamente visto; ao passo que era ainda menor o número dos que até então haviam de fato e reconhecidamente travado combate com ele. Pois, em razão do grande número de navios baleeiros em atividade; da maneira desordenada com que se dispersavam por toda a líquida esfera, muitos deles intrepidamente levando sua demanda às mais desertas latitudes, de forma a nunca ou muito raramente travar contato com um só veleiro noticioso por intervalos de tempo que chegavam a um ano ou mais; da inopinada extensão de cada viagem em si; da irregularidade das partidas dos portos domésticos; todas essas e ainda outras circunstâncias, diretas e indiretas, por muito tempo obstaram a disseminação de relatos especiais e específicos acerca de Moby Dick por toda a frota baleeira mundial. Não eram objeto de dúvida os relatos de muitos navios que alegavam ter se deparado, em tal ou qual meridiano ou ocasião, com um cachalote de magnitude e malignidade inauditas, o qual, depois de causar grande prejuízo a seus agressores, se lhes escapara por completo; para alguns, não era descabida a presunção que tal baleia se tratasse de Moby Dick. Porém, visto que em tempos não muito distantes a pesca do cachalote fora marcada por várias e não infrequentes manifestações de uma enorme fúria, engenho e malícia da parte do monstro atacado; assim era que os marinheiros que, acidentalmente e sem o saber, confrontavam-se com Moby Dick, em sua grande maioria, talvez, se dessem por satisfeitos em atribuir os específicos horrores por ele causados aos perigos da pesca do cachalote em geral, e não — coloquemos assim — a uma causa individual. Era sob essa perspectiva, em especial, que o desastroso encontro entre Ahab e a baleia havia sido até então popularmente compreendido.

E quanto àqueles que, tendo antes ouvido falar da Baleia Branca, por acaso a avistaram; no início da coisa, todos — quase sem exceção, e com igual ousadia e destemor — arriaram seus botes para lhe dar combate, como o fariam diante de qualquer outra baleia daquela espécie. Todavia, por fim, à medida que se acumulavam calamidades em tais encontros, as quais não se restringiam a pulsos e tornozelos torcidos, membros quebrados ou amputações vorazes, mas se revelavam fatais em seu último e derradeiro grau; os repetidos e catastróficos rechaços, o acúmulo e a reunião de terrores em torno de Moby Dick, tais coisas chegaram a ponto de abalar os brios de muitos corajosos caçadores, a cujos ouvidos a história da Baleia Branca acabava cedo ou tarde por chegar.

Considerem-se também os desvairados rumores, de toda sorte e procedência, sempre prontos a imprimir exageros e ainda maiores horrores aos relatos verídicos desses encontros mortais. Nesse sentido, não apenas a fabulosa boataria brota naturalmente do próprio enredo dos mais surpreendentes e calamitosos eventos — da mesma forma que os fungos vicejam no tronco abatido —, como, na vida marítima, muito mais do que em terra firme, as mais disparatadas histórias abundam onde quer que haja realidade apropriada a que se agarrem. E assim como o mar ultrapassa a terra nesta matéria, a pesca baleeira supera qualquer outra forma de vida marítima no que toca às maravilhas e aos terrores dos casos que por vezes nela circulam. É certo que os baleeiros, em seu conjunto, não estão isentos da ignorância e supersticiosidade hereditárias à marinhagem como um todo; porém, dentre todos os marinheiros, são os baleeiros, sem sombra de dúvida, os que mais diretamente permanecem em contato com o que há de mais assustadoramente formidável no mar; frente a frente, não só admiram suas maiores maravilhas, como, corpo a corpo, travam com elas renhida luta. Sozinhos, em águas tão remotas que, por mais que se navegassem mil milhas e se passassem por mil praias, não se tocaria qualquer lar esculpido em pedra ou qualquer espaço de acolhida sob aquela parte do sol; em tais latitudes e longitudes, no exercício de um tal ofício, o baleeiro se encontra cercado de influências que, em seu conjunto, tendem a tornar sua fantasia prenhe dos mais extraordinários rebentos.

Não chega, portanto, a causar espanto que, com o volume cada vez maior do simples trânsito pelas grandes imensidões aquáticas, os insuflados rumores acerca da Baleia Branca acabassem por incorporar a si toda sorte de mórbidas e aberrantes insinuações de agências sobrenaturais, as quais por fim investiram Moby Dick de ainda outros terrores, estranhos a qualquer fundamento material e visível. Assim foi que, em muitos casos, a Baleia Branca suscitava tamanho pavor aos poucos caçadores que, ao menos mediante aqueles rumores, tinham dela ouvido falar, que estes raramente se encontravam dispostos a enfrentar os perigos de sua mandíbula.

Havia ainda, porém, outras e mais fundamentais influências práticas em ação. Nem mesmo nos dias de hoje o prestígio original do cachalote, tão terrivelmente distinto de todas as demais espécies de leviatã, morreu nas mentes dos baleeiros como um todo. Existem entre eles nos dias de hoje os que, embora dotados de inteligência e coragem bastantes para dar combate a uma baleia-da-groenlândia ou a uma baleia-franca, talvez se recusassem — por inexperiência profissional, incompetência ou simples temor — a um embate com o cachalote; de qualquer forma, não são poucos os baleeiros, em especial entre as nações baleeiras que não navegam sob a bandeira americana, que nunca se depararam em termos hostis com o cachalote e que entendem ser o leviatã unicamente o paquiderme ignóbil caçado primitivamente no Norte; acomodados em suas escotilhas, esses homens ouvirão com o interesse e assombro de crianças sentadas à frente de uma lareira as estranhas e desesperadas histórias da caça à baleia nos Mares do Sul. Tampouco a proeminente grandiosidade do cachalote é mais profundamente compreendida em qualquer outro lugar que não a bordo das proas que o confrontam.

E como a hoje comprovada realidade de seu poder tivesse projetado sua sombra sobre os tempos lendários de outrora, encontramos naturalistas de gabinete — Olassen e Povelson[241] — que declaram que o cachalote não só representa uma consternação a todas as demais criaturas no mar, como também é dotado de incrível ferocidade no que toca a sua insaciável sede de sangue humano. Nem mesmo em época tão tardia quanto a de Cuvier apagaram-se umas tais impressões ou semelhantes. Em sua *História natural*, o próprio barão afirma que, ao avistar o cachalote, todos os peixes (tubarões incluídos) são "acometidos do mais vivo pavor"; e que "não raro, ao sair em desabalada fuga, abalroam as

241. O poeta islandês Eggart Ólafsson (1726-68) e seu amigo, o naturalista Bjarni Pálsson (1719-79), são os autores de *Viagens na Islândia*, publicado pela primeira vez em 1772 e trazendo uma alentada descrição da geografia e do povo islandês.

rochas com tamanha violência que conhecem morte instantânea". Ainda que as experiências gerais na pescaria possam reparar registros como esses; em sua absoluta terribilidade, porém, e mesmo no que tange à ideia sanguinária de Povelson, a supersticiosa crença neles é, em algumas contrariedades do ofício, revivida no íntimo dos caçadores.

Assim intimidados pelos rumores e augúrios a seu respeito, não são poucos os pescadores que recobram, em referência a Moby Dick, os priscos dias da pesca do cachalote, quando constituía grande dificuldade convencer os mais experientes caçadores de baleias-francas a embarcar nos perigos desta nova e ousada guerra. Esses antigos baleeiros argumentavam que, embora outros leviatãs pudessem ser perseguidos com esperança de sucesso, sair à caça e apontar lanças contra um portento como o cachalote não era trabalho para mortais; e tentá-lo significava tomar o caminho mais curto para a vida eterna. Sobre este assunto, existem alguns notáveis documentos que podem ser consultados.

Não obstante, havia alguns que, mesmo diante dessas coisas, estavam prontos a dar combate a Moby Dick; e um número ainda maior que, tendo apenas por acaso, distante e vagamente ouvido falar dele, sem os detalhes pormenorizados de qualquer calamidade específica ou apêndices supersticiosos, tinham tenacidade bastante para não fugir à luta, se lhes fosse oferecida.

Uma das mais desatinadas sugestões mencionadas, tal como chegou a ser por fim associada à Baleia Branca no pensamento dos mais inclinados à superstição, era a estapafúrdia e assustadora ideia de que Moby Dick era onipresente; de que fora de fato encontrado em latitudes opostas num mesmo instante de tempo.

Por mais supersticiosas que essas mentes possam ter sido, esse devaneio não era de todo desprovido de vaga demonstração de crédula probabilidade. Pois, assim como os segredos das correntes marítimas nunca se revelaram mesmo aos mais eruditos pesquisadores; os caminhos ocultos do cachalote pelas profundezas permanecem, em grande medida, incompreensíveis a seus perseguidores; o que, vez por outra, dá ensejo às mais curiosas e contraditórias especulações a seu respeito, em especial no concernente aos modos místicos pelos quais, depois de mergulhar a grande profundidade, ele se transporta com formidável celeridade aos mais longínquos pontos.

É de conhecimento geral de navios baleeiros americanos e ingleses, bem como colocado em registro formal anos atrás por Scoresby,[242] que em corpos

242. Ver nota 221.

de baleias capturadas no extremo norte do Pacífico já se encontraram as barbas de arpões lançados nos mares da Groenlândia. Não se pode colocar em dúvida as declarações de que, em alguns desses casos, o intervalo de tempo entre os dois ataques não poderia ter excedido muitos dias. Consequentemente, por inferência, há baleeiros que acreditam que a Passagem Noroeste, há tanto tempo um obstáculo para o homem,[243] nunca foi um problema para a baleia. De modo que aqui, na experiência viva e concreta dos homens vivos, prodígios como os narrados em tempos remotos acerca da montanha da Estrela, em Portugal (perto de cujo topo se dizia haver um lago em que destroços de navios subiam à superfície);[244] e o caso ainda mais fabuloso da fonte de Aretusa, próxima a Siracusa[245] (cujas águas, segundo se acreditava, provinham da Terra Santa por meio de passagem subterrânea) – tais relatos maravilhosos são quase totalmente igualados pelas realidades do baleeiro.

Forçados à familiaridade, portanto, com prodígios que tais; e sabendo que, depois de repetidos e intrépidos assaltos, a Baleia Branca escapara com vida; não surpreende que alguns baleeiros tenham ido ainda mais longe em suas superstições e declarado que Moby Dick não apenas é onipresente como imortal (pois a imortalidade nada mais é do que a onipresença no tempo); e que, mesmo que bosques de arpões fossem plantados em seu dorso, ele ainda fugiria ileso; ou que, ainda que viesse algum dia a verter o sangue grosso de um ferimento fatal, uma tal visão não passaria de assustador engano; pois a centenas de léguas de distância, em meio a ondas limpas de qualquer sangue, seu jorro imaculado seria novamente avistado.

Mas, mesmo despido dessas suposições sobrenaturais, havia o bastante na natureza física e no incontestável caráter do monstro para atingir a imaginação com um poder incomum. Pois não eram tanto suas invulgares dimensões que o distinguiam de outros cachalotes, mas, como dito atrás: uma fronte especialmente enrugada, branca como a neve, e uma corcova branca, alta e piramidal.

243. Desde ao menos o século XV, os europeus procuraram uma passagem do oceano Atlântico ao Pacífico através do oceano Ártico com destino à Ásia. As condições climáticas e geográficas da região, porém, impediram os mais exímios navegadores e exploradores portugueses e ingleses de encontrá-la. Apenas em 1906 o explorador norueguês Roald Amundsen conseguiu perfazer tal rota em um pequeno veleiro, atravessando o norte do Canadá e chegando ao Alasca após três anos de viagem.

244. A serra da Estrela é a maior das cadeias de montanha portuguesas.

245. Localizada na Sicília, a Fonte de Aretusa recebe seu nome a partir de uma ninfa da mitologia grega que supostamente se transformou em fonte para proteger sua castidade.

Essas eram suas características proeminentes; os sinais pelos quais, mesmo na imensidão de mares jamais cartografados, ele revelava sua identidade, à longa distância, àqueles que o conheciam.

O resto de seu corpo era tão listrado, e manchado, e marmorizado no mesmo matiz amortalhado que daí se derivou a alcunha de Baleia Branca — nome que, aliás, encontra literal justificativa em seu aspecto vívido, quando avistada a nadar com o sol a pino por um mar azul-escuro, deixando uma via láctea de cremosa espuma em sua esteira, coriscante de douradas fulgurações.

Não eram, contudo, a desmedida grandeza, a raridade do matiz ou a queixada deformada que tanto investiam a baleia de um natural terror; era, antes, o engenho vil e sem precedentes que, segundo relatos precisos, Moby Dick havia repetidas vezes manifestado em seus acometimentos. Mais do que tudo, suas traiçoeiras meias-voltas causavam mais consternação do que talvez qualquer outra coisa. Pois, ao nadar à frente de seus exultantes caçadores, com todas as evidências de pavor, fez-se muitas vezes conhecido por se virar repentinamente e, arrojando-se de encontro a eles, ora fazer os botes em pedaços, ora os arrastar em pânico de volta ao navio.

Muitas já haviam sido as fatalidades decorrentes de sua caça. No entanto, embora desastres similares, ainda que pouco mencionados em terra, não fossem de forma alguma incomuns na pescaria, na maioria dos casos, tal parecia a infernal premeditação de ferocidade da Baleia Branca, que toda morte ou mutilação por ela infligida quedava atribuída a um agente que, não obstante bruto, só podia ser dotado de inteligência.

Que se julgue, então, a que alturas de inflamada e desesperada fúria os espíritos de seus mais incautos caçadores eram impelidos, quando em meio às lascas dos botes partidos entre as mandíbulas do monstro e os membros de companheiros mutilados eles nadavam para fora dos coágulos brancos da pavorosa cólera da baleia ao encontro da serena e exasperante luz do sol, que sorria como iluminasse um parto ou casamento.

Os três botes destruídos em seu entorno, remos e homens entregues à força das águas; um capitão, alcançando nos destroços de sua proa a faca da linha,[246] arremetia contra a baleia como um duelista do Arkansas em direção ao inimigo, buscando atravessar às cegas, com uma lâmina de quinze centímetros, as braças de profundidade que guardam o centro vivo da baleia. Esse capitão

246. Ver capítulo 60.

era Ahab. E foi então que, de repente, passando a foice do maxilar inferior por baixo de seu corpo, Moby Dick ceifou a perna de Ahab como um ceifador faria com a relva do campo. Nenhum otomano sob seu turbante, nenhum mercenário veneziano[247] ou malaio o poderia ter lancetado com tão clara crueldade. Havia pouca razão para duvidar, portanto, que desde aquele encontro quase fatal Ahab nutrira um desvairado desejo de vingança contra a baleia, ainda mais porque, em sua frenética morbidade, ele finalmente passou a atribuir-lhe não somente o que seu corpo padecia, mas também todas as suas exasperações intelectuais e espirituais. A Baleia Branca nadava diante de Ahab como a encarnação monomaníaca de todos aqueles ardilosos agentes que alguns homens profundos sentem que por dentro lhes corroem, até que não lhes restam mais do que meio coração ou meio pulmão. Aquele intangível mal, existente desde o início dos tempos,[248] a cujo domínio mesmo os cristãos modernos atribuem metade dos mundos; que os antigos ofitas do Oriente[249] reverenciavam em seu demônio de pedra; Ahab não se prostrou e entregou-se a sua adoração, a exemplos destes; pelo contrário, em seu delírio, transferindo a ideia desse mal à abominável Baleia Branca, colocou-se, todo mutilado, em oposição a ela. Tudo o que mais enlouquece e atormenta; tudo que convulsiona a ordem das coisas; toda a verdade com sua vileza; tudo que lacera os tendões e enrijece o cérebro; todos os sutis demonismos da vida e do pensamento; todo o mal, para o louco Ahab, ganhava visível personificação, passível de ataque, em Moby Dick. Sobre a corcova branca da baleia, Ahab reuniu a soma de toda a raiva e ódio gerais sentidos por toda a sua raça desde Adão; e então, como fosse seu peito um morteiro, contra ela disparou a granada de seu coração incendiado.

É improvável que essa monomania tenha nele surgido de pronto, no preciso momento de seu desmembramento físico. Portanto, ao se lançar contra

---

247. Eco de Shakespeare, *Otelo* V, ii, v. 369-70: "Where a malignant and a turban'd Turk/ Beat a Venetian and traduced the state" [Onde um maligno turco de turbante/ derrotou um veneziano e tomou o Estado].

248. O maniqueísmo foi um dualismo religioso sincretista que se originou na Pérsia e foi amplamente difundido no Império Romano (séculos III d.C. e IV d.C.). Sua doutrina consistia basicamente em afirmar a existência de um conflito cósmico entre o reino da luz (o Bem) e o das sombras (o Mal), em localizar a matéria e a carne no reino das sombras e em afirmar que ao homem se impunha o dever de contribuir para a vitória do Bem por meio de práticas ascéticas, sobretudo evitando a procriação e os alimentos de origem animal.

249. Seita gnóstica surgida na Síria e no Egito por volta do ano 100 d.C. que dava relevo ao papel da serpente como portadora da libertação e do conhecimento espiritual contra um Deus misantropo.

o monstro, faca na mão, Ahab tão somente deu rédeas a uma animosidade corporal repentina e passional; e quando recebeu o golpe que o mutilou, provavelmente sentiu a lancinante laceração do membro, e nada mais. No entanto, quando foi por esse embate forçado a voltar para casa e, por dias e semanas de longos meses, permaneceu junto a sua angústia, ambos estirados em uma rede, a contornar em pleno inverno as carregadas nuvens e os ventos uivantes do cabo patagônico — foi então que o corpo retalhado e a alma dilacerada sangraram um no outro; e assim, fundidos num só amálgama, o enlouqueceram. Que foi apenas então, no torna-viagem, passado o confronto, que a monomania final o arrebatou — isso parece encontrar comprovação no fato de que, de tempos em tempos durante a travessia, Ahab apresentou o comportamento de lunático delirante; e, mesmo destituído de uma perna, era tamanha a força vital a habitar furtivamente seu peito egípcio, ademais intensificada por seu delírio, que seus imediatos foram forçados a amarrá-lo, mesmo ali, enquanto navegava, tresvariando em sua rede. Em uma camisa de força, esteve entregue ao desvairado balanço das tempestades. E quando, ao adentrar latitudes mais amenas, o navio, com as varredouras enfunadas, vogava pelos trópicos tranquilos e, segundo se podia observar, o delírio do velho parecia ter ficado para trás com os vagalhões do cabo Horn, e ele saiu de seu covil escuro para a luz e o ar abençoados; mesmo então, quando ostentava o semblante firme e controlado, embora pálido, e de novo transmitia suas ordens calmamente; e seus imediatos agradeciam a Deus pelo fim da pavorosa loucura; mesmo então, Ahab, em seu interior oculto, continuava a delirar. A loucura humana é não raro a mais felina e ardilosa das coisas. Enquanto se pensa que ela se foi, ela pode ter se transfigurado em formas mais discretas. A completa loucura de Ahab não havia diminuído, apenas se contraíra profundamente; como o inquebrantável Hudson, esse nobre viking que, ao se estreitar em sua travessia pelo desfiladeiro das Terras Altas,[250] ganha insondável profundeza. E assim, do mesmo modo que, no estreito fluir de sua monomania, nem uma gota da larga loucura de Ahab havia ficado para trás; nessa mesma larga loucura, nem uma gota de seu grande intelecto natural havia perecido. Aquilo que antes fora agente vivo havia se tornado, então,

250. O desfiladeiro das Terras Altas é um estreitamento profundo de 24 quilômetros no leito do rio Hudson entre as localidades de Peekskill e Newburgh, no estado de Nova York. O rio Hudson atravessa o estado, nascendo nas montanhas Adirondack e desembocando no porto de Nova York.

instrumento vivo. Para nos valermos de um tropo extremo, a loucura tão particular que o dominava capturou de assalto sua mais ampla sanidade, levou-a consigo e apontou concentricamente todos os seus canhões contra seu próprio e tresloucado alvo; de modo que, longe de ter perdido a força, Ahab dispunha agora, para esse fim, de uma potência mil vezes maior do que jamais havia em sã consciência aplicado a qualquer objeto razoável.

Isso é muito; no entanto, as maiores, mais escuras e fundas regiões de Ahab permanecem intocadas. Vão, porém, é todo esforço de popularizar profundezas, e toda a verdade é profunda. Em descimento por sinuosos caminhos desde o próprio coração das alturas deste Hotel de Cluny[251] em que nos encontramos — ainda que maravilhoso e excelso, deixai-o agora e segui vosso caminho, ó almas de tanta nobreza e melancolia, rumo aos imensos salões das Termas; onde, bem abaixo das fabulosas torres dos exteriores terrestres que o homem habita, a raiz de sua grandeza e toda a sua assombrosa essência permanecem em barbada condição; antiguidade enterrada sob antiguidades, entronizada sobre torsos! É com um trono em ruína que os grandes deuses zombam desse rei cativo; e assim, à maneira de uma cariátide, ali este se assenta resignadamente, a sustentar sobre a fronte congelada os entablamentos cumulados de séculos. Descei, tão orgulhosas e tristes almas! Indagai o orgulhoso e triste monarca! Reconhecestes os traços familiares? Sim, ele vos concebeu, ó jovens e exiladas majestades; e somente de sua severa e ancestral alteza virá o velho segredo de Estado.

Ahab vislumbrara algo disto em seu coração, a saber: todos os meus meios são racionais; meu motivo e objetivo, loucos. Sem poder, porém, de apagar, transformar ou evadir um tal fato, ele por outro lado reconhecia que por muito tempo o dissimulara ante os olhos da humanidade e que, de alguma forma, ainda o fazia. A questão de dissimular se apresentava sujeita unicamente a sua perceptibilidade, não à sua vontade determinada. Não obstante, tanto sucesso teve ele nessa dissimulação que, quando por fim pisou em terra com a perna de marfim, nenhum habitante de Nantucket o via de outra forma senão natural e muito dolorosamente entristecido com o terrível acidente que o acometera.

---

251. O Hôtel de Cluny foi um palacete monastério construído no Quartier Latin, em Paris, no século XIV sobre as ruínas do frigidário das termas galo-romanas, que ali funcionaram entre os séculos I e IV d.C.

O relato do inegável delírio em alto-mar foi, do mesmo modo, popularmente atribuído a causa semelhante; assim como o peso que, doravante, passou a lhe carregar a fronte, mesmo no dia da partida do *Pequod* para o cruzeiro em questão. Não é também improvável que, longe de desconfiar de sua aptidão para outra viagem baleeira, em vista de tais sintomas sombrios, o povo calculista daquela ilha cautelosa se inclinasse a acolher a fantasia de que, por essas mesmas razões, ele estava ainda mais qualificado e rijo para uma atividade tão cheia de fúria e brutalidade como a sangrenta caça baleeira. Erodido por dentro e ressequido por fora, com as presas fixas e inquebrantáveis de uma ideia incurável; uma tal pessoa, caso se pudesse encontrar, seria o homem certo para enviar o arpão e erguer a lança contra o mais terrível dos animais ferozes. Ou, se por qualquer razão se pensasse estar fisicamente incapacitado para tanto, esse mesmo homem parecia superlativamente dotado de predicados para mover e incitar aos gritos seus subordinados ao ataque. Seja como for, é certo que, com o segredo louco de sua intensa e insaciável fúria fechado e trancado dentro de si, Ahab havia saído na viagem em questão com o único e obsessivo propósito de caçar a Baleia Branca. Tivesse algum de seus velhos conhecidos em terra tido o mínimo vislumbre do que nele se escondia então, com que rapidez suas virtuosas almas transidas de horror teriam arrancado o navio de tão diabólico homem! O único interesse e empenho deles estava em uma travessia lucrativa, com seus dividendos calculados em dólares da Casa da Moeda; mas Ahab estava decidido a levar a cabo uma vingança ousada, áspera e sobrenatural.

Este era, então, o velho homem grisalho e sem Deus que partiu com blasfêmias à caça de uma baleia de Jó[252] ao redor do mundo; sob seu comando, uma tripulação composta, sobretudo, de mestiços renegados, náufragos e canibais — cuja fraqueza moral se reforçava, ainda, pela fraqueza da desamparada e amesquinhada virtude ou retidão mental de Starbuck, pelo embrutecido e pétreo contentamento de Stubb e pela mediocridade ululante de Flask. Uma tripulação como essa, tendo à frente tais oficiais, parecia surgir da cuidadosa seleção de alguma fatalidade infernal para auxiliar Ahab em sua vingança monomaníaca. Como se deu sua farta adesão à ira do velho — por quais malignos bruxedos suas almas foram possuídas, de forma que por vezes o ódio de seu capitão parecia quase lhes pertencer; sendo-lhes a Baleia Branca uma inimiga tão intolerá-

252. Jó 7,12: "Sou eu porventura o mar, ou a baleia, para que me ponhas uma guarda?".

vel quanto o era para o capitão; como tudo isso veio a se dar — o que era a Baleia Branca para esses homens, ou como, sob a perspectiva de seus entendimentos inconscientes, e de alguma forma obscura e insuspeita, pôde ela ter insinuado ser o grande demônio dos mares da vida —, explicar todas essas coisas seria mergulhar mais fundo do que Ismael é capaz. Esse mineiro que trabalha nos subterrâneos de todos nós — como se pode saber para onde ele conduz o túnel apenas pelo som abafado e erradio da picareta que maneja? Quem não sente o irresistível e pesado arrastar do braço? Que esquife a reboque de um vaso de guerra de setenta e quatro canhões pode resistir parado?[253] Quanto a mim, abandonei-me ao arrebatamento das circunstâncias; mas, enquanto todos se precipitavam ao embate com a baleia, não conseguia ver naquela fera outra coisa senão o mal mais mortal.

---

253. O esquife é uma pequena embarcação de fundo chato usada como auxiliar de embarcações maiores.

42
A brancura da baleia

O QUE ERA A BALEIA BRANCA para Ahab, foi sugerido; o que, por vezes, era para mim, até aqui permanece a se dizer.

Além daquelas considerações mais óbvias em relação a Moby Dick, que não podiam senão vez por outra despertar algum temor na alma de qualquer homem, havia outro pensamento — ou melhor, um vago e inominado horror, que ao monstro se ligava e cuja intensidade era capaz de subjugar todo o mais —, uma ideia tão mística, se não inefável, que chego às raias da desesperação ao procurar lhe dar formas tangíveis. Era a brancura da baleia, acima de tudo, que me horrorizava. Como posso ter a esperança de me fazer compreender aqui? Uma explicação, porém, deve ser dada, ainda que vaga e aleatória — doutro modo, todos estes capítulos se podem reduzir a nada.

Ainda que a brancura seja responsável pelo refinado realce da beleza de muitos objetos naturais, como a eles transmitisse alguma especial virtude, a exemplo do que se vê nos mármores, nas camélias e nas pérolas; e embora sejam muitas as nações que tenham em alguma medida reconhecido certa preeminente majestade no dito matiz; incluindo mesmo os grandes reis bárbaros de Pegu,[254] que tinham no título de "Senhor dos Elefantes Brancos" o mais magniloquente epíteto do poder; ao passo que os reis modernos de Sião[255] desfraldam em seu estandarte real o mesmo quadrúpede branco como a neve; enquanto a bandeira da casa de Hanover[256] traz a figura de um corcel de alvo matiz igualmente nevado; e o grande Império Austríaco,[257] cesáreo herdeiro

254. Fundada no século XII, a cidade de Pegu foi a capital do reino de Pagan, cujos domínios se estenderam pelo Sudeste Asiático, na região de Myanmar.
255. "Senhor dos Elefantes Brancos" era o título dado ao rei birmanês Bodawpaya (1745-1819). Ainda nos dias de hoje os animais são reverenciados na Tailândia como símbolo do poder real.
256. Fundada em 1635 e de confissão luterana, a casa de Hanover foi escolhida pelo Parlamento para oferecer uma nova dinastia à Inglaterra, sendo a partir de Jorge I (1660-1727) sua regente entre 1714 e 1901, em substituição à casa de Stuart, preterida por suas relações católicas.
257. Fundado em 1804, o Império Austríaco surgiu em reação à criação do Primeiro Império Francês por Napoleão Bonaparte. Francisco I (1768-1835) foi seu primeiro im-

da soberana Roma, tem por cor imperial os mesmos tons imperiais;[258] e embora essa excelsa qualidade a ele inerente se aplique à própria raça humana, conferindo ao homem branco o domínio ideal sobre toda e qualquer tribo escura;[259] e ainda que, ademais, a brancura tenha se vinculado à noção de alegria, uma vez que entre os romanos uma pedra branca assinalava um dia feliz; e não obstante em outras expressões e simbolismos de afinidade e correspondência mundana o mesmo matiz se faça emblema de muitas coisas nobres e comoventes — a inocência das noivas, a placidez da velhice; e embora entre os peles-vermelhas da América a concessão da faixa branca de *wampum*[260] fosse o mais profundo sinal de honra; e ainda que em muitos climas a brancura tipifique a majestade da Justiça no arminho do juiz[261] e contribua para a pompa diária de reis e rainhas transportados sob o esforço de corcéis brancos como leite; e embora mesmo nos mais elevados mistérios das mais augustas religiões, ela tenha se tornado o símbolo da pureza e poder divinos; sendo a alva chama bifurcada a mais sagrada no altar dos adoradores persas do fogo;[262] e tendo o próprio Grande Júpiter,[263] nas mitologias gregas, encarnado em um touro branco como a neve; ao passo que, para os nobres iroqueses,[264] o sacrifício do sagrado Cão Branco no solstício de inverno era, de longe, o festival mais santo de sua teologia, na qual se compreendia essa criatura fiel e imaculada como o mais puro mensageiro que podiam enviar ao Grande Espírito com as confirmações anuais de sua própria fé; e todos os padres cristãos derivem diretamente da palavra latina para branco o nome de uma parte de sua vestimenta sagrada, a alba, ou túnica usada sob a batina; e entre as sagradas pompas da confissão

---

perador, responsável por elevar o arquiducado da Áustria à condição de império, independentemente dos vínculos com os estados germânicos, aos quais se ligava dentro da estrutura do Sacro Império Romano-Germânico, dissolvido com as reformas promovidas por seus membros, em 1806. Em 1867, sob Francisco José I, o Império Austríaco uniu-se ao reino da Hungria mediante um acordo constitucional, criando-se assim o Império Austro-Húngaro.

258. Há um equívoco da parte de Melville neste ponto: as cores do Império Austríaco eram o preto e o dourado.

259. O racismo inerente ao comentário não deve ser entendido como voz do autor. Sobre o tema, ver Apresentação.

260. Contas feitas de concha de marisco, usadas como decoração ou moeda.

261. Na Grã-Bretanha e nos Estados Unidos, antes de 1800 os juízes da Suprema Corte vestiam robes vermelhos ornamentados com arminho branco.

262. Sobre o zoroastrismo, ver nota 448.

263. Na mitologia greco-latina, Zeus (Júpiter) assume a forma de um touro branco para raptar Europa, levando-a a Creta para torná-la a primeira rainha da ilha.

264. Confederação de tribos indígenas que ocupou o atual nordeste americano e partes do Canadá.

romana o branco conheça especial emprego na celebração da Paixão de Nosso Senhor; e nas visões de são João mantos brancos sejam dados aos remidos, e os vinte e quatro anciãos estejam vestidos de branco diante do grande trono branco, e a Santidade nele sentada seja branca como lã;[265] a despeito de todas essas associações acumuladas e com tudo o que é delicado, honrado e sublime, ainda se esconde algo de inexpugnável na ideia mais íntima desse matiz, que causa mais pânico na alma do que a vermelhidão que infunde medo ao sangue.

É essa qualidade furtiva que faz com que o pensamento acerca da brancura, quando divorciado de mais gentis consórcios e vinculado a qualquer objeto em si mesmo pavoroso, amplifique o terror a limites os mais extremos. Tomemos à guisa de exemplo o urso-branco dos polos e o tubarão-branco dos trópicos; que outra coisa, senão a brancura lisa ou escamosa que ostentam, os transforma nos transcendentais portentos que são? É a alvura medonha que confere brandura tão abominável, ainda mais repugnante que terrível, ao bestial regozijo do aspecto de ambos. De forma que nem o tigre de presas ferozes em seu manto heráldico é capaz de fazer vacilar a coragem como o urso ou o tubarão com suas brancas mortalhas.[266]

Pensa no albatroz: de onde vêm aquelas nuvens de fascínio espiritual e pálido temor, nas quais esse fantasma branco plana em todas as imaginações? Não foi Coleridge[267] quem primeiramente lançou o feitiço; mas a grande e nada lisonjeira laureada de Deus, a Natureza.[268]

---

265. Ver Apocalipse 4,4.5.

266. Com referência ao urso-polar, é possível a quem se sinta compelido a um maior aprofundamento no tema instar que não é a brancura em si a responsável pela dilatada e intolerável hediondez da referida fera; pois, uma vez analisada, uma tal hediondez dilatada só surge, pode-se dizer, da circunstância de que a desmedida ferocidade da criatura encontra-se infundida no velo da inocência e amor celestiais; de onde, ao reunir duas emoções contrárias em nossos espíritos, o urso-polar nos assuste com um contraste tão brutal. Ainda que suponhamos a veracidade da análise, fato é que, não fosse pela brancura, não conheceríamos a intensificação do dito terror.

Quanto ao tubarão-branco, o suave e alvo aspecto fantasmático do calmo deslocamento dessa criatura, quando observada em seu costumeiro ânimo, conhece estranha correspondência com a idêntica qualidade no quadrúpede polar. Tal peculiaridade é reconhecida de maneira mais vívida pelos franceses, haja vista o nome que dão a esse peixe. A missa romana dos mortos começa com "Requiem eternam" (descanso eterno), donde réquiem denomina a própria missa, bem como qualquer outra música fúnebre. Em alusão à quietude silenciosa e branca da morte nesse tubarão, e à amena letalidade de seus hábitos, os franceses o batizam *requin*. (N. A.)

267. O narrador se refere ao célebre poema do escritor e filósofo britânico Samuel Taylor Coleridge (1772-1834) "A rima do Velho Marinheiro", de 1798, no qual a figura do albatroz tem um papel central.

268. Lembro-me do primeiro albatroz que vi. Foi durante prolongada tempestade, em águas próximas aos mares da Antártida. Do meu descanso, durante o quarto da manhã,

Nos anais do Oeste americano e nas tradições indígenas, sua mais famosa manifestação é a do Corcel Branco das Pradarias;[269] um magnífico cavalo branco como leite, olhos grandes, cabeça pequena, peito largo e com a dignidade de mil monarcas em sua postura majestosa e altiva. Era o Xerxes eleito dentre incomensuráveis rebanhos de cavalos selvagens, cujas pastagens naqueles idos eram unicamente cercadas pelas montanhas Rochosas e os Allegheny. Em sua liderança flamejante, ele os tropeava rumo ao oeste como aquela estrela escolhida que, a cada anoitecer, lidera as hostes de luz.[270] A cascata cintilante de sua crina, o cometa curvo de sua cauda, o investia de mais resplandecentes arneses do que batedores de ouro e prata lhe poderiam

---

subi ao convés coberto de névoa; e ali, batendo-se contra as escotilhas principais, vi uma coisa régia, emplumada, de cândida brancura e com um sublime e adunco bico romano. De tempos em tempos, ela arqueava as imensas asas de arcanjo, como fosse abraçar alguma arca sagrada; e chacoalhava-se em palpitações e vibrações extraordinárias. Embora fisicamente incólume, gritava como o fantasma de um rei em sobrenatural aflição. Através de seus olhos de inexprimível estranheza, eu pensava vislumbrar segredos que tocavam a Deus. Como Abraão diante dos anjos, me curvei; a coisa era muito branca, de asas muito largas, e naquelas águas de eterno exílio, esqueceram-me as tristes e deletérias memórias de tradições e cidades. Por muito tempo não tirei os olhos daquele prodígio emplumado. Não tenho palavras — consigo apenas insinuar as coisas que então me atravessaram. Mas por fim acordei; e virando-me, perguntei a um marinheiro que pássaro era aquele. "Um piau", ele respondeu. Piau! Nunca tivera notícia daquele nome antes; era concebível que aquele animal glorioso fosse totalmente desconhecido dos homens em terra? Não! Mas algum tempo depois, descobri que piau era um nome de marinheiro para o albatroz. Portanto, não havia maneira de os arrebatados versos de Coleridge terem alguma relação com aquelas impressões místicas, que foram minhas e decorreram do momento em que vi o pássaro em nosso convés. Tampouco eu havia lido a Rima, nem sabia que o pássaro era um albatroz. Ao esclarecer esse fato, indiretamente confiro um pouco mais de lustro ao nobre mérito do poema e do poeta.

Afirmo, então, que na extraordinária brancura corporal do pássaro reside, em especial, o segredo do feitiço; uma verdade ainda mais evidente pelo fato de existirem, por um solecismo de termos, pássaros chamados albatrozes-cinzentos; os quais vi amiúde, porém jamais com a emoção de quando vi a ave antártica.

Mas como a coisa mística foi capturada? Guarde segredo, e eu contarei: com anzol e linha traiçoeiros, enquanto a ave flutuava no mar. Por fim, o capitão transformou-a em carteiro; amarrando-lhe em torno do pescoço uma coleira de couro com identificação, levando a hora e o local do navio; e então o deixando voar. Não duvido que essa identificação em couro, destinada ao homem, tenha sido arrancada no céu, quando a ave branca voou para se unir ao querubim de asa dobrada que o invoca e adora! (N. A.)

269. A lenda do corcel branco — que habitava uma vasta região entre as Dakotas e o Texas norte-americano — circulava entre indígenas e caçadores na fronteira oeste americana, marcada pela cordilheira das montanhas Rochosas, atravessando o continente de norte a sul, da Colúmbia Britânica, no Canadá, ao Novo México, nos Estados Unidos. A comparação com o persa Xerxes — provavelmente Xerxes I (518-465 a.C.), responsável pela invasão persa da Grécia — não tem outra função senão a de associar a brancura ao poder mediante um rol de grandes potentados.

270. A estrela da manhã, o planeta Vênus.

fornecer. Uma arcangélica e imperial manifestação daquele Oeste paradisíaco, que aos olhos dos velhos caçadores de peles ressuscitava as glórias daqueles tempos primevos quando Adão caminhava no mundo com a majestade de um deus, de peito largo e destemido como este poderoso corcel. Fosse desfilando entre seus *aides-de-camp* e marechais na vanguarda de incontáveis coortes que, como um Ohio,[271] fluíam caudalosas pelas planícies; fosse com seus súditos espalhados alimentando-se do relvado por todo o horizonte, enquanto os passava em revista, a galopar com as quentes narinas avermelhadas que contrastavam com seu frio albor — em qualquer aspecto que se apresentasse, mesmo para os índios de maior bravura, o Corcel Branco era objeto de reverência e temeroso respeito. É indubitável, a partir dos registros lendários desse nobre cavalo, que era sobretudo sua brancura espiritual que tanto o revestia da divindade; e que essa divindade trazia em si isto que, embora inspirasse adoração, ao mesmo tempo impunha certo terror sem nome.

Existem, contudo, outros casos em que essa brancura perde toda a estranha e acessória glória de que o Corcel Branco e o Albatroz são investidos.

O que há em um homem albino que de forma tão particular causa repugnância e não raro ofende os olhos, a ponto de às vezes causar desconforto em sua própria família? É a brancura que o recobre, expressa no próprio nome que carrega. O albino tem a mesma boa compleição de qualquer homem — não é portador de qualquer deformidade substantiva —, e, no entanto, o simples aspecto dessa brancura infundida em toda parte o torna mais estranhamente hediondo do que o mais feio aborto. Por que isso ocorre?

Do mesmo modo, em muitos outros aspectos, a Natureza em seus agentes menos palpáveis — mas nem por isso menos ardilosos — jamais deixa de convocar a suas tropas esse régio predicado do horror. Por seu aspecto nevado, o fantasma encouraçado dos Mares do Sul ganhou a denominação de borrasca branca. Igualmente, como o demonstram alguns exemplos históricos, a arte dos ardis humanos jamais se fez de rogada ante os préstimos de tão potente aliada. Vede como se amplifica o efeito daquela passagem em Froissart, quando, mascarados pelo símbolo nevado de sua facção de foras da lei, os Capuzes Brancos de Gante assassinam o meirinho na praça do mercado![272]

---

271. Principal rio a desaguar no grande Mississippi, o Ohio atravessa o nordeste norte-americano, ultrapassando um quilômetro de extensão de margem a margem em alguns pontos.

272. O francês Jean Froissart (*c.* 1337-*c.* 1405) foi menestrel, bardo e um dos maiores cronistas medievais, uma das principais fontes da história desse período. Frossart registra,

No que concerne à experiência comum e hereditária de toda a humanidade, tampouco esta deixa de testemunhar, em algumas circunstâncias, o aspecto sobrenatural da cor. Não se pode colocar em dúvida que o atributo que salta à vista na aparência dos mortos e mais apavora quem os contempla é a palidez marmórea que neles se conserva, como se tal palidez fosse em verdade a insígnia a um só tempo da consternação no mundo de além e do medo mortal no mundo de cá. E dessa lividez dos mortos, tomamos de empréstimo o expressivo matiz da mortalha em que os envolvemos. O mesmo vale para nossas superstições: jamais deixamos de lançar o mesmo palor como um lençol por sobre nossos fantasmas, que então se erguem todos como formassem uma só névoa branca como leite — e, de fato, enquanto esses terrores se apoderam de nós, acrescentemos que mesmo o rei dos terrores, quando personificado pelo Evangelista, cavalga em seu cavalo pálido.[273]

Que em seus demais humores, portanto, simbolize ele com a brancura qualquer coisa de bela ou grandiosa, o homem jamais pode negar que, em seu significado idealizado mais profundo, ela evoca uma aparição particular para a alma.

Ainda que possamos, porém, ser unânimes quanto a este ponto, como o homem mortal o poderá explicar? Analisá-lo parece impossível. Podemos, então, pela menção de alguns dos casos nos quais a dita brancura não obstante esteja por ora total ou em grande medida despojada de associações diretas calculadas que a dotem de qualquer coisa de terrível e, no entanto, ainda exerça sobre nós a mesma feitiçaria, por mais modificada que seja; podemos, portanto, ter a esperança de encontrar alguma evidência fortuita que nos conduza à causa oculta que buscamos?

Tentemos. Mas em um assunto como este sutileza apela à sutileza, e destituído de imaginação homem nenhum pode seguir seu semelhante no acesso a estes salões. E embora, sem dúvida, ao menos algumas das impressões imaginativas prestes a serem apresentadas pudessem ter sido de conhecimento da maioria dos homens, poucos talvez estiveram inteiramente conscientes delas à época e, portanto, podem não ser capazes de recordá-las agora.

Por que, para o homem de idealidade não cultivada e apenas vagamente familiarizado com o caráter peculiar da data, a simples menção ao Domingo

---

entre outros eventos, a chamada Revolta dos Capuzes Brancos — ou Revolta dos Tecelões de Gante (1379). A cidade belga conheceu um dos primeiros enfrentamentos entre burguesia e aristocracia na Europa, alimentada pela proeminência conquistada pela região de Flandres, onde está localizada Gante.

273. Trata-se da morte, montada em um "pale horse". Nas versões em português do Livro do Apocalipse, de São João Batista (6,8), a morte se apresenta sobre um cavalo amarelo.

Branco[274] mobiliza na fantasia tão longas, sombrias e mudas procissões de peregrinos de passada lenta, abatidos e encapuzados com neve recém-caída? Ou por que, para o protestante de pouca instrução e sofisticação que habita os estados do Médio Atlântico americano,[275] a menção passageira de um frade branco ou de uma freira branca evoca tal estátua sem olhos na alma?

Ou ainda o que existe, para além das tradições de guerreiros e reis em masmorras (que não o explicarão de todo), que faz a Torre Branca[276] de Londres calar ainda mais fundo na imaginação de um americano não viajado do que outras estruturas elevadas, suas vizinhas – a Torre Byward, ou mesmo a Torre Sangrenta? E aquelas torres mais sublimes, as montanhas Brancas de New Hampshire,[277] das quais, quando nos encontramos imbuídos de certos humores, advém a imensa sensação fantasmagórica sobre a alma à simples menção de seu nome, enquanto a invocação de outra cadeia – os Picos Azuis da Virgínia – se dá repleta de um distante e orvalhado devaneio? Ou por que, independentemente de todas as latitudes e longitudes, o nome do mar Branco[278] exerce tal impressão espectral sobre a imaginação, enquanto o do mar Amarelo nos embala com letárgicos pensamentos sobre o suave marulhar de longas tardes em laca, seguidas dos mais alegres e, não obstante, letárgicos pores do sol? Ou, para escolher um exemplo totalmente insubstancial, puramente dirigido à fantasia – por que, ao ler os velhos contos de fadas da Europa Central, "o homem alto e pálido" das florestas de Harz, cujo palor imutável desliza sem suscitar o mínimo rumor pelos bosques verdejantes – por que esse fantasma é mais terrível do que todos os capetinhas frenéticos de Brocken?[279]

---

274. Whitsuntide, ou White Sunday (domingo branco), é o nome dado ao primeiro dia do período de celebração de Pentecostes, que comemora a descida do Espírito Santo sobre os apóstolos de Jesus.

275. Região nordeste americana, caracterizada pela colonização puritana e pela confissão cristã marcada por perseguições católicas na Inglaterra pós-Restauração, donde a referência a frades e freiras.

276. Construída por Guilherme, o Conquistador, no início dos anos 1080, a Torre Branca pertence ao complexo defensivo da Torre de Londres, sendo sua mais forte posição militar e tendo acomodações para a família real e uma capela. Henrique III (1207-72) ordenou que a torre fosse pintada de branco em 1240. Fica a seu lado a chamada Torre Sangrenta, cuja construção foi comissionada pelo mesmo rei.

277. As montanhas Brancas são uma pequena cadeia de montanhas que se estendem de New Hampshire ao Maine. Já os Picos Azuis da Virgínia se estendem da Geórgia à Pensilvânia.

278. Braço de mar localizado ao mar de Barents, na costa noroeste da Rússia. O mar Amarelo é um corpo de água que se localiza entre a China continental e a península da Coreia.

279. Personagem do folclore da floresta de Harz, região de terras elevadas ao norte

O que faz de Lima — seca como olhos que não conhecem lágrimas — a mais estranha e triste das paragens não é, em conjunto, a lembrança dos terremotos, que botaram uma catedral abaixo;[280] nem o estouro dos mares ferozes; tampouco o choro esquecido dos áridos céus, dos quais nunca chove, ou a visão do amplo horizonte de pináculos inclinados, pedras de cimalha em ruínas e cruzes todas caídas (como as vergas oblíquas dos navios ancorados), ou as avenidas suburbanas de muros deitados uns sobre os outros como um baralho de cartas; mas o fato de Lima ter recebido o véu branco; impingindo horror maior à brancura de sua dor. Antiga como Pizarro, essa brancura conserva suas ruínas sempre novas; não permite o crescimento do feliz e verde musgo da decadência completa; espalha sobre os escombros de suas muralhas a rija palidez de uma apoplexia em que se imobiliza o semblante retorcido.

Sei que, ao exame vulgar, não se reconhece o fenômeno da brancura como o agente principal na amplificação do horror de objetos de outro modo terríveis; da mesma maneira, para a mente destituída de imaginação, não existe algo de assustador naquelas aparências cujo pavor, para outras mentes, consiste quase que exclusivamente nesse único fenômeno, ainda mais quando exposto sob qualquer forma que se aproxime do mutismo ou da universalidade. O que pretendo com essas duas afirmações pode, talvez, ser respectivamente elucidado pelos exemplos a seguir.

Primeiro: Se o marinheiro, à noite, ao se aproximar da costa de terras desconhecidas, escuta o rugir das ondas, coloca-se de prontidão e sente medo o bastante para que se lhe tornem ainda mais sensíveis as faculdades; sob circunstâncias precisamente semelhantes, porém, basta que ele seja convocado a deixar a rede para ver a travessia do navio sobre um mar noturno de brancura leitosa, como se, vindos de promontórios das cercanias, bandos de ursos-brancos de lisa pelagem nadassem ao seu redor, para que ele sinta um terror silencioso e supersticioso; o fantasma amortalhado das brancas águas se lhe assoma horrível como um fantasma real; o piloto lhe garante em vão que ainda se encontram em águas profundas; coração e leme, ambos afundarão; ele jamais encontrará paz até que esteja novamente sobre águas azuis. E, no entanto, onde estará o marinheiro que dirá a ti: "Senhor, não foi tanto o medo de colidir com rochas encobertas, mas o medo daquela brancura hedionda que tanto me agitou"?

---

da Alemanha. Seu pico mais elevado é o Brocken, cenário da celebração da Noite de Santa Valburga pelas bruxas, no *Fausto* de Goethe.

280. A capital do Peru, Lima, teve de ser reconstruída após um violento terremoto, em 1746. Francisco Pizarro (1470?-1541) foi o conquistador espanhol responsável por sua fundação.

Segundo: Para o índio nativo do Peru, a visão contínua dos *houdahs*[281] de neve que cobrem os picos andinos não lhe transmite qualquer pavor, exceto, talvez, na mera fantasia da eterna e gelada desolação reinante em tão vastas altitudes, e a concepção natural do terror que representaria estar perdido em tão inumanos desertos. O mesmo ocorre com o habitante dos bosques do Oeste americano, que observa com relativa indiferença uma pradaria coberta de neve a perder de vista, sem sombra de árvore ou arbusto que quebre o transe fito da brancura. O mesmo não vale para o marinheiro que tem diante de si a paisagem dos mares da Antártida; onde às vezes, por algum truque infernal de ilusionista inerente aos poderes do gelo e do ar, ele vê, trêmulo e quase náufrago, em lugar de um arco-íris falando de esperança e consolo para sua aflição, o que parece um cemitério infinito a lhe sorrir com seus monumentos de gelo fino e cruzes estilhaçadas.[282]

Dizes-me tu, porém: parece-me que o alvaiade[283] desse tal capítulo sobre a brancura não é mais do que uma bandeira branca hasteada em uma alma acovardada; tu te rendeste à melancolia, Ismael.

Diz-me então, por que um potro jovem e forte, parido em algum vale pacífico de Vermont, tão distante de quaisquer feras predadoras; por que é que, mesmo no dia mais ensolarado, basta que você sacuda um manto de búfalo recém-esfolado atrás dele, de forma que ele não possa nem mesmo vê-lo, mas unicamente sentir o almíscar do animal selvagem; por que ele se assustará, bufará e, de olhos esbugalhados, dará com as patas no chão em um paroxismo de medo? Não existe nele qualquer lembrança dos chifres de criaturas selvagens em seu verde lar do norte, de modo que o estranho cheiro almiscarado que sente não o pode lembrar de nada que se associe à experiência de perigos anteriores; pois o que sabe ele, esse potro da Nova Inglaterra,[284] dos bisões negros do distante Oregon?[285]

---

281. Assento com dossel instalado no dorso de um elefante.
282. O efeito de fata morgana (italiano para fada Morgana, meia-irmã do rei Artur, que, segundo a lenda, era capaz de mudar de imagem) é uma espécie de miragem devida a uma inversão térmica, que faz com que objetos próximos à costa — ilhas, falésias, barcos etc. — adquiram uma aparência alargada e elevada, similar aos castelos dos contos de fadas.
283. Pigmento branco, constituído de carbonato de chumbo, usado em pintura de exteriores.
284. Região nordeste dos Estados Unidos, formada pelos estados de Massachusetts, Connecticut, Rhode Island, New Hampshire, Vermont e Maine, de características culturais e históricas próprias e marcada pela forte presença da colonização puritana e de uma sociedade baseada em fervorosa adesão religiosa.
285. Estado do Oeste norte-americano, localizado na costa do Pacífico, o Oregon foi colonizado junto ao esforço maior de avanço ao oeste.

Não; mas aqui observas, mesmo em uma besta bruta, o instinto do conhecimento do demonismo no mundo. Não obstante a milhares de quilômetros do Oregon, ainda quando sente o cheiro do almíscar selvagem, as ferozes manadas de bisões e seus chifres mortais se fazem tão presentes diante dele quanto do potro selvagem do deserto das pradarias, que naquele preciso momento pode ter sido trucidado sob as patas do bando.

Assim, então, o rolar abafado de um mar leitoso; os tristes sussurros das geadas festoadas das montanhas; as curvas solitárias da neve erguida em colunas de vento nas pradarias; para Ismael, tudo isso é como o manto de pele de búfalo que balança atrás do potro assustado!

Embora nem Ismael nem o potro saibam onde residem as coisas sem nome das quais o signo místico dá tais sugestões, para um e para o outro elas em algum lugar hão de existir. Embora em muitos aspectos este mundo visível pareça constituído no amor, as esferas invisíveis se forjaram no medo.

Dito tudo isto, ainda não resolvemos o encantamento da brancura, tampouco apreendemos por que ela exerce tamanho poder sobre a alma; e mais estranho e muito mais pressagioso: por que, como vimos, ela é ao mesmo tempo o símbolo mais prenhe de sentido para as coisas do espírito — ou ainda, o próprio véu da Deidade do cristão; e, apesar de como se apresenta, o agente intensificador das coisas mais terríveis à humanidade.

Será que por sua indeterminação ela obscurece os abismos e imensidões impiedosas do universo, e desse modo nos apunhala pelas costas com a ideia da aniquilação, enquanto contemplamos as profundezas brancas da Via Láctea? Ou será que em sua essência a brancura não é tanto cor, mas a ausência visível de cor e ao mesmo tempo a junção de todas as cores; é por uma tal razão que existe um vazio tão cru e pleno de significado em uma vasta paisagem nevada — um ateísmo incolor e dotado de todas as cores diante do qual recuamos? E quando consideramos aquela outra teoria dos filósofos naturais, segundo a qual todos os matizes terrestres — todos os majestosos e encantadores ornamentos —, os delicados tons de céus e bosques quando o sol se põe; sim, e o ouro aveludado das borboletas, e as borboletas das bochechas rosadas das meninas — tudo não passa de engano sutil, não algo de fato inerente às substâncias, mas ali exteriormente depositado; de modo que toda a Natureza deificada em verdade se pinta como a prostituta cujas seduções não cobrem mais do que o sepulcro interior; e quando vamos além, e consideramos que o místico cosmético que produz cada uma de suas nuanças, o grande princípio da luz, para sempre permanece branco ou incolor em si mesmo; e, caso trabalhasse sem mediação sobre a matéria, tocasse todos os objetos, até mesmo as tulipas e rosas, com a própria brancura — com tudo isso posto, o universo jaz diante de nós paralítico, leproso; e como os obstinados viajantes na Lapônia que se recusam a usar óculos coloridos e colorantes nos olhos, o pobre infiel lança uma mirada cega sobre a monumental mortalha branca que envolve toda a paisagem ao redor. E de todas essas coisas, a baleia albina era o símbolo. Surpreende-vos a violência da caçada?

43

Escute!

"Ei. Ouviu esse barulho, Cabaco?"

Era o quarto de modorra:[286] fazia um belo luar; os marinheiros formavam uma fila que ia dos barris de água fresca no porão ao bebedouro próximo ao corrimão de popa. Assim, passavam os baldes de um ao outro para encher o bebedouro. Parados, em sua grande maioria, nas imediações sagradas do tombadilho, tinham o cuidado de permanecer calados e não fazer barulho com os pés. De mão em mão, os baldes corriam no mais profundo silêncio, apenas rompido pelo fortuito adejar de uma vela e o murmúrio permanente da quilha que avançava em movimento constante.

Foi em meio a esse repouso que Archy, um dos homens da fila, postado próximo às escotilhas de ré, sussurrou ao marujo ao lado, um *cholo*,[287] as palavras acima.

"Ei. Ouviu esse barulho, Cabaco?"

"Toma o balde, Archy. Que barulho?"

"Olha aí, de novo... embaixo da escotilha... não tá ouvindo? Uma tosse... parecia uma tosse."

"Pro diabo com a tosse! Passa adiante esse balde vazio."

"Olha aí de novo... presta atenção! Parece que são dois ou três sujeitos se virando enquanto dormem!"

"*Caramba!* Dá pra parar, companheiro? São os três biscoitos ensopados que você comeu no jantar se revirando dentro de você... só isso. Olha o balde!"

"Diga o que quiser, companheiro; tenho bom ouvido."

"Claro, não foi você que ouviu o ruído das agulhas de tricô da velha quacre a cinquenta milhas no mar de Nantucket? Foi você!"

"Pode rir à vontade; a gente vai ver o que vai acontecer. Escute aqui, Cabaco: tem gente lá embaixo no porão que ainda não subiu no convés; e suspeito que nosso velho Khan também sabe alguma coisa a respeito disso. Ouvi Stubb dizer a Flask, em um quarto da manhã, que tinha uma coisa assim no ar."

"Xiu! Olha o balde!"

---

286. Quarto de vigília que se estende da meia-noite às quatro da manhã.
287. Nome que se aplica ao descendente mestiço de nativos no Peru.

44
A carta[288]

Tivessem vocês descido com o capitão Ahab até sua cabine, passada a borrasca ocorrida na noite que sucedeu a louca ratificação de seus propósitos junto à tripulação, o teriam visto ir a um armário no gio e dali trazer um grande rolo encarquilhado de cartas náuticas amareladas, abrindo-as diante de si em sua mesa aparafusada ao chão. Sentando-se, então, diante delas, o teriam visto estudar atentamente as várias linhas e gradações com que seus olhos se deparavam e, com um lápis lento, porém firme, traçar rotas adicionais em espaços antes em branco. De tempos em tempos, ele recorria a pilhas de antigos diários de bordo que tinha à mão, nos quais se registravam as estações e os locais em que, em várias travessias passadas, realizadas por vários navios, cachalotes haviam sido capturados ou vistos.

Enquanto assim se ocupava, tinha sobre a cabeça um pesado lampião de estanho suspenso por correntes, a balançar continuamente com o movimento do navio e lançar raios e sombras intercalados sobre sua testa enrugada, a ponto de parecer que, ao marcar linhas e rotas em suas cartas rugosas, um lápis invisível do mesmo modo lhe traçava linhas e rotas na carta profundamente engelhada em sua fronte.

Não foi, porém, nessa noite em particular que, na solidão da cabine, Ahab dedicou-se à cuidadosa reflexão acerca das cartas náuticas. Quase todas as noites elas eram abertas sobre a mesa; quase todas as noites, apagavam-se ou substituíam-se sinalizações a lápis. Pois, com os quatro oceanos cartografados diante de si, Ahab palmilhava um labirinto de correntes e marés com vistas à mais cabal consumação do pensamento monomaníaco de sua alma.

Para qualquer um que não esteja inteiramente a par dos hábitos dos leviatãs, pode parecer a mais absurda e inglória das tarefas sair em demanda de uma única e solitária criatura na infinitude dos oceanos deste globo. A Ahab, porém,

288. Grande parte das informações deste capítulo deriva do quinto volume (capítulo 12, "Correntes marítimas e pesca baleeira") da *Narrativa da expedição exploratória dos Estados Unidos* (1844), do explorador e naturalista norte-americano Charles Wilkes (1798-1877).

as coisas não se colocavam dessa maneira, conhecedor que era do conjunto de todas as correntes e marés; portanto, ao calcular os deslocamentos do alimento do cachalote e, do mesmo modo, invocar a regularidade e precisão das temporadas de caça em latitudes específicas, tinha condições de chegar a suposições razoáveis, limítrofes à certeza, quanto ao dia mais oportuno para estar neste ou naquele ponto em busca de sua caça.

Tão certo, na verdade, é o fato relativo à periodicidade da frequência do cachalote em águas específicas que muitos caçadores asseveram que, pudesse ele ser observado de perto e estudado em todo o planeta, bem como fossem cuidadosamente cotejados os diários de bordo de toda uma frota de navios baleeiros em travessia, então as migrações do cachalote encontrariam correspondência nos deslocamentos dos cardumes de arenque ou dos bandos de andorinhas. Sob essa hipótese, foram feitas tentativas de construir elaborados mapas migratórios do cachalote.[289]

Além disso, ao realizar a travessia de um campo de pastagem para outro, os cachalotes, guiados por algum instinto infalível — digamos, talvez, por secretos saberes da Divindade —, nadam sobretudo em "veias", como são conhecidas; seguindo seu trajeto pelos mares com tamanha e tão inexorável precisão que navio nenhum auxiliado de cartas náuticas jamais executou seu itinerário com um décimo de tão maravilhosa precisão. Embora, nesses casos, a direção tomada por qualquer baleia seja reta como o paralelo traçado por um topógrafo, e embora a linha de avanço seja rigorosamente restrita a sua própria esteira, direta e fatal, a veia arbitrária pela qual vez por outra se julga que o cachalote nada abrange, via de regra, alguns poucos quilômetros de largura (mais ou menos — do mesmo modo que uma veia se expande ou contrai), sem jamais exceder a amplitude visual proporcionada pelos mastros do navio baleeiro quando este desliza com toda a cautela ao longo dessa zona mágica. Em suma, em determinadas estações, dentro de balizas longitudinais específicas e ao longo desse caminho, pode-se ir à caça de baleias em migração com grande certeza de êxito.

---

289. Desde que o trecho acima foi escrito, a declaração teve a felicidade de ser corroborada por uma circular oficial, emitida pelo lugar-tenente Maury, do Observatório Nacional, em Washington, em 16 de abril de 1851. Por tal circular, parece que precisamente uma tal carta está em vias de ser concluída; e partes dela são apresentadas. "A carta divide o oceano em distritos de cinco graus de latitude por cinco graus de longitude; perpendicularmente atravessam cada um dos distritos doze colunas, relativas aos doze meses; e horizontalmente, três linhas; uma para mostrar o número de dias que foram gastos em cada mês, em cada distrito, e as outras duas para mostrar o número de dias em que baleias, cachalotes ou francas, foram avistadas." (N. A.)

Daí que Ahab não tinha somente a esperança de encontrar sua presa em períodos comprovados e locais de pastagem bem delimitados e conhecidos. Ao cruzar as mais largas distâncias aquáticas entre esses pontos, o capitão do *Pequod* poderia, com seu engenho, colocar-se no caminho de Moby Dick em hora e momento precisos, de forma que dificilmente perderia a oportunidade de um confronto.

Havia, porém, uma circunstância que, à primeira vista, parecia trazer complicações à racionalidade delirante de seus planos — ainda que possivelmente não, na realidade. Embora os cachalotes gregários conheçam temporadas regulares em determinados pontos dos oceanos, não deriva daí que rebanhos que permaneceram à volta de tais e quais coordenadas em um ano, digamos, fossem os mesmos ali encontrados em temporada pregressa; a despeito de que existam casos particulares e inquestionáveis de que o contrário se tenha provado verdadeiro. Em geral, a mesma observação, apenas dentro de limites mais restritos, aplica-se aos solitários e ermitões entre os cachalotes maduros e idosos. Decorre disso que, embora Moby Dick tenha sido avistado em anos anteriores naquelas que são conhecidas como zona das Seicheles,[290] no oceano Índico, ou na baía do Vulcão, na costa japonesa;[291] não se segue daí que, se o *Pequod* visitasse qualquer um desses locais nas respectivas temporadas em momento posterior, sua tripulação infalivelmente se confrontaria com o cachalote. Dava-se o mesmo em algumas outras zonas de pastagem, onde ele por vezes se revelara. Todas elas, porém, pareciam não passar de postos de parada eventual, meras pousadas oceânicas, por assim dizer, não locais de estadia alongada. E quanto ao local onde se declarou a probabilidade de Ahab realizar seu intento, fizeram-se alusões apenas a qualquer localidade secundária, antecedente, ou possibilidade fortuita, antes que tempo e espaço determinados fossem alcançados, nas quais todas as possibilidades se tornariam probabilidades — e, como Ahab gostava de pensar, toda possibilidade se encontra a um passo da certeza. Esse tempo e lugar determinados combinavam-se em uma expressão técnica: a Temporada Equatorial. Pois ali e então, por vários anos consecutivos, Moby Dick fora sucessivas vezes avistado, demorando-se em tais águas do mesmo modo que o sol, em sua ronda anual, estende sua permanência em algum signo do zodíaco.

---

290. Arquipélago do oceano Índico, a nordeste de Madagascar, na costa leste do continente africano.
291. Trata-se da baía de Uchiura, na ilha de Hokkaido, no norte do Japão.

Foi ali também que se sucedeu a maioria dos encontros mortais com a Baleia Branca; ali, as ondas foram talhadas com sua gesta; e ali estava aquele trágico lugar onde o velho monomaníaco encontrara a terrível razão de sua vingança. No entanto, dado o entendimento cauteloso e a vigilância diligente com que Ahab lançava a alma taciturna a essa caçada inabalável, ele não se permitiria depositar todas as esperanças no fato supremo acima mencionado, por mais lisonjeiro que pudesse ser a suas expectativas; tampouco, dada a inquietude insone de sua jura, ele era capaz de dar paz a seu coração intranquilo a ponto de preterir toda busca intermediária.

Pois bem, o *Pequod* partira de Nantucket bem no início da Temporada Equatorial. Não havia esforço possível que permitisse a seu comandante realizar a travessia da grande passagem a sul, dobrar o cabo Horn e, então, percorrer uma distância de sessenta graus de latitude para chegar ao Pacífico equatorial a tempo de lhe singrar as águas. Era preciso, portanto, esperar a temporada seguinte. No entanto, é possível que a precocidade da partida do *Pequod* tenha derivado de uma decisão íntima de Ahab, tendo em vista o próprio estado de coisas do que almejava. Havia um intervalo de trezentos e sessenta e cinco dias e noites a sua espera; período que não teria de suportar impacientemente em terra, mas no qual se empenharia em caça variada — à espera de que a Baleia Branca, por acaso passando férias em mares muito distantes de suas zonas de pastagem periódica, surgisse com sua fronte encarquilhada no golfo Pérsico, ou na baía de Bengala, ou nos mares da China,[292] ou em quaisquer outras águas ocupadas pelos indivíduos de sua raça. De modo que monções, pampeiros, noroestes, alísios, harmatões — quaisquer ventos, exceto o levante e o simum[293] — poderiam soprar Moby Dick até o tortuoso zigue-zague da esteira circum-navegatória do *Pequod*.

292. O golfo Pérsico é um mar interno, localizado no Oriente Médio e ligado, sob a forma de um braço, ao mar da Arábia, entre a península da Arábia e o Irã. A baía de Bengala corresponde à parte nordeste do oceano Índico e compõe a maior baía do mundo, cobrindo toda a costa leste do subcontinente indiano. Os mares da China são os três mares em que se divide o Pacífico oeste — o mar Amarelo, o mar da China Oriental e o mar da China Meridional.

293. As monções estão associadas à Índia e ao Sudeste Asiático e são um fenômeno atmosférico relacionado à passagem das estações secas e chuvosas em grandes áreas costeiras tropicais e subtropicais. Os pampeiros são ventos fortes e frios que atravessam a região dos pampas, ao sul do continente sul-americano. O noroeste é um vento conhecido por levar chuvas fortes na primavera à região de Bangladesh. Os alísios sopram na região equatorial, enquanto o harmatão é um vento seco que varre a África ocidental. O levante é um vento úmido e forte que sopra no Mediterrâneo ocidental; já o simum está relacionado ao Saara.

No entanto, dito tudo isso, sob reflexão fria e ponderada, não assoma tresloucada a ideia de que, no vasto oceano infinito, uma única e solitária baleia, ainda que encontrada, fosse passível de reconhecimento individual da parte de seu caçador, tal como um mufti de barbas brancas na multidão das ruas de Constantinopla?[294] Não. Pois o cenho nevado tão particular de Moby Dick e sua corcunda leitosa não eram menos do que inconfundíveis. "E eu não marquei a baleia?", Ahab murmurava consigo mesmo, quando, depois de avançar muito da meia-noite debruçado sobre suas cartas, ele próprio mergulhava em devaneios, "marquei-a, e ela escapará? Suas largas barbatanas estão furadas e talhadas como a orelha de uma ovelha desgarrada!" E nesse momento sua mente ensandecida saía em desabalada corrida, até que de muito pensar o abatessem fraqueza e cansaço e na atmosfera arejada do convés procurasse recuperar as forças. Oh, meu Deus! Que transes de tormentos suporta o homem consumido por um desejo de vingança irrealizado. Dorme de punhos cerrados — e, ao despertar, tem as próprias unhas cheias de sangue cravadas nas palmas das mãos.

Muitas vezes, quando forçado a deixar a rede por sonhos extenuantes e intoleravelmente vívidos, que, ao recobrar seus próprios e intensos pensamentos do dia, levava consigo em meio a um estridor de frenesis e os fazia girar em turbilhão em seu cérebro em chamas, até que o próprio pulsar de seu ponto vital se convertesse em lancinante angústia; e quando, como por vezes se passava, esses espasmos espirituais dentro de si lhe soerguiam o ser e o faziam se desprender de sua base, e como que um abismo se abria dentro de si, do qual se elevavam relâmpagos e chamas bifurcadas, e de onde demônios malditos acenavam para que saltasse e se unisse a eles — quando esse inferno de si mesmo se rasgava dentro de Ahab, um horrendo grito se ouvia a atravessar o navio de vante a ré; e, com os olhos incendiados, Ahab irrompia do camarote como se escapasse de uma cama consumida pelo fogo. Esses, porém, antes de serem os incontornáveis sintomas de uma fragilidade latente, ou medo ante a própria desintegração, talvez fossem apenas os sinais mais evidentes de sua intensidade. Pois, nessas ocasiões, Ahab, o louco — o maquiavélico, o abrasado e inexorável caçador da Baleia Branca —, esse Ahab que havia se recolhido a sua rede não era o agente que da mesma rede o havia feito dela irromper em terror. Este último era o eterno princípio vital ou alma que trazia consigo e que, ao

294. Entre os povos islâmicos, o mufti é o jurisconsulto supremo e intérprete qualificado do Alcorão para resolver os pontos controvertidos da lei. Constantinopla é o antigo nome de Istambul, capital da Turquia.

dormir, estando por um intervalo de tempo dissociado da mente discernidora, que noutros momentos a empregava como veículo ou agente externo — essa alma procurava por si mesma fugir à contiguidade escaldante da coisa frenética, com a qual, naquele instante, não constituía integralidade. Mas como a mente não existe senão unida à alma, deve ter sido o caso de Ahab, portanto, que, submetidos todos os seus pensamentos e fantasias àquele único e supremo propósito — tal propósito, pelo total e próprio enraizamento da vontade, arrojava-se contra deuses e demônios em uma espécie de ser autoproclamado e independente, capaz de viver e arder incansavelmente, enquanto a vitalidade comum à qual se atrelava fugia horrorizada daquele parto espontâneo e sem pai. Portanto, o espírito atormentado que luzia nos olhos do corpo, quando o que parecia Ahab irrompia de dentro da cabine, era tão somente uma coisa informe, um ser sonâmbulo e vacante, um raio de luz viva, é certo, mas sem objeto a colorir e, portanto, vazio em si. Que Deus te ajude, velho, teus pensamentos criaram uma criatura em ti; e aquele cujo pensamento intenso gera um Prometeu de si mesmo,[295] um abutre encontrará eterno alimento em seu coração — e esse abutre é a própria criatura por ele criada.

295. Na mitologia grega, Prometeu foi, ao lado do irmão, Epimeteu, incumbido da tarefa de fazer os homens e os animais; porém, roubou o fogo que os deuses lhes haviam emprestado para tal tarefa. Foi punido sendo preso a uma rocha para ter seu fígado (um órgão que se regenera) comido diariamente por um abutre.

45
A declaração juramentada

TANTO QUANTO HAJA DE NARRATIVA neste livro — e, em verdade, ao abordar indiretamente algumas particularidades do hábito dos cachalotes, todas muito interessantes e curiosas —, o capítulo anterior em sua seção inicial é de grande importância no conjunto deste volume; seu assunto central, porém, requer maior familiaridade e desenvolvimento, com vistas a sua plena compreensão e, ademais, à demoção de qualquer incredulidade a que uma profunda ignorância do tema possa induzir algumas mentes no que toca à verdade natural de seus pontos fulcrais.

Não tenho interesse de me cercar de um método para a realização desta tarefa; limito-me a produzir o efeito desejado por citações separadas de itens, todas de meu conhecimento seja por minha lide como baleeiro, seja por fonte confiável. A partir dessas citações, levo-a a cabo: delas se seguirá naturalmente a conclusão almejada.

Em primeiro lugar: conheci por experiência três casos em que uma baleia, depois de receber o arpão, desembaraçou-se por completo; e, passado um intervalo de tempo (em um dos casos, três anos), foi mais uma vez atingida pelo mesmo marujo e morta; ocasião em que os dois ferros, ambos portadores da mesma marca,[296] foram extraídos do corpo. No caso em que três anos transcorreram entre o lançamento dos dois arpões — e creio que talvez tenha sido mais do que isso —, o homem que os arremessou decidiu, entrementes, seguir com um navio mercante com destino à África, onde desembarcou, uniu-se a uma equipe de exploradores e adentrou o continente, viajando por um período de quase dois anos, não raro ameaçado por serpentes, selvagens, tigres, miasmas venenosos e todos os perigos comuns a quem vaga no coração de regiões desconhecidas. Nesse ínterim, a baleia que havia ferido também perfizera suas

296. Todos os arpões das diferentes companhias baleeiras eram marcados na barba com as iniciais do armador ou da armação; junto com o pau de marca, a sinalização evita contendas entre armadores, caso uma baleia caçada por um navio escape e venha a morrer e ser encontrada por outro navio. O uso de marcas nas barbas dos arpões remonta aos vikings. Ver também capítulo 89.

viagens; tendo, sem sombra de dúvida, circum-navegado três vezes o globo e roçado os flancos por toda a costa africana; mas sem qualquer propósito. Quando o homem e a baleia se reencontraram, o primeiro derrotou a segunda. Digo: eu mesmo conheci três exemplos semelhantes a esse; em duas das ocasiões, vi as baleias serem atingidas; e, depois do segundo ataque, vi os dois ferros com suas respectivas marcas impressas, quando retirados dos peixes mortos. No caso em que os arremessos conheceram um intervalo de três anos, ocorreu que eu estava no bote em ambos os episódios, o primeiro e o último, e da última vez reconheci uma espécie bastante particular de verruga, enorme, que a baleia trazia sob o olho e que, três anos antes, havia observado ali. Disse três anos, mas tenho certeza de que foram mais. Eis os três exemplos, então, cuja verdade atesto pessoalmente; mas ouvi falar de muitos outros casos da boca de gente cuja veracidade não há boa razão para contestar.

Em segundo lugar: é bem sabido na pesca do cachalote, não obstante o mundo de terra firme seja ignorante a esse respeito, que são muitos os casos históricos dignos de memória em que uma baleia em particular se fez popularmente reconhecível no oceano em tempos e lugares distantes. A razão de uma baleia se tornar assim marcada não se deve total e originalmente à distinção de suas particularidades físicas em relação a outras baleias; pois, por mais particular que seja a esse respeito, a dita particularidade tem fim quando a matam e fervem com o intuito de obter um óleo particularmente valioso. Não, a razão é outra: é das experiências fatais da pesca que deriva o formidável prestígio da periculosidade de uma baleia, a exemplo do que se passa com um Rinaldo Rinaldini,[297] de modo que a maioria dos pescadores se via satisfeita em a reconhecer com um toque na aba de seus chapéus alcatroados quando era vista folgazã nas imediações do navio, sem procurar travar contato mais íntimo — no que não difere de alguns pobres-diabos em terra que, por acaso, ao avistar na rua um famigerado e irascível homem, dirigem-lhe saudações distantes e discretas, temendo, em buscarem maior proximidade, receber um sumário piparote pela presunção.

Mas não apenas cada uma dessas afamadas baleias gozava de imensa celebridade individual — um renome de proporções oceânicas, pode-se dizer; não

297. Rinaldo Rinaldini é um personagem literário, protagonista do romance *Rinaldo Rinaldini, o chefe dos bandoleiros*, de Christian August Vulpius (1762-1827), escrito entre 1797 e 1800. De ambiência italiana, o romance aborda a trágica e apaixonada história do bandoleiro, o “terror dos Apeninos”, homem de espírito livre e justo que se recusa a assumir o papel heroico de liderança de um grupo que luta pela independência da Córsega contra os franceses.

apenas foram célebres em vida e, quando finadas, imortalizadas nas narrativas dos castelos de proa, como receberam todos os direitos, privilégios e distinções inerentes a um nome — no que não diferiam de um César ou de um Cambises.[298] Não é verdade, ó Jack do Timor,[299] leviatã assinalado, de talhos como um iceberg coberto, por tanto tempo furtivo nos estreitos orientais de tal nome, e cujo jorro amiúde se avistava por entre as palmeiras da praia de Ombai?[300] E quanto a ti, ó Tom da Nova Zelândia, terror de todos os navios baleeiros que largaram esteiras às proximidades da Terra Tatuada?[301] Não é assim, ó Morquan, rei do Japão, cujo elevado jorro, assim diziam, às vezes contra o céu guardava a semelhança de uma nívea cruz? E quanto a ti, ó Dom Miguel, baleia chilena, cujo dorso trazia os místicos hieróglifos da couraça de uma tartaruga ancestral! Em prosa pura e simples, eis as quatro baleias tão conhecidas dos estudantes da História Cetácea quanto Mário ou Sula pelo erudito clássico.[302]

Mas isso não é tudo. Tom da Nova Zelândia e Dom Miguel, depois de muitas vezes levarem enorme devastação a botes de diferentes embarcações, foram por fim procurados, sistematicamente caçados, perseguidos e mortos por valorosos capitães baleeiros que içaram âncoras com um tal e expresso objetivo em vista, do mesmo modo que, ao partir em marcha através dos bosques de Narragansett, o capitão Church de outrora teve em mente capturar o insigne assassino Annawon, o mais importante guerreiro selvagem a serviço do rei Filipe dos índios.[303]

---

298. Herdeiro do maior império já construído, obra de seu pai, Ciro II, Cambises II foi rei da Pérsia entre 530 e 522 a.C. e o segundo governante da dinastia aquemênida.
299. Há relatos ingleses datados de início do século XIX de um cachalote chamado pelos caçadores do oceano Índico de Timor Tim, Timor Jack ou Timor Tom. Nas tradições dos povos locais, cachalotes brancos surgem como protetores de botes e navios; Thomas Beale, que teve acesso a esses relatos, coloca Timor Tom, ao lado do também mencionado New Zealand Tom, na "pré-história" da caça ao cachalote nos mares da região.
300. O estreito de Ombai separa o arquipélago de Alor das ilhas de Wetar, Ataúro e Timor, nas Pequenas Ilhas da Sonda, território que atualmente corresponde à Indonésia.
301. Isto é, a Polinésia. Sobre tatuagem, ver nota 42.
302. Caio Mário, o Jovem (110-82 a.C.), e Lúcio Cornélio Sula (138-78 a.C.) foram dois importantes generais romanos. Figuras políticas destacadas da República, sua rivalidade levou à guerra civil no século II a.C.
303. Também chamada de Primeira Guerra Índia, a guerra do rei Filipe foi um conflito armado que teve lugar na Nova Inglaterra entre 1675 e 1678 e reuniu um forte contingente de nativos liderados por Metacom, o líder wampanoag que adotara o nome de Philip pelas boas relações de seu pai com os peregrinos chegados a bordo do *Mayflower*. É considerada o mais devastador conflito vivido pelas colônias britânicas em sua história, com enormes baixas humanas e a virtual destruição da incipiente economia colonial. Da parte nativa, centenas de wampanoags e aliados foram executados ou escravizados, e a nação wampanoag foi expulsa de seu território. Annawon, o guerreiro mencionado, foi capturado em

Não sei onde posso encontrar melhor lugar do que aqui para fazer menção a uma ou duas outras coisas que me parecem importantes, à medida que, na forma impressa, atestam em todos os aspectos a plausibilidade de toda a história da Baleia Branca, em particular a catástrofe. Pois este é um daqueles casos desalentadores em que o verdadeiro requer tanta sustentação quanto o falso. Tão ignorante é a maioria dos homens de terra quanto a algumas das mais simples e palpáveis maravilhas do mundo que, sem algumas referências aos mais singelos fatos, históricos ou não, da pesca, poderiam menosprezar Moby Dick como fantasia monstruosa, ou ainda pior e mais detestável, hedionda e intolerável alegoria.

Em primeiro lugar: embora a maioria dos homens tenha algumas ideias vagas e fugazes acerca dos perigos gerais da grande pescaria, eles nada têm que se equivalha a uma concepção clara e sólida desses perigos, bem como da frequência com que se repetem. Uma razão para tanto talvez esteja no fato de que nem um dentre cinquenta casos concretos de desastres e mortes por acidente na pesca chega a encontrar registro público em terra, ainda que passageiro e de pronto esquecido. O leitor supõe que aquele pobre sujeito ali, que talvez tenha quedado preso ao cabo do arpão nos mares da Nova Guiné e neste exato instante é arrastado para o fundo do mar por esse leviatã tão afeito a profundezas — por acaso passa pela cabeça do leitor que o nome desse pobre coitado vai aparecer no obituário do jornal a ser lido amanhã durante o café da manhã? Não vai, e pelo simples fato de que são bastante precários os serviços postais entre a Nova Guiné e nós. Em verdade, é possível identificar algo como um noticiário regular, direto ou indireto, sobre a Nova Guiné? No entanto, digo a vocês que em uma viagem que fiz ao Pacífico — refiro-me a uma específica, entre muitas outras —, travamos contato com cerca de trinta navios diferentes; e em cada um deles ao menos um tripulante havia encontrado a morte por uma baleia; em alguns deles, mais de um; em três, a guarnição inteira de um bote. Por Deus, sejam econômicos no uso de lamparinas e velas! Não existe galão do óleo que arda em suas casas pelo qual não se tenha derramado ao menos uma gota do sangue de um homem.

Em segundo lugar: as pessoas em terra firme têm, de fato, uma ideia muito nebulosa da enorme criatura que é uma baleia e de seu enorme poder; mas

---

1676 pelo capitão Benjamin Church (1639-1718). As edições de 1851 trazem aqui o nome de Butler, em referência ao tenente-coronel William Butler, que perseguiu o líder mohawk Joseph Brandt (1742?-1807) em 1778. É possível que Melville tenha confundido as histórias a partir de relatos de seu avô Gansevoort, partícipe das guerras revolucionárias.

nunca deixei de perceber que, ao lhes relatar algum exemplo específico dessa dupla grandeza, sempre fui significativamente elogiado por minha jocosidade; quando, juro por minha alma, não tive mais intenção de ser jocoso do que Moisés quando escreveu a história das pragas do Egito.[304]

Felizmente, porém, o ponto específico que almejo aqui pode ser estabelecido com base em testemunhos totalmente independentes do meu. Esse ponto é o seguinte: o cachalote revela-se, em alguns casos, forte o bastante, consciente e sobriamente ardiloso a ponto de premeditar sem desvios as avarias, a total destruição e o afundamento de um navio de grande porte; e, a propósito, o cachalote *já* o fez.

Primeiro caso: no ano de 1820, o navio *Essex*, tendo por comandante o capitão Pollard,[305] de Nantucket, realizava travessia no oceano Pacífico. Um dia, avistaram-se jorros, ao que se deram ordens para que arriassem os botes e dessem caça a um cardume de cachalotes. Em pouco tempo, várias das baleias foram feridas; quando, de repente, uma baleia muito grande, escapando aos botes, deixou o cardume e avançou diretamente contra o navio. Arrojando a fronte contra o casco, deixou tantas avarias que em menos de "dez minutos" a embarcação colapsou e afundou. Nunca se teve notícia de uma tábua que tenha sobrevivido. Após exposição das mais severas aos elementos, parte da tripulação deu em terra com seus botes. Tendo finalmente retornado ao lar, o capitão Pollard mais uma vez navegou com destino ao Pacífico no comando de outro navio; os deuses, porém, levaram-no outra vez a pique — acidentou-se em rochas e arrecifes desconhecidos; por uma segunda vez, seu navio se perdeu; e dali em diante, esconjurando o mar, nunca mais o tentou. Atualmente, o capitão Pollard vive em Nantucket. Conheci Owen Chase, o imediato do *Essex* à época da tragédia. Li sua narrativa simples e fidedigna; travei contato com seu filho; e tudo isso a poucos quilômetros da cena da catástrofe.[306]

---

304. Êxodo 7,12.
305. O naufrágio do navio *Essex*, de Nantucket, nas águas do Pacífico por um ataque de cachalote, registrado em narrativas pelo capitão do navio, Pollard, e seu primeiro imediato, Owen Chase, é a própria inspiração para a narrativa de *Moby Dick*. Os poucos sobreviventes da catástrofe, à deriva em botes em alto-mar, levaram meses para tocar terra firme e só chegaram com vida recorrendo ao canibalismo dos corpos dos companheiros mortos.
306. A seguir, trechos da narrativa de Chase: "Cada fato parecia atestar minha conclusão de que era tudo, menos o acaso, o que dirigia suas ações; o cachalote realizou dois violentos ataques ao navio com um curto intervalo de tempo entre eles; ambos os quais, segundo sua agência, calculados para nos causar o maior dano, sendo feitos à proa, de forma a combinar a velocidade dos dois objetos para o choque; donde se depreende que as manobras precisas que realizou foram necessárias. Tinha um aspecto horrível, indicativo de ressentimento e fúria. Vinha diretamente do cardume que atacávamos, e do qual tínhamos ferido três de seus companheiros, como ardesse com o desejo de vingança

Segundo caso: o navio *Union*, também de Nantucket, perdeu-se totalmente, no ano de 1807, nas proximidades dos Açores, por acometimento similar, mas nunca tive acesso aos detalhes autênticos da catástrofe, embora tenha ouvido vez por outra caçadores de baleias fazerem alusões fortuitas a ele.

Terceiro caso: cerca de dezoito ou vinte anos atrás, o comodoro J—,[307] então à frente de uma chalupa canhoneira americana de primeira classe, jantava com um grupo de capitães baleeiros, a bordo de um navio de Nantucket no porto de Oahu, nas ilhas Sandwich.[308] Com a conversa versando sobre baleias, o comodoro se vangloriava do próprio ceticismo em relação à força surpreendente atribuída ao animal pelos profissionais cavalheiros presentes. Negava terminantemente, por exemplo, que qualquer baleia pudesse golpear sua robusta chalupa canhoneira e avariá-la a ponto de fazer um dedal de água que fosse. Pois muito bem, a história segue. Algumas semanas depois, o comodoro mandou enfunar as velas dessa inexpugnável embarcação com destino a Valparaíso.[309] Foi parado no caminho, contudo, por um cachalote bem do parrudo, que solicitou um dedinho de prosa ao pé do ouvido com o oficial. O assunto consistiu em aplicar no navio do comodoro uma tamanha lambada que, com todas as bombas funcionando a mil, só lhe restou ir direto ao porto mais próximo, largar âncora e fazer reparos. Não sou supersticioso, mas coloco a reunião do comodoro com aquela baleia entre as coisas providenciais. Não foi Saulo de Tarso convertido da incredulidade por susto semelhante?[310] Só digo uma coisa: o cachalote não tem paciência pra conversa mole.

---

pelo que sofriam". Noutro ponto: "De qualquer modo, todas as circunstâncias tomadas em conjunto, todas tendo ocorrido diante de meus próprios olhos e produzindo em meu espírito, então, impressões de calculado e deliberado ardil por parte da baleia (impressões das quais, em grande parte, não consigo agora me lembrar), levam-me a crer que estou correto em minha opinião".

Aqui estão suas reflexões, algum tempo depois de deixar o navio, durante uma noite escura em um bote aberto, quase desesperado de chegar a uma costa hospitaleira: "O oceano escuro e as águas turbulentas não eram nada; os temores de ser engolido por alguma tempestade terrível, ou atirado contra rochas submersas, com todos os outros lugares-comuns da contemplação temerosa, mal pareciam dignos de um momento de reflexão; o naufrágio medonho e o aspecto terrível e a vingança da baleia absorveram totalmente minhas reflexões e até hoje me vêm à memória". Em outro lugar (p. 45), ele fala do "ataque misterioso e mortal do animal". (N. A.)

307. Trata-se, provavelmente, do comodoro Thomas ap Catesby Jones (1790-1858), comandante do *Peacock*. O incidente teve lugar em 1825.

308. Antigo nome que designava o arquipélago do Havaí.

309. Valparaíso é uma importante cidade portuária chilena.

310. Referência ao apóstolo Paulo, que se converteu ao cristianismo e se tornou seguidor de Jesus Cristo depois de ver um raio de luz que o cega no caminho para Damasco. Paulo só recupera a visão por intervenção divina, mediada por Ananias, um seguidor de Jesus. O caso é narrado no Livro dos Atos dos Apóstolos.

Peço a atenção de vocês para uma breve passagem de *Viagens de Langsdorff*[311] de particular interesse para o autor deste livro. Langsdorff, como deve ser de vosso conhecimento, foi convocado à famosa Expedição de Descobrimentos do almirante russo Krusenstern, no início de nosso século. O capitão Langsdorff começa seu décimo sétimo capítulo assim:

"Em 13 de maio, nosso navio estava pronto para zarpar e, no dia seguinte, estávamos em mar aberto, a caminho de Okhotsk. Fazia tempo bom, mas estava tão insuportavelmente frio que fomos obrigados a conservar nossas roupas de pele. Por alguns dias, estivemos sujeitos à brisa leve; somente em 19 de maio recebemos ventos fortes de noroeste. Uma baleia de porte incomum, cujo corpo era maior do que o próprio navio, repousava quase na superfície da água, porém não foi percebida por vivalma a bordo senão quando a embarcação, navegando a toda vela, se encontrava quase em cima dela, de tal forma que foi impossível impedir a colisão. Conhecemos, então, o perigo mais iminente quando a dita criatura gigantesca, erguendo as costas, elevou o navio cerca de um metro para fora d'água. Os mastros balançaram, e as velas todas tombaram, enquanto nós que estávamos na coberta inferior subimos de imediato para o convés, inferindo que havíamos batido em alguma rocha; em vez disso, vimos o monstro partindo com grande solenidade. O capitão D'Wolf[312] colocou imediatamente as bombas[313] em funcionamento para examinar se a embarcação havia recebido alguma avaria derivada do acidente, mas descobrimos que, para nossa felicidade, escapara inteiramente ilesa."

Pois bem, o capitão D'Wolf aqui mencionado como comandante do navio em questão era um homem natural da Nova Inglaterra que, depois de uma longa vida de aventuras inauditas como capitão do mar, hoje reside na vila de Dorchester, perto de Boston. Tenho a honra de ser seu sobrinho. Perguntei-lhe especialmente sobre a travessia de Langsdorff acima citada. Ele confirma cada palavra. O navio, porém, não chegava a ser grande: era uma embarcação russa construída na costa da Sibéria e adquirida por meu tio em troca do navio com o qual partiu de casa.

---

311. Expedições e viagens a várias partes do mundo durante os anos de 1803, 1804, 1805, 1806 e 1807, pelo aristocrata prussiano Grigori Ivanovitch Langsdorff.

312. Nascido em Bristol, John D'Wolf (1779-1872), também conhecido como "Nor'west John", foi um importante capitão e explorador que, deixando o porto inglês com destino a portos do Pacífico com finalidades comerciais, tocou terras russas, sendo o primeiro norte-americano a navegar em águas do Pacífico Norte, e fez-se capitão das expedições náuticas de Langsdorff. Foi casado com uma das tias de Melville, a irmã de seu pai, Mary.

313. Bombas de sucção de água que tinham a função de escoar a água que se acumulava no porão dos navios. Ver capítulo 54.

Naquele volume de aventuras à moda antiga, tão viril e repleto de lances inesperados, mas também de maravilhas honestas — a expedição de Lionel Wafer,[314] um dos velhos camaradas de Dampier —, encontrei um pequeno episódio tão próximo do citado a partir de Langsdorff que não posso deixar de o mencionar aqui à guisa de corroboração, como se tal fosse necessária.

Lionel, ao que parece, estava a caminho de "John Ferdinando", como ele chama o moderno arquipélago Juan Fernández.[315] "Em nosso cruzeiro rumo às ilhas", relata-nos ele, "por volta das quatro horas da manhã, quando nos encontrávamos a cerca de cento e cinquenta léguas da costa continental, nosso navio foi acometido de um terrível impacto, que deixou tão alvoroçada a tripulação que os marujos mal sabiam dizer onde estavam ou o que pensar: todos davam a própria morte como certa. De fato, o choque foi tão repentino e violento que supusemos que o navio havia colidido contra uma rocha; mas quando passado o momento do espanto lançamos a sonda e investigamos a profundidade, sem encontrar fundo. [...] A subitaneidade do tranco fez com que os canhões se desalojassem das carretas e muitos homens fossem lançados para fora de suas redes. O capitão Davis, que dormia com a cabeça recostada sobre um canhão, foi arremessado para fora da cabine!" Lionel então passa a imputar o choque a um terremoto e parece corroborar a dita atribuição afirmando que um grande terremoto, em algum lugar naqueles dias, de fato causara vasto dano ao longo das terras espanholas. Não me surpreenderia, porém, se, na escuridão daquelas horas da madrugada, o impacto não tivesse sido obra de uma baleia não vista, que abalroara verticalmente o casco por baixo.

Eu poderia prosseguir com vários outros exemplos que, de uma forma ou de outra, chegaram a meu conhecimento, relativos ao grande poder e eventual malícia do cachalote. Em mais de uma ocasião, ele se fez conhecido não apenas por sair no encalço dos botes de assalto e obrigá-los a retornar aos seus navios, mas por perseguir o próprio navio e resistir por muito tempo a todas as lanças contra ele arremessadas dos conveses. O navio inglês *Pusie*

---

314. A citação que se segue é de *Uma nova viagem e descrição do istmo da América* (1699); Lionel Wafer havia viajado com o bucaneiro William Dampier (1651-1715) — explorador, navegador e naturalista, o primeiro inglês a explorar regiões do que se sabe ser o continente australiano e a primeira pessoa a circum-navegar o globo três vezes — na condição de médico-cirurgião.

315. As ilhas Juan Fernández estão localizadas na costa chilena e são o famoso local de abandono de Alexander Selkirk (1676-1721), em cuja vida Daniel Defoe (1660-1731) baseou seu *Robinson Crusoé*.

Hall traz uma história nesse sentido;[316] e, quanto à força do animal, permitam-me dizer que houve circunstâncias em que os cabos presos a um cachalote em fuga foram, em momento de calmaria, transferidos ao navio e nele fixados; de tal forma que a baleia rebocou o grande casco pela água como um cavalo que se afasta com uma carroça. Ademais, é comum se observar que, se o cachalote, uma vez atingido, encontra tempo de se recompor, ele não raro age não com fúria cega, mas com obstinado desígnio e deliberação de destruir seus perseguidores; ao que, quando sob ataque, talvez com a intenção de transmitir indicação eloquente de seu caráter, amiúde abre a boca e a conserva nessa terrível expansão por vários minutos consecutivos. Devo, porém, contentar-me com apenas uma última e conclusiva ilustração — para não dizer notável e de grande significância, pela qual vocês não deixarão de observar que não apenas os mais maravilhosos acontecimentos narrados neste livro encontram confirmação nos meros fatos dos dias atuais, como essas maravilhas (a exemplo de todas as maravilhas) manifestam-se tais quais simples repetições ao longo dos tempos; de modo que, pela milionésima vez, diremos amém a Salomão: na verdade, nada há de novo sob o sol.[317]

No sexto século da era cristã viveu Procópio,[318] um magistrado cristão de Constantinopla, nos dias em que Justiniano era imperador, e Belisário, general. Como muitos sabem, ele escreveu a história de sua própria época, obra de invulgar valor em todos os sentidos. Pelas melhores autoridades, sempre foi considerado um historiador muito confiável, jamais dado a exageros, exceto por um ou dois detalhes que de forma alguma afetam o assunto agora a ser mencionado.

Em sua história, Procópio menciona que, durante o termo de sua prefeitura em Constantinopla, um grande monstro marinho foi capturado na vizinha Propôntida, ou no mar de Mármara,[319] depois de ter destruído navios naquelas águas por um período de mais de cinquenta anos. Um fato assim registrado na história concreta não pode ser facilmente negado, nem há qualquer razão para que deva sê-lo. Qual era a espécie precisa desse monstro marinho, não se menciona. Porém, como destruiu navios, bem como por outras razões, é muito pro-

316. Navio afundado por uma baleia em 1835.
317. Eclesiastes 1,9.
318. Procópio foi um historiador romano (*c.* 500-*c.* 565); Justiniano I (*c.* 482-565), imperador do Império Romano do Oriente; e Flávio Belisário (*c.* 505-565), um general sob suas ordens.
319. O mar de Mármara é um mar interior que liga o mar Negro ao mar Egeu e separa, através dos estreitos de Dardanelos e do Bósforo, os territórios europeu e asiático da Turquia.

vável que tenha sido uma baleia; e estou fortemente inclinado a pensar que se tratava de um cachalote. Direi a vocês por quê. Por muito tempo, imaginei que o cachalote sempre fora desconhecido do Mediterrâneo e suas águas profundas. Mesmo hoje estou certo de que uns mares como aqueles não são, e talvez nunca possam ser, na presente constituição das coisas, lugar para seu habitual retiro gregário. Novas investigações provaram-me recentemente, contudo, que nos tempos modernos se registraram casos isolados da presença do cachalote nas águas do Mediterrâneo. Disseram-me, de boa-fé, que na costa da Barbária, certo comodoro Davis, da Marinha britânica, encontrou o esqueleto de um cachalote. Ora: do mesmo modo que um navio de guerra passa sem dificuldades pelo estreito de Dardanelos, um cachalote poderia, pela mesma rota, passar do Mediterrâneo à Propôntida.

Na Propôntida, tanto quanto consigo saber, não é possível encontrar aquela substância peculiar chamada *brit*[320] que serve de alimento à baleia-franca. Todavia, tenho todos os motivos para acreditar que a comida do cachalote — lula ou choco — se esconde no fundo desse mar, porque criaturas grandes, mas de forma alguma as maiores dessa espécie, foram encontradas em sua superfície. Se, então, vocês juntarem adequadamente essas afirmações todas e raciocinarem sobre elas um pouco, perceberão claramente que, segundo todo o raciocínio humano, o monstro marinho de Procópio, que por meio século abateu os navios de um imperador romano, muito provavelmente era um cachalote.

320. Ver capítulo 58.

46
Suposições

EMBORA, consumido pelo fogo ardente de seu propósito, Ahab em todos os seus pensamentos e ações nunca tivesse perdido de vista a captura final de Moby Dick; embora parecesse determinado a sacrificar todo o interesse mundano em favor de sua única paixão; talvez seja preciso observar que, fosse por índole, fosse por costume longamente cultivado, o capitão do *Pequod* tinha demasiado apego aos hábitos impetuosos de um baleeiro para abandonar por completo os objetivos colaterais da viagem. Ou, ao menos, caso assim não fosse, não havia falta de outros interesses a exercer maior influência sobre ele. Talvez significasse preciosismo, mesmo em face de sua monomania, sugerir que a vingança em relação à Baleia Branca pudesse se estender em alguma medida a todos os cachalotes, e que, quanto mais monstros matasse, mais se multiplicavam as chances de que cada baleia subsequentemente encontrada se provasse a odiada que ele perseguia. Mas se tal hipótese fosse de fato excepcional, ainda havia outras considerações que, embora não estivessem tão estritamente de acordo com a loucura de sua paixão dominante, ainda assim tinham grande potencial de influenciá-lo.

Para a realização de seu intento, Ahab necessitava de ferramentas; e de todas as ferramentas existentes neste mundo sublunar, os homens são as mais propensas a quedar fora de prumo. Ahab sabia, por exemplo, que por mais magnética que fosse sua ascendência sobre Starbuck em determinados aspectos, tal ascendência não abrangia por completo o homem espiritual, assim como a mera superioridade corporal não implica domínio intelectual; pois no que diz respeito ao puramente espiritual, o intelectual estabelece com este uma espécie de relação corporal. O corpo de Starbuck e a vontade coagida de Starbuck pertenciam a Ahab, desde que o capitão do *Pequod* conservasse seu ímã no cérebro de Starbuck; não obstante, ele sabia que, apesar de tudo, em sua alma, o imediato abominava a missão do capitão e, se pudesse, dela desertaria com alegria, ou mesmo a frustraria. Era possível que transcorresse um longo intervalo de tempo até que avistassem a Baleia Branca. Durante esse longo período, Starbuck estaria invariavelmente propenso a ter recaídas de rebeldia declarada contra a liderança do capitão, a menos que se conservassem sobre ele algumas influências derivadas do corriqueiro, prudente e circunstancial. E não somente isso: o refinamento da loucura de Ahab em relação a Moby Dick se manifestava, então, de forma particularmente significativa em sua perspicaz e superlativa percepção de antever que, por ora, a caça devia se mostrar de algum modo despojada daquela estranha impiedade imaginativa que normalmente lhe dava forma; que todo o terror da viagem devia ser preservado longe dos olhos, à sombra (pois poucos são os homens cuja coragem se mantém intocada ante prolongado período de meditação não aliviada pela ação); que, ao realizar seus longos quartos de vigília noite adentro, oficiais e marujada deviam ter coisas mais palpáveis em que pensar do que em Moby Dick. Ainda que a tripulação selvagem tivesse respondido com avidez e ímpeto ao anúncio da caçada; todos os marinheiros de todos os tipos são mais ou menos imprevisíveis e não confiáveis – vivem sob as instabilidades da atmosfera e inalam a inconstância que lhe é própria – e quando detidos por qualquer objetivo vago e remoto em sua busca, ainda que pleno de promessas de vida e paixão final, é antes de tudo necessário que interesses e atividades temporárias intervenham e os mantenham em saudável suspensão para o ataque final.

Também não escapou a Ahab a preocupação com outra coisa. Em momentos de forte emoção, a humanidade trata com desprezo tudo quanto seja mesquinho e vil; mas esses momentos são fugazes. A condição constitucional permanente do homem em sua mecânica, pensava Ahab, é a sordidez. Supondo que a Baleia Branca faça arder os corações de minha tripulação de selvagens – e manipular sua selvageria até mesmo lhes suscite um certo e generoso espírito cavalheiresco –, ainda que por amor à batalha eles saiam em demanda de Moby Dick, é preciso igualmente lhes garantir o alimento para os apetites diários e comuns. Pois mesmo aos soberbos Cruzados cavalheirescos de outrora não era bastante atravessar três mil quilômetros de terra para lutar por seu Santo Sepulcro[321] sem cometer invasões, bater carteiras e obter outras devotas recompensas

321. A basílica do Santo Sepulcro encontra-se no ponto da cidade de Jerusalém em que Jesus teria sido crucificado e morto e onde, por fim, teria ressuscitado. As origens da basílica remontam aos tempos do imperador Constantino, que no século IV encerrou a perseguição aos cristãos no Império Romano. No século VII, a cidade passaria ao controle muçulmano; a tolerância ao culto cristão na cidade termina, no entanto, no século XI, quando a igreja é completamente destruída. Esse é o estopim para o movimento cruzado, em que a nobreza e a Igreja europeias organizam sucessivas tentativas de invasão e controle da Terra Santa contra os muçulmanos. O conflito durou dois séculos (séculos XI-XIII) e foi marcado por uma brutalidade que, da parte dos europeus, não poupava sequer cristãos.

pelo caminho. Caso se conservassem estritamente presos a seu único objetivo final e romântico — ante um tal objetivo, muitos teriam se afastado com asco. Não despojarei esses homens, pensava Ahab, de toda a esperança do ganho em cobres — sim, em cobres. Talvez agora desprezem os cobres; mas basta que se passem alguns meses sem qualquer perspectiva de que os obtenham para que esses mesmos cobres calados se agitem de uma só vez em um motim dentro desses homens — e não demorem a cobrar de Ahab um amargo preço.

Também não faltava outro motivo de precaução, este relacionado mais pessoalmente a Ahab. Tendo impulsiva, é provável, e talvez um tanto prematuramente revelado o objetivo fundamental, porém particular, da viagem do *Pequod*, Ahab via-se então de todo consciente de que, ao fazê-lo, havia indiretamente se exposto à incontestável acusação de usurpação; e, com perfeita impunidade, moral e legal, sua tripulação, se assim disposta e para tanto capaz, poderia recusar-lhe qualquer obediência posterior e até mesmo arrancar-lhe violentamente o comando. Mesmo em relação à mais tênue acusação de usurpação, e às possíveis consequências de uma tal impressão reprimida que ganhasse terreno, Ahab decerto estava bastante ansioso para se proteger. Essa proteção só poderia consistir em seu próprio cérebro, coração e pulso impositivos, apoiados por uma atenção minuciosa e vigilante de cada mínima influência dos ares à qual sua tripulação pudesse estar submetida.

Por todas essas razões, portanto, e outras talvez analíticas demais para serem verbalmente desenvolvidas aqui, Ahab viu com clareza que ainda deveria, em grande medida, permanecer fiel ao propósito natural e nominal da viagem do *Pequod*, observar os costumes e não apenas isso, mas se esforçar para demonstrar todo o seu conhecido interesse apaixonado pelo objeto geral de seu ofício.

Seja como for, sua voz era agora ouvida com frequência a saudar os homens dos três mastros, advertindo-os a conservar os olhos atentos e não deixar de anunciar uma toninha que fosse. Essa vigilância não tardou a ser recompensada.

47

Tecendo o coxim

Era uma tarde nublada e mormacenta, e os marinheiros vagavam preguiçosamente nos conveses ou tinham o olhar perdido no chumbo das águas. Queequeg e eu nos mantínhamos mais ou menos ocupados em tecer o que chamamos de coxim de espada, para um cabo sobressalente de nosso bote. Tão tranquila, melancólica e, no entanto, augural era a atmosfera; o ar se encontrava carregado de um tal e onírico encantamento, que cada marinheiro em silêncio parecia dissolver-se em seu próprio eu invisível.

Eu era o auxiliar ou pajem de Queequeg na confecção do coxim. Enquanto eu passava de um lado a outro o cabo da trama entre os longos fios da urdidura, usando a mão como lançadeira, Queequeg, parado de lado, de tempos em tempos deslizava sua pesada espada de carvalho entre os fios e, mirando o mar com indolência, despreocupada e irrefletidamente batia cada cabo no lugar; como dizia, tão estranha era a atmosfera de sonho que reinava sobre o mar e o navio, apenas rompida pelo som intermitente e abafado da espada, que era como se trabalhássemos no Tear do Tempo,[322] e eu mesmo fosse a lançadeira em sua mecânica tecelagem ao comando das Parcas. Ali estavam os fios fixos da urdidura sujeitos a uma única vibração, imutável e sempre renovada, e essa vibração bastante apenas para admitir a mistura cruzada de outros fios com os seus. A urdidura parecia a necessidade; e aqui, pensei, passo a lançadeira de minhas próprias mãos e teço meu próprio destino nestes fios inalteráveis. Enquanto isso, os rompantes cegos da espada de Queequeg, por vezes batendo a trama de forma oblíqua, ou irregular, ou forte, ou fraca, a depender do caso, e com tal diferença no golpe produzindo um contraste correspondente no aspecto final do tecido acabado; a espada desse selvagem, pensei, que por fim molda e dá feitio seja à urdidura, seja à trama; essa espada tranquila e impassível há de ser o acaso — sim, o acaso, o livre-arbítrio e a necessidade; de jeito algum

---

322. Metáfora para a constituição dos eventos terrestres encontrada, entre outros lugares, em *Fausto*, de Goethe, citado por Thomas Carlyle (fonte de Melville) em seu *Sartor Resartus* (Livro I, Capítulo 8).

incompatíveis; todos trabalhando entrelaçadamente juntos. A urdidura reta da necessidade, jamais desviada de seu curso final — todas as suas vibrações alternadas, na verdade, apenas apontando a ele; o livre-arbítrio ainda livre para perfazer seu caminho entre os fios dados; e o acaso, embora de ações restritas ao interior das retas linhas da necessidade, e em seu movimento lateral modificado pelo livre-arbítrio, embora assim limitado por ambos, o acaso por sua vez rege a ambos e porta consigo o golpe final, caracterizando os eventos.

Assim tecíamos a perder de vista quando despertei ante um som tão longo e estranho, de música tão selvagem e sobrenatural, que o carretel do livre-arbítrio caiu da minha mão, e voltei os olhos às nuvens de onde aquela voz descia como fosse alada. Ao alto, sobre as cruzetas, víamos aquele louco de Gay Head, Tashtego. Tinha o corpo intrepidamente inclinado à frente, a mão estendida como uma vara, e a breves intervalos, repentinamente interrompidos, seguia a gritar. Decerto o mesmo som se fazia ouvir naquele exato momento por todos os mares, vindo de centenas de marinheiros em vigília, igualmente empoleirados no ar; mas de poucos daqueles pulmões o velho e costumeiro anúncio poderia ter surgido em tão maravilhosa cadência quanto a do índio Tashtego.

Ali, a pairar meio suspenso no ar, mirando em tamanha fúria e transe o horizonte, vocês pensariam que fosse um profeta ou vidente assombrado ante os vislumbres do Destino e anunciando-lhe o advento com aqueles gritos selvagens.

"Baleia à vista! Lá! Lá! Lá! Baleia à vista!"

"Onde?"

"A sotavento, a cerca de duas milhas de distância! Um bando!"

De pronto se instalou a comoção.

O cachalote sopra ao ritmo do ponteiro de um relógio, com a mesma constante e confiável uniformidade. E assim os baleeiros distinguem este peixe de outras tribos de seu gênero.

"Lá se vão os leques!",[323] era agora o grito de Tashtego; e as baleias desapareceram.

"Rápido, camareiro!", gritou Ahab. "A hora! A hora!"

Bolinho desceu correndo, consultou o relógio e relatou o minuto exato a Ahab.

---

323. Modo de se referir à cauda na baleação açoriana (ver Apresentação).

O navio foi mantido então a sotavento, deslizando gentilmente contra a brisa. Tashtego relatou que as baleias haviam mergulhado na mesma direção e, com confiança, conservamos os olhos adiante para mais uma vez as encontrar diante da proa. Pois aquele engenho singular por vezes exibido pelo cachalote quando, ao mergulhar com a cabeça em uma direção, ele, no entanto, oculto sob a superfície, dá meia-volta e rapidamente nada na direção oposta — esse ardil não podia ter sido posto em prática, visto que não havia razão para supor que os peixes vistos por Tashtego tivessem ficado de alguma forma assustados, ou mesmo atinado com nossa proximidade. Um dos homens designados à pilotagem, isto é, um marinheiro dispensado da tripulação dos botes, a essa altura substituía o índio no topo do mastro principal. Os marinheiros dos mastros de traquete e mezena haviam descido ao convés; as selhas das linhas, fixadas em seus lugares; os guindastes, projetados para fora da amurada; a verga principal, cambada; e os três botes balançavam sobre o mar como três cestos de funcho sobre elevados penhascos.[324] Do lado de fora das amuradas, suas agitadas tripulações com uma das mãos se agarravam ao anteparo, enquanto um pé permanecia ansiosamente sobre o costado do navio. Eis a longa fileira de marinheiros de um navio de guerra prestes a se lançar a bordo de um navio inimigo.

Neste momento crítico, porém, ouviu-se uma exclamação repentina que fez com que todos tirassem os olhos da baleia. Sobressaltados, todos se voltaram ao sombrio Ahab, cercado por cinco fantasmas morenos que pareciam ter acabado de se materializar no ar.

---

324. O símile invoca Shakespeare, *ReiLear*, IV, vi, v., 15-16: "A meio caminho penhasco abaixo/ balança um colhedor de funcho, ofício terrível".

48

A primeira arriada[325]

Os FANTASMAS, pois era a que se assemelhavam, esvoaçavam[326] do lado oposto do convés e, com silenciosa celeridade, soltavam o cordame e as amarras do bote que ali balançava. Esse bote sempre fora considerado um dos botes sobressalentes, embora tecnicamente chamado bote do capitão, por permanecer preso no quadrante de estibordo, a ré. A figura que agora se erguia próxima à popa da embarcação era alta e morena e tinha um dente branco que se projetava malignamente de entre os lábios de aço. Cobria-o, funesta e amarrotada, uma jaqueta china de algodão preto, acompanhada de largas calças do mesmo material escuro. Coroando estranhamente o ébano de sua figura, viam-se as pregas lustrosas de um turbante branco, e o cabelo vivo, trançado e enrolado, em torno da cabeça. De compleição menos escura, os companheiros dessa figura eram dotados daquela tez vivaz, de um amarelo tigrino, peculiar a alguns dos nativos aborígines de Manila;[327] raça notória pelo diabolismo de suas sutilezas e, segundo alguns honestos marinheiros brancos, supostamente feita de espiões pagos e agentes secretos confidenciais nas águas do diabo, seu senhor, cujo escritório supõem estar em outro lugar.

Enquanto a companhia do navio olhava espantada para os estranhos, Ahab gritou na direção do velho de turbante branco que os comandava:

"Tudo pronto aí, Fedallah?"

"Tudo pronto", foi a resposta meio sibilada.

"Arriai, então... escutastes?", foi o clamor que soou por todo o convés. "Arriai, agora."

Tal foi o trovão de sua voz que, apesar da paralisia assombrada em que se encontravam, os homens saltaram da amurada; as roldanas giraram nos cadernais; e, espojando-se na água, os três botes caíram no mar; enquanto, com desenvolta e destra ousadia, estranha a qualquer outro ofício, os marinheiros,

---

325. Designação baleeira de uma descida dos botes ao mar para a caça do cachalote.
326. A apresentação da companhia do bote de Ahab evoca, à pena shakespeariana de Ismael, o sobrenatural das bruxas de *Macbeth* em torno do protagonista.
327. Capital das Filipinas, à época uma possessão espanhola.

como cabras, saltaram do costado do navio em movimento para dentro dos botes abaixo.

Mal haviam se afastado, a sotavento, e uma quarta quilha, chegada de barlavento, deu a volta sob a popa e revelou os cinco estranhos remando para Ahab, que, ereto sobre a popa do bote, bradou a Starbuck, Stubb e Flask que se dispersassem nas águas, de modo a cobrir uma grande área. Mas, com todos os olhos novamente cravados no moreno Fedallah e sua tripulação, os ocupantes dos demais botes não obedeceram ao comando.

"Capitão Ahab...?", perguntou Starbuck.

"Dispersai", exclamou Ahab. "Remai a valer, os quatro botes. Tu, Flask, segue a sotavento!"

"Sim, sim, senhor", respondeu como que com vivas o pequeno Cabeço, volteando o remo de esparrela. "Para trás", dirigindo-se à sua tripulação. "Isso! Isso! Isso de novo! A baleia sopra ali à frente, rapazes! Para trás! Esqueça os chinas, Archy."

"Ah, mas não tô preocupado com eles, não, senhor", respondeu Archy. "Já sabia de tudo. Não ouvia eles no porão? E não falei pro Cabaco aqui? E aí, Cabaco? Eles são clandestinos, sr. Flask."

"Remem, remem, meus belos corações vivos; remem, meus filhos; remem, meus pequeninos", sussurrava Stubb com sílabas alongadas e carinhosas para seus homens, alguns dos quais ainda demonstrando sinais de inquietação. "Por que não estão arrebentando as costas, meus meninos? O que estão olhando? Aqueles caras naquele bote? Ora! São só mais cinco marujos que vieram ajudar... não importa de onde... quanto mais, melhor. Remem, remem; não deem bola pro enxofre... os demônios são bons sujeitos. Daquele jeito, né... aí estão vocês! Essa é a remada de mil libras; essa é a remada pra limpar a banca! Vivas à taça de ouro do espermacete, meus heróis! Três vivas, homens... quero vida nesses corações! Calma agora, sem pressa. Por que não estalam seus remos, seus patifes? Mordam alguma coisa, seus cachorros! Isso, isso, isso; força, força! Assim, assim... remada longa e forte. Rebentem de remar, rebentem! O diabo vai lhes puxar pelo pé, seus moleques de maloca; que moleza é essa? Parem de roncar, seus dorminhocos, e remem. Que tal remar, hein? Não conseguem remar, não? Não querem remar, não? Por que, em nome dos tambiús[328] e dos biscoitinhos de gengibre, vocês não remam? Remem até quebrar alguma coisa! Remem até os olhos pularem da cara! Olhem aqui", disse, sacando a faca afiada do cinto; "cada

328. Peixe usado como isca para atrair outros peixes.

um de vocês, filhos de uma mãe, saquem as facas e trinquem os dentes nelas. É isso aí! Agora sim; agora parece que sim, minhas brocas de aço. Avancem, avancem, meus bercinhos de ouro! Avancem, meus aguilhões!"

Oferecemos aqui uma versão integral do exórdio de Stubb a sua tripulação, pois ele tinha uma maneira um tanto peculiar de se dirigir a seus homens e, especialmente, de inculcar-lhes a religião do remo. Mas não lhes cabe supor, com base nesta amostra de sua arte oratória, que ele alguma vez tenha descido a paixões mais cruas ante sua congregação. De forma alguma — e nisso consistia sua principal peculiaridade. Stubb era capaz de dizer as coisas mais assombrosas a sua tripulação em um tom tão estranhamente composto de farra e fúria, e a fúria parecia tão calculada como tempero para a farra que nenhum dos homens aos remos se via em condições de ouvir tão curiosas exortações sem remar por sua vida e, ao mesmo tempo, pela diversão inerente à coisa. Ademais, ele próprio parecia o tempo todo tão tranquilo e displicente, manejando o remo de esparrela de forma tão descontraída — às vezes de boca aberta e não raro bocejando —, que a simples visão de um comandante com tal postura, pela pura força do contraste, agia como encanto sobre a tripulação. E assim, Stubb revelava-se aquele tipo dotado de obscuros humores, cuja alegria às vezes é tão curiosamente ambígua que coloca todos os inferiores em posição de guarda quanto a obedecer a suas ordens.

Em obediência a um sinal de Ahab, Starbuck remou obliquamente em direção à proa de Stubb; e quando, por um minuto ou mais, os dois barcos ficaram bem próximos um do outro, Stubb chamou o imediato.

"Sr. Starbuck! Bote a bombordo, ó de bordo! Uma palavra com o senhor, por favor!"

"Sim", devolveu Starbuck, sem se virar nem um centímetro enquanto falava; ainda incitando virilmente, não obstante sussurrasse, a tripulação; seu rosto posto como um seixo[329] diante de Stubb.

"O que acha daqueles chinas ali, senhor?"

"Subiram clandestinamente a bordo, de alguma forma, antes de o navio partir. (Força, força, meninos!)", exortou em um sussurro a sua tripulação, tornando então a falar em voz alta: "É de se lamentar, sr. Stubb! (Quero espuma subindo, rapazes!) Mas não importa... que seja para o melhor. Fazei vossa tripulação remar com força, aconteça o que acontecer. (Rebentai, homens, rebentai!) Há barris de espermacete à frente, sr. Stubb, e essa é a razão de estardes aqui.

329. Isaías 50,7.

(Remai, meus garotos!) Espermacete, espermacete é a razão! Esse ao menos é o dever; dever e lucro de mãos dadas."

"Sim, sim, como pensei", disse Stubb para si mesmo, quando os barcos divergiram, "assim que bati os olhos neles, foi o que pensei. Sim, e é por isso que ele tanto ia ao porão, como o Bolinho suspeitava faz muito tempo. Estavam escondidos lá. A Baleia Branca está no fundo disso tudo. Bem, bem... que seja! Não há o que se fazer contra isso! Tudo bem! Remem, homens! Hoje não é dia de Baleia Branca! Remem!"

Ora, o advento desses estrangeiros exóticos em momento tão crítico quanto a arriada dos botes ao mar despertou, não sem razão, uma espécie de espanto supersticioso em parte da companhia; no entanto, tendo a suposta descoberta de Archy se espalhado em meio à marujada algum tempo antes, embora sem que recebesse o devido crédito, esta tivera um pequeno papel na preparação dos homens para o acontecimento. Ela embotou o fio de seu assombro; e desse modo, somado à maneira confiante de Stubb de explicar-lhes a aparência, todos ficaram por algum tempo livres de suposições supersticiosas; embora o episódio ainda deixasse vasto campo para toda sorte de loucas conjecturas quanto ao papel específico de Ahab no caso desde o início. De minha parte, lembrei-me silenciosamente das sombras misteriosas que vira subindo furtivamente a bordo do *Pequod* durante o umbroso amanhecer de Nantucket, bem como as enigmáticas sugestões do estapafúrdio Elias.

Nesse ínterim, Ahab, sem poder ouvir os oficiais, tendo se afastado com o bote a barlavento, ainda se encontrava à frente das demais embarcações; circunstância que muito fala do empenho de sua companhia nos remos. Aquelas criaturas amarelo-tigrinas pareciam feitas de aço e barba de baleia; como cinco martinetes, subiam e desciam a remadas de força regular, que periodicamente impulsionavam o bote pelas águas como as explosões da caldeira de um vapor do Mississippi. Quanto a Fedallah, que se via com o remo do arpoador em mãos, havia lançado de lado a jaqueta preta e exibia o peito nu, a exemplo de todo o tronco, acima da linha da amurada, em vívido contraste com as depressões alternadas do horizonte líquido; enquanto, na outra extremidade do bote, via-se Ahab, postando um dos braços para trás, à maneira de um esgrimista, como para contrabalançar qualquer tendência de escorregar, e manejando firmemente seu remo de esparrela como em outras mil descidas de bote anteriores à Baleia Branca o ter dilacerado. De repente, o braço estendido fez um movimento específico que, então, se fixou, enquanto os cinco remos do barco simultaneamente se ergueram. Barco e tripulação ficaram imóveis no mar.

De pronto, os três botes espalhados na retaguarda seguiram-lhe o exemplo. As baleias haviam mergulhado de forma dispersa no azul do mar, não dando a distância qualquer sinal discernível de movimento, embora de sua vizinhança Ahab o tivesse observado.

"Todos em posição com vossos remos!", ordenou Starbuck. "Tu, Queequeg, levanta-te!"

Saltando agilmente sobre o estrado triangular elevado à proa,[330] o selvagem ali permaneceu ereto, e com uma mirada de intensa ansiedade observava o ponto das águas em que a caça havia sido pela última vez avistada. Do mesmo modo, no extremo a ré, onde também se encontrava um estrado triangular ao nível da amurada, Starbuck ostentava serenidade e habilidade ao se equilibrar em meio ao balanço brusco de sua mínima embarcação, a observar silenciosamente o vasto olho azul do mar.

Não muito distante dali, o bote de Flask também pousava inerte, como se ninguém dentro dele respirasse; com o comandante intrepidamente de pé no logaete, espécie de poste robusto enraizado na quilha, meio metro acima do nível da plataforma de popa. É usado para que se prenda o cabo do arpão. Seu topo não é mais espaçoso do que a palma da mão de um homem e, de pé sobre uma base como aquela, Flask parecia empoleirado no cimo do mastro de um navio afundado senão pelas borlas de seus topes. Mas o pequenino Flask rebentava de grandes e elevadas ambições, de forma que seu ponto de observação em nada o satisfazia.

"Não consigo ver a três ondas de distância; inclinem ali um remo para que eu me apoie nele."

Diante disso, Daggoo, com ambas as mãos na amurada para firmar seu caminho, deslizou rapidamente à popa e, em seguida, erguendo-se, ofereceu seus elevados ombros como plataforma.

"Como topo de mastro, não deixa a desejar. Quer montar, senhor?"

"Aceito o convite e o agradeço, meu bom companheiro; pena que não seja uns quinze metros mais alto."

Dito isso, o negro gigantesco plantou ambos os pés firmemente contra as pranchas de cada costado e, curvando-se um pouco, ofereceu a palma da mão ao pé de Flask e, em seguida, colocando a mão de Flask em sua cabeça emplumada como um féretro e ordenando-lhe que saltasse e acompanhasse o movimento ascendente que ele próprio produziria, com um impulso hábil pousou o homenzi-

330. Esse estrado é chamado tilha na baleação açoriana.

nho são e salvo em seus ombros. E eis que víamos Flask então de pé, Daggoo com um braço levantado, fornecendo-lhe uma espécie de pito de sela para se firmar.

Para o neófito, é sempre uma estranha visão dar com o formidável costume e inconsciente habilidade do baleeiro de manter-se em postura ereta em seu bote, mesmo quando sacudido pelos mais tumultuosos, impetuosos e sórdidos mares. Ainda mais estranho é vê-lo vertiginosamente empoleirado no próprio logaete sob as mesmas circunstâncias. Mas a visão do pequeno Flask montado sobre o gigantesco Daggoo era ainda mais curiosa; pois para se equilibrar em fria, altiva, tranquila, simples, irrefletida e bárbara majestade, o negro fazia suas belas formas acompanharem os movimentos de cada ondulação do mar. Em suas costas largas, Flask, de cabelos louros, mais parecia um floco de neve. A cavalgadura parecia se erigir mais nobre do que o cavaleiro. Embora o pequeno imediato vivaz, arrogante e agitadamente batesse vez por outra o pé com impaciência, sem que se observasse qualquer arquejo adicional no peito senhorial do negro. Assim vi Paixão e Vaidade pisando a viva e magnânima terra, sem que esta por isso alterasse suas estações e marés.

Enquanto isso, Stubb, o segundo imediato, não traía umas tais preocupações contemplativas. Muito provavelmente, as baleias haviam feito um de seus mergulhos regulares, não uma descida temporária movida pelo simples medo; e se fosse esse o caso, Stubb, como era seu costume fazer em tais ocasiões, ao que parece, estava decidido a encontrar conforto em seu cachimbo durante a ociosidade do intervalo. Ele o sacou da faixa do chapéu, onde sempre o conservava inclinado como uma pena. Encheu a caldeira e apertou nela o tabaco com a ponta do polegar; mas mal tinha acendido o fósforo na lixa áspera da mão quando Tashtego, seu arpoador, cujos olhos apontavam a barlavento como duas estrelas fixas, de repente desceu como a luz de sua postura ereta a seu assento, bradando em um rápido e apressado frenesi:

"Desçam os remos, desçam os remos e remem! Ali estão elas!"

Aos olhos de um homem de terra naquele momento, não havia sinal de baleia, nem do mínimo arenque — nada além de um ponto quiçá agitado de água branca esverdeada e sutis nuvens de vapor pairando sobre ele, espargindo-se abundantemente a sotavento, como a névoa confusa que as brancas vagas erguessem. A atmosfera ao redor de súbito vibrou e chiou, como se o ar cobrisse chapas de ferro ferventes. Sob ondulações e espirais atmosféricas, e também parcialmente sob uma fina camada de água, as baleias nadavam. Vistos com antecedência em relação às demais evidências, os bufos de vapor que se elevavam pareciam a vanguarda voadora de seus estafetas e batedores despachados.

Todos os quatro barcos estavam agora em vigorosa perseguição daquele ponto de convulsão de ar e mar. Ao que tudo indicava, porém, este os superaria; uma vez que se pôs em carreira como um tumulto de bolhas que descesse desabaladamente uma corredeira montanha abaixo.

"Remai, remai, meus bons rapazes", ordenou Starbuck, num sussurro feito da mais intensa concentração e leveza; enquanto tinha o vivo olhar fito em um ponto à frente da proa, como se dele se projetassem as duas agulhas visíveis de duas bússolas de absoluta precisão. Ele, no entanto, não falava muito a sua tripulação, assim como sua tripulação pouco lhe dirigia a palavra. Apenas o silêncio do barco recebia, de tempos em tempos, a surpreendente estocada de um de seus peculiares sussurros, ora feitos da aspereza do comando, ora da delicadeza da súplica.

Que diferença do ruidoso Flask!

"Cantem, digam alguma coisa, meus queridos. Rujam e remem, meus raios de trovão! Quero desembarcar nas costas pretas delas, rapazes... é só o que peço, transfiro a vocês minhas terras em Martha's Vineyard, com esposa, filhos e tudo. Só quero que me botem ali, ali! Ó Senhor, Senhor! Agora enlouqueço de vez! Olhem! Olhem aquela água branca!" E, aos brados, ele arrancou o chapéu e pulou em cima dele; em seguida, agarrou-o e lançou-o longe, no mar; colocando-se por fim a empinar e mergulhar na popa do barco como um potro enlouquecido pelas pradarias.

"Vejam só aquele sujeito", sugeriu em filosóficas e alongadas sílabas Stubb, que, com o cachimbo curto apagado, mecanicamente retido entre os dentes, arrematou sem demora: "Tá tendo um ataque, esse Flask. Ataque? Isso mesmo: ataquem ela... essa é a palavra: um belo ataque. E com alegria nesse monte de coração cheio de vida! Pudim para o jantar, todos vocês sabem: alegria é a palavra. Remem, meus menininhos... remem, meus bebezinhos... remem, todos! Mas por que essa pressa toda, diacho? Com calma, com calma e com firmeza, meus rapazes. Apenas remem e continuem remando; nada mais. Arrebentem as costas, quebrem essas facas em duas... isso é tudo. Com calma... por que não se acalmam e arrebentam com seus fígados e pulmões?"

Mas o que aquele indevassável Ahab disse para a tripulação amarelo-tigrina — melhor que omitamos aqui essas palavras; pois vocês vivem sob a bendita luz da terra evangélica. Somente os ímpios tubarões podem dar ouvidos a tais palavras em seus intrépidos mares, quando, com um tornado na fronte, os olhos injetados de um assassino e a espuma seca da saliva colando-lhe os lábios, Ahab saltou atrás de sua presa.

Enquanto isso, os botes se separavam. As repetidas alusões específicas de Flask a "aquela baleia", como chamava o monstro fictício que declarou estar ameaçando a todo tempo a proa de seu barco com a cauda — essas alusões eram às vezes tão vívidas e realistas que levaram um ou dois de seus homens a lançar olhares temerosos por cima dos ombros. Mas isso era contra as regras; pois aos remadores cabe arrancar os olhos e atravessar um espeto pelo pescoço; com o que se costuma dizer que não devem ter órgãos além de orelhas e nenhum membro além dos braços nesses momentos críticos.

Era uma visão cheia de espanto e assombro! Os imensos vagalhões do mar onipotente; o rugido oco que elevavam ao rolar com as oito amuradas que mais pareciam imensas bolas em um campo de boliche sem limites; a breve agonia suspensa do bote, ao se equilibrar por um instante no gume das ondas mais agudas, que quase o pareciam ameaçar cortar ao meio; o mergulho profundo repentino nos vales e precipícios aquáticos; as picadas e esporeadas incisivas para chegar ao topo da colina oposta; a desabalada descida, como fosse um trenó que se precipitasse pelo outro lado; tudo isso com os gritos dos imediatos e dos arpoadores, e o resfolegar estremecido dos remadores, com a visão formidável do *Pequod* de marfim, com as velas enfunadas, a navegar atrás dos botes, no que se assemelhava a uma galinha selvagem atrás da ruidosa ninhada; tudo isso era emocionante. Não há recruta inexperiente que marche do seio do lar para o calor do furor de sua primeira batalha, nem o fantasma de homem morto a encontrar o primeiro fantasma desconhecido no além capaz de sentir mais estranhas e fortes emoções do que as do homem que pela primeira vez se vê remando para dentro do círculo encantado e tumultuoso do cachalote perseguido.

A dança da água branca produzida pela perseguição fazia-se então cada vez mais nítida sob a escuridão crescente das sombras das nuvens gris sobre o mar projetadas. Os jorros de vapor não mais se misturavam, mas surgiam por toda parte, à direita e à esquerda; as baleias pareciam separar suas esteiras. Os botes seguiram caminhos distintos; com Starbuck perseguindo três baleias que nadavam a sotavento. Já havíamos enfunado a vela e, com o vento ainda crescente, avançávamos a toda velocidade; o bote singrando as águas num tamanho desvario que mal se podiam movimentar os remos a sotavento com rapidez bastante que não os arrancasse de suas toleteiras.

Logo nos vimos a toda brida mergulhados nos véus de uma densa névoa; sem navio ou botes à vista.

"Remai, homens", sussurrou Starbuck, puxando ainda mais a ré a lona da vela; "ainda há tempo para matar um peixe antes que caia a tempestade. Olha a água branca de novo! Está próxima! Remai!"

Logo em seguida, dois gritos em rápida sucessão de cada lado de nós denotaram que os demais botes haviam enviado seus arpões e corriam trancados à caça;[331] e mal os tinham escutado quando, com um sussurro proferido na velocidade de um relâmpago, Starbuck ordenou:

"Põe-te em posição!" E Queequeg, arpão em punho, levantou-se.

Embora nenhum dos remadores estivesse em condições de ver os riscos que tão perto de si tinham, a visão das vigorosas feições do imediato à popa do bote bastava para que compreendessem a iminência do ataque; foi quando se ouviu a imensa assuada do que pareciam ser cinquenta elefantes espojando-se sobre um leito de folhas na mata. Entrementes, o bote ainda atravessava a névoa, e as ondas se erguiam e sibilavam ao nosso redor como os ásperos dorsos erguidos de serpentes enfurecidas.

"Ali está a corcova! *Ali, ali*, tranca!", sussurrou Starbuck.

Ouviu-se um breve silvo no bote — era o ferro que Queequeg arremessara. Então, como em um único tumulto fundido, sentimos um arranque invisível da popa, enquanto o bote à vante parecia ter colidido em uma rocha submersa; a vela colapsou e explodiu; uma coluna de vapor escaldante ergueu-se perto — era alguma coisa que rolava e se agitava como um terremoto sob nossa quilha. A tripulação inteira quase se afogou ao ser desordenadamente precipitada no creme branco e coagulado da borrasca. Borrasca, arpão e baleia fizeram-se um — e a baleia, que o ferro somente roçara, escapou.

Embora completamente inundado, o bote quase não trazia avarias. Nadando a sua volta, pegamos os remos flutuantes e, lançando-os por sobre a amurada, recobramos nossos lugares. Ali encontramos o mar a nos bater nos joelhos, a água cobrindo todas as tábuas e vaus, de modo que, a nossos olhos voltados para baixo, a embarcação suspensa parecia um barco de coral que se erguera até nós vindo do oceano profundo.

O vento fez-se uivo; as ondas arrojavam seus broquéis uns contra os outros; elevou-se o rugir da tempestade, que se bifurcava e crepitava ao redor como fogo branco pela pradaria, no qual, sem que nos consumisse, ardíamos — éra-

---

331. Reformulação baseada em narrativa de caça de António Maria (ver Apresentação). O arpoador "envia" o arpão à caça; este, ao penetrar o corpo da baleia, a "tranca", de onde o arpoador também é chamado pelo nome de "trancador".

mos, nas próprias mandíbulas da morte, imortais! Em vão bradamos aos outros botes — chamá-los em meio àquela tempestade não diferia de clamar ao carvão em brasa pela chaminé de uma fornalha em chamas. Enquanto isso, espuma, neblina e tormenta moventes ganhavam os tons crepusculares da noite que assomava; não havia sinal do navio. O mar encrespado nos obstava todas as tentativas de baldear a água do bote. Os remos de nada mais serviam como propulsores, desempenhando doravante a função de salva-vidas. Assim, cortando a amarração do barril de fósforo à prova d'água, depois de sucessivas tentativas, Starbuck conseguiu acender o pavio da lanterna; estendendo-a, então, a um pau de marca,[332] entregou-a a Queequeg, este tornado porta-estandarte da esperança perdida. Ali permaneceu o arpoador, segurando a ridícula vela no coração daquela todo-poderosa desolação. Ali permaneceu o arpoador, sinal e símbolo de um homem sem fé, erguendo em desespero a esperança em meio ao desalento.

Molhados, encharcados e tremendo de frio, desistentes de navio ou bote, erguemos os olhos ao amanhecer. A névoa ainda cobria o mar, a lanterna vazia jazia destruída no fundo do bote. De repente, Queequeg pôs-se de pé, levando a mão ao ouvido em concha. Todos ouvimos um leve rangido, como de cabos e vergas até então abafado pela tempestade. O som mostrava-se cada vez mais próximo; a névoa espessa foi tenuemente cindida por um vulto indeterminado e imenso. Assustados, todos saltamos ao mar quando o navio finalmente se deu aos olhos, indo de encontro ao nosso bote a uma distância não muito maior do que seu comprimento.

Flutuando nas ondas, vimos o bote abandonado, que por um instante foi engolido pela proa do navio como uma lasca de madeira no fundo de uma catarata; e então o vasto casco rolou sobre ele, que não foi mais visto até que ressurgiu à popa. Mais uma vez nadamos em sua direção, fomos lançados contra ele pelas águas e, por fim, fomos apanhados e embarcados em segurança a bordo. Antes que a borrasca tivesse se aproximado, os outros botes soltaram-se de seus peixes e retornaram ao navio em tempo. O navio havia nos dado por perdidos, mas ainda navegava em busca de alguma evidência de nossa morte — um remo ou haste de lança.

332. Ver capítulo 89.

49
A hiena

Nesta coisa atrapalhada a que chamamos vida, há certas circunstâncias e momentos tão estapafúrdios em que não resta ao homem mais do que compreender a totalidade do universo como uma imensa piada, embora o humor dela derivado se lhe pareça muitíssimo vago, e ele alimente fortes suspeitas de que o alvo da troça não é outro senão ele próprio. Não há, porém, desânimo; nada parece valer o desagravo. Acontecimentos e crenças, convicções e argumentos; tudo que exista de áspero nas esferas do visível e do invisível ele faz descer goela abaixo, por mais nodoso que seja — no que não difere de um avestruz de poderosa digestão, a engolir chumbo e pederneiras. E quanto a pequenas dificuldades e preocupações, perspectivas de repentino desastre, a vida posta em risco — todas essas coisas, e a própria morte, parecem-lhe apenas uns tapinhas cheios de manha e bom humor, uns alegres soquinhos na linha do fígado, todos obra desse invisível, impalpável e ancestral piadista. Esse estranho e incontrolável estado de espírito a que me refiro só se apodera de um homem em momento de extrema tribulação; surge em meio à gravidade de que se vê investido, de modo que o que um pouco antes poderia julgar coisa de grande importância então se lhe parece apenas parte da galhofa geral. Não há nada como os perigos da baleação para fomentar essa modalidade indolente de filosofia, leve e bandoleira; e era sob sua perspectiva que eu passava a ver toda a viagem do *Pequod*, e a grande Baleia Branca, seu propósito.

"Queequeg", chamei-o, quando me arrastaram a bordo do navio — eu, o último homem, ainda me sacudindo no paletó para me livrar da água —, "Queequeg, meu bom amigo, esse tipo de coisa acontece com frequência?"

Com um ar um tanto blasé, embora tão encharcado quanto eu, ele me fez entender que essas coisas aconteciam todo o tempo.

"Sr. Stubb", disse eu, dirigindo-me àquele valoroso homem que, abotoado em seu casaco de oleado, então fumava em paz o cachimbo na chuva. "Sr. Stubb, acho que o ouvi dizer que, de todos os baleeiros que conheceu, nosso primeiro imediato, o sr. Starbuck, é de longe o mais cuidadoso e prudente. Suponho então que sair aos trancos e barrancos preso a uma baleia em fuga com uma vela içada no meio de uma borrasca com nevoeiro é um grande exemplo do bom senso de um baleeiro?"

"Claro. Já desci com o bote para dar combate a uma baleia com o navio fazendo água no meio de um vendaval, perto do cabo Horn."

"Sr. Flask", disse eu, voltando-me ao pequeno Cabeço, que estava por ali, "o senhor tem experiência nessas coisas, e eu não. Pode me dizer se é uma lei inalterável da pescaria que um marinheiro arrebente a espinha remando de costas para dentro das mandíbulas da morte?"

"Dá pra encurtar o discurso?", retrucou Flask. "Bom, essa é a regra, mas queria ver o bote remando de costas com a baleia na frente, ha, ha, ha! Ia ser cara feia contra cara feia, pense nisso!"

Eis, então, que de três testemunhas imparciais obtive declarações ponderadas de todo o caso. Considerando, portanto, que borrascas e botes virados, com períodos subsequentemente breves de permanência nas profundezas, eram situações bastante comuns naquele tipo de ofício; considerando que, no instante superlativamente crítico de ir ao encontro da baleia, precisei entregar a vida às mãos daquele que pilotava o bote — muitas vezes, um sujeito que naquele exato instante vive a sanha da caça a ponto de ser capaz de abrir um rombo no casco de tanto bater com os calcanhares no fundo; considerando que o desastre específico de nosso próprio bote tinha por responsável Starbuck e o fato de este dar combate à baleia no meio da tempestade; considerando que Starbuck, não obstante, era famoso pela inquestionável prudência na pesca; considerando que eu fazia parte da tripulação do bote desse homem tão excepcionalmente zeloso que era Starbuck; e, finalmente, considerando a perseguição diabólica de que era parte, no que dizia respeito à Baleia Branca — reunindo todas essas coisas, achei melhor descer à coberta inferior e fazer um rascunho de meu testamento.

"Queequeg", chamei, "venha, você será meu advogado, testamenteiro e legatário."

Pode parecer estranho que, de todos os homens, os marinheiros sejam tão dedicados a fazer testamentos, mas não há gente no mundo que aprecie tanto esse divertimento. Era a quarta vez em minha vida náutica que fazia a mesma coisa. Depois de a cerimônia ter sido então concluída, senti-me muito mais leve; tirei uma pedra do coração.[333] Ademais, todos os dias que doravante haveria de

333. João 11,39.

viver seriam tão bons quanto os vividos por Lázaro depois da ressurreição;[334] um ganho suplementar de meses ou semanas, conforme o caso. Sobrevivi a mim mesmo; trazia minha morte e meu enterro trancados no peito. Olhava em torno com serenidade e satisfação, como um fantasma tranquilo e de consciência limpa sentado do lado de dentro dos portões de um confortável jazigo familiar.

Pois bem, pensei, inconscientemente arregaçando as mangas da camisa, aqui vamos nós para um mergulho frio e contido rumo à ruína e à destruição,[335] e quanto aos outros, que o diabo os carregue.

334. Aqui se fala de Lázaro de Betânia, irmão de Marta e Maria, bispo católico e amigo pessoal de Jesus Cristo que, segundo o Evangelho de João, foi por Cristo ressuscitado após quatro dias morto.
335. Jeremias 48,3.

50

Bote e tripulação de Ahab; Fedallah

"Quem teria pensado nisso, Flask!", gritou Stubb. "Se eu só tivesse uma perna, você só me veria num bote se fosse pra tapar o buraco do ralo com o calcanhar de madeira. Mas é um velho incrível mesmo!"

"Nem acho tão estranho pela perna de pau", disse Flask. "Se ele tivesse perdido a perna na altura do quadril, seria outra coisa, estaria inválido; mas ele tem um joelho inteiro, e ainda sobrou boa parte do outro..."

"Não sei, não, baixinho; nunca vi esse sujeito de joelhos."

Entre as autoridades baleeiras, tem sido tema de frequente debate se é prudente que um capitão baleeiro, considerada a suprema importância de sua vida para o sucesso da empreitada, coloque tal vida em risco ao empenhá-la diretamente nos perigos da caça propriamente dita. De maneira não dessemelhante, não foram poucas as vezes que os soldados de Tamerlão[336] discutiram com olhos marejados de lágrimas se a inestimável vida de seu líder deveria conhecer o calor da batalha.

Com Ahab, porém, a questão assumia contornos diversos. Considerando que, com duas pernas, o homem é apenas um vivente claudicante a cada instante de perigo; considerando que a perseguição às baleias está sempre cercada de grandes e extraordinárias dificuldades; que cada momento em si compreende em verdade uma ameaça; nessas circunstâncias, é sensato a qualquer homem amputado embarcar em um bote baleeiro para a caça? Dirá o bom senso que os coproprietários do *Pequod* devem ter pensado claramente que não.

Ahab sabia muito bem que os amigos em casa não se preocupariam com seu embarque em um bote em momentos relativamente inofensivos das vi-

336. De origem turco-mongol, Tamerlão, ou "Timur, o Coxo" (1336-1405), foi o último dos grandes conquistadores nômades da Ásia Central. Graças a sua competência e brutalidade militar, carisma e astúcia política, congregou diversas tribos, com as quais avançou a oeste por toda a Ásia, chegando às portas da Europa ocidental e construindo um poderoso e agressivo império, conhecido como Império Timúrida, que, porém, não resistiu à sua morte.

cissitudes da perseguição, com o intuito de estar próximo da cena da ação e dar ordens em pessoa; ter, no entanto, um bote que de fato lhe fosse designado para liderar a caçada, e sobretudo que lhe fosse fornecida uma tripulação de cinco homens extras — ele bem sabia que ideias tão generosas jamais passaram pela cabeça dos donos do *Pequod*. Por isso, Ahab não lhes solicitou tripulação para um bote, nem chegou a mencionar qualquer desejo quanto ao tema. Não obstante, tomara medidas particulares quanto ao caso. Até a descoberta que Archy tornara pública, os marinheiros pouco anteviram o que viria a acontecer, embora, depois de passado breve período desde a partida do porto, quando já se havia concluído a rotineira tarefa de equipar os botes para a caça, os marujos observaram Ahab vez por outra empenhado em fabricar pares de toletes com as próprias mãos para o que pensavam ser os remos de um dos botes sobressalentes, e até mesmo cortando diligentemente os pequenos espetos de madeira, que, quando a linha está a correr, são presos ao goivado da proa: quando se lhe observaram esses gestos, e em particular seu zelo em obter embono extra ao fundo do bote, como para o tornar mais resistente à pressão pontiaguda do membro de marfim; e também a preocupação que demonstrou ao moldar com precisão o alvaçuz, prancha horizontal na proa do barco em que o arpoador apoia a coxa no lançamento do arpão ou ao lancetar a baleia; quando se observou quantas vezes ele se punha de pé no bote com o joelho solitário fixado na depressão semicircular da trava, e com o cinzel de carpinteiro goivando um pouco aqui e endireitando um pouco ali — todas essas coisas, quero dizer, haviam despertado muito interesse e curiosidade na ocasião. Quase todos supunham, porém, que um tamanho zelo preparativo tinha por única finalidade a perseguição final a Moby Dick, pois Ahab já havia revelado sua intenção de dar caça pessoal àquele monstro mortal. Tal suposição não envolvia mesmo a mais remota suspeita de que houvesse tripulação específica designada àquele bote.

Ora, com os fantasmas subordinados, qualquer assombro que tivesse restado logo se desvaneceu; pois em um navio baleeiro os assombros logo minguam. Além disso, de vez em quando, remanescentes tão estranhos de nações inverossímeis dão as caras pelos conveses, surgidos de sabe-se lá que eremitérios e confins deste globo, para tripular esses grandes salteadores flutuantes que são os navios baleeiros; e os próprios navios amiúde resgatam mais do que pitorescos seres náufragos abandonados ao mar aberto sobre tábuas e destroços de remos, botes baleeiros, canoas, juncos japoneses que vendavais varreram e por aí afora — e isso se dá de tal forma que não surpreenderia que o Belzebu[337] em pessoa subisse pelo costado e descesse à cabine para ter com o capitão sem que isso chegasse a criar irrefreável alvoroço no castelo de proa.

Mas seja como for, o certo é que, embora os fantasmas subordinados logo tenham encontrado seu lugar entre a marujada, não obstante permanecendo desta um tanto distintos, ainda assim aquele Fedallah e seu turbante conservaram-se um perplexo mistério até o fim. De onde viera em um mundo tão civilizado como o nosso; que enigmáticos laços o ligavam à sorte particular de Ahab; ou ainda, à medida que revelava algum tipo de influência que só parcialmente se insinuava — e só Deus saberia dizer se não se tratava de uma completa e absoluta autoridade sobre ele —; nada disso era dado a saber. É impossível, porém, conservar-se indiferente a Fedallah. Era uma criatura tal como as civilizadas e domésticas gentes da zona temperada só conhecem em sonhos, e apenas vagamente; mas cujos semelhantes vez por outra vagam em meio às imutáveis comunidades asiáticas, especialmente das ilhas orientais a leste do continente[338] — aqueles países insulares, imemoriais e perenes, que mesmo hoje preservam muito do fantasmagórico caráter aborígine das primevas gerações da terra, quando a memória do primeiro homem era lembrança viva, e todos os homens, seus descendentes, sem saber de onde ele veio, entreolhavam-se como verdadeiros fantasmas e dirigiam-se diretamente ao sol e à lua para compreender a razão e a finalidade de sua criação; um tempo em que, embora, segundo o Gênesis, os anjos de fato tomaram para si as filhas dos homens, os demônios também, acrescentam os rabinos apócrifos, entregaram-se aos amores mundanos.[339]

337. 2 Reis,1-2.
338. Referências às ilhas de Java e Sumatra, que atualmente formam a Indonésia.
339. A passagem remonta a Gênesis 6,2-4. "Rabinos apócrifos" refere-se aos possíveis autores dos livros apócrifos da cristandade, excluídos de determinadas versões da Bíblia, a depender da confissão a que ela se aplique.

51
O jorro fantasma

DIAS, SEMANAS SE PASSARAM, e, navegando com ventos leves, o *Pequod* de marfim percorreu detidamente quatro regiões de cruzeiro — as águas das ilhas dos Açores; de Cabo Verde; do Prata (assim chamadas), estando ao largo da foz do rio de mesmo nome; e Carrol Ground, região marítima sem limites definidos ao sul da ilha de Santa Helena.

Enquanto vogava por estas últimas águas em noite serena e de luar, quando todas as ondas rolavam como pergaminhos de prata; e com sua ampla e mansa agitação produziam o que parecia não solidão, mas argênteo silêncio; em uma tal noite de mudez derramada, avistou-se um jorro prateado para muito além da branca espuma à proa. Iluminado pela lua, manifestou-se celestial, um cintilante deus plumado que do mar se erguesse. Fedallah foi quem primeiro veio a anunciar o jorro. Pois, nessas noites de luar, era seu hábito subir ao topo do mastro principal e ali fazer a vigília, que realizava com idêntica precisão diurna. E, no entanto, embora bandos de baleias se avistassem à noite, não havia baleeiro em cem que se aventurasse a arriar botes. Vocês são capazes de imaginar com que emoções, então, a marujada admirava o velho oriental que se empoleirava a horas tão incomuns no alto do mastro; com turbante e lua a revelarem-se companheiros num só céu. Mas quando, depois de passar ali seu intervalo regular por várias e sucessivas noites sem emitir um único som; quando, depois de tanto silêncio, sua voz sobrenatural se fez ouvir no anúncio daquele jorro prateado que a lua iluminava, cada marinheiro em repouso pôs-se de pé como se algum espírito alado tivesse pousado no cordame e saudado a tripulação mortal.

"Baleia à vista!" Se a trombeta do juízo tivesse soado, o tremor não teria sido maior; mesmo assim, não sentiram terror, mas prazer. Pois, embora fosse a hora muito incomum, tão viva fez-se a voz, inspirando tão delirante frenesi, que quase todas as almas a bordo instintivamente desejaram descer ao mar.

Caminhando pelo convés a ligeiras passadas laterais, Ahab ordenou que se enfunassem as velas de joanete e sobrejoanete e se desfraldassem as varredouras. O melhor homem do navio devia assumir os trabalhos do timão. Então, com cada mastro tripulado, a embarcação com seus homens todos a postos rolou a toda vela de vento em popa. A estranha tendência elevadora e ascendente da brisa que vinha pelas grinaldas enfunando o seio de tantas velas infundia a sensação de que o convés flutuante era como ar sob nossos pés, ao mesmo tempo que o navio avançava, como se duas influências antagônicas lutassem no *Pequod* — uma levando-o aos céus, e outra guinando-o rumo a algum objetivo horizontal. E se vocês tivessem visto o rosto de Ahab naquela noite, teriam pensado que também nele dois motivos distintos pelejavam dentro de si. Enquanto sua perna viva produzia animados ecos pelo convés, cada golpe do membro morto soava como uma martelada na tampa de um caixão. Entre vida e morte, o velho caminhava. Mas embora o navio vogasse a toda vela, e olhares os mais vivos disparassem de cada fronte como flechas, não mais se avistou o jorro prateado naquela noite. Cada marinheiro jurou o ter visto uma única vez, não duas.

O jorro da meia-noite tinha quase caído no esquecimento quando, alguns dias depois, eia!, eis que foi mais uma vez anunciado na mesma hora silenciosa, e novamente avistado por todos, e mais uma vez se enfunaram velas para alcançá-lo, e ele mais uma vez desapareceu como se nunca tivesse existido. E manifestou-se dessa forma seguidas noites, até que ninguém mais fazia senão o admirar. Erguendo-se como enigma à luz da lua ou das estrelas, conforme o caso; desaparecendo a seguir por um, dois ou três dias inteiros; e de alguma forma parecendo a cada ocorrência distanciar-se mais e mais à nossa frente, o jorro solitário parecia sempre nos provocar a avançar mais e mais.

Ademais, dada a superstição imemorial da raça e os mistérios de que, em muitas coisas, o *Pequod* se via investido, não faltavam marinheiros que imprecassem quando e onde o avistavam: que por mais remotos que fossem os tempos, ou mais distantes que fossem latitudes e longitudes, o jorro que nunca se alcançava advinha de uma só baleia; e essa baleia era Moby Dick. Por algum tempo, imperou também uma sensação de particular pavor ante uma tal aparição fugaz, como se ela nos atraísse constantemente em sua vilania a fim de que o leviatã pudesse se voltar e, por fim, nos despedaçar[340] nos mais remotos e selvagens mares.

Essas apreensões temporárias, tão vagas e, porém, tão terríveis, derivavam formidável potência da serenidade contrastante do tempo, sob cuja brandura anil alguns pensavam residir uns encantos diabólicos, uma vez que por dias a fio viajávamos através de mares de modorra e solitude tão amenas que todo

---

340. Mateus 7,6.

o espaço, em repugnância a nosso propósito de vingança, parecia desfazer-se da vida ante nossa funérea proa.

Finalmente, porém, ao rumar a leste, os ventos do cabo começaram a uivar ao nosso redor, e subimos e descemos sobre os longos e procelosos mares que ali se encontram; e as presas de marfim do *Pequod* ora se curvavam ante os ventos borrascosos, ora feriam as ondas trevosas em sua loucura, até que, no espargir de lascas de prata, os flocos de espuma cobriram-lhe os costados, e então, toda a vacuidade da vida abriu caminho a visões ainda mais lúgubres do que antes.

Próximas a nossa proa, estranhas formas disparavam de um lado para outro nas águas diante de nós; enquanto, a ré, adejavam os inescrutáveis corvos-marinhos.[341] E todas as manhãs, empoleirados em nossos estais, víamos esses pássaros perfilados; e a despeito do que fizéssemos para espantá-los, por muito tempo se agarraram obstinadamente ao cânhamo, como se julgassem nosso navio embarcação desabitada e à deriva, espaço condenado à desolação e, portanto, adequado a poleiro de suas vidas errabundas. E surgiam sempre mais e mais elevados os inquietos vagalhões desse mar negro, como se suas vastas marés fossem uma consciência, e a grande alma mundana se encontrasse em angústia e remorso pelos longos pecados e sofrimentos por ela gerados.

Cabo da Boa Esperança — é assim que te chamam? Antes cabo das Tormentas, alcunha em que te fizeste conhecer noutras épocas; pois, após tanto tempo entorpecidos pelos pérfidos silêncios que antes nos presidiam, encontramo-nos lançados a essas águas furiosas, onde seres feitos de culpa metamorfoseavam-se naquelas aves e peixes condenados a nadar eternamente sem refúgio em vista ou bater asas naquele breu destituído de horizonte. Tranquilo, níveo, impassível, contudo — apontando ainda sua fonte de plumas ao céu; ainda acenando para nós a vante, o jorro solitário era por vezes avistado.

Enquanto perdurou a escuridão dos elementos, Ahab — embora assumisse por ora quase continuamente o comando do perigoso convés encharcado — manifestou a mais sombria reserva; e mais do que raramente se dirigia aos oficiais. Em tempos tempestuosos como esses, depois de preso tudo quanto se encontre acima e ao alto, nada mais se pode fazer senão esperar passivamente que a borrasca arrefeça. Em tais circunstâncias, capitão e tripulação tornam-se veros fatalistas. Com a perna de marfim então inserida no costumeiro trado

---

341. O corvo-marinho é listado entre os animais que não podiam ser comidos em Levítico 11,17.

e uma das mãos firmemente agarrada a um ovém, Ahab permanecia horas a fio com os olhos fitos a barlavento, enquanto rajadas fortuitas de granizo ou neve quase lhe congelavam os cílios. Nesse ínterim, a tripulação, expulsa da dianteira do navio pelos perigosos mares que rebentavam em sua proa, perfilava-se ao longo da amurada a meia-nau; e para melhor se proteger contra as ondas que invadiam o convés, cada homem acorria a uma espécie de lais de guia preso à amurada, dentro do qual se balançavam como se estivessem com um cinto muito largo. Trocavam-se poucas palavras, ou nenhuma; e o navio mudo, como tripulado por marinheiros de cera, dia após dia avançava contra a célere loucura e júbilo das ondas demoníacas. À noite, prevalecia a mesma mudez humana ante os silvos do oceano; ainda em silêncio, os homens balançavam nos laises de guia; ainda calado, Ahab expunha-se de corpo inteiro ao vento. Mesmo quando a natureza cansada parecia exigir repouso, ele não o procurava em sua rede. Starbuck jamais pôde esquecer o aspecto do velho quando uma noite, descendo para a cabine para verificar o barômetro, ele o encontrou de olhos fechados, sentado ereto em sua cadeira aparafusada nas tábuas do piso; a chuva e o granizo parcialmente derretido da tempestade da qual havia algum tempo antes se recolhido ainda pingavam devagar do chapéu e do casaco não despidos. Sobre a mesa ao lado dele via-se, desenrolada, uma daquelas cartas de marés e correntes de que já se falou. A lanterna balançava em sua mão fortemente fechada em punho. Embora o corpo estivesse ereto, a cabeça estava jogada para trás, de modo que os olhos fechados apontavam à agulha do fofoqueiro que balançava de uma trave do teto.[342]

Velho abominável!, pensou Starbuck com um estremecimento, dormindo neste vendaval, ainda tens os olhos em teu propósito.

342. A bússola da cabine é chamada de fofoqueiro porque, sem precisar ir ao idêntico instrumento instalado próximo ao leme, o capitão, recolhido a seu aposento, pode se informar sobre o curso do navio. (N. A.)

52
O albatroz

A SUDESTE DO CABO, nas águas das distantes ilhas Crozetts, bom campo de cruzeiro para a caça de baleias-francas, avistou-se uma embarcação, de nome *Piau* (Albatroz). À medida que se aproximava lentamente, pude ter de meu elevado poleiro no traquete uma boa perspectiva daquele espetáculo tão marcante para um novato na pesca oceânica: um navio baleeiro no mar e há muito ausente de casa.

Como fossem as ondas pisoeiros,[343] a nau em questão ganhara os alvos tons do esqueleto encalhado de uma morsa. Por seus costados, essa aparência espectral era marcada de longos sulcos de ferrugem avermelhada, enquanto todas as suas vergas e cordame se apresentavam como grossos galhos de árvores cobertos de geada. Trazia apenas as velas mais baixas enfunadas. Que bárbaro espetáculo fora dar com os gajeiros de barbas compridas empoleirados nos três mastros. Pareciam cobertos de peles de feras, tão rasgados e remendados mostravam-se os trajes que haviam sobrevivido a quase quatro anos de cruzeiro. Seguros a aros de ferro pregados aos mastros, esses homens equilibravam-se e balançavam sobre um mar de profundezas insondáveis; e, embora o navio tenha vogado com lentidão para perto de nossa popa, e nós — aqueles seis homens no ar — estivéssemos tão próximos uns dos outros que quase teríamos podido saltar de um mastro ao outro entre navios, aqueles marujos em petição de miséria, que serenamente nos miravam em sua passagem, não disseram uma palavra sequer aos nossos gajeiros quando se ouviu a saudação de nosso tombadilho abaixo:

"Ó de bordo! Avistastes a Baleia Branca?"

Mas quando o capitão desconhecido, inclinado sobre a pálida amurada, esteve a ponto de levar o porta-voz à boca, este escorregou-lhe da mão e foi ao mar; e com o vento então forte, esforçou-se em vão para se fazer ouvir sem o

343. No processo de confecção de tecidos, pisoeiro é aquele que comprime o tecido — tradicionalmente, com os pés — para eliminar do material quaisquer impurezas e deixá-lo mais grosso.

instrumento. Entrementes, aumentava a distância entre as embarcações. Enquanto, de várias maneiras silenciosas, os marinheiros do *Pequod* demonstraram-se em nada indiferentes ao incidente agourento em ocasião da primeira menção do nome da Baleia Branca a outro navio, Ahab parou por um momento; a princípio, era quase como se fosse arriar um bote para abordar o estranho, não fosse proibitivo o vento ameaçador. Tirando proveito, porém, de sua posição a barlavento, ele novamente travou do porta-voz e, sabendo por seu aspecto que o navio desconhecido era nativo do porto de Nantucket e em breve faria o torna-viagem, bradou:

"Ó de bordo! Este é o *Pequod*, em viagem ao redor do mundo! Dizei-lhes que remetam todas as cartas futuras ao oceano Pacífico! E se daqui a três anos não tivermos retornado, dizei-lhes que as remetam a..."

Naquele instante, as duas esteiras se cruzaram e, de pronto, segundo seus modos singulares, cardumes de peixinhos inofensivos, que por dias a fio nos haviam acompanhado pelo costado, nadaram para longe com o que pareciam ser barbatanas trêmulas, espalhando-se a vante e a ré do costado do outro navio. Ainda que no decorrer de suas contínuas viagens Ahab deva ter muitas vezes se deparado com visão semelhante, para qualquer homem monomaníaco mesmo as mínimas ninharias carregam furtivos significados.

"Nadam para longe de mim, então?", murmurou Ahab, olhando para a água. Não se davam a ouvir muito nas palavras, mas seu tom carregava tristeza e desamparo mais profundos do que o velho louco jamais havia demonstrado. Voltando-se ao timoneiro, que até então havia segurado o navio contra o vento para diminuir-lhe a marcha, clamou com a velha voz de leão: "Meter o leme a barlavento! Que siga em sua volta ao mundo!".

Volta ao mundo! Há muito nessa expressão para inspirar sentimentos de orgulho; mas aonde leva toda essa circum-navegação? Somente através de inúmeros perigos até o ponto de onde partimos, onde aqueles que deixamos para trás em segurança permaneceram o tempo todo diante de nós.

Se este mundo fosse uma planície sem fim, e navegando a leste pudéssemos alcançar para sempre novas distâncias e descobrir paisagens mais aprazíveis e estranhas do que quaisquer Cíclades ou ilhas do rei Salomão,[344] então haveria

---

344. As Cíclades são um grupo de ilhas do mar Egeu, entre as quais estão a ilha sagrada de Delos e a ilha de Naxos, a maior do grupo. Ofir é um porto mencionado na Bíblia e associado ao rei Salomão, que segundo 1 Reis 10,22 recebia a cada três anos um carregamento da ilha com metais preciosos, pérolas, sândalo, marfim, macacos e pavões. Julga-se que sua existência seja meramente fabular.

uma promessa na viagem. Mas em busca daqueles longínquos mistérios com que sonhamos, ou na perseguição atormentada daquele fantasma demoníaco que, vez por outra, nada diante de todos os corações humanos; ao sairmos à sua caça neste globo redondo, ou eles nos conduzem por áridos labirintos ou nos tragam às profundezas a meio do caminho.

53
O *gam*

A RAZÃO MANIFESTA PELA QUAL Ahab não embarcou no baleeiro de que falamos foi esta: vento e mar indicavam tempestades. Mas ainda que não fosse o caso, muito provavelmente ele não o teria, afinal, abordado — a julgar por sua conduta subsequente em ocasiões semelhantes —, uma vez que, dado o processo de saudação, tivesse obtido resposta negativa à pergunta que fez. Pois, como se acabou descobrindo, Ahab não tinha o mínimo interesse em travar contato, nem mesmo por cinco minutos, com nenhum outro capitão, exceto se este pudesse contribuir com algo daquilo que buscava de forma tão obsessiva. Mas tudo isso poderia permanecer inadequadamente compreendido, se não se dissesse algo aqui acerca dos costumes tão próprios aos navios baleeiros quando se encontram em mares estrangeiros, e especialmente em zona de cruzeiro comum.

Se dois estranhos cruzam a região dos pinheirais do estado de Nova York, ou a igualmente selvagem planície de Salisbury, na Inglaterra; se por acaso se encontram em tão hostis sertões, ambos jamais deixarão de se cumprimentar mutuamente; parando por um instante para trocar notícias; e, quem sabe, sentar-se um pouco e gozar do bom convívio: nada mais justo, portanto, que nos ilimitados pinheirais e planícies de Salisbury dos mares, dois navios baleeiros que se avistem nos confins do mundo — na solitária ilha Fanning ou nas distantes Kingsmills; nada mais justo que, em tais circunstâncias, esses navios não apenas troquem chamados, como entrem em contato ainda mais próximo, amigável e sociável — em especial no caso de navios pertencentes a um mesmo porto marítimo, cujos capitães, oficiais e não poucos dos tripulantes são conhecidos pessoais uns dos outros; e, consequentemente, têm toda sorte de tema doméstico e caro a tratar.

Para o navio há muito ausente, o que ainda está no início da viagem talvez tenha cartas a bordo; na pior das hipóteses, decerto traz jornais um ou dois anos mais recentes do que o último a constar dos arquivos do navio há mais tempo em alto-mar, borrado e gasto de tanto manuseio. E, em troca da gentileza, o navio recém-chegado em águas profundas recebe informações baleeiras atualizadas acerca da zona de cruzeiro a que talvez esteja se dirigindo, matéria de suma importância para ele. E, em certa medida, tudo isso vale igualmente a navios baleeiros que cruzam a esteira uns dos outros na própria zona de cruzeiro, não obstante estejam ausentes de casa há tempo igualmente longo. Por vezes, pode ocorrer que um deles tenha recebido um malote de correspondência de um terceiro navio, já então muito distante; e que algumas dessas cartas possam ter por endereço tripulantes do navio com o qual então estabelece contato. Ademais, abre-se a oportunidade de compartilharem novidades acerca da caça e, em geral, terem uma conversa agradável. Pois não só experimentarão todas as afinidades próprias aos marinheiros como também as peculiaridades e humores decorrentes de um mesmo ofício em suas privações e perigos mutuamente compartilhados.

Tampouco a diferença de país constitui qualquer diferença essencial — isto é, desde que ambas as partes falem uma mesma língua, como é o caso de americanos e ingleses; embora, verdade seja dita, o pequeno número de navios baleeiros ingleses não permita que tais reuniões ocorram com muita frequência. Quando ocorrem, manifesta-se, via de regra, uma espécie de timidez entre eles; pois o inglês é bastante reservado, e o ianque não gosta desse tipo de coisa em ninguém, exceto nele mesmo. Ademais, os baleeiros ingleses por vezes afetam um tipo de superioridade metropolitana diante dos americanos; vendo no comprido e esguio baleeiro de Nantucket, com seus provincianismos insossos, uma espécie de camponês do mar. No que, porém, consiste em verdade essa superioridade nos baleeiros ingleses, é difícil dizer, visto que os ianques matam em um dia, coletivamente, mais baleias do que todos os ingleses em uma década. Mas essa é uma inofensiva fraqueza de caráter dos baleeiros ingleses, à qual o baleeiro de Nantucket não dá muita importância; provavelmente, porque ele próprio sabe que também tem alguns pontos fracos.

Vemos, portanto, que, de todos os navios a navegar separadamente no mar, o baleeiro é o mais cheio de razões para cultivar a sociabilidade — e assim o faz. Ao passo que navios mercantes são capazes de cruzar a esteira uns dos outros no meio do Atlântico sem dirigir entre si uma única palavra de reconhecimento, passando um diante do outro em alto-mar como dois dândis na Broadway; dedicando-se todo o tempo, talvez, a críticas ferinas ao massame um do outro. Quanto às fragatas de guerra, quando eventualmente se encontram no mar, primeiro perfazem uma tal enfiada de mesuras e salamaleques idiotas, umas tais apresentações de flâmulas e bandeiras, que a situação não parece sugerir sincera boa vontade e amor fraternal. Quanto aos encontros entre navios negreiros — bem, estes estão numa pressa tão prodigiosa que fogem uns do outros o mais rápido possível. E quanto aos piratas, quando calha de se cruzarem seus ossos cruzados, o primeiro grito é: "Quantos crânios?", assim como os baleeiros lançam o seu: "Quantos barris?". E uma vez respondida a pergunta, os piratas imediatamente se distanciam, pois se tratam, em ambas as partes, de vilões infernais, aos quais não apraz contato excessivo com as vis semelhanças que guardam entre si.

Mas vejam o baleeiro — homem temente a Deus, honesto, humilde, hospitaleiro, sociável e tranquilo! O que faz o baleeiro quando encontra outro baleeiro em qualquer tipo de clima decente? Eles travam um *gam*, coisa tão completamente desconhecida de todas as outras marinhas que seus homens jamais ouviram falar do nome; e se por acaso tivessem notícia dele, lançariam mão de um sorriso amarelo e repetiriam coisas engraçadas sobre "jorros" e "caldeiras de gordura", e bonitas exclamações do gênero. Por que raios todos os marinheiros mercantes, assim como os piratas, os marinheiros de guerra e traficantes de escravos nutrem tal desprezo em relação aos navios baleeiros — eis uma pergunta difícil de responder. No caso dos piratas, por exemplo, gostaria de saber se a profissão deles tem alguma glória particular. De fato, a carreira de um pirata por vezes o leva a uma rara ascensão — mais precisamente, ao cadafalso. Ademais, quando um homem conhece elevação tão peculiar, faltam-lhe fundações adequadas às alturas que ocupa. Donde concluo que, ao se gabar de conhecer alturas estranhas a um baleeiro, o pirata não tem base sólida que o ampare.

Mas o que é um *gam*? Vocês poderiam gastar inutilmente a ponta dos indicadores percorrendo de cima a baixo as colunas dos dicionários e jamais encontrariam a palavra. O dr. Johnson jamais alcançou tamanha erudição; a arca de Noah Webster tampouco o recolhe.[345] No entanto, há muitos anos esta é palavra de uso corrente entre cerca de quinze mil bons e verdadeiros ianques. É certo que carece de uma definição a ser incorporada ao léxico. Com essa perspectiva, permitam-me defini-la com erudição:

Gam (substantivo masculino) — *Reunião social de dois (ou mais) navios baleeiros, geralmente em zonas de caça; quando, uma vez feitas as saudações, as tripulações*

345. Samuel Johnson (1709-84) foi uma das figuras dominantes das letras inglesas no século XVIII, fosse como poeta, ensaísta, prosador, crítico literário e lexicógrafo, autor de um dos mais importantes dicionários da língua inglesa, *A Dictionary of English Language*, publicado em 1755. Noah Webster foi um lexicógrafo norte-americano (1758-1843), responsável pelo primeiro dicionário do inglês falado no país, *An American Dictionary of English Language*, de 1828.

trocam visitas entre si: com dois capitães a permanecerem provisoriamente a bordo de um navio, e os dois primeiros imediatos no outro.

Há outro pequeno detalhe sobre o *gam* que não se deve omitir aqui. Todas as profissões têm suas peculiaridades — e a pesca baleeira não é diferente. Em um navio pirata, fragata de guerra ou navio negreiro, quando o capitão é levado em seu bote a algum lugar, sempre se senta à popa em assento confortável, quando não acolchoado, e amiúde faz as vezes de piloto de si mesmo, tendo para si uma belezinha de timão inteiro decorado de alegres laços e fitas. Mas o bote baleeiro não tem assento na popa, nem sofá ou coisa que o valha, tampouco timão. Não haveria situação menos apropriada do que se os capitães baleeiros fossem conduzidos sobre as águas como velhos oficiais gotosos em cadeiras de rodas. E, quanto ao timão, um bote baleeiro jamais admite tamanha afetação; e, assim, uma vez que no *gam* a tripulação completa de um bote deve deixar o navio e, portanto, sendo o condutor do bote ou arpoador um deles, esse subordinado ocupa tal função na ocasião, enquanto o capitão, não tendo onde se sentar, é conduzido à sua visita ereto como um pinheiro. E vocês muitas vezes perceberão que, consciente como está de todos os olhares do mundo visível que lhe são dirigidos de ambos os navios, esse capitão de pé atenta para a importância de conservar a dignidade sobre pernas firmes. Não se trata de questão muito simples; pois em sua retaguarda está o imenso remo de esparrela que se projeta e vez por outra abalroa-lhe a parte inferior das costas, enquanto o último remo a ré lhe toca os joelhos no movimento de recuo. Ele fica assim completamente encravado entre vante e ré, podendo se expandir somente para os lados, acomodando-se sobre as pernas esticadas; mas um jogo repentino e violento do bote pode não raro chegar a ponto de derrubá-lo, uma vez que o comprimento da fundação nada é sem a proporcional largura. Abram um ângulo unicamente com dois postes, e vocês verão que os dois não ficarão de pé. Também não seria de bom-tom, ante os olhos atentos do mundo, que este capitão escarranchado fosse visto buscando sustentação no que quer que fosse; na verdade, como símbolo de todo o seu autocontrole flutuante, ele geralmente traz as mãos enfiadas nos bolsos das calças; no que, talvez sendo geralmente mãos muito grandes e pesadas, as leve ali como lastro. Ocorreram casos, no entanto, confirmados por bons testemunhos, em que o capitão se fez lembrado em um ou dois momentos extraordinariamente críticos, em uma repentina ventania, por exemplo, por agarrar o cabelo do remador mais próximo e a ele prender-se como a morte cruel.

54

A história do *Town-Ho*[346]

(Conforme contei na Estalagem Dourada)

O CABO DA BOA ESPERANÇA, e toda a região líquida ao redor, muito se parece com a encruzilhada de uma imensa rodovia, onde se encontram mais viajantes do que em qualquer outra parte.

Não havia transcorrido muito tempo desde nosso contato com o *Piau* quando outro navio baleeiro em retorno para casa, o *Town-Ho*,[347] foi avistado. Era tripulado quase inteiramente por polinésios. No breve *gam* que se seguiu, trouxe-nos sólidas notícias de Moby Dick. Para alguns, o interesse geral na Baleia Branca se intensificara imenso por uma circunstância da história do *Town-Ho* que parecia obscuramente associar a baleia a certa visitação, maravilhosa e invertida, de um daqueles ditos juízos de Deus que por vezes parecem acometer, segundo se diz, alguns homens. Esta última circunstância, com seus próprios desdobramentos particulares, a constituir o que se pode chamar de parte secreta da tragédia prestes a ser narrada, jamais chegou aos ouvidos de Ahab ou de seus oficiais. Pois essa parte secreta da história era desconhecida do próprio capitão do *Town-Ho*. Era propriedade particular de três marinheiros brancos, aliados naquele navio, um dos quais, ao que parece, comunicou-a a Tashtego sob injunções papistas de sigilo; na noite seguinte, porém, Tashtego taramelou durante o sono e dessa forma revelou tanto do que lhe fora comunicado que, quando o acordaram, não pôde esconder o resto. No entanto, o caso teve tão poderosa influência sobre os marinheiros do *Pequod* que vieram a conhecê-la integralmente, os quais se deixaram conduzir, assim digamos, por tão estranha delicadeza quanto ao tema, que guardaram o segredo entre si mesmos, de modo que nunca soprou à ré do mastro principal do *Pequod*. Conduzindo com correção o obscuro fio da trama pela história

---

346. "A história do *Town-Ho*" foi o único capítulo de *Moby Dick* a ser publicado em separado. Veio a lume na *Harper's New Monthly Magazine* em outubro de 1851 como um teaser do volume que chegaria ao público norte-americano em novembro daquele mesmo ano.
347. O antigo anúncio utilizado ao se avistar pela primeira vez uma baleia do topo do mastro, ainda usado por baleeiros na caça da famosa tartaruga de Galápagos. (N. A.)

que veio a lume no convés do navio, trato agora de dar formas duradouras ao estranho caso.

Por capricho, preservarei o estilo com que certa vez o narrei em Lima, a um descansado círculo de amigos espanhóis, numa véspera de Dia de Todos os Santos,[348] enquanto fumávamos na *piazza* de grossos e áureos lajedos da Estalagem Dourada. Dentre os excelentes cavaleiros presentes, dois jovens dons, Pedro e Sebastián, eram os que tinha em mais estreitas relações; e daí as perguntas fortuitas que vez e outra colocavam, e que eram então devidamente respondidas.

"Não mais do que dois anos antes de travar conhecimento dos eventos que estou a ponto de relatar aos senhores, o *Town-Ho*, baleeiro de Nantucket, navegava em águas de vosso Pacífico aqui, a poucos dias de vela a leste das cimalhas dessa boa Estalagem Dourada em que estamos. A embarcação se encontrava em algum ponto ao norte do Equador. Certa manhã, uma vez postas em funcionamento as bombas, segundo o costume diário, observou-se que o porão fazia mais água do que o normal. Imaginou-se que um peixe-espada tivesse ferido o costado do navio, meus caros; mas o capitão, acreditando por alguma razão insondável que as ditas latitudes lhe reservavam muito boa sorte; e estando assim pouquíssimo disposto a abandoná-las; e não sendo o vazamento considerado de forma alguma perigoso — embora, na verdade, não o tivessem conseguido identificar, mesmo depois de vasculhar o porão tão fundo quanto possível nas difíceis condições climáticas em que se encontravam —, o navio seguiu viagem, com os marinheiros trabalhando nas bombas a intervalos bem espaçados. A boa sorte, porém, não lhes sorriu; outros dias se passaram, e não só o vazamento permaneceu um mistério como aumentou sensivelmente — a ponto de o capitão, já assustado e ordenando que se desfraldassem todas as velas, dar ordens para que rumassem ao porto mais próximo entre as ilhas, para ali mandar examinar e reparar o casco.

"A travessia não era das mais curtas; mesmo assim, desde que tudo se passasse sem maiores percalços, ele não alimentava qualquer temor de naufrágio. Suas bombas eram das melhores; com elas, os trinta e seis marujos, periodica-

348. Isto é, dia 31 de outubro, o Halloween do calendário norte-americano, véspera do Dia de Todos os Santos do calendário cristão, celebrado em homenagem a todos os mártires da Igreja. Originalmente, dava-se no Halloween (contração de All Hallows Eve, Véspera [do dia] de Todos os Santos) a vigília que antecede a data reservada pela Igreja católica (1º de novembro) à celebração de todos aqueles que morreram (os mártires) pela fé cristã — de onde advêm os motivos fúnebres e de horror do feriado, bem como da história que se segue.

mente rendidos em seus postos, poderiam conservar o navio facilmente a salvo, ainda que o vazamento dobrasse de tamanho. Em verdade, sendo quase todo o percurso servido de ventos muitos prósperos, o *Town-Ho* teria quase decerto lançado âncora em perfeita segurança e sem a ocorrência da menor fatalidade não fosse pela arrogância brutal de Radney, o imediato, homem natural de Nantucket, e o violento sentimento de vingança que este suscitou em Steelkilt, um celerado de Buffalo, um lagoão."

"Lagoão! Buffalo! Por obséquio, senhor, o que vem a ser um lagoão? Onde fica Buffalo?", quis saber d. Sebastián, erguendo-se de sua rede de palha.

"Na margem oeste do nosso lago Erie, dom; mas... peço um pouco de paciência, pois o senhor já ouvirá mais a respeito de tudo isso. Pois bem, senhores: em brigues de velas redondas e navios de três mastros, quase tão grandes e robustos quanto qualquer um que tenha deixado sua boa Callao com destino à distante Manila, o famigerado lagoão, ainda que nascido no coração de nossa América, já havia sido alimentado de todas as fantasias rurais da pirataria que popularmente se associam ao mar aberto. Pois, em seu conjunto interligado, nossos grandes mares de água doce — o Erie, o Ontário, o Huron, o Superior e o Michigan —[349] possuem expansibilidades similares às de alto-mar, com muitas das características mais nobres do oceano e muito da variedade de raças e climas que lhes ocupa as bordas. Esses lagos contêm arquipélagos circulares, formados de ilhas românticas, assim como as águas da Polinésia; em grande parte, têm em suas praias duas grandes nações contrastantes, como o Atlântico; possibilitam a longa abordagem marítima a nossas numerosas colônias territoriais do leste, que lhes salpicam as margens; aqui e ali são avistados pelo cenho franzido das artilharias e dos ásperos canhões caprinos do altaneiro Mackinaw;[350] conheceram tonitruantes armadas e vitórias navais; vez e outra, cedem suas praias a bárbaros selvagens, cujos rostos pintados de vermelho brilham em seus felpudos *wigwams*; por quilômetros e quilômetros são flanqueados por florestas cerradas e ancestrais, onde longilíneos pinheiros se elevam como

349. Ocupando a fronteira entre os Estados Unidos e o Canadá, os Grandes Lagos são um conjunto de cinco lagos — todos citados pelo narrador — e compõem o maior conjunto de lagos de água doce do mundo.

350. Localizada no estado norte-americano de Michigan, no interior do lago Huron, a ilha Mackinac abriga um forte que constituiu importante ponto de defesa norte-americana contra as forças britânicas na Guerra de 1812, que por fim a conquistaram. A ilha foi devolvida aos Estados Unidos em 1815, com o tratado de paz que encerrou o conflito. Na América pré-colonização, a região era território de caça, comércio e adoração dos povos algoquianos.

densas fileiras de reis em genealogias góticas; com essas mesmas florestas abrigando feras africanas predadoras e criaturas sedosas cujas peles exportadas dão mantos aos imperadores tártaros; emprestam suas águas ao reflexo das cidades pavimentadas de Buffalo e Cleveland, bem como das aldeias Winnebago; permitem que flutuem o navio mercante totalmente equipado, o cruzador armado do Estado, o vapor e a canoa de faia; são varridos por tão terríveis rajadas boreais demolidoras de mastros quanto quaisquer outras que fustigam a onda salgada; sabem o que são naufrágios, pois fora da vista da terra, ainda que se localizem no interior, neles não foram poucos os afundamentos noturnos que arrastaram consigo tripulações inteiras aos berros. Assim, senhores, embora oriundo do interior do continente, no oceano selvagem Steelkilt nasceu e do oceano selvagem recebeu seu alimento; marinheiro de tanta coragem quanto qualquer outro. E quanto a Radney, embora em sua infância tenha conhecido suas horas de tranquilidade na solitária praia de Nantucket sob os cuidados de seu mar materno; embora posteriormente tenha conhecido os trabalhos das longas viagens por nosso austero Atlântico e o contemplativo Pacífico; mesmo assim, era um homem tão vingativo e dado a conflitos quanto o marinheiro agreste, recém-chegado das latitudes em que imperam as facas Bowie[351] e seus cabos de chifre de veado. Radney, porém, era homem de algum bom coração; e o lagoão era um marinheiro que, embora fosse uma espécie de demônio, podia, com uma firmeza inflexível temperada apenas pela simples decência do reconhecimento humano que cabe mesmo ao mais reles escravo quando assim tratado, este Steelkilt podia conservar-se por muito tempo inofensivo e dócil. De qualquer forma, era dessa maneira que se mostrara até então; mas Radney estava condenado, cedeu à fúria, e Steelkilt... escutem-me, senhores.

"Não fazia mais de um ou dois dias desde que o *Town-Ho* apontara a proa a seu refúgio insular quando o vazamento pareceu aumentar mais uma vez, embora sem exigir mais do que o acréscimo de uma hora ou mais no trabalho diário das bombas. Vocês devem saber que, em um oceano colonizado e civilizado como o nosso Atlântico, por exemplo, alguns capitães não fazem muito caso de equipar as bombas ao longo da travessia; ainda que, durante noite tranquila e modorrenta na qual o oficial encarregado do convés se esquece do dever, não seja pequena a probabilidade de ele e seus companheiros jamais precisarem se dar ao trabalho de lembrar da tarefa novamente — todos

351. Criadas no início do século XIX por Rezin Bowie, eram usadas para duelos e muito populares na fronteira norte-americana.

acabando devidamente acomodados no fundo do mar. Também não é comum, nos distantes e desertos mares selvagens a oeste da costa dos senhores, que os navios conservem a marinhagem inteira empenhada no retinir das manoplas das bombas, mesmo durante uma travessia de considerável extensão — isto é, desde que estejam próximos a uma costa razoavelmente acessível, ou que qualquer outro retiro lhes esteja ao alcance. Só mesmo quando um navio com vazamento se encontra em algum ponto muito ermo dessas águas, em alguma latitude realmente esquecida de terra firme, é que seu capitão começa a se sentir menos à vontade.

"Era o caso do *Town-Ho*; por isso, quando se descobriu que o vazamento aumentava mais uma vez, foram muitos os que manifestaram alguma preocupação com a situação; em especial Radney, o imediato, que deu ordens para que as velas superiores fossem bem içadas, as escotas bem presas, e os panos estivessem todos bem largos à brisa. Pois bem, senhores: esse Radney, suponho eu, tinha tão pouco de covardia e era tão pouco inclinado a temer pela própria vida quanto qualquer criatura destemida e com nada a perder da qual os senhores possam fazer uma boa ideia, em terra ou no mar. Portanto, quando traiu tamanho zelo em relação à segurança do navio, alguns dos marinheiros declararam que era apenas por ser seu coproprietário. Assim, enquanto trabalhavam nas bombas naquela noite, não era pouca a ironia circulando à boca miúda entre os marinheiros, enquanto tinham os pés continuamente lavados pela água límpida e ondulante — clara como a água de qualquer nascente de montanha, senhores —, e aquele borbotar das bombas corria pelo convés e derramava-se em jorros constantes pelos embornais de sotavento.

"Ora, como vocês bem sabem, não raro é o caso neste nosso mundo de convenções, aquoso ou não, que, quando uma pessoa encarregada do comando de seus semelhantes constata que um de seus comandados lhe é muito significativamente superior no mais amplo orgulho da virilidade, ela de pronto concebe contra tal homem aversão e amargura indeléveis; e, na primeira oportunidade que tiver, não medirá esforços para botar-lhe abaixo a fortaleza, pulverizá-la, reduzi-la a um montículo de pó. A despeito de minhas ideias a respeito, senhores, fato era que Steelkilt se constituía animal nobre e altivo, dotado do busto de um romano e barbas douradas e esvoaçantes como as borlas do arnês do corcel bufante do último vice-rei desta terra;[352] e um cérebro,

352. O vice-reino do Peru foi uma subdivisão da grande colônia espanhola na América do Sul, com capital em Lima (ver nota 280), tendo existido de 1542 até a proclamação da

e um coração, e uma alma, senhores, que fariam de Steelkilt um Carlos Magno, tivesse nascido filho do pai de Carlos Magno.[353] Radney, o imediato, por sua vez, era feio como uma mula; e igualmente resistente, teimoso e ardiloso. Radney não caía de amores por Steelkilt, e Steelkilt sabia disso.

"Observando o imediato se aproximar enquanto encarava a lide na bomba com os demais, Steelkilt fingiu não o notar e, destemido, continuou com suas brincadeiras alegres.

"'Pois é, meus alegres camaradas... tá aí um vazamento animado; segurem um balde, um de vocês, e vamos provar. Deus tá de prova: vale a pena engarrafar! Só digo uma coisa, marujada: nosso bom Rad devia era botar o dinheiro dele nisso! Fazia melhor cortando a parte que é dele do casco e rebocando de volta para casa. Verdade seja dita, rapazes, o peixe-espada só começou o trabalho; ele já tá de volta com um bando de mestres carpinteiros, peixes-serra e peixes-lixa e tudo o mais; e o pessoal tá dando um duro danado, cortando e lascando o fundo... fazendo melhorias, imagino. Se o nosso Rad estivesse aqui agora, eu daria esse conselho: pule no mar e toque esse pessoal daqui. Tão fazendo o diabo com a propriedade dele, é certeza. Mas ele tem uma alma tão simples, tão boa... é até bonito. Dizem por aí que o resto do dinheiro ele investiu em espelhos. Fico aqui pensando se daria a um pobre-diabo feito eu o modelo do nariz dele.'

"'Malditos! Por que a bomba está parando?', rugiu Radney, fingindo não ter ouvido a conversa dos marinheiros. 'Quero ver essa bomba roncando!'

"'Sim, sim, senhor', respondeu Steelkilt, alegre como um grilo. 'Ânimo, rapazes, ânimo!' Dito isto, a bomba retiniu como cinquenta carros de bombeiro;[354] os homens arregaçaram as mangas e em pouco tempo começou-se a ouvir aquele peculiar resfolegar dos pulmões que denota a tensão máxima das mais profundas energias vitais.

"Deixando a bomba por fim, com os demais de seu grupo, o lagoão caminhou ofegante e sentou-se no molinete, rosto em brasa, os olhos injetados de sangue, a enxugar o suor que lhe corria abundante pela testa. Pois bem: eu não saberia dizer, senhores, que espécie de demônio patife dominou Radney a ponto

---

independência da região, em 1824. O último vice-rei peruano — Pío de Tristán — ocupou o cargo de 1824 a 1826 sem jamais chegar a exercê-lo, efetivando apenas a transferência de poder aos nacionalistas.

353. Durante a Idade Média, o rei franco Carlos Magno (742-814) unificou a maior parte da Europa ocidental e central, tendo sob seu controle lombardos e romanos, e tornou-se o primeiro imperador reconhecido desde a queda do Império Romano do Ocidente, em 476.

354. Os carros de bombeiro da época eram equipados com uma bomba manual para fazer jorrar a água com que os incêndios eram apagados.

de o levar a bulir com um homem naquele estado de exasperação física; mas foi o que aconteceu. Aproximando-se cheio de empáfia, o imediato ordenou a Steelkilt que pegasse uma vassoura e varresse as tábuas do convés, e também uma pá, com a qual deveria recolher um certo material asqueroso deixado ali por um porco solto.

"Senhores, varrer o convés de um navio em alto-mar é tarefa de manutenção doméstica que em qualquer circunstância, exceto sob fortes tempestades, é realizada religiosamente todas as noites; há registros de que foi executada mesmo em navios prestes a ir a pique — tamanha é a rigidez dos costumes do mar e o amor pelo asseio que os marinheiros carregam como instinto, a ponto de alguns não se afogarem à vontade sem antes lavar o rosto. Em todas as embarcações, porém, o trabalho com a vassoura é reservado aos meninos, caso existam meninos a bordo; além disso, eram os homens mais fortes do *Town-Ho* que haviam sido divididos em grupos e se revezavam nas bombas; e sendo o mais robusto dos marinheiros no convés, Steelkilt fora em diversas ocasiões designado capitão de um dos grupos — daí que deveria ser dispensado de qualquer assunto de somenos, em nada relacionado aos deveres estritamente náuticos, sendo esse o caso de seus camaradas. Menciono os pormenores da situação para que os senhores possam entender exatamente como se deu o desentendimento entre os dois homens.

"Mas havia mais do que isso: a ordem a respeito da pá tinha o propósito tão claro de provocar e insultar Steelkilt que não teria sido diferente de Radney ter-lhe cuspido na cara. Qualquer homem que tenha trabalhado no convés de um baleeiro compreenderá o que estou dizendo; e tudo isso e, sem dúvida, muito mais, o lagoão compreendeu totalmente quando o imediato lhe deu as ordens. Mas, permanecendo por um instante imóvel e fitando fixo os olhos malignos do imediato, viu os tonéis de pólvora ali amontoados e o pavio que ardia silenciosamente na direção deles; assistindo por instinto a tudo isso, a estranha tolerância e desinteresse de provocar o que existe de mais profundamente passional em alguém já dominado pela ira — repugnância tanto mais sentida, quando é o caso, por homens de fato valentes mesmo quando ofendidos —, esse inominado sentimento fantasma, senhores, tomou conta de Steelkilt.

"No seu tom normal, portanto, apenas um tanto infirme em razão do cansaço físico em que se encontrava, respondeu-lhe dizendo que não era sua obrigação varrer o convés e que não o faria. E então, sem fazer qualquer menção à pá, apontou aos três rapazolas que eram os varredores habituais; e que, não tendo sido destacados ao trabalho nas bombas, pouco ou nada tinham feito durante o dia. A isso, Radney respondeu com um xingamento, reforçando incondicionalmente a ordem de modo dominador e ultrajante, e, empunhando um martelo de tanoeiro que encontrara em cima de um barril próximo, avançou na direção do lagoão, ainda sentado.

"Afetado pelo calor e a irritação do trabalho extenuante nas bombas, apesar de todo o seu primeiro sentimento inominado de tolerância, o suado Steelkilt sentiu-se a ponto de responder à altura do comportamento intolerável do imediato; mas ainda sufocando de alguma forma a conflagração dentro de si, sem dizer uma palavra permaneceu firme e fortemente enraizado em seu assento, até que por fim o inflamado Radney brandiu o martelo a poucos centímetros de seu rosto, ordenando furiosamente que lhe obedecesse.

"Steelkilt levantou-se e, recuando devagar para trás do molinete, ao que era seguido de perto pelo imediato com o martelo ameaçador, repetiu deliberadamente a intenção de não lhe obedecer. Constatando, porém, que sua postura pacífica não tinha qualquer efeito, por um formidável e indescritível gesto da mão retorcida, advertiu o homem, em sua iracunda cegueira, a não se aproximar; sem, porém, chegar a qualquer resultado. E assim os dois caminharam lentamente à roda do molinete; quando, enfim decidido a não mais recuar, tendo concluído que fora tão tolerante quanto seu humor havia permitido, Steelkilt parou diante das escotilhas e assim falou ao oficial:

"'Sr. Radney, não vou seguir as suas ordens. Trate de recolher esse martelo ou tome tento da própria vida.' Mas o imediato predestinado, aproximando-se ainda mais do homem, onde este se pusera imóvel, agora sacudia o pesado martelo a um centímetro de seus dentes; enquanto isso, repetia uma enfiada de insuportáveis injúrias. Sem recuar um milímetro sequer, e apunhalando-o no olho com a inabalável adaga de seu olhar, Steelkilt, com a mão direita cerrada em punho atrás de si e retraindo-a lentamente, disse a seu perseguidor que, se o martelo apenas lhe roçasse o rosto, ele (Steelkilt) o mataria. Mas, meus senhores, o tolo havia sido assinalado ao sacrifício pelos deuses. Ato contínuo, o martelo do imediato tocou-lhe a bochecha; no instante seguinte, a mandíbula de Radney foi esmagada boca adentro. O imediato caiu na escotilha jorrando sangue como uma baleia.

"Antes que o grito pudesse chegar à ré, Steelkilt estava sacudindo um dos estais que levavam muito alto, aonde dois de seus camaradas se encontravam, em seu turno de vigília. Eram dois canalenses."

"Canalenses!", exclamou d. Pedro. "Vimos muitos navios baleeiros em nossos portos, mas nunca ouvimos falar de canalenses. Perdão, quem e o que são?"

"Canalenses, dom, são os barqueiros que circulam em nosso grande canal Erie. O senhor já deve ter ouvido falar."

"Não, *señor*; aqui nesta terra tediosa, quente, preguiçosa e hereditária, pouco sabemos sobre as virilidades do seu norte."

"É? Pois bem, dom, volte a encher minha taça. A *chicha*[355] está uma delícia; e, antes de prosseguirmos, direi aos senhores quem são nossos canalenses; pois tais informações podem lançar luzes colaterais à minha história.

"Por quinhentos e oitenta quilômetros, senhores, atravessando todo o estado de Nova York; cruzando um sem-número de cidades populosas e os mais prósperos vilarejos; através de longos, lúgubres e desabitados pântanos e ricos campos cultivados, de fertilidade incomparável; por balcões de bar e salões de bilhar; cortando os tabernáculos das grandes florestas; pelos aquedutos romanos sobre os rios nativos; sob sol e sombra; rasgando corações em sua felicidade ou desalento; por todo o amplo e contrastante espetáculo dos nobres condados habitados pelos mohawks;[356] e, em especial, pelas fileiras de capelas brancas como a neve dos pináculos que se erguem quase como miliários,[357] eis que flui um fluxo contínuo de uma vida venezianamente corrupta e à margem de qualquer lei. Eis aí o verdadeiro axânti,[358] senhores; ali o pagão uiva onde quer que o encontre, mesmo ao seu lado, sob a sombra esguia e a acolhedora e condescendente proteção das igrejas. Pois, por alguma curiosa fatalidade, como é amiúde notado em relação a seus flibusteiros metropolitanos, que sempre acampam ao redor dos salões de justiça, os pecadores, senhores, são mais abundantes quanto mais sagradas são as cercanias."

"É um frade passando?", perguntou d. Pedro, olhando para baixo na praça apinhada, com jocosa preocupação.

"Para a sorte de nosso amigo do Norte, a Inquisição de d. Isabel não tem tanta força em Lima", riu d. Sebastián. "Prossiga, senhor."

"Um momento! Perdão!", exclamou mais alguém no grupo. "Em nome de todos nós, limenhos, desejo apenas expressar-lhe, senhor marinheiro, que

355. Bebida fermentada à base de milho ou cana-de-açúcar.

356. A nação mohawk ocupou a região mais a leste do território da Confederação Iroquesa. Ocupavam regiões atualmente correspondentes ao sul do Canadá e o estado de Nova York.

357. O miliário, ou pedra miliar, é uma coluna cilíndrica, oval ou paralelepipédica que era colocada na borda das estradas romanas para indicar as distâncias a cada mil passos, ou seja, a cada milha romana, o que equivale a uma distância de aproximadamente mil e quatrocentos metros.

358. O Império Axânti foi um Estado pré-colonial da África ocidental, independente entre 1701 e 1896, situado na atual República do Gana.

de modo algum se nos escapou sua delicadeza em usar o nome da longínqua Veneza em lugar da presente Lima em sua comparação sobre corrupção. Oh! Não carece de meneios, nem de afetar surpresa; o senhor conhece o provérbio que circula por esta costa: 'Corrupta como Lima'. A ela cabe também o que o senhor comenta: mais igrejas do que salões de bilhar, e eternamente abertas... mas 'corruptas como Lima'. Assim também é Veneza; estive lá; a cidade sagrada do bendito evangelista, são Marcos! São Domingos, purgai-a! Sua taça! Obrigado: encho-a novamente; é hora de mais uma vez esvaziá-la."

"Retratado livremente em seu próprio ofício, senhores, o canalense daria um excelente herói dramático, tamanha é sua abundante e pitoresca vilania. Como Marco Antônio, por dias a fio ao longo do Nilo e suas margens tão verdes e floridas, ele navega com indolência, brincando aos olhos de todos com sua Cleópatra de faces vermelhas imprimindo cor a suas coxas adamascadas no convés ensolarado.[359] Em terra, porém, toda essa efeminação se desfaz. O aspecto celerado que o canalense ostenta com tanto orgulho — o chapéu caído ao lado, enfeitado de alegres fitas — dá notícia de seus principais atributos. É um terror para a inocência sorridente dos vilarejos que atravessa; o rosto moreno e a arrogância ousada não são de todo aceitos nas cidades. Certa vez, vagando pelo canal desses homens, recebi o bom favor de um desses canalenses. Agradeço a ele de coração, não quero lhe ser ingrato, pois muito amiúde se revela uma das principais qualidades redentoras desse homem violento, que às vezes tem um braço tão firme para prestar socorro a um pobre estranho em apuros quanto para saquear um rico. Em suma, senhores, os tons selvagens da vida no canal são enfaticamente evidenciados por isto: o fato de nossa pesca selvagem de baleias abrigar tantos de seus mais bem-acabados graduados, e de quase nenhuma raça da humanidade, exceção feita à dos homens de Sydney,[360] ser objeto de desconfiança da parte de nossos capitães baleeiros. Tampouco diminui a curiosidade do assunto o fato de que, para muitos milhares de nossos meninos e rapazes rurais nascidos ao longo de suas margens, a vida probatória do Grande

---

359. Marco Antônio (83-30 a.C.) foi um político da República romana, por três vezes cônsul e aliado de César, servindo ao seu lado na conquista da Gália e na guerra civil contra Pompeu. Durante o Segundo Triunvirato, assumiu a administração das províncias orientais, incluindo o reino do Egito, governado na época por Cleópatra VII Filópator (69-30 a.C.), a última da dinastia ptolomaica a governar o reino antes de sua anexação definitiva por Roma. Ambos tiveram um relacionamento amoroso que envolvia fortes interesses políticos e militares.

360. Está implícito aqui o fato de Sydney, na Austrália, ter sido fundada, em 1788, como uma colônia penal britânica.

Canal fornece a única transição entre uma cristã e silenciosa colheita e a louca lavra das águas dos mares mais bárbaros."

"Claro, claro! Entendi", exclamou impetuosamente d. Pedro, derramando a *chicha* no pregueado prateado dos punhos. "Não há necessidade de viajar! O mundo é uma só Lima. Eu pensava que em seu temperado Norte as gerações eram frias e impolutas como as montanhas... mas voltemos à história."

"Parei, senhores, quando o lagoão sacudia o estai. Mal o havia feito, tinha em torno de si três oficiais aspirantes e os quatro arpoadores, que o fizeram recuar ao convés. Mas, despencando pelo cordame como funestos cometas, os dois canalenses precipitaram-se de encontro ao rebuliço e tentaram arrastar o companheiro para fora dele, em direção ao castelo de proa. Outros marinheiros uniram-se a eles no esforço, e a isso se seguiu um tremendo tumulto; enquanto, mantendo-se longe de qualquer perigo, o valente capitão dançava de um lado para outro com uma lança, exortando os oficiais a capturarem o patife atroz e o arrastarem ao tombadilho. De tempos em tempos, ele se aproximava da periferia confusa do corpo a corpo que travavam e, forçando nela entrada com a lança, procurava estocar o objeto de seu rancor. Mas Steelkilt e seus bandoleiros eram demais para eles; o grupo conseguiu ganhar as tábuas do castelo de proa, onde, derrubando rapidamente três ou quatro tonéis e alinhando-os com o molinete, os parisienses do mar entrincheiraram-se atrás da barricada.[361]

"'Saiam daí, piratas!', rugiu o capitão, agora ameaçando-os com uma pistola em cada mão, ambas trazidas pelo camareiro. 'Saiam daí, assassinos!'

"Steelkilt saltou sobre a barricada e, caminhando de um lado para outro, desafiou o pior que as pistolas podiam fazer; mas fez com que o capitão compreendesse com clareza que sua morte (de Steelkilt) seria a senha para um motim assassino por parte de toda a tripulação. Temendo em seu coração que isso pudesse se provar verdadeiro, o capitão se conteve, não sem deixar de ordenar aos insurgentes que retornassem imediatamente ao serviço.

"'Promete não encostar na gente?', exigiu o líder.

---

361. Neste ponto, a história contada por Ismael faz alusão às jornadas de fevereiro e junho de 1848 na França, a chamada Revolução de 1848, que leva à queda da monarquia constitucional fundada na Revolução de 1830 e à proclamação de uma Segunda República (1848-51). As barricadas construídas pelos manifestantes — sobretudo as de junho, comandadas por trabalhadores e partidários da causa socialista e fortemente reprimidas — se tornaram um forte símbolo de luta social contra as forças do Estado e marcaram a época.

“‘Voltem! Voltem! Não faço promessas... todos ao serviço! Vocês querem afundar o navio deixando o trabalho em um momento como este? Voltem!’ E mais uma vez ergueu uma pistola.

“‘Afundar o navio?’, bradou Steelkilt. ‘Sim, que afunde. Nenhum de nós vai voltar ao trabalho, a menos que nos jure não levantar um fio de carreta contra nós. O que dizem, homens?’, voltando-se para seus camaradas. Uma ovação feroz seguiu-se como resposta.

“Steelkilt agora patrulhava a barricada, mantendo o tempo todo os olhos no capitão e disparando frases como:

“‘Não é nossa culpa... nós não queríamos... falei para afastar o martelo... a tarefa era de menino; ele já devia me conhecer... falei que não mexesse com quem estava quieto... acho que quebrei um dedo aqui na mandíbula do maldito... as facas de picar gordura não estão lá embaixo no castelo de proa, homens? Olhem para aquelas lanças, meus caros.... capitão, por Deus, tome tento; apenas prometa; não seja tolo; esqueça tudo; estamos prontos a voltar ao trabalho; trate a gente com decência e seremos seus homens; mas não seremos açoitados.’

“‘Voltem ao trabalho! Não faço promessas... todos ao serviço!’

“‘Atenção, senhor’, bradou o lagoão, estendendo o braço em sua direção, ‘tem alguns de nós aqui (e eu sou um deles) que embarcaram com contrato para um trecho da viagem; ora, como o senhor bem sabe, podemos reivindicar nossa dispensa assim que largarmos âncora; por isso, não queremos briga; não é nosso interesse; queremos paz; estamos prontos para retornar ao trabalho, mas não seremos açoitados.’

“‘Voltem ao trabalho!’, rugiu o capitão.

“Steelkilt olhou ao redor por um momento e então disse:

“‘Eu lhe digo o que vai ser, capitão: em vez de matar o senhor, e sermos enforcados por um patife tão miserável quanto o senhor, não levantaremos um dedo contra o senhor, a menos que sejamos atacados; mas enquanto o senhor não prometer que não seremos açoitados, não retornaremos.’

“‘Desçam então ao castelo de proa; desçam e fiquem lá até cansar. Desçam todos.’

“‘É o que faremos?’, bradou o líder para seus homens. A maioria foi contra; mas por fim, em obediência a Steelkilt, precederam-no rumo a seu escuro covil, desaparecendo sob rosnados, como ursos em uma caverna.

“Quando a cabeça do lagoão se mostrou no nível das tábuas do convés, o capitão e seu pelotão saltaram a barricada, e fazendo correr rapidamente o alçapão da escotilha plantaram suas mãos sobre ela e gritaram ruidosamente para o camareiro trazer o pesado cadeado de latão pertencente à passagem dos aposentos dos oficiais. Abrindo um pouco a peça corrediça, o capitão sussurrou alguma coisa pela fresta, fechou-a e girou a chave sobre eles — dez em número —, deixando no convés cerca de vinte ou mais, que até então haviam permanecido neutros.

"Durante a noite, todos os oficiais mantiveram-se em guarda cerrada, à vante e à ré, especialmente sobre a escotilha do castelo de proa e a casa-mestra; de cujo último lugar temia-se que os insurgentes pudessem emergir, uma vez rompido o tabique abaixo. Mas as horas de escuridão transcorreram em paz; com os homens que ainda permaneciam em serviço trabalhando arduamente nas bombas, cujo tilintar e retinir, espaçado e medonho, ressoou pelo navio por toda a noite sombria.

"Ao amanhecer, o capitão avançou e, batendo nas tábuas do convés, convocou os prisioneiros ao trabalho; mas, em um vozerio, eles se recusaram. Água lhes foi então destinada, ao que se seguiram uns punhados de biscoito, que lhes foram jogados; e o capitão, depois de passar a chave no cadeado e levá-la ao bolso, retornou ao tombadilho. A cena se repetiu por três dias, duas vezes ao dia; mas na quarta manhã, quando se ouviu a convocação de costume, deu-se uma arenga difícil de entender, e em seguida uma briga; e de repente quatro homens irromperam do castelo de proa, dizendo-se aptos a voltar ao serviço. A clausura fétida do ar e a dieta minguada, unidas talvez a alguns temores de retaliação definitiva, compeliram os desertores a render-se à vontade do capitão. Animado com a decisão dos marujos, o capitão reiterou suas exigências aos demais, mas Steelkilt retrucou-lhe com uma bela indireta para que fechasse a matraca e fosse cuidar de sua vida. Na quinta manhã, três outros amotinados surgiram aos tropicões, em fuga dos braços revoltosos que os queriam deter abaixo. Restavam apenas três.

"'Melhor voltar, não?', sugeriu o capitão, com fria zombaria.

"'Pode nos trancar de novo!', gritou Steelkilt.

"'Ah, mas claro!', respondeu o capitão, e a chave estalou no cadeado.

"Foi neste ponto, senhores, que, enfurecido com a deserção de sete dos antigos parceiros, fustigado pela zombaria com que havia sido saudado e já enlouquecido pelo longo sepultamento em um lugar tão escuro quanto as sombras da morte,[362] foi então que Steelkilt propôs aos dois canalenses, ambos até ali de acordo com ele, que irrompessem de seu covil assim que se desse a convocação

---

362. Jó 10,22.

seguinte; e, armados das afiadas facas de picar (lâminas curvas, longas e pesadas com um cabo em cada extremidade), instaurassem o mais negro terror do gurupés à grinalda da popa e, como que por qualquer diabolismo próprio ao desespero, tomassem o navio. Ele o faria por conta própria, disse, fosse a vontade dos homens unir-se a ele ou não; aquela seria a última noite que passaria naquele chiqueiro. O plano não encontrou oposição por parte dos outros dois; juraram estar prontos para aquela ou qualquer outra loucura, para qualquer coisa, em suma, que não a capitulação. E mais, um e outro faziam questão de ser os primeiros a subir ao convés, quando chegasse a hora de invadi-lo. A isso, porém, seu líder se opôs ferozmente, reservando a prerrogativa para si mesmo; sobretudo porque os dois camaradas não pretendiam ceder em suas vontades; e os dois não poderiam subir juntos, pois a escada não comportava senão um homem por vez. E aqui, meus senhores, o jogo sujo desses incréus deve vir à tona.

"Ao ouvir os loucos planos de seu líder, cada qual em sua própria alma concebeu, ao que parece, o mesmo golpe: ser o primeiro a subir ao convés a fim de ser o primeiro dos três, ainda que o último dos dez, a se render; e assim garantir qualquer mínima oportunidade de perdão que uma tal postura pudesse merecer. Mas quando Steelkilt revelou a determinação de liderá-los até o fim, ambos, por alguma sutilíssima química de vilania, compartilharam seus projetos até então íntimos de traição; e quando seu líder caiu no sono, verbalmente abriram seus corações um ao outro em três sentenças; e com cordas amarraram o homem que dormia; e com as mesmas o amordaçaram; e, por fim, à meia-noite clamaram pela presença do capitão.

"Temendo a iminência de um assassinato e farejando o cheiro do sangue na escuridão, ele e todos os imediatos e arpoadores armados correram ao castelo de proa. Em poucos minutos, a escotilha foi aberta e, de mãos e pés atados, o líder ainda se debatendo foi lançado no ar por seus pérfidos aliados, que imediatamente reivindicaram a honra de prender um homem que estava pronto para matar. Todos, porém, foram amarrados e arrastados ao longo do convés como se fossem gado morto; e, lado a lado, presos ao cordame da mezena como três peças de carne, e lá ficaram pendurados até o amanhecer.

"'Malditos', gritou o capitão, caminhando de um lado para o outro diante deles, 'nem abutres teriam coragem de botar o bico em vocês, seus canalhas!'

"Com o nascer do sol, o capitão convocou toda a marujada; e separando os que se haviam rebelado dos que não haviam tomado parte no motim, disse aos primeiros que sua vontade era açoitá-los todos — pensava, no geral, que o faria, era seu dever, assim a justiça exigia; mas que, a considerar sua rendição em boa hora, os deixaria seguir com uma admoestação, que proferiu no bom e velho vernáculo.

"'Mas quanto a vocês, carniça canalha', voltando-se aos três homens no cordame, 'quanto a vocês, minha vontade é picá-los e jogá-los nos caldeirões de gordura.'

"E, tomando de uma corda, aplicou-a sem medir forças contra as costas dos dois traidores, até que seus gritos não mais foram ouvidos e suas cabeças quedaram penduradas de lado, exatamente como são retratados os dois ladrões crucificados.[363]

"'Torci o pulso em vocês!', gritou, por fim. 'Mas para você ainda temos corda, meu galinho de briga, que não queria se entregar. Tirem essa mordaça da boca dele e vamos ouvir o que pode dizer em sua defesa.'

"Por um momento, o amotinado exaurido fez um movimento trêmulo com a mandíbula enrijecida; em seguida, num doloroso giro da cabeça, disse em uma espécie de sibilo:

"'O que digo é isso... e preste atenção... se me açoitar, eu te mato!'

"'É isso? Então veja como você me assusta.' E o capitão recuou o pedaço de corda para fustigá-lo.

"'Melhor não', ciciou o lagoão.

"'Mas é necessário.' E o braço repetiu o recuo para desferir o golpe.

"Foi quando Steelkilt sibilou alguma coisa, inaudível para todos, exceto para o capitão; que, para o espanto da tripulação, começou a recuar, andou de um lado para o outro no convés duas ou três vezes e, de repente, largando a corda ao chão, disse:

"'Não vou fazer isso... liberem-no... deixem-no ir... ouviram?'

"Mas assim que os oficiais aspirantes se apressaram em executar a ordem, um homem pálido e de cabeça enfaixada os deteve — Radney, o primeiro imediato. Desde o soco, permanecera em repouso em seu beliche; mas naquela manhã, ao ouvir o tumulto no convés, saíra sem alarde e assistira a toda a cena até aquele instante. O estado de sua boca era tal que mal conseguia falar; no entanto, resmungando algo sobre *ele* ter disposição e condições de fazer o que o

---

363. Segundo a literatura bíblica, havia dois ladrões crucificados à direita e à esquerda de Jesus. Um deles, Dimas, ao reconhecer-se pecador e confessar-se fiel a Jesus, foi perdoado e recebido no Paraíso, conforme dito no Evangelho de Lucas. Do outro lado, estava aquele que ficou conhecido como o "Mau ladrão", que segundo os Evangelhos teria desafiado Jesus a salvar a si mesmo. Na literatura apócrifa, ficou conhecido pelo nome de Gestas.

capitão não ousava tentar, tomou da corda e avançou em direção a seu inimigo imobilizado.

"'Covarde!', ciciou Steelkilt.

"'Que seja! Tome!' O imediato se encontrava no exato instante de desferir o golpe quando outro sibilo deteve o braço erguido. Ele fez uma pausa — e, então, sem mais interrupção, cumpriu sua palavra, apesar da ameaça de Steelkilt, a despeito do que tenha sido. As amarras dos três homens foram então cortadas, toda a tripulação retornou ao trabalho e, postas em ressentido funcionamento pela marinhagem taciturna, as bombas de ferro tilintaram como antes.

"Naquele mesmo dia, logo depois do entardecer, quando um dos quartos se retirou à coberta inferior, ouviu-se um clamor no castelo de proa; e os dois traidores, trêmulos, correram escada acima e cercaram a porta da cabine, dizendo que não se atreveriam a voltar ao convívio com os demais tripulantes. Pedidos, safanões e pontapés não foram capazes de os fazer recuar; por sua própria sugestão, foram recolhidos ao fundo do navio, a ré, para que permanecessem a salvo. De qualquer modo, nenhum sinal de motim reapareceu entre os outros. Pelo contrário, assim parecia, instados sobretudo por Steelkilt, os marinheiros haviam decidido preservar a mais estrita paz e obedecer, até o final, a todas as ordens; para que, tão logo o navio tocasse o porto, o desertassem em bloco. Com o intuito de garantir o fim mais rápido da travessia, porém, todos concordaram com outra coisa: a saber, não anunciar baleias, caso alguma fosse avistada. Pois, apesar do vazamento, e apesar de todos os outros perigos, o *Town-Ho* ainda conservava os topes dos mastros ocupados, e seu capitão estava tão disposto naquele momento a arriar botes para dar caça a um peixe quanto no dia em que o navio chegara à zona de cruzeiro; assim como Radney, o imediato, se encontrava igualmente pronto a trocar o beliche por um bote e, com a boca enfaixada, amordaçar até a morte a mandíbula vital da baleia.

"Mas embora tenha induzido os marinheiros a adotar esse tipo de passividade em sua conduta, o lagoão privou a todos (pelo menos até que tudo acabasse) de seus pensamentos quanto a sua própria vingança particular contra o homem que o havia fustigado nos ventrículos do coração. Ele pertencia ao quarto de vigília de Radney, o imediato; este, depois da cena do cordame, como procurasse em sua insensatez apressar-se no caminho de sua derrocada, fez questão, a despeito do bom conselho do capitão, de retomar a chefia de seu quarto de vigília à noite. Com base nisso, e em uma ou duas outras circunstâncias, Steelkilt elaborou com frieza e cálculo o plano de sua vingança.

"Durante a noite, Radney tinha um jeito bem pouco marujo de sentar-se na amurada do tombadilho e apoiar o braço na borda do bote ali içado, um pouco acima do costado do navio. Nessa postura, era bem sabido, por vezes cochilava. Havia um espaço considerável entre o bote e o navio — e, descendo por esse espaço, havia o mar. Steelkilt calculou o tempo e descobriu que seu próximo período de vigília ao leme seria às duas horas, na manhã do terceiro dia desde que fora traído. Em seus momentos de folga, tratou de trançar algo muito cuidadosamente na coberta inferior.

"'O que está fazendo aí?', quis saber um companheiro.

"'O que acha? O que lhe parece?'

"'Parece uma passadeira para seu embornal; mas é estranha, é o que me parece'.

"'Sim, bem estranha', respondeu o lagoão, segurando-a com o braço estendido diante de si; 'mas acho que vai funcionar. Amigo, não tenho fio de vela suficiente... tem algum?'

"Não havia nenhum no castelo de proa.

"'Então preciso ver se o velho Rad tem um pouco.' E levantou-se para ir até a popa.

"'Vai pedir logo a *ele*?', perguntou um marinheiro.

"'Por que não? Acha que ele não vai dar um pedaço quando no fim das contas é para ajudá-lo, amigo?' E indo até o imediato, fitou-o em silêncio e pediu-lhe um barbante para remendar a rede. A solicitação foi aceita — e nem barbante nem passadeira foram vistos novamente; mas, na noite seguinte, uma bola de ferro, muito bem forrada com um trançado, rolou parcialmente do bolso da jaqueta de Steelkilt enquanto ele enfiava a vestimenta na rede à guisa de travesseiro. Vinte e quatro horas depois, em seu turno no leme silencioso — próximo ao homem prestes a cochilar sobre a sepultura sempre já cavada para o marinheiro —, a hora fatal estava por vir; e na alma predestinada de Steelkilt, o imediato já tinha a testa esmagada e estava rijo e esticado como um cadáver.

"Mas, senhores, um tolo salvou o suposto assassino da ação sangrenta por ele planejada; ainda que, assim, tenha conseguido uma vingança completa sem que fosse o vingador. Pois, por uma fatalidade misteriosa, o próprio Céu pareceu intrometer-se para tirar de suas mãos e tomar em suas próprias o que ele teria feito.

"Foi entre a madrugada e o raiar da manhã do segundo dia, enquanto se lavava o convés, que um marinheiro de Tenerife, um estúpido, puxando água da mesa de enxárcia, gritou de repente:

"'Ali! Ali! Baleia à vista! Jesus, que baleia!' Era Moby Dick."

"Moby Dick!", exclamou d. Sebastián. "Por são Domingos, senhor marinheiro, as baleias são batizadas? A quem o senhor chama de Moby Dick?"

"Um monstro muito branco e famoso, assassino e imortal como nenhum outro, dom; mas essa seria uma história muito longa."

"Como? Como? Como?", exclamaram todos os jovens espanhóis, aglomerando-se.

"Não, meus caríssimos dons... não, não! Não posso contar essa história agora. Permitam-me respirar, senhores."

"A *chicha*! A *chicha*!", exclamou d. Pedro. "Nosso vigoroso amigo parece fraco; encham seu copo vazio!"

"Não há necessidade, senhores; apenas um momento, e eu prossigo... Pois bem, senhores, percebendo tão de repente a baleia nevada a cinquenta metros do navio, e se esquecendo do acordo da tripulação na excitação do momento, o marinheiro de Tenerife instintiva e involuntariamente ergueu a voz para anunciar o monstro, embora por um breve intervalo de tempo este tivesse sido claramente avistado dos três mastros taciturnos. Tudo era um frêmito.

"'A Baleia Branca... a Baleia Branca!', foi o grito do capitão, de seus imediatos e arpoadores, que, sem se deixar abater pelos terríveis rumores, viram-se todos ansiosos para capturar um peixe tão famoso e precioso; enquanto a tripulação aferrada a seus propósitos olhava de soslaio, e com maldições, a beleza apavorante da imensa massa leitosa que, iluminada pelo sol que mal luzia no horizonte, se convertia e brilhava como opala viva no anil do mar da aurora. Senhores, uma estranha fatalidade permeia toda a carreira desses eventos, como se estes tivessem sido de fato cartografados antes que os próprios mares do mundo conhecessem suas cartas. O amotinado era o proeiro do bote do imediato e, quando trancado a um peixe, era seu dever sentar-se ao seu lado enquanto Radney se erguesse com a lança na proa, puxando ou afrouxando a linha conforme a palavra de comando. Ademais, quando os quatro barcos foram arriados, o imediato tomou a dianteira; e ninguém uivou com mais ferocidade e deleite do que Steelkilt ao deitar força no remo. Depois de uma forte remada, o arpoador acertou o alvo e, de lança em punho, Radney saltou para a proa. Aparentemente, o imediato sempre se destacara por sua fúria no bote. E ali seu grito, a despeito da bandagem, era de o desembarcarem no ponto mais alto do dorso da baleia. Sem remoer o passado, seu proeiro remava sempre adiante, através de uma espuma ofuscante que mesclava duas brancuras; até que, de repente, o bote bateu contra uma saliência submersa e, soçobrando, derrubou o imediato. Nesse instante, ao cair sobre as costas escorregadias da baleia, o bote tornou a prumo e foi afastado pelo movimento das ondas, enquanto Radney foi ao mar, no outro flanco da baleia. Ele nadou em meio ao espargir das águas e, por um instante, foi vagamente visto através do véu que se elevava, procurando a todo custo se afastar do olhar de Moby Dick. Mas a baleia deu a volta em um turbilhão repentino; agarrou o nadador entre as mandíbulas; e erguendo-se no ar com ele entre os dentes, mergulhou de cabeça nas águas e seguiu às profundezas.

"Nesse ínterim, na primeira batida leve no fundo do bote, Steelkilt afrouxou a linha, de forma a sair a ré do redemoinho; e olhando calmamente, silenciou em seus próprios pensamentos. Ao sentir, porém, um súbito e terrível tranco no bote em direção ao fundo das águas, não perdeu tempo em levar a lâmina de sua faca ao cabo. Ele o cortou — a baleia estava livre. A alguma distância, Moby Dick tornou a se erguer acima da linha-d'água, com farrapos da camisa de lã vermelha de Radney presos nos dentes que o haviam destruído. Todos os quatro botes voltaram a dar-lhe combate; mas a baleia os despistou e finalmente desapareceu por completo.

"Em boa hora, o *Town-Ho* tocou um porto — lugar selvagem e ermo — onde nenhuma criatura civilizada residia. Ali, liderados por aquele homem criado à margem do Erie, todos, exceto cinco ou seis dos homens que equipavam o traquete, deliberadamente desertaram entre as palmeiras; por fim, como se veio a saber, capturando uma grande canoa de guerra dos selvagens, partiram em direção a outro porto.

"Com a companhia do navio reduzida a apenas um punhado, o capitão chamou os ilhéus para ajudá-lo na árdua tarefa de virar o navio de querena para estancar o vazamento. Mas tão inquietante foi a vigilância sobre seus perigosos aliados para esse pequeno bando de homens brancos, tanto de noite quanto de dia, e tão extremo foi o trabalho que levaram a cabo que, com tudo pronto para que se deitasse novamente o navio ao mar, eles se encontravam em um estado tão enfraquecido que o capitão não ousou embarcar com eles em um navio tão pesado. Depois de aconselhar-se com seus oficiais, ancorou o navio o mais longe possível da costa; carregou e levou seus dois canhões da proa às escotilhas da amurada; empilhou mosquetes na popa; e alertando os ilhéus para não se aproximarem do navio, sob o risco de serem mortos, levou um homem consigo e, enfunando a vela de seu melhor bote de caça, partiu com destino ao Taiti, a quinhentas milhas de distância, a fim de obter reforço para a tripulação.

"No quarto dia de navegação, avistaram uma enorme canoa, que aparentemente tocara um atol. Ele se afastou dela; mas a embarcação selvagem saiu em seu encalço; e logo a voz de Steelkilt se fez ouvir, ordenando que parasse, caso contrário seu destino seria o fundo do mar. O capitão sacou uma pistola. Com um pé em cada proa das canoas de guerra unidas, o homem do Erie ria-se do capitão com desprezo; garantindo-lhe que bastava um estalo da trava da arma para que ele o enterrasse sob bolhas e espuma.

"'O que quer de mim?', gritou o capitão.

"'Para onde vai? E para quê?', quis saber Steelkilt. 'Sem mentiras.'

"'Estou em viagem ao Taiti, para conseguir mais homens.'

"'Pois muito bem, deixe-me subir no seu bote um instante... vou em paz.'

"Com isso ele saltou da canoa, nadou até o bote; e subindo a amurada, pôs-se cara a cara com o capitão.

"'Cruze os braços, senhor; jogue a cabeça para trás. Repita depois de mim: Assim que Steelkilt me deixar, juro fundear naquela ilha e ali permanecer seis dias. Se não fizer isso, que seja alvo de relâmpagos!'

"'Um aluno exemplar', riu o homem do Erie. *'Adiós, señor!'* E, mergulhando no mar, nadou de volta para seus companheiros.

"Observando o bote até que este enfim tocasse o atol, e sua tripulação o tivesse arrastado até as raízes dos coqueiros, Steelkilt saiu novamente em viagem e, em boa hora, chegou ao Taiti, seu próprio lugar de destino. Ali, a sorte lhe sorriu: dois navios estavam prestes a zarpar com destino à França e providencialmente lhe faltava o número exato de homens que o marinheiro liderava. Eles embarcaram; e assim conservaram plena vantagem em relação a seu antigo capitão, caso este tivesse tido a intenção de contra-atacar com qualquer demanda legal.

"Cerca de dez dias depois da partida dos navios franceses, o bote baleeiro chegou e o capitão foi obrigado a convocar alguns dos taitianos mais civilizados, um tanto acostumados ao mar. Fretando uma pequena escuna nativa, retornou com a nova tripulação para o seu navio; e, encontrando tudo em ordem por ali, retomou suas viagens.

"Por onde anda Steelkilt hoje, senhores, ninguém sabe; mas na ilha de Nantucket, a viúva de Radney ainda mantém olhos fitos no mar, que se recusa a entregar seus mortos; ainda em sonhos, ela vê a horrível baleia branca que o destruiu."

"TERMINOU?", perguntou d. Sebastián, baixinho.

"Sim, dom."

"Então peço-lhe que me diga se tem mesmo convicção de que a história que acabou de nos contar é, em substância, de fato verdadeira. Ela vai além do maravilhoso! O senhor a obteve de fonte fidedigna? Perdoe-me se pareço pressioná-lo."

"Também nos perdoe a todos, senhor marinheiro; pois nos unimos ao que pede d. Sebastián", bradou a companhia, com excessivo interesse.

"Há uma cópia dos Sagrados Evangelhos na Estalagem Dourada, senhores?"

"Não", respondeu d. Sebastián. "Mas conheço um padre digno por perto que rapidamente providenciará uma para mim. Logo retornarei; mas é prudente, senhor? Isso pode ficar muito sério."

"O senhor faria a gentileza de trazer também o padre?"

"Embora já não existam autos de fé[364] em Lima", disse um dos homens do grupo a outro, "temo que nosso amigo marinheiro corra algum risco com o arquiepiscopado. Vamos nos retirar à sombra. Não vejo necessidade disso."

"Desculpe-me por correr atrás do senhor, d. Sebastián; mas gostaria de lhe pedir que tenha o cuidado de trazer a maior cópia do Novo Testamento que puder. É possível?"

"ESTE É O PADRE, ele traz ao senhor os Evangelistas", anunciou d. Sebastián com seriedade, voltando com uma figura alta e solene.

"Deixe-me tirar o chapéu. Agora, venerável sacerdote, deixe que o luar o ilumine e segure o Livro Sagrado diante de mim para que eu possa tocá-lo.

"Que o Céu me proteja; por minha honra, a história que lhes contei, senhores, é, em substância e nos aspectos principais, verdade. Conheço-a por verdadeira; aconteceu neste nosso mundo redondo; estive no convés do navio; conheci a tripulação; travei contato e conversei com Steelkilt depois da morte de Radney."

---

364. O auto de fé era uma cerimônia de penitência pública de apóstatas e hereges. Tinha início com um sermão, ao qual se seguia a exigência de que os réus declarassem o abandono ou não da heresia de que eram acusados. Aqueles que se recusavam a tal abandono ou que o faziam de forma insatisfatória ao tribunal inquisitório eram, então, levados à fogueira ou ao garrote.

55
Das imagens monstruosas de baleias

Em breve lhes pintarei, tão bem quanto se consegue sem tela, algo como as verídicas formas da baleia, tal como em verdade se colocam diante dos olhos do baleeiro quando, em seu próprio corpo absoluto, ela é pendurada junto ao costado do navio, de maneira que sobre ela se pode facilmente caminhar. Daí que talvez seja interesse chamar a atenção prévia àqueles curiosos retratos imaginários que dela se fizeram até os dias de hoje e que, impassíveis, desafiam a fé dos homens de terra. É hora de dar rumo correto ao assunto, provando que tais imagens da baleia estão erradas.

É possível que a fonte primeva de tantas ilusões pictóricas se encontre entre as esculturas ancestrais de hindus, egípcios e gregos. Pois desde esses tempos de muita invenção e pouco discernimento, em que, nos painéis de mármore dos templos, nos pedestais da estatuária e em escudos, medalhões, taças e moedas, as representações do golfinho dotado de escamas como uma cota de malha não dessemelhante à de Saladino[365] e uma cabeça investida de elmo como a de são Jorge;[366] desde então, algo da mesma licenciosidade prevaleceu, não só nos retratos mais populares da baleia mas também em muitas de suas apresentações científicas.

De todo modo, é indubitável que a mais antiga representação existente de uma baleia se pode encontrar na famosa caverna-pagode de Elefanta, na Índia. Afirmam os brâmanes que nas esculturas quase infinitas daquele templo imemorial se prefiguraram todos os ofícios e atividades, todas as ocupações concebíveis do homem, eras antes de qualquer um deles de fato existir. Não é

365. Saladino (*c.* 1138-93) foi um chefe militar de origem curda e religião muçulmana. Sultão do Egito e da Síria, tornou-se a grande liderança islâmica contra os cruzados europeus no Oriente Médio, sendo responsável por reconquistar Jerusalém do poder europeu. Tornou-se célebre entre os cronistas cristãos da época pela conduta cavalheiresca e conquistou o respeito de muitas das lideranças político-militares europeias, como do inglês Ricardo Coração de Leão.
366. George de Lida, canonizado são Jorge (?-303), foi um soldado romano das hostes do imperador Diocleciano condenado à morte por professar a fé cristã. Passou a ser venerado como santo militar no período das Cruzadas.

de se admirar, portanto, que de alguma forma nossa nobre profissão baleeira pudesse ter sido ali antecipada. A referida baleia hindu se apresenta em seção destacada do mural, dedicada à representação da encarnação de Vishnu[367] sob a forma do leviatã, conhecido do erudito como o avatar Matse. Não obstante, embora a dita escultura seja metade homem, metade baleia, e ofereça não mais do que a cauda desta última, essa parte dela está terminantemente errada. Lembra mais a cauda afilada de uma serpente do que as largas palmas dos majestosos leques da verdadeira baleia.

Mas perfaçam o caminho das antigas Galerias e examinem o retrato deste peixe feito por um grande pintor cristão, pois ele não se sai melhor do que o hindu antediluviano. É a representação de autoria de Guido[368] de Perseu resgatando Andrômeda do monstro marinho ou baleia. Qual terá sido o modelo de Guido para tão estranha criatura? Tampouco Hogarth, ao pintar a mesma cena em seu próprio *A descida de Perseu*, chega a resultado minimamente melhor.[369] A enorme corpulência do monstro hogarthiano ondula na superfície sem mover um centímetro de água. Tem uma espécie de *houdah* nas costas, e a boca de presas dilatadas, para dentro da qual rolam as ondas, pode ser confundida com o Portão dos Traidores, via fluvial que sai do Tâmisa e chega à Torre.[370] Depois, há as baleias *Prodromus* do velho escocês Sibbald,[371] e a

---

367. Vishnu é um dos deuses centrais do hinduísmo, responsável pela sustentação do universo. Junto com Shiva e Brahma, compõe a trimúrti, a trindade sagrada do hinduísmo. Segundo o hinduísmo, Vishnu vem ao mundo sob diversas formas — os avatares —, que podem ser humanas, animais ou híbridas. São dez os avatares de Vishnu. Matsya (Matse, como Melville o grafa) é o primeiro deles, no qual o deus assume a forma não de uma baleia, mas de um peixe. Vale mencionar, ademais, que Ismael é impreciso neste ponto: sendo a caverna de Elefanta um templo dedicado a Shiva, o Destruídor, Vishnu (que leva o epíteto "o Preservador") não está ali representado.
368. Guido Reni (1575-1642) foi um proeminente pintor do Barroco italiano. Andrômeda, na mitologia grega, foi uma princesa da Etiópia que, por um erro de sua mãe, a vaidosa Cassiopeia, foi oferecida como sacrifício ao monstro marinho Cetus — que a figuração grega do mito traz como um animal híbrido, com corpo de peixe e cabeça ora de cão (como no quadro de Reni), ora de javali. Foi salva pelo herói mítico Perseu, que a desposou. A galeria em questão é a National Gallery, de Londres, onde Melville visitou a obra de Reni.
369. William Hogarth (1697-1764) foi um pintor, gravador e cartunista inglês cuja obra abrange um imenso horizonte de gêneros, que vão do retrato realista aos quadrinhos satíricos de fundo moral endereçados à política e aos costumes. Em sua representação de Cetus, no mito de Perseu e Andrômeda, Hogarth acompanha a assimilação do monstro grego à figura do dragão medieval, com o qual traz muitas similaridades.
370. Fortaleza construída às margens do rio Tâmisa e ampliada ao longo de séculos, a Torre de Londres não só serviu de proteção para a realeza como também de prisão e local de execução. O Portão dos Traidores é uma das entradas de acesso fluvial da edificação, que se dá pela chamada Torre de São Tomás, uma das alas do complexo.
371. Robert Sibbald (ver nota 168), médico e antiquário escocês, tratou de baleias em um tratado de história natural, mas o termo latino "Prodromus" não tem qualquer relação com

baleia de Jonas, conforme representada nas impressões de antigas Bíblias e nas gravuras das antigas cartilhas de catecismo. O que se dirá delas? Quanto à baleia do encadernador,[372] enrolando-se como liana de videira à volta do cepo de uma âncora descendente — tal qual estampada e dourada nas capas e frontispícios de muitos livros antigos e novos —, trata-se de uma criatura muito pitoresca, mas puramente fabulosa, derivada, assim o entendo, de figuras semelhantes em ânforas antigas. Embora universalmente denominado golfinho, chamo a esse peixe de encadernador uma tentativa de representação da baleia. Era essa a intenção quando o elemento foi primeiro introduzido, obra de um antigo editor italiano do século XV, no Renascimento; e naquela época, e mesmo em período relativamente posterior, os golfinhos eram considerados uma espécie de leviatã.

Nas vinhetas e demais ornamentações de livros antigos, por vezes se encontram detalhes muito curiosos na baleia, de cujo cérebro inesgotável borbulha toda sorte de jorro, *jets d'eau*, águas termais e fontes de água fresca, Saratoga e Baden-Baden.[373] No frontispício da edição original de *Advancement of Learning*[374] há algumas baleias curiosas.

Deixando de lado, porém todas essas tentativas um tanto amadoras, examinemos as representações pretensamente equilibradas do leviatã, os delineamentos científicos realizados por gente douta. Na coleção de viagens do velho Harris,[375] há algumas gravuras de baleias extraídas a um livro holandês de viagens, de 1671 d.C., intitulado *Uma viagem baleeira a Spitzbergen a bordo do navio* Jonas na Baleia, *pelo capitão Peter Peterson, da Frísia*. Em uma dessas gravuras, as baleias, como os troncos de imensas jangadas, são representadas entre blocos de gelo, com ursos-brancos correndo sobre seus

baleias: apenas significa "Introdução", palavra presente no título da obra de que constam tais comentários, *Scotia Illustrata, sive Prodromus Historiae Naturalis* [Escócia ilustrada, ou introdução à história natural], de 1684.

372. Referência ao tipógrafo e erudito italiano Aldo Manúcio (1449/50-1515), cujo trabalho como impressor e editor foi fundamental para a disseminação da leitura na Europa, em particular dos clássicos gregos e latinos, além de importantes autores de seu tempo. Seu emblema era uma âncora em torno da qual se enrolava um monstro marinho.

373. As fontes de Saratoga Springs, localidade no estado de Nova York, atraem turistas e pessoas em busca de tratamento de problemas de saúde à região desde o século XIX. A cidade de Baden-Baden, na Alemanha, localizada na fronteira com a França, é conhecida por suas fontes termais desde os tempos do Império Romano.

374. Obra do filósofo Francis Bacon, a primeira grande teoria inglesa de ciência indutiva.

375. Melville se refere a material coligido por John Harris (1705), mas a narrativa especificamente mencionada, de Friedrich Martens, consta de outra coleção de relatos náuticos, editada por Tancred Robinson (1711), contemporâneo e colaborador de Harris.

dorsos; noutra, comete-se o erro prodigioso de representar a baleia com as caudas perpendiculares.

Chegamos, então, a um in-quarto imponente, escrito por certo capitão Colnett,[376] um *post captain*[377] da Marinha inglesa, intitulado *Viagem em redor do cabo Horn com destino aos Mares do Sul, com o propósito de dilatar a pesca da baleia de espermacete*. Nesse livro, há um esboço que almeja ser uma "Ilustração de uma baleia *Physeter* ou *Spermaceti*, desenhada em escala a partir de exemplar morto na costa do México, em agosto de 1793, e içado ao convés". Não tenho dúvida de que o capitão mandou que se fizesse tal representação verídica para benefício dos fuzileiros.[378] Para mencionar apenas um elemento a seu respeito, permitam-me dizer que ela tem um olho que, uma vez aplicado a um cachalote adulto segundo a escala que se enuncia, transformaria o olho dessa baleia em uma janela em arco de cerca de um metro e meio de comprimento. Ah, meu valoroso capitão, por que não nos ofereceste um Jonas a observar por trás daquele olho?

Tampouco os mais conscienciosos compêndios de História Natural para o proveito dos jovens e inocentes estão livres dos mesmos e atrozes equívocos. Observemos o popular volume *História animada*, de Goldsmith.[379] Na edição londrina condensada, de 1807, encontram-se gravuras de uma suposta "baleia" e de um "narval". Não gostaria de parecer rude, mas essa baleia desairosa mais parece uma porca amputada; e quanto ao narval, um simples vislumbre de suas formas bastaria para causar espanto em quem quer que seja: como, em pleno século XIX, tal hipogrifo[380] poderia ser considerado genuíno em meio a qualquer público inteligente de colegiais?

---

376. James Colnett (1753-1806) foi oficial da Marinha Real britânica, explorador e caçador de peles. Serviu a James Cook durante sua segunda viagem exploratória.

377. Termo obsoleto da Marinha britânica que designa tanto capitães na ativa quanto aqueles que recebem honorificamente o título.

378. Os fuzileiros em questão são soldados eventualmente contratados para a manutenção da ordem entre a marujada a bordo dos navios baleeiros, sem qualquer relação com assuntos relacionados à pesca ou ao mar em geral. A passagem faz menção à suposta credulidade desses homens, preservada folcloricamente na expressão "*tell it to the Marines!*" (literalmente, "Vá dizer aos fuzileiros!"), usada quando não se acredita em algo que foi dito.

379. *Uma história da terra e da natureza animada* é uma obra de história natural de Oliver Goldsmith (1728-74), publicada pela primeira vez em 1774. Goldsmith foi também poeta, prosador e jornalista, mais conhecido por seu romance *O vigário de Wakefield*, de 1766.

380. Animal mitológico representado com asas, garras e cabeça de um grifo e corpo e patas traseiras iguais às de um cavalo.

Já em 1825, Bernard Germain, conde de Lacépède, um grande naturalista, produziu uma sistematização científica das baleias em livro do qual constam várias representações de diferentes espécies do leviatã. Todas elas não só estão incorretas como da imagem do *Mysticetus* ou da baleia-da-groenlândia (ou seja, a baleia-franca), mesmo Scoresby, homem de longa experiência no tocante a essa espécie, declara não conhecer contraparte natural.

Mas a cereja do bolo em todo esse imbróglio se reserva ao cientista Frederick Cuvier, irmão do famoso barão. Em 1836, Cuvier publicou uma *História natural das baleias* na qual oferece o que chama de um retrato do cachalote. Caso seja de seu interesse mostrar esse retrato a qualquer habitante de Nantucket, é melhor que antes providencie sua partida da ilha para nunca mais voltar. Para encurtar: o cachalote de Frederick Cuvier não é um cachalote, mas uma abóbora. Claro, o naturalista nunca teve a oportunidade de fazer uma viagem baleeira (esses homens raramente têm), mas qual terá sido sua fonte para tal ilustração? Só Deus sabe... Talvez assim tenha se dado porque seu predecessor científico no mesmo campo, Desmarest, teve acesso a um feto abortado legítimo — quer dizer, a partir de um esboço chinês. E a animação que esses garotos chineses sentem com um lápis na mão, o pitoresco de suas xícaras e pires o atestam.

Quanto às baleias dos pintores de placas vistas nas ruas pairando sobre os armazéns dos negociantes de óleo, o que se pode dizer delas? São geralmente baleias Ricardo III,[381] com corcovas dromedárias, e de aspecto bastante vil, a sugerir que fazem o desjejum com tortas de três ou quatro marinheiros, isto é, botes bastante recheados de marujos, enquanto suas deformidades se revolvem em mares de sangue e tinta azul.

Mas esses variados erros na representação da baleia não são tão surpreendentes, afinal. Pensem comigo: a maioria das ilustrações científicas foi produzida a partir de peixes encalhados; e são quase tão corretas quanto o desenho de um navio naufragado de dorso partido representaria corretamente o nobre animal em todo o seu impassível orgulho de casco e mastros. Embora os

381. Último monarca da casa de York e da dinastia plantageneta, Ricardo III (1452-85) foi rei da Inglaterra de 1483 até sua morte. O fim de seu reinado, com a ascensão da casa dos Tudor ao poder, tornou-se marco do fim da Idade Média na Inglaterra. Sua figura foi imortalizada pela tragédia de estado *Ricardo III*, de William Shakespeare, na qual é retratado como um rei manipulador e cínico, o que as crônicas de sua ascensão ao poder, sob robustas suspeitas de usurpação, reforçam. Quanto a sua possível deformidade — a corcunda a que o narrador aqui se refere, presente em sua caracterização pelo dramaturgo inglês —, esta não se confirmou com a exumação de seus restos mortais, encontrados em Leicester em 2012. O exame da espinha do esqueleto revela, sim, uma escoliose severa, que provavelmente acarretava um grave desalinhamento de seus ombros.

elefantes se apresentem de corpo inteiro, o leviatã vivo jamais flutuou da maneira mais adequada para seu retrato. A baleia viva, em toda a sua majestade e significado, só pode ser vista no mar em profundezas insondáveis; e quando flutua, a imensidão de sua massa fica longe dos olhos, como um navio de linha de batalha deitado ao mar; e será uma eterna impossibilidade ao homem mortal içá-la corporalmente a partir desse elemento no ar, de modo a preservar todas as suas poderosas protuberâncias e ondulações. E, para não falar da diferença altamente presumível de contornos entre um baleote que não conheceu desmame e um leviatã platônico adulto; no entanto, mesmo no caso de uma dessas baleias-bebê içadas ao convés de um navio, tal é a estranha e flexível indeterminação de suas formas, semelhantes às de uma enguia, que sua expressão precisa o próprio diabo não seria capaz de compreender.

Mas talvez se imagine que, do esqueleto nu da baleia encalhada, é possível derivar pistas precisas quanto a sua verdadeira forma. De maneira alguma. Coisa das mais curiosas sobre o leviatã, seu esqueleto dá pouquíssima ideia de sua forma exterior geral. Se o esqueleto de Jeremy Bentham, pendurado à guisa de candelabro na biblioteca de um de seus executores,[382] transmite corretamente a ideia de um velho e corpulento cavalheiro utilitarista, para não mencionar todas as suas demais características pessoais dignas de nota, o mesmo não se pode dizer, por sua vez, dos ossos articulados de qualquer leviatã. Em verdade, como observa o excelente Hunter,[383] o mero esqueleto da baleia conserva a mesma relação com o animal totalmente revestido e acolchoado que o inseto tem com a crisálida que tão redondamente o envolve. Essa peculiaridade evidencia-se de maneira notável na cabeça, como noutra parte deste livro mostraremos incidentalmente.[384] Também se revela de forma muito curiosa na barbatana lateral, cujos ossos correspondem quase exatamente aos ossos da mão humana, exceto pelo polegar. Essa barbatana tem quatro dedos ósseos regulares, o indicador, o dedo médio, o anelar e o dedo mínimo. Mas todos estão

---

382. Jurista e filósofo, o inglês Jeremy Bentham (1748-1832) foi responsável por um dos derradeiros esforços iluministas de proposição de um sistema de filosofia moral, não apenas em termos abstratos mas com o intuito de chegar a uma solução prática factível de ser levada a cabo pela sociedade de seu tempo. Em testamento, Bentham expressou o desejo de doar seu corpo a estudos científicos (dando-lhe a utilidade científica que preconizava sua filosofia) e de que mumificassem sua cabeça e a deixassem, junto com seus ossos — todos adequadamente vestidos —, à mostra do público. Com a cabeça substituída por uma réplica de cera, seu corpo está exposto no átrio do University College of London — sem, porém, a nova utilidade sugerida pelo narrador do romance.
383. Ver nota 167.
384. Ver capítulos 74 e 75.

permanentemente alojados em seu invólucro carnoso, como os dedos humanos em um invólucro artificial. “Por mais que não tenha a menor consideração por nós”, disse o humorista Stubb, certo dia, “nunca vamos poder dizer que nos bate sem luvas.”

Por tudo que se disse aqui, de qualquer perspectiva que se pretenda examinar a questão, é preciso concluir que o leviatã é a grande criatura impintável deste mundo. É verdade que um retrato pode se aproximar mais de seu objetivo do que qualquer outro, mas nenhum é capaz de acertar o alvo com considerável grau de exatidão. Portanto, não existem meios terrenos de descobrir com precisão a verdadeira aparência da baleia. E a única maneira pela qual se pode ter uma ideia até aceitável de seus contornos vivos é indo em pessoa à caça; ao fazê-lo, porém, corre-se o risco de ser eternamente destruído e afundado por ela. Portanto, parece-me prudente que vocês não sejam muito apegados a detalhes em sua curiosidade com relação a esse leviatã.

56

Das representações menos errôneas de baleias e das verdadeiras representações de cenas de caça às baleias

No que toca às imagens monstruosas de baleias, sinto-me fortemente tentado a adentrar a seara de histórias ainda mais monstruosas, tal como se podem encontrar em certos livros, antigos e modernos, especialmente em Plínio, Purchas, Hackluyt, Harris, Cuvier etc.[385] Mas deixarei o assunto de lado.

Conheço apenas quatro esboços publicados do grande cachalote: Colnett, Huggins, Frederick Cuvier e Beale. No capítulo anterior, Colnett e Cuvier foram mencionados. O de Huggins é muito melhor do que o deles; mas, sem sombra de dúvida, o de Beale supera todos. Os desenhos que Beale apresenta dessa baleia são bons, exceto o da figura do meio na chapa em que aparecem três baleias em várias posturas, encabeçando seu segundo capítulo. Seu frontispício, de barcos atacando cachalotes, embora sem dúvida calculado para despertar o ceticismo civil de alguns homens de salão, é admiravelmente correto e real em seu efeito geral. Alguns dos desenhos do cachalote em J. Ross Browne[386] têm contornos bastante corretos; mas o trabalho do gravurista é miserável — o que não é culpa do autor.

Da baleia-franca, os melhores esboços estão em Scoresby; no entanto, foram produzidos em escala pequena demais para transmitir impressão desejável. Ele tem apenas uma imagem de cenas baleeiras, e essa é uma triste deficiência, porque é apenas por meio dessas representações, quando bem-feitas, que se pode derivar qualquer coisa parecida com uma ideia verdadeira da baleia viva vista por seus caçadores vivos.

Mas, em suma, de longe as melhores apresentações de baleias e cenas baleeiras já encontradas, a despeito da incorreção de alguns detalhes, são duas

---

385. *Hakluytus Posthumus; or, Purchas His Pilgrimes* (1625), de Samuel Purchas, uma compilação de literatura de viagem. Richard Hakluyt compilou vários volumes de narrativas de viagem no século XVI (Para os demais autores, ver nota 167).

386. John Ross Browne (1821-75) foi um viajante, gravurista e escritor norte-americano de origem irlandesa. Em 1842, depois de trabalhar muitos anos no transporte fluvial, engajou-se em uma viagem baleeira. Em 1846, publicou *Etchings of a Whaling Cruise*, que o consagrou como gravurista e escritor. Seu livro foi uma das principais referências de Melville na composição de *Moby Dick*.

grandes gravuras francesas, bem executadas, tomadas às pinturas de certo Garnery.[387] Respectivamente, representam ataques ao cachalote e à baleia-franca. Na primeira gravura, um nobre cachalote aparece em toda a majestade de seu poder, surgindo recém-chegado das profundezas do oceano sob o bote e erguendo no ar sobre suas costas os terríveis destroços das tábuas da embarcação. A proa do bote, parcialmente intacta, aparece no desenho como que equilibrada apenas sobre a coluna vertebral do monstro; e de pé naquela proa, por aquele único e incomputável lampejo de tempo, vê-se um remador, em parte coberto pelo furioso jorro fervente da baleia, e no ato de saltar, como se tivesse diante de si um precipício. A ação ali é toda maravilhosamente fiel e verdadeira. A selha da linha meio vazia flutua na espuma leitosa do mar; nele, os cabos de madeira dos arpões espalhados flutuam obliquamente, subindo e descendo; os chefes da tripulação lançada ao mar estão espalhados ao redor da baleia com expressões contrastantes de medo; enquanto na distância negra e tempestuosa o navio avança sobre a cena. Falhas sérias podem ser encontradas nos detalhes anatômicos da baleia, mas são de pouca monta — uma vez que, empenhasse eu toda a minha vida, não seria capaz de desenhar tão bem a ação.

Na segunda gravura, o barco se encontra no ato de se aproximar do flanco de uma grande baleia-franca em fuga, que rola o vulto negro coberto de musgo e cracas como um desmoronamento musgoso dos penhascos patagônicos. Seus jorros são eretos, grossos e pretos como fuligem; de modo que, por causa da fumaça tão abundante que lhe sai pela chaminé, seria possível imaginar uma corajosa ceia sendo preparada nas grandes entranhas abaixo. As aves marinhas por vezes bicam os pequenos caranguejos, moluscos e outras guloseimas e espaguetes marinhos que a baleia-franca carrega em suas costas pestilentas. E todo o tempo o leviatã beiçudo percorre em desabalada carreira as profundezas, deixando toneladas de tumultuada coalhada branca em sua esteira, e fazendo com que o bote balance em sua leveza sobre as ondas como um esquife apanhado próximo às pás da roda de um navio a vapor oceânico. Assim, o primeiro plano é de uma violenta comoção; mas ao fundo, em admirável contraste artístico, está a superfície vítrea do mar em calmaria, as velas murchas e largadas do navio impotente e a massa inerte de uma baleia morta, fortaleza

387. Ambroise Louis Garneray (1783-1857) foi um corsário, pintor e escritor francês, capturado por ingleses durante as Guerras Napoleônicas e, com seu fim, em 1814, solto, dedicando-se à pintura e à escrita até sua morte. Seus quadros têm por grande motivo as cenas náuticas que o ocuparam durante as primeiras décadas do século XIX.

conquistada, com a flâmula da captura a pender preguiçosamente da vara inserida em seu espiráculo.

Quem é ou era Garnery, o pintor, não sei; mas aposto minha vida que era um sujeito muito íntimo do assunto — ou maravilhosamente assessorado por um baleeiro experiente. Se tem um povo que sabe de cenas de ação é o francês. Façam esse exercício: passem os olhos por todas as pinturas europeias. Onde é possível encontrar uma galeria de telas tão repletas de tumulto vivo e ofegante como naquele salão triunfal de Versalhes, onde o observador abre caminho pela comoção das grandes e consecutivas batalhas da França; onde cada espada parece reluzir com os esplendores da aurora boreal, e os sucessivos reis e imperadores armados arrojam-se como uma investida de centauros coroados? As batalhas navais de Garnery não são de todo indignas de lugar naquela galeria.

A aptidão natural dos franceses de apreender o pitoresco das coisas parece particularmente evidenciada nas pinturas e gravuras que têm de suas cenas baleeiras. Embora não disponham de um décimo da experiência britânica na pesca, nem da milésima parte da dos americanos, eles forneceram a ambas as nações os únicos esboços acabados capazes de transmitir o verdadeiro espírito da caça à baleia. Em sua maioria, os desenhistas de baleias ingleses e americanos parecem contentar-se inteiramente com a apresentação do contorno mecânico das coisas, como o semblante vazio da baleia; o que, em termos de efeito pitoresco, não difere de esboçar o perfil de uma pirâmide. Até mesmo Scoresby, o justamente renomado caçador de baleias-francas, depois de nos oferecer um pétreo perfil total da baleia-da-groenlândia e três ou quatro delicadas miniaturas de narvais e marsopas, presenteia-nos com uma série de gravuras clássicas de ganchos de bote, facas de picar e fateixas; e, com a diligência microscópica de um Leeuwenhoeck,[388] aplica-se ao escrutínio de um mundo frígido de noventa e seis fac-símiles de cristais de neve ártica ampliados. Não pretendo menosprezar o excelente viajante (eu o honro como um veterano), mas em um assunto tão importante foi certamente um descuido não ter obtido para cada cristal uma declaração juramentada ante um juiz de paz da Groenlândia.

Além dessas belas gravuras de Garnery, há duas outras gravuras francesas dignas de nota, de um artista que assinou "H. Durand".[389] Uma delas, embora

---

388. Anton van Leeuwenhoek (1632-1723) foi um importante naturalista holandês, considerado por muitos o inventor do microscópio.

389. O sobrenome "Durand" é um pseudônimo convencional, muitas vezes usado por gravuristas franceses. No entanto, é possível que o narrador esteja se referindo ao pintor de cenas marítimas francês Henri Durand-Brager (1814-79), autor de duas gravuras — *Navio baleeiro ancorado* e *Navio baleeiro francês em ação* — talvez conhecidas de Melville.

não precisamente adequada ao nosso propósito atual, merece não obstante menção por outros motivos. É uma cena tranquila de meio-dia entre as ilhas do Pacífico. Um baleeiro francês ancorado na costa, em local calmo, transporta preguiçosamente água a bordo; as velas do navio arriadas e as longas folhas das palmeiras ao fundo, ambas estão suspensas numa atmosfera de calmaria. O efeito é excelente, à medida que apresenta os tenazes e duros baleeiros sob um de seus poucos aspectos de repouso oriental. A outra gravura é bem diversa: o navio posto à capa em mar aberto, e no próprio coração da vida leviatânica, com uma baleia-franca ao lado; a embarcação (no ato do desmancho) aproximando-se do monstro como se estivesse diante de um cais; e um bote, saindo às pressas desse cenário de atividade, prestes a dar caça às baleias ao longe. Os arpões e as lanças estão dispostos para o uso; três remadores enfiam o mastro na carlinga; enquanto, de uma súbita onda que se ergue no mar, a pequena embarcação inclina-se parcialmente para fora d'água, como um cavalo empinado. Do navio, a fumaça dos tormentos da baleia que ferve sobe como fumaceiro que cobrisse uma aldeia de ferreiros; e, a barlavento, uma nuvem negra, formando-se com as mais renhidas das tempestades e vendavais, parece acelerar a atividade dos marinheiros.

57

Sobre as baleias na pintura; em dentes; em madeira; em chapas de ferro; em pedra; nas montanhas; nas estrelas

NA COLINA DA TORRE DE LONDRES, quando se desce até as docas da cidade, é possível ver um mendigo aleijado (ou *ancoreta*, como dizem os marinheiros) segurando uma tábua pintada diante de si; nela, vê-se a representação da cena trágica em que perdeu a perna. São três baleias e três botes; e um dos botes (no qual presumimos estar a perna ausente em toda a sua integridade original) encontra-se prestes a ser esmagado pelas mandíbulas da baleia à frente. Todos os dias, nos últimos dez anos, contam-me, esse homem esteve ali, erguendo aquela imagem e exibindo o cotoco de perna a um mundo cético. Mas chegou a hora de fazer-lhe justiça. Suas três baleias são, sem dúvida, as melhores já oferecidas ao público em Wapping;[390] e seu coto, um coto tão categórico quanto qualquer outro que se encontre em paragens ocidentais. Mas, embora para sempre montado naquele coto, o pobre baleeiro nunca fez qualquer discurso tratando daquele coto; limita-se a conservar os olhos baixos e contemplar com tristeza a própria amputação.

Em todo o Pacífico, e também em Nantucket, New Bedford e Sag Harbor, vocês depararão com representações bastante precisas de baleias e cenas baleeiras, gravadas pelos próprios pescadores em dentes de cachalote, ou corpetes femininos feitos das barbas da baleia-franca e outros trabalhos próprios ao *skrimshander*, que é como os baleeiros chamam as pequenas, numerosas e engenhosas invenções que elaboradamente esculpem a partir da matéria bruta em suas horas de lazer no oceano. Alguns trazem a bordo caixinhas de instrumentos que mais parecem odontológicos, todos especialmente destinados ao *skrimshander*. Via de regra, porém, trabalham apenas com canivetes; e, com essa ferramenta quase onipotente do marinheiro, são capazes de fazer qualquer coisa do universo dos marujos.

O longo exílio da cristandade e da civilização inevitavelmente restaura o homem à condição em que Deus o colocou, ou seja, a chamada selvageria.

390. Distrito portuário em Londres a leste de Tower Hill.

O verdadeiro caçador de baleias é tão selvagem quanto um iroquês. Eu mesmo sou um selvagem, não devendo lealdade senão ao rei dos Canibais; e pronto a me rebelar contra ele a qualquer momento.

Ora, uma das características peculiares do selvagem em seus momentos domésticos é sua maravilhosa e industriosa paciência. Um antigo tacape ou remo-lança havaianos, em toda a sua multiplicidade e elaboração de entalhes, é um triunfo tão raro da perseverança humana quanto um dicionário de latim. Com não mais do que um pedaço de concha do mar quebrada ou um dente de tubarão confere-se à madeira uma milagrosa complexidade de padrões; ao custo de sucessivos anos de diligente aplicação.

Assim como o selvagem havaiano, o mesmo ocorre com o marinheiro-selvagem branco. Com a mesma formidável paciência, e com o mesmo e único dente de tubarão e seu humilde canivete, ele lhes esculpirá uma escultura em osso, não tão esmerada mas igualmente aferrada ao intrincado da concepção quanto o escudo de Aquiles do grego selvagem;[391] e cheio do espírito bárbaro e sugestivo das gravuras daquele velho selvagem holandês, Albert Dürer.[392]

Baleias de madeira ou silhuetas de baleias entalhadas em pequenas lascas escuras da nobre madeira de guerra dos Mares do Sul são frequentemente encontradas nos castelos de proa de baleeiros americanos. Algumas são entalhadas com muita precisão.

Em algumas antigas casas de campo com telhado de empena, vocês encontrarão baleias de lata penduradas pelo rabo como aldravas na porta da frente. Quando o porteiro está dormindo, a baleia-de-cabeça-de-bigorna é a melhor. Mas essas baleias de aldrava raramente se destacam como exemplares fidedignos. Nas torres de algumas igrejas antigas, vocês verão baleias de aço laminado fazendo as vezes de cata-vento; mas estão instaladas em um lugar tão elevado e, além disso, estão, para quaisquer efeitos e propósitos, rotuladas com um "*Não tocar!*", que não se pode examiná-las de perto o bastante para que se decida sobre seu mérito.

Em regiões da terra de ossatura e costelas mais pronunciadas, onde, na base de altas falésias escarpadas, massas de rocha se espalham em fantásticos agru-

---

391. Forjado pelo deus Hefesto para sua luta contra o troiano Heitor, o escudo do guerreiro grego Aquiles trazia um intrincado trabalho de ornamentação. Nele apareciam representações de todo o cosmo e do homem em suas mais variadas atividades.

392. Gravador que revolucionou as técnicas dessa arte, além de pintor, ilustrador, matemático e teórico de arte, Albrecht Dürer (1471-1528) foi um dos mais importantes representantes do Renascimento nórdico.

pamentos sobre a planície, vocês frequentemente encontrarão imagens das formas petrificadas do leviatã parcialmente misturadas à grama, surgindo à vista em dias de vento forte, em meio ao tumulto das verdes ondas.

Por sua vez, em regiões montanhosas onde o viajante encontra-se continuamente rodeado por anfiteatrais alturas; aqui e ali, de algum afortunado ponto de vista, vocês verão de relance os perfis de baleias delineadas ao longo das cristas ondulantes. Mas é preciso ser um rematado baleeiro para ver esses pontos; e não apenas isso: se é desejo de vocês voltar a ver tal espetáculo novamente, não se esqueçam de tomar a exata intersecção de latitude e longitude do primeiro avistamento, caso contrário tais observações das colinas são tão fortuitas que seu primeiro ponto de vista exigirá uma laboriosa redescoberta; como as ilhas Salomão, que ainda permanecem incógnitas, embora Mendaña, de elevados rufos, as tenha pisado antes e o velho Figuera as tenha mencionado em crônica.[393]

Tampouco, quando expansivamente estimulado pelo assunto, se é capaz de não observar as grandes baleias nos céus estrelados, junto com os botes em seu encalço; como quando as nações orientais, há muito dedicadas aos pensamentos de guerra, reconheciam exércitos em luta renhida entre as nuvens. Assim, no Norte, persegui o leviatã ao redor do polo acompanhando as revoluções dos pontos brilhantes que primeiro o revelaram a mim. E, sob o resplandecente céu da Antártida, embarquei na Argo Navis e me uni à perseguição contra a Cetus estrelada, muito além do trecho mais extremo da Hidra Macho e do Peixe Voador.[394]

Com as âncoras de uma fragata a servir de bridão e feixes de arpões como esporas, seria capaz de montar aquela baleia e saltar os mais altos céus, para ver se as lendárias abóbadas celestes com todas as suas incontáveis tendas de fato estão acampadas além da minha visão mortal!

---

393. Descobertas por d. Álvaro de Mendaña em 1568, as ilhas permaneceram inexploradas, e sua localização incerta, por duzentos anos. Nos tempos de Melville, não se conhecia dessas ilhas mais do que a linha da costa. "Figuera", assim mencionado no original, é Cristóbal Suárez de Figueroa (1571-1644), escritor e enciclopedista espanhol.

394. Argo Navis [navio dos argonautas], Cetus [baleia], Hidra Macho e Peixe Voador são constelações do hemisfério Sul.

58
Brit[395]

VOGANDO A NORDESTE DAS CROZETTS, deparamo-nos com vastos prados de *brit*, a minúscula substância amarela da qual a baleia-franca se alimenta em grande parte. Por léguas e léguas, ela ondulou à nossa volta, de modo que parecíamos estar navegando por ilimitados campos de trigo maduro e dourado.

No segundo dia, foram avistadas inúmeras baleias-francas que, a salvo do ataque de um baleeiro dedicado à caça do cachalote como o *Pequod*, com as mandíbulas abertas nadavam vagarosamente através do *brit*, que, aderindo às franjas fibrosas daquela extraordinária veneziana de suas bocas, era assim separado da água que escapava pelo lábio.

Como ceifadores na manhã que raia, lado a lado no lento e agitado avanço de suas foices através do longo e úmido relvado de pantanosos prados; assim nadavam esses monstros, enquanto produziam um som estranho, cortante e gramíneo e deixavam em sua esteira infinitas faixas anil sobre o mar amarelo.[396]

Mas era apenas o som que emitiam ao separar o *brit* que fazia lembrar um ceifador. Vistas dos topes dos mastros, especialmente quando paravam e assim permaneciam por algum tempo, suas vastas formas negras mais pareciam massas rochosas sem vida do que qualquer outra coisa. E como nos grandes campos de caça da Índia, onde o forasteiro por vezes passa nas planícies ao largo de elefantes deitados sem saber que são elefantes, entendendo-os como elevações nuas e enegrecidas do solo — o mesmo muitas vezes se dá com aquele que pela primeira vez contempla essa espécie de leviatã do mar. E mesmo quando por fim reconhecida, a imensidão de sua magnitude torna de fato muito difícil crer

---

395. *Brit* é o termo que os marinheiros utilizam para designar o que moderna e cientificamente se chama plâncton. O termo plâncton é utilizado para definir um grupo de organismos que possuem pouca capacidade de locomoção e que são transportados horizontalmente nos ambientes aquáticos pelas correntes de água. Trata-se de um grupo muito diversificado de organismos, que incluem desde vírus até plantas e animais.

396. Essa parte do mar, conhecida entre os baleeiros como "Bancos do Brasil", não tem esse nome como os Bancos da Terra Nova por lá haver baixios e profundezas, mas por causa da notável aparência de pradaria, causada pela imensa deriva de plâncton a flutuar continuamente nessas latitudes, onde a baleia-franca é amiúde perseguida. (N. A.)

que tais volumes imensos, em seu excessivo crescimento, possam ser dotados, em cada parte, do mesmo tipo de vida que habita um cachorro ou cavalo.

De fato, em outros aspectos, é muito difícil tomar qualquer criatura das profundezas sob os mesmos sentimentos dedicados às criaturas de terra firme. Ainda que alguns antigos naturalistas tenham sustentado que todas as criaturas da terra conhecem contrapartida no mar; e não obstante tal ideia seja até factível, a partir de uma visão geral e ampla da coisa; à medida que nos aproximamos das especificidades — onde, por exemplo, o oceano fornece peixe que em disposição corresponda à gentileza sagaz do cão? Pode-se conceber ser análogo ao maldito tubarão, ainda que sob qualquer perspectiva generalista?

Mas embora, aos homens da terra em geral, os habitantes nativos dos mares sempre tenham sido vistos sob paixões indizivelmente antissociais e repulsivas; embora reconheçamos que o mar será uma eterna *terra incognita*, de modo que Colombo navegou por incontáveis mundos desconhecidos para descobrir seu único e superficial mundo ocidental; embora, indiscutivelmente, o mais terrível de todos os desastres mortais tenha acometido, imemorial e indiscriminadamente, dezenas e centenas de milhares de pessoas que se perderam nas profundezas das águas; embora um simples momento de reflexão baste para demonstrar que por mais que, do alto dos cueiros de sua infância, o homem se possa gabar de sua ciência e astúcia, e por mais que, em um lisonjeiro futuro, essa ciência e astúcia possam aumentar; para todo o sempre, porém, até que se ouçam os trovões e relâmpagos e terremotos,[397] o mar o insultará e assassinará, e reduzirá a ruínas a mais imponente e rija fragata que ele puder construir; no entanto, pela repetição contínua dessas mesmas impressões, o homem perdeu a sensação de todo o horror do mar que originalmente a ele pertence.

O primeiro barco de que temos notícia flutuou num oceano que, com fúria portuguesa, tragou um mundo inteiro sem deixar sequer uma viúva. Esse mesmo oceano rola agora; esse mesmo oceano destruiu os navios naufragados do ano passado. Sim, tolos mortais, o dilúvio das águas de Noé ainda não minguou e escoou; as águas ainda prevalecem sobre dois terços da terra deste mundo.[398]

Em que diferem o mar e a terra, que o milagre de um não é o milagre de outro? Terrores sobrenaturais se abateram sobre os hebreus, quando, aos pés de Coré e sua gente, a terra abriu a boca e os tragou para sempre;[399] no entanto,

---

397. Apocalipse 8,5.
398. Genesis 7-8.
399. Números 16,32-33.

nunca um sol moderno se põe sem que precisamente da mesma maneira o mar vivo trague navios e tripulações.

Mas não apenas o mar é um inimigo do homem que a ele é estranho como também é um demônio para sua própria prole; pior do que o anfitrião persa que assassinou seus próprios convidados; não poupando as criaturas que ele mesmo gerou.[400] Como uma tigresa selvagem que se lançando na selva sufoca as próprias crias, então o mar arroja mesmo as mais poderosas baleias contra as rochas e ali as abandona ladeando os destroços dos navios. Não há misericórdia ou poder que não o seu. Resfolegando, bufando como um ensandecido corcel de batalha que perdeu seu cavaleiro, o oceano sem senhor domina o globo.

Reflitam sobre a sutileza do mar; sobre como suas criaturas mais temidas deslizam sob a água, quase imperceptíveis em sua grande maioria, e traiçoeiramente escondidas sob os mais belos matizes do azul. Reflitam também sobre o brilho e a beleza diabólicos de muitas de suas mais implacáveis tribos, como se observa nas belas e delicadas formas de muitas espécies de tubarões. Reflitam, peço-lhes mais uma vez, sobre o canibalismo universal do mar, cujas criaturas todas, sem exceção, atacam-se umas às outras, travando uma guerra eterna desde a aurora dos tempos.

Reflitam sobre tudo isso; e então se voltem ao verde tão dócil e gentil da terra; reflitam sobre os dois, o mar e a terra: não encontrarão vocês uma estranha analogia com algo que guardam dentro de si? Pois, assim como um oceano terrível circunda a terra verdejante, na alma do homem existe uma Taiti insular, cheia de paz e alegria, mas cercada por todos os horrores de uma vida que apenas parcialmente se conhece. Deus te guarde! Não te afastes dessa ilha, talvez nunca consigas retornar!

---

400. Possível alusão a *Anábase*, texto do filósofo, historiador e soldado grego Xenofonte (430 a.C.-354 a.C.). Nele se conta a jornada de um grupo de mercenários contratados pelo príncipe persa Ciro, o Jovem, para a destituição de seu irmão, o imperador persa Artaxerxes II. Um dos casos narrados no texto se refere a um dos potentados do império persa, Tissafernes, que teria convidado uma comitiva grega a um jantar com o intuito de, na verdade, assassiná-la traiçoeiramente.

59
Lula

EM VAGAROSA TRAVESSIA pelas pradarias de *brit*, o *Pequod* ainda conservava a proa apontada na direção nordeste, rumando à ilha de Java; uma brisa serena impelindo-lhe a quilha, de modo que na paz reinante seus três elevados mastros, esguios como círios, meneavam suavemente ao sabor daquele sopro vadio como três palmeiras tranquilas em uma planície. Contudo, a longos intervalos dentro da noite prateada, o solitário jorro sedutor se avistava.

Mas, em uma manhã de azul translúcido, quando sobre a superfície das águas, ainda que não tocadas por calmaria modorrenta, se estendia uma quietude quase sobrenatural; quando a larga senda solar mais parecia um dedo de ouro que se projetava sobre o mar a pedir que calasse algum segredo; quando as delicadas ondas sussurravam juntas em sua escorregadia correnteza — nesse profundo silêncio da ordem visível das coisas, Daggoo, de seu posto no tope do mastro principal, deu vistas de um estranho espectro.

A distância, uma grande massa branca emergia despreocupada e preguiçosa, e ao subir cada vez mais, desentranhada do azul que a cobria, cintilou por fim diante de nossa proa como o corpo de uma avalanche que tivesse há pouco desabado de uma colina. Luzindo assim por um instante, com igual lentidão cedeu e afundou para, novamente, surgir e fulgurar em seu silêncio. Não parecia uma baleia — seria, mesmo assim, Moby Dick?, pensou Daggoo. Outra vez o fantasma mergulhou, mas, em seu ressurgimento, com um grito de adaga cuja lâmina tivesse varado cada marinheiro em seu reclamo, o negro bradou: "Ali! Ali de novo! Ali se esgueira! Bem adiante. A Baleia Branca, a Baleia Branca!".

Feito o anúncio, os marinheiros correram ao lais de verga, como à hora do enxame as abelhas voam para os galhos. Com a cabeça nua sob o sol escaldante, Ahab trepou no gurupés e, com uma das mãos bem recuada, pronta a acenar ordens ao timoneiro, lançou o olhar sôfrego na direção ao alto indicada pelo braço estendido e imóvel de Daggoo.

Se a participação fugaz daquele sereno e solitário jorro havia pouco a pouco influenciado Ahab, de modo que este então se via suscetível a atribuir noções de brandura e repouso ao primeiro advento da baleia que particularmente perseguia; ou se fora traído pela urgência do que sentia; seja como for, tão logo identificou a massa branca, num violento rompante deu ordens para que se arriassem os botes.

Os quatro botes logo flutuavam na água — o de Ahab à frente, e os demais remando velozmente em direção a sua presa. Ela não tardou a afundar, e enquanto, de remos ao alto, aguardávamos seu ressurgimento, eia! — de novo emergiu no mesmo ponto onde mergulhara. Quase esquecidos por um breve momento de todos os pensamentos a respeito de Moby Dick, tínhamos agora diante dos olhos o mais formidável dos fenômenos que os mares secretos até hoje revelaram ao homem. Uma imensa massa de bastas carnes, com metros e metros de comprimento e largura e uma cor creme luzidia, flutuava na superfície da água munida de longos e muitos braços que irradiavam de seu centro, enrolando-se e retorcendo-se, como um ninho de serpentes gigantes que se agarrassem cegamente a qualquer objeto desafortunado a seu alcance. Rosto ou fronte perceptível, não havia; nem qualquer sinal concebível de sensação ou instinto; não fazendo mais que vagar no movimento das ondas, aparição de vida fantasmática, informe, fortuita.

Diante do novo desaparecimento, ao que produziu um som baixo, como se algo a sugasse, Starbuck, ainda fitando as águas agitadas em que havia afundado, com voz prenhe de tormento exclamou: "Quase preferia ter visto Moby Dick e dado-lhe combate a ter visto a ti, pálido fantasma!".

"Que foi, senhor?", quis saber Flask.

"É a grande lula, que, assim dizem, poucos baleeiros viram e retornaram aos seus portos para contar a história."

Mas Ahab nada declarou; dando meia-volta ao bote, navegou em retorno ao navio; com os demais a segui-lo silenciosamente.

Quaisquer que sejam as superstições que os baleeiros dedicados à caça do cachalote em geral tenham relacionado à visão do objeto, certo é que, sendo tão incomum vislumbrá-lo, tal circunstância basta para investi-lo daquilo que é próprio aos prodígios. Tão raramente é observado que, embora se declare em uníssono que se trata da maior coisa dotada de vida no oceano, são pouquíssimos os que a seu respeito têm mais do que impalpáveis ideias acerca de sua verdadeira natureza e forma; no entanto, creem que ela forneça ao cachalote seu único alimento. Pois, embora outras espécies de baleias encontrem seu alimento na linha-d'água e possam ser vistas pelo homem no ato de se alimentar, o cachalote obtém todo o seu alimento em zonas desconhecidas e profundas; e só por inferência é que se pode dizer do que consiste, precisamente, esse alimento. Às vezes, quando perseguido de perto, ele vomita o que se supõe serem os braços destacados da lula; alguns dos quais ostentando quase dez metros de comprimento. Imagina-se que o monstro a que esses braços pertencem agarra-se de ordinário por seu auxílio, ao leito do oceano; e que o cachalote, ao contrário de outras espécies, tem dentes para atacá-lo e dilacerá-lo.

Parece haver algum fundamento para se imaginar que o grande *kraken* do bispo Pontoppidan[401] possa, ao fim e ao cabo, ser a lula. A descrição que o bispo lhe dá, ao observá-lo ora emergindo, ora submergindo, somada a alguns outros detalhes narrados — em tudo isso ambos correspondem. Mas muita redução é necessária no que diz respeito às incríveis dimensões que ele lhe atribui.

Alguns naturalistas, a cujos ouvidos não chegaram mais do que vagos rumores sobre a misteriosa criatura aqui tratada, incluem-na na classe das sépias, à qual de fato parece pertencer, dada a coincidência de certos aspectos externos, mas apenas como o Anaque da tribo.[402]

---

401. Monstro marinho, supostamente de 2,5 quilômetros de circunferência, registrado por Erik Pontoppidan em sua *História natural da Noruega* (1752-53), citado por John Knox em *A New Collection of Voyages* (1767).
402. Números 13,33.

60
A linha

COM REFERÊNCIA À CENA BALEEIRA a ser descrita em breve, bem como para melhor compreensão de todas as cenas de mesmo tipo, a serem apresentadas noutras partes, tenho de falar aqui da mágica e, por vezes, terrível linha da baleia.

A linha originalmente utilizada na pesca era do melhor cânhamo, coberta de leves borrifadas de alcatrão, não impregnada dele, como no caso do cordame em geral; pois embora o alcatrão, tal como normalmente aplicado, torne o cânhamo mais maleável ao mestre cordoeiro e também o cabo mais ajustado aos usos cotidianos do marujo nas embarcações; não apenas a quantidade usual endureceria demasiado a linha da baleia para as voltas cerradas do colhimento a que está sujeita; mas também, como a maioria dos marinheiros está começando a aprender, o alcatrão em geral não aumenta a durabilidade ou resistência do cabo, por mais que lhe dê encorpamento e brilho.

Nos últimos anos, na pesca americana, o cânhamo-de-manilha substituiu quase por inteiro o cânhamo como material para a linha baleeira; pois, embora não seja tão durável quanto este, é mais forte e muito mais macio e elástico; e, devo acrescentar (visto que há estética em todas as coisas), muito mais bonito e adequado ao bote do que o cânhamo. O cânhamo é um sujeito moreno, de tez escura, uma espécie de indiano; já a fibra filipina é uma circassiana de cabelos dourados, bela de se ver.

A linha baleeira tem um calibre de apenas um centímetro e meio. À primeira vista, não parece tão forte quanto realmente é. Por experiência, seus cinquenta e um fios são capazes de suspender, cada qual, um peso de cinquenta quilos; de forma que o cabo como um todo suporta uma tensão quase igual a três toneladas. Em comprimento, a linha do cachalote comum mede algo em torno de duzentas braças.[403] Perto da popa do bote, ela se encontra enrolada em espiral dentro da selha, não como a mangueira de um destilador, mas de modo a formar uma massa redonda em forma de queijo, de "molhos" ou camadas de espirali-

403. Uma braça corresponde a 2,2 metros.

zações concêntricas densamente acomodadas, sem qualquer espaço vazio que não o "coração", ou diminuto tubo vertical formado no eixo do queijo. Uma vez que o menor emaranhado ou torcedura no rolo poderia, ao escoar, fatalmente arrancar um braço, perna ou o corpo inteiro de um marinheiro, o máximo de precaução é utilizado para acomodar a linha em sua selha. Alguns arpoadores consomem praticamente uma manhã inteira no trabalho, levando a linha bem alto e então a puxando de volta por meio de uma polia para dentro da selha, de forma a desfazer, no colhimento, quaisquer nós e torções.

Nos botes ingleses, duas selhas são usadas em vez de uma; a mesma linha sendo continuamente colhida em ambos os recipientes. Há alguma vantagem nisso; porque essas selhas gêmeas são tão pequenas que cabem mais facilmente no barco e não o tensionam tanto; ao passo que a selha americana, com quase um metro de diâmetro e profundidade proporcional, é uma carga um tanto volumosa para uma embarcação cujas tábuas não têm mais do que um centímetro de espessura; pois o fundo do bote baleeiro é como a camada de gelo fragilizada, capaz de suportar considerável peso distribuído, porém não muito concentrado. Quando a capa de lona alcatroada é colocada sobre a selha americana, o bote parece transportar um bolo de casamento prodigiosamente grande para presentear as baleias.

Ambas as pontas da linha ficam expostas; a extremidade inferior terminando em botão ou trançado que sobe do fundo da selha acompanhando-lhe a lateral e em sua borda permanecendo pendurada, desembaraçada de tudo. Esse arranjo da ponta inferior é necessário por duas razões. A primeira: facilitar a emenda de linha adicional de um bote vizinho, caso a baleia atingida mergulhe fundo a ponto de ameaçar levar todo o cabo originalmente preso ao arpão. Nesses casos, troca-se a baleia de mãos como, por assim dizer, uma caneca de cerveja, de um bote ao outro; embora o primeiro esteja sempre por perto para ajudar o parceiro. A segunda: esse é um arranjo indispensável em termos de segurança comum; pois, estivesse a extremidade inferior da linha de alguma forma presa ao bote, e a baleia então estendesse a linha até o fim quase em um único minuto fumegante, como às vezes faz, ela não pararia aí, pois o bote condenado seria fatalmente arrastado com ela para as profundezas do mar; e, nesse caso, nenhum pregoeiro jamais teria notícias da embarcação.

Antes de arriar o bote para a perseguição, a extremidade superior da linha é retirada da selha em direção à popa e, passando à volta do logaete ali instalado, é levada pelo bote em toda a sua extensão, ficando de través sobre a chumaceira ou cabo do remo de cada marinheiro, de modo que o cabo corre contra seu pulso ao remar; e também passando entre os homens, quando se sentam em posições alternadas nas amuradas opostas, rumo aos escotéis ou goivados de chumbo no extremo pontiagudo da proa do bote,[404] onde uma malagueta ou pino de madeira, do tamanho de um fuso comum, a impede de escapar. Dos goivados, a linha pende em um pequeno festão sobre a proa, e então é passada novamente para dentro do bote; tendo algo entre dez ou vinte braças (a chamada linha de caixa) aduchadas sobre o leito de proa,[405] perseguindo seu caminho à amurada ainda mais um pouco até ser finalmente amarrada à vinhoneira — o cabo imediatamente preso ao arpão; mas antes dessa ligação, a vinhoneira passa por um sem-número de processos obscuros, aborrecidos demais para serem tratados em detalhe.

Assim, a linha da baleia envolve todo o bote em suas complicadas sinuosidades, dando voltas e vibrando em quase todas as direções.[406] Todos os remadores estão implicados em suas perigosas contorções; de forma que, ao olhar temeroso do homem de terra, eles mais parecem saltimbancos indianos, com o elegante adorno das cobras mais mortais a penderem de seus membros. Da mesma forma, é impossível a qualquer homem nascido do ventre de sua mãe, quando pela primeira vez sentado em meio a um tal emaranhado de cânhamo e dando toda a sua força aos remos, ser acometido do pensamento de que a qualquer fortuito instante o arpão pode ser enviado e todo esse medonho mecanismo pode ser posto em funcionamento como um grande anel de fogo — é impossível estar sob tais circunstâncias sem sentir um calafrio capaz de reduzir a própria medula dos ossos a gelatina. No entanto, o hábito — ó coisa estranha! do que o hábito não é capaz? Gracejos mais divertidos, alegria mais prazenteira, melhores piadas e respostas mais brilhantes, vocês nunca as ouviram sobre o mogno de suas mesas de jantar tal como as ouvirão sobre as tábuas de cedro branco de um centímetro de um bote baleeiro quando suspenso em um nó de carrasco; e, como os seis burgueses de Calais diante do rei Eduardo,[407] pode-se dizer que os

404. Na baleação açoriana, esse elemento da construção do bote tem o mesmo nome de sua contrapartida anglo-americana, choque, por onde corre a linha quando está presa à baleia arpoada.

405. Por trás do choque, está uma pequena coberta triangular, instalada um pouco abaixo da linha da borda, à qual se dá o nome de leito de proa, onde permanecem as folgas da linha cujo escoamento é administrado pelo arpoador e pelo chefe da embarcação quando a baleia é trancada.

406. Melville exagera neste ponto: a linha atravessa o centro da embarcação de popa a proa, não em torno dela pelos costados.

407. Episódio da Guerra dos Cem Anos, conflito franco-inglês que teve, entre seus muitos cronistas, o francês Froissard. A história dos seis burgueses de Calais narra a coragem de

seis homens que compõem a tripulação remam rumo às mandíbulas da morte com a corda no pescoço.

Agora talvez vocês só precisem pensar um pouquinho para entender os repetidos desastres baleeiros — alguns poucos dos quais são narrados casualmente — em que esse homem ou aquele homem é arrancado do bote pela linha e, então, perdido. Pois, quando a linha escoa, estar sentado no bote é como estar sentado no meio dos múltiplos zunidos de uma máquina a vapor em pleno funcionamento, quando cada cilindro, roda e eixo o roçam a toda velocidade — senão pior: pois é impossível permanecer imóvel em meio a esses perigos, enquanto o barco balança como um berço e você é jogado de um lado para outro sem o menor aviso; e somente por um certo controle de flutuabilidade e simultaneidade de volição e ação se consegue escapar a ser transformado em um Mazeppa[408] de si mesmo e arrastado para onde o próprio sol que tudo vê nunca mais o poderia tocar.

Novamente: como a profunda calma que, mera aparência, precede e profetiza a tempestade talvez seja ainda mais terrível do que a própria tempestade; visto que, em verdade, a calmaria é tão somente o envelope, o invólucro da tempestade, e a contém em si mesma, como o rifle à primeira vista inofensivo contém a pólvora, a bala e a explosão fatais; o repouso gracioso da linha, portanto, ao serpentear tranquila em torno dos remadores antes de ser posta em movimento — isso é algo que carrega consigo mais terror verdadeiro do que qualquer outro aspecto deste perigoso assunto. Mas por que dizer mais? Todos os homens vivem em meio a linhas de baleias, todos nascem com o laço em volta do pescoço, mas é somente quando apanhados pela rápida e repentina manifestação da morte que os mortais percebem os perigos silenciosos, sutis e sempre presentes da vida. E se você for um filósofo, ainda que sentado no bote baleeiro, não sentiria no íntimo um pingo de terror a mais do que se estivesse sentado diante de sua lareira à noite, munido de um atiçador, e não um arpão, ao seu lado.

---

seis dos mais notáveis cidadãos de Calais, que voluntariamente se ofereceram como reféns ao rei Eduardo III da Inglaterra (1312-77) para que levantasse o cerco da cidade e salvasse as populações famintas.

408. Protagonista de um poema homônimo de Byron, preso a um cavalo selvagem.

61
Stubb mata uma baleia

SE PARA STARBUCK a aparição da lula era questão de presságios, para Queequeg se tratava de objeto bem distinto.

"Quando ver lula", observou o selvagem, amolando o arpão na proa do bote em movimento, "não demorar ver cachalote."

O dia seguinte foi excessivamente calmo e abafado, e sem nada de especial em que se engajasse a tripulação do *Pequod* mal pôde resistir ao encanto do sono, induzida pelo absoluto vazio do mar. A região do oceano Índico que então atravessávamos não é a que os baleeiros chamam de zona de ação; isto é, oferece aos olhos menos aparições de toninhas, golfinhos, peixes-voadores e outros habitantes vivazes de águas mais agitadas do que as do rio da Prata ou do litoral do Peru.

Era minha vigília no tope do mastro de traquete; e, com os ombros encostados nos ovéns de sobrejoanete afrouxados, eu balançava com indolência de um lado para outro no que parecia um ar encantado. Não havia poder da vontade capaz de resistir; naquele estado onírico do espírito, a perder toda a consciência, por fim minha alma desprendeu-se do corpo; embora este ali permanecesse, balançando como um pêndulo muito tempo depois de afastada a força que primeiro o movera.

Antes que o olvívio se apoderasse definitivamente de mim, observei que os marinheiros nos topes dos mastros principal e de mezena já vinham sonolentos. De modo que, ao fim e ao cabo, nós três balançávamos sem vida sobre as vergas, ao que éramos acompanhados a cada balanço de um cabeceio do timoneiro adormecido logo abaixo. As ondas também cabeceavam com suas cristas preguiçosas; e através do amplo transe do mar, o leste cabeceava ao oeste, com o sol a cobrir todas as coisas.

De repente, bolhas pareciam estourar sob meus olhos fechados; como grifos, minhas mãos agarraram-se aos ovéns; uma bendita agência invisível me preservava; com um choque, voltava à vida! E eia! Próximo, a menos de quarenta braças de distância a sotavento, um cachalote gigante rolava pelas águas como o casco emborcado de uma fragata, o dorso largo e reluzente, de um matiz etíope, brilhando aos raios do sol como um espelho. Acompanhando preguiçosamente as ondulações do vale aberto entre as vagas, e vez por outra lançando ao ar seu jorro de vapor sem o que a aborrecesse, a baleia mais parecia um burguês gordo a fumar seu cachimbo em uma tarde de calor. Mas aquelas cachimbadas, pobre baleia, eram as derradeiras. Como que atingido pelo condão de algum mago, o navio sonolento e todos os que nele dormiam de uma só vez se puseram a despertar; e mais de uma vintena de vozes de todas as partes do navio, simultaneamente com as três notas do clamor ao alto, dispararam o grito de costume, enquanto o grande peixe lenta e regularmente jorrava a salmoura cintilante ao ar.

"Arriar os botes! Orçar!", ordenou Ahab. E obedecendo à sua própria ordem, girou o leme antes que o timoneiro pudesse segurar-lhe as malaguetas.[409]

As súbitas exclamações da tripulação devem ter alarmado a baleia; e antes que os botes tocassem a água, em majestosa virada o cachalote seguiu a sotavento, mas com tamanha paz e constância, e produzindo tão poucas ondulações em seu deslocamento, que Ahab, inferindo, afinal, que o animal talvez ainda não estivesse assustado, deu ordens para que os remos não fossem usados, e nenhum homem falasse, senão em sussurros. Assim, colados à amurada dos botes como índios de Ontário, usamos das pagaias[410] com agilidade e sem alarde, uma vez que a calmaria não nos permitisse içar as discretas velas. Enquanto assim deslizávamos em perseguição, o monstro ergueu a cauda doze metros ao ar e então mergulhou, como uma torre que afundasse.

"Lá se vai o leque!" foi o grito, anúncio imediatamente acompanhado do fósforo e do cachimbo aceso de Stubb, pois se permitia então uma pausa. Passado todo o intervalo do mergulho, a baleia voltou à superfície e, estando agora à frente do barco do fumante, e muito mais perto deste do que dos demais, Stubb contou com a honra da captura. Era óbvio, então, que a baleia havia enfim se dado conta de seus perseguidores. Todo o cauteloso silêncio, portanto, tornara-se inútil. As pagaias foram abandonadas, e os remos foram postos em ruidoso uso. E ainda baforando de seu cachimbo, Stubb incentivava sua tripulação para o assalto.

---

409. A introdução de uma roda ao leme neste ponto do romance parece ser uma discrepância atribuível ao autor, que descreve o leme do *Pequod* (capítulo 16) como uma cana de peça inteiriça. Em alguns navios, contudo, uma roda era presa a uma cana de leme. O comando de orçar significa dirigir a embarcação a sotavento, trazendo a embarcação à linha do vento.

410. Sempre que um bote persegue, a vela, uma baleia, a tripulação faz uso das pagaias para lhe imprimir mais velocidade. As pagaias, traindo a sua origem indígena quer quanto ao formato quer quanto ao modo como são utilizadas, são em número de seis, uma por remador. Para pagaiar, os homens sentam-se na borda, virados para a proa.

Sim, uma grande mudança acometera o peixe. Atento à ameaça, pôs-se "de cabeça para fora"; com essa parte de sua anatomia projetando-se obliquamente da louca espuma que produzia.[411]

"Botem ela pra correr, botem ela pra correr, meus homens... mas não se apressem! Fiquem à vontade... mas botem ela pra correr – uma trovejada, e só", gritou Stubb, soltando baforadas enquanto falava. "Botem agora; uma remada longa e forte, Tashtego. Bote ela pra correr, Tash, meu garoto... todos vocês, botem ela pra correr, mas calma, muita calma... frieza é a palavra... tranquilo, tranquilo... só botem ela pra correr como a morte cruel e as gargalhadas do inferno – vamos levantar os defuntos do chão, meus rapazes... é isso! Botem ela pra correr!"

"Uuu-huu! Wa-hee!", respondeu o índio com um uivo, elevando aos céus algum grito de guerra ancestral; enquanto cada remador do bote, que se projetava a toda quilha, sentia o tranco à frente resultante da tremenda remada que o índio possesso aplicou.

Mas seus gritos selvagens encontraram eco em outros igualmente elementares. "Kee-hee! Kee-hee!", berrava Daggoo, tensionando o corpo inteiro para a frente e para trás em seu assento, como um tigre enjaulado.

"Ka-la! Koo-loo!", devolveu Queequeg, como se estalasse os beiços com a boca cheia de um suculento filé. E assim, a remadas e gritos, as quilhas rasgavam o mar. Enquanto isso, Stubb conservava o lugar a vante e encorajava a tripulação ao assalto, sem deixar de baforar a fumaça do cachimbo. Como bandoleiros que nada tinham a perder, eles remavam a ponto de rebentar, até que se ouviu o brado bem-vindo: "De pé, Tashtego!... dá-lhe!". O arpão foi enviado. "Ciar,[412] a toda força!"

Os remadores inverteram o sentido da remada; no mesmo instante, algo passou queimando e ciciando por cada um de seus pulsos. Era a mágica linha. Um instante antes, Stubb lhe dera duas voltas adicionais ao redor do logaete, de onde, em razão da velocidade crescente das voltas do cabo, uma fumaça azul de cânhamo agora se elevava e se misturava aos constantes vapores do cachimbo

---

411. Será visto em outro momento de que substância muito leve consiste todo o interior da enorme cabeça do cachalote. Embora aparente ser a mais sólida, é de longe a parte mais leve de seu corpo. De forma que a eleva com facilidade no ar, e invariavelmente o faz quando nada em velocidade máxima. Além disso, tal é a largura da parte superior da fronte de sua cabeça, e tal a cunha esguia que lhe forma a parte inferior, que ao elevar obliquamente a cabeça, pode-se dizer que o cachalote passa de lenta galeota de proa larga a palhabote nova-iorquino de bico pontudo. (N. A.)

412. Remar para ré.

do imediato. Enquanto a linha passava em voltas e mais voltas no logaete; um pouco antes de tocar esse ponto, ela viajava ardente por entre as mãos de Stubb, das quais os panos de mão, ou quadrados de lona acolchoada vez por outra utilizados nessas ocasiões, haviam caído por acidente. Era como segurar o duplo gume da espada afiada do inimigo pela lâmina, com o dito inimigo lutando o tempo todo para arrancá-la de suas garras.

"Orvalhar a linha! Orvalhar a linha!", gritava Stubb para o remador da selha (o homem sentado próximo a ela) que, arrancando o chapéu, encheu-a de água do mar.[413] Mais voltas correram, de forma que o cabo se prendeu à peça. A essa altura, o bote voava pelas águas turbulentas como um tubarão todo nadadeiras. Stubb e Tashtego aqui trocaram seus postos — proa por popa —, um negócio de fazer cair o queixo em meio àquele alvoroço.

A partir da vibração da linha se estendendo por toda a extensão superior do bote, e agora mais esticada do que uma corda de harpa, era de pensar que a embarcação contava com duas quilhas — uma singrando a água, a outra o ar — enquanto o bote se agitava simultaneamente através de ambos os elementos opostos. Uma cascata contínua se formava na proa; a corrente de um turbilhão incessante em sua esteira; e, ao menor movimento interior, ainda que fosse de um dedo mindinho, a embarcação que em tudo estalava e vibrava inclinava-se sobre a convulsa amurada a ponto de virar. Assim eles seguiram em desabalada carreira; com cada homem agarrado com toda a força a seu assento, sob o risco de se perder na espuma do mar; e as formas elevadas de Tashtego ao remo de esparrela, dobrando-se quase em dois a fim de trazer para baixo seu centro de gravidade. Atlânticos e Pacíficos inteiros pareciam ficar para trás enquanto disparavam em seu curso, até que a velocidade da baleia por fim arrefeceu um pouco.

"Puxar! Puxar!", gritou Stubb para o proeiro; e, voltando-se à baleia, toda a tripulação começou a levar o bote em sua direção, enquanto este continuava sendo rebocado. Logo alcançando a imediação do flanco do animal, Stubb, plantando o joelho com firmeza no alvaçuz, enviou lança atrás de lança no peixe em fuga; com a embarcação, seguindo seus comandos, ora recuando para longe do medonho chapinhar que a baleia produzia, ora se preparando para nova e violenta investida.

---

413. Em parte à guisa de demonstrar quão indispensável era tal gesto, talvez seja interessante mencionar neste ponto que, na antiga pescaria holandesa, um esfregão era usado para molhar a linha corrediça; em muitos outros navios, um baldinho de madeira, ou tina, era separado para esse fim. O próprio chapéu, entretanto, é o mais conveniente. (N. A.)

A maré vermelha agora jorrava de todos os lados do monstro, como correntezas que descessem uma colina. Seu corpo atormentado rolava não sobre a salmoura, mas em sangue, que borbulhava e fervia por braças e braças em sua esteira. O sol que se punha tocava o lago carmesim formado sobre o mar, devolvendo-lhe o reflexo contra os rostos da tripulação, de modo que todos luziam uns para os outros como homens vermelhos. Entrementes, sem cessar, erguiam-se do espiráculo da baleia agonizante jorros e mais jorros de névoa branca, veementemente acompanhados de baforadas e mais baforadas da boca do agitado carrasco; enquanto a cada arremesso, puxando para si a lança retorcida pelo cabo a ela preso, Stubb a endireitava mediante rápidas pancadas contra a amurada do bote, para, então, repetir o ataque e o gesto sucessivas vezes.

"Remem para perto, remem para perto!", ordenava ele para o proeiro, enquanto a baleia combalida minguava em sua fúria. "Remem para perto!... Perto!", e o bote costeou o flanco do peixe. Postado bem acima da proa, Stubb enfiou lentamente a longa lança afiada no peixe e ali a manteve, revirando-a com cuidado, como procurasse com todo zelo algum relógio de ouro que a baleia pudesse ter engolido e que ele temesse quebrar antes que o pudesse resgatar. Mas o dito relógio de ouro que ele buscava era a vida mais íntima do peixe. Por fim, ele a alcançou; pois, despertando de seu estupor naquele indescritível instante chamado de "fervedouro", o monstro chafurdou horrivelmente no próprio sangue, envolvendo-se num espargir impenetrável, louco e fervente, de modo que a embarcação em perigo, em imediato movimento a ré, teve muito trabalho para deixar às cegas aquela frenética treva rumo à atmosfera límpida do dia.

E então, prostrada em seu fervedouro, a baleia mais uma vez veio à luz; erguendo ora um flanco, ora o outro; dilatando e contraindo espasmodicamente o espiráculo, com bufadas agudas, agonizantes, ruidosas. Por fim, como se fossem a borra roxa do vinho tinto, foram expelidos no ar prenhe de terror jorros e jorros de sangue coagulado, que, caindo, escorreram pelos flancos imóveis do animal para o mar. Seu coração rebentara!

"Está morta, sr. Stubb", disse Tashtego.

"Sim; os dois cachimbos se apagaram!", e retirando o próprio da boca, Stubb espalhou as cinzas mortas sobre a água; mirando reflexivamente por um instante o enorme cadáver que produzira.

62

O arremesso

Um aparte relativo a um incidente do capítulo anterior.

De acordo com o invariável costume da pescaria, o baleeiro parte à caça com seu bote tendo o carrasco ou o matador da baleia como timoneiro temporário, e o arpoador, ou trancador da baleia, puxando o primeiro remo, conhecido como remo do arpoador. É um homem ao qual se exige braço forte, de fibra, para que acerte o primeiro ferro no peixe; pois muitas vezes, no que é chamado de arremesso longo, o pesado instrumento tem de ser arrojado a uma distância de seis a dez metros. Por mais prolongada e exaustiva que seja a perseguição, porém, espera-se entrementes que o arpoador dê tudo de si em seu remo; em verdade, espera-se que ele ofereça um exemplo de atividade sobre-humana aos demais, não apenas pelo incrível esforço ao remo, mas mediante altas, intrépidas e incessantes exortações; e o que representa gritar no limite de suas forças, enquanto todos os demais músculos estão tensos e um tanto sobressaltados — isso só sabem aqueles que o experimentaram. Eu, de minha parte, não sou capaz de berrar com gosto e trabalhar com ímpeto ao mesmo tempo. Nesse mundo de tensão e gritaria, de costas para o peixe, o arpoador exausto de repente escuta o grito que a todos incita: "De pé! Dá-lhe!". Ele tem, então, de baixar e prender o remo, dar meia-volta, tomar do arpão na forqueta e, com a pouca força que talvez lhe reste, procurar arremessá-lo com alguma precisão na baleia. Não é de se admirar, levando-se em conta toda a frota baleeira, que, das cinquenta boas oportunidades de arremesso, nem cinco tenham sucesso; não é de se admirar que tantos pobres arpoadores sejam brutalmente xingados e rebaixados; não é de se admirar que alguns deles de fato rebentem seus vasos sanguíneos no bote; não é de se admirar que alguns baleeiros se ausentem quatro anos para obter quatro barris; não é de se admirar que, para muitos armadores, a baleação resulte apenas em prejuízos; pois é o arpoador quem faz a viagem, e se você lhe esvazia os foles do corpo, como os pode esperar cheios quando deles mais necessita!

Torno a dizer: se o arremesso conhece bom sucesso, então no segundo instante crítico, ou seja, quando a baleia sai em carreira, o mestre do bote e o arpoador também se põem a correr para vante e para ré, com iminente risco para si e todos os outros. É então que eles trocam de posição; e o carrasco, o oficial chefe da pequena embarcação, assume o posto que lhe cabe na proa do barco.

Ora, não me importa quem defenda o contrário, mas tudo isso é estúpido e desnecessário. O carrasco deve permanecer à proa do primeiro ao último instante; cabe a ele enviar arpão e lança, e dele não se deve esperar esforço ao remo, exceto em circunstâncias óbvias para qualquer pescador. Entendo que isso por vezes envolveria uma ligeira perda de velocidade na caçada; mas a longa experiência em navios baleeiros de mais de uma nação me convenceu de que, no que toca à grande maioria dos fracassos da pesca, não é tanto a velocidade da baleia quanto o esgotamento do arpoador sua verdadeira causa.

Para garantir a maior eficiência do arremesso, os arpoadores deste mundo devem começar a se colocar de pé a partir do ócio, e não da faina.

63

A forqueta

A PARTIR DO TRONCO NASCEM OS RAMOS, e a partir dos ramos, os galhos. Do mesmo modo, em assuntos produtivos, nascem os capítulos.

A forqueta mencionada no capítulo anterior merece menção à parte. É um bastão bifurcado de maneira peculiar, com cerca de meio metro de comprimento, inserido perpendicularmente na amurada de estibordo próximo à proa, com a finalidade de fornecer repouso à extremidade de madeira do arpão, cuja outra ponta, nua e farpada, se projeta obliquamente da proa. Desse modo, o instrumento está sempre à mão de seu lançador, que o agarra tão prontamente de seu descanso quanto um caipira apanha a espingarda na parede. É comum haver dois arpões repousando na forqueta, os chamados, respectivamente, primeiro e segundo ferros.

Mas esses dois arpões, cada um por seu próprio cabo, estão ambos ligados à linha; sendo o objetivo este: lançar os dois, se possível, um imediatamente depois do outro na mesma baleia; de maneira que, durante o reboque que se segue, caso um deles se desprenda, o outro ainda permaneça trancado. Dobram-se as chances, portanto. Não raro ocorre, porém, que, em razão da brutalidade imediata e convulsiva da corrida da baleia ante o recebimento do primeiro ferro, torna-se impossível ao arpoador, ainda que muito rápido em seus movimentos, enviar-lhe o segundo ferro. No entanto, estando o segundo ferro já preso à linha, e a linha já tendo sido posta a escoar, é imperioso que a arma seja lançada sem demora e antecipadamente para fora do bote, da maneira e no lugar que seja; do contrário, toda a tripulação estaria sujeita ao mais terrível perigo. Largar o arpão ao mar, portanto, é o que se faz em tais casos; cabendo à aducha sobressalente da linha da caixa (mencionada atrás)[414] tornar esse feito, na maioria dos casos, prudentemente praticável. Mas esse ato crítico nem sempre vem desacompanhado das mais tristes e fatais ocorrências.

Ademais, é preciso que vocês saibam que, quando o segundo ferro é lançado ao mar, dali em diante ele se torna um terror afiado e imprevisível, agitando-se

414. Ver capítulo 60.

entre bote e baleia, enredando as linhas ou cortando-as e causando prodigioso sobressalto para onde quer que se olhe. Em geral, só é possível prendê-lo novamente quando a baleia capturada se converteu em cadáver.

Agora pensem em como deve ser, no caso de quatro botes, todos enfrentando uma baleia extraordinariamente forte, ativa e sagaz, quando, em razão de tais qualidades inerentes a ela, bem como dos mil acidentes concorrentes de tão audaciosa empresa, oito ou dez segundos ferros balançam simultaneamente em todas as direções em torno dela. Pois, é claro, cada bote está equipado de vários arpões para se prender à linha caso o primeiro seja lançado sem que atinja o alvo, nem possa ser recuperado. Todos esses pormenores são tratados fidedignamente aqui, visto que, a seu tempo, elucidarão muitas passagens das mais importantes e intrincadas, em cenas a serem retratadas a seu tempo.

64
A ceia de Stubb

A BALEIA DE STUBB foi morta a alguma distância do navio. Fazia calmaria; assim, formando um comboio de três botes, tratamos de iniciar a lenta tarefa de transportar o prêmio até o *Pequod*. E agora, à medida que nós, contando dezoito homens, trinta e seis braços, cento e oitenta dedos, pelejávamos morosamente hora após hora naquele cadáver paquidérmico e indolente no mar; o qual mal parecia mover-se, exceto a longuíssimos intervalos — boa evidência aqui se fornece da enormidade da massa que rebocávamos. No grande canal de Hang-Ho, ou como quer que o chamem, na China,[415] quatro ou cinco operários a pé em uma trilha puxarão um grande junco fretado a uma velocidade de um quilômetro e meio por hora; já esse imenso galeão arrastávamos pesadamente pouco a pouco, como se viesse carregado de ferro-gusa a granel.

Caiu a escuridão; apenas três lanternas, subindo e descendo no ovém do mastro principal do *Pequod*, nos guiavam vagamente em nosso caminho; até que, quando nos aproximamos, vimos Ahab lançar uma entre várias outras lanternas por sobre a amurada. Passando os olhos sem muito interesse pela baleia içada, transmitiu as costumeiras ordens para proteger-lhe o corpo durante a noite e, em seguida, entregando a lanterna a um marinheiro, entrou na cabine, para dela não mais sair até o amanhecer.

Embora, ao supervisionar a caça dada à baleia, Ahab tenha ostentado a costumeira atividade, para chamá-la assim; no entanto, agora que a criatura estava morta, uma vaga insatisfação, impaciência ou angústia parecia agitar-se nele; como se a visão daquele cadáver o lembrasse de que ainda faltava matar Moby Dick; e ainda que milhares de outras baleias fossem carregadas ao costado do navio, elas não o levariam um centímetro mais próximo de seu grande e monomaníaco objetivo. Logo, pelo som que dominava o convés do *Pequod*, vocês poderiam imaginar que a marujada trabalhava para lançar âncora nas profundezas; pois correntes pesadas eram arrastadas pela extensão do convés e lança-

415. Grande Canal, também conhecido como Jing-Han. Hang-Ho, ou Huang-Ho, é o rio Amarelo, ao longo de cujo antigo leito segue o canal.

das com estrépito portinholas afora. O retinir dos elos, porém, destinava-se ao atracamento não do navio, mas do vasto cadáver em si. Presa pela cabeça à popa e pela cauda à proa, a baleia agora jaz com o casco preto colado ao do navio; vistos através da escuridão da noite, que obscurece vergas, mastros e cordame, ambos — navio e baleia — pareciam unidos sob uma mesma canga como dois bois colossais, um dos quais reclinado, enquanto o outro permanece de pé.[416]

Se o colérico Ahab era, então, todo silêncio, ao menos até onde se podia saber do convés, Stubb, seu segundo imediato, alvoroçado com a conquista, traía uma incomum porém ainda bem-humorada inquietação. Tomado estava de tamanho entusiasmo que o sóbrio Starbuck, seu superior, discretamente lhe transmitiu a provisória administração do navio. Uma pequena causa auxiliar para toda essa animação em Stubb logo se fez estranhamente manifesta. Stubb era dado a extravagâncias e tinha desmedido apreço pela baleia como acepipe a seu paladar.

"Um filé, um filé antes de dormir! Ei, Daggoo, vá ao mar e tire um pedaço do lombo!"

Que se faça saber que, embora esses bárbaros pescadores, de modo geral e segundo a grande máxima militar, não façam recair sobre o inimigo o custo das despesas correntes da guerra (pelo menos não antes de serem observados os lucros da viagem), ainda vez por outra encontram-se alguns desses marujos de Nantucket dotados de um gosto genuíno por essa parte específica do cachalote indicada por Stubb; isto é, a que compreende a extremidade afilada do corpo.

Era cerca de meia-noite quando o filé foi cortado e preparado; e, iluminado por duas lanternas de óleo de espermacete, Stubb altivamente se levantou para seu jantar de cachalote na cabeça do cabrestante, como se o dito cabrestante fosse um aparador. Mas Stubb não foi o único a se regalar de carne de baleia naquela noite. Misturando seus resmungos ao movimento incessante das pró-

416. Um pequeno item também pode ser arrolado aqui. O apoio mais forte e confiável que o navio encontra na baleia quando atracada em seus costados é pelos lobos ou cauda; e como por sua maior densidade essa parte é relativamente mais pesada do que qualquer outra (exceto as aletas laterais), sua flexibilidade, mesmo na morte, faz com que ela afunde bem abaixo da superfície; de modo que você não consegue tocá-la com a mão a partir do bote, a fim de passar a corrente em torno dela. Mas essa dificuldade é engenhosamente superada: um cabo pequeno e forte é preparado com uma boia de madeira na extremidade externa e um peso no meio, enquanto a outra extremidade permanece presa ao navio. Por hábil manejo, faz-se com que o flutuador de madeira se eleve do outro lado da massa, de modo que, agora, tendo a baleia cingida, a corrente é prontamente levada a seguir-lhe o exemplo; e sendo deslizada ao longo do corpo, é por fim bem presa em torno da parte mais afilada da cauda, no ponto de junção com seus largos lobos. (N. A.)

prias mandíbulas, milhares e milhares de tubarões, formando um enxame em torno do leviatã morto, realizavam farto banquete nas gorduras do animal. Os poucos que dormiam na coberta inferior em seus beliches não raro se assustavam com os baques incisivos de suas caudas contra o casco, a poucos centímetros de seus corações. Espiando sobre a amurada, era possível vê-los (como antes os podia ouvir) chapinhando nas sombrias águas negras, e girando sobre as próprias costas enquanto escavavam enormes nacos globulares na baleia, do tamanho de uma cabeça humana. Essa proeza específica do tubarão tinha a feição de um milagre. Como conseguem cortar esses bocados simétricos em uma superfície aparentemente inexpugnável continua sendo parte do problema universal das coisas deste mundo. A marca que deixam na baleia encontra melhor ponto de comparação no buraco feito por um carpinteiro ao escarear a abertura de um parafuso.

Embora, em meio ao horror e pandemônio fumegantes de uma batalha marítima, tubarões sejam vistos mirando o convés do navio com olhos de pura ansiedade, como cães famintos em torno de uma mesa onde se corta carne vermelha, prontos para devorar qualquer homem morto que lhes seja lançado; e embora, de modo não dessemelhante aos valorosos açougueiros de sobre o balcão do convés, que segundo os bons hábitos canibais trincham a carne viva uns dos outros com as facas repletas de borlas e douramentos, os tubarões se valham dos brilhantes de suas bocarras para brigar por nacos da carne morta sob o balcão; e embora, uma vez que viremos todo o caso de cabeça para baixo, tudo permaneça basicamente o mesmo, isto é, um tremendo negócio tubaronesco de uma parte e de outra; e embora os tubarões sejam igual e invariavelmente os batedores de todos os navios negreiros que cruzam o Atlântico, a trotar sistematicamente em seus costados, sempre à disposição quando é o caso de levar um pacote para um lado ou para o outro ou de oferecer a um escravo morto um enterro decente; e embora um ou dois outros exemplos similares possam ser dignos de registro, no que diz respeito a termos, lugares e ocasiões específicos em que os tubarões se mostram mais gregários e banqueteiam com grande satisfação — a despeito de todas essas coisas, não existem tempo ou circunstância concebíveis em que sejam encontrados em tão incontável multidão e com o ânimo mais vivo e jovial do que quando à roda de um cachalote morto, preso ao costado de um navio baleeiro em alto-mar. Se vocês nunca viram tal cena, sugiro que coloquem em suspenso as ideias que porventura cultivem acerca das convenções do culto ao diabo e das vantagens de o satisfazer.

Por ora, porém, Stubb não dava ouvidos ao rumor do banquete que tinha lugar tão perto de si, não mais do que os tubarões se interessavam pelo estalar epicurista dos lábios do imediato.

"Cozinheiro, cozinheiro!... Por onde anda o Ovelhinha?", bradou ele por fim, abrindo ainda mais as pernas, como se quisesse formar uma base mais segura para o jantar; e, ao mesmo tempo, lançando o garfo no prato, como se o estocasse com sua lanceta; "Cozinheiro! Ei, cozinheiro!... Reme já pra cá!".

O velho negro, de forma alguma feliz por ter sido anteriormente tirado de sua rede quentinha a uma hora tão inconveniente, veio manquitolando da cozinha, pois, como ocorre a muitos velhos negros, havia algo de errado com suas patelas, cujo bom estado não parecia à altura do de suas panelas; o velho Ovelhinha, como o chamavam, vinha mancando e se arrastando, fazendo de bengala a pinça de lenha, que, desajeitada como se mostrava, era feita de aro de barril esticado; o velho ébano coxeou e, em obediência à ordem dada, interrompeu a marcha do lado oposto do aparador de Stubb; quando, com as mãos postas uma sobre a outra, ambas apoiadas na bengala de duas pernas, curvou ainda mais à frente as costas arqueadas, ao mesmo tempo que postou a cabeça de lado, de modo a deixar o melhor ouvido em prontidão.

"Cozinheiro", começou Stubb, levando rapidamente à boca um pedaço um tanto avermelhado, "não acha que este filé passou do ponto? Você bateu demais a carne, cozinheiro; ficou tenra demais. Já não disse que, para ser bom, um filé de baleia precisa estar duro? Veja os tubarões do outro lado: não dá pra perceber que gostam da carne dura e malpassada? Olha o fuzuê que estão fazendo! Cozinheiro, vá falar com eles; diga que podem se servir à vontade, desde que civilizadamente e com moderação, mas que façam isso em silêncio. Que diacho!... Mal consigo ouvir minha própria voz. Vá, cozinheiro, e entregue minha mensagem. Aqui, pegue esta lamparina", entregando-lhe uma de seu aparador. "Agora vá e faça sua pregação para eles!"

Pegando com mau humor a lamparina que lhe foi oferecida, Ovelhinha capengou pelo convés até a amurada; e então, baixando a lamparina com uma das mãos em direção ao mar, de forma a ter uma boa visão de sua congregação, com a outra ele agitou solenemente a pinça e, inclinando-se por sobre o costado com voz murmurante, dirigiu-se aos tubarões, enquanto Stubb, chegando de mansinho por trás, ouvia tudo o que o velho cozinheiro dizia.

"Criaturas de Deus, tô com ordem aqui pra dizer que cês têm que parar com esse fuzuê aí. Tão escutando? É pra parar com esse estala-beiço! O seu Stubb disse que cês pode encher a pança maldita até explodir, mas, por favor! Essa barulheira tem que ter fim!"

"Cozinheiro", interrompeu-o Stubb, fazendo o chamado vir acompanhado de um repentino tapa no ombro. "Cozinheiro! Tá batendo bem? Você não pode praguejar desse jeito no meio da pregação. Como é que se converte pecador desse jeito, cozinheiro?"

"Quem? Ora, então vai lá você pregar pra eles", respondeu o velho, virando-se taciturnamente para ir embora.

"Não, cozinheiro! Pode continuar, vá lá."

"Pois muito bem. Minhas amada criatura de Deus..."

"Isso!", exclamou Stubb. "Tem que usar de persuasão, argumento; vamos lá." E Ovelhinha continuou:

"Pesar de cês serem tudo tubarão e voraz por natureza, eu digo pra vocês, minhas criatura de Deus, essa voracidade... tem que parar com esse maldito negócio de bater o rabo! Tem condição de escutar alguma coisa, se vocês, seus maldito, ficam se batendo e se mordendo desse jeito?"

"Cozinheiro", berrou Stubb, agarrando-o pelo colarinho, "não vou aceitar esse linguajar. Trate esses tubarões como cavalheiros."

O sermão prosseguiu.

"Essa voracidade, minhas criatura de Deus, não vou culpar vocês por isso, que é da natureza e não dá pra evitar; mas dá governo pra essa natureza ruim de vocês, essa é a questão. Tudo tubarão, é o que vocês são, tá certo; mas se vocês governa o tubarão em vocês, aí vocês vira tudo anjo... todo anjo, vocês tome tento disso, só é um tubarão bem governado. Agora, meus irmão, tenção: só tenta ser um cadinho educado na hora de se servir da baleia, vai? Não vão ficar nesse negócio de arrancar a gordura da boca do colega do lado. Um tubarão tem tanto direito quanto o outro, não é verdade? E, Deus do céu, nenhum de vocês tem direito de ter essa baleia, que essa baleia é a baleia de outro. Eu sei que uns aí têm uma boca bem da grande, mais grande que as dos outro; mas quem tem boca grande às vezes acontece de ter barriga pequena; então o grande da boca de uns não serve pra engolir tudo, mas morder a gordura pros tubarão pequeno, que não consegue se enfiar no furdunço pra se servir."

"Muito bem, cozinheiro velho de guerra!", vibrou Stubb. "Isso sim é cristianismo pra valer! Em frente!"

"Não dianta continuar; esses maldito vão continuar apinhado, se batendo, seu Stubb; não escutam uma palavra; não dianta gastar saliva pregando pra esses maldito glutão, que é o que eles são; só quando tivesse se entupido de comida, mas a barriga deles é sem fundo; e quando tiverem de barriga entupida, não vão ouvir nada; porque aí eles afundam pra dentro da água, vão ferrar no sono no meio dos coral, e não conseguir ouvir mais nada pra todo o sempre."

"Juro por minha alma — penso o mesmo que você. Então dê a bênção, cozinheiro, que vou voltar pro meu jantar."

Com isso, Ovelhinha, erguendo ambas as mãos sobre a turba de peixes, bradou, com a voz estridente:

"Malditos filho de Deus! Arrumem aí uma encrenca do inferno; se entupam de banha até explodir... e morram!"

"Bom, cozinheiro", disse Stubb, voltando ao jantar no cabrestante, "fique exatamente onde você estava antes, ali, na minha frente, e preste bastante atenção."

"Tô prestando", disse Ovelhinha, novamente inclinando-se sobre a pinça na posição desejada.

"Bem", começou Stubb, servindo-se à vontade enquanto isso, "vou retomar o assunto deste bife. Em primeiro lugar, quantos anos você tem, cozinheiro?"

"Que que uma coisa tem a ver com a outra?", resmungou o velho negro.

"Quieto! Quantos anos você tem?"

"Uns noventa, é o que dizem", murmurou taciturno.

"Então você vive neste mundo há quase cem anos, cozinheiro, e ainda não aprendeu a preparar um filé de baleia?", perguntou Stubb, fazendo descer goela abaixo outro bocado junto com a última palavra, de forma que o pedaço de carne parecia uma continuação da pergunta. "Onde você nasceu, cozinheiro?"

"Atrás da escotilha, numa balsa, travessando o Roanoke."[417]

"Nasceu em uma balsa! Também esquisito... mas quero saber em que terra você nasceu, cozinheiro!"

"Não disse que lá pelo Roanoke?", devolveu ele num grito.

"Não, não disse, cozinheiro; mas vou lhe dizer aonde quero chegar, cozinheiro. Você precisa voltar pra casa e nascer tudo de novo; você ainda não sabe fazer um filé de baleia."

"Deus me proteja de ter que fazer outro na vida", rosnou ele, com raiva, virando-se para partir.

"Volte aqui, cozinheiro; aqui, me dê essas pinças; agora pegue esse pedaço de carne aqui e me diga se acha que essa carne tá preparada como se deve. Vamos lá, pegue", segurando a pinça em direção a ele. "Pegue e experimente."

---

417. O rio Roanoke corre pelo sul da Virgínia e o nordeste da Carolina do Norte, ambos estados escravagistas à época de Melville.

Passando de leve os lábios ressequidos sobre o pedaço de carne, o velho negro murmurou: "Filé melhor que esse nunca comi; tá suculento que só".

"Cozinheiro", disse Stubb, endireitando-se mais uma vez. "Você frequenta alguma igreja?"

"Fui uma vez em uma lá no Cabo, lá da África", respondeu o velho, mal-humorado.

"Então pelo menos uma vez na vida você entrou em uma igreja sagrada, na Cidade do Cabo, onde sem dúvida ouviu um pastor se dirigir aos fiéis como suas amadas criaturas de Deus, não é mesmo, cozinheiro? E ainda assim você chega aqui e me conta uma mentira medonha dessas?", perguntou Stubb. "Aonde acha que vai desse jeito, cozinheiro?"

"Pra cama, muito logo", murmurou, virando-se um pouco enquanto falava.

"Alto lá! Meter à capa! Quero dizer, quando você morrer, cozinheiro. É uma pergunta terrível. Que resposta você dá?"

"Quando esse preto velho aqui morrer", disse o negro lentamente, mudando todo o seu ar e postura, "ele mesmo não vai a lugar nenhum; um anjo abençoado vai vir buscar ele."

"Buscar ele? Como? Em uma carruagem com quatro cavalos, igual fizeram com Elias?[418] E levar ele aonde?"

"Lá em cima", respondeu Ovelhinha, segurando a pinça sobre a cabeça e mantendo-a ali muito solenemente.

"Então, então, você espera subir a nossa gávea principal quando morrer... é isso, cozinheiro? Mas você não sabe que quanto mais alto você sobe, mais frio fica? Gávea principal, é?

"Não disse isso", retrucou Ovelhinha, de novo amuado.

"Você disse lá em cima, não disse? E agora olhe para você mesmo e veja para onde suas pinças estão apontando. Mas talvez você espere entrar no paraíso se enfiando pela passagem da plataforma da gávea, cozinheiro; mas, não, não, cozinheiro, você só vai chegar ali seguindo o caminho normal, contornando o cordame. É um negócio complicado, mas ou você faz, ou nada feito. Só que nenhum de nós está no céu ainda. Largue a pinça, cozinheiro, e escute minhas ordens. Tá ouvindo? Tire o chapéu e segure-o em uma das mãos e coloque a palma da outra no coração, enquanto eu estiver dando minhas ordens, cozinheiro. O quê? Fica aí o seu coração? Essa é a sua moela! Alto, mais alto... isso... é aí. Fique com a mão aí e preste atenção."

---

418. 2 Reis 2,11.

“Tô prestando”, disse o velho negro, com as duas mãos dispostas conforme desejado, balançando em vão a cabeça grisalha, como se quisesse colocar as duas orelhas à frente ao mesmo tempo.

“Pois bem, cozinheiro: você viu que este seu filé de baleia estava tão ruim que fiz ele desaparecer o mais rápido que pude; se deu conta disso, né? Bom: para o futuro, quando preparar outro filé de baleia para a minha mesa particular aqui, o cabrestante, direi o que você deve fazer para não estragar ele por excesso. Segure o filé com uma das mãos e mostre pra ele uma brasa com a outra; feito isso, é só botar no prato; tá escutando? E agora, cozinheiro, amanhã, quando estivermos cortando o peixe, fique atento para pegar as pontas das nadadeiras; coloque elas em conserva. Quanto às pontas dos lobos, deixe em salmoura. Pronto, agora pode ir.”

Mas Ovelhinha mal tinha dado três passos quando foi chamado de volta.

“Cozinheiro, quero costeletas para o jantar amanhã à noite no quarto de modorra. Escutou? Zarpe daqui, então. Ei! Pare! Quero uma reverência antes de ir. Alto lá! Bolinhos de carne de baleia no café da manhã... não se esqueça.”

“Por Deus, que uma baleia coma esse homem, em vez de ele comer a baleia! Deus seje louvado se ele não é mais tubarão que o próprio tubarão em pessoa”, murmurou o velho, mancando; e, com essa sábia exclamação, foi para sua rede.

65

A baleia como um prato

Que um homem mortal se alimente da criatura que alimenta sua lâmpada e, como Stubb, o faça à sua própria luz, como se poderia constatar — a estranheza da cena parece necessariamente exigir ligeiro mergulho em sua história e filosofia.

Consta dos autos que, há três séculos, a língua da baleia-franca era apreciada como iguaria muito refinada na França, atingindo elevados preços ali. Lê-se também que, nos tempos de Henrique VIII,[419] certo cozinheiro da corte obteve bela recompensa ao inventar um admirável molho para acompanhar marsopas grelhadas, que, como dito antes, são uma espécie de baleia. As marsopas, em verdade, são até os dias atuais consideradas um prato requintado. A carne é moldada em formato esférico, do tamanho de bolas de bilhar e, uma vez bem temperada de ervas e especiarias, pode passar por bolinhos de tartaruga ou vitela. Os antigos monges de Dunfermline tinham por ela particular predileção. A Coroa lhes garantia grande concessão de toninhas.[420]

Fato é que, ao menos entre seus caçadores, não haveria marujo que não considerasse a baleia um prato nobre, não fosse seu excesso — afinal, quando se está diante de uma torta de carne de quase trinta metros de comprimento, ela lhe tira o apetite. Hoje em dia, apenas marinheiros de pensamento mais arejado, como Stubb, se alimentam de carne de baleia; mas os esquimós não são tão restritivos. Todos sabemos como vivem das baleias e conservam raras safras de

---

419. Henrique VIII (1491-1547) reinou a Inglaterra entre 1509 e 1547. Representante da dinastia Tudor, seu reinado foi marcado por problemas de sucessão real, que levaram ao rompimento do reino com a Igreja católica, a fundação da Igreja anglicana e a mudanças legais que terminaram na ascensão ao trono da primeira monarca inglesa, Elizabeth I (1533-1603).

420. Dunfermline é uma cidade da Escócia, antigo burgo real e localidade onde se estabeleceu o mausoléu real escocês. O rei escocês Malcolm IV (1141-65) concedeu outorga real de todas as cabeças de toninhas encalhadas aos monges do monastério de Dunfermline (seu antecessor e irmão, David I, havia sido responsável pela abadia localizada na cidade antes de assumir o trono), embora reservasse as línguas, tidas como iguaria pela corte, para si mesmo.

azeite animal da melhor qualidade. Zogranda,[421] um de seus mais conhecidos médicos, recomenda tiras de gordura para as crianças pequenas, por serem extremamente suculentas e nutritivas. E isso me traz à recordação que um certo grupo de ingleses, ao terem sido deixados, há muito tempo, acidentalmente na Groenlândia por um navio baleeiro — ocorre-me que esses marinheiros viveram por vários meses, em verdade, de restos mofados de baleia deixados em terra depois da extração da gordura do animal. Entre os baleeiros holandeses, esses restos são chamados de *fritters*, "bolinhos fritos"; com os quais de fato se parecem muito, sendo marrons e crocantes, e cheirando a algo parecido com as rosquinhas e as frituras das velhas donas de casa de Amsterdam quando recém-saídas da frigideira. Seu aspecto é tão convidativo que mesmo o estrangeiro mais abnegado não é capaz de ficar longe deles.

Mas o que deprecia ainda mais a baleia como prato civilizado é seu excesso de gordura. Ela é o grande boi premiado dos mares, gorda demais para harmonizar paladar e delicadeza. Veja a corcova, que serviria tão belo prato quanto a do búfalo (esta bastante estimada), não se tratasse ela de uma pirâmide de sólida gordura. Já o espermacete é a própria cremosidade insossa, não diversa da polpa branca, transparente e um tanto gelatinosa de um coco no terceiro mês de crescimento, porém grasso demais para oferecer substituto para a manteiga. Apesar de tudo, muitos baleeiros valem-se de um método de misturá-lo ou transmiti-lo a outra substância e, em seguida, ingeri-lo. Nos longos quartos noturnos de vigília, é comum os marinheiros mergulharem biscoitos em enormes panelas de óleo e deixá-los fritar ali um pouco. Foram muitas as boas ceias que fiz dessa forma.

No caso do cachalote infante, o cérebro é estimado como um excelente prato. A caixa do crânio é arrebentada com um machado; e uma vez que os dois lóbulos arredondados e esbranquiçados sejam dali extraídos (exatamente como dois grandes pudins), ambos são empanados com farinha e preparados de modo a compor um delicioso rancho, cujo sabor suscita ligeira lembrança do de cabeça de bezerro, um prato e tanto entre amantes da boa mesa; e todos sabem que alguns jovens janotas entre tais apreciadores da gastronomia, pelo contínuo consumo de miolos de bezerro, não tardam a experimentar de seus pequenos e próprios miolos, de forma a se tornarem capazes de distinguir o cérebro de um bezerro dos próprios; o que, de fato, requer inaudito discernimento. E essa

421. Zogranda é um dos vários pseudônimos cômicos que Melville aplica a Scoresby ao longo do romance.

é a razão da enorme tristeza suscitada pela visão de um jovem janota com uma cabeça de bezerro de aparência inteligente diante de si. A cabeça que o mira traz no semblante uma espécie de reprovação, algo como um "*Et tu Brute!*".[422]

Talvez não seja de todo pelo fato de a baleia ser excessivamente gordurosa que as gentes de terra parecem considerar repulsiva a ideia de comê-la; isso parece resultar, em alguma medida, da consideração antes trazida à baila: isto é, que se teria de comer uma coisa do mar recém-assassinada e fazê-lo sob a luz que ela produz. Sem dúvida, foi considerado assassino o primeiro homem a matar um boi; talvez tenha sido enforcado; e se tivesse sido posto sob julgamento ante um tribunal bovino, teria decerto conhecido tal destino; destino este que mereceria, assim como qualquer assassino o merece. Vá a um açougue num sábado à noite e veja a multidão de bípedes vivos examinando as longas fileiras de quadrúpedes mortos. Essa imagem não vale um dente de canibal? Ora, o canibalismo — quem não é canibal? Pois lhe digo uma coisa: será mais leve ao polinésio de Fiji que salgou um missionário magro em seu porão para evitar a fome que se aproximava; será mais leve a esse prudente fijiano o dia do Juízo Final do que a ti, gourmand civilizado e esclarecido, que cravas gansos no chão e te regalas com os fígados inchados da ave em teu patê de foie gras.

Mas Stubb, o imediato, come a baleia sob sua própria luz, não é? E isso não é adicionar insulto à injúria? Olhe para o cabo da faca que tem em mãos, meu gourmand civilizado e esclarecido, a jantar seu rosbife — de que é feito esse cabo, senão dos ossos do irmão do próprio boi que está comendo? E com o que você palita os dentes, depois de devorar esse ganso gordo? Com uma pena da mesma ave. E com que pena o secretário da Sociedade pelo Fim da Crueldade contra os Gansos[423] redigiu antes suas circulares? Não faz mais de um mês ou dois que a dita sociedade aprovou uma resolução para patrocinar nada além de penas de aço.

---

422. Reza a tradição que "*Et tu, Brute!*" foram as últimas palavras do ditador romano Júlio César a seu amigo, um de seus assassinos na conspiração senatorial que pôs fim a sua vida.
423. A sociedade fictícia é uma piada de Melville. A primeira Sociedade Protetora dos Animais foi fundada na Inglaterra em 1824.

66
O massacre dos tubarões

Quando na baleação nos Mares do Sul um cachalote capturado, depois de longos e exaustivos trabalhos, é trazido tarde da noite ao costado, não é costume, ao menos não geral, dar início imediatamente aos procedimentos do esquartejamento, ou desmancho. Trata-se de tarefa extremamente custosa, de conclusão demorada e que requer o esforço do conjunto dos marinheiros. Portanto, o mais comum é recolher velas, prender o leme a sotavento e então dar ordens para que todos permaneçam em suas redes até o amanhecer, com a única exceção de que serão mantidos, até o dito momento, quartos de turno na âncora; ou seja, em duplas, por uma hora cada, a tripulação se reveza na subida ao convés para verificar se tudo está em ordem.

Há circunstâncias, porém, em especial no Pacífico equatorial, em que esse plano não encontra sucesso; pois são tamanhas as hostes de tubarões reunidos em torno da carcaça presa ao costado que, caso permanecessem ao lado dela por um intervalo, digamos, de seis horas seguidas, pouco mais do que o esqueleto da baleia seria visível pela manhã. Na maioria das outras partes do oceano, no entanto, onde esses peixes não são tão abundantes, sua voracidade pode ser por vezes bastante diminuída assustando-os vigorosamente com as cortadeiras afiadas de esquartejamento, procedimento que, em determinadas situações, parece apenas incitá-los a uma atividade ainda maior. Não foi esse, porém, o caso presente com os tubarões do *Pequod*; embora, com certeza, qualquer homem não acostumado a tais visões, se tivesse olhado por sobre o costado naquela noite, teria quase concluído que todo o mar ao redor era um enorme queijo, e os tubarões, os vermes nele.

No entanto, depois de Stubb fazer o quarto de vigília da âncora após o término de sua ceia; e quando, em seguida, Queequeg e um marinheiro do castelo de proa subiram ao convés, não era pouca a excitação em que se encontravam os tubarões; pois ao se fazer suspender de imediato as plataformas de corte sobre o costado e baixar três lanternas, de modo que se lançassem longos raios de luz sobre o mar turvo, esses dois marinheiros, fazendo uso das longas cortadeiras, levaram a cabo um incessante assassinato de tubarões,[424] ao lancetar-lhes profundamente o crânio — aparentemente, sua única parte vital — com o aço afiado. Mas na confusão espumosa do tumulto e da luta em que se apresentavam seus hóspedes, os atiradores nem sempre logravam acertar o alvo; e isso trazia novas revelações acerca da incrível ferocidade do inimigo. Viciosamente, eles mordiam não apenas as vísceras liberadas uns dos outros, como, em flexíveis arcos, curvavam-se em torno de si mesmos e devoravam as próprias; até que as entranhas pareciam engolidas sucessivas vezes pela mesma boca, para serem expelidas do outro lado pela ferida aberta. Mas isso não era tudo. Não era seguro intervir nos cadáveres e fantasmas dessas criaturas. Uma espécie de vitalidade genérica ou panteísta parecia subsistir furtiva em suas próprias articulações e ossos, depois de abandonados do que se poderia chamar de vida individual. Morto e içado ao convés em razão de seu couro, um desses tubarões quase arrancou a mão do pobre Queequeg quando este tentou fechar a tampa morta da mandíbula assassina.

"Queequeg não ligar qual deus fazer tubarão", ponderou o selvagem, sacudindo em agonia a mão para cima e para baixo. "Se deus de Fiji, se deus de Nantucket; mas esse deus que fazer tubarão ser um maldito selvage."

424. A cortadeira baleeira usada para o esquartejamento é feita do mais bem forjado aço; tem algo como o tamanho da mão aberta de um homem; e na forma geral corresponde a uma pá de jardineiro; exceto pelo fato de seus lados serem perfeitamente planos, e sua extremidade superior consideravelmente mais estreita do que a inferior. O fio dessa arma é mantido o mais afiado possível; e, quando usado, é amolado de tempos em tempos, como uma navalha. Em seu encaixe, um cabo forte, contando de seis a dez metros de comprimento, é inserido à guisa de manopla para o manuseio. (N. A.)

67
O esquartejamento

TUDO ISSO SE DEU em um sábado à noite — e que domingo de descanso se seguiu! Professores ex officio da inobservância do sabá, eis quem são todos os baleeiros. O *Pequod* de marfim se havia transformado no que parecia um matadouro; e cada marinheiro, um açougueiro. Vocês poderiam pensar que estávamos oferecendo dez mil bois rubros aos deuses do mar.

Em primeiro lugar, as enormes talhas de desmancho, entre outras coisas pesadas que compreendem um aglomerado de cadernais geralmente pintados de verde, e que nenhum homem sozinho seria capaz de erguer — este colossal cacho de uvas era içado à gávea do mastro principal e firmemente amarrado ao tope do mastro real, o ponto mais robusto em qualquer lugar acima das tábuas do convés de um navio. O chicote de uma espécie de cabo de sirga que serpenteava por essas sinuosidades era, então, ligado ao molinete, e o enorme cadernal inferior das talhas era balançado sobre a baleia; preso a este cadernal estava o grande gancho de gordura, pesando quase cinquenta quilos. E agora suspensos em plataformas sobre o costado, Starbuck e Stubb, os imediatos, armados de longas cortadeiras, começavam a abrir um buraco no corpo da baleia, logo acima da mais próxima das duas nadadeiras laterais, para a inserção do gancho. Feito isso, um talho largo e semicircular é rasgado ao redor do buraco, o gancho é inserido, e a massa principal da tripulação, no vozerio de um coro selvagem, começa então o processo de içamento em uma só multidão apinhada no molinete. É nesse instante que todo o navio começa a virar de carena sobre o costado; cada parafuso nele se põe a tremer como as cabeças dos pregos de uma velha casa exposta a um frio intenso; ele tirita, treme, balança o tope dos mastros assustados ao céu. Mais e mais o navio se debruça sobre a baleia, enquanto cada empuxo arfante do molinete recebe a resposta auxiliar de um empuxo dos vagalhões; até que, por fim, se escuta um estalo, violento e veloz; com uma enorme esparrinhada d'água, o navio balança, se inclina e se afasta da baleia, e a triunfante talha surge arrastando consigo a ponta semicircular da primeira tira de gordura a se soltar.

Ora, uma vez que a gordura envolve a baleia precisamente como a casca envolve uma laranja, também ela é tirada do corpo exatamente como acontece às vezes com a casca da laranja, em espiral. Pois o molinete em constante tensão mantém a baleia girando em torno de si mesma na água, e enquanto a gordura em uma tira se desprende uniformemente ao longo de retalhos chamados "escafes",[425] entrementes abertos pelas cortadeiras de Starbuck e Stubb, os imediatos; e com a mesma rapidez com que é arrancado, de fato, por essa ação em si, o lençol é continuamente içado cada vez mais alto, até que sua ponta superior roça o tope do mastro principal; os homens no molinete cessam, então, o esforço, e por não mais do que um instante ou dois a prodigiosa massa, escoando sangue, balança para a frente e para trás como descida dos céus, o que exige de todos os presentes o cuidado de se esquivar do movimento, doutro modo ela lhes reserva um belo tabefe na orelha e um mergulho de cabeça ao mar.

Um dos arpoadores presentes avança, então, com uma espécie de espada de duplo gume e punho comprido a que se chama facão[426] e, atento à oportunidade, abre com destreza um buraco considerável na parte inferior da massa que balança. Por ele, passa o gancho preso à extremidade da segunda grande talha, de modo a manter a tira de gordura presa em preparação ao que se segue. Feito isso, o refinado espadachim, pedindo a toda a marujada que se afaste, mais uma vez realiza científicas investidas contra a massa e, com algumas lépidas, intrépidas e fatiantes estocadas laterais divide-a em duas; de modo que, enquanto a menor parte inferior ainda se encontra presa, a longa tira superior, chamada de manta,[427] balança livre, pronta a ser arriada ao convés. Os marinheiros ao molinete retomam o vozerio, e enquanto uma talha destaca e iça uma segunda tira da baleia, a outra é lentamente afrouxada, e através da escotilha principal desce a primeira tira, para ser acomodada em um cômodo sem mobília chamado sala de gordura. Nessas dependências crepusculares,

425. Termo da baleação açoriana derivado de *scarf*, ou "lanho".

426. *Boarding sword*, no original. Facão é o nome que se dá a esse instrumento no jargão baleeiro luso-açoriano. "Uma espécie de espada de duplo gume e punho comprido" é a descrição que acompanha o nome em *Baleação em botes de boca aberta nos mares dos Açores: História e métodos actuais de uma indústria-relíquia*, de Robert Clarke (1954), na tradução de Fernando Jorge Faria da Silva (2002). Usei-a aqui em substituição a "*long, keen weapon*" que precede a apresentação do nome do instrumento no original de Melville.

427. O termo da baleação luso-açoriana para "*blanket-piece*" é "lençol". Manteve-se a tradução em razão do aproveitamento metafórico que dele faz o narrador no capítulo seguinte.

um sem-número de marinheiros ágeis reduz a longa tira da manta a um rolo como se esta fosse uma grande massa viva de serpentes entrelaçadas. E assim o trabalho prossegue: com as duas talhas içando e arriando simultaneamente; baleia e molinete arfando, os marinheiros em coro, os cavalheiros da sala de gordura acomodando a manta em rolos, os imediatos escafando, o navio todo tensionado, e toda a marujada vez por outra elevando imprecações, como forma de aliviar o atrito geral.

68
A manta

NÃO É POUCA A ATENÇÃO que tenho dado a esse assunto em nada pacífico, a pele da baleia. Tenho me envolvido em controvérsias a seu respeito com baleeiros experientes em mar e naturalistas eruditos em terra. Minha primeira opinião conserva-se inalterada; mas é apenas uma opinião.

A questão que se coloca é: em que consiste e onde está a pele da baleia? Vocês já sabem o que é a gordura da baleia. Essa gordura tem algo da consistência firme e uniforme da carne bovina, porém mais dura, elástica e compacta, variando entre vinte, vinte e cinco, trinta e quarenta centímetros de espessura.

Ora, por mais insensato que possa parecer à primeira vista falar da pele de qualquer criatura em termos dessa consistência e espessura, esses não são em verdade argumentos contra tal pretensão; porque não se pode erguer nenhuma outra camada densa que envolva o corpo da baleia senão essa mesma gordura; e a camada mais exterior a envolver o corpo de qualquer animal e dotada de razoável densidade — o que é ela, senão a pele? Verdade é que do cadáver íntegro da baleia é possível raspar com a mão uma substância infinitamente fina e transparente, não dissimilar aos mais finos fragmentos de cola de peixe, só que quase tão flexível e macia quanto o cetim — isto é, antes de secar, quando não apenas se contrai e engrossa, como se torna um tanto dura e quebradiça.[428] Conservo comigo vários desses pedaços secos, que uso como marcadores de meus volumes de literatura baleeira. São transparentes, como disse antes; e, pousados sobre a página impressa, por vezes me divirto imaginando-os capazes de influência amplificadora. De qualquer forma, vocês poderiam dizer, é agradável ler sobre baleias sob suas próprias lentes. Mas quero chegar aqui à seguinte questão: essa mesma cola, infinitamente fina, que, é fato, reveste todo o corpo da baleia, não deve ser considerada tanto a pele da criatura, mas a pele da pele, por assim dizer; pois seria simplesmente ridículo dizer que a

---

428. Na pesca açoriana, uma vez que a baleia é rebocada à costa e antes mesmo que os trabalhos de esquartejamento se iniciem, baleeiros e pescadores locais começam a raspar-lhe a pele ("blequesquine", do inglês *black skin*) para usar como isca.

pele propriamente dita da formidável baleia é mais fina e macia do que a pele de um bebê recém-nascido. Mas desse assunto, basta.

Pressupondo que a gordura seja a pele da baleia; quando, portanto, a dita pele, como no caso de um cachalote de enormes proporções, rende um volume de cem barris de óleo; e quando se considera que, em quantidade, ou antes, em peso, esse óleo, uma vez produzido, corresponde a somente três quartos, e não toda a substância do revestimento; pode-se daí depreender uma ideia da enormidade dessa massa animada, de cujo mero tegumento uma simples parte produz um lago de líquido tal qual. Calculando dez barris por tonelada, vocês terão dez toneladas para o peso bruto de somente três quartos do material da pele da baleia.

Em vida, a superfície visível do cachalote não é a menor dentre as muitas maravilhas que ele apresenta. Via de regra, ele é todo cruzado e recruzado obliquamente por inúmeras linhas retas em cerrada malha, algo como as presentes nas melhores gravuras italianas. Mas essas marcas não parecem impressas na cola de peixe acima mencionada: é como se as víssemos através dela, como estivessem gravadas no próprio corpo. E isso não é tudo: em alguns casos, para o olho atento e observador, essas marcas lineares, como em uma verdadeira gravura, fornecem o terreno para muitos outros delineamentos. Estes são hieroglíficos — quero dizer: uma vez que se chamam os misteriosos símbolos das paredes das pirâmides de hieróglifos, então essa é a palavra adequada a se aplicar na presente analogia. Segundo o que minha memória fixou dos hieróglifos de um cachalote em particular, impressionou-me muito uma estampa em que se via a representação de antigos caracteres nativos esculpidos nas famosas paliçadas hieroglíficas nas margens do Alto Mississippi.[429] Como é o caso daquelas rochas místicas, permanece também a baleia em seus místicos sinais indecifráveis. Essa alusão às rochas indígenas lembra-me de outra coisa. Além de todos os demais fenômenos que o exterior do cachalote apresenta, ele não raro exibe as costas, e mais especialmente os flancos, apagados em grande parte desses lineamentos regulares, em razão de numerosas e violentas ranhuras, em seu conjunto, de aspecto irregular e aleatório. Diria que as rochas da costa da Nova Inglaterra, que Agassiz imagina

429. O pássaro Piasa é uma criatura mítica das tradições de populações nativas da América do Norte. Murais com representações do Piasa encontravam-se nas paredes rochosas de desfiladeiros localizados no Alto Mississippi. Melville refere-se a uma dessas representações, já não mais existente, localizada nas imediações da cidade de Alton, em Illinois.

conservarem os vestígios do contato brutal com imensos icebergs flutuantes —[430] diria que essas rochas em muito se assemelham ao cachalote nesse particular. Também me parece que as ranhuras na baleia são provavelmente derivadas do contato hostil com outras baleias; pois as observei com maior incidência nos machos velhos da espécie.

Mais umas poucas palavras sobre o assunto da pele ou gordura da baleia. Já foi dito que é esfolada em tiras longas, chamadas tiras de manta. Como a maioria dos termos marítimos, este é também muito feliz e significativo. Pois a baleia está realmente envolta em sua gordura como fosse esta uma verdadeira manta ou colcha — ou, melhor ainda, um poncho indígena, que lhe desliza sobre a cabeça e margeia a outra ponta. É por causa dessa manta que lhe aconchega o corpo que a baleia consegue se conservar à vontade em qualquer clima, em todos os mares, tempos e marés. O que seria de uma baleia-da-groenlândia, digamos, naquelas águas geladas e congelantes do Norte, se não levasse consigo seu confortável sobretudo? É verdade que outros peixes são encontrados na plenitude de suas vidas nessas águas hiperbóreas; mas se trata — atenção — de peixes de sangue frio e sem pulmões, cujas barrigas são refrigeradores; criaturas que se aquecem sob a proteção de um iceberg como um viajante no inverno se aquece diante do fogo de uma estalagem; ao passo que, como o homem, a baleia tem pulmões e sangue quente. Congele seu sangue, e ela morre. Imagine quão inacreditável seria, não fosse dada a explicação, que este grande monstro, ao qual o calor do corpo é tão indispensável quanto para o homem — imagine quão inacreditável seria encontrá-lo à vontade, totalmente imerso pelo resto da vida, naquelas águas do Ártico, onde, quando os marinheiros vão ao mar, às vezes são encontrados, meses depois, perpendicularmente congelados no coração dos campos de gelo, como moscas envoltas em âmbar! O mais surpreendente, porém, é saber, como experimentos provaram, que o sangue de uma baleia polar é mais quente do que o de um negro de Bornéu no verão.

Parece-me que estamos diante da rara virtude de uma forte vitalidade individual, e a rara virtude de grossas muralhas, e a rara virtude de uma vastidão interior. Oh, homem! Admira e espelha-te na baleia! Mantém-te, como ela,

430. Louis Agassiz (1807-73) foi um glaciologista e geólogo suíço radicado nos Estados Unidos, e a primeira autoridade científica a sugerir a hipótese de que a Terra havia passado por uma era do gelo.

aquecido em meio ao gelo. Vive neste mundo, como ela, sem a ele pertencer. Conserva-te fresco no Equador; preserva teu sangue a fluir no polo. Como a grande cúpula de São Pedro e a grande baleia, ó homem! Conserva a tua própria temperatura em todas as estações.

Como é fácil e como é vão ensinar esses tão belos fatos! Das edificações, quão poucas são abobadadas como a basílica de São Pedro![431] Das criaturas, quão poucas têm a imensidade da baleia!

---

431. Dizia-se que o domo da basílica de São Pedro, no Vaticano, era capaz de conservar a mesma temperatura ambiente a despeito da estação do ano. Essa ideia, que não corresponde precisamente à verdade, foi ao que parece extraída de *Corinne* (Livro 4, Capítulo 3), da escritora francesa Anne-Louise Germaine de Staël-Holstein, conhecida como Madame de Stäel (1766-1817).

69

O funeral

"RECOLHER CORRENTES! Largar a carcaça a ré!"

As imensas talhas já cumpriram seu dever. O corpo branco descascado da baleia sem cabeça reluz como um sepulcro de mármore; embora tenha o matiz mudado, nada parece ter perdido em volume. Ainda é colossal. Lentamente ela flutua, para mais e mais longe, a água ao redor dilacerada e espargida pelos tubarões insaciáveis, e o ar acima agitado por voos vorazes de aves aos gritos, cujos bicos não diferem de infindas adagas estocando o corpo da baleia. O imenso fantasma branco sem cabeça rola para cada vez mais longe do navio, e a cada vara que flutua, aumenta o alarido assassino do que parecem varas quadradas de tubarões e varas cúbicas de aves.[432] Por horas a fio, o navio quase imóvel tem à vista esse quadro horrível. Sob o ameno e claro céu anil, sobre a bela e aprazível superfície das águas, ao sopro de uma alegre brisa, aquela enorme massa de morte flutua indefinidamente, até se perder na infinitude do horizonte.

Um tristíssimo e achincalhado funeral! Os abutres do mar, todos em piedoso luto, os tubarões do ar, todos devidamente cobertos ou salpicados de preto. Em vida, poucos deles teriam ajudado a baleia, penso eu, acaso esta necessitasse; mas, no banquete de seu funeral, todos a espicaçam piamente. Oh, medonho tubaronismo das coisas do mundo! Dele, nem mesmo a mais poderosa baleia está livre.

Não chegamos, porém, ao fim. Por mais profanado que o corpo esteja, sobre ele sobrevive e paira um fantasma vingativo e assustador. Avistado ao longe por algum cauteloso navio de guerra ou confuso navio de exploração, quando a distância que obscurece a turba das aves ainda revela a massa branca flutuando ao sol, com o espargir da espuma erguendo-se alto contra ela; imediatamente o cadáver da baleia, inofensivo, será assim descrito no diário de viagem

432. Vara (*rod* em inglês) é uma antiga unidade de medida britânica, equivalente a 5,5 metros. Também chamada de *perch* ou *pole*, a vara remonta à presença romana na ilha e era utilizada em todo o Império Romano. Ao longo dos séculos, a vara foi ganhando diferentes dimensões regionais. A vara portuguesa equivale a 1,1 metro.

por dedos trêmulos — *bancos de areia, rochedos e arrebentação nas imediações: cuidado!* E por anos depois, é possível que navios evitem o lugar; saltando-o como ovelhas tolas saltam sobre o vazio porque sua líder originalmente ali saltou sobre uma vara que não existe mais. Eis aí a lei dos precedentes; eis aí a utilidade das tradições; eis aí a história da obstinada sobrevivência de velhas crenças que nunca tiveram chão na terra e hoje nem mesmo pairam no ar! Eis aí a ortodoxia!

Assim, enquanto em vida o corpo da grande baleia pode ter sido um verdadeiro terror para seus antípodas, em morte seu fantasma constitui um pânico impotente ao mundo.

Acreditam em fantasmas, amigos? Existem fantasmas outros, além do de Cock Lane, e homens muito mais sábios do que o dr. Johnson que acreditam neles.[433]

---

433. Suposto fantasma que assombrava a Londres do século XVIII e tornou-se uma sensação em meio à opinião pública, até a farsa ser desfeita. Sobre Samuel Johnson, integrante do grupo que investigou a farsa, ver nota 345.

70
A esfinge

É PRECISO QUE SE mencione que, antes de ser esfolado, o corpo do leviatã foi decapitado. Ora, a decapitação do cachalote é um feito da ciência anatômica do qual os experientes cirurgiões baleeiros têm grande orgulho — e não sem razão.

Leve em consideração que a baleia não tem algo que se possa devidamente chamar de pescoço; pelo contrário, o ponto em que cabeça e corpo parecem se unir, ali, naquele preciso lugar, encontra-se a parte mais grossa de sua massa. Lembre-se, também, de que o cirurgião deve realizar a operação de cima para baixo, havendo algo entre dois e três metros de distância entre ele e o paciente, estando o paciente praticamente coberto por um mar descorado e ondeante, quando não tumultuado e revolto. Tenha em mente, também, que sob tão adversas circunstâncias, ele precisa realizar uma incisão de metros de profundidade carne adentro; e a essa maneira subterrânea, sem ao menos dar uma única espiadela no corte assim efetuado e em constante contração, ele deve dispor de habilidade para evitar todas as partes adjacentes e interditas e secionar a coluna em um ponto preciso, na proximidade de sua introdução no crânio. Como não se admirar, portanto, da vaidade de Stubb, que levou apenas dez minutos para decapitar um cachalote?

Uma vez cortada, a cabeça é deixada à ré e ali conservada, presa a um cabo, até que o corpo seja esfolado. Realizada a tarefa, se a cabeça pertence a um baleote, é içada sobre o convés para ali conhecer seu devido fim; em se tratando, porém, de um leviatã maduro, o procedimento é impossível; pois a cabeça do cachalote abrange quase um terço de todo o seu corpo, e suspender por completo um fardo de tamanhas dimensões, mesmo com as imensas talhas de um navio baleeiro, seria tão vão quanto tentar pesar um celeiro batavo numa balança de ourives.

Decapitada a baleia do *Pequod*, e esfolado o corpo, a cabeça foi içada contra o costado do navio — com cerca de metade do volume para fora d'água, de forma que ainda pudesse em grande medida ter o peso compartilhado com seu elemento nativo. E ali, com a embarcação tensionada inclinando-se fortemente sobre ela, em razão do enorme arrasto sofrido pelo tope do mastro real, e com cada braço de verga daquele lado projetando-se como uma grua sobre as ondas; ali, aquela cabeça pingando sangue, pendurada a meia-nau, mais parecia a cabeça do gigante Holofernes presa à cintura de Judite.[434]

Cumprida esta última tarefa, era meio-dia, e os marinheiros desceram para o almoço. Agora deserto, reinava o silêncio sobre o convés antes repleto de atividade. Uma intensa calma acobreada, como um lótus-amarelo universal, desdobrava mais e mais a quietude de suas desmedidas folhas sobre o mar.

Passado um curto intervalo de tempo, Ahab surgiu de sua cabine, a sós em meio a tal serenidade. Dando algumas voltas no tombadilho, ele parou para olhar sobre a amurada; em seguida, embrenhando-se lentamente nas enxárcias do mastro real, pegou a longa cortadeira de Stubb — ainda ali após a decapitação da baleia — e com ela penetrou a parte inferior da massa parcialmente suspensa, fez da outra extremidade uma muleta sob um braço, e assim ficou nela apoiado com os olhos fitos na cabeça.

Era uma cabeça preta, encapuzada; e pendurada ali no meio de uma tão palpável paz parecia a própria esfinge no deserto.

"Conta-me, imensa e venerável fronte", murmurou Ahab, "que embora imberbe ostenta o velho musgo, aqui e ali; conta, poderosa fronte, conta o mistério de que és portadora. Daquelas que tocaram profundezas, mergulhaste como nenhuma outra criatura. Ó cabeça, em que agora o sol reluz: tu conheceste as fundações do mundo, podredouro de âncoras e esperanças, onde não poucos homens e navios souberam esquecimento e corrosão... esta nau terra, de porão assassino, lastro tem nos ossos de afogados; e é a este mundo de águas que chamas lar. Estiveste aonde sino e escafandrista nunca foram; e conheceste marinheiros muitos, cujas mães dariam céus para aninhá-los. Viste os amantes, um ao outro abraçados, no instante em que saltaram do navio em chamas; atados, coração a coração, mergulharam sob vagalhões em festa, leais um ao outro, quando o céu os abandonava. Viste o imediato assassinado, do convés ao mar lançado por piratas; e da meia-noite em que ele mergulhou, outra meia-noite veio a conhecer — boca voraz, profunda escuridão —, e seus assassinos vogando impunes... quando lumes velozes sacudiam a nau vizinha, que teria entregue um bom esposo aos braços que ansiosamente o aguardavam. Ó ca-

434. No deuterocanônico Livro de Judite (apócrifo na Bíblia protestante), Holofernes foi um general babilônico seduzido e decapitado pela viúva Judite, no contexto da resistência dos macabeus contra o exército agressor.

beça! Viste tu o suficiente para dissolver toda esta galáxia e reduzir um Abraão a um infiel... e nenhuma sílaba de ti escuto!"

"Vela à vista!", anunciou voz triunfante da gávea do mastro principal.

"Vela? Ora, isso sim é animador", devolveu Ahab, erguendo-se de repente, enquanto nuvens inteiras de trovoadas se dissipavam de sua fronte. "Tamanho grito vivo, a interromper a calmaria morta, quase teria o poder de converter um homem melhor. A que distância?"

"Três graus a estibordo da proa,[435] senhor, e trazendo a brisa dela para nós!"

"Cada vez melhor, marujo. É são Paulo que vem por tal caminho,[436] e desfaz com brisa a minha calmaria? Ó natureza! Ó alma do homem! Quão além de todo o verbo vivem suas correspondências! Nem o menor átomo se move ou vive na matéria sem que conheça na alma astuta a sua duplicata."

---

435. Um ponto na bitácula corresponde a pouco mais de sete graus; três pontos, portanto, sugerem algo como um ângulo de 21 ou 22 graus.

436. Nascido Saulo de Tarso e mudando de nome após a sua conversão à fé cristã, Paulo viveu no século I d.C. Uma das figuras centrais do cristianismo, foi um de seus maiores pregadores, tendo feito grande parte de suas viagens missionárias de barco.

71

O caso do *Jeroboão*[437]

Navio e brisa seguiam de mãos dadas; a brisa, porém, tomou a dianteira, e logo o *Pequod* não demorou a balançar.

Em pouco tempo, pela luneta, os botes e os mastros tripulados revelaram se tratar de um navio baleeiro. Estando, porém, a embarcação distante a barlavento e em veloz travessia, aparentemente rumando a alguma outra zona de caça, o *Pequod* não conseguiria alcançá-la. Desfraldou-se, então, a insígnia à espera de resposta.

É interessante neste ponto lembrar que, a exemplo dos navios de guerra, os navios da frota baleeira americana dispõem cada qual de insígnias próprias; todas elas coligidas em um livro com os nomes das respectivas embarcações a elas relacionadas, sendo cada capitão munido de um exemplar. Desse modo, os comandantes podem se reconhecer no oceano, mesmo a consideráveis distâncias e sem qualquer dificuldade.

A insígnia do *Pequod* recebeu por fim resposta do estranho, que soltou ao vento a sua própria; provou-se ser o navio *Jeroboão*, de Nantucket. Manobrando as vergas, o baleeiro ganhou terreno, apontando a proa ao costado do *Pequod* a sotavento e arriando um bote; este logo se aproximou; mas, quando a escada se armou por ordem de Starbuck para receber o capitão visitante, o estranho em questão acenou da popa do bote em sinal de que tal procedimento era absolutamente desnecessário. Veio-se a saber que o convés do *Jeroboão* encontrava-se vitimado por uma epidemia maligna e que Mayhew, seu capitão, temia infectar a tripulação do *Pequod*. Embora a tripulação do bote e o próprio capitão não apresentassem sinais de doença, embora o navio estivesse a meio tiro de rifle de distância, e embora correntes de mar e ar imaculados os cercassem; mesmo assim, respeitando com absoluta prudência a temerosa quarentena de terra, ele se recusou terminantemente a travar contato direto com o *Pequod*.

---

437. Jeroboão I foi o primeiro rei de Israel após a divisão em reino de Israel e reino de Judá. O reinado de Jeroboão foi marcado por más práticas religiosas, levadas a cabo por cálculo político, o que o profeta Aías declarou serem razão para que castigos recaíssem sobre sua família (1 Reis 14,7-14), levando sua dinastia ao fim.

As circunstâncias de forma alguma impediram a comunicação. Preservando um intervalo de algumas poucas jardas entre si e o navio, o bote do *Jeroboão*, mediante o uso ocasional dos remos, conseguiu manter-se paralelo ao costado do *Pequod*, que avançava pesadamente (pois a essa altura a brisa estava bem forte), com a vela da gávea rizada; embora, em verdade, por vezes em razão do súbito assalto de ondas maiores, o bote fosse levado um tanto à frente; sendo logo trazido habilidosamente a sua devida posição. Sujeitas vez por outra a esta e outras interrupções que tais, as duas partes travaram uma conversa; porém, de tempos em tempos, não sem outro empecilho, este de tipo muito diverso.

A um dos remos do bote do *Jeroboão* havia um homem de aparência singular, mesmo no contexto bárbaro da vida baleeira, no qual a totalidade se faz integralmente de individualidades. Era um homem franzino, baixo e jovem, o rosto todo pintado de sardas e cabelos louros e abundantes. Vestia um sobretudo em tom de nogueira desbotado, de longas fraldas e um corte cabalístico, cujas mangas excessivamente longas estavam enroladas na altura dos pulsos. Trazia nos olhos um delírio profundo, resoluto e fanático.

Tão logo essa figura foi avistada, Stubb exclamou: "É ele! É ele! É o bufão de sobretudo que o pessoal do *Town-Ho* comentou!". Stubb aludia aqui a uma estranha história contada sobre o *Jeroboão* e a certo marinheiro de sua tripulação, o que havia se dado algum tempo antes, quando o *Pequod* e o *Town-Ho* travaram seu *gam*. De acordo com o relato e o que se descobriu posteriormente, parecia que o bufão em questão havia conquistado incrível ascendência sobre quase todos a bordo do *Jeroboão*. Eis o caso:

Sua criação havia se dado originalmente no seio dos Shakers de Neskyeuna,[438] uma comunidade de loucos onde era tido como grande profeta; tendo por várias ocasiões, em suas reuniões secretas e amalucadas, descido dos céus através de um alçapão para anunciar a célere abertura do sétimo frasco, que trazia consigo no bolso do colete;[439] mas que, em vez de conter pólvora, vinha carregado do que parecia ser láudano. Depois de um estranho capricho apostólico ter dele se apoderado, deixou Neskyeuna com destino a Nantucket, onde,

---

438. Os Shakers de Neskyeuna (Niskauyna, atualmente) formaram em 1776, no vilarejo de mesmo nome, no estado de Nova York, uma denominação protestante celibatária e de matriz comunitária.

439. *The seventh vial*, em inglês. A imagem remete a Apocalipse 16,17-19 e à abertura dos sete selos que fariam se abater desgraças sobre a humanidade condenada. As versões da Bíblia em português traduzem o grego *phialē* como taça; em inglês, a palavra conhece as versões *bowl* e *vial*, palavra que também se aplica aos frascos em que se carregava a pólvora das antigas armas de fogo.

com aquela esperteza que só os loucos conhecem, assumiu aparência estável e eivada de bom senso, candidatando-se a marinheiro aprendiz na viagem baleeira do *Jeroboão*. Foi contratado; mas assim que o navio perdeu a terra de vista, sua loucura irrompeu como uma torrente. Declarou-se o arcanjo Gabriel e ordenou ao capitão que se lançasse ao mar. Tornou público seu manifesto, no qual se apresentava o libertador das ilhas do mar e vigário-geral de todas as ilhas do Pacífico. A séria obstinação com que declarou essas coisas; o jogo sombrio e intrépido de sua agitada imaginação insone somaram-se a todos os terrores sobrenaturais do delírio real e investiram o famigerado Gabriel, no espírito da maioria da tripulação ignorante, de uma aura de sacralidade. Ademais, todos o temiam. Como tal homem, entretanto, não tinha muita utilidade prática no convés, especialmente porque se recusava a trabalhar, senão quando queria, o incrédulo capitão tinha enorme desejo de se ver livre dele; informado, porém, de que a intenção do sujeito era dispensá-lo no primeiro porto mais próximo, o arcanjo de pronto abriu todos os seus selos e frascos — entregando o navio e toda a tripulação à incondicional perdição caso se cumprisse tal intenção. Ele trabalhou com tamanha persuasão sobre seus discípulos em meio à marujada que, por fim, todos se dirigiram em um só grupo ao capitão e comunicaram-lhe que, se Gabriel fosse dispensado do navio, nenhum marinheiro dentre eles permaneceria. O capitão foi forçado, portanto, a desistir do plano. O grupo também não permitiria que Gabriel sofresse qualquer maltrato, dissesse ou fizesse o que fosse; e assim sucedeu que[440] Gabriel tinha total liberdade a bordo. A consequência de tudo isso foi que o arcanjo passou a pouco ou nada se preocupar com o capitão e seus imediatos; e, desde o início da epidemia, fizera-se mais arrogante e pretensioso do que nunca; declarando que a peste, como a chamava, estava exclusivamente sob suas ordens; e só seria suspensa segundo sua vontade. Os marinheiros, em sua maioria pobres-diabos, se acovardaram; alguns passaram a bajulá-lo, por vezes dedicando-lhe homenagens pessoais, segundo suas próprias instruções, como se Gabriel fosse um deus. Tudo isso pode parecer incrível, mas, por mais formidável que seja, é verdadeiro. A história do fanatismo não é tão impressionante em relação ao autoengano incomensurável do fanático em si quanto no tocante a seu incomensurável poder de enganar e destruir os outros. Mas é hora de voltar ao *Pequod*.

440. "*It came to pass*", no original. Essa é uma fórmula presente em um sem-número de versículos bíblicos da versão King James, traduzindo o latim "*et factum est*". Na versão em português adotada (Almeida Corrigida e Fiel), a fórmula aparece traduzida via de regra como "e aconteceu/sucedeu que".

“Não temo a tua epidemia, marujo”, disse Ahab, encostado à amurada, ao capitão Mayhew, que se encontrava na popa do barco. “Sobe a bordo.”

Foi quando Gabriel se pôs de pé.

“Pensa, pensa nas febres, amarelas e biliosas! Guardai-vos da peste medonha!”

“Gabriel! Gabriel!”, gritou o capitão Mayhew. “Ou tu...” Mas naquele exato instante uma onda impetuosa lançou o bote bem à frente, e seu estouro afogou toda a fala.

“Viste a Baleia Branca?”, perguntou Ahab quando o bote voltou.

“Pensa, pensa em teu bote baleeiro, destruído e afundado! Guardai-vos da cauda medonha!”

“Digo-te de novo, Gabriel, que...” Mas novamente o barco avançou como tivesse sido arrastado por demônios. Nada foi dito por alguns instantes, enquanto surgia uma sucessão de ondas revoltas, que por um daqueles ocasionais caprichos dos mares faziam o bote afocinhar, não se erguer. Nesse ínterim, a cabeça do cachalote içada balançou violentamente, e viu-se Gabriel de olhos fitos nela com muito mais apreensão do que sua natureza angelical parecia justificar.

Findo o interlúdio, o capitão Mayhew deu início a um sombrio relato acerca de Moby Dick; não, porém, sem frequentes interrupções de Gabriel, fosse pela menção ao seu nome, fosse pelo mar intempestivo aparentemente mancomunado com ele.

Parecia que não fazia muito tempo que o *Jeroboão* havia deixado o porto natal quando, ao travar contato com um navio baleeiro, sua tripulação recebeu informações fidedignas da existência de Moby Dick e da devastação que deixava por onde passava. Absorvendo avidamente o relato, Gabriel mostrou-se solene ao admoestar o capitão contra qualquer ataque contra a Baleia Branca, caso o monstro fosse avistado; declarando, em sua loucura boquirrota, que a Baleia Branca não era um mero ser, mas a encarnação do Deus Shaker; segundo a interpretação que os Shakers faziam da Bíblia. Quando, porém, um ou dois anos depois, Moby Dick surgiu à vista dos homens nos mastros, Macey, o imediato, ardeu em desejo de dar-lhe combate; e sem encontrar oposição do próprio capitão, a despeito de todas as censuras e admoestações do arcanjo, Macey foi capaz de persuadir cinco homens a tripularem seu bote. Com eles, partiu; e, depois de muitas exaustivas remadas e umas tantas abordagens perigosas e malsucedidas, finalmente conseguiu prender-lhe um ferro. Nesse ínterim, Gabriel, ascendendo ao tope do mastro de sobrejoanete, agitava um dos braços em gestos frenéticos e despejava profecias de expedita condenação aos sacrílegos agressores de sua divindade. Ora, no momento em que Macey, o imediato, encontrava-se de pé no estrado de proa do bote e com toda a insensata energia de sua tribo vociferava como um louco contra a baleia — ao mesmo tempo que buscava uma boa oportunidade de fazer uso de sua lança à mão, eia! — um imenso vulto branco ergueu-se das águas; tirando temporariamente o fôlego da tripulação aos remos com um movimento rápido em leque. No instante seguinte, o malfadado imediato, no qual pulsava a vida em toda a sua fúria, foi arremessado ao ar e, perfazendo uma longa parábola em sua descida, caiu no mar a uma distância de cerca de cinquenta jardas. O bote não perdeu uma lasca sequer, tampouco a tripulação perdeu um fio de cabelo; o imediato, por sua vez, mergulhou para nunca mais.

É interessante deixar aqui um parêntese: entre os tipos de acidente fatal na pesca do cachalote, este talvez seja tão frequente como qualquer outro. Às vezes, ninguém é ferido, senão o marujo que dessa forma é aniquilado; mais frequentemente, a proa do barco é arrebentada ou o alcaçuz em que o carrasco se posiciona é arrancado de seu lugar, acompanhando o corpo. Mais estranha do que tudo é a circunstância, identificável em mais de um caso, em que o corpo, quando recuperado, não apresenta qualquer marca de violência; mas o homem, por sua vez, encontra-se terminantemente morto.

Toda a calamidade, com a queda de Macey, foi claramente vista do navio. Elevando um grito agudo — "O frasco! O frasco!" —, Gabriel dissuadiu a tripulação aterrorizada de seguir na perseguição à baleia. O terrível evento investiu o arcanjo de ainda maior influência: seus discípulos crédulos acreditavam que ele o havia profetizado especificamente, não apenas proferido um vaticínio geral, o que qualquer um poderia ter feito, acertando um dos muitos alvos de um amplo horizonte de possibilidades. Ele se tornou um terror inominável a bordo do navio.

Tendo Mayhew concluído o relato, Ahab fez-lhe perguntas tais que o capitão do *Jeroboão* não pôde deixar de indagar se ele pretendia caçar a Baleia Branca, caso a oportunidade se colocasse. Ao que Ahab respondeu: "Sim". De pronto, então, Gabriel novamente se pôs de pé, fitando o velho e exclamando com veemência, com o indicador apontado para baixo: "Pensa, pensa no blasfemo... morto nas profundezas! Guardai-vos do fim do blasfemador!".

Impassível, Ahab não lhe deu ouvidos; então disse a Mayhew: "Capitão, acaba de acorrer a minha memória a bolsa de cartas; se não incorro em engano, há uma carta para um de seus oficiais. Starbuck, dê uma olhada na bolsa".

Todo navio baleeiro leva consigo um bom número de cartas para vários navios, cuja entrega às pessoas a que se dirigem depende unicamente do ensejo de encontrá-las em algum ponto dos quatro oceanos. Assim, a maioria das cartas nunca alcança o destinatário; e muitas só são recebidas depois de terem completado dois, três anos ou mais.

Logo Starbuck voltou com uma carta na mão. Estava terrivelmente amassada, úmida e coberta das manchas de um bolor verde e fosco, conservada que estivera em um armário escuro da cabana. Para uma tal carta, a própria Morte poderia ter feito as vezes de carteiro.

"Não consegues ler?", exclamou Ahab. "Dá-me-la, homem. Sim, sim, é só um garrancho apagado... o que é isso?" Enquanto a estudava, Starbuck pegou um longo cabo de cortadeira e com sua faca abriu um ligeiro talho na ponta, para inserir ali a carta e, assim, entregá-la ao bote, sem que se aproximasse do navio.

Entrementes, Ahab, segurando a carta, murmurou: "Sr. Har... sim, Sr. Harry... (a mão fina de uma mulher... a esposa do homem, aposto)... Sim... Sr. Harry Macey, navio *Jeroboão*... ora, é Macey, e ele está morto!".

"Pobre homem... pobre homem... e pobre esposa", suspirou Mayhew. "Deixa-me ficar com ela."

"Não, que fique contigo", gritou Gabriel a Ahab. "Logo estarás seguindo o mesmo caminho."

"Que maldições te estrangulem!", bradou Ahab. "Capitão Mayhew, prepara-te para recebê-la." E tomando a missiva fatal das mãos de Starbuck, ele a prendeu na fenda da ponta do pinho e estendeu-a na direção do barco. Ao fazê-lo, porém, os remadores, à espera de pegar a carta, largaram os remos; o barco derivou um pouco em direção à popa do navio; de modo que, como num passe de mágica, a carta subitamente ficou ao alcance da mão ansiosa de Gabriel. Ele a agarrou em um instante, tomou da faca do bote e, empalando nela a carta, lançou-a de volta ao *Pequod*. Ela caiu aos pés de Ahab. Em seguida, Gabriel ordenou que a tripulação se pusesse a remar, e assim o bote rebelde se afastou rapidamente do *Pequod*.

Quando, após esse interlúdio, os marinheiros retomaram as atividades com a gordura da baleia, muitas coisas estranhas foram aventadas em relação ao extraordinário caso.

72
A corda de macaco

NO AGITADO TRABALHO DE esfolar uma baleia e dispensar-lhe cuidados, há muita correria da tripulação de um lado para outro. Marinheiros são necessários ora aqui, ora acolá. Não existe permanecer em um só lugar: é preciso que tudo se faça ao mesmo tempo em toda parte. Não é diferente com quem agora se esforça para descrever a cena. Precisamos refazer nosso percurso. Mencionou-se que, no início do trabalho no dorso da baleia, inseria-se o gancho de gordura no orifício ali aberto pelas cortadeiras dos imediatos. Mas como uma tal massa, tão desajeitada e pesada quanto o dito ganho, foi fixada naquele buraco? Ela foi ali inserida por meu grande amigo Queequeg, cujo dever era, como arpoador, descer sobre as costas do monstro com o especial propósito referido. Mas, em muitos casos, as circunstâncias exigem que o arpoador permaneça na baleia até que se conclua toda a operação de desmancho ou esfolamento. A baleia, note-se, fica quase inteiramente submersa, exceto pelas partes imediatas sobre as quais se dá a operação. Lá embaixo, portanto, cerca de três metros abaixo do nível do convés, o pobre arpoador chapinha e se equilibra, em parte sobre a baleia, em parte sobre a água, enquanto a imensa massa gira como uma esteira debaixo dele. Na ocasião em questão, Queequeg trajava-se como um escocês — saia e meia —, o que, ao menos segundo minha perspectiva, pareceu-me incrivelmente vantajoso; e ninguém teve melhor oportunidade de observá-lo, como logo se verá.

Sendo o proeiro do selvagem, isto é, o encarregado do remo de proa de seu bote (o segundo, de vante a ré), era meu feliz dever estar a sua disposição enquanto ele seguia naquele difícil sapateia-e-reboleia sobre as costas da baleia. Vocês conhecem aqueles meninos italianos tocadores de realejo que seguram o macaquinho dançarino por uma longa corda. Foi dessa forma, postado no precipício do navio que careava, que segurei Queequeg lá embaixo no mar, pelo que na pesca se chama tecnicamente de corda de macaco, atada a uma robusta tira de lona presa a sua cintura.

Era um negócio perigoso e divertido para nós dois. Pois, antes de prosseguirmos, é preciso dizer que a corda de macaco era presa a ambas as extremidades — no largo cinto de lona de Queequeg e no meu estreito cinto de couro. De modo que, para o bem ou para o mal, nós dois, naquele instante, estávamos matrimonialmente ligados; e se o pobre Queequeg afundasse para nunca mais conhecer a luz do sol, tanto o costume quanto a honra rezavam que, em vez de cortar a corda, eu o deveria acompanhar às profundezas. Assim, havia uma comprida ligadura siamesa que nos unia. Queequeg era o meu irmão gêmeo, e de mim nada o desligava — eu não podia de forma alguma me recusar às perigosas responsabilidades implicadas naqueles laços de cânhamo.

Tão forte e metafisicamente concebi minha situação então que, enquanto observava atentamente seus movimentos, parecia ao mesmo tempo perceber que minha própria individualidade se dissolvia em uma corporação de duas pessoas; que meu livre-arbítrio havia recebido um ferimento mortal; e que o erro ou infortúnio de outrem poderia me levar, um pobre inocente, a um desastre e morte imerecidos. Vislumbrei, portanto, uma espécie de vácuo da Providência — pois a imparcialidade de sua equanimidade jamais poderia conceber tão gritante injustiça. E seguindo em minhas reflexões — enquanto lhe aplicava uns puxões de vez em quando de entre a baleia e o navio, que ameaçavam esmagá-lo —, seguindo em minhas reflexões, como vinha dizendo, constatei que minha situação era a exata situação de todo mortal que respira; com a única diferença que, na maioria dos casos, o dito mortal, de uma forma ou de outra, conhece essa ligação siamesa com uma pluralidade de outros mortais. Se seu banqueiro falir, você quebra; se seu boticário por acaso misturar veneno a suas pílulas, você morre. Vocês poderiam refutar o que acabo de dizer argumentando que, desde que se tenha grande cautela, são contornáveis esses e um sem-número de acasos infelizes da vida; não discordo. Mas mesmo enquanto dedicava toda a atenção e cuidado à corda de macaco de Queequeg, vez por outra era tão forte o tranco que ele me dava que cheguei muito perto de escorregar amurada afora. Não poderia deixar de lembrar que, a despeito do que fizesse, eu só tinha o controle de uma das pontas.[441]

Já foi dito que não poucas vezes arrancava o pobre Queequeg de entre a baleia e o navio, espaço aonde eventualmente caía em razão do incessante ba-

441. A corda de macaco existe em todos os navios baleeiros; apenas no *Pequod*, porém, o macaco e seu responsável eram amarrados um ao outro. Esse aperfeiçoamento do costume original foi introduzido por ninguém menos do que Stubb, a fim de dar ao arpoador sob perigo a mais forte garantia possível de fidelidade e atenção da parte do responsável pela corda de macaco. (N. A.)

lanço e oscilação de ambos. Mas esse não era o único esmagador perigo a que meu amigo estava exposto. Em nada intimidados pela chacina que se abatera sobre eles durante a noite, os tubarões, agora com interesse renovado e ainda mais aguçado pelo sangue antes represado que começava a fluir da carcaça — as rábicas criaturas constituíam uma turba em torno dela, como um enxame de abelhas em torno da colmeia.

E bem no meio desses tubarões estava Queequeg; que não raro os afastava com seus pés escorregadios. Coisa deveras incrível: não sendo atraído por uma presa como uma baleia morta, o tubarão, de outro modo dotado de grande ecletismo carnívoro, raramente toca o homem.

Não obstante, parece absolutamente crível que, uma vez que desempenhavam um papel tão predatório na ação, fosse considerado sábio não os perder de vista. Consequentemente, além da corda de macaco, com a qual eu vez por outra puxava o pobre sujeito da vizinhança demasiado próxima da bocarra do que parecia um tubarão particularmente feroz, ele tinha ainda outra proteção. Suspensos além da amurada em uma das plataformas, Tashtego e Daggoo erguiam continuamente sobre as cabeças um par de afiadas cortadeiras, com as quais massacravam a maior quantidade possível de tubarões. De sua parte, era um procedimento decerto muito desinteressado e benevolente: eles só queriam o melhor para Queequeg. Porém, em seu atabalhoado afã de demonstrar amizade, e em razão de Queequeg e os tubarões ficarem por vezes indistintos em meio à água tingida de sangue, aquelas insensatas cortadeiras chegavam vez e outra mais perto de amputar uma perna do que de amputar uma cauda. O pobre Queequeg, suponho — enquanto se empenhava e arfava com aquele imenso gancho de ferro —, o pobre Queequeg, suponho, apenas rezou para seu Yojo e entregou a vida às mãos de seus deuses.

Ora, ora, meu querido camarada, irmão gêmeo — pensava eu, enquanto puxava e afrouxava a corda a cada onda que se erguia e afundava —, o que se passa, afinal? Você não será a preciosa imagem de cada um de nós, homens, neste mundo baleeiro? O oceano feroz em que você arqueja: Vida; os tubarões: Inimigos; as cortadeiras: Amigos; e entre tubarões e cortadeiras, meu chapa, eis você numa bela roubada.

Mas coragem! Não faltam vivas a celebrá-lo, Queequeg. Por ora, de lábios arroxeados e olhos injetados de sangue, o selvagem exausto finalmente sobe pela mesa de enxárcia e para sobre a amurada, encharcado e trêmulo de frio; o camareiro avança e, com um olhar benevolente e consolador, entrega-lhe — o quê? Um pouco de conhaque quente? Não! Entrega-lhe, ó deuses!, uma xícara de gengibre morno com água!

"Gengibre? Sinto cheiro de gengibre?", perguntou Stubb, aproximando-se desconfiado. "Sim, só pode ser gengibre", olhando para a xícara ainda intocada. Então, parado como não pudesse acreditar no que viam seus olhos, ele calmamente caminhou em direção ao atônito camareiro e disse-lhe devagar: "Gengibre? Gengibre? O senhor camareiro teria a bondade de me explicar quais são as virtudes do gengibre? Por acaso o gengibre é o tipo de combustível que se usa para produzir fogo no interior deste canibal congelado? Gengibre!... que diabos é esse tal de gengibre? Carvão marinho? Lenha? Fósforo? Binga? Pólvora?... pois me diga, que diabos é esse tal de gengibre que você oferece para este nosso pobre Queequeg? Isso me cheira a alguma influência da Sociedade de Temperança", acrescentou de repente, agora se aproximando de Starbuck, que acabava de chegar. "Dá uma olhada nessa canequinha, senhor; sinta o cheiro, por favor." Em seguida, observando o semblante do imediato, acrescentou: "Sr. Starbuck, o camareiro teve a cara de pau de oferecer calomelano e jalapa para nosso Queequeg ali,[442] que acabou de voltar da baleia. O camareiro é boticário, senhor? E posso perguntar se este é o tipo de fole com que se sopra a vida de volta ao pulmão de um homem meio afogado?".

"Não creio", disse Starbuck, "de fato, é bem fraco."

"Pois é, seu camareiro", gritou Stubb, "agora vamos ensinar a você como se medica um arpoador; nenhum dos remédios do seu boticário presta por aqui... você quer nos envenenar, é isso? Você conseguiu nossos seguros de vida e quer matar todo mundo e embolsar a grana, é isso?"

"Não fui eu!", defendeu-se Bolinho, "foi a tia Caridade que trouxe o gengibre a bordo; e ordenou que eu nunca desse aos arpoadores nenhum trago de grogue, só esse suco de gengibre... esse foi o nome que ela deu."

"Suco de gengibre! Seu gengibre de uma figa! Toma essa! E vê se corre até o armário pra conseguir alguma coisa melhor. Espero não estar fazendo nada de errado, sr. Starbuck. São as ordens do capitão: grogue para o arpoador de uma baleia."

"Chega", respondeu Starbuck, "só não batas nele de novo, senão..."

---

442. No século XIX, o calomelano (cloreto mercuroso) era utilizado com finalidade medicinal e aplicado a uma grande variedade de enfermidades, da bronquite à sífilis. A jalapa, uma trepadeira, era usada para efeito purgante.

"Oh, nunca bato pra machucar, só mesmo quando é uma baleia ou algo assim; e esse sujeito é uma fuinha. O que você queria dizer, senhor?"

"Só isto: desce com ele e traz o que tu mesmo quiseres."

Quando Stubb reapareceu, veio com um frasco escuro em uma das mãos e uma espécie de caixinha de chá na outra. O primeiro continha grogue, que foi entregue a Queequeg; a segunda era o presente de tia Caridade, que foi gratuitamente oferecido às ondas.

73
Stubb e Flask matam uma baleia-franca; e então conversam sobre ela

É PRECISO QUE SE TENHA em mente que, por todo esse tempo, levávamos uma prodigiosa cabeça de cachalote balançando sobre o costado do *Pequod*. Necessário será, no entanto, deixá-la pendurada mais um pouco até que tenhamos oportunidade de nos dedicarmos a ela. No momento, outros assuntos urgem, e tudo que podemos fazer pela cabeça é rezar para que as talhas aguentem.

Ora, durante a noite e a manhã do dia anterior, o *Pequod* adentrara pouco a pouco águas que, por suas manchas amarelas de *brit*, espalhadas aqui e ali, davam sinais bastante incomuns da presença próxima de baleias-francas, espécie de leviatã que, àquelas alturas, poucos esperavam estar à espreita nas imediações. E muito embora a marinhagem em geral desprezasse a captura dessas criaturas inferiores; e embora a outorga de serviço do *Pequod* não incluísse dar-lhes caça; e embora o navio tivesse passado por várias delas nas proximidades das ilhas Crozetts sem arriar um bote sequer; agora, no entanto, que um cachalote havia sido preso ao costado e decapitado, fez-se, para surpresa de todos, o anúncio de que uma baleia-franca devia ser capturada naquele dia, uma vez que se apresentasse a oportunidade.

A espera não foi longa. Avistaram-se jorros elevados a sotavento; e os botes de Stubb e Flask foram encarregados da perseguição. Puxando remos mais e mais longe, eles finalmente quedaram quase invisíveis para os homens dos mastros. Mas, de repente, a distância, eles puderam identificar um grande tumulto em águas brancas, e não tardou a notícia vinda do alto de que, se não um, ambos os botes ganhavam velocidade. Passado algum tempo, os botes revelaram-se bem à vista, enquanto eram arrastados na direção do navio pela baleia rebocadora. O monstro chegou tão perto do casco que parecia a princípio intentar alguma maldade; mas, de súbito, mergulhando a três varas das tábuas do *Pequod*, desapareceu por completo, como se tivesse submergido sob a quilha. "Cortem, cortem!" foi o grito do navio para os botes, que, por um instante, pareceram a ponto de serem arrojados contra o costado da embarcação numa colisão mortal. Mas, dispondo ainda de bastante linha nas selhas, enquanto a baleia não mergulhava muito rapidamente, eles soltaram cabo em abundância e, ao mesmo tempo, remaram com todas as suas forças para se distanciarem do navio. Por alguns minutos, o que se viu foi luta ferina; pois, enquanto ainda lançavam a linha tensa em uma direção e puxavam seus remos em outra, a tensão contenciosa ameaçava subjugá-los. Tudo o que os marinheiros queriam, por sua vez, era ganhar alguma dianteira. E, aferrados a esse intento, fizeram até que conseguiram. De repente, todos sentiram um rápido tremor correndo como um raio por toda a quilha, enquanto a linha tensa, raspando sob o navio, subitamente apareceu sob sua proa, estalando e vibrando; e assim projetando suas gotas, estas caíram como cacos de vidro sobre as águas, enquanto a baleia também surgia à vista, adiante, e mais uma vez os barcos estavam livres para acompanhá-la em sua fuga. Mas a baleia exaurida diminuiu a velocidade e, desnorteada, deu a volta na popa do navio rebocando os dois barcos atrás de si, de modo que fizeram um circuito completo.

Enquanto isso, ambos os botes puxavam mais e mais suas linhas, até que, flanqueando-a dos dois lados, as lanças de Stubb e Flask respondiam em seus arremessos uma à outra; e assim, em circuito em torno do *Pequod*, a batalha prosseguia, enquanto a turba de tubarões, que antes nadavam junto ao corpo do cachalote, dirigiu-se ao sangue fresco que era derramado, o qual beberam sedentos a cada novo talho aberto, como os ávidos israelitas ante as novas fontes borbulhantes que vazavam da rocha fendida.[443]

Por fim, o jorro engrossou e, depois de rolar sobre o próprio corpo e derramar um vômito medonho, a baleia converteu-se de bruços em cadáver.

Enquanto os dois carrascos cuidavam de amarrar firmemente a cauda da baleia e, de outras maneiras, preparar o corpo para ser rebocado, uma conversa teve lugar entre eles.

"Só queria saber o que o velho quer com este pedaço de banha nojenta", disse Stubb, não sem algum asco em pensar em ter que lidar com um leviatã tão ignóbil.

"O que quer com isso?", repetiu Flask, recolhendo a linha sobressalente na proa do barco. "Nunca ouviu falar que o navio que leva ao mesmo tempo uma cabeça de cachalote içada a estibordo e outra de baleia-franca a bombordo — nunca ouviu falar, Stubb, que esse navio não emborca mais?"

"Por que não?"

443. Êxodo 17,6.

"Não sei, mas ouvi Fedallah dizer isso. Aquela assombração amarela parece saber tudo sobre feitiço de navio. Mas às vezes acho que ele vai enfeitiçar esse navio a troco de nada. Não gosto nem um pouco daquele sujeito, Stubb. Já percebeu que aquela presa que ele tem na boca parece coisa entalhada na cabeça de uma cobra?"

"Antes se afogasse! Nunca olho pra ele, de jeito nenhum; mas se tiver a oportunidade, em uma noite escura, ele lá parado perto da amurada, e ninguém por perto; olhe lá, Flask", disse Stubb, apontando para o mar com um movimento peculiar de ambas as mãos. "Ô, se eu vou! Flask, não me sai da cabeça que esse Fedallah é o diabo disfarçado. Dá pra levar a sério aquela história sem pé nem cabeça de ele ter se escondido a bordo do navio? Ele é o diabo, tô falando... e você só não vê o rabo dele porque tá recolhido; deve levar escondido no bolso, acho. Maldito! Agora me ocorre — ele tá sempre atrás de estopa pra enfiar na ponta das botas."[444]

"Ele dorme de bota, né? Ele não tem rede; mas já vi ele deitado de noite em um pandeiro de cordame."

"Lógico, e é por causa da desgraçada da cauda que ele enrola; percebe, no meio do pandeiro."

"Que que o velho quer tanto com ele?"

"Fazer uma troca, uma barganha, suponho."

"Barganhar? Mas o quê?"

"Só veja uma coisa: o velho tá obcecado com a ideia de caçar aquela baleia branca, não quer saber de outra coisa, e o diabo tá ali, tentando se aproximar dele, dando a ideia de ele entregar um relógio de prata, ou a própria alma, uma coisa assim, em troca de Moby Dick."

"Ah, vá, Stubb! Você só pode tá brincando; como o Fedallah ia conseguir uma coisa dessas?"

"Não sei, Flask, mas o diabo é um camarada bem do curioso e perverso, isso posso dizer. Ora, dizem que uma vez ele entrou como quem não queria nada, passeando, numa velha nau capitânia, abanando o rabo de um lado pro outro, bem diabólico e muito elegante, e chegou perguntando se o velho comandante tava em casa. Pois bem, ele tava em casa, e perguntou ao diabo o que ele queria. O diabo, batendo os cascos, levanta e diz: 'Quero o John'. 'Pra quê?', diz o comandante. 'Que negócio é esse agora?', exclama o diabo, ficando furioso. 'Ora, quero

444. Stubb sugere que Fedallah teria cascos no lugar dos pés, como mostram as figurações tradicionais do diabo.

ele pra mim.' 'Pode levar', diz o comandante... e por tudo que é mais sagrado, Flask, se o diabo não meteu nesse João uma cólera asiática antes de acabar com ele, como essa baleia numa bocada. Mas preste atenção... vocês já não se aprontaram aí? Bom, então vamos remando pra pendurar essa baleia no costado."

"Acho que me lembro de uma história feito essa que você contou", comentou Flask quando por fim os dois botes se puseram a avançar lentamente com sua carga em direção ao navio, "mas não me lembro de onde."

"*Os três espanhóis?* As aventuras daqueles três *soldaditos* que só pensavam em sangue e morte? Você leu lá, Flask? Deve ter sido."[445]

"Não, nunca vi esse livro; mas ouvi falar. Mas me diga, Stubb, acha que esse demônio aí de que você tá falando agora era o mesmo que você diz que tá agora a bordo do *Pequod*?"

"E eu não sou o mesmo homem que ajudou a matar esta baleia? O diabo não vive para sempre? Quem já ouviu falar que o diabo tava morto? Já viu algum padre rezando missa pelo diabo? E se o diabo tem uma chave para entrar na cabine do almirante, você não acha que ele pode rastejar por dentro de uma portinhola? Responda, meu caro Flask."

"Quantos anos você acha que Fedallah tem, Stubb?"

"Tá vendo aquele mastro principal ali?", apontando para o navio. "Bom, esse é o número um; agora pegue todos os aros do porão do *Pequod* e coloque todos eles em fila do lado do mastro, no lugar dos zeros, entendeu? Bom, essa não ia ser a idade de Fedallah. Nem com todos os tanoeiros trabalhando juntos a gente ia conseguir fabricar aro pra dar conta de tanto zero."

"Mas então veja só, Stubb: acho que você quis um pouco pagar de valente quando disse que pretendia atirar Fedallah ao mar se tivesse uma boa oportunidade. Ora, se ele é tão velho quanto todos esses seus aros aí, e se ele vai viver para sempre, de que adianta ser jogado ao mar... explique aí."

"Pelo menos, daria um bom mergulho."

"Mas ia nadar de volta."

"Jogue ele no mar de novo e vai jogando."

"Mas imagine, então, que ele encasquete de jogar você no mar... sim, e de afogar você... e aí?"

"Ele que tente, eu ia adorar! Ele ia ganhar, sim, uns dois belos murros na fuça que não ia ter coragem de mostrar a cara na cabine do almirante de novo um

445. *The Three Spaniards* é um romance popular do início do século XIX, do romancista George Walker (1772-1847). Stubb sugere aqui que Flask é um homem de gostos vulgares.

bom tempo, muito menos no fundo do porão lá onde ele mora, e por aqui nos conveses superiores por onde anda todo sorrateiro. Maldito seja o diabo, Flask; acha então que tenho medo dele? Só quem tem medo dele é o velho comandante, que não tem coragem de prender e meter em ferro duplo, que é o que ele merece, e deixa o sujeito sair por aí sequestrando gente; sim, e ainda por cima firma um acordo com ele e diz que faz assado de todas as pessoas que o diabo sequestrar. Isso é que é comandante!"

"Acha que Fedallah quer sequestrar o capitão Ahab?"

"Se acho? Logo você vai ver, Flask. Mas agora vou guardar uma bela vigília desse sujeito; e se eu vir alguma coisa muito suspeita acontecendo, pego ele pela nuca e digo: 'Olhe aqui, Belzebu, melhor não...'; e se ele fizer algum estardalhaço, ah, mas juro pelo Senhor, arranco o rabo dele do bolso, meto no cabrestante, e deixo ele tão tesado e dou nele uma puxada tão violenta que do rabo só vai sobrar um cotoco... entendeu? Aí acho que quando ele se vir decepado daquele jeito estranho, vai sair fora, mas sem o gostinho de sentir o rabo entre as pernas."

"E o que você vai fazer com a cauda, Stubb?"

"O quê? Vendo pra chicote de boi, quando a gente chegar em casa... o que mais?"

"Ora, você tá falando sério, Stubb, sobre tudo o que tá dizendo esse tempo todo?"

"Sério ou não, chegamos no navio."

Os botes foram recebidos com orientações para rebocar a baleia a bombordo, onde já estavam preparadas as correntes de cauda e outros artigos necessários para prendê-la.

"Eu não te disse?", exclamou Flask. "Não vai demorar pra você ver a cabeça desta baleia-franca erguida do lado oposto à do cachalote."

A seu tempo, as palavras de Flask se provaram verdadeiras. Uma vez que, antes, o *Pequod* inclinava-se fortemente sob o peso da cabeça do cachalote, agora, recebendo o contrapeso de ambas as cabeças, era restabelecido o equilíbrio sobre a quilha; embora sob dolorosa tensão, como se pode supor. Pois bem, quando você iça de um lado a cabeça de Locke,[446] você cai para aquele lado;

446. Considerado o "pai do liberalismo", o inglês John Locke (1632-1704) foi o principal representante do empirismo britânico e um dos principais teóricos do Contrato Social. Sua filosofia é conhecida por dar papel proeminente ao empirismo, além de defender a liberdade e a tolerância religiosa. Em seus estudos de teoria do conhecimento, foi preconizador da teoria da tábula rasa, segundo a qual a mente humana se apresenta como uma superfície em branco, preenchida com noções derivadas da experiência, criticando assim a concepção platônica das ideias inatas.

ao içar do outro lado a de Kant,[447] você recupera o prumo; mas a situação fica muito precária. Assim, algumas mentes permanecem num contínuo ajuste do equilíbrio das cargas. Ah, seu tolo! Lance ao mar essas cabeças atormentadas, e você verá seu navio seguir leve e ligeiro.

Ao prender ao costado o corpo de uma baleia-franca, têm lugar os mesmos procedimentos preliminares que se aplicam ao corpo do cachalote; com a única diferença de que, neste último caso, a cabeça é cortada inteira, e, no primeiro, lábios e língua são removidos em processo próprio e içados para o convés, junto com toda a barbatana negra presa ao que se conhece por coroa. Mas nada se fez de semelhante no caso presente. As carcaças de ambas as baleias haviam sido deixadas à esteira do navio; e o *Pequod*, lastreado por cabeças, não pouco lembrava uma mula carregando um par de cestos pesados.

Enquanto isso, Fedallah mirava calmamente a cabeça da baleia-franca; com seus olhos, de tempo em tempo, transitando das rugas profundas da fronte que ali estava às linhas de sua própria mão. Foi quando Ahab, por mero acaso, se levantou; de sorte que o parse[448] ocupou-lhe a sombra; ao passo que, se a sombra do parse lá estava, parecia apenas se misturar à de Ahab e alongá-la. Enquanto a tripulação se empenhava na dura lide, espalhavam-se por ela místicas conjecturas lapônicas[449] acerca de todos esses brevíssimos e sutis acontecimentos.

---

447. Immanuel Kant (1724-1804) foi um filósofo prussiano, considerado a principal figura da filosofia moderna ao operar uma síntese epistemológica entre o racionalismo dedutivo continental e a tradição empírica indutiva inglesa. Kant realizou inúmeros estudos sobre ciências naturais e exatas e é conhecido pela elaboração do denominado idealismo transcendental: todos trazemos formas e conceitos que não derivam da experiência, mas sim da maneira como se estrutura a cognição humana.
448. É a primeira ocorrência do termo ao longo da narrativa em referência a Fedallah. O termo "parse" designa um membro da seita zoroástrica, também chamada de parsismo, fundada na Pérsia antiga pelo profeta Zaratustra (chamado pelos gregos de Zoroastro). O zoroastrismo é uma fé que tem por fundamento uma cosmologia dualista de bem e mal. Alguns elementos do zoroastrismo — a escatologia e a crença no paraíso, na ressurreição e no Juízo Final — viriam a influenciar o judaísmo, o cristianismo, o islamismo e outras religiões monoteístas. Seu símbolo primordial é o fogo.
449. Isto é, místicas, relacionadas à bruxaria, à qual a Lapônia, no norte europeu, esteve relacionada.

74

A cabeça da baleia cachalote — visão comparativa

EIS AQUI DUAS GRANDES BALEIAS, com suas respectivas cabeças uma ao lado da outra; é chegada a hora de juntarmos a elas as nossas próprias.

Da grande ordem dos leviatãs in-fólio, o cachalote e a baleia-franca são, sem sombra de dúvida, os mais dignos de nota. São as únicas baleias regularmente caçadas pelo homem. Para o marujo de Nantucket, representam os dois extremos de todas as variedades conhecidas da baleia. Como a diferença externa entre elas é observável, sobretudo, nas cabeças; e uma vez que as cabeças de ambas estão, neste exato momento, penduradas acima dos costados do *Pequod*; e como podemos caminhar livremente de uma a outra simplesmente cruzando o convés; onde, gostaria eu de saber, vocês terão melhor oportunidade de estudar cetologia prática do que aqui?

Saltam à primeira vista, e de forma ampla, os impressionantes contrastes entre essas cabeças. Ambas são tremendas, sem sombra de dúvida; mas há certa simetria matemática na cabeça do cachalote que, para a infelicidade da baleia-franca, a ela falta. Há mais personalidade na cabeça do cachalote. Ao contemplá-lo, reconhece-se involuntariamente a dignidade que o permeia e lhe concede imensa superioridade. Leve-se em conta, também, que essa dignidade é intensificada pelo grisalho de sua cabeça no topo, conferindo-lhe os traços de uma idade avançada e uma grande experiência. Em suma, é o que os pescadores tecnicamente chamam de "baleia velha".

Observemos agora o que é menos distinto nessas cabeças — a saber, os órgãos mais importantes, os olhos e o ouvido. Bem recuados em ambas as faces da cabeça, no quadrante inferior, próximos do ponto de encaixe da mandíbula de qualquer uma das baleias, se vocês examinarem muito atentamente, encontrarão por fim um olho sem cílios, que vocês imaginariam ser o olho de um potro; tamanha é a desproporção em relação à magnitude da cabeça.

Ora, a partir dessa peculiar posição lateral dos olhos da baleia, fica claro que ela nunca poderá ver um objeto que esteja precisamente à sua frente, não mais do que será capaz de ver o que exatamente se posicione à ré. Em suma, o lugar dos olhos da baleia corresponde ao dos ouvidos do homem;

e você pode imaginar, por si mesmo, como se sairia examinando os objetos através dos ouvidos, lateralmente. Descobriria ser capaz de dominar, a partir da linha reta que se projetasse da visão lateral, não mais do que trinta graus à frente desta, e trinta mais atrás. Se o seu pior inimigo caminhasse direto e reto em sua direção, a adaga erguida à plena luz do dia, você não conseguiria identificá-lo, não mais do que se ele lhe estivesse batendo a carteira por trás. Para encurtar: você teria duas costas; mas, ao mesmo tempo, também duas frentes (frentes laterais). Afinal, o que faz a fronte de um homem — o que, em verdade, senão seus olhos?

Ademais, enquanto na maioria dos animais que me vêm à mente neste momento os olhos estão discretissimamente instalados de forma a combinar ambos os esforços visuais e produzir não duas, mas uma única imagem para o cérebro; a posição peculiar dos olhos da baleia, efetivamente separados como estão pelos muitos centímetros cúbicos de uma cabeça sólida, que se erigem entre os órgãos como uma grande montanha que apartasse dois lagos em vales; essa circunstância, evidentemente, deve separar por completo as impressões que cada órgão independente transmite. Muito provavelmente, portanto, a baleia forma duas imagens distintas — uma de um lado, outra de outro; enquanto entre elas tudo há de ser a escuridão profunda, nada mais. É possível dizer, com efeito, que o homem vê o mundo de uma guarita com dois caixilhos contíguos à guisa de janela. Já com a baleia, esses dois caixilhos estão inseridos separadamente, constituindo duas janelas distintas, com o infeliz prejuízo de sua visão. Essa peculiaridade dos olhos da baleia é algo que sempre se deve ter em vista na pescaria; que o leitor a conserve na lembrança para algumas cenas que virão.

O problema visual do leviatã nos leva a uma curiosa e intrigante questão; desta, porém, atenho-me a uma breve exposição. Tanto quanto os olhos do homem estão abertos à luz, o ato de ver é involuntário; isto é, ele está constrangido mecanicamente a ver quaisquer objetos que estejam diante de si. No entanto, qualquer um saberá por experiência que, embora ele possa na varredura de um só olhar perceber uma variedade indiscriminada de objetos, é virtualmente impossível para ele examinar, atenta e completamente, quaisquer duas coisas — sejam grandes ou pequenas — num único instante de tempo; não fazendo diferença que estejam lado a lado ou encostadas uma na outra. Mas se você, então, separar esses dois objetos e cercar cada qual de um círculo de profunda escuridão — a fim de ver um deles, de forma a permitir que sua mente se aplique a ele, o outro será totalmente excluído de sua consciência naquele mesmo instante. O que se passará no caso da baleia? É verdade que, em si mesmos, ambos os olhos devem agir simultaneamente; mas é seu cérebro tão mais capaz de amplas e sutis operações combinatórias do que o do homem que ela tem condições de, ao mesmo tempo, examinar com atenção dois prospectos distintos, um de um lado e o outro em direção exatamente oposta? Se é capaz de tanto, então se trata de uma habilidade tão maravilhosa quanto se a um homem houvesse a possibilidade de passar simultaneamente pelas demonstrações de dois problemas distintos em Euclides.[450] Investigada com rigor, não se verificará qualquer incongruência nessa comparação.

Pode não passar de uma fantasia inconsequente, mas sempre me pareceu que as extraordinárias hesitações de movimento observadas em algumas baleias quando acossadas por três ou quatro botes; o temor e a propensão a estranhos sobressaltos, tão comuns a essas baleias — penso que tudo isso procede da inevitável confusão volitiva da qual é provavelmente acometida pela oposição e cisão de seus poderes de visão.

Mas o ouvido da baleia é tão repleto de curiosidade quanto o olho. Aqueles que em nada são íntimos de sua raça poderiam examinar essas duas cabeças à caça dos ouvidos por horas sem jamais os descobrir. O órgão não tem lobo externo; e no próprio orifício mal se consegue inserir uma pena, de tão incrivelmente minúsculo que é. Estão alojados um pouco atrás do olho. No que toca aos ouvidos, essa importante diferença deve ser observada entre as baleias de espermacete e franca. Enquanto os ouvidos da primeira têm abertura externa, os da segunda são inteira e uniformemente cobertos por uma membrana, de forma que são quase imperceptíveis se vistos de fora.

Não é curioso que um ser tão imenso quanto a baleia veja o mundo com olhos tão pequenos e escute o trovão através de ouvidos menores que os de uma lebre? Mas se seus olhos fossem tão amplos quanto as lentes do grande telescópio de Herschel;[451] e seus ouvidos tão espaçosos quanto os pórticos de catedrais; isso os tornaria mais agudos ou sensíveis? De forma alguma. Por que, então, você tenta "ampliar" sua mente? Cultive-a.

---

450. Euclides de Alexandria (século III a.C.) é um antigo matemático grego, considerado o pai da geometria.

451. O grande telescópio de Herschel foi um dos maiores entre muitos telescópios construídos por Sir Frederick William Herschel (1738-1822), o astrônomo britânico responsável pela descoberta de Urano, o primeiro planeta do sistema solar a ser encontrado com o auxílio de instrumentos, uma vez que não brilha no céu.

Vamos agora com todas as gruas e motores a vapor que tivermos a nossa disposição inclinar a cabeça do cachalote, de forma que ela possa ficar com a parte inferior para cima; e, subindo por uma escada até o topo, dar uma espiadela em sua boca; e se o corpo não estivesse agora separado dela por inteiro, com uma lanterna poderíamos descer à grande caverna do Mamute[452] de seu estômago. Mas nos seguremos aqui neste dente e perscrutemos ao redor o lugar em que estamos. Uma boca linda, de aspecto virginal! Do chão ao teto, forrada do tecido, ou melhor, do delicado papel de uma alva membrana lustrosa, brilhante como o cetim dos vestidos de noiva.

Mas saia agora e olhe para o portento deste maxilar inferior, que parece a longa e estreita tampa de uma imensa caixa de rapé, com a dobradiça ocupando uma extremidade, em vez de um lado. Se você a abrir com uma alavanca, de forma que ela fique ao alto e exponha as fileiras de dentes, parece se tratar de uma fantástica ponte levadiça; e ai!, tal ela se prova para muitos pobres pescadores, sobre os quais recaem essas lanças com força dilacerante. Mas é muito mais terrível de se ver quando, braças abaixo da superfície do mar, se observa uma baleia mal-humorada, ali suspensa, a flutuar, com a prodigiosa mandíbula, de mais de quatro metros de comprimento, pendurada em ângulo reto em relação ao corpo, em todos os aspectos similar ao pau de bujarrona de um navio. Essa baleia não está morta: apenas está desanimada, talvez aborrecida, ou simplesmente melancólica, e tão letárgica que as dobradiças de sua mandíbula relaxaram, deixando-a ali naquela postura nada elegante, um constrangimento a toda a sua tribo, que deve, sem dúvida, desejar-lhe um trismo.[453]

Na maioria dos casos, esta mandíbula inferior — sendo facilmente deslocada por um artista experiente — é desarticulada e içada no convés com o propósito de que seus dentes de marfim sejam extraídos, e de que forneça um suprimento daquele duro osso de baleia com o qual os caçadores confeccionam os mais variados e curiosos utensílios, incluindo bengalas, cabos de guarda-chuvas e manoplas de chicote de montaria.

Com um içamento longo e aborrecido, a mandíbula é arrastada a bordo, como se fosse uma âncora; e a seu tempo — alguns dias depois do outro trabalho —, Queequeg, Daggoo e Tashtego, todos arrematados dentistas, estão prontos para

---

452. A caverna do Mamute, localizada no estado do Kentucky, nos Estados Unidos, constitui a maior galeria de cavernas do mundo.

453. Constrição mandibular devido à contratura involuntária dos músculos mastigatórios, que se constitui em um dos sinais característicos do tétano.

arrancar-lhe os dentes. Com uma cortadeira afiada, Queequeg faz incisões nas gengivas; em seguida, a mandíbula é amarrada a cavilhas de arganéu, e com uma talha armada no alto eles arrancam os dentes como bois de Michigan arrastando tocos de velhos carvalhos para fora das florestas selvagens. São, em geral, quarenta e dois ao todo; em baleias velhas se apresentam muito desgastados, mas não estragados, tampouco munidos de obturações, à nossa maneira artificial. A mandíbula é posteriormente serrada em pedaços, que são empilhados como vigas para a construção de casas.

75
A cabeça da baleia-franca — visão comparativa

ATRAVESSANDO O CONVÉS, dediquemos agora uma boa olhada à cabeça da baleia-franca.

Do mesmo modo que, em suas formas gerais, a nobre cabeça do cachalote sugere os contornos de uma biga de guerra romana (especialmente de frente, onde é tão amplamente arredondada); assim, vista sob ampla perspectiva, a cabeça da baleia-franca tem uma deselegante semelhança com um gigantesco tamanco com bico de galé. Há duzentos anos, um antigo viajante holandês comparou seu desenho ao de uma fôrma de sapateiro. E nessa mesma fôrma ou sapato, aquela senhora da cantiga infantil, acompanhada de sua numerosa prole, poderia muito confortavelmente encontrar guarida, ela e seus muitos filhotes.[454]

À medida, porém, que você se aproxima dessa grande cabeça, ela começa a assumir diferentes aspectos, segundo o ponto de vista. Se subir a sua cumeeira e examinar os dois respiradouros em forma de *f*, toda a cabeça se lhe tornaria um enorme contrabaixo, e estes espiráculos, as aberturas de seu bojo. Por outro lado, se mantiver os olhos fitos nesta estranha incrustação, algo entre crista e favo, no topo da massa — a coisa verde, feita de cracas, que os groenlandeses chamam de "coroa" e os pescadores do Sul de "touca" da baleia-franca —, com os olhos fitos unicamente nela, você tomaria a cabeça pelo tronco de um enorme carvalho, com um ninho de pássaro entre os galhos. De qualquer maneira, quando você dá com os olhos nos caranguejos vivos que encontram abrigo nessa touca, é quase certo que tal ideia lhe ocorra — a menos que, em verdade, sua fantasia tenha sido seduzida pelo termo técnico "coroa", que também lhe cabe. Nesse caso, você terá grande interesse em pensar como esse poderoso monstro é, na verdade, um rei diademado do mar, cuja coroa verde se lhe formou dessa maneira maravilhosa. Caso a baleia seja um rei, porém, é um

454. "The little old woman who lived in a shoe" é uma das cantigas infantis atribuídas a Mamãe Gansa, autora fictícia de cantigas tradicionais inglesas criada, em 1781, para uma coletânea organizada por John Newbery (1717-67), que buscou inspiração no título da coletânea de contos de fadas de Charles Perrault (1628-1703) *Contes de ma mère l'Oye* (1697).

sujeito de aparência muito carrancuda para conferir brilho a um diadema. Veja o lábio inferior pendurado! Que cara feia, que bico! Cara feia e bico de aproximadamente seis metros de comprimento e um metro e meio de profundidade, segundo medições do carpinteiro. Cara feia e bico que lhe renderão cerca de quinhentos galões de óleo ou mais.

É de se lamentar enormemente, porém, que essa desafortunada baleia tenha lábio leporino. A fissura não tem nem meio metro de uma ponta a outra. O mais plausível é que a mãe, durante importante momento da gestação, estivesse navegando pela costa peruana quando terremotos fizeram a praia se abrir. Pelo lábio, como por uma soleira escorregadia, deslizamos agora boca adentro. Dou minha palavra: se estivesse em Mackinaw,[455] juraria que este é o interior de um *wigwam* indígena. Meu Deus! Foi este o caminho que Jonas percorreu? O pé-direito não tem menos de três metros de altura e forma um ângulo bem agudo, como se houvesse uma viga mestra ali; enquanto as laterais, constituídas de arqueadas balizas felpudas, nos apresentam o portento daquelas ripas semiverticais, curvas como cimitarras, que, constituindo o osso de baleia, digamos trezentas de cada lado, descendo da parte superior da cabeça, ou do osso da coroa, formam as venezianas que mencionamos apenas superficialmente noutra ocasião. As bordas desses ossos são franjadas com fibras cabeludas, por onde a baleia-franca filtra a água, e em cujas sinuosidades retém os peixinhos, quando na hora de se alimentar atravessa de boca aberta os mares de *brit*. Nas persianas centrais do osso, conforme se encontram em sua ordem natural, observam-se certas marcas curiosas, curvas, cavidades e cristas, por meio das quais alguns baleeiros calculam a idade da criatura, como estivessem diante dos anéis circulares de um carvalho para lhe aferir a idade. Embora se esteja longe de demonstrar a precisão desse critério, ele tem o atrativo da probabilidade analógica. De qualquer forma, aderindo a ele, devemos conceder à baleia-franca uma idade muito maior do que à primeira vista parecerá razoável.

Em tempos remotos, parecem ter prevalecido as fantasias mais pitorescas a respeito dessas persianas. Um viajante mencionado em Purchas alega se tratarem do formidável "bigode" do interior da boca da baleia;[456] outro diz serem

---

455. Ver nota 350.
456. Isso nos lembra que a baleia-franca realmente tem algo como um bigode, ou melhor, um cavanhaque, consistindo em alguns pelos brancos espalhados na parte superior da extremidade externa da mandíbula inferior. Às vezes, esses tufos conferem uma expressão um tanto valente a seu semblante solene. (N. A.)

"cerdas de porco"; um terceiro senhor de idade, em Hackluyt, usa a seguinte linguagem elegante: "Contam-se em torno de duzentas e cinquenta barbatanas a brotar de cada flanco da cavidade oral superior, que se curvam sobre a língua de um lado e de outro da boca".

Como é de conhecimento geral, essas mesmas "cerdas de porco", "barbatanas", "bigode", "persianas", ou o que você preferir, fornecem às senhoras seus espartilhos e outros dispositivos de reforço. Neste particular, porém, a demanda encontra-se há muito em declínio. O osso conheceu sua glória nos idos da rainha Ana,[457] quando as anquinhas eram item indispensável da moda feminina. E se naqueles tempos tão remotos as damas alvoroçavam-se alegres de um lado para outro, ainda que em mandíbulas de baleia, poderíamos assim dizer, nos dias de hoje, durante uma chuva, com igual irreflexão corremos e buscamos guarida sob as mesmas mandíbulas — afinal, o guarda-chuva é uma tenda esticada sobre o mesmo osso.

Mas esqueça por um instante tudo a respeito de persianas e bigode e, estando na boca da baleia-franca, olhe novamente ao seu redor. Diante de todas essas colunatas de osso tão metodicamente dispostas, não lhe passa pela cabeça estar dentro do grande órgão de Haarlem, contemplando seus mil tubos?[458] A fazer as vezes de tapete do órgão, temos a mais macia alcatifa turca — a língua, colada, por assim dizer, ao assoalho da boca. É muito gorda e tenra — ao içá-la ao convés se pode parti-la em pedaços. Esta língua em particular que temos diante de nós: assim, de relance, eu diria que renderia bem uns seis barris de óleo.

A estas alturas, creio que se reconheça a verdade de minha premissa: que o cachalote e a baleia-franca têm cabeças quase totalmente distintas. Em suma: na cabeça da baleia-franca, não há um grande poço de espermacete; tampouco dentes de marfim; nem uma mandíbula inferior longa e delgada, como a do cachalote. Da parte do cachalote, não há nenhuma daquelas persianas de osso; nenhum gigantesco beiço; e quase nada de língua. Por fim, a baleia-franca tem dois espiráculos, o cachalote apenas um.

Dê uma última olhada nestas veneráveis cabeças encapuzadas, enquanto ainda jazem perfiladas; pois uma delas logo afundará no mar, ignorada; e a outra não tardará a conhecer o mesmo destino.

---

457. Ana (1665-1714) foi rainha da Inglaterra, Escócia e Irlanda entre 1702 e 1707, vivendo a unificação (Ato de União de 1707) dos reinos da Inglaterra e Escócia no reino da Grã-Bretanha, e tornando-se a soberana da Grã-Bretanha e da Irlanda até sua morte.

458. O grande órgão de Haarlem se encontra instalado em Sint-Bavokerk, uma igreja na cidade holandesa que lhe dá nome.

Você é capaz de captar ali o semblante do cachalote? É o mesmo com que morreu; com a diferença de que talvez algumas das rugas mais longas da testa tenham desaparecido. Penso que sua testa larga está repleta da placidez das pradarias, nascida de uma indiferença especulativa diante da morte. Observe, porém, a expressão da outra cabeça. Atenção ao espantoso beiço, por acaso comprimido contra o costado do navio, de modo a pressionar firmemente a mandíbula. Não parece toda esta cabeça falar de uma enorme resolução prática em face da morte? Penso que essa baleia-franca foi uma estoica;[459] o cachalote, um platônico,[460] que talvez se tenha ocupado de Espinosa[461] em seus derradeiros anos.

459. Isto é, um filósofo da escola estoica, que tem por princípio a aceitação dos reveses da vida e o controle das emoções. Ver nota 17.

460. Isto é, um seguidor de Platão (428 a.C.-348 ou 347 a.C.), filósofo cuja doutrina se caracterizava, em especial, pela concepção de que as ideias eternas e transcendentes originam todos os objetos da realidade material, e que a contemplação dos seres suprassensíveis determina parâmetros definitivos para a excelência no comportamento moral e na organização política.

461. Filósofo holandês de origem sefardita portuguesa, Baruch de Espinosa (1632-77) foi um dos primeiros pensadores do Iluminismo e da crítica bíblica moderna e um dos grandes racionalistas da filosofia do século XVII.

76
O aríete

ANTES DE ABANDONAR, por ora, a cabeça do cachalote, gostaria tão somente, e em particular, que, em sua condição de fisiologista prudente, você observasse os traços frontais desse leviatã em toda a sua compacta serenidade. Coloco-o diante de seus olhos para que os investigue com o único propósito de constituir para si alguma noção bem informada e não exagerada do potencial aríete que se aloja nela. Eis aí um ponto vital; pois ou você há de entrar em bom termo consigo mesmo em relação ao assunto, ou para todo o sempre permanecerá um descrente no que tange a um dos acontecimentos mais assombrosos, mas não menos verdadeiros, a serem encontrados talvez em qualquer parte dos anais da história.

Observe que, na mais comum postura natatória do cachalote, a fronte se apresenta em plano quase totalmente vertical em relação à água; observe que a parte inferior dessa fronte se inclina consideravelmente para trás, como fornecesse espécie de proteção ao longo encaixe que recebe a verga da mandíbula inferior; observe que a boca está inteiramente sob a cabeça, de modo não diverso da boca humana se esta, em verdade, se localizasse inteiramente sob o queixo. Ademais, observe que a baleia não tem nariz externo; e que o nariz de que dispõe — o espiráculo — se encontra no topo da cabeça; observe que os olhos e as orelhas estão nas laterais da cabeça, a uma distância de quase um terço do comprimento total em relação à fronte. Diante disso, creio que você terá notado que a fronte da cabeça do cachalote é um muro liso e intransponível, sem um único órgão ou protuberância de qualquer tipo. Ademais, neste momento você está prestes a constatar que somente no extremo da seção inclinada inferior da fronte, recolhida, existe o menor vestígio de osso — e apenas quando já se chegou a seis metros da fronte é que nos deparamos com a completude do desenvolvimento craniano, de forma que toda essa gigantesca massa desprovida de ossos não difere de uma almofada. Finalmente, porém, como se revelará a seguir, seu conteúdo inclui em parte o mais delicado dos óleos — mais adiante, você será informado da natureza da substância de que toda aquela aparente efeminação está de forma tão inexpugnável investida. Em outra oportunidade, descrevi como a gordura envolve o corpo da baleia à maneira da casca que envolve a laranja. O mesmo acontece com a cabeça. Há, porém, esta diferença: na região da cabeça, esse invólucro, embora não tão grosso, é de uma dureza desossada inimaginável para qualquer um que não o tenha manuseado. O mais apurado e pontudo dos arpões, a mais afiada das lanças a ser arrojada pelo mais forte dos braços humanos ricocheteia impotente ao tocá-lo. É como se cascos de cavalo pavimentassem a testa do cachalote. Não acho crível que seja passível de qualquer sensação.

Pense também em outra coisa. Quando nas docas dois navios mercantes, grandes e carregados, lado a lado, ficam a ponto de se apertar entre si e bater um no outro, o que fazem os marinheiros? Eles não suspendem entre os cascos, nos pontos de contato direto, qualquer substância simplesmente dura, como ferro ou madeira. Não; eles prendem ali um anteparo grande e redondo de estopa e cortiça, envolto no mais espesso e duro couro de boi. Este, com bravura e sem danos, recebe todas as pressões que teriam arrebentado escoras de carvalho e alavancas de ferro. Por si só, isso basta para ilustrar o fato óbvio a que me dirijo. Mas, em acréscimo a essa ideia, hipoteticamente me ocorreu que, como os peixes mais comezinhos possuem o que se chama de bexiga natatória, capaz de distensão ou contração ao sabor da ocasião; e como o cachalote, tanto quanto sei, não traz consigo um tal órgão; e considerando igualmente a maneira de outro modo inexplicável pela qual ele ora mergulha a cabeça completamente abaixo da superfície para, em seguida, nadar elevando-a acima da linha-d'água; e considerando a elasticidade desembaraçada do material que o envolve; e considerando o interior singularíssimo de sua cabeça; ocorreu-me, à guisa de hipótese, como ia dizendo, que aqueles místicos favos pulmonares, aqueles alvéolos de mel que ele traz dentro de si, podem ter alguma conexão até aqui desconhecida e insuspeitada com o ar exterior, de modo a serem suscetíveis à distensão e contração atmosféricas.[462] Se assim for, imagine quão irresistível é esse poder, para o qual contribui o mais impalpável e destrutivo de todos os elementos.

Agora, veja. Impulsionando infalivelmente essa muralha insensível, inexpugnável e inquebrável com esse elemento interno dos mais flutuantes, eis que nada em sua retaguarda uma tremenda massa de vida, mensurável apenas

---

462. O narrador refere-se aqui ao melão, órgão alveolado do cachalote em que se encontra o espermacete. Há debates sobre as funções do espermacete no corpo do cachalote, se unicamente para permitir o mergulho e a emersão do animal — uma vez que é sabido que a densidade do material varia segundo esses movimentos — ou se ele inclui propriedades de ecolocalização a partir da emissão de sons por seus órgãos respiratórios.

como se mensuram toras de madeira empilhadas — em esteres; e tudo isso obediente a uma só vontade, como o menor inseto. De modo que, a partir de agora, quando lhe der detalhes de todas as especialidades e concentrações de potência à espreita em cada pequena parte deste monstro expansivo; quando lhe mostrar alguns de seus feitos cerebrais mais triviais; espero que você tenha renunciado a toda a sua incredulidade e ignorância e seja capaz de aceitar isto: que, se o cachalote abrisse uma passagem pelo istmo de Darien[463] e misturasse as águas do Atlântico e do Pacífico, isto não chegaria a ser uma surpresa. Sem aceitar a baleia, você não passa de um sentimental, de um provinciano da Verdade. Mas se a Verdade cristalina é algo que apenas salamandras-gigantes são capazes de encarar, quão pequenas, então, não são as chances para pobres coitados vindos de qualquer rincão? O que aconteceu ao jovem frágil que levantou o véu da aterradora deusa em Sais?[464]

463. Istmo localizado no Panamá, onde se construiu o canal de mesmo nome, a permitir a passagem de navios entre os oceanos Atlântico e Pacífico sem que se recorresse à difícil travessia do cabo Horn, no extremo sul do continente americano.
464. Referência ao poema "A imagem velada em Sais" ("Das verschleierte Bild zu Saïs"), balada composta em 1795 por Friedrich Schiller e carregada de motivos bíblicos e da Antiguidade grega e egípcia. A imagem em questão é da deusa egípcia Ísis. Segundo Plutarco, fonte para o poema de Schiller, havia uma estátua de Ísis (assimilada à deusa Atena, na cultura grega) sob a qual se lia: "Sou tudo que foi, é e será; e nenhum mortal jamais ergueu meu véu". Ao saber que a verdade se esconde sob o véu, um jovem viajante ergue o véu da imagem e queda horrorizado, sem jamais contar o que viu, aconselhando que ninguém jamais volte a fazê-lo.

77
O grande barril de Heidelberg

AGORA É O MOMENTO de acompanharmos a baldeação da cisterna. Para compreendê-la corretamente, porém, você deve saber algo sobre a curiosa estrutura interna da coisa em que ela se dá.

Considerando a cabeça do cachalote como um oblongo sólido, você pode, em um plano inclinado, dividi-la lateralmente em duas quinas,[465] das quais a inferior corresponde à estrutura óssea, constituída pelo crânio e as mandíbulas, e a superior a uma massa graxa totalmente desprovida de ossos, com a larga extremidade dianteira formando a testa aparente, vertical e expandida da baleia. Subdivida essa quina superior a partir do meio da testa, em sentido horizontal, e então temos duas partes quase iguais, antes naturalmente divididas por uma parede interna de espessa substância tendinosa.

A subdivisão inferior, chamada de janco,[466] é um imenso favo de óleo formado pelo cruzamento e recruzamento de resistentes e elásticas fibras brancas que constituem milhares e milhares de alvéolos cheios. A parte superior, conhecida como queize,[467] pode ser considerada o grande barril de Heidelberg do cachalote.[468] E assim como a fronte da famigerada pipa gigante recebeu seus místicos entalhes, os entrançamentos da vasta testa da baleia compõem inúmeros e estranhos atavios para o emblemático adorno de seu fabuloso barril. Ademais, assim como a de Heidelberg permaneceu repleta dos vinhos mais excelentes dos vales do Reno, a barrica da baleia conserva aquela que de longe

465. Quina não é um termo euclidiano. Pertence à matemática náutica pura. Não sei se já foi definido antes. Uma quina é um sólido que difere de uma cunha por ter sua extremidade afilada formada pela inclinação acentuada de um só lado, em vez do estreitamento mútuo de ambos. (N. A.)

466. "Janco" é termo técnico da baleação luso-açoriana. Trata-se, a exemplo de outros termos que compõem a nomenclatura baleeira do arquipélago português, de um aportuguesamento da palavra da língua inglesa que lhe dá nome, *junk*. Seu nome técnico, porém, mencionado em nota anterior, é melão.

467. A baleação luso-açoriana aplica ao reservatório ou cisterna de espermacete do cachalote a forma aportuguesada de seu nome em inglês, *case*.

468. O tonel de Heidelberg é um imenso barril de vinho instalado na adega do castelo de Heidelberg, na Alemanha.

é a mais rara das vindimas oleosas — a saber, o muitíssimo valorizado espermacete, em seu estado absolutamente puro, límpido e odorífero. A substância preciosa não se encontra nessas mesmas condições em qualquer outra parte da criatura. Embora, em vida, permaneça em estado perfeitamente fluido, uma vez exposta ao ar, após a morte do animal, logo começa a se solidificar; gerando belos brotos cristalinos, como quando a primeira camada de gelo, fina e delicada, se forma na água. O queize de uma baleia grande rende, em geral, cerca de quinhentos galões de espermacete, embora em circunstâncias inevitáveis parte considerável dele se derrame, vaze e escorra, ou se perca irrevogavelmente no delicado negócio de garantir o que for possível.

Não sei com que material fino e caro o barril de Heidelberg foi revestido, mas em riqueza superlativa esse revestimento não se compara em hipótese alguma à membrana sedosa e perolada, como o forro de uma finíssima peliça, que forma a superfície interna do queize do cachalote.

Já foi observado que o barril de Heidelberg do cachalote abrange todo o comprimento do topo da cabeça; e — como já se disse em outro lugar — uma vez que a cabeça abrange um terço de todo o comprimento da criatura, sendo esse comprimento no caso de um macho adulto de cerca de vinte e quatro metros, temos um barril da profundidade de oito metros de uma ponta a outra, quando içado de comprido contra o costado de um navio.

Como na decapitação da baleia, o instrumento do cirurgião é aproximado do local onde, a seguir, se força a entrada no paiol de espermacete; a partir dali, ele deve estar munido de absoluto cuidado, para que um golpe apressado e descuidado não invada o santuário e desperdice o conteúdo inestimável. É essa ponta decapitada da cabeça, também, que é finalmente elevada para fora d'água e mantida nessa posição pelas enormes talhas de esquartejamento, cujas combinações de cânhamo, de um lado, formam uma densa mata de cabos naquele quadrante.

Assim sendo, agora preste atenção, obsequiosamente lhe peço, a essa operação maravilhosa e — neste caso, em particular — quase fatal por meio da qual o grande barril de Heidelberg do cachalote é esvaziado.

78

Cisterna e baldes

ÁGIL COMO UM GATO, Tashtego galga o mastro; e, sem alteração em sua postura ereta, corre direto ao lais de verga do mastro principal, ao ponto onde este se projeta exatamente sobre o barril içado. Ele carrega consigo uma talha leve, estruturada em apenas duas partes, chamada candeliça, que viaja por um cadernal de uma só polia. Prendendo este cadernal, de modo que permaneça pendurado no lais de verga, ele balança uma ponta da corda até que esta seja agarrada e firmemente segurada por um marinheiro no convés. Então, mão após mão, baixando pela outra parte da corda, o índio desce no ar, até que com destreza pousa no topo da cabeça. Ali — ainda muito elevado acima do restante da tripulação, a qual grita com empolgação —, ele mais parece um muezim turco a conclamar, do alto de um minarete, sua boa gente às orações.[469] Uma cortadeira afiada e de cabo curto lhe é entregue; e então ele busca com absoluto zelo o lugar apropriado para dar início ao arrombamento do barril. Nessa tarefa, Tashtego é inteiro cuidados, como um caçador de tesouros em alguma casa antiga, a sondar as paredes com o intuito de descobrir onde o ouro foi cimentado. No instante em que a cautelosa busca termina, um balde robusto, reforçado com ferro, com as exatas feições de uma caçamba de poço, é preso a uma das pontas da candeliça; enquanto a outra extremidade, esticada pelo convés, é segurada por dois ou três marinheiros alertas. Estes últimos içam o balde, então, ao alcance do índio, a quem outra pessoa entrega uma vara muito comprida. Inserindo a vara no balde, Tashtego o guia pela abertura do barril, até desaparecer por completo; depois, dando ordens aos marinheiros com a candeliça, o balde volta a subir, borbulhando como fosse um balde de leite fresco saído da ordenha. Cuidadosamente baixado da altura em que se encontra, o vasilhame carregado é pego por um marinheiro designado para tanto e rapidamente esvaziado em uma grande selha. Em seguida, outra vez galgando ao alto, ele passa de novo pelo mesmo procedimento até que a profunda cisterna seque. Já perto do final, Tashtego tem de socar sua longa vara

---

469. Religioso que chama os muçulmanos às preces, o que deve acontecer cinco vezes ao dia.

com força sempre maior e cada vez mais fundo no barril, até aproximadamente uns seis metros de profundidade.

Ora, já havia algum tempo que os marinheiros do *Pequod* vinham baldeando o queize dessa forma; várias selhas haviam sido enchidas com o espermacete perfumado; quando, de repente, um estranho acidente aconteceu. Fosse porque o selvagem Tashtego trabalhava com desatenção e imprudência e tenha, por um instante, afrouxado a força da mão com que se agarrava aos cabos das grandes talhas que suspendiam a cabeça; fosse porque o lugar onde estava era tremendamente escorregadio e traiçoeiro; ou porque o Coisa-ruim em pessoa assim quis que acontecesse, sem dar qualquer satisfação de suas razões particulares; como se deu exatamente, não há como dizer agora; mas, de repente, quando o octogésimo ou nonagésimo balde vinha subindo carregado — meu Deus! Pobre Tashtego —, como a própria caçamba de troca de um verdadeiro poço, caiu de cabeça barril de Heidelberg adentro e, com um horrível gorgolejo oleoso, sumiu de vista!

"Homem ao mar!", exclamou Daggoo, que em meio à consternação geral foi o primeiro a recobrar o juízo. "Balancem o balde pra cá!" E, colocando um pé dentro dele, para agarrar-se com mais firmeza à candeliça escorregadia, os içadores o ergueram bem alto ao topo da cabeça, quase antes que Tashtego pudesse tocar-lhe o fundo interno. Nesse ínterim, fez-se um tumulto terrível. Olhando por cima da amurada, eles viram a cabeça antes sem vida pulsando e arfando logo abaixo da superfície do mar, como se naquele momento ela tivesse sido arrebatada por uma ideia fundamental; quando, na verdade, era apenas o pobre índio revelando inconscientemente por tal agitação a perigosa profundidade a que havia afundado.

Naquele instante, enquanto Daggoo, no topo da cabeça, desembaraçava a candeliça — que, não se via como, tinha se emaranhado nas grandes talhas de corte —, ouviu-se um estalo agudo; e para o horror indizível de todos, um dos dois ganchos imensos que suspendiam a cabeça se soltou, e, com grande agitação, a enorme massa balançou de lado, até que o navio bêbado cambaleou e tremeu como se tivesse sido atingido por um iceberg. O único gancho remanescente, no qual agora incidia toda a tensão, parecia estar a ponto de ceder a qualquer momento; acontecimento mais do que provável em razão dos movimentos violentos da cabeça.

"Desça, desça!", gritavam os marinheiros para Daggoo; mas, segurando as pesadas talhas com uma das mãos, de forma que, se a cabeça caísse, ele continuaria suspenso, e, tendo desfeito os nós da corda, o negro lançou a caçamba dentro do poço que desmoronava, para que o arpoador enterrado a agarrasse e fosse içado para fora.

"Pelo amor de Deus, homem", exclamou Stubb, "tá socando um cartucho de artilharia aí dentro? Como acha que isso vai ajudar? Dando com esse balde cheio de ferro na cabeça dele? Sai já daí!"

"Cuidado com a talha!", gritou uma voz como um rojão.

Quase no mesmo instante, com um ribombar de trovão, a enorme massa despencou ao mar, como o rebordo de rocha das cataratas do Niágara[470] redemoinho abaixo; subitamente aliviado do fardo, o casco rolou sobre suas chapas cintilantes de cobre para longe dela;[471] e todos prenderam o fôlego, enquanto Daggoo, agarrado às talhas pendulares e balançando ora sobre as cabeças dos marinheiros, ora sobre a água, era vagamente identificado através da espessa névoa de água espargida, e Tashtego — pobre Tashtego! —, enterrado vivo, seguia ao fundo do mar! Mal se dissipara o vapor que a todos cegava, porém, viu-se uma figura nua com um facão à mão, de pé sobre a amurada por um brevíssimo instante. No momento seguinte, o baque nas águas anunciava que meu bravo Queequeg havia mergulhado para o resgate. Todos em uma só corrida se dirigiram ao costado, com os olhos contando cada diminuta ondulação, instante após instante, sem qualquer sinal fosse do afogado, fosse do mergulhador. Alguns marinheiros arriaram um bote ao lado e se afastaram um pouco do navio.

"Ha! Ha!", exclamou Daggoo, de repente, de seu então aquietado poleiro que balançava ao alto; e mirando para mais além do costado, vimos um braço erguido para cima das ondas azuis — visão de todo estranha, como um braço estendido do relvado que cobre uma sepultura. "São os dois! São os dois!", bradava Daggoo outra vez em um grito de alegria; e logo depois viu-se Queequeg nadando com um dos braços, enquanto o outro levava pela mão os longos cabelos do índio. Embarcados no bote que os esperava, foram rapidamente trazidos ao convés; mas Tashtego demorava a recobrar a consciência, e Queequeg não parecia muito animado.

---

470. O rebordo de rocha das cataratas do Niágara era um largo platô que se projetava do lado canadense da queda-d'água. Um famoso deslizamento, ocorrido em julho de 1850, diminuiu em um terço seu tamanho.

471. A parte do casco que fica abaixo da linha-d'água é revestida de cobre, com o intuito de evitar que moluscos se prendam nela.

Pois bem, como esse nobre resgate foi realizado? Ora, mergulhando no encalço da cabeça que descia lentamente, Queequeg aplicou-lhe estocadas laterais com o facão afiado, próximas ao fundo, de modo a abrir ali um buraco digno de escotilha; em seguida, abandonando a cortadeira, esticou o braço comprido para dentro da cabeça, puxando o pobre Tash para fora pela cabeça. Segundo declaração de Queequeg, tão logo enfiou o braço em busca do índio, uma perna lhe foi apresentada; tendo perfeita consciência, porém, de que isso não era correto e que grandes problemas poderiam derivar da circunstância, devolveu a perna e, com um hábil puxão e um belo empurrão, aplicou uma cambalhota no índio; de modo que, na segunda tentativa, o gay-header veio da boa e velha maneira: de cabeça para baixo. Quanto à própria grande cabeça, passava tão bem quanto era de se esperar.

E assim, por meio da coragem e grande habilidade obstétrica de Queequeg, a libertação, ou melhor, o parto de Tashtego foi realizado com sucesso, ainda que diante de impedimentos mais desfavoráveis e aparentemente desesperados; lição esta que não pode ser esquecida. A obstetrícia devia ser ensinada ao lado da esgrima e do pugilismo, da equitação e do remo.

Entendo que a estranha aventura vivida por Tashtego decerto parecerá absurda a alguns homens de terra, embora eles próprios possam ter visto ou ouvido falar de alguém que caiu em uma cisterna em terra; acidente que não raro acontece, e com muito menos justificativa que o do índio, considerando quão excessivamente escorregadio é o meio-fio do poço do cachalote.

Há gente sagaz que, a essa altura, nos coloque na parede: como é isso? Achávamos que a cabeça do cachalote, toda revestida de alvéolos, era a parte mais leve e encortiçada do corpo; e, não obstante, permites tu que ela afunde em elemento cuja gravidade específica é muito maior do que ela própria. Pegamos-te! De modo algum, antes eu vos peguei; pois no momento em que o pobre Tash caiu, o queize se encontrava praticamente vazio do conteúdo mais leve, deixando pouco mais que a densa parede tendinosa do poço — substância duplamente soldada e martelada, como disse antes, muito mais pesada do que a água do mar, cujas partes nela descem praticamente como o chumbo. Mas a tendência ao rápido afundamento nesse elemento conheceu, no presente caso, contrapartida material dos outros pedaços da cabeça que a ela ainda permaneciam ligados, de modo que ela afundou muito lenta e pacificamente, proporcionando a Queequeg uma justa oportunidade de realizar, nesse ínterim, sua ágil obstetrícia no tropicar da carruagem, por assim dizer. E, sem dúvida, foi um parto bem tropicado.

Se Tashtego tivesse perdido a vida naquela cabeça, teria sido uma morte suntuosa; sufocado em espermacete do mais alvo e perfumado; conhecendo caixão, rabecão e túmulo na íntima câmara secreta, no lugar santíssimo[472] da baleia. Mais doce fim, só mesmo a deliciosa morte de certo caçador de mel de Ohio, que, procurando mel na forquilha de uma árvore oca, encontrou dele tão excessiva quantidade que, inclinando-se muito em sua direção, foi por ele sugado e morreu embalsamado. Refleti, amigos: quantos também não mergulharam no mel da cabeça de Platão[473] e ali pereceram docemente?

472. 2 Crônicas 5,7.
473. Consta de lenda que Platão teria sido filho de Apolo com a virgem Perictíone. Ao nascer, o recém-nascido teria recebido em sua boca mel derramado por abelhas sagradas que habitavam o monte Himeto, o que explicaria mitologicamente o gênio do filósofo.

79
A pradaria

Examinar-lhe as linhas do rosto, sentir-lhe as protuberâncias da cabeça — no que diz respeito ao leviatã, isso é tarefa que fisiognomonista ou frenologista[474] nenhum levou a cabo. Tal empreitada pareceria quase tão promissora quanto, para Lavater, inquirir as rugas do rochedo de Gibraltar, ou, para Gall, subir uma longa escada e tocar o domo do Panteão.[475] Não obstante, naquela sua famosa obra, Lavater não somente trata dos rostos dos homens em sua ampla variedade mas também estuda em detalhe as feições de cavalos, pássaros, serpentes e peixes; e se debruça minuciosamente sobre as mudanças de expressão que neles são discerníveis. Gall e seu discípulo Spurzheim, por sua vez, tampouco ignoraram as características frenológicas de outros seres vivos, além do homem, e deixaram sugestões a seu respeito. Portanto, embora não esteja mais do que mediocremente qualificado para a posição de pioneiro, darei meu melhor na aplicação dessas duas semiciências à baleia. Experimento tudo; realizo o que é possível.

Considerado fisiognomicamente, o cachalote é uma criatura anômala. Não tem propriamente um nariz. E uma vez que o nariz é o elemento central e mais evidente das feições; e uma vez que seja o maior responsável pelas mudanças e, por fim, o controle do conjunto da expressão; parece, portanto, que sua absoluta ausência, como apêndice externo, deve afetar enormemente o semblante da baleia. Pois, assim como na jardinagem paisagística um pináculo, cúpula, monumento ou torre de algum tipo são considerados quase indispensáveis à conclusão do cenário, nenhum rosto pode ser fisiognomicamente completo sem o elevado campanário vazado do nariz. Arranque o nariz do Júpiter de

474. A fisiognomonia é uma pseudociência desenvolvida pelo suíço Johan Kaspar Lavater (1741-1801) segundo a qual era possível conhecer o caráter de um indivíduo a partir de suas feições; a frenologia, desenvolvida por Franz Joseph Gall (1758-1828), produzia o mesmo esforço, porém a partir das formas do crânio do examinado.

475. O Panteão foi um templo romano construído em honra aos deuses sob encomenda de Augusto (63 a.C.-14 d.C.), o primeiro imperador romano. Desde o século VII d.C., o templo é usado como igreja dedicada a santa Maria dos Mártires.

mármore de Fídias — que tristes restos![476] No entanto, o leviatã é de uma tão poderosa magnitude, tão majestoso em todas as suas proporções, que a mesma deficiência, hedionda no Júpiter, nele acarreta reproche nenhum — pelo contrário, infunde-lhe magnificência. Um nariz na baleia teria sido um acinte. Ao velejarmos no barquinho de nossa expedição fisiognomônica em torno da vastidão da cabeça do cachalote, nossas nobres formulações a respeito dele jamais serão maculadas por um nariz a ser criticado. Uma presunção nociva que, no entanto, muito frequentemente se insinua, mesmo quando se contempla o mais poderoso bedel real em seu trono.

Em certa medida, talvez a visão fisiognomônica mais imponente que se pode ter do cachalote é a da fronte em sua completude. Essa perspectiva é sublime.

Em pensamento, uma bela testa humana é como o Oriente quando preocupado com o amanhecer. No repouso do pasto, a testa enrugada do touro tem um toque de grandiosidade. Arrastando pesados canhões pelos desfiladeiros da montanha, a testa do elefante é majestosa. Humana ou animal, a testa mística é como aquele grande selo dourado[477] afixado pelos imperadores alemães em seus decretos. Significa: "Bom: feito hoje por minha mão". Mas na maioria das criaturas, diferentemente do próprio homem, não raro a testa é tão só uma simples faixa de terra alpina ao longo da linha de neve. Poucas são as testas que, como as de Shakespeare ou Melâncton,[478] sobem tão alto e descem tão baixo que os próprios olhos parecem lagos de montanha, límpidos, eternos, sem o mínimo marulhar; e acima deles, nas rugas da testa, é possível identificar os cascos de pensamentos galhudos que descem ali para matar a sede enquanto os caçadores escoceses rastreiam as pegadas do cervo na neve. Mas no grande cachalote, essa elevada e poderosa dignidade divina, que lhe é inerente à testa, encontra-se tão imensamente ampliada que ao contemplá-la naquela visão frontal completa sentimos a Divindade e os venerandos poderes com mais força

---

476. O Zeus (Júpiter) esculpido por Fídias (480 a.C.-430 a.C.) foi uma imensa escultura em mármore instalada em Olímpia, na Grécia, considerada uma das sete maravilhas do mundo antigo. Foi destruída no século V. Suas formas foram preservadas unicamente em representações antigas em moedas e descrições.

477. Selo oficial estampado em decretos reais de imperadores bizantinos e, mais tarde, de monarcas europeus da Idade Média e do Renascimento, particularmente durante o Sacro Império Romano-Germânico.

478. Filipe Melâncton (1497-1560) foi um reformador alemão, colaborador de Lutero e principal liderança protestante após a morte de Lutero. William Shakespeare (1564-1616) foi poeta e dramaturgo, autor de alguns dos principais monumentos da literatura de língua inglesa. Ambos são aqui mencionados pelas testas largas que marcam suas representações.

do que ao contemplar qualquer outro objeto da natureza viva. Pois não se tem diante de si um ponto específico; nenhum elemento distintivo se revela; não há nariz, olhos, ouvidos ou boca; não há rosto; nada, propriamente; nada, exceto o amplo firmamento de uma testa plissada de enigmas; mergulhando em insondável mutismo com a ruína de homens, botes e navios. De perfil, o portento da testa tampouco diminui — embora vista desse ângulo não se lhe apresente tão acachapante. Quando em perfil, é possível notar com clareza aquela depressão horizontal, em meia-lua, no meio da testa, que, no homem, é segundo Lavater a marca do gênio.

Mas que negócio é esse? Gênio no cachalote? O cachalote é autor de livros, já proferiu discursos? Não; seu grande gênio se verifica em não fazer nada de especial para demonstrá-lo. Ademais, declara-se em seu silêncio piramidal. E isso me leva a pensar que, fosse o grande cachalote conhecido do jovem Oriente, teria sido elevado à condição de deus pela ingenuidade mágica de seu pensamento. O crocodilo do Nilo foi por eles deificado por não ter língua;[479] o cachalote, por sua vez, não tem língua — ou pelo menos é pequena a ponto de não permitir protrusão. Se doravante qualquer nação de sofisticado cultivo filosófico e literário tiver a pretensão de seduzir a seu lugar de origem os felizes deuses primaveris de outrora e entronizá-los vivamente no céu egoísta de nossos dias ou na montanha hoje desabitada de espíritos; estejamos certos, então, de que exaltado ao elevado trono de Júpiter, o grande cachalote será o seu senhor.

Champollion decifrou os rugosos hieróglifos de granito.[480] Mas não há Champollion para decifrar o Egito do rosto de cada homem e cada ser. A fisiognomonia, como qualquer outra ciência humana, é apenas uma fábula passageira. Se, portanto, Sir William Jones,[481] que lia em trinta línguas, não era capaz de ler o rosto do campônio mais simplório em seus mais profundos e sutis significados, como o inculto Ismael poderia ter a esperança de ler o árduo caldeu da testa do cachalote? Só o que fiz foi colocar essa fronte diante de vocês. Leiam se forem capazes.

---

479. O historiador grego Plutarco (46-120) escreveu que os egípcios tinham o crocodilo como animal sagrado pois este era desprovido de língua.

480. Jean-François Champollion (1790-1832) foi um acadêmico francês, responsável pela decifração da Pedra de Roseta, fragmento de rocha em que um decreto de aconselhamento de sacerdotes escrito em três línguas — grego, demótico (variante tardia do egípcio) e escrita hieroglífica tradicional — permitiu que se decifrassem o sistema hieroglífico dos egípcios, dando início a um novo campo de estudos, a egiptologia.

481. Sir William Jones foi um filólogo inglês (1746-94), o primeiro a propor a hipótese de relação entre as línguas indo-europeias.

80

A noz

Se para o fisiognomonista o cachalote é uma esfinge, para o frenologista seu cérebro parece o círculo geométrico irredutível ao quadrado.[482]

Na criatura madura, o crânio tem no mínimo seis metros de comprimento. Desencaixe a mandíbula inferior, e a vista lateral desse crânio é como o lado de um plano moderadamente inclinado apoiado em uma base nivelada. Mas em vida — como vimos noutra oportunidade — esse plano inclinado tem o preenchimento angular, praticamente perpendicular, das enormes massas de janco e espermacete. Na extremidade superior, o crânio se abre como uma cratera para acomodar essa parte da matéria; enquanto, sob o longo leito dessa cratera — noutra cavidade, que mal excede vinte e cinco centímetros de comprimento, tendo a mesma medida em profundidade —, repousa o modesto punhado que constitui o cérebro do monstro. Este se encontra a pelo menos seis metros de distância daquela que, para todos os efeitos, é sua fronte em vida; escondido atrás de sua formidável muralha, como a mais íntima cidadela no interior das fortificações ampliadas de Quebec. Como um pequeno baú de preciosidades, tão secreto é seu refúgio que conheci baleeiros terminantemente contrários à noção de que o cachalote tivesse qualquer outro cérebro que não o da corporatura palpável constituída pelos metros cúbicos de seu depósito de espermacete. Instalado sob estranhas dobras, camadas e circunvoluções, parecia-lhes mais adequado à ideia que faziam, segundo seu discernimento, do poder geral do cachalote considerar aquele místico material como sede de sua inteligência.

Fica evidente, portanto, que frenologicamente a cabeça desse leviatã, no estado intacto de vida da criatura, é uma completa ilusão. Em se tratando de seu cérebro de fato, não é possível identificar qualquer índice dele, nem o sentir. A baleia, a exemplo de tudo que tem poder, ostenta feições falsas ao mundo público.

---

482. A quadratura do círculo é um antigo problema geométrico segundo o qual se exigia que se desenhasse um quadrado com a mesma área de um dado círculo. Em 1882, esse problema se provou insolúvel em razão da natureza do número π.

Se esvaziamos o crânio de sua carga de espermacete e, em seguida, olhamos de trás para sua extremidade posterior, que também é a extremidade superior, ficamos impressionados com a semelhança que tem com o crânio humano, observado na mesma situação e do mesmo ponto de vista. De fato, coloque esse crânio invertido (reduzido à magnitude humana) em meio a uma prancha de ilustrações de crânios humanos e talvez não seja possível estabelecer distinção; e, observando as depressões em parte de seu cume, em jargão frenológico, alguém possivelmente diria: "Este homem não tinha autoestima nem veneração". E, por essas negativas, consideradas à luz do fato afirmativo de sua massa e poder prodigiosos, você é capaz de constituir da melhor forma para si mesmo a mais verdadeira, embora não a mais auspiciosa, concepção do que é a mais sublime potência.

Mas se você, pelas dimensões comparativas do cérebro da baleia propriamente, o julgar incapaz de ser mapeado adequadamente, então tenho outra ideia. Ao examinar atentamente a espinha de quase qualquer quadrúpede, impressiona a semelhança que suas vértebras guardam com um colar de crânios anões, todos trazendo rudimentares similitudes com o crânio propriamente dito. Segundo ideia concebida pelos alemães, as vértebras são crânios totalmente atrofiados. A curiosa semelhança externa, porém, suponho que os alemães não foram os primeiros homens a perceber. Certa feita, um amigo estrangeiro me demonstrou isso no esqueleto de um inimigo que havia matado, e com cujas vértebras ele enfeitava, em uma espécie de baixo-relevo, a proa embicada de sua canoa. Julgo que os frenologistas se furtaram de algo importante ao não avançar com suas investigações a partir do cerebelo, atravessando o canal espinhal. Pois acredito que muito do caráter de um homem se encontrará assinalado em sua espinha. Seja lá você quem for, prefiro examinar-lhe a espinha ao crânio. Um fiapo de espinha nunca sustentou alma nobre e plena. Muito me apraz minha espinha, como a firme e intrépida haste da bandeira que desfraldo para o mundo.

Aplique a tese vertebral da frenologia ao cachalote. Sua cavidade craniana é contígua com a primeira vértebra cervical; e nessa vértebra o fundo do canal espinhal terá vinte e cinco centímetros de diâmetro, vinte de altura, em formato triangular com a base voltada para baixo. À medida que passa pelas demais vértebras, o canal se estreita, mas por considerável extensão mostra-se capaz de comportar bastante matéria. Evidentemente, esse canal se preenche com quase idêntica substância, estranhamente fibrosa — a medula espinhal —, que constitui o cérebro; comunicando-se diretamente com ele. E além disso, muitos metros depois de emergir da cavidade do cérebro, a medula espinhal preserva o mesmo diâmetro, quase igual ao do cérebro. Dadas tais circunstâncias, não seria razoável examinar e mapear frenologicamente a espinha dorsal da baleia? Pois, sob esse prisma, a incrível pequenez relativa do cérebro propriamente dito é mais do que compensada pela incrível magnitude relativa da medula espinhal.

Mas, deixando a sugestão ao bom senso dos frenologistas, eu adotaria por um breve instante a teoria vertebral em referência à corcunda do cachalote. Essa augusta corcova se eleva, se não estou enganado, sobre uma das vértebras maiores e é, portanto, em alguma medida, seu molde, convexo e exterior. Pela situação relativa que ocupa, portanto, eu daria a essa corcunda alta o nome de órgão da firmeza ou indomabilidade no cachalote. E que o grande monstro é indomável, vocês ainda terão motivos para crer.

81

O *Pequod* encontra a donzela

Era chegado o dia predestinado, e a seu tempo travamos contato com o navio *Jungfrau*, do capitão Derick De Deer, de Bremen.

Outrora os maiores baleeiros do mundo, os holandeses e alemães hoje se encontram entre os piores; apenas vez e outra, em longuíssimos intervalos de latitude e longitude, suas bandeiras são avistadas no Pacífico.

Por alguma razão, o *Jungfrau* parecia bastante empenhado em se mostrar sociável. Ainda a alguma distância do *Pequod*, virou em roda e, arriando um bote, seu capitão foi conduzido em nossa direção, impacientemente estacionado à proa, em vez de ocupar seu lugar à popa.

"O que traz ele na mão?", exclamou Starbuck, apontando para algo que o alemão segurava e sacudia. "Impossível... uma lamparina!"

"Não é isso", opinou Stubb, "não, não, é uma cafeteira, sr. Starbuck; é o alemão, está vindo a bordo fazer o nosso café; não está vendo aquela lata grande do lado dele?... É a água quente. Ah, pode vir, é o alemão."

"Fico com o senhor", exclamou Flask, "é uma almotolia e uma lata de óleo. Ele está sem óleo e está vindo pedir."

Ainda que pareça estranho que um navio de óleo tome óleo emprestado em zona de baleação, e ainda que isso possa contradizer e inverter o velho provérbio a respeito de levar carvão para Newcastle,[483] às vezes tal coisa de fato acontece — e, no presente caso, o capitão Derick De Deer indubitavelmente transportava uma almotolia, como Flask observara.

Tendo subido a bordo, Ahab o abordou com aspereza, sem dar atenção ao que trazia em mãos; em sua fala estropiada, o alemão logo revelou completa ignorância sobre a Baleia Branca; dirigindo a conversa sem demora para a almotolia e a lata de óleo, acompanhada de alguns comentários sobre ter que se virar em sua rede à noite na mais profunda escuridão — tendo feito uso da última gota de óleo de Bremen e sem ter capturado ainda um único peixe-voador

483. "*Carrying coals to Newcastle*" significa levar algo desnecessário a determinado lugar (uma vez que Newcastle upon Tyne, cidade inglesa, é uma grande produtora de carvão).

capaz de suprir a carência; concluindo com a sugestão de que seu navio era de fato o que na baleação tecnicamente se chama de um navio "limpo" (isto é, vazio), mostrando-se merecedor do nome de *Jungfrau*, ou donzela.

Supridas suas necessidades, Derick partiu; mas ele mal havia ganhado o costado de seu navio quando baleias foram quase simultaneamente anunciadas dos mastros de ambas as embarcações; e tão ansioso para a caça estava Derick que, sem parar para guardar a almotolia e a lata de óleo a bordo, fez seu bote dar meia-volta e saiu em perseguição às almotolias leviatânicas.

Ora, com a caça tendo subido à tona a sotavento, ele e os outros três botes alemães que logo o seguiram ganharam ampla vantagem em relação às quilhas do *Pequod*. Eram oito baleias, um cardume médio. Conscientes do perigo que corriam, iam todas perfiladas a grande velocidade, nadando a favor do vento, roçando os flancos entre si tão próximas quanto parelhas de cavalos atrelados. Deixavam grossa e longa esteira, como se desenrolassem continuamente um grande e largo pergaminho sobre o mar.

Muitas braças na retaguarda, mas inteiro sob a rápida esteira, avançava um macho velho, leviatã imenso e de corcova grande, que, pelo progresso relativamente lento, bem como pelas estranhas incrustações amareladas que o cobriam, parecia afligido de icterícia ou outra enfermidade. Se a baleia pertencia de início ao cardume, é questionável; pois é incomum que esses veneráveis leviatãs sejam minimamente sociáveis. Não obstante, conservou-se firme na esteira do grupo, embora em verdade a água que levantavam a ré o deva ter retardado, pois a cartilagem ou protuberância de seu amplo focinho era cindida, como a ondulação formada quando duas correntes hostis se encontram. O jorro que bufava era curto, lento, forçoso, saindo como uma espécie de espirro sufocante que se consumia num véu desfiado e seguido de estranhos e submersos paroxismos que pareciam egressos da outra extremidade, esta submersa, fazendo com que as águas atrás de si borbulhassem.

"Alguém tem um paregórico?", perguntou Stubb. "Esse aí não parece muito bem do estômago. Deus do céu, imaginem ter uma dor de barriga de meio acre! O que tem de rojão dentro dessa criatura dá pra comemorar um ano novo inteiro. Vento podre vindo de popa, é a primeira vez que sinto na vida; já se viu baleia nadar assim sem rumo? Essa aí perdeu o leme, certeza."

Como um navio mercante sobrecarregado que, descendo pela costa do Hindustão com um bando de cavalos assustados no convés, vira de carena, afocinha, rola e se arrasta em seu caminho; do mesmo modo esse macho velho arrastava o corpo cansado e, vez por outra, parcialmente se virando sobre as pesadas costelas, expunha a causa de sua esteira errante no estranho toco da nadadeira de estibordo. Se a havia perdido em batalha ou se havia nascido sem ela, era difícil dizer.

"Espere um pouco, meu velho, que já lhe arrumo uma tipoia para esse braço ferido", bradou o cruel Flask, apontando para a linha perto de si.

"Cuidado para você não precisar de uma no final", gritou Starbuck. "Força, companhia, ou o alemão ficará com ele."

Com um só intento, todos os botes rivais combinados apontavam para o dito peixe, não só porque era o maior e, portanto, o mais valioso, mas também porque era o mais próximo deles, e ademais as outras baleias nadavam em grande velocidade, como desafiassem por ora qualquer tentativa de perseguição. Àquelas alturas, as quilhas do *Pequod* vogavam próximas dos três botes alemães arriados por último; em razão da vantagem inicial que teve, porém, o barco de Derick ainda liderava a perseguição, embora já sentisse mais e mais os rivais estrangeiros em seu encalço. A única coisa que estes temiam era que, por já estar tão perto do alvo, Derick fosse capaz de lançar seu ferro antes que pudessem alcançá-lo e ultrapassá-lo completamente. O alemão, ao menos, parecia confiante de que seria esse o caso e, vez e outra, com um gesto de zombaria, sacudia a almotolia para os demais botes.

"Cão indelicado! Ingrato!", bradou Starbuck. "Zomba e me desafia com a caixa de esmolas que lhe enchi há menos de cinco minutos!" E então, em seu velho e intenso sussurro: "Força, meus galgos! No encalço!".

"Eu lhes digo o que é, marujos", gritou Stubb para sua tripulação, "é contra minha religião ficar zangado; mas queria jantar esse patife alemão... remem... vocês não querem? Vão deixar esse canalha ganhar? Gostam de conhaque? Um barrilete de conhaque, então, para o melhor da companhia. Me expliquem uma coisa: por que não vejo as veias do pescoço arrebentando em alguns de vocês? Quem está lançando a âncora ao mar... não nos movemos um centímetro... estamos parados! Vejam só a grama crescendo no fundo do bote... Por Deus, não é que o mastro já tá com uns brotos verdes? Isso não vai dar certo, meninos. Vejam lá o alemão! Enfim, marujada, vão cuspir fogo ou não?"

"Ah! Vejam só a espuma que ele faz!", gritava Flask, dançando para cima e para baixo. "Que corcunda... Ah, todo mundo pra cima daquele monte de carne... Parece um tronco! Ah, meus rapazes, *isso*, remem pra valer... Panqueca e marisco para o jantar... Bolinho e vieira assada... Ah, *isso*, *isso*, remem... *Ai, ai, ai*, ali tem cem barris de óleo, rapazes, a gente não pode perder isso agora... Isso *não*, isso *não*!... Vejam o alemão... Por que não vejo ninguém remando? É o rancho que tá em jogo, marujada! Que belo peixe... é um peixão! Quem não gosta de um espermacetezinho aqui, hein? Ali tem três mil dólares, marujada!... É um banco! Um banco inteiro! É o Banco da Inglaterra!... Isso, *vai, vai, vai*! O que esse alemão vai fazer agora?"

Naquele instante, Derick estava prestes a arremessar a almotolia contra os botes que avançavam, e também a lata de óleo; talvez com a dupla intenção de criar obstáculos aos rivais e, ao mesmo tempo, acelerar economicamente o próprio bote com o impulso momentâneo do arremesso a ré.

"Ah, jangadinha sem educação!", gritou Stubb. "Remem, marujos, como nem cinquenta mil demônios ruivos num navio de guerra remariam! O que me diz, Tashtego; você é o homem que vai arrebentar a espinha em vinte e dois pedaços em homenagem ao seu velho pai? O que me diz?"

"Eu digo: remem como uns desgraçados!", bradou o índio.

Com ferocidade mas regularidade, incitados pelas provocações do alemão, os três botes do *Pequod* puseram-se a vogar quase perfilados; e nessa formação muito rapidamente se aproximaram de Derick. Naquela postura delicada, tranquila e cavalheiresca do carrasco que se aproxima da presa, os três imediatos permaneciam de pé, altivos, vez ou outra incentivando o remador de proa com um brado: "Veja como ela está próxima! Brisa como a do freixo não há! Alemão, acabou pra você! É hora de atropelar esse desgraçado!".

A despeito de toda a bravura e galhardia dos marinheiros do *Pequod*, tamanha era a vantagem inicial de Derick que ele decerto teria se saído o vencedor da corrida não tivesse a justiça se abatido contra ele sob a forma de uma momentânea má condução do remo de meia-nau. Enquanto o trapalhão tentava desembaraçar o remo e, consequentemente, o bote de Derick se via a ponto de emborcar; e enquanto seu capitão vociferava contra seus homens com a fúria de mil trovões; Starbuck, Stubb e Flask não poderiam ter encontrado oportunidade melhor. Com um brado, seus botes arrojaram-se mortalmente avante e aproximaram-se obliquamente do costado do alemão. No instante seguinte, todos os quatro botes encontravam-se diagonalmente no encalço imediato da baleia, enquanto de ambos os lados se alargava o rastro espumante que ela produzia.

Era uma visão medonha, dolorosa, de enlouquecer. A baleia ia de cabeça acima da linha-d'água, bufando à frente num jorro contínuo e atormentado, enquanto sua única pobre nadadeira batia transida de medo e agonia. Ora para a direita, ora para a esquerda, ela rolava em sua fuga errática e trôpega; a cada onda que rompia, afundava espasmodicamente no mar, ou via erguer-se ao céu a única nadadeira capaz. Muito me lembrava o pássaro de asa cortada que certa feita vi a perfazer círculos infirmes e aterrorizados no ar, tentando em vão escapar da predação corsária de falcões. O pássaro, no entanto, tem voz; e com gritos pungentes fará conhecer o pavor que sente; mas o medo desse imenso paquiderme mudo dos mares permanece acorrentado, como que encantado dentro de si; ele não tem voz, exceto aquela respiração engasgada que lhe sai pelo espiráculo às arfadas; e isso investe sua imagem de um horror indescritível; enquanto ainda, em seu corpo de espantosa massa, mandíbula levadiça e cauda onipotente, havia o bastante para reduzir a pó os brios do mais robusto dos homens que dele se compadecesse.

Vendo então que seria ultrapassado em mais alguns instantes pelos botes do *Pequod*, e em vez de ser assim privado da caça, Derick decidiu, antes de perder definitivamente a última oportunidade, arriscar o que para ele decerto era um arremesso extraordinariamente longo.

Mas assim que seu arpoador se ergueu para o arremesso, todos os três tigres — Queequeg, Tashtego e Daggoo — instintivamente se levantaram e, perfilados na diagonal, a um só tempo apontaram as barbas dos arpões; e, arrojando-os por sobre a cabeça do arpoador alemão, cravaram os três ferros de Nantucket na carne na baleia. Elevaram-se vapores ofuscantes de espuma e fogo branco! Os três botes, na primeira fúria da carreira impetuosa da baleia, deram de chofre no bote alemão com tamanha força que Derick e seu arpoador perplexo foram lançados ao mar e ultrapassados pelas três quilhas voadoras.

"Não tenham medo, minhas forminhas de manteiga", exclamou Stubb, lançando um olhar de relance para os marinheiros do bote enquanto passava a toda brida, "vocês já já serão resgatados... Está tudo bem... Vi uns tubarões à ré... Cães são-bernardo, sabe?... Dos que ajudam viajantes aflitos. Viva! Isso sim é jeito de navegar. Cada quilha um raio de sol! Viva! Aqui vamos nós, como três chaleiras de lata amarradas na cauda de um puma ensandecido! Isso me faz ter ideias de amarrar um tílburi em um elefante em uma planície... Quando se faz isso não deve sobrar um raio de roda, rapazes; sem falar no perigo de ser lançado longe quando se passa por cima de algum montinho. Viva! É bem desse jeito que a pessoa se sente quando está indo fazer uma visita a Davy Jones... tudo numa corrida desbragada numa ribanceira sem fim! Viva! Essa baleia tá levando o correio da eternidade!"

Mas a corrida do monstro foi breve. Depois de uma repentina arfada, ele mergulhou em tumulto. Numa velocidade rangente, as três linhas voavam ao redor dos logaetes com força capaz de lhes abrir sulcos profundos; entrementes, os arpoadores se viam tão temerosos de que a rapidez do mergulho logo lhes exaurisse as linhas que, valendo-se de toda a sua destreza, aplicaram repetidas voltas no cabo fumacento para que não o perdessem; até que por fim — em razão da tensão perpendicular aplicada aos goivados forrados de chumbo dos botes, de onde as três linhas mergulhavam no azul profundo — os costados das proas estavam quase nivelados com a linha-d'água, enquanto as três popas projetavam-se inclinadas ao ar. Uma vez que a baleia parou de mergulhar, por algum tempo os três botes permaneceram nessa posição, temerosos de dar mais cabo, não obstante a posição fosse um pouco delicada. Mas embora botes tenham sido destruídos e perdidos dessa forma, é esse "trancamento", como é chamado, esse fisgar da carne viva do dorso da baleia pelas barbas afiadas do arpão — é ele que muito frequentemente atormenta o leviatã a ponto de fazê-lo emergir novamente e sem demora para se deparar com a lança afiada de seus algozes. Sem falar nos perigos inerentes à coisa, há de se duvidar se essa estratégia é sempre a mais acertada; pois é sensato presumir que, quanto mais tempo a baleia ferida permanece submersa, mais cansada ela ficará. Porque, devido à sua enorme superfície — em um macho adulto, um pouco menos de duzentos metros quadrados —, a pressão da água é imensa. Todos sabemos como é surpreendente o peso atmosférico que nós mesmos suportamos; mesmo aqui, acima do solo, no ar; quão imenso não será, portanto, o fardo de uma baleia, carregando em suas costas uma coluna de duzentas braças de oceano? Deve ser no mínimo o equivalente de carregar o peso de cinquenta atmosferas.[484] Um baleeiro estimou o peso de vinte navios de linha de batalha, com todos os seus canhões, provisões e homens a bordo.

Enquanto os três botes assim permaneciam naquele mar de ondas gentis, contemplando as profundezas do eterno meio-dia azul; e sem que delas emanasse gemido ou grito de qualquer tipo, nem o menor marulhar ou bolha — que homem nascido e criado em terra firme teria pensado que, sob todo aquele silêncio e placidez, o maior monstro dos mares se contorcia e se retorcia em agonia! Nem vinte centímetros de cabo perpendicular eram visíveis na proa. Parece crível que por três cabos tão delgados o grande leviatã estivesse suspenso como o grande peso de um relógio de oito dias? Suspenso? E por obra de quê? De três pedaços de tábua. É esta a criatura sobre a qual certa feita se

484. Duzentas braças de oceano equivalem a 365 metros de profundidade. Se 1 atm (pressão atmosférica ao nível do mar) equivale a 10 metros de profundidade, o cálculo de Ismael se mostra ligeiramente impreciso: são cerca de 36 atm.

disse tão triunfantemente: "Encherás a sua pele de ganchos, ou a sua cabeça de arpéus de pescadores? Se alguém lhe tocar com a espada, essa não poderá penetrar, nem lança, dardo ou flecha. Ele reputa o ferro palha, e o cobre, pau podre. A seta o não fará fugir; as pedras das fundas se lhe tornam em restolho. As pedras atiradas são para ele como arestas, e ri-se do brandir da lança"?[485] É essa a criatura? Sério? Oh! Que as palavras dos profetas se fizessem acompanhar de desmentidos! Pois levando a força de mil coxas em sua cauda, o leviatã havia enfiado a própria cabeça sob as montanhas do mar para se esconder das lanças de pesca do *Pequod*!

Naquele sol inclinado da tarde, as sombras que os três botes projetavam sob a superfície das águas deviam ser largas e longas o bastante para cobrir metade das hostes de Xerxes.[486] Quem saberá dizer que horrores esses imensos fantasmas bruxuleando sobre sua cabeça não suscitaram na baleia ferida?

"Atenção, homens; ela se agita", gritou Starbuck, quando de repente as três linhas vibraram na água, conduzindo claramente ao alto em sua direção, como que por fios magnéticos, as pulsações de vida e morte da baleia, de modo que cada remador as sentiu em seu posto. No momento seguinte, aliviados em grande medida da pressão que se exercia sobre a proa, os barcos deram um salto repentino, como acontece com um pequeno campo de gelo, quando um denso bando de ursos-brancos é dele afugentado rumo ao mar.

"Colher! Colher!", bradou Starbuck novamente. "Ela está emergindo."

As linhas, das quais um instante antes nem a medida de um palmo poderia ter sido ganha, eram agora trazidas encharcadas para dentro dos botes em largas e ágeis espirais, e logo a baleia irrompeu da água a dois navios de distância dos caçadores.

Era visível em seus movimentos o extremo da exaustão. Na maioria dos animais terrestres, há certas válvulas ou comportas em muitas de suas veias, por meio das quais, quando feridos, a circulação do sangue é ao menos momentaneamente interrompida em certas direções. Não é o caso da baleia; cuja peculiaridade, dentre muitas, é a de ter toda uma estrutura não valvular dos vasos sanguíneos, de modo que, quando perfurada mesmo por uma ponta tão pequena quanto a de um arpão, um dreno mortal é de pronto aberto em todo o seu sistema arterial; e quando isso se intensifica com a extraordinária

---

485. Jó 41,7 e Jó 41,26-29.
486. Dizia-se que Xerxes I, imperador da Pérsia (ver nota 269), tinha à sua disposição um exército de dois milhões de soldados.

pressão da água a uma grande distância abaixo da superfície, pode-se dizer que sua vida se esvai em rios contínuos. No entanto, tão vasta é a quantidade de sangue no leviatã, e tão recônditas e numerosas suas fontes interiores, que ele seguirá sangrando por período considerável; assim como, em uma seca, um rio — cuja fonte se encontra algures em colinas distantes e indiscerníveis — seguirá fluindo. Mesmo agora, quando os botes remavam na direção da baleia, e perigosamente se aproximavam da cauda agitada, e as lanças lhe eram arremessadas, elas eram seguidas de jorros imediatos que acompanhavam cada nova ferida aberta, que seguiam derramando sangue continuamente enquanto o espiráculo natural erguia apenas de tempo em tempo, ainda que a intervalos cada vez menores, sua assustadora umidade para o ar. Deste último orifício ainda não saía sangue, pois nenhuma parte vital da baleia havia sido atingida. Sua vida, em expressão bastante significativa por eles utilizada, permanecia intocada.

Com os botes cercando a criatura mais de perto, toda a porção superior de suas formas, grande parte da qual normalmente se encontra submersa, revelou-se com clareza. Seus olhos — ou antes, os lugares onde seus olhos outrora haviam estado — foram vistos. Como as estranhas massas podres que se aglomeram nos olhos dos nós dos mais nobres carvalhos quando caídos, também dos pontos antes ocupados pelos olhos da baleia projetavam-se, então, bulbos cegos, uma visão realmente lamentável. Lamentos, porém, não há. Apesar de toda a idade, do braço solitário, dos olhos cegos, ele morrerá da morte[487] e será assassinado a fim de iluminar os noivos alegres e outras alegrias dos homens, e também para iluminar as igrejas solenes em sua pregação para que todos sejam incondicionalmente inofensivos a todos. Ainda rolando sobre o próprio sangue, o animal revelou por um instante uma excrescência ou protuberância estranhamente descolorida, do tamanho de um alqueire, bem abaixo no flanco.

"Um bom lugar", exclamou Flask. "Só quero dar uma lancetada nele!"

"Alto lá!", reagiu Starbuck. "Não há necessidade disso!"

O compassivo Starbuck manifestou-se tarde demais. Assim que a lança penetrou o alvo, um jorro pustulento esguichou da ferida cruel, e, incitada por ela a uma angústia insuportável, a baleia, agora jorrando sangue espesso, com célere fúria arrojou-se cegamente contra os botes, espalhando neles e em suas gloriosas tripulações uma chuva de coágulos, virando o bote de Flask e danificando-lhe a proa. Foi o golpe mortal. Pois, a essa altura, tão exausta se encontrava pela perda de sangue que rolou desamparadamente para longe dos

---

487. Ezequiel 28,8.

destroços que havia produzido; arfando, pôs-se de lado, batendo impotente o coto, em seguida começou a girar lentamente em torno de si, repetidas vezes, como um mundo que se extinguisse; voltou aos céus os brancos segredos de sua barriga; quedou imóvel como um tronco, e morreu. O jorro final foi um espetáculo desolador; como, por mãos invisíveis, a água fosse pouco a pouco drenada de alguma fonte poderosa, e, com gorgolejos melancólicos e como que sufocados, a coluna d'água espargida diminuísse até chegar ao chão: assim foi o longo e derradeiro jorro moribundo da baleia.

Enquanto as companhias aguardavam a chegada do navio, o corpo apresentou sintomas de afundamento com todo o seu butim intacto. Imediatamente, por ordem de Starbuck, amarraram-se as linhas em diferentes pontos do corpo, de modo que rapidamente cada bote ganhou a função de boia; com a baleia em vias de afundar suspensa alguns centímetros abaixo deles pelos cabos. Mediante trabalho atenciosamente conduzido, quando o navio se aproximou, a baleia foi transferida para o costado e nele foi fortemente presa pelas mais rijas correntes de cauda, pois estava claro que, a menos que fosse sustentado artificialmente, o corpo afundaria de pronto.

Acontece que, mal a primeira cortadeira lhe havia penetrado a pele, descobriu-se na carne do monstro um arpão corroído incrustado em toda a sua extensão, logo abaixo da protuberância antes descrita. Mas como tocos de arpões são encontrados com frequência nos cadáveres de baleias capturadas, com a carne perfeitamente curada em seu entorno, e sem proeminência de qualquer ordem que lhe denote o lugar; certo, portanto, é que alguma outra razão desconhecida fosse a causa da ulceração aludida no presente caso. Ainda mais digno de nota, porém, foi o fato de uma ponta de lança de pedra ter sido encontrada em seu corpo, não muito distante do ferro enterrado, a carne absolutamente firme envolvendo-a. Quem havia desferido aquela lança de pedra? Quando? Pode ter sido arrojada por algum indígena do noroeste do continente muito antes de a América ter sido descoberta.

Que outros portentos poderiam ter sido recuperados daquele armário monstruoso, não há como dizer. Novos achados foram postos a termo: a tendência cada vez maior do corpo ao afundamento puxava o navio de forma mais e mais assustadora sobre o próprio costado. Starbuck, que tinha o controle das operações, agarrou-se a seu propósito até o último instante — agarrou-se tão resolutamente, na verdade, que, quando por fim o navio estava a ponto de emborcar, caso se conservasse abraçado ao corpo; nesse momento, quando foram dadas ordens para liberar a baleia, tal era a inamovível tensão sobre as abitas às quais as correntes de cauda e cabos estavam presos que era impossível desatrelá-los. Nesse ínterim, tudo no *Pequod* estava inclinado. Cruzar de um lado para o outro do convés era como subir o telhado inclinado de uma casa. O navio gemia e arfava. Muitas das incrustações de marfim da amurada e das cabines haviam saltado de seus pontos de encaixe pela violência do deslocamento. Pés de cabra e alavancas foram trazidos em vão para demover as correntes, para soltá-las das abitas; e a baleia já havia afundado tanto que não se podiam mais alcançar as extremidades submersas, enquanto a cada momento toneladas de sobrecarga pareciam se somar à massa que afundava, e o navio parecia a ponto de virar.

"Por favor, por favor", bradava Stubb para o cadáver, "pra que essa pressa toda de afundar? Que raios me partam, homens — ou fazemos alguma coisa ou acompanhamos o senhor aqui. De que adianta ficar nessa cutucação... atenção! Parem com essas alavancas. Um de vocês aí, corra atrás de um livro de orações e um canivete e corte as grandes correntes."

"Canivete! Isso, isso!", exclamou Queequeg, que, agarrando a pesada machadinha do carpinteiro, enfiou-se por uma vigia e, aço contra ferro, pôs-se a golpear a maior das correntes de cauda. Bastaram algumas pancadas, muitas faíscas, e a tensão excessiva encarregou-se do resto. Com um estalo terrível, toda a amarração se rompeu; o navio recobrou o prumo, e a carcaça afundou.

Ora, esse eventual e fatal afundamento do cachalote recém-morto é coisa muito curiosa; creio que nenhum pescador deu por isso da maneira mais adequada. Em geral, o cachalote morto boia com grande flutuabilidade, com o flanco ou a barriga consideravelmente acima da superfície da água. Se as únicas baleias que então afundassem fossem umas criaturas velhas, encarquilhadas e amarguradas, com as camadas de banha reduzidas e todos os ossos pesados e reumáticos, então se poderia, com alguma razão, asseverar que a causa de tal afundamento é uma densidade específica e incomum no peixe que então afunda, consequência da ausência de matéria flutuante nele. Mas não é o caso. Pois mesmo baleias jovens, em plena forma física e infladas de nobres aspirações, prematuramente ceifadas na primavera da vida, com todo aquele toucinho arfante em seu redor — pois mesmo esses heróis cheios de leveza e fibra por vezes afundam.

Diga-se, porém, que o cachalote está muito menos sujeito a esse tipo de ocorrência do que qualquer outra espécie. Para cada cachalote que afunda, vinte baleias-francas o seguirão. Essa diferença cetológica é sem dúvida atribuível, em grande medida, à maior quantidade de ossos da baleia-franca — só as venezianas pesam às vezes mais de uma tonelada; e dessa carga o cachalote está inteiramente desobrigado. Mas há casos em que, após o lapso de muitas horas ou vários dias, a baleia afundada ressurge, mais flutuante do que nunca. A razão disso, porém, é óbvia. Gases se geram nela; ela incha a uma magnitude prodigiosa; transforma-se numa espécie de animal-balão. Um navio de linha de batalha dificilmente poderia mantê-lo sob controle. Na baleação costeira, em águas não muito profundas, entre as baías da Nova Zelândia, quando uma baleia-franca dá sinal de que está prestes a afundar, prendem-lhe boias com bastante corda; de forma que, quando o corpo submergir, saberão onde procurá-lo quando tiver ascendido novamente.

Depois do afundamento do corpo, não tardou para que um grito fosse ouvido dos mastros do *Pequod*, anunciando que o *Jungfrau* estava novamente arriando botes; embora o único jorro à vista fosse o de uma baleia de barbatana dorsal, pertencente à espécie das baleias incapturáveis, em razão do incrível poder natatório. No entanto, o jorro da baleia de barbatana é tão parecido com o do cachalote que pescadores menos habilidosos costumam confundi-los. E, consequentemente, Derick e toda a sua hoste empreenderam então valorosa perseguição àquele paquiderme inalcançável. A donzela enfunou todos os seus véus e colocou-se no encalço de suas quatro jovens quilhas, e assim todos desapareceram na distância a sotavento, ainda em destemida e esperançosa caça.

Oh, meu amigo, muitas são as baleias de barbatana dorsal e muitos são os Dericks.

82
Honra e glória da baleação

EXISTEM ALGUNS EMPREENDIMENTOS em que uma cuidadosa desordem é o verdadeiro método.

Quanto mais mergulho nesse problema da baleação e avanço com minhas pesquisas até suas fontes, mais me impressiona sua grande honorificência e antiguidade; e, em especial, quando me deparo com tantos valorosos semideuses e heróis, profetas de toda sorte que de uma forma ou de outra lhe conferiram excelência, arrebata-me a ideia de que eu mesmo pertenço, embora apenas secundariamente, a tão brasonada confraria.

O valente Perseu, filho de Júpiter, foi o primeiro baleeiro; e para a honra eterna de nosso ofício, que se registre que a primeira baleia atacada por nossa irmandade não foi morta sob qualquer propósito vil. Eram os idos cavalheirescos da profissão, quando portávamos armas para o socorro dos aflitos, não para o enchimento de lamparinas. Todos conhecem a bela história de Perseu e Andrômeda; todos sabem como a formosa Andrômeda, filha de um rei, foi amarrada a um penedo à beira-mar; e como, no instante em que o leviatã estava no próprio ato de raptá-la, Perseu, o príncipe dos baleeiros, em arrojado gesto, arpoou o monstro, deu à princesa livramento e com ela se casou. Foi um feito artístico espantoso, raras vezes realizado pelos melhores arpoadores da atualidade; visto que o leviatã em questão foi morto ao primeiro lançamento. E que nenhum homem lance sombras sobre a história arquita[488] a seguir; pois na antiga Jopa, atual Jafa, na costa síria, em um templo pagão, residiu por muitas eras o vasto esqueleto de uma baleia, que as lendas da cidade e todos os seus habitantes rezavam ser os idênticos ossos do monstro que Perseu matou. Quando os romanos[489] conquistaram Jopa, o mesmo esqueleto foi carregado à Itália em triunfo. O que parece mais sugestivo e de singular importância no mencionado caso é: foi de Jopa que Jonas partiu.

---

488. De Arqa, antiga cidade no atual Líbano setentrional.

489. A conquista de Jopa pelos romanos se deu sob Marco Emílio Escauro (século I a.C.), que levou consigo os ossos da "serpente do mar" de Jopa para Roma, em 58 a.C. Ver nota 148.

Aventura similar à de Perseu e Andrômeda — na verdade, alguns a supõem indiretamente derivada dela — é a famosa história de são Jorge e o dragão;[490] dragão que, julgo eu, há de ter sido uma baleia; pois, em muitas crônicas dos antigos, baleias e dragões se apresentam estranhamente misturados e não raro indistintos. Assim disse Ezequiel: "Semelhante eras a um filho de leão entre as nações, e tu foste como um dragão nos mares", aqui, significando claramente uma baleia; em verdade, algumas versões da Bíblia usam o próprio termo.[491] Ademais, seria subtrair muito da glória da proeza se são Jorge tivesse confrontado um réptil rastejante da terra, em vez de travar batalha contra o grande monstro das profundezas. Qualquer homem é capaz de matar uma cobra, mas apenas um Perseu, um são Jorge, um Coffin tem brios de marchar corajosamente de encontro a uma baleia.

Não se deixe enganar pelas versões modernas desta cena; pois embora a criatura encontrada por aquele bravo baleeiro de priscas eras seja vagamente representada sob os contornos de um grifo, e a batalha seja retratada em terra, com o santo montado sobre um cavalo; e levando-se ainda em conta a grande ignorância que grassava naqueles tempos, quando as verdadeiras formas da baleia eram desconhecidas dos artistas; e tendo em vista que, a exemplo do caso de Perseu, a baleia de são Jorge pode ter rastejado para fora do mar até a praia; e que o animal montado por são Jorge pode ter sido tão somente uma imensa foca, ou cavalo-marinho; com tudo isso em mente, não parecerá totalmente incompatível com a lenda sagrada e os esboços mais antigos da cena sustentar que o dito dragão é nada menos que o próprio grande leviatã. Na verdade, colocada diante da mais rigorosa e penetrante verdade, toda essa história recende aquela do ídolo filisteu de escama, pena e pelo chamado Dagom,[492] que, quando posto junto da arca de Israel, viu tombarem suas mãos de homem e a cabeça de cavalo, restando-lhe apenas o tronco ou parte píscea. Portanto, alguém de nossa própria e nobre estirpe, um baleeiro, é o guardião tutelar da Inglaterra; e nós, arpoadores de Nantucket, deveríamos por legítimo direito ser recebidos na mais nobre ordem dedicada às armas e à imagem de são Jorge. E, portanto,

---

490. Entre as lendas creditadas ao cristão são Jorge (*c.* 275-303), está o salvamento de uma jovem prestes a ser sacrificada a um dragão, razão pela qual o santo trava luta com o monstro e o mata.

491. "Assim disse" é fórmula bíblica, correspondente ao "*saith*" do inglês, da Bíblia King James, usado por Ismael na passagem. A passagem em questão é de Ezequiel 32,2. Em outras versões da Bíblia, como a Almeida Corrigida e Fiel, o mesmo versículo diz: "Eras semelhante a um filho do leão entre as nações, mas tu és como uma baleia nos mares".

492. 1 Samuel 5,2-4.

que os cavaleiros de tão ilustre companhia (dentre os quais, atrevo-me a dizer, nenhum jamais teve de lidar com uma baleia, a exemplo de seu grande patrono), que nunca olhem para um baleeiro de Nantucket com desdém, já que mesmo em nossos camisolões de lã e calças alcatroadas temos muito mais direito à medalha de são Jorge do que eles.

Quanto a admitir Hércules entre nós ou não, fui durante muito tempo relutante: pois, embora registrem as mitologias gregas que aquela mistura de Crockett e Kit Carson,[493] aquele vigoroso realizador de boas ações, tenha sido engolido e lançado às alturas por uma baleia — se tal experiência o transforma tecnicamente em um baleeiro, isso já é ponto de debate. Não se lê em parte alguma que ele tenha verdadeiramente trancado o peixe, a não ser que o tenha feito pelo lado de dentro. De qualquer forma, ele pode ser considerado uma espécie de baleeiro involuntário; se ele pegou ou não pegou a baleia, fato é que a baleia ao menos o pegou. Reivindico-o como membro de nosso clã.

No entanto, segundo as maiores autoridades em contenda, a história grega de Hércules e a baleia é entendida como tributária da ainda mais antiga história hebraica de Jonas e a baleia — e vice-versa; e, de fato, elas são muito semelhantes. Se reivindico o semideus, por que não o profeta?

Mas o rol de nossa ordem não se limita tão somente a heróis, santos, semideuses e profetas. Nosso grão-mestre ainda não foi nomeado; pois, como os verdadeiros reis de outrora, encontramos as nascentes de nossa fraternidade em ninguém menos do que os próprios grandes deuses. Essa formidável história oriental consta da *shastra*[494] que nos apresenta o terrível Vishnu, uma das três figuras da divindade dos hindus; que nos oferece este próprio Vishnu divino como nosso Senhor; Vishnu que, na primeira de suas dez encarnações terrenas, para sempre consagrou e santificou a baleia. Segundo a *shastra*, quando Brahma, ou o Deus dos Deuses, resolveu recriar o mundo após uma de suas dissoluções periódicas, ele deu à luz Vishnu para que conduzisse os trabalhos; mas os Vedas, ou livros místicos, cuja leitura era, ao que tudo indica, indispensável

493. Davy Crockett (1786-1836) e Kit Carson (1809-68) são pioneiros da fronteira norte-americana. O primeiro, chamado de "King of the Wild Frontier", chegou a ter carreira política pelo estado do Tennessee e se envolveu na Revolução Texana, sendo morto na famosa Batalha do Álamo. Já Carson foi guia na região das montanhas Rochosas e agente do Estado para assuntos indígenas. No fim da vida, foi decisivo para a expulsão de diversas nações indígenas do território do Novo México, em um conflito marcado por brutalidade contra as comunidades tradicionais.

494. No contexto da língua sânscrita, *shastra* é um sufixo que indica em sentido geral "preceito, regras, manual, compêndio, livro ou tratado".

para Vishnu antes que a criação tivesse início e que, portanto, devem trazer algo na forma de orientações práticas para jovens arquitetos — esses Vedas estavam no fundo das águas; então Vishnu assumiu as formas encarnadas de uma baleia e, ao sondar com elas as mais profundas profundezas, resgatou os volumes sagrados. Não era este Vishnu um baleeiro, então, da mesma forma que um homem que anda a cavalo é chamado de cavaleiro?

Perseu, são Jorge, Hércules, Jonas e Vishnu! Há uma lista de membros para vocês! Que clube, senão o baleeiro, pode ter uma fundação como essa?

83
Jonas sob perspectiva histórica

Fez-se referência ao caso histórico de Jonas e a baleia no capítulo anterior. Alguns marinheiros de Nantucket desconfiam desse caso histórico de Jonas e a baleia. Ora, mas também existiam gregos e romanos céticos que, divergindo dos pagãos ortodoxos de seu tempo, colocavam igualmente em dúvida a história de Hércules e a baleia, e de Árion e o golfinho;[495] e, no entanto, colocar essas tradições em xeque não as diminuíam nem um pouco como fatos.

O principal motivo de certo velho baleeiro de Sag Harbor para questionar a história hebraica era o seguinte: Ele tinha uma daquelas antigas Bíblias bastante curiosas, ornamentadas com ilustrações pitorescas e nada científicas. Uma delas representava a baleia de Jonas com dois jorros na cabeça, peculiaridade verdadeira somente no que toca a uma espécie de leviatã, a baleia-franca e as variedades dessa ordem, a respeito da qual os pescadores compartilham um adágio: "É capaz de morrer engasgada com um tubinho de moedas", uma vez que tem uma abertura de garganta estreitíssima. Para isso, porém, o bispo Jebb[496] tem resposta pronta. Não é necessário, sugere o bispo, que consideremos Jonas sepultado no ventre da baleia, mas apenas temporariamente alojado em algum ponto de sua boca. E isso parece bastante razoável para o bom bispo. Pois, de fato, a boca da baleia-franca bem acomodaria algumas mesas de uíste, com todos os jogadores confortavelmente sentados. É possível também que Jonas tenha se ajeitado em um dente oco; mas, pensando bem, a baleia-franca não tem dentes.

---

495. O segundo trabalho de Hércules foi matar Hidra, um monstro marinho. Já quanto ao poeta Árion (século VI a.C., porém de duvidável existência histórica), reza a lenda que, depois de vencer uma competição poética na Itália e iniciar o retorno em um navio coríntio, foi cercado pelos marinheiros da embarcação, que pretendiam matá-lo para ficar com seus ricos prêmios. Árion então pediu para entoar um último hino antes de ser lançado ao mar; desse modo, sem que os marinheiros suspeitassem, convocou um exército de golfinhos que o resgataram e levaram a Corinto antes que o próprio navio lá aportasse. Quando este chegou, o rei da cidade, Periandro, já a par da história, executou os marinheiros.

496. Homem de tendências progressistas, apoiador da Revolução Americana e, posteriormente, de reformas parlamentares que iam ao encontro das reivindicações do movimento cartista dos trabalhadores ingleses, John Jebb (1775-1833) foi bispo de Limerick, na Irlanda, e autor de um influente comentário da Bíblia.

Outra razão que movia Sag Harbor (ele usava esse nome) em sua incredulidade nessa questão do profeta era algo que fazia obscura referência ao corpo encarcerado do homem e os sucos gástricos da baleia. Essa objeção, porém, cai igualmente por terra, pois um exegeta alemão sugere que Jonas encontrou refúgio no corpo flutuante de uma baleia *morta* — assim como os soldados franceses, durante a campanha russa, transformaram seus cavalos mortos em tendas e se arrastaram para dentro delas.[497] Ademais, tem sido interpretação de outros comentaristas europeus que, quando Jonas foi lançado ao mar pelos marinheiros do navio de Jopa, ele de pronto realizou sua fuga para outro navio próximo, navio que tinha uma baleia no lugar da figura de proa; e que possivelmente, eu acrescentaria, tinha por nome de batismo *A Baleia*, do mesmo modo que algumas embarcações são hoje batizadas *O Tubarão*, *A Gaivota* ou *A Águia*. Também não faltam hermeneutas eruditos para os quais a baleia mencionada no livro de Jonas significava um mero salva-vidas — uma bolsa inflada de vento —, para o qual o profeta em perigo nadou e, portanto, foi salvo de um fim marinho. Assim, Sag Harbor, coitado, parece derrotado em todos os sentidos. Mas ele tinha ainda outra razão para sua incredulidade, e era esta, se bem me lembro: Jonas foi engolido pela baleia no mar Mediterrâneo e, depois de três dias, vomitado em algum lugar a três dias de viagem de Nínive, uma cidade no Tigre, localizada a muito mais de três dias de viagem a partir do ponto mais próximo da costa do Mediterrâneo. Como assim?

Mas não havia outra maneira de a baleia desembarcar o profeta naquela curta distância de Nínive? Sim. Ela pode tê-lo levado pela rota do cabo da Boa Esperança. Mas para não falar da travessia de toda a extensão do Mediterrâneo, e de outra travessia pelo golfo Pérsico e o mar Vermelho, tal hipótese envolveria a circum-navegação completa de toda a África em três dias, para não falar das águas do Tigre,[498] próximas à localidade de Nínive, rasa demais para qualquer baleia. Além disso, a ideia de Jonas ter vencido o cabo da Boa Esperança em tão priscas eras usurparia a honra da descoberta daquele grande promontório de Bartolomeu Dias,[499] seu célebre descobridor, e assim faria a história moderna incorrer em mentira.

---

497. Ver nota 98.

498. O rio Tigre, um dos pilares da civilização babilônica ao lado do rio Eufrates, corre por terras atualmente ocupadas pela Turquia e pelo Iraque.

499. Bartolomeu Dias (*c.* 1450-1500) foi um navegador e explorador português. Em 1488, tornou-se o primeiro europeu a fazer a travessia do cabo das Tormentas (rebatizado cabo da Boa Esperança) e abrir o oceano Índico às naus portuguesas.

Mas todos esses argumentos bobos do velho Sag Harbor apenas evidenciavam seu tolo orgulho racional — coisa ainda mais repreensível nele visto que não sabia mais do que aprendera com o sol e o mar. Repito: isso apenas mostra seu orgulho tolo e ímpio e sua abominável e diabólica rebelião contra o reverendo clero. Pois, para um padre católico português, essa mesma ideia da ida de Jonas chegar a Nínive via cabo da Boa Esperança foi apresentada como uma notável amplificação do milagre geral. E assim aconteceu. Ademais, até hoje os turcos, com toda a sua ilustração, acreditam piamente no caso histórico de Jonas. E há cerca de três séculos, um viajante inglês que consta das velhas *Viagens* de Harris[500] fala de uma mesquita turca construída em homenagem a Jonas, na qual havia uma lamparina milagrosa que queimava sem óleo algum.

---

500. Melville se refere à coletânea de John Harris (*c.* 1666-1719) *A Complete Collection of Voyages and Travels*, mas a mesquita em questão está registrada na compilação de viagens do cartógrafo escocês John Pinkerton (1758-1826) *A General Collection of the Best and Most Interesting Voyages and Travels*, de 1811.

84
O afocinhamento

Para fazê-los correr velozmente e sem atritos, os eixos das carruagens são untados; e com o mesmo propósito alguns baleeiros realizam operação análoga em seus botes: passam graxa nas quilhas. Tampouco se deve duvidar que tal procedimento, uma vez que não danifica a embarcação, talvez possa trazer vantagens em nada desprezíveis; considerando que óleo e água são hostis; que o óleo é coisa que desliza, e que o objetivo é fazer o barco deslizar com denodo. Queequeg alimentava forte crença na lubrificação de seu bote e, certa manhã, não muito depois do desaparecimento do navio alemão *Jungfrau*, esforçou-se mais do que exigia o costume na ocupação; enfiando-se sob o fundo da embarcação que pendia sobre o costado e esfregando a untuosidade como se procurasse diligentemente cultivar uma safra capilar na quilha calva da embarcação. Parecia trabalhar em obediência a algum pressentimento particular. O evento que se sucedeu acabou por justificá-lo.

Perto do meio-dia, baleias foram avistadas; mas assim que o navio se aproximou, elas se precipitaram em desabalada fuga; num arroubo desordenado, como o das barcaças de Cleópatra em Áccio.[501]

Mesmo assim, os botes perseveraram, e o de Stubb ocupou a dianteira. Com grande esforço, Tashtego por fim logrou fincar as barbas de um arpão; mas a baleia ferida, não mergulhando, prosseguiu em sua fuga horizontal com ainda maior velocidade. A tensão ininterrupta sobre o ferro plantado acaba, cedo ou tarde, por fazê-lo inevitavelmente se desprender. Era mister golpear a baleia em fuga com a lança, ou dá-la por perdida. Mas levar o barco para perto do flanco do monstro era inviável, tão célere e furiosamente ele nadava. Que fazer, então?

---

501. A Batalha de Áccio (ilha grega) teve lugar em 31 a.C., durante a guerra civil romana entre Marco Antônio e Otaviano (futuro imperador Augusto). A frota de Otaviano estava sob o comando de Marco Vipsânio Agripa, e a de Marco Antônio, apoiada pela marinha de guerra de Cleópatra. Com a imposição da frota de Vipsânio, Marco Antônio e Cleópatra bateram em retirada e cometeram suicídio. Com o fim de Antônio, acabaram-se as últimas resistências à centralização do poder sob Otaviano, o que deu ensejo ao fim da República e ao início do Império Romano.

De todos os maravilhosos artifícios e habilidades, os improvisos geniais e incontáveis sutilezas que tão amiúde se exigem de um baleeiro experiente, nenhum excede o belíssimo movimento de lança conhecido como afocinhamento. Sabre ou rapieira, em toda a sua rotina técnica, não ostentam nada similar. O afocinhamento só se faz indispensável diante de uma baleia em desbragada fuga; sua grande particularidade é a distância espantosa da qual o longo instrumento é precisamente lançado, a partir de um bote que balança e trepida violentamente em carreira extrema. Aço e madeira incluídos, a lança inteira tem obra de três ou três metros e meio de comprimento; sendo a haste muito mais fina que a do arpão e também de um material mais leve — pinho. É munido de um calabrote ao qual dão o nome de uópe, de comprimento considerável, pelo qual pode ser recolhido de volta à mão após o lançamento.

Mas antes de prosseguir é importante mencionar aqui que, embora o arpão possa ser afocinhado como a lança, isso raramente se faz; e quando é o caso, o sucesso é ainda menor, em razão do maior peso e menor comprimento do arpão em comparação com a lança, o que na verdade se torna um sério inconveniente. De modo geral, portanto, você deve primeiro trancar a baleia antes de recorrer a qualquer afocinhamento.

Observemos agora Stubb; um homem que, por sua deliberada e bem-humorada calma e sangue-frio nos momentos de maior apuro, era especialmente dotado para se destacar na arte do afocinhamento. Observemo-lo: ele se põe de pé na arrojada proa do bote em alta velocidade; envolta em felpuda espuma, a baleia que o reboca está quarenta pés a vante. Manuseando a lança longa com leveza, examinando duas ou três vezes toda a sua extensão para se certificar da precisa retidão, assobiando, o imediato apanha o pandeiro do uópe, de modo a manter o chicote livre à mão, deixando todo o restante do cabo desobstruído. Em seguida, conservando a lança à frente, na linha da cintura, ele a aponta à baleia; feita a mira, prontamente leva a extremidade inferior à palma da mão, elevando desse modo o ferro da ponta até que a arma se encontre bem equilibrada, a quatro metros no ar. Nessa hora, ele muito lembra um malabarista equilibrando um longo bastão no queixo. No segundo seguinte, com um impulso rápido e indescritível, em um soberbo e elevado arco no ar, o aço brilhante cruza a distância espumante e finca-se trêmulo no ponto vital da baleia.[502] Em vez de vapor e água, ela começa a jorrar sangue vermelho.

502. O ponto vital a que se refere o narrador são as artérias que passam por trás de sua barbatana, à altura do coração e dos pulmões, a grande profundidade no corpo do animal, e que, uma vez lancetadas, permitem seu sangramento.

“Agora abri a torneira do bicho!”, exclamou Stubb. “É hora de comemorar o imortal Quatro de Julho; hoje o vinho jorra de todas as fontes! Melhor seria se fosse daquele uisquezinho de Orleans, ou o velho Ohio, ou aquela delícia que é o velho Monongahela! Aí, Tashtego, meu rapaz, eu pedia pra você segurar um balde pro jorro, e a gente ficava bebendo em torno dele! Pois é, meus queridos, na abertura daquele respiradouro ali a gente preparava um ponche de primeira, e daquela poncheira viva a gente virava dessa bebida viva até cair.”

Repetidas vezes, enquanto o divertido arrazoado prossegue, Stubb realiza o preciso arremesso, com a lança voltando ao mestre como um galgo conservado em hábil coleira. A baleia em agonia entra em seu fervedouro; o cabo de reboque se afrouxa, e o afocinhador acomodando-se na popa cruza os braços e observa silenciosamente o monstro morrer.

85

A fonte

QUE POR SEIS MIL ANOS —[503] e ninguém sabe quantos milhões de anos antes — as grandes baleias tenham erguido seus jorros pelos mares, cobrindo de borrifos e névoas os jardins das profundezas, realizando o trabalho de um sem-número de regadores e nebulizadores; e que por séculos e séculos milhares de caçadores tenham se aproximado da fonte da baleia, assistindo a esses borrifos e névoas erguidas — que assim tenha sido até este abençoado minuto (uma hora e quinze minutos da tarde de 16 de dezembro de 1850 da era cristã), o fato de permanecer um mistério se esses jorros, afinal, são água de fato, ou nada além de vapor — eis aí algo digno de nota.

Examinemos, então, o assunto juntamente com alguns interessantes itens contingentes. Todos sabemos que, pelas singulares habilidades de suas guelras, as tribos barbatânicas respiram em geral o ar sempre imiscuído ao elemento em que nadam; donde um arenque ou bacalhau sejam capazes de viver um século sem jamais erguer a cabeça acima da superfície da água. Porém, em razão de sua notável estrutura interna, que lhe confere pulmões ordinários, como os de um ser humano, a baleia só pode viver inalando o desprendido ar da atmosfera. Daí a necessidade que tem de visitas periódicas ao mundo superior. Por outro lado, em sua postura normal, a boca do cachalote permanece a pelo menos dois metros e meio abaixo da superfície, de forma que por sua abertura ele é incapaz de respirar da forma que seja; ademais, o que é mais importante, sua traqueia não tem ligação com a boca. Não; ele respira unicamente pelo espiráculo; e ele se encontra no topo da cabeça.

Se eu disser que, em qualquer criatura, a respiração é tão somente uma função indispensável à vitalidade, uma vez que extrai do ar certo elemento que, posto em contato com o sangue, infunde neste seu princípio vivificante, não penso incorrer em equívoco; embora possa usar algumas palavras científicas de todo dispensáveis. Tenha isso em mente e então imagine que, se todo o sangue de um homem pudesse ser arejado com uma só respiração, ele poderia

503. Seis mil anos era a idade que os exegetas bíblicos atribuíam à Terra desde a Criação.

assim selar as narinas e não buscar o ar por tempo considerável. Em outras palavras, ele viveria sem respirar. Por mais anômalo que pareça, esse é justo o caso da baleia, que vive sistematicamente, dados os intervalos, sua hora ou mais (quando nas profundezas) sem respirar ou ao menos inalar, da forma que seja, uma partícula de ar — pois, lembremo-nos, ela não tem guelras. Como é possível? Entre as costelas e de cada lado da coluna, ela é dotada de um formidável labirinto cretense de vasos muito similares a aletria, os quais, quando sobe à superfície, ficam completamente distendidos com sangue oxigenado. De forma que, por uma hora ou mais, a mil braças no mar profundo, ela carrega em si um estoque excedente de vitalidade, no que se assemelha ao camelo que, ao cruzar o deserto, leva consigo um suprimento excedente de líquido para uso futuro em seus quatro estômagos suplementares. Tal labirinto é indiscutível como fato anatômico; e que a suposição que nele se ancora é razoável e verdadeira parece-me ainda mais válido quando considero a obstinação, doutra forma inexplicável, do leviatã de *botar os bufos pra fora*, como elaborado pelos pescadores. Eis o que quero dizer: se não é incomodado, ao emergir à superfície, o cachalote ali permanecerá por um período de tempo precisamente o mesmo de todas as suas outras emersões que não conheceram incômodo. Digamos que ele fique à superfície por onze minutos e, nesses onze minutos, ele bufe setenta vezes, ou seja, produza setenta respirações; ou seja, sempre que vier à tona, cuidará para bufar as mesmas setenta vezes. Ora, se depois de respirar algumas vezes você o assusta, de modo que ele mergulhe, ele permanecerá buscando o momento de vir à tona para obter sua costumeira ração de ar. E só depois de cumprir com essas setenta respirações ele por fim mergulhará para se retirar pelo tempo integral que lhe cabe. Atenção, porém, ao fato de que individualmente esses números mudam; mas que, em um mesmo animal, conservam-se iguais. Ora, por que a baleia insiste em botar os bufos pra fora, a menos que seja para reabastecer suas reservas de ar antes de mergulhar definitivamente? Quão óbvio é, também, que essa necessidade da baleia para emergir a expõe a todos os riscos fatais da caça — pois, fosse por anzol, fosse por rede, esse desmedido leviatã jamais seria capturado ao nadar a mil braças abaixo da superfície tocada pelo sol. Ó caçador, o que te garante a conquista não é tanto o teu esforço quanto a grande necessidade alheia!

No homem, a respiração é incessante: uma respiração serve apenas a duas ou três pulsações; de modo que, a despeito do que tenha de fazer, acordado ou dormindo, ou respira ou morre. Já o cachalote respira não mais do que um sétimo, ou um domingo, de seu tempo.

Já foi dito que a baleia respira somente por seu espiráculo; caso se pudesse acrescentar, sem incorrer em erro, que seus bufos se misturam à água, então sou da opinião de que nisso já teríamos a razão de seu sentido olfativo lhe parecer obliterado; porque a única coisa nela a corresponder a um nariz é aquele orifício; e estando ele tão entupido dos dois elementos, não se poderia esperar que estivesse em seu poder sentir cheiros. Mas em razão do mistério do jorro — se água ou vapor —, não podemos alcançar qualquer certeza quanto a esse assunto. De qualquer modo, parece claro que o cachalote não tem instrumentos olfativos adequados. E que falta lhe fazem? Não existem rosas, não existem violetas, nem água-de-colônia no mar.

Além do mais, uma vez que sua traqueia se encaminha unicamente ao tubo que forma o canal do bufo, e uma vez que esse longo canal — como o grande canal Erie — é provido de uma espécie de eclusa (que abre e fecha) com a função de reter o ar embaixo ou excluir a água para cima, a baleia não tem voz; a menos que você a insulte dizendo que, quando ela grunhe daquela maneira tão estranha, ela fala pelo nariz. Mas, novamente, o que a baleia tem a dizer? Raras vezes conheci qualquer ser profundo que tivesse algo a dizer a este mundo, a menos que fosse forçado a gaguejar qualquer coisa para ganhar a vida. Oh! Que bom que o mundo é o auditório excelente que é!

Ora, o canal do jorro do cachalote, destinado fundamentalmente ao transporte de ar, cuja extensão, horizontal, cobre mais de um metro logo abaixo da superfície superior da cabeça e se posiciona um tanto para o lado — esse curioso canal é muito parecido com um duto de gás instalado em uma cidade de um dos lados de uma rua. Mas a questão permanece: esse duto de gás será também um duto de água? Em outras palavras: o esguicho do cachalote é o mero vapor do ar exalado, ou esse ar exalado está misturado à água aspirada pela boca e descarregada pelo espiráculo? Claro está que a boca se comunica indiretamente com o canal do jorro; mas não se pode provar que seja com o propósito de expelir água pelo espiráculo. Pois a maior necessidade de fazê-lo parece decorrer do fato de que, ao se alimentar, ele acidentalmente ingere água. Mas o alimento do cachalote está muito abaixo da superfície, e lá ele não pode bufar, ainda que quisesse. Além disso, caso observem com atenção e cronometrem com o relógio, vocês verão que, quando não incomodado, há um ritmo constante entre o tempo em que ele se ocupa de expelir seus jorros e os períodos normais de respiração.

Mas por que aporrinhar alguém com toda essa reflexão sobre o assunto? Pois fale! Você o viu jorrar; diga, então, o que é o jorro — você não consegue dizer o que é água e o que é ar? Meu caro senhor, neste mundo não é tão fácil resolver essas coisas prosaicas. Sempre achei as coisas prosaicas as mais complicadas. E quanto ao jorro da baleia, você poderia ficar parado na frente dele e mesmo assim continuar indeciso quanto ao que é exatamente.

Seu corpo central está escondido na leitosa névoa cintilante que o envolve — como, então, dizer com certeza se alguma água está misturada a ele, quando sempre que se está perto o bastante de uma baleia para ver seu jorro de perto ela se encontra em uma comoção prodigiosa, com água escorrendo em cascatas do corpo? E se em momentos como esse você julgar que de fato observou gotas de umidade no jorro, como é possível dizer que não passam de condensação do vapor? Ou que não são mais do que as gotas superficialmente alojadas na fissura do orifício do jorro, concavidade no cume da cabeça da baleia? Pois mesmo quando nada na paz de um meio-dia em um mar de calmaria, com a corcova acima da superfície ressecada pelo sol como a de um dromedário no deserto; mesmo em circunstâncias que tais, a baleia invariavelmente carrega uma pequena bacia de água na cabeça, assim como sob um sol forte você por vezes verá em uma rocha uma cavidade cheia de chuva.

Nem é de todo prudente para o caçador ficar muito curioso no que concerne à natureza precisa do jorro da baleia. Não lhe fará nada bem manter nele os olhos fitos ou aproximar dele o rosto. Não lhe será possível ir com um jarro a essa fonte, enchê-lo e levá-lo consigo. Pois mesmo ao entrar em leve contato com os fragmentos externos e vaporosos do jorro, o que não raro acontecerá, sua pele será febrilmente aguilhoada pela acidez da coisa que a fere. E conheço um marujo que, entrando em contato ainda mais próximo com o jorro — se levado a tanto por algum propósito científico, ou de qualquer outra espécie, não sei dizer —, teve a pele da bochecha e do braço esfolada. Daí que os baleeiros são da opinião que o jorro é venenoso e, por isso, tentam evitá-lo. Outra coisa; já ouvi dizer, e não tenho lá muita dúvida quanto a isso, que se o jorro lhe tocar os olhos, ele os cegará. A coisa mais sábia que o investigador pode fazer, portanto, assim como me parece, é não bulir com esse jorro fatal.

Isso não nos impede de formular hipóteses, ainda que não as possamos provar e consolidar. Minha hipótese é a seguinte: o jorro é pura e simplesmente névoa. E entre outras razões, a esta conclusão sou impelido por considerações que tocam a grande dignidade e sublimidade que é própria ao cachalote. Não o considero ser ordinário e raso, visto que é fato indiscutível que nunca é encontrado em águas de pouca profundidade ou próximo a praias — todas as outras baleias vez e outra o são. Ele é pesado e profundo. E estou convencido de que das cabeças de todos os seres profundos e pesados, como Platão, Pirro,[504] o Diabo, Júpiter, Dante e assim por diante, sempre se eleva certo vapor semivisível enquanto se ocupam do ato de pensar pensamentos profundos. Eu mesmo, enquanto escrevia um breve tratado sobre a Eternidade, tive a curiosidade de colocar um espelho diante de mim; e não demorou para que visse ali refletida uma curiosa e sutil ondulação na atmosfera sobre minha cabeça. A umidade constante do meu cabelo, enquanto mergulho em pensamentos profundos depois de seis xícaras de chá quente em meu sótão de telhas finas durante um meio-dia de agosto — creio que este é um argumento adicional para a suposição acima.

E com que nobreza se eleva nossa ideia do nebuloso prodígio que é esse monstro ao vê-lo vogar placidamente por um tranquilo mar tropical; sua vasta e pacífica cabeça coberta por um dossel de vapor, produto de incomunicáveis meditações, e esse vapor — como por vezes o veremos — glorificado por um arco-íris, como se o próprio céu imprimisse seu selo nos pensamentos da criatura. Pois, vejam, os arco-íris não visitam o ar puro — eles apenas irradiam vapor. E assim, vazando todos os nevoeiros cerrados das obscuras dúvidas de minha mente, intuições divinas vez por outra os atravessam, acendendo minha névoa com um raio celestial. E por elas agradeço a Deus; pois todos têm dúvidas; muitos negam; mas dúvidas ou negações, poucos as conhecem acompanhadas de intuições. Dúvidas de todas as coisas terrenas e intuições de algumas coisas celestiais; essa combinação não nos torna nem crentes, nem infiéis, mas produz um homem que olha a ambos com olhos equânimes.

---

504. Pirro de Élis (*c.* 360-270 a.C.) foi o primeiro filósofo cético, fundador de uma escola batizada com seu nome, o pirronismo. Viajou com Alexandre, o Grande, e teve contato com pensadores da Pérsia e da Índia, dos quais absorveu ideias que se consumaram na noção da impossibilidade do conhecimento da verdade de todas as coisas (acatalepsia), reduzidas da perspectiva do saber a sua aparência e verossimilhança.

86
A cauda

Outros poetas trinaram louvores ao olhar tranquilo do antílope e à bela plumagem do pássaro que jamais conhece pouso;[505] menos celestial, eu canto uma cauda.

Calculando que a cauda de um macho velho de grande porte comece naquele ponto do tronco onde este se estreita ao diâmetro aproximado do corpo de um homem, ela se estende, a considerar apenas sua superfície superior, por uma área de pelo menos cinco metros quadrados. De seu tronco redondo e compacto estendem-se duas palmas ou lobos largos, sólidos e achatados, que gradualmente se reduzem a uns dois centímetros de espessura. Na forquilha ou junção, essas palmas conhecem um pequeno ponto de união para, dali, afastarem-se à direita e à esquerda como asas, deixando um amplo espaço vazio entre elas. Não existe ser vivo em que o delineamento da beleza é mais primorosamente definido do que nas bordas em crescente dessas palmas. Em sua máxima expansão na baleia adulta, a cauda alcançará uma envergadura de mais de seis metros.

O membro em sua inteireza parece um denso leito entretecido de tendões soldados uns nos outros; abra-se nele uma incisão, porém, e se descobrirá que três estratos distintos o compõem: superior, médio e inferior. As fibras nas camadas superior e inferior são longas e horizontais; as intermediárias, muito curtas e transversais em relação às exteriores. Essa estrutura tripartite, entre outros elementos, confere força à cauda. Para o estudioso das antigas muralhas romanas,[506] a camada intermediária sugerirá um curioso paralelo com a fina camada de ladrilhos sempre intercalada com a pedra daquelas maravilhosas relíquias da Antiguidade e que, sem dúvida, tanto contribuem para a grande resistência de sua alvenaria.

---

505. Huma, ou o Pássaro do Paraíso, é uma criatura da mitologia persa que, segundo as lendas que o cercam, vivia em eterno voo.

506. As técnicas de construção das muralhas romanas consistiam na elevação de uma parede de argamassa (*opus caementicium*) feita de cal e cinza vulcânica à qual se prendiam blocos de pedra.

Mas como não bastasse esse vasto poder concentrado na tendinosa cauda, todo o volume do leviatã é trançado com uma urdidura e trama de fibras e filamentos musculares, que, passando por ambos os lados da lombar e descendo aos lobos, mistura-se discretissimamente a eles e contribui muito a seu poder; de modo que, na cauda, a incomensurável força confluente de toda a baleia parece concentrar-se num só ponto. Se a matéria pudesse ser aniquilada, a cauda teria condições de realizá-lo.

Não obstante, a incrível força que nela reside de forma alguma prejudica a graciosa flexibilidade de seus movimentos; nos quais a tranquilidade da infância meneia por meio de um titanismo de poder. Pelo contrário, esses movimentos extraem dessa junção sua mais assombrosa beleza. A verdadeira força nunca traz prejuízo à beleza ou à harmonia; antes, as confere; e em tudo quanto se caracterize por uma imponente beleza, a força estabelece íntimos laços com a magia. Remova do mármore do Hércules esculpido os firmes tendões que lhe parecem a ponto de estourar, e seu encanto desaparecerá. Quando o dedicado Eckermann[507] ergueu o lençol de linho que cobria o cadáver nu de Goethe, foi dominado pelo imenso peitoril do homem, que parecia um arco do triunfo romano. Quando Michelangelo dá forma humana a Deus Pai,[508] observe a robustez que Lhe imprime. E tudo quanto possam revelar do amor divino no Filho, os retratos delicados, cacheados e hermafroditas, nos quais sua ideia ganhou mais bem-sucedidos contornos; esses retratos, tão destituídos de toda força muscular, não sugerem poder algum senão seu negativo, afeminado, de submissão e resignação, o qual, segundo comumente aceito, constitui as próprias virtudes práticas de seus ensinamentos.

Tal é a elasticidade sutil do órgão de que estou tratando que, seja ele manejado de maneira recreativa, empenhada ou raivosa — quaisquer que sejam os humores em questão, suas flexões são invariavelmente marcadas por uma graça sem par. Nesse sentido, não há braço de fada capaz de transcendê-lo.

Cinco grandes movimentos lhe são próprios. O primeiro, quando usado como barbatana para locomoção; o segundo, quando usado como maça em batalha; o terceiro, de varrimento; o quarto, de batimento; e o quinto, de erguimento.

---

507. Johann Peter Eckermann (1792-1854) foi poeta e escritor alemão. É conhecido pela obra *Conversações com Goethe nos últimos anos de sua vida*, fruto de sua associação com Johann Wolfgang von Goethe (1749-1832).
508. O narrador refere-se aqui à representação de Deus no domo da capela Sistina, obra do pintor, escultor e escritor do Renascimento italiano Michelangelo (1475-1564).

Primeiro: horizontal em sua posição, a cauda do leviatã se aplica de maneira distinta das caudas das demais criaturas marinhas. Ela nunca se contorce. No homem ou no peixe, contorcer-se é sinal de fraqueza. Para a baleia, a cauda é o único meio de propulsão. Enrolada para a frente como um pergaminho por baixo do corpo e em seguida projetada para trás, é isso que confere à locomoção do monstro aquele impulso singular, como um arranco, ao nadar furiosamente. Suas nadadeiras dorsais servem unicamente para lhe dar direção.

Segundo: não deixa de ser significativo que, enquanto dois cachalotes em luta se valem apenas de cabeça e mandíbula um contra o outro, em seus conflitos com o homem ele usa, sobretudo, e não sem desprezo, a cauda. Ao golpear um bote, ele rapidamente recolhe os lobos, afastando-os da embarcação, e o golpe é infligido pelo retorno do membro à posição original. Se realizado sem obstruções, ao ar livre, especialmente se em movimento descendente em direção ao alvo, é um golpe simplesmente devastador. Não há costela de homem ou caverna de bote que lhe possa aguentar. Sua única salvação consiste em evitá-la; mas se o golpe vier lateralmente, com resistência da água, o resultado mais sério — em parte em razão da leve flutuabilidade do bote e da elasticidade de seus materiais — são uma caverna quebrada ou uma ou duas tábuas arrebentadas, um arranhão lateral, nada mais. Esses golpes submersos nos costados dos botes são tão frequentemente recebidos que são vistos como brincadeira de criança. Alguém rasga uma tira de camisa, e o buraco é tapado.

Terceiro: não sou capaz de demonstrar, mas tenho para mim que o sentido do tato da baleia se concentra na cauda; pois, a esse respeito, nela existe uma delicadeza igualada somente pela delicadeza da tromba do elefante. Esta delicadeza se coloca à mostra, em especial, no ato de varrer, quando com uma gentileza virginal a baleia, aplicando uma suave lentidão, move suas imensas palmas de um lado para o outro na superfície do mar; e se ela sentir não mais do que as suíças de um marinheiro, pobre marinheiro, com suíças e tudo. Mas que ternura nesse toque preliminar! Tivesse essa cauda algum poder preênsil, eu pensaria de pronto no elefante de Darmonodes,[509] que frequentava o mercado de flores e com educados meneios oferecia ramalhetes às donzelas, e então lhes acariciava a cintura. Por mais de uma razão, é uma pena que a cauda da baleia não possua essa virtude preênsil; pois ouvi falar de outro elefante que, quando ferido em combate, dobrou-se em si mesmo e extraiu com a tromba a lança que o ferira.

---

509. Não é possível verificar a origem do nome, mas há um elefante em *Moralia*, de Plutarco, que se apaixona por uma florista e acaricia seus seios com a tromba.

Quarto: navegando desprevenido por sobre a baleia na ilusória segurança de ermos mares solitários, é possível flagrá-la desobrigada da vasta corpulência de sua dignidade e, como um gatinho, brincando no oceano como se estivesse diante da lareira de uma sala de estar. Mesmo nessa circunstância, observa-se seu poder a se manifestar em suas brincadeiras. As largas palmas de sua cauda são abanadas ao alto; em seguida, atingindo a superfície, o golpe tonitruante ressoa por quilômetros. Passaria por sua cabeça se tratar de um imenso canhão disparado; e se vocês observassem a leve espiral de vapor do espiráculo em sua outra extremidade, pensaria ser a fumaça do ouvido da arma.

Quinto: uma vez que, na postura normal de flutuação do leviatã, as palmas ficam muito abaixo do nível das costas, elas permanecem sob a superfície completamente fora do alcance dos olhos; mas quando ele está prestes a mergulhar nas profundezas, as palmas inteiras da cauda, com seus pelo menos dez metros de envergadura, se erguem eretas no ar, e assim permanecem, a vibrar por um instante, até que de súbito mergulham e desaparecem de vista. Excetuando o sublime salto — a ser descrito noutro momento —, esse erguimento das palmas da baleia é talvez a mais grandiosa visão que se pode ter de toda a natureza animada. Das mais abissais profundezas, a cauda gigantesca parece num arroubo tocar o mais alto dos céus. Do mesmo modo, em sonhos, vi o majestoso Satanás erguendo sua atormentada garra colossal de entre as chamas do Báltico do Inferno. Ao contemplar essas cenas, porém, tudo dependerá de seu estado de humor: se lembrar o de Dante, demônios lhe ocorrerão; se lembrar o de Isaías, serão serafins.[510] Em meu turno no tope do mastro durante um nascer do sol que tingiu céu e mar de carmesim, avistei um grande cardume de baleias a leste, todas nadando em direção ao sol, e por um momento fazendo vibrar em concerto suas caudas erguidas. Como me pareceu na época, uma encarnação da adoração dos deuses nunca havia sido vista em toda a sua grandeza, mesmo na Pérsia, o lar dos adoradores do fogo. Como o testemunhou Ptolomeu Filópator diante do elefante africano, eu o testemunhei diante da baleia, e posso declará-la o mais devoto de todos os seres. Pois, segundo o rei Juba,[511] os elefantes

510. Isaías 6,2-3.

511. Ptolomeu Filópator (244-205 a.C.) é o quarto faraó ptolomaico, cuja ascendência remonta a Ptolomeu I, general de Alexandre, o Grande; Juba, por sua vez (provavelmente o primeiro do nome, 85-46 a.C.), foi rei da Numídia, região referente às atuais Argélia e Tunísia. Plínio, o Velho, em sua *História natural* — fonte mencionada por Melville —, trata de um comportamento ritualístico dos elefantes ante os corpos celestes, além de celebrar sua inteligência que, no reino animal, seria a que mais se aproxima da do homem. Não é possível, porém, estabelecer a fonte de Melville para esses comentários.

militares da Antiguidade frequentemente saudavam a manhã com as trombas erguidas no mais profundo silêncio.

A comparação fortuita neste capítulo, entre a baleia e o elefante, no que diz respeito a alguns aspectos da cauda de um e da tromba do outro, não deve tender a colocar esses dois órgãos opostos em igualdade, muito menos as criaturas às quais respectivamente pertencem. Pois assim como o elefante mais poderoso é um simples terrier diante do leviatã, em comparação com a cauda do leviatã sua tromba não é mais do que o talo de um lírio. O golpe mais terrível da tromba do elefante não difere do golpe brincalhão de um leque comparado ao incomensurável destroçar e destruir das formidáveis palmas do cachalote, que em repetidos casos, um após o outro, arremessou ao ar botes inteiros, incluindo remos e tripulação, de forma não distinta de um malabarista indiano que lança suas bolas.[512]

Quanto mais medito sobre essa cauda e seu poder, mais lamento minha incapacidade de dar-lhe expressão. Às vezes se reconhecem nela gestos que, embora confiram graça à mão do homem, permanecem totalmente inexplicáveis. Em um cardume extenso, tão notáveis são vez e outra esses gestos místicos que ouvi caçadores que os declararam semelhantes aos signos e símbolos maçons; que a baleia por esses métodos de fato trava contato inteligente com o mundo. Tampouco faltam, aos olhos de seu caçador mais experiente, outros movimentos no corpo geral da baleia inexplicáveis ou cheios de estranheza. Dissecá-lo então, como posso, senão superficialmente; não o conheço e nunca o conhecerei. Mas se não conheço nem mesmo a cauda dessa baleia, como entenderei sua cabeça? E ainda mais: como compreender seu rosto, se rosto ela não tem? Mostrar-te-ei as costas, a cauda, ela parece dizer, mas não o rosto.[513] Mas não consigo discernir-lhe por completo o dorso; e insinue ela o que for à guisa de rosto, eu de minha parte repito: rosto ela não tem.

512. Embora sejam absurdas todas as comparações em termos de massa geral entre a baleia e o elefante, visto que, nesse particular, o elefante tem quase o mesmo respeito pela baleia que um cachorro tem pelo elefante, não faltam pontos de curiosa semelhança entre ambos; dentre os quais está o jorro. É bem sabido que o elefante frequentemente puxa água ou poeira em sua tromba e, em seguida, elevando-a, expele-as em um jato. (N. A.)
513. Paródia de Jeremias 18,17: "Com vento oriental os espalharei diante da face do inimigo; mostrar-lhes-ei as costas e não o rosto, no dia da sua perdição".

87
A Grande Armada

A LONGA E ESTREITA PENÍNSULA de Malaca, estendendo-se a sudeste dos territórios de Burma, forma o ponto mais ao sul de todo o continente asiático. Em linha a partir da península, estendem-se as longas ilhas de Sumatra, Java, Bali e Timor; as quais, com muitas outras, formam um quebra-mar ou muralha que se alonga e liga longitudinalmente a Ásia à Austrália e separa o amplo e desimpedido oceano Índico dos arquipélagos orientais densamente juncados. A muralha em questão tem vários portões para a conveniência de navios e baleias; dentre os quais se destacam os estreitos de Sunda e Malaca. Pelo estreito de Sunda, sobretudo, os navios vindos do Ocidente com destino à China emergem nos mares da China.

Esse exíguo estreito de Sunda divide Sumatra e Java; e, instalado a meio caminho na vasta fortaleza de ilhas, reforçado pelo botaréu do intrépido promontório verde, conhecido pelos marinheiros como cabo de Java, tal estreito não corresponde minimamente à imagem de um portal central que se abra para algum vasto império murado: e a considerar a riqueza inesgotável de especiarias, sedas, joias, ouro e marfim que fazem o tesouro das mil ilhas daquele mar oriental, parece uma significativa provisão natural que tais tesouros, pela própria formação da terra, devessem ao menos dar a aparência, ainda que ineficaz, de estarem sendo guardados da ganância sem limites do mundo ocidental. As margens do estreito de Sunda não estão guarnecidas dos fortes imponentes que vigiam as entradas para o Mediterrâneo, o Báltico e a Propôntida. Ao contrário dos dinamarqueses, esses orientais não exigem a obsequiosa homenagem das velas de gávea baixadas da interminável procissão de navios que durante séculos, dia e noite, passaram de vento em popa entre as ilhas de Sumatra e Java, levando as mais preciosas cargas do Oriente. Mas, embora renunciem livremente a tais cerimônias, de forma alguma renunciam a seus direitos a tributos mais sólidos.

Desde tempos imemoriais, os paraus[514] piratas dos malaios, à espreita entre as enseadas e ilhotas umbrosas de Sumatra, atacam os navios que navegam

514. Barco tradicional malaio, comprido, estreito e de pouco calado.

pelo estreito, exigindo feroz tributo na ponta de suas lanças. Ainda que a audácia desses corsários tenha conhecido repressão nos últimos tempos, obra dos repetidos e sangrentos castigos que receberam das mãos de cruzadores europeus, mesmo nos dias de hoje ouvimos falar vez ou outra de embarcações inglesas e americanas que nessas águas foram abordadas e saqueadas sem dó nem piedade.

Com brisa forte, o *Pequod* aproximava-se então desses estreitos; era a intenção de Ahab atravessá-los rumo ao mar de Java e, dali, cruzar ao norte, com destino a águas conhecidas por serem frequentadas aqui e ali pelo cachalote, voar pelas imediações das costas filipinas e ganhar as imediações do distante Japão, a tempo da grande temporada de caça às baleias que ali tem lugar. Dessa forma, o *Pequod* varreria, em sua viagem de circum-navegação, praticamente todos os locais de cruzeiro do cachalote de que se tinha notícia no mundo antes de chegar ao Pacífico equatorial, onde Ahab, não obstante frustrado em toda parte em sua busca, contava firmemente em dar combate a Moby Dick nas águas mais conhecidamente frequentadas pela Baleia Branca — e em uma época em que se poderia presumir com algum grau de certeza de que lá estaria.

Mas como? Nessa busca por zonas, Ahab não fundeia em parte alguma? Sua tripulação mata a sede com ar? Ora, mas é claro que vai lançar âncora e fazer aguada... Não, não vai. Ora, já vai muito tempo que o sol percorre o picadeiro ardente de si mesmo sem que careça de qualquer sustento senão o que encontra em si. O mesmo vale para Ahab e o navio baleeiro. Observe-se o seguinte: enquanto outros cascos viajam carregados de material alheio a ser transportado a portos estrangeiros, o navio baleeiro percorre o mundo sem levar qualquer carga além do próprio casco e tripulação, suas armas e tudo quanto lhe seja necessário. O navio leva o conteúdo de um lago inteiro engarrafado no amplo porão; vai lastreado com o que lhe é útil, não com barras de chumbo e blocos de concreto que de nada mais servem. O navio baleeiro carrega anos de água dentro de si. A boa e límpida água de Nantucket, que, mesmo envelhecida três anos em um porão de navio, o marinheiro de Nantucket no Pacífico preferirá beber ao líquido intragável transportado em pipas direto de riachos do Peru ou da Índia. Daí que, enquanto outros navios fazem a rota Nova York-China, ida e volta, tocando em uma vintena de portos, o navio baleeiro, nesse mesmo período, muito possivelmente não terá avistado um grão de terra firme; assim como a tripulação não terá visto outros homens que não marinheiros flutuantes como eles. Por isso, se vocês lhes levarem a nova de que a terra foi inundada por outro dilúvio, eles apenas lhes responderão: "Pois bem, rapazes, aqui está a arca!".

Ora, uma vez que grande número de cachalotes havia sido capturado na costa ocidental de Java, nas proximidades do estreito de Sunda; de fato, como as cercanias eram em grande parte reconhecidas pelos pescadores como um excelente local para a caça; à medida que o *Pequod* avançava mais e mais pelo cabo de Java, os marinheiros nos postos de observação eram chamados e admoestados a manter olhos bem abertos. Mas embora os penhascos cobertos de verdes palmeiras logo se revelassem na proa de estibordo, e com narinas em êxtase o perfume da canela fosse sentido no ar, não se anunciava uma baleia sequer. Quase renunciando a qualquer ideia de topar com caça por ali, o navio estava a ponto de adentrar o estreito quando o costumeiro e alegre bordão foi ouvido do alto, e em pouco tempo fomos saudados com um espetáculo de singular magnificência.

É importante lembrar, neste ponto, que, em razão da incansável perseguição a que foram submetidos nos quatro oceanos nos últimos tempos, os cachalotes, em vez de quase invariavelmente se conservarem agrupados em pequenas companhias, como se dava outrora, agora são frequentemente encontrados em grandes cardumes, por vezes englobando tão grande multidão que é quase como se várias dentre suas nações tivessem fundado uma solene aliança de assistência e proteção mútuas. A essa reunião do cachalote em tão imensas caravanas pode-se imputar a circunstância de que, mesmo nas melhores regiões de cruzeiro, é possível navegar semanas e meses a fio sem ser saudado por um único jorro; e então de repente ser recebido pelo que às vezes parecem centenas de milhares.

Alargando-se pela proa a bombordo e estibordo, distante não mais do que duas ou três milhas, e formando um grande semicírculo, a abranger a metade da linha do horizonte, uma linha contínua de bufos de baleia se erguia e cintilava no ar do meio-dia. Diferentemente dos jorros retos da baleia-franca, perpendiculares e gêmeos, que, dividindo-se no topo, caem em dois ramos, como os galhos dobrados de um salgueiro, o jorro ereto do cachalote, levemente inclinado a vante, apresenta um emaranhado e grosso arbusto de névoa branca, subindo continuamente para cair a sotavento.

Avistada do convés do *Pequod*, então, quando este se ergueu sobre a alta colina de uma onda, a hoste de vaporosos jorros a se desfazer individualmente em arabescos no ar, observada através de uma atmosfera mesclada de névoa anil, assemelhava-se às milhares de alegres chaminés de alguma populosa metrópole, avistada, em uma amena manhã de outono, por algum cavaleiro no alto de uma colina.

Como exércitos em marcha que se aproximassem de um desfiladeiro hostil nas montanhas e acelerassem a marcha, com toda a aflição de deixar a perigosa passagem para trás e mais uma vez, então, se expandir em relativa segurança na planície — era assim que essa imensa frota de baleias parecia avançar apressada pelo estreito; contraindo gradualmente as asas de seu semicírculo e nadando num grupo mais compacto, mas ainda em meia-lua.

A toda vela, o *Pequod* seguia em seu encalço; os arpoadores preparavam suas armas e clamavam ruidosamente do alto dos botes ainda suspensos. Desde que o vento permanecesse forte, não tinham dúvida de que, perseguido através do estreito de Sunda, o vasto exército se colocaria em formação nos mares orientais unicamente para testemunhar a captura de não poucos dos seus. E quem poderia dizer se Moby Dick não estaria momentaneamente nadando naquela caravana, como o adorado elefante branco na procissão de coroação dos siameses! Assim, varredoura sobre varredoura desfraldada, navegamos, acossando os leviatãs que tínhamos à frente; quando, de repente, ouviu-se a voz de Tashtego, chamando nossa atenção em alto e bom som a algo em nossa esteira.

Equivalente ao crescente a vante, encontramos outro a ré. Parecia formado de vapores brancos isolados entre si, subindo e descendo um tanto quanto à maneira dos jorros das baleias. Restava apenas a diferença de que não iam e vinham por completo: pairavam, sim, constantemente, sem jamais desaparecer. Apontando a luneta àquilo que se via, Ahab girou em seu trado e anunciou: "Ó do alto, preparar moitões e baldes para encharcar as velas; malaios, senhor, e atrás de nós!".

Como estivessem já há muito espreitando atrás dos promontórios até que o *Pequod* tivesse adentrado o estreito, esses patifes asiáticos vinham em célere carreira, sobretudo para compensar a demora excessivamente cautelosa. A questão, porém, era que o próprio ligeiro *Pequod* se encontrava em veloz caçada — e com que gentileza esses morenos filantropos o ajudaram a acelerar sua própria demanda, fazendo-lhe as vezes de chicote e espora, e assim tudo se deu. Com a luneta debaixo do braço, Ahab caminhava de um lado para o outro, observando na ida os monstros que perseguia e contemplando na volta os piratas sanguinários que *o* perseguiam — e alguma ideia semelhante à descrita acima lhe ocorreu. E quando contemplou os altos muros verdes do desfiladeiro aquático que o navio atravessava, e lembrou-se de que depois daquele portão se encontrava a rota para sua vingança, e notou que, por aquele mesmo portão, era ele perseguidor e perseguido até seu fim mortal; e que não apenas isso, mas um bando de implacáveis piratas selvagens — demônios, ateus, desumanos! — vinha infernalmente em sua esteira incitando-o com imprecações; quando todas essas ideias lhe passaram pelo cérebro, o semblante de Ahab franziu e se fechou, como uma praia de areia negra depois de fustigada por alguma maré tempestuosa que, no entanto, não teve forças para arrancar do lugar o que ali havia de firme.

Mas pensamentos como esses preocupavam pouquíssimos membros da intrépida tripulação; e quando, depois de deixar os piratas cada vez mais à ré, o *Pequod* finalmente vogou a toda brida pelo verde vivo da ponta das Cacatuas, no lado de Sumatra, emergindo por fim nas vastas águas além; foi quando os arpoadores mais pareciam lamentar que o navio havia perdido terreno em relação às velozes baleias do que se alegrar pelo fato de o navio ter batido de forma tão acachapante os malaios. Mas ainda velejando no encalço das baleias, estas por fim pareceram diminuir a velocidade; aos poucos, o navio se aproximou delas; e com o vento arrefecendo, ordens foram transmitidas aos botes. Assim que o cardume, porém, por algum presumível e maravilhoso instinto do cachalote, recebeu a notícia de que três quilhas o perseguiam, embora ainda a uma milha de distância, ele se reuniu outra vez, cerrou fileiras e batalhões, de modo que seus jorros pareciam linhas cintilantes de baionetas erguidas, e avançou com velocidade redobrada.

Reduzidos a calças e camisas, demos tudo no freixo de nossos remos e, após várias horas de esforço nos botes, quase dispostos a renunciar à caça, uma comoção geral entre as baleias deu-nos um sinal alentador de que finalmente se encontravam sob a influência daquela estranha perplexidade da irresolução inerte que, quando os pescadores a percebem na baleia, dizem que está "sarapantada".[515] As compactas colunas marciais em que até então

515. *To gally* ou *gallow* [sarapantar] é assustar excessivamente — atordoar de medo. É uma antiga palavra saxã que tem uma única ocorrência em Shakespeare: "The wrathful skies/ Gallow the very wanderers of the dark/ And make them keep their caves" ["Os céus irados sarapantam/ mesmo a criatura que a noite escura habita/ e a fazem manter-se recolhida a seu covil"] (*Rei Lear*, Ato III, cena 2). No uso diário de terra firme, a palavra é hoje completamente obsoleta. Quando as educadas gentes de terra a escutam na voz do valente marinheiro de Nantucket, veem-se propensas a julgá-la como mais um dos barbarismos próprios dos baleeiros. O mesmo se passa com outros saxonismos viris do mesmo tipo, que emigraram à costa rochosa da Nova Inglaterra com a nobre fibra dos antigos emigrantes de Inglaterra nos idos do Commonwealth. Assim, algumas das melhores e mais antigas palavras do inglês — os Howards e Percys etimológicos — hoje estão por assim dizer democratizadas, plebeizadas, no Novo Mundo. (N. A., porém não publicada na primeira edição; foi escrita nas provas americanas a partir das quais a edição britânica foi impressa.)

haviam nadado com celeridade e constância se haviam desfeito em uma incomensurável debandada; e como os elefantes do rei Poro na batalha indiana com Alexandre,[516] pareciam enlouquecer de consternação. Em todas as direções, expandindo-se em vastos círculos irregulares e nadando sem rumo para um lado e para outro, com jorros curtos e grossos, elas traíam claramente sua confusão e pânico. Isso ficava ainda mais estranhamente evidenciado pelos indivíduos do cardume que, acometidos do que parecia ser uma completa paralisia, flutuavam impotentes como navios destroçados e já completamente inundados em alto-mar. Fossem esses leviatãs unicamente um rebanho de ovelhas perseguidas no pasto por três lobos ferozes, não teriam demonstrado tamanha inação. Mas esse temor ocasional é característica de quase todas as criaturas de redil. Embora se agrupem em dezenas de milhares, os búfalos do Oeste, com suas jubas dignas de leão, são capazes de sair em desabalada fuga ante um cavaleiro solitário. E como esquecer dos seres humanos, quando encurralados no cercado do fosso de um teatro: ao menor alarme de incêndio, correrão desordenadamente para as saídas, aglomerando-se, pisoteando-se, esmagando-se e lançando-se à morte sem o menor remorso. O melhor, portanto, é segurar o espanto diante das baleias estranhamente sarapantadas ao nos avistar, pois não há loucura de animais neste mundo que não seja infinitamente superada pela loucura do homem.

Embora muitas das baleias se encontrassem, como já foi dito, em violenta comoção, há de se observar que, como um todo, o bando não avançou, nem recuou, permanecendo coletivamente em um só lugar. Como é costume nesses casos, os botes se separaram de imediato, cada qual se dirigindo a uma baleia solitária nas franjas do baleal. Não levou três minutos até que o arpão de Queequeg fosse lançado; o peixe atingido ergueu borrifos d'água que nos atingiram os rostos e nos cegaram e, em seguida, desembestando em fuga conosco como luz, dirigiu-se diretamente para o meio do bando. Embora um tal movimento por parte da baleia atingida em tais circunstâncias não seja sem precedentes; sendo, em verdade, quase sempre mais ou menos antecipado, a situação que se apresenta é uma das mais perigosas da pesca. Pois enquanto o desabalado monstro o arrasta cada vez mais para o centro do baleal ensandecido, você diz adeus à vida contemplativa e passa a unicamente existir em uma roda-viva delirante.

---

516. Poro foi rei de Paurava, Estado outrora localizado no atual Punjab indiano. Poro é célebre por ter enfrentado Alexandre, o Grande, que o derrotou na batalha do rio Hidaspes, em 326 a.C. Segundo consta, impressionado pelas qualidades demonstradas por Poro, Alexandre o nomeou sátrapa (governador) da província recém-conquistada.

Enquanto, cega e surda, a baleia arrojava-se à frente, como quisesse unicamente pela força do movimento despescar-se da sanguessuga de ferro que se havia agarrado a ela; enquanto assim rasgávamos um talho leitoso no mar, ameaçados à direita e à esquerda, à medida que avançávamos, pelas criaturas enlouquecidas que se lançavam de um lado para outro em nosso entorno; nosso bote assim sitiado era como um navio cercado de ilhas de gelo em meio a uma tempestade, em luta para atravessar seus intrincados estreitos e canais sem saber em que momento poderia quedar imobilizado e esmagado.

Nem um pouco intimidado, porém, Queequeg foi intrépido na condução do remo de esparrela; ora nos esquivando com antecedência do monstro prestes a cruzar diretamente nosso caminho; ora se afastando com delicadeza de outro cujas palmas se encontravam suspensas ao alto, enquanto todo o tempo Starbuck permanecia de pé à proa, lança em punho, estocando para fora do nosso caminho todas as baleias que pudesse alcançar com lançamentos curtos, não havendo tempo para os longos. Os remadores também não estavam de todo ociosos, embora seu costumeiro dever fosse por ora totalmente dispensável. Ocupavam-se eles, sobretudo, da parte relativa à gritaria. "Dá área, ô comodoro!", gritou um na direção de um grande dromedário cujo corpanzil de repente emergiu à superfície e por um instante nos ameaçou afundar. "Calma com esse rabo aí!", gritou um segundo para o outro, que, perto de nossa amurada, parecia refrescar-se com toda a tranquilidade, abanando sua extremidade em leque.

Todos os botes baleeiros carregam uns instrumentos curiosos, originalmente inventados pelos índios de Nantucket, chamados drogues.[517] Dois quadrados grossos de madeira de igual tamanho são fortemente apertados um contra o outro, e assim toquem a superfície um do outro em ângulo reto; um cabo de comprimento passa então ao meio desse bloco, enquanto a outra extremidade da linha forma um laço, de modo que possa ser amarrada a um arpão a qualquer momento. O drogue é usado sobretudo com baleias sarapantadas. Pois em uma tal circunstância há mais baleias em entorno da companhia do que se é capaz de perseguir ao mesmo tempo. Cachalotes, porém, não são encontrados todos os dias; assim, enquanto lhe for possível, é necessário que você os mate na quantidade que puder. E se não pode matá-los todos de uma vez, é importante que os imobilize, para que possam ser mortos depois a seu tempo.

---

517. Optou-se pelo aportuguesamento da palavra, do inglês *drugg*, tal como presente no vocabulário baleeiro açoriano.

É por isso que, em momentos como o descrito, o drogue é requisitado. Nosso bote estava equipado com três deles. O primeiro e o segundo foram lançados com sucesso, e vimos as baleias em cambaleante fuga, agrilhoadas pela enorme resistência lateral do drogue a reboque. Tinham os movimentos restritos como criminosos presos à corrente e à bola. Ao arremessar o terceiro, porém, no ato de lançar ao mar o desajeitado bloco de madeira, este se prendeu a um dos assentos do bote e, em um instante, o arrancou e arrastou ao mar, deixando cair ao fundo do bote o remador que teve o assento puxado de sob si. De ambos os lados, o mar penetrava pelas tábuas avariadas, mas enfiamos duas ou três calças e camisas nas rachaduras e, assim, interrompemos temporariamente os vazamentos.

Teria sido praticamente impossível lançar os drogues não fosse o fato de que, à medida que adentramos o cardume, a velocidade de nossa baleia diminuiu em muito; ademais, à medida que nos afastávamos cada vez mais do epicentro da comoção, o horrendo desespero parecia arrefecer. De modo que, quando o arpão submetido a tamanhos arranques por fim se desprendeu da baleia, e esta que nos rebocava desapareceu sob nosso costado; então, com a força do ímpeto da partida diminuída, deslizamos entre duas baleias ao coração mais íntimo do cardume, como se das corredeiras de uma montanha tivéssemos adentrado um sereno lago em um vale. Aqui, ouviam-se as tempestades nas ruidosas ravinas entre as baleias mais distantes; no entanto, não as sentíamos. Nessa planície central, o mar apresentava a superfície lisa e acetinada, quase untuosa, produzida pelos delicados vapores expelidos pela baleia em seus mais tranquilos humores. Sim; estávamos naquela calmaria encantada que dizem se esconder no centro de todo turbilhão. Ainda à agitada distância avistávamos o tumulto dos círculos concêntricos externos e víamos sucessivos grupos de baleias, de oito ou dez membros, em velocíssimos giros, como em múltiplas parelhas de cavalos em um picadeiro; e tão próximas, ombro a ombro, que um titânico cavaleiro do circo poderia facilmente ter disposto as pernas em arco sobre as do meio e assim completar o circuito montado em seus dorsos. Em razão da densidade da multidão de baleias em repouso, as quais circundavam mais imediatamente o eixo do bando, nenhuma alternativa de fuga nos era oferecida. Cabia-nos permanecer atentos a uma brecha na muralha viva que nos cercava — muralha que nos admitira unicamente para nos trancar. Permanecendo no centro do lago, éramos vez e outra visitados por pequenas e dóceis fêmeas e baleotes — as mulheres e crianças da hoste desnorteada.

Ora, incluindo os eventuais e largos intervalos entre as órbitas externas e seu movimento, e incluindo os espaços entre os vários grupos em cada uma delas — a área abrangida por toda a multidão a essa altura devia contar pelo menos duas ou três milhas quadradas. De qualquer forma — embora, em verdade, um tal experimento em uma circunstância como essa possa ser dado a distorções —, de nosso bote baixo podíamos avistar jorros que pareciam surgir praticamente da linha do horizonte. Menciono essa circunstância pois, como se fêmeas e baleotes tivessem sido deliberadamente cerrados neste agrupamento mais interno; e como se a grande extensão do baleal até então os tivesse impedido de saber a causa exata de sua parada; ou, possivelmente, sendo tão jovens, broncas e, em todos os sentidos, inocentes e inexperientes — seja como for, essas baleias menores — de vez em quando se aproximando em visita de nosso bote em calmaria vindas da margem do lago — demonstravam um destemor e uma confiança assombrosos, ou então um pânico enfeitiçado diante do qual era impossível não quedar maravilhado. Como cães domésticos, vinham farejando à nossa volta, até próximo de nossas amuradas, e tocando-as; como se algum encanto as tivesse domesticado de repente. Queequeg deu tapinhas em suas testas; Starbuck roçou-lhes as costas com a lança; temeroso, porém, das consequências, por ora absteve-se de lançá-la.

Mas muito abaixo daquele maravilhoso mundo da superfície, ao olhar para fora de nossas amuradas, deparamo-nos com outro mundo ainda mais extraordinário. Pois, suspensas naquelas abóbadas marinhas, flutuavam as formas das madrijas lactantes, e daquelas que, pela extensão de sua cintura, pareciam prestes a conhecer a maternidade. O lago, como já se pode compreender, era de profundidade considerável, excessivamente transparente; e do mesmo modo que os bebês humanos mirarão calma e fixamente para longe do seio da mãe enquanto mamam, como se estivessem levando duas vidas diferentes ao mesmo tempo; e como se obtivessem o alimento da vida que perece[518] e ainda se regalassem espiritualmente de alguma reminiscência sobrenatural: da mesma forma, os filhotes dessas baleias pareciam olhar em nossa direção, mas não para nós, como se não passássemos de sargaço para seus recém-nascidos olhos. Flutuando sobre os flancos, as mães também pareciam nos mirar em silêncio. Uma dessas criancinhas, que a ver por estranhíssimos indícios mal nos sugeria

518. O narrador tem aqui por fundo João 6,27, versículo em que o apóstolo diferencia o alimento da vida mortal do alimento da alma: "Trabalhai não pela comida que perece, mas pela comida que permanece para a vida eterna, a qual o Filho do Homem vos dará, porque a este o Pai, Deus, o selou".

ter um dia de vida, parecia medir cerca de quatro metros de comprimento e dois de circunferência. Era um tanto alegre e brincalhona; embora seu corpo mal parecesse recuperado daquela posição desagradável que ocupara ainda recentemente na bolsa materna; onde, cauda com cabeça, e pronta para o salto final, a baleia não nascida permanece dobrada como o arco de um tártaro. As delicadas nadadeiras laterais e as palmas da cauda ainda conservavam a virginal aparência enrugada e amarrotada das orelhas de um bebê que acaba de chegar ao mundo de desconhecidas paragens.

"Linha! Linha!", gritou Queequeg, olhando por cima da amurada. "Ela trancada! Ela trancada! Quem linhar! Quem atacou? Duas baleias; uma grande, uma pequena!"

"Que te aflige, homem?", exclamou Starbuck.

"Olhar ali", respondeu Queequeg, apontando para as profundezas.

Assim como quando a baleia trancada, que da selha puxou centenas de braças da linha e que, depois de profundo mergulho, vem mais uma vez à tona e mostra o cabo frouxo subindo e espiralando em direção ao ar, Starbuck via então as longas voltas do cordão umbilical de madame leviatã, pelos quais o jovem filhote parecia ainda preso à mãe. Não raro, nos repentinos acidentes da caça, esse cabo natural, já solto da extremidade materna, enreda-se no cabo de cânhamo, de modo que o filhote assim fica preso. Alguns dos mais recônditos segredos dos mares se nos pareciam revelar naquele lago encantado. Vimos os amores do jovem leviatã nas profundezas.[519]

E assim, embora rodeadas por círculos e círculos de tumulto e terror, essas inescrutáveis criaturas no centro entregavam-se livre e destemidamente a todos os pacíficos afazeres; sim, regalando-se serenamente em prazeres e

---

519. O cachalote, como com todas as outras espécies do leviatã, mas diferentemente da maioria dos outros peixes, se reproduz a despeito da estação; após uma gestação que se pode talvez fixar em nove meses, trazendo ao mundo apenas um rebento por vez; embora em alguns poucos casos conhecidos dê à luz um Esaú e um Jacó: contingência que se resolve na amamentação por duas tetas, curiosamente situadas uma de cada lado do ânus; embora o peito se estenda dali para cima. Quando por acaso essas preciosas partes de uma baleia lactante são cortadas pela lança do caçador, o leite e o sangue derramados da mãe mancham o mar por braças a perder de vista. O leite é muito doce e gorduroso; foi provado pelo homem; pode cair bem com morangos. Quando transbordam de mútua estima, as baleias saúdam-se *more hominum*. (N. A.)
[Comentários à nota: 1) Filhos de Isaac e Rebeca, Esaú e Jacó são irmãos gêmeos. Nascido em primeiro lugar do ventre de sua mãe, Esaú guarda o direito da primogenitura; no entanto, em uma barganha com seu irmão, cede sua condição a Jacó, o que confere a este os privilégios da autoridade patriarcal sobre a família. 2) *More homimum*: como humanos. 3) O período de gestação do cachalote varia entre catorze e dezesseis meses.]

deleites. O mesmo vale para mim mesmo, que não obstante os furacões atlânticos do meu ser, em meu cerne ainda me divirto sempre em silenciosa calma; e enquanto planetas ponderosos de infortúnio orbitam em meu entorno, em minhas profundezas terrestres ainda me banho na mansidão eterna da alegria.

Entrementes, enquanto permanecíamos em transe, os esporádicos e súbitos espetáculos frenéticos a distância davam notícia da atividade dos outros botes, ainda dedicados ao lançamento dos drogues nas baleias que nadavam nas franjas da hoste; ou dando sequência à guerra dentro do primeiro círculo, onde podiam tirar vantagem da abundância de espaço e de alguns retiros acessíveis. Mas a visão das enfurecidas baleias presas aos drogues, vez e outra disparando às cegas e cruzando os círculos, nada era quando comparada ao que por fim surgiu ante nossos olhos. Às vezes, é costume, quando se tranca uma baleia de poder e agilidade acima da média, procurar feri-la, por assim dizer, rompendo-lhe ou rasgando-lhe o gigantesco tendão da cauda. Isso se faz lançando mão de uma cortadeira de cabo curto, à qual se pende uma corda para que o instrumento seja puxado de volta. Uma baleia ferida na dita região (como depois se soube), mas não de forma eficaz, ao que parecia, havia se soltado do bote carregando consigo metade da linha do arpão; e na extraordinária agonia do ferimento, se arrojava contra os círculos em movimento como o solitário e desesperado Arnold sobre seu cavalo, na batalha de Saratoga,[520] carregando o horror aonde quer que fosse.

Porém, por mais aflitiva que já se apresentasse a ferida dessa baleia, bem como terrível o espetáculo que proporcionava, o horror peculiar que ela parecia inspirar ao resto do cardume se devia a uma causa que, a princípio, à média distância em que nos encontrávamos, não nos era possível vislumbrar. Por fim, percebemos, contudo, que por um dos inimagináveis acidentes da pescaria essa baleia havia se enroscado à linha do arpão que rebocava, e não só — ela também havia fugido com a cortadeira enfiada na carne; e enquanto a ponta livre do cabo preso à cortadeira se prendeu às braças da linha do arpão que se

---

520. Benedict Arnold (1741-1801) foi um oficial militar norte-americano da Guerra de Independência, granjeando a confiança de George Washington e chegando ao posto de general antes de trair seu exército e debandar para o lado britânico, em 1780. Depois de ter liderado as tropas britânicas contra soldados que ele próprio comandara, tornou-se a própria personificação da traição na história norte-americana. Durante as duas Batalhas de Saratoga (1777), ainda do lado norte-americano, demonstrou grande bravura ao desobedecer às ordens de seu comandante, durante a segunda parte do embate, e ir ao campo de batalha para liderar ataques contra as defesas britânicas, o que lhe rendeu um grave ferimento na perna esquerda.

enrolava em sua cauda, a própria cortadeira se soltou, de forma que, levada pela dor às raias da loucura, a baleia se agitava na água, batendo com violência a cauda flexível e lançando a arma afiada sobre si, ferindo e assassinando seus próprios companheiros.

O terrível objeto pareceu despertar todo o rebanho de seu susto paralisante. Primeiro, as baleias que formavam a margem do nosso lago começaram a se agrupar pouco a pouco e a subirem umas sobre as outras, como se levantadas por ondas quase extintas vindas de longe; em seguida, as águas do lago se elevaram e encresparam levemente; os aposentos nupciais e os berçários submarinos desapareceram; em órbitas cada vez mais contraídas, as baleias nos círculos mais centrais passaram a nadar em grupos cada vez mais adensados. Sim, a longa calma se desfazia. Logo passamos a ouvir um murmúrio baixo, que se aproximava; e então, como acontece com as convulsionadas massas de blocos de gelo quando o grande rio Hudson irrompe na primavera, toda a hoste de baleias abalou contra o centro interno, como se montando umas sobre as outras formassem uma só montanha. Starbuck e Queequeg trocaram de lugar instantaneamente, com Starbuck assumindo a popa.

"Dobrar remos! Dobrar remos!", exclamou ele em sussurros intensos, enquanto tomava o leme. "Aferrem-se a seus remos, não se desprendam de suas almas! Por Deus, homens, preparem-se! Empurre-a, Queequeg... a baleia aí!... lancete-a!... acerte-a! Levante-se... levante-se e fique assim! Remem, homens... remem; esqueçam as suas costas!"

O bote se encontrava agora quase prensado entre dois grandes maciços negros, restando um exíguo e longo Dardanelos entre eles. Mas, por um esforço desesperado, por fim nos enfiamos por uma abertura temporária; ganhando terreno sem demora e, ao mesmo tempo, procurando com atenção redobrada por uma nova saída. Depois de atravessar muitas dessas passagens não muito mais largas do que um fio de cabelo, deslizamos depressa para o que havia sido um dos círculos externos, agora cruzado por baleias desgarradas, todas se encaminhando violentamente ao centro. Essa bem-aventurada salvação custou a bagatela da perda do chapéu de Queequeg, que, enquanto estava de pé na proa para lancetar as baleias fugitivas, o teve arrancado de sua cabeça pela lufada produzida pelo abanar próximo e repentino de um par de largas palmas.

Tumultuada e caótica, a assuada universal logo se transformou no que parecia um movimento sistemático; por terem finalmente se reunido em um só corpo compacto, elas então recobraram a fuga com rapidez ainda maior.

Era inútil voltar à perseguição; os botes ainda se demoravam na esteira que o cardume deixava para apanhar as baleias presas aos drogues que porventura ficassem para trás e, igualmente, proteger uma que Flask havia matado e marcado. A marca consiste em uma vara com uma flâmula presa à ponta, duas ou três das quais são levadas por cada bote; e que, quando há mais caça a perseguir, são inseridas eretas no corpo flutuante de uma baleia morta, tanto para sinalizar sua posição no mar quanto como sinal de posse anterior, caso botes de qualquer outro navio se aproximem.

O resultado dessa arriada foi um tanto ilustrativo daquele ditado sagaz da pescaria: quanto mais baleias, menos pesca. De todas as baleias presas com drogues, apenas uma foi capturada. As demais foram capazes de fugir por algum tempo, mas apenas para serem levadas, como veremos a seguir, por outra embarcação que não o *Pequod*.

88
Escolas e mestres-escolas

O CAPÍTULO ANTERIOR TRAZ um relato de um imenso corpo ou rebanho de cachalotes, assim como também dá a provável causa dessas vastas reuniões de baleias.

Ora, embora esses rebanhos sejam vez e outra confrontados, mesmo nos dias de hoje, como já se viu, pequenos grupos isolados são eventualmente avistados, contando de vinte a cinquenta indivíduos cada. Esses bandos são conhecidos como escolas.[521] Via de regra, são de dois tipos; os formados quase inteiramente de fêmeas e os que reúnem nada além de machos jovens e vigorosos, ou bulos, como são familiarmente nomeados.

Ao serviço cavalheiresco da escola feminina, invariavelmente se encontra um macho maduro, mas não entrado em anos, que, ao menor sobressalto, dá azo a sua bravura assumindo a retaguarda e protegendo a fuga de suas damas. Em verdade, o mencionado senhor é um lascivo otomano, que nada pelas águas deste mundo cercado de todos os carinhos e confortos do harém. O contraste entre o dito otomano e suas concubinas impressiona; pois, embora aquele seja sempre dotado das maiores proporções leviatânicas, as damas, mesmo em idade adulta, não têm mais do que um terço das dimensões de um macho de médio porte. Em comparação, elas são de fato delicadas; ouso dizer que não ultrapassam seis metros de cintura; não se pode negar, porém, que de modo geral a hereditariedade as qualifica ao *en bon point*.

É muito curioso observar esse harém e seu senhor em suas indolentes perambulações. Como gente fina e elegante, estão sempre em movimento, numa busca sem atropelos pela variedade. É possível encontrá-los alcançando a zona equatorial a tempo de experimentar o pleno florescer da temporada de alimentação, recém-chegados, talvez, de um verão nos mares do Norte, onde evitam todo o estupor e calor desagradáveis da estação. Depois de praticado o footing

521. No original, *school*, termo comum para o que em português chamamos de "cardume". O capítulo, porém, estrutura-se a partir de seu sentido de "escola". Daí a impossibilidade de fugir a uma tradução literal do termo.

de uma ponta à outra da grande avenida equatorial, seguem rumo a águas mais orientais, antecipando ali o início da estação fresca e resguardando-se, desse modo, de outras temperaturas excessivas do ano.

No sereno decorrer de qualquer uma dessas viagens, caso alguma coisa estranha ou suspeita venha a se manifestar, o senhor cetáceo não tira os olhos da família curiosa. Se algum jovem leviatã de injustificável atrevimento lhe cruza o caminho e ousa se aproximar em sigilo de uma das damas, com que prodigiosa fúria o paxá o ataca e afasta! Ora, que tempos são esses, é verdade, em que jovens libertinos sem qualquer princípio se dão ao atrevimento de invadir a bem-aventurada santidade de um lar; embora, a despeito do que o paxá faça, não haverá como manter o mais notório Lotário[522] longe de sua cama; pois, ai!, todos os peixes compartilham uma só cama. Em terra, as damas costumam ser a razão dos duelos mais renhidos entre admiradores rivais; o mesmo vale para as baleias, que por vezes incorrem em confrontos mortais, e tudo em nome do amor. Valem-se dos sabres de suas longas queixadas, às vezes as travando uma contra a outra, em uma luta pela supremacia na qual não diferem de dois alces em guerra com os chifres enroscados uns nos outros. Não poucas são capturadas com as cicatrizes profundas desses encontros — sulcos na cabeça, dentes quebrados, nadadeiras rasgadas e, em alguns casos, mandíbulas torcidas e deslocadas.

Mas supondo que o invasor da felicidade doméstica fuja à primeira investida do senhor do harém, então é muito curioso observar esse senhor. Com gentileza de movimento, ele insinua o corpanzil entre as concubinas e ali se regozija por algum tempo, ainda na proximidade provocadora do jovem Lotário, como o piedoso Salomão[523] em devota adoração entre suas mil mulheres. Uma vez que outras baleias estejam à vista, os pescadores raramente perseguirão esses grão-turcos, pois são portadores de força prodigiosa e, portanto, de pouca untuosidade. Quanto aos rebentos que geram, ora, esses filhos e filhas contarão apenas consigo mesmos; ou no máximo com a ajuda materna. Pois, a exemplo de outros amantes errantes de apetite voraz, que poderiam perfeitamente ter seu nome a descoberto, meu senhor cetáceo não é tão dado ao berçário quanto à alcova; e desse modo, sendo grande viajante, vive a gerar sua prole anônima mundo afora; cada bebê, um estranho. A seu tempo, entretanto,

---

522. Lotário é nome que sugere um inescrupuloso sedutor de mulheres. Baseia-se num personagem de "O curioso impertinente", conto inserido em *O engenhoso cavaleiro D. Quixote de la Mancha*, de Miguel de Cervantes (1605).

523. Segundo 1 Reis 11,3, Salomão teve setecentas esposas oficiais e trezentas concubinas.

quando arrefece o fogo da juventude; no acumular de anos e lutas; e a reflexão lhe empresta sisudas pausas; em suma, quando uma lassidão geral toma conta do saciado turco; então, o amor pelas donzelas dá lugar ao amor ao bem-estar e à virtude; nosso otomano adentra o quartel de impotência, arrependimentos e aconselhamentos da vida, renuncia e desfaz o harém e torna-se uma boa alma, exemplar e casmurra, a vagar sozinho entre paralelos e meridianos realizando suas orações e admoestando cada jovem leviatã de seus erros amorosos.

Ora, assim como o harém das baleias é chamado pelos pescadores de escola, o senhor e mestre dessa escola é tecnicamente chamado de mestre-escola. Logo, não é em sentido estrito, não obstante a admirável sátira nele implicada, que, depois de frequentar a escola, ele saia mundo afora não para inculcar as boas lições que dela recebeu e sim as más. Seu título, mestre-escola, seria uma perfeita derivação do nome que se aplica ao próprio harém; há, no entanto, quem conjecture que o homem que primeiro conferiu tal honraria a essa espécie de baleia otomana era leitor das memórias de Vidocq[524] e mais do que ciente do tipo de mestre-escola rural que esse famoso francês fora nos idos de sua juventude e da natureza das ocultas lições que ministrava a alguns de seus pupilos.

O isolamento e reclusão ao qual se recolhem os mestres-escolas em idade avançada é verdadeiro para todos os cachalotes idosos. Um macho velho — como é chamado o leviatã solitário — quase universalmente se prova uma baleia anciã. Como o venerável Daniel Boone,[525] com sua barba musgosa, o macho velho só conhece a Natureza por companhia; com ela celebra bodas no grande sertão dos mares; e ela é a melhor das esposas, embora depositária de uns tantos segredos merencórios.

As escolas compostas apenas de machos jovens e vigorosos, às quais fiz menção há pouco, oferecem um forte contraste com as escolas-harém. Enquanto as baleias fêmeas são particularmente assustadiças, os jovens machos, ou bulos de quarenta barris, como são conhecidos, são de longe os mais belicosos de todos os leviatãs e, proverbialmente, os mais perigosos de se enfrentar, exceção

---

524. Em suas *Mémoires de Vidocq* (1828), Eugène François Vidocq (1775-1857), afamado detetive e criminologista de vida acidentada, iniciada no crime, aborda suas histórias de sedução de jovens moças estudantes, as quais mormente terminavam em duelos armados. Em razão de uma dessas disputas, Vidocq foi encarcerado por um ano, uma de suas muitas prisões.

525. Daniel Boone (1734-1820) foi um pioneiro norte-americano, responsável pelo desbravamento da região do Kentucky, ocupada por nações indígenas hostis à ocupação de colonos brancos. Sua vida é cercada de folclore, à medida que foi assimilada ao mito do *frontiersman*, indivíduo refratário à civilização, que busca sua liberdade na solidão e na construção de meios de subsistência na natureza.

feita àquelas maravilhosas baleias grisalhas que por vezes se encontram — e estas lutarão com você como um demônio cruel e desesperado das dores de uma gota punitiva.

As escolas dos bulos de quarenta barris são maiores do que as escolas-harém. Como uma turba de jovens universitários, transpiram luta, diversão e traquinagem, dando voltas ao mundo num ritmo tão gaiato e sem juízo que nenhum tutor em sã consciência lhes daria guarida mais do que o faria com um rapaz rebelde em Yale ou Harvard. No entanto, esses bulos não tardam a deixar os dias de balbúrdia para trás e, quando chegam a seus três quartos de tamanho, seguem seu próprio caminho e saem solitários em busca de sossego, isto é, de um harém.

Outro ponto de diferença entre as escolas masculina e feminina é ainda mais característico dos sexos. Digamos que seu arpão tranque um bulo de quarenta barris — pobre-diabo! Todos os camaradas o abandonam. Acerte, por sua vez, um membro da escola-harém, e as companheiras logo começam a nadar ao redor da amiga em sinal de grande preocupação, às vezes se demorando tão próximas dela e por tanto tempo que elas próprias se fazem presa.

89
Peixe-preso e peixe-solto

A ALUSÃO ÀS MARCAS e seus paus flamulados em capítulo anterior exige que tratemos de forma ainda que breve das leis e regulamentos da baleação, dos quais se pode considerar a marca o grande símbolo e insígnia.

Ocorre com frequência que, quando vários navios navegam em companhia, uma baleia seja trancada por uma embarcação e, em seguida, despescar-se para ser por fim morta e capturada por outra; e uma tal situação aponta, por sua vez, a muitas outras contingências menores, todas partilhando de idêntica circunstância. Por exemplo: após cansativa e perigosa perseguição e captura de uma baleia, o corpo pode se soltar do navio em razão de uma violenta tempestade e, flutuando a sotavento, acaba recapturado por um segundo baleeiro, que, em uma calmaria, a reboca e prende confortavelmente ao costado, sem risco de vida ou linha. Desse modo, as disputas mais violentas e detestáveis entre pescadores frequentemente ocorreriam se não houvesse uma lei, escrita ou tácita, universal, consolidada e aplicável a quaisquer casos.

Talvez o único caso de código formal de baleação autorizado por decreto legislativo seja o holandês. Foi aprovado pelos Estados Gerais[526] no ano de 1695 d.C. Mas embora nenhuma outra nação disponha de lei escrita sobre a pesca baleeira, os caçadores americanos têm sido seus próprios legisladores e advogados no assunto. Eles estabeleceram um sistema que, em sua concisão e abrangência, ultrapassa o Digesto de Justiniano e as Leis e Ordenanças da Sociedade Chinesa para a Supressão de Interferência em Negócios Alheios.[527] Exatamente: essas leis podem ser gravadas em um *farthing* dos idos da rainha Ana[528] ou na barba de um arpão e usadas em volta do pescoço, de tão breves que são.

---

526. Órgão legislativo dos Países Baixos.
527. O Digesto é uma compilação de jurisconsultos clássicos que pertence à Suma Completa dos Direitos dos Romanos, o conjunto de cinquenta volumes organizado sob as ordens do imperador bizantino Justiniano I (482-565) com o intuito de normalizar as normas jurídicas de seu império. As Leis e Ordenanças da Sociedade Chinesa para a Supressão de Interferência em Negócios Alheios são uma piada do narrador.
528. Moeda inglesa, no valor de um quarto de penny. No século XVIII, a moeda trazia a efígie da rainha Ana da Inglaterra (ver nota 457).

I. Um peixe-preso pertence ao grupo que o prendeu.

II. Um peixe-solto torna-se artigo de caça para qualquer um que possa capturá-lo mais depressa.

Mas o que faz mal a esse código magistral é sua admirável brevidade, que exige vasto volume de comentários para explicá-lo.

Primeiro: O que é um peixe-preso? Vivo ou morto, um peixe se encontra tecnicamente preso quando conectado a navio ou bote tripulado por qualquer meio sob o controle de seu ocupante ou ocupantes — mastro, remo, calabrote, cabo telegráfico, fio de teia de aranha, não importa. Da mesma forma, um peixe está tecnicamente preso quando carrega marca ou qualquer outro símbolo reconhecido de posse; contanto que o grupo que o marcou demonstre claras condições de içá-lo ao costado a qualquer momento, bem como sua intenção de fazê-lo.

Estes são comentários científicos; os comentários dos próprios baleeiros, por sua vez, consistem não raro de duras palavras e ainda mais duros golpes — uma espécie de *Coke-upon-Littleton* do punho.[529] É verdade que, entre baleeiros de maior dignidade e integridade, concessões sempre são feitas em casos específicos, em que configuraria ultrajante injustiça moral de uma parte reivindicar a posse de uma baleia anteriormente perseguida ou morta por outra. Mas outros não são tão escrupulosos.

Há cerca de cinquenta anos, houve um caso curioso de ação de reintegração de posse de baleia em debate na Inglaterra, no qual a acusação alegava que, depois de difícil perseguição a uma baleia nos mares do Norte; e durante a qual, em verdade, a parte acusadora logrou trancar o peixe; ela por fim, sob perigo de vida, viu-se obrigada a abandonar não só as linhas como o próprio bote. Posteriormente, os réus (a tripulação de outro navio) encontraram a baleia, prenderam-lhe os ferros, mataram-na, capturaram-na e por fim dela se apropriaram diante dos próprios olhos da acusação. E diante dos protestos dos querelantes, seu capitão não só fez pouco como lhes assegurou que, segundo a liturgia relacionada ao ato que havia praticado, ele permaneceria em posse de linha, arpões e bote da acusação, que na ocasião da captura se encontravam presos à baleia. Donde os querelantes então instauravam processo com vistas à recuperação do valor de sua baleia, linha, arpões e bote.

---

529. *Coke-upon-Littleton* designa tradicionalmente um importante comentário do jurista Sir Edward Coke (1552-1634) sobre as leis de propriedade britânicas consolidadas pela primeira vez no trabalho de Thomas de Littleton (1407-81).

O sr. Erskine era o advogado de defesa; lorde Ellenborough, o juiz.[530] No decorrer da defesa, o engenhoso Erskine adotou a estratégia de ilustrar sua posição aludindo a um recente caso de infidelidade conjugal, em que um cavalheiro, depois de vãs tentativas de refrear o caráter vicioso da esposa, por fim a abandonou nos mares da vida; mas, no decorrer dos anos, julgando ter dado um mau passo, instaurou ação para recobrar-lhe a posse. Erskine estava do outro lado; e então argumentou dizendo que, embora o cavalheiro tivesse originalmente trancado a senhora e por algum tempo a mantido presa, tendo-a abandonado unicamente pela grande aflição movida por sua crueldade; ao abandoná-la, porém, fizera dela peixe-solto e, portanto, quando um novo cavalheiro lhe fincasse as barbas do arpão, a dita senhora então se tornaria propriedade do mencionado cavalheiro, juntamente com qualquer arpão que nela pudesse porventura ter encontrado.

Ora, no presente caso, Erskine sustentou que os exemplos da baleia e da senhora eram reciprocamente ilustrativos um do outro.

Uma vez ouvidas as considerações de acusação e defesa, o muito erudito juiz assim decidiu, a saber: que, quanto ao bote, era mister ser restituído à acusação, uma vez que os querelantes o haviam abandonado com o único intuito de salvar as próprias vidas; mas que no tocante à controversa baleia, bem como aos arpões e à linha, esses pertenciam aos réus — a baleia, por ser peixe-solto ao momento da captura final; e os arpões e a linha porque quando, ao momento de sua escapada, ele (o peixe) tornou-se proprietário dos mencionados artigos —; donde qualquer pessoa que subsequentemente tomasse posse do peixe tivesse seu direito estendido a eles. Ora, os réus tomaram posse subsequente do peixe; *ergo*, sua posse estendia-se aos artigos supracitados.

Um leigo, ao examinar a decisão do muito erudito juiz, quiçá lhe faça objeções. Mas reduzindo a questão ao essencial, os dois grandes princípios estabelecidos nos artigos geminados das leis da baleação anteriormente mencionados, e aplicados e elucidados por lorde Ellenborough no caso supracitado; nessas duas máximas que tocam ao peixe-preso e ao peixe-solto serão encontrados — sim, reflitamos — os fundamentos de toda a jurisprudência humana; pois, não obstante o intrincado rendilhado da escultura, o Templo da Lei, como o Templo dos Filisteus,[531] tem apenas duas colunas em que se apoiar.

530. O caso é verídico e tem por fonte Scoresby.

531. O Templo dos Filisteus era um templo pagão dedicado ao deus Dagom, destruído por Sansão a partir da demolição de seus pilares centrais (Juízes 16,23-31).

Não é ditado popular que a posse é metade da lei — isto é, independentemente de como a coisa veio a ser possuída? Muitas vezes, porém, a posse é toda a lei. O que são os tendões e as almas dos servos russos e os escravos desta república senão peixe-preso, em relação aos quais a posse é toda a lei? Para o senhorio rapace, o que é o último vintém da viúva senão um peixe-preso? O que é aquela discreta mansão do vilão em mármore com uma placa na porta — o que é a placa senão marca, o que é a mansão senão um peixe-preso? Qual é o juro desastroso que Mardoqueu, o agiota,[532] recebe do pobre Tristão,[533] o falido, a partir de um empréstimo para manter a família de Tristão livre da fome; o que é esse juro desastroso senão um peixe-preso? O que é a renda de cem mil libras do arcebispo de Salva-almas, confiscada ao pão e queijo escassos de centenas de milhares de trabalhadores miseráveis (aos quais já está reservado um lugar no céu a despeito da ajuda da Igreja) — o que são essas cem mil libras redondas senão um peixe-preso? O que são as cidadelas e aldeias hereditárias do duque de Dunder[534] senão peixe-preso? O que é a pobre Irlanda para aquele famigerado arpoador, John Bull, senão um peixe-preso? O que é o Texas para aquele apostólico lanceiro, irmão Jonathan,[535] senão um peixe-preso? E em relação a todas essas coisas, a posse não é toda a lei?

Mas se a doutrina do peixe-preso tem aplicação geral, a doutrina similar do peixe-solto o é ainda mais amplamente. Tem aplicação internacional e universal.

O que era a América em 1492 senão um peixe-solto, no qual Colombo fincou o estandarte espanhol como marca de forma a garantir-lhe a posse a seu rei e

---

532. Mardoqueu (ou Mordecai) é o pai adotivo de Ester, que se tornou rainha na Pérsia, o maior império da época. Aqui, ele marca o estereótipo do judeu.

533. Woebegone, no original, que significa "de aparência miserável ou triste".

534. Provável figura satírica para personificar o escocês.

535. John Bull é a personificação nacional do Reino Unido, similar à do Jonathan norte-americano. À época da publicação de *Moby Dick*, a Irlanda vivia sob o jugo inglês um de seus mais dramáticos momentos históricos, a Grande Fome (1845-9), período no qual uma praga que infestou as plantações de batatas de toda a Europa (tubérculo que era a base da alimentação de um terço da população irlandesa) e as políticas desastrosas da Coroa britânica levaram à perda de mais de um milhão de vidas humanas e a um enorme êxodo irlandês ao Canadá e aos Estados Unidos.
O Estado do Texas foi, até 1835, uma possessão de terra mexicana, transformada por um breve período (1836-45) em república sob interferência dos Estados Unidos, uma vez que o movimento separatista tinha por lideranças pioneiros norte-americanos. Em 1846, o conflito em torno do Texas, então já incorporado ao Estado norte-americano (1845), ganhou maiores proporções, e uma guerra entre os países foi declarada. A Guerra Mexicano-Americana (1846-8) custou ao México a perda de cerca de metade de seu território e consolidou o poder norte-americano na costa do Pacífico.

rainha? O que era a Polônia para o tsar? O que a Grécia para o turco? A Índia para o inglês? O que um dia será o México para os Estados Unidos? Tudo peixe-solto.[536]

O que são os direitos do homem e as liberdades do mundo senão peixe-solto? O que são as mentes e opiniões de todos os homens senão peixe-solto? O que é o princípio da crença religiosa nessa gente senão peixe-solto? O que são os pensamentos dos pensadores para esses contrabandistas ostentadores, os escrevinhadores, senão peixe-solto? O que é o próprio grande globo senão um peixe-solto? E o que é você, leitor, senão um peixe-solto e um peixe-preso?

---

536. A Polônia foi dominada pela Rússia em 1815; a Grécia, pelo Império Otomano no século XV; a Índia, pela Inglaterra em 1850.

90
Entre cabeça e cauda

De balena vero sufficit, si rex habeat caput, et regina caudam

BRACTON, l. 3, c. 3[537]

O LATIM DOS CÓDIGOS LEGAIS BRITÂNICOS, com a devida atenção ao contexto, reza que, de todas as baleias capturadas por qualquer indivíduo na costa daquelas terras, cabe ao rei, como grão-trancador honorário, ficar com a cabeça, e à rainha ser respeitosamente presenteada com a cauda. Divisão que na baleia não difere de dividir-se uma maçã ao meio — pois não há remanescente intermediário. Ora, uma vez que essa lei, sob forma modificada, permanece em vigor até os dias de hoje na Inglaterra; e como, em vários aspectos, traz uma estranha anomalia que toca à lei geral do peixe-preso/peixe-solto, abordamo-la em capítulo à parte, no que seguimos o mesmo princípio cortês que leva as ferrovias inglesas a custear um vagão em separado, especialmente reservado à acomodação da realeza. Em primeiro lugar, como curiosa prova da vigência atual da referida lei, procedo com a exposição de uma circunstância ocorrida há não mais de dois anos.

Ao que parece, alguns honestos marinheiros de Dover, ou de Sandwich, ou algum outro dos Cinque Ports,[538] haviam logrado, depois de árduos trabalhos, matar e arrastar à praia uma bela baleia que haviam originalmente avistado distante da costa. Ora, os Cinque Ports estão sob jurisdição, parcial ou outra qualquer, de uma espécie de guarda ou meirinho conhecido por lorde inspetor. Recebendo tal investidura diretamente da Coroa, assim o creio, todos os emolu-

537. Citação de Henry de Bracton, *De Legibus et Consueudinibus Angliae*, datado do século XIII: "No que diz respeito à baleia, basta em verdade que o rei fique com a cabeça, e a rainha com a cauda".

538. A Confederação de Cinque Ports é uma associação histórica de cidades costeiras localizadas em Kent, Sussex e Essex. Apesar da denominação francesa (que data do século XII, época não tão distante da conquista normanda e da influência que as instituições francesas exerceram na Inglaterra), os portos se encontram somente em terras inglesas do canal da Mancha, e sua confederação tinha propósitos comerciais e militares.

mentos reais incidentes nos territórios de Cinque Ports recaem, por concessão, sob sua posse. Alguns escritores darão a esse ofício o nome de sinecura. Não é esse o caso. Porque o lorde inspetor empenha grande esforço no embolso de seus privilégios; que por sua vez são seus em razão, sobretudo, do esforço com que se dedica a eles.

Ora, quando esses pobres marinheiros queimados de sol, descalços, com as barras das calças enroladas no alto das canelas finas como enguias, haviam a duras penas rebocado a terra firme o peixe gordo, o qual lhes prometia a bela quantia de umas cento e cinquenta libras de osso e bom óleo; e em fantasia tomavam um delicioso chá com suas esposas, e encorpada cerveja com os amigos do peito, com base em suas respectivas cotas — eis então que se aproxima um cavalheiro muito educado, cristão e caridoso, com um exemplar de Blackstone[539] debaixo do braço; e colocando-o sobre a cabeça da baleia, ele diz: "Afastem-se! Este peixe, meus jovens, é peixe-preso. Tomo-lhe posse em nome do lorde inspetor".

Diante da situação colocada, os pobres marinheiros, em sua respeitosa consternação — traço tão verdadeiramente inglês —, sem saber o que dizer, começam a coçar a cabeça vigorosamente em toda a sua extensão; enquanto olham com tristeza da baleia para o estranho. Mas isso de forma alguma desfaz o problema, nem de forma alguma amolece o duro coração do educado cavalheiro que porta seu exemplar de Blackstone. Por fim, um deles, depois de muito coçar e revirar a cabeça à cata de uma ideia, atreveu-se a perguntar:

"Por favor, senhor, quem é o lorde inspetor?"

"O duque."

"Mas o duque teve alguma coisa a ver com a captura deste peixe?"

"O peixe lhe pertence."

"Enfrentamos grandes dificuldades, grandes perigos, e tivemos despesas... e tudo isso em benefício do duque? Não estamos recebendo absolutamente nada por nosso esforço, a não ser as bolhas em nossas mãos?"

"O peixe lhe pertence."

"O duque é tão miserável a ponto de ser forçado a este modo humilhante de ganhar a vida?"

"O peixe lhe pertence."

539. Escrito por Sir William Blackstone (1723-80), *Commentaries on the Laws of England* é um importante tratado de direito comum inglês, tido como central no desenvolvimento do direito não só na Inglaterra, mas também nos Estados Unidos. Uma vez que vai ao encontro de um corpo de leis fundadas no costume e nos precedentes, sem qualquer estruturação estatutária — diferente do direito civil derivado do código legal romano —, a obra de Blackstone supre lacunas importantes de formalização da prática legal na Inglaterra.

"Pensei em dar algum alívio a minha velha mãe acamada com parte do que me cabe desta baleia."

"O peixe lhe pertence."

"O duque não ficaria contente com um quarto ou metade?"

"O peixe lhe pertence."

Em uma palavra, a baleia foi confiscada e vendida, e sua graça o duque de Wellington[540] recebeu o dinheiro. Entendendo que, à luz de ideias bastante pontuais, a situação poderia, em algum pequeno grau, ser considerada, dadas as circunstâncias, um tanto cruel, um honesto clérigo da cidade dirigiu respeitosamente uma nota a sua graça, implorando-lhe que levasse em consideração o pleito dos pobres pescadores. Ao que meu senhor duque, em substância, respondeu (ambas as cartas foram publicadas) que ele já o tinha feito e recebido o dinheiro, de maneira que ficaria grato ao cavalheiro reverendo se, no futuro, ele (o cavalheiro reverendo) declinasse ante a interferência nos assuntos de outras pessoas. Será este ainda, talvez, aquele velho militante, de pé nas esquinas dos três reinos, a arrancar esmolas dos mendigos?[541]

Não é difícil perceber que, neste caso, o alegado direito do duque à baleia era derivado do poder do soberano. Devemos indagar, portanto, os princípios sob os quais o soberano originalmente se investe desse direito. A própria lei já foi exposta; é a Plowden que cabe a explicação.[542] Assim diz ele: que a baleia capturada pertence ao rei e à rainha, "em razão de sua mui superior excelência". E pelos mais eruditos comentadores, este já foi considerado um argumento convincente em tais assuntos.

Mas por que o rei teria a cabeça e a rainha a cauda? Queremos saber, juristas!

Em seu tratado sobre "O ouro de N^sa^ Senhora a Raynha", ou dinheiro para as despesas menores da rainha, um antigo autor de King's Bench, certo William Prynne,[543] assim discorre: "Que a cauda he de posse de N^sa^ Senhora a Raynha

---

540. Arthur Wellesley (1769-1852), ou duque de Wellington, foi o general à frente das tropas britânicas que derrotaram Napoleão na histórica Batalha de Waterloo. Além de figura central da política britânica, tendo exercido o cargo de primeiro-ministro em duas ocasiões, o duque detinha o título de lorde inspetor de Cinque Ports.

541. Isto é, Escócia, Inglaterra e Irlanda. Wellesley deixou brevemente a aposentadoria em 1848 para organizar uma força militar capaz de proteger Londres de uma potencial insurreição popular.

542. Sir Edmund Plowden (1519/20-85) foi um importante jurista, professor e teórico do direito durante fins da dinastia Tudor.

543. William Prynne (1600-69) foi um advogado inglês, polemista e figura política que se destacou como oponente presbiteriano das políticas da Igreja da Inglaterra sob o comando de William Laud, arcebispo da Cantuária, de postura refratária ao puritanismo radical.

pera que o roupeyro desta guarnecido esteja do osso de baleya". Bem, isso foi escrito em um tempo em que as barbas flexíveis da baleia-da-groenlândia ou da baleia-franca eram amplamente utilizadas na confecção de corpetes femininos. Essa barba, porém, não se encontra na cauda, mas na cabeça, o que é um triste equívoco para um advogado sagaz como Prynne. Será a rainha uma sereia, para ser presenteada com uma cauda? Um significado alegórico pode estar escondido aqui.

Existem dois peixes reais assim designados pelos juristas ingleses, a baleia e o esturjão; ambos propriedade real sob certas restrições, e nominalmente constituindo o décimo ramo da receita ordinária da Coroa. Não sei se outros autores abordaram a questão; mas, por inferência, parece-me que o esturjão seja dividido da mesma maneira que a baleia, com o rei recebendo a cabeça de alta densidade e elasticidade peculiar ao mencionado peixe, o que, se a examinamos de uma perspectiva simbólica, talvez esteja humoristicamente fundamentado em alguma suposta afinidade. E assim parece haver uma razão em todas as coisas, mesmo na lei.

91

O *Pequod* encontra o botão de rosa

> Em vão se foi revolver o bucho do leviatã em demanda do âmbar-gris, o que o mau cheiro insofrível lhes negou.
>
> SIR T. BROWNE, E.C.[544]

PASSOU-SE POUCO mais de uma semana da última cena de baleação narrada. Velejávamos lentamente por um vaporoso mar letárgico, em pleno meio-dia, quando os muitos narizes do convés do *Pequod* se revelaram mais vigilantes descobridores do que os três pares de olhos ao alto. Um cheiro particular e nada agradável foi sentido no mar.

"Aposto que em algum lugar por aqui", comentou Stubb, "estão algumas daquelas baleias que a gente cutucou e que ficaram presas nos drogues. Bem que achei que não iam demorar a emborcar."

Logo os vapores se dissiparam; e ao longe se avistou um navio cujas velas recolhidas indicavam que uma baleia se encontrava presa ao costado. À medida que nos aproximamos, o estranho revelou ser de bandeira francesa; e pelo redemoinho de aves de rapina que como uma nuvem pairavam em círculos e mergulhavam em torno da carcaça, estava claro que a baleia presa ao costado devia ser o que os pescadores chamam de baleia empesteada, isto é, uma baleia que morreu sem ser perseguida pelo mar e, dessa forma, flutuava como um cadáver sem dono. Pode-se perfeitamente imaginar o odor insofrível que uma tal massa exala; pior do que o de uma cidade assíria assolada pela peste, quando os vivos já não se encontram em condições de enterrar os mortos. É de fato um fedor tão nauseabundo para alguns que não há cobiça que os convença a atracar ao lado de uma baleia como essa. Existem, porém, aqueles que ainda o farão; não obstante o fato de que o óleo obtido de tais

544. E.C. é abreviatura de "Erros Comuns", subtítulo da obra do polímata inglês Thomas Browne (1605-82), *Pseudodoxia Epidemica, or Vulgar Errors*. Nela, a partir de uma adesão de Browne ao método indutivo baconiano, discutem-se supostos conhecimentos de base tradicional passíveis de refutação mediante ferramentas científicas.

espécimes seja de qualidade muito inferior e de forma alguma da natureza da essência de rosas.

Chegando ainda mais perto com a brisa que arrefecia, vimos que o navio francês tinha uma segunda baleia presa ao costado; e essa segunda recendia ainda mais a um ramalhete que a primeira. Na verdade, era uma daquelas baleias problemáticas que parecem secar e morrer com uma espécie de dispepsia ou indigestão prodigiosa; deixando seus corpos defuntos quase totalmente vazios de qualquer coisa como óleo. No entanto, a seu devido momento, veremos que nenhum baleeiro experiente jamais torcerá o nariz para uma baleia como essa, por mais que mantenha distância das baleias empesteadas em geral.

O *Pequod* havia se aproximado tanto do navio estranho que Stubb jurou reconhecer o pinho de sua própria cortadeira preso às linhas emaranhadas ao redor da cauda de uma das baleias.

"Ora, mas eis aí um belo sujeito", riu ele zombeteiramente, de pé na proa do navio, "e um comedor de carniça. Sei muito bem que esses crapôs[545] aí não entendem patavina de baleia; são capazes de arriar bote pra perseguir onda, achando que é bufo de baleia; e saem do porto com o porão cheio de caixas de velas de sebo e rapé porque já sabem que não vão conseguir óleo o bastante pra molhar o pavio da lamparina do capitão. Pois é, a gente sabe dessas coisas; mas veja só o crapô aí se contentando com o que a gente deixou pra trás, a baleia com o drogue, quero dizer... e sim, também em raspar os ossos secos daquele outro precioso peixe que ele tem ali. Pobre coitado! Atenção, vamos passar um chapéu aí, alguém, e vamos dar a esse sujeito um pouco de óleo de presente, por amor à caridade. Porque o óleo que ele conseguir daquela baleia com o drogue não serve pra queimar numa prisão... nem em cela de condenado. E quanto à outra baleia, bom, acho que dá pra tirar mais óleo derrubando e botando esses nossos três mastros no caldeirão de gordura do que ele vai conseguir daquele monte de osso... se bem que... pensando bem... talvez tenha uma coisinha que vale, sim, bem mais do que óleo... é, âmbar-gris! Mas eu me pergunto se nosso camarada ali pensou nisso. Vale a pena tentar. Bora lá", e assim dizendo, partiu para o tombadilho.

A essa altura, a aragem se havia convertido em uma total ausência de vento; de forma que, querendo ou não, restava ao *Pequod* permanecer preso à feden-

545. Crapô vem de *crapaud*, sapo em francês. O sapo está entre os símbolos nacionais da França. Sua história remonta ao reinado de Clóvis (466-511), o primeiro a reunir as tribos dos francos sob uma única liderança e o primeiro rei bárbaro a se converter ao cristianismo. Reza a lenda que, ao ser batizado, os três sapos de suas armas se transformaram em flores de lis, outro importante símbolo da realeza francesa.

tina, sem esperança de escapar, exceto pela volta do vento. Deixando sua cabine, Stubb convocou a companhia de seu bote e arriou em direção ao navio estrangeiro. Contornando a proa, notou, segundo as extravagâncias do gosto francês, que a parte superior da roda de proa havia sido esculpida à semelhança de um enorme talo caído, pintada de verde, e que pontas de latão projetavam-se à guisa de espinhos aqui e ali; o todo se completando em um bulbo de dobras simétricas de cor vermelha brilhante. Sobre as tábuas da amurada, ao alto, em letras grandes e douradas, a inscrição *Bouton de Rose* — botão de rosa; e este era o nome romântico do aromático navio.

Embora Stubb não entendesse a parte do *Bouton,* a palavra *rose* e a figura de proa em forma de bulbo bastavam-se como explicação do todo.

"Olha só, um botão de rosa de madeira!", exclamou, com a mão no nariz. "Nada mais apropriado; mas fede como toda a criação!"

Ora, para travar comunicação direta com a tripulação no convés, ele precisou contornar a proa para estibordo; e, assim, aproximar-se da baleia empesteada; e então falar por cima dela.

Chegando ao dito ponto, com uma das mãos no nariz, ele berrou: "Ó de bordo! Alguém fala inglês nesse botão de rosa?".

"Sim", respondeu da amurada um homem de Guernsey,[546] que se descobriu ser o imediato.

"Pois bem, meu botão de rosa, você viu a Baleia Branca?"

"A baleia manca?"

"A Baleia *Branca*... um cachalote... Moby Dick, você o viu?

"Nunca ouvi falar dessa baleia. *Cachalot Blanche!* Baleia Branca... não."

"Tá ótimo, então; adeus, por enquanto; já venho, só um minuto."

Em seguida, dobrando rapidamente os remos em direção ao *Pequod* e vendo Ahab inclinado sobre a amurada do tombadilho à espera de seu relatório, ele uniu as mãos em forma de porta-voz e gritou: "Não, senhor! Não!". Ao que Ahab se retirou, e Stubb retornou para junto do francês.

Ele observou, então, que o homem de Guernsey, que acabara de ir à mesa de guarnição e tinha uma cortadeira em mãos, havia enfiado o nariz em uma espécie de saco.

"Qual é o problema com o nariz aí?", perguntou Stubb. "Quebrou?"

---

546. A ilha de Guernsey está localizada na costa da Normandia, porém responde ao governo britânico.

“Antes tivesse quebrado... ou que nem tivesse nariz!”, respondeu o homem de Guernsey, que não parecia muito feliz com o trabalho que fazia. “E por que *você* tá segurando o seu?”

“Ah, por nada... É um nariz de cera, preciso ficar segurando. Um dia bonito, não é? Esse cheirinho de jardim, uma delícia... jogue umas florzinhas para a gente aqui, ô *Bouton de Rose*?”

“Que diabos você quer aqui?”, rugiu o marinheiro de Guernsey, num arroubo repentino.

“Epa, calminha aí, pode ser? Calminha, isso aí! Por que você não embala essas baleias no gelo enquanto trabalha nelas? Mas, brincadeiras à parte, você sabe, botão de rosa, que é uma bobagem sem tamanho tentar tirar óleo dessas baleias? A ressecada ali, aquela não tem uma gota na carcaça inteira.”

“Eu sei disso muito bem; mas o capitão não vai acreditar; é a primeira viagem dele; era fabricante de água-de-colônia antes. Mas suba aqui a bordo, e talvez ele acredite em você, já que em mim ele não acredita; e assim vou sair desse trabalho nojento.”

“Qualquer coisa para ajudá-lo, meu doce e agradável companheiro”, respondeu Stubb, e com isso logo galgou ao convés. O quadro ali era dos mais estranhos. Os marinheiros, usando gorros com borlas de estambre vermelho, preparavam as pesadas talhas para as baleias; todos, porém, trabalhavam devagar e falavam muito rápido, pareciam tudo, menos de bom humor. Mantinham os narizes apontados para cima, como fossem um sem-número de paus de bujarrona ao alto. Vez por outra, largavam o trabalho aos pares e corriam ao topo do mastro para tomar um pouco de ar fresco. Alguns, temendo que acabariam por contrair a peste, mergulhavam estopa no alcatrão e, de tempos em tempos, a levavam às narinas. Outros, tendo quebrado as hastes de seus cachimbos quase na abertura do fornilho, fumavam vigorosamente a fumaça do tabaco, de modo que esta lhes enchia constantemente seus olfatórios.

Stubb foi atingido por uma saraivada de gritos e anátemas vindos da cabine do capitão no tombadilho de ré; e, olhando naquela direção, vislumbrou um rosto flamejante de trás da porta, que estava entreaberta. Era o cirurgião aflito que, depois de protestar em vão contra os procedimentos do dia, havia se encastelado no *cabinet* (assim o chamavam) do capitão para evitar a peste; mesmo assim, precisava por vezes dar vazão a suas súplicas e a sua indignação.

Notando tudo isso, Stubb viu ambiente propício ao seu plano e, voltando-se ao homem de Guernsey, travou com ele uma breve conversa, durante a qual o imediato estrangeiro expressou sua aversão ao capitão como um ignorante presunçoso que havia enfiado a todos naquela roubada desagradável e nada lucrativa. Sondando-o com cuidado, Stubb notou ainda que o homem de Guernsey não suspeitava minimamente da existência do âmbar-gris. Assim, permaneceu calado quanto ao assunto, mas de resto foi bastante franco e confidente, de modo que os dois logo tramaram um pequeno plano para enganar e troçar o capitão sem que este sequer sonhasse em desconfiar da sinceridade de ambos. De acordo com o pequeno plano, cabia ao homem de Guernsey, sob o disfarce do trabalho de intérprete, dizer ao capitão o que quisesse, mas como se vindo de Stubb; e quanto a Stubb, este se encarregava de dizer qualquer absurdo que lhe viesse à cabeça durante a conversa.

A essa altura, a vítima escolhida surgiu da cabine. Era um homem moreno, de baixa estatura e aparência um tanto delicada para um capitão do mar, porém com bigodes e suíças longas; usava um colete de veludo vermelho com selos presos à corrente do relógio. Stubb foi educadamente apresentado a esse cavalheiro pelo marinheiro de Guernsey, que de pronto assumiu ostensivamente o papel de intérprete entre eles.

"O que devo dizer a ele primeiro?", perguntou.

"Ora", disse Stubb, olhando para o colete de veludo, o relógio e os selos, "você pode muito bem começar dizendo que ele me parece meio infantil, embora eu não tenha nenhuma pretensão de ser juiz de quem quer que seja."

"Ele diz, *monsieur*", disse o imediato de Guernsey, em francês, voltando-se ao seu capitão, "que ainda ontem seu navio travou contato com uma embarcação da qual o capitão e um imediato, além de seis marinheiros, todos morreram de uma febre contraída de uma baleia empesteada que prenderam no costado."

Ao ouvi-lo, o capitão se assustou e desejou ansiosamente saber mais.

"E agora?", perguntou o homem de Guernsey a Stubb.

"Ora, como ele engole tudo facinho, facinho, diz que agora que eu dei uma examinada melhor nele, tenho certeza de que ele não tem mais condições de ser o capitão de um baleeiro do que um macaco. Na verdade, diz pra ele que ele tá mais pra um babuíno."

"Ele declara, *monsieur*, que a outra baleia, a seca, é ainda muito mais mortal do que a empesteada; enfim, *monsieur*, ele pede que juremos, pelo valor que damos a nossas vidas, que nos livremos desses peixes."

Sem demora, o capitão correu à frente e ordenou, em alto e bom som, que sua tripulação interrompesse o içamento das talhas de corte e imediatamente soltasse os cabos e correntes que prendiam as baleias ao navio.

"E agora?", quis saber o homem de Guernsey, quando o capitão voltou até eles.

"Ora, deixe-me ver... sim, você pode muito bem dizer a ele agora que... isso... Na verdade, diga a ele que passei a perna nele, e", disse Stubb para si mesmo, "talvez em outra pessoa."

"Ele diz, *monsieur*, que está muito feliz por nos ter sido útil."

Ao ouvir isso, o capitão respondeu que eles, sim, eram as partes gratas (ou seja, ele e seu imediato), e concluiu convidando Stubb para descer a sua cabine para beber uma garrafa de vinho bordô.

"Ele quer que você tome uma taça de vinho com ele", disse o intérprete.

"Agradeça de coração; mas diga a ele que é contra meus princípios beber com o homem que fiz de trouxa. Na verdade, diga a ele que preciso ir."

"Ele diz, *monsieur*, que beber vai contra seus princípios; mas se *monsieur* deseja viver ainda mais um dia para beber, o melhor então é o *monsieur* arriar todos os quatro botes e rebocar o navio para longe dessas baleias, pois a calmaria é tanta que elas não serão levadas pelo mar."

A essa altura, Stubb já se encontrava sobre a amurada e, saltando em seu bote, chamou o homem de Guernsey com o seguinte intento — dizer-lhe que, tendo um longo cabo de reboque em seu bote, ele faria o que estivesse a seu alcance para ajudá-los, arrastando a baleia mais leve para longe do costado do navio. Enquanto os botes do francês se empenhavam em rebocar o navio para um lado, Stubb benevolentemente rebocou a baleia para o outro, afrouxando ostensivamente um cabo de reboque muito, muito longo.

Veio o sopro de uma brisa; Stubb fingiu se afastar da baleia; içando os botes, o francês alongou-se mais e mais, enquanto o *Pequod* deslizava entre ele e a baleia de Stubb. Foi quando Stubb dobrou seus remos em direção ao cadáver flutuante e, chamando o *Pequod* para avisar a tripulação de suas intenções, pôs-se imediatamente a colher os frutos de sua astuta engambelação. Com a cortadeira afiada de seu bote à mão, ele começou a escavar o corpo, um pouco atrás da nadadeira lateral. Vocês muito bem poderiam pensar que ele estava, sim, cavando um porão no mar; e quando a cortadeira enfim deu com as miseráveis costelas do monstro, o que se viu foi um revirar de velhos ladrilhos e cerâmicas romanas enterradas na grossa marga[547] inglesa. A tripulação do barco encontrava-se bastante agitada e assistia sofregamente ao chefe, todos tão ansiosos quanto caçadores de ouro.

547. Tipo de solo cimentado resultante da mistura de um solo argiloso com carbonato de cálcio.

Entrementes, incontáveis aves mergulhavam, desviavam-se, gritavam, berravam e lutavam ao seu redor. Stubb começava a dar sinais de frustração, especialmente à medida que os horríveis perfumes do ramalhete se acentuavam, quando de repente, do próprio coração do miasma, insinuou-se uma leve torrente de perfume, que fluiu pela fedorenta inundação sem que por ela fosse absorvido, como um rio que flui para dentro de outro e com ele corre por algum tempo sem que suas águas se misturem.

"Encontrei, encontrei!", gritava Stubb em júbilo, batendo em algo nas regiões subterrâneas. "Um saco! Preciso de um saco!"

Largando a cortadeira, ele enfiou as duas mãos no animal e dele tirou punhados de algo que parecia um sabonete Windsor velho ou um queijo gordo e mosqueado; de modo geral bastante oleoso e saboroso. É possível amassá-lo com o polegar sem uso de força; tem uma tonalidade entre o amarelo e o acinzentado. E isso, meus bons amigos, é o âmbar-gris, que vale um guinéu de ouro a onça em qualquer boticário. Cerca de seis punhados foram obtidos; um outro tanto, porém, perdeu-se fatalmente no mar, e ainda mais, talvez, poderia ter sido resgatado, não fossem as ordens impacientes e estridentes de Ahab para que Stubb interrompesse o trabalho e subisse a bordo, do contrário o navio se despediria deles.

92
Âmbar-gris

Ora, esse âmbar-gris é uma substância muito curiosa e tão importante como artigo de comércio que, em 1791, certo capitão Coffin,[548] natural de Nantucket, foi consultado no tribunal da Câmara dos Comuns da Inglaterra sobre o tema. Naquela época, e em verdade até tempos relativamente recentes, a origem precisa do âmbar-gris permanecia, como o próprio âmbar, um problema para os eruditos. Embora a palavra âmbar-gris seja apenas um derivado do composto francês *ambergris*, as duas substâncias são bastante distintas. Pois o âmbar, embora às vezes encontrado em regiões de praia, também é desenterrado em alguns solos longínquos do interior, ao passo que o âmbar-gris tem por local de achado exclusivamente o mar. Além disso, o âmbar é uma substância dura, transparente, quebradiça e inodora, usada em bocais de cachimbos, contas de colares e ornamentos; enquanto o âmbar-gris é macio, tem a consistência da cera e é tão altamente perfumado e pungente que encontra amplo uso na perfumaria, na fabricação de pastilhas, velas especiais, talco e unguentos para o cabelo. Os turcos o usam para cozinhar e também o levam para Meca da mesma forma que o olíbano é levado à basílica de São Pedro, em Roma. Há comerciantes de vinho que acrescentam um pouco da substância ao clarete, para lhe infundir sabor.

Quem imaginaria então que damas e cavalheiros de tamanho garbo se regalassem com uma essência encontrada nas ignóbeis entranhas de uma baleia doente? Mas assim é a vida. Para alguns, o âmbar-gris é considerado a causa; para outros, o efeito da dispepsia na baleia. Como curar uma tamanha dispepsia, é difícil dizer, a não ser que se ministrem uns três ou quatro botes cheios de

548. Segundo consta de documentação da Câmara do Comércio britânica, certo capitão Joshua Coffin foi convocado à presença de membros do Legislativo britânico para esclarecer os meios e conhecimentos de que se valeu para a obtenção de 362 onças (aproximadamente dez quilos) de âmbar-gris extraídos do ânus de um cachalote fêmea na costa da Guiné, dado o interesse comercial da substância. Melville chegou a essa notícia através de Beale, que a documenta em sua obra.

pílulas de Brandreth[549] e depois se fuja do perigo, como fazem os trabalhadores quando explodem pedras.

Esqueci-me de dizer que nesse âmbar-gris foram encontradas umas placas redondas e duras, semelhantes a ossos, que a princípio Stubb pensou serem os botões de calças de marinheiros; mas depois se descobriu que não passavam de pedaços de ossinhos de lula que a substância havia embalsamado.

Dito que a integridade desse perfumadíssimo âmbar-gris há de se encontrar no coração de uma tal podridão — isso não é nada? Lembra-te dos dizeres de são Paulo aos coríntios acerca da corrupção e da incorrupção: fomos semeados em ignomínia, mas ressuscitaremos na glória.[550] Recorda-te também das palavras de Paracelso[551] sobre de que é feito o melhor almíscar. Não te esqueças também do estranho fato de que, de todas as coisas de odor insalubre, a água-de-colônia, em seus primeiros estágios de fabricação, é a pior.

Gostaria de concluir o capítulo com os conselhos acima, mas não o poderei fazer, dado meu forte desejo de rebater uma acusação frequentemente dirigida aos baleeiros, a qual, no juízo de algumas mentes já tendenciosas, se poderia considerar indiretamente referendada pelo que se disse das duas baleias do francês. Noutra parte deste volume, refutou-se a caluniosa insinuação de que o ofício baleeiro é imundo e desleixado. Neste momento, há outra coisa a refutar. Sugere-se que todas as baleias sempre cheiram mal. Ora, mas de onde se origina esse estigma odioso?

A meu ver, essa origem é claramente remissível à época da primeira chegada dos navios baleeiros da Groenlândia a Londres, mais de dois séculos atrás. Pois aqueles baleeiros não derretiam, assim como ainda hoje não derretem, a gordura de suas baleias em alto-mar, como os navios de portos ao sul sempre o fizeram; antes, cortam a gordura fresca em pequenos pedaços, enfiam-na em grandes tonéis e levam-na para casa dessa maneira; uma vez que a curta temporada de caça nesses mares gelados e as tempestades repentinas e violentas a que

549. As pílulas de Brandreth eram um produto de propriedades laxativas produzido por Benjamin Brandreth (1809-80), empresário norte-americano de grande sucesso, a que se atribui uma das primeiras experiências de publicidade de massa para a ampliação do consumo de uma mercadoria.

550. 1 Coríntios 15,42.43: "Assim também a ressurreição dos mortos. Semeia-se o corpo em corrupção, ressuscitará em incorrupção. Semeia-se em ignomínia, ressuscitará em glória. Semeia-se em fraqueza, ressuscitará com vigor".

551. Alquimista, médico e astrólogo suíço, Paracelso (1493-1541) é considerado o pai da farmacologia. Segundo consta, Paracelso se refere aqui a excrementos, o que é compatível com as origens do âmbar-gris.

essas embarcações estão expostas lhes proíbam qualquer outro procedimento. A consequência é que, ao adentrar o porão e descarregar um desses cemitérios de baleias no cais da Groenlândia, o odor que ele exala se assemelha ao que surge da escavação de um cemitério de uma antiga cidade para que se finquem as fundações de uma maternidade.

Conjecturo também que essa vil acusação contra os baleeiros pode ser igual e parcialmente imputada à existência na costa da Groenlândia, noutros tempos, de uma vila holandesa chamada Schmerenburgh ou Smeerenberg,[552] cujo último nome é o utilizado pelo sábio Fogo von Slack[553] em seu grande trabalho sobre Odores, uma referência sobre o assunto. Como diz o nome (*smeer*, gordura; *berg*, conservar), essa aldeia foi fundada com o intuito de dar lugar a um traiol[554] de derretimento da gordura da frota baleeira holandesa para que não fosse necessário transportá-la à Holanda e assim proceder. Era um mundaréu de fornalhas, caldeirões de gordura e galpões de óleo; e quando os traióis funcionavam a pleno vapor, decerto não produziam odor muito agradável. Mas isso tudo é bastante diferente em um navio baleeiro de cachalotes nos Mares do Sul que, ao longo de uma viagem de talvez quatro anos, depois de encher completamente o porão de óleo, não chega a consumir cinquenta dias fervendo gordura; ademais, no estado em que é armazenado, o óleo é praticamente inodoro. A verdade é que, vivas ou mortas, desde que tratadas com decência, as baleias como espécie não são, de forma alguma, criaturas de mau cheiro; nem os baleeiros podem ser reconhecidos pelo odor, como as pessoas da Idade Média diziam poder identificar um judeu em meio a um grupo.[555] Nem, de fato, a baleia pode ser outra coisa senão perfumada quando, via de regra, ela goza de tamanha saúde; fazendo exercícios em abundância; nunca trancada em casa; embora, é verdade, raramente ao ar livre. Digo-lhes

552. Smeerenburg (ou Spitzbergen) foi uma colônia baleeira holandesa instalada nas imediações da Groenlândia no século XVII. À época de Beale e Melville, como se registra no prefácio de *História natural do cachalote*, Smeerenburg e os mares da Groenlândia — bem como a baleia-da-groenlândia — ainda eram a maior referência à caça baleeira presente no imaginário europeu.
553. Fogo von Slack é outra forma de nomeação humorística de Scoresby.
554. Ver capítulo 96.
555. No contexto de perseguição e estigmatização dos judeus na Europa, cristãos europeus do medievo acreditavam que os judeus exsudavam um odor distinto, ao qual davam o nome de "*foetor Judaicus*". Thomas Browne, por exemplo, em seu *Pseudodoxia Epidemica*, dedica um capítulo unicamente à questão do odor dos judeus (capítulo X), declarando ser improcedente que um determinado grupo humano tenha um cheiro específico.

que o movimento da cauda de um cachalote acima da água espalha sua essência assim como uma senhora de perfume almiscarado farfalha seu vestido em uma sala quente. A que poderia comparar o cachalote, portanto, no que toca a sua fragrância, levando-se em conta sua magnitude? Não deveria ser àquele famoso elefante, com presas adornadas de joias e cheirando a mirra, que foi conduzido para fora dos muros de uma cidade indiana para homenagear Alexandre, o Grande?

93
O náufrago

POUCOS DIAS DEPOIS DO encontro com o navio francês, um acontecimento dos mais extraordinários se abateu sobre o mais ordinário dos membros da tripulação do *Pequod*; um acontecimento dos mais lamentáveis; e que terminou por fornecer à nave, com aquilo que nela vez e outra se manifestava em uma louca alegria e predestinação, uma profecia viva e sempre presente de qualquer eventual desastre que lhe pudesse acometer.

Ora, não são todos os que trabalham nos botes. São destacados uns poucos marujos, os chamados vigilantes, cuja responsabilidade é conservar o navio em operação enquanto os botes perseguem a baleia. Em geral, esses vigilantes são sujeitos de constituição tão rija quanto os homens que formam as tripulações dos botes. Mas se acontecer de haver uma criatura indevidamente esguia, desajeitada ou medrosa no navio, é certo que o destino dessa criatura é a vigilância. Era o caso no *Pequod* do negrinho conhecido pela alcunha de Pippin, que abreviávamos Pip. Pobre Pip! Vocês já ouviram falar dele antes; vocês devem se lembrar de seu pandeiro naquela meia-noite dramática, de tanta alegria e agouro.

No aspecto externo, Pip e Bolinho combinavam-se como um pônei preto e um pônei branco, idênticos no desenvolvimento, porém de cores distintas, colocados em desigual parelha. Pois enquanto o infeliz Bolinho era dotado de uma cabeça morosa e abobalhada, a Pip o que faltava em brio lhe sobrava em brilho — e um brilho gostoso, feliz, cheio de calor, como é próprio a sua tribo; tribo que desfruta de cada festividade e celebração com liberdade e beleza incomparáveis. Para os negros, o calendário do ano devia se resumir a trezentos e sessenta e cinco Quatros de Julho e viradas de ano. Não me venham com sorrisinhos quando digo que o negrinho luzia, pois mesmo o negrume tem seu brilho — vejam o ébano lustroso dos painéis que cobrem os gabinetes dos reis. Mas Pip amava a vida e todas as suas pacíficas seguridades; de forma que o negócio pavoroso em que, não se sabe como, ele se meteu acabou por tristemente lhe eclipsar o lume; embora, como logo se verá, o que foi nele por um breve momento subjugado estava destinado a se iluminar de luz tremenda, uma espécie de incêndio selvagem que lhe aumentava em mais de dez fabulosas vezes o brilho natural com que já havia animado o espetáculo dos rabequeiros nas praças de seu condado natal de Tolland, em Connecticut; ou com que, nos fins de tarde repletos de música, havia transformado com sua alegre gargalhada o arco do horizonte em um pandeiro estrelado. Não obstante sob o ar puro do dia e suspensa contra um alvíssimo pescoço a gota do mais cristalino diamante brilhe saudável; quando o astuto joalheiro deseja mostrá-la em seu brilho mais impressionante, ele a coloca contra um fundo de sombra e a ilumina não com a luz do sol, mas com a derivada de uns gases artificiais. É então que dela se desprendem aquelas ígneas refulgências, de infernal soberba; e assim o diamante, que já foi o mais divo símbolo dos céus de cristal, em suas vis fulgurações se assemelha a uma gema roubada da coroa do rei dos demônios. Mas vamos ao caso.

Aconteceu que, no episódio do âmbar-gris, o remador de popa de Stubb por acaso torceu a mão, a ponto de precisar de um tempo para se recuperar; e, temporariamente, Pip foi colocado em seu lugar.

Em sua primeira arriada com Stubb, Pip demonstrou muito nervosismo; mas, felicidade a sua, na ocasião escapou ao contato próximo com a baleia; e, portanto, não saiu de todo desacreditado; embora Stubb, ao observá-lo, tenha tido o cuidado posterior de aconselhá-lo a valorizar sua coragem ao máximo, pois muitas seriam as situações em que ela se lhe mostraria necessária.

Ora, na segunda arriada, o bote remou na direção da baleia; e quando o peixe recebeu o arpão que lhe foi arremessado, desferiu seu costumeiro golpe, que por acaso acertou o bote bem debaixo do assento do pobre Pip. A consternação involuntária do momento o fez saltar, de remo em punho, para fora do barco; e de tal modo que, com aquela extensão frouxa da linha da baleia batendo-lhe no peito, ele a levou consigo ao mar e nela se enredou. Foi quando a baleia ferida se pôs em disparada, e a linha rapidamente se esticou; e pronto! O pobre Pip ficou em meio à espuma próximo ao choque do bote à proa, arrastado sem dó nem piedade pela linha, que lhe dera várias voltas no peito e no pescoço.

Tashtego estava na proa, louco do calor da perseguição. Ele detestava Pip, tinha-o por um rematado covarde. Tirando o canivete da bainha, suspendeu a ponta afiada sobre a linha e, voltando-se para Stubb, perguntou: “Corto?”. Nesse ínterim, o rosto azul e sufocado de Pip parecia claramente dizer, “Corte, pelo amor de Deus!”. Tudo se passou num piscar de olhos. Em menos de meio minuto, tudo isso aconteceu.

“Maldito seja, corte!”, rugiu Stubb; e assim a baleia foi despescada, e Pip salvo.

Tão logo se recuperou, o pobre negrinho foi vítima dos apupos e xingamentos da tripulação. Deixando sem sobressalto que essas imprecações aqui e ali evaporassem, Stubb então, de maneira simples e profissional, mas não sem o humor que lhe era próprio, praguejou contra Pip oficialmente; e feito isso, extraoficialmente lhe deu muitos bons conselhos. A substância era: Nunca pule de um bote, Pip, exceto... mas todo o resto era indefinido, como sói mesmo ao mais sólido dos conselhos. Ora, em geral, *Agarre-se ao bote* é o verdadeiro lema da baleação; porém, há momentos em que *Salte do bote* se mostra ainda melhor. Porém, como se percebesse, afinal, que se não desse um conselho categórico a Pip ele acabaria por deixar uma margem muito ampla para o garoto saltar no futuro, Stubb de repente abandonou todos os conselhos e deu fim a suas palavras com uma ordem peremptória: "Agarre-se ao bote, Pip, ou juro por Deus, não vou resgatar você se pular; pense bem nisso. Não podemos nos dar ao luxo de perder baleias por gente como você. No Alabama, uma baleia conseguiria trinta vezes mais o seu valor, Pip. Bote isso na sua cabeça e não pule mais". Nisto, talvez Stubb indiretamente sugeriu que, embora o homem ame seu próximo, ainda assim o homem é um animal que ganha dinheiro, propensão que muitas vezes interfere em sua benevolência.

Mas estamos todos nas mãos dos Deuses; e o caso é que Pip saltou novamente. Foi em circunstâncias muito semelhantes ao primeiro acidente; mas desta vez ele não se enroscou à linha; e, portanto, quando a baleia partiu em fuga, Pip foi deixado para trás no mar, como o baú de um viajante apressado. Ai! Stubb se aferrou demais a suas palavras. Era um dia lindo, pleno e azul; o mar coriscava sob o frescor da aragem, estendendo-se num plano por toda a volta, até o horizonte, como a tripa de um batedor de ouro já martelada ao extremo. Subindo e descendo naquele mar, a cabeça de ébano de Pip parecia a cabeça de um cravo. Nenhuma faca do bote se ergueu quando ele caiu tão rapidamente à ré. As costas inexoráveis de Stubb estavam viradas para ele; e a baleia havia saído em disparada. Em três minutos, uma milha inteira de oceano sem margens se estendia entre Pip e Stubb. Do centro do mar, o pobre Pip ergueu a cabeça negra e crespa ao sol, outro náufrago solitário, embora o mais elevado e o mais brilhante.

Ora, em calmaria, nadar em mar aberto é tão simples para o nadador experiente quanto conduzir uma carruagem com amortecedores em terra. A solidão medonha, sim, é intolerável. A intensa concentração de si no meio de uma tão cruel imensidão, meu Deus! Quem é capaz de imaginar uma coisa dessas? Observem quando os marinheiros se banham em mar aberto em uma calmaria mortal — observem quão perto eles permanecem do navio e apenas nadam no contorno de seu costado.

Mas Stubb de fato abandonou o pobre negrinho à sua sorte? Não; ao menos não era essa a sua intenção. Porque havia dois botes atrás do seu, e ele imaginou que, sem dúvida, é claro, eles chegariam a Pip muito rápido e o resgatariam; embora, de fato, tamanha consideração com remadores ameaçados em seu próprio temor não seja sempre manifestada pelos caçadores em todos os casos semelhantes; e tais casos ocorrem com frequência: na pesca, é praticamente uma regra que um covarde, assim chamado, fique marcado com o mesmo implacável desprezo peculiar às marinhas e exércitos militares.

O que aconteceu foi que os botes, sem ver Pip, e de repente vislumbrando baleias próximas a um lado, tomaram seu rumo e se puseram em seu encalço; e o bote de Stubb já se encontrava então tão longe, e ele e toda a sua tripulação tão concentrados em seus peixes, que o anel do horizonte ao redor de Pip começou a se expandir assustadoramente. Por um mero acaso, o próprio navio por fim o resgatou; mas daquele dia em diante o negrinho vagou pelo convés como um idiota — era isso, pelo menos, que diziam a seu respeito. O mar conservou-lhe zombeteiramente o corpo finito à tona, mas afogou o infinito de sua alma. Não de todo, porém. Antes levada viva a profundezas encantadas, onde formas estranhas de um mundo primevo e impoluto deslizaram de um lado para outro diante de seus olhos passivos; e o avarento tritão Saber revelou-lhe tudo aquilo que em montes acumulara; e entre as joviais e alegres eternidades desalmadas, Pip conheceu a multidão de insetos corais onipresentes como Deus que, do firmamento das águas, suspendem as orbes colossais. Pip viu o pé de Deus sobre o pedal do tear, e lhe acenou; e, por isso, seus companheiros o chamaram de louco. A loucura do homem é, portanto, a sanidade no céu; e se alongando de toda a razão mortal, o homem chega por fim àquele pensamento celestial, que, aos olhos da razão, é o absurdo e o desatino; e a despeito da alegria e da tristeza, queda inflexível, indiferente como seu Deus.

Quanto ao resto, não sejam muito duros com Stubb. Isso é coisa comum na pescaria; e na sequência da narrativa veremos como um tal abandono se abateu sobre mim.

94

Apertando e espremendo mãos

A BALEIA DE STUBB, conquistada a tão dura pena, foi a seu tempo rebocada ao costado do *Pequod*, onde se realizaram a seu tempo os procedimentos de içamento e esquartejamento, além do esvaziamento do estojo, ou barril de Heidelberg.

Enquanto alguns se ocupavam dessa última tarefa, outros ocupavam-se de carregar as pipas que, tão logo chegavam, eram cheias de espermacete; e quando o momento adequado chegou, esse mesmo espermacete recebia cuidadoso tratamento, antes de ir aos traióis, dos quais falo adiante.

A tal ponto o espermacete havia esfriado e se cristalizado que, quando, ao lado de muitos outros, me sentei diante daquela imensa terma de Constantino,[556] encontrei-o estranhamente empelotado, flutuando aqui e ali pela parte líquida. Era nosso trabalho espremer essas pelotas e reduzi-las mais uma vez a seu estado fluido. Que deliciosa tarefa oleosa! Não me admira que, nos velhos tempos, esse espermacete fosse um cosmético tido em grande estima.[557] Como limpa! Como alisa! Como abranda! Que hidratante maravilhoso! Depois de ter mergulhado as mãos nele uns poucos minutos, meus dedos mais pareciam enguias. Era como se pudessem serpentear e espiralar!

Enquanto estive ali sentado no convés, em paz, com as pernas enredadas, passado o trabalho pesado às barras do molinete, tendo sobre mim as preguiçosas velas do navio e um céu azul tranquilo, e abaixo o casco flutuando sem pressa em sua travessia em águas serenas; enquanto mergulhava as mãos em meio àqueles glóbulos suaves, agradáveis, de tecidos prenhes de líquido, que se formavam quase que instantaneamente; enquanto eles estouravam fartamente entre meus dedos, liberando toda a sua abundância como polpudas bagas maduras que se desfizessem em seu vinho; enquanto inalava aquele aroma cândido, que literal e verdadeiramente recendia ao perfume das violetas da pri-

---

556. As Termas de Constantino — um dos últimos complexos termais construídos no império — tinham lugar no monte Quirinal, em Roma, edificadas provavelmente no século IV.
557. No *Vocabulário português e latino*, do lexicógrafo inglês radicado em Portugal Raphael Bluteau, o verbete espermacete menciona seu uso cosmético "para fazer a pele mais lisa, branda e branca" (vol. 3, p. 274).

mavera; pois bem, eu lhes digo que, naquele instante, era como se estivesse em uma campina almiscarada, e todo o nosso horrível juramento já não existisse mais. O impoluto espermacete o havia lavado de minhas mãos e meu coração; e me sentia a ponto de dar crédito àquela velha superstição de Paracelso, de que o espermacete tem a rara virtude de pacificar o calor da raiva. Ao me banhar naquele banho, sentia-me divinamente livre de qualquer ressentimento, de irritação ou maldade de qualquer tipo.

Espremendo! Espremendo! Espremendo pela manhã adentro — espremi aquele espermacete até quase me derreter e me fundir com ele; espremi aquele espermacete até que uma estranha loucura se apoderou de mim; e sem que me desse conta já apertava as mãos de meus companheiros de trabalho, confundindo suas mãos com aqueles delicados coágulos. Que sentimento copioso, cheio de afeto, amor e amizade, aquele gesto gerava; um sentimento tamanho que, por fim, apertava-lhes as mãos sem parar, com os olhos fitos e comovidos à procura dos deles; tanto quanto se lhes dissesse: Oh, meus queridos companheiros, por que devemos nos aferrar a asperezas sociais, ou conhecer o menor ressentimento ou inveja! Venham; vamos apertar as mãos, todos; não, vamos todos nos apertar uns nos outros; vamos nos apertar universalmente no próprio leite e espermacete da bondade.

Quem dera pudesse continuar a espremer aquele espermacete pelo resto de meus dias! O caso é que, passadas muitas, prolongadas e repetidas experiências, percebi que de uma forma ou de outra o homem deve por fim diminuir, ou pelo menos mudar, suas ideias de uma felicidade alcançável; não as colocar em quaisquer esferas do intelecto ou da fantasia; mas na esposa, no coração, na cama, na mesa, na sela, na lareira, no campo; hoje que sei dessas coisas, estou pronto para espremer o estojo para sempre. Nos pensamentos de minhas visões da noite,[558] vi longas filas de anjos no paraíso, cada qual trazendo em mãos uma ânfora de espermacete.

ORA, ao discorrermos sobre o espermacete, faz-se necessário falar de outras coisas similares, relacionadas ao trabalho de preparar o cachalote para os traióis.

---

558. Figura extraída de Jó 20,6-8. "Ainda que a sua altura suba até ao céu, e a sua cabeça chegue até às nuvens, como o seu próprio esterco perecerá para sempre; e os que o viam dirão: Onde está? Como um sonho, voa, e não será achado, e será afugentado como uma visão da noite."

Em primeiro lugar vem o cavalo branco,[559] assim chamado, obtido da parte afilada do peixe e também das porções mais grossas das palmas da cauda. É duro, tem tendões sólidos — um pedaço de músculo —, mas ainda rende um pouco de óleo. Depois de separado da baleia, o cavalo branco é primeiro cortado em retângulos portáteis antes de ir para o maciador.[560] Eles se parecem muito com blocos de mármore de Berkshire.[561]

Pudim de ameixa é o termo conferido a determinadas partes fragmentárias da carne da baleia que, aqui e ali, aderem ao manto de gordura, não raro participando em grau considerável de sua untuosidade. É um objeto muito bonito, agradável, gostoso de ver. Como o nome sugere, é de uma tonalidade extraordinariamente farta e mosqueada, com uma superfície estriada em branco e dourado, pontilhada com manchas do mais profundo carmesim e púrpura. São ameixas de rubi no retrato de uma cidreira. A despeito dos conselhos da razão, é muito difícil controlar o desejo de comê-los. Confesso que uma vez me escondi atrás do mastro de traquete para experimentar. Tinha o sabor que consigo imaginar em um corte real do pernil de Luís, o Gordo,[562] supondo que este tivesse sido morto no primeiro dia após a temporada de caça ao veado, e com essa temporada particular de caça acompanhada de uma safra excepcionalmente boa dos vinhedos de Champanhe.

Há outra substância, e muito singular, que surge no decorrer do processo, mas muito desafiadora, segundo o concebo, de descrever adequadamente. É chamada *slobgollion*;[563] termo cunhado originalmente na baleação e que designa a própria natureza da substância. É inefavelmente limosa, encontrada com mais frequência nas pipas de espermacete, depois de longos trabalhos de espremedura e subsequente decantação. Acredito que sejam as membranas rompidas e incrivelmente finas do estojo que se aglutinam.

---

559. "White horse." Usa-se a expressão também para designar a espuma branca na crista das ondas, e daí a analogia com a cor esbranquiçada das fibras.

560. De maciar, termo açoriano decalcado do jargão baleeiro anglo-americano. Cabe ao maciador retalhar a gordura da baleia em pequenos pedaços dos quais se extrairá o óleo mediante aquecimento.

561. Mármore extraído das montanhas Berkshire, no oeste de Massachusetts.

562. Luís VI (1081-137), chamado o Gordo (*le Gros*) ou o Guerreiro (*le Batailleur*), foi rei dos francos de 1108 a 1137. Seu reinado foi dedicado à centralização das estruturas de poder e à consolidação do poder francês na seção continental da Normandia. Tinha disposição guerreira, porém o sobrepeso tornou difícil sua participação no campo de batalha.

563. Termo sem equivalente em português. A ver pelas analogias culinárias que surgem na passagem, *slobgollion* sugere uma corruptela de *slumgullion*, variante do goulash europeu e prato típico do sul e do meio-oeste americano.

Gurry,[564] assim chamado, é um termo cunhado na baleação de baleias-francas, mas às vezes usado pontualmente pelos pescadores de cachalote. Designa a substância escura e viscosa que se raspa das costas da baleia-da-groenlândia ou da baleia-franca, e grande parte da qual cobre o convés das almas inferiores que caçam esse leviatã ignóbil.

Nippers.[565] Em seu sentido estrito, não é termo nativo do vocabulário baleeiro. Quando aplicado por baleeiros, porém, assim se torna. A pinça de um baleeiro é uma tira curta e firme de matéria tendinosa cortada da parte afilada da cauda do leviatã: tem em média dois centímetros de espessura e, quanto ao resto, é mais ou menos do tamanho da pá de uma enxada. Arrastada ao longo do convés engordurado, faz as vezes de um rodo de couro; e por encantamentos inexplicáveis, como magia, atrai para si toda a sujeira.

Para melhor aprender sobre esses assuntos obscuros, não há nada melhor do que descer imediatamente à câmara de gordura e ter uma longa conversa com seus internos. O local já foi antes mencionado como armazém das mantas, quando esfoladas da baleia e içadas a bordo. Quando é chegado o momento certo de cortar seu conteúdo, o mencionado cômodo é um cenário de horror para todos os não iniciados, sobretudo à noite. Iluminado em um dos lados por um lampião mortiço, reserva-se um espaço livre aos trabalhadores. Eles vão geralmente aos pares — um portando o pique e o grampo, e outro a cortadeira. O pique baleeiro se assemelha à arma de abordagem de mesmo nome, presente em fragatas de guerra. O grampo não difere em linhas gerais do gancho utilizado nos botes. Com este, o grampeiro prende uma folha da gordura[566] e luta para que ela não escorregue enquanto o navio segue em seu constante balanço. Enquanto isso, o cortador fica de pé sobre a própria folha, talhando-a perpendicularmente em piças,[567] isto é, pedaços passíveis de transporte. A cortadeira é tão afiada quanto possível; os pés do cortador estão descalços; a coisa sobre a qual ele se equilibra por vezes desliza irresistivelmente para longe dele, como um trenó. Vocês ficariam surpresos se ele cortasse um dedo, seu próprio ou do assistente? Os dedos dos pés são escassos entre os veteranos da câmara de gordura.

---

564. Termo também sem equivalente em português. A ver pelo procedimento descrito, é convocado ao processo de raspagem da "blequesquine" ou pele do cachalote (ver capítulo 68).
565. Termo sem equivalente em português. Literalmente traduzido, significa "pinças".
566. Sobre o uso do termo "folha" para se referir ao produto do maciamento (corte) da gordura, ver capítulo 96.
567. Termo do jargão luso-açoriano, derivado do inglês *piece*.

95
A batina

Tivessem vocês subido a bordo do *Pequod* em determinado momento dessa autópsia da baleia; e tivessem vocês caminhado a vante, aproximando-se do molinete, tenho certeza de que teriam examinado com grande curiosidade um objeto dos mais estranhos e enigmáticos a serem vistos ali, estendido longitudinalmente nos embornais de sotavento. Não é a maravilhosa cisterna da cabeça da baleia, nem o prodígio de sua mandíbula inferior desarticulada, ou o milagre da cauda simétrica; nenhum desses espetáculos o surpreenderia mais do que o mínimo vislumbre daquele cone inexplicável, que, em comprimento, batia os homens mais altos do Kentucky, com quase trinta centímetros de diâmetro na base e de um preto azeviche como Yojo, o ídolo de ébano de Queequeg. E, aliás, ídolo é o que ele é — ou, melhor, assim o fora, a julgar por seus semelhantes. Um ídolo como o encontrado nos bosques secretos da rainha Maaca, na Judeia; e por adorá-lo, o rei Asa, seu filho, a removeu de seu posto e destruiu o ídolo horrível e o queimou junto ao rio Cedrom, como dito tenebrosamente no décimo quinto capítulo do livro primeiro dos Reis.[568]

Assistam à aproximação do marinheiro a quem chamam maciador,[569] que, com o auxílio de dois comparsas, coloca sobre as costas o pesado *grandissimus* — nome que os marinheiros lhe dão — e, com os ombros curvados, cambaleia debaixo dele como se fosse um granadeiro carregando um camarada morto para longe do campo de batalha. Estendendo-o sobre o convés do castelo de proa, ele agora trabalha cilindricamente para remover a pele escura, como um caçador africano faz com a pele de uma anaconda. Feito isso, ele vira a pele do avesso, como uma perna de calça; dá-lhe um bom alongamento, quase a dobrar o seu diâmetro; e por fim a pendura, bem estendida, no cordame, para secar.

568. 1 Reis 15,11-13: "E Asa fez o que era reto aos olhos do Senhor, como Davi, seu pai, porque tirou da terra os rapazes escandalosos, e tirou todos os ídolos que seus pais fizeram, e até a Maaca, sua mãe, removeu para que não fosse rainha, porquanto tinha feito um horrível ídolo a Aserá; também Asa desfez o seu ídolo horrível e o queimou junto ao ribeiro de Cedrom".

569. Termo do jargão baleeiro luso-açoriano, derivado do inglês *mincer*.

Em pouco tempo, ela é despendurada; e o maciador, depois de remover cerca de um metro de pele na extremidade afilada e, então, abrir mais duas fendas para a passagem dos braços na outra extremidade, desliza longitudinalmente para dentro dela. O maciador posta-se agora diante de vocês investido do hábito de seu ofício. Usada por sua ordem desde tempos imemoriais, só essa indumentária o protegerá adequadamente enquanto estiver empenhado nas funções próprias ao cargo.

Essa função consiste em maciar as piças para os caldeirões — operação conduzida sobre um cavalo de madeira curioso, plantado de ponta a ponta contra a amurada, com uma enorme tina debaixo dele, à qual as piças maciadas deslizam, velozes como folhas que voassem da escrivaninha de um orador em êxtase. Vestido elegantemente de preto, ocupando um destacado púlpito, atento à Bíblia que tem diante de si — que belo candidato ao arcebispado é esse maciador! Que bom papa daria esse rapazinho![570]

570. "Folhas de Bíblia! Folhas de Bíblia!" Esse é o grito invariável dos imediatos ao maciador. Exige-se dele que seja cuidadoso e corte as piças em fatias finíssimas, visto que dessa forma o fervimento da gordura e sua transformação em óleo se aceleram muito, sua quantidade é consideravelmente aumentada, e talvez sua qualidade seja melhorada. (N. A.)
[No jargão luso-açoriano, as fatias resultantes do trabalho do maciador são, em decalque do jargão baleeiro americano, chamadas "livros" ou "Bíblias".]

96
O traiol

Além dos botes içados, é o traiol que marca a aparência exterior de um baleeiro americano. Essa embarcação apresenta a exótica anomalia de portar a alvenaria mais sólida junto ao carvalho e ao cânhamo na constituição da nau em seu conjunto. É como se uma olaria fosse transportada do campo aberto para as suas pranchas.

O traiol está instalado entre o traquete e o mastro principal, a parte mais espaçosa do convés. As tábuas que o sustentam são de resistência própria, adequadas ao peso de uma massa quase compacta de tijolo e argamassa com algo em torno de trinta por vinte e cinco centímetros quadrados e outros quinze de altura. A fundação não penetra o convés, mas a alvenaria está firmemente presa à superfície por pesados calços de ferro, que a prendem de todos os lados e a aparafusam no madeiramento. Nos flancos, é revestido de madeira e, no topo, completamente coberto por uma grande escotilha inclinada, feita de ripas. Ao se remover a escotilha, expõem-se os grandes caldeirões de fervimento, dois em número, cada qual com capacidade de receber o conteúdo de vários barris de gordura. Quando não estão em uso, são conservados em invejável asseio. Às vezes, são polidos com pedra-sabão e areia, até que brilhem por dentro como poncheiras de prata. Durante os turnos da vigília noturna, alguns velhos marinheiros cínicos os adentram sorrateiramente e ali se enrolam para tirar um cochilo. Enquanto se trabalha em seu polimento — um homem em cada caldeirão, lado a lado —, muitas confidências são trocadas sob lábios de aço. É também um lugar para meditação matemática profunda. Foi no caldeirão da esquerda dos traióis do *Pequod*, com a pedra-sabão trabalhando diligentemente em meu entorno, que fui tocado pelo fato notável de que na geometria todos os corpos que deslizam por uma cicloide — minha pedra-sabão, por exemplo — descerão de qualquer ponto precisamente ao mesmo tempo.

Removendo-se o guarda-fogo da frente do traiol, fica exposta a alvenaria nua desse lado, penetrada pelas duas bocas de ferro das fornalhas, diretamente debaixo dos caldeirões. Essas bocas são equipadas com pesadas portas de ferro. O intenso calor do fogo fica sem qualquer acesso ao convés, por meio de um reservatório raso que se estende sob toda a superfície fechada da estrutura. Mediante um tubo inserido na parte traseira, esse reservatório é abastecido com água na mesma velocidade com que essa evapora. Não há chaminés externas; elas se abrem diretamente na parede traseira. E neste ponto voltemos por um momento.

Eram cerca de nove horas da noite quando o traiol do *Pequod* foi aceso nesta travessia. Cabia a Stubb supervisionar os procedimentos.

"Tudo pronto aí? Abram a escotilha e mãos à obra. Ei, cozinheiro, acenda a fornalha." A tarefa era coisa fácil, pois o carpinteiro vinha lançando suas aparas na fornalha durante toda a travessia. Que se diga aqui que, em uma viagem de caça baleeira, o primeiro fogo do traiol tem de ser alimentado por algum tempo com lenha. Depois disso, a madeira é dispensada, exceto como meio de ignição rápida para o combustível principal. Em suma, depois de passar pelos caldeirões, a gordura crocante e engelhada, agora chamada de sobra ou frito,[571] ainda conserva grande parte de sua oleosidade. Esses fritos alimentam o fogo. Como um exuberante mártir inflamado, ou um misantropo que uma vez incendiado consome a si mesmo, a baleia fornece o próprio combustível e arde em seu próprio corpo. Que bom seria se também consumisse a própria fumaça! Pois é fumaça horrível de inalar, e escolha não há, e mais que inalar, é preciso viver dentro dela por algum tempo. Tem um odor impronunciável, selvagem e hindu,[572] como o que talvez cerque as piras funerárias. Tem o cheiro da ala esquerda do Dia do Juízo Final;[573] é argumento para a existência do inferno.

Por volta da meia-noite, o traiol estava a todo vapor. Já havíamos deitado a carcaça ao mar; as velas estavam enfunadas; a brisa ganhava força; era intensa a escuridão do oceano selvagem. Mas a escuridão era lambida pelas chamas ferozes que vez e outra se bifurcavam das chaminés fuliginosas e iluminavam os mais elevados cabos do cordame, como fosse o afamado fogo grego.[574] O navio em chamas seguia em sua travessia, como estivesse impiedosamente destacado para um ato de vingança. Assim como os brigues sardônicos carregados de

---

571. Frito é o torresmo derivado da fritura dos "livros" ou "Bíblias" em sua própria gordura, esta derretida e transformada em óleo. O termo luso-açoriano deriva diretamente do inglês *fritter*, utilizado no original de Melville. Uma vez "fritos", os torresmos derivados do processo são guardados, como diz o narrador na sequência, para alimentar o fogo.
572. Referência ao costume indiano da cremação dos mortos.
573. A ala esquerda do Dia do Juízo Final é destinada aos condenados, como se lê em Mateus 25,31-33.
574. Mistura inflamável à base de piche utilizada pelos bizantinos em guerra.

piche e enxofre do intrépido Canaris,[575] zarpando de seus portos noturnos com largos panos de chamas à guisa de vela e avançando sobre as fragatas turcas e as cobrindo em conflagrações.

A escotilha, removida do alto do traiol, agora fazia as vezes de uma ampla lareira a quem estivesse a sua frente. Ali se viam as silhuetas tártaras dos trancadores pagãos, tradicionais foguistas dos navios baleeiros. Com longas forquilhas, lançavam os pedaços sibilantes de gordura nos caldeirões escaldantes, ou atiçavam o fogo abaixo, até que as chamas se dilatassem agitadas como serpentes, desenrolando-se para fora das portas como se lhes pretendessem atacar os pés. A fumaça volteava sobre si e se dissipava em grossas nuvens negras. Para cada arremetida do navio à proa havia uma arremetida do óleo fervente, que parecia sequioso de lançar-se sobre seus rostos. Em frente à boca do traiol, do outro lado da larga lareira de madeira, ficava o molinete, transformado em sofá marítimo. Ali descansava o marinheiro em vigília, quando não empregado de outra forma, com os olhos fitos na ardente vermelhidão das chamas até que os olhos nas órbitas se lhes ressequissem. Os traços fulvos, agora cobertos de fuligem e suor, as barbas emaranhadas e o bárbaro brilho contrastante dos dentes, tudo isso eram revelações que ganhavam estranhos contornos sob o caprichoso lume do traiol. Enquanto narravam uns aos outros aventuras profanas, contos de horror vazados em palavras alegres; à medida que o riso selvagem se elevava e se bifurcava de suas bocas como as chamas da fornalha; de um lado para outro, à sua frente, os arpoadores gesticulavam ensandecidamente com os imensos garfos[576] à mão; e enquanto o vento uivava e o mar arfava, e o navio gemia e embicava, contínuo era o erguer-se desse rubro inferno na escuridão do mar e da noite, a roer desdenhosamente os ossos brancos em sua boca e a cuspi-los grotescamente à sua roda; e assim o impetuoso *Pequod*, tendo selvagens por carga e fogo por lastro, queimava seu cadáver e mergulhava no negror da escuridão, como um símile material da alma de seu comandante monomaníaco.

Assim tudo se me pareceu, enquanto estive ao leme do navio e, por longas horas, conduzi em silêncio essa nau de fogo em seu caminho mar adentro. Coberto nesse período pela escuridão, mais se me acentuavam o rubor, a loucura

575. Constantine Kanaris (*c.* 1793-1877) foi um oficial naval durante a Guerra de Independência grega contra os otomanos. Em 1822, ele introduziu o uso de embarcações em chamas contra os turcos, prendendo sorrateiramente pequenas embarcações aos navios inimigos e ateando-lhes fogo.
576. Garfos de gordura (ou toucinho, no jargão luso-açoriano), geralmente feitos de dois dentes.

e a paixão macabra que aos outros acometia. A visão contínua das formas saltitantes do demônio, ora em meio a fumaça, ora em meio ao fogo, gerou por fim visões semelhantes em minha alma, assim que comecei a ceder àquela sonolência inexplicável de que sempre era vítima ao leme à meia-noite.

Mas naquela noite, em particular, uma coisa estranha (e desde então inexplicável) me ocorreu. Despertando sobressaltado de um breve cochilo em pé, senti-me terrivelmente cônscio de que um erro fatal tinha lugar. O osso em que a cana do leme fora entalhada bateu-me no flanco, que nela se recostava; em meus ouvidos estava o panejar das velas, que começavam a se agitar à medida que a brisa as tocava; pensei que tinha os olhos abertos; tenho quase certeza de ter levado meus dedos às pálpebras e as aberto mecanicamente. Mas, apesar de tudo isso, não conseguia ver diante de mim nenhuma bússola que me guiasse, embora me parecesse não ter transcorrido um minuto desde que examinara a direção à luz do lampião fixo que iluminava a bitácula. Era como se nada tivesse diante de mim senão o breu da escuridão, vez e outra tornada pavorosa sob os bruxuleios da vermelhidão. Acima de tudo pairava a impressão de que aquela coisa célere e pressurosa em que estava não se dirigia a porto algum — pelo contrário, deixava todos os portos para trás. Abateu-se sobre mim um sentimento perplexo, de morte. Minhas mãos convulsas agarraram o leme, mas dominadas pela louca fantasia de que o leme estava, como que por um encanto, invertido. Meu Deus! Qual é o problema comigo?, pensei. Ai! Em meu breve cochilo, dera meia-volta — estava de frente para a popa do navio, as costas dando para a proa e a bússola. Num instante, olhei para trás, bem a tempo de evitar que a embarcação virasse contra o vento e muito provavelmente emborcasse. Em que feliz e boa hora me sobreveio o alívio dessa bizarria noturna, e da contingência fatal de virar a sotavento!

Não te percas a admirar o fogo, homem! Nunca sonhes com a mão no leme! Não voltes as costas à bússola; aceita a primeira sugestão do leme trêmulo; não te fies no fogo artificial, quando seu matiz encarnado reduz ao horror tudo o que toca. Espera o amanhã, à luz do sol, sob o cintilar dos céus; aqueles que brilharam como demônios à luz das chamas bífides, à luz da manhã se revelarão em tons outros, senão mais suaves; pois é o glorioso sol, dourado e feliz, o único verdadeiro lume — os demais são mentirosos!

O sol, porém, não esconde o Pântano Sombrio da Virgínia, nem a maldita Campagna de Roma, nem a amplidão do Saara, nem todos os milhões de milhas de desertos e tristezas sob a lua. O sol não esconde o oceano, que é o lado escuro da terra e que a cobre em dois terços. Daí que o homem mortal que traz consigo mais alegria do que tristeza; um tal homem não pode ser verdadeiro — não é verdadeiro, ou é mal desenvolvido. O mesmo vale para os livros. O mais verdadeiro dentre todos os homens foi o Homem de Dores,[577] e o mais verdadeiro dentre todos os livros é o de Salomão, e o Eclesiastes é o fino aço malhado da desgraça. "Tudo é vaidade."[578] TUDO. Este mundo obstinado ainda não se apoderou da sabedoria pagã de Salomão. Mas aquele que se esquiva de hospitais e prisões, e acelera o passo ao cruzar os cemitérios, e prefere falar de óperas a falar do inferno; e que pensa em Cowper, Young, Pascal e Rousseau como uns pobres coitados, uns homens doentes; e ao longo de uma vida despreocupada jura por Rabelais que a maior sabedoria é uma vida feliz;[579] esse não é um homem apto a se sentar em lápides e romper o barro úmido e verde com a insondável e formidável sabedoria de Salomão.

Mas até mesmo Salomão diz: "O homem que anda desviado do caminho do entendimento na congregação dos mortos repousará" (isto é, ainda que vivo esteja).[580] Não te entregues, portanto, ao fogo, pois ele te pode virar do avesso, roubar-te a vida; como fez comigo por aquele período. Existe uma sabedoria que é dor; mas existe uma dor que é loucura. E existe em algumas almas uma águia como as quem vivem nas Catskills;[581] uma águia capaz de mergulhar nas gargantas mais sombrias e voar delas para o alto outra vez e se tornar invisível nos espaços que o sol inunda. E ainda que ela voe para sempre dentro do desfiladeiro, esse desfiladeiro está nas montanhas — por isso, mesmo em seu mergulho mais baixo, a águia das montanhas ainda vive mais alto do que outras aves da planície, por mais alto que estas voem.

---

577. A figura do "homem de dores", presente no capítulo 53 do Livro de Isaías, do Velho Testamento, foi compreendida pelos cristãos como uma prefiguração de Cristo, tal como se lê nos versículos 3, 4 e 5: "Era desprezado e o mais indigno entre os homens, homem de dores, experimentado nos trabalhos e, como um de quem os homens escondiam o rosto, era desprezado, e não fizemos dele caso algum. Verdadeiramente, ele tomou sobre si as nossas enfermidades e as nossas dores levou sobre si; e nós o reputamos por aflito, ferido de Deus e oprimido. Mas ele foi ferido pelas nossas transgressões e moído pelas nossas iniquidades; o castigo que nos traz a paz estava sobre ele, e, pelas suas pisaduras, fomos sarados".
578. São atribuídos a Salomão os livros do Velho Testamento Provérbios, Cântico dos Cânticos e Eclesiastes, do qual consta (1,2) a passagem citada.
579. O inglês William Cowper (1731-1800) foi compositor de hinos e um dos poetas mais admirados de seu tempo; Edward Young (1683-1765) foi um poeta inglês, conhecido por "Night-Thoughts", um longo poema em nove cantos que influenciou autores como William Blake e Goethe; Blaise Pascal (1623-62), filósofo, físico, matemático, inventor e teólogo francês; Jean-Jacques Rousseau (1712-78), filósofo e uma das figuras centrais do Iluminismo francês; e François Rabelais (1494-1553), um dos principais nomes do Renascimento francês.
580. Provérbios 21,16.
581. As montanhas Catskill estão localizadas no estado de Nova York.

97
A lamparina

TIVESSEM VOCÊS DESCIDO DO traiol ao castelo de proa do *Pequod*, onde dormiam os marinheiros do turno que folgava, por um instante seriam capazes de pensar estar em algum santuário iluminado de reis e conselheiros canonizados. Lá jaziam em suas câmaras triangulares de carvalho, cada marinheiro em sua mudez cinzelada, com uma vintena de lamparinas bruxuleando sobre seus olhos fechados.

Nos navios mercantes, o óleo para o marinheiro é mais escasso do que o leite das rainhas. Vestir-se no escuro, comer no escuro e tropeçar no escuro em seu caminho para o catre — eis o seu destino habitual. Mas o baleeiro, ao buscar alimento da luz, vive sob a luz. Ele transforma seu beliche em uma lâmpada de Aladim e nela se deita; de modo que, na noite mais escura, o casco preto do navio ainda abriga iluminação.

Vejam com que liberdade o baleeiro leva seu punhado de lamparinas — muitas vezes, não mais do que velhas garrafas e frascos — à cula[582] de cobre, ou tanque de arrefecimento do traiol, e as reabastece ali, como canecas de cerveja em um barril. Ele queima, também, o mais puro dos óleos em seu estado não manufaturado e, portanto, inadulterado; um fluido desconhecido dos mecanismos de terra firme, sejam eles solares, lunares ou celestes. É doce como a manteiga fresca de abril. Ele sai à caça de seu óleo como quem deseja estar certo de seu frescor e legitimidade, assim como o viajante na pradaria sai à caça de sua própria ceia.

---

582. Cula é termo do jargão luso-açoriano, derivado do inglês *cooler*.

98

Arrumação e limpeza

JÁ FOI RELATADO COMO o grande leviatã é avistado a distância do topo do mastro; como é perseguido nas charnecas aquáticas e massacrado nos vales das profundezas; e então rebocado ao costado e decapitado; e como (segundo o princípio que conferia ao carrasco de outrora as vestes em que o decapitado havia sido morto) seu grande sobretudo acolchoado se torna propriedade de seu carrasco; e como, a seu tempo, ele é condenado aos caldeirões e, como Sadraque, Mesaque e Abednego, espermacetes, óleo e ossos saem ilesos do fogo.[583] Mas agora resta concluir o último capítulo desta parte da descrição ensaiando — cantando, se me permitem — o procedimento romântico da decantação do óleo nos tonéis e sua arrumação no porão, onde mais uma vez o leviatã retorna às suas profundezas nativas, deslizando sob a superfície como antes; mas, ai!, para nunca mais emergir e bufar.

Ainda quente, o óleo, como ponche, é armazenado em tonéis com capacidade para seis barris do produto;[584] e enquanto, talvez, o navio siga em seu agitado balanço no mar da meia-noite, os enormes tonéis rolam e tombam, às vezes de ponta-cabeça, ou deslizam perigosamente pelo convés escorregadio, como tantos deslizamentos de terra, até que são por fim interceptados e freados em seu curso; e todos em torno dos aros, batendo, batendo com tantos martelos quanto podem, pois, ex officio, todo marinheiro é um tanoeiro.

Por fim, quando a última gota é envazada e arrefecida, as grandes escotilhas são abertas, as entranhas do navio estão à mostra, e os barris descem para seu descanso final no mar. Feito isso, as escotilhas são recolocadas e hermeticamente fechadas, como um armário lacrado.

---

583. A história está em Daniel 3,12-30. Sadraque, Mesaque e Abednego eram três judeus que se recusaram a adorar um ídolo de ouro. Sob as ordens de Nabucodonosor, rei dos babilônios, os três são condenados à morte em uma fornalha, mas sobrevivem sem qualquer ferimento. O rei então ordena que seu Deus seja adorado.

584. Barril é unidade métrica equivalente a algo entre trinta e quarenta galões. É utilizada nos dias de hoje pela indústria petrolífera.

Na pesca do cachalote, esta talvez seja uma das circunstâncias mais notáveis em toda a baleação. Um dia, as tábuas estão inundadas de torrentes de sangue e óleo; no sagrado tombadilho, massas enormes da cabeça da baleia são profanamente empilhadas; grandes barris enferrujados estão espalhados, como num pátio de cervejaria; a fumaça do traiol cobriu de fuligem toda a amurada; os marinheiros circulam untados de óleo dos pés à cabeça; todo o navio parece um grande leviatã; enquanto por toda parte o barulho é ensurdecedor.

Um ou dois dias depois, no entanto, vocês olharão ao redor e se farão todo ouvidos nesse mesmo navio; e se não fossem os botes e o traiol a servir de evidência, seriam capazes de jurar que pisavam em algum silencioso navio mercante, com um comandante escrupulosamente organizado. O óleo de espermacete não manufaturado possui uma virtude de limpeza singular. Essa é a razão pela qual os conveses nunca parecem tão brancos como depois do que chamam de trabalhos de olear. Além disso, das cinzas dos restos queimados da gordura da baleia, uma potente lixívia é prontamente produzida; e sempre que qualquer parte do dorso da baleia permanece grudada ao costado, aquela soda cáustica logo a extermina. As mãos da marujada seguem diligentes por toda a extensão da amurada e, com baldes de água e trapos, devolvem-lhe a limpeza completa. A fuligem é removida do cordame inferior. Todos os numerosos instrumentos que estiveram em uso são igualmente limpos e devidamente guardados. A grande escotilha é esfregada e colocada sobre o traiol, ocultando por completo os caldeirões; os barris desaparecem do campo de visão; todas as talhas são enroladas e guardadas em cantinhos invisíveis; e quando, pela atividade combinada e simultânea de quase toda a companhia do navio, todo este dever de consciência é por fim concluído, então a tripulação em si se dedica às próprias abluções; transformando-se da cabeça aos pés; e finalmente se apresentando ao convés imaculada, limpa e viçosa como uma companhia de noivos recém-despertos nos mais delicados lençóis de holanda.

A passos exultantes, esses homens agora caminham pelas tábuas do convés aos pares e trios, e discursam com humor sobre salões, sofás, tapetes e cambraias finas; aventam atapetar o convés; pensam em instalar alcatifas no topo dos mastros; não fazem objeções a tomar chá ao luar no terraço do castelo de proa. Mencionar óleo, ossos e gordura a esses perfumados marinheiros não seria menos do que um acinte. Não fazem ideia dessas coisas a que você faz remota alusão. Saia — e traga-nos guardanapos!

Mas atenção: lá no alto, nos topes dos três mastros, estão três homens com a intenção de avistar mais baleias, que, uma vez capturadas, fatalmente empestearão outra vez a velha mobília de carvalho e deitarão ao menos uma manchinha de gordura nalguma parte do convés. Sim; e muitas são as ocasiões em que, após os mais severos e ininterruptos trabalhos, que não conhecem descanso noturno; estendendo-se ininterruptos por noventa e seis horas; quando do bote, onde fizeram seus pulsos incharem na lide do remo durante um dia inteiro a dobrá-los sob o céu equatorial — há ocasiões em que os marinheiros subirão ao convés tão somente para carregar as enormes correntes, e içar o pesado molinete, e cortar e maciar, sim, e receber sobre o próprio suor os fumos e calores dos lumes do sol equatorial e do traiol equatorial combinados; e quando, na esteira de tudo isso, eles finalmente trataram de limpar o navio e transformá-lo em um imaculado galpão de laticínios; muitas vezes esse é o momento em que os pobres coitados, que mal terminaram de abotoar o pescoço das camisas limpas, sobressaltam-se com o grito de "Baleia à vista!"; e apressam a enfrentar-se uma nova baleia, e vivem mais uma vez toda a idêntica enfiada de aborrecimentos. Oh, meus amigos, mas isso é de matar um homem! No entanto, a vida é isso. Pois nós, mortais, depois de longa faina, mal extraímos da formidável massa deste mundo seu pequeno, porém valioso, espermacete; e, com enfastiada paciência, lavamo-nos de suas imundícies e aprendemos a viver aqui nos limpos tabernáculos da alma; mal isso acontece quando — *Baleia à vista!* — erguem-se os vapores do fantasma, e navegamos para enfrentar algum outro mundo e retornar à velha rotina da jovem vida.

Oh, a metempsicose![585] Oh! Pitágoras, que na iluminada Grécia, há dois mil anos, morreu, tão bom, tão sábio, tão sereno; naveguei contigo pela costa peruana na última viagem — e, tolo como sou, ensinei-te, rapazote sem experiência e educação, a costurar um cabo!

585. Pitágoras de Samos (570 a.C.-495 a.C.) foi um importante filósofo e matemático grego, responsável por significativos achados nos campos da geometria e da música. A partir dos números, Pitágoras e seus seguidores desenvolveram uma explicação da ordem do cosmo, à qual concorriam ideias empiricamente comprováveis (como a esfericidade da Terra) e hipóteses de fundo místico, como a metempsicose. Esta seria um movimento cíclico por meio do qual um mesmo espírito, após a morte do antigo corpo em que habitava, retorna à existência material, animando sucessivamente a estrutura física de vegetais, animais ou seres humanos.

99
O dobrão

EM OUTRO MOMENTO, relatou-se como Ahab costumava caminhar de um lado a outro do tombadilho, dando meias-voltas regulares fosse diante da bitácula, fosse diante do mastro principal; mas, na multiplicidade de outras coisas que exigiam narração, não se acrescentou como às vezes, nessas caminhadas, quando mais ensimesmado se mostrava, tinha ele o hábito de parar ora num, ora noutro ponto e ficar ali examinando estranhamente o objeto particular que tinha à frente. Quando parava diante da bitácula, com os olhos fitos na agulha pontiaguda da bússola, seu olhar era um dardo atravessando o ar na intensidade pontiaguda de seu propósito; e, ao fazer o caminho de volta, parando outra vez diante do mastro principal — nesse momento, quando o mesmo rebite do olhar fixava-se na moeda de ouro ali rebitada, ele trazia o semblante imbuído daquela mesma firmeza cravada, apenas espargida da fúria de um certo desejo, para não dizer esperança.

Mas, certa manhã, quando se virava para deixar o dobrão, ele traiu um interesse renovado pelas estranhas figuras e inscrições nele gravadas, como se então, pela primeira vez, começasse a interpretar para si mesmo à sua maneira monomaníaca qualquer sentido que nelas se insinuasse. E significados como esses se escondem em todas as coisas, do contrário todas as coisas valem bem pouco, e o próprio mundo em sua redondeza se reduz a um redondo zero, senão para ser vendido como entulho, como o fazem com colinas ao redor de Boston, para aterrar algum pântano na Via Láctea.[586]

Era um dobrão do mais puro e imaculado ouro, garimpado em algum lugar do coração de lindas colinas, de onde, a ocidente e oriente, brotam sobre areias douradas as cabeceiras de muitos Pactolos.[587] E embora agora pregado em meio

---

586. Ismael se refere ao longo processo de aterramento das regiões de mar que cercavam a cidade de Boston, fundada no século XVII sobre um promontório ligado ao continente por um pequeno istmo. À época da publicação de *Moby Dick*, o preenchimento das adjacências da cidade já havia quase duplicado sua área original, em um trabalho que se estenderia até o final do século.

587. Rio da Lídia (atual Turquia), famoso nas lendas antigas pelo ouro que se revelava à flor de suas margens.

a toda a ferrugem dos parafusos de ferro e do azinhavre dos cravos de cobre, intocado e imaculado que se mostrava de qualquer sujidade, ainda preservava o brilho equatoriano. E, embora ali pregado ao alcance de uma tripulação de homens implacáveis e a cada hora sempre próximo de suas mãos implacáveis, e através de intermináveis noites coberto por uma escuridão cerrada, capaz de dissimular qualquer gatunagem, a cada amanhecer lá estava o dobrão, onde o pôr do sol o havia deixado. Pois ele havia sido separado e santificado para um fim tremendo; e por mais dissolutos que fossem os modos da marinhagem, todos o reverenciavam como o talismã da Baleia Branca. Às vezes, conversavam sobre ele durante a aborrecida vigília da madrugada, perguntando-se a quem por fim se destinaria e se o agraciado viveria para gastá-lo.

Essas nobres moedas de ouro da América do Sul são como medalhas do sol e peças simbólicas do trópico. Palmeiras, alpacas e vulcões; o disco do sol e as estrelas; o cerco cristalino, cornucópias e belos estandartes ao vento apresentam-se estampados em exuberante profusão; de modo que do ouro precioso parece quase derivar uma preciosidade acrescida e glórias amplificadoras, passando por aquelas extravagantes Casas da Moeda, tão hispanicamente poéticas.

O caso era que o dobrão do *Pequod* era um exemplo muito profuso desses elementos. Em sua borda redonda, trazia a inscrição REPUBLICA DEL EQUADOR: QUITO. A moeda brilhante vinha, portanto, de um país plantado no meio do mundo, e debaixo do grande Equador, do qual recebeu seu nome; e tinha se instalado a meio caminho da subida dos Andes, em clima que não conhece declínio, nem outono. Cingidos por essas letras, via-se a semelhança de três picos andinos; um deles ocupado por uma chama; o outro por uma torre; e o terceiro, por um galo cantante; enquanto sobre tudo se estendia em forma de arco um segmento fracionado do zodíaco, os signos todos marcados com seus esotéricos símbolos usuais, e a pedra angular do sol entrando no ponto equinocial em Libra.

Diante da moeda equatorial, Ahab, não sem despertar a atenção de outros, fez uma parada.

"O egoísmo nunca deixa de se fazer presente no topo de torres e montes, a exemplo de tudo quanto seja reverendo e elevado; a grandeza desses três picos nada deve a Lúcifer. A rija torre, eis Ahab; o vulcão, eis Ahab; o galo da vitória, valente e destemido, igualmente Ahab — todos são Ahab; e esse ouro redondo é a figura deste globo redondo, que, como o espelho do mágico, de cada homem reflete tão somente o eu misterioso. Muito trabalho, pouco resultado — eis o que resta a quem deixa ao mundo as soluções... o mundo é incapaz de dar solução a si mesmo! Ora, mas me parece que este sol cunhado tem feições avermelhadas; e sim, ele entra no signo das tempestades, o equinócio! E seis meses antes, ele saía de um primeiro equinócio em Áries! De tempestade em tempestade! Que assim seja. Nascido da dor, nada mais justo que o homem conheça da vida o rigor e da morte o estertor! Que assim seja, pois! Eis aqui a matéria-prima da dura desgraça. Que assim seja!"

"Não consigo imaginar uma fada se aproximando daquele ouro; já o demônio, não duvido que ontem mesmo tenha deixado ali a marca de suas garras", murmurou Starbuck consigo mesmo, recostado na amurada. "O velho parece estar diante do horror que se escreveu na parede do palácio de Belsazar.[588] Nunca examinei com cuidado a moeda. Ele desce à cabine; deixe-me ler. Um vale escuro entre três imensos picos a tocar o céu, uma Santíssima Trindade, por assim dizer, simbolizada de forma sutilmente mundana. Neste vale da Morte, portanto, Deus nos conserva em seu abraço; e acima de nossas trevas todas, o sol da Retidão ainda brilha como farol e esperança. Se baixarmos os olhos, o vale escuro mostra o solo bolorento; mas se os erguermos, o sol brilhante vem ao encontro do nosso olhar para nos trazer alegria. No entanto, oh, o grande sol não se encontra preso no céu; e se, à meia-noite, quisermos arrancar dele algum doce consolo, procurar por ele é vão! Esta moeda toca-me com sabedoria, suavidade e verdade, mas também com melancolia. Paro aqui, antes que a verdade me abale em seus enganos."

"Aí está o velho Khan", monologou Stubb próximo ao traiol, "lá vai ele quebrar a cabeça na frente da moeda... e agora é a vez de Starbuck, e os dois com umas carrancas de botar inveja a muita cara feia. E tudo isso de ficar olhando uma moeda de ouro, que se eu tivesse agora mesmo em Negro Hill[589] ou em Corlear's Hook, não esperava cinco minutos pra gastar. Humpf! Isso, na minha pobre e insignificante opinião, é bem estranho. Já vi outros dobrões viajando por aí; dobrões da velha Espanha, dobrões do Peru, dobrões do Chile, dobrões da Bolívia, dobrões de Popayán;[590] e muitos *moidores* e *pistoles* de

588. Ver notas 208 e 646.
589. "Negro Hill" é a expressão racializada que se aplicava ao West End de Boston, região em que se concentrava a maior população de negros livres da cidade, além de imigrantes e brancos pobres em geral. Como Corlear's Hook (ver nota 9), em Manhattan, a região abrigava bordéis e salões de música e era bastante estigmatizada pelo poder público da cidade.
590. Cidade na Colômbia onde havia uma famosa casa de cunhagem de moedas, fundada pelos espanhóis em 1758.

ouro, e joões e meios-joões e quartos de joão.[591] O que pode existir nesse dobrão do Equador que seja essa maravilha de matar? Golconda seja louvada![592] Que tá escrito aqui? Uau! São símbolos e maravilhas de verdade! Ora, isso é o que lá no Epítome do velho Bowditch chama-se zodíaco, e que meu almanaque lá embaixo chama da mesma coisa. Vou buscar o almanaque e, do mesmo jeito que ouvi dizer que dá pra invocar demônios com a aritmética de Daboll, vou tentar invocar um sentido aqui a partir dessas garabulhas esquisitas com o calendário de Massachusetts. Aqui está o livro. Vamos ver agora. Signos e maravilhas; e o sol sempre entre eles. Hummmmm... aqui estão eles — lá vão eles — todos vivos: Áries é o carneiro; esse boi é Touro, e esses dois aqui... ora, são os Gêmeos! Bom... e o sol vai caminhando por eles. Isso mesmo: aqui na moeda, ele está cruzando a soleira entre duas das doze salas de estar, um círculo delas. Livro, você fique aí! O fato é que vocês, livros, precisam saber o lugar de vocês. Vocês só servem pra dar as palavras e os fatos básicos — pensar é com a gente mesmo. Isso é o que diz minha pequena experiência, com respeito ao calendário de Massachusetts, ao navegador do Bowditch e à aritmética de Daboll.[593] Signos e maravilhas, é? Uma pena, se não houver nada de maravilhoso nos símbolos e nenhum sentido nas maravilhas... tem que ter uma pista em algum lugar; espere um pouco; xiu — escute! Pelas barbas do profeta, achei! Não é que esse seu zodíaco aqui, Dobrão, é a vida do homem em um capítulo redondo; é o que vou ler agora, direto do livro. Vamos lá, almanaque! Para começar: Áries ou o Carneiro — cão lascivo, ele nos gera; aí vem o boi, ou o Touro — ele nos derruba logo de cara; depois os irmãozinhos, ou os Gêmeos — quer dizer, a virtude e o vício; a gente tenta alcançar a virtude e pumba! Lá vem o caranguejo, que é Câncer e arrasta a gente de volta; e então, já longe da virtude, para diante da gente um Leão, e ele ruge, dá algumas mordidas ferozes e umas patadinhas de mau humor; escapamos e saudamos a Virgem, o nosso primeiro amor; a gente se casa, pensa em ser feliz pra sempre, quando do nada a gente topa com uma balança, Libra — a

591. *Moidore* é a anglicização de "moeda de ouro", a designar moedas de ouro de procedência portuguesa, assim como os *joes*, ou joões; *pistole* era a moeda de ouro de cunhagem espanhola.

592. Construída nas imediações de uma mina de diamantes no século XII, a cidade fortificada de Golconda, na Índia, conheceu no século XV um período de forte florescimento graças ao comércio de pedras preciosas. Seu nome se cristalizou no inglês para designar qualquer mina de valiosos recursos.

593. Para Bowditch, ver nota 223. Nathan Daboll (1750-1818) foi o autor de uma cartilha de aritmética bastante usada nas escolas norte-americanas no século XIX.

gente pesa a felicidade e vê que tá em falta; e não bastasse a gente já ficar triste com isso, meu Deus!, que pulo a gente dá quando o Escorpião vem picar a gente pelas costas; e a ferida tá quase curada quando, pfiu!, é flecha que não acaba mais; Sagitário, que é arqueiro, tá se divertindo um pouco. E a gente tá lá tirando as flechas quando — sai da frente! Lá vem o Aríete, o Capricórnio, o Bode, num pique danado e acerta a gente em cheio; bem na hora que esse rapaz com o Aquário despeja um dilúvio inteiro na nossa cabeça, e a gente se afoga; e dormindo com os Peixes tudo termina. Tem um sermão inteiro escrito no alto do céu, e o sol passa por ele todos os anos, e ainda sai dele todo vivo e pimpão. Olha a cara de felicidade dele, lá no alto, passeando em torno de tanto trabalho e aflição; e aqui embaixo, olha a cara alegre desse Stubb aqui. Oh, alegre é a palavra pra sempre! *Adieu*, dobrão! Mas peraí; olha o Cabeço chegando; deixa eu me ajeitar aqui atrás do traiol... quero escutar o que ele tem a dizer. Olha lá, já tá de frente pra ele; e já tá pra abrir a boca. É isso, é isso, ele tá começando a falar."

"Não vejo nada aqui, só uma coisa redonda de ouro, e quem avistar uma certa baleia vai ganhar essa coisa redonda. Ora, que raio que todo mundo tá vindo aqui encarar esse negócio? Vale dezesseis dólares, é verdade; e a dois centavos o charuto, isso dá novecentos e sessenta charutos. Tô acostumado a fumar esses cachimbos sujos como Stubb, mas gosto mesmo é de charuto, e aqui a gente tem novecentos e sessenta deles; então aqui vai o Flask lá pro alto para ficar de olho neles."

"É o que a gente pode chamar de bobo e sábio; porque se for realmente sábio, a aparência é boba; mas se for realmente bobo, a aparência é meio sábia. Opa! Aí vem nosso velho marujo da ilha de Man... esse aí que já foi cocheiro de enterro antes de vir pro mar. Ele para diante do dobrão; dá a volta, vai para o outro lado do mastro; ora, tem uma ferradura pregada daquele lado; e agora ele volta... mas o que isso significa? Atenção! Está resmungando... com essa voz que parece uma moenda de café em pandareco. Orelhas em pé! Escute!"

"Se a Baleia Branca for avistada, será em um mês e um dia, quando o sol se põe em algum desses signos; conheço esses signos, sei o que significam; me foram ensinados há vinte anos pela velha bruxa em Copenhague. Ora, mas em que signo estará o sol? O da ferradura — pois lá está ele, do lado oposto do ouro. E qual é o signo da ferradura? O Leão é o signo da ferradura — o leão que ruge e devora. Navio, velho navio! Minha velha cabeça balança ao pensar em ti."

"Eis aí uma nova versão; e texto mesmo, só um. Todo tipo de homem em um mundo só, percebe? Opa, escondido de novo! Aí vem Queequeg... todo tatuado...

ele mesmo parecendo os signos do Zodíaco. O que diz o canibal? Ora, se não está comparando notas; lendo a própria coxa; pensa que o sol está na coxa, ou na panturrilha, ou na barriga, imagino, como falavam as velhas do interior sobre astronomia cirúrgica. E, Deus seja louvado, ele encontrou algo ali perto da coxa... acho que é Sagitário, o arqueiro. Não; ele não sabe o que fazer com o dobrão; acha que é o botão velho das calças de um rei. Mas... escondido de novo, que aí vem aquele fantasma demônio, Fedallah; a cauda enrolada fora de vista como de costume, a estopa nas pontas dos sapatos como sempre. O que ele diz, com aquele olhar dele? Ah, só faz um sinal para a figura e se curva; tem um sol na moeda... adorador do fogo, tenha certeza disso. Ho! E não para de chegar gente! Agora quem vem é Pip... coitadinho! Mas era eu ou ele, um dos dois morria; ele meio que me dá medo. Ele também ficou de olho em todos esses intérpretes... inclusive em mim... e veja lá, ele começa a ler, com aquela cara abobalhada e sobrenatural. Fique de novo no seu canto e escute. Atenção!"

"Eu olho, você olha, ele olha; nós olhamos, vocês olham, eles olham."

"Por minha alma! Não é que anda estudando gramática? Ganhando conhecimento, pobre sujeito! Mas o que está dizendo agora?... xiu!"

"Eu olho, você olha, ele olha; nós olhamos, vocês olham, eles olham."

"Ora, está decorando... xiu! Uma vez mais."

"Eu olho, você olha, ele olha; nós olhamos, vocês olham, eles olham."

"Não dá pra dizer que não é engraçado."

"E eu, você e ele; e nós, vocês e eles, somos todos morcegos; e eu sou um corvo, especialmente quando estou no topo desse pinho aqui. Cró! Cró! Cró! Cró! Cró! Cró![594] Não sou um corvo? E onde está o espantalho? Lá está ele; dois ossos enfiados em um par de calças velhas e mais dois enfiados nas mangas de uma jaqueta velha."

"Será que está se referindo a mim?... São seus olhos!... Pobre menino!... Eu podia me enforcar agora mesmo. Enfim, por enquanto o melhor é ficar longe de Pip. Consigo aguentar os outros, eles têm um raciocínio claro... mas essa mistura de atino e desatino é demais pra minha sanidade. Melhor deixar o menino balbuciando."

"Eis aí o umbigo do navio, esse tal dobrão, e todos enlouquecidos para desenroscá-lo dali. Mas desenrosque o umbigo, e o que acontece? Por outro lado, se ficar ali, também não é coisa que preste, porque se tem coisa pregada no mas-

---

594. "Caw! caw! caw!", no original, é um verso da canção de A. F. Winnemore "Old King Crow", da qual Pip canta um verso na frase que encerra o capítulo.

tro, é sinal de que a coisa tá feia. Rá, rá! Velho Ahab! A Baleia Branca; ela é que vai te pregar! Isso aqui é um pinheiro. Meu pai, no antigo condado de Tolland, cortou um pinheiro uma vez e encontrou um anel de prata enfiado dentro dele... a aliança de casamento de um preto. Como foi parar ali? É o que eles vão dizer na ressurreição, quando vierem pescar este velho mastro e encontrarem um dobrão alojado nele, com as ostras encrustadas fazendo o papel de casca rugosa. Oh, o ouro! O precioso, precioso, ouro! Aquele avarento Davy Jones é que vai colocar você no montinho dele logo, logo! Psiu! Psiu! Deus caminha nesse mundo colhendo mirtilos... Cozinheiro, ô cozinheiro! Quem tá cozinhado é a gente... 'Hey, hey, hey! Hey, hey, hey! Ô Jenny! Ô Jenny, não tá na hora de botar a broa pra assar?'"

100

Perna e braço: o *Pequod*, de Nantucket, encontra o *Samuel Enderby*, de Londres

"Ó DE BORDO! Viste a Baleia Branca?"

Assim Ahab gritou, outra vez saudando um navio de bandeira inglesa a aproximar-se rapidamente à popa. Com o porta-voz à boca, o velho estava de pé em seu bote içado sobre o quartel a ré, a perna de marfim inteiramente exposta ao capitão estrangeiro, que em postura relaxada se via reclinado na proa do próprio bote. Era um homem bronzeado, corpulento, de bom trato e boa aparência, contando seus sessenta anos, vestindo uma larga jaqueta cinturada que pendia em seu entorno com guirlandas de algodão azul; e um dos braços dessa jaqueta, vazio, esvoaçava atrás dele como o braço bordado de um casaco de hussardo.[595]

"Viste a Baleia Branca?"

"Vê isto?", e tirando-o de dentro das dobras de tecido que o escondiam, ergueu um braço branco de osso de cachalote, cuja ponta trazia uma peça de madeira entalhada à maneira de um malho.

"Equipai meu bote!", berrou Ahab, impetuosamente, e lançando os remos ao seu redor. "Preparai a arriada!"

Em menos de um minuto, sem abandonar sua pequena embarcação, Ahab lançou-se ao mar com sua companhia e, sem demora, abordou o costado do navio estrangeiro. Aqui, porém, apresentou-se uma curiosa dificuldade. No calor do momento, Ahab havia se esquecido de que, desde a perda da perna, nunca mais havia pisado a bordo de qualquer embarcação no mar além de sua própria, o que se dava sempre por um engenhoso e muito prático dispositivo mecânico próprio ao *Pequod*, coisa que não se armava e levava a bordo de qualquer outro navio de uma hora para outra. Não é exatamente fácil para ninguém — exceto para aqueles que estão acostumados a fazê-lo quase todo o tempo, como os baleeiros — subir pelo costado de um navio saindo de um bote

595. Soldado pertencente à cavalaria ligeira, na França e na Alemanha, de apresentação semelhante à cavalaria de Estados da Europa Central do século XV, onde surgiu o título.

em mar aberto; pois, se as grandes ondas erguem a embarcação bem alto na direção da amurada, é para, logo em seguida, a fazer mergulhar instantaneamente a meio caminho da quilha. Privado, portanto, de uma perna, e o navio estrangeiro, é claro, desprovido da gentil invenção, Ahab viu-se reduzido a um abjeto e desajeitado homem de terra firme, com os olhos desesperadamente fitos na altura incerta e instável que não parecia ter a esperança de galgar.

Talvez já se tenha sugerido que, via de regra, cada pequena circunstância adversa que se abatesse sobre Ahab, indiretamente derivada de seu lamentável infortúnio, irritava ou exasperava o capitão do *Pequod*. No caso presente, isso se intensificou ante a visão de dois dos oficiais do navio estrangeiro, que, inclinados sobre a amurada junto à escada perpendicular de cunhos cravados, lhe balançavam um par de corrimãos ornamentados com muito bom gosto; pois a princípio parecia não lhes ocorrer que um homem de uma só perna fosse aleijado a ponto de não ser capaz de usar as balaustradas marítimas. Mas esse constrangimento durou apenas um minuto, pois o capitão estrangeiro, observando de relance a situação posta, gritou:

"Entendo, entendo! Parem já o lançamento, rapazes! Corram e desçam as talhas."

Quis a boa sorte que, há não mais de dois dias, a embarcação tivesse presa a seu costado uma baleia; e, assim, as grandes talhas ainda pendiam no ar, e o imenso gancho de gordura, devidamente limpo e seco, conservava-se preso à ponta. Este foi rapidamente arriado até Ahab, que de pronto compreendeu o que se passava, deslizou a coxa solitária na curva do gancho (era como acomodar-se sobre a pata de uma âncora, ou sentar-se na forquilha de um galho de macieira), e então, dado o sinal, segurou-se com firmeza, enquanto ele próprio também auxiliava no içamento de seu próprio peso, ao puxar, mão ante mão, um dos cabos corrediços do equipamento. Logo foi balançado com todo o cuidado para o lado de dentro da elevada amurada e gentilmente pousado sobre a cabeça do cabrestante. Com o braço de marfim estendido em sinceras boas-vindas, o capitão estrangeiro avançou na direção de Ahab, que lhe estendia a perna de marfim e, ao ver cruzados braço e perna como duas lâminas de peixe-espada, celebrou, com seu urro de morsa: "Sim, meu camarada! Sacudamos nossos ossos juntos! Um braço e uma perna! Um braço que nunca se pode encolher, e uma perna que nunca pode correr! Onde viste a Baleia Branca? Há quanto tempo?".

"A Baleia Branca", respondeu o inglês, apontando o braço de marfim a leste e pesarosamente nivelando um dos olhos por toda a sua extensão, como se fosse um telescópio; "lá eu a vi, na região da linha do Equador, na temporada passada."

"E te arrancou o braço, não foi?", perguntou Ahab, agora descendo do cabrestante e apoiando-se no ombro do inglês ao fazê-lo.

"Sim, foi a causa disto; e dessa perna, também?"

"Desenrola-me o caso", pediu Ahab. "Como foi?"

"Era a primeira vez em minha vida que fazia a travessia equatorial", começou o inglês. "Não conhecia a Baleia Branca então. Pois bem, um dia arriamos os botes para um cardume de quatro ou cinco baleias, e meu bote trancou uma delas; parecia um cavalo de picadeiro, dando voltas sem parar, de tal maneira que a tripulação do meu bote só conseguia manter o prumo do casco colocando todo o seu peso na amurada externa. Foi quando subiu do fundo do mar, num salto, uma baleia imensa, de corcunda e cabeça branca leitosa, toda cheia de vincos e rugas."

"Era ela, era ela!", gritou Ahab, deixando escapar de repente a respiração suspensa.

"E com arpões cravados perto da nadadeira de estibordo."

"Sim, sim! Eram meus... *meus* ferros", gritou Ahab, exultante. "Prossiga!"

"Permita-me, então", disse o inglês, bem-humorado. "Pois bem, esse velho bisavô, de cabeça e corcunda brancas, levanta uma espuma enorme dentro do cardume e começa a atacar furiosamente a minha linha!"

"Sim, claro!... Queria arrebentá-la; despescar o peixe-preso... um velho truque... eu a conheço."

"Como aconteceu exatamente", prosseguiu o comandante de um só braço, "não sei; mas ao morder a linha, ela enroscou-se a seus dentes, prendeu-se ali de alguma forma; mas àquela altura, nós não tínhamos ideia de que isso havia acontecido; e então, quando rebocamos a linha, em vez de alcançar a outra baleia, que erguia a cauda pronta para mergulhar a barlavento, saltitando chegamos bem em cima de sua corcunda! Avaliando a situação como se encontrava e reconhecendo a grandeza e a nobreza da baleia que tinha diante de mim — a mais nobre e maior que já vi, senhor, em toda a minha vida —, resolvi capturá-la, apesar da fúria fervente em que parecia estar. E pensando que por acidente ou acaso a linha pudesse se soltar, ou que o dente em que estava enroscada pudesse se perder (eu tinha uma bela companhia naquele bote rebocando a linha); avaliando tudo isso, como ia dizendo, pulei para dentro do bote do meu primeiro imediato — o sr. Mounttop aqui (por falar nisso, apresento-os: capitão, Mounttop; Mounttop, capitão) —, e como ia dizendo, saltei para dentro do bote de Mounttop, que, veja, estava colado no meu, amurada com amurada; e pegando o primeiro arpão, quis fincar-lhe as barbas naquele velho senhor grisalho. Mas, por Deus... escute, senhor: num instante, éramos corações e almas a todo vapor... no instante seguinte, em um piscar de olhos, eu estava cego como um morcego... os dois olhos inutilizados... aquela espuma negra cobrindo tudo de névoa e morte... a cauda da baleia surgindo do meio de tudo isso, perpendicular, erguendo-se no ar como um pináculo de mármore. Não havia mais como recuar, então; mas enquanto eu tateava na cegueira daquele meio-dia, com um sol ofuscante, o ar coruscando como fosse feito de gotas de diamante; enquanto eu tateava à procura do segundo ferro, para jogá-lo ao mar — desce a cauda como uma torre de Lima, rasgando meu bote em dois e reduzindo cada metade a destroços; e, depois das palmas, a corcova branca atravessou os destroços como se não fossem mais do que lascas de madeira. Todos nós a atacamos. Para escapar a seus terríveis golpes, agarrei meu arpão cravado em seu dorso e, por um momento, me prendi a ela como se fosse uma rêmora. Mas o mar encapelado me derrubou e, no mesmo instante, o peixe, numa baita impulsão à frente, mergulhou como um raio; e a farpa daquele maldito segundo ferro que o seguia perto de mim me pegou aqui" (batendo a palma da mão logo abaixo do ombro); "sim, me pegou bem aqui e, como ia dizendo, e estava me arrastando para as chamas do inferno — era o que me passava pela cabeça, quando, quando, de repente, graças ao bom Deus, a farpa rasgou-me a carne por toda a extensão do braço, desprendendo-se bem perto do pulso, e eu vim à tona; e aquele cavalheiro ali vai contar ao senhor todo o resto (a propósito: capitão, dr. Bunger, cirurgião do navio; Bunger, meu rapaz, o capitão). Agora, Bunger, conte sua parte nesse caso."

O profissional, referido sem maior formalidade, estivera o tempo todo parado perto deles, sem nada que tivesse particularmente à vista que denotasse sua posição de cavalheiro a bordo. Tinha o rosto excessivamente redondo, mas sóbrio; vestia um camisolão de lã azul desbotado e calças remendadas; e até então estivera dividindo sua atenção entre o passador de cabos que segurava em uma das mãos e uma caixa de comprimidos que trazia na outra, lançando vez e outra olhares críticos aos membros de marfim dos dois capitães aleijados. Mas, quando seu superior o apresentou a Ahab, ele educadamente se curvou e de pronto obedeceu às ordens de seu capitão.

"Era um ferimento medonho, horrível", começou o cirurgião baleeiro; "e, seguindo meu conselho, o capitão Boomer aqui levou nosso velho *Sammy*..."

"*Samuel Enderby* é o nome deste navio", interrompeu o capitão de um braço só, dirigindo-se a Ahab. "Vá em frente, garoto."

“Levou nosso velho *Sammy* para o norte, para escapar do tempo escaldante da região equatorial. Mas não adiantou... fiz tudo o que pude; sentei-me com ele à noite; fui muito rigoroso com ele em matéria de dieta...”

“Oh, muito rigoroso!”, ecoou o próprio paciente; e então, de repente, com a voz já alterada: “Bebia *toddies* de rum quente comigo todas as noites, até não ter mais olhos para trocar minhas bandagens; e me mandando para a cama, já bem mareado, lá pelas três da manhã. Ah, ouvi, estrelas? Ele ficou do meu lado de verdade e foi muito rigoroso em minha dieta. Oh! Não há homem como o dr. Bunger para observar os rigores de uma dieta. (Ora, Bunger, seu cachorro, por que não ri? Ora, seu patife, você não sabe que é um belo de um palhaço?) Mas vá em frente, garoto; prefiro ser morto por você do que mantido vivo por qualquer outro homem.”

“O respeitável senhor já deve ter percebido”, disse o imperturbável Bunger, com expressão devota, curvando-se ligeiramente para Ahab, “que às vezes meu capitão é dado à galhofa; sempre está às voltas com invenções curiosas desse tipo. Mas posso também dizer — en passant, como reza o comentário à francesa — que eu mesmo, isto é, Jack Bunger, outrora membro do reverendo clero, sigo os preceitos de uma abstinência estrita; nunca bebo...”

“Água!”, emendou o capitão. “Ele nunca bebe água; é capaz de fazê-lo cair em febre; dê-lhe um copo d’água, que ele tem um ataque de hidrofobia; mas continue... continue com a história do braço.”

“Sim, claro”, prosseguiu o cirurgião friamente. “Estava prestes a comentar, senhor, antes da interrupção jocosa de nosso capitão Boomer, que apesar de meus melhores e mais severos esforços, o estado da ferida só piorava; verdade seja dita, meu senhor: foi o talho aberto mais feio que um médico-cirurgião jamais viu; mais de meio metro de largura e vários centímetros de comprimento. Medi na linha da sonda. Em suma, o braço enegreceu; sabia qual era o risco; e então foi arrancado. Mas nada tenho a ver com o encaixe desse braço de marfim aí; isso é coisa que fere qualquer regra”, apontando-o com o passador, “isso é obra do capitão, não minha; ele ordenou ao carpinteiro que o fizesse, e mandou colocar aquele malho na ponta para arrebentar quem quer que seja, imagino, como experimentou uma vez comigo. Por vezes, ele é acometido de umas paixões diabólicas. O senhor consegue ver este afundamento aqui?”, perguntou ele, tirando o chapéu, afastando o cabelo e expondo uma cavidade em forma de tigela em seu crânio que, no entanto, não apresentava o menor vestígio de cicatriz, ou qualquer sinal de antigo ferimento. “Bem, o capitão ali contará como se deu; ele sabe.”

"Não, não sei", devolveu o capitão, "mas a mãe dele, sim; é afundado de nascença. Ora, seu malandro, você só se faz de sério, seu... seu Bunger! Já se viu algum outro Bunger no mundo aquático? Bunger, quando você morrer, precisam colocar você em conserva, seu cachorro duma figa; você tem que ser preservado para as gerações futuras, seu patife."

"E o que aconteceu com a Baleia Branca?", perguntou Ahab, não sem elevar a voz, ele que até então estivera ouvindo com impaciência o aparte cômico dos dois ingleses.

"Oh!", exclamou o capitão de um braço só. "Oh, sim! Bem, depois que ela mergulhou, não a vimos mais por algum tempo; na verdade, como já disse antes, não sabia que baleia era aquela que me havia aprontado essa até que algum tempo depois, quando voltamos à região equatorial, tivemos notícias de Moby Dick, que é como alguns a chamam, e então soube que havia sido ela."

"Cruzaste de novo o caminho dela?"

"Duas vezes."

"Mas não conseguiste trancá-la?"

"Nem quis tentar; um membro não é suficiente? O que faria sem este outro braço? E estou aqui pensando que o negócio de Moby Dick não é tanto morder... o negócio dela é engolir de uma vez."

"Ora", interrompeu Bunger, "dê a ele o braço esquerdo como isca para buscar o direito. Não sei se é do conhecimento dos senhores", curvou-se grave e cirurgicamente a cada capitão, "mas os órgãos digestivos da baleia foram construídos pela Providência Divina de forma tão impenetrável que lhe é quase impossível digerir por completo até o braço de um homem. E ela sabe disso também. Portanto, o que o senhor entende ser o ardil da Baleia Branca é apenas seu estranhamento. Pois ela nunca tem a intenção de engolir um único membro; seu único pensamento é o de criar terror com falsos ataques. O caso é que às vezes ela é como um velho malabarista, um ex-paciente meu no Ceilão,[596] que, fingindo engolir canivetes, uma vez deixou um deles descer goela abaixo a valer, e lá ele permaneceu por doze meses, senão mais; quando lhe dei um vomitório, ele o liberou em tachinhas, sabe? Não havia como ele digerir aquele canivete e assimilá-lo totalmente a seu sistema corporal geral. Pois bem, capitão Boomer, se o senhor for bem ligeiro e tiver a intenção de empenhar um braço pelo privilégio de oferecer um enterro decente ao outro, nesse caso o braço é

596. Atual Sri Lanka, ilha localizada ao sul da Índia.

seu; quanto à baleia, será apenas uma nova oportunidade de encontrar o senhor, não mais."

"Não, Bunger, muito obrigado", respondeu o capitão inglês, "que ela fique com o braço que tem, já que não posso fazer nada, e não a conhecia na ocasião; mas quanto ao outro, não. Longe de mim as Baleias Brancas; já lhe dei combate uma vez e basta. A glória de matá-la não seria pouca, disso sei; e há um carregamento inteiro de espermacete ali, mas, escute, é melhor deixá-la em paz; não acha, capitão?", olhando para a perna de marfim.

"É melhor, mas ainda assim será caçada, por tudo isso. O que rechaça é por vezes justamente a coisa maldita que nos impele. Ela é um ímã! Há quanto tempo a viste pela última vez? Que caminho tomou?"

"Que Deus ilumine minha alma e amaldiçoe o demônio infame", exclamou Bunger, caminhando em postura curvada ao redor de Ahab e, como um cachorro, cheirando-o como se estranhasse algo. "O sangue deste homem... Traga o termômetro! Está em ponto de ebulição! Seu pulso faz as tábuas do convés baterem! Senhor!" Ao que tirou um bisturi do bolso e aproximou-o do braço de Ahab.

"Afasta-te!", rugiu Ahab, lançando-o contra a amurada. "Preparai o bote! Que caminho tomou?"

"Meu bom Deus!", exclamou o capitão inglês, a quem a pergunta foi feita. "Qual é o problema? Estava indo para o leste, acho. Seu capitão está louco?", sussurrou a Fedallah.

Mas Fedallah, levando o indicador ao lábio, deslizou por sobre a amurada para ocupar seu lugar ao remo de esparrela do bote, e Ahab, balançando a talha de corte em sua direção, ordenou aos marinheiros do navio que se preparassem para arriá-lo.

Não levou um instante para que ele estivesse de pé na popa do barco, e os manilenhos dobrassem seus remos. O capitão inglês quis ainda lhe chamar a atenção, porém em vão. Dando as costas ao navio estrangeiro, com o rosto contraído como uma pederneira, Ahab permaneceu de pé até tocar o costado do *Pequod*.

101
A garrafa

Antes que o navio inglês se perca no horizonte, que se registre aqui que tinha Londres como porto de origem e recebeu seu nome em homenagem ao finado Samuel Enderby, armador mercante daquela cidade, que deu origem à tradicional firma baleeira Enderby & Sons;[597] firma que, na minha opinião de humilde baleeiro, não fica muito atrás das firmas reais dos Tudors e dos Bourbons em conjunto, no que toca a seu genuíno interesse histórico. Há quanto tempo antes do ano de 1775 da Graça de Nosso Senhor essa grande firma baleeira existia, meus numerosos documentos pesqueiros não deixam claro; mas no mencionado ano (1775), ela armou os primeiros navios ingleses a caçar regularmente o cachalote; embora, já desde algumas dezenas de anos antes (1726), nossos valentes Coffins e Maceys de Nantucket e Vineyard viessem, com suas grandes frotas, dando caça àquele leviatã, embora ainda restritos aos Atlânticos Norte e Sul. Que conste destes autos, para que não restem dúvidas, que da humanidade os nantucketenses foram os primeiros a trancar o grande cachalote com aço civilizado; e que por meio século foram os únicos em todo o globo a fazê-lo.

Em 1778, um excelente navio, o *Amelia*, armado para o expresso propósito, e sob o comando exclusivo dos vigorosos Enderbys, contornou corajosamente o cabo Horn e foi o primeiro entre as nações a arriar um bote baleeiro de qualquer tipo nos grandes Mares do Sul. A viagem foi bem conduzida e afortunada; e retornando a seu porto de origem com o porão cheio do precioso espermacete, o exemplo do *Amelia* foi logo seguido por outros navios, ingleses e americanos, e assim se abriu à caça do cachalote a imensidão dos territórios do Pacífico. Mas, como não bastasse esse grande feito, a firma incansável novamente se colocou à obra: Samuel e todos os *Sons* — quantos, apenas a mãe sabe dizer — e sob seus auspícios imediatos, e em parte, creio eu, a suas custas, o governo britânico foi

597. A Samuel Enderby & Sons foi uma importante companhia de armação de navios de pesca de baleias e focas e operou a partir de Londres entre 1776 e 1854. As informações sobre a firma presentes na narrativa de Ismael chegaram a Melville através da obra de Thomas Beale *The Natural History of the Sperm Whale* (1835).

persuadido a enviar a chalupa de guerra *Rattler* em uma viagem de exploração baleeira nos Mares do Sul. Tendo ao comando um capitão veterano da Marinha, o *Rattler* agitou seus costados mar adentro e prestou bom serviço, não obstante discreto. Mas isso não é tudo. Em 1819, a mesma firma equipou um navio de exploração baleeira próprio com o objetivo de fazer um cruzeiro de reconhecimento nas águas remotas do Japão. A embarcação — apropriadamente batizada *Sereia* — fez um excelente cruzeiro experimental; e foi assim que a grande zona de caça japonesa se fez conhecer pela primeira vez. Nessa famosa viagem, o *Sereia* estava sob o comando de um capitão Coffin, de Nantucket.

Todas as honras aos Enderbys, portanto, cuja firma, creio eu, existe até os dias atuais; embora, sem dúvida, o Samuel original deva já há muito tempo ter largado âncora nos grandes Mares do Sul do além.

O navio que leva seu nome é digno de tal homenagem, sendo ele um veleiro muito veloz e uma embarcação nobre em todos os sentidos. Estive em seu convés em certa ocasião, à meia-noite, em algum lugar próximo à costa da Patagônia, e tomei uma bela gemada com rum no tombadilho. Foi um ótimo *gam*, eram todos marinheiros muito camaradas — todas as almas a bordo. Que a vida lhes seja curta, e a morte feliz! E esse belo *gam* a que me refiro — e que ocorreu muito, mas muito tempo depois de o velho Ahab tocar-lhe as tábuas do convés com seu salto de marfim —, ele me lembra da nobre e sólida hospitalidade saxônica daquele navio; e que meu pároco me esqueça, e o diabo se lembre de mim, caso eu o perca em minha memória. Gemada com rum... eu disse que tínhamos gemada com rum? Pois é — o famoso *flip*, que entornamos a uma velocidade de dez galões por hora; e quando veio a tempestade (porque ali pelos lados da Patagônia a vida costuma ser tempestuosa), e todos os participantes do *gam* — anfitriões e hóspedes — fomos convocados a rizar vela de gávea e velacho, estávamos tão pesados que precisamos balançar uns aos outros nas bolinas; e nós, sem que o percebêssemos, enrolamos as barras de nossas jaquetas nas velas, de forma que ficamos ali pendurados, rizados contra os uivos do vendaval, um exemplo de advertência para toda a marinhagem dada à bebida. Os mastros, porém, não foram lançados ao mar; e aos poucos descemos como se rolássemos cordame abaixo, tão sóbrios que precisamos de uma nova rodada de *flip*, embora a selvagem salmoura espargida tombadilho abaixo tenha diluído e temperado demais a bebida para o meu gosto.

A carne estava ótima — era dura, mas tinha sustança. Disseram que era bovina; outros, que era de camelo; eu mesmo não saberia dizer. Também havia bolinhos — pequenos, mas simetricamente globulares, sólidos, indestrutíveis.

Tinha a impressão de que podia senti-los, de que podia rolá-los dentro de mim depois de engolidos. Se você se inclinasse muito para a frente, corria o risco de vê-los se lançando para fora como bolas de bilhar. O pão — bom, aí não tinha jeito; além disso, era antiescorbútico;[598] enfim, o pão constituía a única comida fresca que tinham. Mas o castelo de proa não era muito iluminado, e era fácil chegar a um canto escuro enquanto se o comia. De qualquer maneira, considerando-a do alto das borlas do mastaréu ao leme, considerando as dimensões dos caldeirões do cozinheiro, e a própria tripulação fervente; pois bem: à vante e à ré, o *Samuel Enderby* era um navio alegre; de comida boa e farta; *flip* fino e encorpado; marujos de primeira, admiráveis, do salto da bota à fita do chapéu.

Mas por que, perguntam-me vocês, o *Samuel Enderby* e outros baleeiros ingleses que conheço — embora não todos — eram navios tão famosos e hospitaleiros; que faziam rodar a carne, o pão, o caneco e a piada; e não se cansavam de comer, beber e dar risada? Eis a resposta. O copioso bom humor desses baleeiros ingleses é assunto de pesquisa histórica. Não me furto ao trabalho histórico sobre questões baleeiras quando se me apresenta necessário.

Os ingleses foram precedidos na pesca de baleias pelos holandeses, zelandeses e dinamarqueses; dos quais receberam abundante terminologia ainda em uso na pescaria; e, em especial, a fartura de seus velhos modos no que toca ao provimento de comes e bebes. Se, via de regra, o navio mercante inglês é bastante frugal em relação à tripulação, o mesmo não se pode dizer do baleeiro inglês. Daí que, no inglês, a questão da boa disposição de ânimo na baleação não diz respeito a algo natural e corriqueiro, mas a uma característica incidental e particular; que, portanto, há de ter alguma origem especial, que aqui se aponta e mais adiante será elucidada.

Em minhas pesquisas da história leviatânica, tive em mãos um antigo volume holandês, que, pelo cheiro de mofo de baleia que trazia, soube imediatamente que se tratava de vida baleeira. O título era *Dan Coopman*; donde concluí que deviam ser as inestimáveis memórias baleeiras de algum tanoeiro de Amsterdam, já que todo navio baleeiro necessita de um tanoeiro a bordo. Senti a hipótese ganhar força ao ver que se tratava da produção de certo "Fitz

---

598. Pão antiescorbútico é uma piada do narrador. Data da época das Grandes Navegações a descoberta de que o consumo de frutas como limões e laranjas (ricos em vitamina C, cuja deficiência é a razão da enfermidade) era importante para evitar o escorbuto a bordo dos navios — os portugueses, por exemplo, se abasteciam na África de "xarope de sumo de limão" para o tratamento de doenças a bordo. Um pão antiescorbútico, no caso, é a sugestão de que este estaria infestado de larvas e vermes, "alimento fresco", portanto.

Swackhammer". Mas meu amigo dr. Snodhead, homem de muita erudição, professor de holandês e alemão no Santa Claus and St. Pott's College, a quem entreguei o trabalho para tradução, dando-lhe em troca pelo esforço uma caixa de velas de espermacete — este mesmo dr. Snodhead, assim que folheou o livro, garantiu-me que "Dan Coopman" não significava "O Tanoeiro", mas "O Mercador". Em suma: este antigo e erudito livro em holandês tratava do comércio da Holanda; e, entre outros assuntos, continha um relato muito interessante a respeito de sua pesca baleeira. E foi nesse capítulo, intitulado "Smeer", ou "Gordura", que encontrei uma longa e detalhada lista de itens para as despensas e porões de cento e oitenta baleeiros holandeses; da qual, conforme traduzida pelo dr. Snodhead, transcrevo o seguinte:

400 000 libras de carne bovina.
60 000 libras de carne de porco da Frísia.
150 000 libras de peixe salgado.
550 000 libras de biscoito.
72 000 libras de pão macio.
2800 barriletes de manteiga.
20 000 libras de queijo Texel & Leyden.
144 000 libras de queijo (provavelmente artigo inferior).
550 galões de genebra.
10 800 barris de cerveja.

A maioria das tabelas numéricas rende uma leitura bastante seca; não se pode dizer o mesmo deste caso, no qual o leitor é inundado com pipas, barris, quartilhos e galões de boa bebida e zombaria.

Na época, dediquei três dias à estudiosa digestão de toda essa cerveja, carne e pão, durante os quais muitos pensamentos profundos me foram incidentalmente sugeridos, capazes de aplicação transcendental e platônica; posteriormente, compilei minhas próprias tabelas suplementares, abordando a quantidade provável de peixes salgados etc. consumidos por todos os arpoadores holandeses naquela antiga baleação da Groenlândia e em Spitzbergen. Em primeiro lugar, a quantidade de manteiga e queijos Texel e Leyden parece incrível. Atribuo-a, porém, a seus predicados naturalmente untuosos, potencializados pela natureza do ofício e, em especial, por perseguirem sua caça naqueles frígidos mares árticos, nas próprias costas daquele país dos esquimós, onde os nativos conviviais celebram suas juras com brindes de óleo puro.

A quantidade de cerveja também é muito grande, dez mil e oitocentos barris. Ora, como essas pescarias polares só eram possíveis durante o curto verão daquele clima, de modo que todo o cruzeiro de um baleeiro holandês, incluindo a curta viagem de travessia, ida e volta, pelo mar de Spitzbergen, não excedia muito três meses, digamos, e contando com trinta homens para cada navio de sua frota de cento e oitenta embarcações, temos cinco mil e quatrocentos marinheiros holandeses ao todo; portanto, temos exatamente dois barris de cerveja por homem, para um total de doze semanas, descontada a justa proporção dos quinhentos e cinquenta galões de gim. Ora, se esses trancadores de gim e cerveja, tão embriagados como se poderia supor que estivessem, eram o tipo certo de homem para se erguer à frente de um bote e fazer boa mira em baleias em fuga; isso talvez pareça improvável. No entanto, eles lhes faziam mira e as acertavam também. Considere-se que estavam muito ao norte, onde a cerveja cai bem com a constituição; no Equador, em nossa pescaria meridional, a cerveja provavelmente deixaria o arpoador sonolento no topo do mastro e bêbado em seu bote; o que poderia resultar em dolorosas perdas a Nantucket e a New Bedford.

Mas chega; já foi dito o suficiente para mostrar que os velhos baleeiros holandeses de dois ou três séculos atrás eram bons de copo; e que os baleeiros ingleses não negligenciaram um exemplo tão excelente. Pois, dizem eles, ao fazer a travessia em um navio vazio, se não é possível conseguir coisa melhor do mundo, que ao menos se tenha um bom jantar. E com isso liquidamos a garrafa.

102
Um caramanchão nas Arsácidas

ATÉ AQUI, ao tratar descritivamente do cachalote, deti-me sobretudo nas maravilhas de seu aspecto externo; ou, separadamente e em detalhe, em alguns poucos elementos estruturais internos. Mas para uma ampla e abrangente compreensão de suas formas, é mister desabotoá-lo ainda mais, e desfazer-lhe os laços dos calções, desafivelar-lhe as ligas e soltar-lhe os ganchos e as presilhas das articulações de seus ossos mais íntimos, para colocá-lo diante de seus olhos em suas formas indefectíveis — isto é, em seu esqueleto final.

Ora, mas como, Ismael? Como é que você, um reles remador da pesca, tem a pretensão de saber alguma coisa sobre os subterrâneos da baleia? Por acaso o erudito Stubb, montado em seu cabrestante, proferia palestras sobre a anatomia dos cetáceos e com a ajuda do molinete suspendia um exemplar de costela para exibição? Explique-se, Ismael. É capaz de pousar uma baleia adulta em seu convés para ser examinada do mesmo modo que um cozinheiro apresenta um porco assado? Certamente que não. Uma verdadeira testemunha, Ismael, eis o que tem sido até aqui; mas não se exceda em um privilégio que somente Jonas conhece — o privilégio de discorrer sobre os barrotes e as vigas, os caibros, paus de cumeeira, dormentes e escoras que constituem a estrutura do leviatã, sem falar nos tonéis de sebo, as leitarias, manteigarias e queijarias de suas entranhas.

Reconheço que, desde Jonas, poucos foram os baleeiros que penetraram muito além da pele da baleia adulta; no entanto, fui abençoado com a oportunidade de dissecá-la em miniatura. Em um navio a que pertenci, o corpo de um baleote foi içado ao convés para ser estripado e de seu bucho ou estômago se fazer bainhas para as barbas dos arpões e a ponta das lanças. Vocês por acaso acham que deixei a oportunidade passar e não usei minha machadinha e meu canivete para romper o lacre e ler todo o conteúdo daquele filhote?

Quanto ao meu conhecimento preciso dos ossos do leviatã em seu formidável desenvolvimento e pleno amadurecimento, esse raro saber devo a meu finado amigo real Tranquo, rei de Tranque, uma das Arsácidas.[599] Por estar em Tranque, anos atrás, em viagem a bordo do navio mercante *Dei de Argel*,[600] fui convidado a passar parte da folga arsacidiana ao lado do senhor de Tranque, entre as palmeiras de sua *villa* retirada em Pupella; um vale à beira-mar não muito distante do que nossos marinheiros chamavam de Bamboo-Town, sua capital.

Entre muitas outras excelentes qualidades, meu nobre amigo Tranquo, dotado que era de um amor devoto às relíquias bárbaras, reuniu em Pupella todas as raridades que o engenho de sua gente pudesse conceber; em particular, as madeiras entalhadas de inventos maravilhosos, conchas cinzeladas, lanças incrustadas, requintadíssimos remos, canoas aromáticas — coisas estas que se distribuiam entre maravilhas naturais de toda sorte que as ondas carregadas de portentos deitavam aos pés de suas praias como se lhe depositassem tributos.

Entre estas últimas, o principal era um grande cachalote, que, depois de um violento vendaval, de inaudita duração, fora encontrado morto e encalhado, com a cabeça contra um coqueiro, cujo penacho de palmas caídas assemelhava-se a seu jorro verdejante. Quando o vasto corpo foi finalmente despojado das braças que somavam seus invólucros, e os ossos secaram ao sol, o esqueleto foi cuidadosamente transportado pelo vale de Pupella, onde um grande templo de majestosas palmeiras agora o abrigava.

As costelas ostentavam troféus pendurados; as vértebras haviam sido esculpidas com os curiosos hieróglifos dos anais arsacidianos; no crânio, os sacerdotes conservavam uma chama aromática eterna, de forma que a cabeça mística ainda bufava seu jorro de vapor; enquanto, suspensa em um galho, a terrível mandíbula vibrava sobre todos os devotos, como a espada pendurada no fio de cabelo que tanto amedrontava Dâmocles.[601]

599. As Arsácidas são um conjunto de ilhas redescobertas por Jean-François Marie de Surville (1717-70), capitão francês a serviço da Companhia Francesa das Índias Orientais, quando à frente de uma viagem exploratória pelo Pacífico entre 1769 e 1770. Em realidade, a ilha já havia conhecido presença de europeus no século XVI: o navegador espanhol Álvaro de Mendaña as tocara em 1568 em viagem que partira do Peru, batizando-as de ilhas Salomão, julgando existirem ali riquezas a partir da verificação da existência de ouro de aluvião em rios da ilha, como se tivesse encontrado a Ofir bíblica (ver nota 344). A busca frustrada de tais riquezas fez com que os espanhóis abandonassem o local, que a partir da viagem de Surville passa a ser território de disputas e assédio de franceses, ingleses, australianos e norte-americanos.

600. Ver nota 599.

601. Dâmocles é personagem de uma lenda de fundo moral que tem suas origens na península Itálica, segundo a qual este era um membro da corte do tirano Dionísio de Siracusa que admirava o poder e a riqueza de seu senhor. Ao dizê-lo a Dionísio, este ofereceu uma

Era um portento. A madeira era verde como musgos de Icy Glen;[602] as árvores se erguiam altas e magnânimas, como sentissem a própria seiva viva; a laboriosa terra embaixo era como um tear de tecelão sobre o qual se estendia um lindo tapete em que as gavinhas da folhagem formavam a urdidura e a trama, e as flores vivas, as figuras. Todas as árvores, com todos os seus ramos carregados; todos os arbustos, as samambaias e as gramíneas; o ar mensageiro; tudo se agitava incessantemente. Através do rendado das folhas, o grande sol parecia uma lançadeira voadora tecendo o verde sempiterno. Oh, infatigável tecelão! Tecelão invisível! Uma pausa! Uma palavra! Para onde corre o tecido? Que palácio enfeitaria? Qual é a razão de tão incessante esforço? Fala, tecelão! Para com a tua mão! Só quero de ti uma simples palavra! Não... a lançadeira voa... do tear fluem as formas afora; o tapete corre como correnteza e desliza sempre e para longe. Tece o deus-tecelão; e seu tear o ensurdece, para que não ouça voz mortal alguma; e com aquele zumbido, nós, que admiramos o tear, também ficamos surdos; e somente quando nos afastamos dele ouvimos as milhares de vozes que falam através dele. Pois o mesmo se passa com todas as tecelagens mundanas. As palavras faladas que são inaudíveis em meio aos fusos voadores; essas mesmas palavras são claramente ouvidas do lado de fora das paredes, irrompendo das janelas abertas. Dessa forma, conspirações foram identificadas. Ah, mortal! Sê cuidadoso; pois desse modo, em meio ao alarido do tear do grande mundo, teus pensamentos mais sutis podem ser ouvidos de longe.

Em meio ao verde de vida incansável do tear daquela floresta arsacidiana, jazia o grande e venerado esqueleto branco — um gigantesco bon-vivant! No entanto, enquanto as verdejantes urdidura e trama sempre a trabalhar se misturavam e zumbiam em seu redor, o poderoso mandrião ganhava a aparência do engenhoso tecelão; ele mesmo todo coberto das vinhas; a cada mês investindo-se de mais verde e renovada verdura — e, no entanto, ele mesmo um esqueleto. A Vida cobriu a Morte; a Morte agarrou-se à Vida; o Deus melancólico desposou a Vida jovial e esta gerou-lhe glórias de cabelos encaracolados.

Ora, quando visitei com o rei Tranquo esta baleia extraordinária e vi no crânio um altar, e a fumaça artificial subindo por onde o jorro real havia saído,

---

troca de lugares para que ele pudesse sentir o verdadeiro gosto de tanto poder, com todos os luxos dele derivados. Dionísio, porém, ordena que uma espada seja pendurada sobre a cabeça do cortesão por um fio de rabo de cavalo. Sentindo-se ameaçado constantemente pela espada, Dâmocles abdica dos luxos de seu rei.

602. Ice Glen é uma ravina a sudeste de Stockbridge, em Massachusetts, desde os idos da colônia conhecida por sua beleza.

espantou-me que o rei considerasse uma capela um objeto de coleção. Ele riu. Mas fiquei ainda mais maravilhado que os sacerdotes jurassem que aquele jorro esfumaçado dele era genuíno. Caminhei de um lado para o outro diante do esqueleto — afastei as vinhas; enfiei-me pelas costelas — e, com um novelo de barbante arsacidiano, vaguei, rodando longamente entre as sinuosidades e sombreados de suas muitas colunatas e pérgolas. Mas logo meu barbante acabou; e seguindo-o de volta, emergi pela abertura por onde entrei. Não encontrei coisa viva alguma lá dentro; nada havia, exceto ossos.

Fazendo de um galho verde uma vara de medição, novamente mergulhei dentro do esqueleto. De uma fresta aberta no crânio, como que obra de uma flecha, os sacerdotes flagraram-me tomando as medidas da altura da última costela.

"Ora essa!", exclamaram eles. "Como ousas medir este nosso deus! Isso cabe a nós."

"Tudo bem, sacerdotes; então me digam: quanto acham que tem de comprimento?" A pergunta suscitou entre eles uma disputa feroz sobre pés e polegadas; deram com seus cajados nas cabeças uns dos outros — o grande crânio ecoava — e, aproveitando o ensejo que a sorte me dava, concluí depressa minhas próprias medições.

Essa mensuração é o que pretendo lhes apresentar. Antes de tudo, porém, que se registre que, quanto a esse tópico, não sou livre para lhes dar medida imaginária que me agrade. Ora, existem autoridades esqueléticas às quais vocês podem recorrer, caso queiram confirmar a precisão de meus dados. Segundo me disseram, há um Museu Leviatânico em Hull, na Inglaterra, um dos portos baleeiros daquele país, onde se encontram alguns exemplares de orcas, entre outras. Da mesma forma, ouvi dizer que no museu de Manchester, em New Hampshire, eles têm o que os proprietários chamam de "o único espécime perfeito de uma baleia-da-groenlândia ou baleia fluvial dos Estados Unidos". Além disso, em algum lugar de Yorkshire, na Inglaterra, chamado Burton Constable,[603] certo Sir Clifford Constable tem em sua posse o esqueleto de um cachalote, mas de tamanho moderado, de modo algum com a magnitude madura do de meu régio amigo Tranquo.

---

603. Localizado em East Yorkshire, o Burton Constable Hall é uma edificação cujas primeiras estruturas remontam às invasões normandas, porém completamente reformada no período elisabetano, na qual residiu uma tradicional família de barões ingleses. Melville deriva a informação aqui registrada de *História natural do cachalote* (1839), de Thomas Beale.

Em ambos os casos, as baleias encalhadas às quais esses dois esqueletos pertenceram foram originalmente reivindicadas por seus proprietários em bases semelhantes. O rei Tranquo tomando-a para si pois assim o quis; e Sir Clifford porque era o senhor dos condados daquelas paragens. A baleia de Sir Clifford era inteiramente articulada; de modo que, como uma grande cômoda, era possível abri-la e fechá-la em todas as suas concavidades ósseas; descerrar-lhe as costelas como um gigantesco leque; e fazer de sua queixada um balanço por um dia inteiro. Trancas hão de ser instaladas em alguns de seus alçapões e venezianas; e um funcionário acompanhará os futuros visitantes com um molho de chaves a tiracolo. Sir Clifford pensa em cobrar dois pence por uma espiada na galeria dos sussurros da coluna vertebral; três pence para ouvir o eco na cavidade do cerebelo; e seis pence pela vista incomparável de sua testa.

As dimensões do esqueleto que a seguir registrarei foram copiadas ipsis litteris de meu braço direito, onde as tatuei; já que naqueles tempos de perambulações não havia outra maneira segura de preservar números tão valiosos. Porém, como havia falta de espaço, e eu desejava que as outras partes do meu corpo permanecessem em branco como páginas para um poema que estava compondo — ao menos as partes que pudessem permanecer não tatuadas —, não me preocupei em registrar os decimais e centesimais; aliás, eles não deveriam existir em uma boa mensuração da baleia.

103
As medidas do esqueleto da baleia

Em primeiro lugar, é meu desejo lhes apresentar um dado preciso e claro no que diz respeito ao corpo deste leviatã em vida, cujo esqueleto iremos exibir brevemente. É possível que esse dado se mostre útil aqui.

Segundo cálculo cuidadoso que fiz, e parcialmente baseio nas estimativas do capitão Scoresby, que atribui setenta toneladas e dezoito metros de comprimento à maior baleia-da-groenlândia — pois bem: segundo meu cálculo cuidadoso, um cachalote da maior magnitude, medindo entre vinte e cinco e trinta metros de comprimento e algo menos de doze metros em sua circunferência máxima, uma tal baleia pesará no mínimo noventa toneladas; de maneira que, contando treze homens por tonelada, o cachalote superaria com folga a população inteira de uma aldeia inteira de mil e cem habitantes.

Vocês não acham então que é preciso aplicar um bocado de força intelectual, como um boi no jugo, a esse leviatã para fazê-lo se mover ante a imaginação de qualquer pessoa de terra firme?

Tendo já apresentado de distintas maneiras seu crânio, espiráculo, mandíbula, dentes, cauda, fronte, nadadeiras e outras partes diversas, agora me limitarei a apontar o que há de mais interessante no volume geral de seus ossos desobstruídos. Mas como o colosso de seu crânio abrange uma proporção muito grande de toda a extensão do esqueleto; como é de longe sua parte mais intrincada; e como nada a seu respeito se deve repetir neste capítulo, é preciso que vocês não o percam de vista e mantenham-no sempre em seus pensamentos, ou debaixo do braço, à medida que prosseguirmos, caso contrário não terão uma noção completa da estrutura geral que estamos prestes a examinar.

Em comprimento, o esqueleto do cachalote de Tranque media vinte e um metros; de forma que, quando totalmente revestido e estendido em vida, deveria ter vinte e sete de comprimento; pois ocorre com a baleia que seu esqueleto perde cerca de um quinto do comprimento em comparação com o corpo vivo. Desses vinte e um metros, seu crânio e mandíbula abrangiam obra de seis metros, deixando cerca de quinze unicamente de coluna vertebral. Presa a essa espinha dorsal, por algo menos de um terço de seu comprimento, encontrava-se a poderosa cesta circular de costelas que antes envolvia seus órgãos vitais.

Para mim, esse vasto tórax com as costelas de marfim, a espinha longa e tensa, estendendo-se para além dele em linha reta, trazia grande semelhança com o casco em estágio inicial de um grande navio que acaba de ser acomodado no dique seco, quando não mais do que vinte de suas costelas em arco estão instaladas e a quilha não passa ainda de uma peça de madeira longa e desconectada.

As costelas eram dez de cada lado. A primeira, começando no pescoço, tinha cerca de dois metros de comprimento; a segunda, a terceira e a quarta eram sucessivamente mais longas, até chegar ao clímax da quinta, ou uma das costelas intermediárias, com seus dois metros e meio de comprimento. A partir desse trecho, as costelas restantes diminuíam, até a décima e última não medir mais de um metro e meio. Na espessura geral, todas tinham uma correspondência adequada ao comprimento. As costelas intermediárias eram as mais arqueadas. Em algumas das Arsácidas, elas são usadas como vigas para a construção de pontes de trilha sobre pequenos riachos.

Durante o exame dessas costelas, não pude deixar de me surpreender mais uma vez com a circunstância, repetida de variadas formas ao longo deste livro, de que o esqueleto da baleia não corresponde de forma alguma ao molde de sua forma revestida. A maior das costelas do esqueleto de Tranque, uma das intermediárias, ocupava a parte do peixe que, em vida, é a de maior profundidade. Ora, a maior profundidade do corpo revestido dessa baleia específica deve ter sido de quase cinco metros; ao passo que a costela correspondente media pouco mais de dois e meio. De maneira que essa costela transmitia somente metade da verdadeira noção da magnitude viva daquele segmento. Ademais, onde agora eu via apenas uma coluna vertebral a nu, tudo havia antes estado investido de toneladas de volume adicional sob a forma de carne, músculo, sangue e vísceras. Sem falar nas nadadeiras amplas, das quais encontro aqui não mais do que algumas juntas desordenadas; e no lugar das palmas pesadas e majestosas, porém desossadas, um vazio absoluto!

Que esforço tolo e vaidoso, pensei comigo, então, o do homem temeroso e pouco viajado que tentasse compreender a maravilha desta baleia unicamente debruçado sobre a redução de seu esqueleto morto, esticado nesta floresta pacífica. Não. Apenas no coração dos mais velozes perigos; apenas quando dentro dos redemoinhos de suas caudas raivosas; somente no mar profundo e ilimitado, pode-se descobrir viva e verdadeiramente a baleia na plenitude de si.

Mas quanto à espinha. Quanto a ela, a melhor maneira de a observarmos é, com uma grua, colocando seus ossos um a um na vertical. A tarefa não é rápida. Uma vez concluída, porém, ela demonstra grande semelhança com a Coluna de Pompeu.[604]

São quarenta e poucas vértebras ao todo as que no esqueleto não estão presas umas às outras. Em sua maioria, mostram-se como os grandes blocos nodosos de uma torre gótica, constituindo sólidas carreiras de pesada alvenaria. O maior deles, intermediário, tem cerca de um metro de largura e um metro e meio de profundidade. O menor, onde a espinha se reduz chegando à cauda, tem somente cinco centímetros de largura e mais se parece com uma bola branca de bilhar. Disseram-me que havia outras ainda menores, mas se perderam por obra de uns menininhos canibais, filhos do sacerdote, que as roubaram para transformá-las em bolinhas de gude. Vemos, portanto, como a espinha dorsal, mesmo da mais imensa das criaturas vivas, afinal se reduz a uma simples brincadeira de criança.

---

604. Localizada na antiga Alexandria, a Coluna de Pompeu é um importante monumento romano, o maior de seu gênero fora das capitais imperiais de Roma e Constantinopla. Em realidade, a coluna de granito vermelho de Assuão foi erigida em homenagem ao imperador Diocleciano (século III a.C.); o nome pelo qual ficou conhecida se deve aos cruzados que, ao chegarem à região, julgaram ser a coluna um monumento instalado no local onde Pompeu — magistrado romano e um dos triúnviros do Primeiro Triunvirato, quando governou a República romana ao lado de Júlio César e Crasso — foi enterrado, depois de assassinado, em 48 a.C., pelo irmão e esposo de Cleópatra, Ptolemeu XIII, que ofereceu a cabeça de Pompeu a César como troféu.

104
A baleia fóssil

A PARTIR DO PRODÍGIO que lhe constitui o corpo, a baleia oferece um tema dos mais adequados a aumentos, amplificações e excursos em geral. Não se pode comprimi-lo, ainda que assim se deseje. Que antes fosse tratado somente em fólios imperiais,[605] que o direito lhe convém. Não é preciso repisar as braças que se estendem do espiráculo à cauda e as jardas de suas medidas de cintura; pensem apenas nas gigantescas involuções de seus intestinos, que jazem nele como grandes calabrotes e amarras enrolados no porão de um navio de batalha.

Uma vez que me comprometi a manipular este leviatã, compete a mim provar-me exaustivo e total na empreitada; não negligenciando mesmo os mínimos germes seminais de seu sangue, e desfiando-o até a derradeira espiral de suas entranhas. Já o tendo descrito em grande parte de suas peculiaridades anatômicas e habitativas presentes, resta-nos engrandecê-lo de uma perspectiva arqueológica, fossilífera e antediluviana. Aplicados a qualquer outra criatura que não o leviatã — a uma formiga ou pulga —, tais termos corpulentos podem ser considerados injustificadamente grandiloquentes. Mas quando leviatã é a palavra, o sentido é outro. É com alegria que cambaleio rumo a uma tal gesta sob as mais pesadas palavras do dicionário. E que se registre neste ponto que, sempre que me foi conveniente recorrer a dicionários no decorrer destes arrazoados, invariavelmente me vali de uma enorme edição in-quarto de Johnson, adquirida expressamente para esse propósito; porque o inaudito volume corporal daquele famoso lexicógrafo o tornava mais apto à compilação de um léxico a ser usado por um autor de baleias como eu.

Amiúde se escuta falar de escritores que crescem e se avolumam com seu assunto, ainda que este não seja mais do que ordinário. O que dizer, então, de mim, que escrevo sobre este leviatã? Sem que me dê conta, minha caligrafia se expande e ganha o tamanho das letras maiúsculas dos cartazes. Dai-me uma pena de condor! Dai-me a cratera do Vesúvio como tinteiro! Amigos, segurai-

605. Fólio imperial é um livro com páginas medindo 38 por 55 centímetros.

-me os braços! Pois no simples ato de escrever meus pensamentos sobre este leviatã, estes me exaurem e me fazem desmaiar com a ampla abrangência de sua envergadura, como exigissem a inclusão de todo o círculo das ciências, e todas as gerações de baleias e homens, e mastodontes, do passado, do presente e do porvir, com todas as circunvoluções dos panoramas do império na terra e em todo o universo, sem a exclusão de subúrbios. Tal e tamanha é a virtude de um tema amplo e livre! Expandimo-lo a seu tamanho. Para produzir uma obra poderosa, é preciso ter em vista um tema poderoso. É impossível escrever uma obra grande e duradoura sobre uma pulga, embora muitos o tenham tentado.

Antes de adentrarmos o tema das baleias fósseis, apresento-lhes minhas credenciais como geólogo, declarando que, nos meus anos mais diversificados, trabalhei como pedreiro e também fui exímio escavador de valas, canais e poços, caves, adegas e cisternas de toda sorte. Da mesma forma, a título preliminar, gostaria de trazer à memória do leitor que, embora nas camadas geológicas de estratificação mais recentes sejam encontrados fósseis de monstros hoje quase completamente extintos; as relíquias subsequentes, encontradas nas chamadas formações terciárias,[606] parecem ser elos de conexão, ou ao menos elos rompidos, entre as criaturas antecrônicas e aquelas de cuja remota ancestralidade se diz terem embarcado na Arca, e todas as baleias fósseis até aqui descobertas pertencem ao período terciário, que é o último a preceder as formações superficiais. E embora nenhum deles corresponda precisamente a qualquer espécie conhecida do tempo presente, eles são, não obstante, suficientemente semelhantes a eles em aspectos gerais, para justificar sua classificação como fósseis de cetáceos.

Variados fósseis fragmentários de baleias pré-adamitas, restos de ossos e esqueletos, foram encontrados nos últimos trinta anos, em sucessivos momentos, na base dos Alpes, na Lombardia, na França, na Inglaterra, na Escócia e nos estados da Louisiana, Mississippi e Alabama. Entre os mais curiosos de tais vestígios está parte de um crânio que, no ano de 1779, foi desenterrado na rue Dauphine, em Paris, uma viela que confinava quase diretamente no palácio das Tulherias; e ossos desenterrados na escavação das grandes docas de Antuérpia, nos tempos de Napoleão. Cuvier declarou que esses fragmentos pertenceram a alguma espécie leviatânica totalmente desconhecida.

606. Período do tempo geológico entre a extinção dos dinossauros terrestres e a primeira Era do Gelo.

De longe, porém, a mais maravilhosa de todas as relíquias cetáceas é o vasto esqueleto, quase completo, de um monstro extinto, encontrado no ano de 1842, na plantação do juiz Creagh, no Alabama. Os crédulos escravos aterrorizados da vizinhança confundiram-no com os ossos de um dos anjos caídos. Os médicos do Alabama o declararam um enorme réptil e deram-lhe o nome de Basilosauro. Alguns ossos do espécime foram, porém, levados ao outro lado do Atlântico até Owen, o anatomista inglês, que descobriu ter sido esse suposto réptil uma baleia, embora de espécie extinta. Ilustração bastante significativa do fato, reiteradas vezes repetido ao longo deste livro, de que o esqueleto da baleia fornece poucas pistas sobre a forma de seu corpo totalmente revestido. Owen rebatizou o monstro, então, de Zeuglodon; e em seu artigo, lido perante a Sociedade Geológica de Londres, declarou-o, em substância, uma das criaturas mais extraordinárias que as mutações do globo já apagaram da existência.[607]

Quando estou entre esses poderosos esqueletos leviatânicos — crânios, presas, mandíbulas, costelas e vértebras —, todos caracterizados por semelhanças com os das raças de monstros marinhos existentes; e ao mesmo tempo trazendo, porém, afinidades com os aniquilados leviatãs antecrônicos, seus incalculáveis ancestrais; sou arrastado como que por uma torrente de volta àquele período fantástico e anterior ao próprio tempo; pois o tempo começou com o homem. Aqui, o caos cinza de Saturno[608] se abate sobre mim e chegam-me turvos e trêmulos vislumbres dessas eternidades polares, quando bastiões de gelo em forma de cunha cobriam imensamente o que hoje são os trópicos e, em todos os quarenta mil quilômetros da circunferência deste globo, nenhuma extensão de terra habitável era visível. O mundo inteiro, então, era da baleia; e, senhora da criação, ela deixava sua esteira ao longo das atuais linhas dos Andes e do Himalaia. Quem tem condições de ostentar uma linhagem como

---

607. Basilosauro significa "rei lagarto". Seus primeiros descobridores não entenderam se tratar de animal marinho. O palenteologista norte-americano Richard Harlan (1796-1843) o classificou, em 1834, segundo a nomenclatura dos répteis terrestres. Coube, como consta do comentário do narrador, ao afamado biólogo e paleontogista Sir Richard Owen (1804-92) examinar o fóssil, declarando, em 1839, tratar-se não de um réptil, mas de um mamífero, rebatizando-o Zeuglodon — dentes de jugo, em razão de suas duplas raízes — e colocando-o na linha evolutiva dos cetáceos. Em razão das regras de classificação taxonômica, porém, que exigem a preservação do primeiro nome de registro do fóssil, permaneceu para fins de nomeação o nome basilosauro. Ao fundo do comentário do narrador, ecoa a confusão tradicional em torno da figura réptil ou cetácea do leviatã em registros bíblicos.

608. Saturno é o equivalente romano do deus grego Cronos, titã que Zeus destronou para se tornar o principal deus do Olimpo.

o leviatã? O arpão de Ahab derramou sangue mais antigo do que o do Faraó. Matusalém[609] parece um garotinho de escola. Olho em volta para apertar a mão de Sem.[610] Fico horrorizado com essa existência antemosaica e sem fontes dos terrores indescritíveis da baleia, que, tendo existido antes do próprio tempo, hão de existir depois de terem se acabado todas as eras humanas.

Mas o leviatã não deixou seus vestígios pré-adâmicos apenas nas placas estereotipadas da natureza, nem apenas em calcário e marga legou seu busto antigo; nas tabuinhas egípcias, cuja antiguidade parece reivindicar-lhes um caráter quase fossilífero, encontramos a marca inconfundível de sua barbatana. Em um espaço do grande templo de Dendera,[611] há cerca de cinquenta anos, foi descoberto sobre o teto de granito um planisfério esculpido e pintado, repleto de centauros, grifos e golfinhos, semelhantes às figuras grotescas no globo celestial dos modernos. Deslizando entre eles, o velho leviatã nadava como outrora; e naquele planisfério nadava séculos antes de Salomão ser embalado.

Tampouco se deve omitir outra estranha evidência da antiguidade da baleia, em sua própria realidade óssea pós-diluviana, encontrada pelo venerável Leão, o Africano,[612] o velho viajante da Barbária.

"Não muito longe da costa, eles têm um templo cujas vigas e caibros são de ossos de baleia, pois amiúde naquelas praias se encontram finadas baleias de tamanho monstruoso. As gentes têm por fantasia que, por sigilosos poderes concedidos ao Templo pelo próprio Deus, baleia nenhuma há de passar por ali sem saber da pronta morte. Mas a verdade é que, de cada flanco do templo, existem penedos que se lançam duas milhas mar adentro e ferem os monstros

---

609. Segundo o Velho Testamento (Gênesis 5,25), Matusalém viveu 969 anos.

610. Sem é o mais velho dos filhos de Noé. Segundo o Velho Testamento, contava cem anos à época do Dilúvio.

611. O templo de Dendera é um complexo de edificações localizado no Alto Egito cuja construção, segundo registros recuperados por egiptólogos, o remonta pelo menos ao século XV a.C., sendo ampliada ao longo dos séculos. É uma das construções de seu gênero mais bem preservadas até os dias atuais. O zodíaco de Dendera — baixo-relevo instalado no alto do pórtico de uma capela dedicada a Osíris — é datado da era ptolomaica e traz figurações das constelações de Touro e Libra. Desde o século XIX, encontra-se no Museu do Louvre.

612. Leão, o Africano — ou Joannes Leo Africanus (*c.* 1488-*c.* 1554) —, foi um diplomata e explorador mourisco, capturado em 1514 por piratas espanhóis que, reconhecendo seus conhecimentos, o levaram a Roma como presente ao papa Leão X, que o libertou e acomodou na corte vaticana. Ali, converteu-se ao catolicismo (adotando o nome Giovani Leoni Africano) e foi comissionado a escrever um guia e descrição da África, centrado nas regiões do Magrebe ao Nilo, fonte fundamental de conhecimentos do norte africano aos europeus de então.

quando estes os tocam. Guardam eles uma costela de baleia de grande comprimento à guisa de milagre, que jazendo ao chão com sua parte convexa para o alto forma um arco cujo topo não se pode tocar pelo homem ainda que sobre dorso de camelo. Rezam que a dita costela (assim diz Leão, o Africano) ali já estava cem anos antes de eu a ver. Cronistas afirmam que um profeta que profetizou Maomé veio deste Templo, e alguns não temem asseverar que o profeta Jonas foi lançado pela baleia aos pés do Templo."

Neste Templo Africano da Baleia eu o deixo, leitor, e se você for de Nantucket, e um baleeiro, você silenciosamente fará ali suas preces.

105

A magnitude da baleia diminui? Ela se extinguirá?

UMA VEZ, portanto, que esse leviatã rola sobre nós desde as cabeceiras das Eternidades, é justo indagar se, no longo curso das gerações, ele não conheceu decadência em relação ao volume original de seus antepassados.

Depois de investigado o tema, porém, descobrimos que não apenas as baleias dos dias atuais são superiores em magnitude àquelas cujos vestígios fósseis se encontram nos estratos terciários (abrangendo um período geológico distinto e anterior ao homem) como as baleias encontradas nesse estrato terciário pertencentes a suas últimas formações excedem em tamanho as dos primeiros estratos.

De todas as baleias pré-adâmicas já exumadas, de longe a maior é a do Alabama, mencionada no capítulo anterior, e que tinha um esqueleto de menos de vinte metros de comprimento. Ao passo que já vimos a fita métrica dar vinte e dois para o esqueleto de uma baleia moderna de grande porte. E já ouvi de autoridade baleeira que já foram capturados cachalotes cerca de trinta metros de comprimento no momento da captura.

Mas não pode ser o caso que, embora as baleias atuais conheçam um avanço em magnitude sobre as baleias de todos os períodos geológicos anteriores; não pode ser o caso que, desde o tempo de Adão, elas conheceram a decadência?

Sem dúvida, devemos concluir que sim, se quisermos dar crédito aos relatos de cavalheiros como Plínio, e dos antigos naturalistas em geral. Pois Plínio nos fala de baleias cujos volumes vivos se estendiam por hectares, e Aldrovando[613] de outras que mediam duzentos e cinquenta metros de comprimento — cordoarias e túneis do Tâmisa inteiros sob a forma de baleias![614] E mesmo nos tempos

613. Ver nota 168.

614. Construído entre 1825 e 1843, o túnel do Tâmisa foi o primeiro a ser fabricado sob a água, passando 23 metros abaixo da superfície do rio e se estendendo por 396 metros. Espaços de fabricação de cordas e cabos de fibra vegetal para diversas finalidades, mas até o século XIX bastante dirigidas à indústria naval, as cordoarias exigiam instalações de longa extensão (entre 300 e 400 metros) e geralmente eram construídas na imediação de estaleiros navais e portos.

de Banks e Solander,[615] naturalistas de Cook, encontramos um membro sueco da Academia de Ciências atribuindo cento e vinte jardas — isto é, cento e dez metros — a certas baleias dos mares da Islândia (*reydan-fiskur*, ou barriga enrugada). E Lacépède, o naturalista francês, em sua elaborada história das baleias, logo no início da obra (página 3), confere cem metros à baleia-franca. E esse trabalho foi publicado já em 1825 d.C.

Mas será que algum baleeiro acredita nessas histórias? Não. A baleia de hoje é tão grande quanto seus ancestrais dos tempos de Plínio. E se eu algum dia estiver onde Plínio está, eu, um baleeiro (mais do que ele), lhe direi isso pessoalmente. É uma coisa que não consigo entender: se as múmias egípcias, que foram enterradas milhares de anos antes mesmo de Plínio nascer, não medem mais em seus caixões do que um kentuckiano de meias; e enquanto o gado e outros animais esculpidos nas mais antigas tábuas egípcias e de Nínive, pelas proporções relativas em que são desenhados, provam com igual clareza que o gado premiado de Smithfield[616] — gado puro-sangue, alimentado em estábulo —, não apenas iguala como excede em magnitude a mais gorda das vacas gordas do Faraó;[617] diante de tudo isso, não vou admitir que, de todos os animais, apenas a baleia acabou por degenerar.

Mas ainda resta outra investigação — e essa não raro incomoda mesmo os nantucketenses mais reservados. Seja devido aos mirantes quase oniscientes dos mastros dos navios baleeiros, que hoje penetram até mesmo o estreito de Bering[618] e as mais remotas gavetas e armários secretos do mundo; e os mil arpões e lanças disparados ao longo de todas as costas continentais; o ponto passível de discussão é se o leviatã é capaz de suportar por muito tempo uma perseguição tão ampla e uma devastação tão implacável; se ele não há por fim de ser exterminado das águas, e a última baleia, como o último homem, dará sua última cachimbada e nela então se dissolverá no ar.

Comparando as manadas corcundas de baleias com as manadas corcundas de búfalos, que, há menos de quarenta anos, se espalhavam às dezenas de milhares nas pradarias de Illinois e Missouri, e sacudiam suas crinas de ferro

615. Joseph Banks (1743-1820) foi um naturalista inglês, e Daniel Solander (1733-82), um botânico sueco. Ambos acompanharam o capitão Cook em sua primeira expedição à Austrália.
616. Smithfield é um conhecido mercado de carnes em Londres, ainda em atividade.
617. A história consta de Gênesis 41. O faraó egípcio sonhara que sete vacas gordas saíam de um rio acompanhadas de sete vacas magras, que por fim devoraram as primeiras. Segundo a interpretação do sonho, o Egito viveria sete anos de fartura, seguidos de sete anos de fome.
618. O estreito de Bering, localizado no oceano Ártico, separa as terras do Alasca, no continente americano, e da Rússia asiática.

e franziam o cenho com o semblante carregado de trovões ante as populosas capitais fluviais, onde hoje em dia um corretor muito bem-educado lhe venderá terras a um dólar a polegada; diante da comparação proposta, parece que fornecemos um argumento irresistível para demonstrar que a baleia caçada já não pode escapar de uma rápida extinção.

Mas é preciso investigar o assunto sob todos os aspectos. Embora há não muito tempo — tempo que não excede o de uma vida bem vivida — o censo dos búfalos em Illinois excedesse o censo dos homens hoje residentes em Londres, e embora nos dias atuais não seja possível encontrar nem um chifre ou casco deles em toda aquela região; e embora a causa desse assombroso extermínio tenha sido a lança do homem; não obstante, a natureza muito diversa da caça à baleia impede peremptoriamente fim tão inglório ao leviatã. Quarenta homens em um navio, caçando cachalotes por quarenta e oito meses, julgarão um grande feito se, com as graças de Deus, por fim retornarem com o óleo de quarenta peixes. Ao passo que, nos tempos dos antigos perseguidores indígenas e canadenses e dos caçadores de peles do Oeste, quando os extremos dessa região (em cuja aurora os sóis ainda nascem) eram um sertão virgem, o mesmo número de homens calçados em seus mocassins, pelo mesmo número de meses, montados em seus cavalos em vez de velejar em navios, teria matado não quarenta, mas quarenta mil ou mais búfalos; fato que, se necessário, poderia ser declarado estatisticamente.

Tampouco parece constituir, desde que corretamente examinado, qualquer argumento a favor da extinção gradual do cachalote, por exemplo, que em anos anteriores (a última parte do século passado, digamos) esses leviatãs, em pequenos grupos, eram encontrados com muito mais frequência do que agora, e, consequentemente, as viagens não eram tão prolongadas e também muito mais compensatórias. Porque, como já foi observado em outro momento, essas baleias, influenciadas, segundo observavam alguns, pela preocupação com sua segurança, hoje nadam nos mares em imensas caravanas, de modo que em grande parte os solitários, os casais, bandos e grandes cardumes, outrora dispersos, hoje se agregam em imensas tropas, porém amplamente separadas entre si e muito pouco frequentes. Isso é tudo. E igualmente falaciosa parece ser a ideia de que, uma vez que as chamadas baleias de barba ou barbatana não são mais vistas em muitos territórios onde noutros tempos foram multidão, que essa espécie também se encontra, consequentemente, em declínio. Elas apenas saíram do promontório ao cabo; e, se uma costa não é mais animada com seus jorros, é porque, com certeza, alguma outra costa mais remota foi recentemente surpreendida com o inaudito espetáculo.

Além disso: em relação a estes últimos leviatãs, eles dispõem de duas firmes fortalezas, que, para além de toda a racionalidade humana, permanecerão inexpugnáveis para todo o sempre. E do mesmo modo que, com a invasão de seus vales, os gelados suíços recolheram-se a suas montanhas; assim também, caçadas nas savanas e descampados dos mares médios, as baleias de barba podem por fim recorrer a suas cidadelas polares e, mergulhando sob as últimas barreiras e muralhas vítreas, emergir entre calotas e banquisas geladas; e no círculo encantado de um dezembro eterno, desafiar qualquer perseguição humana.

No entanto, como talvez para cada baleia de espermacete trancada cinquenta dessas baleias de barba sejam capturadas, alguns filósofos do castelo de proa concluíram que essa verdadeira devastação já diminuiu muito severamente seus batalhões. Mas embora há não muito tempo essas baleias fossem mortas todos os anos em grandes números, não menos que treze mil, na costa noroeste do continente somente por americanos; existem, não obstante, argumentos que tornam mesmo essa circunstância de pouca ou nenhuma consequência como contrapartida nesse assunto.

Por mais natural que seja ser um tanto incrédulo quanto à densidade populacional das criaturas mais enormes do globo, o que diremos a Orta,[619] o historiador de Goa, quando nos conta que, em uma caçada, o rei do Sião capturou quatro mil elefantes; que naquelas regiões elefantes são numerosos como rebanhos de gado nos climas temperados. E não parece haver razão para duvidar que se esses elefantes, que hoje são caçados já há milhares de anos, por Semíramis, por Poro,[620] por Aníbal[621] e por todos os sucessivos monarcas

---

619. Garcia de Orta (*c.* 1501-68) foi um médico judeu português que viveu na Índia, erudito de boa formação e, como médico do nobre e administrador português Martim Afonso de Souza, seguiu à Índia, onde travou amizade com o poeta português Luís de Camões e se estabeleceu na colônia de Goa, granjeando grande reputação. A obra que imortalizou Orta, porém, não foi uma história de Goa, mas um tratado sobre "drogas e coisas medicinais da Índia" escrito em língua portuguesa e que teve, em tradução para o latim, grande circulação na Europa.

620. Ver nota 516.

621. Semíramis foi uma rainha assíria de existência dubitável, fundadora da Babilônia, segundo fontes gregas, armênias e judaicas. Líder conquistadora, ampliou as fronteiras de seu império. Segundo fontes gregas, em uma disputa difícil na Ásia, pediu que seus artesãos lhe produzissem falsos elefantes, que cobertos de pele de búfalo enganaram seus oponentes. Aníbal (243-187 a.C.) foi um comandante militar da antiga Cartago. Vivendo num período de grande tensão entre a República romana e as demais potências comerciais e militares do Mediterrâneo (além dos cartagineses, os selêucidas, macedô-

do Oriente — se eles ainda sobrevivem ali em grandes números, muito mais poderia a grande baleia sobreviver a toda caça, uma vez que tem um campo para se espalhar que é precisamente duas vezes maior que toda a Ásia, as duas Américas, a Europa e a África, a Nova Holanda e todas as ilhas do mar juntas.

E mais: devemos considerar que, a partir da suposta longevidade das baleias, que ao que tudo indica atingem a idade de um século ou mais, é fato que em qualquer período de tempo várias gerações adultas distintas devem ser contemporâneas. E o que isso significa logo podemos fazer ideia ao imaginar todos os campos-santos, cemitérios e jazigos da criação trazendo à vida os corpos vivos de todos os homens, mulheres e crianças que estiveram vivos há setenta e cinco anos; e acrescentar esse incontável exército à atual população humana do globo.

Diante de tudo isso, consideramos a baleia imortal como espécie, embora perecível em sua individualidade. Ela frequenta os mares desde antes de a terra se separar em continentes; chegou a nadar sobre as Tulherias, o castelo de Windsor e o Kremlin. No dilúvio de Noé, fez pouco da Arca; e se algum dia o mundo for mais uma vez inundado, como a Holanda, para matar seus ratos, a baleia eterna ainda sobreviverá e, erguendo-se sobre a crista mais alta do dilúvio equatorial, jorrará seu desafio espumante aos céus.

---

nios e siracusenses), Aníbal destacou-se como general na segunda das chamadas Guerras Púnicas (travadas entre Cartago e Roma), durante a qual invadiu a Europa a partir da Hispânia com um exército que contava 38 elefantes, com os quais amealhou vitórias e aliados, atravessou os Alpes e chegou ao norte da Itália, com a expectativa de que os romanos se rendessem diante de seu exército próximo à capital. Isso não aconteceu. Retornando às pressas a Cartago, atacada por mar pelos romanos, foi derrotado por Cipião em solo cartaginês.

106
A perna de Ahab

O ÍMPETO COM QUE Ahab deixou o *Samuel Enderby* de Londres não deixou de acarretar uma pequena violência contra si mesmo. Foi tamanha a força com que o capitão se precipitou sobre um dos assentos do bote que sua perna de marfim sofreu uma séria avaria, a ponto de quase se romper. Depois de ter subido a seu próprio convés e engatado a perna em um de seus trados de apoio, a veemência com que sobre ela Ahab girou, com o intuito de dirigir ordens urgentes ao timoneiro (era, como sempre, algo relativo ao fato de ele não conduzir a embarcação com a devida rigidez), fez com que o marfim já avariado sofresse uma tal torção e tranco que, embora ainda permanecesse inteiro, e ao que tudo indicava robusto, Ahab deixou de o considerar totalmente confiável.

De fato, parece surpreendente que, em meio a toda a sua imprudência enlouquecida e vária, Ahab prestasse por vezes cuidadosa atenção ao estado daquele osso morto sobre o qual parcialmente se apoiava. Pois não muito tempo antes de o *Pequod* partir de Nantucket, ele fora encontrado uma noite caído de bruços no chão e inconsciente; por algum acidente desconhecido, e aparentemente inexplicável, inimaginável, seu membro de marfim havia sido deslocado com tanta violência que se quebrara, formando como que uma estaca e lhe causando um ferimento grave na virilha; e foi apenas com muita dificuldade que a ferida lancinante se curou inteiramente.

Àquela altura, já não escapava a sua mente monomaníaca que toda a dor daquele sofrimento então presente era apenas o resultado direto de uma desgraça anterior; e ele parecia ver claramente que, assim como o réptil mais venenoso do pântano perpetua sua espécie de maneira tão inevitável quanto o mais doce pássaro cantor do bosque; do mesmo modo todos os eventos infelizes, à imagem e semelhança dos felizes, geram naturalmente seus semelhantes. E, pensava Ahab, ainda mais do que à imagem e semelhança — visto que tanto a ancestralidade quanto a posteridade do Luto vão além da ancestralidade e da posteridade da Alegria. Pois, sem querer sugerir isto: que, a exemplo do que se pode inferir de certos ensinamentos canônicos, enquanto alguns prazeres naturais aqui não gerarão filhos nascidos de si para o outro mundo, mas, pelo contrário, serão seguidos pela esterilidade alegre de todo o desespero do inferno; ao passo que algumas malévolas infelicidades mortais hão ainda de gerar para si mesmas uma prole eternamente progressiva de dores para além da morte — ainda que não seja a intenção sugerir algo do gênero, parece haver, sim, uma desigualdade na análise mais profunda da coisa. Pois, pensou Ahab, embora até mesmo as maiores felicidades terrenas sempre tenham uma certa mesquinhez insignificante à espreita, enquanto, no fundo, todas as dores do coração carregam consigo um significado místico e, em alguns homens, uma grandeza arcangelical; pois bem: seus diligentes delineamentos não desmentem a dedução óbvia. Seguir as genealogias desses grandes infortúnios mortais nos leva finalmente às primogenituras apócrifas dos deuses; de modo que, em face de todos os alegres sóis e o feno que produzem, e do suave ressoar das luas cheias sobre os trigais, devemos necessariamente aceitar isto: que os próprios deuses não são sempre felizes. A marca de nascença triste e indelével na fronte do homem é apenas a marca da tristeza daquele que nela a imprimiu.

Involuntariamente, divulgou-se aqui um segredo que talvez já pudesse ter sido divulgado antes de maneira mais adequada e organizada. A exemplo de muitos outros detalhes a respeito de Ahab, sempre havia permanecido um mistério para alguns a razão de, por um certo período, tanto antes quanto depois da partida do *Pequod*, ele ter se recolhido do convívio com a enorme exclusividade de um Grande Lama; e, pelo referido intervalo de tempo, ter buscado um refúgio mudo, por assim dizer, no senado de mármore dos mortos. A razão divulgada pelo capitão Peleg para tanto parecia de forma alguma adequada; embora, de fato, no tocante a todas as partes mais profundas de Ahab, toda revelação partilhasse mais da escuridão prenhe de sentido do que de esclarecimentos explicativos. Por fim, no entanto, tudo veio à tona; ou ao menos este único assunto. Esse terrível acidente estava na base de sua reclusão temporária. E não só isso, mas para aquele círculo cada vez mais restrito e mínimo de terra, que, por alguma razão ignorada, possuía o privilégio de um contato menos proibido com ele; para esse acanhado círculo, o acidente acima sugerido — permanecendo, como tal, taciturnamente inexplicado por Ahab — investiu-se de terrores, não de todo desligados do mundo dos espíritos e das lamentações. De modo que, unicamente pelo cuidado que lhe dedicavam, todos haviam conspirado, tanto quanto possível, para evitar que o caso chegasse ao conhecimento de outras pessoas; e, portanto, só depois de decorrido um tempo considerável foi que ele circulou no convés do *Pequod*.

Mas seja como for; tivessem parte com o Ahab terrestre um ambíguo e invisível concílio no ar ou os vingativos príncipes e potentados do fogo, fato é que, no que dizia respeito a sua perna, ele adotou um procedimento prático bastante prosaico: mandou chamar o carpinteiro.

E quando aquele funcionário apareceu diante de Ahab, este pediu que lhe fizesse uma nova perna sem demora e instruiu os imediatos a lhe fornecerem todos os pinos e vigas de marfim (cachalote) que até então haviam sido acumulados na viagem, a fim de garantir uma seleção cuidadosa do material mais robusto e claro. Feito isso, o carpinteiro recebeu ordens para fabricar a perna ainda naquela noite; e provê-la de todos os acessórios necessários, independentemente dos que pertencessem à perna já não mais confiável ainda em uso. Além disso, determinou-se que a forja do navio fosse içada de seu desuso temporário no porão; e, para acelerar o fabrico, ao ferreiro ordenou-se que tratasse imediatamente de forjar a ferraria que se pudesse fazer necessária.

107
O carpinteiro

SENTA-TE SULTANICAMENTE em meio às luas de Saturno e te debruça somente sobre o homem em sua grandeza, o homem abstrato; e ele te parecerá uma maravilha, um portento, uma dor infinita. Mas, do mesmo ponto, examina a humanidade em massa, e em grande medida ela te parecerá uma turba de duplicatas inúteis, seja ela contemporânea ou hereditária. Por mais simplório que fosse, porém, e distante de fornecer um exemplo de elevado e abstrato humano; o carpinteiro do *Pequod* não era uma duplicata; e assim ele sobe em pessoa a este palco.

Como todos os carpinteiros marítimos, em especial os pertencentes a navios baleeiros, ele era, no que tocava à versatilidade e à prática, igualmente experimentado em numerosas artes e ofícios colaterais ao seu, de forma que a atividade do carpinteiro se encontrava no tronco antigo e frondoso de todas aquelas numerosas vocações que em alguma medida têm relação com a madeira como material auxiliar. Mas, para além da aplicação a sua pessoa do comentário genérico acima, o carpinteiro do *Pequod* demonstrava particular eficiência naquelas mil mínimas emergências mecânicas que acometem continuamente um grande navio em uma viagem de três ou quatro anos por mares incivilizados e distantes. Para não falar da prontidão em tarefas corriqueiras: o conserto de botes avariados, mastros trincados, a correção da forma das pás tortas dos remos, a instalação de claraboias ou de novas cavilhas de madeiras nas pranchas do costado e outros reparos diversos mais diretamente relacionados a sua especialidade; ademais, era um perito de primeira hora em toda sorte de habilidade conflitante, útil ou caprichosa.

O único grande palco onde ele representava todos os seus vários e tão múltiplos papéis era a sua bancada; um balcão longo e grosseiro, no qual havia torninhos diversos, de tamanhos vários, de ferro e de madeira. Com exceção das circunstâncias em que havia baleias presas ao costado, essa bancada permanecia amarrada na perpendicular contra a parte de trás do traiol.

Uma malagueta era considerada grossa demais para ser inserida com facilidade em seu orifício? O carpinteiro a prendia em um de seus tornos sempre à disposição e imediatamente a limava e tornava menor. Um pássaro de terra firme de repente surgia a bordo, perdido, com sua estranha plumagem, e era feito cativo? Com as varas alisadas das barbas de uma baleia-franca e os poleiros feitos do marfim do cachalote, o carpinteiro lhe fabricava uma gaiola que mais parecia uma pagoda. Um remador torce o pulso? O carpinteiro prepara uma loção que lhe alivia a dor. Stubb quis pintar estrelas vermelhas na pá de cada um de seus remos? Não seja por isso; prendendo cada um dos remos em seu grande torno de madeira, o carpinteiro lhes fornece uma simétrica constelação. Ocorre a um marinheiro usar brincos de osso de tubarão? Pois o carpinteiro lhe fura as orelhas. Outro é acometido de dor de dente: o carpinteiro saca o boticão e com tapinhas sobre a bancada o convida a sentar-se ali; mas o pobre sujeito se agita incontrolavelmente com a operação inconclusa; girando a alça do torno de madeira, o carpinteiro sugere que coloque ali a mandíbula, caso queira arrancar de uma vez o dente.

O carpinteiro, portanto, estava preparado para tudo, sendo igualmente indiferente e impassível em relação a tudo. Dentes para ele eram pedaços de marfim; cabeças, não mais do que moitões presos ao alto; e os próprios homens, ele os considerava levianamente como cabrestantes. Mas diante de um campo tão amplo e vário de competências e tão vigorosa perícia — era de se esperar que ambos viessem acompanhados de uma inteligência de inaudita vivacidade, mas não exatamente assim. Pois nada neste homem era mais notável do que, digamos, certa impassibilidade impessoal — de fato impessoal, pois ela se diluía de tal forma no infinito circundante de coisas que parecia se imiscuir à impassibilidade geral discernível em todo o mundo visível, que, não obstante seja ininterruptamente ativo de incontáveis maneiras, ainda mantém a eternidade de sua paz e ignora quem quer que seja, mesmo que você esteja cavando alicerces para catedrais. No entanto, era esse embotamento talvez medonho, que ainda envolvia, segundo se observava, uma falta de coração de ramificações totais; apesar de tudo isso, o embotamento em questão era estranhamente rompido, vez e outra, por um humor que mais parecia uma muleta, resfolegante, ancestral, antediluviano, que se manifestava não sem alguma verve carrancuda; tal como a que poderia ter sido útil à vigília da meia-noite no castelo de proa barbado da arca de Noé. Será que esse velho carpinteiro havia sido um andarilho por toda a vida, cujo contínuo rolar de lá para cá não apenas não havia permitido que o limo se acumulasse em si; mas, sobretudo, havia raspado quaisquer pequenos elementos externos que pudessem ter aderido originalmente a ele? Ele era uma abstração lavada de tudo; um número integral, intocado por fracionamentos; intransigente como um recém-nascido; vivendo sem referência premeditada a este ou ao outro mundo. Quase se poderia dizer que essa estranha intransigência nele envolvia uma espécie de falta de inteligência; pois em seus numerosos ofícios ele não parecia trabalhar tanto por razão ou por instinto, ou simplesmente porque havia sido ensinado a fazê-lo, ou por qualquer mistura de tudo isso, equitativa ou desigual; mas apenas por uma espécie de processo literal, surdo, mudo, espontâneo. Era o manipulador absoluto; seu cérebro, se é que alguma vez teve um, devia ter escorrido já havia muito cedo para os músculos dos dedos. Era como um daqueles instrumentos absurdos inventados em Sheffield,[622] não obstante muito úteis, os *multum in parvo*, com as formas exteriores — ainda que um pouco avantajadas — de um canivete comum; mas contendo não apenas lâminas de vários tamanhos como também chaves de fenda, saca-rolhas, pinças, furadores, canetas, réguas, lixa de unha, escareadores. Desse modo, se seus superiores quisessem usar o carpinteiro como chave de fenda, bastava abrir aquela parte dele, e o parafuso se prendia: ou se fosse boticão, bastava o pegar pelas pernas, e lá estava ele.

No entanto, como sugerido anteriormente, esse carpinteiro abre-e-fecha, homem multiuso, não era, afinal, a simples máquina de um autômato. Se não havia nele uma alma comum, ao menos existia algo de sutil que de alguma forma anormalmente cumpria seu papel. De que se tratava, se uma essência de mercúrio ou gotas de amônia, não há como dizer. Mas lá estava; e lá havia permanecido por cerca de sessenta anos ou mais. E era isso, esse mesmo princípio de vida inexplicável e perspicaz — era ele que o mantinha grande parte do tempo em meio a solilóquios; mas apenas como uma roda irracional, de um monologar ruidoso; ou melhor, seu corpo era uma guarita, e o responsável pelo solilóquio ali permanecia, de guarda, falando o tempo todo para se manter acordado.

---

622. Cidade no norte da Inglaterra famosa pela produção de talheres, sobretudo facas. *Multum in parvo* é expressão em latim que significa "muito em pouco".

108
Ahab e o carpinteiro

(O convés — Primeiro quarto da noite. O carpinteiro está de pé diante de sua bancada e, à luz de dois candeeiros, ocupa-se de lixar a viga de marfim para a perna, viga que se encontra firmemente presa ao torno. Pedaços de marfim, tiras de couro, almofadas, parafusos e ferramentas de toda sorte encontram-se espalhados pela bancada. À frente, a chama vermelha da forja é vista, onde o ferreiro trabalha.)

Droga de lixa, droga de osso! É duro o que devia ser mole, e é mole o que devia ser duro. E aí vamos nós, lixando mandíbulas e tíbias velhas. Vamos tentar outra. Sim, esta está melhor (*espirra*). Eita, essa poeirada de osso é (*espirra*)... ora, é (*espirra*)... sim, é (*espirra*)... eita diacho, que ela não me deixa falar! É isso que dá um velho ganhar a vida trabalhando em cima de coisa morta. Serre uma árvore viva, e você não respira essa poeira; ampute um osso vivo, e você não respira ele (*espirra*). Ei, Fuligem, meu velho, dê uma mão aqui, e vamos terminando a virola e a fivela; já, já termino aqui. Sorte não precisar (*espirra*), não precisar fazer a articulação do joelho; isso pode deixar as coisas complicadas; mas uma tíbia de nada... ora, é fácil como fazer pau de lúpulo; só queria dar um acabamento decente. Tempo, tempo... se ao menos tivesse tempo, podia fazer uma perna elegante, digna de se arrastar (*espirra*) pra trás na hora de cumprimentar uma dama em uma sala de estar. Aquelas pernas de pele de veado e panturrilhas que vi em vitrine não se comparam a esta. Elas encharcam, ô se encharcam; e claro que ficam reumáticas, e precisam de medicação (*espirra*) com lavagens e loções, como se fossem pernas vivas. Pronto; antes de serrar, preciso ir até o nosso Grão-Mogol e ver se o comprimento vai ficar bom; talvez esteja muito curta. Ha! Olha só o calcanhar... estamos com sorte! Aí vem ele, ou é outra pessoa, isso é certo.

AHAB

(*avançando; durante a cena, o carpinteiro segue espirrando de tempos em tempos*)

"Ora, eis o fazedor de homens!"

"Bem na hora, senhor. Se for da vontade do senhor, tomarei o comprimento. Por favor, capitão."

“Medido por uma perna! Bem, não será a primeira vez. Ao trabalho, homem. Isso; mantém o dedo sobre ela. Que belo torno tens aqui, carpinteiro; deixa-me sentir se aperta bem. É, nada mau.”

“Oh, senhor, esse torno é capaz de quebrar um osso... cuidado, cuidado!”

“Não tenho medo; gosto do que agarra bem; gosto de sentir uma coisa segura neste mundo escorregadio, homem. E o Prometeu ali?... O ferreiro, quero dizer... o que está fazendo?”

“Deve estar forjando a fivela, senhor.”

“Certo, é uma parceria; ele fornece a parte muscular. O que sobe ali é uma bela labareda!

“Sim, senhor; ele precisa de bastante calor para fazer um bom trabalho desse tipo.”

“Hum. Pois deve. De fato, julgo uma coisa muito significativa que aquele velho grego, Prometeu, que fazia os homens, segundo dizem, talvez tenha sido um ferreiro e os tenha animado com fogo; pois o que é feito no fogo deve conservar-se devidamente no fogo; e então o inferno é uma probabilidade. Como a fuligem voa! Esses devem ser os restos com que o grego fez os africanos. Carpinteiro, quando ele finalizar a fivela, diz para forjar um par de omoplatas de aço; há um caixeiro a bordo com um fardo que o esmaga.”[623]

“Senhor?”

“Um minuto; enquanto Prometeu trabalha, eu lhe encomendarei um homem completo de acordo com um padrão desejável. Em primeiro lugar, quinze metros de altura descalço; em seguida, um peito tendo por modelo o túnel do Tâmisa; depois, pernas com raízes, para permanecer num só lugar; em seguida, braços com um metro de diâmetro no pulso; coração nenhum, testa de bronze; e mais ou menos um quarto de acre de cérebro e dos bons; e deixe-me ver... devo encomendar olhos que vejam o exterior? Não, mas que se instale uma claraboia no topo da cabeça para iluminar o interior. Isso, anote o pedido e vá.”

“Ora, mas do que ele está falando, e com quem está falando, gostaria de saber. Devo continuar parado aqui?” (*à parte*)

“Uma cúpula cega rende uma arquitetura insensível; aqui está um exemplo. Não, não, não. Preciso de um candeeiro.”

“Ho, Ho! É isso aí, hein? Eis aqui dois, senhor; um me basta.”

“Por que estás enfiando esse pega-ladrão na minha cara, homem? A luz assim projetada é pior do que uma pistola apontada.”

---

623. Ahab compara a si mesmo com Cristão, o herói de *O peregrino*, de John Bunyan, que carregava um fardo cheio de pecados (ver nota 153).

“Pensei que o senhor estivesse falando com o carpinteiro.”

“Carpinteiro, ora, mas isso… mas não; é um negócio muito bem-feito e, devo dizer, extremamente cavalheiresco, carpinteiro; ou preferes trabalhar com barro?”

“Senhor? Barro? Barro, senhor? Barro é lama; deixamos para quem faz pratos, senhor.”

“O sujeito é ímpio! Por que espirras tanto?”

“O osso está produzindo muito pó, senhor.”

“Entende como sugestão — e quando estiveres morto, jamais te enterres sob o nariz dos vivos.”

“Senhor? Oh! Ah!… Acho que sim; sim… oh, Deus!”

“Atenção, carpinteiro: atrevo-me a dizer que te consideras um trabalhador apreciador do bom trabalho, não? Pois bem: será belo testemunho de teu trabalho se, quando eu vier a montar sobre a perna que fizeste, eu, não obstante, sinta outra perna no mesmo lugar idêntico a ela; isto é, carpinteiro, minha velha perna perdida; a de carne e sangue, quero dizer. Não és capaz de apressar aquele velho Adão ali?”

“Na verdade, senhor, começo a entender um pouco melhor. Sim, ouvi algo curioso a esse respeito, senhor; como um homem mutilado nunca perde totalmente a sensação do velho membro, como ainda o sente formigando por vezes. Posso perguntar humildemente se é mesmo assim, senhor?”

“É, homem. Vê, coloca tua perna viva aqui no lugar onde a minha esteve; onde para o olho existe apenas uma perna, para a alma existem duas. Onde sentes a vida formigar; ali, exatamente ali, onde não se sente o gelo, mas onde o cabelo parece roçar. Não é um enigma?”

“Com toda a humildade, senhor, mas acho que está mais para rima.”

“Silêncio, então. Como sabes se alguma coisa inteira, viva e pensante pode não ser invisível e estar ininterruptamente parada exatamente onde estás agora; sim, e de pé a despeito de ti? Em tuas horas mais solitárias, então, não temes bisbilhoteiros? Espera, não fales! E se ainda sinto a dor aguda de minha perna esmagada, embora já esteja há tanto tempo dissolvida; então, por que não podes tu, carpinteiro, sentir as dores do inferno para sempre, e sem corpo? Ah!”

“Meu bom Deus! É verdade, senhor, se esse é o caso, preciso recalcular tudo; acho que errei na conta, senhor.”

“Cabeças de vento nunca devem dar nada por certo. Quanto tempo até que a perna esteja pronta?”

“Talvez uma hora, senhor.”

"Apressa-te então, e a leva para mim (*vira-se para sair*). Oh, vida! Aqui estou, orgulhoso como um deus grego, mas precisando de um idiota desses para que permaneça em pé sobre uma ripa de osso! Malditas sejam as dívidas compartilhadas entre mortais; os livros-caixa jamais se acabarão! Eu poderia ser livre como o ar; e aqui estou, cercado de credores por todos os lados. Minha riqueza é tanta que poderia ter disputado o leilão do Império Romano (o mundo daqueles tempos) lance a lance com os mais ricos pretorianos;[624] e, no entanto, carrego dívidas pela própria carne da língua com que me gabo. Céus! Vou pegar um cadinho, me enfiar dentro dele e ver se me dissolvo até não restar mais do que uma vertebrazinha de nada, pequena e compacta. Assim."

CARPINTEIRO

(*retomando seu trabalho*)

"Olhem só quem está aqui. Stubb o conhece melhor que todos, e Stubb sempre diz que ele é esquisito; não diz nada a não ser aquela palavrinha que basta, esquisito; ele é esquisito, diz Stubb; ele é esquisito... esquisito, esquisito; e continua repetindo na orelha do sr. Starbuck o tempo todo... esquisito, senhor... esquisito, esquisito, muito esquisito. E aqui está a perna dele! Sim, agora que penso nisso, eis aqui sua companheira de cama! Tem como esposa um pedaço de osso de mandíbula de baleia! E esta é sua perna; ele vai se firmar nela. O que foi aquilo sobre uma perna em três lugares, e todos os três lugares em um inferno... o que foi aquilo? Oh! Não me admira que me olhasse com tanto desprezo! Não bato bem às vezes, dizem; mas é só de quando em quando. Pois é, um corpo pequeno e velho desses feito o meu nunca deve se aventurar a entrar em águas profundas com capitães altos com esse porte de garça; a água bate logo no queixo e já começa a gritaria por um botes salva-vidas. E aqui está a perna da garça! Comprida e fina, sem dúvida! Ora, para a maioria das pessoas um par de pernas dura a vida toda, e isso porque elas as usam misericordiosamente, como uma velha senhora de coração terno usa seus velhos cavalinhos rechonchudos na carruagem. Mas Ahab; ah, ele é um cocheiro difícil. Levou uma perna à morte, e arruinou outra para o resto da vida, e agora gasta pernas de osso aos montes. Ei, Fuligem! Anda aí com esses parafusos, e

---

624. O leilão do Império Romano se deu em 193 d.C., quando a Guarda Pretoriana — tradicional elite do Exército romano, transformada em guarda pessoal do chefe de Estado com a passagem da República ao Império — assassina o recém-coroado imperador Pertinax, que chega ao trono após um conturbado período político.

vamos terminar antes que o camaradinha da ressurreição[625] venha chamar com sua trombeta todas as pernas, as de verdade e as de mentira, e os cervejeiros saiam recolhendo barris de cerveja velhos para enchê-los novamente. Que perna é esta! Parece uma perna viva de verdade, reduzida a nada além do núcleo; ele estará de pé sobre ela amanhã; estará tomando as coordenadas em cima dela. Eita, diacho! Quase que me esqueço da lousinha oval, de marfim polido, onde ele calcula a latitude. Muito bem — cinzel, lima e lixa!"

625. Segundo 1 Tessalonicenses 4,16, no Dia do Juízo, Cristo "descerá do céu com alarido, e com voz de arcanjo, e com a trombeta de Deus; e os que morreram em Cristo ressuscitarão primeiro".

109

Ahab e Starbuck na cabine

SEGUNDO O COSTUME, a tripulação trabalhou nas bombas do navio na manhã seguinte — e, ai!, considerável quantidade de óleo subiu com a água: havia um belo vazamento nos barris estocados no porão. A preocupação tomou conta da marinhagem; e Starbuck desceu à cabine para dar notícia desse infortúnio.[626]

Ora, vindo de sudoeste, o *Pequod* aproximava-se de Formosa e das ilhas Batanes,[627] entre as quais se situa uma das saídas tropicais das águas da China para o Pacífico. Starbuck encontrou Ahab diante de um mapa geral dos arquipélagos orientais; e outro que representava as longas costas orientais das ilhas japonesas — Niphon, Matsmai e Sikoke.[628] Com a nova perna de marfim, branca como leite, afivelada contra a perna aparafusada da secretária e com a longa lâmina curva de um canivete à mão, o extraordinário velho, de costas para a porta da passagem, franzia a testa e refazia suas antigas rotas.

"Quem está aí?", perguntou ao ouvir passos na porta, mas sem se virar. "Para o convés! Desaparece!"

"O capitão Ahab se equivoca; sou eu. Há um vazamento de óleo no porão, senhor. Precisamos fazer uso das talhas e içar os barris ao convés."

"Usar talhas e içar barris? Agora que nos aproximamos do Japão? Lançar âncora aqui por uma semana para dar conserto a meia dúzia de aros velhos?"

"É isso, senhor, ou desperdiçar em um dia o óleo que fizemos em um ano. Vale a pena salvar o que nos custou vinte mil milhas para ser conquistado, senhor."

---

626. Em navios baleeiros de caça ao cachalote com qualquer quantidade considerável de óleo a bordo, é dever mais do que semanal levar uma mangueira no porão e molhar os barris com água do mar; que depois, em intervalos variáveis, é removida pelas bombas do navio. Os barris, portanto, devem ser mantidos úmidos e apertados uns contra os outros; enquanto, pelo caráter alterado da água bombeada, os marinheiros detectam imediatamente qualquer vazamento digno de preocupação na carga preciosa. (N. A.)
627. Formosa é o antigo nome europeu da ilha de Taiwan; as ilhas Batanes estão ao norte do arquipélago das Filipinas.
628. Em grafia anglicizada, Niphon ou Nippon é palavra que se refere ora ao Japão como um todo, ora a sua principal ilha, Honshu; Matsmai é, possivelmente, Matsumae, uma cidade costeira na ilha de Hokkaido, ao norte da ilha de Honshu; já Sikoke pode ser corruptela de Shikoku, ilha ao sul da ilha de Honshu.

"Exatamente, exatamente... se o tivéssemos conquistado."

"Refiro-me ao óleo no porão, senhor."

"Mas eu não. Repito: desaparece! Que vaze! Eu mesmo sou inteiro vazamentos. Sim! Vazamento sobre vazamento! E não só repleto de barris com vazamentos: esses barris com vazamentos se encontram num navio com vazamentos; e essa é uma situação muito pior do que a do *Pequod*, imediato. Mesmo assim, não paro para consertar meus vazamentos; pois quem os poderia encontrar num casco tão profundamente carregado; ou, ainda que os encontrasse, como ter a pretensão de consertá-los sob os uivos deste vendaval que é a vida? Starbuck, não quero ordens para o uso das talhas."

"O que dirão os proprietários, senhor?"

"Que fiquem na praia de Nantucket a contar tufões. O que importa para Ahab? Proprietários, proprietários? Ora, Starbuck: sempre me forças a escutar tua ladainha sobre aqueles proprietários, como se de gente amesquinhada se fizesse minha consciência. Presta atenção, homem: o único verdadeiro dono de qualquer coisa é aquele que a comanda; e minha consciência está na quilha que nos leva. Ao convés, já!"

"Capitão Ahab", retrucou o imediato com o rosto inflamado, dando um passo para dentro da cabine com uma ousadia tão estranhamente misturada a respeito e cautela que não só era como se procurasse evitar a mais leve manifestação externa de si mesma mas também como se, por dentro, também parecesse mais do que ligeiramente hesitante, "um homem melhor do que eu poderia perfeitamente fazer ouvidos moucos ao que vem de ti, embora o mesmo rapidamente se transformasse em ressentimento quando vindo de um homem mais jovem... para não dizer mais feliz, capitão."

"Maldito! Tens a pachorra de insinuar-te crítico de minha decisão? Ao convés!"

"Não, senhor, não é o caso... imploro. E, sim, ouso, senhor... ser tolerante! Não devemos nos entender melhor do que nos entendemos até aqui, capitão Ahab?"

Ahab travou do mosquete carregado no suporte de parede (instrumento e móvel presentes na maioria das cabines dos navios nos Mares do Sul) e, apontando-o a Starbuck, exclamou: "Existe um Deus que é o Senhor sobre a terra e um capitão que é o senhor sobre o *Pequod*. Ao convés!".

Por um instante, nos olhos incandescentes e nas faces incendiadas do imediato, era quase possível pensar que ele havia de fato recebido a explosão do cano que lhe fora apontado. Dominando a própria emoção, porém, Starbuck pôs-se ereto e calmo e, ao deixar a cabine, parou por um instante e disse: "Causas-me indignação, porém não me insultas, senhor; e por isso peço-te que tenhas cuidado não com Starbuck, o que apenas te faria rir; peço, sim, que Ahab tome cuidado com Ahab; cuidado contigo mesmo, velho".

"Arvora-se corajoso, porém obedece; que prudente bravura!", murmurou Ahab, enquanto Starbuck se retirava. "O que acaba de dizer... 'Ahab, toma cuidado com Ahab'... há algo aí!"

Inconscientemente, então, fazendo do mosquete cajado, com o semblante férreo Ahab caminhou de um lado para o outro na estreiteza da cabine; mas logo os pesados vincos da testa se desfizeram e, devolvendo a arma ao suporte, foi para o convés.

"És um bom homem, Starbuck, demasiado bom", disse ele humildemente ao imediato; em seguida, erguendo a voz à tripulação: "Ferrai a vela de gávea e o velacho, amarrai bem os panos; cambai a verga principal; içai as talhas e esvaziai o porão principal."

Talvez seja vão fazer conjecturas sobre as razões de Ahab assim ter procedido, no que dizia respeito a Starbuck. Quiçá tenha sido um lampejo de honestidade; ou mera prudência política que, sob as circunstâncias presentes, vetava imperiosamente o menor sintoma de escancarado descontentamento, por mais transitório que fosse, no importante primeiro imediato de seu navio. Seja como for, suas ordens foram executadas; e as talhas foram trazidas ao convés.

110
Queequeg em seu caixão

APÓS INVESTIGAÇÃO, constatou-se que os últimos barris a serem acomodados no porão estavam em perfeitas condições e que o vazamento era mais profundo. O tempo era de calmaria; e assim eles penetraram cada vez mais baixo, perturbando o sono das primeiras fileiras de barris e trazendo à luz do dia no convés aquelas gigantescas toupeiras da meia-noite negra em que viviam. Desceram tanto; e tão antigas e corroídas e limosas eram as mais profundas pipas que a vontade era de logo sair em demanda de algum barril fundamental, casco primevo em que estivessem moedas do capitão Noé com cópias dos cartazes de alerta inútil ao desatinado mundo antigo a respeito do dilúvio. Tonéis e mais tonéis, também, de água, pão, charque, molhos de aduelas e feixes de aros de ferro foram trazidos, a ponto de comprometer a circulação pelo convés abarrotado; e o casco oco ecoava sob nossos pés, como se caminhássemos sobre catacumbas vazias, cambaleando e rolando pelo mar como um garrafão cheio de ar. Pesado na parte superior, o navio era como um estudante esfaimado que levasse todo o Aristóteles na cabeça. Ainda bem que os tufões não o visitaram então.

Ora, foi nessa época que meu pobre companheiro pagão e amigo do peito Queequeg foi acometido de uma febre que quase o levou a seu infindo fim.

É preciso dizer que no ofício baleeiro inexistem as sinecuras; dignidade e perigo andam de mãos dadas; até ascender ao posto de capitão — mais alto se sobe, mais duro se trabalha. Era o caso de Queequeg, coitado — que, como arpoador, ou trancador, não apenas tem o dever de enfrentar toda a fúria da baleia viva como — a exemplo do que vimos noutra parte — montar sobre seu dorso morto em meio ao agitado mar; e, por fim, descer à escuridão do porão e, suando às bicas o dia inteiro sob aquele confinamento subterrâneo, manusear com firmeza os tonéis mais desajeitados e cuidar de sua acomodação. Em suma, entre os baleeiros, os trancadores são também os encarregados do porão, por assim dizer.

Pobre Queequeg! O navio já se encontrava praticamente estripado, e bastava se curvar por uma escotilha casco adentro para o ver lá embaixo; onde, reduzido a suas ceroulas de lã, o selvagem tatuado rastejava em meio à umidade e ao limo como um lagarto de manchas verdes no fundo de um poço. E um poço, ou casa de gelo, o porão de alguma forma, pobre pagão, se lhe provou; onde, apesar de todo o calor que o desfazia em suor, por incrível que pareça, foi acometido de um resfriado terrível que se transformou em febre; e por fim, depois de dias de sofrimento, o prostrou na rede, colocando-o a um passo da morte. Como definhou naqueles poucos e prolongados dias, até que parecia reduzido a não mais do que osso e tatuagem. À medida, porém, que tudo o mais nele se emaciava, e suas maçãs do rosto se tornavam mais fundas, seus olhos, não obstante, pareciam cada vez mais cheios; adquirindo a estranheza suave de um brilho; e eles, serena, mas profundamente, olhavam para você ali de sua doença, num testemunho maravilhoso daquela saúde imortal nele que não podia morrer ou arrefecer. E como círculos na água, que, à medida que ficam mais fracos, se dilatam; seus olhos faziam-se mais e mais redondos, como os anéis da Eternidade. Uma inominável reverência pairava no entorno de quem se sentava ao lado do selvagem em declínio e via coisas estranhas em seu rosto, como qualquer outro espectador que tivesse estado ao lado de Zoroastro no instante de sua morte.[629] Pois tudo o que é verdadeiramente maravilhoso e amedrontador no homem nunca foi colocado em palavras ou livros. E a aproximação da Morte, que iguala a todos, também impressiona a todos com uma última revelação, que só um autor dentre os mortos nos poderia contar adequadamente. De modo que — não custa repetir — nenhum caldeu ou grego moribundo conheceu pensamentos mais elevados e sagrados do que aqueles cujas sombras misteriosas se viam a rastejar sobre o rosto do pobre Queequeg, deitado na calma de sua rede a balançar, enquanto o mar ondulante o parecia suavemente embalar para o descanso final, e a maré invisível do oceano o elevava cada vez mais alto em direção ao céu a que estava destinado.

Não houve homem da tripulação que tivesse desistido dele; e, quanto ao próprio Queequeg, o que pensava de seu caso forçosamente se demonstrou por um curioso favor que pediu. Ele chamou um de nós para perto de si na nublada vigília matinal, no raiar do dia, e tomando-lhe a mão disse que em sua estadia em Nantucket tinha visto por acaso umas canoinhas de madeira escura, como fossem feitas da madeira de guerra de sua ilha natal; e após indagação viera a saber que todos os baleeiros que morriam em Nantucket eram colocados nas mesmas canoas escuras, e que a ideia de ter o mesmo fim lhe agradava

629. Segundo o *Dicionário histórico-crítico*, de Pierre Bayle (1647-1796), a figura mítica do fundador do zoroastrismo morreu sendo consumida pelo fogo dos céus.

muito; pois não era muito diferente do costume de sua própria raça, que, após embalsamar um guerreiro morto, estendia-o em sua canoa e assim o deixava para que fosse levado pelas águas aos arquipélagos das estrelas; pois eles não apenas acreditam que as estrelas são ilhas mas que, muito além de todos os horizontes visíveis, seus próprios mares amenos e incontinentes encontram-se com o céu azul; e assim formam a espuma branca da rebentação da Via Láctea. Prosseguindo, disse estremecer com a ideia de ser descartado em sua rede, segundo costume marítimo usual, atirado como reles matéria para os tubarões devoradores da morte. Não; ele desejava uma canoa como as de Nantucket, tanto mais adequada sendo ele um baleeiro, pois como um bote baleeiro essas canoas-caixão se lhe pareciam, porém sem quilha; ainda que isso acarretasse certa dificuldade de navegação e muita deriva rumo à noite escura.

Ora, quando essa estranha circunstância se deu a conhecer à ré, o carpinteiro recebeu prontas ordens para cumprir as vontades de Queequeg, fossem quais fossem. Havia uma antiga madeira pagã, madeira cor de caixão que, em longa viagem anterior, havia sido cortada dos bosques aborígines das ilhas Laquedivas,[630] e dessas tábuas escuras recomendou-se que o caixão fosse feito. Tão logo o carpinteiro recebeu as ordens, travando da régua com toda a embotada prontidão de seu caráter ele se encaminhou sem demora ao castelo de proa e tomou as medidas de Queequeg com grande precisão, tracejando regularmente o giz na pessoa de Queequeg entrementes mudava a régua de lugar.

"Ah! Pobre coitado... ele vai ter que morrer agora", exclamou o marinheiro de Long Island.

Chegando a sua bancada, o carpinteiro, por uma questão de conveniência e referência geral, mediu nela o comprimento exato que o caixão deveria ter e, transferindo-lhe permanentemente as medidas, produziu dois talhes em suas extremidades. Feito isso, organizou as tábuas e ferramentas e pôs-se a trabalhar.

Quando o último prego foi cravado, e a tampa devidamente aplainada e ajustada, ele levou o caixão delicadamente ao ombro e adiantou-se com ele, perguntando se estavam prontos para usá-lo.

Ao escutar por acaso os gritos indignados, porém não sem humor, com que a tripulação repelia o caixão, Queequeg, para consternação de todos, ordenou que a coisa fosse imediatamente levada a ele, ao que ninguém se opôs; observando que, de todos os mortais, alguns moribundos são os mais tirânicos; e

630. Ilhas localizadas no mar Arábico.

quanto a isso não há contra-argumento, visto que não tardará para que deixem de nos incomodar para sempre, as vontades dos pobres sujeitos devem ser atendidas.

Inclinando-se para fora da rede, Queequeg por muito tempo observou o caixão com olhar atento. Então pediu seu arpão, retirou-lhe o pinho e colocou seu ferro no caixão junto a uma das pagaias de seu bote. Também lhe atendendo o pedido, biscoitos foram colocados nas laterais inteiras: um frasco de água doce foi deixado na ponta, e um saquinho de terra lenhosa, raspada ao porão, foi posto aos pés; por fim, enrolando-se um pedaço de lona de vela para fazer as vezes de travesseiro, Queequeg pediu então que o acomodassem em seu leito de morte, a fim de que lhe pudesse avaliar o conforto, se é que havia. Ele permaneceu deitado ali por alguns minutos, imóvel; disse, então, àquele que o assistia que fosse a sua bolsa e lhe trouxesse seu pequeno deus Yojo. Então, cruzando os braços sobre o peito com Yojo entre eles, pediu que a tampa do caixão (ele a chamava de escotilha) fosse colocada sobre ele. A parte superior permanecendo aberta graças a uma dobradiça de couro, lá estava Queequeg em seu caixão com nada além do intrincado semblante à vista. "*Rarmai*" (serve; é fácil),[631] murmurou ele por fim, e fez sinal para ser recolocado na rede.

Mas antes que isso acontecesse, Pip, que ficara à espreita de todos, furtivo, todo esse tempo, aproximou-se dele onde estava deitado e, com um chorinho suave, pegou-o pela mão; tendo na outra o pandeiro.

"Ô viajante coitado! Será que nunca vai ter fim essa sua caminhada cansativa? Pra onde você vai agora? Olha, se as correntes levarem você pras Antilhas, aquelas ilhas tão deliciosas, lá onde só nenúfares chegam à praia, você podia fazer um favor pra mim? Procure um Pip, que já está desaparecido há muito tempo: acho que ele anda por lá naquelas Antilhas tão distantes. Se encontrar ele, dê um consolo pra ele; porque ele deve estar muito triste; Olha só! Ele deixou o pandeiro dele pra trás; eu encontrei ele. Pá-ra-pa-pá-pa-rá! Agora morra, Queequeg; vou tocar a sua marcha fúnebre."

"Ouvi dizer", murmurou Starbuck, olhando pela escotilha, "que acometidos de febres violentas, homens ignorantes já falaram em línguas ancestrais; e que, quando o mistério é investigado, sempre se descobre que em sua infância de todo esquecida aquelas línguas antigas foram de fato faladas aos seus ouvidos por homens de grandíssima erudição. Portanto, para minha imoderada fé, o pobre Pip, na estranha doçura de sua loucura, traz evidências celestiais de to-

631. Assim como a ilha de origem de Queequeg, sua língua é inventada.

dos os nossos lares celestiais. Onde aprendeu essas palavras, senão lá? Atenção! Ele torna a falar: é maior o desvario."

"Formação de dois em dois! Vamos transformar ele num general! Ho, onde está o arpão dele? Vamos colocar ele assim de atravessado. Pá-ra-pa-pá-pa-rá! Hurra! Oh, agora é hora de um galo de briga se empoleirar na cabeça dele e cantar! Queequeg morre na briga! Não se esqueça disso; Queequeg morre na briga! Preste muita atenção nisso; Queequeg morre na briga! Briga, briga, briga! Pipzinho, coitado daquele zero à esquerda: morreu feito um covarde; morreu que tremia feito vara verde; bem em cima dele! Aqui, preste atenção; se você encontrar Pip, é pra dizer nas Antilhas inteiras que ele é um fujão; um covarde, um covarde, um covarde! É pra dizer que pulou do bote! Nunca que eu tocava meu pandeiro por esse Pip fracalhão e chamaria ele de general, se ele estivesse morrendo mais uma vez aqui. Não, não! Que morram todos os covardes... que morram todos eles! Que se afoguem feito o Pip, que pulou do bote. Que vergonha! Que vergonha!"

Enquanto tudo isso se passava, Queequeg permaneceu deitado de olhos fechados, como se estivesse sonhando. Pip foi levado embora, e o doente novamente posto em sua rede.

Agora, porém, que ele a princípio havia concluído todos os preparativos para a morte; agora que seu caixão se havia provado bem ajustado, Queequeg subitamente recobrou as forças; logo já não parecia haver necessidade da caixa do carpinteiro: e a esse respeito, quando alguns expressaram um espanto encantado, ele, em substância, disse que a causa de sua súbita convalescença era esta: que em um momento crítico ele acabara por se lembrar de um pequeno dever em terra firme que havia ficado por fazer; e que, portanto, havia mudado de ideia sobre morrer: não podia morrer ainda, assim afirmou. Perguntaram-lhe, então, se viver ou morrer era uma questão de sua própria vontade e prazer soberano. Ele respondeu, com certeza. Em suma, segundo as ideias de Queequeg, se um homem decidisse viver, uma simples doença não o era capaz de matar: só uma baleia, ou um vendaval, ou algum exterminador desse tipo, violento, ingovernável e pouco inteligente.

Ora, existe essa diferença notável entre selvagem e civilizado; que enquanto um homem civilizado doente pode passar seis meses convalescendo, um selvagem doente fica praticamente curado em um dia. Então, em boa hora meu Queequeg recobrou as forças; e por fim, após permanecer sentado preguiçosamente no molinete por alguns dias (mas se alimentando com um apetite vigoroso), de repente ele se levantou de um salto, esticou braços e pernas, deu-se uma bela espreguiçada, bocejou um pouco e, em seguida, saltou para a proa de seu bote suspenso e, empunhando um arpão, declarou-se apto à luta.

Com um capricho selvagem, passou a usar o caixão como baú; e esvaziando nele sua sacola de lona com roupas, organizou-as ali. Muitas foram as horas que passou a esculpir a tampa com toda sorte de arabescos e desenhos grotescos; e parecia que aquele era um esforço, à sua maneira rude, para copiar partes da intrincada tatuagem de seu corpo. Essa tatuagem havia sido obra de um finado profeta e vidente de sua ilha, que, por aquelas marcas hieroglíficas, escrevera em seu corpo uma teoria completa dos céus e da terra, e um tratado místico sobre a arte de alcançar a verdade; de forma que Queequeg, em sua própria pessoa, era um enigma a ser desvendado; uma obra maravilhosa em volume único; mas cujos mistérios nem mesmo ele era capaz de ler, embora seu próprio coração vivo batesse contra eles; e esses mistérios estavam, portanto, destinados a se desfazer com o pergaminho vivo no qual haviam sido inscritos, e assim permanecer até o fim sem solução. E deve ter sido esse o pensamento que sugeriu a Ahab uma exclamação feroz, quando certa manhã se afastou após examinar o pobre Queequeg: “Oh, diabólica tentação magnética dos deuses!”.

111
O Pacífico

Ao perfazer a rota pelas Batanes, emergimos finalmente no grande Mar do Sul; não fosse por outras coisas, poderia saudar esse Pacífico do meu coração com incontáveis agradecimentos, pois ali a longa súplica de minha juventude havia sido atendida; aquele oceano sereno estendia a leste de mim mil léguas de azul.

Há não se sabe que doce mistério sobre este mar, cujo marulhar gentilmente terrível parece comunicar uma alma oculta em suas profundezas; como as fabulosas ondulações do relvado efesiano que crescera sobre a cova do evangelista são João.[632] E adequado é que sobre essas pastagens marinhas, extensas pradarias aquáticas e valas comuns[633] de todos os quatro continentes, as ondas devem subir e descer, e refluir e fluir incessantemente; pois aqui, milhões de matizes e sombras misturadas, sonhos afogados, sonambulismos, devaneios; tudo o que chamamos de vidas e almas sonha incessantemente; na agitação daqueles que dormem em seus leitos; as ondas sempre ondulantes feitas de sua inquietação.

Para qualquer vagamundo zoroástrico e meditativo, este Pacífico sereno, uma vez visto, há de ser para sempre o mar de sua adoção. Nele rolam as águas mais centrais do mundo, sendo o oceano Índico e o Atlântico não mais do que seus braços. As mesmas ondas lavam os quebra-mares das recém-construídas cidades californianas, há muito pouco erguidas pela mais recente raça de homens, e banham as desbotadas, porém ainda belas, saias das terras asiáticas, mais antigas que Abraão; enquanto entre umas e outras fluem as vias lácteas flutuantes das ilhas de coral, arquipélagos desconhecidos, infindos e baixos e impenetráveis Japões. É assim que esse Pacífico, misterioso e

632. Reza a lenda que o lugar em que são João Evangelista foi enterrado em Éfeso permanecia em constante movimento, como se seu corpo debaixo da terra respirasse.

633. *Potters' Fields*, no original. A referência se encontra em Mateus 27,6-10 e diz respeito à traição de Judas Iscariotes, que devolve as trinta moedas de prata aos sacerdotes, os quais decidem com elas comprar de um oleiro um campo para que nele os pobres e indigentes fossem enterrados.

divo, cinge toda a massa do mundo; faz com que todas as costas lhe sejam uma só baía; arfa como o coração da terra no ritmo das marés. Erguido por esses eternos vagalhões, é preciso que se reconheça a existência sedutora de Deus, que se curve a cabeça a Pan.[634]

Mas poucos pensamentos em Pan tocavam o cérebro de Ahab, de pé como uma estátua de ferro em seu costumeiro posto ao lado do cordame de mezena. Com uma narina ele inconscientemente respirava o almíscar açucarado das Batanes (em cujos deliciosos bosques amantes tranquilos deviam estar passeando); com a outra, inalava consciente o hálito salgado do mar que se lhe acabava de abrir; o mar em que a odiada Baleia Branca devia, naquele preciso momento, estar nadando. Lançando-se depois de longa travessia sobre essas águas quase finais, e vogando na direção da zona de caça japonesa, o propósito do velho se intensificou. Seus lábios firmes se fechavam como as faces de um torno; o delta das veias de sua testa entumescia como riachos transbordantes; mesmo durante o sono, seu grito retumbante percorria o casco abobadado: "Todos à popa! A Baleia Branca jorra sangue espesso!".

---

634. A Pan, ou seja, ao Universo. Ismael faz referência aqui ao panteísmo, doutrina filosófica que compreende a absoluta identidade entre Deus e o universo. Pan (palavra que em grego significa "tudo") simboliza aqui esse Deus feito da integração de todas as coisas.

112
O ferreiro

Aproveitando-se do clima ameno e fresco do verão que então reinava naquelas latitudes, e em preparação às perseguições particularmente ativas que teriam lugar, Perth, o velho ferreiro coberto de fuligem e bolhas, não havia recolhido ainda a forja portátil ao porão, depois de concluída sua contribuição para a perna de Ahab: ela permanecia no convés, amarrada a arganéus próxima ao traquete, uma vez que ele era então quase incessantemente solicitado pelos carrascos, arpoadores e homens de proa, que desejavam pequenos trabalhos; alterando, consertando ou dando nova forma às suas várias armas e instrumentos do bote. Encontrava-se frequentemente cercado por um círculo agitado, todos esperando sua vez de serem atendidos, segurando cortadeiras de bote, pontas de pique, arpões e lanças, e observando com ciúme cada um dos movimentos fuliginosos de seu trabalho. No entanto, o martelo desse velho era um martelo paciente empunhado por um braço paciente. Nenhum murmúrio, nenhuma impaciência, nenhuma petulância advinha dele. Silencioso, lento e solene; curvando-se ainda mais sobre as costas cronicamente alquebradas, labutava, como se a labuta fosse a própria vida, e as batidas pesadas de seu martelo as batidas pesadas de seu coração. E assim era. Um infeliz!

Havia sido o andar peculiar do velho, um leve porém doloroso manquitolar em seus passos, que em um primeiro momento da viagem acendera a curiosidade dos marinheiros. E à indiscrição de suas perguntas constantes, ele por fim cedeu; e assim aconteceu que todos conheceram a vergonhosa história de seu infeliz destino.

Caminhando em atraso, e nada inocente, em uma meia-noite fria de um inverno particularmente rigoroso, na estrada que ligava duas aldeias do interior, o ferreiro um tanto estupidamente sentiu um entorpecimento mortal tomar conta de si e buscou refúgio em um celeiro em ruína. O problema foi a perda das extremidades de ambos os pés. Dessa revelação, parte por parte, finalmente surgiram os quatro atos de alegria, e um longo, catastrófico e ainda inconcluso quinto ato de luto do drama de sua vida.

Era um homem de idade que, já beirando os sessenta anos, havia encontrado tardiamente aquela coisa que, no jargão da tristeza, se conhece por ruína. Havia sido um artesão de famosa excelência e com muito trabalho a fazer; possuía casa e jardim; recebia os abraços de uma jovem amorosa esposa, quase uma filha, e três filhos alegres e corados; todos os domingos ia a uma igreja de aparência feliz, erguida em um bosque. Mas uma noite, sob o manto da escuridão, e ademais dissimulado em um pérfido disfarce, um bandido implacável invadiu-lhe a casa feliz e roubou tudo o que eles tinham. E, o que é ainda mais triste contar, foi o próprio ferreiro quem conduziu esse bandido, sem que o percebesse, ao coração de sua família. Era o Gênio da Garrafa![635] Após a abertura da rolha fatal, o demônio deixou sua prisão e roubou todo o viço de sua casa. Ora, por questão de zelo, muito sábio e econômico, a oficina do ferreiro ficava no porão da residência, mas com uma entrada separada; de modo que sempre a jovem esposa, cheia de amor e saúde, ouvia, sem qualquer nervosismo infeliz, mas com vigoroso prazer, o forte tilintar do martelo de seu velho marido de braços joviais; cujas reverberações, abafadas pela passagem através do chão e das paredes, chegavam de maneira não desagradável ao quarto dos filhos; e assim, ao som da vigorosa canção de ninar do Trabalho, os filhos do ferreiro eram embalados para dormir.

Oh, desgraça! Morte, por que às vezes não chegas na hora oportuna? Tivesses tu levado o velho ferreiro contigo antes que a ruína completa se abatesse sobre ele, então a jovem viúva conheceria uma dor deliciosa, e seus órfãos um senhor venerável e lendário com quem sonhar nos anos posteriores; e todos eles a possibilidade de desbastar as aflições. Mas a Morte ceifou um virtuoso irmão mais velho, cujo trabalho diário, realizado sob os trinados de um assobio, era o arrimo de outra família, e poupou o velho mais do que inútil, até que a medonha podridão da vida o tornasse mais fácil de colher.

Por que contar tudo? Os golpes do martelo no porão ficaram a cada dia mais e mais espaçados e mais e mais fracos; a esposa permanecia sentada à janela, congelada, os olhos secos de lágrimas a fitar cintilantemente os rostos chorosos dos filhos; o fole caiu; as cinzas sufocaram a forja; a casa foi vendida; a mãe mer-

---

635. Referência irônica a entidade de um mundo intermediário entre o dos anjos e dos homens — o gênio —, responsável, nas religiões pré-islâmicas e muçulmana, pela regência do destino de uma pessoa ou lugar. No caso, o "gênio" da garrafa de Perth é o álcool. Todo o capítulo é construído à maneira sentimental e sensacionalista da literatura de temperança, prosa de cunho moralista bastante em voga nos Estados Unidos do século XIX que retratava de forma melodramática os efeitos devastadores para o indivíduo e para a comunidade do consumo de bebida alcoólica.

gulhou na grama comprida do cemitério; seus filhos seguiram-lhe o caminho duas vezes; e o velho sem lar e família saiu cambaleando pelo mundo como um vagabundo enlutado; suas desgraças jamais reverenciadas; sua cabeça grisalha, um escárnio aos cachinhos louros!

A Morte parece o único desfecho desejável a uma carreira como essa; mas a Morte é apenas um lançar-se à região do estranho desconhecido; é apenas a primeira saudação às possibilidades do imenso Remoto, do Selvagem, Aquático, Sem Praias; portanto, aos olhos desejosos da morte que tais homens têm — homens que, no entanto, ainda conhecem alguns pruridos interiores contra o suicídio —, o oceano, todo receptividade e solicitude, se estende sedutoramente por toda a sua planície de fantásticas, aterrorizantes e maravilhosas aventuras para uma nova vida; e dos corações dos infinitos Pacíficos, as mil sereias cantam para eles: "Vinde a nós, corações partidos; aqui está outra vida sem a culpa da morte intermediária; aqui vos esperam maravilhas sobrenaturais, sem que tenhais de morrer por elas. Vinde! Enterrai-vos em uma vida que, para o seu mundo terrestre igualmente abominável e abominado, é mais alheia que a morte. Vinde! Erguei também *vossa* lápide no campo-santo da igreja, e vinde a nós, até que vos desposemos!".

Ouvindo essas vozes, a leste e a oeste, do nascer ao pôr do sol, a alma do ferreiro respondeu: Sim, eu vou! E então Perth foi caçar baleias.

113
A forja

POR VOLTA DE MEIO-DIA, de barba desgrenhada e coberto por um áspero avental de pele de tubarão, Perth se encontrava de pé entre a forja e a bigorna, esta última colocada sobre um tronco de pau-ferro, tendo em uma das mãos a ponta de um atiçador nas brasas, e a outra nos foles da forja, quando o capitão Ahab apareceu, trazendo consigo uma bolsinha de couro de aparência enferrujada. Ainda um pouco distante da forja, o temperamental Ahab fez uma pausa; até que, finalmente, Perth, retirando seu ferro do fogo, começou a martelá-lo na bigorna — a massa vermelha lançando as grossas fagulhas ao ar, algumas das quais caindo próximas de Ahab.

"Esses são os filhotes da dona Carey, Perth?[636] Estão sempre voando em teu rastro; pássaros de bom presságio também, mas não para todos; veja só, eles queimam; mas tu... tu vives entre eles sem chamuscar."

"Porque já estou totalmente escaldado, capitão Ahab", respondeu Perth, descansando por um momento em seu martelo. "Aliás, mais do que escaldado — é muito difícil queimar uma cicatriz."

"Pois bem, basta. Tua voz encolhida soa muito calma e sensatamente melancólica para mim. Estando eu mesmo longe de qualquer Paraíso, costumo ficar impaciente com toda tristeza alheia que não se converta em loucura. Deverias enlouquecer, ferreiro; diz, por que não enlouqueces? Como és capaz de suportar sem ficar louco? Os céus ainda te odeiam, para que não te permitam que enlouqueças? O que estás fazendo aí?"

"Soldando uma velha ponta de pique, senhor; havia barbas e rachaduras nela."

"E és tu capaz de alisá-la inteira, ferreiro, depois do uso tão duro que teve?"

"Acho que sim."

"E suponho que consigas alisar quase todos os sulcos e amassados, a despeito da dureza do metal, ferreiro?"

---

636. Mother Carey é uma figura sobrenatural de origem popular que, nos séculos XVIII e XIX, materializa, sob a forma de um pássaro, as ameaças e crueldades do mar no imaginário inglês da vida náutica, associando-se à figura de Davy Jones (ver nota 127), de quem por vezes aparece como esposa. A ela se relacionava o prenúncio de tempestades.

"Sim, senhor, acho que posso; todos os sulcos e amassados, menos um."

"Então presta atenção", exclamou Ahab avançando apaixonadamente e apoiando as duas mãos nos ombros de Perth; "olha aqui... *aqui*... és capaz de alisar vincos como estes, ferreiro?", passando uma das mãos pela testa enrugada. "Se pudesses, ferreiro, ficaria muito feliz em deitar a cabeça sobre a tua bigorna e sentir a tua bigorna mais pesada entre os meus olhos. Responde: és capaz de alisar estes vincos?"

"Ah! É esse, senhor! Não falei todos sulcos e amassados, exceto um?"

"Sim, ferreiro, é deste que o meu se trata; sim, homem, não há modo de alisá-lo; pois embora só o vejas aqui em minha carne, ele desceu ao osso do meu crânio... *ele próprio* é todo rugas! Mas chega de brincadeira de criança por hoje; acabaram-se os piques e grampos. Olha aqui!", exclamou tilintando a bolsinha de couro, como se estivesse cheia de moedas de ouro. "Eu também quero um arpão; um arpão que nem dois mil demônios sejam capazes de destruir, Perth; algo que se prenda à baleia como o próprio osso de sua barbatana. Aí está a coisa", jogando a bolsa sobre a bigorna. "Vê, ferreiro: estes são os cravos das ferraduras de aço nos cavalos de corrida."[637]

"Cravos de cavalos de corrida, senhor? Ora, capitão Ahab, tens aqui, então, o melhor e mais resistente material com que nós, ferreiros, já trabalhamos."

"Eu sei, meu velho; esses cravos se fundirão como a cola de ossos derretidos de assassinos. Rápido! Forja-me o arpão. E forja-me primeiro doze varas para sua haste; então enrola, torce e martela essas doze juntas como os fios intermináveis de um cabo de reboque. Rápido! Vou assoprar o fogo."

Quando finalmente as doze hastes foram feitas, Ahab as testou, uma a uma, girando-as em espiral, com a própria mão, em torno de um longo e pesado parafuso de ferro.

"Esta não presta", disse, rejeitando a última. "Faz uma nova, Perth."

Feito isso, Perth estava prestes a começar a soldar as doze em uma quando Ahab tocou sua mão e disse que soldaria seu próprio ferro. Enquanto, então, com resfolegar regular, Ahab martelava a bigorna, com Perth passando para ele as hastes brilhantes, uma após a outra, e a forja funcionando a toda, projetando sua intensa e elevada chama, o parse passou silenciosamente e, curvando a cabeça em direção ao fogo, parecia invocar alguma maldição ou bênção ao trabalho. Mas, quando Ahab ergueu os olhos, ele se afastou.

---

637. Pensava-se que os cravos de ferradura, a exemplo dos ferros que calçam os cascos dos cavalos, tinham o poder de proteção contra a má sorte.

"Por que esse bando luciferino[638] fica circulando por ali?", murmurou Stubb, olhando do castelo de proa. "Esse parse sente o cheiro de fogo como uma cabeça de fósforo; ele mesmo cheira feito a caçoleta de pólvora quente de um mosquete."

Por fim, em uma vara completa, a haste recebeu seu calor final; e quando Perth, para temperá-la, mergulhou-a sibilina no barril de água próximo, o vapor escaldante atingiu o rosto curvado de Ahab.

"Queres me marcar, Perth?", exclamou Ahab, estremecendo por um momento com a dor. "Por acaso eu estava forjando apenas o ferro que marcaria a mim mesmo?"

"Por favor, não, não; no entanto, temo algo, capitão Ahab. Este arpão não é para a Baleia Branca?"

"Para o demônio branco! Mas agora para as farpas; deves fabricá-las tu mesmo, homem. Aqui estão minhas navalhas — o melhor em aço; aqui, e faz as farpas afiadas como o granizo do Mar Gelado."[639]

Por um momento, o velho ferreiro olhou para as navalhas como se não as quisesse usar.

"Pega, homem, não preciso delas; pois agora já não faço a barba, não janto, nem oro... toma aqui... ao trabalho!"

Finalmente moldado em forma de flecha e soldado por Perth à haste, o aço logo se tornou a ponta do ferro; e quando o ferreiro estava prestes a dar às farpas seu calor final, antes de temperá-las, clamou a Ahab para que colocasse o barril de água perto.

"Não, não... não quero água; quero que seja temperado com a verdadeira têmpera da morte. Aqui, atenção! Tashtego, Queequeg, Daggoo! O que me dizeis, pagãos? Vós me dareis sangue para cobrir esta farpa?", disse, segurando-a bem alto.

Com um grupo de acenos sombrios, eles responderam: sim. Três furos foram feitos na carne pagã, e as farpas da Baleia Branca foram temperadas.

"*Ego non baptizo te in nomine patris, sed in nomine diaboli!*",[640] Ahab uivou em delírio, enquanto o ferro maligno engolfava ardentemente o sangue batismal.

Em seguida, reunindo as estacas sobressalentes por baixo e escolhendo uma

638. Lúcifer era também o nome que se dava aos fósforos de fricção. Daí a associação que Stubb faz entre a companhia do bote de Ahab e os fósforos.

639. Refere-se aqui ao mar Ártico.

640. Isto é, "Eu te batizo não em nome de Deus, mas em nome do Diabo". O batismo diabólico do arpão de Ahab recupera os ecos fáusticos da perseguição do capitão do *Pequod* à Baleia Branca.

de nogueira, ainda com a casca da árvore, Ahab colocou a ponta no encaixe do ferro. Uma bobina de cabo de reboque nova foi então desenrolada e algumas braças dela levadas ao molinete e esticadas a uma grande tensão. Pressionando o pé sobre ela, até que a corda zunisse como uma corda de harpa, e então se curvando ansiosamente sobre ela e não encontrando nenhum ponto desfiado, Ahab exclamou: "Bom! E agora à abotoadura".

Em uma das extremidades, o cabo não se encontrava trançado, e os fios espalhados separados foram todos trançados e costurados em torno do soquete do arpão; a haste foi então cravada com força no soquete; da extremidade inferior, o cabo foi alinhado até metade do comprimento da haste e firmemente preso com fios entrelaçados. Feito isso, vara, ferro e corda — como as Três Parcas — permaneceram inseparáveis, e Ahab, taciturno, saiu com a arma a seu passo duro; o som da perna de marfim e o som da vara de nogueira, ambos ecoando ocos ao longo de cada prancha. Mas antes que ele entrasse em sua cabine, ouviu-se um som leve, não natural, meio zombeteiro, mas comovente. Oh, Pip! Tua risada miserável, teu olhar perdido, mas inquieto; todas as tuas estranhas pantomimas mescladas não sem obscuro sentido à negra tragédia do navio melancólico, e dela zombando!

114
O dourador

Penetrando cada vez mais fundo no coração da zona de caça japonesa, o *Pequod* logo arriou botes e se lançou à pesca. Foram muitas as vezes em que, estando o clima ameno e agradável, as companhias se empenharam em suas embarcações por doze, quinze, dezoito e vinte horas seguidas, dobrando continuamente os remos, valendo-se das pagaias ou da vela em perseguição às baleias, ou ainda aguardando muito calmamente, por interlúdios que se estendiam por uma hora ou mais, seu retorno à superfície; ainda que com parcas recompensas por seus esforços.

Nessas horas, sob um sol esmaecido; flutuando um dia inteiro sobre o intumescer de lentas ondas serenas; sentado em seu bote, leve como uma canoa de bétula; e se integrando com tal sociabilidade às próprias ondas suaves, que como gatos de sala de estar ronronam contra a amurada — são esses os momentos de uma quietude onírica, quando ao contemplar a beleza tranquila e acetinada da pele do oceano esquecemo-nos do coração de tigre que bate em suas profundezas; e não nos lembramos voluntariamente que essa pata de veludo esconde uma garra implacável.

São esses os momentos em que, em seu bote, o vagamundo sente a paz de certo sentimento filial, uma confiança quase terrestre em relação ao mar, que passa a ter diante de si como terra coberta de flores; e o navio distante, revelando apenas os topes de seus mastros, parece arfar adiante, não através de ondas elevadas, mas da grama alta de uma pradaria ondulante: como quando os cavalos dos emigrantes do Oeste só deixam à mostra as orelhas erguidas, enquanto os corpos ocultos percorrem amplamente o incrível verdor.

Os extensos vales virgens; o azul sutil das encostas das colinas; sobre a cena como que paira o silêncio, o zunido; vocês seriam capazes de jurar que crianças cansadas de brincar dormem nestes ermos, em algum alegre maio, quando as flores do bosque são colhidas. E tudo isso se mistura ao seu mais místico estado de espírito; de forma que fato e fantasia se encontram a meio caminho, interpenetram-se e compõem um todo inconsútil.

Essas cenas tão pacíficas, ainda que somente temporárias, não deixavam de ter um efeito ao menos provisório sobre Ahab. Mas se, por um lado, essas secretas chaves douradas pareciam abrir nele seus próprios e sigilosos tesouros dourados, o hálito que lançava sobre elas as embaciava.

"Oh, relvadas clareiras! Oh, infinitas paisagens primaveris de uma alma sempiterna; em vós, ainda que há muito ressequidos pelas mortais agruras da vida terrena, em vós os homens ainda são capazes de correr como potros sobre o trevo da manhã; e por alguns e fugazes momentos, sobre si sentir o fresco orvalho da vida imortal. Oxalá tão bendita calma durasse... mas os fios da vida, a se enredar e serem enredados, são tecidos por urdidura e trama — calmarias que o fio das tempestades atravessa, uma tempestade para cada calmaria. Não há progresso constante e sem retornos nesta vida; não avançamos por gradações fixas e, por fim, a pausa: atravessamos o encantamento inconsciente de nossos dias primeiros, a fé irrefletida da infância, a dúvida da adolescência (a desgraça comum), depois o ceticismo, e a descrença, e por fim descansamos no repouso reflexivo e viril do Se. E tendo chegado ao fim, refazemos o caminho — e tornamo-nos eternamente bebês, meninos e homens e Ses. Onde está o porto derradeiro, de onde não mais partiremos? Em que éter de arrebatamento o mundo vaga, do qual os mais cansados jamais se cansarão? Onde o pai do enjeitado se esconde? Nossas almas são como aqueles órfãos cujas mães solteiras morrem ao gerá-los: o segredo de nossa geração está em seu túmulo, e devemos lá aprendê-lo."

E naquele mesmo dia, também, olhando para baixo da lateral de seu bote naquele mesmo mar dourado, Starbuck murmurou humildemente:

"Beleza insondável, como a que o enamorado encontra nos olhos da menina noiva! Não me fale de seus tubarões com suas fileiras de dentes e seus métodos canibais de sequestro. Que a fé expulse o fato; que a fantasia expulse a memória. Perscruto as profundezas e acredito."

E Stubb, parecendo um peixe, com escamas cintilantes, saltou no mesmo resplendor dourado:

"Eu sou Stubb, e Stubb tem sua história; mas aqui Stubb jura que sempre foi alegre!"

115

O *Pequod* encontra o solteiro

E BEM ALEGRES ERAM as imagens e os sons que se aproximavam com o vento a favor, algumas semanas depois de o arpão de Ahab ter sido forjado.

Era um navio de Nantucket, o *Solteiro*, que acabara de enfiar porão adentro seu último barril de óleo e trancar as escotilhas que mal fechavam; e então, paramentado como em dia de festa, encontrava-se feliz, embora de uma felicidade um tanto envaidecida, navegando gloriosamente entre os navios afastados que vogavam na região, antes de apontar proa no rumo de casa.

Os três homens dos topes dos mastros usavam nos chapéus longas flâmulas de estreita estamenha vermelha; da popa, um bote baleeiro foi suspenso com a quilha para cima; e, cativa, pendurada no gurupés, via-se a longa queixada da última baleia morta. Sinais, insígnias e adereços de todas as cores tremulavam no cordame por toda parte. Amarrados de lado em cada um dos três cestos de gávea, havia dois barris de espermacete; acima dos quais, nas vaus gigantes de sobrejoanete, viam-se leves pipas do mesmo fluido precioso; e pregada na borla do mastro principal havia uma candeia de bronze.

Como soube mais tarde, o *Solteiro* conheceu o mais surpreendente sucesso; e tão mais maravilhoso pois, navegando pelos mesmos mares, numerosos outros navios haviam passado meses inteiros sem capturar um único peixe. Não apenas barris de carne e pão haviam sido lançados ao mar para dar espaço ao muito mais valioso espermacete como barris suplementares foram negociados com navios encontrados pelo caminho; e estes foram alocados por todo o convés e nas cabines do capitão e dos oficiais. Até a própria mesa da cabine tinha sido transformada em lenha, para que o rancho da cabine fosse consumido sobre a larga tampa de um barril de óleo, amarrado ao chão para fazer as vezes de mobília. No castelo de proa, os marujos calafetaram e revestiram de piche seus baús para que fossem enchidos; a título de piada, acrescentou-se que se chegou ao cúmulo de o cozinheiro tirar a tampa do maior caldeirão e o encher de óleo; que o camareiro havia tampado uma cafeteira e a enchido; que os arpoadores haviam virado os soquetes de seus arpões e os enchido; que de fato tudo estava cheio de espermacete, exceto os bolsos das calças do capitão, os quais reservava para enfiar as mãos, em testemunho autocomplacente de sua inteira satisfação.

À medida que o alegre navio de tão boa sorte se aproximava do lúgubre *Pequod*, ouvia-se vindo de seu castelo de proa o som bárbaro de enormes tambores; e aproximando-se ainda mais, uma multidão dentre seus marujos era vista em torno dos enormes caldeirões do traiol, os quais, revestidos do couro do estômago de um peixe preto, com sua textura de pergaminho, emitiam roucos repiques a cada golpe das mãos cerradas da tripulação. No tombadilho, os imediatos e arpoadores dançavam com moças cor de oliva que os acompanharam em fuga das ilhas Polinésias; enquanto suspensos em um bote inteiro enfeitado, firmemente preso ao alto entre o mastro de proa e o mastro principal, três negros de Long Island, com reluzentes arcos de violino de marfim de baleia, presidiam a hilariante jiga. Entrementes, outros membros da companhia do navio ocupavam-se tumultuosamente da alvenaria do traiol, de onde haviam sido retirados os enormes caldeirões. Dava para pensar que estavam derrubando a maldita Bastilha,[641] tantos eram os gritos selvagens que erguiam enquanto o tijolo e a argamassa então inúteis eram lançados ao mar.

Senhor e mestre de toda essa cena, o capitão permanecia ereto no elevado tombadilho do navio, de modo que todo o alegre drama se apresentava completo diante de si, meramente planejado para seu próprio divertimento individual.

E Ahab, ele também estava de pé no tombadilho, maltrapilho e sombrio, com uma teimosa melancolia; e enquanto os dois navios cruzavam o rastro um do outro — um com todos os júbilos pelas coisas passadas, o outro com todos os augúrios quanto ao que estava por vir —, seus dois capitães personificavam todo o notável contraste da cena.

"Venha a bordo, venha a bordo!", gritou o comandante do alegre *Solteiro*, levantando uma taça e uma garrafa no ar.

"Viste a Baleia Branca?", perguntou Ahab entredentes.

"Não; só ouvi falar dela; mas não acredito nela, de jeito nenhum", retrucou o outro, bem-humorado. "Venha a bordo!"

"Estás alegre demais para o meu gosto. Segue teu caminho. Perdeste algum homem?"

---

641. A Bastilha foi uma famosa prisão francesa localizada em Paris, onde eram encarcerados os presos políticos do reino. Ela foi cercada e invadida pela população parisiense em 14 de julho de 1789, no incidente que serviu de marco ao início da Revolução Francesa.

“Nada digno de comentário... dois ilhéus, apenas isso... mas venha a bordo, velho camarada, venha. Não demoro a tirar essa tristeza do seu rosto. Venha, venha (veja a alegria do convés!); um navio cheio e rumando pra casa.”

“Quão maravilhosamente amistoso é um idiota!”, murmurou Ahab; então, em voz alta: “És um navio cheio em viagem torna-casa; já eu sou um navio vazio em busca de caça. Segue, portanto, o teu rumo, que seguirei o meu. Avante! Estufa o teu velame, mantém-te de vento em popa!”

E assim, enquanto um navio viajava alegre com a brisa à popa, o outro lutava obstinadamente contra ela; e os dois navios se separaram; a tripulação do *Pequod* olhando com olhares graves e demorados na direção do *Solteiro* que se afastava; mas os homens do *Solteiro* em nenhum momento lhe deram atenção, seus olhos todos voltados à festança animada em que estavam. E quando Ahab, debruçado sobre a balaustrada, olhou para a embarcação que rumava ao lar, o capitão do *Pequod* tirou do bolso um pequeno frasco de areia e, em seguida, olhando do navio para o frasco, parecia, assim, reunir duas associações remotas, pois aquele frasco estava cheio da areia do mar de Nantucket.

116
A baleia moribunda

NÃO SÃO POUCAS AS OPORTUNIDADES na vida quando, a estibordo, gente de abençoada sorte navega em nossa proximidade, em que nós, antes desanimados, recebemos um pouco de brisa forte e sentimos com alegria as lonas murchas de nossas velas se enfunarem. Assim parece ter sucedido com o *Pequod*. No dia seguinte ao encontro com o feliz *Solteiro*, baleias foram avistadas e quatro delas mortas; e uma delas por Ahab.

Caía o adiantado da tarde; e quando se deitaram todas as lanças da luta encarnada: e flutuando no belo pôr do sol marítimo e celeste, sol e baleia morriam ambos silenciosamente; e então, tamanha doçura e tamanha tristeza, tantas loas enfloradas se erguiam em arabescos no ar rosado, que era quase como se de longe, dos profundos e verdes vales conventuais das ilhas Filipinas, a brisa terrestre espanhola, rebeldemente transformada em marinheiro, tivesse corrido ao mar, carregando consigo esses hinos vesperais.

Mais uma vez apaziguado, mas apenas para encontrar ainda mais profunda escuridão, Ahab, que havia se afastado da baleia, sentou-se e observou atentamente seus derradeiros momentos no bote agora em paz. Em razão daquele estranho espetáculo observável em todas as baleias cachalotes em vias de morrer — a virada da cabeça na direção do sol para o suspiro final —, aquele estranho espetáculo, visto em um entardecer tão plácido, de alguma forma transmitiu a Ahab um maravilhamento antes desconhecido.

"O cachalote se vira para o sol — com que lentidão, mas com quanta firmeza, seu semblante cheio de grandeza e invocações, com seus derradeiros movimentos moribundos. Ele também adora o fogo; o mais fiel, o mais largo e baronial vassalo deste sol! Oh, que esses olhos tão benevolentes possam ter diante de si essa tão benevolente vista. Vê! Aqui, cercado de água, para além do alarido de toda a bonança ou desgraça dos homens; nestes tão cândidos e justos mares; nos quais não existem rochas e tábuas para tradições; onde, por longos séculos chineses, as ondas rolaram mudas, sem palavra que se lhes dirigisse, como estrelas que brilham sobre a nascente desconhecida do

Níger;[642] aqui, também, a vida morre cheia de fé mirando o sol; mas vê! Mal morre o corpo, a morte o faz girar e tomar outro rumo.

"Oh, escuro Hindu que atendes ao nome de meia natureza, que de ossos afogados construíste um distante trono, alojado nalgum lugar do coração destes mares que não conhecem verdor; és uma infiel, rainha, e com muita verdade falas comigo sob a forma do tufão que tudo arrasa, sob a forma da silente sepultura, calmaria que o segue. Esta tua baleia que se voltou ao sol virou a cabeça agonizante e então girou novamente — também ela me deixa uma lição.

"Oh, poderoso quadril, triplamente cingido e soldado! Oh, jorro de elevada aspiração, a descer como arco-íris! Aquela ali lutou, esta aqui bufou, e tudo em vão. Em vão, ó baleia, procuras a intercessão do sol, ele ali que tudo estimula, que convoca a vida, mas não a devolve. E no entanto, tu, metade mais escura, acalanta-me com uma fé mais orgulhosa, para não dizer mais sombria. Todas as tuas imiscuidades inomináveis flutuam abaixo de mim aqui; mantém-me à tona o bafejar de coisas que já foram vivas, exaladas como o ar, mas agora água.

"Saúdo-te, saúdo-te para todo o sempre, ó mar, em cujas sempiternas agitações a ave selvagem encontra a única acolhida. Nascido da terra, mas amamentado pelo mar; embora a colina e a campina tenham me servido de mães, vós, vagalhões, sois meus irmãos adotivos!"

642. O curso do rio Níger foi um mistério por séculos. Já as dúvidas quanto a sua nascente se devem a sua incomum formação em delta interior, sendo sua corrente resultado de inúmeros riachos, lagos e pântanos que formam uma imensa região alagadiça nas estações chuvosas. Coube a Mungo Park (ver nota 49) resolver o enigma da nascente do Níger.

117
A vigília da baleia

As quatro baleias mortas naquele entardecer morreram bastante apartadas entre si — uma, distante a barlavento; outra, menos distante, a sotavento; uma à proa; outra à popa. As três últimas foram rebocadas para perto do navio antes do anoitecer; mas a de barlavento não pôde ser alcançada até o amanhecer; e o bote que a matou permaneceu ao seu lado toda a noite; e esse bote era o de Ahab.

A vara da marca foi enfiada no espiráculo da baleia morta; e a lanterna, pendurada em seu topo, lançava um brilho aflitivo e bruxuleante sobre o dorso negro e lustroso, bem como ao longe, sobre as ondas da meia-noite, que roçavam, suaves, o largo flanco da baleia, como a espuma leve nas areias da praia.

Ahab e toda a tripulação do bote pareciam ter adormecido, exceto o parse; que acocorado na proa observava os tubarões que brincavam como fantasmas em torno da baleia e batiam nas leves pranchas de cedro do bote com suas caudas. Um som percorria num tremor toda a atmosfera — era como o dos esquadrões de gemidos das almas de Gomorra, que um dia pairaram sobre o mar asfaltita[643] sem jamais conhecer perdão.

Desperto de seu sono, Ahab, face a face, deu com o parse; e rodeados pelo negror da noite, pareciam os dois os últimos homens de um mundo afogado num dilúvio.

"Sonhei de novo", disse ele.

"Com os féretros? Mas não te disse, velho, que não conhecerás nem féretro, nem caixão?

"E como haverá féretro a quem morre no mar?"

"Escuta o que já te disse, velho: antes que pudesses conhecer a morte nesta viagem, dois féretros haveriam de ser vistos por ti no mar; um primeiro que

643. O mar asfaltita é o mar Morto, lago localizado entre os territórios de Israel e Jordânia, no vale do Jordão. Recebe esse nome em razão de praticamente não comportar vida em suas águas, devido à concentração de sal que nelas há. Os gregos chamavam o local de "lago asfaltita" (substância derivada do betume misturado a matéria orgânica), pois essa vem naturalmente à tona em suas águas; na Bíblia, é chamado de "mar de sal" (Gênesis 14,3).

não terá sido feito por mãos mortais; e a madeira visível do segundo haverá de ter nascido em solo americano."

"Sim, sim! Que visão estranha, parse: um féretro e suas plumas flutuando sobre o oceano, com as ondas fazendo o trabalho dos carregadores. Ha! Tal visão não teremos tão logo."

"Acredite ou não, não morrerás até que os vejas, velho."

"E o que se vaticinou a teu respeito?"

"Ainda que sobrevenha o último, certo é que partirei antes, teu piloto."

"E quando morreres, antes como dizes — se isso acontecer —, então, antes que eu possa seguir-te, ainda haverás de aparecer para mim para me pilotar? Não é isso? Pois bem: acreditei em tudo que disseste, ó meu piloto! Tenho aqui duas garantias de que hei de matar Moby Dick e sobreviver a isso."

"Pois então toma a terceira, velho", disse o parse, enquanto seus olhos se iluminavam como vaga-lumes na escuridão. "Só o cânhamo pode te matar."

"A forca, queres dizer. Sou, então, imortal na terra e no mar", clamou Ahab, com uma risada de escárnio. "Imortal na terra e no mar!"

Ambos ficaram em silêncio novamente, como um só homem. Iluminou-se o cinza da alvorada, a tripulação adormecida levantou-se do fundo do bote e, antes do meio-dia, a baleia morta havia sido levada ao navio.

118
O quadrante

A TEMPORADA DE CAÇA EQUATORIAL finalmente se aproximava; e todos os dias, quando Ahab, saindo de sua cabine, levava os olhos ao convés, o vigilante timoneiro manejava ostensivamente as malaguetas da roda do leme, e os ansiosos marinheiros corriam sem demora aos estais e ali permaneciam, todos com os olhos centralmente fixos no dobrão pregado, todos ansiosos pela ordem de apontar proa ao Equador. A ordem foi dada a seu tempo. Era quase meio-dia; e Ahab, sentado na proa de seu bote suspenso ao alto, estava prestes a fazer a costumeira observação diária do sol para determinar a latitude.

Ora, naquele mar nipônico, os dias de verão são como torrentes de esplendor. O sol japonês, de uma intensidade fita, parece o foco fulgurante da imensurável lente convergente do oceano vítreo. O céu parece laqueado; nuvens não existem; o horizonte flutua; e a nudez da radiação constante é como o insuportável resplendor do trono de Deus. Nada mau que o quadrante de Ahab era equipado de lentes coloridas, através das quais era possível levar os olhos ao fogo solar. Assim, com as formas sentadas acompanhando o balanço do navio, e com o instrumento de aparência astrológica junto ao olho, o capitão do *Pequod* permaneceu nessa postura por alguns instantes para captar o instante exato em que o sol deveria ganhar seu preciso meridiano. Entrementes, enquanto o capitão conservava-se inteiro atenção à tarefa, o parse encontrava-se ajoelhado a seus pés, no convés do navio, e com o rosto voltado para o alto como o de Ahab mirava o mesmo sol que ele; apenas as pálpebras cobriam-lhe parcialmente os olhos, enquanto seu semblante selvagem ostentava como que uma completa indiferença ante as coisas deste mundo. Por fim, concluiu-se a observação desejada; e com o lápis na perna de marfim, Ahab logo calculou qual devia ser sua posição naquele exato instante. Em seguida, caindo em momentâneo devaneio, tornou a voltar os olhos ao sol e murmurou para si mesmo: "Tu, referência dos mares! Tu, alto e poderoso Piloto! Tu me dizes verdadeiramente onde *estou* — mas podes dar a mínima sugestão de onde *estarei*? Ou podes dizer onde alguma outra coisa além de mim se encontra viva neste instante? Onde está Moby Dick? Neste instante o deves estar observando. Estes meus olhos fitam o olho que agora o observa; sim, e o olho que igualmente vê os objetos do desconhecido, do outro lado de ti, ó sol!"

Então, olhando para o quadrante e manipulando, um após o outro, seus numerosos artifícios cabalísticos, Ahab pôs-se outra vez a refletir e murmurou: "Brinquedo estúpido! Brinquedo infantil de arrogantes capitães, comodoros e almirantes; o mundo se gaba de ti, de tua astúcia e poder; mas, afinal, o que podes fazer senão comunicares o pobre e amesquinhado ponto onde por acaso estás nesta imensidão do globo — o mesmo em que se encontra a mão que te dá suporte: não! Basta! Não podes dizer onde, amanhã, ao meio-dia, estarão uma gota d'água ou um grão de areia; e, não bastasse, insultas o sol com tua impotência! Ciência! Maldito sejas tu, quadrante, inútil brinquedo da vaidade; e amaldiçoadas sejam todas as coisas que lançam os olhos do homem aos céus, cuja viva intensidade apenas queima, como estes velhos olhos agora mesmo estão chamuscados da luz que emanas, ó sol! Os olhos dos homens estão no mesmo nível do horizonte em que a natureza os colocou; não postos no alto da cabeça, como se Deus quisesse que lhe perscrutassem o firmamento. Maldito sejas tu, quadrante!", bradou, enquanto o lançava ao convés, "não mais guiarei meu caminho terreno por ti; a bússola do navio nivelado e a mera dedução por barquilha e linha — *estes*, sim, hão de me guiar e mostrar meu lugar no mar. Sim", descendo do bote ao convés, "assim piso em ti, coisa inútil, que em tua fraqueza ao alto apontas; assim te parto e te destruo!".

Enquanto o velho em transe assim bradava, esmagando o instrumento com seus dois pés, o vivo e o morto, um triunfo zombeteiro que parecia destinado a Ahab, e um desespero fatalista que parecia destinado a si próprio — ambos atravessaram o rosto mudo e imóvel do parse. Sem ser notado, ele se levantou e se afastou; enquanto, consternados com os modos do comandante, os marinheiros se aglomeravam no castelo de proa, até que Ahab, em passadas perturbadas atravessando o convés, gritou: "Aos braços de verga! Meter o leme a barlavento! Enfunai velas!".

Em um instante, posicionaram-se as vergas; e enquanto o navio manobrava numa espécie de meia-volta, seus três graciosos mastros, firmes e eretos sobre o casco longo e estriado, pareciam os três Horácios fazendo acrobacias sobre um hábil corcel.[644]

---

644. Segundo conta Tito Lívio no primeiro livro de sua história de Roma, os Horácios eram trigêmeos guerreiros que, no século VII a.C., foram levados a confrontar outro trio de irmãos, os Curiácios, para determinar o fim de um conflito que os romanos travavam com a cidade de Alba Longa. Dois dos Horácios morreram; o remanescente, porém, matou todos os três oponentes.

De pé entre as cabeças dos cavaleiros, Starbuck observava o caminho tumultuado do *Pequod*, e também o de Ahab, enquanto este cambaleava pelo convés.

"Sentei-me diante do fogo do carvão em brasa e observei-o brilhar, repleto da atormentada chama da vida; e a vi por fim se extinguir, apagando-se até que dela só restasse o pó em que tudo cala. Velho dos oceanos! De todo o incêndio de tua vida não restará mais do que um punhado de cinzas!"

"Sim", bradou Stubb, "mas cinzas de carvão do mar, lembre-se disso, sr. Starbuck... carvão do mar, não o seu carvão comum. Muito bem; ouvi Ahab murmurar: 'Aqui, alguém me dá essas cartas nestas minhas velhas mãos; diz e jura de pé junto que devo jogar com elas e nenhuma outra'. Que raios me partam, Ahab, mas fizeste bem: vive-se no jogo, morre-se no jogo!"

119

As velas

Os climas mais quentes alimentam as feras mais cruéis: o tigre-de-bengala se prepara para o salto em perfumados bosques de verdura infinita. Os mais resplandescentes céus abrigam os mais mortíferos trovões: a bela Cuba conhece tornados que nunca varreram as tranquilas terras do Norte. O mesmo vale para esses fulgurantes mares nipônicos, nos quais o marinheiro encontra a mais terrível de todas as tempestades, o tufão. Ela por vezes despenca daquele céu sem nuvens como uma bomba a explodir sobre uma cidade entorpecida e sonolenta.

Perto do anoitecer daquele dia, o *Pequod* viu suas velas serem varridas e, a mastros nus, descobriu-se abandonado a lutar contra um tufão que o atacava diretamente pela proa. Quando a escuridão caiu, céu e mar rugiam e se partiam com o trovão e resplandeciam com os relâmpagos, que revelavam os mastros danificados cobertos de trapos a tremular aqui e ali depois que a primeira fúria da tempestade os havia deixado para seu posterior divertimento.

Agarrado a um ovém, Starbuck conservava-se de pé no tombadilho, os olhos voltados ao alto a cada clarão de relâmpago para ver que desastre adicional teria acometido o intrincado aparelho ali; enquanto Stubb e Flask orientavam os homens no içamento mais alto e na amarração mais firme dos botes. Mas todos os seus esforços de nada pareciam valer. Embora içado ao topo dos guindastes, o bote a barlavento (o de Ahab) não escapou. Um imenso vagalhão, quebrando contra o elevado e infirme costado do navio cambaleante, arrebentou o fundo do bote à popa, deixando-o pingando como uma peneira.

"Que estrago, que estrago, sr. Starbuck", disse Stubb, referindo-se à situação do bote, "mas o mar terá o que for de seu agrado. Stubb, por exemplo, não tem condições de lutar contra ele. Veja, sr. Starbuck, uma onda toma um longo impulso antes de saltar, ela percorre um mundo inteiro até que venha o salto! Quanto a mim, tudo o que tenho a percorrer é este convés aqui. Mas não importa; é tudo divertido: assim diz a velha canção... (*canta*)

Que alegria é o vendaval!
Quando a cauda se balança
A baleia cai na dança –
Como é divertido, corajoso e piadista esse marzão!

É a rajada que assovia!
É muita espuma na bebida
Quando mexe a especiaria!
Como é divertido, corajoso e piadista esse marzão!

Um traguinho só não mata!
Um raio cai, o navio racha –
Ele acha muita graça!
Como é divertido, corajoso e piadista esse marzão!"

"Calado, Stubb", gritou Starbuck, "deixa o Tufão cantar e tocar sua harpa aqui em nosso cordame; se fores um homem valente, conservarás o coração tranquilo."

"Mas não sou um homem corajoso; nunca disse que era um homem corajoso; eu tenho medo; e canto para manter o ânimo. E vou lhe dizer uma coisa, sr. Starbuck, não há como me fazer parar de cantar neste mundo, a não ser cortando minha garganta. E quando fizerem isso, aposto que entoo pra vocês o cantochão pra terminar."

"Louco. Vê através dos meus olhos, se não tens nenhuma coragem."

"Como? Como pode ver melhor em uma noite escura dessas do que qualquer outra pessoa, ainda que estúpida?"

"Olha", gritou Starbuck, agarrando Stubb pelo ombro e apontando à proa a barlavento, "não reparas que o vendaval vem do leste, o mesmo curso que Ahab deve percorrer para enfrentar Moby Dick? O mesmo curso que ele determinou hoje ao meio-dia? Agora olha o bote dele ali; onde está a avaria? Na popa, homem; onde ele costuma ficar... o ponto em que ele fica recebeu a avaria, homem! Agora salta ao mar e canta, se for preciso!"

"Não entendi quase nada do que você falou; o que tem esse vento?"

"É isso, contornar o cabo da Boa Esperança é o caminho mais curto para Nantucket", monologou Starbuck de repente, sem se importar com a pergunta de Stubb. "O vendaval que agora nos golpeia e nos quer destruir, podemos transformá-lo em vento forte que nos levará de volta para casa. Lá longe, a barlavento, tudo é a escuridão da catástrofe; mas a sotavento, na direção de casa... vejo luz adiante, ao alto, e ela não vem do relâmpago."

Naquele momento, em um dos intervalos de escuridão profunda entre clarões, uma voz foi ouvida ao seu lado; e quase no mesmo instante uma saraivada de trovões ecoou no céu.

"Quem está aí?"

"O velho Trovão!", bradou Ahab, apoiando-se pela amurada na direção de seu trado de apoio; mas subitamente vendo seu caminho se lhe tornando claro pelas angulares lanças de fogo.

Ora, a exemplo do para-raios, que para um pináculo em terra tem a função de transportar a fluida descarga para o solo; o varão de mesmo tipo que no mar alguns navios levam em cada mastro é destinado a conduzir a mesma corrente para a água. Mas como esse condutor deve descer a uma profundidade considerável, de forma que sua extremidade evite todo contato com o casco; e, ademais, como é lugar de constante movimentação dos cabos, estando sujeito ali a muitos contratempos, além de interferir não pouco nas operações de manobra e, assim, obstando mais ou menos a travessia da embarcação; por tudo isso, as partes inferiores dos para-raios de um navio nem sempre permanecem no mar; sendo geralmente feitas de elos longos e delgados, de modo a serem mais facilmente presos à mesa de guarnição do lado de fora, ou lançados ao mar, conforme a ocasião exigir.

"Os para-raios! Os para-raios!", gritou Starbuck à tripulação, chamado de repente à atenção pelo relâmpago vívido que acabava de lançar tochas para iluminar Ahab ao seu posto. "Foram lançados ao mar? Lançai-os ao mar, a vante e a ré. Rápido!"

"Alto lá!", gritou Ahab. "Vamos jogar limpo aqui, embora sejamos o lado mais fraco. Ainda vou contribuir para erguer para-raios nos Himalaias e nos Andes, para que todo o mundo fique seguro; mas chega de privilégios! Não toque neles, senhor."

"Olha os mastros lá em cima!", gritou Starbuck. "Os fogos de santelmo! Os fogos de santelmo!"[645]

Todos os estais das vergas foram atingidos por um fogo pálido, que, subindo a cada uma das três extremidades dos para-raios como três chamas brancas afi-

645. O fogo de santelmo é uma pequena chama, devida à eletricidade atmosférica, que aparece ocasionalmente na extremidade dos mastros e das vergas dos navios ou nos filamentos dos cabos. Também é chamado de corpo-santo. O fenômeno era visto com superstição pelos marinheiros.

ladas, fez com que cada um dos três mastros altos queimasse silenciosamente naquela atmosfera sulfurosa como três gigantescas velas de cera diante de um altar.

"Que o bote se exploda! Deixe pra lá!", gritou Stubb nesse instante, quando o mar encapelado se ergueu de sob sua própria pequena embarcação, de modo que a amurada atingiu violentamente o braço enquanto reforçava-lhe a amarração. "Maldição!" Mas, deslizando para trás no convés, os olhos erguidos avistaram as chamas; e imediatamente, mudando de tom, ele exclamou: "Fogos de santelmo, tenham misericórdia de todos nós!".

Para os marinheiros, imprecações são expressões domésticas; eles as usarão na modorra de uma calmaria e no calor da tempestade; nos braços da verga de gávea, quando não param de balançar sobre um mar agitado, pululam maldições de suas bocas; mas em todas as minhas viagens, raramente ouvi imprecações quando o dedo ardente de Deus tocou o navio; quando Seu "Mene, Mene, Tequel e Parsim"[646] foi tecido nos ovéns e no cordame.

Enquanto o fogo pálido ardeu ao alto, poucas foram as palavras ouvidas da tripulação encantada; que em um cerrado aglomerado permaneceu no castelo de proa, todos os olhos brilhantes voltados ao palor da fosforescência, como uma constelação distante. Proeminente contra a luz fantasmagórica, o gigantesco Daggoo, com sua pele cor de azeviche, via sua estatura real triplicar-se, como fosse a própria nuvem negra de onde o trovão viera. Boquiaberto, Tashtego revelava os dentes brancos de tubarão, que estranhamente brilhavam como se também tivessem sido tocados pelos fogos de santelmo; enquanto, iluminada pela luz sobrenatural, as tatuagens de Queequeg ardiam como satânicas chamas azuis em seu corpo.

O quadro todo por fim esvaneceu com o palor ao alto; e mais uma vez o *Pequod* e todas as almas em seu convés se viram cobertos por uma mortalha. Um ou dois instantes se passaram quando Starbuck, avançando, empurrou alguém. Era Stubb.

"O que pensas agora, homem; ouvi o teu grito; não era o mesmo da música."

"Não, não foi; pedi que os fogos de santelmo tivessem misericórdia de nós; e ainda espero que tenham. Mas será que eles só têm misericórdia de gente carrancuda?... será que não têm estômago pra uma risada? E veja, sr. Starbuck... hum, mas tá muito escuro para ver. Escute-me, então: considero aquela chama no topo do mastro que vimos um sinal de boa sorte — esses mastros estão finca-

646. A escrita que surge na parede do palácio do rei da Babilônia, profetizando sua destruição. Daniel 5,25-28.

dos em um porão que ficará cheinho, cheinho de espermacete, entende? E assim todo aquele espermacete subirá pelos mastros, feito a seiva de uma árvore. É isso mesmo: nossos três mastros ainda serão como três velas de espermacete — essa é a boa promessa que vimos."

Naquele instante, Starbuck observou o rosto de Stubb iluminar-se lentamente com um brilho. Voltando os olhos ao alto, o primeiro imediato exclamou: "Olha! Olha!", e mais uma vez as chamas afiladas foram observadas com o que parecia uma lívida e redobrada sobrenaturalidade.

"Que os fogos de santelmo tenham misericórdia de todos nós", gritou Stubb, novamente.

Na base do mastro principal, exatamente debaixo do dobrão e da chama, o parse havia se ajoelhado diante de Ahab, mas com a cabeça baixa para um dos lados, como se o evitasse; enquanto por perto, do cordame arqueado e sobrecarregado, onde haviam acabado de prender uma verga, alguns marinheiros, arrebatados pelo luzir e então reunidos, pendiam como um bando de vespas entorpecidas no galho caído de um pomar. Em várias posturas encantadas, como os esqueletos eretos ou fixados nos gestos de caminhar ou correr, tal como petrificados em Herculano,[647] outros permaneceram como que cravados nas tábuas do convés; mas todos com os olhos voltados para cima.

"Sim, sim, homens!", gritava Ahab. "Olhai para cima; muita atenção; a chama branca ilumina a trajetória da Baleia Branca! Passem-me os elos do mastro principal; quero sentir esse pulsar e deixar o meu pulso bater contra o dele; sangue contra fogo! Assim."

Em seguida, virando-se — com o último elo firmemente seguro em sua mão esquerda, ele colocou o pé sobre o parse; e com os olhos fitos ao alto e o braço direito estendido, permaneceu ereto diante das três pontas da elevada Trindade das chamas.

"Ó, iluminado espírito da clara chama, diante do qual eu, como um persa, nestes mares me prostrei em adoração, queimado por ti em sacramento cuja cicatriz meu corpo traz; reconheço-te, preclaro espírito, e sei que o adorar sob o devido rito é desafio. A ti não importam seja amor ou reverência; e mesmo ante o ódio tão somente matas — e a ti não há quem sobreviva. Não há tolo incauto que te enfrente. Possuo teu poder sem voz e sem lugar; mas, até o último tremor

647. Herculano foi uma cidade da República romana destruída pela grande erupção do monte Vesúvio, em 79 a.C. A corrente de lava recobriu a cidade, deixando em seu rastro a efígie de tudo — incluindo corpos humanos — que encontrou por seu caminho.

do terremoto de minha vida, contestarei teu incondicional, mas não integral domínio sobre mim. Em meio à impersonalidade aqui personificada, existe uma personalidade. Ainda que somente um ponto, na melhor das hipóteses; não importa de onde eu tenha vindo ou para onde eu vá: enquanto viver neste mundo terrestre, a régia personalidade, esta rainha, vive em mim e seus direitos reais manifesta. Mas a guerra é o esforço, e o ódio é a dor. Vem em tua forma mais inferior de amor, e de joelhos me terás, pois um beijo meu te espera; mas em tua absoluta elevação, vem como mero poder celestial; e embora tu lances frotas inteiras de mundos totalmente carregados, há isto aqui que ainda permanece indiferente. Ó, preclaro espírito, com teu fogo me fizeste louco, e como um verdadeiro filho do fogo devolvo-o a ti em meu bafejar."

(*Relâmpagos súbitos e repentinos; as nove chamas elevam-se ao triplo de sua altura anterior; Ahab, com os demais, fecha os olhos, com a mão direita erguida em punho fechado em sua direção.*)

"Sou possuidor de teu poder sem voz e sem lugar, não disse? Nem ele pode a mim ser arrancado, nem eu destes elos largo mão. Podes cegar; mas posso seguir às apalpadelas. Podes consumir-me; mas então de cinzas me farei. Aceita a homenagem destes pobres olhos, destas mãos travadas. Eu não aceitaria. O relâmpago me atravessa o crânio; os globos dos meus olhos doem e doem; decapitado sinto todo o meu exaurido cérebro, e ele num terreno deslumbrante rola. Oh, oh! Ainda que cego, ter contigo eu vou. Ainda que sejas luz, das trevas saltas; mas sou escuridão da luz — de ti saltando! Os dardos cessam; os olhos se abrem; vês ou não vês? Ali ardem as chamas! Ó, magnânimo! Agora glorifico minha genealogia. Mas tu és apenas meu pai de fogo; minha doce mãe, esta eu não conheço. Ó, cruel! Que fizeste a ela? Eis aí o meu enigma; o teu, no entanto, é maior. Não sabes como vieste a ser, por isso te chamas de não gerado; certamente não conheces teu início, portanto te consideras jamais iniciado. Sei de mim o que não conheces de ti, ó onipotente. Existe algo que se contém para além de ti, ó espírito límpido, para quem toda a tua eternidade é apenas o tempo, toda a tua criatividade, mera mecânica. Através de ti, de teu eu flamejante, meus olhos chamuscados pouco veem. Ó, tu, fogo enjeitado, tu, eremita imemorial, tu também tens teu enigma incomunicável, tua dor não compartilhada. Aqui novamente com agonia arrogante, leio meu pai. Salta, salta e lambe o céu! Salto contigo; queimo contigo; soldado gostaria de ser a ti; é em desafio que te adoro!"

"O bote! O bote!", exclamou Starbuck. "Olha para o teu bote, velho!"

O arpão de Ahab, o instrumento forjado no fogo de Perth, permanecia firmemente amarrado à conspícua forqueta, de modo que se projetava além da proa da embarcação; mas o mar que lhe tinha arrebentado o fundo fez com que a bainha de couro se soltasse; e das barbas afiadas de aço agora vinha uma chama nivelada de fogo pálido e bifurcado. Enquanto o arpão silencioso ardia ali como a língua de uma serpente, Starbuck agarrou Ahab pelo braço: "Deus, Deus está contra ti, velho; para! É uma viagem agourenta! Começou mal; e mal terminará; permite a mim bracear as vergas enquanto há tempo, velho, e aproveitamos o bom vento para retornar a casa e fazer viagem melhor do que esta".

Ouvindo Starbuck, a tripulação em pânico imediatamente correu para as braças — embora nenhuma vela tenha permanecido nos mastros. Naquele momento, os pensamentos do imediato horrorizado se faziam de todos; o grito do motim se insinuou. Mas largando os elos ruidosos do para-raio no chão e correndo ao arpão em chamas, Ahab o agitou como uma tocha; jurando atravessar com ele o primeiro marinheiro que soltasse a ponta de um cabo. Petrificados ante o aspecto do capitão, e ainda mais se encolhendo diante do dardo de fogo que ele segurava, os homens recuaram consternados, e Ahab novamente tomou a palavra:

"Vossas juras de caça à Baleia Branca são tão válidas quanto as minhas; e a elas empenhei coração, alma e corpo, pulmões e vida. E para que saibais em que ritmo este coração bate; atenção aqui, pois assim desfaço o último medo!" E com um sopro, Ahab extinguiu a chama.

Como no furacão que varre a planície os homens deixam as proximidades de algum olmo solitário e gigantesco, cuja própria altura e força o tornam tanto mais inseguro, porque tanto mais um alvo para raios; assim, com essas últimas palavras de Ahab, muitos marinheiros fugiram dele em terror de desespero.

120
O convés perto do fim da primeira vigília noturna

(*Ahab ao lado do leme. Starbuck se aproximando dele.*)

"É preciso fazer descer a verga da vela de gávea, senhor. A braçadeira está solta, e o amantilho de sotavento está em vias de se partir. Devo dar ordens para arriá-la, senhor?"

"Não arries nada; prende-a. Tivesse eu paus de sobrejoanete, içaria agora mesmo."

"Senhor!... por Deus!... senhor?"

"Sim?"

"Há jogo nas âncoras. Devo dar ordens para içá-las?"

"Não arries nada, nada de ordens, quero apenas tudo amarrado. O vento aumenta, mas ainda não tocou meus platôs. Rápido, cuide disso. Por mastros e quilhas! Ele me toma como o mestre corcunda de um bote de cabotagem. Arriar a verga da vela de gávea? Ora, que a colem! Os aparelhos mais altos foram feitos para os ventos mais violentos, e este meu aparelho-cérebro agora navega em meio às massas agitadas das nuvens. Devo arriá-lo também? Ora, apenas covardes arriam os aparelhos de seus cérebros em tempos de tempestade. Que pandemônio lá em cima! Eu o consideraria sublime, se não soubesse que a cólica é doença barulhenta. Oh, tomai remédio, tomai remédio!"[648]

---

648. Reminiscência de passagens de *Henrique IV; Parte 1* (III.i.29) e *Rei Lear* (III.IV.6-9, 33), ambas peças de William Shakespeare.

121
Meia-noite — amurada do castelo de proa

(Stubb e Flask montados nela, reforçando as amarras das âncoras ali penduradas.)

"Não, Stubb; você pode ser bom de nó, mas nó na minha cabeça com essa história você não dá. E há quanto tempo você disse o contrário? Você não disse uma vez que qualquer navio em que Ahab embarcasse, que esse navio tinha de pagar um adicional na apólice de seguro, como se estivesse carregado com barris de pólvora à ré e caixas de fósforo à frente? Pare, já — não foi o que você me disse?"

"Tudo bem, digamos que eu tenha dito? E daí? Se minha carne mudou desde aquele tempo, por que não teria acontecido a mesma coisa com as minhas ideias? Além disso, supondo que estejamos carregados com barris de pólvora à popa e palitos luciferinos à frente; como diabos os palitos poderiam pegar fogo com este borrifo encharcado aqui? Ora, baixinho, você tem um cabelo ruivo bem do bonitinho, mas pegar fogo agora ele não pega. Acorde! Você é Aquário, Flask, o Portador da Água — dá pra encher jarras e jarras com o que você carrega na gola da jaqueta. Você não vê, então, que para esses riscos extras as seguradoras marítimas têm garantias extras? Temos hidrantes, Flask. Mas ouça, de novo, e responderei a outra coisa. Primeiro tire sua perna da pata da âncora, para eu passar a corda; agora escute. Qual é a enormessíssima diferença entre segurar o para-raios de um mastro na tempestade e ficar perto de um mastro que não tem para-raios em uma tempestade? Você não vê, seu cabeça de bagre, que nada de ruim pode acontecer a quem segura o para-raios, a menos que o mastro seja atingido primeiro? Que você tá falando, então? Um navio em cem e olhe lá tem para-raios, e Ahab... sim, o homem, e todos nós... não corríamos mais perigo então, na minha pobre opinião, do que todas as tripulações em dez mil navios que navegam agora nos mares. Ora, Cabeço, você... imagino que fosse da opinião de que todos os homens do mundo circulassem com um para-raiozinho subindo pela ponta do chapéu, como a pena espetada de um oficial de milícia, e apontando para trás como a faixa de sua cintura. Por que você não é sensato, Flask? É fácil ser sensato; por que isso não acontece com você? Qualquer homem com meio olho pode ser sensato."

“Não sei, Stubb. Às vezes a gente acha a coisa bem difícil.”

“Sim, é difícil manter a sensatez quando um sujeito fica encharcado de cabo a rabo — isso é fato. E tô quase feito pinto molhado com essas borrifadas. Esquece; pegue a volta do cabo ali e passe. Tô com o sentimento de que a gente tá amarrando essas âncoras aqui pra nunca mais. Amarrar essas duas âncoras aqui, Flask... nossa, parece amarrar pra trás as mãos de um condenado! E que belas mãos grandes elas são, ô se são. Estes são seus punhos de ferro, hein? Que pegada elas também têm! Eu me pergunto, Flask, se o mundo tá ancorado em algum lugar; se estiver, balança com uma amarra comprida pra burro. Pronto, martele aqui esse nó, e pronto. Então; acho que, fora desembarcar em terra firme, saltar no convés é a coisa mais deliciosa que existe. Só uma coisa: tem como torcer a fralda da minha jaqueta? Obrigado. Eles dão risada dessas jaquetas de fralda comprida, Flask; mas me parece que são as melhores em todas as tempestades em alto-mar. Uma fralda afilada lida bem com a água... O mesmo com um chapéu copado — a copa forma uma calha, Flask. Longe de mim essas jaquetinhas e chapéus oleados; gosto mesmo de fralda rabo-de-andorinha e chapéu de castor; bem assim. Opa! Ora, lá se vai meu oleado pro mar; ô Deus, que coisa é essa de mandar uns ventos tão sem educação! Que noite horrível, rapaz.”

122

Meia-noite na gávea — trovão e raio

(*Verga da vela de gávea, mastro principal. — Tashtego reforçando as amarras em seu entorno.*)

"Hum, hum, hum. Pare com esse trovão! Muitos trovões aqui em cima. De que serve um trovão? Hum, hum, hum. Chega de trovão; nós queremos rum. Hum, hum, hum! Um trago de rum do bom!"

123

O mosquete

Durante os impactos mais violentos do tufão, o homem responsável pelo osso de queixada que no *Pequod* fazia as vezes de cana do leme[649] havia em diversos momentos cambaleado e sido lançado ao convés, embora talhas de contenção tivessem sido presas ao aparelho, pois elas estavam frouxas, visto que é indispensável que o leme trabalhe com alguma folga.

Em um vendaval dessa magnitude, quando o navio não é mais do que uma peteca ao vento, não é de forma alguma incomum ver as agulhas girando nas bússolas de tempos em tempos. Com o *Pequod* não foi diferente: praticamente a todo impacto, não escapava aos olhos do timoneiro a velocidade de turbilhão com que elas giravam sobre os espelhos; é uma visão que dificilmente se contemplará sem algum tipo de emoção incomum.

Transcorridas algumas horas madrugada adentro, o tufão arrefeceu tanto que, mediante os esforços tenazes de Starbuck e Stubb — um empenhado à proa, o outro à popa —, os restos despedaçados da bujarrona, da vela de gávea e do velacho foram cortados das vergas, e se perderam a sotavento aos rodopios, como as penas de um albatroz, que às vezes partem ao vento enquanto o pássaro sacudido pela tempestade voa.

As três novas velas correspondentes haviam sido, então, amarradas e rizadas, e uma vela de capa para tempestade ganhou lugar à ré; de maneira que o navio logo voltou a singrar as águas com alguma precisão; e o curso — por ora, lés-sudeste — que ele deveria tomar, desde que viável, foi novamente informado ao timoneiro. Durante a violência do vendaval, seu governo esteve sujeito à força dos ventos; porém, à medida que ele corrigia mais e mais a rota do navio, consultando a bússola entrementes, ó, que bom sinal!, pareciam navegar de vento em popa; sim, os ventos inclementes se fizeram propícios!

Sem demora, as vergas foram braceadas ao som da animada canção "Ó vento propício! Ó marujada feliz!", a tripulação entoando-a com alegria, uma vez que

---

649. Há momentos em que o narrador se refere à roda do leme, em outros à cana do mesmo aparelho. A variação foi conservada.

um acontecimento tão promissor rapidamente invalidava os maus presságios que o precederam.

De acordo com a ordem perene de seu comandante — de reportar imediatamente e a qualquer momento do dia e da noite, em suas vinte e quatro horas, qualquer inequívoca mudança nos assuntos do convés —, Starbuck acabava de ajustar as vergas ao vento — ainda que com relutância e o coração apertado — e descia mecanicamente para dar notícia a seu capitão da circunstância.

Antes de bater à porta do camarote, parou involuntariamente por um instante diante dela. O lampião da cabine — num longo balanço pendular para um lado e para o outro — bruxuleava e lançava sombras bruxuleantes sobre a porta trancada do velho — uma porta de madeirame frágil, munida de persianas fixas em vez da claraboia superior. O isolamento subterrâneo da cabine fazia com que reinasse ali certo silêncio murmurante, ainda que cercado pelo rugir dos elementos. Os mosquetes carregados, presos ao suporte, revelavam-se reluzentes, dispostos verticalmente contra a antepara à frente. Starbuck era um homem honrado e probo; mas tão logo viu os mosquetes, pouco a pouco se lhe desenhou no coração um pensamento estranho e maligno; porém tão misturado a seus bons ou neutros companheiros que, no presente momento, Starbuck mal o percebeu por si próprio.

"Uma vez ele esteve em vias de atirar em mim", murmurou consigo; "sim, ali está o próprio mosquete que apontou para mim; aquele com a coronha cravejada; que tal tocá-lo... erguê-lo... Estranho que eu, que já manuseei tantas lanças mortais, estranho que trema tanto agora... Carregado? Preciso ver... sim, está; e com pólvora na caçoleta; isso não é bom. Melhor esvaziá-la?... não, espere. Vou me curar disso. Enquanto reflito, vou empunhar este mosquete com brio... Aqui estou eu para dar-lhe notícias de ventos propícios. Propícios a quê? À morte, à catástrofe... são propícios *unicamente* para Moby Dick. É um vento propício que só o é para aquele peixe maldito. E eis o próprio cano que ele apontou pra mim!... o próprio, este mesmo... que agora tenho em mãos; ele teria me matado com a mesma coisa que agora tenho comigo. Sim, e mataria de bom grado toda a sua tripulação. Não disse ele que não arriaria as vergas para vendaval nenhum? Não destruiu o quadrante celestial? E nestes mesmos mares perigosos, não tateia um rumo pelos meros registros mortos de uma barquilha inteira imprecisão? E durante o tufão, não jurou que não teria para-raios? Mas será que este velho enlouquecido arrastará consigo sem qualquer resistência e revolta toda uma companhia à ruína? Se este navio sofrer qualquer fatal avaria, ele será o assassino deliberado de mais de trinta homens, não? E uma avaria fatal é o que este navio sofrerá, sei do fundo de minha alma, se Ahab fizer o que quer. Se, então, ele fosse neste instante... tirado de cena, não cometeria esse crime. Ha! Ora, ele está resmungando enquanto dorme? Sim, e bem ali... está dormindo bem ali dentro. Dormindo? Sim, mas ainda vivo, e logo desperto novamente. Não consigo resistir a ti, velho. Não há raciocínio, protesto ou súplica a que dês ouvidos; a tudo isso respondes com desprezo. Obediência pura e simples a teus puros e simples comandos — eis tudo a que dás voz. Sim, e dizes ainda que os homens juraram contigo; dizes que todos somos Ahab. Grande Deus, tende piedade de nós!... Mas não há outra maneira? Maneira lícita?... fazê-lo prisioneiro para levá-lo para casa? O quê? Esperança de arrancar o poder vivo das próprias mãos vivas desse velho? Só um idiota tentaria. Digamos até que chegue a ser preso; que tenha o corpo inteiro amarrado com cabos e amarras; acorrentado a arganéus nas tábuas da cabine; ele então se mostraria mais assustador do que um tigre enjaulado. Não suportaria a visão... não conseguiria fugir a seus uivos... todo o conforto, o próprio sono e a inestimável razão me abandonariam no decorrer da longa travessia intolerável. O que resta, então? Terra firme, somente a centenas de léguas de distância, e a mais próxima é o Japão, trancado a todos. Estou isolado, cercado de mar aberto, com dois oceanos e um continente inteiro entre mim e a lei... Sim, sim, é isso... O céu se torna um assassino quando seu raio atinge um aspirante a assassino em sua cama, fazendo arder lençóis e pele juntos? Seria eu um assassino, então, se...", e lenta, furtivamente, olhando para um lado e para o outro, encostou o cano do mosquete carregado contra a porta.

"É nesta altura que a rede de Ahab ali dentro balança; sua cabeça está aqui. Basta puxar o gatilho, e Starbuck poderá sobreviver para abraçar esposa e filho novamente... Oh, Mary! Mary!... Filho! Meu filho!... Mas se eu não te fizer despertar para a morte, velho, quem poderá dizer a que insondáveis profundezas o corpo de Starbuck ainda nesta semana afundará, com toda a tripulação! Grande Deus, onde estais? Devo? Devo?... A ventania arrefeceu e mudou de rumo, senhor; a vela de gávea e o velacho estão rizados e prontos; o navio segue seu curso."

"Todos à popa! Oh, Moby Dick, agarro-te por fim o coração!"

Esses eram os sons que se projetavam violentamente do sono atormentado do velho, como se a voz de Starbuck tivesse provocado o longo sonho mudo a falar.

O mosquete ainda apontado estremeceu como o braço de um bêbado contra a madeira; Starbuck parecia lutando com um anjo;[650] e, afastando-se da porta, colocou o cano da morte em seu suporte e deixou o local.

"Ele ferrou no sono, sr. Stubb; desce, acorda-o e informa-o. Devo verificar o convés. Sabes o que dizer."

---

650. Faz-se referência à luta de Jacó com o anjo, em Gênesis 32,34-32, na qual Jacó é marcado pelo poder de Deus e recebe a bênção divina.

124
A agulha

NA MANHÃ SEGUINTE, o mar ainda agitado, rolando em longas e lentas ondas de grande volume e arfando na trilha gorgolejante do *Pequod*, empurrava o navio como as palmas estendidas das mãos de gigantes. A brisa forte e incessante abundava de forma tal que céu e ar assemelhavam-se à vastidão de uma vela enfunada a ponto de estourar — era um mundo inteiro que avançava com o vento em popa. Invisível, envolto na luz plena da manhã, o sol só se dava a conhecer pela intensidade irradiante de seu posto; de onde seus raios de baioneta partiam ensarilhados. Brasonarias, como as de reis e rainhas da Coroa babilônica, prevaleciam sobre tudo. O mar era como um cadinho de ouro fundido a borbulhar de luz e calor.

Por muito tempo conservando um silêncio encantado, Ahab afastou-se; e sempre que o navio em suas subidas e descidas apontava o gurupés às águas, ele se virava para observar os brilhantes raios de sol produzidos à frente; e quando a embarcação se acomodava nas profundezas à popa, ele se virava para trás e via a retaguarda do sol, e como os mesmos raios amarelos mesclavam-se a sua esteira constante.

"Ha, ha, navio! Bem que podias ser tomado agora pela carruagem marítima do sol. Ho, ho! Todas as nações diante da minha proa — eu vos levo o sol! As cangas postas nas ondas à frente; é isso! Uma biga, eu conduzo o mar!"

Mas, sentindo de súbito as rédeas de algum pensamento contrário, ele correu em direção ao leme, inquirindo asperamente a direção do navio.

"Lés-sudeste, senhor", disse o timoneiro, assustado.

"Mentes!", gritou, golpeando-o com o punho cerrado. "Indo para o leste a esta hora da manhã, com o sol à popa?"

Diante disso, todos a bordo ficaram confusos; pois o fenômeno então observado por Ahab escapou inexplicavelmente aos olhos de toda a tripulação; sendo a única causa plausível para tanto sua palpabilidade cegante.

Inclinando a cabeça na direção da bitácula, Ahab passou as bússolas por rápido exame; seu braço erguido caiu lentamente; por um momento, era como se cambaleasse. Parado atrás de seu capitão, Starbuck olhou-as e ei-las! As duas bússolas apontavam a leste, enquanto o *Pequod* seguia inequivocamente para oeste.

Mas antes que o primeiro rebate selvagem pudesse soar em meio à companhia, o velho, com uma risada dura, exclamou: "Entendi! Isso já aconteceu antes. Sr. Starbuck, o trovão da noite passada girou nossas bússolas... é isso. Creio que já ouviste falar de uma tal coisa".

"Sim; mas nunca antes aconteceu comigo, senhor", respondeu, num tom lúgubre, o pálido imediato.

Aqui, é preciso dizer que acidentes como esse ocorreram em mais de uma ocasião com navios acossados por tempestades violentas. A energia magnética, tal como presente na agulha do marinheiro, é, como todos sabemos, essencialmente a mesma da eletricidade observada no céu; daí que não seja de se admirar que tais coisas aconteçam. Nos casos em que o raio realmente atingiu o navio, a ponto de derrubar mastros e cordame, o efeito sobre a agulha foi às vezes ainda mais fatal, com todas as suas virtudes de ímã sendo aniquiladas, de modo que o aço magnético anterior não se faz mais útil do que a agulha de tricô de uma velha senhora. Mas, de qualquer maneira, a agulha nunca mais recupera por si mesma a virtude original assim danificada ou perdida; e se as bússolas da bitácula se revelam afetadas, o mesmo destino terá alcançado todas as outras bússolas que possam existir no navio; mesmo a mais profunda instalada na carlinga.

Parado diante da bitácula, e observando as bússolas transpostas, o velho, com a ponta da mão estendida, tomou a direção precisa do sol e, satisfeito por as agulhas estarem precisamente invertidas, deu suas ordens para que o curso do navio fosse alterado em conformidade. As vergas foram braceadas; e mais uma vez o *Pequod* arrojou sua destemida proa contra o vento, pois o suposto vento propício fora tão somente engano.

Entrementes, quaisquer que fossem seus próprios pensamentos secretos, Starbuck nada disse, distribuindo sem demonstrações de desassossego todas as ordens necessárias; enquanto Stubb e Flask — que em pequena medida pareciam compartilhar de seus sentimentos — da mesma forma aquiesceram em silêncio. Quanto à marujada, embora alguns rumorejassem acanhadamente, seu medo de Ahab era maior do que o medo do Destino. Como soía, porém, os arpoadores pagãos permaneceram quase totalmente indiferentes; ou, se ficaram impressionados, foi apenas com algum magnetismo instilado em seus corações amáveis pelo coração inflexível de Ahab.

Por um tempo, o velho caminhou pelo convés como fosse movido por ondas de devaneios. Correndo o risco, no entanto, de escorregar com o salto de marfim, viu os tubos de observação do quadrante de cobre que tinha no dia anterior destruído no convés.

"Pobre e orgulhoso contemplador do céu, piloto do sol! Ontem eu mesmo te destruí; hoje as bússolas teriam acabado comigo de bom grado. Muito bem. Mas Ahab ainda é o senhor do ímã. Sr. Starbuck: uma lança sem pinho; o malho e a menor das agulhas do mestre-veleiro. Rápido!

Colaterais, talvez, ao impulso que ditava o que estava prestes a fazer, havia certos motivos prudenciais, cujo objetivo poderia ter sido o de reavivar os ânimos da tripulação por um golpe de sua astúcia sutil, em um assunto tão extraordinário quanto o das bússolas invertidas. Além disso, o velho sabia muito bem que governar o navio com agulhas desreguladas, embora desajeitadamente possível, não era coisa aceitável a marinheiros supersticiosos sem alguns estremecimentos e maus presságios.

"Homens", anunciou, voltando-se firmemente à tripulação, enquanto o imediato lhe entregava as coisas que pedira, "meus homens, o trovão virou as agulhas do velho Ahab; mas com este pedaço de aço Ahab pode produzir sua própria bússola, com um rumo tão verdadeiro quanto qualquer outra."

Ao ouvi-lo, os marinheiros trocaram olhares acanhados de espanto servil; e com olhos fascinados esperaram a magia que se pudesse manifestar. Apenas Starbuck desviou o olhar.

Com um golpe do malho, Ahab arrancou a ponta de aço da lança e, então, entregando ao imediato a longa barra de ferro que restava, pediu-lhe que a segurasse na vertical, sem que ela tocasse o convés. Então, com o malho, depois de golpear repetidas vezes a extremidade superior dessa barra de ferro, ele colocou a agulha cega no topo dela, e com menos força a martelou, várias vezes, ao que o imediato permaneceu segurando a barra como antes. Então, depois de fazer alguns pequenos e estranhos movimentos com a barra — se indispensáveis à magnetização do aço, ou apenas com a intenção de aumentar o temor da tripulação, não é possível sabê-lo —, ele pediu um fio de linha e, movendo-se para a bitácula, sacou as duas agulhas invertidas e suspendeu horizontalmente a agulha da vela pelo meio, sobre um dos discos de bússola. No início, o aço girou sem parar, estremecendo e vibrando nas duas extremidades; por fim, no entanto, acomodou-se em seu lugar, quando Ahab, que estivera observando atentamente à espera desse resultado, deu um cândido passo para trás da bitácula e, apontando seu braço estendido em direção a ela, exclamou: "Olhai, por vós mesmos, se Ahab não é o senhor do ímã! O sol está a leste, e essa bússola jura isso!".

Eles espiaram um após o outro, pois nada além dos próprios olhos poderia persuadir ignorância como a deles, e um após o outro saíram de fininho.

Com os olhos ardentes de desprezo e triunfo, vocês podem ver Ahab neste momento em todo o seu orgulho fatal.

125
A barquilha e a linha

Até aqui, pelo longo período em que o assinalado *Pequod* seguiu seu curso, barquilha e linha haviam encontrado raro uso. Apoiados em sólida confiança em outros meios de averiguar a localização do navio, alguns navios mercantes e muitos baleeiros, especialmente quando em cruzeiro, negligenciam por completo o levantamento da barquilha; embora, ao mesmo tempo, e com frequência mais por uma questão de protocolo do que qualquer outra coisa, regularmente registrem na boa e velha lousa o curso do navio, bem como a velocidade média presumida do avanço horário. Com o *Pequod* não era diferente. Há muito tempo intocados, o carretel de madeira e a barquilha angular a ele presa pendiam logo abaixo da grade da amurada de proa. Chuvas e águas espargidas os haviam encharcado; sol e vento os haviam deformado; em comum acordo, os elementos haviam trabalhado para apodrecer aquilo que jazia abandonado a seu desuso. Sem se importar com tudo isso e dominado pela melancolia, poucas horas depois da cena do ímã, Ahab deu por acaso com a visão do aparelho pendurado, lembrou-se do destino de seu quadrante e de seu desvairado juramento sobre a barquilha e a linha. O navio navegava a uma velocidade vertiginosa; à popa, ondas rolavam em tumulto.

"Ó da proa, ali! Erguei a barquilha!"

Dois marinheiros vieram. O taitiano de pele dourada e o casmurro marinheiro da ilha de Man. "Um de vós, fica com o carretel, que eu o levantarei."

Ambos se dirigiram ao extremo da popa, a sotavento do navio, onde o convés, com a energia oblíqua do vento, estava a ponto de mergulhar no cremoso mar que se erguia ao lado.

O marinheiro de Man encarregou-se do carretel, que ergueu bem alto, pelas malaguetas salientes do fuso em torno do qual estava a bobina da linha, permanecendo ereto com a barquilha angular pendurada, até que Ahab avançou em sua direção.

Ahab parou diante dele e se pôs a desenrolar levemente algo como trinta ou quarenta voltas para formar uma aducha manual a ser lançada ao mar, quando o velho marinheiro de Man, que observava atentamente o capitão e a linha, tomou coragem para lhe falar.

"Senhor, não confio nela; a linha parece muito estragada. Calor e umidade demais acabaram com ela."

"Aguentará, velho cavalheiro. Calor e umidade demais por acaso acabaram contigo? Pareces a mim bastante confiável. Ou, o que talvez seja mais condizente, a vida em ti parece bastante confiável, não tu."

"Seguro o carretel, senhor. Apenas por seguir o que diz meu capitão. Com esses meus cabelos brancos, não vejo razão para entrar em discussão, especialmente com um superior, que jamais admitirá."

"Ora, ora, mas o que é isso? Será um arremedo de professor da faculdade fundada no granito de Vossa Majestade a Natureza? Mas me parece ser muito subserviente. Onde nasceste?"

"Na pequena ilha rochosa de Man, senhor."

"Excelente! E a partir dali compreendes o mundo."

"Isso não sei, senhor, mas nasci lá."

"Na Ilha de Man, hein? Na *ilha do homem*...[651] bem, por outro lado, isso é bom. Eis aqui um homem nascido na ilha do Homem; um homem de uma Homem outrora independente, uma ilha do Homem hoje sem homens; despojada de... por quê? Levanta o carretel! O muro cego e morto atinge enfim todo aquele que deseja saber. Vamos com isso! Então..."

A barquilha foi erguida. As voltas soltas da linha logo se endireitaram em uma longa linha arrastada à popa e então, instantaneamente, a bobina começou a girar. Bruscamente erguido e abaixado pelo rolar das ondas, a resistência da barquilha ao reboque fez com que o velho responsável pelo carretel cambaleasse estranhamente.

"Firmeza, homem!"

Snap! A linha sobrecarregada cedeu em um festão comprido; a barquilha arrastada desapareceu.

"Eu estraçalho o quadrante; o trovão inverte as agulhas; a ira marinha engole a barquilha. Mas não há o que Ahab não conserte. Iça a linha, taitiano; e tu, marujo de Man, devolva-a à bobina. Atenção, ide ao carpinteiro, ordenai que faça outra barquilha e ajustai a linha. Já!"

651. Aqui, Ahab joga com o sentido de Man em inglês. O nome, porém, de origem celta, significa primordialmente "montanha".

"Lá vai ele agora; a ele nada aconteceu; mas para mim, é como se o espeto se soltasse do meio do mundo. Puxa, puxa, taitiano! Essas linhas saem inteiras e aos rodopios, voltam arrebentadas e lentas. Ha, Pip? Vem ajudar; hein, Pip?"

"Pip? Quem chamou? Pip saltou do navio. Pip se perdeu. Opa, vamos ver se você não o fisgou, pescador. Ele é pesado; acho que está segurando. Dê um tranco, Taiti! Deixe-o no mar; não trazemos covardes a bordo. Ho! Ali está seu braço rasgando a água. Uma machadinha! Uma machadinha! Corte a linha — não trazemos covardes a bordo. Capitão Ahab! Senhor, senhor! Aqui está Pip, tentando embarcar novamente."

"Aquiete-se, seu louco", gritou o marinheiro de Man, agarrando-o pelo braço. "Para longe do tombadilho!"

"O mais idiota sempre repreende o menos idiota", murmurou Ahab, avançando. "Tira as mãos dessa santidade! Onde dizes que Pip estava, garoto?"

"A popa, senhor, a popa! Ho, ho!"

"E quem és tu, rapaz? Não vejo meu reflexo nas pupilas vazias de teus olhos. Ai, meu Deus! O homem deveria ser algo que filtrasse as almas imortais! Quem és tu, rapaz?"

"O sineiro, senhor; o pregoeiro; ding, dong, ding! Pip! Pip! Pip! Uma recompensa de cem libras de argila por Pip; um metro e meio de altura — parece covarde — rapidamente reconhecido por isso! Ding, dong, ding! Quem viu Pip, o covarde?"

"Não pode haver corações acima da linha de neve. Oh, céus congelados! Olhai aqui embaixo. Gerastes esta criança sem sorte e a abandonastes, libertinos criativos. Aqui, garoto; a cabine de Ahab será a casa de Pip daqui em diante, enquanto Ahab viver. Tocaste meu centro mais íntimo, garoto; estás atado a mim por cordões tecidos com as cordas do meu coração. Vem, vamos descer."

"O que é isso? Aqui está o veludo da pele de tubarão", disse o menino, olhando atentamente à mão de Ahab e sentindo-a. "Ah, coitado do Pip, se ele tivesse sentido uma coisa tão delicada feito essa, talvez nunca tivesse se perdido! Mais do que uma mão, senhor, ela me parece um corrimão que almas fracas podem segurar. Oh, senhor, chame o velho Perth para rebitar essas duas mãos unidas; a preta com a branca, pois não quero perder isso."

"Oh, rapaz, nem eu quero perder a ti, a menos que desse modo te arraste a horrores piores do que este aqui. Vem, então, para minha cabine. Aqui! Vós, crentes que credes em deuses feitos unicamente de bondade e homens feitos unicamente de maldade, aqui! Vede os deuses que, apesar de oniscientes, alheios quedam ao homem e sua dor; o homem que, embora idiota, e não sabendo o que faz, ainda assim caminha cheio das doces coisas do amor e da gratidão. Vem! Sinto-me mais orgulhoso de guiar-te por tua mão preta do que se tivesse na minha a de um imperador!"

"Ali vão dois idiotas", murmurou o velho marujo de Man. "Um louco pela força, o outro louco pela fraqueza. Mas aqui está a ponta da linha podre... e ainda encharcada. Consertar? Ora, melhor arranjarmos uma linha inteiramente nova. Vou conversar com o sr. Stubb sobre isso."

126
O salva-vidas

APONTANDO A LÉS-SUDESTE SEGUINDO o aço fornecido por Ahab, com seu progresso determinado exclusivamente pela barquilha e linha fornecidos por Ahab — assim o *Pequod* conservou o rumo em direção ao Equador. Perfazendo travessia tão longa por mares raramente frequentados, sem avistamento de qualquer navio, e lateralmente impelido por alísios constantes sobre as ondas de um mar monotonamente ameno; tudo sugeria a estranha calma a antecipar algum episódio de tumulto e desespero.

Por fim, quando o navio se aproximava das franjas, por assim dizer, da zona de caça equatorial, e na escuridão profunda que precede o amanhecer navegava na proximidade de um conjunto de ilhéus rochosos; a vigília, então encabeçada por Flask, sobressaltou-se ante um grito tão dolorosamente selvagem e sobrenatural — como os lamentos semiarticulados dos fantasmas de todos os inocentes massacrados por Herodes —[652] que não houve quem não despertasse de seus devaneios e pelo espaço de alguns momentos não permanecesse parado, sentado ou inclinado — todos ouvindo, paralisados, como o escravo romano esculpido,[653] enquanto aquele grito selvagem permanecia ao alcance dos ouvidos. A parte cristã ou civilizada da tripulação disse que eram sereias e estremeceu; os arpoadores pagãos, por sua vez, permaneceram impassíveis. Já o marujo de Man — o mais velho dos marinheiros — declarou que os assus-

---

652. Tal como narrado no Evangelho de Mateus (2,16-18), o Massacre dos Inocentes é um episódio de infanticídio perpetrado pelo rei da Judeia, Herodes, o Grande. Reza o relato de Mateus que Herodes, ao ter notícia pelos Três Reis Magos do nascimento do "Rei dos Judeus" na vila de Belém, teria ordenado a execução de todos os meninos do local para evitar perder o trono para o recém-nascido. O acontecimento (colocado em questão por historiadores modernos) é relacionado por Mateus a uma passagem do Antigo Testamento, presente no livro do profeta Jeremias (31,15): "Assim diz o Senhor: Uma voz se ouviu em Ramá, lamentação, choro amargo; Raquel chora seus filhos, sem admitir consolação por eles, porque já não existem". O versículo será textualmente citado ao fim do capítulo 128.

653. Referência a *O Arrotino* (ou *O Cita*), estátua de um escravo de origem cita que amola uma faca. Melville teria conhecido uma cópia dessa obra em Londres. O original (de autoria e datação desconhecidas) está em exposição em sala da Galleria degli Uffizi, em Florença, e seria uma cópia romana de um original grego, embora existam evidências de que teria sido esculpida pelo artista italiano Michelangelo (1475-1564).

tadores sons enlouquecidos que acabavam de ouvir eram vozes de homens recém-afogados no mar.

Recolhido a sua cabine, Ahab não teve notícias do acontecimento até o gris do amanhecer, quando subiu ao convés; o caso lhe foi então relatado por Flask, não sem vir acompanhado da insinuação de obscuros augúrios. Ahab deu sua risada sepulcral e assim explicou a maravilha.

Aqueles ilhéus rochosos pelas quais o navio passara eram o refúgio de grande número de focas, e algumas focas jovens que haviam perdido suas fêmeas, ou algumas fêmeas que haviam perdido seus filhotes, provavelmente tinham se aproximado do navio e lhe feito companhia, chorando e soluçando com seu lamento semelhante ao humano. A explicação só fez aumentar ainda mais o medo de alguns, uma vez que a maioria dos marinheiros acalenta sentimento muito supersticioso sobre as focas, decorrente não apenas de suas vozes peculiares quando em perigo, mas também da aparência humana das cabeças redondas e rostos semi-inteligentes quando surgem da água com olhos observadores pelos costados. No mar, sob certas circunstâncias, mais de uma vez as focas foram confundidas com homens.

Mas os agouros da tripulação estavam destinados a receber uma confirmação mais plausível no destino de um dos seus naquela manhã. Ao nascer do sol, esse homem deixou sua rede rumo ao tope do mastro na proa; e fosse porque ainda não estivesse de todo desperto (pois os marinheiros às vezes sobem ao convés em um estado de transição) — se esse era o caso com o marujo, não é dado saber; seja como for, fato é que ele não ocupava seu posto de observação havia muito tempo quando se ouviu um grito — um grito e uma agitação — e, olhando para cima, viu-se um fantasma desabando no ar; e olhando para baixo, um pequeno espargir de espuma branca no azul do mar.

A boia salva-vidas — um barril longo e esguio — foi lançada da popa, de onde sempre pendia obediente a um gancho; mas mão nenhuma se ergueu para pegá-la, e como o sol batera por muito tempo sobre o barril, ele havia encolhido, de modo que pouco a pouco fez água, enquanto a madeira ressequida também a absorvia por todos os seus poros; e o barril com aros de ferro cravejado acompanhou o marinheiro ao fundo, como se lhe quisesse fazer as vezes de travesseiro, embora, verdade seja dita, bastante duro.

E assim o primeiro homem do *Pequod* a subir no mastro para avistar a Baleia Branca no terreno particular da própria Baleia Branca — tal homem foi engolido pelas profundezas. Essa ideia, porém, deve ter ocorrido apenas a alguns poucos. Na verdade, em certa medida, o acontecimento não lhes trouxe tristeza, ao menos como presságio; pois o consideraram não o prenúncio de um mal futuro, mas o cumprimento de um mal já pressagiado. Todos diziam então saber o motivo daqueles gritos horrendos que haviam ouvido na noite anterior. Apenas o velho marinheiro de Man, outra vez, disse-lhes que não.

O salva-vidas então perdido precisava ser substituído; Starbuck foi instruído a cuidar do assunto; mas como nenhum barril de leveza suficiente pôde ser encontrado, e como na ansiedade febril do que parecia ser o avizinhamento do momento crítico da viagem a marujada se impacientava ante qualquer tarefa que não estivesse diretamente relacionada à sua finalidade máxima, fosse ela o que pudesse vir a ser; portanto, estavam determinados a deixar a popa do navio desguarnecida de boia quando, por certos estranhos sinais e insinuações, Queequeg sugeriu algo sobre seu caixão.

"Um caixão salva-vidas!", gritou Starbuck, assustado.

"Bem esquisito, eu diria", ecoou Stubb.

"Vai servir muito bem", arrematou Flask. "O carpinteiro aqui pode adaptá-lo sem nenhuma dificuldade."

"Trazei-o para cima; não há outra alternativa", concluiu Starbuck, após melancólica pausa. "Prepara-o, carpinteiro; não olhes para mim assim — o caixão, quero dizer. Ouviste? Prepara-o."

"E devo pregar a tampa, senhor?", movendo a mão como se fosse um martelo.

"Sim."

"E devo calafetar as tábuas, senhor?", movendo a mão como se fosse um ferro de calafetagem.

"Sim."

"E devo então completar o trabalho com piche, senhor?", movendo a mão como se fosse uma panela de piche.

"Vai-te! Que mais tens na cabeça? Transforma esse caixão em um salva-vidas, e nada mais. Stubb, Flask, senhores, vinde comigo."

"Ele sai furioso. O todo, ele aguenta, as partes, ele recusa. Ora, não gosto disso. Faço uma perna para o capitão Ahab, e ele a usa como um cavalheiro; mas faço um caixote para Queequeg, e ele não coloca a cabeça nele. Todo o meu trabalho com aquele caixão serviu pra nada? E agora recebo ordens de transformar numa boia salva-vidas. Mas isso é feito virar um casaco velho do avesso; botar a carne do lado contrário. Não gosto desse negócio de remendar... não gosto nada disso; é indigno; não é meu lugar. Que os pirralhos dos consertadores façam consertos; nós somos seus superiores. Só o que me agrada é assumir tarefas matemáticas limpas, virgens e exatas, algo que começa de maneira precisa no início e chega ao meio quando ao meio está e termina em seu fim; não é o trabalho de um sapateiro, que termina no meio e começa no fim. É coisa de velha arrumar serviço de remendo. Senhor, que gosto essas velhas têm por esses consertadores? Conheço uma velha de sessenta e cinco anos que fugiu uma vez com um jovem funileiro careca. E essa é a razão pela qual nunca trabalhava para velhas viúvas solitárias em terra, quando tinha minha oficina em Vineyard; elas podiam enfiar nas velhas cabeças solitárias a ideia de fugir comigo. Mas vamos lá... não há coração no mar que não seja gelado. Vamos ver. Pregue a tampa; calafete entre as tábuas; passe o piche; deixe tudo bem firme e o pendure no gancho da popa do navio. Essas coisas já foram feitas antes com um caixão? Tem carpinteiro supersticioso das antigas que preferiria ser amarrado ao cordame a fazer um trabalho desses. Mas sou feito de cicuta nodosa, lá de Aroostook, no Maine; nada me tira do prumo. Rabichado com um caixão! Navegando com uma bandeja de cemitério! Mas que importa! Nós que trabalhamos com madeira fazemos estrados de cama para noivas e mesas de jogo, e também caixões e féretros. Trabalhamos por mês, ou por empreitada, ou por lucro; não cabe a nós perguntarmos o porquê e para quê de nosso trabalho, a menos que seja um negócio complicado, mas escondemos isso, se podemos. Muito bem, muito bem... vou fazer o trabalho com carinho. Eu terei... vamos ver... quantos na companhia do navio, ao todo? Opa, esqueci. Enfim, vou colocar trinta cordas de salvação com cabeças de turco, cada uma com um metro de comprimento, todas penduradas em volta do caixão. Então, se o casco afundar, vamos ter trinta sujeitos bem agitados, todos lutando por um caixão, uma visão que não se vê com frequência sob o sol! Vamos lá, martelo, ferro de calafetagem, piche e agulhão! Ao trabalho."

127
O convés

(O caixão colocado sobre duas selhas de linha, entre a bancada do torno e a escotilha aberta; o carpinteiro calafeta as junções entre tábuas; o cordão de estopa trançada desenrola-se pouco a pouco de um grande rolo no peito de sua jaqueta. Ahab chega lentamente da passagem da cabine e escuta Pip o seguindo.)

"Volta, rapaz; logo estarei contigo. Ele vai! Nem esta minha mão obedece a meus humores com tanta sintonia quanto esse menino... Estou em uma nave de igreja! O que é isso?"

"Uma boia salva-vidas, senhor. Ordens do sr. Starbuck. Oh, atenção, senhor! Cuidado com a escotilha!"

"Obrigado, homem. Teu caixão está à mão para a catacumba."

"Senhor? A escotilha? Oh! É verdade, senhor, é verdade."

"Não és tu o criador de pernas? Não foi de tua oficina que este toco veio?"

"Acredito que sim, senhor; a virola está segurando bem, senhor?"

"Bem o bastante. Mas tu também não és o coveiro?"

"Sim, senhor; arranjei isto aqui como um caixão para Queequeg; mas agora me encarregaram de transformá-la em outra coisa."

"Então me diga: se um dia estás a fabricar pernas e, no dia seguinte, caixões para colocá-las dentro e, por fim, boias salva-vidas a partir desses mesmos caixões, não és por acaso um rematado canalha fominha, atravessador, monopolizador e pagão? Como pau pra toda obra, não és tu tão inescrupuloso quanto os deuses?"

"Mas não tenho a intenção, senhor. Faço o que tenho de fazer."

"Os deuses novamente. Escuta, nunca cantas enquanto trabalhas em um caixão? Os Titãs,[654] dizem eles, murmuravam trechos de música ao escavar as crateras para os vulcões; e o coveiro da peça canta de pá na mão.[655] Jamais cantaste?"

---

654. Filhos de Urano (deus regente dos Céus) e Gaia (deusa regente da Terra), os titãs são deuses da mitologia grega e representam diferentes elementos da natureza e da vida humana.

655. Referência a *Hamlet* v.i.: um dos coveiros que abrem a cova de Ofélia canta enquanto realiza seu trabalho.

"Eu, cantar, senhor? Se canto? Ah, não ligo pra isso, não, senhor; mas a razão pela qual o coveiro canta talvez seja porque a pá dele não cantava, senhor. Mas o malho de calafetagem canta bem. Escute."

"Sim, e isso acontece porque a tampa é uma caixa de ressonância; e o que em todas as coisas a caixa de ressonância faz é isso — não há nada por baixo. E, no entanto, um caixão com um corpo nele soa quase igual, carpinteiro. Ajudaste a carregar um esquife, ouviste o caixão bater no portão do cemitério, entrando?"

"Fé, senhor, que eu..."

"Fé? O que é isso?"

"Ora, fé, senhor, é só uma exclamação... só isso, senhor."

"Hum, hum; continua."

"Estava a ponto de dizer, senhor, que..."

"És um bicho-da-seda? Fias de ti mesmo tua própria mortalha? Olha para o teu seio! Rápido! Tira esse tambor do caminho."

"Ele vai para a popa. Isso foi inesperado... mas as tempestades vêm de repente em latitudes quentes. Ouvi dizer que a ilha de Albemarle, uma das ilhas de Galápagos, é cortada pelo Equador bem no meio. Tenho a impressão de que algum tipo de Equador corta esse velho também, bem no meio dele. Está sempre debaixo da linha — tórrido, é o que lhes digo! Está olhando pra cá... vamos, estopa, rápido. E lá vamos nós de novo. Este malho de madeira é a cortiça, e eu sou o professor de copofone... toque, toque!"

(*Ahab consigo mesmo.*)

"Eis aí uma visão, um som! O pica-pau grisalho que fere o oco do tronco! Cego e surdo agora podem sem qualquer problema o invejar. Vede! Aquela coisa repousa em duas selhas de linha, cheias de cabo de reboque. Que humor malicioso tem esse sujeito. Rat-tat! Assim batem os segundos do homem! Oh, quão imateriais são todos os materiais! Senão o imponderável pensamento, existem *que* coisas reais? Eis aí o símbolo mais que temido da morte cruel, transformado por mero acaso em sinal expressivo de ajuda e esperança àqueles cuja vida mais se encontra em risco. Uma boia salva-vidas feita de um caixão! Vai mais longe? Será possível que, em algum sentido espiritual, o caixão seja, afinal, apenas um preservador da imortalidade! Vou pensar nisso. Mas não. Tão longe estou na banda escura da terra que sua outra banda, a brilhante e teórica, tão somente parece um crepúsculo incerto para mim. Jamais acabarás com esse som maldito, carpinteiro? Preciso descer; e que eu não veja aquela coisa quando retornar. Pois bem, Pip, vamos conversar a respeito disso; de ti tomo as mais fantásticas filosofias! Uns canos desconhecidos de mundos desconhecidos devem vazar para dentro de ti!"

128

O *Pequod* encontra o *Raquel*[656]

No dia seguinte, avistou-se um grande navio, o *Raquel*, aproximando-se diretamente do *Pequod*, com todas as suas vergas apinhadas de marinheiros. Na ocasião, o *Pequod* avançava a boa velocidade; mas à medida que o estranho de largas velas achegava-se a toda brida a barlavento, as velas cheias de si quedaram como bexigas murchas que se estouraram, e o casco abatido foi privado de toda a sua vivacidade.

"Más notícias; ele traz más notícias", murmurou o velho marinheiro da ilha de Man. Mas antes que seu comandante, que, com o porta-voz levado à boca, se levantava em seu bote; antes que este o pudesse saudar com esperança, a voz de Ahab se fez ouvir.

"Avistaste a Baleia Branca?"

"Sim, ontem. Avistaste um bote à deriva?"

Sufocando a felicidade, Ahab respondeu negativamente à inesperada pergunta; e teria então de bom grado subido a bordo do estranho quando o próprio capitão estrangeiro, tendo interrompido o curso de seu navio, foi visto descendo por seu costado. Depois de algumas fortes remadas, o gancho do bote logo se prendeu à mesa de enxárcia do *Pequod*, e ele saltou ao convés. Foi de pronto reconhecido por Ahab — era um capitão de Nantucket. Mas nenhuma saudação formal foi trocada.

"Onde ela estava?... Não foi morta!... Não foi morta!", gritava Ahab, avançando para perto. "O que aconteceu?"

Parecia que já perto do final da tarde do dia anterior, quando três dos botes do navio davam combate a um cardume de baleias que os havia conduzido a

---

656. A leitura do Velho Testamento (ver nota 652) coloca dúvidas sobre a figura de Raquel. Há uma Raquel mencionada em Gênesis 30,22-24, que dá à luz José e Benjamim, porém não sobrevive a sua prole. A evocação de Raquel na passagem de Jeremias, por sua vez, tem por contexto a pressão de reinos estrangeiros contra os reinos do Norte (formado por netos de Raquel, filhos de José) e do Sul (ao qual está ligado Benjamim). Raquel, portanto, é evocada a prantear todos os filhos de Israel. Tal interpretação derivada diretamente do texto do Velho Testamento convive com a de Mateus, mencionada acima (ver nota 652) em que o pranto de Raquel prefigura o massacre perpetrado por Herodes.

cerca de quatro ou cinco milhas do navio; e enquanto ainda seguiam em rápida perseguição a barlavento, a corcova branca e a cabeça de Moby Dick surgiram repentinamente da água azul, a pouca distância a sotavento; com isso, o quarto bote equipado — sobressalente — foi de pronto arriado à perseguição. Depois de enfunar vela com o vento em popa, o quarto bote — a quilha mais rápida dentre todos — parecia ter logrado trancar a baleia, ao menos tanto quanto o homem no tope do mastro fora capaz de dizê-lo. A distância, ele avistou o bote diminuto, à feição de um ponto; e então um ligeiro brilho de espuma borbulhante; e depois disso, nada mais; donde se concluiu que a baleia atingida havia saído em desabalada e indefinida carreira com seus perseguidores, como costuma acontecer. Houve alguma apreensão, mas receio de fato, nenhum. Os sinais de recolhimento foram suspensos no cordame; veio a escuridão; e forçado a buscar seus três botes distantes a barlavento — antes de sair em busca do quarto, na direção oposta —, o navio não só teve de deixar o quarto bote entregue a seu destino até perto da meia-noite como, por ora, precisou aumentar sua distância em relação a ele. Mas tendo o resto da tripulação sido finalmente trazido a bordo são e salvo, o *Raquel* enfunou todo o velame — varredoura sobre varredoura — em busca do bote perdido; acendendo a fornalha do traiol à guisa de farol; e com todos os marinheiros nos mirantes. Mas embora tendo navegado distância o bastante para chegar ao suposto lugar dos ausentes quando vistos pela última vez; embora ele então tivesse interrompido seu avanço para arriar os botes sobressalentes e dobrar remos por toda a região; ao que, nada encontrando, o navio havia mais uma vez se lançado à busca para fazer nova pausa e arriar os botes; embora assim tivesse feito até o amanhecer, não haviam avistado o menor sinal da quilha perdida.

Contada a história, o capitão imediatamente pôs-se a revelar seu objetivo ao embarcar no *Pequod*. Ele desejava que o navio de Ahab se unisse ao seu na busca; ambos navegando a cerca de quatro ou cinco milhas de distância um do outro, em linhas paralelas, e assim varrendo um horizonte duplo, por assim dizer.

"Aposto", sussurrou Stubb para Flask, "que alguém naquele barco perdido vestia o melhor casaco do capitão; talvez, seu relógio — por isso que ele tá tão doido para recuperá-lo. Quem já ouviu falar de dois misericordiosos navios baleeiros viajando atrás de um bote perdido no auge da temporada de caça às baleias? Veja, Flask, veja só como ele parece pálido... até os botões de seus olhos... veja... não, não era o casaco... deve ter sido o..."

"Meu filho, meu próprio filho está entre eles. Pelo amor de Deus... eu peço, eu imploro", aqui exclamou o capitão do navio a Ahab, que até então havia recebido seu pedido unicamente com frieza. "Por quarenta e oito horas, deixe-me alugar seu navio... terei prazer em pagar por ele, e pagar integralmente por ele — se não houver outra maneira — por apenas quarenta e oito horas... só isso... você deve, oh, você deve, e você *vai* fazer isso."

"O filho dele!", exclamou Stubb, "oh, é o filho que ele perdeu! Retiro o casaco e o relógio... o que diz Ahab? Devemos salvar aquele menino."

"Ele se afogou com os demais ontem à noite", disse o velho marinheiro da ilha de Man parado atrás deles. "Eu ouvi; todos vocês ouviram seus espíritos."

Ora, como logo se descobriu, o que tornava o incidente com o *Raquel* ainda mais melancólico era a circunstância de que não apenas um dos filhos do capitão estava entre os tripulantes do bote desaparecido; mas que, entre o número de tripulantes de outro bote, ao mesmo tempo, mas por outro lado, separado do navio durante as vicissitudes sombrias da perseguição, havia ainda outro filho; assim, por algum tempo, o pai desafortunado esteve mergulhado nas profundezas da mais cruel perplexidade; o que só se resolveu pelo fato de seu imediato adotar instintivamente o procedimento ordinário de um navio baleeiro em tais emergências, que seja: quando colocado entre botes sob risco, porém divididos, sempre apanhar a maioria primeiro. Mas o capitão, por alguma razão constitucional desconhecida, absteve-se de mencionar tudo isso, e só quando forçado a tanto pela frieza de Ahab é que aludiu ao seu único menino desaparecido; um menininho de doze anos, cujo pai, com a dureza sincera, mas inequívoca, do amor paterno de um marujo de Nantucket, desde cedo procurou iniciá-lo nos perigos e maravilhas de uma vocação quase imemorável que é o destino de toda a sua raça. Não chega a ser infrequente que os capitães de Nantucket mandem filhos de tão tenra idade para longe de si, seguindo viagens prolongadas de três ou quatro anos em algum navio que não o seu; de forma que seu primeiro contato com a carreira de um baleeiro não seja fragilizado por qualquer demonstração casual da parcialidade natural, porém inorportuna, de um pai, ou apreensão e preocupação indevidas.

Entrementes, o estranho continuava implorando a Ahab; e Ahab permanecia estático como uma bigorna, recebendo todos os choques, porém sem o menor estremecimento.

"Não partirei", disse o estranho, "até que você diga *sim* para mim. Faça por mim o que gostaria que eu fizesse por você em um caso assim.[657] Pois *você* tam-

657. A fala do capitão ecoa um ensinamento de Jesus presente em seu Sermão da Montanha e registrado nos Evangelhos de Mateus (7,12) e Lucas (6,31).

bém tem um filho, capitão Ahab... embora seja apenas um menininho e esteja agora em segurança em casa. Um filho de sua velhice também... Sim, sim, você cede; eu vejo! Apressem-se, homens, apressem-se, preparem-se para bracear as vergas."

"Alto lá", bradou Ahab, "não toqueis em nem um fio de carreta"; depois, com uma voz que moldava prolongadamente cada palavra. "Capitão Gardiner, não o farei. Mesmo agora, perco tempo. Adeus, adeus. Deus te abençoe, homem, e que eu possa me perdoar, mas preciso partir. Sr. Starbuck, atenção ao relógio da bitácula e em três minutos a partir deste exato instante dispense todos os estranhos: bracear então a vante e cuidar que o navio navegue como antes."

Virando-se apressadamente, e desviando o rosto, ele desceu para a cabine, deixando o capitão estranho transido pela rejeição incondicional e absoluta de seu tão desesperado pleito. Despertando, porém, de seu encantamento, Gardiner silenciosamente se apressou para a amurada; mais caiu do que pousou em seu bote e retornou a seu navio.

Logo os dois navios divergiram em suas esteiras; e, enquanto o estranho permaneceu à vista, desviou seu curso para um lado e para outro, em direção a todas as manchas escuras, por menores que fossem, no mar. Para cá e para lá suas vergas giravam; a estibordo e a bombordo, a embarcação continuou a virar; ora enfrentando as ondas de frente, ora as vendo empurrá-la adiante; com seus mastros e vergas o tempo todo densamente apinhados de homens, como três altas cerejeiras, quando os meninos tratam de colher as frutas dos galhos.

Mas em sua rota atravancada, sinuosa e repleta de dor, via-se claramente que o navio que tanto chorava no espargir das águas ainda permanecia sem conforto. Era Raquel, chorando por seus filhos, pois já não existiam.

129

A cabine

(Ahab se movimenta para subir ao convés; Pip o pega pela mão para segui-lo.)

"Meu menino, digo-te que não deves seguir Ahab agora. Está chegando a hora em que Ahab não te assustará por si, embora não te queira consigo. Existe algo em ti, pobre menino, que sinto que é curativo demais para a minha doença. Semelhante cura semelhante; e para esta caça, minha doença representa a minha mais desejada sanidade. Fica aqui embaixo, onde te servirão como se fosses capitão. Sim, rapaz, deves sentar-te aqui em minha própria cadeira aparafusada; outro parafuso para ela é o que tu serás."

"Não, não, não! O senhor não tem um corpo inteiro; use o coitado que sou para fazer de perna, a perna que o senhor perdeu; apenas caminhe sobre mim, senhor; não peço outra coisa, e assim permaneço parte sua."

"Ah! Apesar de milhões de canalhas, isso me torna um crente fanático da fidelidade inexpugnável do homem! E um negro! E louco! Mas acho que o semelhante-cura-semelhante também a ele se aplica; eis que agora ele recobra a sanidade."

"Contaram-me, senhor, que uma vez Stubb abandonou Pip, cujos ossos afogados, pobre menino, jazem agora brancos no fundo do mar, apesar de toda a escuridão de sua pele viva. Mas eu nunca vou abandonar o senhor, como Stubb não sou. Senhor, devo ir com você."

"Se muito mais assim falares, o propósito de Ahab vai a pique. Pois te digo que não; não pode ser."

"Oh, senhor, meu bom senhor!"

"Lamenta-te, tal como te lamentas, e eu te matarei! Cuida-te, pois Ahab também é louco. Escuta, pois não pouco ouvirás meu pé de marfim no convés, e saberás que lá estou. E agora te deixo. Tua mão! Feito! Fiel tu és, menino, como é a circunferência a seu centro. Que Deus portanto te abençoe para sempre; e se a esse ponto chegarmos, que Deus te salve para sempre, aconteça o que acontecer."

(*Ahab sai; Pip dá um passo à frente.*)

"Aqui até agora estavas; permaneço acolhido no ar que deixaste, mas sozinho estou. Aqui e agora — ainda se o coitado do Pip estivesse, eu era capaz de aguentar, mas ele está sumido, Pip, Pip, Pip! Ding, dong, ding! Quem viu Pip? Ele deve estar aqui; vamos tentar a porta. O quê? Não tem fechadura, não tem fecho, não tem tranca; e mesmo assim não há como abrir. Deve ser o feitiço; ele me disse para ficar aqui: Sim, e me disse que a cadeira aparafusada era minha. Aqui, então, vou me sentar, contra o lintel, bem no meio do navio, toda a carlinga e os três mastros à minha frente. Aqui, dizem nossos velhos marinheiros, em seus negros navios de guerra os grandes almirantes às vezes se sentam à mesa e comandam as fileiras de capitães e tenentes. Ha! O que é isso? Dragonas! Dragonas! Todas as dragonas numa multidão! Que as garrafas atravessem a mesa — que felicidade é ver vocês; encham os copos, *monsieurs*! Que sensação estranha, essa, quando um menino negro recebe homens brancos de uniforme agalonado! *Monsieurs*, vocês viram um Pip? Um garotinho negro, de um metro e meio de altura, com vergonha e covardia estampadas na cara! Uma vez saltou de um bote baleeiro — vocês o viram? Não! Pois bem, encham mais uma vez os copos, capitães, e bebamos à vergonha de todos os covardes! Não cito nomes. Que conheçam a vergonha! Coloquem um pé sobre a mesa. Vergonha a todos os covardes. Xiu! Lá em cima, ouço o marfim. Oh, senhor! Meu senhor! Fico realmente muito triste quando o senhor passa por cima de mim. Mas aqui vou ficar, ainda que esta popa conheça rochedos, e eles a arrebentem, e ostras venham se juntar a mim."

130
O chapéu

E AGORA QUE, chegados ao devido tempo e lugar, depois de um longuíssimo e abrangente cruzeiro preliminar, Ahab — tendo varrido todas as zonas de caça baleeiras — parecia ter encurralado seu inimigo em uma espécie de viela oceânica para ali o executar com mais certeza; agora que se via endurecido pela própria latitude e longitude que o circundavam, e onde havia tido lugar sua torturante mutilação; agora que acabava de chegar a seu conhecimento que um navio no dia anterior havia verdadeiramente enfrentado Moby Dick; e agora que todos os seus sucessivos encontros com vários navios concorriam, sob diferentes perspectivas, a demonstrar a indiferença demoníaca com que a Baleia Branca dilacerava seus caçadores, tivessem eles pecado — ou estivessem em vias de pecar — contra ela; era agora que algo furtivo se insinuava nos olhos do velho, algo cuja visão dobraria em desespero almas e corações mais frágeis. Como a inquietante estrela polar, que sustenta e ostenta seu penetrante e fito olhar pela eternidade invernal da noite ártica — era o propósito de Ahab que agora brilhava, central e fixo, sobre a indelével meia-noite da fatídica tripulação. Tal propósito a todos dominava, e de forma tal, que todos os agouros, dúvidas, receios e medos dessa gente de bom grado se encolhiam sob suas almas, sem permitir que brotassem em uma única lâmina ou folha.

Nesse período pressagioso, todo o humor, fingido ou espontâneo, desapareceu. Stubb não se empenhava mais em abrir um sorriso; Starbuck não se empenhava mais em repreendê-lo. Alegria e tristeza, esperança e medo, todos naquele momento pareciam igualmente reduzidos à mais fina poeira e pó sob o pilão cerrado da alma de ferro de Ahab. Como autômatos pelo convés todos se moviam, sem vida e sem vontade, sempre cientes de que os olhos despóticos do velho estavam sobre si.

Mas tivessem vocês o examinado profundamente em suas horas mais confidenciais e secretas; quando tinha consigo que apenas um único olhar se encontrava sobre si — nesse instante, vocês teriam observado que, do mesmo modo que os olhos de Ahab inspiravam tremor nos olhares da tripulação, o olhar inescrutável do parse tinha o mesmo efeito sobre o seu; ou de alguma forma, ao menos — de uma forma ardente, selvagem —, por vezes o afetava. O esguio Fedallah também passava a se mostrar investido de uma nova e discreta estranheza; acometiam-no agora uns tremores incessantes, de tal modo que os homens lhe lançavam olhares de dúvida, como se já não soubessem afirmar se ele de fato era constituído de substância mortal ou se não passava de uma sombra bruxuleante que o corpo de algum ser invisível projetava sobre o convés. E aquela sombra ali sempre pairava. Pois nem mesmo à noite era possível determinar se Fedallah cochilava ou descia. Ele permanecia por horas imóvel, sem nunca se sentar ou inclinar-se; seus olhos doentios, porém portentosos, diziam claramente: nossa vigilância nunca cessa.

Já não havia momento, fosse dia, fosse noite, em que os marinheiros pisassem no convés sem dar com Ahab diante deles; fosse de pé em um de seus trados de apoio, fosse percorrendo precisamente de um lado ao outro as tábuas de entre aqueles dois limites — o mastro principal e o de traquete; ou ainda o viam de pé na escotilha que confinava em sua cabine — seu pé vivo avançando sobre o convés como se o fosse pisar; o chapéu pesadamente caído sobre os olhos; de modo que, por mais imóvel que permanecesse, por mais dias e noites que se acumulassem durante os quais não houvesse experimentado o balanço de sua rede — escondidos sob o chapéu curvado, eles nunca sabiam dizer com certeza se, apesar de tudo, seus olhos de fato por vezes se fechavam; ou se ele ainda os examinava deliberadamente; não importava, ainda que assim se postasse na escotilha por uma hora inteira, e a noite úmida, despercebida, se acumulasse em contas de orvalho sobre o casaco e chapéu esculpidos em pedra. As roupas que se molhavam noite adentro, o sol do dia seguinte as secava; e assim, dia após dia e noite após noite, ele não mais deixava o convés; tudo o que queria de sua cabine, ele mandava buscar.

Alimentava-se a céu aberto; mais precisamente, duas únicas refeições — o desjejum e o almoço; da ceia noturna, jamais se aproximava; tampouco fazia a barba; que crescia em lúgubres nós, como as raízes desenterradas de uma árvore que o vento arrancou, ainda crescendo sem finalidade em uma base nua, não obstante perecesse a verdura de sua copa. Mas embora toda a sua vida agora se resumisse a uma vigília interminável no convés; e embora a vigília mística do parse, como a sua, não conhecesse intervalo; os dois, porém, nunca pareciam se falar — um homem com o outro — a menos que, a longos intervalos, algum assunto fortuito e sem importância o fizesse necessário. Embora um tal poderoso encantamento parecesse unir secretamente a ambos; às claras, e aos olhos da tripulação atônita, pareciam separados um do outro como mastros. Se durante o dia ocorria que trocassem uma palavra; à noite, os dois se faziam mudos no que se referia ao mais leve intercâmbio verbal. Às vezes, por longuíssimas horas, sem um único aceno, ficavam bem separados, à luz do céu estrelado — Ahab em sua escotilha, o parse no mastro principal; mas ambos olhando fixamente um ao outro; como se no parse Ahab visse o prenúncio de sua sombra, e, em Ahab, o parse reconhecesse sua substância abandonada.

E, no entanto — como, não é dado saber —, tal qual se revelava magnanimamente a seus subordinados, a despeito do instante, da hora e do dia, em seu próprio ser Ahab parecia um senhor independente; e o parse, não mais que seu escravo. Não obstante, os dois pareciam unidos, e um tirano invisível — a sombra esguia que reveste a sólida caverna — os conduzia. Pois a despeito do que fosse esse parse, o sólido Ahab era inteiro caverna e quilha.

Ao primeiro e mais tênue luzir da aurora, sua voz de ferro se fazia ouvir da popa: "Homens aos mastros!". E durante todo o dia que se seguia, até depois do pôr do sol e transposto o crepúsculo, a mesma voz se fazia ouvir a cada hora, ao retinir do sino do timoneiro: "Que vedes? Precisão! Precisão!".

Mas quando, passados três ou quatro dias desde o encontro do *Raquel* em sua busca pelo filho; e nenhum jorro ainda se havia avistado; o velho monomaníaco mostrou-se desconfiado da fidelidade da tripulação — de quase todos, exceto os arpoadores pagãos; parecia colocar em dúvida até mesmo se Stubb e Flask não faziam deliberadamente vistas grossas àquilo que procurava. Mas se fossem realmente essas as suas suspeitas, foi com sabedoria que se absteve de lhes dar expressão verbal, por mais que suas ações as parecessem sugerir.

"Eu mesmo serei o primeiro a avistar a baleia", disse ele. "Sim! Será de Ahab o dobrão!" E, com as próprias mãos, Ahab armou um ninho feito de laises de guia; e, ordenando que um marujo subisse o cordame com um único moitão de roldana para prendê-lo à cabeça do mastro principal, recebeu ele as duas pontas da corda passada pelo gorne; e, prendendo uma delas a seu ninho, preparou uma malagueta para a outra extremidade, a fim de prendê-la à amurada. Feito isso, com a ponta ainda na mão e de pé ao lado da malagueta, Ahab examinou a companhia em torno, passando os olhos de um em um, detendo o olhar em Daggoo, Queequeg e Tashtego, mas evitando Fedallah; e, em seguida, fixando seu olhar firme e confiante no primeiro imediato, disse: "Pega a corda, senhor — entrego-a em tuas mãos, Starbuck". Em seguida, ajeitando sua pessoa na cesta, Ahab emitiu ordem para que o içassem a seu poleiro, sendo Starbuck quem por fim amarrou a corda; permanecendo depois a seu lado. E assim, com uma das mãos agarrada ao mastro principal, Ahab tinha milhas e milhas de mar diante dos olhos — a vante e a ré, a bombordo e a estibordo — dentro do amplo círculo expandido que tão elevada altura lhe oferecia.

Quando o marinheiro está trabalhando com as mãos em lugar tão elevado e quase isolado do cordame que talvez não lhe ofereça apoio para os pés, ele é içado a esse local e ali mantido por corda; e sob tais circunstâncias, a extremidade presa no convés é sempre entregue à estrita responsabilidade de alguém que tem a guarda especial dela. Na selva que constitui os cabos do aparelho de laborar, cujas várias relações no alto nem sempre se dão infalivelmente ao discernimento de quem os observa do convés; e uma vez que a cada poucos minutos as extremidades desses cabos presas no convés são desfeitas de suas amarras, não seria mais do que uma fatalidade natural se, desprovido de marinheiro que o vigiasse sem descanso, o marinheiro içado fosse, por algum descuido da tripulação, lançado à deriva e se precipitasse ao mar. Os procedimentos de Ahab quanto a este ponto, portanto, não eram incomuns; a única coisa estranha a seu respeito parecia ser que Starbuck, talvez o único homem que já se aventurara a se lhe opor o mínimo em qualquer coisa que se aproximasse de uma decisão — um daqueles também de cuja fidelidade no olhar ele parecia duvidar —; era estranho que este fosse justo o homem que ele havia de escolher para fazer as vezes de vigia; entregando livremente toda a sua vida nas mãos de uma pessoa na qual, de outro modo, não confiava.

Ora, tão logo Ahab viu-se em seu poleiro; não fazia sequer dez minutos que lá se encontrava; uma daquelas aves selvagens, daquelas águias-pesqueiras de bico vermelho que tantas vezes voam incomodamente próximas dos mastros tripulados dos navios baleeiros nessas latitudes; um desses pássaros surgiu girando e gritando ao redor de sua cabeça, em um labirinto de voltas imprevisíveis e rápidas. Em seguida, disparou trezentos metros em direção ao céu; e então desceu em espiral, para voltar a girar em espirais em torno de sua cabeça.

No entanto, com o olhar fixo no horizonte crepuscular e distante, Ahab parecia não notar o pássaro; em verdade, qualquer outra pessoa igualmente não o teria, uma vez que não se tratava de circunstância incomum — com a diferença, ali, que mesmo o olho mais desatento parecia capaz de ver algum tipo de significado malicioso em quase qualquer fenômeno.

"O chapéu, o chapéu, senhor!", de repente gritou o marinheiro siciliano, que postado no topo do mastro de traquete, estava imediatamente atrás de Ahab, embora um pouco mais baixo de seu nível, e com um profundo abismo de ar a separá-los.

Mas a asa zibelina já se encontrava diante dos olhos do velho, com o bico longo em forma de gancho em sua cabeça; e com um grito a águia negra disparou para longe com seu prêmio.

Uma águia voou três vezes ao redor da cabeça de Tarquínio arrancando-lhe o elmo para devolvê-lo, donde então Tanaquil, sua esposa, declarou que Tarquínio seria rei de Roma.[658] Mas foi a devolução do elmo que fez deste um bom augúrio. O chapéu de Ahab nunca lhe foi restituído; a águia-pesqueira permaneceu longamente com ele em seu voo; distanciando-se à proa: e por fim desapareceu; enquanto, no ponto de seu desaparecimento, observou-se uma pequena mancha negra, que daquela vasta altura no mar afundou.

658. O caso acerca de Tarquínio Prisco e sua esposa, Tanaquil (século VI a.C.), aparece na obra do historiador romano Tito Lívio. A dinastia dos Tarquínios, que tem início com Prisco, é a primeira da qual resta documentação arqueológica.

131
O *Pequod* encontra o *Regalo*

O FEBRIL *Pequod* seguia em viagem; rolavam as ondas, passavam-se os dias; indolente, o caixão salva-vidas ainda balançava; foi quando se avistou outro navio, miseravelmente batizado *Regalo*. Quando se aproximou, todos os olhos se voltaram às largas vigas que compõem o que, em alguns navios baleeiros, é chamado de mastil escarpado, cruzando o tombadilho a uma altura de uns dois metros e meio, cuja função é de transportar botes sobressalentes, desguarnecidos ou inoperantes.

No mastil do navio que se aproximava, avistaram-se as cavernas brancas e estraçalhadas e algumas tábuas despedaçadas do que fora outrora um bote baleeiro; o que se via, porém, através dos destroços era tão claro quanto o que se vê através do esqueleto despelado, desmontado e descarnado de um cavalo.

"Avistastes a Baleia Branca?"

"Veja!", respondeu o capitão de rosto encovado apoiado na grinalda; e com o porta-voz apontou aos destroços.

"Vós a matastes?"

"Ainda não se forjou arpão capaz de tal feito", respondeu o outro, olhando tristemente para uma rede redonda no convés, de cujas laterais recolhidas alguns marinheiros se ocupavam em silêncio, a costurar uma na outra.

"Não se forjou!", e agarrando da forquilha o arpão de Perth, Ahab o brandiu a clamar: "Aqui, marujo; esta minha mão carrega a morte que a aguarda! Sangue e tempestade temperaram as farpas deste arpão; e juro o temperar ainda outra vez naquele ponto quente, atrás da nadadeira, onde a Baleia Branca mais carrega sua maldita vida!"

"Então que Deus te guarde, velho... vês aqui?", perguntou o homem, apontando para a rede. "Faço hoje o funeral de apenas um de cinco homens fortes que ainda ontem estavam vivos, mas que antes do anoitecer já haviam se perdido. Este é o único que conhecerá sepultamento; os outros foram sepultados em vida; navegas sobre o túmulo deles." Em seguida, voltando-se para a tripulação: "Tudo pronto aí? Estendei a prancha então sobre a amurada, levantai o corpo; e então... Oh! Deus", avançando em direção à rede com as mãos erguidas. "Eu sou a ressurreição e a vida..."[659]

"Bracear a vante! Meter o leme a barlavento!", bradou Ahab como um raio para seus homens.

Mas o repentino impulso do *Pequod* não foi rápido o bastante para escapar ao som do espargir que o cadáver logo produziu ao tocar o mar; em verdade, não foi rápido a ponto de algumas das bolhas voadoras talvez lhe terem borrifado o casco com um batismo fantasmagórico.

Enquanto Ahab deslizava para longe do alquebrado *Regalo*, a estranha boia salva-vidas pendurada à popa do *Pequod* ganhou destaque.

"Ah, ali! Vejam, homens!", gritou uma voz agourenta em seu rastro. "Ó estranhos, é em vão que fugistes a nosso triste enterro! Ao nos oferecer a vossa grinalda, o que nos mostrais é vosso caixão!"

---

659. João 11,25.

132

A sinfonia

Era um dia claro, o céu de um azul que retinia como aço. Mar e éter, em seus respectivos firmamentos, mal se distinguiam naquele anil que tudo impregnava; melancólica, a atmosfera carregava uma pureza diáfana e leve, com um portar-se de mulher, enquanto o mar, robusto e viril, agitava-se em longas, sólidas e fortes ondas, como o peito de um Sansão que dorme.

De cá para lá, nas alturas, pequenos pássaros planavam com asas nevadas, de rigoroso alvor; esses eram os delicados pensamentos da atmosfera feminina; mas de um lado para o outro, nas profundezas daquele azul abissal, avançavam leviatãs, peixes-espada e tubarões em todo o seu poder; e esses eram os pensamentos intranquilos, potentes e homicidas do masculino mar.

Embora assim contrastassem no seu íntimo, as distinções exteriores se davam unicamente por matizes e sombras; os dois pareciam um só; só o sexo, assim o coloquemos, os distinguia.

No alto, com a realeza de um rei, de um tsar, o sol parecia infundir calma aos modos inquietos do mar intrépido, à maneira de uma noiva ante o noivo. E na linha do horizonte que o cingia, um movimento suave e trêmulo — mais visível aqui nas latitudes equatoriais — denotava a confiança afetuosa e palpitante, os sobressaltos amorosos com que a pobre noiva entregava o seio.

Atracado e retorcido; coberto de saliências e nós rugosos; exauridamente firme e inflexível; com os olhos reluzindo como brasa a cintilar em meio às cinzas da ruína; assim a fortaleza Ahab se apresentava à claridade da manhã; erguendo o elmo destruído do semblante ao rosto da moça celeste e bela.

Ó meninice imortal, inocência anil! Invisíveis criaturas aladas que gracejam ao nosso redor! Doce infância de céu e ar! Quão indiferentes estais à desgraça ensimesmada do velho Ahab! Mas assim vi as pequenas Miriam e Marta, elfos sorridentes, entretidas em despreocupadas brincadeiras em redor do velho pai; divertindo-se com o cacho de mechas crestadas que cresciam pelas margens do vulcão extinto de seu cérebro.

Atravessando o convés a passo lento desde a escotilha, Ahab inclinou-se sobre a amurada e observou como sua sombra afundava nas águas ante seu olhar na mesma medida de seu esforço para penetrar a profundeza. Ocorria que os deliciosos perfumes daquele ar encantado pareciam, por um instante, finalmente dissipar o cancro que lhe habitava a alma. A alegria, a felicidade daquele ar, os feitiços daquele céu ao fim e ao cabo alcançavam-no com afagos e carícias; o mundo, por tanto tempo uma madrasta cruel — proibitiva —, agora o cingia com braços afetuosos à roda do pescoço resoluto e parecia sobre ele se esvair em lágrimas de alegria, como fosse Ahab alguém que, por mais obstinado e desgarrado que estivesse, ele ainda fosse capaz, em seu coração, de salvar e abençoar. Sob o chapéu que lhe desabava sobre a fronte, Ahab deixou cair uma lágrima no mar; nem todo o Pacífico carregava tanta riqueza quanto aquela gota.

Starbuck viu o velho; viu como havia se inclinado pesadamente sobre a amurada; e parecia escutar em seu próprio e verdadeiro coração o desmedido soluçar que emanava discretamente do centro da serenidade ao redor. Tomando cuidado para não o tocar, nem ser notado por ele, Starbuck se aproximou de seu capitão e ali ficou.

Ahab virou-se.

"Starbuck!"

"Senhor."

"Oh, Starbuck! Sente este vento que sopra ameno, ameno, olha este céu de tez amena. Em um dia como este... e tão calmo quanto este... eu pela primeira vez finquei numa baleia as barbas do meu arpão... eu, apenas um menino trancador, com meus dezoito anos! E já são quarenta... quarenta anos desde então! Quarenta anos de caçada sem descanso! Quarenta anos de perigos, tempestades, privação! Quarenta anos deste mar feroz! A paz de terra, Ahab abandonou ao longo de quarenta anos pela guerra... guerra contra as profundezas, guerra contra o seu horror! E sim, foi assim, Starbuck, pois destes quarenta anos não vivi em terra mais que três. Quando penso nesta vida que levei; o deserto e a solidão que conheci; a capital murada do indiviso e pétreo poder de um capitão, que dos verdes campos do entorno não permite do frescor senão exíguo ingresso... ó exaustão! Que fardo é o cativeiro do comando solitário! Quando penso em tudo isto; coisas de que somente suspeitava e que hoje me são tão dolorosamente conhecidas... quarenta anos, homem, alimentando-me de pasto salgado e seco, emblema condizente com os parcos nutrientes que trago em minha alma!... Quando o mais miserável dos homens de terra tem à mão diariamente um fruto fresco, e sobre os farelos úmidos que me alentam parte um fresco pão... a uma distância de oceanos inteiros da moça que esposei, eu já passado dos cinquenta anos... e tendo navegado com destino ao cabo Horn um dia depois das núpcias, deixando quando muito um vinco no colchão... Esposa? Esposa? Melhor dizer viúva de um marido em vida! Sim, Starbuck, enviuvei a pobre moça quando a desposei; e depois, apenas transe e desvario, o sangue quente e a testa ardente, com os quais, por mil arriadas, o velho Ahab perseguiu sob espuma e fúria a sua presa... longe de ser um homem, fui um demônio!... Sim, pois sim! Por quarenta anos idiota — eis tudo o que Ahab foi! Por que o esforço da caçada? Por que o braço cansado e adormecido a dobrar o remo, erguer o ferro, enfiar a lança? Ahab se fez mais rico? Ahab se fez melhor? Presta atenção. Oh, Starbuck! Não é doloroso que, para além do fardo que carrego, uma pobre perna me tenha sido arrancada? Aqui — tira este meu cabelo de lado; ele me cega de minhas próprias lágrimas. Para ter cabelos tão grisalhos, só podem estes ter nascido das cinzas! Mas pareço tão velho, Starbuck, tão, tão velho? Sinto-me mortalmente exaurido, arqueado, corcunda, como se fosse um Adão cambaleante sob um cúmulo de séculos que remontam ao jardim do Éden. Deus! Deus! Deus! Rebenta este coração! Afunda este cérebro! Deboche! Deboche! Doloroso deboche — como me dói o deboche destes cabelos grisalhos! Vivi alegria o bastante para merecer-vos, para parecer e sentir-me tão intoleravelmente velho? Aqui, Starbuck, chega perto; deixa-me fitar teu olho humano — melhor do que ver o céu e o oceano; melhor do que mirar a Deus. Bendita seja a relva; benditas sejam a sala e a lareira! É uma luneta mágica: em teus olhos vejo minha esposa e filho! Não, não; fica a bordo, fica a bordo! Não arries o bote quando eu partir; quando o assinalado Ahab der combate a Moby Dick. Não será teu esse perigo. Não, não! Não com o lar distante que avistei nos olhos teus!"

"Oh, meu capitão, meu capitão! Alma nobre! Escuto enfim teu grande e velho coração! Por que alguém deveria dar caça àquele peixe maldito! Vem comigo! Fujamos deste oceano de morte! Vamos para casa! Esposa e filho também são de Starbuck... esposa e filho de sua juventude fraterna, carinhosa e festiva; assim como tua esposa e filho, senhor, são advento de tua velhice amorosa, saudosa e paternal! Fujamos, capitão, fujamos! Permite-me que altere agora a rota deste barco! Com que alegria, capitão, com que felicidade rolaríamos mar afora com destino a nossa boa ilha! Penso, senhor, que em Nantucket eles têm dias deste mesmo azul ameno."

"Têm, eles têm, eu os vi — alguns dias de verão pela manhã. Mais ou menos nesta hora... sim, agora é hora da sesta... o menino acorda cheio de alegria; senta-se na cama; e sua mãe lhe conta a meu respeito, eu, este velho canibal; conta-lhe de minha viagem pelas profundezas, mas de como ainda voltarei para dançar com ele novamente."

"É minha Mary, minha Mary em pessoa! Ela prometeu que meu filho, todas as manhãs, seria levado à colina para ver a vela do pai tão logo esta surgisse no horizonte! É isso, basta! Vamos para Nantucket! Vem, meu capitão, estuda a nossa rota, e fujamos! Olha o rosto do menino na janela! O menino que acena da colina!"

Mas Ahab desviou o olhar; como uma árvore apodrecida ele tremeu, deitando ao solo sua última maçã incinerada.[660]

"Que coisa é esta, inexpugnável coisa estranha a este mundo; que senhor ardiloso, mestre furtivo, que cruel e impiedoso imperador me move; que contra todos os amores e anseios naturais, eu insisto e forço e pressiono todo o tempo; que me leva a fazer sem medir quaisquer consequências o que em meu próprio coração natural jamais ousaria ousar? Ahab é de fato Ahab? Sou eu mesmo, Deus, ou que força ergue este braço? Mas se o grande sol não se move por si mesmo; não passando de um menino de recados pelo céu; se nenhuma estrela perfaz seu movimento, senão sob algum poder invisível — como pode então este pequeno coração bater; este pequeno cérebro pensar seus pensamentos; a não ser que Deus produza os batimentos, pense os pensamentos, produza este viver — e não eu. Pelos céus, homem, giramos neste mundo sem parar; não somos diferentes daquele cabrestante, e o Destino é sua barra. E o tempo todo, ali! Olha o céu sorridente, olha o mar de desmedida profundeza! Olha! Ali, aquela albacora! Que força a moveu a perseguir e capturar aquele peixe-voador? Para onde vão os assassinos, homem? Quem condenará, quando o próprio juiz é arrastado ao tribunal? Mas faz um vento ameno, ameno, e o céu tem seu feitio ameno; e o perfume que o ar carrega parece vir de um prado distante; devem estar produzindo o feno em algum lugar sob as encostas dos Andes, Starbuck, e os segadores agora dormem sobre o feno recém-ceifado. Dormir? Sim, a despeito do quanto trabalhemos, o sono é o que todos por fim na relva encontraremos. Dormir? Sim, e ganharemos ferrugem sob o verde; como as foices abandonadas do ano passado, deixadas sobre a trilha parcialmente cortada... Starbuck!"

Porém, com o desespero lhe imprimindo o livor de um cadáver, o imediato havia desaparecido.

Ahab cruzou o convés para observar o outro lado; mas se assustou ante os dois olhos fitos que ali ganhavam seu reflexo na água. Fedallah ali se encontrava imóvel, inclinado sobre a mesma amurada.

---

660. Referência às maçãs de Sodoma, fruto lendário que parece belo, mas quando colhido se dissolve em fumaça e cinzas (*Paraíso perdido* x.560-570).

133
A caçada — primeiro dia

Naquela noite, durante a vigília da madrugada, quando o velho — como era por vezes seu costume — deixou a escotilha em que se escorava e caminhou para o trado em que tinha apoio, projetou o rosto súbita e ferozmente, farejando a brisa marítima como faria um sagaz cão de convés no instante em que o navio se aproximasse de alguma ilha bárbara. Disse Ahab que havia uma baleia por perto. Não tardou para que o odor peculiar, às vezes exalado a uma grande distância pelo cachalote vivo, fosse sentido de todo o turno em vigília; donde nenhum marinheiro ter ficado surpreso quando, depois de inspecionar a bússola e, em seguida, o cata-vento, determinando a direção do odor com a maior precisão possível, Ahab ordenou que o curso do navio fosse levemente alterado, e a vela rizada.

A agudeza das providências que ditaram esses movimentos justificou-se o bastante ao raiar do dia, pela visão de um longo rastro no mar direta e longitudinalmente à frente, liso como óleo, e lembrando no pregueado das rugas aquosas que o margeavam as marcas lisas, como que metálicas, de uma rápida maré de retorno na foz de uma torrente veloz e profunda.

"Homens aos mastros! Chamem todos os homens!"

Tonitroando nas tábuas do castelo de proa com as extremidades de três barras unidas, Daggoo despertou os que dormiam com tão apocalípticos estrondos que os homens pareciam surgir da escotilha aos borbotões, tão instantaneamente apareceram com as roupas nas mãos.

"O que vedes?", gritou Ahab, erguendo o rosto ao céu.

"Nada, nada, senhor!", foi o som que se ouviu em resposta.

"Velas de gávea e velacho! Varredouras! De cima a baixo, de vante a ré!"

Com todas as velas içadas, ele então soltou o cabo de segurança, reservado a seu erguimento ao topo do mastaréu de sobrejoanete principal; e em alguns instantes para lá o ergueram, quando, galgados apenas dois terços do caminho rumo ao ponto de observação, enquanto observava adiante, através do vão horizontal entre as velas principal e de gávea, ele fez soar um grito que mais parecia o de uma gaivota: “Ali! Uma corcunda como uma colina de neve! É Moby Dick!”.

Incendiados pelo clamor que parecia simultaneamente assumido pelos três marujos que guardavam vigília nas gáveas, os homens no convés correram ao cordame para avistar a famosa baleia que há tanto tempo perseguiam. Ahab havia chegado então a seu poleiro, logo acima dos demais pontos de observação, com Tashtego de pé logo abaixo dele sobre a pega do mastaréu de joanete, de forma que a cabeça do índio se alinhava à altura do calcanhar de Ahab. Dali, avistava-se a baleia a cerca de uma milha a vante, revelando a cada ondulação do mar sua alta corcunda cintilante, e lançando regularmente seu jorro silencioso no ar. Para os marinheiros crédulos, parecia o mesmo jorro silencioso que outrora haviam visto nos oceanos Atlântico e Índico à luz da lua.

“E nenhum de vós a avistastes antes?”, perguntou Ahab, num clamor aos homens empoleirados ao seu redor.

“Eu a avistei quase no mesmo instante que o capitão Ahab a viu, senhor, e fiz o anúncio”, disse Tashtego.

“Não no mesmo instante; não no mesmo... não, o dobrão é meu. O destino reservava o dobrão a mim. *A mim* apenas — a Baleia Branca, nenhum de vós poderíeis ter anunciado. Vede como bufa! Vede como bufa! Ali! Ali de novo! E de novo!”, gritava o capitão em tom metódico, prolongado, persistente, em sintonia com os prolongamentos graduais dos jorros visíveis da baleia. “Vai mergulhar! Conservar as varredouras! Baixar a vela de gávea e o velacho! Ficai próximos aos três botes. Starbuck, lembra-te, fica a bordo, guarda o navio. Leme! Orça, orça um ponto! Assim; segura, homem, segura! Lá se vai a cauda! Não, não; apenas água escura! Todos os botes a postos? Aguardai, aguardai! Arria-me, sr. Starbuck; mais baixo, mais baixo... rápido, mais rápido!”, e ele deslizou pelo ar ao convés.

“Ela ruma direto a sotavento, senhor”, gritou Stubb, “bem longe de nós; não é possível que tenha visto o navio.”

“Quieto, homem! Permanece junto às braças! Leme a sotavento, já! Bracear! Quero escutar este navio ranger! Isso; assim! Botes, botes!”

Logo todos os botes, exceto o de Starbuck, foram arriados; todas as velas dos botes, armadas; todas as pagaias a trabalhar, arrojando-se a sotavento com celeridade que agitava as águas; e Ahab encabeçando o grupo. Um brilho pálido, mortal, iluminava os olhos fundos de Fedallah; um movimento horrível fazia sua boca ranger.

Como silenciosas conchas de náutilo, as proas leves singraram o mar; apenas lentamente, porém, aproximando-se do inimigo. À medida que o faziam, o oceano se revelava ainda mais liso; como se um tapete tivesse sido estendido sobre as ondas; assemelhando-se mais a um prado ao meio-dia, tão serenamente se espalhava. Por fim, o caçador ofegante tanto se aproximou da presa aparentemente desavisada que toda a sua deslumbrante corcova se fazia nitidamente visível, deslizando pelo mar como um elemento isolado, e continuamente envolta por um anel giratório da mais bela, lanosa e esverdeada espuma. Ele viu os imensos e envolventes vincos da cabeça ligeiramente projetada além. Diante dela, nas suaves águas de um tapete persa, projetava-se o reflexo branco e luzidio da leitosa e larga fronte, com um divertido marulhar musical a colorir a imagem; e atrás, as águas azuis fluindo alternadamente para dentro do vale móvel de sua indelével esteira; enquanto de um lado e de outro bolhas brilhantes surgiam e dançavam em seu entorno. Mas estas eram estouradas pelos leves toques de centenas de aves alegres que cobriam de penas o mar, o que revezavam com a agitação de seu bater de asas; e semelhante ao mastro de bandeira que se erguesse do casco pintado de um navio mercante, o pinho alto, porém arrebentado, de uma lança recente projetava-se das costas da Baleia Branca; e de tempos em tempos uma ave da nuvem plumada de patas macias que sobrevoava o peixe como um dossel silenciosamente empoleirava-se e balançava neste pinho, as longas penas da cauda tremendo como flâmulas.

Uma alegria gentil — uma poderosa serenidade de repouso na velocidade parecia emanar da baleia em seu avanço. Nem mesmo o touro branco Júpiter nadando para longe com a raptada Europa agarrada a seus graciosos chifres; seus adoráveis olhos maliciosos voltados de soslaio à virgem; com uma ligeireza sedutora e suave, agitando as águas em leves ondas direto para o caramanchão nupcial em Creta — nem mesmo Júpiter, nem mesmo aquela grande majestade Suprema!, ultrapassava a glorificada Baleia Branca em seu tão divino movimento.

De cada lado suave — ambos coincidindo com as ondas cindidas, que uma vez o tendo lavado, fluíam para longe —, de cada lado luzidio, o grande cachalote branco vertia tentações. Não é de se admirar que houvesse entre os caçadores quem, inominavelmente movido e atraído por toda essa serenidade, se aventurasse a atacá-la; descobrindo fatalmente, porém, que a quietude é tão só o disfarce de tornados. E no entanto calma, sedutoramente calma, ó baleia!, continuas a deslizar, para todos que pela primeira vez te avistam, não importando quantos dessa mesma maneira possas ter enganado e destruído antes.

E assim, através das serenas tranquilidades do mar tropical, entre ondas cujas palmas haviam sido suspensas por um excessivo arrebatamento, Moby

Dick avançava, ainda ocultando a visão de todos os terrores de seu tronco submerso, escondendo inteiramente o horror retorcido de sua queixada. Mas não demorou para sua parte dianteira se erguer devagar da água; por um instante, todo o seu corpo marmorizado formou um arco elevado, como a Ponte Natural da Virgínia,[661] e agitando em sinal de advertência as palmas da cauda como bandeiras no ar, o grande deus se revelou, mergulhou e desapareceu de vista. Parando e pairando para, então, recolher as asas, as aves marinhas demoraram-se saudosas em sua brancura sobre a piscina agitada que Moby Dick deixara.

Com os remos erguidos, as pagaias nas águas e os panos soltos, os três botes agora flutuavam quietamente, aguardando o reaparecimento de Moby Dick.

"Uma hora", disse Ahab, como tivesse criado raízes na popa de seu barco; e mirando para além do lugar da baleia, na direção dos escuros espaços azuis e dos amplos e sedutores vazios a sotavento. Tudo isso durou um átimo — pois mais uma vez seus olhos pareciam girar em sua cabeça enquanto ele percorria o círculo aquoso. A brisa ganhava força; o mar começava a crescer.

"Os pássaros! Os pássaros!", gritou Tashtego.

Em longa fila indiana, como quando as garças alçam voo, os pássaros brancos voavam agora em direção ao bote de Ahab; e quando próximos já alguns metros, começaram a esvoaçar sobre a água, girando e girando, com gritos de alegria e expectativa. A visão deles era mais aguçada do que a do homem; Ahab não conseguia antever nenhum sinal no mar. Mas, de repente, enquanto perscrutava as profundezas o mais fundo que podia, ele vislumbrou a uma grande distância um ponto branco, vivo, não maior do que uma doninha — subindo com extraordinária celeridade e, à medida que o fazia, aumentando de tamanho até por fim se revelar — e então se viram duas distintas, longas e tortas fileiras de dentes brancos e brilhantes, chegando desde o desconhecido à tona. Era a boca aberta e a queixada retorcida de Moby Dick, com seu vasto e sombreado corpo ainda parcialmente mesclado ao azul do mar. A boca brilhante escancarou-se sob o bote como as portas abertas de uma tumba de mármore; e numa longa puxada de seu remo de esparrela, Ahab girou a nave para o lado da tremenda aparição. Então, pedindo a Fedallah que trocasse de lugar consigo, Ahab foi à proa; e, tomando o arpão de Perth, ordenou que sua tripulação tomasse os remos e se preparasse a manobra de recuo.

---

661. Com 66 metros de altura e 27 de comprimento, a Ponte Natural da Virgínia é uma formação rochosa de calcário em forma de arco, remanescente do teto de uma caverna ou túnel sob o qual passava o Cedar Creek, fluxo de água que o atravessa.

Ora, em razão desse giro oportuno do bote em torno de seu eixo, sua proa, por antecipação, foi manobrada para ser postada de frente para a cabeça da baleia enquanto esta ainda se encontrava sob a água. Como atinasse à estratégia, porém, Moby Dick, com a maliciosa inteligência que a ele se atribuía, transplantou-se de lado num instante, atirando a cabeça pregueada de comprido por baixo do bote.

De uma ponta a outra, em cada caverna e prancha, o bote vibrou por um instante, com a baleia girando obliquamente sobre as costas, como um tubarão pronto para morder levando lenta e sensivelmente a proa inteira para dentro de sua boca, de modo que a longa mandíbula inferior, estreita e retorcida, elevou sua deformidade ao ar livre, enquanto um de seus dentes prendeu-se a um tolete. O branco azul-perolado da face interna da mandíbula estava a menos de quinze centímetros da cabeça de Ahab e chegava mais alto do que ela. Nessa postura, a Baleia Branca sacudiu o cedro frágil como um gato de sutil crueldade faz com um rato. Sem transparecer qualquer espanto no olhar, Fedallah assistiu a tudo de braços cruzados, embora a companhia tigrina pisasse nas cabeças uns dos outros para alcançar o extremo da popa.

E então, enquanto as duas amuradas elásticas vergavam para dentro e para fora, e a baleia diabolicamente se divertia com a embarcação condenada, o corpo submerso sob o bote a inviabilizar qualquer movimento de arpão a partir da proa, uma vez que esta se encontrava praticamente dentro dela; e enquanto os outros botes paravam involuntariamente, como diante de uma crise súbita à qual não podiam dar resposta — foi nesse instante que o monomaníaco Ahab, furioso ante a vizinhança provocativa do inimigo, que o conservava a um só tempo vivo e indefeso entre as próprias mandíbulas que odiava, enfurecido com a situação, ele agarrou o longo osso com as próprias mãos e se esforçou em um desvario para soltar o bote de seu aperto. Enquanto empenhava vãos trabalhos à tarefa, a mandíbula escorregou-lhe dos dedos; as amuradas frágeis dobraram-se para dentro, racharam e se despedaçaram, ao passo que ambas as mandíbulas, como uma tesoura enorme, deslizando ainda mais a ré, partiram a embarcação em duas, fechando-se novamente no mar, no espaço aberto entre os dois destroços à deriva. Estes flutuaram cada qual a um lado, as pontas quebradas mergulhando na água, a companhia agarrada à amurada da popa em ruína e esforçando-se para se prender aos remos e fixá-los de través.

Naquele momento preliminar, antes que o bote se partisse, Ahab, o primeiro a perceber a intenção da baleia pelo astuto erguer de sua cabeça, movimento que por um átimo o fizera perder o equilíbrio — naquele momento, sua mão fizera um último esforço para impulsionar o bote para longe da mordida. No entanto, apenas escorregando ainda mais para dentro da boca da baleia e inclinando-se para o lado enquanto escorregava, o movimento do bote havia feito a mandíbula desgarrar-se, sacudindo-o para fora do bote ao mesmo tempo que se inclinava no esforço de empurrá-la; e então Ahab caiu de cara no mar.

Perturbando a superfície das águas enquanto se afastava de sua presa, Moby Dick agora se encontrava a uma pequena distância, arrojando verticalmente a cabeça branca e oblonga para cima e para baixo no agitar das águas, ao mesmo tempo que girava lentamente todo o corpo fusiforme; de modo que, quando sua imensa fronte enrugada se ergueu – cerca de seis metros ou mais fora da água –, as ondas num crescendo, com todas as vagas confluentes, quebraram magníficas contra si, lançando vingativamente seu trêmulo espargir ainda mais alto no ar.[662] Da mesma forma, em um vendaval, as enormes ondas do canal da Mancha, parcialmente baldadas, recuam da base do farol de Eddystone apenas para em triunfo ultrapassar-lhe o cume com sua espuma.

Logo recobrando a postura horizontal, Moby Dick nadou velozmente em torno dos náufragos; espalhando água à direita e à esquerda de sua esteira vingativa, como se preparasse ainda outro e mais mortal ataque. A visão dos destroços parecia enfurecê-lo, como o sangue de uvas e amoras que se lançou diante dos elefantes de Antíoco no livro dos Macabeus.[663] Enquanto isso, Ahab, parcialmente sufocado pela espuma que a cauda insolente da baleia erguera, e aleijado demais para nadar, embora ainda conseguisse preservar-se à flor das águas, a despeito de tamanho redemunho – via-se a cabeça indefesa de Ahab como uma bolha de ar passível de estourar ao mínimo risco de toque. Dos fragmentos da popa do bote, Fedallah mirava-o sem curiosidade ou agitação; a companhia agarrada aos destroços do outro lado não estava em condições de socorrê-lo; cuidar de si mesma era mais até do que seus homens podiam fazer. Pois tão giratoriamente aterrorizante era o aspecto da Baleia Branca, e tão planetariamente velozes as órbitas cada vez mais contraídas que perfazia, que ela parecia na iminência de atacá-los horizontalmente. Embora os demais botes, intocados, ainda flutuassem bem próximos à cena, faltava-lhes ousadia

---

662. Este movimento é peculiar ao cachalote. Ele recebe sua designação (afocinhamento) por ser comparado àquele ajuste preliminar para cima e para baixo da lança-baleeira, no exercício denominado afocinhamento, descrito anteriormente. Por meio desse movimento, a baleia vê decerto melhor e com mais abrangência quaisquer objetos que possam estar ao seu redor. (N. A.)
663. 1 Macabeus 6,34.

que os lançasse ao turbilhão em ataque, sob o risco de que fosse esse o sinal derradeiro para a imediata aniquilação dos náufragos ameaçados, Ahab e os demais; e nesse caso, tampouco eles próprios poderiam ter qualquer esperança de sobrevivência. Tensos, então, todos os olhos permaneceram à borda externa daquela zona de horror, cujo centro agora era a cabeça do velho.

Nesse ínterim, todo o acontecimento desde o início fora avistado do alto dos mastros do navio; e cruzando as vergas, o *Pequod* aproximou-se à cena; e encontrava-se agora tão perto que Ahab na água dirigiu-se a seus homens: "Navegai sobre...", mas naquele instante uma onda erguida por Moby Dick se abateu sobre ele e o dominou por algum tempo. Lutando, porém, para deixá-la, e encontrando a oportunidade de ser erguido em uma crista altíssima, ele gritou: "Navegai sobre a baleia! Dispersai-a!".

A proa do *Pequod* foi apontada; e rompendo o círculo encantado, o navio separou efetivamente a Baleia Branca de sua vítima. Enquanto o cachalote se afastava contrariado, os botes voaram ao socorro dos náufragos.

Arrastado para o bote de Stubb com olhos cegos e injetados de sangue, a salmoura branca endurecendo-lhe as rugas; a longa tensão da força corporal de Ahab finalmente se rompeu e, exaurido, o capitão cedeu à condenação de seu corpo: quedando algum tempo esmagado no fundo do bote de Stubb, como alguém que tivesse sido pisoteado por manadas de elefantes. Em seu longínquo interior, lamentos indeterminados lhe chegavam como sons desolados vindos de ravinas.

Mas a intensidade de sua prostração física foi responsável, sobretudo, por abreviá-la. Num piscar de olhos, grandes corações são capazes de por vezes condensar em única e profunda agonia o cômputo total das dores insignificantes que, em homens fracos, se difundem docemente ao longo de uma vida. E assim, se for da vontade dos deuses, tais corações, embora concisos na dor, em seu tempo de vida são capazes de congregar toda uma era de desgraças, inteiramente composta de intensidades instantâneas; pois mesmo em seus centros tão somente imaginados, essas nobres naturezas contêm circunferências inteiras de almas inferiores.

"O arpão", disse Ahab, levantando-se parcialmente e arrastando-se para apoiar-se no cotovelo de um braço, "está a salvo?"

"Sim, senhor, pois não foi arremessado; aqui está", disse Stubb, mostrando-o.

"Coloque-o diante de mim; algum homem desaparecido?"

"Um, dois, três, quatro, cinco; havia cinco remos, senhor, e aqui estão cinco homens."

"Boa notícia. Ajuda-me, homem; quero ficar de pé. Ali, ali! Eu o vejo! Lá! Lá! Ainda seguindo a sotavento; que jorro saltitante! Tira as mãos de mim! A seiva eterna irriga novamente os ossos de Ahab! Enfuna a vela; remos a postos; ao leme!"

É comum que, quando um bote é destruído, sua tripulação, recolhida por outro bote, seja integrada ao trabalho do segundo bote; e que a perseguição tenha prosseguimento com o que se chama de remos a bancadas duplas. Era o caso agora. A potência adicional do bote, porém, não se igualava à potência adicional da baleia, pois esta parecia ter triplicado as bancadas de suas nadadeiras, viajando a uma velocidade que mostrava claramente que, se naquele instante, sob tais circunstâncias, a perseguição continuasse, ela se mostraria indefinidamente prolongada, senão sem esperança; tampouco qualquer tripulação tinha condições de suportar, por um tão longo período, tal intenso e ininterrupto trabalho nos remos; algo que mal se tolera senão em breves momentos de vicissitude. O próprio navio, então, como às vezes acontece, ofereceu o meio intermediário mais promissor de tomar para si a perseguição. Assim, os botes se dirigiram ao *Pequod* e logo foram içados aos seus guindastes — as duas partes do bote destruído haviam sido previamente conduzidas ao navio; e então, com os botes alados sobre os costados, todo o velame esticado ao alto, e as varredouras enfunadas a bombordo e estibordo como as asas duplas de um albatroz; o *Pequod* avançou na esteira de Moby Dick a sotavento. A intervalos bem conhecidos e metódicos, os mastros tripulados anunciavam o jorro cintilante da baleia; e quando seu mergulho era reportado, Ahab iniciava a contagem do tempo e, em seguida, andando de um lado para o outro no convés, relógio de bitácula à mão, tão logo o último segundo da hora designada expirasse, escutava-se sua voz: "De quem é o dobrão agora? Vós a vedes?". E se a resposta fosse: "Não, senhor!", imediatamente ordenava que o içassem ao seu ponto de observação. Assim o dia se passou; ora com Ahab ao alto, imóvel; ora inquieto, caminhando pelas tábuas do convés.

Enquanto caminhava, Ahab não emitia som algum, exceto para chamar os homens nos poleiros, ou ordenar-lhes que içassem uma vela ainda mais alto, ou que a estendessem a largura ainda maior — andando de um lado para o outro, sob o chapéu caído, sem nunca deixar de passar por seu próprio bote naufragado, que fora deixado invertido no tombadilho — a proa destruída contra a popa estilhaçada. Por fim, Ahab parou diante dos destroços; e como um céu já nublado que se vê por vezes atravessado por novas hostes de nuvens, uma escuridão adicional pairou sobre o rosto do velho.

Stubb o viu fazer uma pausa; e talvez pretendendo, não em vão, evidenciar sua própria fortaleza intocada e assim conservar um lugar de valentia nos pensamentos de seu capitão, deu um passo à frente e, examinando o bote destruído, exclamou: "O cardo a que o asno disse não — picava demais a boca dele, senhor; ha! ha!".[664]

"Que criatura desalmada é essa que ri diante de um naufrágio? Homem! Homem! Se eu não te soubesse tão bravo quanto o destemido fogo (e igualmente mecânico), juraria que falo com um covarde. Nem riso, nem gemido se devem ouvir diante dos destroços de um naufrágio."

"Sim, senhor", disse Starbuck se aproximando, "é uma dura visão; um augúrio, e um mau augúrio."

"Augúrio, augúrio? Por favor, um dicionário! Se os deuses pensam em falar direto ao homem, eles o farão honradamente, sem rodeios; não balançam a cabeça, não dão às velhas esposas sugestões sombrias. Para longe daqui, os dois! Sois os polos opostos de uma só coisa; Starbuck é Stubb invertido, e Stubb é Starbuck; e ambos sois toda a humanidade; e Ahab está sozinho entre os milhões da terra povoada, nem deuses, nem homens lhe são vizinhos! Frio, frio — tremo de frio! Como agora? Ó do alto! Vedes a baleia? Anunciai cada jorro, ainda que o tenhais de fazer dez vezes por segundo!"

O dia era quase findo; apenas a bainha de seu manto dourado farfalhava. A escuridão logo se instalaria, mas os homens nos poleiros ainda permaneciam a seus postos.

"Não consigo ver o jorro agora, senhor... está escuro demais", gritou uma voz do alto.

"Quando a avistastes pela última vez, para onde rumava?"

"Como antes, senhor — direto a sotavento."

"Pois muito bem! Ela reduzirá a velocidade agora à noite. Rizar as varredouras de joanete e sobrejoanete, sr. Starbuck. Não devemos nos aproximar dela antes do amanhecer; ela está em travessia, e pode ter de descansar um pouco. Ó do leme! Mantém o navio com vento em popa! Ó dos poleiros! Descei! Stubb, manda novos marujos ao poleiro do traquete e o conserva guarnecido até de manhã." Avançando, então, em direção ao dobrão no mastro principal: "Homens, este ouro é meu, pois dele sou merecedor; mas devo deixá-lo aqui até

---

664. Stubb faz menção errônea à fábula do "asno comedor de cardos", de Esopo, na qual o animal encontra na planta espinhosa um alimento mais saboroso do que o carregamento de boa comida que leva às costas.

que a Baleia Branca esteja morta; e então, quem dentre vós primeiro a anunciar no dia em que for morta — o ouro a ele pertencerá; e se nesse dia eu a anunciar, então, dez vezes a sua soma há de ser dividida entre todos! Fora agora! O convés é teu, senhor!"

E tendo-o dito, colocou-se a meio caminho escotilha abaixo e, baixando o chapéu sobre o rosto, ali permaneceu até o amanhecer, exceto quando a intervalos despertava para ver como a noite transcorria.

134
A caçada — segundo dia

No raiar do dia, os três mastros tiveram seus contingentes pontualmente renovados.

"Avistais a baleia?", bradou Ahab, depois de dar algum tempo para a luz se espalhar.

"Nada, senhor."

"Todos no convés, e o navio a toda vela! Ela corre mais rápido do que eu pensava... quero as velas de joanete! Sim, deviam ter permanecido enfunadas a noite toda... mas não importa — foi só um descanso para a agitação."

Que se diga, neste momento, que a caçada obstinada a uma baleia em particular, a atravessar dia e noite, noite e dia, não é algo sem precedentes na pesca dos Mares do Sul. Pois tal é a habilidade maravilhosa, a presciente experiência e a invencível confiança adquirida por alguns grandes gênios naturais entre os comandantes de Nantucket que, a partir da simples observação de uma baleia quando avistada pela última vez, eles irão, sob certas circunstâncias, prever com bastante precisão o rumo em que ela seguirá nadando por determinado intervalo de tempo, ainda que sem a avistar, bem como sua provável progressão média durante o período. E, nesses casos, algo como um piloto, quando está prestes a perder de vista a costa, cujos acidentes ele conhece bem, e à qual deseja voltar em breve, mas em algum outro ponto; assim como esse piloto jamais perde de vista a bússola e toma a direção precisa do cabo então visível, a fim de alcançar com maior eficácia o promontório remoto e invisível que em algum momento será visitado — o mesmo faz o pescador, em sua bússola, com a baleia; pois após ser perseguida e diligentemente observada por várias horas à luz do dia, quando então a noite cobre o peixe, a futura esteira da criatura na escuridão é quase tão clara para a mente sagaz do caçador quanto a costa para o piloto. De modo que, para a formidável habilidade desse caçador, a proverbial evanescência de algo que se escreve na água, uma esteira, é para todos os fins desejados quase tão confiável quanto a terra firme. E como o poderoso leviatã de aço da ferrovia moderna é tão familiarmente conhecido em todos os seus passos que, com relógios nas mãos, os homens medem seu ritmo como o médico faz com o pulso de um bebê;

e, comentando a seu respeito sem maior consequência, dirão que o trem que vem e o trem que vai se cruzarão em tal ou qual ponto, a tal ou qual hora; do mesmo modo, há ocasiões em que esses caçadores de Nantucket cronometram aquele outro leviatã das profundezas segundo o humor observado em sua velocidade; e dizem a si mesmos, dali a muitas horas, portanto, tal baleia terá percorrido duzentas milhas ou terá atingido este ou aquele grau de latitude ou longitude. Mas, para tornar essa precisão bem-sucedida no final, o vento e o mar devem ser os aliados do baleeiro; pois de que vale ao marinheiro em calmaria ou sob ventos contrários a habilidade que lhe garante que está a exatamente noventa e três léguas e um quarto de seu porto? Inferíveis a partir dessas declarações, existem muitas questões colaterais sutis que tocam a caça baleeira.

O navio arrancou; deixando um sulco no mar como quando uma bala perdida de canhão faz as vezes de arado e revira a terra nivelada.

"Por sal e cânhamo!", gritou Stubb, "mas esse movimento rápido do convés sobe pelas pernas e atiça o coração. Este navio e eu somos dois caras corajosos! Ha, ha! Alguém me leve ao alto e me lance pela espinha ao mar... por carvalhos vivos! Minha espinha é uma quilha. Ha, ha! Esse é o passo que não deixa poeira pra trás!"

"Baleia à vista, baleia à vista! Bem à frente!", foi o anúncio que se ouviu do alto do mastro.

"Sim! Sim!", gritou Stubb. "Eu sabia! Você não pode escapar... pode soprar seu jorro, esse jorro que se abre em dois, ó baleia! O próprio demônio louco está atrás de você! Sopra a sua trombeta até os pulmões rebentarem! Ahab represará seu sangue como um moleiro fecha a comporta no riacho!"

E Stubb falou por praticamente toda a tripulação. A essa altura, o desvario da caça os fazia borbulhar como vinho que se renova. A despeito dos medos e ligeiros pressentimentos que alguns deles possam ter sentido antes; estes não apenas eram acobertados ante o crescente terror derivado de Ahab como eram dispersos e expulsos por toda parte, como tímidas lebres de pradaria que se espalham diante do bisão que se aproxima. A mão do Destino arrebatara todas as almas; e pelos perigos agitados do dia anterior; os tormentos do suspense da noite que se passara; o modo fixo, destemido, cego e louco com que o navio selvagem singrava as águas em direção ao alvo que se desgarrava; por todas essas coisas, seus corações avançavam com a embarcação. O vento que enfunava as velas e movia o *Pequod* com braços tão invisíveis quanto irresistíveis — era ele, o vento, o símbolo daquela agência invisível que daquela forma os tornara cativos da caçada.

Todos eram um só homem, não trinta. Pois como o único navio que os levava a todos; embora feito de elementos os mais diversos — carvalho, bordo e madeira de pinho; ferro, piche e cânhamo —; todos, no entanto, encontravam-se sob as formas de um só casco concreto, que avançava em seu caminho, equilibrado e dirigido pela longa quilha central; do mesmo modo, todas as individualidades da tripulação, a coragem deste e o medo daquele, a culpa de um e a paz de espírito de outro, todos em sua variedade se fundiam em um só corpo, todos dirigidos àquele objetivo fatal para o qual Ahab, seu único senhor e quilha, apontava.

O cordame tinha vida. Os topes dos mastros, como o topo das altas palmeiras, carregavam braços e pernas como fossem uma profusão de galhos estendidos. Agarrando-se a um mastro com uma das mãos, alguns erguiam a outra com acenos impacientes; outros, protegendo os olhos da forte luz do sol, acomodavam-se a distância no balanço das vergas; todos os paus do navio abundantemente carregados de mortais, prontos e maduros para encontrar seu destino. Ah, como lutavam naquele azul infinito em busca da coisa que os poderia destruir!

"Por que não me anunciais a baleia, se a vedes?", gritou Ahab, quando, passados alguns minutos desde o primeiro anúncio, nada mais se ouviu. "Erguei-me ao alto, homens; fostes enganados; Moby Dick não sopra um único jorro para então desaparecer."

E assim foi: em seu ímpeto e anseio, os homens confundiram o jorro da baleia com outra coisa, como o próprio evento logo o provou; pois mal Ahab havia alcançado seu poleiro, mal a corda fora amarrada à malagueta no convés, ele fez soar a nota a dar o tom à orquestra, movimentando o ar como a vibração de uma rajada de rifles em uníssono. Escutou-se o urro triunfante dos foles de trinta pulmões, quando Moby Dick — a menos de uma milha adiante, e muito mais próximo do navio do que do local de onde partira o jorro imaginário — irrompeu fisicamente aos olhos de todos! E assim o fez não por obra de quaisquer jorros calmos e indolentes; nem por conta do jorro pacífico daquela fonte mística de sua cabeça: a Baleia Branca revelava-se agora pelo fenômeno muito mais maravilhoso do salto. Erguendo-se das mais longínquas profundezas a toda velocidade, o cachalote lança-se de corpo inteiro no elemento puro do ar e, surgindo numa extraordinária montanha de espuma, mostra desse modo o lugar em que se encontra a uma distância de sete milhas ou mais. Em momentos como esse, as furiosas ondas que ele rasga e sacode parecem sua crina; em alguns casos, o salto constitui um ato de desafio.

"O salto! O salto! Ali!", foi o grito, enquanto em sua incomensurável bravata a Baleia Branca se lançava à maneira de um salmão aos céus. Repentinamente vista na planície azul do mar e posta em relevo contra a margem ainda mais azul do céu, a espuma por ela erguida reluziu por um instante com o insuportável brilho e cintilância de uma geleira; e ali permaneceu, para enfraquecer pouco a pouco em seu primeiro e intenso fulgor e formar a névoa opaca de uma chuva que avançasse sobre um vale.

"Pois salte pela última vez ao sol, Moby Dick!", bradou Ahab. "A tua hora e o teu arpão estão próximos! Desçamos todos — exceto o responsável pelo traquete. Todos aos botes! A postos!"

Fazendo pouco das aborrecidas escadas de corda das enxárcias, os marujos desabaram sobre o convés, por estais e adriças isolados, como estrelas cadentes; enquanto Ahab, não tão arrojado, mas não menos célere, desceu de seu poleiro.

"Arriar botes", clamou ele, tão logo alcançou seu bote — uma embarcação sobressalente, equipada na tarde anterior. "Sr. Starbuck, o navio é teu; não te aproximes dos botes, mas não os deixes desgarrar. Arriar!"

Como pretendesse lhes proporcionar ligeiro horror, ao ser desta vez o primeiro a atacar, Moby Dick havia se virado e agora vinha em carreira na direção das três companhias. O bote de Ahab ocupava o centro; e animando seus homens, disse-lhes que atacaria a baleia cabeça com cabeça, isto é, que trancaria Moby Dick pela frente, manobra em nada incomum, visto que, dentro de certo limite, tal estratégia poupa a princípio o assalto derivado da visão lateral da baleia. Antes que esse limite próximo se alcançasse, porém, e enquanto todos os três botes se apresentavam tão distintamente visíveis a eles quanto os três mastros do navio, a Baleia Branca, agitando-se a uma velocidade furiosa — num piscar de olhos, coloquemos assim — e surgindo com a bocarra aberta por entre os botes e a cauda a açoitá-los, deu-lhes combate medonho por toda parte; e sem se importar com os ferros que se lançavam sobre ela enviados de cada uma das embarcações, parecia unicamente movida pelo propósito de aniquilar cada prancha de que aqueles botes eram feitos. Manobrados com destreza, porém, girando incessantemente como cavalos bem treinados no campo de batalha, os botes foram capazes de esquivar-se por breves instantes; embora, vez ou outra, por não mais do que a largura de uma tábua; ao mesmo tempo que o incessante brado sobrenatural de Ahab varria todos os demais gritos, exceto o seu.

Mas, por fim, em suas imprevisíveis evoluções, tantos foram os cruzamentos e recruzamentos da Baleia Branca, enredando-se de mil maneiras à folga das três linhas de arpão que se prenderam a ela, que estas se encurtaram e, por si mesmas, rebocaram os botes desgraçados em direção aos ferros nela plantados; embora, por um instante, a baleia tivesse se afastado um pouco, como congregasse forças para um mais tremendo ataque. Aproveitando-se da oportunidade, Ahab primeiro escoou mais linha, colocando-se a içá-la e aplicar-lhe trancos na esperança, então, de liberá-la de alguns nós quando, eis!, assomou-lhe uma visão mais desesperadora do que os dentes perfilados de um tubarão!

Presos e retorcidos — como saca-rolhas nos labirintos da linha, arpões e lanças soltos, com todas as suas barbas e pontas eriçadas, aproximaram-se cintilantes e encharcados do goivado da proa do bote de Ahab. Só uma coisa podia ser feita. Tomando a faca do bote, ele passou-a criteriosamente por dentro — através — e então, por fora, pelos raios de aço; rebocou a linha que ia fora, transferindo-a, a bordo, para o proeiro, e então, rompendo duas vezes a linha próxima ao goivado — jogou o feixe de aço interceptado no mar; e tudo se amarrou novamente. Naquele instante, a Baleia Branca realizou um súbito assalto entre os emaranhados restantes das outras linhas; e ao fazê-lo, arrastou irresistivelmente os botes mais comprometidos de Stubb e Flask na direção de sua cauda; fê-los se chocar como duas cascas de noz à deriva em uma praia batida pelas ondas; e, em seguida, mergulhando no mar, desapareceu num turbilhão fervente, no qual, por algum tempo, as perfumadas lascas de cedro dos destroços dançaram em ciranda, como noz-moscada ralada em uma tigela de ponche rapidamente mexida.

Enquanto as duas companhias ainda giravam nas águas, procurando alcançar as selhas, os remos e outros móveis flutuantes; enquanto o pequeno Flask subia e descia como uma garrafinha vazia, agitando as pernas para o alto para escapar às temidas mandíbulas dos tubarões; e Stubb cantarolava cheio de vitalidade para que alguém aparecesse com uma concha para tirá-lo dali; e enquanto a linha do velho — agora solta — permitia que se puxasse para o redemoinho espumoso quem pudesse se resgatar; naquela simultaneidade selvagem de mil perigos concretos, o bote ainda intacto de Ahab parecia arrastado em direção ao céu por fios invisíveis — quando, como uma flecha, disparando perpendicularmente do mar, a Baleia Branca arremeteu sua larga testa contra o fundo do bote, lançando-o aos giros no ar até cair de volta à água, emborcado, com Ahab e sua companhia lutando para sair de baixo dele, como focas em uma caverna à beira-mar.

O primeiro ímpeto de surgimento da baleia — modificando sua direção ao atingir a superfície — lançou-a involuntariamente à margem dos destroços, a uma pequena distância do centro de destruição que havia produzido; e, de costas para ele, permaneceu por um instante tateando devagar com a cauda de um lado a outro; e sempre que um remo perdido, um pedaço de tábua, a menor lasca ou migalha dos botes lhe tocava a pele, sua cauda recolhia-se de pronto para estender-se de lado golpeando o mar. Logo, porém, como lhe bastasse por ora o trabalho realizado, Moby Dick arrojou a fronte enrugada pelas águas e, arrastando atrás de si as linhas emaranhadas, seguiu em seu rumo a sotavento a um ritmo de metódico viajante.

A exemplo do que acontecera antes, o navio atento, expectador de toda a luta, mais uma vez veio ao resgate e, arriando um bote, recolheu marinheiros, selhas, remos e tudo quanto flutuasse e fosse passível de ser salvo e os embarcou com segurança em seus conveses. Ombros, pulsos e tornozelos torcidos; pancadas dolorosas; arpões e lanças inutilizados; emaranhados impossíveis de linha; remos e tábuas arrebentados — todos estavam lá; mas nenhum mal fatal ou mesmo grave parecia ter vitimado ninguém. Assim como ocorrera a Fedallah no dia anterior, Ahab foi encontrado lugubremente agarrado à metade destroçada de seu bote, que proporcionava uma boa flutuação; o ocorrido tampouco o exaurira tanto quanto o infortúnio do dia anterior.

Quando, porém, foi auxiliado a subir ao convés, todos os olhos voltaram-se a ele: em vez de estar de pé por conta própria, aparecia parcialmente apoiado ao ombro de Starbuck, o primeiro a auxiliá-lo. Sua perna de marfim havia sido destruída, restando-lhe apenas uma pequena lasca afiada.

"Sim, sim, Starbuck, é doce encontrar apoio às vezes, seja o apoiador quem for; antes o velho Ahab tivesse se apoiado mais vezes."

"A virola não resistiu, senhor", disse o carpinteiro, agora subindo; "fiz um bom trabalho nessa perna."

"Mas nenhum osso quebrado, senhor, espero", emendou Stubb, sinceramente preocupado.

"Sim! E todo feito em pedaços, Stubb! Vês, homem? Mas mesmo com um osso quebrado, o velho Ahab permanece intocado; e não considero qualquer osso vivo que eu tenha um mínimo mais meu do que este outro, morto, que perdido está. Não existe Baleia Branca, homem ou demônio capaz de atingir um mínimo que seja do velho Ahab em seu próprio e inexpugnável ser. Pode qualquer chumbo tocar aquele mais profundo chão, qualquer mastro arranhar aquele mais longínquo teto? Ó, do alto! Qual é a direção?"

"Direto a sotavento, senhor."

"Meter o leme a barlavento; vigilantes, quero todo o velame enfunado! Arriar e equipar os demais botes sobressalentes... Sr. Starbuck, reúne as tripulações dos botes."

"Deixa-me primero te ajudar com a amurada, senhor."

"Oh! Oh! Oh! É como se esta farpa me estocasse! Ó Destino afrontoso! Como pode um capitão de alma tão intrépida ter um imediato tão medroso?"

"Senhor?"

"Falo de meu corpo, homem, não de ti. Dá-me algo que me sirva de bengala... pronto, esta lança trêmula me basta. Reuni os homens. Estou certo de que ainda não o vi. Pelos céus, não pode ser! Perdeu-se? Rápido! Convoca-os um a um."

O pensamento sugerido pelo velho era real. Ao reunir a companhia, não havia sinal do parse.

"O parse!", exclamou Stubb. "Deve ter ficado preso no..."

"Que convulsiones em meio ao vômito negro! Correi por toda a parte... subi, descei, correi à cabine, ao castelo de proa... encontrai-o... não se foi... não se foi!"

Todos, porém, retornaram rapidamente com a notícia de que o parse não se encontrava em parte alguma.

"Sim, senhor", disse Stubb, "preso no emaranhado de sua linha... acho que o vi sendo arrastado para baixo."

"*Minha* linha! *Minha* linha? Perdido? O que significa essa palavra? Que sentença de morte nela ressoa, que faz o velho Ahab tremer como fosse um campanário? O arpão também! Remexei a pilha ali... encontrastes? O ferro forjado, homens, o ferro forjado para a Baleia Branca... não, não, não... seu imbecil! Esta mão o arremessou! Está no peixe! Ó, do alto! Mantendes as velas enfunadas! Marujada, equipai os botes; reuni os remos... Arpoadores! Os ferros, os ferros! Içai as velas de joanete, rápido — quero todo o velame teso! Leme! Mantém-no firme, por tua vida! Hei de dar dez voltas neste mundo sem fim — sim, e atravessá-lo num mergulho, mas hei de exterminá-lo!"

"Meu grande Deus, revela-te, ainda que por um único instante", gritou Starbuck; "nunca, nunca tu a capturarás, velho... Basta, em nome de Jesus, isso é pior do que a loucura do diabo. Dois dias de caçada; duas vezes reduzidos a destroços; tua própria perna mais uma vez arrancada de ti; tua sombra maligna perdida — e todos os anjos da bondade o acudindo com alertas: de que mais precisas? Perseguiremos esse peixe assassino até que ele afunde o último homem? Seremos arrastados por ele para o fundo do mar? Devemos ser rebocados por ele às profundezas infernais? Oh, oh! Seguir nessa caçada é blasfêmia, é ímpio!"

"Starbuck, nestes últimos tempos tenho me sentido estranhamente comovido por ti; desde aquele instante em que ambos vimos... sabes bem o quê, um nos olhos do outro. Mas nesta questão da baleia, tua fronte não é para mim mais do que a palma desta mão: um vazio sem lábios nem feições. Ahab é para sempre Ahab, homem. Todo este ato é um decreto imutável. Foi ensaiado por ti e por mim um bilhão de anos antes que este oceano rolasse. Tolo! Sou o tenente das Parcas; atuo sob ordens. Olhai aqui, subalternos!, que vós me obedeceis! Vinde ao meu redor. Vedes aqui um velho reduzido a um coto; apoiado numa lança trêmula; ereto unicamente sobre um pé solitário. Eis Ahab — eis o corpo de Ahab; mas a alma de Ahab é uma centopeia que se move por cem pernas. Sinto-me tenso, um tanto arrebentado, como as amarras que rebocam fragatas desmastradas em um vendaval; e assim talvez me exponha a vós. Mas antes de eu rebentar, ouvireis estalos; e até que os escuteis, saibais que a amarra de Ahab ainda reboca seu propósito. Acreditais, homens, nessas coisas chamadas presságios? Ride alto, então, clamai pelo bis! Pois antes que afundem, as coisas que estão prestes a afundar emergem duas vezes; e então sobem para afundar para sempre. E assim será com Moby Dick — dois dias ele subiu; amanhã será o terceiro. Sim, homens, ele virá à tona mais uma vez — mas seu jorro será o derradeiro! Senti-vos valentes, homens?"

"Como fogo destemido", gritou Stubb.

"E não menos instrumentais", murmurou Ahab. E então, à medida que os homens avançavam, ele murmurava: "As coisas chamadas presságios! E ontem tratei do mesmo com Starbuck ali, sobre meu bote partido. Oh! Com que bravura procuro arrancar ao coração dos outros o que tão aferrado se revela ao meu! O parse, o parse! Se foi, se foi? E a ele cabia ir primeiro: mas haveria de ser novamente visto antes que eu morresse... Como pode ser? Eis aí um enigma que pode confundir todos os advogados apoiados por fantasmas de toda uma linhagem de juízes: como o bico de um falcão, ele fustiga meu cérebro. Mas *serei* capaz de resolvê-lo! *Serei!*"

Já havia o crepúsculo caído, e ainda se avistava a baleia a sotavento.

Assim, mais uma vez as velas foram rizadas, e praticamente tudo se passou como na noite anterior; com a diferença de que o som dos martelos e o chiado das pedras de amolar se fizeram ouvir até quase o amanhecer, enquanto os homens trabalhavam à luz dos lampiões na cuidadosa e completa equipagem dos botes sobressalentes e afiavam suas armas renovadas para o dia seguinte. Nesse ínterim, da quilha quebrada da embarcação destruída de Ahab, o carpinteiro lhe fez uma nova perna; enquanto, calado como na noite anterior, Ahab, com o rosto coberto, permaneceu imóvel em sua escotilha; com os olhos velados de heliotrópio voltados antecipadamente para trás em seu mostrador; ajustados direto para leste, prontos a flagrar os primeiros raios de sol.

135
A caçada — terceiro dia

A MANHÃ DO TERCEIRO DIA amanheceu bela e revigorante, e mais uma vez o solitário vigia noturno ao tope do traquete foi rendido pela multidão dos observadores matinais, que ocupavam todos os mínimos espaços de cada mastro e cada verga.

"Vedes a baleia?", bradou Ahab; a baleia, contudo, ainda não estava à vista. "Mas estamos em seu rastro infalível; segue sua esteira, e basta. Leme! Mantém-te firme como estás e tem ido. Outro belo dia! Fosse este um mundo renovado e transformado em casa de veraneio para os anjos, e esta manhã a primeira dada aos novos hóspedes, dia mais belo não poderia amanhecer em um tal mundo. Eis aí algo a se pensar, tivesse Ahab tempo para tanto; mas Ahab nunca pensa; Ahab apenas sente, sente, sente; *isso* já basta para inquietar o homem mortal! Pensar é uma ousadia. Somente a Deus cabe esse direito e privilégio. Pensar é, ou deveria ser, uma frieza, uma calma — e nossos pobres corações batem, e nossos pobres cérebros pulsam demais para isso. E, no entanto, algumas vezes pensei que meu cérebro estava muito calmo — numa calma congelada, este velho crânio estala, como um copo no qual o conteúdo se transformou em gelo e o faz rachar. E no entanto este cabelo ainda cresce; cresce agora mesmo, e o calor deveria ser responsável por gerá-lo; mas não, é como aquele tipo de mato ordinário que cresce em qualquer parte, entre as fendas de terra do gelo da Groenlândia ou na lava do Vesúvio. Olha como o sopram os ventos selvagens; eles me açoitam como os farrapos das velas rasgadas açoitam o navio devastado a que se agarram. Um vento vil que sem dúvida antes soprou atravessando os corredores e celas das prisões e das alas dos hospitais, e os ventilou, e agora sopra aqui tão inocente como um velocino. Chega! Está contaminado. Se eu fosse o vento, não sopraria mais em um mundo tão perverso e miserável. Rastejaria para alguma caverna e me esgueiraria por lá. E, no entanto, que coisa nobre e heroica é o vento! Quem já o conquistou? Em cada luta, ele dá o último e mais duro dos golpes. Corre inclinado contra ele, e tudo o que consegues é atravessá-lo. Ha! Um vento covarde que atinge homens totalmente nus, mas não é capaz de se colocar a postos para receber um único golpe. Até Ahab é coisa mais corajosa – mais nobre do que *isso*. Antes tivesse o vento um corpo; mas todas as coisas que mais exasperam e ultrajam o homem mortal, todas essas coisas são desencarnadas, mas desencarnadas apenas como objetos, não como agentes. Há uma diferença muito particular e cruel, ah, muito maliciosa! E no entanto, repito, e juro agora, que há algo no vento que se faz de pura glória e graça. Esses alísios quentes, pelo menos, que nos céus límpidos sopram sem parar, com uma candura forte, vigorosa e constante; e não conhecem desvio em seus destinos, ainda que as mais vis correntes marítimas possam dar a volta e virar de bordo, e os mais poderosos Mississippis da terra acelerem e mudem de rumo, sem saber aonde finalmente ir. E pelos eternos polos!, esses mesmos alísios que tão diretamente movem meu bom navio; esses alísios, ou algo como eles – algo tão imutável e tão forte quanto eles, move minha alma sobre suas quilhas! Vamos! Ó, do alto! Que vedes?"

"Nada, senhor."

"Nada! E o meio-dia se aproxima! O dobrão está implorando! Olha o sol! Sim, sim, é assim que deve ser. Eu o ultrapassei. Como, conseguiu ajuda? Sim, agora é ele que me caça; não eu a ele... isso é ruim; sim, como isso pôde me escapar? Tolo! As linhas – os arpões que ele reboca. Sim, sim, eu o ultrapassei ontem à noite. Nova rota, nova rota! Descei, marujada, que guardem posição apenas os homens nos poleiros! Ocupai os braços!"

Navegando como vinha, o vento tocava o quarto de popa, de modo que, aproando agora na direção oposta, o navio braceado ia contra o vento enquanto revolvia a espuma branca de sua própria esteira.

"Contra o vento, o navio agora tem por rumo a queixada aberta", murmurou Starbuck consigo mesmo, enquanto aduchava o recém-puxado braço da verga principal na amurada. "Deus nos guarde, mas já sinto os ossos úmidos dentro de mim, como se encharcassem minha carne. Começo a crer que, ao obedecer-lhe, desobedeço ao meu próprio Deus!"

"Aguarda para me içar!", ordenou Ahab, avançando em direção à cesta de cânhamo. "Logo o encontraremos."

"Sim, sim, senhor", e imediatamente Starbuck cumpriu as ordens de Ahab, e mais uma vez Ahab foi erguido ao alto.

Uma hora inteira se passou, iluminada pelo ouro de eras. O próprio tempo agora parecia suspender longamente a respiração, tão agudo era o suspense. Mas, por fim, a cerca de três pontos da proa a sotavento, Ahab novamente anunciou o jorro e, de pronto, dos três topes de mastro surgiram três gritos como se línguas de fogo os tivessem proferido.

"É cabeça com cabeça que a ti encontro nesta terceira vez, Moby Dick! Ó, do convés! Braceai com mais força; acossai-o no olho do vento. Ele está ainda muito longe para arriarmos, sr. Starbuck. As velas tremem! Coloca-te ao lado do timoneiro com um malho! Sim, sim; ele viaja rápido, devo descer. Mas deixa-me dar mais uma boa olhada aqui no mar; há tempo para isso. Uma visão muito, muito antiga, e ao mesmo tempo tão jovem; sim, e que não mudou em um vinco sequer desde que o vi pela primeira vez, um menino, das colinas arenosas de Nantucket! O mesmo! O mesmo! O mesmo para Noé e para mim. Sinto um espargir suave a sotavento. Tão adoráveis sotaventos! Devem levar a algum lugar — a coisa distinta de uma terra qualquer, mais próspera do que a prosperidade. A sotavento! A Baleia Branca segue nessa direção; olha para barlavento, então; embora o quadrante mais duro, o melhor. Mas adeus, adeus, velho mastro! O que é isso? Verde? Sim, minúsculos musgos nessas tortuosas rachaduras. Nenhuma dessas manchas verdes do tempo macula a cabeça de Ahab! Aí está a diferença agora entre a velhice do homem e a da matéria. Mas sim, velho mastro, ambos envelhecemos juntos; porém fortes em nossos cascos, não é, meu navio? Exceto por uma perna, é tudo. Pelos céus, esta madeira morta leva a melhor sobre a minha carne viva em todos os sentidos. Não posso me comparar a ela; e sei que alguns navios feitos de árvores mortas duram mais do que as vidas de homens feitos da seiva mais vigorosa dos mais vigorosos ancestrais. O que foi que ele disse? Que iria antes de mim, meu piloto; mas que seria visto ainda outra vez? Mas onde? Terei olhos no fundo do mar, supondo que desça aquelas escadas sem fim? Ademais, naveguei a noite toda para longe de onde ele naufragou, onde quer que tenha sido. Sim, sim, como muitos mais, tu contaste a mais terrível verdade quanto a ti mesmo, ó parse; mas, quanto a Ahab, seu tiro falhou. Adeus, tope do mastro — fique de olho na baleia enquanto eu estiver fora. Falamo-nos amanhã, não, esta noite, quando a Baleia Branca estiver ali, amarrada pela cabeça e pelo rabo."

Ele deu a ordem; e olhando ainda em volta, foi baixado num movimento contínuo, singrando a atmosfera azul até o convés.

A seu tempo, os botes foram arriados; mas, de pé à popa de sua chalupa, Ahab pairava sobre o ponto da descida quando acenou para o imediato — que segurava um dos cabos da talha no convés — e pediu-lhe que fizesse uma pausa.

"Starbuck!"

"Senhor?"

"Pela terceira vez, o navio da minha alma parte nesta viagem, Starbuck."

“Sim, senhor, assim será.”

“Alguns navios enfunam velas de seus portos e, depois disso, nunca mais são avistados, Starbuck!”

“Verdade, senhor: a mais triste verdade.”

“Alguns homens morrem na maré vazante; outros na maré baixa; há quem morra em plena cheia; e agora me sinto como uma onda que é inteira crista encapelada, Starbuck. Estou velho... aperta minha mão, homem.”

Suas mãos se encontraram; seus olhos fitos uns nos outros; as lágrimas de Starbuck faziam as vezes de cola.

“Oh, meu capitão, meu capitão! Nobre coração... não se vá... não se vá!... Olha, é um homem valente que chora; quão grande é a agonia da persuasão então!”

“Arriai!”, gritou Ahab, afastando de si o braço do imediato. “Fica com a tripulação!”

Em um instante, os remos do bote dobravam próximos à popa, contornando-a.

“Tubarões! Tubarões!”, gritou uma voz da janela baixa da cabine. “Ó, meu senhor, meu senhor, volte!”

Mas Ahab nada ouvia; pois então era sua própria voz que se erguia; e o bote seguiu.

A voz, porém, dizia a verdade; pois mal havia se afastado do navio quando vários tubarões, aparentemente subindo das águas escuras sob o casco, batiam maliciosamente nas pás dos remos sempre que estas mergulhavam na água; e, desta forma, acompanhavam o bote com suas mordidas. Não chega a ser algo incomum a acometer os botes baleeiros nesses mares fervilhantes — ao que tudo indica, os tubarões às vezes os seguem da mesma maneira presciente com que os abutres pairam sobre as bandeiras dos regimentos em marcha no oriente. Mas esses eram os primeiros tubarões observados pelo *Pequod* desde que a Baleia Branca havia sido avistada; e fosse pelo fato de os tripulantes de Ahab serem todos bárbaros de um amarelo tigrino e, portanto, terem carne mais almiscarada aos sentidos dos tubarões — algo que sabemos que os afeta —, a despeito do que fosse, eles pareciam seguir aquele bote sem molestar os demais.

“Coração em aço forjado!”, murmurou Starbuck olhando sobre a amurada, e seguindo com os olhos o bote que se afastava. “Ainda consegues ressoar com bravura ante essa visão? Fazendo descer tua quilha entre tubarões famintos, e seguido por eles; e sendo este o terceiro dia crítico? Pois quando três dias se seguem sem pausa em uma intensa caçada; guarda contigo: o primeiro é a manhã; o segundo, o meio-dia; e o terceiro, a noite final — seja ela o que for. Oh!

Meu Deus! O que é isso que sinto perpassar-me e me deixa tão mortalmente calmo e, porém, ainda na expectativa — fixado no topo de um estremecimento! As coisas futuras nadam diante de mim, como sob a forma de esqueletos e contornos vazios; todo o passado, não sei como, parece perder a nitidez. Mary, menina! Tu te desvaneces em um pálido halo de luz em minha esteira. Filho! Parece que vejo tão somente teus olhos, cada vez mais e maravilhosamente azuis. Os problemas mais estranhos da vida parecem claros; mas nuvens movem-se entre eles — é o fim da minha caminhada que se aproxima? Sinto as pernas fracas; como quem tivesse andado um dia inteiro. Sente teu coração — ainda bate? Então te mexe, Starbuck! Defende-te... mexe-te, mexe-te, fala em voz alta! Ó, do topo do mastro! Vês a mão do meu menino na colina? Enlouqueceste... Ó, do alto! Não percas de vista os botes: atenção à baleia! Ei! Afasta esse falcão! Olha! Ele bica... rasga o cata-vento", apontando para a bandeira vermelha hasteada na borla do mastro principal. "Ha! Ele foge com ela! Onde está o velho agora? Vê esta cena, ó Ahab! Treme, treme!"

Os botes não tinham ido muito longe quando, a um sinal vindo dos mastros — um braço apontado para baixo —, Ahab compreendeu que a baleia havia mergulhado; mas pretendendo estar perto dela tão logo emergisse, ele interrompeu um pouco o avanço ao lado do navio; a tripulação enfeitiçada conservando o mais profundo silêncio, enquanto as ondas martelavam sem descanso a proa que a elas se opunha.

"Fincai, fincai vossos pregos, ondas! Enfiai-os até as cabeças! O que martelais não passa de algo sem tampa; e a mim nenhum caixão ou carro funerário pode levar: o cânhamo somente pode me matar! Ha! Ha!"

Não mais que de repente, as águas ao redor deles subiram lentamente em largos círculos; em seguida, encapelaram-se depressa, como se descessem pelos flancos de um iceberg submerso que, célere, alcançasse a superfície. Escutou-se um som baixo e longo, como um ronco; um murmúrio subterrâneo; e então todos prenderam a respiração; quando, sob um acúmulo de cabos e arpões e lanças, uma imensa forma ergueu-se longitudinal, porém obliquamente, do mar. Envolta por um fino véu de névoa que precipitava, ela pairou por um instante no ar cortado por um arco-íris; e então chafurdou de volta às profundezas. Espargidas a uma altura de um metro, as águas cintilaram por um instante como feixes de fontes, afundando em seguida numa chuva de flocos, deixando a superfície circular cremosa como leite fresco em volta do tronco de mármore da baleia.

"Dobrai os remos!", gritou Ahab para os remadores, e os barcos dispararam ao ataque; mas enfurecido pelos novos ferros do dia anterior que se corroíam em seu corpo, Moby Dick parecia conjuntamente possuído por todos os anjos caídos do céu.[665] As largas fileiras de tendões soldados que sob a pele transparente se espalhavam em sua fronte larga e branca pareciam todas entrelaçadas; de frente, ele se aproximou deitando a cauda para um lado e para o outro entre os botes; açoitando-os de modo a separá-los mais uma vez; derrubando os ferros e as lanças dos botes dos dois imediatos, e arrebentando um lado da parte superior de suas proas, mas deixando o bote de Ahab quase intocado.

Enquanto Daggoo e Queequeg seguravam as tábuas abatidas; e a baleia, nadando para longe deles, virava-se e exibia um flanco inteiro ao passar novamente por entre os botes; naquele instante, um grito súbito se fez ouvir. Amarrado em círculos no dorso do peixe; preso às muitas voltas em que, durante a noite anterior, a baleia enrolou as linhas emaranhadas ao seu redor, via-se o corpo parcialmente dilacerado do parse; sua vestimenta de zibelina feita em pedaços; seus olhos dilatados voltados diretamente ao velho Ahab.

O arpão lhe caiu da mão.

"Enganado, enganado!" E respirou tíbia e profundamente. "Sim, parse! Eu te vejo mais uma vez. Sim, e tu partiste antes; e *este*, então, é o carro fúnebre que prometeste. Mas tuas palavras ainda não se cumpriram de todo! Onde está o segundo rabecão? Vamos, imediatos, apressemo-nos ao navio! Esses botes são inúteis agora; consertai-os a tempo, se puderes, a tempo, e retornai a mim; se não, Ahab basta para morrer... Sentai, homens! O primeiro que ousar saltar deste bote sentirá a barba de meu arpão. Vós não sois homens por si — sois, sim, meus braços e pernas; portanto, me obedeceis. Onde está a baleia? Mergulhou de novo?"

Mas Moby Dick parecia muito próximo do bote; pois, como se se curvasse em fuga com o cadáver que carregava, e como se o lugar específico do último encontro tivesse sido apenas um ponto de sua travessia a sotavento, ele agora nadava decidido à frente; e quase havia ultrapassado o navio — que até então navegava na direção contrária, embora por ora seu avanço tivesse sido interrompido. Ele parecia nadar em sua velocidade máxima, e agora unicamente com a intenção de seguir o próprio caminho direto e reto no mar.

"Ah! Ahab", exclamou Starbuck. "Não é tarde demais, mesmo agora, no terceiro dia, para desistir. Olha! Moby Dick não te procura. És tu que o persegues como louco!"

---

665. Os anjos que acompanham Satã em sua queda, posteriormente transformados em demônios que o seguem, como descrito em *Paraíso perdido*.

Enfunando a vela ao vento que aumentava, o bote solitário foi rapidamente impelido a sotavento, por remos e lona. E, por fim, quando Ahab vogava sob o costado da embarcação, próximo a ponto de distinguir o rosto de Starbuck ao se inclinar sobre a amurada, ele o chamou para dar meia-volta à embarcação e segui-lo, não muito veloz, conservando uma distância segura. Olhando ao alto, viu Tashtego, Queequeg e Daggoo, os três subindo ansiosamente cada qual em um dos mastros ao alto; enquanto os remadores balançavam nos dois botes avariados que acabavam de ser içados no costado, ocupando-se de consertá-los. Um e depois outro, pelas vigias, à medida que ganhava velocidade, também teve vislumbres de Stubb e Flask, ocupando-se no convés dos feixes de novos arpões e lanças. Enquanto via tudo isso, enquanto ouvia os martelos nos botes avariados, martelos de um outro tipo pareciam cravar um prego em seu coração. Mas ele se recuperou. E então, observando que o cata-vento ou bandeirola havia sumido do tope do mastro principal, ele gritou a Tashtego, que tinha acabado de chegar àquele posto, que descesse novamente para buscar outra bandeira, e um martelo e pregos, para então a pregar ao mastro.

Fosse pela exaustão dos três dias de perseguição e a resistência que se impunha a seus movimentos pela rede nodosa que carregava; fosse por algum estratagema e malícia latente que trazia consigo: a despeito da razão verdadeira, o avanço da Baleia Branca aparentemente começava a diminuir em relação ao bote que mais uma vez dela se aproximava depressa; embora de fato o último arranque da baleia não tivesse sido tão longo quanto o anterior. E ainda enquanto Ahab deslizava sobre as ondas, os impiedosos tubarões o acompanhavam — e tão obstinadamente se mantinham próximos ao bote, e tão continuamente mordiscavam os remos que trabalhavam, que as pás foram se tornando irregulares e mascadas, deixando pequenas lascas no mar em quase todos os mergulhos.

“Não lhes deis atenção! Esses dentes estão servindo para abrir novos toletes nos remos. Dobrai os remos! É melhor apoio a mandíbula do tubarão do que a água cedente.”

“Mas a cada mordida, senhor, as pás finas ficam cada vez menores!”

“Vão durar o suficiente! Dobrai! Mas quem pode dizer”, ele murmurou, “se esses tubarões nadam para se banquetear da baleia ou de Ahab? Mas dobrai! Sim, sim, com força, marujada, estamos chegando perto. O remo de esparrela! Assumi o remo de esparrela! Deixai-me passar”, e assim dizendo, dois dos remadores o ajudaram a avançar até a proa do bote que seguia a toda brida.

Por fim, quando a embarcação alcançou o flanco da Baleia Branca, acompanhando seu avanço pela lateral, ela se mostrou estranhamente alheia à manobra — como é comum se passar com as baleias —, e Ahab se encontrava bem dentro da montanha de névoa fumegante, que, expelida do espiráculo, circundava a corcunda que se elevava como um imenso Monadnock[666] em seu dorso; Ahab se encontrava muito perto da Baleia Branca; quando, com o corpo arqueado para trás, e ambos os braços erguidos longitudinalmente para lhe conservar o equilíbrio, lançou o arpão feroz e sua maldição ainda mais feroz contra a odiada baleia. Enquanto aço e maldição enterravam-se na corcunda, como que sugados por um pântano, Moby Dick se contorceu de lado; rolou num espasmo seu flanco próximo contra a proa e, sem abrir nela um rombo, inclinou o bote tão repentinamente que, não fosse pela parte elevada da amurada à qual ele então se agarrou, Ahab teria sido mais uma vez atirado ao mar. Na verdade, três remadores — que não previram o instante preciso do arremesso e, portanto, não estavam preparados para seus efeitos — foram lançados ao mar; mas caíram de tal forma que, em um instante, dois deles agarraram-se a amurada e, erguidos a seu nível por uma onda violenta, lançaram-se novamente para dentro da embarcação; enquanto o terceiro homem permaneceu, impotente, abandonado à popa, mas ainda flutuando e nadando.

Quase simultaneamente, com uma poderosa vontade de rapidez instantânea e imediata, a Baleia Branca disparou pelo mar convulso. Mas quando Ahab clamou ao timoneiro que desse novas voltas à linha e assim a conservasse e ordenou à tripulação que fizesse meia-volta em seus assentos e rebocasse o barco ao alvo;[667] no momento em que a linha traiçoeira sentiu aquela dupla tensão e puxão, ela estalou no ar vazio!

"O que se rompe em mim? Alguns tendões se partiram! Estão inteiros de novo; remos! Remos! Avançar sobre ela!"

Ouvindo o tremendo avanço do bote que rasgava o mar, a baleia deu meia-volta para mostrar-lhes sua testa inexpressiva a uma distância segura; mas nessa evolução, vislumbrando o casco preto do navio que se aproximava; e aparentemente vendo nele a fonte de todas as suas perseguições; pensando, talvez, tratar-se de maior e mais nobre inimigo; de repente, ela arrojou-se con-

---

666. O monte Monadnock, ou Grand Monadnock, é uma montanha localizada no estado de New Hampshire, caracterizada por seu isolamento na paisagem.

667. Manobra interna da companhia do bote: no momento de rebocar o bote para perto da baleia trancada, os remadores se viram, deixando sua posição inicial de costas para a proa para colocarem-se de frente para ela.

tra a proa que se aproximava, travando as mandíbulas em meio à tempestuosa torrente de espuma.

Ahab sentiu o corpo lhe faltar e levou a mão à testa.

"Estou cego; marujos! Estendei as mãos a mim para que eu ainda possa tatear meu caminho. Não é noite?"

"A baleia! O navio!", gritaram os remadores encolhidos.

"Remos! Remos! Inclina-te a tuas profundezas, ó mar, de forma que, antes que seja tarde demais, Ahab possa deslizar esta última, última vez sobre seu alvo! Vejo: o navio! O navio! Avante, homens! Não quereis salvar o meu navio?"

Mas, quando os remadores fizeram o bote avançar violentamente através dos mares que lhes marretavam o casco, duas pranchas na ponta da proa, antes atingidas pela baleia, se partiram, e quase num instante o barco, por ora incapacitado, fez água a ponto de quase nivelar-se com as ondas; enquanto a tripulação chapinhava e espargia água, tentando ao máximo estancar a lacuna e baldear a água que invadia a embarcação.

Nesse ínterim, por um instante de contemplação, o martelo de Tashtego permaneceu suspenso em sua mão diante do mastro; e a bandeira vermelha, envolvendo-o pela metade como fosse uma manta, então tremulou diretamente dele, como fluísse de seu próprio coração; enquanto Starbuck e Stubb, de pé sobre o gurupés abaixo, avistavam, quase ao mesmo tempo que ele, o monstro que se abalava em sua direção.

"A baleia, a baleia! Leme a sotavento, leme a sotavento! Oh, todos vós, doces poderes da atmosfera, abraçai-me, segurai-me forte! Não deixais Starbuck morrer, se morrer é seu destino, num desmaio feminino. Leme a sotavento, não escutaste? Seus tolos, a mandíbula! A mandíbula! Este é o fim de todas as minhas veementes orações? De todas as minhas fidelidades de uma vida? Oh, Ahab, Ahab, eis a tua obra! Firmeza, timoneiro, firmeza! Não, não! Leme a sotavento, de novo! Ela se vira, ela vem a nosso encontro! Oh, sua fronte insaciável avança na direção de um homem cujo dever lhe diz que não pode partir. Ó, meu Deus, fica ao meu lado!"

"Não fique ao meu lado, mas debaixo de mim, seja você quem for que vai ajudar Stubb; pois Stubb, também, daqui não sai e ninguém tira. Sorrio para ti, ó baleia sorridente! Quem já ajudou Stubb, ou manteve Stubb acordado, senão o próprio olho de Stubb, olho vivo que nunca pisca? E agora o pobre Stubb vai para a cama em um colchão macio demais; antes fosse forrado de galhos! Sorrio para ti, ó baleia sorridente! Ei, sol, lua e estrelas! Eu os chamo de assassinos de um sujeito melhor do que todos esses que já bateram as botas por aí. Mesmo assim, brindaria com vocês, se me servissem um copo! Ó, baleia sorridente, logo o que não vai faltar é água pra engolir! Por que não foges, ó Ahab? Quanto a mim, esvazio a cômoda — e que Stubb faça uma gaveta de caixão! Uma morte muito mofada e salgada; cerejas, cerejas, cerejas! Ó, Flask, uma cereja vermelha antes de morrermos!"

"Cerejas? Só queria que estivéssemos onde elas crescem. Ó, Stubb, espero que minha pobre mãe tenha sacado meu adiantamento antes disso; senão, não vai receber muitos cobres, porque essa viagem acabou."

Na proa do navio, viam-se quase todos os marinheiros agora inativos; martelos, pedaços de tábua, lanças e arpões, todos retidos mecanicamente em suas mãos, tal como se encontravam no momento em que haviam disparado de suas variadas ocupações; os olhos encantados de todos voltados à baleia, que fazendo vibrar estranhamente de um lado para o outro a cabeça predestinante, produzia e espalhava uma larga faixa de espuma semicircular diante de si enquanto avançava. Desforra, célere vingança, maldade eterna — todas tingiam-lhe a fronte e, apesar de tudo que estivesse ao alcance da ação do homem mortal, o sólido e branco contraforte de sua testa atingiu a proa de estibordo do navio, até que homens e tábuas balançaram. Alguns deram com a cara no chão. Como borlas deslocadas, as cabeças dos arpoadores no alto dos mastros deslocaram-se em seus pescoços de touro. Através do rombo aberto, eles ouviram as águas invadirem o casco, como torrentes da montanha que descem por uma calha.

"O navio! O carro fúnebre! O segundo carro fúnebre!", exclamou Ahab do bote. "Sua madeira só poderia ser americana!"

Mergulhando sob o navio que afundava, a baleia passou trêmula ao longo de sua quilha; virando-se, porém, debaixo d'água, emergiu rapidamente à superfície, distante do outro lado da proa, mas a poucos metros do bote de Ahab, onde, por um breve instante, ela se aquietou.

"Afasto meu corpo do sol. Ora, Tashtego! Ei, deixa-me ouvir teu martelo. Ó, meus três pináculos invencíveis; ó, quilha inquebrantável; ó, casco que somente um Deus intimida; ó, convés de tábuas firmes, leme altivo, proa aguda — navio da morte em glória! Morrerás, então, e sem mim? Serei privado do orgulho derradeiro que mesmo os mais medíocres capitães conhecem em seus naufrágios? Ó, morte solitária de uma vida solitária! Ó, sinto agora que minha maior grandeza está em minha maior dor. Ho, ho! De todos os mais distantes confins, invadi-me agora, ó, intrépidos vagalhões de toda a vida que perdi! Cobri a onda de minha morte que se ergue! Rolo em tua direção, baleia exterminadora, baleia inconquistável; contigo luto até o fim; apunhalo-te do coração do inferno!

Em nome do ódio, cuspo meu último suspiro em tua fronte. Afunda caixão e carro fúnebre em um só poço — e uma vez que não me sejam dados nem um nem outro, que então eu seja feito em pedaços enquanto ainda te persigo, ainda que amarrado a ti, baleia maldita! *Assim*, toma a lança!"

O arpão foi lançado; a baleia atingida arremeteu à frente; com velocidade de ignição, a linha percorreu as goivas — enroscou-se; Ahab abaixou-se para desimpedi-la, e assim o fez; mas a volta da linha então em disparada laçou-lhe o pescoço e, sem um som sequer, como os turcos mudos que estrangulam suas vítimas, ela o arrastou para fora do barco, antes mesmo que a tripulação soubesse que ele havia morrido. No instante seguinte, a pesada emenda na extremidade final da linha voou para fora da selha totalmente vazia, derrubou um remador e, atingindo o mar, desapareceu em suas profundezas.

Por um instante, a tripulação do bote permaneceu imóvel, em transe; em seguida, virou-se. "Meu Deus, onde está o navio?" Logo eles avistaram, através de turvos e atordoantes meios, o fantasma do costado esmaecido, como na névoa da Fata Morgana; apenas o alto dos mastros fora d'água; enquanto, presos — fosse por desvario, lealdade ou destino — em seus poleiros outrora elevados, os arpoadores pagãos ainda conservavam seus postos no mar que os engolia. Círculos concêntricos se apoderavam, então, do próprio bote solitário e de toda a sua tripulação e de cada remo flutuante e de cada pinho de lança, e com todas as coisas, as animadas e as inanimadas, girando, girando e girando em um único vórtice, arrastaram o mais ínfimo pedaço do *Pequod* consigo, até que dele nada restasse.

Mas enquanto os últimos turbilhões se derramavam, misturados, sobre a cabeça afundada do índio no mastro principal, deixando ainda à mostra alguns centímetros de mastro ereto, junto com longos metros tremulantes da bandeira, que ondulava pacificamente, por irônicas coincidências, sobre as vagas devastadoras que quase as tocavam; naquele instante, um braço vermelho e um martelo pairaram no ar, erguendo-se, no ato de pregar a bandeira cada vez mais rápido no mastro que afundava. Uma águia-pesqueira que, zombeteira, seguira a borla do mastro principal na descida de sua morada natural entre as estrelas, bicando a bandeira e incomodando Tashtego; ocorreu que a asa larga e esvoaçante do pássaro quedou acidentalmente interceptada entre o martelo e a madeira; e, submerso, sentindo ao mesmo tempo a vibração etérea, em seu rapto mortal, o selvagem conservou o martelo ali, imóvel; e assim o pássaro do céu, com seu berros de arcanjo e o bico imperial erguido ao alto e as formas todas cativas nas dobras da bandeira de Ahab, afundou com o navio, que, como

Satã, jamais desceria aos infernos sem que arrastasse consigo uma parte viva do céu, da qual fez um elmo.

Neste instante, pequenas aves voavam aos gritos sobre o golfo ainda aberto; uma espuma morosa e branca bateu-se contra as encostas íngremes; e então tudo desabou, e a grande mortalha do mar cobriu e sobre tudo rolou como há cinco mil anos.

Epílogo

"E só eu escapei, para te trazer a nova."

JÓ

O DRAMA CHEGOU AO FIM. Por que, então, alguém dá um passo à frente? Porque alguém sobreviveu ao naufrágio.

Aconteceu que, depois do desaparecimento do parse, fui aquele a quem as Parcas ordenaram que tomasse o lugar do proeiro de Ahab quando este assumiu o posto que vagara; o mesmo que, quando no último dia os três homens foram arremessados para fora do barco sacudido, quedou à popa. Assim, flutuando na margem da cena que se seguiu, e com plena visão dela, quando a sucção já em parte arrefecida do navio afundado me alcançou, fui então, mas lentamente, atraído em direção ao vórtice que se fechava. Quando o atingi, ele estava reduzido a uma poça cremosa. Girando e girando, então, e sempre se contraindo em direção à bolha preta, semelhante a um botão, no eixo daquele círculo que girava devagar como um novo Íxion, girei.[668] Até que, ganhando esse centro vital, a bolha negra estourou; e então, liberado pela mola de seu gancho e, devido à sua grande flutuabilidade, erguendo-se com enorme violência, a boia salva-vidas do caixão disparou longitudinalmente do mar, caiu e flutuou ao meu lado. Sobre aquele caixão, flutuei por quase um dia e uma noite inteiros em uma superfície tranquila, quase enlutada. Os tubarões, inofensivos, deslizavam como tivessem cadeados nas bocas; as selvagens águias-pesqueiras vogavam com bicos embainhados. No segundo dia, uma vela se aproximou, cada vez mais perto, e finalmente me resgatou. Era *Raquel*, em seu cruzeiro errante, que em seu esforço de refazer caminhos em busca dos filhos desaparecidos, acabou por encontrar um outro órfão.

---

668. Depois de ferir a hospitalidade de Zeus ao desejar sua esposa Hera, Íxion é condenado a girar eternamente em uma roda de fogo — primeiro, pelo universo afora e, por fim, no Hades, o inferno grego.

POSFÁCIO

Nos furacões atlânticos do ser: lendo *Moby Dick* no século XXI

A tarefa mais dura ao concluirmos a leitura de *Moby Dick* não é a de tentar apreender um sentido integral do romance, e sim a de abandonar Ismael. Após tantas páginas vivendo aventuras marítimas e confusões existenciais por meio de sua voz, como largá-lo no convés do baleeiro *Raquel*, sem saber que outros assombros irá experimentar? O traço distintivo do nosso narrador é, afinal, o dom da comoção, e é isso o que o traz para junto dos leitores a todo instante. E apreender o sentido integral de *Moby Dick* é uma quimera boba, que apenas aqueles sem o mesmo dom tentarão enfrentar.

Terminamos o romance em perplexidade, e é também perplexo, sem conclusão epifânica a respeito do significado da caça à Baleia Branca, que Ismael surge no mar e é atraído rumo ao "centro vital" de onde irá assomar o bote-caixão originalmente fabricado para seu companheiro Queequeg, agora um entre os muitos náufragos submersos. São movidos e expelidos pela pulsão da vida, Ismael e seu esquife-às-avessas. A cena final de *Moby Dick* é um nascimento: o contraditório parto de um órfão.

Não é por acaso que Herman Melville joga com um vocabulário e uma imagética que remetem tão diretamente à reprodução, e sobretudo à sexualidade. Estas se apresentam como caminhos possíveis para compreender a força perene deste longo e exuberante romance, que é profuso em tiradas fálicas e que gira em torno, afinal, de *sperm whales*, os cachalotes que, em uma (inadequada) tradução literal, nada menos são do que "baleias de esperma".

Antes de falarmos mais sobre isso, porém, voltemos à cena final. Abalroado pelo cachalote em seu desespero pela vida, o baleeiro *Pequod* afunda em um redemoinho. A cena é narrada à perfeição por Melville, um escritor incapaz de errar quando a tarefa é descrever e conjurar movimentos na imaginação do leitor: a espiral marinha traga homens, embarcações e armas e, "com todas as coisas, as animadas e as inanimadas, girando, girando e girando em um único vórtice", arrasta tudo para as profundezas.

Tudo, tudo mesmo, sucumbe — inclusive uma águia-pesqueira, um ente do ar, que é pregado junto à bandeira vermelha ao mastro e engolido pelas águas, assim como o arpoador Tashtego, que dá a martelada fatal. A cena é toda caótica, catastrófica. Trata-se de um parto longo e violento. A bem dizer, o parto durou muitos meses: toda a viagem do *Pequod* em sua perseguição a Moby Dick é um longo processo de geração de algo, ainda que demande o perecimento de tanto mais.

A cena final termina, porém, em calma: com aves gritando sobre ele, o abismo vai se fechando até que a "mortalha do mar" cubra todos os destroços e role como o faz "há cinco mil anos". Senhor de seu domínio, o leviatã Moby Dick mergulha marcado por mais um encontro com os homens, e carregando espólios compostos por eles e seus metais. Não é o vencedor de uma guerra, no entanto, e é lamentável que parte da crítica tenha lido o romance de Melville como um embate entre inimigos. Quando não atacado, o cachalote não poderia se importar menos com Ahab, com Ismael ou conosco.

Em 2022, é difícil não ler com algum desdém a opinião de um crítico consagrado como Harold Bloom, segundo o qual o último discurso de Ahab, cara a cara com a morte, se mantém "desesperadamente heroico".[1] Desesperadamente bela a fala permanece, sem dúvida, mas a nobreza prometeica do capitão ficou um pouco démodé. Matar uma baleia a fim de penetrar o manto que separa o ser humano da realidade espiritual recende a um desalento romântico que passou a fazer pouco sentido depois da destruição de que fomos capazes no século passado e neste.

Há muito tempo o famoso e dramático insight final de Ahab — "minha maior grandeza está em minha maior dor" — não soa razoável como tradução de uma suposta tragédia humana universal. Em uma realidade de tantas calamidades contingentes, quem tem o luxo de se identificar com uma revelação dessas? Ironicamente ou não, a grande tragédia humana que hoje nos abala em dimensão total se equipara ao fado do *Pequod* de modo muito mais literal.

A tarefa que o livro nos demanda hoje, então, consiste na tentativa de compreender se imputar ao romance uma leitura que enfraquece a causa de Ahab é ou não uma violência extemporânea, e portanto descabida, a uma obra publicada há 170 anos, quando o óleo de baleia era combustível para a vida moderna. A solução, no entanto, não é tão simples quanto parece, e isso é mérito de Melville e das escolhas narrativas que ele faz em seu livro. "*Moby Dick* é um

1. *O cânone americano*. Trad. de Denise Bottmann. Rio de Janeiro: Objetiva, 2017.

pesadelo ecológico", escreveu Harold Bloom nos anos 2010, e completou: "Nós também somos". A observação faz lembrar a célebre frase de Stephen Dedalus, em *Ulysses*: "A história é um pesadelo do qual estou tentando acordar". Para apreender a força de *Moby Dick* hoje, precisamos entender, no contexto do romance, quem é que sonhou esse pesadelo e tentar descobrir como acordar dele sem trazer apenas as sequelas daninhas.

O caminho possível para essa dupla tarefa tem a ver com a cena de "parto" que encerra o romance. O que nasce de tamanha destruição, e o que pode continuar nascendo? O bote-caixão é a primeira resposta material, e ele irrompe do mar longitudinalmente, evocando uma potência fálica que não se deve dispensar ou menosprezar sob a alegação preguiçosa de que homens instalam pênis eretos em todas os cenários e circunstâncias possíveis. Não, a sexualidade não é em *Moby Dick* apenas uma desculpa para uma piscadela sacana do autor para o leitor. Ela é também uma ferramenta importante, mais cósmica do que viril, para remeter a possibilidades de convergência entre civilização e natureza, indivíduo e universo, o humano e o divino.

O outro rebento do naufrágio é Ismael — não só o marujo, mas sim, sobretudo, o narrador. Sem o sobrevivente do desastre não conheceríamos a história da viagem ensandecida de Ahab e de sua tripulação. Do mesmo modo, sem a viagem e o desastre, não haveria narrador nem história. Ambos — Ismael e *Moby Dick* — nascem juntos. Eleito pelas Parcas, aquele toma um lugar no bote de Ahab e mantém-se firme em sua popa enquanto todos os outros são arremessados longe, e depois flutua rumo à poça cremosa deixada pelo naufrágio do *Pequod*. Salvo pelo anticaixão de Queequeg, ele, então, dá o "passo à frente" que abre o epílogo.

Se nasce apenas nas últimas páginas, é na primeira que se apresenta, de modo intrigante. É famoso o grau de ambiguidade embutido na sentença que abre o romance. "Chamem-me Ismael", lemos ao iniciar o capítulo, e somos então lançados ao universo de sua narrativa. Chamá-lo Ismael não é, contudo, aceitar que este é seu nome, e sim compartilhar a simbologia por trás dele; desde a linha inicial, espera-se que o leitor saiba que está lendo a narrativa de um homem a quem o Deus brutal do Antigo Testamento legou um destino importante e fecundo, porém expulsou dos domínios de seu pai, tornando-o um errante e estrangeiro.

Há, porém, um detalhe importante: leitores dos livros bíblicos se lembrarão de como é frequente que personagens mudem de nome quando recebem bênçãos ou sofrem reveses causados por Deus. Abrão torna-se Abraão; Noemi torna-se Mara. A grande questão — e encanto — de *Moby Dick* (e de Ismael) é que é difícil precisar em qual dos polos da fortuna se encaixa a aventura do nosso narrador. Ainda melhor: talvez ele decida fazer com que seu destino escape à dinâmica de bênçãos e maldições judaico-cristãs.

Entre uma meia dúzia de passagens nas quais temos um vislumbre da vida pós-*Pequod* de Ismael, um episódio pode passar despercebido à leitora mais ansiosa. No capítulo "Um caramanchão nas Arsácidas", ele relata uma visita a um arquipélago no Pacífico no qual tem a oportunidade de adentrar o esqueleto de um enorme cachalote transformado em templo. Embora os sacerdotes protestem que é impossível medir Deus, Ismael anota as dimensões da baleia, que depois tatua em seu braço direito.

Ismael deixa escapar então, como se não fosse nada, que "havia falta de espaço" para a tatuagem e que ele desejava que outras partes do corpo permanecessem em branco "como páginas para um poema que estava compondo". Ficamos sabendo, assim, que Ismael continua sua exploração não apenas do universo das baleias como também do estrangeiro, e aprendemos quão distante o narrador está daquele rapaz deprimido que, anos antes, havia se assustado diante da visão de Queequeg na Estalagem do Baleeiro.

Agora é Ismael quem tem o corpo tatuado, em um processo que foi chamado por um crítico de "queequeguificação" e "desamericanização" do personagem.[2] Além disso, esse tornar-se estrangeiro ocorre por meio de uma intervenção corporal cujo principal objetivo é registrar na pele um poema. Não é descabido, aliás, aproximar tal poema do próprio *Moby Dick*, um texto em tudo distante, contudo, daquele esculpido na pele de Queequeg ("um tratado místico sobre a arte de alcançar a verdade", como lemos no capítulo sobre o "canibal" em seu caixão). Em qualquer caso, o que não se deve questionar é que, desde o primeiro contrato entre leitor e romance até o epílogo, sabemos que é a história de Ismael que vamos ler. É ele a única pessoa que de fato conhecemos quando lemos este imenso livro, e jamais chegamos a conhecê-lo muito bem.

---

2. Kellen Bolt, "Squeezing Sperm: Nativism, Queer Contact, and the Futures of Democratic Intimacy in Moby-Dick". *ESQ: A Journal of Nineteenth-Century American Literature and Culture*, v. 65, n. 2, pp. 293-329, 2019. Em referência ao capítulo 94, que discutimos mais adiante neste texto, Bolt afirma que "Ismael não deixa que os cataclismos do *Pequod* o dissuadam de abraçar, incorporar e exaltar o *queer* e o estrangeiro. Ele não para de espremer esperma[cete] com homens não americanos para se casar com uma mulher em terra, pelo menos até onde sabemos. Em vez disso, espremer o esperma fortalece seus compromissos com o *queer* e o estrangeiro, como seu corpo indica".

Essa não é uma observação trivial, uma vez que coloca toda a caçada monomaníaca de Ahab em um plano, se não menos importante, certamente mais ambivalente. O que *Moby Dick*, o romance, nos faz concluir a respeito do projeto de vingança do capitão contra o cachalote que o mutilou? Cada um dos leitores pode chegar à sua própria tese, e é mesmo natural que o façamos (este posfácio não escapa a isso), mas, se encararmos o texto em sua totalidade, não encontraremos uma linha coerente que permita afirmar que Melville quis dizer *isso* ou *aquilo* por meio da história que conta.

No capítulo "O tombadilho", Ahab incita a tripulação a se engajar em sua vingança contra Moby Dick, e Starbuck o confronta, pedindo que esqueça o projeto. "Enfurecer-se contra uma criatura estúpida parece-me, capitão Ahab, blasfêmia", diz o lúcido imediato, despertando a ira metafísica do capitão, que discorre sobre a maldade insondável que se esconde por trás da Baleia Branca: ele diz que se lançaria até mesmo contra o sol caso ele o afrontasse e fala da "máscara de papelão" que recobre todas as coisas visíveis e que ele intenta romper matando o cachalote.

A se considerar apenas o texto, não há motivo para imputar a Melville a fúria de Ahab. Quando, dezenas de capítulos adiante, pouco antes do primeiro dia de caçada, o capitão pergunta "Ahab é de fato Ahab? Sou eu mesmo, Deus, ou que força ergue este braço?", poderíamos cinicamente responder que não é ele nem Deus, mas Melville quem faz com que persiga o cachalote até a própria morte, e Ismael quem o concebe em linguagem. É este que, com sua atenção à fisicalidade, afirma que "o corpo retalhado e a alma dilacerada [do capitão] sangraram um no outro; e assim, fundidos num só amálgama, o enlouqueceram".

Ahab é carismático, suas falas são atordoantes, e há de fato uma beleza arcaica em seu duelo contra o ininteligível — mas ele morre agachado, tentando desenroscar a corda do arpão, que acaba por enforcá-lo antes de o arremessar ao mar. Melville dá a seu anti-herói um fim melancólico (alguns poderiam dizer: ridículo). É inviável tirar uma conclusão inequívoca disso.

O Ahab que conhecemos é em boa parte um dos recortes da própria cosmovisão de Ismael, que qualquer leitora de *Moby Dick* perceberá ser muito mais instável do que a obstinação do capitão. É também uma face das investigações teológicas de Melville. O gnosticismo é um bom exemplo: ainda que haja no livro só uma referência a esse movimento religioso (os "ofitas" mencionados no capítulo "Moby Dick"), a noção de que o mundo material é obra de um demiurgo inferior — uma "máscara de papelão" — e não de um deus espiritual supremo atravessa a obsessão de Ahab.[3] Mas os gnósticos, certamente estudados por Melville, acreditavam que o mal era inerente à matéria, e é difícil coadunar essa visão com muitos dos mais belos momentos de *Moby Dick*.

Na década de 1920, o escritor inglês D. H. Lawrence escreveu que não havia dúvida de que Moby Dick era um símbolo. "De quê?", ele se pergunta. "Duvido que o próprio Melville soubesse muito bem. Essa é a melhor parte." Lawrence estava certíssimo. Se Melville não sabe muito bem o que quer simbolizar por meio do cachalote, Ismael sabe menos ainda e é, por isso, um narrador e um personagem muito mais interessantes do que um porta-voz de alegorias e metáforas poderia vir a ser.

Se ele emerge do naufrágio perplexo, é porque sempre esteve nessa condição. Não é um observador fiel aos fatos, tampouco uma das mentes cativadas pela demência carismática de Ahab (no máximo, momentaneamente); é, antes, um sujeito dado à inquietação. *Moby Dick* é, portanto, um livro de assombros contínuos, e de redenções passageiras, talvez ainda mais urgentes para leitores contemporâneos do que pareciam ser em 1851 ou 1920.

Há uma seção breve e admirável que demonstra muito bem esse estado de espírito. "Tecendo o coxim" se abre com Ismael e Queequeg fabricando uma corda para o bote, em meio ao que descreve como uma atmosfera de sonho. O que deveria ser uma simples tarefa manual rapidamente adquire também o tom de uma ruminação existencial: passando o cabo entre os fios da urdidura, Ismael compara-se ao livre-arbítrio, enquanto seu companheiro representaria o acaso. Queequeg faz descer sua espada sem muita precisão, tornando a textura final do coxim desigual. "Era como se trabalhássemos no Tear do Tempo e eu mesmo fosse a lançadeira em sua mecânica tecelagem ao comando das Parcas", diz o narrador, nos fazendo pensar, ao cabo do epílogo, que foi ele mesmo quem teceu a própria sobrevivência, ao menos poeticamente.

O simbolismo que Ismael atribui à atividade que ele e o "canibal" desempenham não se sobrepõe, porém, à corporalidade e à carga erótica do trecho. Ainda que para alguém pouco versado nas artes náuticas não seja simples visualizar a cena em detalhes, é difícil não se deixar levar pela imagem das mãos lançadoras de Ismael e dos rompantes da espada de carvalho de Queequeg em seus movimentos ora oblíquos e fracos, ora irregulares e fortes. Em ambos os casos — interação entre vontade e acaso; fabricação manual

3. Cf. Thomas Vargish, "Gnostic Mythos in Moby-Dick". *PMLA*, v. 81, n. 3, pp. 272-7, jun. 1966.

da corda –, trata-se de um momento de comunhão física e existencial. Nada está fora do lugar.

A pesquisadora Lisa Ann Robertson chama a solução que Melville/Ismael dá ao seu senso de falta de sentido do mundo de uma "redentora epistemologia do toque".[4] Diante da ideia assustadora de que o universo é inescrutável, o único antídoto seria o contato físico com outros seres humanos, que permitiria que se acessasse algum significado para a existência. No caso de "Tecendo o coxim", esse contato é mediado pela corda urdida, mas a conexão com Queequeg – elaborada desde o início do livro sob a chave do toque – alcança uma dimensão maior do que a da simples colaboração entre companheiros de navio.

Como se para provar o ponto sobre o acaso, porém, o idílio é interrompido pelo grito de Tashtego, descrito como "um som tão longo e estranho, de música tão selvagem e sobrenatural" que tampouco ele poderia ser resumido à sua função prática – anunciar a visão da primeira das baleias a serem caçadas na viagem. O capítulo toma então um rumo diferente, mas isso não esgota as oportunidades de Melville ou Ismael explorarem possibilidades de conexão, esquecendo o desprezo gnóstico pelo mundo material.

Moby Dick é um livro monstruoso em muitos sentidos. É longo, estranho, e pode ser assustador. Pesquisadores e tradutores se debatem com o texto por anos ou décadas, e há tantos fios a desenrolar que qualquer tentativa de ser exaustivo terá o mesmo fim de Ahab. É peculiarmente interessante que a dificuldade de leitura do livro provenha, além da linguagem complexa, de dois polos tão alheios um ao outro: as descrições náuticas e as reflexões metafísico-existenciais. Distintos na origem, esses focos de complexidade surtem, porém, o mesmo tipo de efeito, e nos sentimos frequentemente perdidos, com a sensação de não estarmos entendendo tudo o que é ali posto devido a uma incompetência ou ignorância fundamental.

E é verdade: somos incompetentes e ignorantes para ler *Moby Dick*, mas talvez isso jogue, inesperadamente, a nosso favor. Como sentir todo o baque de um capítulo como "A Grande Armada" se no anterior não estivéssemos às voltas com o espanto de Ismael diante da ausência de rosto do cachalote ou se, até momentos antes, não estivéssemos submersas entre drogues, remos de esparrela e arpões presos a animais sarapantados? É preciso estar confuso para

4. Lisa Ann Robertson, "'Universal Thump': The Redemptive Epistemology of Touch in Moby-Dick". *Leviathan*, v. 12, n. 2, pp. 5-20, 2010. Disponível em: <www.muse.jhu.edu/article/492949>.

penetrar a beleza súbita que Ismael encontra no centro do que ele descreve como uma "roda-viva delirante" de baleias sob ataque.

Largado na planície de calma cercada pelo gigantesco grupo de cachalotes em polvorosa, o grupo de marinheiros e de leitores se vê sobre uma superfície marítima suave e transparente, na qual fêmeas e filhotes nadam tranquilos, se aproximando do bote curiosos e confiantes "como cães domésticos". Ainda mais impressionante é a visão subaquática, de baleias amamentando seus filhotes, e de "prazeres e deleites" — "os amores do jovem leviatã nas profundezas". Em transe, Ismael resume a reação dos marinheiros (e a nossa): "era impossível não quedar maravilhado". À vista deles, estava um dos até então misteriosos centros vitais do oceano — a imagem faz pensar em um útero.

Ismael então se equipara à cena que descreve, na famosa passagem sobre "os furacões atlânticos do meu ser", nos dizendo que "enquanto planetas ponderosos de infortúnio orbitam em meu entorno, em minhas profundezas terrestres ainda me banho na mansidão eterna da alegria". A crítica vem com frequência apontando nesse trecho a voz de Melville sobre sua própria noção de integridade individual e criação artística, na ambivalência entre um núcleo fecundo e a profunda aflição existencial que o cerca.

Como também já foi amplamente discutido,[5] as imagens fálicas e/ou sexuais exploradas em *Moby Dick* são fundamentais para o nosso entendimento dessa ambivalência, ao mesmo tempo que tornam o livro muito mais divertido. São frequentes as passagens em que Melville se vale do humor e de trocadilhos para propor reflexões sérias. "A batina", com o corte cerimonial da carne do pênis da baleia — o "grandissimus" — e a crítica subtextual à Igreja, vem logo à mente. Algumas piadas naturalmente se perdem na tradução para o português, e ficamos sem saber se estamos forçando a barra, sendo bobos como pré-adolescentes que veem imagens sexuais em tudo, ou se estamos captando ironia.

Ismael encerra o capítulo "Cetologia", no qual ensaia uma tipologia das baleias, afirmando que o deixa deliberadamente inacabado como a catedral de Colônia, e afirma que "tudo que de pequeno se levanta pode ser concluído por seus primeiros arquitetos; os grandes, os verdadeiros erguimentos, sempre deixam a pedra final para a posteridade". Não querendo deixar vaga a alegoria, ele a explica: "Todo este livro não é mais do que um esboço — não: o esboço de

---

5. Vale a pena ler o artigo de Robert Shulman "The Serious Functions of Melville's Phallic Jokes", publicado na revista *American Literature*, v. 33, n. 2, 1961.

um esboço". Aqui traduzido por "erguimento", o livro, no original, é comparado a uma "erection", uma ereção.

Uma ereção, naturalmente, é só a primeira parte do ato sexual de que participa um homem. Quando Melville escreve que o livro (*Moby Dick* ou o poema de Ismael? Não faz diferença) é essa enorme ereção inacabada — "o esboço de um esboço" —, uma das coisas que deixa no ar é um convite aos leitores para que venham compartilhar do prazer que ele começa a erigir. É engraçado e, ainda mais, bonito pensar que estamos 170 anos depois gozando com o falo-livro do autor. Para chegarmos a esse orgasmo épico, é preciso consentir em sermos apanhadas nos "furacões atlânticos" para, vez por outra, nos surpreendermos na "mansidão eterna da alegria". A palavra "eterna" trai mais um desejo do que um estado permanente, e a sensação é a de que Ismael e, por conseguinte, *Moby Dick* precisam da tragédia para encontrar nela os momentos de redenção.

Chegamos então a outro capítulo memorável. Em "Apertando e espremendo mãos", Ismael e seus companheiros estão unidos na tarefa de desfazer os nódulos cristalizados no espermacete da baleia morta pelo segundo imediato Stubb. Melville claramente se diverte no tom grandiloquente da passagem, em que o narrador, arrebatado pelo prazer de mergulhar as mãos na substância emoliente, toca as mãos dos outros marinheiros, olhando-os nos olhos, e exclama: "Vamos todos nos apertar uns nos outros; vamos nos apertar universalmente no próprio leite e espermacete da bondade".

Não se trata simplesmente de festejar a irmandade entre os homens, ou o amor e a compreensão que devem pairar acima dos rancores mesquinhos. Melville emprega aqui de forma ostensiva o termo "sperm", e não "spermaceti" como aparece em tantas outras passagens no original. A celebração que o autor propõe é deliberadamente polêmica, pela evocação do homoerotismo e da masturbação. Mais importante ainda é que é por meio desse contato físico com os companheiros que Ismael rompe com o pacto que ele próprio havia feito com Ahab uns cinquenta capítulos antes. Agora, era como se "todo o nosso horrível juramento já não existisse mais", pois o impoluto esperma(cete) "o havia lavado de minhas mãos e meu coração".

Em um contexto puritano, no qual o esperma era visto como algo a ser guardado para fins de reprodução e só, Melville o celebra também *contra* a reprodução. Ismael afirma, ali, que é mais fácil encontrar a felicidade ao se espremer esperma do que por meio da razão ou da imaginação: a experiência de apertar as mãos dos companheiros é comparada a outras experiências sensoriais sublimes — são evocadas a esposa, a cama, a mesa, o campo — e ele, por fim, proclama que gostaria de poder prolongar aquele momento eternamente. Isso em um país no qual, em meados do século XIX, abundavam dramáticas recomendações médicas contra a masturbação e o desperdício de sêmen, que seriam responsáveis por causar insanidade e mesmo a morte.

Três anos antes de *Moby Dick*, saía, por exemplo, a 13ª edição de um guia sobre "os perigos da sexualidade excessiva e pervertida", em que o frenologista O. S. Fowler afirmava que a masturbação era um risco à saúde e à vida de adultos. O autor é enfático: "Declaro solenemente, com resoluta convicção, que poucos daqueles do meu próprio sexo escapam totalmente desse ardil, enquanto milhares morrem anualmente dessa única causa!". Era contra esse tipo de bobagem que Melville também escrevia, e não é casual que o panfleto de Fowler tenha sido popular até o fim do século XIX — a 61ª e última edição é de 1897 — enquanto *Moby Dick* só saiu em edições pequenas e pouco comentadas ao longo do século. Ele realmente não conversava com as expectativas de seu tempo, e isso não apenas em termos de composição literária.

Como conversa com as expectativas dos nossos? De que forma podemos nos sentir em casa hoje em um navio baleeiro, cercado de homens desgarrados — ilhéus e isolões —, que por sua vez estão cercados pelo "mar, musculado e viril" e seus habitantes? Acusado de misógino tanto quanto celebrado por seu pendor equalitário, *Moby Dick* é um livro diferente para cada um que o lê, mas há algo que o mantém vivo a despeito das diferenças.

Em "A sinfonia", Ismael anota que o mar é masculino, enquanto os pássaros nas alturas exalavam uma "atmosfera feminina", e conclui que "as distinções exteriores se davam unicamente por matizes e sombras; os dois pareciam um só". Apesar de praticamente não haver mulheres, o feminino atravessa *Moby Dick*, seja na mãe mística evocada por Ahab, seja nas imagens uterinas. Mesmo o parto que encerra o romance não é o único do livro. Outro, mais explícito, acontece no capítulo "Cisterna e baldes", em que Queequeg (é tentador chamá-lo *Queer*queg) opera uma cesariana na cabeça de um cachalote para salvar o indígena Tashtego, submerso no espermacete. "Por meio da coragem e grande habilidade obstétrica de Queequeg, a libertação, ou melhor, o parto de Tashtego, foi realizado com sucesso", anota Ismael. E então conclui: "A obstetrícia deveria ser ensinada ao lado da esgrima e do pugilismo, da equitação e do remo".

Masculino e feminino se fundem, nesse útero repleto de esperma(cete) de onde é parido Tashtego. Nada disso quer dizer, é claro, que *Moby Dick* é um romance feminista ou ostensivamente *queer*; defender algo assim seria bastante absurdo. No entanto, para além da celebração do estranho e do estrangeiro, há uma insistência no sexual/reprodutivo que aponta para a fusão entre os seres como uma forma possível de existência em meio ao caos e à catástrofe, por meio do que Robertson chamou de "epistemologia do toque".

Nos três dias de caçada, o cachalote Moby Dick também já foi identificado pela crítica com um princípio fálico destruidor: ele avança em ferozes movimentos verticais e deixa em seu rastro, além dos destroços, uma espuma espessa. Talvez possamos vê-lo, diferentemente, como um elemento regenerador. O mar, afinal, volta à calma de cinco mil anos atrás. Só por necessidade literária sobra um homem para contar a história, e ela não é uma história só de violência, de obsessão e de morte. O que resta de *Moby Dick* é certamente mais do que o terror de um fim de mundo — ou do fim de um mundo, o que em nossas ridículas vidas terrenas é quase o mesmo. Talvez a tragédia seja inevitável, ou talvez só um diminuto drama humano, que dará lugar a outros, e outros. Em todo caso, há pequenas redenções, encontros e lampejos de entendimento.

LIGIA GONÇALVES DINIZ

Ligia Gonçalves Diniz é doutora em Literatura pela Universidade de Brasília, com pós-doutorado em Estudos Literários pela Universidade Federal de Minas Gerais, é autora de *Imaginação como presença: o corpo e seus afetos na experiência literária* (Ed. UFPR, 2020).

GLOSSÁRIO DE TERMOS NÁUTICOS

Abotoadura: jogo de botões ("conjunto de voltas") de linha alcatroada, merlim, fio de carreta ou de vela que, no aparelho de bordo, serve para unir ou ajustar cabos. No caso dos arpões, o cabo que o liga à linha de baleia — o uópe — é trançado em torno do soquete de ferro do arpão, formando uma espécie de capa da qual se destaca o pedaço de cabo a ser amarrado à linha.

Alvaçuz: prancha transversal com entalhe côncavo sendo ou não descentrado e almofadado, que servia de apoio à coxa do arpoador quando desferia o lançamento.

Amantilho de sotavento: cabo que se prende na ponta das vergas para mantê-las em posição horizontal ou para movimentá-las no sentido vertical.

Arganéu: peça metálica de forma circular ou, menos comumente, triangular ou em oito, em que se engatam talhas, amarras, correntes ou espias.

Barquilha: instrumento utilizado para medir a velocidade de uma embarcação. A peça triangular de madeira é ligada a uma linha cheia de nós e lançada à água; em seguida, cronometra-se a quantidade de nós que escoam com a linha por um determinado período. Daí que o termo nó é utilizado como unidade de medida de velocidade de navios.

Beque: curva de madeira localizada na parte superior da roda de proa.

Bitácula: coluna de madeira ou metal, de forma variável, terminada na parte superior por um receptáculo que contém a bússola.

Bombordo: lado direito da embarcação, olhando-se em direção à proa do navio.

Borla: disco de madeira no topo de mastros, com abertura na qual passa a adriça de bandeira, flâmula etc.

Braçadeira: tira estreita de lona costurada à parte superior de uma vela e munida de pontos para a rizadura.

Braço: cada um dos cabos, simples ou dobrados, usados para movimentar a verga no sentido horizontal.

Brandal: cabo estendido lateralmente até o topo do mastro, que impede o seu movimento para vante.

Bujarrona: a maior das velas de proa, de forma triangular, que se enverga num dos estais do velacho.

Cabeça de turco: tipo de nó usado em cabos de resgate.

Cabrestante: máquina ou mecanismo para içar âncoras, suspender vergas e levantar grandes pesos. Consiste num eixo vertical, fixo, em torno do qual gira um tambor mais estreito no centro e mais largo nas extremidades.

Cadernal: caixa elíptica, de madeira ou metal, parte do poleame de laborar, com dois ou mais gornes ("abertura"), dentro dos quais trabalham duas ou mais roldanas em um só eixo.

Cambar: mudar as escotas das velas para o lado oposto, quando se diminui a velocidade da embarcação e se muda sua direção; bracear as velas pelo lado oposto.

Carangueja: verga de vela latina quadrangular, disposta obliquamente em relação ao mastro e disparada (voltada) para ré.

Carlinga: peça grossa de madeira fixada na sobrequilha do navio, tendo na parte superior uma abertura por onde entra a mecha (extremidade inferior) do mastro.

Casa-mestra: caverna que fica na maior seção transversal de um navio, correspondente à sua maior largura.

Caverna: cada uma das peças curvas que, fixadas perpendicularmente à quilha, dão a forma ao casco da embarcação.

Choque: cavidade aberta no bico da proa do bote baleeiro, por onde corre a linha do arpão.

Cordame: conjunto dos cabos de um navio, também chamado de cordoalha ou massame.

Coxim: trançado de cabos ou cordões, confeccionado das mais diversas formas e para os mais diversos fins a bordo de uma embarcação, como a forragem de colhedores de enxárcias (cabos fixos), para não serem cortadas pelos cabos de laborar, sempre em movimento nas mãos dos marinheiros, ou simplesmente (como é o caso no bote baleeiro) cobrir um cabo que, ao correr, pode ferir um marinheiro ou danificar algum instrumento do bote.

Cruzeta (ou vau): tipo de viga horizontal para bombordo e estibordo dos mastros dos veleiros onde se apoiam os brandais com a finalidade de fixar o mastro e diminuir a pressão exercida sobre ele.

Cutelo: vela triangular ou trapezoidal que se enverga em um estai ou carangueja. Ao contrário das velas latinas e das velas redondas, não é vergada a partir da parte central.

Despescar-se: termo luso-açoriano que se aplica à situação em que o arpão se desprende do corpo da baleia arpoada ou "trancada".

Draiva: vela quadrangular (latina), maior que a da mezena, que se enverga da proa para a popa e cujo içamento depende das condições do tempo.

Embono: viga de madeira leve que se coloca ao longo da borda das embarcações miúdas para reforçá-las e aumentar-lhes a estabilidade.

Embornal: abertura no costado do navio, junto ao convés, para escoamento de água.

Escotilha: abertura geralmente retangular ou quadrada, em convés ou coberta de navio, para passagem de ar, luz, pessoal ou carga.

Estai: cada um dos cabos que sustentam a mastreação para a popa.

Estibordo: lado esquerdo da embarcação, olhando-se em direção à proa do navio.

Fateixa: pequena âncora sem barra de ferro transversal (cepo), de haste cilíndrica, que tem na extremidade inferior quatro braços em forma de garras e serve para fundear embarcações de pequeno porte.

Fio de carreta: fio utilizado na confecção do trançado de uma corda.

Gaiuta: armação metálica ou de madeira dotada de vidraças que cobre uma escotilha. Tem a função de proteger o interior da embarcação, além de oferecer circulação de ar e iluminação natural.

Garlindéu: conjunto flexível de braçadeiras de metal que abraçam mastro e verga, unindo-os com firmeza. Nos botes, é uma peça circular de metal presa na bancada ou no travessão de embarcação miúda e que abraça o mastro a fim de mantê-lo na vertical.

Gio: cada uma das peças de madeira dispostas horizontalmente, de um a outro bordo, que outrora se fixavam por entalhes no cadaste, formando as cavernas da popa.

Grinalda: numa embarcação, a parte superior do painel da popa.

Guardim: cabo com duas pernadas que movimenta o penol (extremo) da caranguejo no sentido de um e outro bordo, para fixá-la na posição mais conveniente.

Gurupés: mastro que aponta para vante, colocado no bico de proa dos veleiros. A ele se prendem os paus de bujarrona e giba (vela de proa, de forma triangular e que se prende no pau de mesmo nome, situada logo na anteavante da bujarrona).

Lais de guia: um dos mais conhecidos e utilizados nós, usado para formar uma laçada não corrediça, é de grande confiabilidade pois, além de não estrangular sob pressão, é fácil de desatar. Tem como função principal ajudar no salvamento de pessoas afogadas e manter os navios ancorados em portos.

Leme: peça plana, localizada na parte submersa da popa de uma embarcação, que gira em um eixo e determina a direção em que aponta a proa. No convés, é governado por uma peça vertical ou por uma roda.

Linha de baleia: termo técnico da baleação açoriana, é aportuguesamento do inglês *line*, cabo de sisal de pouco mais que um centímetro de seção que era arrumado em duas selhas circulares e atado ao cabo do arpão, o que permitia a ligação do bote ao animal capturado.

Lintel: verga de materiais diversos (madeira, pedra, concreto etc.) que constitui o acabamento da parte superior de portas e janelas.

Logaete: termo técnico de uso da baleação açoriana. Aportuguesamento de *loggerhead*, trata-se de um cepo cilíndrico de madeira instalado no leito da popa do bote que servia para passar a linha do arpão e, assim, travar o mergulho, obrigando o animal capturado a consumir o oxigênio e a vir à superfície para ser atacado com a lança.

Massame: conjunto dos cabos existentes no aparelho do navio.

Mastaréu: mastro suplementar, que se encaixa ao mastro real, localizado à altura do convés, para permitir a instalação de mais velas. Num navio de três mastros e pano redondo há os seguintes mastaréus, a contar da proa e de baixo para cima: mastaréu de gávea (velacho, gávea, mezena); mastaréu de joanete (joanete de proa, joanete grande, sobregata); mastaréu de sobrejoanete (sobrejoanete de proa, sobrejoanete grande, sobregatinha).

Mastros: estruturas verticais que se instalam na quilha dos navios e se erguem para além do convés. Guarnecidos de vergas, os mastros têm, além disso, a função de sustentar os cestos de gávea (pontos de observação) e uma infinidade de outros pequenos utensílios necessários às atividades a bordo. Subindo desde a quilha, a qual está presa pela carlinga, em direção ao convés principal do navio, os mastros atravessam os diferentes conveses pelas enoras (passagens abertas exclusivamente para a instalação do mastro). A partir de seu número se distinguem os tipos de embarcação. Alguns tipos de mastro são: mastro de traquete, mastro vertical localizado na região da proa; mastro grande ou principal, localizado no centro do navio; mastro de mezena ou gata, instalado na popa. Cada mastro é composto por três seções, da base para o alto: o mastro real, o mastaréu da gávea e o mastaréu de joanete; cada uma das partes está ligada a outra por meio das pegas e recebe as vergas.

Mesas de guarnição (ou mesas de enxárcia): grossos pranchões de madeira presos horizontalmente ao costado, de um bordo a outro dos mastros, cuja função consiste em dar maior abertura aos fusos que recebem as bigotas das enxárcias dos mastros, cabos responsáveis pela sustentação deles.

Meter à capa: manobra com as velas que permite interromper o curso da embarcação.

Molinete: guincho de eixo horizontal, usado para suspender amarra de âncora ou para puxar espia e cabo de laborar.

Ovém: cada um dos cabos que sustentam mastros e mastaréus para os bordos e para a ré, formando as enxárcias.

Pandeiro: conjunto de voltas superpostas em que é colhido um cabo.

Passador: instrumento com que se produzem os cabos a partir de diferentes fios.

Pau de bujarrona: verga sustentada pelo gurupés e que se projeta para além dele.

Pau de marca: haste com sinalização utilizada para identificar uma baleia morta pela companhia de um bote durante a caçada, porém ainda não rebocada ao costado do navio.

Poleame: peça de madeira ou ferro usada para passagem de cabos fixos ou de laborar em uma embarcação.

Prático (ou piloto): funcionário portuário que, por ser conhecedor dos acidentes (recifes, bancos de areia etc.) existentes nas imediações do porto, é responsável pela condução dos navios que chegam ou partem. No caso dos navios que chegam, o prático vai ao navio; no caso dos que partem, o prático deixa o navio de volta ao porto tão logo concluído o trabalho.

Proeiro: encarregado do segundo remo da proa, ao lado do arpoador.

Quadrante: instrumento óptico com lâmina graduada que ocupa a quarta parte do círculo (noventa graus) usado para medir a altura dos astros e suas distâncias angulares a partir de um navio ou de aeronave.

Quartos de vigília: para denominação mais específica dos quartos, adotamos antiga nomenclatura recuperada na década de 1940 pelo primeiro-tenente português Antônio Marques Esparteiro: o quarto d'alva, o quarto do crepúsculo matutino, das 04:00 às 08:00; o "quarto das emendas", das 08:00 às 12:00; o "quarto da tarde", das 12:00 às 16:00; o "quartinho", das 16:00 às 20:00; o "quarto da prima", das 20:00 às 24:00, o primeiro quarto da noite; e, por fim, o "quarto da modorra", das 00:00 às 04:00.

Quilha: peça da estrutura da embarcação, disposta longitudinalmente na parte mais inferior e à qual se prendem todas as grandes peças verticais da ossada que estruturam o casco.

Remo de esparrela: leme de governo do bote. É o maior remo do bote, munido de um punho.

Remo de proa: o segundo remo, que fica na mão do proeiro, o segundo homem da proa.

Remo do arpoador: o primeiro remo do bote.

Retranca: um nome para verga, ripa em que se prendem as velas de pequenas embarcações.

Rizar: diminuir (área de vela) por meio de rizes para controlar a velocidade do navio segundo a força do vento.

Roda de proa: extensão da quilha, é a peça estrutural que forma o extremo dianteiro da embarcação.

Sarilho: cilindro horizontal móvel, acionado por manivela ou motor, em que se enrolam cordas ou cabos de aço, para levantar grandes pesos.

Selhas: recipientes de madeira, como bacias, em que a linha dos arpões permanece pronta para o uso.

Sobrequilhas: peça ou conjunto de peças de madeira ou ferro que se estendem da popa à proa da embarcação, a fim de fortalecer as cavernas.

Tilha: estrado triangular de onde se arremessa o arpão e, mais tarde, se lanceia a baleia. Chamado assim nos botes açorianos, em tudo muito similares aos norte-americanos. Ocupa um espaço que vai do banco principal à vante, cobrindo as pranchas inferiores do forramento. À popa, existe uma tilha semelhante, na qual o seio da linha é "colhido" quando se inicia o trabalho de reboque rumo à baleia trancada.

Tolete: cada uma das cavilhas de ferro ou de madeira que, enfiadas nas toleteiras, servem de apoio ao movimento dos remos.

Toleteiras: nas embarcações miúdas, designação comum às peças de madeira ou de metal, em forma de U, nas quais se encaixa o tolete.

Traiol: estrutura de fornalha e caldeirões em que se derrete a gordura e se a transforma em óleo a ser armazenado em barris.

Uópe: termo técnico luso-açoriano, do inglês *warp*. Pequeno cabo (calabrote) preso à lança utilizada pelo imediato do bote para os ataques finais à baleia presa ao arpão. Por meio dele, o oficial puxa de volta o instrumento após o ataque, realizando o ataque dessa maneira sucessivas vezes.

Varredoura: vela auxiliar do traquete. Sua forma pode ser triangular ou quadrangular. Neste último caso, as escotas são amarradas nos paus de surriola. Elas têm a função de aumentar a área do velame e imprimir, desse modo, maior velocidade ao navio.

Vela: peça de tecido de linho grosso (lona), algodão ou cânhamo utilizada para propulsão eólica da embarcação. As velas diferem, basicamente, segundo a forma (quadrangulares ou triangulares), o modo como são envergadas (redondas, esticadas de bombordo a estibordo, e latinas, de proa a popa), a importância (velas principais e auxiliares) e finalidade (vela de governo, com a qual se dá direção à embarcação, e vela de compasso, que tem a função de dar equilíbrio à nau). Sua designação depende do ponto da mastreação (mastro e mastaréus) em que se localizam ou do cordame (estai) a que estão presas. No traquete, as velas são, de baixo para cima: traquete; velacho, joanete e sobrejoanete. No mastro principal (ou grande), são elas: principal (ou grande), gávea, joanete e sobrejoanete. No mastro de mezena, são designadas como: mezena, mezena baixa, gavetope. As velas de estai estão localizadas, via de regra, na proa – a bujarrona e a jiba, velas de formato triangular presas aos estais do traquete (algumas embarcações usam na proa um terceiro pano, a vela polaca) – e na popa, atreladas aos mesmos cabos do mastro de mezena; navios de maior porte se valem de velas de estai presas entre os mastros.

Verga: peça de madeira ou metal disposta transversalmente num mastro e da qual pende vela redonda.

Verga seca: localizada no mastro de mezena, é uma verga da qual, a princípio, não pende qualquer vela. Em embarcações capazes de imprimir boa velocidade, passou-se a fazer uso da verga seca para ali arvorar a chamada vela-ré, ou draiva.

Verruma: instrumento usado especialmente por carpinteiros e tanoeiros para abrir furos largos em peças de madeira de grande espessura.

Virar de querena: tombar a embarcação para efetuar reparo, limpeza ou conserto.

O NAVIO BALEEIRO

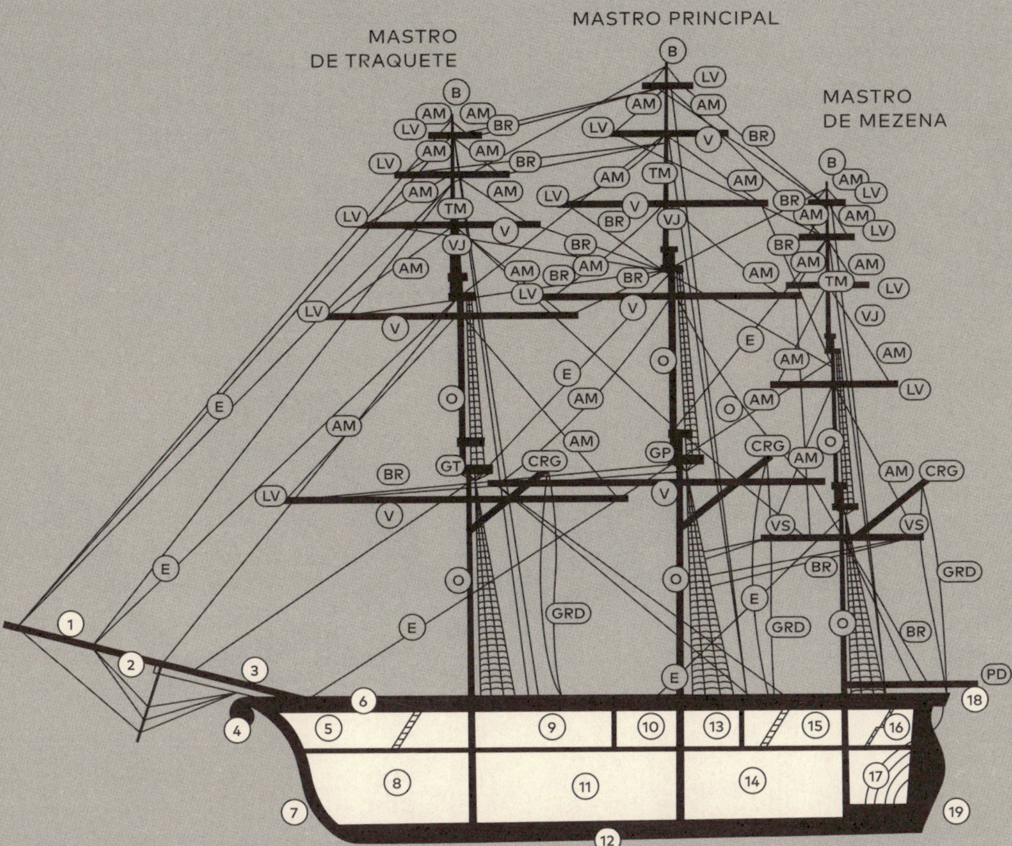

BR BRAÇO
VJ VAU DE JOANETE
VS VERGA SECA (MEZENA)
GT GÁVEA DE TRAQUETE
GP GÁVEA PRINCIPAL
AM AMANTILHO
O OVÉM
TM TOPO DO MASTRO
E ESTAI
PD PAU DE DRAIVA
CRG CARANGUEJA
GRD GUARDIM
B BORLA
V VERGA
LV LAIS DE VERGA

1 BUJARRONA
2 RETRANCA
3 GURUPÉS
4 BEQUE
5 CASTELO DE PROA
6 AMURADA
7 RODA DE PROA
8 PORÃO DE PROA
9 COMPARTIMENTO SUPERIOR DO PORÃO
10 QUARTO DE GORDURA
11 PORÃO PRINCIPAL (BARRIS DE ÓLEO)
12 QUILHA
13 BOMBA DE RODA
14 PORÃO DE POPA (EQUIPAMENTO E SUPRIMENTO)
15 CABINE DOS OFICIAIS
16 CABINE DO CAPITÃO
17 DESPENSA DO CAPITÃO
18 GRINALDA
19 LEME

NAVIO: CONVÉS

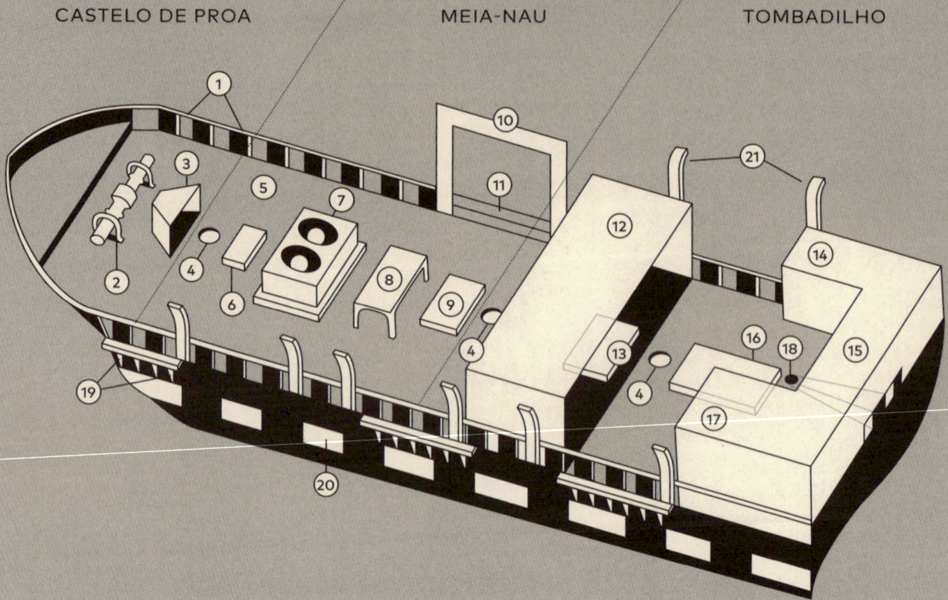

1 AMURADA
2 MOLINETE
3 ESCOTILHA DO CASTELO DE PROA
4 MASTRO (TRAQUETE – PRINCIPAL – MEZENA)
5 CONVÉS PRINCIPAL
6 ESCOTILHA DE PROA
7 TRAIOL
8 BANCADA DO CARPINTEIRO
9 ESCOTILHA PRINCIPAL
10 PLATAFORMA DE CORTE
11 PASSADIÇO DE ESTIBORDO
12 ESTRUTURA PARA ARMAZENAGEM DE BOTES, MASTROS E CABOS SOBRESSALENTES
13 GAIUTA
14 COZINHA
15 SUPERESTRUTURA DE CONVÉS
16 CLARABOIA
17 DEPÓSITO E PASSADIÇO PARA A CABINE
18 BITÁCULA
19 PAINEL DE ENXÁRCIA
20 CINTURA BRILHANTE (ORNAMENTO DE COSTADO)
21 TURCOS (PARA IÇAR E PRENDER OS BOTES SOBRE OS COSTADOS)

O BOTE BALEEIRO

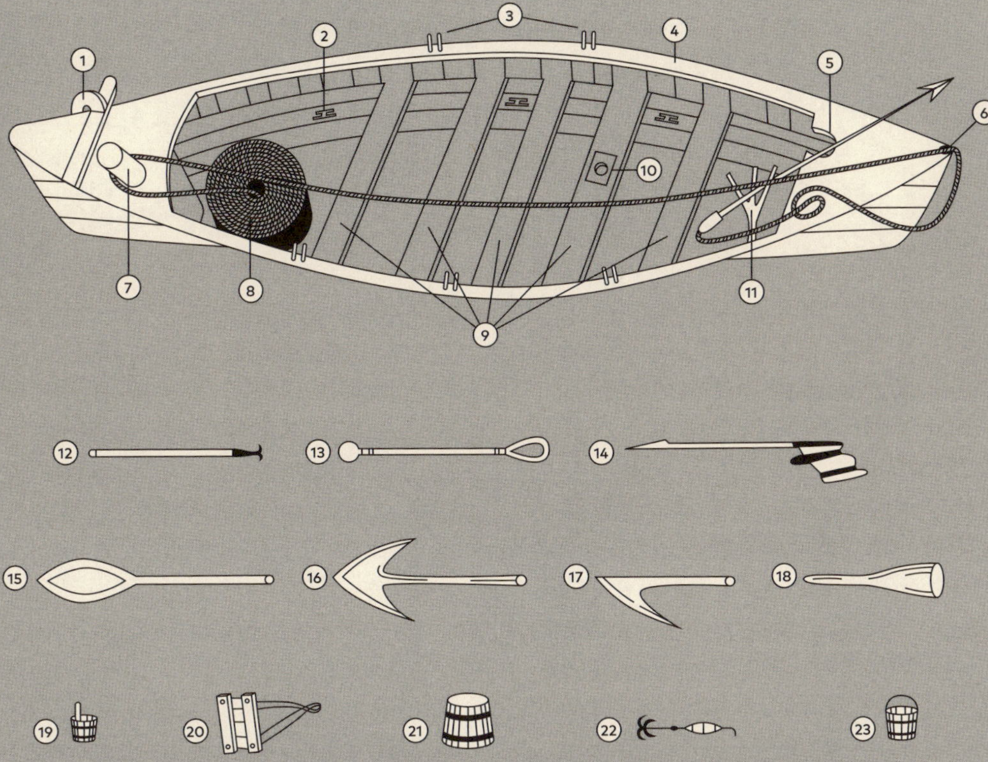

1 CUNHO DO REMO DE ESPARRELA
2 FINCA-PÉS
3 TOLETEIRAS
4 AMURADA
5 ALVAÇUZ
6 CHOQUE
7 LOGAETE
8 LINHA
9 BANCOS
10 GARLINDÉU
11 FORQUILHA
12 GANCHO DO BOTE
13 CORTADEIRA DO BOTE
14 PAU DE MARCA
15 LANÇA
16 ARPÃO DE DUAS FARPAS
17 ARPÃO DE UMA FARPA
18 SOQUETE (PARA TODOS OS TRÊS)
19 BALDE PARA ESCOAMENTO DE ÁGUA
20 DROGUE
21 SELHA
22 FATEIXA (FARPÃO PARA BUSCAR LINHA)
23 BALDE

A EXTRAÇÃO DO ESPERMACETE

ANATOMIA DO CACHALOTE

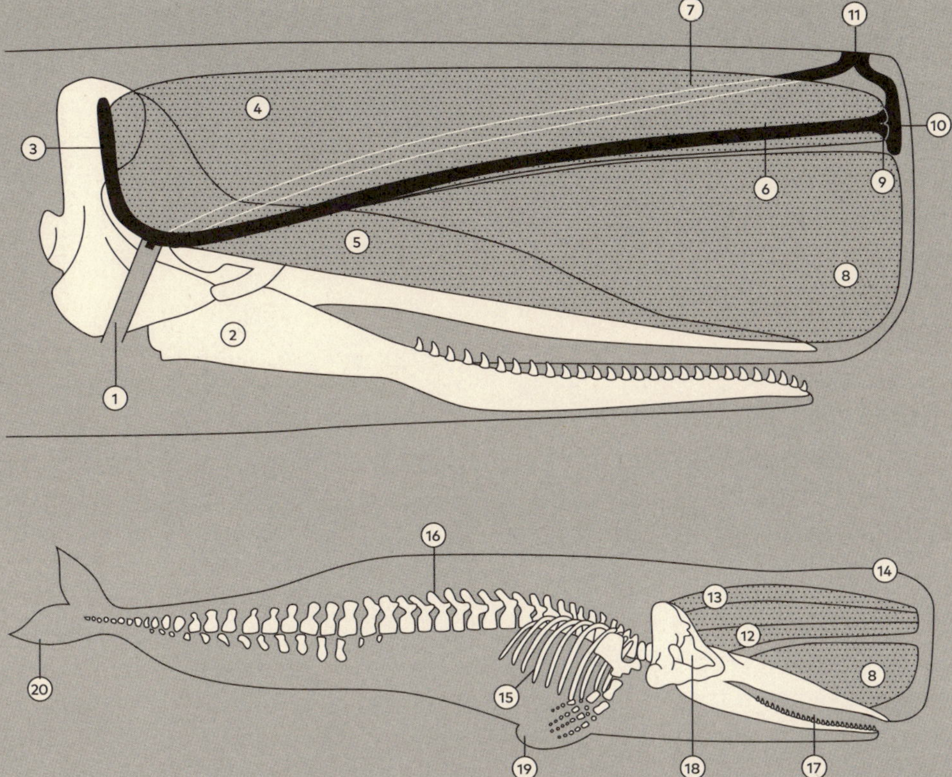

1 TUBO NASAL ÓSSEO
2 MANDÍBULA INFERIOR
3 SACO FRONTAL
4 ÓRGÃO DE ESPERMACETE
5 MANDÍBULA SUPERIOR
6 CONDUTOR NASAL DIREITO
7 CONDUTOR NASAL ESQUERDO
8 MELÃO
9 LÁBIOS FÔNICOS
10 SACO DISTAL
11 RESPIRADOR
12 ÓRGÃO DO ESPERMACETE
13 MÚSCULOS LONGITUDINAIS
14 RESPIRADOR
15 COSTELAS
16 ESPINHA DORSAL
17 DENTES
18 ÓRBITA OCULAR
19 NADADEIRA
20 CAUDA

CRONOLOGIA: VIDA E OBRA DE HERMAN MELVILLE

1819 | 1º ago: Em Nova York, nasce Herman Melville, filho do renomado comerciante Allan Melvill (sim, há diferença na grafia dos sobrenomes) e de Maria Gansevoort, filha de um herói da Revolução Americana.

1830: Passa a viver em Albany, para onde a família se muda após a quebra dos negócios de Allan. Na cidade, Melville frequenta a Albany Academy.

1832: Após a morte de seu pai, começa a trabalhar na setor administrativo de um banco para ajudar no sustento da mãe e dos irmãos. Antes de iniciar as aventuras pelo mundo, também atuaria como professor. No mesmo ano, perde o avô paterno, Thomas Melvill, nome importante do Boston Tea Party, movimento contrário ao governo britânico durante o período de lutas pela independência dos Estados Unidos.

1838: Embarca como auxiliar e aprendiz na viagem de ida e volta que o navio mercante *St. Lawrence* fez dos Estados Unidos à Inglaterra.

1840: Viaja para Illinois para tentar arrumar trabalho com um de seus tios. De mãos abanando, ainda tenta conseguir algo em Manhattan antes de voltar aos navios.

1841: Nova temporada nos mares: desta vez a bordo do *Acushnet*, baleeiro que zarpou do porto de New Bedford, cidade na costa de Massachusetts, rumo ao oceano Pacífico.

1842: Ano agitado. Após chegar às ilhas Marquesas, na Polinésia, deixa o *Acushnet* para viver com os habitantes locais. Depois, arranja uma vaga no baleeiro australiano *Lucy Ann* e vai parar no Taiti, onde é preso por apoiar um motim. Consegue fugir e parte para Moorea, ilhota que hoje faz parte da Polinésia Francesa, onde fica durante um mês.

1843 | Abr: Chega ao Havaí a bordo do baleeiro *Charles & Henry*.

1843 | Ago: Entra para a Marinha norte-americana e cumpre missão na fragata *USS United States*.

1844 | Ago: Passa cerca de uma semana na costa brasileira, quando o *USS. United States* aporta no Rio de Janeiro para abastecimento. A experiência, ainda que breve, renderia uma passagem em *Jaqueta Branca*. **| Out:** Retorna à porção continental dos Estados Unidos.

1846: Estreia na literatura com o romance *Taipi, ou Vislumbres da vida polinésia*, baseado no que viveu após deixar o *Acushnet*. Depois de ser recusado por uma editora dos Estados Unidos, o livro sairia primeiro na Inglaterra. No mesmo ano, começa a Guerra Mexicano-Americana, que durará até 1848 e será responsável por uma significativa expansão territorial dos Estados Unidos, consolidando o país como a potência que busca ditar o ritmo do que acontece em todo o continente.

1847: Lança seu segundo livro, *Omoo, uma narrativa de aventuras nos Mares do Sul*, continuação de *Taipi* e sequência da ficcionalização do que vivera ao longo de 1842. Casa-se com Elizabeth Shaw, filha do chefe de Justiça do estado de Massachusetts. O casal terá quatro filhos.

1848: Numa tentativa de produzir romances filosóficos na linha de *As viagens de Gulliver*, de Jonathan Swift, publica *Mardi, ou Uma viagem além*, que, ao contrário dos livros até então lançados por Melville, não cai nas graças dos leitores.

1849: Publica *Redburn*, que traz ecos da viagem que fez em 1838 como aprendiz de marinheiro. Ao longo do verão, escreve *Jaqueta Branca*. Nasce Malcolm, primeiro filho de Elizabeth e Melville.

1850: Publica *Jaqueta Branca, ou O mundo em um navio de guerra*, no qual remonta ao que viveu a bordo do *USS United States*, navio de guerra em que atuou como segundo marinheiro. A obra é apontada como a mais política de Melville. Muda-se com a família para Pittsfield, Massachusetts, onde escreve *Moby Dick*, que se tornaria o seu mais famoso romance. Conhece o escritor Nathaniel Hawthorne, que virá a ser seu grande amigo.

1851: Lança, primeiro na Inglaterra e depois nos Estados Unidos, *Moby Dick*, que tem uma recepção bastante tímida. O mesmo aconteceria com os livros seguintes do autor, que passaria o resto da vida sem repetir o sucesso feito no início da carreira. Nasce Stanwix, o segundo filho de Melville e Elizabeth.

1852: Publica *Pierre, or The Ambiguities*.

1853: Nasce Elizabeth, terceiro filho do casal.

1855: Lança *Israel Potter*. Nasce o quarto e último filho de Melville e Elizabeth, Frances.

1856: Publica a coletânea *Piazza Tales*, que, dentre outros textos, inclui a novela *Bartleby, o escrivão* (publicada em um periódico em 1853), que com o passar dos anos se tornaria célebre.

1857: Lança *The Confidence-Man*.

1858: Começa a escrever poemas. Inicialmente, compartilha os versos apenas com a esposa.

1860: Parte em viagem de volta ao mundo a bordo do *Meteor*. Tenta publicar seus poemas, mas não encontra editoras que banquem o trabalho.

1863: Em sérias dificuldades financeiras, vende a própria casa e se muda com a família para Nova York.

1864: Visita campos de batalha da Guerra Civil dos Estados Unidos, ou Guerra de Secessão, iniciada em 1861 e que duraria até 1865. A experiência teria impacto na sua produção literária.

1866: Inicia, com *Battle Pieces and Aspects of the War*, uma sequência de livros de poemas inspirados pela Guerra Civil. Começa a trabalhar como fiscal de alfândega em Nova York, cargo que ocuparia ao longo de muitos anos.

1867: Malcolm, filho mais velho de Melville, morre com um tiro na cabeça; não se sabe se o jovem quis se matar ou atirou em si acidentalmente.

1876: Publica o épico *Clarel*.

1885: Deixa o cargo de fiscal de alfândega.

1886: Morre o filho Stanwix, vítima de tuberculose.

1888: Melville lança a coletânea *John Marr and Other Sailors*.

1891: Nova coletânea, *Timoleon*.

1891 | 28 set: Herman Melville morre em Nova York, aos 72 anos, após um ataque cardíaco. Jornais e leitores praticamente ignoram a perda do escritor.

1892: Uma nova edição de *Moby Dick* e alguns textos reavaliando a dimensão e a importância do romance iniciam o resgate do nome de Melville.

1921: O crítico Carl van Doren dedica um trecho de *The American Novel* a *Moby Dick*.

1923: D. H. Lawrence trata de *Moby Dick* em um dos capítulos de *Estudos da literatura clássica americana*.

1924: Publicação do romance inacabado *Billy Budd*, outro marco importante na trajetória póstuma de Melville ao longo do século XX.

1941: Em *American Renaissance*, de F. O. Mathiessen, numa leitura que atualiza a disputa entre América e Europa e o então candente embate entre a democracia e o totalitarismo, Melville se torna um nome central do cânone literário dos Estados Unidos.

1ª EDIÇÃO [2022] 2 reimpressões

ESTA OBRA FOI COMPOSTA POR MARI TABOADA EM MORE PRO E IMPRESSA EM OFSETE PELA GEOGRÁFICA SOBRE PAPEL PÓLEN DA SUZANO S.A. PARA A EDITORA SCHWARCZ EM SETEMBRO DE 2025